OUTLANDER

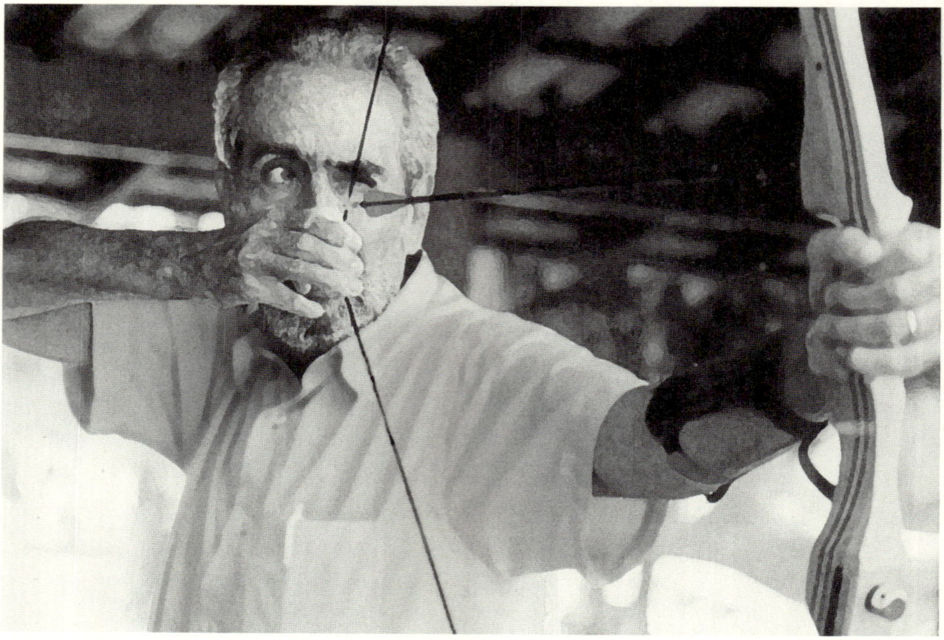

O ARQUEIRO

GERALDO JORDÃO PEREIRA (1938-2008) começou sua carreira aos 17 anos, quando foi trabalhar com seu pai, o célebre editor José Olympio, publicando obras marcantes como *O menino do dedo verde*, de Maurice Druon, e *Minha vida*, de Charles Chaplin.

Em 1976, fundou a Editora Salamandra com o propósito de formar uma nova geração de leitores e acabou criando um dos catálogos infantis mais premiados do Brasil. Em 1992, fugindo de sua linha editorial, lançou *Muitas vidas, muitos mestres*, de Brian Weiss, livro que deu origem à Editora Sextante.

Fã de histórias de suspense, Geraldo descobriu *O Código Da Vinci* antes mesmo de ele ser lançado nos Estados Unidos. A aposta em ficção, que não era o foco da Sextante, foi certeira: o título se transformou em um dos maiores fenômenos editoriais de todos os tempos.

Mas não foi só aos livros que se dedicou. Com seu desejo de ajudar o próximo, Geraldo desenvolveu diversos projetos sociais que se tornaram sua grande paixão.

Com a missão de publicar histórias empolgantes, tornar os livros cada vez mais acessíveis e despertar o amor pela leitura, a Editora Arqueiro é uma homenagem a esta figura extraordinária, capaz de enxergar mais além, mirar nas coisas verdadeiramente importantes e não perder o idealismo e a esperança diante dos desafios e contratempos da vida.

OUTLANDER

A CRUZ DE FOGO

LIVRO CINCO

DIANA GABALDON

ARQUEIRO

Título original: *The Fiery Cross*

tradução: Carolina Caires Coelho

preparo de originais: Marina Vargas

revisão: Ana Grillo, Ana Kronemberger e Hermínia Totti

capa: Saída de Emergência

diagramação e adaptação de capa: Ana Paula Daudt Brandão

imagem de capa: David Licktneker/ Arcangel

impressão e acabamento: Lis Gráfica e Editora Ltda.

CIP-BRASIL. CATALOGAÇÃO NA PUBLICAÇÃO
SINDICATO NACIONAL DOS EDITORES DE LIVROS, RJ

G111o Gabaldon, Diana
Outlander: a cruz de fogo/ Diana Gabaldon; tradução de Carolina Caires Coelho. São Paulo: Arqueiro, 2018.
1.120 p.; 16 x 23 cm. (Outlander; 5)

Tradução de: The fiery cross
Sequência de: Outlander: os tambores do outono
Continua com: Outlander: um sopro de neve e cinzas
ISBN 978-85-8041-824-8

1. Ficção americana. I. Coelho, Carolina Caires. II. Título. III. Série.

18-51856 CDD: 813
CDU: 82-3(73)

Editora Arqueiro Ltda.
Rua Funchal, 538 – conjuntos 52 e 54 – Vila Olímpia
04551-060 – São Paulo – SP
Tel.: (11) 3868-4492 – Fax: (11) 3862-5818
E-mail: atendimento@editoraarqueiro.com.br
www.editoraarqueiro.com.br

Este livro é para minha irmã, Theresa Gabaldon,
com quem contei as primeiras histórias.

Sobrevivi à guerra e perdi muito. Sei pelo que vale e pelo que não vale a pena lutar.

A honra e a coragem estão entranhadas em nossos ossos, e aquilo pelo que um homem mata é também, por vezes, aquilo pelo que morre.

E por isso, ó homem, as mulheres têm ancas largas: aquele mesmo abrigo ósseo será lugar tanto do homem quanto do filho que ele gera. A vida de um homem surge dos ossos de uma mulher, e no sangue dela a honra dele é batizada.

Só pelo amor eu voltaria a atravessar o fogo.

PARTE I

In Medias Res

1

FELIZ É A NOIVA QUE O SOL ILUMINA

Monte Hélicon
Colônia Real da Carolina do Norte
Fim de outubro de 1770

Acordei com a chuva batendo na lona, com a sensação do beijo do meu primeiro marido na boca. Pisquei, desorientada, e, por reflexo, toquei os lábios com os dedos. Para manter a sensação ou para camuflá-la?, perguntei-me.

Jamie se remexeu e murmurou ao meu lado, adormecido, seu movimento fazendo subir o cheiro de galhos de cedro debaixo do cobertor sobre o qual estávamos deitados. Talvez a passagem do fantasma o tivesse perturbado. Franzi o cenho ao olhar para o ar vazio do lado de fora de nossa barraca.

Vá embora, Frank, pensei.

Ainda estava escuro, mas a névoa que subia da terra úmida tinha um tom cinza-perolado. O amanhecer não tardaria. Nada se movia, nem dentro, nem fora, mas eu tinha a clara sensação de estar sendo contemplada por um olhar irônico que alcançava minha pele como o mais leve dos toques.

Eu não deveria vir para vê-la se casar?

Eu não sabia se as palavras tinham se formado nos meus pensamentos ou se elas – e o beijo – eram apenas produto do meu subconsciente. Eu havia adormecido ainda pensando nos preparativos para o casamento. Não era de surpreender que despertasse tendo sonhos com a cerimônia e com a noite de núpcias.

Alisei a musselina amassada de minha camisola, percebendo, com certa vergonha, que ela estava enrolada na altura da cintura e que minha pele estava avermelhada por causa de algo mais do que apenas uma noite de sono. Não me lembrava de nada concreto a respeito do sonho que havia me despertado, apenas uma confusão de imagens e sensações. Pensei que talvez isso fosse bom.

Virei-me sobre os galhos farfalhantes e me acomodei mais perto de Jamie. Ele estava quente e exalava um aroma agradável de madeira queimada e uísque, com um odor suave de homem, como a nota grave de um acorde demorado. Eu me espreguicei bem devagar, arqueando as costas de modo que minha pélvis encostasse em seu quadril. Se ele estivesse indisposto ou dormindo profundamente, o gesto teria sido leve o bastante para não ser notado. Se não...

Ele não estava. Abriu um leve sorriso, os olhos ainda cerrados, e sua mão enorme desceu devagar pelas minhas costas até agarrar minhas nádegas com firmeza.

– Humm? – fez ele. – Hummmm.

Suspirou e relaxou, voltando a dormir, preso a mim.

Eu me acomodei mais perto ainda. A proximidade física de Jamie era mais do que suficiente para afastar a sensação persistente dos meus sonhos. E Frank – se é que *era* Frank de fato – estava certo, naquela situação. Tenho certeza de que, se fosse possível, Bree gostaria de ter os dois pais em seu casamento.

Eu estava desperta agora, mas confortável demais para me mexer. Chovia lá fora; uma chuva leve, mas o ar estava frio e úmido o suficiente para tornar o ninho de cobertores mais convidativo do que a ideia distante de um café quente. Principalmente porque, para fazer café, eu teria que ir até o rio buscar água, acender a fogueira – minha nossa!, a madeira estaria úmida, mesmo que o fogo não tivesse se extinguido por completo –, moer o café em um pilão de pedra e passá-lo, enquanto folhas molhadas resvalariam nos meus tornozelos e gotas dos galhos das árvores escorreriam pelo meu pescoço.

Estremecendo só de pensar, puxei o cobertor de cima para cobrir meu ombro e voltei à lista mental de preparativos com a qual havia adormecido.

Comida, bebida... felizmente, não tinha que me preocupar com isso. A tia de Jamie, Jocasta, cuidaria dos preparativos. Ou melhor, seu mordomo negro, Ulysses, o faria. Os convidados do casamento... nenhuma dificuldade. Estávamos no meio da maior Reunião de Escoceses das Terras Altas nas Colônias, e havia comida e bebida. Convites por escrito não seriam necessários.

Bree teria um vestido novo, pelo menos – também presente de Jocasta. De lã azul-marinho, já que a seda era cara demais e pouco prática para a vida em lugares remotos. Era bem diferente do cetim branco e das flores de laranjeira que imaginei que ela usaria quando se casasse – mas aquele casamento em nada lembrava algo que alguém teria visualizado nos anos 1960.

Fiquei tentando imaginar o que Frank teria achado do marido de Brianna. Provavelmente, teria aprovado Roger. Ele era historiador – ou tinha sido um dia –, como Frank. Era inteligente e bem-humorado, um músico talentoso e um homem gentil, totalmente dedicado a Brianna e ao pequeno Jemmy.

O que é, de fato, admirável, pensei ao olhar para a névoa, *nessas circunstâncias.*

Você também acha, não é? As palavras se formaram no meu ouvido como se ele as tivesse dito, irônico, rindo de si mesmo e de mim.

Jamie franziu o cenho e apertou minhas nádegas, dando leves sopros enquanto dormia.

Você sabe que acho, eu disse, por dentro. *Sempre achei, e você sabe disso, então, pare de perturbar, sim?!*

Eu me virei decidida e acomodei a cabeça no ombro de Jamie, buscando refúgio na textura do linho macio e amarrotado de sua camisa.

Na verdade, eu acreditava que Jamie estava menos inclinado do que eu – e talvez menos do que Frank – a dar crédito a Roger por ter aceitado Jemmy como seu filho. Para Jamie, não passava de obrigação – um homem honrado não faria nada diferente.

E eu sabia que ele tinha suas dúvidas a respeito da capacidade de Roger de cuidar de sua família e protegê-la nos ermos da Carolina do Norte. Roger era alto, forte e capaz – mas "boina, cinto e espada" eram coisas que ele só ouvia em músicas. Para Jamie, eram parte de seu ofício.

A mão em minhas nádegas me apertou forte de repente, e eu me sobressaltei.

– Sassenach – disse Jamie, meio grogue –, você está se remexendo como um girino na mão de uma criança. Precisa se levantar e ir ao banheiro?

– Ah, você está acordado – falei, sentindo-me meio tola.

– *Agora* estou – disse ele.

A mão se afastou e ele se espreguiçou, gemendo. Os pés descalços apareceram na ponta do cobertor, os dedos compridos se esticando.

– Desculpe. Não quis acordar você.

– Ah, não se preocupe – retrucou ele. Pigarreou e passou a mão pelos cabelos ruivos e soltos, piscando. – Eu estava tendo sonhos infernais. Isso sempre acontece quando durmo com frio. – Ele olhou em direção à ponta do cobertor, remexendo os dedos expostos com desânimo. – Por que não dormi de meias?

– É mesmo? Com o que sonhou? – perguntei, sentindo certa inquietação. Torci para que ele não tivesse sonhado com as mesmas coisas que eu.

– Com cavalos – respondeu, para meu alívio imediato. Eu ri.

– Que tipo de sonho infernal você poderia ter envolvendo cavalos?

– Deus, foi terrível. – Ele esfregou os olhos com os punhos e balançou a cabeça, tentando afastar o sonho da mente. – Tinha a ver com os reis irlandeses. Lembra-se do que MacKenzie estava dizendo sobre isso, ontem, junto à fogueira?

– Reis irland... ah! – Eu me lembrei e ri de novo. – Sim, lembro.

Corado pelo triunfo de seu novo compromisso, Roger havia entretido as pessoas ao redor da fogueira na noite anterior com canções, poemas e divertidas anedotas históricas – e uma delas falava sobre os ritos por meio dos quais os reis irlandeses antigos eram coroados. Um deles envolvia o candidato bem-sucedido copulando com uma égua branca diante da multidão, supostamente para provar sua virilidade – apesar de eu achar que aquilo servia mais para provar o *sangue-frio* do cavalheiro.

– Eu estava encarregado do cavalo – disse Jamie. – E *tudo* estava dando errado. O homem era baixo demais, e eu tive que encontrar algo em que ele pudesse subir. Encontrei uma pedra, mas não consegui erguê-la. Depois, um banquinho, mas a perna se soltou na minha mão. Então comecei a empilhar tijolos para fazer uma plataforma, mas eles se despedaçaram. Por fim, disseram que não havia problema, que simplesmente cortariam as patas da égua. Tentei impedi-los, enquanto o homem que se tornaria rei mexia nas calças, reclamando que os botões não queriam se abrir, então alguém notou que se tratava de uma égua *negra* e que não serviria.

Resfoleguei, abafando a risada no tecido da camisa dele, com receio de acordar alguém que estivesse perto dali.

– Foi quando você acordou?

– Não. Por algum motivo, fiquei muito ofendido com aquilo. Eu disse que *serviria*, que, na verdade, a égua negra era um cavalo muito melhor, porque todo mundo sabe que cavalos brancos têm olhos fracos, de forma que os filhotes seriam cegos. E eles disseram que não, não, o negro trazia azar, e eu insistia que não e... – Ele parou, pigarreando.

– E...?

Ele me olhou de esguelha, um rubor claro subindo por seu pescoço.

– Bem, eu disse que serviria e que mostraria a eles. Eu havia acabado de segurar as ancas da égua para que ela não se mexesse e estava me preparando para... ah... para me tornar rei da Irlanda. Foi quando acordei.

Eu ri e resfoleguei, sentindo o corpo dele vibrar com uma risada contida.

– Ah, agora sinto *muito* por ter acordado você! – Sequei os olhos no canto do cobertor. – Tenho certeza de que foi uma grande perda para os irlandeses. Mas fico me perguntando como as rainhas da Irlanda se sentiam em relação a essa cerimônia – acrescentei em seguida.

– Acho que as mulheres não passariam nem perto do mesmo sofrimento – disse Jamie. – Mas já soube de homens que gostam de...

– Eu não estava pensando *nisso* – retruquei. – Estava pensando mais nas questões de higiene, se é que me entende. Colocar a carroça na frente do cavalo é uma coisa, mas colocar o cavalo antes da rainha...

– O... ah, sim. – Ele estava ruborizado e se divertindo, mas corou mais intensamente naquele momento. – Pode dizer o que quiser a respeito dos irlandeses, Sassenach, mas acho que eles se lavam de vez em quando. E, naquelas circunstâncias, o rei pode até mesmo ter pensado que um pouco de sabão seria útil em... em...

– *In medias res?* No meio de tudo – sugeri. – Certamente que não. Afinal, uma égua é bem grande, relativamente falando...

– É uma questão de disposição, Sassenach, não só de espaço – disse ele, lançando-me um olhar de recriminação. – E sei que um homem pode precisar de certo incentivo, devido às circunstâncias. Ainda que seja *in medias res*, de qualquer modo – acrescentou ele. – Você já leu Horácio? Ou Aristóteles?

– Não. Nem todo mundo é tão erudito quanto você. E nunca tive muito tempo para Aristóteles depois que soube que ele coloca as mulheres abaixo dos vermes em sua classificação do mundo natural.

– O homem não devia ser casado. – A mão de Jamie subiu devagar pelas minhas costas, tocando minhas vértebras por cima da camisola. – Caso contrário, tenho certeza de que ele teria notado que as mulheres têm ossos.

Eu sorri e toquei a maçã do rosto dele, pálida e lisa.

Nesse momento, vi que o céu havia clareado, amanhecia. O contorno da cabeça dele se projetava contra a lona clara de nossa barraca, mas eu conseguia ver seu rosto com clareza. A expressão me fez lembrar por que ele havia tirado as meias na noite anterior. Infelizmente, nós dois estávamos tão cansados depois das festas prolongadas que adormecemos enquanto nos abraçávamos.

Considerei essa lembrança tardia muito confortante, já que explicava tanto o estado de minha camisola quanto os sonhos que tinham me despertado. Ao mesmo tempo, senti uma corrente de ar gelado penetrar por debaixo do cobertor e estremeci. Frank e Jamie eram homens muito diferentes, e não havia dúvida sobre qual deles tinha me beijado pouco antes de eu despertar.

– Me beije – pedi de repente a Jamie.

Nenhum de nós dois havia escovado os dentes, mas ele obedeceu e resvalou os lábios nos meus e então, quando coloquei a mão em sua nuca e o pressionei mais contra mim, ele apoiou o peso em uma das mãos para poder afastar as roupas de cama emaranhadas em nossas pernas.

– Ah! – exclamou quando o soltei. Sorriu, os olhos azuis se encolhendo até restarem apenas frestas à pouca luz. – Bem, para falar a verdade, Sassenach, preciso sair por um instante primeiro.

Ele afastou o cobertor e ficou de pé. De onde eu estava no chão, tive uma visão um tanto heterodoxa do que havia por baixo da barra de sua camisa comprida de linho. Esperava muito que o que estava vendo não fosse o resultado de seu pesadelo, mas achei melhor não perguntar.

– É melhor você se apressar – falei. – Está clareando; as pessoas vão se levantar em breve.

Ele assentiu e saiu, abaixando-se. Fiquei parada, ouvindo. Alguns pássaros piavam ao longe, mas estávamos no outono; nem mesmo a claridade total despertaria os coros estrondosos ouvidos na primavera e no verão. A montanha e seus muitos campos ainda estavam adormecidos, mas eu percebia movimentações ao meu redor, ainda que quase inaudíveis.

Corri os dedos pelos cabelos, ajeitando-os sobre os ombros, e me virei, à procura da garrafa de água. Sentindo o ar frio às minhas costas, olhei por cima do ombro, mas já havia amanhecido e a névoa desaparecera. O ar do lado de fora estava cinzento, mas parado.

Toquei a aliança de ouro na mão esquerda, devolvida a mim na noite anterior e ainda pouco familiar depois da longa ausência. Talvez tivesse sido a aliança de Frank que o chamara para os meus sonhos. Talvez à noite, na cerimônia do casamento, eu a tocasse de novo, de propósito, torcendo para que ele pudesse ver de alguma forma a felicidade da filha através dos meus olhos. Mas, por ora, ele não estava ali, e eu fiquei contente.

Ouvi um som ao longe, um pouco mais alto do que os grasnados distantes dos pássaros da manhã. O choro breve de um bebê despertando.

Antes eu pensava que, independentemente das circunstâncias, não deveria haver mais do que duas pessoas em uma cama de casal. Continuava pensando assim. No entanto, era mais difícil afastar um bebê do que o fantasma de um antigo amor. A cama de Brianna e de Roger tinha forçosamente que acomodar três.

A barra da lona foi erguida, revelando o rosto de Jamie. Ele parecia agitado.

– É melhor você se levantar e se vestir, Claire – disse ele. – Os soldados estão reunidos perto do riacho. Onde estão as minhas meias?

Eu me sentei imediatamente. Além da encosta da montanha, os tambores começaram a retumbar.

A névoa fria pairava como fumaça nos vales à nossa volta. Uma nuvem havia se assentado sobre o monte Hélicon e o ar estava denso por causa da umidade. Eu olhei para o mato à minha frente, onde um esplendoroso batalhão do 67º regimento das Terras Altas estava reunido à beira do riacho, tambores retumbando e o tocador de gaita de foles da companhia em ação, sem se importar com a chuva.

Eu sentia muito frio e estava um tanto irritada. Havia me deitado esperando acordar com café quente e uma refeição nutritiva, já que depois viriam dois casamentos, três batizados, duas extrações de dentes, a remoção de uma unha encravada e outras formas divertidas de interação social envolvendo uísque.

Mas, em vez disso, tinha sido despertada por sonhos inquietantes, que levaram a insinuações sexuais, e em seguida arrastada para a garoa fria *in* maldito *medias res*, aparentemente para ouvir algum tipo de proclamação. E sem café.

Demorou um tempo para que os escoceses se levantassem e descessem a encosta, e o gaitista já estava quase roxo quando soprou pela última vez, um toque dissonante. Os ecos ainda ressoavam na encosta quando o tenente Archibald Hayes parou diante de seus homens.

A voz com timbre anasalado como um pífaro do tenente Hayes era forte, e o vento soprava a favor dele. Ainda assim, eu tinha certeza de que as pessoas em pontos mais altos da montanha ouviam muito pouco. Aos pés da encosta, porém, não estávamos a mais do que 20 metros do tenente e eu ouvi cada palavra, apesar dos meus dentes tiritantes.

– *Por SUA EXCELÊNCIA, O CAVALHEIRO WILLIAM TRYON, Capitão-Geral de Sua Majestade, Governador e Comandante, da dita Província e por toda ela* – Hayes leu, levantando a voz acima do barulho do vento e da água e dos murmúrios premonitórios da multidão.

As árvores e as pedras estavam cobertas pela umidade da névoa, as nuvens despejavam, sem parar, uma chuva fina e congelante, e os ventos erráticos tinham feito a temperatura cair cerca de 15 graus. Minha canela esquerda, sensível ao frio, latejou no ponto onde eu havia quebrado o osso dois anos antes. Alguém dado a portentos e a metáforas talvez se sentisse tentado a fazer comparações entre o clima ruim e a leitura da Proclamação do Governador, pensei – os prospectos eram igualmente arrepiantes e proféticos.

– *Visto que* – reverberou Hayes, dirigindo um olhar ameaçador para a multidão por cima do papel – *recebi informações de que um grande número de pessoas escandalosas e desordeiras se reuniram de maneira tumultuosa na cidade de Hillsborough, nos dias 24 e 25 do mês passado, durante a sessão da Corte Superior de Justiça do dito distrito para se opor às Justas Medidas do governo e em franca violação das leis de seu país, atacando audaciosamente o juiz de Sua Majestade na execução de seu ofício, espancando e ferindo, como bárbaros, várias Pessoas durante a sessão da dita Corte, realizando outras ofensas e insultos ao governo de Sua Majestade, cometendo as mais violentas afrontas contra as pessoas e as propriedades dos habitantes desta cidade, brindando à ruína do seu legítimo soberano rei George e ao sucesso do pretendente...*

Hayes fez uma pausa, tomando ar para conseguir dizer a frase seguinte. Inflando o peito de modo audível, ele continuou a ler:

– *Com a finalidade, portanto, de que as pessoas envolvidas nos mencionados Atos afrontosos sejam levadas à Justiça, eu, seguindo a orientação e com a permissão do Conselho de Sua Majestade, trago a público minha proclamação, exigindo e determinando que todos os juízes de paz de Sua Majestade neste governo conduzam uma diligente averiguação dos crimes e tomem o Depoimento das Pessoas que se apresentem diante deles a fim de prestar informações a respeito dos mesmos; depoimentos estes que serão transmitidos a mim, para serem apresentados à Assembleia Geral, em New Bern, no trigésimo dia do próximo mês de novembro, até quando permanecerá prorrogada para o imediato despacho de ofício público.*

O rosto de Hayes estava quase tão roxo quanto o do tocador de gaita.

– *Firmado por mim e com o Grande Selo da Província em New Bern, no dia 18 de outubro, no décimo Ano do Reinado de Sua Majestade, 1770 do ano de Nosso Senhor.*

– *Assinado, William Tryon* – Hayes concluiu, com um último sopro de ar fumegante.

– Sabe de uma coisa? – falei para Jamie. – Acredito que tenha sido uma só frase, menos o final. Incrível, até mesmo para um político.

– Silêncio, Sassenach – disse ele, os olhos ainda fixos em Archie Hayes.

Atrás de mim, ouvi a multidão se inquietar, tomada por interesse e consternação – com um toque de diversão diante das frases sobre brindes à traição.

Aquela era uma reunião de escoceses, muitos deles exilados nas Colônias na esteira dos levantes jacobitas, e se Archie tivesse escolhido tomar nota oficialmente do que era dito em meio a copos de cerveja e uísque compartilhados ao redor das fogueiras na noite anterior... mas, ao mesmo tempo, ele tinha menos de quarenta soldados consigo e, o que quer que pensasse a respeito do rei George e do possível fracasso do monarca, era sábio o bastante para guardar para si.

Cerca de quatrocentos escoceses cercaram a pequena cabeça de ponte na margem do riacho, atraídos pelo soar dos tambores. Homens e mulheres se abrigavam entre as árvores além da clareira, vestidos com seus tartãs e *arisaids* enrolados no corpo para se protegerem do vento cada vez mais forte. Eles também estavam cautelosos, a julgar pelos rostos sérios visíveis sob boinas e cachecóis. A expressão deles, é claro, poderia se dever tanto ao frio quanto a uma prudência natural. Minhas bochechas estavam rígidas; a ponta do nariz, dormente e, desde o amanhecer, eu não sentia mais os pés.

– Qualquer um que deseje fazer uma declaração a respeito desses assuntos importantes pode se dirigir a mim, as informações fornecidas estarão seguras – anunciou Hayes, o rosto redondo oficialmente inexpressivo. – Permanecerei em minha tenda com meu assistente durante todo o dia. Deus abençoe o Rei!

Entregou a Proclamação ao cabo, fez uma reverência à multidão e se encaminhou depressa para uma grande tenda de lona perto das árvores, com bandeiras do regimento esvoaçando loucamente em um estandarte ao lado.

Tremendo, enfiei a mão pela abertura da capa de Jamie e a apoiei na dobra de seu braço, meus dedos frios confortados pelo calor do corpo dele. Jamie pressionou o cotovelo contra o corpo por um segundo ao sentir minha mão gélida, mas não olhou para mim. Ele observava Archie Hayes enquanto ele se afastava, olhos semicerrados contra o vento cortante.

Um homem atarracado e forte de considerável presença, o tenente se movimentava com firmeza, como se alheio à multidão na encosta à frente. Entrou na tenda, deixando o pano erguido, de maneira convidativa.

Não era a primeira vez que eu admirava com relutância o instinto político do governador Tryon. A Proclamação claramente estava sendo lida em cidades e vilarejos por toda a colônia. Ele poderia ter designado um magistrado local ou um xerife para levar sua mensagem oficial de fúria àquela reunião, mas dera-se ao trabalho de enviar Hayes.

Archibald Hayes iniciara a campanha militar em Culloden ao lado do pai, aos 12 anos. Ferido na batalha, fora capturado e mandado para o sul. Tendo de escolher entre ser degredado ou entrar para o exército, ele aceitara a oferta do rei e a aproveitara ao máximo. O fato de ter sido promovido a oficial aos 30 e poucos anos, em uma época na qual a maioria dos cargos era comprada, e não conquistada, era prova suficiente de suas habilidades.

Ele era tão bem-apessoado quanto profissional. Ao ser convidado para comer e se sentar diante do fogo conosco na noite anterior, Hayes passou metade do tempo conversando com Jamie – e a outra metade, passando de fogueira a fogueira sob a égide da presença de Jamie, sendo apresentado aos líderes de todas as famílias importantes ali presentes.

De quem teria sido aquela ideia?, eu me perguntei, olhando para Jamie. Seu nariz comprido e afilado estava vermelho por causa do frio, os olhos semicerrados contra o vento, mas o rosto não dava a menor pista do que lhe passava pela cabeça. E isso, pensei, era um bom indício de que ele estava pensando em algo bastante perigoso. Será que ele sabia daquela Proclamação?

Nenhum oficial inglês, com uma tropa inglesa, poderia ter levado uma notícia como aquela esperando obter cooperação. Mas Hayes e seus escoceses, firmes com seus tartãs... Eu não havia deixado de notar que Hayes erguera sua tenda de costas para uma mata farta de pinheiros. Qualquer pessoa que quisesse conversar com o tenente em segredo poderia se aproximar pela mata sem ser visto.

– Hayes espera que alguém surja da multidão, corra para dentro de sua tenda e se entregue no ato? – murmurei para Jamie. Pessoalmente, eu conhecia pelo menos uma dúzia de homens entre os presentes que tinham participado dos distúrbios em Hillsborough – três deles estavam bem perto de nós.

Jamie viu para onde eu olhava e pousou a mão sobre a minha, apertando-a em um pedido silencioso de discrição. Baixei as sobrancelhas enquanto olhava para ele: não podia estar pensando que eu entregaria alguém inadvertidamente. Ele abriu um sorriso tímido para mim acompanhado de um daqueles irritantes olhares de marido que dizia, com mais clareza do que palavras: *Sabe como você é, Sassenach. Quem olha para o seu rosto descobre exatamente o que você está pensando.*

Eu me aproximei um pouco e dei um chute discreto em seu tornozelo. Meu rosto podia ser transparente, mas com certeza não chamaria atenção no meio de uma multidão como aquela! Ele não se retraiu, mas o sorriso se abriu um pouco mais. Passou um braço por dentro da minha capa e me puxou para mais perto, com a mão nas minhas costas.

Hobson, MacLennan e Fowles estavam logo à nossa frente, falando baixinho entre si. Os três vinham de um pequeno vilarejo chamado Drunkard's Creek, a cerca de 24 quilômetros de nossa casa na cordilheira dos Frasers. Hugh Fowles era genro de Hobson e muito jovem, não passava dos 20. Estava fazendo o melhor que podia para manter a compostura, mas seu rosto ficara pálido e suado conforme era lida a Proclamação.

Eu não sabia o que Tryon pretendia fazer com as pessoas que haviam participado da revolta quando isso fosse comprovado, mas sentia as ondas de inquietação criadas pela Proclamação do governador tomando a multidão como a corrente de água descendo pelas pedras no riacho próximo.

Vários prédios tinham sido destruídos em Hillsborough, e muitos oficiais tinham sido arrastados para a rua e agredidos. Corriam boatos de que um deles, que ironicamente ostentava o título de juiz de paz, havia perdido um dos olhos devido a um golpe de chicote. Sem dúvida levando muito a sério aquela demonstração de desobediência civil, o chefe de justiça Henderson fugiu por uma janela e sumiu da cidade, impedindo, assim, que a Corte se reunisse. Era evidente que o governador tinha ficado *muito* irritado com o que acontecera em Hillsborough.

Joe Hobson olhou para Jamie, e então desviou o olhar. A presença do tenente Hayes na nossa fogueira na noite anterior não passara despercebida.

Se Jamie notou o olhar, não o retribuiu. Encolheu um dos ombros, inclinando a cabeça para baixo a fim de falar comigo.

– Não acho que Hayes espere que alguém se entregue. Pode ser sua obrigação pedir informação; graças a Deus não tenho nada a dizer. – Ele não falou muito alto, mas apenas o suficiente para que Joe Hobson conseguisse ouvir.

Hobson virou a cabeça e fez um leve meneio para Jamie. Tocou o braço do genro, e eles se viraram, subindo a encosta em direção ao acampamento mais acima, onde as mulheres do vilarejo estavam cuidando do fogo e das crianças menores.

Aquele era o último dia da Reunião. À noite, haveria casamentos e batizados, a bênção formal do amor e de seus frutos barulhentos, nascidos dos ventres da multidão carente de igreja durante o ano anterior. Então, as últimas canções seriam cantadas, as últimas histórias seriam contadas e haveria dança em meio às chamas de muitas fogueiras – com ou sem chuva. Pela manhã, os escoceses e o seu pessoal se dispersariam de volta para suas casas, espalhadas pelas margens colonizadas do rio Cabo Fear até as montanhas selvagens do oeste – levando as notícias acerca da Proclamação do governador e dos acontecimentos em Hillsborough.

Remexi os dedos dos pés dentro dos sapatos úmidos e me perguntei, inquieta, quem na multidão poderia pensar que era sua obrigação responder ao convite de Hayes para confessar ou incriminar alguém. Não Jamie. Mas poderiam pensar assim. Houvera muito alarde a respeito das revoltas em Hillsborough durante a semana da Reunião, mas nem todos os que ouviam encaravam os revoltosos como heróis, de modo algum.

Eu percebia e ouvia o murmúrio das conversas surgindo depois da Proclamação – cabeças se virando, famílias se reunindo, homens passando de grupo em grupo, conforme o conteúdo do discurso de Hayes ia sendo transmitido colina acima, repetido a quem estava longe demais para ouvir.

– Vamos? Ainda há muito que fazer antes dos casamentos.

– É mesmo? – Jamie olhou para mim. – Pensei que os escravos de Jocasta estivessem cuidando da comida e da bebida. Dei a Ulysses os barris de uísque, ele vai ser o *soghan*.

– Ulysses? Ele trouxe a peruca? – Sorri ao pensar naquilo. O *soghan* era o homem encarregado da distribuição de bebidas e refrescos em um casamento das Terras Altas – o termo significa algo como "homem espalhafatoso e jovial". Ulysses era possivelmente a pessoa mais digna que eu já tinha visto, mesmo sem a peruca chamativa de crina de cavalo.

– Se ele trouxe, provavelmente vai estar em sua cabeça hoje à noite. – Jamie olhou para o céu e balançou a cabeça. – Feliz é a noiva que o sol ilumina – disse ele. – Feliz é o cadáver sobre o qual a chuva cai.

– É disso que gosto nos escoceses – retruquei de modo seco. – Um provérbio adequado para todas as ocasiões. Não ouse dizer isso na frente da Bree.

– O que acha que eu sou, Sassenach? – perguntou ele, com um meio sorriso para mim. – Sou o pai dela, não sou?

– Definitivamente é. – Reprimi o repentino pensamento sobre o outro pai de Brianna e olhei para trás, para ter certeza de que ela não estava ouvindo.

Não havia sinal de seus cabelos ruivos entre as pessoas próximas. Sendo filha de quem era, media 1,80 metro com sapatos sem salto. Era quase tão fácil localizá-la quanto era localizar Jamie em uma multidão.

– Não é do banquete do casamento que preciso cuidar, a propósito – falei, voltando a olhar para Jamie. – Preciso cuidar do café da manhã e depois atender com Murray MacLeod na clínica.

– É mesmo? Pensei que você tivesse dito que o tal do Murray era um charlatão.

– Eu disse que ele era ignorante, teimoso, uma ameaça à saúde pública – eu o corrigi. – Não é a mesma coisa... exatamente.

– Não mesmo – disse Jamie sorrindo. – Você vai educá-lo, então... ou envenená-lo?

– O que me parecer mais eficiente. No mínimo, pode ser que eu pise, sem querer, na lanceta dele e a quebre; provavelmente é a única maneira de fazer com que ele pare de sangrar as pessoas. Mas vamos, estou congelando!

– Sim, vamos – concordou Jamie, olhando para os soldados ainda reunidos na margem do rio em posição de descansar. – Sem dúvida, Archie vai manter seus homens ali até a multidão se dispersar. Eles estão ficando com as extremidades meio azuladas.

Apesar de estarem completamente armados e uniformizados, a fileira de escoceses estava relaxada; imponente, com certeza, mas não mais ameaçadora. Meninos pequenos – e meninas pequenas também – andavam de um lado a outro entre eles, sacudindo com insolência a barra dos kilts dos soldados ou se precipitando, com atrevimento, a tocar os mosquetes reluzentes, os cantis pendurados e os cabos dos punhais e espadas.

– Abel, *charaid*! – Jamie havia parado para cumprimentar os últimos homens de Drunkard's Creek. – Já comeu hoje?

MacLennan não trouxera a esposa para a Reunião e, portanto, comia onde a sorte o levasse. A multidão se dispersava, mas ele permanecia firme em sua posição, segurando as pontas de um lenço de flanela vermelha sobre a cabeça careca para se proteger da chuva. Provavelmente esperando um convite para tomar café da manhã, pensei com cinismo.

Olhei para seu corpo atarracado, estimando mentalmente a quantidade de ovos, mingau e pão que ele comeria, levando em conta os mantimentos reduzidos que tínhamos. Não que uma simples falta de alimentos impedisse um escocês de oferecer hospitalidade – por certo não Jamie, que estava convidando MacLennan para se juntar a nós, enquanto em minha cabeça eu dividia dezoito ovos por nove pessoas em vez de oito. Não os fritaria, então; em vez disso, prepararia uma fritada com batatas assadas, e era melhor pegar mais café no acampamento de Jocasta enquanto subíamos a montanha.

Nós nos viramos para partir e a mão de Jamie de repente escorregou pelas minhas costas. Emiti um som impróprio, e Abel MacLennan se virou para olhar para mim, espantado. Abri um largo sorriso para ele, lutando contra a vontade de dar mais um chute em Jamie, menos discreto dessa vez.

MacLennan se virou para a frente e subiu a ladeira a nossa frente com rapidez, as pontas do casaco balançando por cima das calças puídas. Jamie apoiou meu cotovelo para me ajudar a subir as rochas e se inclinou para a frente para murmurar no meu ouvido:

– Por que diabo não está usando anáguas, Sassenach? – perguntou. – Não tem nada por baixo da saia... vai morrer de frio!

– Você tem razão – concordei, estremecendo, apesar de estar usando a capa. Na verdade, eu estava com uma camisola de linho por baixo do vestido, mas era uma peça fina e puída, adequada para um acampamento no verão, mas não o suficiente para me proteger do vento frio de inverno que soprava através da minha saia como se ela fosse de gaze.

– Você estava usando anáguas de lã ontem. O que aconteceu com elas?

– Você não vai querer saber – garanti.

Ele ergueu as sobrancelhas ao ouvir isso, mas antes que pudesse fazer mais perguntas, ouvimos um grito vindo de trás de nós.

– Germain!

Eu me virei e vi uma cabecinha loura de cabelos esvoaçantes cujo dono vinha descendo a toda a encosta abaixo das rochas. Germain, de 2 anos, havia se aproveitado da preocupação da mãe com a irmã recém-nascida para escapar e correr até os soldados. Fugindo, descia a encosta íngreme correndo e ganhava velocidade.

– Fergus! – gritou Marsali. O pai de Germain, ao ouvir seu nome, desviou a atenção da conversa a tempo de ver o filho tropeçar em uma pedra e voar de cabeça. Acrobata nato, o menininho não fez nenhum movimento para se salvar, mas caiu de modo gracioso, rolando como um tatu-bola quando um de seus ombros tocou o gramado. Continuou rolando pelas fileiras de soldados como uma bala de canhão, foi lançado da beirada de uma rocha e caiu dentro do riacho, espirrando água.

Todos arfaram assustados, e várias pessoas desceram a colina correndo para ajudar, mas um dos soldados já tinha corrido até a margem. Ajoelhado, ele enfiou o cano da baioneta em meio às roupas flutuantes do menino e o puxou, todo encharcado, para a terra.

Fergus correu para dentro da água congelante e estendeu os braços para pegar o filho.

– *Merci, mon ami, mille merci beaucoup* – disse ele ao jovem soldado. – *Et toi, toto* – continuando, chacoalhando de leve o filho ensopado. – *Comment ça va,* seu pequeno desatinado?

O soldado parecia assustado, mas eu não sabia dizer se era devido ao dialeto desconhecido de Fergus ou ao gancho reluzente que ele usava no lugar da mão esquerda.

– Tudo bem, senhor – disse ele com um sorriso tímido. – Ele não se feriu, acredito.

Brianna apareceu de repente de trás de uma castanheira, com Jemmy, de seis meses, sobre um dos ombros, e tomou a bebê Joan dos braços de Marsali.

– Pronto, pode me dar a Joanie – disse ela. – Vá cuidar do Germain.

Jamie tirou a capa pesada dos ombros e a colocou sobre os braços de Marsali no lugar do bebê.

– Isso, e diga ao soldado que o salvou para vir compartilhar de nossa fogueira – pediu ele. – Podemos alimentar mais um, Sassenach?

– Claro – respondi, refazendo rapidamente os cálculos mentais. Dezoito ovos, quatro pães amanhecidos para fazer torrada – não, eu precisava guardar um deles para a viagem de volta para casa no dia seguinte –, três dúzias de bolinhos de aveia se Jamie e Roger ainda não os tivessem comido, meio jarro de mel...

O rosto magro de Marsali se iluminou com um sorriso triste, compartilhado por nós três, e então ela se foi, apressando-se para ajudar seus homens molhados e trêmulos.

Jamie a observava se afastar com um suspiro de resignação, quando o vento soprou por dentro das mangas de sua camisa e as estufou com um ruído abafado. Ele cruzou os braços sobre o peito, encolhendo os ombros contra o vento, e sorriu para mim com o canto da boca.

– Bem, acho que vamos congelar juntos, Sassenach. Mas tudo bem. Eu não desejaria viver sem você de qualquer modo.

– Ah – respondi afavelmente. – Você poderia viver nu sobre um iceberg e o derreteria, Jamie Fraser. O que fez com seu casaco e seu tartã? – Ele não estava usando nada além do kilt e da camisa, sapatos e meias, e as maçãs de seu rosto estavam avermelhadas pelo frio, assim como as pontas das orelhas. Quando enfiei novamente a mão na dobra do seu braço, no entanto, vi que ele estava quente como sempre.

– Você não vai querer saber – disse ele, sorrindo, e cobriu minha mão com a palma grande e cheia de calos. – Vamos; estou faminto, quero tomar o café da manhã.

– Espere – falei, me afastando. Jemmy não queria dividir o colo da mãe com outra criança, e resmungava e se contorcia em protesto, o rostinho redondo ficando vermelho de irritação sob a touca de lã azul. Eu estendi os braços e o peguei do colo de Brianna enquanto ele se debatia sem parar.

– Obrigada, mãe. – Brianna sorriu brevemente, colocando a pequena Joan em uma posição mais segura, apoiada em seu ombro. – Mas tem certeza de que quer segurar esse aí? Esta aqui está mais calma e tem metade do peso.

– Não, tudo bem. Vamos, querido, venha com a vovó. – Eu sorri ao dizer isso, ainda tomada por aquela sensação nova, um misto de surpresa e felicidade por poder ser a avó de alguém. Ao me reconhecer, Jemmy parou de fazer manha e se agarrou a mim como sempre fazia, as mãozinhas gorduchas segurando meus cabelos com força. Desembaraçando os dedos dele, olhei por cima de sua cabeça, mas as coisas lá embaixo pareciam sob controle.

Fergus, com as calças e as meias ensopadas, a capa de Jamie sobre os ombros, ajeitava a frente da camisa com uma das mãos, dizendo algo ao soldado que tinha salvado Germain. Marsali havia tirado seu *arisaid* e enrolara o menininho nele, seus cabelos louros esvoaçando por baixo do lenço como teias de aranha ao vento.

O tenente Hayes, atraído pelo barulho, espiava pela aba da tenda como um molusco de dentro da concha. Ele olhou para cima e nossos olhares se cruzaram. Fiz um breve aceno e me virei para seguir minha família de volta ao nosso acampamento.

Jamie estava dizendo algo a Brianna em gaélico, enquanto a ajudava a atravessar um trecho pedregoso no caminho a minha frente.

– Sim, estou pronta – disse ela, respondendo em inglês. – Onde está seu casaco, pai?

– Emprestei ao seu marido – respondeu ele. – Não queremos que ele pareça um mendigo no casamento, certo?

Bree riu, afastando uma mecha esvoaçante de cabelos ruivos da boca com a mão livre.

– Melhor um mendigo do que um suicida.

– Um o quê? – Eu os alcancei quando saímos da parte protegida pelas rochas. O vento soprava pelo espaço aberto, açoitando-nos com uma neve fina e grãos de areia, então puxei a touca mais para baixo para cobrir as orelhas de Jemmy e passei o cobertor por cima de sua cabeça.

– Ufa! – Brianna se inclinou sobre a bebê enrolada em seus braços, protegendo-a das rajadas de vento. – Roger estava se barbeando quando os tambores começaram; quase cortou o pescoço. A frente do seu casaco está coberta de manchas de sangue. – Ela olhou para Jamie, os olhos marejados por causa do vento. – Você o viu hoje cedo. Sabe onde ele está agora?

– O rapaz está inteiro – garantiu ele. – Eu disse a ele que fosse conversar com o padre Donahue enquanto Hayes cuidava dos assuntos dele. – Ele lançou um olhar severo para ela. – Você poderia ter me contado que ele não é católico.

– Poderia – respondeu ela, sem se perturbar. – Mas não contei. Isso não é uma questão para mim.

– Se está querendo dizer com essa expressão peculiar que isso não tem importância... – começou Jamie, com a voz um pouco alterada, mas foi interrompido pela chegada do próprio Roger, resplandecente com um kilt de tartã MacKenzie verde e branco, com a faixa combinando por cima do casaco e do colete de Jamie. O casaco servia bem – os dois homens eram grandes, tinham braços compridos e ombros largos, embora Jamie fosse alguns centímetros mais alto – e a lã cinza ficava quase tão bem com os cabelos escuros e a pele morena de Roger quanto com os cabelos avermelhados de Jamie.

– Você está muito bonito, Roger – elogiei. – Onde se cortou? – O rosto dele estava rosado, com a aparência de quem havia acabado de se barbear, mas, tirando isso, não havia marcas.

Roger levava o tartã de Jamie embaixo do braço, um fardo de tartã vermelho e preto. Ele o entregou e inclinou a cabeça, mostrando o corte profundo bem embaixo do queixo.

– Bem aqui. Não foi tão grave, mas sangrou como o diabo. Navalhas não são brincadeira, não é mesmo?

Sobre a ferida já havia se formado uma crosta escura, um corte de cerca de 7 centímetros que ia do canto da mandíbula até a lateral do pescoço. Toquei a pele perto dele de leve. Não estava ruim; a lâmina tinha feito um corte preciso, a pele não necessitava de sutura. No entanto, não era à toa que tinha sangrado muito, parecia mesmo que ele tinha tentado cortar a própria garganta.

– Está meio nervoso esta manhã? – perguntei, provocando. – Não está mudando de ideia, não é?

– Está um pouco tarde para isso – disse Brianna de modo seco, aproximando-se de mim. – Afinal de contas, você tem um filho que precisa de um nome.

– Ele terá tantos nomes que nem saberá o que fazer com eles – Roger garantiu a ela. – Assim como você... sra. MacKenzie.

Brianna corou de leve ao ouvir o nome e sorriu para ele. Roger se inclinou para a frente a fim de beijar a testa dela, pegando o bebê enrolado em seus braços. Um olhar repentino de choque tomou seu rosto quando ele sentiu o peso da criança nos braços e olhou para ela, boquiaberto.

– Não é o nosso – disse Bree, sorrindo diante do susto dele. – É Joan, filha de Marsali. Minha mãe está com Jemmy.

– Graças a Deus – disse ele, segurando a criança com muito mais cuidado. – Pensei que ele tivesse evaporado ou algo assim. – Ele ergueu a criança, cuidadoso, expondo seu rostinho adormecido, e sorriu, como as pessoas sempre faziam ao ver a mecha encaracolada de cabelos castanhos, que se enrolava como a de uma boneca.

– De jeito nenhum – falei, resmungando enquanto segurava um bem nutrido Jemmy, que agora dormia pesado nas próprias cobertas, em uma posição mais confortável. – Acho que ele engordou mais ou menos um quilo na subida. – Eu estava corada por causa do esforço e segurava o bebê um pouco afastado do meu corpo enquanto uma onda repentina de calor fazia meu rosto ruborizar e o suor brotar embaixo dos meus cabelos desgrenhados.

Jamie tirou Jemmy do meu colo e o acomodou habilmente embaixo do braço como se fosse uma bola de futebol, com uma das mãos segurando a cabeça do bebê.

– Então, falou com o padre? – perguntou, olhando para Roger com desconfiança.

– Falei – disse Roger, lacônico, respondendo tanto ao olhar quanto à pergunta. – Ele está convencido que eu não sou o Anticristo. Desde que eu concorde que o menino seja batizado como católico, não haverá restrições ao casamento. Eu disse que concordo.

Jamie resmungou em resposta, e eu reprimi um sorriso. Apesar de não ter grandes preconceitos religiosos – ele já havia comandado, combatido e lidado com muitos homens, de todas as religiões –, saber que seu genro era presbiteriano, sem nenhuma intenção de se converter, havia ocasionado alguns comentários.

Bree olhou para mim e abriu um sorriso meio torto, seus olhos se encolhendo em triângulos azuis de um divertimento felino.

– Foi muito inteligente da sua parte não falar sobre religião antes da hora – murmurei, tomando o cuidado de não falar alto demais para que Jamie não me ouvisse. Os dois caminhavam à nossa frente, ainda meio sem jeito, embora a formalidade do comportamento deles fosse bastante prejudicada pelos panos dos bebês que eles carregavam.

Jemmy gritou de repente, mas o avô o ergueu sem parar de andar, e ele se aquietou, os olhos redondos fixos em nós por cima do ombro de Jamie, protegido pelo cobertor. Fiz uma careta para ele, que abriu um enorme sorriso sem dentes.

– Roger queria tocar no assunto, mas eu falei para ele ficar quieto. – Bree mostrou a língua para Jemmy e então fixou um olhar típico de esposa nas costas de Roger. – Eu sabia que o pai não criaria problemas por causa disso se esperássemos para contar um pouco antes do casamento.

Reparei tanto a maneira astuta com que avaliou o comportamento do pai quanto a facilidade com que falava o escocês. Ela se parecia com Jamie muito além das características óbvias dos traços e do tom da pele e dos cabelos; tinha o talento dele para avaliar as pessoas e a mesma facilidade com idiomas. Ainda assim, algo me perturbava, algo que tinha a ver com Roger e com religião...

Já estávamos perto o bastante dos homens para ouvir a conversa deles.

–... sobre Hillsborough – dizia Jamie, inclinando-se na direção de Roger para poder ser ouvido em meio ao vento. – Pedindo informação sobre os revoltosos.

– É mesmo? – Roger parecia ao mesmo tempo interessado e cauteloso. – Duncan Innes vai querer ouvir isso. Ele estava em Hillsborough durante os conflitos, sabia?

– Não. – Jamie parecia mais do que interessado. – Mal me encontrei com Duncan esta semana. Vou perguntar a ele, talvez, depois do casamento, se ele sobreviver. – Duncan ia se casar com a tia de Jamie, Jocasta Cameron, à noite, e estava nervoso a ponto de ficar prostrado diante dessa perspectiva.

Roger se virou, protegendo Joan do vento com seu corpo enquanto falava com Brianna.

– Sua tia disse ao padre Donahue que ele pode realizar os casamentos na tenda dela. Isso vai ajudar.

– Brrrr! – Bree encolheu os ombros, estremecendo. – Ainda bem. Hoje não é um bom dia para se casar ao ar livre.

Uma castanheira enorme acima de nós espalhou uma chuva de folhas amarelas, como se concordasse. Roger parecia um pouco apreensivo.

– Acho que não é bem o casamento que você sonhou – disse ele. – Quando era menina.

Brianna olhou para Roger e abriu um largo e demorado sorriso.

– O primeiro também não foi – disse ela. – Mas gostei mesmo assim.

A pele de Roger não costumava corar, e suas orelhas estavam avermelhadas por causa do frio, de qualquer maneira. Ele abriu a boca como se quisesse responder, viu o olhar penetrante de Jamie e voltou a fechá-la, parecendo envergonhado, mas inegavelmente satisfeito.

– Sr. Fraser!

Eu me virei e vi um dos soldados subindo o morro na nossa direção, os olhos fixos em Jamie.

– Oficial MacNair, ao seu dispor, senhor – disse ele, ofegante ao se aproximar de nós. Inclinou a cabeça. – Vim em nome do tenente, para saber se o senhor faria a gentileza de ir vê-lo em sua tenda. – Ele me viu e se inclinou, de maneira menos abrupta. – Sra. Fraser. Meus cumprimentos, senhora.

– Ao seu dispor, senhor. – Jamie retribuiu o cumprimento do oficial. – Diga ao tenente que peço desculpas, mas tenho deveres a cumprir em outro lugar. – Falou educadamente, mas o oficial olhou para ele com severidade. MacNair era jovem, mas não imaturo; um rápido olhar de compreensão tomou seu rosto sério e magro. A última coisa que um homem ia desejar era ser visto indo até a tenda de Hayes sozinho logo depois de sua Proclamação.

– O tenente solicita a presença do sr. Farquard Campbell, do sr. Andrew MacNeill, do sr. Gerald Forbes, do sr. Duncan Innes e do sr. Randall Lillywhite, além do senhor.

Os ombros de Jamie relaxaram.

– É mesmo? – disse ele, sério. Então Hayes pretendia consultar os homens poderosos da região: Farquard Campbell e Andrew MacNeill eram grandes proprietários de terras e magistrados locais; Gerald Forbes, um advogado importante de Cross Creek e juiz de paz; Lillywhite era magistrado da corte. E Duncan Innes estava prestes a se tornar o maior proprietário de fazendas da metade ocidental da colônia, por meio de seu futuro casamento com a tia viúva de Jamie. O próprio Jamie não era nem rico nem oficial da Coroa – mas *era* proprietário de um grande, apesar de ainda quase totalmente vazio, terreno no interior.

Ele deu de ombros levemente e mudou o bebê de posição, acalmando-o.

– Certo. Pois bem. Diga ao tenente que irei assim que seja conveniente.

Sem se deixar intimidar, MacNair fez uma reverência e partiu, presumidamente em busca dos outros cavalheiros de sua lista.

– E qual é o propósito de tudo isso? – perguntei a Jamie. – Oops. – Estiquei a mão e sequei um fio de saliva que descia do queixo de Jemmy antes que ele chegasse à camisa de Jamie. – Mais um dentinho nascendo, é?

– Já tenho todos os dentes – Jamie me garantiu –, e você também, até onde posso ver. Quanto ao que Hayes pode estar querendo comigo, não sei ao certo. E também não pretendo descobrir antes do tempo. – Ele ergueu uma sobrancelha ruiva para mim, e eu ri.

– Ah, e existe certa flexibilidade na palavra "conveniente", não?

– Eu não disse que seria conveniente para *ele* – observou Jamie. – Mas em relação a sua anágua, Sassenach, e o motivo pelo qual está perambulando pela floresta de traseiro de fora – Duncan, *a charaid*! – O olhar irônico dele se transformou em prazer sincero ao ver Duncan Innes caminhando em nossa direção em meio a um pequeno arvoredo de cornisos desfolhados.

Duncan passou por cima de uma tora caída, processo tornado mais bizarro devido ao fato de ele não ter o braço esquerdo, e chegou até nós, chacoalhando gotículas dos cabelos. Ele já estava vestido para o casamento, com uma camisa limpa e uma peça de linho engomado por cima do kilt, e um casaco vermelho com detalhes de renda dourada, a manga vazia presa com um broche. Eu nunca tinha visto Duncan tão elegante, e disse isso a ele.

– Ah, bem – disse ele, acanhado. – A srta. Jo fez questão. – Ele se desvencilhou das gotas de chuva assim como do elogio, afastando agulhas secas e pedaços de casca de árvore que tinham grudado em seu casaco ao passar pelos pinheiros.

– Brrr! Um dia horroroso, *Mac Dubh*, sem a menor dúvida. – Ele olhou para o céu e balançou a cabeça. – Feliz da noiva que o sol ilumina. Feliz do cadáver sobre o qual a chuva cai.

– Eu fico me perguntando até que ponto um cadáver pode se sentir feliz – ponderei –, quaisquer que sejam as condições meteorológicas. Mas tenho certeza de que Jocasta vai ficar muito feliz, mesmo assim – acrescentei depressa ao ver uma expressão desorientada tomar conta do rosto de Duncan. – E você também, claro!

– Ah... sim – disse ele, um tanto incerto. – Sim, claro. Agradeço, senhora.

– Quando vi o senhor vindo da mata, pensei que talvez o oficial MacNair estivesse nos seus calcanhares – disse Jamie. – Está indo falar com Archie Hayes, certo?

Duncan pareceu um tanto surpreso.

– Hayes? Não, o que o tenente ia querer comigo?

– Esteve em Hillsborough em setembro, não esteve? Aqui, Sassenach, pegue esse pequeno esquilo. – Jamie parou de falar para me entregar Jemmy, que havia decidido se interessar mais pelos procedimentos e tentava escalar o peito do avô, firmando os dedos dos pés e emitindo grunhidos. A atividade repentina, no entanto, não foi o principal motivo para Jamie se livrar do bebê, como descobri quando peguei Jemmy no colo.

– Muito obrigada – falei, torcendo o nariz. Jamie sorriu para mim e guiou Duncan caminho acima, retomando a conversa.

– Humm – murmurei, cheirando com cuidado. – Acabou? Ah, imaginei que não.

Jemmy fechou os olhos, ficou muito vermelho e emitiu um ruído como o de uma rajada de metralhadora abafada. Eu o desenrolei o bastante para dar uma olhada em seu traseiro.

– Nossa! – exclamei, e desenrolei rapidamente o cobertor, bem a tempo. – *O que* sua mãe tem dado a você?

Alegre por ter se livrado dos cueiros, Jemmy agitou as pernas como um moinho, fazendo com que uma substância amarelada e nojenta vazasse pelas laterais da fralda.

– Credo! – limitei-me a dizer e, segurando-o à frente do corpo, parti em direção a um dos pequenos regatos que serpeavam pela encosta da montanha, pensando que apesar de poder me virar sem algumas facilidades, como encanamento e motores, havia momentos em que eu sinceramente sentia falta de coisas como calças plásticas com elásticos nas pernas. Isso sem falar dos rolos de papel higiênico.

Encontrei um bom local à beira do riacho, com uma cobertura espessa de folhas mortas. Eu me ajoelhei, estendi minha capa e coloquei Jemmy sobre ela apoiado nas mãos e nos joelhos, tirando o pano sujo sem me dar ao trabalho de abrir o alfinete.

– Iiiii! – exclamou, surpreso ao sentir o ar frio. Contraiu o bumbum gordinho e se encolheu como uma perereca cor-de-rosa.

– Ah! – retruquei. – Se você acha que um ventinho frio no traseiro é ruim, espere só. – Peguei um punhado de folhas amareladas e úmidas e o limpei depressa. Como era uma criança bastante estoica, ele se contorceu e se remexeu, mas não gritou, apenas aumentou o volume do "iiiii" enquanto eu limpava as dobrinhas.

Eu o virei e, com uma mão posicionada por garantia sobre a zona de perigo, dispensei tratamento similar a suas partes íntimas, o que fez com que ele abrisse um enorme sorriso sem dentes.

– Ah, você *é* mesmo um homem das Terras Altas, hein? – comentei, sorrindo para ele.

– E o que exatamente você quis dizer com esse comentário, Sassenach? – Olhei para a frente e vi Jamie recostado em uma árvore do outro lado do riacho. As cores vibrantes de seu tartã e do linho branco se destacavam contra a folhagem desbotada de outono; mas o rosto e os cabelos faziam com que ele parecesse uma criatura da floresta, bronze e vermelho, o vento remexendo seus cabelos de modo que as pontas dançavam como as folhas de bordo acima.

– Bem, aparentemente ele não se abala com o frio e com a umidade – respondi, concluindo meu trabalho e descartando o punhado de folhas sujas. – Além disso... bem, não lidei com muitos meninos antes, mas isso não é um tanto precoce?

Um dos cantos da boca de Jamie se curvou ao ver o panorama revelado sob a minha mão. O pequeno membro estava duro como meu polegar e praticamente do mesmo tamanho.

– Ah, não – disse ele. – Já vi muitos garotinhos nus. Todos fazem isso de vez em quando. – Ele deu de ombros, e o sorriso se alargou. – Agora, se isso acontece apenas com rapazinhos *escoceses*, não sei dizer...

– Um talento aperfeiçoado com a idade, ouso dizer – respondi de modo seco. Joguei o pano sujo por cima do curso de água, e ele caiu aos pés de Jamie fazendo barulho. – Tire os alfinetes e lave isso, sim?

Seu nariz comprido e afilado se enrugou um pouco, mas ele se ajoelhou sem demora e pegou cuidadosamente o pano imundo com dois dedos.

– Ah, então foi *isso* que você fez com sua anágua – disse ele.

Eu havia aberto o grande bolso que usava pendurado na cintura e tirara lá de dentro um retângulo de tecido limpo e dobrado. Não o linho cru do pano na mão dele, mas uma flanela grossa, macia e lavada com frequência, tingida de vermelho claro por causa do suco de groselhas.

Eu dei de ombros, dei uma olhada em Jemmy para ver se havia novas explosões e o coloquei sobre a fralda nova.

– Com três bebês usando fraldas, e o tempo úmido demais para que as peças sequem direito, ficamos sem panos limpos. – Os arbustos ao redor da clareira onde havíamos montado nosso acampamento familiar estavam tomados por roupas estendidas, a maioria delas ainda molhada, devido ao clima inoportuno.

– Tome. – Jamie se esticou por cima dos cerca de 30 centímetros do curso de água pontuado de pedras para me entregar os alfinetes retirados da outra fralda. Eu os peguei com cuidado para não os derrubar na água. Meus dedos estavam enrijecidos de frio, mas os alfinetes eram valiosos. Bree os havia feito com ferro aquecido, e Roger entalhara as extremidades em madeira, de acordo com os desenhos dela. Alfinetes perfeitamente bons, ainda que um pouco maiores e mais arcaicos do que as versões modernas. O único defeito era a cola usada para grudar as pontas de madeira ao ferro – feita com nata de leite e aparas de casco, não era à prova d'água, e as pontas tinham que ser coladas de novo com frequência.

Dobrei a fralda com firmeza em torno da barriga de Jemmy e passei um alfinete pelo tecido, sorrindo ao ver a ponta de madeira. Bree pegara um conjunto e entalhara um sapinho engraçado, com um sorriso largo e sem dentes.

– Certo, Sapinho, vamos lá.

Com a fralda presa, eu me sentei e o coloquei no meu colo, ajeitando suas roupas e tentando envolvê-lo de novo no cobertor.

– Cadê o Duncan? – perguntei. – Foi falar com o tenente?

Jamie balançou a cabeça, concentrado em sua tarefa.

– Eu disse a ele que não fosse ainda. Ele *estava* em Hillsborough durante as perturbações que houve lá. É melhor que ele espere um pouco; e então, se Hayes perguntar, ele pode jurar sinceramente que não há nenhum homem aqui que tenha participado das revoltas. – Ele olhou para cima e sorriu, sem humor. – Não vai haver, quando cair a noite.

Observei as mãos dele, grandes e fortes, torcendo o pano lavado. As cicatrizes em sua mão direita normalmente eram quase invisíveis, mas agora se destacavam, linhas brancas irregulares contra a pele avermelhada pelo frio. A situação toda me deixava meio intranquila, apesar de aparentemente não haver conexão direta conosco.

Durante a maior parte do tempo, eu pensava no governador Tryon com nada além de uma leve sensação de nervosismo. Afinal, ele estava em segurança em seu novo palácio em New Bern, separado de nosso pequeno povoado na Cordilheira dos Frasers por 500 quilômetros de cidades costeiras, fazendas, florestas de pinheiros, contrafortes, montanhas virgens e grandes ermos selvagens. Com todas as coisas com as quais ele tinha que se preocupar, como os autointitulados "reguladores" que tinham aterrorizado Hillsborough, e os xerifes e juízes corruptos que tinham provocado o terror, eu acreditava que ele dificilmente teria tempo para pensar em nós. Eu esperava que não.

Entretanto, perdurava o fato desconfortável de que Jamie tinha o título de propriedade de um grande lote de terra nas montanhas da Carolina do Norte, como presente do governador Tryon – e Tryon, por sua vez, guardava um fato trivial, porém importante, na manga: Jamie era católico. E as concessões reais de terra só podiam ser feitas a protestantes, segundo a lei.

Devido ao pequeno número de católicos na colônia, e à falta de organização entre eles, a questão da religião raramente era problema. Não havia igrejas católicas, nem padres residentes católicos; o padre Donahue havia feito a árdua viagem de Baltimore até lá a pedido de Jocasta. A tia de Jamie e seu falecido marido, Hector Cameron, tinham sido influentes na comunidade escocesa local durante tanto tempo que ninguém pensaria em questionar seus antecedentes religiosos, e eu acreditava que poucos dos escoceses com os quais vínhamos celebrando a semana toda sabiam que éramos católicos.

Mas era provável que logo percebessem. Bree e Roger, que estavam unidos de acordo com as tradições escocesas havia um ano, seriam casados pelo sacerdote naquela noite, juntamente com dois outros casais católicos de Bremerton – além de Jocasta e Duncan Innes.

– Archie Hayes – falei repentinamente. – Ele é católico?

Jamie pendurou o pano molhado e balançou as mãos para tirar a água.

– Não perguntei a ele – respondeu –, mas acredito que não. Quer dizer, o pai dele não era; eu me surpreenderia se ele fosse, ainda mais sendo oficial.

– Verdade. – As desvantagens de ser escocês, pobre e ex-jacobita já eram desconcertantes o suficiente. Era incrível que Hayes tivesse superado essas condições e chegado à posição que ocupava no momento, sem o peso extra do catolicismo.

O que me perturbava, no entanto, não era o tenente Hayes e seus homens – eu me preocupava com Jamie. Por fora, ele estava calmo e decidido como sempre, com aquele leve sorriso guardado no canto da boca. Mas eu o conhecia muito bem; eu tinha visto os dois dedos rígidos de sua mão direita – aleijados em uma prisão inglesa – se crisparem contra a lateral de sua perna enquanto contava piadas e casos a Hayes na noite anterior. Mesmo naquele momento, eu podia ver a linha fina que se formava entre suas sobrancelhas quando ele estava perturbado, e não era preocupação em relação ao que ele estava fazendo.

Seria apenas preocupação com a Proclamação? Eu não via motivo para isso, já que nenhum dos nossos havia se envolvido nas revoltas de Hillsborough.

–... um presbiteriano – ele estava dizendo. Olhou para mim com um sorriso forçado. – Como o Roger.

A lembrança que havia me ocorrido mais cedo de repente se encaixou.

– Você sabia... – comecei. – Você *sabia* que Roger não era católico. Você o viu batizar aquela criança em Snaketown, quando ele... o tomou dos índios. – Tarde demais, vi uma sombra atravessar seu rosto, e mordi minha língua. Quando pegamos Roger e deixamos no lugar dele o amado sobrinho de Jamie, Ian.

Seu rosto se obscureceu por um momento, mas ele sorriu, afastando a lembrança de Ian.

– Sim, eu sabia – disse ele.

– Mas a Bree...

– Ela se casaria com ele mesmo que ele fosse um hotentote – acrescentou ele, para minha surpresa.

– Você não?

Jamie deu de ombros e passou por cima do córrego para o meu lado, secando as mãos molhadas na barra do tartã.

– Ele é um bom rapaz, e é generoso. Assumiu o pequeno como filho e não disse uma palavra à moça a esse respeito. Não é nada além do que um homem deveria fazer... mas nem todo homem faria o que ele fez.

Olhei involuntariamente para Jemmy, que estava aconchegado em meus braços. Eu tentava não pensar nisso, mas não conseguia evitar, de vez em quando, procurar em seus traços um sinal qualquer que revelasse quem era seu pai de verdade.

Brianna tinha se unido a Roger, tinha passado uma noite com ele e então, dois dias depois, fora estuprada por Stephen Bonnet. Não havia como saber ao certo quem era o pai, e até aquela ocasião, Jemmy não dava sinais de se parecer nem um pouco com nenhum dos dois. No momento, ele enfiava a mão inteira na boca, com uma careta voraz de concentração, e com seus cabelinhos dourado-avermelhados, não se se parecia com ninguém tanto quanto se parecia com Jamie.

– Hum. Então, por que tanta insistência para que Roger fosse testado por um sacerdote?

– Bem, eles vão se casar, de qualquer modo – disse ele logicamente. – Mas quero que o menino seja batizado católico. – Ele encostou a mão enorme na cabeça de Jemmy, alisando com o polegar as pequenas sobrancelhas ruivas. – Então, se eu fizesse um alarde em relação a MacKenzie, achei que eles concordariam com esse *gille ruaidh*, não?

Eu ri e cobri as orelhas de Jemmy com uma ponta do cobertor.

– E eu achei que Brianna já tinha entendido você.

– Ela também acha – disse ele, sorrindo. Ele se inclinou repentinamente e me beijou.

Seus lábios estavam macios e muito quentes. O gosto era de pão com manteiga, e o cheiro, de folhas frescas e falta de banho, com um leve toque do conteúdo da fralda.

– Ah, isso é bom – falei com aprovação. – Faça de novo.

A floresta ao nosso redor estava tranquila, como sempre. Nenhuma ave, nenhum bicho, apenas o farfalhar de folhas acima e o correr da água a nossos pés. Movimento constante, som constante – e, no centro de tudo, perfeita paz. Havia muitas pessoas na montanha, e a maioria delas não estava muito longe – mas ali, naquele momento, era como se estivéssemos sozinhos em Júpiter.

Abri os olhos e suspirei, sentindo o gosto de mel. Jamie sorriu para mim e tirou uma folha amarela que estava presa nos meus cabelos. O bebê estava em meus braços, um fardo quente e pesado, o centro do Universo.

Nenhum de nós falou, não queríamos perturbar aquela quietude. Era como estar na extremidade de um pião, pensei – um turbilhão de coisas e pessoas rodopiando a toda volta, e um passo em uma direção ou em outra nos lançaria de novo naquele furor giratório, mas ali, bem no centro, havia paz.

Estendi a mão e tirei sementes de bordo do ombro dele. Ele segurou minha mão e a levou aos lábios com uma determinação repentina que me surpreendeu. E, ainda assim, os lábios dele eram suaves, a ponta da língua quente contra a parte macia da base de meu polegar – monte de Vênus, é como se chama, o assento do amor.

Ele levantou a cabeça e eu senti o arrepio repentino em minha mão onde a antiga cicatriz aparecia branca como osso. Uma letra "J", gravada na pele, a marca dele em mim.

Ele encostou a mão em meu rosto e eu a apertei ali com a minha, como se eu pudesse sentir o "C" esmaecido que ele tinha na palma da mão contra a pele fria do meu rosto. Não dissemos nada, mas a promessa foi feita, como já a tínhamos feito uma vez antes, em um lugar sagrado, nossos pés sobre um pedaço de leito rochoso nas areias movediças da ameaça de guerra.

Não estava perto, não ainda, mas eu ouvia sua aproximação no som dos tambores e da Proclamação, eu a ouvia no brilho do aço, eu sentia o medo dela no coração e nos ossos quando olhava nos olhos de Jamie.

O arrepio tinha passado, e o sangue quente latejava na minha mão como se fosse reabrir a cicatriz antiga e derramar o sangue do meu coração por ele mais uma vez. A guerra viria, e eu não podia impedir.

Mas dessa vez eu não o deixaria.

Segui Jamie para fora da mata, atravessei rochas, areia e grama até o caminho batido que levava para cima, para o nosso acampamento. Eu estava fazendo contas mentalmente, reajustando o que seria necessário para o café da manhã mais uma vez depois de Jamie me contar que tinha convidado mais duas famílias para comer conosco.

– Robin McGillivray e Geordie Chisholm – disse ele, segurando um galho para que eu passasse. – Achei que devíamos fazer com que se sintam bem-vindos; eles querem vir e se estabelecer na Cordilheira dos Frasers.

– É mesmo? – perguntei, abaixando-me quando o galho foi solto atrás de mim. – Quando? E quantos são?

Essas perguntas eram importantes. Estávamos perto do inverno – perto demais para sequer pensar em construir mesmo a cabana mais improvisada para servir de abrigo. Quem quer que fosse para as montanhas agora provavelmente teria que morar conosco na casa grande, ou teria que se acomodar em uma das pequenas cabanas dos colonos que pontuavam as montanhas. Os escoceses podiam viver, viviam e viveriam em grupos de dez por cômodo quando necessário. Com meu senso de hospitalidade inglês menos desenvolvido, eu torcia para que não fosse preciso.

– Seis McGillivrays e oito Chisholms – respondeu Jamie, sorrindo. – No entanto, os McGillivrays virão na primavera. Robin é armeiro, vai ter que trabalhar em Cross

Creek durante o inverno, e sua família ficará com parentes em Salem, a mulher dele é alemã, até o tempo esquentar.

– Ah, que bom. – Mais catorze para o café da manhã, então, além de Jamie e eu, Roger e Bree, Marsali e Fergus, Lizzie e o pai dela, Abel MacLennan, não podia me esquecer dele, ah, e o soldado que havia resgatado Germain, eram 24...

– Vou pegar café e arroz emprestados com a minha tia. – Jamie tinha notado minha expressão cada vez mais preocupada. Ele sorriu e estendeu os braços para pegar o bebê. – Dê-me o rapazinho. Vamos fazer umas visitas e deixaremos seus braços livres para cozinhar.

Eu observei os dois se afastarem com uma leve sensação de alívio. Sozinha, ainda que por alguns instantes. Inspirei profundamente o ar úmido, notando a chuva que batia de leve no meu capuz.

Eu adorava reuniões e ocasiões sociais, mas era obrigada a admitir que a tensão da companhia permanente por dias a fio me dava nos nervos. Depois de uma semana de visitas, fofocas, atendimentos médicos diários e das pequenas mas constantes crises que fazem parte de viver em meio a dificuldades com grandes grupos familiares, eu estava pronta para me enfiar em um buraco embaixo de um tronco de árvore apenas para conseguir ter quinze minutos de privacidade.

Naquele momento, no entanto, pareceu que eu não precisaria me dar ao trabalho. Ouvi gritos, chamados e o som da gaita de foles vindo do alto da montanha. Perturbada pela Proclamação do governador, a Reunião estava retomando o ritmo normal, e todos voltavam para suas famílias, para a clareira onde aconteciam as competições, para os locais onde eram mantidos os animais, além do riacho, ou para os vagões montados para vender de tudo, desde fitas e leiteiras a pilões e limões frescos – bem, relativamente frescos. Ninguém precisava de mim naquele momento.

O dia seria muito agitado, e talvez aquela fosse minha única chance de ficar sozinha em uma semana ou mais – a viagem de volta demoraria pelo menos o mesmo tempo, deslocando-nos lentamente com um grupo grande, que incluía bebês e carroças. A maioria dos novos arrendatários não tinha cavalos nem mulas, e teria que viajar a pé.

Eu precisava de um momento para mim, a fim de recuperar minhas forças e focar minha mente. O pouco foco que tinha, no entanto, não estava voltado para a logística do café da manhã nem dos casamentos, nem mesmo para os atendimentos médicos que eu ia fazer. Eu pensava ainda mais adiante, depois da viagem, desejava chegar em casa.

Nosso vilarejo ficava no topo das montanhas a oeste, muito além de qualquer cidade – ou mesmo de estradas abertas. Remotos e isolados, recebíamos poucos visitantes. Havia poucos moradores também, apesar de a população estar crescendo; mais de trinta famílias tinham chegado para se estabelecer nas terras concedidas a Jamie, sob sua responsabilidade. A maioria delas era de homens que ele conhecera na prisão, em Ardsmuir. Pensei que Chisholm e McGillivray pudessem ser ex-prisioneiros também; Jamie havia feito um convite permanente a esses homens, e o manteria, não importavam os custos envolvidos em prestar ajuda a eles – ou se podia assumi-los.

Um corvo passou voando em silêncio, lento e pesado, as asas sobrecarregadas pela chuva. Os corvos eram aves de presságio; eu me perguntei se aquele significava uma coisa boa ou ruim. Era raro ver um pássaro voando naquele clima – devia ter algum significado especial.

Bati com a palma da mão na testa, tentando tirar a superstição da cabeça. Viver com os escoceses por tanto tempo fazia com que toda rocha e toda árvore tivessem algum significado!

Mas talvez tivessem mesmo. Havia pessoas por toda parte ao meu redor na montanha, eu sabia, e ainda assim me sentia muito sozinha, protegida pela chuva e pela neblina. O tempo ainda estava frio, mas eu não. O sangue latejava próximo à superfície da minha pele, e eu senti o calor subir até as minhas palmas. Estendi a mão para tocar o pinheiro ao meu lado, gotas de chuva tremulando em cada agulha, o casco da árvore escurecido por causa da água. Senti o aroma do pinheiro e deixei a água tocar minha pele, fria como vapor. A chuva caía silenciosa ao meu redor, molhando minhas roupas até elas se grudarem suavemente ao meu corpo como nuvens sobre a montanha.

Certa vez Jamie me disse que tinha que viver em uma montanha, e agora eu sabia o motivo – apesar de não ser capaz de traduzi-lo em palavras. Todos os meus pensamentos desordenados se acalmaram enquanto eu ouvia a voz das rochas e das árvores – e ouvia o sino da montanha tocar uma vez, em algum lugar profundo abaixo dos meus pés.

Eu poderia ter ficado nesse transe por um tempo, esquecendo-me totalmente do café da manhã, mas as vozes das rochas e das pedras silenciaram e desapareceram com o bater de pés no caminho próximo.

– Sra. Fraser.

Era Archie Hayes, resplandecente com boina e espada, apesar da umidade. Se ficou surpreso ao meu ver de pé no caminho, sozinha, não demonstrou, mas inclinou a cabeça em um cumprimento cortês.

– Tenente. – Eu me inclinei, sentindo o rosto corar como se ele tivesse me flagrado no meio do banho.

– Seu marido está por perto, senhora? – perguntou ele, a voz casual.

Apesar de meu desconforto, senti uma pontada de cautela. O jovem oficial MacNair viera à procura de Jamie, sem sucesso. Se a montanha tinha ido até Maomé agora, o assunto não era casual. Será que Hayes tencionava arrastar Jamie para algum tipo de caça às bruxas contra os reguladores?

– Acredito que sim. Não sei exatamente *onde* – respondi, esforçando-me para não olhar para o alto da montanha, para o ponto onde o pico de lona da grande tenda de Jocasta se destacava entre as castanheiras.

– Ah, imagino que ele esteja muito ocupado – disse Hayes, à vontade. – Um homem como ele tem muito que fazer, e hoje é o último dia da Reunião.

– Sim. Acredito que... hum... sim.

A conversa terminou, e me vi em um estado de desconforto cada vez maior, perguntando-me como diabos ia escapar sem convidar o tenente para o café da manhã. Nem mesmo uma inglesa conseguiria sair impune da grosseria de não oferecer comida sem um comentário animado.

– Hum... o cabo MacNair disse que o senhor também queria falar com Farquard Campbell – falei, agarrando o touro pelos chifres. – Talvez Jamie tenha ido falar com ele. Com o sr. Campbell, quero dizer. – Acenei esperançosa em direção ao acampamento da família Campbell, que ficava no lado oposto da encosta da montanha, a quase 500 metros do acampamento de Jocasta.

Hayes piscou e gotas escorreram de seus cílios e desceram por seu rosto.

– Sim – disse ele. – Talvez seja isso. – Ele permaneceu ali mais um tempo, e em seguida inclinou o chapéu para mim. – Bom dia, senhora. – Virou-se para subir em direção à tenda de Jocasta. Eu fiquei observando enquanto ele partia, qualquer sensação de paz destruída.

– Maldição – falei baixinho, e fui cuidar do café da manhã.

2

PÃES E PEIXES

Havíamos escolhido um local bem longe do caminho principal, mas situado em uma clareira pequena e cheia de pedras com uma boa vista das amplas margens do rio lá embaixo. Olhando lá para baixo em meio aos arbustos de azevinho, eu podia ver a movimentação dos tartãs verdes e pretos enquanto os últimos soldados se dispersavam. Archie Hayes incentivara seus homens a se misturar com as pessoas da Reunião, e a maioria obedeceu de bom grado.

Eu não sabia ao certo se essa política de Archie era motivada por malícia, penúria ou simplesmente humanitarismo. Muitos dos soldados dele eram jovens, afastados de casa e da família; ficavam felizes com a chance de ouvir vozes escocesas de novo, de serem recebidos em torno de um fogo acolhedor, onde lhes eram oferecidos pão e mingau e eles podiam aproveitar o calor momentâneo da familiaridade.

Quando saí do meio das árvores, vi que Marsali e Lizzie estavam atarantadas em torno do jovem soldado que tinha retirado Germain do riacho. Fergus permanecia perto do fogo, o vapor subindo de suas roupas molhadas, murmurando em francês enquanto esfregava a cabeça de Germain depressa com uma toalha usando apenas uma das mãos. Seu gancho prendia o ombro do garotinho para mantê-lo no lugar, e a cabeça de cabelos loiros balançava de um lado para outro, o rosto de Germain muito tranquilo, totalmente alheio à repreensão do pai.

Nem Roger nem Brianna estavam à vista, mas fiquei alarmada ao ver Abel

MacLennan sentado no lado oposto da clareira, mordiscando um pedaço de pão torrado em um graveto. Jamie já havia voltado com os mantimentos emprestados, que desembrulhava no chão ao lado da fogueira. Estava com o cenho franzido, que se abriu em um sorriso ao me ver.

– Aí está você, Sassenach! – exclamou ele, levantando-se. – Por que demorou?

– Ah... encontrei um conhecido no caminho – respondi, com um olhar significativo em direção ao jovem soldado. Ficou claro que não foi significativo o suficiente, já que Jamie franziu a testa, confuso.

– O tenente está à sua procura – falei, inclinando-me para perto dele.

– Bem, eu *sei* disso, Sassenach – disse ele, com um tom de voz normal. – Ele vai me encontrar logo.

– Sim, mas... aham.

Pigarreei e ergui as sobrancelhas, olhando de modo contundente de Abel MacLennan para o jovem soldado. As noções de hospitalidade de Jamie não permitiam que seus convidados fossem arrastados para fora de sua casa, e imagino que o mesmo princípio pudesse ser aplicado a seu acampamento. O jovem soldado podia achar estranho prender MacLennan, mas eu tinha certeza de que o tenente não hesitaria dessa maneira.

Jamie parecia estar se divertindo. Erguendo as sobrancelhas, ele pegou meu braço e me levou até o jovem.

– Minha querida – disse ele com formalidade –, permita que eu lhe apresente o soldado Andrew Ogilvie, do vilarejo de Killburnie. Soldado Ogilvie, minha esposa.

O soldado Ogilvie, um rapaz com sardas no rosto e cabelos escuros e encaracolados, corou e fez uma reverência.

– Seu criado, senhora!

Jamie apertou de leve o meu braço.

– O soldado Ogilvie estava me contando que o regimento está indo para Portsmouth, na Virgínia, de onde pegarão um navio para a Escócia. Imagino que ficará feliz em voltar para casa, rapaz!

– Ah, sim, senhor! – disse ele com animação. – O regimento vai se dispersar em Aberdeen, e então irei para casa tão depressa quanto minhas pernas puderem me levar!

– O regimento vai se dispersar? – perguntou Fergus, aproximando-se para participar da conversa, com uma toalha ao redor do pescoço e Germain nos braços.

– Sim, senhor. Com os franceses dominados... perdoe-me, senhor... e os índios em segurança, não temos mais nada a fazer aqui, e a Coroa não vai nos pagar para ficar em casa à toa – disse o rapaz com pesar. – A paz é algo bom, de modo geral, e fico feliz com ela, claro. Mas não há como negar que é difícil para um soldado.

– Quase tão difícil quanto a guerra, não? – disse Jamie de modo seco.

O rapaz corou; por ser muito jovem, não devia ter visto muito em termos de confronto de verdade. A Guerra dos Sete Anos havia terminado quase dez anos antes – época em que o soldado Ogilvie certamente ainda era um garotinho descalço em Killburnie.

Ignorando o constrangimento do rapaz, Jamie se virou para mim.

– O rapaz me disse que o regimento 77 é o último existente nas Colônias – acrescentou.

– O último regimento das Terras Altas? – perguntei.

– Não, senhora, o último das tropas comuns da Coroa. Há as guarnições aqui e ali, acredito, mas todos os regimentos foram chamados de volta para a Inglaterra ou para a Escócia. Somos o último, e estamos atrasados também. Pretendíamos partir de Charleston, mas as coisas ficaram ruins por lá, então estamos indo para Portsmouth agora, o mais depressa que conseguirmos. Estamos no fim do ano, mas o tenente soube de um barco que pode arriscar a travessia para nos levar. Se não... – Ele deu de ombros, filosofando com seriedade. – Então, teremos de passar o inverno em Portsmouth, acredito, e nos virar como pudermos.

– Então, a Inglaterra pretende nos deixar desprotegidos? – Marsali parecia chocada diante dessa ideia.

– Ah, não acredito que haja grande perigo, senhora – garantiu o soldado Ogilvie. – Lidamos com os franceses de uma vez por todas, e os índios não farão muito sem os franceses para atiçá-los. Tudo está em paz já há um bom tempo, e sem dúvida continuará assim.

Pigarreei baixinho, e Jamie apertou meu cotovelo de leve.

– Então não pensaram em ficar, talvez? – Lizzie estava descascando e grelhando batatas enquanto ouvia o que dizíamos; colocou a tigela de batatas cortadas ao lado do fogo e começou a passar banha na grelha. – Ficar nas Colônias, quero dizer. Ainda há muita terra a ser ocupada, a oeste.

– Ah. – O soldado Ogilvie olhou para ela, com o colo branco debruçado modestamente sobre o trabalho, e ele corou de novo. – Bem, devo dizer que ouvi perspectivas piores, senhorita. Mas devo ir com meu regimento, receio.

Lizzie pegou dois ovos e os quebrou com cuidado na borda da tigela. Seu rosto, normalmente pálido como o trigo, estava levemente corado, lembrando a cor do rosto do soldado.

– Ah, é uma pena que tenham que partir tão cedo – comentou ela. As mechas louras desciam por seu rosto. – Mas não os mandaremos embora de estômago vazio.

As orelhas do soldado Ogilvie ficaram levemente coradas.

– Isso é... muito gentil de sua parte, senhorita. Muito gentil mesmo.

Lizzie olhou para cima com timidez e corou ainda mais.

Jamie tossiu suavemente e pediu licença para se retirar, levando-me para longe do fogo.

– Cristo – disse ele baixinho, inclinando-se para que eu pudesse ouvi-lo. – E ela é mulher há menos de um dia! Andou dando aulas a ela, Sassenach, ou as mulheres nascem assim?

– Talento natural, acredito – respondi, circunspecta.

A inesperada menarca de Lizzie depois do jantar na noite anterior tinha sido a gota d'água no que dizia respeito aos panos limpos, e o que me fez ter de sacrificar minha anágua. Lizzie, naturalmente, não tinha toalhas higiênicas, e eu não queria ter de forçá-la a compartilhar as fraldas dos bebês.

– Hum, acho que é melhor eu começar a procurar um marido para ela então – disse Jamie com resignação.

– Um marido! Por quê? Ela só tem 15 anos!

– É mesmo?

Ele olhou para Marsali, que secava os cabelos escuros de Fergus com a toalha, e então para Lizzie e seu soldado, e ergueu uma das sobrancelhas para mim de maneira cínica.

– Sim, senhor – retruquei, um pouco irritada. Tudo bem, Marsali *tinha* apenas 15 anos quando se casou com Fergus. Mas isso não significava...

– A questão é que – continuou Jamie, esquecendo Lizzie por um momento – o regimento parte para Portsmouth amanhã; eles não têm tempo nem disposição para lidar com esse assunto em Hillsborough. Essa preocupação é do Tryon.

– Mas o que Hayes disse...

– Ah, se alguém disser qualquer coisa a ele, tenho certeza de que vai mandar os depoimentos para New Bern, mas quanto a ele, imagino que não se importará se os reguladores atearem fogo ao palácio do governador, desde que não atrasem sua partida.

Respirei fundo, aliviada. Se Jamie estivesse certo, a última coisa que Hayes faria seria tomar prisioneiros, independentemente das evidências que tivesse em mãos. Então MacLennan estava protegido.

– Mas o que você acha que Hayes quer com você e com os outros, então? – perguntei, inclinando-me para procurar outro pão em um dos cestos. – Ele *está* a sua caça, pessoalmente.

Jamie olhou para trás como se esperasse que o tenente aparecesse a qualquer momento do meio dos arbustos de azevinho. Como a vegetação permaneceu intacta, ele se virou para mim, franzindo o cenho levemente.

– Não sei – disse ele balançando a cabeça –, mas não tem nada a ver com essa questão do Tryon. Se fosse isso, talvez tivesse me falado ontem à noite; quer dizer, se ele tivesse alguma coisa a ver com o assunto, *teria* me contado na noite passada – acrescentou. – Não, Sassenach, pode acreditar, os revoltosos não passam de uma obrigação para o pequeno Archie Hayes. Quanto ao que ele quer comigo... – Ele se inclinou sobre mim para passar o dedo na borda do pote de mel –, não vou me preocupar com isso antes do tempo. Tenho mais três barris de uísque e pretendo transformá-los em lâmina de arado, lâmina de ceifadeira, três cabeças de machado, cinco quilos de açúcar, um cavalo e um astrolábio antes do anoitecer. O que é um truque de malabarismo que vai demandar atenção, não é? – Ele passou a ponta melada do dedo em meus lábios, com cuidado, em seguida virou minha cabeça para ele e se inclinou para me beijar.

– Um astrolábio? – perguntei, sentindo o gosto do mel. E o beijei. – Para quê?

– E depois quero ir para casa – sussurrou ele, ignorando a pergunta. Sua testa estava pressionada contra a minha, seus olhos intensamente azuis. – Quero levá-la para a cama, para a *minha* cama. E pretendo passar o resto do dia pensando no que fazer com você assim que levá-la para lá. Então, o pequeno Archie pode ir brincar de bolinha de gude com as próprias bolas, certo?

– Excelente ideia – respondi. – Pode dizer isso a ele?

Pelo canto do olho, eu tive um vislumbre do verde e do preto de um tartã do outro lado da clareira, mas quando Jamie se endireitou e se virou, vi que o visitante era, na verdade, não o tenente Hayes, mas John Quincy Myers, que vestia um tecido xadrez ao redor da cintura, com as pontas se agitando à brisa.

Isso acrescentou um toque de cor ao esplendor e à elegância de Myers. Muito alto e enfeitado dos pés à cabeça com um chapéu de aba larga com vários alfinetes e uma pena de peru, duas penas de faisão presas em seus cabelos negros e longos, um colete de espinhos secos de porco-espinho sobre uma camisa de contas, o pano que costumava usar sobre a calça, e calças cobertas por uma série de pequenos sinos, não havia como não notar o homem da montanha.

– Amigo James! – John Quincy abriu um largo sorriso ao ver Jamie, e deu um passo à frente com a mão estendida e os sinos tilintando. – Pensei que o encontraria no café da manhã!

Jamie se surpreendeu um pouco com o que viu, mas retribuiu descontraidamente o aperto de mão do homem da montanha.

– Olá, John! Coma conosco.

– Ahn... sim. – Balbuciei, olhando sorrateiramente para o cesto de alimentos. – Junte-se a nós, por favor!

John Quincy fez uma reverência cerimoniosa para mim, tirando o chapéu.

– A seu dispor, senhora, e com prazer. Talvez mais tarde. No momento, vim buscar o sr. Fraser. Precisam dele com certa urgência.

– Quem precisa? – perguntou Jamie com estranheza.

– Robbie McGillivray, foi o nome que me deu. Conhece?

– Sim, conheço. – O que quer que Jamie soubesse sobre McGillivray fez com que ele procurasse algo em um pequeno baú onde guardava as pistolas. – Qual é o problema?

– Bem. – John Quincy coçou a barba farta enquanto pensava. – Foi a mulher dele que me pediu para buscá-lo, e ela não fala o que podemos chamar de um bom inglês, então posso ter confundido um pouco as coisas. Mas o que *acho* que ela me disse é que um homem que prende ladrões pegou o filho dela dizendo que o garoto era um dos que participaram das perturbações em Hillsborough, e quer levá-lo para a prisão em New Bern. Mas Robbie disse que ninguém vai levar um filho dele a lugar nenhum, e... bem, depois disso, a pobre mulher ficou tão exaltada que eu não consegui entender mais nada. Mas acredito que Robbie agradeceria se pudesse ir até lá e ajudar a resolver esse caso.

Jamie pegou o casaco verde com manchas de sangue de Roger, que estava pendurado em um galho esperando para ser lavado. Ele o vestiu e enfiou a pistola recém-carregada no cinto.

– Onde? – perguntou ele.

Myers fez um gesto com um dos polegares e se embrenhou nos arbustos, com Jamie logo atrás. Fergus, que ouvia a conversa com Germain no colo, colocou o menino aos pés de Marsali.

– Preciso ajudar o *Grand-père* – disse ele a Germain. Pegou um pedaço de lenha e o colocou nas mãos do menininho. – Fique aqui e proteja a *Maman* e a pequena Joan das pessoas más.

– *Oui, Papa.* – Germain fez uma cara feia sob a franja loura e segurou o pedaço de madeira com força, preparando-se para defender o acampamento.

Marsali, MacLennan, Lizzie e o soldado Ogilvie tinham assistido à conversa com olhos vidrados. Quando Fergus pegou outro pedaço de lenha e se enfiou nos arbustos, o soldado Ogilvie acordou, remexendo-se inquieto.

– Err... – disse ele. – Talvez... eu devesse falar com o meu sargento, não acha, senhora? Se existe a possibilidade de haver algum problema...

– Não, não – respondi depressa.

A última coisa de que precisávamos era que Archie Hayes e seu regimento aparecessem em massa. Pensei que aquele seria o tipo de situação que se beneficiaria muito se permanecesse não oficial.

– Tenho certeza de que tudo ficará bem. Sem dúvida não passa de um mal-entendido. O sr. Fraser vai resolver tudo pessoalmente, não se preocupe.

Enquanto falava, eu dava a volta na fogueira em direção ao local onde estavam meus equipamentos médicos, protegidos da garoa embaixo de uma lona. Enfiei a mão por baixo da borda e peguei meu kit de emergência.

– Lizzie, por que não dá ao soldado Ogilvie um pouco de geleia de morango para ele passar na torrada? E estou certa de que o sr. MacLennan gostaria de um pouco de mel no café. Com licença, sr. MacLennan, mas preciso ir e... hum... – Abrindo um sorriso amarelo, passei pela folhagem. Enquanto os galhos farfalhavam atrás de mim, parei para me orientar. Um som fraco de sinos chegou até mim com o vento chuvoso. Virei-me na direção do som e comecei a correr.

Era um bom pedaço. Eu estava sem fôlego e suando devido ao esforço quando cheguei até eles perto do campo de competição. As coisas estavam se encaixando. Eu podia ouvir o murmúrio da conversa que vinha do grupo de homens reunido, mas não ouvia gritos de incentivo nem vaias de decepção ainda. Alguns homens fortes andavam de um lado para outro, com o peito nu e balançando os braços: os "guerreiros" de vários povoados.

A garoa havia recomeçado. A umidade cintilava em ombros curvados e fazia os pelos grudarem na pele pálida de peitos e antebraços. Mas eu não tinha tempo de apreciar o espetáculo. John Quincy passava com habilidade pelos espectadores e competidores, acenando com simpatia para um e outro enquanto caminhava. Do outro lado da multidão, um homem pequeno se afastou da massa e veio nos receber.

– *Mac Dubh!* O senhor veio, então... que bom.

– Sim, irmão Robbie – disse Jamie. – O que podemos fazer?

McGillivray, que parecia claramente atormentado, olhou para os homens e seus apoiadores, então fez um gesto com a cabeça em direção às árvores próximas. Nós o seguimos, sem sermos notados pela multidão que se reunia ao redor de duas enormes pedras envoltas em corda, que imaginei que algum dos brutamontes presentes ia levantar para demonstrar sua habilidade.

– É seu filho, não é, Rob? – perguntou Jamie, afastando um galho de pinheiro cheio de água.

– Sim – respondeu Robbie. – Ou era.

Aquilo me pareceu esquisito. Vi Jamie levar a mão ao cabo da pistola; a minha segurou o kit médico.

– O que aconteceu? – perguntei. – Ele está ferido?

– Ele, não – respondeu McGillivray de maneira enigmática, e seguiu em frente, por baixo de um galho inclinado de castanheira do qual pendia uma trepadeira escarlate.

Um pouco à frente havia um pequeno espaço aberto, não grande o suficiente para ser chamado de clareira, coberto de grama morta e agulhas de pinheiro. Quando Fergus e eu passamos por baixo da trepadeira depois de Jamie, uma mulher corpulenta se virou em nossa direção, com os ombros encolhidos enquanto erguia o galho de árvore que empunhava em uma das mãos. Mas ela viu McGillivray e relaxou um pouco.

– *Wer ist das?* – perguntou ela cheia de suspeitas, querendo saber quem chegava.

Então John Quincy apareceu debaixo da trepadeira e ela abaixou o porrete. Seus traços bonitos e fortes relaxaram.

– Ha, Myers! Trouxe Jamie para mim, isso?

Ela me olhou com curiosidade, mas estava concentrada demais em Fergus e Jamie para me dar atenção.

– Sim, amor, este é Jamie Roy, *Sheumais Mac Dubh.*

McGillivray se apressou em assumir a responsabilidade pela ida de Jamie, pousando a mão respeitosamente na manga de seu casaco.

– Minha esposa, Ute, *Mac Dubh.* E o filho de *Mac Dubh* – acrescentou ele, acenando vagamente a Fergus.

Ute McGillivray parecia uma valquíria submetida a uma dieta rica em amido: alta, muito loira e muito forte.

– A seu dispor, senhora – disse Jamie, fazendo uma reverência.

– *Senhora* – repetiu Fergus, dobrando a perna para se abaixar de modo cortês.

A sra. McGillivray fez uma reverência em resposta, os olhos fixos nas manchas de sangue proeminentes na frente do casaco de Jamie, ou melhor, de Roger.

– *Mein Herr* – murmurou ela, parecendo impressionada.

Virou-se e fez um gesto para que um rapaz de 17 ou 18 anos, que estava no fundo, se aproximasse. Ele se parecia tanto com o pai pequeno, envelhecido e de cabelos pretos, que não podia haver muitas dúvidas sobre sua identidade.

– Manfred – disse a mãe com orgulho. – *Mein* rapaz.

Jamie inclinou a cabeça em um cumprimento sério.

– Sr. McGillivray.

– Ah... a seu di-dispor, senhor? – O rapaz parecia muito desconfiado, mas estendeu a mão para cumprimentá-lo.

– É um prazer conhecê-lo, senhor – disse Jamie, apertando a mão dele.

Depois da troca de cortesias, ele olhou rapidamente ao redor, erguendo a sobrancelha.

– Soube que estava sofrendo inconveniências no que diz respeito a um caçador de ladrões. Imagino que o assunto já tenha sido resolvido. – Ele olhou de modo questionador de McGillivray filho para McGillivray pai.

Os três McGillivrays se entreolharam. Robin McGillivray tossiu de modo a se desculpar.

– Bem, não diria *resolvido* exatamente, *Mac Dubh*. Quer dizer... – falou ele de modo reticente, o olhar atormentado voltando a seu rosto.

A sra. McGillivray lançou-lhe um olhar sério e então se virou para Jamie.

– *Nenhum problema!* – disse ela. – O idiota foi impedido. Mas agora queremos saber como podemos esconder *den Korpus*.

– O... corpo? – perguntei baixinho.

Até Jamie pareceu um pouco perturbado ao ouvir aquilo.

– Você o matou, Rob?

– Eu? – McGillivray pareceu chocado. – Pelo amor de Deus, *Mac Dubh*, que ideia faz de mim?

Jamie ergueu a sobrancelha de novo. Evidentemente, a ideia de McGillivray cometendo uma violência não era inverossímil. McGillivray fez o favor de se sentir envergonhado.

– Sim, bem. Acho que sim... eu o matei, bem, mas, *Mac Dubh*! Aquele negócio em Ardsmuir foi há muito tempo e estava encerrado, não?

– Sim – respondeu Jamie. – Estava. Mas e o negócio com o captor de ladrões? Onde ele está?

Ouvi um risinho abafado atrás de mim, me virei e vi o restante da família McGillivray, até então silenciosa, mas presente. Três meninas adolescentes estavam sentadas, lado a lado, em um tronco seco atrás de uma tela de folhagem, todas vestindo chapéus e aventais imaculadamente brancos, só um pouco úmidos por causa da chuva.

– *Meine* moças – anunciou a sra. McGillivray, acenando desnecessariamente na direção das filhas, já que as três pareciam versões menores dela. – Hilda, Inga *und* Senga.

Fergus fez uma reverência elegante para as três.

– *Enchanté, mes demoiselles.*

As garotas riram baixinho e balançaram a cabeça em resposta, mas não se levantaram, o que achei esquisito. Então, notei que algo acontecia por baixo da saia da garota mais velha; uma espécie de agitação palpitante acompanhada por um grunhido abafado. Hilda girou o salto do sapato de maneira brusca sobre o que quer que fosse, o tempo todo sorrindo abertamente para mim.

Ouviu-se mais um grunhido – muito mais alto, dessa vez – vindo de baixo da saia, o que fez Jamie se sobressaltar e se virar na direção dela.

Ainda sorrindo, Hilda se abaixou e delicadamente ergueu a barra da saia, sob a qual vi um rosto assustado, dividido ao meio por uma faixa escura de tecido amarrado ao redor da boca.

– Aí está ele – disse Robbie, compartilhando do talento da esposa para dizer o óbvio.

– Entendo. – Os dedos de Jamie se crisparam na lateral do kilt. – Ah... talvez possamos tirá-lo daí, então?

Robbie fez um gesto para as meninas, que ficaram de pé juntas e deram um passo para o lado, revelando um homem pequeno que estava deitado encostado à base do tronco morto, com as mãos e os pés amarrados com algo que parecia meias de mulher, amordaçado com o lenço de alguém. Estava molhado, coberto de lama e um pouco abatido.

Myers se inclinou e ergueu o homem, segurando-o pela gola da camisa.

– Bem, ele não é muito agradável aos olhos – disse o homem enorme, estreitando as vistas para examiná-lo como se avaliasse uma pele de castor de qualidade inferior. – Acho que prender ladrões não rende tanto quanto se possa pensar.

O homem era, de fato, magricela e estava meio abatido, além de desgrenhado, furioso – e assustado. Ute fungou de modo desdenhoso.

– Canalha! – exclamou ela, e cuspiu nas botas do captor de ladrões. Em seguida se voltou para Jamie, cheia de charme. – Então, *mein Herr*. Qual *serrá o melhorr maneirra* de matá-lo?

Os olhos do captor de ladrões se arregalaram, e ele se contorceu nas mãos de Myers. Ele corcoveava e se contorcia, fazendo ruídos guturais frenéticos por trás da mordaça. Jamie olhou para ele, esfregando os nós dos dedos nos lábios, e então virou-se para Robbie, que deu de ombros levemente, olhando para a mulher como se pedisse desculpas.

Jamie pigarreou.

– Humm. Tinha alguma coisa em mente, senhora?

Ute sorriu diante dessa evidência de apoio a suas intenções e puxou uma adaga comprida do cinto.

– Pensei em cortar, feito *uma* porco, *ja*? Mas veja...

Ela cutucou o captor de ladrões cautelosamente entre as costelas; ele gritou com a mordaça na boca e um pontinho de sangue surgiu em sua camisa rasgada.

– *Muita* sangue – explicou com uma careta de decepção. Gesticulou na direção das árvores, atrás das quais o levantamento de pedras parecia se desenrolar bem. – As pessoas sentir *cheirro*.

– *Cheirro*? – Olhei para Jamie, pensando que se tratasse de uma expressão desconhecida em alemão. Ele tossiu e passou a mão embaixo do nariz. – Ah, cheiro! – exclamei, entendendo. – Hum, sim, é possível.

– Então, acho melhor não atirarmos nele – disse Jamie, pensativo. – Para não chamar atenção, quero dizer.

– Acho que devemos quebrar o pescoço dele – sugeriu Robbie McGillivray, olhando sensatamente para o captor de ladrões amarrado. – É fácil.

– Você acha? – Fergus estreitou os olhos, concentrando-se. – Eu prefiro que usemos uma faca. Se a punhalada for no lugar certo, o sangue não vai ser tão abundante. O rim, logo abaixo das costelas, nas costas... hum?

A julgar pelos ruídos urgentes que emitia por trás da mordaça, o refém parecia não gostar das sugestões.

– Bom, não é muito difícil – ponderou Jamie, coçando o queixo, pensativo. – Ou podemos estrangulá-lo. Mas ele *vai* defecar. Se a questão do cheiro for um problema, até mesmo esmagar o crânio dele... mas, me diga, Robbie, como esse homem veio parar aqui?

– Hum? – fez Robbie, que pareceu não entender a pergunta.

– Vocês não estão acampados aqui por perto.

Jamie fez um gesto com a mão em direção à clareira minúscula, fazendo-se entender. Não havia vestígios de fogueira; na verdade, ninguém havia acampado daquele lado do riacho. E, no entanto, todos os McGillivrays estavam ali.

– Ah, não – disse Robbie, com uma expressão de quem compreendia. – Não, estamos acampados um pouco mais para cima. Mas viemos dar uma olhada nos brutamontes – ele fez um gesto com a cabeça na direção do campo –, e o maldito abutre ficou de olho no nosso Freddie e o pegou para levá-lo embora.

Ele lançou um olhar nada simpático ao captor de ladrões, e eu vi que uma corda comprida estava pendurada no cinto do homem, como uma serpente. Havia um par de algemas no chão ali perto, o metal escuro já tomado de ferrugem devido à umidade.

– Nós o vimos pegar o Irmão – disse Hilda nesse momento. – Então, nós *o pegamos* e o empurramos para este lugar, onde ninguém podia ver. Quando ele disse que pretendia levar o Irmão até o xerife, eu e minhas irmãs o derrubamos e nos sentamos em cima dele, e a mãe o chutou algumas vezes.

Ute deu um tapinha carinhoso no ombro da filha.

– Elas são *gut*, fortes, *meine garrotas* – disse ela a Jamie. – Viemos ver os *competidorres*, talvez escolher *marrido* para Inga ou Senga. Hilda já tem *einen Mann p-rometido* – disse ela, com ar de satisfação.

Ela examinou Jamie com franqueza, os olhos analisando com aprovação sua altura, a largura dos ombros e a prosperidade geral de sua aparência.

– Ele é bonito, *g-grande*, o seu *Mann* – disse ela para mim. – Seu filho, por acaso?

– Não, temo que não – falei como se me desculpasse. – Ahn... Fergus é casado com a filha do meu marido – acrescentei, ao ver que ela olhava com aprovação para Fergus.

O captor de ladrões pareceu perceber que o assunto estava mudando de direção e chamou a atenção de volta para si com um grito indignado por trás da mordaça. O rosto, que empalidecera durante as conjecturas a respeito de sua teórica morte, tinha ficado vermelho de novo, e os cabelos estavam grudados na testa.

– Ah, sim – disse Jamie, dando-se conta. – Talvez devêssemos deixar que o senhor dissesse alguma coisa?

Robbie estreitou os olhos ao ouvir isso, mas assentiu com relutância. As competições já estavam bem avançadas àquela altura, e havia uma comoção considerável vinda do campo; ninguém ia ouvir um grito vindo dali.

– Não permita que me matem, senhor! Sabe que não é certo! – Rouco devido ao sofrimento, o homem direcionou seus apelos para Jamie assim que a mordaça foi retirada. – Só estou cumprindo o meu dever, levando um criminoso à Justiça!

– Rá! – exclamaram todos os McGillivrays ao mesmo tempo. Por mais unânime que o sentimento deles parecesse ser, a expressão imediatamente se tornou uma confusão de impropérios, opiniões e uma troca aleatória de chutes direcionados às canelas do homem, dados por Inga e Senga.

– Parem com isso! – ordenou Jamie, erguendo a voz o suficiente para ser ouvido acima da confusão. Como não obteve resultado, agarrou McGillivray Junior pela gola da camisa e gritou "*Ruhe*!" a plenos pulmões, o que fez com que eles se calassem momentaneamente, lançando olhares culpados na direção do campo.

– Agora – disse Jamie com firmeza –, Myers, traga o cavalheiro, por gentileza. Rob, Fergus, venham comigo. *Bitte*, madame? – Ele fez uma reverência à sra. McGillivray, que piscou para ele, mas em seguida assentiu concordando lentamente. Jamie olhou para mim de relance, e então, ainda segurando Manfred pelo pescoço, marchou com o contingente masculino em direção ao riacho, deixando-me responsável pelas moças.

– O seu *Mann*... vai *salvarr* o meu filho? – Ute se virou para mim, com as sobrancelhas louras franzidas de preocupação.

– Ele vai tentar. – Olhei para as meninas, que estavam juntas atrás da mãe. – Vocês sabem se o seu irmão *esteve* em Hillsborough?

As garotas se entreolharam e, tacitamente, escolheram Inga para falar.

– Bem, *ja*, ele esteve – respondeu ela, de maneira um tanto desafiadora. – Mas não estava envolvido nos tumultos, nem um pouco. Ele foi até lá apenas *parra* consertar parte de um arreio e foi pego na confusão.

Percebi que Hilda e Senga trocaram um rápido olhar e deduzi que aquela provavelmente não era a história toda. Ainda assim, não cabia a mim julgar, felizmente.

Os olhos da sra. McGillivray estavam fixados nos homens, que murmuravam juntos a certa distância. O captor de ladrões fora desamarrado, exceto pelas mãos, que continuavam atadas. Ele estava com as costas apoiadas em uma árvore, parecendo um rato acuado, com os caninos à mostra em uma expressão de desafio. Jamie e Myers estavam de olho nele, enquanto Fergus estava parado perto, o cenho franzido em atenção, o queixo apoiado no gancho. Rob McGillivray pegara uma faca, com a qual cortava lascas de madeira de um galho de pinheiro, olhando de vez em quando para o captor de ladrões com um ar de sombria premeditação.

– Tenho certeza de que Jamie vai... hum... fazer alguma coisa – falei, torcendo em segredo para que essa alguma coisa não envolvesse muita violência. E então ocorreu-me o pensamento desagradável de que o minúsculo captor de ladrões provavelmente caberia direitinho em um dos cestos de alimentos vazios.

– *Gut.* – Ute McGillivray assentiu lentamente, ainda observando. – É *melhorr* que eu não o mate. – Ela olhou para mim de repente, com os olhos azuis muito claros e brilhantes. – Mas *farrei* isso, se for preciso.

Acreditei nela.

– Compreendo – falei com cuidado. – Mas, perdoe-me, ainda que aquele homem tenha levado seu filho, não pode procurar o xerife e explicar...

As meninas se entreolharam novamente. Dessa vez, foi Hilda quem falou:

– *Nein*, senhora. Veja, não teria sido tão ruim, se o captor de ladrões tivesse se aproximado de nós no acampamento. Mas aqui... – Ela arregalou os olhos, assentindo em direção ao campo de competição, onde um baque surdo e um estrondo de aprovação marcavam um esforço bem-sucedido.

A dificuldade, aparentemente, era o noivo de Hilda, um tal Davey Morrison, de Hunter's Point. O sr. Morrison era um fazendeiro de posses e um homem de valor, além de ser um atleta habilidoso no lançamento de pedras e troncos. Também tinha família – pais, tios, primos –, todos do caráter mais íntegro e, acredito, de atitudes bastante críticas.

Se Manfred tivesse sido levado por um captor de ladrões na frente de toda aquela gente, com tantos conhecidos de Davey Morrison, a notícia teria se espalhado à velocidade da luz, e o escândalo resultaria na pronta ruptura do noivado de Hilda – uma possibilidade que claramente perturbava Ute McGillivray muito mais do que a ideia de cortar a garganta do captor de ladrões.

– Ruim também, eu matá-lo e alguém *verr* – disse ela com franqueza, gesticulando para as árvores que nos protegiam do campo de competição. – *Die* Morrisons não iam gostar.

– Imagino que não – retruquei, perguntando-me se Davey Morrison fazia ideia de onde estava se metendo. – Mas você...

– *Farrei* com que *meine* meninas se casem bem – disse ela com firmeza, assentindo várias vezes para reforçar. – Acho homens *gut parra* elas, homens robustos e bonitos, *mit* terra e dinheiro. – Ela passou um braço pelos ombros de Senga e a abraçou com força. – Não é *querrida*?

– *Ja*, mamãe – murmurou Senga, recostando carinhosamente a cabeça coberta por um gorro no peito avantajado da sra. McGillivray.

Alguma coisa estava acontecendo do lado dos homens. As mãos do captor de ladrões tinham sido desamarradas e ele estava em pé, esfregando os pulsos, não mais carrancudo, mas ouvindo o que Jamie dizia com uma expressão atenta. Ele olhou para nós, e então para Robin McGillivray, que disse algo a ele e assentiu de maneira enfática. O captor de ladrões mexeu a mandíbula, como se estivesse ruminando uma ideia.

– Então vocês todas vieram assistir às competições de hoje e procurar por candidatos adequados? Sim, compreendo.

Jamie enfiou a mão na bolsa de couro e tirou algo lá de dentro, que segurou embaixo do nariz do captor de ladrões, como se o convidasse a cheirar. Não consegui ver o que era àquela distância, mas a expressão do captor de ladrões mudou de repente, passando da cautela ao nojo alarmado.

– *Ja*, apenas *parra p-procurrar*. – A sra. McGillivray não estava vendo a cena. Deu um tapinha em Senga e a soltou. – Vamos *agorra parra* Salem, onde fica *meine Familie*. Talvez lá haja também um bom *Mann*.

Myers havia se afastado do confronto, com os ombros relaxados. Passou um dedo por baixo do elástico da calça, coçou o traseiro de maneira displicente e olhou ao redor, evidentemente não mais interessado no que estava acontecendo. Ao me ver olhando em sua direção, ele se afastou devagar por entre a folhagem.

– Não precisa mais se preocupar, senhora – assegurou ele à sra. McGillivray. – Eu sabia que Jamie Roy cuidaria de tudo, e ele cuidou. Seu menino está seguro.

– *Ja?* – perguntou ela.

Olhou desconfiada para as folhas, mas era verdade: os homens pareciam mais relaxados, e Jamie estava devolvendo ao captor de ladrões suas algemas. Vi como ele as entregou, com um nojo brusco. Ele havia usado ferros em Ardsmuir.

– Graças a *Gott* – disse a sra. McGillivray, com um suspiro. Seu corpo volumoso pareceu diminuir de repente quando ela soltou o ar.

O homenzinho estava indo embora, afastando-se de nós em direção ao riacho. O som dos ferros que pendiam de seu cinto chegou até nós como um ruído abafado de metal, ouvido entre os gritos da multidão atrás de nós. Jamie e Rob McGillivray estavam próximos, conversando, enquanto Fergus observava a partida do captor de ladrões, franzindo levemente o cenho.

– O que foi que Jamie disse a ele? – perguntei a Myers.

– Ah. Bem. – O homem enorme abriu um sorriso largo e meio desdentado. – Jamie Roy disse a ele, com seriedade, que foi sorte do captor de ladrões... O nome dele é Boble, a propósito, Harley Boble... Foi sorte termos encontrado vocês quando encontramos. Ele deu a entender que se não tivéssemos encontrado, então esta senhora aqui – ele fez uma reverência em direção a Ute – provavelmente o teria levado para casa em sua carroça e o teria abatido como a um leitão, longe da vista de todos.

Myers esfregou o nó de um dos dedos sob o nariz de veias vermelhas e riu baixinho por trás da barba.

– Boble disse que não acreditava, que achava que ela estava apenas tentando assustá-lo com aquela faca. Mas então Jamie Roy se aproximou dele, de modo confidencial, e disse que teria pensado a mesma coisa, mas que já ouvira muito a respeito da fama de Frau McGillivray no ramo da produção de linguiças e que tivera o privilégio de comer algumas delas no café da manhã de hoje. Nesse momento, Boble começou a empalidecer, e quando Jamie Roy puxou um pedaço de linguiça para mostrar a ele...

– Minha nossa! – exclamei, com uma vívida lembrança do cheiro daquela linguiça. Eu a havia comprado um dia antes de um vendedor na montanha, mas descobri que havia sido curada de modo inadequado e, uma vez fatiada, tinha um cheiro tão forte de sangue podre que ninguém conseguiu comê-la no jantar. Jamie havia envolvido os restos em um guardanapo e os colocara dentro de sua bolsa de couro, com a intenção de pedir o dinheiro pago por ela de volta ou de pegar o vendedor e enfiá-la goela abaixo. – Compreendo.

Myers assentiu, virando-se para Ute.

– E o seu marido, senhora, bendito seja, Rob McGillivray é um mentiroso nato, falando solenemente, concordando com tudo, balançando a cabeça e explicando como tem trabalho para encontrar carne para a senhora.

As meninas riram.

– Aquele não mata nem uma mosca – disse Inga baixinho para mim. – Não é capaz sequer de torcer o pescoço de uma galinha.

Myers ergueu os ombros de modo bem-humorado enquanto Jamie e Rob vinham em nossa direção pela grama molhada.

– Então, Jamie prometeu, dando sua palavra de cavalheiro, que protegeria Boble de você, e Boble prometeu, dando a palavra *dele* de... Bem, ele disse que ficaria longe do jovem Manfred.

– Humpf – murmurou Ute, parecendo bastante desconcertada.

Ela não se importava em ser considerada uma assassina contumaz e estava bastante contente por Manfred estar fora de perigo, mas não gostou de ter sua reputação como fabricante de linguiça manchada.

– Como se eu um dia fosse capaz de *fazerr* uma *porcarria* dessas – disse ela, enrugando o nariz com desdém para o monte de carne fedida que Jamie estendeu para que ela visse. – Pfff. *Carrne* ruim.

Ela afastou a linguiça com um gesto aborrecido, em seguida se virou para o marido e disse algo baixinho em alemão. Então respirou fundo e se expandiu mais uma vez, reunindo os filhos como uma galinha reúne seus pintinhos e insistindo para que agradecessem a Jamie por sua ajuda.

Ele corou um pouco diante do coro de agradecimentos, fazendo uma reverência para ela.

– *Gern geschehen*. – *Euer ergebener Diener, Frau Ute* – disse ele, o que significava "De nada. Seu humilde servo".

Ela sorriu para ele, retomando a compostura, enquanto ele se virava para dizer algo a Rob.

– Que *Mann g-grande* e forrmidável – murmurou ela, balançando a cabeça levemente enquanto olhava para ele de cima a baixo.

Então, virou-se e viu que eu observava Jamie e Rob – porque, apesar de o armeiro ser um homem bonito, com cabelos escuros, curtos e encaracolados e um rosto de traços marcados, ele também era magro como um pardal e alguns centímetros mais baixo do que a mulher, chegando aproximadamente aos ombros dela. Eu não entendia muito bem, já que ela parecia admirar tanto homens grandes...

– Ah, sim – disse ela, e deu de ombros como quem pede desculpas. – *Amorrr*, sabe. – Ela falava como se o amor fosse algo desafortunado, mas inevitável.

Eu olhei para Jamie, que envolvia cuidadosamente a linguiça no guardanapo antes de guardá-la de novo na bolsa de couro.

– Bem, sim – concordei. – Entendo.

Quando voltamos ao nosso acampamento, os Chisholms estavam partindo, depois de terem sido alimentados pelas meninas. Felizmente, Jamie havia trazido bastante comida do acampamento de Jocasta, e eu por fim me sentei para aproveitar uma boa refeição com fritada de batatas, pão de aveia com manteiga, presunto frito e – finalmente! – café, pensando no que mais poderia acontecer naquele dia. Havia muito tempo pela frente. O sol mal despontara por cima das árvores, quase invisível atrás das nuvens pesadas de chuva.

Pouco depois, totalmente satisfeita com o café da manhã, e com a terceira xícara de café na mão, afastei a cobertura do que eu considerava meu depósito de suprimentos médicos. Estava na hora de começar a organizar as coisas para os atendimentos daquela manhã: analisar os frascos de linha de sutura, reabastecer o estoque de ervas de minha caixa, completar a garrafa grande de álcool e misturar os remédios que deveriam ser feitos na hora.

Como as ervas comuns que eu havia trazido comigo estavam acabando, meu estoque fora aumentado com a ajuda de Myers, que me trouxera várias coisas raras e úteis dos vilarejos indígenas no norte, e por meio de permutas sagazes com Murray MacLeod, um jovem e ambicioso boticário que havia chegado ao continente e montado sua oficina em Cross Creek.

Mordi a parte interna da bochecha, pensando no jovem Murray. Ele tinha os tipos usuais de noções equivocadas que se passavam por conhecimento médico atualmente, e não se acanhava em afirmar a superioridade de métodos científicos como sangrias e fricção em comparação com o uso antigo de ervas que pessoas ignorantes como eu costumavam praticar!

Mas ele era escocês e, como tal, era dono de um forte pragmatismo. Ele deu uma olhada para a figura forte de Jamie e logo conteve suas opiniões mais ofensivas. Eu tinha 180 mililitros de absinto e um frasco de gengibre selvagem, e ele os queria. Ele também era perspicaz o suficiente para notar que muito mais pessoas da montanha que se sentiam mal me procuravam em vez dele – e a maioria dos que aceitavam meus tratamentos ficava melhor. Se eu tinha segredos, ele também os queria – e fiquei feliz em compartilhar.

Ótimo, eu ainda tinha muita casca de chorão. Hesitei diante da série de frascos na bandeja superior direita do baú. Eu tinha vários emenagogos muito fortes – cohosh-azul, cravagem e poejo –, mas peguei em vez delas tanásia e arruda, mais suaves, colocando um punhado em uma tigela e despejando água fervente sobre elas para fazer a infusão. Além de seus efeitos para aliviar as cólicas menstruais, a tanásia era boa para acalmar os nervos – e uma pessoa naturalmente mais nervosa do que Lizzie Wemyss seria difícil de imaginar.

Olhei para a fogueira, onde Lizzie estava empurrando o resto da compota de morango para o soldado Ogilvie, que parecia estar dividindo sua atenção entre Lizzie, Jamie e a torrada – a proporção maior dedicada à torrada.

Arruda era um bom vermífugo, além disso. Eu não *sabia* se Lizzie tinha vermes, mas muitas pessoas nas montanhas tinham, e uma dose não faria mal nenhum a ela.

Olhei discretamente para Abel MacLennan, decidindo se deveria colocar um pouco da mistura em seu café também – ele tinha a aparência macilenta e anêmica de alguém com parasitas intestinais, apesar de sua constituição atarracada. Mas talvez a aparência pálida e incomodada se devesse mais ao fato de saber que havia captores de ladrões por perto.

Joan gritava de fome de novo. Marsali se sentou, enfiou a mão por baixo da roupa para abrir o corpete, e acomodou a bebê em seu peito, mordendo o lábio por causa da dor. Ela se retraiu, arquejou de dor e relaxou um pouco quando o leite começou a sair.

Mamilos rachados. Eu franzi o cenho e voltei a vasculhar a caixa de remédios. Tinha trazido lanolina? Com os diabos, não! Não queria usar banha de urso, já que Joan estava mamando. Talvez óleo de girassol...

– Um pouco de café, minha cara? – O sr. MacLennan, que vinha observando Marsali com um pesar aflito, ofereceu sua xícara de café fresco a ela. – Minha mulher dizia que o café quente ajudava a aliviar as dores de amamentar um bebê. Com uísque, é ainda melhor... – Ele pareceu menos pesaroso. – Mas mesmo assim...

– *Taing*. – Marsali pegou o copo com um sorriso agradecido. – Estou com muito frio esta manhã.

Ela bebericou o líquido fumegante com cuidado e corou levemente.

– Vai voltar para Drunkard's Creek amanhã, sr. MacLennan? – perguntou ela educadamente, devolvendo a xícara vazia. – Ou vai seguir viagem para New Bern com o sr. Hobson?

Jamie ergueu o olhar de repente, interrompendo sua conversa com o soldado Ogilvie.

– Hobson vai a New Bern? Como soube?

– A sra. Fowles me disse – respondeu Marsali prontamente. – Ela me contou quando fui pegar uma camisa seca emprestada para Germain... ela tem um rapazinho do tamanho dele. Está preocupada com Hugh, o marido dela, porque seu pai, o sr. Hobson, quer que ele vá junto, mas ele está com medo.

– Por que Joe Hobson vai para New Bern? – perguntei, olhando por cima da tampa da minha caixa de remédios.

– Para apresentar uma petição ao governador – disse Abel MacLennan. – Vai ser muito bom. – Ele sorriu para Marsali, com certa tristeza. – Não, moça. Não sei para onde vou, para dizer a verdade. Mas não vai ser para New Bern.

– Nem de volta para sua mulher em Drunkard's Creek? – Marsali olhou para ele com preocupação.

– Minha mulher está morta, moça – disse MacLennan baixinho. Alisou o lenço vermelho sobre o joelho, desamassando-o. – Morreu há dois meses.

– Ah, sr. Abel. – Marsali se inclinou para a frente e segurou a mão dele, os olhos azuis cheios de dor. – Sinto muitíssimo!

Ele deu um tapinha na mão dela, sem erguer o olhar. Pequenas gotas de chuva brilhavam nas mechas esparsas de seus cabelos, e um fio de umidade descia por trás de uma orelha grande e vermelha, mas ele não fez nenhum gesto para secá-la.

Jamie havia se levantado enquanto questionava Marsali. Agora, estava sentado no tronco ao lado de MacLennan e pousou a mão com cuidado nas costas do homem menor.

– Eu não sabia, *a charaid* – disse ele, baixinho.

– Não. – MacLennan olhou distraído para as chamas transparentes. – Eu... bem, a verdade é que eu não tinha contado a ninguém. Não até agora.

Jamie e eu nos entreolhamos por sobre o fogo. Drunkard's Creek não podia abrigar mais de duas dúzias de almas, em cabines espalhadas pelas margens do rio. Mas nem os Hobsons nem os Fowles tinham falado sobre a perda de Abel... Evidentemente, ele não havia contado a ninguém.

– O que aconteceu, sr. Abel? – Marsali ainda segurava a mão dele, apesar de ela estar inerte, pousada com a palma para baixo sobre o lenço vermelho.

MacLennan ergueu o olhar então, piscando.

– Oh – disse ele vagamente. – Muita coisa aconteceu. E ainda assim... nada de mais, no fim das contas. Abby, Abigail, minha mulher, morreu em decorrência de uma febre. Ficou inconsciente e... morreu. – Ele parecia um pouco surpreso.

Jamie despejou um pouco de uísque em um copo vazio, segurou uma das mãos inertes de MacLennan e envolveu o copo com ela, segurando os dedos dele no lugar com os seus próprios até a mão de MacLennan fazer força.

– Beba, homem – disse ele.

Todos ficaram em silêncio, observando MacLennan beber o uísque, sorvendo sem parar. O jovem soldado Ogilvie se remexia, inquieto, na pedra, como se quisesse voltar ao regimento, mas também ficou onde estava, como se temesse que uma partida repentina pudesse ferir MacLennan ainda mais de algum modo.

A imobilidade de MacLennan chamou a atenção de todos, congelou toda conversa. Minha mão pairava incerta sobre os frascos da minha caixa, mas eu não tinha remédios para aquilo.

– Eu me cansei – disse ele de repente. – Cansei. – Desviou o olhar do copo e olhou ao redor da fogueira, como se desafiasse alguém a contestá-lo. – Dos impostos, sabem? Não foi um ano tão bom como poderia ter sido, mas eu tive cuidado. Eu tinha 10 alqueires de milho reservados e quatro boas peles de veado. Valiam mais do que os 6 xelins do imposto.

Mas os impostos devem ser pagos em dinheiro, não em milho, nem em pele, tampouco em blocos de índigo, como negociavam os agricultores. A permuta era o modo comum de fazer negócios – eu sabia muito bem disso, pensei, olhando para o saco de coisas que as pessoas tinham me levado como pagamento pelas minhas ervas e plantas medicinais. Ninguém pagava nada em dinheiro, só os impostos.

– Bem, isso é razoável – disse MacLennan, piscando para o soldado Ogilvie, como se o jovem tivesse protestado. – Sua Majestade não pode se virar com um bando de porcos nem com um monte de perus, certo? Não, consigo entender muito bem por que tem que ser dinheiro, qualquer pessoa pode ver. E eu tinha o milho: somaria xelins, fácil.

A única dificuldade, claro, estava em transformar 10 alqueires de milho em 6 xelins de impostos. Havia pessoas em Drunkard's Creek que poderiam ter comprado o milho de Abel e que estavam dispostas a fazê-lo, mas ninguém em Drunkard's Creek tinha dinheiro. Não, o milho tinha que ser levado até o mercado em Salem. Era o lugar mais próximo onde se poderia obter dinheiro. Mas Salem ficava a quase 70 quilômetros de Drunkard's Creek – uma semana de viagem para ir e voltar.

– Eu tinha 2 hectares de cevada – explicou Abel. – Madura e amarela, pronta para ser colhida. Eu não podia deixar que a cevada se estragasse, e a minha Abby, uma mulher pequena e frágil, não conseguia ceifar e debulhar.

Sem poder desperdiçar uma semana da colheita, Abel buscara a ajuda dos vizinhos.

– São boa gente – insistiu ele. – Um ou outro podia me emprestar dinheiro, mas eles tinham seus impostos a pagar, não tinham?

Ainda esperando conseguir o dinheiro necessário sem ter de fazer a árdua viagem até Salem, Abel havia atrasado o pagamento – e atrasado demais.

– Howard Travers é xerife – disse ele, e secou inconscientemente a gota de umidade que havia se formado na ponta de seu nariz. – Ele veio com um papel e disse que os impostos não tinham sido pagos.

Diante da necessidade, Abel deixou a mulher na cabana deles e foi depressa a Salem. Mas, quando voltou, com 6 xelins na mão, sua propriedade havia sido tomada e vendida – para o sogro de Howard Travers –, sua cabana estava ocupada por desconhecidos e sua mulher não estava mais lá.

– Eu sabia que ela não tinha ido para longe – explicou. – Ela não deixaria os filhos.

E foi de fato onde ele a encontrou, envolta em um cobertor puído e tremendo sob o grande abeto na colina onde ficavam as covas dos quatro filhos dos MacLennans, todos mortos no primeiro ano de vida. Apesar das súplicas dele, Abigail se recusou a voltar à casa que tinha sido deles, se recusou a pedir ajuda àqueles que a tinham desalojado. Ele não sabia se era demência por causa da febre ou apenas teimosia. Ela se agarrou aos galhos da árvore com uma força tremenda, gritando os nomes dos filhos – e ali morreu, à noite.

O copo de uísque estava vazio. Ele o colocou com cuidado no chão ao lado de seus pés, ignorando o gesto de Jamie em direção à garrafa.

– Quando a expulsaram, deixaram que ela carregasse o que pudesse. Havia uma trouxa com ela, com a roupa com a qual queria ser enterrada. Eu me lembro dela, um dia depois do nosso casamento, tecendo uma mortalha. Tinha pequenas flores em uma borda, que ela mesma fizera. Ela era boa com a agulha.

Ele havia envolvido Abigail na mortalha bordada e a enterrara ao lado do filho mais jovem. Em seguida, caminhou 3 quilômetros pela estrada, pretendendo, pensou, contar aos Hobsons o que havia acontecido.

– Mas cheguei à casa e os encontrei agitados feito abelhas: Hugh Fowles recebera uma visita de Travers, para cobrar os impostos, e não tinha dinheiro para pagar. Travers sorrira como um macaco, dissera que não importava e, conforme o esperado, dez dias depois, voltou com um papel e três homens e os expulsou.

Hobson havia juntado todo o seu dinheiro para pagar os impostos, e os Fowles estavam reunidos em segurança com o restante da família, mas Joe Hobson estava espumando de ódio devido ao tratamento dispensado a seu genro.

– Ele estava gritando, o Joe, tomado de fúria. Janet Hobson gesticulou para que eu me aproximasse e me sentasse, me ofereceu jantar, e lá estava o Joe gritando que ia compensar o dinheiro da terra arrancando a pele de Howard Travers, e Hugh se encolheu como um cão vadio, e sua esposa acenava, e as crianças berravam querendo comer como um bando de leitões, e... bem, pensei em contar a eles, mas então... – Ele balançou a cabeça, como se estivesse confuso de novo.

Sentado meio esquecido em um canto, ele foi tomado por um tipo esquisito de fadiga, que o deixava tão cansado que sua cabeça tombava sobre o pescoço, e a letargia o dominava. Estava quente, e ele foi invadido por uma sensação de irrealidade. Se o confinamento da casa de um cômodo dos Hobsons não fosse real, também não seriam reais a colina silenciosa e a cova recente sob o abeto.

Ele dormiu embaixo da mesa e acordou antes do amanhecer, mas percebeu que a sensação de irrealidade persistia. Tudo a sua volta parecia não passar de um sonho. O próprio MacLennan parecia ter deixado de existir. Seu corpo se levantou, se lavou e comeu, assentiu e falou sem o domínio dele. Nada no mundo existia mais. E assim foi que, quando Joe Hobson acordou e anunciou que ele e Hugh iriam a Hillsborough, para buscar uma reparação do tribunal, Abel MacLennan se viu marchando pela estrada com eles, assentindo e falando quando lhe dirigiam a palavra, com tanta vontade quanto um homem morto.

– Percebi, enquanto caminhávamos pela estrada, que era como se estivéssemos todos mortos – disse ele. – Eu, Joe, Hugh e o restante. Podíamos estar em qualquer lugar; eu só ia me mexer até chegar o momento de deitar meus ossos ao lado de Abby. Não me importava.

Quando eles chegaram a Hillsborough, ele não havia prestado muita atenção ao que Joe pretendia. Limitara-se a segui-lo, obediente e sem pensar. Ele o seguira e andara pelas ruas enlameadas, que cintilavam com vidro quebrado de janelas despedaçadas, vira a tocha e as turbas, ouvira os gritos e os berros – tudo impassível.

– Não passavam de homens mortos, chacoalhando os ossos uns contra os outros – disse ele, dando de ombros.

Ficou parado por um momento e em seguida virou o rosto para Jamie, olhando com sinceridade, por um longo tempo, nos olhos dele.

– É assim? Você também está morto? – A mão fraca e cheia de calos deixou o lenço vermelho e pousou levemente no rosto de Jamie.

Jamie não se retraiu com o toque, mas segurou a mão de MacLennan e voltou a baixá-la, segurando-a com firmeza na dele.

– Não, *a charaid* – disse ele baixinho. – Ainda não.

MacLennan assentiu lentamente.

– Ah, dê tempo ao tempo – falou.

Livrou as mãos e ficou sentado por um momento, alisando o lenço. Sua cabeça não parava de se mover, assentindo levemente, como se a mola de seu pescoço tivesse sido esticada demais.

– Dê tempo – repetiu ele. – Não é tão ruim.

Ele se levantou e colocou o quadrado de tecido vermelho na cabeça. Virou-se para mim e assentiu educadamente, os olhos vagos e perturbados.

– Agradeço pelo café da manhã, senhora – disse, e se afastou.

3

BILE

A partida de Abel MacLennan pôs um fim repentino ao café da manhã. O soldado Ogilvie pediu licença e agradeceu, Jamie e Fergus partiram em busca de foices e astrolábios, e Lizzie, desanimada com a ausência do soldado Ogilvie, disse que estava indisposta e se recolheu, pálida, para uma das barracas, fortalecida por uma xícara grande de tanásia e arruda.

Felizmente, Brianna decidiu reaparecer justo naquele momento, sem Jemmy. Ela e Roger tinham tomado o café da manhã com Jocasta, ela me garantiu. Jemmy havia adormecido nos braços de Jocasta, e como ambos pareciam felizes assim, ela o deixara lá e voltara para me ajudar com o trabalho na clínica.

– Tem certeza de que quer me ajudar hoje? – Olhei para Bree com desconfiança. – É o dia do seu casamento, afinal. Tenho certeza de que Lizzie ou talvez a sra. Martin poderiam...

– Não, eu ajudo – assegurou-me ela, passando um pano no assento do banco alto que eu usava para os atendimentos da manhã. – Lizzie está se sentindo melhor, mas acho que não está bem o suficiente para enfrentar pés ulcerados e estômagos pútridos. – Ela estremeceu, fechando os olhos ao se lembrar de um senhor cujo calcanhar ulcerado eu havia tratado no dia anterior. A dor fizera com que ele vomitasse repetidamente na calça puída, o que, por sua vez, fez com que muitas das pessoas que esperavam para serem atendidas também vomitassem, em reflexo simpático.

Eu também fiquei um pouco nauseada ao me lembrar, mas afastei o enjoo com um gole de café amargo.

– Não, acho que não – concordei com relutância. – Mas o seu vestido ainda não está totalmente pronto, está? Talvez você devesse...

– Está tudo bem – disse ela. – Phaedre está costurando a barra, e Ulysses está dando ordens aos empregados como um sargento. Eu só atrapalharia.

Cedi sem mais delongas, mas me questionei um pouco sobre sua disposição. Embora Bree não tivesse frescuras em relação às exigências da vida normal, como tirar a pele de animais e limpar peixes, eu sabia que a proximidade de pessoas que sofriam de condições desfiguradoras ou de doenças aparentes a incomodava, mesmo que ela fizesse o melhor que podia para esconder isso. Não era nojo, eu acreditava, mas sim uma empatia incapacitante.

Peguei a chaleira e despejei água fervente em um jarro grande já pela metade com álcool destilado, estreitando os olhos diante das nuvens quentes do vapor alcoólico.

Era difícil ver tantas pessoas sofrendo com coisas que poderiam ser facilmente tratadas em uma época em que houvesse antissépticos, antibióticos e anestesia – mas eu aprendera a manter o distanciamento nos hospitais de campanha em uma época na qual essas inovações médicas eram não apenas novas, mas também raras, e sabia tanto a necessidade quanto o valor delas.

Eu não poderia ajudar ninguém se meus sentimentos ficassem no caminho. E eu tinha que ajudar. Era simples assim. Mas Brianna não tinha esse conhecimento para usar como escudo. Não ainda.

Ela havia terminado de limpar os bancos, as caixas e outros equipamentos para os atendimentos da manhã, e se endireitou, franzindo o cenho.

– Você se lembra da mulher que atendeu ontem? Aquela com o menininho com retardo?

– Não é algo que se esqueça facilmente – respondi, do modo mais delicado possível. – Por quê? Tome, pode cuidar disso?

Fiz um gesto indicando a mesa dobrável que eu costumava usar e que se recusava a se dobrar direito, pois suas dobradiças tinham inchado com a umidade.

Brianna franziu o cenho de leve, analisando-a, e então golpeou bruscamente a dobradiça problemática com a lateral da mão. A mesa cedeu e se dobrou obedientemente de uma vez, reconhecendo a força superior.

– Pronto. – Ela esfregou a lateral da mão, distraída, ainda franzindo o cenho. – Você estava enfatizando que ela deveria tentar não ter mais filhos. O menininho... ele tinha um problema hereditário, certo?

– Pode-se dizer que sim – respondi de modo seco. – Sífilis congênita.

Ela ergueu o olhar, pálida.

– Sífilis? Tem certeza?

Assenti, enrolando um pedaço de linho fervido para servir de bandagem. Ainda estava muito úmido, mas não havia o que fazer.

– A mãe não demonstrava sinais avançados ainda, mas é bem evidente em uma criança.

A mãe tinha ido até mim simplesmente para drenar um abscesso, com o menininho agarrado a suas saias. Ele tinha o "nariz em sela" característico, com a ponte afundada, e também uma mandíbula tão malformada que não me surpreendi com sua má nutrição: ele mal conseguia mastigar. Eu não sabia dizer até que ponto seu evidente atraso se devia à lesão cerebral ou à surdez, pois ele parecia ter ambas as coisas, mas eu ainda não tinha testado a extensão, já que não havia nada que eu pudesse fazer para remediar nenhum dos dois problemas. Eu aconselhara a mãe a dar a ele água de legumes cozidos, o que poderia ajudar com a má nutrição, mas havia pouco mais a se fazer por ele, pobrezinho.

– Não vejo isso com tanta frequência aqui como em Paris ou em Edimburgo, onde havia muitas prostitutas – eu disse a Bree, jogando a bola de bandagens dentro de uma bolsa de lona que ela mantinha aberta. – Mas de vez em quando, vejo. Por quê? Você não acha que o Roger tem sífilis, acha?

Ela olhou para mim, boquiaberta. Seu olhar de choque foi substituído por uma imediata onda de rubor irado.

– *Não*! – respondeu ela. – Mãe!

– Bom, eu achava que não mesmo – falei calmamente. – Mas acontece nas melhores famílias... e *você* perguntou.

Ela resmungou.

– Eu ia *perguntar* sobre contraceptivos – disse ela, entre os dentes. – Ou pelo menos era o que eu pretendia, antes de você começar com o *Guia médico das doenças venéreas*.

– Ah, isso. – Olhei para ela pensativa, observando as manchas de leite seco em seu corpete. – Bem, a amamentação é bastante eficaz. Não totalmente, claro, mas bastante. Um pouco menos depois dos seis primeiros meses. – Jemmy tinha 6 meses agora. – Mas mesmo assim ainda é eficaz.

– Humm – murmurou ela, tão parecida com Jamie que tive que morder o lábio inferior para não rir. – E exatamente *o que mais* é eficaz?

Eu não havia falado propriamente sobre contracepção – no estilo do século XVIII – com ela. Não parecera necessário quando ela chegara à Cordilheira dos Frasers, e depois *realmente* não foi mais necessário, já que ela estava grávida. Mas ela queria saber agora?

Franzi o cenho, colocando rolos de bandagens e maços de ervas dentro da bolsa, lentamente.

– O método mais comum é algum tipo de barreira. Um pedaço de seda ou uma esponja embebida em qualquer coisa de vinagre a conhaque – mas, se tiver à mão, óleo de tanásia ou de cedro parecem funcionar melhor. Eu já soube de mulheres nas Índias que usavam metade de um limão, mas obviamente não se trata de uma alternativa adequada aqui.

Ela deu uma risadinha.

– Não, acho que não. Também não acho que óleo de tanásia funcione muito bem... era o que a Marsali estava usando quando engravidou da Joan.

– Ah, ela *estava usando*? Pensei que não tivesse se dado ao trabalho de usar uma vez... e uma vez basta.

Eu senti, mas não vi exatamente, que ela ficou tensa, e mordi o lábio de novo, dessa vez arrependida. Uma vez *tinha* bastado, só não sabíamos qual vez. Ela encolheu os ombros e em seguida deixou que desabassem, afastando qualquer lembrança que meu comentário impensado tivesse evocado.

– Ela disse que estava usando, mas pode ter se esquecido. Não funciona sempre, certo?

Pendurei uma bolsa de bandagens e ervas secas no ombro e peguei a caixa de medicamentos pela alça de couro que Jamie havia feito.

– A única coisa que sempre funciona é o celibato – declarei. – E acho que não se trata de uma opção satisfatória no caso em questão.

Ela balançou a cabeça, os olhos fixos em um grupo de jovens visíveis além das árvores abaixo, revezando-se para lançar pedras no riacho.

– Era o que eu temia – disse ela, e se abaixou para pegar a mesa dobrável e dois banquinhos.

Olhei ao redor da clareira, pensando. Mais alguma coisa? Não havia problema em deixar a fogueira acesa, mesmo que Lizzie adormecesse. Nada na montanha pegaria fogo naquele clima, até mesmo os gravetos e a lenha que havíamos deixado no fundo de nossa barraca no dia anterior estavam úmidos. Mas faltava alguma coisa... o quê?

Ah, sim. Eu coloquei a caixa no chão por um momento e me ajoelhei para entrar na barraca. Vasculhei os cobertores emaranhados e finalmente encontrei meu saquinho de couro de remédios.

Fiz uma breve oração para Santa Brígida e o coloquei ao redor do pescoço, pendendo por dentro do corpete do meu vestido. Eu estava tão habituada a usar esse amuleto quando saía para fazer atendimentos médicos que quase não me sentia mais ridícula com esse pequeno ritual... quase. Bree estava me observando com uma cara esquisita, mas não disse nada.

Eu também não disse nada, simplesmente peguei minhas coisas e a segui através da clareira, pisando com cuidado em meio às poças. Não estava chovendo naquele momento, mas as nuvens pairavam acima da copa das árvores, prometendo mais a qualquer momento, e espirais de névoa subiam de troncos caídos e arbustos molhados.

Por que Bree estava preocupada com contracepção?, eu me perguntei. Não que eu não achasse isso sensato... mas por que agora? Talvez tivesse a ver com a iminência de seu casamento com Roger. Ainda que eles tivessem vivido como marido e mulher nos últimos meses – e tinham –, a formalidade dos votos expressados diante de Deus e dos homens bastava para trazer uma nova seriedade mesmo aos jovens mais despreocupados. E nem Bree nem Roger eram despreocupados.

– Existe outra possibilidade – falei, olhando para sua nuca enquanto ela descia pela trilha escorregadia. – Não testei em ninguém ainda, então não sei dizer se é confiável. Nayawenne, a senhora Tuscarora que me deu o saquinho de remédios, me disse que havia "ervas das mulheres". Misturas diferentes para coisas diferentes, mas uma planta em especial para esse propósito. Ela contou que as sementes dessa planta impedem que o espírito de um homem domine o espírito de uma mulher.

Bree fez uma pausa, virando-se quando me aproximei dela.

– É assim que os índios encaram a gravidez? – Ela esboçou um sorriso. – O homem vence?

Eu ri.

– Bem, de certo modo. Se o espírito da mulher for forte demais para o do homem, ou se não se submeter a ele, ela não consegue conceber. Então, se uma mulher quer um filho e não consegue ter, na maior parte das vezes o xamã trata o marido, ou os dois, e não apenas ela.

Ela emitiu um som gutural, em parte diversão, mas não totalmente.

– Qual é a planta, a erva das mulheres? – perguntou. – Você sabe?

– Não tenho certeza – admiti. – Não sei bem o nome, melhor dizendo. Ela a mostrou a mim, tanto a planta quanto as sementes secas, e tenho certeza de que a reconheceria, mas não era uma planta que eu conhecia por um nome em inglês. Mas é uma das *Umbelliferae* – acrescentei para ajudar.

Ela me dirigiu um olhar austero que mais uma vez fez com que eu me lembrasse de Jamie e então virou-se para o lado para deixar um grupo de mulheres da família

Campbell passar, com chaleiras e panelas batendo e nos cumprimentando educadamente enquanto passavam a caminho do riacho.

– Bom dia, sra. Fraser – disse uma delas, uma jovem asseada que reconheci como sendo uma das filhas mais jovens de Farquard Campbell. – Seu marido está por perto? Meu pai gostaria de falar com ele.

– Não, ele não está, infelizmente. – Fiz um gesto vago; Jamie podia estar em qualquer lugar. – Mas darei o recado.

Ela assentiu e seguiu em frente, e todas as mulheres atrás dela pararam para desejar a Brianna felicidade no dia do casamento, as saias e capas de lã chacoalhando água de chuva dos arbustos de faia-da-terra que margeavam o caminho.

Brianna aceitou os votos com uma cortesia graciosa, mas eu vi a leve linha que se formou entre suas sobrancelhas espessas e ruivas. Alguma coisa definitivamente a incomodava.

– O que foi? – perguntei abruptamente, assim que as Campbell se afastaram.

– O que foi o quê? – replicou ela, surpresa.

– O que está incomodando você? – perguntei. – E não diga "nada", porque estou vendo que está incomodada. Tem a ver com Roger? Está em dúvida em relação ao casamento?

– Não exatamente – respondeu ela, parecendo preocupada. – Quero me casar com Roger, quer dizer... está *tudo* bem. É que... eu... pensei em uma coisa... – Ela parou de falar e corou.

– Hã? – perguntei, sentindo-me um pouco alarmada. – O que é?

– Doença venérea – disse ela bruscamente. – E se eu tiver? Não transmitida por Roger, mas... por Stephen Bonnet?

Seu rosto estava tão quente e vermelho que fiquei surpresa de não ver as gotículas de chuva evaporarem ao contato com sua pele. Meu rosto estava gelado; meu coração, apertado no peito. Essa possibilidade havia me ocorrido – vividamente – na época, mas eu não quis sequer sugerir algo assim, se ela própria não havia pensado nisso. Lembrei-me das semanas que passei observando-a discretamente, atenta a qualquer sinal de doença, mas as mulheres não costumam exibir sintomas de uma infecção recente. O fato de Jemmy ter nascido saudável fora um alívio em mais de um aspecto.

– Ah – falei baixinho, apertando seu braço. – Não se preocupe, querida, você não pegou nada.

Ela respirou fundo e soltou o ar em uma nuvem turva e pálida, e um pouco da tensão deixou seus ombros.

– Tem certeza? – perguntou. – Dá para saber? Eu me sinto bem, mas pensei... que as mulheres nem sempre têm sintomas.

– Não mesmo, mas a maioria dos homens sim. E se Roger tivesse contraído qualquer coisa ruim de *você*, eu já saberia há muito tempo.

Seu rosto estava um pouco mais relaxado, mas quando eu disse isso, ela voltou a corar. Tossiu, criando uma névoa com sua respiração.

– Bom, isso é um alívio. Então Jemmy está bem? Tem certeza?

– Absoluta – assegurei. Eu havia pingado gotas de nitrato de prata – que eu conseguira por um preço considerável e com bastante dificuldade – em seus olhos quando ele nasceu, apenas por garantia, mas eu tinha certeza, sim. Além de não demonstrar nenhum sinal de doença, Jemmy tinha um ar saudável que fazia com que a simples ideia de uma infecção fosse improvável. Ele irradiava bem-estar.

– Foi por isso que quis saber sobre contracepção? – perguntei, acenando enquanto passávamos pelo acampamento dos MacRaes. – Você estava com receio de ter mais filhos, se por acaso...

– Ah, não. Ou melhor, eu nem sequer tinha pensado em doença venérea até você mencionar sífilis, e então fui assaltada pela terrível ideia de que poderia ter... – Ela parou e pigarreou. – Hum, não. Eu só queria saber.

Uma parte escorregadia do caminho pôs fim à conversa naquele momento, mas não às minhas especulações.

Não que uma jovem noiva não pudesse pensar em contracepção, mas naquelas circunstâncias... do que se tratava?, eu me perguntei. Medo por si mesma ou medo de ter outro bebê? O parto podia ser perigoso, claro... e qualquer um que tivesse visto as mulheres que vinham até mim em busca de atendimento médico ou que tivesse ouvido as conversas das mulheres em volta da fogueira à noite sabia muito bem dos perigos para bebês e crianças. Era rara a família que não tinha perdido pelo menos um bebê devido a uma febre, a uma infecção de garganta ou a uma diarreia sem controle. Muitas mulheres tinham perdido três, quatro ou mais bebês. Eu me lembrei da história de Abel MacLennan, e um arrepio percorreu-me a espinha.

Ainda assim, Brianna era muito saudável e apesar de não termos coisas importantes, como antibióticos e instalações médicas sofisticadas, eu dissera a ela que não subestimasse o poder da higiene e da boa alimentação.

Não, pensei, observando a curva acentuada das costas dela enquanto erguia o equipamento pesado para passar por cima de uma raiz retorcida que cortava o caminho. Não era isso. Ela podia até ter motivos para se preocupar, mas não era uma pessoa temerosa, basicamente.

Roger? Diante daquela situação, pareceria que o melhor a fazer seria engravidar de novo depressa, de um filho que definitivamente fosse dele. Isso certamente ajudaria a fortalecer o casamento. Por outro lado... e se ela engravidasse? Roger ficaria muito feliz... mas e Jemmy?

Roger fizera um juramento de sangue, aceitando Jemmy como seu filho. Mas a natureza humana era a natureza humana, e apesar de eu ter certeza de que Roger nunca abandonaria nem negligenciaria Jemmy, era possível que se sentisse diferente – e obviamente diferente – em relação a um filho que ele soubesse que era seu. Bree correria esse risco?

Pensando bem, eu achava que ela estava sendo sensata em esperar, se pudesse. Dar tempo para que Roger sentisse um elo forte com Jemmy antes de complicar a situação da família com outro filho. Sim, muito sensata – e Bree era uma pessoa eminentemente sensata.

Foi apenas quando chegamos à clareira onde os atendimentos da manhã eram feitos que outra possibilidade me ocorreu.

– Podemos ajudar, sra. Fraser?

Dois dos filhos mais novos dos Chisholms correram para ajudar, pegando a carga pesada que Brianna e eu carregávamos, e, sem que pedíssemos, começaram a abrir as mesas, a buscar água limpa, a colocar mais lenha na fogueira e a ajudar de maneira geral. Não tinham mais de 8 e 10 anos, e, ao vê-los trabalhar, me dei conta de novo de que naquela época um garoto de 12 ou 14 anos podia ser, essencialmente, um homem.

Brianna também sabia disso. Ela nunca deixaria Jemmy, eu sabia, não enquanto ele precisasse dela. Mas... e mais tarde? O que aconteceria quando *ele* a deixasse?

Abri minha caixa e comecei a tirar os equipamentos necessários para o trabalho da manhã: tesoura, pinça, fórceps, álcool, bisturi, bandagens, boticões, agulhas para sutura, unguentos, bálsamos, loções, purgantes...

Brianna tinha 23 anos. Teria não mais que 35 anos quando Jem se tornasse totalmente independente. E se ele não precisasse mais dos cuidados dela, talvez ela e Roger pudessem voltar. Voltar para o seu tempo, para a segurança, para a vida interrompida que fora dela desde o nascimento.

Mas só se não tivesse mais filhos, cuja dependência dela a manteria aqui.

– Bom dia, senhora. – Um senhor baixo de meia-idade estava à minha frente, o primeiro paciente da manhã. Tinha a barba de uma semana por fazer, mas estava tão visivelmente pálido, com uma aparência macilenta e olhos vermelhos de tanto fumar e beber, que seu problema era instantaneamente discernível. A ressaca era endêmica nos atendimentos da manhã.

– Estou me sentindo meio mal do estômago, senhora – disse ele, engolindo com dificuldade. – Teria alguma coisa para resolver isso?

– Tenho exatamente aquilo de que você precisa – respondi, pegando um copo. – Ovo cru e um pouco de xarope de ipecacuanha. Dê uma bela vomitada e ficará novo em folha.

O atendimento era feito às margens da grande clareira aos pés da colina, onde a grande fogueira da Reunião era acesa à noite. O ar úmido tinha cheiro de fumaça e o odor forte de cinzas molhadas, mas a terra escurecida – cerca de 3 metros, pelo menos – já estava desaparecendo sob a confusão de galhos e gravetos. Eles iam demorar para acendê-la naquela noite, pensei, se continuasse garoando.

Depois de cuidar do homem de ressaca, houve um breve intervalo, e eu pude dar atenção a Murray MacLeod, que havia montado seu consultório perto dali.

Murray havia começado cedo, eu vi. O chão a seus pés estava escuro, as cinzas espalhadas ensopadas de sangue. Ele também estava cuidando de um paciente, um senhor atarracado cujo nariz vermelho e esponjoso e a papada flácida eram prova de uma vida de excessos alcoólicos. Ele fizera o homem ficar apenas de camisa, apesar da chuva e do frio, e a manga estava enrolada, com um torniquete no braço e a bacia para colher o sangue sobre os joelhos do paciente.

Eu estava a cerca de 3 metros do local onde Murray trabalhava, mas conseguia ver os olhos do homem, amarelos como mostarda, mesmo à luz fraca da manhã.

– Doença do fígado – eu disse a Brianna, sem me esforçar para falar baixo. – Dá para ver a icterícia daqui, não dá?

– Bile – disse MacLeod em voz alta, abrindo sua lanceta. – Excesso de bile, isso está claro. – Pequeno, moreno e asseado, Murray não impressionava, mas era determinado.

– Cirrose por causa da bebida, eu diria – diagnostiquei, aproximando-me e observando o paciente com calma.

– Bloqueio da bile, devido a um desequilíbrio da fleuma! – Murray olhou para mim de forma ameaçadora, claramente pensando que eu pretendia roubar o seu brilho, ou até mesmo seu paciente.

Eu o ignorei e me abaixei para examinar o paciente, que pareceu assustado com a minha presença.

– O senhor tem uma massa rígida logo abaixo das costelas à direita, não tem? – perguntei com gentileza. – Sua urina está escura, e quando evacua, as fezes são pretas e sanguinolentas, certo?

O homem assentiu, boquiaberto. Estávamos começando a chamar atenção.

– Mã-ãe. – Brianna estava em pé atrás de mim. Cumprimentou Murray e se inclinou para murmurar no meu ouvido. – O que pode fazer no caso de cirrose, mãe? Nada!

Parei, mordendo o lábio. Ela tinha razão. No afã de me exibir fazendo um diagnóstico e para evitar que Murray usasse sua lanceta manchada e visivelmente enferrujada no homem, eu não havia levado em consideração o simples fato de que não havia tratamento alternativo a oferecer.

O paciente olhava para nós dois, claramente inseguro. Com esforço, sorri para ele, e assenti para Murray.

– O sr. MacLeod está certo – eu disse, forçando as palavras a saírem da minha boca. – Doença do fígado certamente causada por excesso de humores. – Pensei que, afinal, era possível considerar o álcool um humor, pois as pessoas que beberam o uísque de Jamie na noite anterior evidentemente o acharam hilário.

O rosto de Murray estava tenso, desconfiado. Quando me corrigi, ele ficou comicamente surpreso. Dando um passo à minha frente, Brianna tirou vantagem do momento.

– Tem uma simpatia – disse ela, sorrindo de modo encantador para ele. – Ela... afia a lâmina e facilita o fluxo dos humores. Vou mostrar.

Antes que ele pudesse se opor, ela tirou a lanceta da mão dele e se virou para o fogo, onde havia uma panela com água fervente pendurada em um tripé.

– Em nome de Miguel, manejador de espadas, defensor de almas – entoou ela. Eu estava certa de que usar o nome de São Miguel em vão não era uma blasfêmia – ainda que fosse, São Miguel não se importaria se fizessem isso por uma boa causa. Os homens que cuidavam da fogueira tinham parado para observar, assim como algumas pessoas que tinham ido até lá para serem atendidas.

Ela ergueu a lanceta e fez um sinal da cruz lento e exagerado com ela, olhando de lado a lado, para ter certeza de que todos prestavam atenção. Eles estavam paralisados. Diante das pessoas boquiabertas, os olhos azuis estreitados em concentração, ela me fez lembrar muito de Jamie em algumas de suas demonstrações de bravura. Torci para que ela fosse tão boa quanto ele.

– Abençoe esta lâmina, para curar o seu servo – disse ela, olhando para o céu e segurando a lanceta sobre o fogo como um padre oferecendo a Eucaristia.

Bolhas tinham começado a emergir, mas a água ainda não tinha atingido o ponto de ebulição.

– Abençoe esse gume, para a retirada do sangue, para o derramamento do sangue, para... hum... para drenar o veneno do corpo de nosso mais humilde necessitado. Abençoe esta lâmina... abençoe esta lâmina na mão de seu humilde servo... graças a Deus pelo brilho do metal. – Graças a Deus pela natureza repetitiva das orações gaélicas, pensei com sarcasmo.

Graças a Deus, a água estava fervendo. Ela abaixou a lâmina curva e curta até a superfície da água, olhou com atenção para a multidão e declamou:

– Deixa a limpeza das águas do lado de nosso Senhor Jesus banhar esta lâmina!

Ela mergulhou o metal na água e o manteve lá até o vapor que subia do balde de madeira fazer seus dedos ficarem vermelhos. Ela ergueu a lanceta e a transferiu depressa para a outra mão, erguendo-a no ar enquanto discretamente abanava a mão escaldada atrás de si.

– Que a bênção de Miguel, defensor contra os demônios, esteja nesta lâmina e na mão de quem a empunhar, para a saúde do corpo, para a saúde da alma. Amém!

Ela deu um passo à frente e estendeu a lâmina de modo cerimonioso a Murray pelo cabo. Murray, que não era tolo, olhou para mim com suspeita e um reconhecimento relutante da habilidade teatral da minha filha.

– Não toque na lâmina – alertei, sorrindo com graça. – Vai quebrar o encanto. Ah, e repita a simpatia a cada vez que for usá-la. Tem que ser feito com água *fervente*, não se esqueça.

– Hum – murmurou ele, mas pegou a lanceta cuidadosamente pelo cabo. Assentindo brevemente para Brianna, ele se voltou para o seu paciente, e eu para a minha, uma menina com urticária. Brianna me seguiu, secando as mãos na saia e parecendo satisfeita consigo mesma. Ouvi o resmungo do paciente atrás de mim e o ruído do sangue caindo dentro da tigela de metal.

Eu me senti um tanto culpada pelo paciente de MacLeod, mas Brianna estava certa: não havia absolutamente nada que eu pudesse fazer por ele naquelas circunstâncias. Cuidados médicos de longo prazo, aliados a uma ótima alimentação e abstinência total de álcool poderiam prolongar a vida dele. No entanto, as chances de as duas primeiras coisas acontecerem eram pequenas, quanto à terceira, eram inexistentes.

Brianna o salvara de maneira brilhante de uma infecção possivelmente perigosa – e aproveitou a oportunidade para oferecer proteção parecida a todos os futuros pacientes de MacLeod –, mas não consegui deixar de me sentir um pouco culpada por não poder fazer mais. Entretanto, o primeiro princípio médico que eu tinha aprendido como enfermeira nos campos de batalha da França ainda continuava valendo: trate o paciente que está diante de você.

– Use esta pomada – recomendei com seriedade para a menina com urticária – e *não coce*.

4

PRESENTES DE CASAMENTO

O dia não tinha clareado, mas a chuva havia parado por um momento. As fogueiras produziam uma fumaça densa, enquanto as pessoas se apressavam para aproveitar a ausência temporária de chuva para alimentar as fogueiras, empurrando madeira úmida para as chamas em um esforço apressado para secar as roupas e os cobertores. Mas ainda ventava, e nuvens de fumaça se elevavam como fantasmas por entre as árvores.

Uma dessas colunas de fumaça ondulava no caminho à frente dele, e Roger se virou para desviar dela, passando por caminhos de grama alta e molhada que ensopavam suas calças e galhos de pinheiro que deixavam rastros molhados nos ombros de seu casaco. Ele não dava atenção à umidade, concentrado em sua lista de tarefas para o dia.

Primeiro, iria às carroças para comprar uma pequena lembrança de presente de casamento para Brianna. De que ela gostaria?, ele se perguntou. Um enfeite, um laço? Ele tinha pouco dinheiro, mas sentia que precisava marcar a ocasião com um mimo de algum tipo.

Gostaria de poder colocar uma aliança comprada por ele no dedo dela quando trocassem as juras, mas ela insistira que o anel de rubi que pertencera ao avô dela serviria – cabia-lhe perfeitamente e não havia motivo para gastar dinheiro com outra aliança. Ela era uma pessoa pragmática, às vezes até demais, em contraste com o comportamento romântico dele.

Algo prático, mas que servisse para enfeitar, então – como uma chaleira pintada?

Ele sorriu para si mesmo ao pensar nisso, mas a ideia de praticidade permaneceu, marcada pela dúvida.

Ele tinha uma lembrança vívida da sra. Abercrombie, uma senhora prática e séria da congregação do reverendo Wakefield, que havia chegado à residência dele à beira da histeria certa noite, durante o jantar, dizendo que tinha matado o marido e perguntando o que deveria fazer. O reverendo havia deixado a sra. Abercrombie aos cuidados temporários da empregada, enquanto ele e Roger, então um adolescente, tinham ido às pressas à residência dos Abercrombie para ver o que havia acontecido.

Encontraram o sr. Abercrombie no chão da cozinha, felizmente ainda vivo, mas zonzo e sangrando muito devido a um pequeno corte na cabeça provocado por um golpe com o novo ferro de passar elétrico com o qual ele havia presenteado a mulher na ocasião do aniversário de 23 anos de casamento.

– Mas ela disse que o velho queimava as toalhas de mesa! – O sr. Abercrombie repetia em intervalos lamentosos, enquanto o reverendo fazia um curativo em sua cabeça, e Roger limpava a cozinha.

Foi a lembrança vívida das manchas de sangue no linóleo desgastado da cozinha dos Abercrombie que fez com que ele decidisse. Por mais pragmática que Bree fosse, aquele era o casamento deles. Na alegria, na tristeza, até que a morte os separasse. Ele procuraria algo romântico – ou tão romântico quanto fosse possível conseguir com 1 xelim e 80 centavos.

Viu de relance uma mancha vermelha entre as folhas ali perto, como o vislumbre de um cardeal. Mas era maior do que o pássaro. Ele parou, inclinando-se para espiar por uma abertura nos galhos.

– Duncan? – chamou. – É você?

Duncan Innes saiu do meio das árvores, assentindo timidamente. Ainda usava o tartã escarlate dos Camerons, mas havia tirado seu esplêndido casaco, colocando o tartã sobre os ombros, como um xale, no estilo antigo das Terras Altas.

– Uma palavra, *a Smeòraich*? – pediu ele.

– Sim, claro. Estou indo até as carroças. Venha comigo. – Ele voltou para a trilha, agora livre da fumaça, e eles atravessaram a montanha lado a lado.

Roger não disse nada, esperando educadamente que Duncan escolhesse como iniciar a conversa. Duncan era tímido e retraído por temperamento, mas era também observador, perceptivo e teimoso de um modo muito discreto. Se tinha algo a dizer, dizia... em seu próprio tempo. Por fim, respirou fundo e começou.

– *Mac Dubh* me contou que seu pai era pastor. É verdade?

– Sim – respondeu Roger, bastante surpreso com o assunto. – Na verdade, meu verdadeiro pai foi morto, e o tio da minha mãe me adotou; ele era pastor. – Enquanto falava, Roger se perguntava por que considerara necessário se explicar. Durante a maior parte da vida, ele pensara e se referira ao reverendo como seu pai, e isso certamente não fazia diferença para Duncan.

Duncan assentiu, estalando a língua de modo compreensivo.

– Mas você é presbiteriano, então? Ouvi *Mac Dubh* dizer isso. – Apesar dos bons modos habituais de Duncan, um breve sorriso surgiu sob seu bigode irregular.

– Imaginei que tivesse ouvido, sim – respondeu Roger de modo seco. Ele ficaria surpreso se a Reunião toda não tivesse ouvido *Mac Dubh* falar disso.

– Bem, a questão é que eu também sou – confessou Duncan, falando como se pedisse desculpas.

Roger olhou para ele com espanto.

– Você? Pensei que fosse católico!

Duncan emitiu um grunhido de embaraço, erguendo o ombro do braço amputado.

– Não. Meu bisavô materno era um pactuário, muito aferrado a suas crenças, sabe? – Ele sorriu com certa timidez. – Isso se diluiu bastante até chegar a mim; minha mãe era devota, mas meu pai não era muito religioso, nem eu. E quando conheci *Mac Dubh*... bom, ele não me chamou para ir à missa com ele em um domingo, certo?

Roger assentiu, com um breve resmungo para demonstrar que compreendia. Duncan havia conhecido Jamie na prisão de Ardsmuir, depois da Rebelião. Apesar de a maioria das tropas jacobitas ser composta de católicos, ele sabia que havia protestantes de diferentes grupos entre eles também – e a maioria provavelmente mantinha silêncio em relação a isso, pois eram superados em número pelos católicos. E era verdade que a carreira de Jamie e Duncan no ramo do contrabando teria oferecido poucas ocasiões para conversas sobre religião.

– Sim. E o seu casamento com a sra. Cameron hoje à noite...

Duncan assentiu e mordeu o canto do lábio, mastigando, contemplativo, a ponta do bigode.

– É isso. Acha que devo dizer alguma coisa?

– A sra. Cameron não sabe? Nem Jamie?

Duncan balançou a cabeça em silêncio, os olhos na lama pisada do caminho.

Roger percebeu que, claro, era a opinião de Jamie que importava naquele caso, e não a de Jocasta Cameron. A questão da divergência religiosa evidentemente parecia não ter importância para Duncan – e Roger nunca tinha ouvido nada que indicasse que Jocasta fosse uma devota –, mas depois de ouvir a reação de Jamie ao saber que Roger era presbiteriano, Duncan ficou preocupado.

– Você foi falar com o padre, *Mac Dubh* disse. – Duncan olhou para ele de esguelha. – Ele... – Ele pigarreou, corando. – Bem, ele obrigou você a ser... batizado como católico?

Uma ideia atroz para um protestante devoto, e claramente desconfortável para Duncan. Era, Roger percebeu, algo desconfortável para ele próprio também. Teria feito isso, se precisasse, para se casar com Bree? Acreditava que sim, no fim das contas, mas admitia ter sentido um profundo alívio quando o padre não insistiu em nenhum tipo de conversão formal.

– Ah... não – disse Roger, e tossiu quando mais uma lufada de fumaça passou por eles. – Não – repetiu ele, secando os olhos marejados. – Mas eles não fazem o batismo se você já tiver sido batizado. Você foi batizado, não foi?

– Ah, sim. – Duncan parecia encorajado por ouvir aquilo. – Sim, quando eu... ou melhor... – Uma sombra atravessou seu rosto, mas ele afastou qualquer que fosse o pensamento que a causara dando de ombros. – Sim.

– Muito bem. Deixe-me pensar um pouco, sim?

As carroças e as tendas já estavam à vista, agrupadas como gado, as mercadorias protegidas da chuva por lonas e cobertores, mas Duncan se deteve, claramente querendo esclarecer a questão antes de falar sobre qualquer outra coisa.

Roger passou a mão na nuca, pensando.

– Não – disse ele, por fim. – Não, acho que você não precisa dizer nada. Veja bem, não será uma missa, apenas uma cerimônia de casamento, e é praticamente a mesma coisa. Você aceita essa mulher, você aceita esse homem, na pobreza, na riqueza, essas coisas.

Duncan assentiu, atento.

– Posso dizer isso, sim – afirmou ele. – Apesar de ter demorado um pouco para me acostumar com a parte da riqueza e da pobreza. Você sabe.

Ele falou sem ironia, apenas afirmando um fato óbvio, e ficou bastante surpreso ao ver o rosto de Roger em resposta a seu comentário.

– Não quis dizer nada de errado – justificou-se Duncan rapidamente. – Só quis dizer que...

Roger fez um gesto com a mão, tentando deixar o assunto de lado.

– Não tem problema – disse ele, a voz tão seca quanto a de Duncan. – Fale a verdade sem constrangimento, sim?

Era a verdade, também, apesar de ele tê-la ignorado de alguma forma até aquele momento. Na realidade, ele notou, com uma leve sensação de desânimo, que sua situação era um paralelo preciso com a de Duncan: um homem sem dinheiro e sem propriedades, casando-se com uma mulher rica – ou potencialmente rica.

Ele nunca pensara em Jamie Fraser como um homem rico, talvez devido à modéstia natural do homem, talvez simplesmente porque ele ainda não era. O fato era que Fraser era proprietário de 4 mil hectares de terras. Mesmo que boa parte dessas terras fosse selvagem, não significava que continuaria assim. Havia arrendatários na propriedade agora; haveria mais em breve. E quando esses arrendamentos começassem a render aluguel, quando houvesse serrarias e moinhos nos rios, quando houvesse povoados, lojas e tavernas, quando as poucas cabeças de gado, porcos e cavalos tivessem se multiplicado em rebanhos prósperos sob a administração cuidadosa de Jamie... Jamie Fraser provavelmente seria um homem muito rico. E Brianna era a única filha legítima de Jamie.

E também havia Jocasta Cameron, uma mulher já muito rica, que havia declarado sua intenção de fazer de Brianna sua herdeira. Bree havia se recusado prontamente a considerar essa ideia, mas Jocasta era tão teimosa quanto a sobrinha e tinha mais prática do que ela. Além disso, independentemente do que Brianna dissesse ou fizesse, as pessoas iam pensar...

E era isso que, de fato, estava pesando em seu estômago como uma enorme pedra. Não apenas a percepção de que estava se casando com alguém muito acima de seus meios e de sua posição, mas a percepção de que todos na colônia já tinham percebido isso muito antes e provavelmente já o encaravam, e falavam sobre ele, com cinismo, como um belo oportunista, senão como um completo aventureiro.

A fumaça havia deixado um gosto amargo de cinza em sua boca. Ele engoliu, e abriu um sorriso torto para Duncan.

– Sim – disse ele. – Bem. De qualquer modo, acho que elas devem ver *alguma coisa* em nós, não? As mulheres?

Duncan sorriu, um pouco pesaroso.

– Sim, alguma coisa. Então você acha que vai ficar tudo bem em relação à religião? Não quero que a srta. Jo nem *Mac Dubh* pensem que eu tinha alguma má intenção ao não contar. Mas não pretendo causar um alvoroço em torno disso, não é preciso.

– Não, claro que não – Roger concordou. Ele respirou fundo e afastou os cabelos úmidos do rosto. – Não, eu acho que não há problema. Quando falei com o padre, a única condição que ele impôs foi que eu permitisse que nossos filhos fossem batizados como católicos. Mas já que isso não é algo a considerar para você e para a sra. Cameron, acho... – Ele se interrompeu delicadamente, mas Duncan parecia aliviado com a ideia.

– Ah, não – disse ele, e deu uma risadinha nervosa. – Não, acho que não me incomodo com isso.

– Bem, então. – Roger forçou um sorriso e deu um tapinha nas costas de Duncan. – Boa sorte.

Duncan passou um dedo por baixo do bigode, assentindo.

– Para você também, *a Smeòraich*.

Ele esperava que Duncan fosse cuidar de seus assuntos depois que a pergunta foi respondida, mas o homem foi com ele, caminhando lentamente ao lado da fileira de carroças atrás de Roger, espiando as peças à mostra com um leve franzir de cenho.

Depois de uma semana de permutas, as carroças estavam tão cheias quanto no começo... ou mais, lotadas de sacos de grãos e lã, barris de sidra, sacos de maçãs, pilhas de peles e outros itens recebidos nas negociações. A quantidade de itens decorativos tinha diminuído consideravelmente, mas ainda havia coisas a comprar, como dava para ver pelas pessoas reunidas ao redor das carroças, como pulgões em um roseiral.

Roger era alto o bastante para olhar por cima da cabeça da maioria dos compradores e passava lentamente pelas carroças, estreitando os olhos aqui e ali, tentando imaginar a reação de Brianna.

Ela era uma mulher bonita, mas não muito cuidadosa com a aparência. Na verdade, foi por pouco que ele conseguiu impedi-la de cortar grande parte dos seus lindos cabelos ruivos por impaciência quando eles resvalavam na comida e quando Jemmy os puxava. Talvez uma fita *fosse* prática. Ou um pente decorado? Ou melhor: um par de algemas para o bebê.

Ele parou em um vendedor de peças de tecido e se abaixou para olhar embaixo da lona, onde chapéus e fitas coloridas estavam pendurados, protegidos da chuva, movendo-se na penumbra fria como os tentáculos de uma água-viva brilhante. Duncan, com a faixa de tecido de seu traje escocês na altura das orelhas para se proteger do vento inclemente, aproximou-se para ver o que ele olhava.

– Estão procurando algo em especial, senhores? – Uma vendedora se inclinou sobre os produtos, com os seios apoiados nos braços cruzados, e abriu um sorriso profissional para os dois.

– Sim – disse Duncan, inesperadamente. – Um metro de veludo. Você tem veludo? De boa qualidade, por favor, mas a cor não importa.

A mulher ergueu as sobrancelhas – mesmo com suas melhores roupas, Duncan não chamaria a atenção de ninguém como uma pessoa de posses, mas ela se virou sem fazer nenhum comentário e começou a remexer em seu reduzido estoque.

– Acha que a sra. Claire ainda teria um pouco de lavanda? – perguntou Duncan, virando-se para Roger.

– Sim, eu sei que tem – respondeu ele. A confusão deve ter ficado clara em seu rosto, pois Duncan sorriu e abaixou a cabeça.

– Foi uma ideia que tive – explicou. – A srta. Jo sofre com enxaquecas, e não dorme tão bem quanto deveria. Minha mãe tinha um travesseiro de lavanda e dizia que dormia como um bebê quando deitava a cabeça nele. Então pensei em comprar um pouco de veludo, para que ela o sentisse contra o rosto, e talvez a srta. Lizzie costure para mim...

Na saúde e na doença...

Roger assentiu com aprovação, sentindo-se tocado, e um tanto envergonhado, pelo carinho de Duncan. Ele havia pensado que o casamento entre Duncan e Jocasta Cameron fosse uma questão de conveniência e um bom negócio, e talvez fosse. Mas a paixão enlouquecida não era necessariamente um pré-requisito para a delicadeza nem para a consideração, não é mesmo?

Terminada a compra, Duncan se despediu e partiu com o veludo bem guardado embaixo de seu tartã, deixando que Roger percorresse sozinho as carroças dos vendedores restantes, escolhendo, considerando e descartando mentalmente, enquanto decidia qual item seria mais do agrado de sua noiva. Brincos? Não, o bebê os arrancaria. A mesma coisa aconteceria com um colar ou uma fita de cabelo, pensou.

Ainda assim, não parava de pensar em um enfeite. Normalmente, ela usava poucas coisas assim. Mas *usara* a aliança de rubi do pai – aquela que Jamie dera a ele, aquela que ele dera a ela quando ela o aceitou para sempre, tudo na Reunião. Jem mexia nele de vez em quando, mas não poderia estragá-lo.

Roger parou de repente, deixando que as pessoas passassem por ele. Conseguia ver o dourado em sua mente e o cor-de-rosa avermelhado do rubi, vívido em seu dedo pálido. *A aliança de seu pai.* Claro, por que não percebera isso antes?

Sim, Jamie dera a aliança a ele, mas isso não fazia com que fosse dele para que pudesse dar a Brianna. E ele quis, repentina e intensamente, dar a ela algo que fosse de fato seu.

Ele se decidiu e voltou para uma carroça cujas peças de metal brilhavam, mesmo sob a chuva. Ele sabia, por já ter medido, que o seu mindinho era do tamanho do dedo anelar dela.

– Este – disse ele, erguendo um anel. Era barato, feito de fios entrelaçados de cobre e latão, certamente deixaria o dedo de Brianna verde em poucos minutos. *Melhor ainda*, pensou, entregando o dinheiro. Mesmo que não o usasse o tempo todo, teria a marca dele nela.

Por esse motivo, uma mulher deve sair da casa do pai e se unir a seu marido, e os dois devem se tornar uma única carne.

5

TURBULÊNCIA

No fim da primeira hora, eu já tinha um grupo grande de pacientes esperando, apesar da garoa constante. Era o último dia da Reunião, e as pessoas que tinham tolerado uma dor de dente ou a dúvida a respeito de uma alergia repentinamente decidiram que deveriam aproveitar a última chance de cuidar dos problemas.

Dispensei uma jovem com um início de inchaço crônico da tireoide, aconselhando-a a comprar bastante peixe seco, já que ela vivia muito longe do mar para conseguir peixe fresco todos os dias, e a ingerir um pouco diariamente, por causa do iodo.

– Próximo! – gritei, afastando os cabelos úmidos dos olhos.

A multidão se abriu como o mar Vermelho, revelando um senhor pequeno, tão magro que mais parecia um esqueleto ambulante, vestindo trapos e levando um monte de pelos nos braços. Quando ele se aproximou, percorrendo uma fila de pessoas que se encolhiam à sua passagem, eu descobri o motivo da deferência: ele fedia como um gambá morto.

Por um momento, pensei que o monte de pelagem acinzentada pudesse ser um gambá morto – já havia um pequeno monte de peles perto de meus pés, apesar de meus pacientes normalmente se darem ao trabalho de tirar a pele do cadáver de seu dono antes de entregá-la a mim –, mas então o montinho se mexeu e dois olhos brilhantes me espiaram em meio à pelagem emaranhada.

– Meu cachorro está ferido – disse o homem de modo muito brusco. Ele colocou o animal sobre a minha mesa, empurrando os instrumentos para o lado, e apontou para um corte no flanco do animal. – Você vai cuidar dele.

Aquilo não era um pedido, afinal, o cachorro é que era meu paciente, e *ele* parecia bem-educado. De tamanho médio e patas curtas, com pelo comprido e eriçado e orelhas tortas, ele permaneceu sentado, muito calmo, com a língua para fora, sem fazer nenhum esforço para fugir.

– O que aconteceu com ele? – Tirei a bacia de perto e me inclinei para mexer no frasco de suturas esterilizadas. O cachorro lambeu minha mão enquanto eu fazia isso.

– Brigou com a fêmea de um guaxinim.

– Humm – murmurou, observando o animal com desconfiança. Devido a sua origem improvável e evidente simpatia, pensei que o ataque a um guaxinim fêmea provavelmente tinha sido inspirado por desejo e não por ferocidade. Como se para confirmar essa impressão, o animal deixou à mostra alguns centímetros de seu equipamento reprodutor rosado e úmido na minha direção.

– Ele gosta de você, mãe – disse Bree, mantendo a seriedade.

– Que lisonjeiro – sussurrei, torcendo para que o dono do cachorro não se desse a demonstrações parecidas. Por sorte, o velho parecia não gostar nem um pouco de mim. Ele me ignorava completamente, com os olhos fundos fixos na clareira mais abaixo, onde os soldados faziam exercícios.

– Tesoura – falei, resignada, estendendo a mão.

Aparei o pelo molhado em torno da ferida e fiquei feliz por não encontrar nenhum inchaço ou outro sinal de infecção. O corte estava cicatrizando bem; evidentemente, o ferimento tinha acontecido havia algum tempo. Perguntei-me se o cão havia sofrido o ataque na montanha. Não reconheci o velho senhor, e ele não tinha sotaque escocês. Será que estivera na Reunião?, ponderei.

– Hum... pode segurar a cabeça dele, por favor? – O cachorro podia ser manso, mas isso não significava que ele se manteria imóvel quando eu enfiasse uma agulha em sua pele. Seu dono permaneceu sério e não fez nenhum esforço para ajudar. Olhei ao redor à procura de Bree, em busca de socorro, mas ela havia desaparecido de repente.

– Pronto, *a bhalaich*, pronto – disse uma voz calma ao meu lado. Eu me virei surpresa e vi o cachorro cheirando os nós dos dedos de Murray MacLeod. Ao ver minha cara de surpresa, ele deu de ombros, sorriu e se inclinou sobre a mesa, pegando o cachorro assustado pelo couro e pelo focinho.

– Devo recomendar que seja rápida, sra. Fraser – disse ele.

Segurei com força a pata mais próxima e comecei. O cachorro reagiu exatamente como a maioria dos seres humanos reagiam em circunstâncias parecidas, debatendo-se sem parar e tentando escapar, suas patas arranhando a madeira da mesa. Em determinado momento, ele conseguiu se livrar de Murray, saltou da mesa e saiu correndo na direção dos espaços abertos, com a sutura pendurada. Eu me joguei em cima dele e rolei nas folhas e na lama, fazendo com que as pessoas que observavam a cena corressem em todas as direções até uma ou duas almas mais corajosas me ajudarem, segurando o animal preso ao chão para que eu pudesse terminar meu trabalho.

Dei o último nó, cortei o fio encerado com a lanceta de Murray – que tinha sido pisoteada durante a luta, mas infelizmente não havia quebrado, e tirei o joelho de cima do corpo do cão, quase tão ofegante quanto o animal.

Quem observava aplaudiu.

Fiz uma reverência, meio aturdida, e afastei as mechas de cabelo despenteadas do rosto com as duas mãos. Murray não estava em situação muito melhor: seus cabelos tinham se soltado e havia um rasgo em seu casaco, que estava coberto de lama. Ele se abaixou, pegou o cachorro por baixo da barriga e o colocou de pé em cima da mesa ao lado do dono.

– Seu cachorro, senhor – disse ele, e permaneceu de pé, ofegante.

O senhor se virou, pousou a mão na cabeça do cão e franziu o cenho, olhando para mim e para Murray como se não soubesse o que pensar daquela abordagem em equipe. Olhou para trás, na direção dos soldados lá embaixo, e em seguida se virou para mim, com as sobrancelhas unidas acima do nariz grande.

– Quem são *eles*? – perguntou, com um ar profundamente confuso.

Sem esperar a resposta, ele encolheu os ombros, deu meia-volta e se afastou. O cachorro, com a língua de fora, saltou da mesa e trotou ao lado do dono, à procura de mais aventura.

Respirei fundo, bati a lama do meu avental, sorri em agradecimento a Murray e me virei para lavar as mãos antes de atender o paciente seguinte.

– Rá – disse Brianna, baixinho. – Peguei ele! – Ela ergueu o queixo discretamente, indicando algo atrás de mim, e eu me virei para olhar.

O próximo paciente era um cavalheiro. Um cavalheiro de verdade, a julgar por suas roupas e sua atitude, muito superiores às das outras pessoas. Eu o notara perto da clareira havia algum tempo, olhando para a minha mesa e para a de Murray, obviamente em dúvida sobre qual médico deveria ter o privilégio de atendê-lo. Evidentemente, o incidente com o cachorro havia pendido a balança a meu favor.

Olhei para Murray, que parecia muito sério. Um cavalheiro provavelmente pagaria em dinheiro. Encolhi os ombros para Murray, como quem se desculpa, em seguida abri um sorriso agradável e profissional e fiz um gesto para que o novo paciente se sentasse no banquinho.

– Sente-se, senhor – falei –, e me diga onde dói.

O cavalheiro era o sr. Goodwin de Hillsborough, cuja principal queixa, aparentemente, era uma dor no braço. Não era o seu único problema, percebi. Uma cicatriz recente ziguezagueava pela lateral de seu rosto, a marca pálida fazendo com que o canto do olho dele se curvasse para baixo e conferindo-lhe um feroz olhar de soslaio. Uma leve descoloração na face mostrava onde um objeto pesado o havia acertado acima da mandíbula, e seus traços tinham a aparência embotada e inchada de alguém que havia apanhado muito em um passado não muito distante.

Cavalheiros costumavam se envolver em brigas tanto quanto qualquer pessoa quando eram provocados, mas aquele já parecia ter idade um pouco avançada para esse tipo de diversão – parecia ter cinquenta e poucos anos, com uma barriga protuberante que mal cabia no colete de botões prateados. Talvez tivesse caído em uma emboscada e tivesse sido roubado, pensei. Mas não a caminho da Reunião, aqueles ferimentos pareciam ter ocorrido semanas antes.

Passei a mão com cuidado em seu braço e em seu ombro e o ajudei a se levantar e mover o braço devagar, fazendo perguntas breves enquanto o apalpava. O problema estava bastante óbvio: ele havia deslocado o cotovelo e, apesar de felizmente o deslocamento ter diminuído por conta própria, achei que ele havia rompido um tendão, que agora estava entre o olecrânio e a cabeça da ulna, de forma que a lesão era agravada pelo movimento do braço.

Mas não era só isso. Apalpando o braço dele, descobri nada menos do que três fraturas simples parcialmente recuperadas nos ossos de seu antebraço. As lesões não eram todas internas, eu podia ver os vestígios de dois hematomas grandes no antebraço acima dos pontos fraturados, cada um deles uma mancha amarelo-esverdeada com o vermelho-escuro da hemorragia profunda no centro. Lesões de autodefesa, pensei, ou eu não me chamava Claire.

– Bree, pode me arrumar uma tala decente? – pedi.

Bree assentiu em silêncio e saiu, e eu fiquei a sós com o sr. Goodwin, cobrindo as contusões menores dele com unguento de cajepute.

– Como se feriu desse jeito, sr. Goodwin? – perguntei de modo casual, separando uma bandagem de linho. – Parece que se meteu em uma grande briga. Espero que, pelo menos, seu opositor esteja pior!

O sr. Goodwin sorriu desanimado diante da minha tentativa de ser engraçada.

– Foi uma luta, sim, sra. Fraser – respondeu ele –, mas não era minha. Uma questão de azar, de estar no lugar errado no momento errado, como dizem. Ainda assim... – Ele fechou o olho semicerrado em reflexo quando toquei a cicatriz. Um péssimo trabalho de quem havia feito a sutura, mas cicatrizado.

– É mesmo? – perguntei. – O que aconteceu?

Ele resmungou, mas não pareceu incomodado por ter que me contar.

– Certamente a senhora ouviu o oficial hoje cedo, lendo as palavras do governador sobre o comportamento atroz dos revoltosos.

– Acho que as palavras do governador não passaram despercebidas a ninguém – retorqui, puxando a pele com cuidado com as pontas dos dedos. – Então o senhor estava em Hillsborough, é isso que está me dizendo?

– É, sim. – Ele suspirou, mas relaxou um pouco ao perceber que meu toque não provocava dor. – Moro na cidade de Hillsborough, na verdade. E se eu tivesse permanecido quieto em casa, como minha boa esposa implorou que eu fizesse, sem dúvida teria escapado – disse ele com um sorriso pesaroso.

– Dizem que a curiosidade matou o gato. – Eu havia notado algo quando ele sorriu e pressionei delicadamente com o polegar a área descolorida em seu rosto. – Alguém o golpeou no rosto aqui, com força. Quebraram algum dente?

Ele pareceu um tanto surpreso.

– Sim, senhora. Mas não é nada que a senhora possa consertar.

Ele levantou o lábio superior, revelando um espaço onde faltavam dois dentes. Um pré-molar havia sido arrancado inteiro, mas o outro havia se quebrado na raiz. Eu podia ver uma linha irregular de esmalte amarelado brilhando contra o vermelho-escuro de sua gengiva.

Brianna, que chegava com a tala, emitiu um leve ruído de engasgo. Os outros dentes do sr. Goodwin, apesar de estarem inteiros, tinham crostas de tártaro e estavam marrons devido à mastigação de tabaco.

– Ah, acho que posso ajudar um pouco – eu disse a ele, ignorando Bree. – Dói morder aqui, não? Não posso consertar isso, mas posso retirar os restos do dente quebrado e tratar a gengiva para prevenir uma infecção. Mas quem o agrediu?

Ele deu de ombros levemente, observando de modo apreensivo enquanto eu dispunha boticões brilhantes e um bisturi odontológico de lâmina reta.

– Para dizer a verdade, senhora, eu não sei ao certo. Eu havia acabado de chegar à cidade para ir ao tribunal. Estou processando um grupo em Edenton – explicou, franzindo o cenho ao se lembrar. – E preciso levantar documentos para embasar a ação. No entanto, não consegui fazer isso, pois a rua do tribunal estava tomada por homens armados com porretes, chicotes e coisas arcaicas do tipo.

Ao ver a multidão, ele pensou em ir embora, mas, naquele exato momento, alguém lançou uma pedra por uma das janelas do tribunal. O barulho de vidro serviu como um sinal para a multidão, e as pessoas saíram correndo, derrubando portas e gritando ameaças.

– Fiquei preocupado com o meu amigo, o sr. Fanning, que eu sabia que estava lá dentro.

– Fanning... seria Edmund Fanning? – Eu estava ouvindo sem prestar muita atenção, pensando em como realizar a extração, mas reconheci o nome. Farquard Campbell havia mencionado Fanning ao contar a Jamie os detalhes sórdidos das revoltas que se seguiram à Lei do Selo, alguns anos antes. Fanning tinha sido nomeado mensageiro da colônia, uma posição lucrativa que provavelmente lhe custara bastante para conseguir, e custara ainda mais quando ele foi obrigado a se demitir. Evidentemente, sua impopularidade havia aumentado nos cinco anos desde então.

O sr. Goodwin comprimiu os lábios um contra o outro, em uma demonstração de desagrado.

– Sim, senhora, é ele. E, apesar dos escândalos que as pessoas espalham sobre Fanning, ele sempre foi um amigo meu e da minha família. Então quando ouvi sentimentos tão terríveis sendo expressados, com ameaças à vida dele, decidi que deveria ajudá-lo.

Nessa destemida empreitada, o sr. Goodwin não tinha sido bem-sucedido.

– Tentei forçar caminho pela multidão – disse ele, os olhos fixos nas minhas mãos enquanto posicionava o braço dele na tala e arrumava a bandagem de linho por baixo dela. – Mas não consegui avançar muito e mal havia chegado ao topo da escada, quando ouvi um grito alto vindo de dentro, e a multidão recuou, carregando-me junto.

Lutando para se manter de pé, o sr. Goodwin ficou horrorizado ao ver Edmund Fanning ser arrastado pela porta do tribunal, derrubado e então puxado pelos pés escada abaixo, batendo a cabeça em cada degrau.

– Fazia um barulho muito alto – disse ele, estremecendo. – Eu podia ouvi-lo acima dos gritos, batendo como um melão rolando escada abaixo.

– Minha nossa! – murmurei. – Mas ele não foi morto, foi? Eu não soube de nenhuma morte em Hillsborough. Relaxe o braço, por favor, e respire fundo.

O sr. Goodwin respirou fundo, mas apenas para emitir um rosnado alto, que foi sucedido por uma respiração muito mais profunda quando virei o braço, liberando o tendão preso e colocando a articulação em um bom alinhamento. Ele ficou pálido e seu rosto se cobriu de suor, mas ele piscou algumas vezes e se recuperou com grandiosidade.

– Se não foi morto, não foi por misericórdia dos revoltosos – disse ele. – Foi só porque eles decidiram se divertir com o chefe de Justiça, então deixaram Fanning inconsciente no chão e entraram correndo no tribunal. Outro camarada e eu nos movimentamos para erguer o pobre homem e tentamos levá-lo para um lugar abrigado próximo dali, mas houve uma comoção atrás de nós e fomos levados de uma vez pela multidão. Foi assim que fiquei desse jeito – ele ergueu o braço na tipoia. Tocou o corte ao lado do olho e o dente quebrado.

Franziu o cenho para mim, as sobrancelhas grossas unidas.

– Acredite, senhora, eu espero que alguém aqui dê os nomes dos revoltosos, para que eles possam ser justamente punidos por uma ação tão bárbara, mas se eu encontrasse o indivíduo que me acertou, não o entregaria à justiça do governador. Com certeza não!

Ele cerrou os punhos lentamente e me dirigiu um olhar ameaçador, como se suspeitasse que o infame em questão estivesse escondido embaixo da minha mesa. Brianna se remexeu atrás de mim. Sem dúvida ela estava pensando, assim como eu, em Hobson e Fowles. Eu estava inclinada a considerar Abel MacLennan um observador inocente, independentemente do que pudesse ter feito em Hillsborough.

Murmurei alguma coisa cautelosamente compreensiva e peguei a garrafa de uísque puro que usava para desinfetar e servir de anestesia. Ao vê-la, o sr. Goodwin pareceu bem mais animado.

– Só um pouco disso para... hum... fortalecer seu espírito – sugeri, enchendo um copo para ele. E para desinfetar o ambiente impuro de sua boca também. – Mantenha a bebida dentro da boca por um momento antes de engolir; vai ajudar a diminuir a sensibilidade do dente.

Eu me virei para Bree enquanto o sr. Goodwin tomava um bom gole da bebida e permanecia com a boca cheia, as bochechas estufadas como um sapo prestes a coaxar. Ela parecia um pouco pálida, mas eu não sabia se era por causa da história do sr. Goodwin ou por ter visto os dentes dele.

– Acho que não vou precisar mais de você hoje, querida – falei, dando um tapinha em seu braço. – Por que não vai ver se Jocasta está pronta para o casamento hoje à noite?

– Tem certeza, mãe? – Enquanto me perguntava isso, ela já desamarrava o avental sujo de sangue e o enrolava em uma bola de pano. Ao ver que ela olhava para a trilha, me virei na mesma direção e vi Roger escondido atrás de um arbusto, os olhos fixos dela. Vi o rosto dele se iluminar quando ela se virou na direção dele e senti um leve rubor diante da cena. Sim, eles ficariam bem.

– Muito bem, sr. Goodwin. Tome mais um gole disso e vamos cuidar desse pequeno problema. – Eu me virei para o meu paciente, sorrindo, e peguei o boticão.

6

PELOS VELHOS TEMPOS

Roger esperava à beira da clareira, observando Brianna ao lado de Claire, triturando ervas, medindo líquidos em pequenos frascos e cortando bandagens. Ela havia arregaçado as mangas da blusa, apesar do frio, e o esforço de rasgar o linho fazia os músculos de seus braços nus se flexionarem e crescerem sob a pele cheia de sardas.

Ela tem braços fortes, pensou ele, com uma vaga e perturbadora lembrança de Estella em *Grandes esperanças*, de Charles Dickens. Notavelmente fortes, de modo geral. O vento soprava a saia contra seu corpo, marcando o quadril firme e uma coxa comprida pressionada contra o tecido quando ela se virava, lisa e roliça como o tronco de um amieiro.

Ele não era o único a notar. Metade das pessoas que esperavam para ser atendidas pelos dois médicos observavam Brianna; alguns – a maioria mulheres – com um franzir de cenho desconcertado, e outros – todos homens –, com uma admiração furtiva misturada a uma especulação mundana que faziam com que Roger tivesse vontade de entrar na clareira e defender seus direitos sobre ela naquele momento.

Bem, deixe que olhem, pensou, reprimindo a vontade. *Só importa se ela estiver olhando de volta, certo*?

Ele saiu de trás das árvores, apenas um pouco, e ela virou a cabeça assim que o viu. O semblante carregado se desfez e seu rosto se iluminou. Ele sorriu, inclinou a cabeça em um convite e saiu andando pela trilha, sem esperar.

Era tolo o suficiente para querer demonstrar para aquele bando de homens boquiabertos que aquela mulher largaria tudo para ir atrás dele? Bem... sim, era. A vergonha ao perceber isso se misturou à agradável sensação de posse quando ouviu os passos dela caminhando atrás dele; sim, ela *ia* atrás dele.

Brianna havia deixado o trabalho, mas levava algo na mão: um pacote pequeno, embrulhado em papel e amarrado com barbante. Ele estendeu a mão e a conduziu para fora da trilha, em direção a um pequeno bosque onde uma cortina de folhas de bordo vermelhas e amarelas oferecia certa privacidade.

– Lamento tirar você do trabalho – disse ele, apesar de não lamentar.

– Tudo bem. Achei bom sair de lá. Acho que não sou muito boa com sangue e vísceras. – Ela fez uma careta ao dizer isso.

– Não tem problema – disse ele. – Não é uma das qualidades que eu procurava em uma mulher.

– Talvez devesse – retrucou ela, olhando para ele, pensativa. – Aqui, *neste* lugar, pode ser que você precise de uma mulher que seja capaz de arrancar seus dentes quando eles apodrecerem e costurar seus dedos quando você os decepar cortando lenha.

A nebulosidade do dia parecia ter afetado seu ânimo, ou talvez fosse o trabalho que vinha realizando. Uma breve olhada na fila de pacientes de Claire bastava para deprimir qualquer um – qualquer um, menos Claire –, com seu desfile de deformidades, mutilações, ferimentos e doenças horrorosas.

Pelo menos, o que ele pretendia dizer a Brianna podia fazer com que ela se esquecesse por um tempo dos detalhes pavorosos da vida no século XVIII. Ele tomou o rosto dela nas mãos e acariciou uma sobrancelha espessa e ruiva com o polegar gelado. O rosto dela estava frio também, mas a pele atrás da orelha, embaixo do cabelo, estava quente, assim como suas outras partes escondidas.

– Consegui o que queria – disse ele com firmeza. – Mas e você? Tem certeza de que não quer um homem capaz de escalpelar índios e colocar o jantar na mesa com sua arma? Sangue também não é minha especialidade, sabe?

Um brilho de descontração reapareceu nos olhos dela, e o ar de preocupação se atenuou.

– Não, acho que não quero um homem sangrento – disse ela. – É assim que minha mãe chama meu pai, mas só quando está brava com ele.

Ele riu.

– E como você vai me chamar quando estiver brava comigo? – perguntou ele.

Ela olhou para ele, pensativa, e seus olhos brilharam ainda mais.

– Ah, não se preocupe. Meu pai se recusa a me ensinar palavrões em gaélico, mas Marsali me ensinou um monte de coisas horríveis para dizer em francês. Sabe o que é *un soulard*? E *un grande gueule*?

– *Oui, ma petit chou*, meu repolhinho... não que eu já tenha visto um repolho com um nariz tão vermelho.

Ele deu batidinhas com o dedo no nariz dela, que se esquivou, rindo.

– *Maudit chien*!

– Guarde alguma coisa para depois do casamento – disse ele. – Pode ser que precise. – Ele tomou a mão dela, para levá-la na direção de um penedo adequado, e então notou de novo o pequeno pacote que ela levava.

– O que é isso?

– Um presente de casamento – respondeu ela, e o entregou a ele segurando-o com apenas dois dedos, enojada como se fosse um rato morto.

Roger pegou o pacote com cuidado, mas não sentiu nenhuma forma sinistra através do papel. Ele o chacoalhou; era leve, quase não pesava.

– Seda bordada – disse ela, em resposta ao olhar questionador dele. – Da sra. Buchanan.

Ela voltou a franzir o cenho e a fazer aquela cara de... preocupação? Não, alguma outra coisa, mas ele não sabia o quê.

– O que há de errado com a seda bordada?

– Nada. É aquilo para o que serve. – Ela pegou o pacote das mãos dele e o enfiou no bolso que usava amarrado por baixo da anágua. Ela estava olhando para baixo, ajeitando a saia, mas ele podia ver seus lábios contraídos. – Ela disse que é para as nossas roupas finais.

Brianna pronunciara as palavras com sua estranha versão do sotaque escocês de Boston, e Roger demorou um pouco para decifrar o que ela queria dizer.

– Roupas fin... ah, você quer dizer mortalhas?

– Sim. Evidentemente, é meu dever de esposa me sentar na manhã seguinte ao nosso casamento e começar a tecer a minha mortalha. – Ela disse isso com os dentes cerrados. – Assim, ela estará tecida e bordada quando eu morrer no parto. E se eu trabalhar depressa, terei tempo de fazer uma para você também... caso contrário, sua *próxima* esposa vai ter que finalizá-la!

Ele teria rido, se não tivesse ficado claro que ela estava muito chateada.

– A sra. Buchanan é uma grande tola – disse ele, tomando as mãos dela. – Você não devia permitir que ela a preocupasse com as bobagens dela.

Brianna olhou para ele com as sobrancelhas franzidas.

– A sra. Buchanan – disse ela com todas as letras – é ignorante, tola e sem tato. O problema é que ela *não está* errada.

– Claro que está – contestou ele, com uma certeza fingida, sentindo uma pontada de apreensão.

– Quantas mulheres Farquard Campbell enterrou? – perguntou ela. – E Gideon Oliver? E Andrew MacNeill?

Nove, entre os três. MacNeill ia se casar pela quarta vez naquela noite – com uma garota de 18 anos de Weaver's Gorge. A pontada veio de novo, mais profunda, mas ele a ignorou.

– E Jenny teve oito filhos do Campbell e enterrou dois maridos – rebateu ele com firmeza. – A propósito, a sra. Buchanan tem cinco filhos e certamente ainda está cheia de saúde. Eu os vi; meio tolos, mas todos saudáveis.

Bree contraiu a boca, relutante, e ele seguiu em frente, encorajado.

– Não precisa temer, querida. Não teve dificuldades com o Jemmy, teve?

– Ah, é? Bem, se acha que não é difícil, da próxima vez, *você* pode fazer todo o trabalho! – disse ela, mas o canto da boca se curvou um pouco. Ela puxou a mão, mas ele se manteve firme, e ela não resistiu.

– Então, está disposta a uma próxima vez, certo? Apesar da sra. Buchanan? – O tom de voz dele era propositalmente baixo, mas ele a puxou para perto e a abraçou, o rosto escondido em seus cabelos, com medo de que ela visse quanto a pergunta significava para ele.

Ela não se deixou enganar. Afastou-se um pouco, e seus olhos, azuis como água, esquadrinharam os dele.

– Você se casaria comigo e viveria no celibato? – perguntou ela. – Essa é a única maneira garantida. O óleo de tanásia nem sempre funciona... veja a Marsali! – A existência da pequena Joan era prova eloquente da ineficácia daquele método de contracepção. Ainda assim...

– Há outras maneiras, espero – disse ele. – Mas, se quiser o celibato... tudo bem, você o terá.

Ela riu, porque ele estava apertando seu traseiro de modo possessivo enquanto dizia aquilo. Então, o riso cessou e o azul dos olhos dela ficou mais escuro, turvo.

– Você está falando sério, não está?

– Sim – respondeu ele, e estava, apesar de essa ideia pesar em seu peito como se ele tivesse engolido uma pedra.

Ela suspirou e desceu a mão pela lateral do rosto dele, traçando a linha do seu pescoço até a base. O polegar dela pressionou o pulso acelerado, então ele sentiu os batimentos amplificados em seu sangue.

Ele estava sendo sincero, mas abaixou a cabeça e a beijou, tão ofegante que precisava do fôlego dela, precisava tanto estar perto dela que faria o que fosse preciso: mãos, respiração, boca, braços; a coxa dele pressionada entre as dela, abrindo-as. A mão dela pousou no peito dele, como se fosse empurrá-lo, mas então se contraiu de modo convulsivo, agarrando a camisa e a pele juntas. Os dedos dela se enterraram no músculo do peito dele, e então os dois estavam unidos, a boca aberta e ofegante, os dentes da frente lutando dolorosamente enquanto eles extravasavam o desejo que sentiam.

– Eu não... nós não...

Ele se afastou por um momento, sua mente buscando debilmente os fragmentos de palavras. Então, ela enfiou a mão por baixo do kilt dele, um toque frio e firme em sua carne quente, e ele perdeu toda a capacidade de falar.

– Mais uma vez antes de pararmos – disse ela, e sua respiração o envolveu em uma nuvem de calor e umidade. – Pelos velhos tempos. – Ela caiu de joelhos nas folhas molhadas e amarelas, puxando-o junto.

Tinha começado a chover de novo. Os cabelos dela estavam emaranhados e úmidos. Os olhos, fechados; e o rosto virado para a garoa que caía do céu. Gotas de chuva molhavam seu rosto, rolando como lágrimas. Na verdade, ela não sabia se deveria rir ou chorar.

Roger estava deitado ao seu lado, com metade do corpo sobre o dela, seu peso um conforto sólido e quente, o kilt estendido sobre as pernas nuas de ambos, protegendo-os da chuva. Ela levou a mão à nuca dele e acariciou seus cabelos, molhados e lisos como a pele de uma foca.

Ele estremeceu, soltou um grunhido como o de um urso ferido e se ergueu. Uma rajada de vento frio tocou seu corpo recém-exposto, úmido e aquecido onde eles tinham se tocado.

– Sinto muito. – Meu Deus, sinto muito. Eu não devia ter feito isso.

Ela entreabriu um dos olhos. Ele se ajoelhou diante dela, oscilando, e se inclinou para puxar a saia dela para baixo. Ele havia perdido o equilíbrio, e o corte sob sua mandíbula se abrira de novo. Ela rasgara a camisa dele, e o colete estava aberto, sem metade dos botões. Estava manchado de lama e sangue e havia folhas mortas e sementes nas mechas de seus cabelos pretos e desalinhados.

– Está tudo bem – disse ela, e se sentou. Não estava em condições muito melhores; os seios pesados por causa do leite e grandes manchas úmidas ensopavam o tecido do corpete, gelando sua pele. Roger viu e pegou a capa dela do chão, colocando-a delicadamente sobre seus ombros.

– Desculpe – disse ele de novo e estendeu a mão para afastar os cabelos emaranhados de seu rosto; a mão dele estava fria ao tocar o rosto dela.

– Tudo bem – garantiu ela, tentando reunir todos os fragmentos de si mesma que pareciam rolar pela clareira como bolinhas de mercúrio. – Faz só seis meses, e eu ainda estou amamentando Jemmy. É.. Quero dizer, acho que ainda é seguro.

Mas por quanto tempo mais?, ela se perguntou. Pequenas ondas de desejo ainda percorriam seu corpo, misturadas ao temor.

Ela tinha que tocá-lo. Pegou a ponta da capa e a pressionou na ferida embaixo do queixo dele. Celibato? Quando o toque dele, o cheiro dele, a lembrança dos últimos minutos faziam com que ela sentisse vontade de jogá-lo sobre as folhas e fazer tudo de novo? Quando o carinho que sentia por ele brotava dentro dela como o leite que corria espontaneamente de seus seios?

Os seios dela doíam pelo desejo não satisfeito, e ela sentia gotas do leite escorrerem por suas costelas embaixo do tecido. Tocou um dos seios, pesado e inchado, sua garantia de segurança... por um tempo.

Roger afastou a mão dela, erguendo-a para tocar o corte.

– Tudo bem – disse ele. – Parou de sangrar.

Seu rosto tinha uma expressão estranha. Normalmente era reservado, até mesmo um pouco sério. Agora, seus traços pareciam incapazes de se decidir, mudando de um momento a outro de um olhar de inegável satisfação a um de consternação também inegável.

– Qual é o problema, Roger?

Ele olhou rapidamente para ela e em seguida para outro lado, corando um pouco.

– Ah – disse ele. – Bem. É só que... nós ainda não somos casados de fato no momento.

– Ora, é claro que não. O casamento é só à noite. Por falar nisso... – Ela olhou para Roger e uma risada surgiu do fundo de seu estômago. – Minha nossa! – exclamou ela, controlando um acesso de riso. – Parece até que alguém se aproveitou de você na mata, sr. MacKenzie.

– Muito engraçado, sra. Mac – retrucou ele, olhando para o estado desmazelado dela. – Você também esteve envolvida em uma luta acalorada, pelo que parece. Mas o que quero dizer é que nos unimos pelo último ano, e foi uma união legal, na Escócia, pelo menos. Mas o ano já passou e só vamos nos casar formalmente hoje à noite.

Ela estreitou os olhos para ele, secando a chuva de seus olhos com as costas da mão, e mais uma vez deu vazão à vontade de rir.

– Meu Deus, você acha que isso *importa*?

Ele retribuiu o sorriso, um pouco relutante.

– Bem, não. É só que sou um homem sério. Sei que não há problema, mas em algum lugar dentro de mim existe um velho escocês calvinista, murmurando que isso é só um tanto imoral, ter uma aventura com uma mulher que não é minha esposa de fato.

– Ha – disse ela, apoiando os braços confortavelmente nos joelhos dobrados.

Ela se inclinou para o lado e o cutucou delicadamente.

– Velho escocês calvinista... até parece. Qual é o problema de verdade?

Ele não olhou diretamente para ela, mas manteve os olhos fixos no chão. Gotas brilhavam em suas sobrancelhas escuras e em seus cílios, tingindo de prata a pele de sua face. Ele respirou fundo e soltou o ar lentamente.

– Não posso dizer que você não tem razão para ter medo – disse ele baixinho. – Eu não tinha me dado conta, porque não havia pensado nisso até hoje, de como o casamento é perigoso para uma mulher.

Ele ergueu o olhar e sorriu para ela, mas a preocupação ainda transparecia em seus olhos verdes como musgo.

– Quero você, Bree, mais do que consigo expressar. É só que eu estava pensando no que acabamos de fazer e em como foi bom, e percebi que eu talvez... *esteja* colocando a sua vida em risco se continuar fazendo isso. Mas não quero parar!

Os pequenos fios de temor tinham se tornado uma serpente fria que descia pelas costas dela e se enrolava no fundo de sua barriga, revirando-se em seu útero. Ela sabia o que ele queria, e não era só o que tinham acabado de fazer, por mais forte que fosse. Mas, sabendo o que ele queria – e por quê –, como ela poderia hesitar em dar isso a ele?

– É. – Ela respirou fundo para acompanhar a respiração dele e soltou o ar em uma nuvem branca. – Bem, é tarde demais para se preocupar com isso, eu acho. – Ela olhou para ele e tocou seu braço. – Eu quero você, Roger.

Ela puxou a cabeça dele e o beijou, abrigando-se de seus medos na força dos braços dele em torno dela, no calor do corpo dele ao lado dela.

– Meu Deus, Bree – murmurou ele nos cabelos dela. – Quero dizer que vou mantê-la em segurança, que vou proteger você e o Jemmy de qualquer coisa que possa ameaçá-los. É terrível pensar que eu posso ser a ameaça, que eu poderia matar você com o meu amor... mas é verdade.

O coração dele batia sob o ouvido dela, sólido e constante. Ela sentiu o calor voltar a suas mãos, segurou-se com força nos ossos das costas dele e o calor chegou mais fundo, desfazendo alguns nós dos fios congelados de medo dentro dela.

– Está tudo bem – disse ela por fim, querendo oferecer a ele o conforto que ele não podia lhe dar. – Tenho certeza de que vai ficar tudo bem. Tenho quadril para isso, todo mundo diz. Parideira, essa sou eu. – Ela desceu uma mão pelo quadril, e ele sorriu, seguindo a mão dela com a dele.

– Sabe o que Ronnie Sinclair me disse ontem à noite? Ele estava observando você se curvar para pegar um graveto para a fogueira, então suspirou e disse: "Você sabe como escolher uma boa garota, MacKenzie? Comece por baixo e vá subindo! Uf!" – Ele se encolheu, rindo, enquanto ela batia nele.

Então ele se inclinou e a beijou delicadamente. A chuva ainda caía, batendo na camada de folhas secas. Os dedos dela estavam pegajosos por causa do sangue do ferimento dele.

– Você quer um filho, não quer? Um que você saiba que é seu? – perguntou ela, baixinho.

Ele manteve a cabeça baixa por um momento, mas por fim olhou para ela, deixando a resposta clara em seu rosto: um grande desejo, misturado com preocupação e ansiedade.

– Não quer dizer... – começou ele, mas ela colocou a mão sobre seus lábios para impedi-lo de falar.

– Eu sei – disse ela. – Eu entendo.

E entendia... quase. Era filha única e conhecia bem o desejo de conexão e proximidade, mas o dela tinha sido satisfeito. Tivera dois pais amorosos. Uma mãe que a amara além dos limites do espaço e do tempo. Os Murrays de Lallybroch, aquela família que era um presente inesperado. E principalmente seu filho, sua carne, seu sangue, um peso pequeno e ingênuo que a ancorava firmemente ao Universo.

Mas Roger era órfão, sozinho no mundo havia muito tempo. Seus pais tinham partido antes de ele conhecê-los, seu velho tio estava morto... ele não tinha ninguém a quem recorrer, ninguém para amá-lo simplesmente por ser sangue do seu sangue – ninguém, exceto ela. Não era à toa que ele desejava a mesma certeza que Brianna tinha ao segurar o filho nos braços quando o amamentava.

Ele pigarreou de repente.

– Eu... ah, ia dar isto a você hoje à noite. Mas talvez... bem.

Ele enfiou a mão no bolso interno do casaco e entregou a ela um pacotinho envolto em tecido.

– É um presente de casamento.

Ele estava sorrindo, mas ela podia ver a insegurança em seus olhos.

Ela abriu o tecido e um par de olhos feitos com botões pretos a encararam. A boneca usava uma bata de algodão verde e cabelos de lã ruivos saltavam de sua cabeça. Ela sentiu o coração bater forte no peito e a garganta apertar.

– Achei que o bebê poderia gostar... para morder, talvez.

Ela se moveu, e a pressão do tecido ensopado sobre seus seios causou uma sensação de formigamento. Ela tinha medo, era verdade; mas havia coisas mais fortes do que o medo.

– Vai haver uma próxima vez – disse ela, pousando a mão no braço dele. – Não sei quando... mas vai haver.

Ele pousou a mão sobre a dela e apertou com força, sem olhar para ela.

– Obrigado, parideira – disse ele, por fim, bem baixinho.

A chuva estava mais pesada; chovia a cântaros naquele momento. Roger afastou os cabelos molhados do olho com o polegar e se sacudiu como um cachorro, espalhando gotas do casaco e do tartã de lã. Havia uma mancha de lama na parte da frente da lã acinzentada. Ele passou a mão, mas a sujeira não saiu.

– Meu Deus, não posso me casar assim! – exclamou, tentando suavizar o clima entre eles. – Estou parecendo um mendigo.

– Não é tarde demais, sabe – disse ela. Sorriu, provocando com certo receio. – Você ainda pode mudar de ideia.

– Ficou tarde demais para mim no dia em que vi você – disse ele. – Além disso – continuou, erguendo uma das sobrancelhas –, seu pai me esfolaria vivo se eu dissesse que estava com dúvidas a respeito.

– Ah! – disse ela, mas o sorriso escondido apareceu, marcando uma das bochechas com uma covinha.

– Mulher! Você gostou da ideia!

– Sim. Não. Quer dizer... – Ela estava rindo de novo; era o que ele queria. – Não quero que ele esfole você. Mas é bom saber que ele faria isso. Um pai precisa ser protetor.

Ela sorriu para ele, tocou-o de leve.

– Como você, sr. MacKenzie.

Isso fez com que ele sentisse um estranho aperto no peito, como se seu colete tivesse encolhido. E então, uma onda de frio ao se lembrar do que tinha para dizer a ela. Os pais e suas noções de proteção variavam, afinal, e ele não sabia bem como ela ia encarar aquilo.

Ele a segurou pelo braço e a tirou dali, saindo da chuva e se abrigando sob galhos de cicuta, onde as camadas de agulhas de pinheiro se estendiam secas e fragrantes pelo chão, protegidas pelos galhos frondosos acima.

– Bem, venha se sentar comigo um momento, sra. Mac. Não é importante, mas tem uma coisinha que eu gostaria de lhe contar antes do casamento.

Ele a puxou para que se sentasse ao lado dele em um tronco apodrecido, coberto de líquen. Ele pigarreou, retomando o fio da história.

– Quando eu estava em Inverness, antes de seguir você pelas pedras, passei um tempo examinando os papéis do Reverendo e encontrei uma carta endereçada a ele, escrita pelo seu pai. Por Frank Randall, quero dizer. Não é nada de mais, não agora, mas eu pensei... bem, pensei que talvez não devesse haver segredos entre nós antes de nos casarmos. Contei isso ao seu pai ontem à noite. Então, deixe-me contar a você agora.

A mão dela estava quente no contato com a dele, mas os dedos se tensionaram enquanto ele falava, e uma linha profunda apareceu entre as sobrancelhas enquanto ela prestava atenção.

– De novo – disse ela, quando ele terminou. – Conte de novo.

Obedientemente, ele recitou mais uma vez a carta como a havia memorizado, palavra por palavra. Da mesma maneira que contara a Jamie na noite anterior.

– A lápide na Escócia com o nome do meu pai é uma *mentira*? – A voz dela se alterou levemente com o espanto. – Papai... Frank... mandou que o reverendo a fizesse e a colocasse ali, no cemitério da St. Kilda, mas o meu pai não está... não vai ser, quero dizer... não vai ser enterrado ali?

– Sim, ele mandou, e não, não vai ser – disse Roger, observando com cuidado os "eles" envolvidos. – Ele... Frank Randall, quero dizer, quis que o túmulo fosse um tipo de reconhecimento, eu acho; de uma dívida com o seu pai, o seu outro pai, quero dizer, Jamie.

O rosto de Brianna estava corado por causa do frio, as pontas do nariz e das orelhas vermelhas conforme o calor do contato físico desaparecia.

– Mas ele não tinha como saber que nós a encontraríamos, mamãe e eu!

– Eu não sei se ele *queria* que vocês a encontrassem – disse Roger. – Talvez ele também não soubesse. Mas sentia que precisava fazer o gesto. Além disso... – acrescentou, assaltado por uma lembrança –, Claire não disse que ele pretendia levar você para a Inglaterra pouco antes de ser morto? Talvez ele quisesse levá-la até lá, fazer com que você a encontrasse... e então deixar que você e Claire decidissem o que fazer.

Ela ficou parada, ruminando aquilo.

– Então, ele sabia – disse ela lentamente. – Que ele... que Jamie Fraser sobreviveu a Culloden. Ele *sabia*... mas não disse nada?

– Acho que não podemos julgá-lo por não ter dito – ponderou Roger com delicadeza. – Não foi só egoísmo, sabe?

– Não?

Ela estava chocada, mas ainda não irada. Ele percebeu que ela ponderava sobre o assunto, tentando entender tudo antes de decidir o que pensar, como se sentir.

– Não. Pense bem, meu amor – pediu ele. O abeto estava frio em suas costas, a casca do tronco caído úmida sob sua mão. – Ele amava a sua mãe e não quis correr o risco de perdê-la de novo. Isso pode ser egoísta, mas ela foi mulher dele primeiro, afinal de contas; ninguém pode culpá-lo por não querer abrir mão dela para outro homem. Mas não é só isso.

– O que mais, então? – Sua voz estava calma, os olhos azuis, sérios e constantes.

– Bem... E se ele *tivesse* contado a ela? Ela estava lá, com você pequena... e, lembre-se, nenhum deles achava que você poderia cruzar as pedras também.

Os olhos continuavam sérios, mas agora estavam nublados de preocupação.

– Ela teria que escolher – concluiu Brianna baixinho, com o olhar fixo nele. – Ficar conosco ou voltar para ele. Para Jamie.

– Deixar você para trás – disse Roger, assentindo – ou ficar, e viver a vida dela, sabendo que Jamie estava vivo, talvez em algum lugar onde pudesse ser encontrado, mas fora do seu alcance. Romper os votos, de propósito, dessa vez, e abandonar a filha... ou viver com esse anseio. Acho que isso não faria muito bem para a sua família.

– Entendo.

Ela suspirou, e o vapor de sua respiração desapareceu como um fantasma no ar frio.

– Talvez Frank estivesse com medo de dar a ela a chance de escolher – disse Roger –, mas ele a poupou, e poupou você, da dor de ter que fazer uma escolha. Pelo menos, naquele momento.

Ela comprimiu os lábios e então relaxou.

– Fico me perguntando qual teria sido a escolha dela se ele *tivesse* contado – disse Brianna, um pouco desolada. Ele pousou a mão sobre a dela e apertou de leve.

– Ela teria ficado – disse ele, com certeza. – Ela fez essa escolha uma vez, não foi? Jamie a mandou de volta, para manter você segura, e ela foi. Ela saberia que ele ia querer isso e teria ficado, pelo menos enquanto você precisasse dela. Ela não teria voltado, nem mesmo quando de fato voltou, a menos que você insistisse. Você sabe disso, não sabe?

O rosto dela se acalmou um pouco, aceitando aquilo.

– Acho que você tem razão. Mas ainda assim... saber que ele estava vivo e não tentar encontrá-lo...

Ele mordeu o interior da bochecha para não perguntar. *Se você tivesse que escolher, Brianna? Entre mim e o bebê?* Como um homem podia impor uma escolha como essa à mulher que ama, mesmo que hipoteticamente? Para o bem dela ou dele mesmo... não perguntaria.

– Mas ele colocou a lápide lá. Por que fez isso? – A linha entre as sobrancelhas ainda estava pronunciada, porém não mais reta; ela se entortava com uma perturbação crescente.

Ele não havia conhecido Frank Randall, mas sentia certa simpatia pelo homem, e não apenas uma simpatia desinteressada. Não havia entendido completamente por que acreditava que deveria contar a ela sobre a carta naquele momento, antes do casamento, mas seus motivos estavam se tornando mais claros – e mais perturbadores – a cada minuto.

– Acho que foi por sentir que devia, como eu disse. Não só por Jamie ou por sua mãe, mas por você. Se isso... – ele começou, e então se deteve, apertando a mão dela com força. – Olha, veja o pequeno Jemmy. Ele é meu, assim como você... e sempre será. – Ele respirou fundo. – Mas se eu fosse o outro homem...

– Se você fosse Stephen Bonnet – disse ela, e seus lábios estavam contraídos, brancos de pavor.

– Se eu fosse Bonnet – concordou ele, com uma vertigem de aversão pela ideia –, se eu soubesse que o filho era meu e que estava sendo criado por um desconhecido, eu não desejaria que a criança soubesse a verdade, em algum momento?

Os dedos dela se contraíram sob os dele, e seus olhos ficaram sombrios.

– Você não pode dizer a ele! Roger, pelo amor de Deus, prometa que nunca contará a ele!

Ele olhou para ela surpreso. As unhas dela se cravavam dolorosamente em sua mão, mas ele não tentou se afastar.

– Ao Bonnet? Meu Deus, não! Se eu encontrar aquele homem de novo, não perderei tempo conversando!

– Não ao Bonnet. – Ela estremeceu, de frio ou emoção, ele não soube dizer. – Deus, fique longe daquele homem! Não, estou falando do Jemmy. – Ela engoliu em seco e segurou as duas mãos dele. – Prometa, Roger, se me ama, prometa que nunca vai contar ao Jemmy sobre Bonnet. Mesmo que algo aconteça comigo...

– Nada vai acontecer com você!

Ela olhou para ele e esboçou um leve sorriso.

– Celibato não é o que quero. Pode ser que aconteça. – Ela hesitou. – E se acontecer... prometa, Roger.

– Está bem, eu prometo – disse ele, com relutância. – Se é isso que você quer.

– É tudo o que eu quero!

– Então você não teria desejado saber sobre... Jamie?

Ela mordeu o lábio ao ouvir a pergunta, afundando os dentes o suficiente para deixar uma marca roxa na pele macia e rosada.

– Jamie Fraser não é Stephen Bonnet!

– Concordo – disse ele friamente. – Mas eu não estava falando do Jemmy. Só disse que, se eu fosse Bonnet, talvez quisesse saber e...

– Ele sabe.

Ela desvencilhou a mão da dele abruptamente e ficou de pé, virando-se de costas.

– Ele *o quê*?

Ele se aproximou dela em dois passos e a agarrou pelo ombro, virando-a para que olhasse para ele. Ela se retraiu levemente, e ele diminuiu a pressão. Respirou fundo, esforçando-se para manter a voz calma.

– Bonnet sabe sobre o Jemmy?

– Pior do que isso. – Seus lábios tremiam; ela os contraiu com força para que parassem e em seguida os abriu o suficiente para permitir que a verdade escapasse. – Ele acha que Jemmy é filho dele.

Ela se recusou a se sentar com ele de novo, mas ele entrelaçou o braço dela com o dele e fez com que ela caminhasse ao seu lado, pela chuva e pelas pedras, pelo ruído do riacho e das árvores ao vento, até que o movimento a acalmasse o suficiente para que ela pudesse falar, contar a ele sobre os dias em que ficou sozinha em River Run, prisioneira de sua gravidez. Sobre lorde John Grey, o amigo de seu pai e dela; sobre como havia confidenciado a ele seus medos e sua agonia.

– Temia que vocês estivessem mortos. Todos vocês, mamãe, papai, você.

O capuz havia caído para trás e ela não fez nenhum esforço para cobrir a cabeça de novo. Os cabelos ruivos se espalhavam molhados pelos ombros, e gotas de chuva se prendiam às espessas sobrancelhas ruivas.

– A última coisa que o meu pai me disse... Ele não disse, na verdade escreveu, porque eu não queria falar com ele... – Ela engoliu em seco e passou a mão embaixo do nariz, secando uma gota de chuva que pendia da ponta. – Ele disse que eu tinha que encontrar uma maneira de... perdoá-lo. B-Bonnet.

– Uma maneira de *quê*?

Ela puxou o braço e ele se deu conta da força com que seus dedos apertavam a carne dela. Diminuiu a pressão, resmungando um pedido de desculpas, e ela inclinou a cabeça brevemente na direção dele, reconhecendo.

– Ele sabia – disse ela, e parou. Ela se virou para encará-lo, os sentimentos agora expostos. – Você sabe o que aconteceu com ele... em Wentworth.

Roger assentiu em um gesto breve e constrangido. Na verdade, ele não tinha ideia clara do que tinha acontecido a Jamie Fraser, e não tinha vontade de saber mais do que já sabia. Sabia das cicatrizes nas costas de Fraser e, pelas poucas coisas ditas por Claire, que elas não passavam de uma vaga lembrança.

– Ele sabia – disse ela com firmeza. – E sabia o que tinha que ser feito. Ele me disse... que se quisesse me sentir... inteira... de novo, eu tinha que encontrar uma maneira de perdoar Stephen Bonnet. Então, eu perdoei.

Ele segurava a mão de Brianna com tanta força que sentiu seus ossos se moverem ligeiramente. Ela não dissera nada daquilo a ele, e ele não havia perguntado. O nome de Stephen Bonnet nunca tinha sido mencionado entre eles, não até aquele momento.

– Você o perdoou – disse ele bruscamente, e teve que parar para limpar a garganta. – Então, você o procurou? Falou com ele?

Ela afastou os cabelos molhados do rosto, assentindo. Grey havia contado a ela que Bonnet tinha sido preso e condenado. Enquanto esperava o transporte para Wilmington, onde seria executado, ele estava sendo mantido na adega embaixo da sala da Coroa em Cross Creek. Fora lá que ela se encontrara com ele, levando o que esperava ser a absolvição – para Bonnet, para ela mesma.

– Eu estava enorme. – Com a mão, ela fez um gesto diante da barriga para indicar a gravidez avançada. – Eu disse que o bebê era dele; ele ia morrer, talvez isso fosse alguma espécie de conforto, pensar que... algo ficaria.

Roger sentiu o ciúme tomar seu coração de uma forma tão abrupta que, por um momento, pensou que a dor fosse física. *Algo ficaria*, ele pensou. *Algo dele. E eu? Se eu morrer amanhã, e eu posso morrer, garota! A vida é tão incerta aqui para mim como é para você... o que vai ficar de mim, pode me dizer?*

Ele não ia fazer essa pergunta, sabia disso. Prometera nunca verbalizar a ideia de que Jemmy não era seu filho, nunca. Se havia um casamento real entre eles, então Jemmy era fruto desse casamento, independentemente das circunstâncias de seu nascimento. E ainda assim sentiu as palavras escorrerem, queimando como ácido.

– Então você tinha certeza de que o bebê era dele?

Ela parou e se virou para olhar para ele, os olhos arregalados, em choque.

– Não. Não, claro que não! Se eu soubesse, teria dito a você!

A sensação de ardência no peito diminuiu um pouco.

– Ah, mas você disse a ele que era... não disse que havia dúvida?

– Ele ia morrer! Queria dar a ele um pouco de conforto, não contar minha história de vida! Ele não tinha nada que saber sobre você, nem sobre a noite do nosso casamento nem... que inferno, Roger! – Ela deu um chute na canela dele.

Ele se desequilibrou com a força do chute, mas segurou o braço dela, impedindo-a de fugir.

– Desculpe! – disse ele, antes que ela pudesse chutá-lo de novo, ou mordê-lo, o que parecia pronta para fazer. – Desculpe. Você tem razão, ele não tinha nada que saber... e eu também não tinha nada que fazer você pensar nisso tudo de novo.

Ela inspirou fundo pelo nariz, como um dragão se preparando para reduzi-lo a cinzas. A faísca de fúria nos olhos dela se atenuou um pouco, mas suas bochechas ainda estavam vermelhas. Ela afastou a mão dele, mas não fugiu.

– Tem sim – disse ela, dirigindo-lhe um olhar sombrio e sério. – Você disse que não deveria haver segredos entre nós, e tinha razão. Mas quando se conta um segredo, às vezes há outro por trás, não é?

– Sim. Mas não é... Não quero...

Antes que pudesse dizer mais alguma coisa, o som de pés e vozes o interrompeu. Quatro homens surgiram da névoa, conversando casualmente em gaélico. Carregavam lanças de madeira afiadas e redes, e todos estavam descalços, molhados até os joelhos. Vários peixes recém-pescados brilhavam sob a chuva.

– *A Smeòraich!* – Um homem, espiando por baixo da aba encharcada de seu grande chapéu, viu os dois e abriu um largo sorriso, olhos perspicazes observando a condição dos dois, desgrenhados. – É você, Tordo! E a filha do Vermelho também? Vocês não podem se conter até a noite?

– Sem dúvida, é melhor comer o fruto proibido do que esperar pela bênção de um padre murcho.

Outro homem enfiou a boina na cabeça e se abraçou brevemente, deixando claro o que queria dizer com "murcho".

– Ah, não – disse o terceiro, secando gotas de chuva da ponta do nariz enquanto olhava para Brianna, que estava com a capa colada ao redor do corpo. – Ele só acabou de cantar para ela uma canção de casamento, certo?

– Sei a letra dessa canção também – disse seu companheiro, abrindo um sorriso largo o suficiente para deixar clara a ausência de um dos molares. – Mas eu canto de um jeito ainda mais doce!

O rosto de Brianna tinha começado a arder de novo. Seu gaélico era menos fluente que o de Roger, mas ela certamente era capaz de entender o sentido daquelas provocações rudes. Roger se colocou na frente dela, protegendo-a com seu corpo. Mas os homens não queriam fazer mal; piscaram e sorriram animados, mas não fizeram mais nenhum comentário. O primeiro deles tirou o chapéu e o bateu contra a coxa, espalhando água em volta, e em seguida partiu para cuidar de seus assuntos.

– Que bom encontrar vocês, *a Òranaiche*, de qualquer forma. Minha mãe ouviu sua música na fogueira ontem à noite e contou para minhas tias e meus primos que sua música estava fazendo o sangue dançar em seus pés. Então, agora, eles estão convencidos de que você deve vir cantar no *ceilidh* em Spring Creek. É quando a minha prima mais nova vai se casar, e ela é a única filha do meu tio, que tem um moinho.

– Será um evento de peso, com certeza! – disse um dos mais jovens, o filho do que falara primeiro, pela semelhança com ele.

– Ah, um casamento? – perguntou Roger, em um gaélico lento e formal. – Então, teremos arenque!

Os dois homens mais velhos se alegraram, lembrando-se das tradições, mas seus filhos pareceram confusos.

– Ah, os rapazes não saberiam o que é um arenque se fossem golpeados por um no meio da cara – disse o homem de boina, balançando a cabeça. – Nascidos aqui, os dois.

– E onde era a sua casa na Escócia, senhor? – O homem se moveu bruscamente, surpreso com a pergunta, dita em gaélico claro. Ele olhou para Brianna por um momento, e então sua expressão mudou quando respondeu a ela.

– Skye – disse ele delicadamente. – Skeabost, perto da base dos Cuillins. Meu nome é Angus MacLeod, e Skye é a terra dos meus pais e dos meus avós. Mas os meus filhos nasceram aqui.

Ele falou baixo, mas havia um tom em sua voz que reprimiu a hilaridade dos mais jovens como se um cobertor úmido tivesse sido lançado sobre eles. O homem de chapéu de aba larga olhava para Brianna com interesse.

– E você nasceu na Escócia, *a nighean*?

Ela balançou a cabeça em silêncio, puxando a capa por cima dos ombros.

– Eu nasci – disse Roger, respondendo a um olhar de dúvida. – Em Kyle of Lochalsh.

– Ah – disse MacLeod, a satisfação clara em seus traços curtidos pelo tempo. – Então você conhece todas as canções das Terras Altas e das Ilhas?

– Não – respondeu Roger sorrindo. – Mas conheço muitas... e vou aprender mais.

– Faça isso – disse MacLeod, assentindo lentamente. – Faça isso, Cantor... e ensine as canções aos seus filhos. – Seus olhos se iluminaram ao olhar para Brianna, e ele esboçou um leve sorriso. – Deixe que ele cante para os meus filhos, para que saibam de onde vieram, ainda que nunca ponham os pés lá.

Um dos homens mais jovens deu um passo à frente, segurando timidamente os peixes, que estendeu para Brianna.

– Para você – disse ele. – Um presente pelo seu casamento.

Roger viu que o canto de sua boca se curvou um pouco, com humor ou uma histeria incipiente?, ele se perguntou, mas ela estendeu a mão e pegou os peixes com dignidade. Ergueu a barra de sua capa com uma das mãos e fez uma profunda reverência para todos eles.

– *Chaneil facal agam dhuibh ach taing* – disse ela, com seu gaélico lento e estranhamente carregado. Não tenho nada a dizer além de obrigada.

Os jovens coraram, e os mais velhos pareceram muito satisfeitos.

– Está ótimo, *a nighean* – disse MacLeod. – Deixe que o seu marido lhe ensine, então... e deixe que ele ensine o *Gaidhlig* aos seus filhos. Que tenham muitos! – Ele tirou a boina e fez uma reverência extravagante para ela, com os dedos dos pés afundando na lama para manter o equilíbrio.

– Muitos filhos, fortes e saudáveis! – desejou seu companheiro, e os dois rapazes sorriram e assentiram, murmurando timidamente. – Que você tenha muitos filhos, senhora!

Roger combinou tudo para o *ceilidh* automaticamente, sem ousar olhar para Brianna. Eles ficaram em silêncio, a menos de um metro de distância, enquanto os homens se afastavam, olhando para trás com curiosidade. Brianna olhou para a lama e para a grama onde eles estavam, com os braços cruzados à frente do corpo. A sensação de ardência continuava no peito de Roger, mas agora era diferente. Ele queria tocá-la, desculpar-se de novo, mas achou que isso só ia piorar as coisas.

No fim, ela fez o primeiro movimento. Aproximou-se dele e pousou a cabeça em seu peito, seus cabelos molhados e frios encostando no ferimento do pescoço dele. Os seios dela estavam enormes, duros como pedras contra o peito dele, pressionados contra ele, afastando-o.

– Preciso do Jemmy – disse ela, baixinho. – Preciso do meu bebê.

As palavras ficaram presas na garganta dele, entre a desculpa e a raiva. Ele não havia se dado conta de quanto ia doer pensar que Jemmy fosse de outro – não dele, mas de Bonnet.

– Eu também preciso dele – sussurrou ele por fim, e a beijou rapidamente na testa, pegando sua mão para cruzarem o prado mais uma vez. A montanha acima deles permanecia encoberta pela névoa, invisível, apesar de gritos e murmúrios, trechos de conversa e de músicas que chegavam até eles, como ecos do Olimpo.

7

ESTILHAÇO

A garoa tinha parado no meio da manhã, e pequenos vislumbres do céu azul apareciam entre as nuvens, dando-me um pouco de esperança de que o tempo pudesse firmar até a noite. Pouco me importava o que diziam os provérbios e presságios: eu não queria chuva durante as cerimônias de casamento, por Brianna. Não seria na igreja de St. James com arroz e cetim branco, mas podia pelo menos estar *seco*.

Esfreguei a mão direita, aliviando a cãibra por ter segurado o boticão durante muito tempo. O dente quebrado do dr. Goodwin tinha sido mais difícil de extrair do que eu pensara, mas consegui retirá-lo, com raiz e tudo, e o mandei para casa com uma garrafa pequena de uísque e instruções para que ele fizesse bochechos de hora em hora para evitar infecção. Engolir era opcional.

Eu me espreguicei, sentindo o bolso embaixo da saia resvalar em minha perna com um agradável tilintar. O sr. Goodwin de fato tinha pagado em dinheiro. Eu me perguntei se seria suficiente para um astrolábio, e por que diabos Jamie queria um. Mas minhas especulações foram perturbadas por alguém tossindo atrás de mim.

Eu me virei e vi Archie Hayes, parecendo um tanto confuso.

– Oh! Ah... posso ajudá-lo, tenente?

– Sim, pode ser que sim, sra. Fraser – disse ele, olhando para mim de cima a baixo com um sorrisinho. – Farquard Campbell disse que os escravos dele estão convencidos de que a senhora consegue ressuscitar os mortos, então imagino que um fragmento de metal não representaria um grande desafio para a senhora como cirurgiã.

Murray MacLeod, que estava ouvindo, riu alto e se virou para os pacientes que o esperavam.

– Oh – repeti, passando um dedo embaixo do nariz, envergonhada.

Um dos escravos de Campbell havia sofrido um ataque epiléptico quatro dias antes, recuperando-se abruptamente enquanto eu tocava seu peito para examiná-lo. Foi em vão que tentei explicar o que acontecera: minha fama se espalhou como rastilho de pólvora pela montanha.

Naquele momento, um pequeno grupo de escravos estava agachado à beira da clareira, brincando com pedrinhas e esperando os outros pacientes serem atendidos. Olhei para eles com os olhos semicerrados, só por garantia; se um deles estivesse morrendo ou em estado grave, eu sabia que eles não se esforçariam para me contar – tanto por respeito aos meus pacientes brancos quanto por acreditarem piamente que, se algo drástico acontecesse enquanto estivessem esperando, eu simplesmente ressuscitaria o cadáver conforme a minha vontade e lidaria com o problema depois.

Todos pareciam muito bem no momento, e aparentemente continuariam do mesmo modo em um futuro próximo. Virei-me para Hayes, limpando as mãos enlameadas no avental.

– Bem... deixe-me ver o fragmento de metal para avaliar o que pode ser feito.

Sem se fazer de rogado, Hayes tirou o chapéu, o casaco, o colete, o lenço do pescoço e a camisa, além da gargantilha de prata de seu uniforme. Ele entregou as peças ao ajudante que o acompanhava e se sentou em meu banco, com a dignidade praticamente intocada pela nudez parcial, pelos arrepiados em suas costas e seus ombros ou pelo murmúrio de surpresa dos escravos que esperavam quando o viram.

Em seu torso quase não havia pelos e a pele tinha um tom pálido de anos sem nenhuma exposição ao sol, em forte contraste com a pele escurecida e curtida das mãos, do rosto e dos joelhos. Os contrastes iam além disso, no entanto.

Sobre a pele leitosa do lado esquerdo do peito havia uma enorme mancha preta-azulada que se estendia das costelas até a clavícula. E apesar de o mamilo direito ter um tom normal marrom-rosado, o da esquerda estava assustadoramente branco. Eu vacilei diante do que vi, e ouvi um baixo "*A Dhia*!" atrás de mim.

– *A Dhia, tha e 'tionndadh dubh*! – disse outra voz, um pouco mais alto. Por Deus, ele está ficando preto!

Hayes pareceu não ouvir nada daquilo, mas se sentou para que eu o examinasse. De perto, vi que a cor escura não era a pigmentação normal, mas um mosqueado causado pela presença de inúmeros grânulos pretos sob a pele. O mamilo não existia mais, tendo sido substituído por uma cicatriz branca e brilhante do tamanho de uma moeda de cinquenta centavos.

– Pólvora – murmurei, correndo os dedos levemente sobre a área escurecida.

Eu já tinha visto coisas assim: causadas por um tiro de raspão ou por um tiro à queima-roupa, que deixava partículas de pólvora e muitas vezes pedaços de bucha e tecido em camadas mais profundas da pele. Como era de esperar, havia pequenos inchaços embaixo da pele, evidentes ao toque das pontas dos dedos, fragmentos escuros da roupa que ele estava vestindo quando levou o tiro.

– A bala ainda está no senhor?

Eu conseguia ver onde ela havia entrado; toquei a cicatriz branca, tentando imaginar o caminho que a bala poderia ter feito depois.

– Metade dela, sim – respondeu ele tranquilamente. – Ela se fragmentou. Quando o cirurgião a retirou, me deu pedacinhos dela. Quando tentei reconstituí-la depois, formei apenas metade de uma bola, então o resto deve ter ficado.

– A bala se fragmentou? É incrível que os fragmentos não tenham penetrado em seu coração ou pulmão – falei, agachando-me para poder analisar o ferimento mais de perto.

– Ah, sim – disse ele. – Pelo menos imagino que tenha se fragmentado, pois entrou no meu peito, como pode ver, mas está saindo pelas minhas costas agora.

Para a surpresa de quem observava – e também minha –, ele estava certo. Eu não apenas sentia um pequeno caroço embaixo da pele no canto da omoplata esquerda, eu podia *ver*; um inchaço escurecido contra a pele macia e branca.

– Minha nossa! – exclamei, e ele resmungou, divertindo-se com a minha surpresa ou com o que eu disse, não sei dizer.

Por mais estranho que fosse, o estilhaço não apresentava dificuldade cirúrgica. Mergulhei um pano na tigela de álcool destilado, limpei a região com cuidado, esterilizei um bisturi e cortei a pele depressa. Hayes ficou imóvel enquanto eu fazia isso; ele era um soldado e um escocês, e como as marcas em seu peito mostravam, já havia enfrentado coisa muito pior.

Estendi dois dedos e os pressionei dos dois lados da incisão. Os lados do corte pequeno se abriram para fora e então um pedacinho de metal repentinamente saiu como uma língua colocada para fora – o suficiente para que eu o pegasse com uma pinça e o extraísse. Depositei o fragmento descolorido na mão de Hayes, com uma discreta exclamação de triunfo, e pressionei uma gaze ensopada de álcool nas costas dele.

Ele soltou um suspiro bem longo, os lábios contraídos, e sorriu para mim por sobre o ombro.

– Obrigado, sra. Fraser. Esse camaradinha já me faz companhia há algum tempo, mas não posso dizer que esteja triste por me livrar dele. – Ele formou uma concha com a mão suja de sangue, analisando o fragmento de metal com grande interesse.

– Há quanto tempo isso aconteceu? – perguntei com curiosidade. Eu não acreditava que o estilhaço havia atravessado totalmente o corpo dele, apesar de dar a impressão de ter feito isso. O mais provável, pensei, era que tivesse permanecido perto da superfície do ferimento original e tivesse percorrido o torso lentamente, empurrado entre pele e músculos pelos movimentos de Hayes, até chegar onde estava.

– Ah, vinte anos ou mais, senhora – disse ele. Tocou o ponto rígido, entorpecido e branco que já tinha sido um dos mais sensíveis do seu corpo. – Foi em Culloden.

Ele falava casualmente, mas senti os meus braços se arrepiarem ao ouvir esse nome. Vinte anos ou mais... vinte e cinco, provavelmente. Na época...

– O senhor não tinha mais do que 12 anos! – falei.

– Não – respondeu ele, erguendo a sobrancelha. – Tinha 11. Meu aniversário foi no dia seguinte.

Fiquei engasgada com o que quer que fosse que poderia ter respondido. Pensei que havia perdido a capacidade de me chocar com as realidades do passado, mas estava claro que não. Alguém havia atirado nele – um garoto de 11 anos – à queima-roupa. Sem chance de ter sido um erro, uma bala perdida no calor da batalha. O homem que atirara nele sabia que era uma criança que pretendia matar – e atirara mesmo assim.

Meus lábios se contraíram enquanto eu examinava a incisão. Não tinha muito mais do que 2 centímetros e não era profunda. A bala fragmentada havia permanecido próxima da superfície. Ótimo, não precisaria de pontos. Pressionei uma gaze limpa contra a ferida e fiquei diante dele para prender a faixa de linho que ia segurar a gaze no lugar.

– Foi um milagre ter sobrevivido – comentei.

– Foi, sim – concordou ele. – Eu estava deitado no chão, com o rosto de Murchison perto do meu, e eu...

– Murchison! – A exclamação escapou e vi um lampejo de satisfação tomar o rosto de Hayes. Tive um breve momento premonitório, lembrando do que Jamie dissera a respeito de Hayes na noite anterior. *Ele pensa mais do que diz, o pequeno Archie... e ele fala muito. Cuidado com ele, Sassenach.* Bem, era um pouco tarde para ter cuidado, mas eu duvidava de que aquilo importasse, ainda que *tivesse* sido o mesmo Murchison...

– Você conhece o nome, pelo visto – observou ele, com satisfação. – Eu soube na Inglaterra que certo sargento Murchison, do vigésimo sexto, foi enviado à Carolina do Norte. Mas a guarnição em Cross Creek tinha partido quando chegamos à cidade. Um incêndio, não foi?

– Hã, sim – falei, bastante tensa com a referência. Fiquei feliz por Bree ter saído. Só duas pessoas conheciam toda a verdade a respeito do que havia acontecido quando o armazém da Coroa em Cross Creek foi incendiado, e ela era uma delas. Quanto à outra... bem, era improvável que Stephen Bonnet cruzasse o caminho do tenente em breve – se é que ele ainda estava vivo.

– E os homens da guarnição – continuou Hayes. – Murchison e os demais, para onde foram, a senhora sabe?

– O sargento Murchison morreu, lamentavelmente – disse uma voz grave e suave atrás de mim.

Hayes olhou para a pessoa que estava atrás de mim e sorriu.

– *A Sheumais ruaidh* – disse ele. – Achei mesmo que você viria ter com a sua mulher, mais cedo ou mais tarde. Estou à sua procura desde cedo.

Fiquei sobressaltada ao ouvi-lo se referir a Jamie daquela forma, e Jamie também. Uma expressão de surpresa tomou seu rosto e em seguida desapareceu, substituída pelo alerta. Ninguém o chamava de "Jamie Vermelho" desde os dias da Rebelião.

– Eu soube – disse ele secamente. Sentou-se em outro banco, de frente para Hayes. – Vamos lá, então. O que quer comigo?

Hayes pegou a bolsa de couro que estava pendurada entre seus joelhos, procurou dentro dela por um momento e tirou um quadrado de papel dobrado, lacrado com um selo vermelho com um brasão que reconheci. Meu coração acelerou quando vi aquilo – eu de alguma forma duvidava que o governador Tryon estivesse me enviando votos de feliz aniversário atrasados.

Hayes o virou, analisando com cuidado para ver se o nome escrito na frente era de Jamie, e o entregou. Para minha surpresa, Jamie não o abriu de imediato, mas ficou parado, segurando-o, os olhos fixos no rosto de Hayes.

– O que o trouxe aqui? – perguntou ele abruptamente.

– Ah, o dever, pode ter certeza – respondeu Hayes, as sobrancelhas finas arqueadas em uma expressão de surpresa inocente. – Um soldado faz alguma coisa por algum outro motivo?

– Dever – repetiu Jamie. Deu batidinhas com a missiva contra a perna, despreocupado. – Ah, sim. O dever pode levá-lo de Charleston à Virginia, mas existem maneiras mais rápidas de chegar lá.

Hayes começou a dar de ombros, mas desistiu, já que o movimento faria com que o ombro que eu estava enfaixando se mexesse.

– Eu tinha a Proclamação para trazer, do governador Tryon.

– O governador não tem autoridade sobre você nem sobre seus homens.

– É verdade – concordou Hayes –, mas por que eu não prestaria um serviço ao homem, se pudesse?

– Sim, e ele pediu a você que fizesse o serviço ou a iniciativa foi sua? – perguntou Jamie, com um tom claro de cinismo.

– Você se tornou um homem desconfiado na maturidade, *a Sheumais ruaidh* – disse Hayes, balançando a cabeça de modo reprovador.

– Foi assim que permaneci vivo para chegar à maturidade – respondeu Jamie, com um leve sorriso. Ele fez uma pausa, encarando Hayes. – Você diz que foi um homem chamado Murchison que atirou em você no campo em Drumossie?

Eu havia terminado o curativo. Hayes mexeu o ombro para ver se sentia dor.

– Você sabe, com certeza, *a Sheumais ruaidh*. Não se lembra do dia, homem?

O rosto de Jamie mudou sutilmente, e eu senti um leve tremor de intranquilidade. A verdade era que Jamie quase não tinha lembranças do último dia dos clãs, nem da carnificina que deixara tantos sangrando na chuva – inclusive ele próprio. Eu sabia que cenas rápidas daquele dia ocorriam a ele de vez em quando durante o sono, fragmentos de um pesadelo, mas, quer fosse pelo trauma, por causa de uma lesão ou pela simples força de vontade, ele não se lembrava da Batalha de Culloden – pelo menos até aquele momento. Eu não achava que ele quisesse revivê-la.

– Muitas coisas aconteceram naquele dia. Não me lembro de tudo, não. – Ele abaixou a cabeça abruptamente, passou o polegar pela aba da carta e a abriu, fazendo com que o selo se rompesse em vários fragmentos.

– Seu marido é um homem modesto, sra. Fraser. – Hayes assentiu para mim ao chamar seu ajudante com um movimento da mão. – Ele nunca contou o que fez naquele dia?

– Houve muita valentia naquele campo – murmurou Jamie, com a cabeça abaixada enquanto observava a carta. – E um tanto de covardia. – Eu não achava que ele estivesse lendo. Seus olhos estavam fixos, como se ele estivesse vendo outra coisa, além do papel que segurava.

– Sim, é verdade – concordou Hayes. – Mas parece importante mencionar quando um homem salva sua vida, não?

Jamie levantou a cabeça ao ouvir isso, sobressaltado. Eu fui para trás dele, pousando a mão com leveza em seu ombro. Hayes pegou a camisa da mão do ajudante e a vestiu lentamente, sorrindo de um modo esquisito e meio cauteloso.

– Não se lembra de como acertou Murchison na cabeça, quando ele estava prestes a me atingir com a baioneta? E então você me pegou e me carregou para fora do campo, para um poço perto dali. Um dos chefes estava deitado na grama, e seus homens estavam lavando a cabeça dele na água, mas eu conseguia ver que ele estava morto, estava imóvel. Havia alguém lá para cuidar de mim. Queriam que você ficasse também, pois estava ferido e sangrando, mas você se recusou. Desejou que eu ficasse bom, em nome de São Miguel... e então voltou para o campo.

Hayes ajeitou a corrente de sua gargantilha, ajustando a pequena meia-lua de prata sob o queixo. Sem lenço, seu pescoço parecia nu, indefeso.

– Você parecia muito irado, homem, pois havia sangue escorrendo pelo seu rosto e seus cabelos estavam soltos ao vento. Havia embainhado a espada para me carregar, mas voltou a empunhá-la quando se virou. Pensei que não o veria de novo, pois nunca vi um homem que parecesse mais estar prestes a morrer...

Ele balançou a cabeça, com os olhos semicerrados, como se visse não o homem forte e sóbrio à sua frente, não o Fraser da Cordilheira – mas o Jamie Vermelho, o jovem guerreiro que não havia voltado por valentia, mas porque queria pôr fim à vida, sentindo-a como um peso... porque havia me perdido.

– Eu fiz isso? – murmurou Jamie. – Eu tinha... me esquecido. – Eu podia sentir a tensão nele, cantando como um fio estendido sob a minha mão. Uma pulsação rápida na artéria abaixo da orelha dele. Havia coisas de que ele havia se esquecido, mas não daquilo. Nem eu.

Hayes abaixou a cabeça enquanto seu ajudante prendia o lenço ao redor do seu pescoço, em seguida se endireitou e assentiu para mim.

– Agradeço, senhora, foi muito gentil da sua parte.

– Não foi nada – respondi, com a boca seca. – Foi um prazer. – Havia começado a chover de novo. As gotas frias batiam nas minhas mãos e no meu rosto, e a umidade brilhava nos ossos fortes do rosto de Jamie, tremulando em seus cabelos e nos cílios grossos.

Hayes vestiu o casaco e prendeu o nó de seu tartã com um broche dourado – o broche que o pai dera a ele antes de Culloden.

– Então, Murchison está morto – disse ele, como se falasse sozinho. – Ouvi dizer – seus dedos se atrapalharam com o fecho do broche por um momento – que havia dois irmãos com esse mesmo nome, ambos farinha do mesmo saco.

– Havia – disse Jamie. Ele ergueu o olhar e seus olhos encontraram os de Hayes. O rosto do tenente não demonstrava nada além de um leve interesse.

– Ah. E você saberia, então, qual dos dois foi?...

– Não. Mas não importa. Os dois estão mortos.

– Ah. – repetiu Hayes. Ele se deteve por um momento, como se pensasse, e então fez uma reverência para Jamie, formalmente, com o chapéu contra o peito. – *Buidhea-*

chas dhut, a Sheumais mac Brian. E que Miguel, o Abençoado, o proteja. – Levantou a boina brevemente para me cumprimentar, colocou-a na cabeça e se virou para sair, seguido por seu ajudante, que foi atrás dele em silêncio.

Um pé de vento soprou pela clareira, trazendo uma rajada de chuva fria, muito parecida com a chuva congelante de abril em Culloden. Jamie tremeu subitamente ao meu lado, com um estremecimento convulsivo que amassou a carta que ainda segurava.

– De quanto você se lembra? – perguntei, olhando para Hayes, enquanto ele se afastava pelo chão encharcado de sangue.

– Quase nada – respondeu Jamie. Ele ficou de pé e se virou para olhar para mim, os olhos escuros como os céus nublados acima. – E isso ainda é muito.

Ele me entregou a carta amassada. A chuva havia manchado a tinta aqui e ali, mas ainda dava para ler. Em contraste com a Proclamação, ela continha apenas duas frases, mas a frase adicional não diluiu o impacto.

New Bern, 20 de outubro

Coronel James Fraser

Como a paz e a boa ordem deste governo têm sido violadas ultimamente e muito dano tem sido causado às pessoas e às propriedades de muitos dos habitantes desta província por um grupo de pessoas que se dizem reguladoras, eu faço como determinou o Conselho da Ordem de Sua Majestade e ordeno que o senhor convoque imediatamente uma Reunião Geral de tantos homens quantos julgar adequados a servir em um Regimento da Milícia, e que me comunique o mais rápido possível o número de voluntários dispostos a servir ao seu Rei e ao seu País, quando convocados a fazê-lo, e também o número de homens que pertencem a seu Regimento e que podem ser chamados no caso de uma Emergência e no caso de mais Violência ser cometida pelos Insurgentes. Sua obediência Diligente e pontual a essas ordens será bem recebida por este

Servo Obediente de Sua Majestade,

William Tryon

Dobrei com cuidado a carta manchada de chuva e percebi que as minhas mãos estavam tremendo. Jamie a tomou de mim e a segurou entre o polegar e o indicador, como se fosse um objeto indesejado – e de fato era. Sua boca se retorceu quando ele olhou nos meus olhos.

– Pensei que teríamos um pouco mais de tempo – disse ele.

8

A AJUDA

Quando Brianna partiu para buscar Jemmy, que estava com Jocasta, Roger subiu lentamente a montanha em direção ao acampamento deles. Cumprimentou e aceitou os cumprimentos das pessoas pelas quais ele passou, mas mal ouviu o que diziam.

Haverá uma próxima vez, ela dissera. Ele se aferrava àquelas palavras, revirando-as em sua mente como se fossem um punhado de moedas no bolso. Ela não dissera aquilo por dizer. Estava falando sério, e era uma promessa que no momento significava ainda mais para ele do que aquelas feitas na primeira noite de casados.

Ao pensar em casamento, lembrou-se finalmente de que, na verdade, outro se aproximava. Olhou para si mesmo e viu que Bree não estava exagerando em relação a sua aparência. Maldição, e aquele também era o casaco de Jamie.

Começou a espanar as agulhas de pinheiro e os vestígios de lama da roupa, mas foi interrompido por um som vindo do caminho acima. Olhou para a frente e viu Duncan Innes descendo a encosta íngreme cuidadosamente, o corpo inclinado para compensar o braço ausente. Duncan havia vestido seu casaco esplêndido, escarlate com detalhes azuis e botões dourados, e seus cabelos estavam presos em uma trança sob um novo e elegante chapéu preto. A transformação de pescador das Terras Altas em próspero proprietário de terras era surpreendente – até mesmo a atitude de Duncan parecia diferente, mais confiante.

Duncan estava acompanhado de um homem alto, magro e idoso, muito asseado, mas simples na aparência, as poucas mechas de cabelo brancas presas, deixando à mostra a testa alta e calva. A boca era murcha devido à ausência de dentes, mas mantinha a curva simpática, e seus olhos eram azuis e brilhantes, em um rosto comprido cuja pele era tão esticada sobre os ossos que quase não deixava sobras enrugadas ao redor dos olhos, embora linhas profundas marcassem a boca e a testa. Com um nariz aquilino comprido e vestido com roupas pretas surradas, ele parecia um simpático abutre.

– *A Smeòraich* – disse Duncan a Roger, parecendo satisfeito. – Justamente o homem que eu queria encontrar! Imagino que você esteja ansioso com o casamento! – acrescentou ele, olhando com curiosidade para o casaco manchado e os cabelos cheios de folhas de Roger.

– Ah, sim. – Roger pigarreou, deixando de espanar as roupas para bater no peito como se quisesse soltar o catarro. – Mas o tempo está meio úmido para um casamento, não?

– Feliz o cadáver sobre o qual a chuva cai – concordou Duncan, e riu com certo nervosismo. – Mas esperamos que você não morra de pleurite antes de se casar, certo, rapaz? – Ele ajeitou o casaco vermelho nos ombros, espanando um pouco de pó imaginário do punho.

– Você está muito elegante, Duncan – elogiou Roger, pretendendo desviar a atenção de seu próprio estado deplorável com um pouco de descontração. – Está até parecendo um noivo!

Duncan corou um pouco atrás do bigode e remexeu nos botões do casaco com sua única mão.

– Ah, bem – disse ele, parecendo um pouco envergonhado. – A srta. Jo disse que não pretendia ficar ao lado de um espantalho. – Ele tossiu e se virou de modo repentino para seu companheiro, como se a palavra tivesse subitamente feito com que ele se lembrasse da presença do homem.

– Sr. Bug, eis o genro dele, Roger Mac, de quem lhe falei. – Ele se virou na direção de Roger, acenando vagamente para seu companheiro, que deu um passo à frente, estendendo a mão em uma reverência cerimoniosa, mas cordial. – Este é Arch Bug, *a Smeòraich*.

– A seu dispor, sr. Bug – disse Roger educadamente, um pouco espantado ao ver que na mão grande e ossuda que apertava a dele faltavam os dois primeiros dedos.

– Ump – respondeu o sr. Bug, mostrando com sua atitude que o sentimento era recíproco. Talvez pretendesse se estender sobre o assunto, mas, quando abriu a boca, uma voz feminina e estridente, um pouco rouca por causa da idade, pareceu emergir dela.

– É muita bondade, senhor, do sr. Fraser, e tenho certeza de que ele não terá motivos para se arrepender, certamente não, como eu disse a ele. Não tenho palavras para expressar a bênção que é. Nós não sabíamos de onde viria a próxima refeição, nem como manteríamos um teto sobre nossas cabeças! Eu disse ao Arch, eu disse: agora teremos que confiar em Cristo e em Nossa Senhora, e se passarmos fome, passaremos fome em estado de graça, e o Arch me disse...

Uma mulher pequena e rechonchuda, com roupas puídas e idosa como o marido, mas igualmente bem-arrumada, surgiu, ainda falando. Por ser baixinha, Roger não a vira, escondida atrás das barras volumosas do velho casaco do marido.

– A sra. Bug – Duncan sussurrou para ele, sem necessidade.

–... sem um centavo para nos manter, eu me perguntava o que seria de nós, e então Sally McBride disse ter ouvido que Jamie Fraser precisava de um bom...

O sr. Bug sorriu por cima da cabeça da mulher. Ela se interrompeu no meio da frase, os olhos arregalados de choque ao ver o estado do casaco de Roger.

– Minha nossa, o que é isso? O que andou fazendo, rapaz? Sofreu um acidente? Parece que alguém o derrubou e o arrastou pelos pés por um monte de esterco!

Sem esperar por respostas, ela pegou um lenço limpo no bolso grande preso a sua cintura, cuspiu nele sem cerimônia e começou a limpar diligentemente as manchas de terra da parte da frente do casaco dele.

– Ah, não precisa... quero dizer... obrigado.

Roger sentia-se como se tivesse sido enfiado em um tipo de maquinário. Olhou para Duncan, em busca de ajuda.

– Jamie Roy convidou o sr. Bug para trabalhar como administrador na Cordilheira dos Frasers.

Duncan aproveitou a pausa momentânea proporcionada pela preocupação da sra. Bug para se explicar.

– Administrador? – Roger se sobressaltou ao ouvir a palavra, como se alguém tivesse lhe dado um soco logo abaixo do esterno.

– Sim, para as ocasiões em que ele esteja fora ou ocupado com outros assuntos. Afinal, é verdade que campos e arrendatários não se administram sozinhos.

Duncan falava com certo tom de mágoa. Por já ter sido um pescador simples de Coigach, ele com frequência considerava as responsabilidades de cuidar de uma fazenda grande muito pesadas, e olhava agora para o sr. Bug com um leve ar de cobiça, como se tivesse pensado, por um momento, em colocar aquela pessoa útil dentro do bolso e levá-la para casa, em River Run. Claro, Roger pensou, que isso significaria levar a sra. Bug também.

– E como é também *muita* sorte, e eu disse ao Arch ontem mesmo que o melhor que podíamos esperar era encontrar trabalho em Edenton ou Cross Creek, e que talvez o Arch tivesse que trabalhar nos barcos, mas seria uma vida perigosa, não? Molhado até os ossos a metade do tempo, e febres mortais emergindo dos pântanos como espíritos malignos, e o ar pesado com o miasma, impróprio para respirar, e eu talvez lavando roupa para fora enquanto ele estivesse longe, nas águas, mas eu tenho certeza de que detestaria isso, pois não passamos uma noite sequer separados desde que nos casamos, não é, querido?

Ela lançou um olhar de devoção para o marido alto, que abriu um sorriso amável para ela. Talvez o sr. Bug fosse surdo, pensou Roger. Ou talvez eles estivessem casados havia apenas uma semana...

Sem precisar perguntar, no entanto, ele foi informado de que os Bugs eram marido e mulher havia mais de quarenta anos. Arch Bug tinha sido empregado de Malcolm Grant de Glenmoriston, mas os anos após a Rebelião tinham sido duros. Depois que a propriedade que ele mantinha para Grant foi confiscada pela Coroa inglesa, Bug passou alguns anos trabalhando como caseiro, mas, devido às dificuldades e à fome, ele se viu obrigado a pegar a mulher e o pouco dinheiro que tinham e partir em busca de uma nova vida na América.

– Pensamos em tentar em Edimburgo... – disse o velho cavalheiro, a voz baixa e cortês, com um leve sotaque das Terras Altas. Então ele *não era* surdo, pensou Roger. Ainda não.

–... porque eu tinha um primo lá que trabalhava em uma das casas bancárias, e pensamos que talvez ele pudesse falar com alguém...

– Mas eu já estava muito velho e não tinha habilidade suficiente...

–... e que sorte deles em tê-lo! Mas não, tolos como eram, não quiseram nem considerar, por isso tivemos que vir embora e tentar...

Duncan olhou nos olhos de Roger e escondeu um sorriso atrás do bigode enquanto as aventuras dos Bugs iam sendo contadas daquele modo sincopado. Roger retribuiu o sorriso, tentando afastar uma sensação de desconforto em seu íntimo.

Administrador. Alguém para supervisionar as coisas na Cordilheira dos Frasers, para cuidar do plantio e da colheita e lidar com os assuntos dos arrendatários quando Jamie Fraser estivesse fora ou ocupado. Uma necessidade óbvia, com a recente chegada de novos arrendatários e a noção do que os próximos anos iam trazer.

Foi apenas naquele momento, porém, que Roger percebeu que havia assumido, subconscientemente, que *ele* seria o braço direito de Jamie para cuidar desses assuntos. Ou o esquerdo, pelo menos.

Fergus ajudava Jamie até certo ponto, levando mensagens e trazendo informações. No entanto, o fato de que Fergus não tinha uma das mãos limitava o que ele podia fazer fisicamente, e ele não poderia cuidar da papelada nem das contas; Jenny Murray ensinara o órfão francês adotado por seu irmão a ler, mas não conseguira ensinar-lhe os números.

Roger olhou de soslaio para a mão do sr. Bug, que agora repousava afetivamente sobre o ombro rechonchudo da esposa. Era grande, castigada pelo trabalho, de aparência forte apesar da mutilação, mas os dedos restantes eram deformados pela artrite, e os nós pareciam ossudos e doloridos.

Então Jamie achava que mesmo um homem idoso e meio aleijado teria mais condições do que Roger para lidar com os assuntos da Cordilheira? Era uma conclusão inesperadamente amarga.

Ele sabia que o sogro tinha dúvidas quanto a sua capacidade que iam além da desconfiança natural de qualquer pai em relação ao homem que se casa com sua filha. Como sofria de uma completa surdez tonal, Jamie naturalmente não valorizava o talento musical de Roger. E apesar de Roger ter uma estatura razoável e ser trabalhador, infelizmente tinha pouco conhecimento prático sobre criação de animais, caça ou uso de armas mortais. E também não tinha grande experiência na agricultura nem na administração de uma grande propriedade – algo que o sr. Bug claramente tinha. Roger seria o primeiro a admitir essas coisas.

Mas ele era o genro de Jamie, ou estava prestes a se tornar. Maldição, Duncan havia acabado de apresentá-lo dessa forma! Podia ter sido criado em outra época – mas era um escocês das Terras Altas, apesar de tudo, e sabia muito bem que sangue e parentesco contavam mais do que qualquer coisa.

O marido de uma filha única normalmente seria considerado o filho da casa, vindo em segundo lugar depois do chefe da família em autoridade e respeito. A menos que houvesse algo de muito errado com ele. Se fosse um bêbado, por exemplo, ou um criminoso. Ou pouco inteligente... Cristo, era isso que Jamie pensava dele? Que era um estúpido inútil?

– Sente-se, meu jovem, e eu vou cuidar desse lindo cabelo – disse a sra. Bug, interrompendo seus pensamentos sombrios.

Ela pegou a manga do casaco, estalando a língua em desaprovação ao ver as folhas e galhos nos cabelos dele.

– Olhe só para você, todo sujo e molhado! Andou brigando, não foi? Bem, espero que o outro camarada esteja pior, é só o que posso dizer.

Antes que ele pudesse protestar, ela o colocou sentado em uma rocha, tirou um pente de madeira do bolso e penteou os cabelos dele, cuidando dos cachos de modo tão enérgico que parecia querer arrancar vários fios.

– Tordo, é como o chamam, não é? – perguntou a sra. Bug, fazendo uma pausa em sua atividade, segurando uma mecha dos cabelos pretos e brilhosos e olhando para eles desconfiada, como se estivesse à procura de vermes.

– Ah, sim, mas não é por causa da cor dos cabelos – disse Duncan, sorrindo diante do claro desconforto de Roger. – É por causa da cantoria. Ele tem um canto doce como o do rouxinol, o Roger Mac.

– Canto? – gritou a sra. Bug. Ela soltou a mecha de cabelo, encantada. – Foi você que ouvimos ontem à noite, então? Cantando "Ceann-ràra" e "Loch Ruadhainn"? E tocando o *bodhran*?

– Sim, pode ter sido – murmurou Roger com modéstia. A admiração clara da senhora, expressada de modo intenso, o deixou lisonjeado e fez com que sentisse vergonha do ressentimento momentâneo que sentira em relação ao marido dela. Afinal, ele pensou, ao ver o aspecto andrajoso do seu avental surrado e as rugas no rosto dela, dava para perceber que os mais velhos claramente tinham passado por maus bocados. Talvez Jamie os tivesse contratado tanto por caridade quanto por sua necessidade de ajuda.

Isso fez com que ele se sentisse melhor, e ele agradeceu à sra. Bug muito delicadamente.

– Querem ir até a nossa fogueira agora? – perguntou ele, lançando um olhar questionador ao sr. Bug. – Acredito que ainda não tenham conhecido a sra. Fraser ou...

Ele foi interrompido por um barulho como a sirene de um carro de bombeiros, distante, mas obviamente se aproximando. Muito familiarizado com aquele barulho em particular, não ficou surpreso ao ver o sogro surgir de uma das trilhas que cruzavam a montanha, com Jem se contorcendo e gritando como um gato escaldado em seus braços.

Jamie, parecendo meio afobado, entregou a criança a Roger, que a pegou e – por falta de outra inspiração – enfiou o polegar na boca aberta do bebê. O barulho cessou de repente, e todos relaxaram.

– Que bonitinho! – exclamou a sra. Bug, ficando na ponta dos pés para arrulhar para Jem, enquanto Jamie, parecendo profundamente aliviado, virou-se para cumprimentar o sr. Bug e Duncan.

"Bonitinho" não era o adjetivo que Roger teria escolhido. "Furioso" parecia mais apropriado. O bebê estava com o rosto muito vermelho, com lágrimas escorrendo pelo rosto, e sugava o polegar com avidez, os olhos fechados com força em uma tentativa de escapar de um mundo claramente insatisfatório. O pouco cabelo que tinha estava arrepiado em mechas e espirais molhadas de suor, e ele havia se livrado dos panos, que pendiam, desgrenhados. Ele também cheirava mal, por motivos que estavam bastante óbvios.

Pai experiente, Roger imediatamente pôs em prática medidas emergenciais.

– Onde está Bree?

– Só Deus sabe, e Ele não quer dizer – retrucou Jamie, lacônico. – Estou procurando por ela pelas encostas da montanha desde que o bebê acordou nos meus braços e decidiu que não estava satisfeito com a minha companhia.

Ele cheirou, desconfiado, a mão com a qual tinha segurado o neto e em seguida a limpou na barra do casaco.

– Aparentemente, ele também não está muito feliz com a minha.

Jem chupava o polegar, a baba escorrendo pelo queixo e pelo punho de Roger, emitindo gritos de frustração.

– Você viu Marsali, então?

Ele sabia que Brianna não gostava que outras mulheres amamentassem Jemmy, mas aquilo era claramente uma emergência. Olhou ao redor, torcendo para encontrar uma mãe com leite por perto que pudesse se compadecer da criança, ou então dele.

– Deixe-me pegar o pobre menininho – disse a sra. Bug, estendendo os braços e mudando imediatamente seu status de falastrona a anjo de luz, na opinião de Roger. – Pronto, *a leannan*, pronto, pronto.

Reconhecendo uma autoridade superior ao vê-la, Jemmy se calou no mesmo instante, com os olhos arregalados de reverência enquanto olhava para a sra. Bug. Ela se sentou com o menininho no colo e começou a lidar com ele do mesmo modo firme e eficiente com o qual havia acabado de lidar com seu pai. Roger pensou que talvez Jamie tivesse contratado o Bug errado para administrar as coisas.

Mas Arch demonstrava inteligência e competência, fazendo perguntas sensatas a Jamie a respeito dos animais, das plantações, dos arrendatários e assim por diante. *Mas eu poderia fazer isso*, pensou Roger, acompanhando a conversa com atenção. *Parte disso*, ele se corrigiu com honestidade quando a conversa de repente enveredou para uma discussão sobre fungos genitais. Talvez Jamie estivesse certo em buscar alguém com mais conhecimento... Mas Roger podia aprender, afinal...

– E quem é o garotinho lindo?

A sra. Bug havia se levantado, acalmando Jemmy, agora transformado em um casulo firmemente enfaixado. Ela passou o dedo gordo pela bochecha redonda do bebê e então olhou para Roger.

– Ah, sim, ele tem os olhos do pai, não?

Roger corou, esquecendo a discussão sobre os fungos genitais.

– É? Eu diria que ele se parece mais com a mãe.

A sra. Bug franziu os lábios, estreitando os olhos para Roger, e em seguida balançou a cabeça decidida, dando tapinhas de leve no topo da cabeça de Jem.

– Não, os cabelos, talvez, mas os traços dele, esses são seus, meu rapaz. Veja esses ombros largos! – Ela assentiu para Roger brevemente e beijou a testa de Jem. – Eu não me surpreenderia se os olhos também ficassem verdes quando ele crescer. Pode acreditar, meu rapaz, ele vai ficar a sua cara quando crescer! Não é, mocinho? – Ela encostou o nariz em Jemmy. – Você vai ser um homem grande e forte como o seu pai, não é?

É o que as pessoas dizem normalmente, ele lembrou a si mesmo, tentando afastar a absurda onda de prazer que sentiu ao ouvir as palavras dela. *As senhorinhas sempre dizem que um bebê lembra o pai ou a mãe.* Ele descobriu de repente que tinha medo até mesmo de admitir a possibilidade de Jemmy ser dele de fato – pois queria isso demais. Dizia a si mesmo com firmeza que não importava; independentemente de o menino ter o sangue dele ou não, ele o amaria e cuidaria dele como seu filho. Ia fazer isso, é claro. Mas importava, ele percebeu – ah, importava.

Antes que ele pudesse dizer qualquer outra coisa à sra. Bug, o sr. Bug se virou para ele, para incluí-lo cortesmente na conversa dos homens.

– MacKenzie, certo? – perguntou ele. – Você seria um dos MacKenzies de Torridon, então, ou talvez de Kilmarnock?

Roger vinha respondendo a perguntas parecidas durante toda a Reunião; explorar os antecedentes de uma pessoa era o início costumeiro de qualquer conversa entre escoceses – algo que não mudaria nem um pouco nos duzentos anos seguintes, pensou, a cautela misturada à confortável familiaridade do processo. Antes que ele pudesse responder, no entanto, a mão de Jamie apertou seu ombro.

– Roger Mac é meu parente por parte de mãe – disse ele casualmente. – É MacKenzie de Leoch.

– Ah, sim? – Arch Bug parecia impressionado. – Está longe, então, rapaz!

– Ah, não mais do que o senhor, com certeza, ou qualquer pessoa aqui, para falar a verdade – disse Roger, acenou brevemente na direção da encosta da montanha, de onde o som dos gritos em gaélico e a música das gaitas de foles eram levados pelo ar úmido.

– Não, não, meu rapaz! – A sra. Bug, com Jemmy em seu ombro, entrou de novo na conversa. – Não foi isso que o Arch quis dizer – explicou. – É que você está muito longe dos outros.

– Outros? – Roger trocou um olhar com Jamie, que deu de ombros, igualmente confuso.

– De Leoch – disse Arch, antes que sua mulher respondesse por ele.

– Ouvimos isso no navio, não foi? Havia muitos deles, todos MacKenzies, todos das terras ao sul do velho castelo. Eles ficaram depois que o proprietário partiu, ele e o primeiro grupo, mas os outros queriam se unir ao que restava do clã e ver se podiam remediar seus destinos, porque...

– O proprietário? – Jamie interrompeu de repente. – Seria *Hamish mac Callum*?

Hamish, filho de Colum, Roger traduziu para si mesmo, e fez uma pausa. Ou melhor, *Hamish mac Dougal* – mas só havia cinco pessoas no mundo que sabiam disso. Talvez apenas quatro agora.

A sra. Bug assentia de modo enfático.

– Sim, sim, era assim mesmo que eles o estavam chamando. *Hamish mac Callum MacKenzie*, senhor de Leoch. O terceiro senhor. Eles disseram. E...

Jamie evidentemente havia entendido como lidar com a sra. Bug. Por força de implacáveis interrupções, ele conseguiu extrair a história dela em menos tempo do que Roger pensou que seria possível. O castelo de Leoch tinha sido destruído pelos ingleses, no expurgo das Terras Altas depois de Culloden. Isso Jamie sabia, mas, preso, não tivera notícias a respeito do destino daqueles que viviam lá.

– E não havia um bom coração a quem pedir – acrescentou ele, inclinando a cabeça com tristeza. Os Bugs se entreolharam e suspiraram em uníssono, no mesmo vestígio de melancolia que obscurecia a voz de Jamie escurecendo seus olhos. Era um olhar com o qual Roger estava bem acostumado agora.

– Mas se *Hamish mac Callum* ainda está vivo... – Jamie não havia retirado a mão do ombro de Roger e, ao dizer isso, apertou com força. – São novidades que alegram o coração, não?

Ele sorriu para Roger, com uma alegria tão evidente que Roger sentiu um sorriso inesperado brotar em seu rosto em resposta.

– Sim – disse ele, o peso em seu coração diminuindo. – Sim, são!

O fato de que ele não seria capaz de distinguir *Hamish mac Callum MacKenzie* de um buraco no chão não importava; o homem, de fato, era seu parente, sangue do seu sangue, e este *era* um bom pensamento.

– Para onde eles foram, então? – perguntou Jamie, baixando a mão. – Hamish e seus seguidores?

Para Acadia, para o Canadá, os Bugs concordaram. Para Nova Escócia? Para o Maine? Não – para uma ilha, eles decidiram, depois de uma conferência conturbada. Ou talvez fosse...

Jemmy interrompeu o debate com um uivo indicando fome iminente, e a sra. Bug se sobressaltou como se tivesse sido cutucada com uma vara.

– Temos que levar este mocinho para sua mãe – disse ela em tom de censura, olhando de maneira imparcial para os quatro homens, como se os acusasse coletivamente de conspiração para matar a criança. – Onde fica o seu acampamento, sr. Fraser?

– Eu levo a senhora – disse Duncan. – Venha comigo.

Roger foi atrás dos Bugs, mas Jamie o reteve com uma das mãos em seu braço.

– Não, deixe Duncan levá-los – disse ele, despedindo-se dos Bugs com um aceno de cabeça. – Conversarei com Arch mais tarde. Tenho algo a dizer a você, *a chliamhuinn*.

Roger ficou tenso diante daquela maneira formal de se referir a ele. Então, seria naquele momento que Jamie diria a ele quais defeitos de caráter e de passado o tornavam inadequado para assumir a responsabilidade pelas coisas na Cordilheira dos Frasers?

Mas não, Jamie estava pegando um papel amassado de sua bolsa de couro. Ele o entregou a Roger com uma careta, como se o papel queimasse sua mão. Roger o leu depressa e em seguida desviou os olhos da breve mensagem do governador.

– Milícia. Em quanto tempo?

Jamie ergueu um dos ombros.

– Não há como saber, mas mais cedo do que qualquer um de nós gostaria, acho. – Ele abriu um sorriso fraco e infeliz para Roger. – Ouviu as conversas ao redor das fogueiras?

Roger assentiu com seriedade. Ele ouvira as conversas nos intervalos da cantoria, durante as competições de lançamento de pedra, entre os homens que bebiam em pequenos grupos sob as árvores no dia anterior. Uma briga irrompera na competição de lançamento de toras – que logo foi interrompida, sem danos –, mas a raiva pairava no ar da Reunião, como um cheiro ruim.

Jamie passou a mão pelo rosto e pelos cabelos, e deu de ombros, suspirando.

– Foi sorte eu ter cruzado com o velho Arch Bug e sua mulher hoje. Se houver confronto, e haverá, acho, mais tarde, se não agora, então Claire virá conosco. Eu não gostaria de deixar Brianna sozinha, e isso pode ser evitado.

Roger sentiu o peso incômodo da dúvida sumir quando tudo se esclareceu de repente.

– Sozinha. Você quer dizer... que quer que eu vá junto? Para ajudar a reunir homens para a milícia?

Jamie olhou para ele, confuso.

– Sim, e quem mais?

Ele puxou as barras do tartã mais para cima nos ombros, curvado contra o vento que aumentava.

– Venha comigo, então, capitão MacKenzie – disse ele, com um tom irônico na voz. – Temos trabalho a fazer antes de você se casar.

9

O GERME DA DISCÓRDIA

Examinei o nariz de um dos escravos de Farquard Campbell, pensando no pólipo nasal que obstruía a narina ao mesmo tempo que pensava no governador Tryon. Entre os dois, eu me sentia mais tocada pelo pólipo, e pretendia cauterizar *aquilo* com um ferro quente.

Era tão injusto, pensei, franzindo o cenho enquanto esterilizava o bisturi e colocava o menor cauterizador em um prato de carvão em brasa.

Seria o começo? Ou um deles? Estávamos no fim de 1770. Em cinco anos, todas as treze Colônias estariam em guerra. Mas cada colônia chegaria até aquele momento por um processo diferente. Por ter vivido muito tempo em Boston, eu sabia, por meio das aulas de Bree na escola, como o processo tinha sido – ou seria – em Massachusetts. Impostos, o Massacre, o porto, Hancock, Adams, o Tea Party, tudo aquilo. Mas a Carolina do Norte? Como teria sido – como *seria* – ali?

Poderia estar acontecendo naquele momento. A discórdia vinha fervilhando havia muitos anos entre os agricultores no litoral leste e os colonos miseráveis do oeste. Os reguladores eram predominantemente do segundo grupo; os primeiros estavam integralmente ao lado de Tryon – ou seja, ao lado da Coroa.

– Tudo bem? – Eu dera ao escravo um bom gole de uísque medicinal, para fortificá-lo. Sorri de modo encorajador, e ele assentiu, parecendo incerto, mas resignado.

Eu nunca tinha ouvido falar dos reguladores, mas eles existiam, de qualquer modo – e eu já tinha visto o suficiente para saber quanto os livros de história deixavam de contar. Será que as sementes da revolução estavam sendo plantadas bem embaixo do meu nariz?

Murmurando suavemente, envolvi minha mão esquerda com um guardanapo de linho, segurei firme o queixo do escravo com ele, enfiei o bisturi em sua narina e cortei o pólipo com um movimento rápido da lâmina. Sangrou muito, é claro, e o sangue escorreu quente pelo tecido ao redor de minha mão, mas evidentemente não foi muito doloroso. O escravo parecia surpreso, mas não em sofrimento.

O ferro de cauterização tinha o formato de uma pequena pá, um pouco quadrado, metal achatado na extremidade de uma haste fina com cabo de madeira. A parte achatada estava em brasa, e as pontas brilhavam vermelhas. Pressionei o tecido com força contra o nariz do homem para parar o sangramento, afastei-o, e na fração de segundo antes de o sangue começar a correr de novo, pressionei o ferro quente no nariz dele, contra o septo, torcendo com todas as forças para ter alcançado o ponto certo.

O escravo fez um som estrangulado na garganta, mas não se moveu, embora lágrimas escorressem de seu rosto, caindo, úmidas e quentes, sobre os meus dedos. O cheiro do sangue e da carne cauterizada era o mesmo que emanava das churrasqueiras. Meu estômago roncou alto. Os olhos arregalados e avermelhados do escravo encontraram os meus, assustados. Contorci a boca, e ele riu baixinho em meio às lágrimas e ao muco.

Removi o ferro, com o pano posicionado. O sangue não escorreu. Inclinei a cabeça do homem para trás, semicerrando os olhos para ver, e fiquei feliz ao ver a marca pequena e clara na mucosa. A queimadura tinha um tom vermelho-vivo, eu sabia, mas sem a luz de uma lanterna, parecia preta, uma marca pequena escondida como um carrapato nas sombras cabeludas da narina.

O homem não falava inglês. Sorri para ele, mas me dirigi a sua companheira, uma jovem que havia segurado a mão dele durante todo o procedimento.

– Ele vai ficar bem. Diga a ele, por favor, para não cutucar a ferida. Se houver inchaço, pus ou febre... – Fiz uma pausa, pois a próxima frase deveria ser "procure o seu médico imediatamente", mas aquela não era uma opção. – Procure a sua senhora – recomendei, de modo relutante. – Ou uma curandeira.

A sra. Campbell era jovem e um pouco atrapalhada, pelo pouco que eu conhecia dela. Ainda assim, qualquer senhora de terras deveria ter o conhecimento e os meios de tratar uma febre. E se passasse de uma simples infecção e se tornasse uma septicemia... bem, não haveria muito o que ninguém ali pudesse fazer nesse caso.

Dei um tapinha no ombro do escravo e o mandei embora, chamando o próximo da fila.

Infecção. Era o que estava acontecendo. As coisas pareciam tranquilas na superfície – afinal, a Coroa estava retirando todas as tropas! Mas dezenas, centenas, milhares de pequenos germes da discórdia ficavam, formando bolsões de conflito pelas Colônias. Os reguladores eram apenas um deles.

Havia um pequeno balde de álcool destilado a meus pés, para desinfetar os instrumentos. Enfiei o ferro de cauterização lá dentro e em seguida o levei novamente ao fogo, o álcool incendiando-se com um breve *piff*!

Eu tive a sensação desagradável de que o bilhete que ardia na bolsa de couro de Jamie era uma chama parecida, com uma de um milhão de pequenas faíscas. Algumas seriam apagadas, outras se apagariam sozinhas – mas algumas arderiam e continuariam ardendo, queimando em seu caminho destrutivo casas e famílias. O fim seria uma completa excisão, mas muito sangue escorreria antes que o ferro quente das armas cauterizasse a ferida aberta.

Será que Jamie e eu nunca teríamos um pouco de paz?

– Tem Duncan MacLeod, ele tem 120 hectares perto do rio Yadkin, mas não há ninguém lá exceto ele próprio e o irmão.

Jamie passou a manga da camisa pelo rosto, secando a umidade de seus ossos. Piscou para clarear a visão e se sacudiu como um cachorro, espalhando gotas que tinham se condensado em seus cabelos.

– Mas – continuou ele, gesticulando em direção à fumaça que marcava a fogueira de MacLeod – ele é parente do velho Rabbie Cochrane. Rabbie não veio à Reunião, pois está com hidropisia, pelo que soube, mas ele tem onze filhos crescidos, espalhados pelas montanhas como milho. Então, vá com calma com o MacLeod, certifique-se de que ele está satisfeito, e então diga a ele para enviar uma mensagem ao Rabbie. Diga a ele que vamos nos reunir na Cordilheira dos Frasers em quinze dias.

Ele hesitou, com uma das mãos no braço de Roger para evitar uma partida abrupta Estreitou os olhos para a névoa, pensando nas possibilidades. Eles tinham visitado três acampamentos juntos, e conseguiram o comprometimento de quatro homens. Quantos mais poderiam ser encontrados na Reunião?

– Depois do Duncan, vá até onde estão as ovelhas. Angus Og estará lá, com certeza. Conhece Angus Og?

Roger assentiu, esperando se lembrar do Angus Og certo. Ele havia conhecido pelo menos quatro homens com aquele nome na última semana, mas um deles andava com um cachorro e cheirava a lã crua.

– É o Campbell? Curvado como um anzol, com um tampão em um dos olhos, certo?

– Isso, ele mesmo. – Jamie assentiu aprovando, relaxando a mão. – Ele é intratável demais para lutar, mas cuidará para que seus sobrinhos venham e vai espalhar a notícia pelos povoados perto de High Point. Então, Duncan, Angus... ah, sim, Joanie Findlay.

– Joanie?

Fraser sorriu.

– Sim, a velha Joan, como a chamam. O acampamento dela fica perto do da minha tia, o dela e o de seu irmão, Iain Mhor.

Roger assentiu, desconfiado.

– Sim. Mas é com ela que devo falar, certo?

– Sim – respondeu Fraser. – Iain Mhor não fala. Mas ela tem mais dois irmãos que falam, e dois filhos velhos o bastante para lutar. Ela cuidará para que eles venham.

Jamie olhou para cima. O dia havia esquentado um pouco e não estava chovendo tanto, apenas uma chuva miudinha, como eles diziam na Escócia. As nuvens estavam suficientemente esparsas para permitir que o disco do sol ficasse visível, uma esfera borrada e pálida ainda alta no céu, mas baixando. Mais duas horas de boa luz, talvez.

– Pronto – disse ele, enxugando o nariz com a manga. – Volte para a fogueira quando terminar de falar com a velha Joan e vamos comer alguma coisa antes do casamento.

Ele olhou para Roger com uma sobrancelha erguida e um leve sorriso, e então se virou para ir embora. Antes que Roger pudesse se afastar, ele se virou de volta.

– Diga logo que você é o capitão MacKenzie – aconselhou ele. – Vão tratá-lo melhor. – Ele se virou de novo e partiu em busca de mais membros recalcitrantes de sua lista.

A fogueira dos MacLeods ardia como uma fornalha em meio à névoa. Roger se virou na direção dela, repetindo os nomes baixinho como um mantra:

– Duncan MacLeod, Rabbie Cochrane, Angus Og Campbell, Joanie Findlay... Duncan MacLeod, Rabbie Cochrane...

Tudo bem; três vezes e ele decoraria, não importava que fosse a letra de uma nova canção a ser aprendida, fatos em um livro ou orientações sobre a psicologia de recrutas da milícia em potencial.

Ele entendia o motivo para encontrar o máximo possível de escoceses agora, antes que eles partissem para suas propriedades e casas. E estava animado com o fato de os homens que Fraser havia abordado até o momento terem aceitado a convocação da milícia com nada além de um olhar levemente carrancudo e murmúrios resignados.

Capitão MacKenzie. Ele sentiu um orgulho meio envergonhado ao pensar no título que Fraser lhe concedera.

– Soldado Instantâneo – disse a si mesmo com ironia, endireitando os ombros de seu casaco encharcado. – Apenas acrescente água.

Ao mesmo tempo, admitia sentir uma leve comichão de ansiedade. Podia não passar de assumir o papel de soldados por hora, mas a ideia de marchar com um regimento de milícia, com mosquetes nos ombros e o cheiro de pólvora nas mãos...

Em menos de quatro anos, ele pensou, os homens da milícia estariam na área verde de Lexington. Homens que no início não tinham mais experiência com soldados do que aqueles com quem ele conversava na chuva – não mais do que ele. Perceber isso fez com que ele se arrepiasse, e essa percepção se firmou com uma sensação estranha de importância.

Estava acontecendo. Deus, estava acontecendo mesmo.

MacLeod não foi um problema, mas demorou mais do que ele esperava para encontrar Angus Og Campbell, enfiado no meio dos carneiros e irritado com a distração. O "capitão MacKenzie" teve pouco efeito sobre o velho cretino; a invocação do "coronel Fraser" – dita com certo tom de ameaça – tivera mais. Angus Og mordera o lábio superior com concentração rabugenta, assentira com relutância e voltara ao trabalho com um resmungo.

– Mandarei notícias.

A garoa havia parado e as nuvens começavam a se dissipar quando ele subiu a encosta até o acampamento de Joan Findlay.

"A velha Joan", para sua surpresa, era uma mulher atraente de 30 e poucos anos, com olhos castanhos que olhavam para ele com interesse por baixo da aba de seu *arisaid* úmido.

– Então chegamos a esse ponto, não é? – perguntou ela, em resposta à breve explicação dele sobre sua presença ali. – Logo imaginei quando ouvi o que o soldado tinha a dizer hoje cedo.

Ela deu batidinhas no lábio com o cabo da colher de pau, pensativa.

– Tenho uma tia que mora em Hillsborough. Tem um quarto na Casa do Rei, na frente da casa de Edmund Fanning, ou de onde costumava ser. – Ela riu baixinho, apesar de na realidade não ter graça. – Ela escreveu para mim. A multidão desceu a rua, empunhando forcados como um bando de demônios, segundo ela. Eles arrancaram as janelas da casa de Fanning de suas bases e botaram tudo abaixo com cordas, bem diante dos olhos dela. Então agora, temos que mandar nossos homens para salvar a pele do Fanning da fogueira, é isso?

Roger foi cauteloso. Ouvira muitas coisas a respeito de Edmund Fanning, que não era nada popular.

– Não sei dizer, sra. Findlay – disse ele. – Mas o governador...

Joan Findlay resmungou de modo expressivo.

– Governador – disse ela, e cuspiu no fogo. – Sei! Os amigos do governador, isso sim. Mas os homens pobres sangram pelo ouro do homem rico, e sempre sangrarão, certo?

Ela se virou para duas meninas que tinham se materializado atrás dela, silenciosas como pequenos fantasmas trajando xales.

– Annie, chame os seus irmãos. Pequena Joanie, você mexe a panela. Raspe bem o fundo para não queimar. – Depois de entregar a colher para a menina menor, ela se virou, gesticulando para que Roger a seguisse.

Era um acampamento pobre, com apenas um cobertor de lã estendido entre dois arbustos para oferecer algum tipo de abrigo. Joan Findlay se agachou diante do espaço, que mais parecia uma caverna, e Roger acompanhou, inclinando-se para espiar por sobre o ombro dela.

– *A bhràthair*, aqui está o capitão MacKenzie – disse ela, estendendo a mão para o homem que estava deitado em uma cama de grama seca sob o cobertor. Roger sentiu um choque repentino ao ver a aparência do homem, mas se conteve.

Um espástico era como eles o teriam chamado na Escócia da época de Roger; como chamariam aquela condição agora? Talvez não tivesse uma designação particular. Fraser dissera apenas: *Ele não fala*.

Não, e também não se mexia. Os membros eram ossudos e atrofiados, e o corpo se retorcia em ângulos impossíveis. Um cobertor puído fora estendido sobre ele, mas seus movimentos espasmódicos o haviam colocado de lado, de modo que o tecido estava embolado, preso entre suas pernas, e a parte de cima do corpo estava exposta, a camisa puída também embolada e metade despida devido aos esforços dele. A pele pálida do ombro e das costelas reluzia, fria e azulada, em meio às sombras.

Joan Findlay pousou a mão sobre o rosto do homem e virou sua cabeça para que ele pudesse olhar para Roger.

– Este é o meu irmão, Iain, sr. MacKenzie – disse ela com a voz firme, desafiando-o a reagir.

O rosto também era deformado, da boca torta escorria baba, mas um par de belos – e inteligentes – olhos castanhos olharam para Roger das ruínas. Ele manteve seus sentimentos e sua expressão sob controle, e estendeu a mão, segurando a mão torta do homem. A sensação era terrível, os ossos protuberantes e frágeis sob a pele fria, tão fria como a de um cadáver.

– Iain Mhor – disse ele, baixinho. – Já ouvi falar de você. Jamie Fraser manda lembranças.

Ele semicerrou as pálpebras em um suave piscar de reconhecimento, e olhou para cima de novo, observando Roger com calma.

– O capitão veio convocar homens para a milícia – explicou Joan, por trás do ombro de Roger. – O governador enviou ordens. Parece que se cansou de rebeliões e desordem, segundo ele; vai usar a força. – Sua voz tinha um forte tom de ironia.

Iain Mhor olhou para o rosto da irmã. Sua boca se mexeu, buscando uma forma, e seu peito estreito se contraiu por causa do esforço. Disse algumas poucas sílabas, tomadas de saliva, e se deixou cair para trás com a respiração ofegante, os olhos fixos em Roger.

– É verdade que haverá recompensa, capitão? – traduziu Joan.

Roger hesitou. Jamie havia feito essa mesma pergunta, mas não havia resposta definitiva. Podia sentir a avidez controlada, tanto na mulher atrás dele como no homem que estava à sua frente. Os Findlays eram muito pobres – isso ficara claro pelas roupas puídas e pelos pés descalços das meninas, pelas roupas e lençóis simples que proporcionavam um escasso abrigo contra o frio a Iain Mhor. A honestidade, porém, o obrigou a responder:

– Não sei. Não há nada divulgado ainda, mas pode ser que haja.

O pagamento dependia da resposta ao pedido do governador. Se um pedido simples produzisse tropas em número insuficiente, talvez o governador julgasse adequado oferecer mais algum incentivo para que os homens atendessem ao chamado.

Uma expressão de decepção passou pelos olhos de Iain Mhor, substituída quase imediatamente pela resignação. Qualquer rendimento teria sido bem-vindo, mas não era de fato esperado.

– Bem, então.

Na voz de Joan havia a mesma resignação. Roger sentiu que ela se afastava, mas ele se manteve onde estava, preso aos olhos castanhos de cílios compridos, que também olhavam nos dele, curiosos e resolutos. Roger hesitou, sem saber se deveria simplesmente sair. Queria oferecer ajuda – mas, Deus, que fazer?

Estendeu a mão em direção à camisa aberta, ao cobertor embolado. Era pouco, mas era alguma coisa.

– Posso?

Os olhos castanhos se fecharam por um momento, voltaram a se abrir em aquiescência, e ele iniciou a tarefa de arrumar as coisas. O corpo de Iain Mhor era macilento, mas surpreendentemente pesado, difícil de erguer naquele ângulo.

Ainda assim, não foram necessários mais do que alguns momentos para que o homem ficasse decentemente coberto e mais aquecido, pelo menos. Roger olhou nos olhos castanhos de novo, sorriu, assentiu de modo desajeitado e se afastou do leito de grama sem dizer nada, assim como Iain Mhor.

Os dois filhos de Joan Findlay tinham chegado. Ficaram ao lado da mãe, rapazes fortes de 16 e 17 anos, olhando para Roger com cautelosa curiosidade.

– Estes são Hugh – disse ela, estendendo o braço para apoiar a mão em um dos ombros e em seguida no outro – e Iain Og.

Roger inclinou a cabeça de modo cortês.

– Ao seu dispor, senhores.

Os rapazes se entreolharam e em seguida olharam para os próprios pés, reprimindo sorrisos.

– Então, *capitão* MacKenzie. – Joan Findlay enfatizou a palavra. – Se eu emprestar os meus filhos, promete mandá-los de volta para casa em segurança?

Os olhos castanhos da mulher eram tão brilhantes e inteligentes quanto os do irmão – e resolutos.

Ele se conteve para não desviar o olhar.

– No que depender de mim, senhora... cuidarei para que voltem em segurança.

Ela esboçou um sorriso. Sabia muito bem o que dependia dele e o que não dependia. Assentiu, porém, e deixou que os braços caíssem ao lado do corpo.

– Eles irão.

Roger partiu, então, e se afastou, com a confiança que ela depositara nele pesando sobre seus ombros.

10

PRESENTES DA VOVÓ BACON

Depois de atender o último paciente, fiquei na ponta dos pés e me espreguicei, com a sensação agradável de dever cumprido. Apesar de todos os problemas que eu não conseguia tratar, apesar de todas as doenças que não conseguia curar... ainda assim, tinha feito o que podia, e tinha feito bem.

Fechei a tampa de minha caixa de remédios e a ergui nos braços. Murray se oferecera gentilmente para levar de volta o restante das minhas coisas – em troca de um saco de folhas de sene secas e minha máquina extra de fazer comprimidos. Murray ainda estava atendendo o último paciente, franzindo o cenho enquanto examinava o abdômen de uma senhora pequena de chapéu e xale. Acenei para ele, que assentiu para mim distraído, voltando a pegar sua lanceta. Pelo menos ele se lembrou de mergulhá-la em água fervente. Vi os lábios dele se moverem enquanto ele murmurava o encantamento que Brianna inventara.

Meus pés estavam dormentes por terem ficado em contato com o chão frio, e minhas costas e meus ombros doíam, mas eu não estava realmente cansada. Havia pessoas que dormiriam, naquela noite, livres da dor. Outras iam se curar bem agora, com ferimentos limpos e membros endireitados. Alguns, eu poderia dizer que salvara da possibilidade de uma grave infecção ou mesmo da morte.

E eu fizera mais uma vez a minha versão do Sermão da Montanha, pregando o evangelho da nutrição e da higiene às pessoas reunidas.

– Felizes aqueles que comem verduras, pois manterão seus dentes – murmurei para um cedro vermelho. Parei para colher alguns frutos fragrantes e amassei um deles com a unha do polegar, apreciando o cheiro forte e agradável.

– Felizes aqueles que lavam as mãos depois de limpar o traseiro – acrescentei, apontando um dedo de advertência para um gaio-azul que havia pousado em um galho próximo. – Pois não adoecerão.

O acampamento estava à vista agora e, com ele, a deliciosa promessa de uma xícara de chá quente.

– Felizes aqueles que fervem água – disse eu ao gaio-azul ao ver o vapor emanando de uma pequena chaleira sobre a nossa fogueira. – Pois eles serão chamados de salvadores da humanidade.

– Sra. Fraser? – Uma voz baixinha surgiu ao meu lado, tirando-me de meus devaneios, e eu olhei para baixo e vi Eglantine Bacon, 7 anos, e sua irmã mais nova, Pansy, duas menininhas de rosto redondo e cabelos muito louros, pontilhadas de sardas.

– Ah, olá, querida! Como estão vocês? – perguntei, sorrindo para elas.

Muito bem, pelo que parecia. A doença em uma criança costuma ser visível ao olhar, e as duas pequenas Bacons pareciam ótimas.

– Muito bem, senhora, obrigada pela gentileza.

Eglantine meneou a cabeça e em seguida estendeu a mão e empurrou a cabeça de Pansy para que ela também fizesse uma reverência. Depois das cortesias – os Bacons eram moradores de Edenton, e as meninas tinham sido ensinadas a ter bons modos –, Eglantine enfiou a mão no bolso e me entregou um grande volume de tecido.

– A vovó Bacon enviou um presente para a senhora – explicou ela com orgulho, enquanto eu desdobrava o tecido, que se revelou ser uma enorme touca de algodão, decorada com renda e com laços cor de lavanda na borda. – Ela não pôde vir à Reunião este ano, mas disse que deveríamos trazer isso para a senhora e transmitir os agradecimentos dela pelo remédio que a senhora mandou para o... reu-ma-tis-mo. – Ela pronunciou a palavra com cuidado, o rosto retorcido em concentração, e em seguida relaxou, sorrindo de orgulho por ter acertado.

– Ora, obrigada. Que adorável! – Ergui a touca para admirá-la, pensando em algumas coisas sobre vovó Bacon.

Eu conhecera aquela senhora formidável alguns meses antes, na fazenda de Farquard Campbell, quando ela fora visitar a mãe decrépita e desagradável de Farquard. A sra. Bacon era quase tão velha quanto a idosa sra. Campbell, e quase igualmente capaz de irritar seus descendentes, mas também tinha um forte senso de humor.

Ela havia desaprovado, audivelmente, repetidamente e por fim na minha cara, meu hábito de andar com a cabeça descoberta, pois na opinião dela andar por aí sem um chapéu ou um lenço era impróprio para uma mulher da minha idade, repreensível para a esposa de um homem na posição do meu marido – e, além disso, apenas "raparigas do interior e mulheres de pouco caráter" deixavam os cabelos soltos sobre os ombros. Eu ri, ignorei e entreguei a ela uma garrafa do segundo melhor uísque de Jamie, com orientações para que tomasse um pequeno gole no café da manhã e outro depois do jantar.

Uma mulher que reconhecia uma dívida, ela escolhera pagá-la de modo característico.

– Não vai colocá-lo? – Eglantine e Pansy olhavam para mim com confiança. – A vovó disse que deveríamos cuidar para que você o colocasse, para podermos dizer a ela como você ficou.

– É mesmo? – Não tinha como escapar, pensei.

Desamassei o tecido, torci os cabelos com uma das mãos e coloquei a touca. Ela caiu sobre as minhas sobrancelhas, quase chegando à ponte do meu nariz, e cobriu meu rosto com bordas de fita, de modo que me senti um esquilo espiando de dentro da toca.

Eglantine e Pansy aplaudiram em paroxismos de alegria. Pensei ter ouvido sons de risadas abafadas em algum lugar atrás de mim, mas não me virei para ver.

– Podem dizer a sua avó que agradeci pelo lindo presente?

Dei um tapinha nas cabeças louras das meninas, ofereci a cada uma um pedaço de bala de melaço que tinha no bolso, e as mandei de volta para a mãe. Eu estava prestes a tirar aquela excrescência da cabeça quando percebi que a mãe delas estava presente, e que provavelmente estivera ali o tempo todo, na verdade, em pé atrás de um pé de caqui.

– Ah! – disse eu, fingindo que ajeitava a barra da touca. Segurei a aba com um dedo, para enxergar melhor. – Sra. Bacon! Não vi a senhora aí.

– Sra. Fraser.

O rosto de Polly Bacon estava corado de um rosa delicado, sem dúvida devido ao frio do dia. Seus lábios estavam contraídos, mas seus olhos dançavam por baixo da aba de sua touca.

– As meninas queriam lhe dar a touca – disse ela, afastando o olhar dela com delicadeza –, mas a minha sogra enviou outro presentinho para você. Achei que talvez fosse melhor eu mesma trazê-lo.

Eu não sabia bem se queria mais algum presente da vovó Bacon, mas peguei o pacote com o máximo de graça que consegui demonstrar. Era um pequeno saquinho de seda impermeabilizada, com algo dentro que exalava um aroma botânico levemente adocicado e um pouco oleaginoso. A imagem de uma planta tinha sido desenhada na frente com tinta marrom – algo com um caule reto e o que pareciam umbelas. Achei remotamente familiar, mas não consegui identificar o nome. Desamarrei o cordão e despejei uma pequena quantidade de sementinhas marrons na palma da minha mão.

– O que são? – perguntei, olhando para Polly, confusa.

– Não sei como se chamam em inglês – respondeu ela. – Os índios as chamam de *dauco*. A avó da vovó Bacon era uma curandeira *catawba*. Foi assim que ela aprendeu a usá-las.

– É mesmo?

Agora eu estava mais interessada. Não era à toa que o desenho me parecia familiar; aquela deveria ser a planta que Nayawenne havia me mostrado, a planta das mulheres. Mas, para ter certeza, perguntei.

– Para que servem?

Polly corou mais intensamente e olhou ao redor na clareira para ter certeza de que não havia ninguém perto o bastante para ouvir, em seguida se inclinou para sussurrar para mim.

– Impedem que uma mulher engravide. É preciso tomar uma colher de chá uma vez ao dia, em um copo de água. Todos os dias, sem esquecer, e a semente do homem não vai germinar no ventre.

Ela olhou nos meus olhos e, apesar de um brilho de diversão permanecer no fundo, havia algo mais sério também.

– A vovó disse que você é uma feiticeira, ela percebeu. E que, sendo assim, sempre teria motivo para ajudar as mulheres. E quando se trata de aborto natural, natimorto ou febre depois do parto, sem falar na tristeza de perder um bebê vivo, ela disse que eu devia lhe dizer que alguns gramas de prevenção valem tanto quanto quilos de cura.

– Agradeça a sua sogra – falei com sinceridade.

A mulher comum da idade de Polly costumava ter cinco ou seis filhos. Polly tinha duas meninas e sua aparência não era a de uma mulher esgotada por gravidezes inoportunas. Era evidente que as sementes funcionavam.

Polly assentiu, abrindo um sorriso.

– Sim, direi a ela. Ah, vovó mandou dizer que a avó dela dizia que isso é mágica das mulheres; não se deve mencionar aos homens.

Olhei, pensativa, para o outro lado da clareira, onde Jamie estava conversando com Archie Hayes, Jemmy sonolento em seus braços. Sim, eu podia ver muito bem que alguns homens podiam não gostar do remédio da vovó Bacon. Será que Roger era um deles?

Depois de me despedir de Polly Bacon, levei a caixa a nossa barraca e guardei as sementes dentro dela. Um acréscimo muito útil à minha farmacopeia, se Nayawenne e a avó da sra. Bacon estivessem certas. Era também um presente bastante oportuno, considerando minha última conversa com Bree.

Ainda mais valioso do que o pequeno punhado de peles de coelho que eu tinha acumulado, apesar de elas serem mais do que bem-vindas. Onde eu as havia deixado? Olhei em volta, para o entulho espalhado pelo acampamento, ao mesmo tempo que tentava ouvir a conversa dos homens atrás de mim. Lá estavam, embaixo da ponta da lona. Ergui a tampa de um dos potes vazios de comida para guardá-las para a viagem de volta para casa.

–... Stephen Bonnet.

O nome ferroou meu ouvido como a picada de uma aranha, e eu deixei a tampa cair, fazendo barulho. Olhei ao redor depressa, mas nem Brianna nem Roger estavam por perto. Jamie estava de costas para mim, mas fora ele quem havia falado.

Tirei a touca da cabeça, pendurei-a com cuidado em um galho de corniso e fui até ele.

Qualquer que fosse o assunto sobre o qual estavam falando, os homens se interromperam quando me viram. O tenente Hayes me agradeceu graciosamente mais uma vez pelos cuidados médicos, e saiu, o rosto redondo e calmo sem revelar nada.

– *O que é que tem* Stephen Bonnet? – perguntei assim que o tenente se afastou.

– Era o que eu estava perguntando, Sassenach. O chá já está pronto?

Jamie fez menção de ir em direção ao fogo, mas eu coloquei uma das mãos em seu braço para impedi-lo.

– Por quê? – perguntei.

Não afrouxei a mão, e, relutantemente, ele se virou para mim.

– Porque quero saber onde ele está – respondeu ele com calma. Não fingiu não me entender e uma sensação gelada tomou subitamente o meu peito.

– Hayes sabe onde ele está? Soube alguma coisa sobre Bonnet?

Ele balançou a cabeça, em silêncio. Estava dizendo a verdade. Meus dedos se afrouxaram de alívio, e ele afastou o braço – não estava bravo, mas fez isso de modo decidido.

– *É* da minha conta! – falei, respondendo ao gesto.

Mantive a voz baixa, olhando ao redor para ter certeza de que nem Bree nem Roger estavam perto o suficiente para ouvir. Não vi Roger; Bree estava de pé perto do fogo, envolvida na conversa com os Bugs, o casal de idosos que Jamie havia chamado para ajudar a administrar as terras. Eu me virei para Jamie de novo.

– Por que está procurando aquele homem?

– Não faz sentido saber onde o perigo se esconde? – Ele não estava olhando para mim, mas por cima do meu ombro, sorrindo e assentindo para alguém. Olhei para trás e vi Fergus andando na direção da fogueira, esfregando embaixo do braço a mão avermelhada por causa do frio. Acenou animadamente com o gancho, e Jamie ergueu uma das mãos em um cumprimento, mas se afastou um pouco, ainda de frente para mim, impedindo Fergus de se aproximar.

A sensação gelada voltou, tão penetrante quanto se alguém tivesse enfiado uma estaca de gelo no meu pulmão.

– Ah, claro – falei do modo mais calmo que consegui. – Você quer saber onde ele está a fim de poder se esforçar para não se aproximar, é isso?

Algo parecido com um sorriso tomou o rosto dele.

– Isso mesmo – disse ele. – Claro.

Devido à escassez de pessoas na Carolina do Norte de modo geral, e à isolada Cordilheira dos Frasers em especial, a chance de encontrarmos Stephen Bonnet sem querer era equivalente a sair pela porta da frente e pisar em uma água-viva – e Jamie sabia muito bem disso.

Estreitei os olhos para ele, cujo canto da boca se curvou por um momento, mas em seguida relaxou, e os olhos voltaram a ficar sérios. Havia precisamente uma boa razão para ele querer localizar Stephen Bonnet – e *eu* sabia muito bem disso.

– Jamie – pedi, colocando a mão no braço dele –, deixe-o em paz. Por favor.

Ele colocou a mão sobre a minha, apertando-a, mas não senti conforto nenhum com o gesto.

– Não se preocupe, Sassenach. Perguntei na Reunião durante toda a semana, para os homens, de Halifax a Charleston. Não há relatos sobre o homem em nenhum lugar da colônia.

– Ótimo – respondi.

E era ótimo, mas eu não tinha deixado de notar que ele vinha caçando Bonnet com assiduidade... e não me dissera nada a respeito. Tampouco passara despercebido que ele não tinha prometido parar de procurar.

– Deixe-o em paz – repeti baixinho, os olhos fixos nos dele. – Já temos problemas suficientes, não precisamos de mais.

Ele se aproximara de mim, para se adiantar à interrupção, e eu podia sentir sua força onde ele me tocava, o braço sob a minha mão, a coxa contra a minha. A força do corpo e o fogo da mente, tudo envolvendo um núcleo de determinação resoluta que faria dele um projétil mortal, uma vez direcionado em qualquer curso.

– Você diz que é da sua conta. – Os olhos dele estavam firmes, o azul empalidecido pela luz do outono. – Sei que é da minha conta. Então, está comigo?

O gelo brotou no meu sangue em gotículas de um pânico paralisante. Maldição! Ele estava falando sério. Havia um motivo para procurar Stephen Bonnet, e apenas um.

Eu me virei, puxando-o comigo, de modo que ficássemos próximos, de braços dados, olhando para o fogo. Brianna, Marsali e os Bugs estavam concentrados ouvindo Fergus, que contava algo, o rosto corado pelo frio e pelo riso. O rosto de Jemmy estava virado para nós por sobre o ombro da mãe, com olhos redondos e curiosos.

– *Eles* são da sua conta – falei, com a voz baixa e trêmula. – E da minha. Será que Stephen Bonnet já não fez o bastante para prejudicar a eles e a nós?

– Sim, mais do que bastante.

Ele me puxou para mais perto. Eu sentia o calor dele através das roupas, mas a voz estava fria como a chuva. Fergus olhou para nós, abriu um sorriso caloroso para mim e continuou com a história. Para ele, sem dúvida éramos um casal compartilhando um breve momento de carinho, as cabeças apoiadas uma na outra.

– Eu o deixei ir – disse Jamie baixinho. – E ele causou um grande mal. Como posso deixá-lo livre sabendo o que ele é, e sabendo que o soltei para que espalhasse a ruína? É como soltar um cão raivoso, Sassenach... Tenho certeza de que você não ia desejar que eu fizesse isso.

A mão dele estava enrijecida, os dedos frios sobre a minha pele.

– Você o soltou uma vez; a Coroa o capturou de novo. Se ele está solto agora, não é culpa sua!

– Talvez não seja culpa minha o fato de ele estar solto – concordou ele –, mas certamente é meu dever cuidar para que ele não continue solto... se eu puder.

– Você tem um dever com a sua família!

Ele segurou meu queixo com a mão e inclinou a cabeça, olhando nos meus olhos.

– Você acha que eu colocaria a minha família em risco?

Permaneci firme, resistindo por muito tempo, mas então relaxei os ombros, fechando os olhos ao me render. Respirei fundo, trêmula. Não ia capitular completamente.

– Há um risco na caçada, Jamie – disse eu baixinho. – Você sabe disso.

Ele relaxou, mas a mão ainda segurava o meu rosto, o polegar traçando o contorno dos meus lábios.

– Eu sei – sussurrou ele. A névoa do seu hálito tocou o meu rosto. – Mas já sou caçador há muito tempo, Claire. Não os colocarei em perigo, eu juro.

– Mas vai *se* colocar em perigo? E o que acha que vai acontecer conosco se você...

Vi Brianna pelo canto do olho. Ela havia se virado, olhava para nós e agora sorria, aprovando uma cena que parecia ser de carinho entre seus pais. Jamie também a viu; ouvi um rosnado baixinho de diversão.

– Não vai acontecer nada comigo – disse ele por fim, e me puxou com firmeza contra si, interrompendo qualquer argumento com um beijo. Ouvimos aplausos vindos da direção da fogueira.

– *Mais um*! – gritou Fergus.

– *Não* – disse a ele quando me soltou. Sussurrei, mas de modo veemente. – Nada de *mais um*. Não quero ouvir o nome Stephen Bonnet nunca mais!

– Vai ficar tudo bem – sussurrou ele, apertando a minha mão. – Confie em mim, Sassenach.

11

ORGULHO

Roger não olhou para trás, mas continuou pensando nos Findlays ao descer a encosta da montanha saindo do acampamento, passando por arbustos e grama pisada.

Os dois garotos tinham cabelos louros, pele clara e eram baixos – embora fossem mais altos do que a mãe –, mas tinham ombros largos. As duas crianças mais novas tinham pele escura, eram altas e magras, com os olhos castanhos da mãe. Devido à diferença de idade entre os meninos mais velhos e seus irmãos mais novos, Roger concluiu que a sra. Findlay provavelmente tivera dois maridos. E, pelo que parecia, estava viúva de novo.

Talvez ele devesse mencionar Joan Findlay para Brianna, pensou, como mais uma evidência de que casamento e parto não eram necessariamente mortais para as mulheres. Ou talvez fosse melhor deixar esse assunto quieto por um tempo.

Além de pensar em Joan e em seus filhos, no entanto, ele era assombrado pelos olhos gentis e brilhantes de Iain Mhor. Quantos anos teria?, Roger se perguntou, segurando-se ao galho de um pinheiro para não escorregar. Impossível dizer apenas observando: o rosto pálido e contorcido era marcado e desgastado – mas por causa da dor e do esforço, não da idade. Ele não era maior que um garoto de 12 anos, mas Iain Mhor era certamente mais velho do que seu homônimo – e Iain Og tinha 16 anos.

Ele provavelmente era mais jovem do que Joan; mas talvez não. Ela o havia tratado com deferência, levando Roger até ele como uma mulher naturalmente levaria um visitante até o chefe da família. Não muito mais jovem, então... digamos, 30 ou mais?

Meu Deus, pensou ele, como um homem como aquele conseguia sobreviver por tanto tempo em uma época como aquela? Mas enquanto ele se afastava meio sem jeito de Iain Mhor, uma das menininhas entrara no abrigo pela parte de trás, empurrando uma tigela de pudim de leite diante de si, e se sentara tranquilamente ao lado do tio, com a colher na mão. Iain Mhor tinha membros e dedos suficientes – ele tinha uma família.

Esse pensamento fez Roger sentir um aperto no peito, algo entre dor e felicidade – e um nó no estômago ao se lembrar das palavras de Joan Findlay.

Mande-os em segurança de volta para casa. Sim, e se ele não o fizesse, Joan ficaria com duas meninas pequenas e um irmão completamente dependente. Será que tinha alguma propriedade?, ele se perguntou.

Ele já tinha ouvido muitas conversas na montanha a respeito dos reguladores desde a Proclamação da manhã. Considerando que essa questão não tinha sido suficientemente relevante para figurar nos livros de história, ele acreditava que o assunto daquela milícia tinha poucas chances de dar em alguma coisa. Mas, se desse, ele prometeu a si mesmo que encontraria uma maneira de manter Iain Og e Hugh Findlay bem longe de qualquer perigo. E, se houvesse dinheiro como recompensa, eles receberiam sua parte.

Enquanto isso... ele hesitava. Acabara de passar pelo acampamento de Jocasta Cameron, movimentado como um pequeno vilarejo, com seu aglomerado de barracas, carroças e tendas. Pensando em seu casamento – que agora seria duplo –, Jocasta levara consigo quase todos os escravos da casa e alguns dos que trabalhavam nos campos também. Além dos animais, do tabaco e dos produtos levados para serem comercializados, havia diversos baús de roupas, roupas de cama e pratos, travessas, mesas, barris de cerveja e montanhas de comida para a celebração que aconteceria mais tarde. Ele e Bree tinham tomado café da manhã com a Sra. Cameron na barraca dela naquela manhã em peças de porcelana pintada com rosas: fatias suculentas de presunto frito com cravos, mingau de aveia com creme e açúcar, uma compota de frutas em conserva, bolinhos de milho frescos com mel, café jamaicano... seu estômago se contraiu e roncou diante da lembrança agradável.

O contraste entre aquela fartura e a pobreza recente do acampamento dos Findlays era grande demais para ser encarado com complacência. Ele se virou com uma decisão repentina e começou a subir de volta à barraca de Jocasta.

Jocasta Cameron estava em casa, por assim dizer; ele viu as botas dela, cobertas de lama, do lado de fora da barraca. Apesar de ser cega, ela ainda assim saía para visitar amigos, acompanhada por Duncan ou por seu mordomo negro, Ulysses. Com mais frequência, no entanto, permitia que a Reunião fosse até ela, e sua barraca ficava cheia de gente durante todo o dia, toda a sociedade escocesa de Cabo Fear e da colônia indo aproveitar sua hospitalidade.

Naquele momento, porém, ela parecia felizmente estar sozinha. Roger a viu através da aba erguida, reclinada em sua cadeira, usando chinelos, com a cabeça jogada para trás em aparente repouso. Sua aia, Phaedre, estava sentada em um banquinho perto da porta aberta da barraca, com uma agulha na mão, estreitando os olhos à luz suave sobre um tecido azul em seu colo.

Jocasta sentiu a presença dele primeiro; sentou-se em sua poltrona, virando subitamente a cabeça quando ele tocou a aba da tenda. Phaedre olhou para a frente em seguida, reagindo ao movimento da patroa, e não à presença dele.

– Sr. MacKenzie. *É* o Tordo, certo? – disse a sra. Cameron, sorrindo na direção dele.

Ele riu e abaixou a cabeça para entrar na barraca, obedecendo ao gesto dela.

– É. E como sabia disso, sra. Cameron? Eu não disse nada, muito menos cantei. Tenho uma respiração melodiosa?

Brianna havia contado a ele sobre a misteriosa capacidade que a tia tinha de compensar a cegueira por meio dos outros sentidos, mas ainda assim ele ficou surpreso com a exatidão.

– Ouvi seus passos, depois senti o cheiro de sangue em você – disse ela tranquilamente. – A ferida se abriu de novo, não foi? Venha, rapaz, sente-se. Vamos preparar para você um chá, ou prefere um trago? Phaedre, um pano, por favor.

Os dedos dele foram diretamente para o corte em seu pescoço. Ele havia se esquecido dele totalmente em meio à correria dos acontecimentos daquele dia, mas ela tinha razão; havia sangrado de novo, deixando uma marca seca na lateral do pescoço e sobre a gola da camisa.

Phaedre já estava de pé, arrumando uma travessa com bolos e biscoitos em uma mesa pequena ao lado da cadeira de Jocasta. Não fossem a terra e a grama, Roger pensou, quase não notaria que eles não estavam na sala de estar da sra. Cameron em River Run. Ela estava envolta em um *arisaid* de lã, mas até mesmo ele estava preso por um belo broche de topázio.

– Não é nada – disse ele, constrangido, mas Jocasta pegou o pano da mão da aia e insistiu em limpar o corte ela mesma. Seus dedos compridos estavam frios ao contato contra a pele dele e foram surpreendentemente ágeis.

Ela cheirava a fumaça de madeira, assim como todos na montanha, e ao chá que estava bebendo, mas não havia o odor levemente canforado e almiscarado que ele costumava associar a senhoras.

– Ah, manchou a sua camisa – disse ela, tocando o tecido áspero de modo desaprovador. – Quer que a lavemos para você? Embora eu ache que não pretende usá-la molhada, e não vai secar até a noite.

– Ah, não, senhora. Agradeço, mas tenho outra. Para o casamento, quero dizer.

– Certo.

Phaedre havia trazido um pequeno pote de gordura medicinal; ele o reconheceu como sendo um dos unguentos de Claire, pelo cheiro de lavanda e raiz amarela. Jocasta pegou um pouco do unguento e o espalhou cuidadosamente sobre a ferida, os dedos segurando firme a mandíbula dele.

A pele dela era bem cuidada e macia, mas mostrava os efeitos não só da idade mas também do clima. Havia manchas rosadas em suas faces, ninhos de pequenas veias que, a alguma distância, davam a ela um ar de saúde e vitalidade. As mãos não tinham manchas – claro, era de uma família abastada; passara a vida toda usando luvas ao ar livre –, mas as articulações eram nodosas e as palmas levemente calejadas por puxar rédeas. Não era uma flor de estufa, aquela filha de Leoch, apesar do ambiente à sua volta.

Quando terminou, ela passou a mão de leve sobre o rosto e a cabeça dele, tirou uma folha seca dos cabelos dele e limpou seu rosto com um pano úmido, surpreendendo-o. Ela largou o pano e pegou a mão dele, entrelaçando os dedos dele nos dela.

– Pronto. Mais uma vez apresentável! E agora que está adequado para estar em companhia de outras pessoas, sr. MacKenzie... veio conversar comigo ou só estava passando?

Phaedre pousou uma xícara de chá e um pires com bolo ao lado dele, mas Jocasta continuava a segurar sua mão esquerda. Ele achou isso esquisito, mas a inesperada atmosfera de intimidade fez com que começar seu pedido se tornasse mais fácil.

Ele expôs a situação de maneira simples. Já ouvira o reverendo fazer pedidos de caridade antes e sabia que era melhor permitir que a situação falasse por si, deixando a decisão final para a consciência de quem ouvia.

Jocasta ouviu com atenção, franzindo o cenho levemente. Ele pensou que ela faria uma pausa para pensar quando ele terminasse, mas ela respondeu prontamente.

– Sim – disse ela. – Conheço Joanie Findlay e também seu irmão. Você tem razão, o marido dela morreu de tuberculose dois anos atrás. Jamie Roy falou comigo sobre ela ontem.

– Ah, ele falou? – Roger se sentiu um tanto tolo.

Jocasta assentiu. Ela se recostou um pouco, contraindo os lábios enquanto pensava.

– Não é só uma questão de oferecer ajuda, sabe? – explicou ela. – Fico feliz com a oportunidade. Mas Joan Findlay é uma mulher orgulhosa... não aceitará caridade.

Em sua voz havia uma leve nota de reprovação, como se Roger tivesse que ter percebido isso. Talvez devesse, ele pensou. Mas agira por impulso, comovido com a pobreza dos Findlays. Não lhe ocorrera que, como tinha pouca coisa, seria muito mais importante para Joan Findlay se apegar à única coisa que tinha de valor: seu orgulho.

– Compreendo – disse ele, cauteloso. – Mas certamente deve haver uma maneira de ajudar que não a ofenda.

Jocasta inclinou a cabeça de leve para um lado, depois para o outro, em um leve maneirismo que ele julgava peculiarmente familiar. Claro – Bree costumava fazer isso quando analisava alguma questão.

– Pode ser que haja – disse ela. – O banquete hoje à noite, para o casamento... os Findlays estarão presentes, claro, e bem alimentados. Não seria má ideia que Ulysses embrulhasse um pouco de comida para eles levarem na viagem de volta para casa, assim, evitaríamos o desperdício. – Ela abriu um rápido sorriso e em seguida a expressão concentrada voltou ao seu rosto.

– O padre – disse ela, com um ar repentino de satisfação.

– Padre? Refere-se ao padre Donahue?

Ela ergueu uma sobrancelha grossa para ele.

– Você conhece outro padre na montanha? É claro que estou me referindo a ele.

Ergueu a mão livre e Phaedre, sempre alerta, aproximou-se de sua senhora.

– Srta. Jo?

– Procure algumas peças nos baús, querida – disse Jocasta, tocando o braço da empregada. – Cobertores, gorros, um ou dois aventais; calças e camisas lisas, os noivos não vão precisar delas.

– Meias – disse Roger rapidamente, pensando nos pés descalços e sujos das meninas.

– Meias – assentiu Jocasta. – Coisa simples, mas de boa lã e em bom estado. Ulysses está com minha bolsa. Peça a ele que lhe entregue 10 xelins e enrole-os em um dos aventais. Então, faça uma trouxa com as coisas e leve-as ao padre Donahue. Diga a ele que são para Joan Findlay, mas que ele não deve dizer de onde vieram. Ele saberá o que dizer.

Ela assentiu de novo, satisfeita, e soltou o braço da aia, fazendo um gesto para que ela se afastasse.

– Pode ir, faça isso agora.

Phaedre murmurou em obediência e saiu da barraca, parando apenas para bater o pano azul que estava costurando e colocá-lo cuidadosamente dobrado sobre o banquinho. Era um peitilho decorado para o vestido de casamento de Brianna, adornado com um elegante entrelaçado de fitas. Ele teve uma visão repentina dos seios alvos de Brianna, apertados por trás de um decote baixo e voltou para a conversa com certa dificuldade.

– O que disse, senhora?

– Eu estava me perguntando se isso basta.

Jocasta estava sorrindo para ele, com uma expressão ligeiramente cúmplice, como se fosse capaz de ler seus pensamentos. Seus olhos eram azuis, como os de Jamie e os de Bree, mas não tão escuros. Estavam fixos nele – ou pelo menos em sua direção. Ele sabia que ela não podia ver seu rosto, mas dava a impressão de conseguir ver *através* dele.

– Sim, sra. Cameron. É muito gentil da sua parte.

Ele posicionou os pés para se levantar e sair. Esperava que ela soltasse sua mão, mas em vez disso ela a apertou ainda mais, segurando-o.

– Não tão depressa. Tenho uma ou duas coisinhas a dizer a você, meu jovem.

Ele voltou a se sentar na cadeira, recompondo-se.

– Claro, sra. Cameron.

– Eu não sabia se deveria falar agora ou esperar até tudo terminar... mas como você está aqui sozinho...

Ela se inclinou na direção dele, séria.

– Minha sobrinha contou a você, rapaz, que pretendo torná-la herdeira da minha propriedade?

– Sim, contou.

De repente, ele ficou em alerta. Brianna havia contado a ele, sim, deixando claro, sem nenhuma dúvida, o que pensava de tal proposta. Ele se preparou para repetir as objeções dela, esperando fazer isso de modo mais cuidadoso do que ela mesma faria. Limpou a garganta.

– Tenho certeza de que a minha mulher tem consciência do tamanho da honra, sra. Cameron – começou ele, cauteloso –, mas...

– Tem? – perguntou Jocasta de modo seco. – Do jeito que ela fala, pensei que não tivesse. Mas sem dúvida você a conhece melhor do que eu. Seja como for, pretendo dizer a ela que mudei de ideia.

– É mesmo? Bem, tenho certeza de que ela...

– Pedi a Gerald Forbes para redigir um testamento, deixando River Run e tudo o que há lá para Jeremiah.

– Para... – Levou um instante para que seu cérebro fizesse a conexão. – Para o pequeno Jemmy?

Ela ainda estava ligeiramente inclinada para a frente, como se perscrutasse o rosto dele. Em seguida se recostou, assentindo, ainda segurando a mão dele com firmeza. Ele finalmente percebeu que, por ser incapaz de enxergar o rosto dele, ela pretendia lê-lo por meio do contato físico.

Ela estava receptiva a qualquer coisa que os dedos dele lhe dissessem, ele pensou. Ele estava atordoado demais com a notícia para saber como reagir. Cristo, o que Bree ia dizer a respeito?

– Sim – disse ela, e sorriu de modo simpático. – Isso me ocorreu, veja você, já que a propriedade de uma mulher passa para o marido quando ela se casa. Não que não haja meios de deixá-la para ela, mas é difícil, e eu não gostaria de envolver advogados mais do que o necessário. Acho que é sempre um erro recorrer à lei, não concorda, sr. MacKenzie?

Totalmente surpreso, ele percebeu que estava sendo deliberadamente insultado. Não apenas insultado, mas advertido. Ela acreditava... sim, ela acreditava! Acreditava que ele estava interessado na suposta herança de Brianna, e o alertava para não recorrer a nenhum estratagema legal para consegui-la. Uma mistura de choque e ofensa o paralisou por um momento, mas por fim ele encontrou as palavras.

– Minha nossa, isso é a mais... A senhora pensou no orgulho de Joan Findlay, mas acha que eu não tenho nenhum? Sra. Cameron, como ousa sugerir que...

– Você é um belo rapaz, Tordo – disse ela, segurando a mão dele com força. – Senti o seu rosto. E você tem o sobrenome MacKenzie, que é um bom sobrenome, certamente. Mas há muitos MacKenzies nas Terras Altas, não é mesmo? Homens honrados e homens sem honra. Jamie Roy diz que é seu parente... mas talvez seja porque você já está unido à filha dele. Acho que *eu* não conheço a sua família.

O choque estava dando espaço a um impulso nervoso de rir. Conhecer a família dele? Não mesmo; e como ele poderia explicar que era o neto – seis gerações adiante – do irmão dela, Dougal? Que era, na verdade, não apenas sobrinho de Jamie, mas dela também, ainda que um pouco mais distante na árvore genealógica do que alguém poderia esperar?

– Nem ninguém com quem conversei esta semana na Reunião – acrescentou ela, com a cabeça inclinada para o lado como um falcão observando a presa.

Então era isso. Ela vinha perguntando sobre ele entre seus conhecidos e não conseguira encontrar ninguém que soubesse nada sobre seus antepassados, por motivos óbvios. Uma circunstância suspeita, sem dúvida.

Ele se perguntou se ela achava que ele era um vigarista que havia enganado Jamie, ou talvez pensasse que ele estivesse envolvido em algum esquema *com* Jamie. Não, não podia ser; Bree lhe dissera que Jocasta inicialmente pretendia deixar sua propriedade para Jamie, que havia recusado, cauteloso em relação a um envolvimento próximo com a tia. Sua opinião a respeito da inteligência de Jamie fora reforçada.

Antes que pudesse pensar em uma resposta digna, ela deu um tapinha em sua mão, ainda sorrindo.

– Então, pensei em deixar tudo para o rapazinho. Será uma boa maneira de resolver as coisas, não acha? Brianna terá controle sobre o dinheiro, é claro, até o pequeno Jeremiah chegar à maioridade, a menos que algo aconteça com a criança.

Em sua voz havia definitivamente um tom de alerta, apesar de ela continuar sorrindo, os olhos vazios fixos no rosto dele.

– O quê? O que, em nome de Deus, a senhora quer dizer com isso?

Ele empurrou o banquinho para trás, mas ela continuou segurando a mão dele com firmeza. Era muito forte, apesar da idade.

– Gerald Forbes será o executor do meu testamento, e há três fiduciários para cuidar da propriedade – explicou ela. – Se alguma coisa acontecer a Jeremiah, no entanto, tudo vai para o meu sobrinho Hamish. – O rosto dela estava bastante sério agora. – Você não veria um centavo.

Ele retorceu os dedos sob os dela e apertou com força suficiente para que Jocasta sentisse os nós dos dedos ossudos pressionados uns contra os outros. Que ela lesse o que quisesse naquele gesto! Ela se sobressaltou, mas ele não soltou.

– Está me dizendo que acha que eu faria mal ao menino? – Sua voz soava rouca até mesmo para ele.

Ela estava pálida, mas mantinha a dignidade, os dentes cerrados e o queixo erguido.

– Eu disse isso?

– Disse muita coisa, e o que não disse fala mais alto do que o que foi dito. Como ousa sugerir coisas desse tipo a mim?

Ele soltou a mão dela, praticamente arremessando-a em seu colo.

Ela esfregou os dedos avermelhados lentamente com a outra mão, os lábios contraídos, pensativa. O vento soprava nas laterais de lona da tenda produzindo um ruído alto.

– Bem – disse ela, por fim –, peço desculpas, sr. MacKenzie, se ofendi o senhor de algum modo. Pensei que seria apropriado, no entanto, que soubesse o que penso.

– Apropriado? Apropriado para quem?

Ele estava de pé e se virou em direção à saída. Com grande dificuldade, ele se conteve para não atirar os pratos de porcelana com bolos e biscoitos no chão e espatifá-los ao sair.

– Para Jeremiah – disse ela tranquilamente, atrás dele. – E para Brianna. Talvez, rapaz, até mesmo para você.

Ele se virou, olhando fixamente para ela.

– Para mim? O que quer dizer com isso?

Ela fez menção de dar de ombros.

– Se não for capaz de amar o menino por quem ele é, pensei que pudesse tratá-lo bem em nome do seu futuro.

Ele olhou para ela, as palavras engasgadas na garganta. Sentiu o rosto quente e o sangue latejando em seus ouvidos.

– Ah, eu sei como é – disse ela. – É compreensível que um homem não fique muito satisfeito com o filho que sua mulher teve com outro. Mas se...

Ele deu um passo à frente e a segurou com força pelos ombros, assustando-a. Ela se debateu, piscando, e as chamas das velas reluziram em seu broche de topázio.

– Senhora – disse ele, falando baixinho diante do rosto dela. – Não quero o seu dinheiro. A minha mulher também não. E o *meu filho* também não vai querer. Enfie-o onde achar melhor, sim?

Ele a soltou, virou-se e saiu da barraca a passos largos, esbarrando em Ulysses, que olhou para ele sem entender.

12

BONDADE

As pessoas caminhavam em meio às sombras do fim de tarde, passando de uma fogueira a outra, como tinham feito todos os dias, mas havia uma sensação diferente na montanha naquele dia.

Em parte, era a doce tristeza da partida: a despedida dos amigos, o afastamento de amores recém-iniciados, a certeza de que alguns rostos seriam vistos naquela noite pela última vez na vida. Em parte, era ansiedade: o desejo de voltar para casa, os prazeres e os perigos da viagem adiante. E ainda puro cansaço: crianças irritadas, homens atormentados pelas responsabilidades, mulheres exauridas pelo trabalho de cozinhar em fogueiras, cuidar das roupas, da saúde e do apetite de uma família com o que havia em alforjes e nos fardos carregados por mulas.

Eu compreendia as três atitudes. Além da pura animação por encontrar novas pessoas e ouvir coisas novas, eu tivera o prazer – pois era um verdadeiro prazer, apesar dos aspectos mais deprimentes – de cuidar de novos pacientes, ver novos males e curar o que podia ser curado, aferrada à necessidade de encontrar uma maneira de tratar o que não podia ser tratado.

Mas a saudade de casa era forte: meu lar espaçoso, com o enorme caldeirão e a grelha, a paz iluminada do meu local de trabalho, com ramos fragrantes de urtiga e lavanda seca acima, o tom dourado velho ao sol da tarde. Minha cama de penas, macia e limpa, lençóis de linho cheirando a alecrim e milefólio.

Fechei os olhos por um momento, evocando uma visão nostálgica desse delicioso refúgio, e em seguida os abri para a realidade: uma chapa cheia de crostas, enegrecida com os restos de bolo de aveia queimado; sapatos encharcados e pés congelados; roupas úmidas cobertas de sujeira e terra; cestos cujo conteúdo se reduzira a um único pão – mordiscado por ratos –, dez maçãs e um pedaço de queijo; três bebês aos berros; uma jovem mãe exausta com seios doloridos e mamilos rachados; uma noiva com os nervos à flor da pele; uma aia de rosto pálido com cólicas menstruais; quatro escoceses levemente embriagados – e um francês em situação parecida –, que entravam e saíam do acampamento como ursos e não iam ajudar em nada na arrumação da noite... e uma dor profunda e forte na parte inferior do meu ventre que trazia a notícia indesejada de que minha menstruação – que felizmente havia se tornado muito menos frequente nos últimos meses – decidira fazer companhia à de Lizzie.

Cerrei os dentes, peguei um paninho frio e úmido de um arbusto e caminhei, como uma pata, descendo o caminho em direção ao reservado das mulheres, com as pernas fechadas.

A primeira coisa que percebi ao voltar foi o cheiro quente de metal escaldante. Disse algo muito expressivo em francês – um palavreado útil aprendido no Hôpital des Anges, onde os palavrões costumavam ser a melhor ferramenta médica disponível.

Marsali ficou boquiaberta. Germain olhou para mim com admiração e repetiu a expressão, corretamente e com um belo sotaque parisiense.

– Desculpe – falei, olhando para Marsali. – Alguém deixou a água da chaleira secar.

– Não tem problema, Mãe Claire – disse ela com um suspiro, ajeitando a pequena Joanie, que havia começado a berrar de novo. – Não é pior do que as coisas que o pai dele ensina a ele de propósito. Tem um pano seco?

Eu já estava procurando um pano seco ou uma haste com a qual pudesse puxar a chaleira pelo cabo, mas não havia nada à mão além de fraldas sujas e meias úmidas. Mas chaleiras eram itens difíceis de encontrar, e eu não estava disposta a abrir mão daquela. Enrolei os dedos na saia, peguei o cabo e joguei a chaleira longe das chamas. O calor atravessou o pano úmido como um raio, e eu o larguei.

– *Merde!* – exclamou Germain, fazendo eco alegremente.

– Sim, isso – disse eu, levando o polegar com bolhas à boca. A chaleira chiou e fumegou nas folhas molhadas, e eu a chutei, fazendo com que rolasse para uma poça de lama.

– *Merde, merde, merde, merde!* – repetiu Germain, como se cantasse "Rose, Rose", uma manifestação precoce de talento musical que lamentavelmente não foi valorizada nas circunstâncias.

– Pare com isso, menino – falei.

Ele não parou. Jemmy começou a gritar em uníssono com Joan, Lizzie – que tivera uma recaída devido à partida relutante do soldado Ogilvie – se pôs a gemer baixinho, e começou a chover granizo, pequenas pedrinhas de gelo dançando no chão e batendo com força no meu couro cabeludo. Peguei a touca encharcada de um galho e a coloquei sobre a cabeça, sentindo-me uma rã extremamente explorada embaixo de um cogumelo aconchegante. Só me faltavam as rugas, pensei.

A chuva de granizo passou depressa. No entanto, quando o movimento e o barulho diminuíram, ouvi o ruído de botas enlameadas vindo pelo caminho. Jamie, acompanhado do padre Kenneth Donahue, apareceu, com pedrinhas de granizo nos cabelos e nos ombros.

– Trouxe o bom padre para tomar um chá – disse ele, sorrindo ao olhar para a clareira.

– Não, não trouxe, não – disse eu de modo um tanto ameaçador. E se ele pensava que eu havia me esquecido de Stephen Bonnet, estava bem enganado também.

Virando-se ao ouvir o som da minha voz, ele pareceu exageradamente assustado ao me ver de touca.

– É você, Sassenach? – perguntou ele, fingindo estar alarmado e fazendo menção de espiar por baixo da barra da minha touca. Devido à presença do padre, eu me contive a fim de não dar uma joelhada em alguma parte sensível de Jamie e contentei-me com uma tentativa de transformá-lo em pedra apenas com o meu olhar, como a Medusa.

Ele pareceu não notar, distraído por Germain, que agora dançava em círculos e cantava variações da minha expressão francesa original, ao ritmo de "Rema, rema, rema o barco". O padre Donahue estava corando com o esforço de fingir que não entendia nada de francês.

– *Tais toi, crétin* – disse Jamie, enfiando a mão na bolsa de couro. Ele disse aquilo de modo bastante simpático, mas com o tom de alguém que espera obediência total, sem questionamentos. Germain parou de repente, boquiaberto, e Jamie prontamente enfiou um doce em sua boca. Germain a fechou e começou a se concentrar no assunto, esquecendo-se das músicas.

Peguei a chaleira, usando a barra da saia como pegador. Jamie se abaixou, pegou um galho resistente e enganchou o cabo da chaleira com ele, tirando-o da minha mão.

– *Voilà!* – exclamou, mostrando-o.

– *Merci* – respondi, com uma evidente falta de gratidão. De qualquer modo, aceitei o galho e parti em direção ao curso de água mais próximo, a chaleira fumegante à minha frente como uma lança.

Ao chegar a uma piscina de pedras, larguei a chaleira, tirei a touca, joguei-a em uma moita de junça e pisei nela, deixando a marca de uma pegada grande e enlameada no linho.

– Não quis dizer que estava feio, Sassenach – disse uma voz divertida atrás de mim.

Ergui uma sobrancelha na direção dele.

– Você não quis dizer que estava bonito, quis?

– Não. Você fica parecendo um cogumelo venenoso. Muito melhor sem – garantiu ele.

Puxou-me em sua direção e se inclinou para me beijar.

– Não que eu não goste dessa ideia – comecei, e o tom da minha voz fez com que ele parasse a 1 centímetro de minha boca. – Mas, caso se aproxime um pouco mais, sou capaz de arrancar um pedaço do seu lábio.

Movendo-se como um homem que acabou de perceber que a pedra que pegou ao acaso é, na verdade, um ninho de vespas, ele se endireitou e muito, muito lentamente, afastou as mãos de minha cintura.

– Ah – disse ele, e inclinou a cabeça para o lado, os lábios contraídos enquanto me observava. – Você realmente parece um pouco indisposta, Sassenach.

Sem dúvida, estava indisposta, mas senti vontade de chorar ao ouvir aquilo. Sem dúvida, essa vontade ficou clara, porque ele me segurou – muito delicadamente – pela mão e me levou até uma pedra grande.

– Sente-se. Feche os olhos, *a nighean donn*. Descanse por um momento.

Sentei-me com os olhos fechados e os ombros curvados. O som da água indicava que ele estava limpando e enchendo a chaleira.

Colocou a chaleira cheia aos meus pés com um baque suave e em seguida se sentou nas folhas ao lado, onde ficou em silêncio. Eu podia ouvir o barulho suave da sua respiração e o fungar ocasional enquanto ele limpava com a manga da blusa o nariz que escorria.

– Desculpe – falei por fim, abrindo os olhos.

Ele se virou, meio sorrindo, para olhar para mim.

– Pelo que, Sassenach? Não é como se você tivesse se recusado a ir para a cama comigo... ou pelo menos espero que não tenhamos chegado a esse ponto ainda.

Fazer amor naquele momento era, sem dúvida, o último item da minha lista de prioridades, mas retribuí o meio sorriso.

– Não – disse de qualquer modo. – Depois de passar duas semanas dormindo no chão, eu não me recusaria a ir para a cama com *ninguém*.

Ele ergueu as sobrancelhas ao ouvir aquilo, e eu ri, pega de surpresa.

– Não – repeti. – Só estou... indisposta.

Alguma coisa se contraiu no fundo da minha barriga e algo lá dentro começou a se contorcer. Fiz uma careta e levei a mão ao ponto dolorido.

– Ah! – disse ele de novo, compreendendo repentinamente. – Esse tipo de indisposição.

– Esse tipo de indisposição – concordei. Cutuquei a chaleira com o dedão do pé. – É melhor eu levar isso de volta. Preciso ferver água para fazer infusão com um pouco de casca de salgueiro. Demora muito.

Demorava; ia levar uma hora ou mais, e a essa altura as cólicas já estariam consideravelmente piores.

– Que se dane a casca de salgueiro – disse ele, tirando um cantil prateado de dentro da camisa. – Experimente isto. Pelo menos não precisa ferver antes.

Eu abri a tampa e cheirei. Uísque, e de boa qualidade.

– Eu amo você – falei com sinceridade, e ele riu.

– Eu também amo você, Sassenach – disse ele, e tocou delicadamente o meu pé.

Tomei um gole e deixei que o líquido descesse devagar pela minha garganta. Ele passou deliciosamente pelas minhas membranas mucosas, chegou ao fundo e subiu como uma névoa calmante e amarelada que preencheu todas as minhas cavidades e começou a me esquentar, felizmente acalmando a fonte do meu desconforto.

– Oooo – murmurei, suspirando, e tomei mais um gole.

Fechei os olhos para sentir melhor o gosto. Um irlandês que conheci certa vez me garantiu que uísque de boa qualidade podia levantar mortos. Eu não estava disposta a discutir.

– Que maravilha – falei quando abri os olhos de novo. – Onde conseguiu isto?

Era um uísque 20 anos, se é que eu sabia algo sobre uísque – bem diferente da bebida nada refinada que Jamie vinha destilando na serrania atrás da casa.

– Jocasta – respondeu ele. – Era para ser um presente de casamento para Brianna e seu jovem marido, mas achei que você precisava mais.

– Com certeza tem razão nesse ponto.

Permanecemos sentados em silêncio, e eu beberiquei lentamente, a vontade de sair correndo e matar quem eu visse pela frente foi diminuindo aos poucos, assim como a quantidade de uísque no frasco.

A chuva havia passado, e a folhagem pingava pacificamente ao nosso redor. Havia pinheiros por perto, e eu sentia o cheiro da resina, pungente e claro sobre o forte cheiro de folhas molhadas e mortas, fogueiras apagadas e tecidos molhados.

– Faz três meses que você teve a sua última regra – disse Jamie casualmente. – Pensei que já tivesse acabado.

Eu sempre me surpreendia ao ver como ele observava essas coisas com atenção – mas ele era fazendeiro e marido, afinal. Estava intimamente familiarizado com o histórico ginecológico e o ciclo reprodutivo de todas as fêmeas que possuía. Imaginei que não havia motivo para ele abrir uma exceção simplesmente porque eu não ficava prenhe nem entrava no cio.

– Não é como uma torneira que apenas se fecha, sabe? – respondi meio irritada. – Infelizmente. Vai ficando errático e acaba parando, mas não dá para saber quando vai ser.

– Ah.

Ele se inclinou para a frente, os braços cruzados sobre os joelhos, observando galhos e folhas que flutuavam na água.

– Imagino que seja um alívio se ver livre disso tudo. Menos sujeira, não é?

Eu me controlei para não fazer comparações sexuais desagradáveis a respeito de fluidos corporais.

– Talvez, sim. Eu conto quando souber.

Ele abriu um leve sorriso, mas foi sábio o bastante para não insistir. Tinha percebido a irritação em minha voz.

Beberiquei um pouco mais de uísque. O pio agudo de um pica-pau – do tipo que Jamie chamava de pica-pau-verde – ecoou nas matas e em seguida silenciou. Havia poucos pássaros voando por aí com aquele tempo; a maioria simplesmente ficava reunida sob qualquer abrigo que encontrasse, apesar de eu ouvir os grasnidos de um pequeno bando de patos migratórios em algum ponto rio abaixo. *Eles* não se incomodavam com a chuva.

Jamie se espreguiçou de repente.

– Ah... Sassenach? – disse ele.

– O que foi? – perguntei, surpresa.

Ele abaixou a cabeça, estranhamente tímido.

– Não sei se fiz uma coisa errada ou não, Sassenach, mas, se eu errei, preciso pedir o seu perdão.

– Claro – disse eu, um pouco insegura.

Pelo que eu o estava perdoando? Provavelmente não adultério, mas podia ser qualquer outra coisa, até agressão, incêndio criminoso, assalto e blasfêmia. Deus, torci para que não fosse nada relacionado a Stephen Bonnet.

– O que você fez?

– Bem, quanto a mim, nada – disse ele, um pouco envergonhado. – É só o que eu disse que *você* faria.

– Ah! – retruquei, com uma leve desconfiança. – E o que é? Se você disse a Farquard Campbell que eu visitaria a mãe horrorosa dele de novo...

– Ah, não – disse ele. – Nada disso. Prometi a Josiah Beardsley que talvez você tirasse as amígdalas dele hoje.

– Que eu faria *o quê*?

Arregalei os olhos. Eu conhecera Josiah Beardsley, um jovem com duas das piores amígdalas inflamadas que eu já tinha visto, no dia anterior. Fiquei tão impressionada com o estado de suas adenoides que as descrevi com detalhes durante o jantar – o que fez com que Lizzie ficasse esverdeada e desse sua segunda batata a Germain – e mencionei que a cirurgia era, de fato, a única possibilidade de cura. Mas não pensei que Jamie fosse se intrometer na questão.

– Por quê? – perguntei.

Jamie se remexeu um pouco, olhando para mim.

– Eu quero ele, Sassenach.

– Quer? Para quê?

Josiah não tinha nem 14 anos, ou pelo menos acreditava ter 14 anos; não sabia bem quando tinha nascido e seus pais tinham morrido havia muito tempo para que ele tivesse certeza. Ele era pequeno até mesmo para um jovem de 14 anos, e malnutrido, com pernas levemente arqueadas por causa do raquitismo. Também mostrava sinais de diversas infecções parasíticas e espirrava por causa de algo que provavelmente era tuberculose, ou apenas um caso grave de bronquite.

– Para trabalhar como arrendatário, claro.

– É mesmo? Pensei que você já tivesse mais candidatos do que precisa.

Eu não apenas pensava; eu sabia. Não tínhamos nenhum dinheiro, embora os negócios que Jamie fizera na Reunião tivessem – praticamente – quitado nossas dívidas com vários mercadores de Cross Creek que vendiam ferragens, arroz, ferramentas, sal e outros pequenos itens. Tínhamos terra em abundância – a maior parte dela coberta de floresta –, mas não tínhamos como ajudar pessoas a se estabelecerem nela ou cultivá-la. Para receber os Chisholms e os McGillivrays, nós estávamos passando muito dos nossos limites em termos de conquistar novos arrendatários.

Jamie apenas assentiu, ignorando as complicações.

– Sim, mas Josiah é um jovem promissor.

– Hum – murmurei, desconfiada.

Era verdade que o garoto parecia durão – o que provavelmente era o que Jamie queria dizer com "promissor". O simples fato de ter sobrevivido a tanta coisa sozinho era evidência disso.

– Talvez sim. Assim como muitos outros. O que ele tem que faz com que você o queira tanto?

– Ele tem 14 anos.

Ergui uma sobrancelha para ele, que me deu um sorriso.

– Todos os homens com idade entre 16 e 60 anos devem servir na milícia, Sassenach.

Senti uma contração leve e desconfortável no fundo do estômago. Eu não havia me esquecido da convocação indesejada do governador, mas, entre uma coisa e outra, não tivera a oportunidade de refletir sobre quais poderiam ser as consequências práticas.

Jamie suspirou e esticou os braços, flexionando as articulações até estalarem.

– Então, vai fazer isso mesmo? – perguntei. – Vai formar uma milícia e partir?

– É o que tenho que fazer – disse ele, simplesmente. – Tryon está com as minhas bolas na mão, e não quero saber se ele vai apertá-las, sabe?

– Era o que eu temia.

A avaliação pitoresca que Jamie fazia da situação era, infelizmente, precisa. Procurando um homem leal e competente disposto a assumir a tarefa de colonizar uma grande parte do interior selvagem, o governador Tryon havia oferecido a Jamie uma concessão de terras reais a leste da Linha do Tratado, sem exigência de pagamento de impostos por um período de dez anos. Uma oferta justa, embora, devido às dificuldades de colonização nas montanhas, não tão generosa quanto poderia parecer.

A questão era que os possuidores de tais cessões tinham, legalmente, que ser homens protestantes brancos de bom caráter, acima dos 30 anos. E, apesar de Jamie satisfazer as outras exigências, Tryon sabia muito bem que ele era católico.

Faça como o governador pediu, e... bem, o governador era um político bem-sucedido; sabia manter a boca fechada no que dizia respeito a questões inconvenientes. Se fosse desafiado, porém, não necessitaria de nada além de uma simples carta de New Bern para expulsar os Frasers da Cordilheira.

– Humm. Então, você está achando que se levar os homens disponíveis na propriedade, não vai poder deixar uns poucos de fora?

– Para começar, não tenho muitos, Sassenach – observou ele. – Posso deixar o Fergus, por causa da mão, e o sr. Wemyss para cuidar da nossa casa. Ele é um servo e, até onde sabemos, só homens livres são obrigados a se juntar à milícia.

– E apenas homens fisicamente capazes. Isso deixa de fora o marido de Joanna Grant; ele tem um pé de madeira.

Ele assentiu.

– Sim, e o velho Arch Bug, que deve ter 70 anos. São quatro homens, e talvez oito garotos com menos de 16 anos, para cuidar de trinta casas e mais de 150 pessoas.

– As mulheres provavelmente conseguirão se virar bem sozinhas – argumentei. – Estamos no inverno, afinal; não precisam cuidar das plantações. E não deve haver dificuldades com os índios, não hoje em dia.

Minha fita havia se soltado quando tirei a touca. Os cabelos escapavam da trança frouxa em todas as direções, descendo pelo meu pescoço em mechas úmidas e encaracoladas. Puxei a fita e tentei pentear os cabelos com os dedos.

– O que Josiah Beardsley tem de tão importante, afinal? – perguntei. – Certamente um garoto de 14 anos não vai fazer muita diferença.

– Beardsley é caçador – respondeu Jamie –, e dos bons. Ele trouxe cerca de duzentos fardos de pele de lobo, veado e castor para a Reunião. Todos animais que abateu sozinho, segundo ele. Eu não teria feito melhor.

Era um elogio verdadeiro, e eu contraí meus lábios em apreciação silenciosa. Peles eram o principal produto invernal – na verdade o único – de valor nas montanhas. Não tínhamos dinheiro naquele momento – nem mesmo o dinheiro da Proclamação, que valia apenas uma fração de libra –, e sem peles para vender na primavera, teríamos dificuldade para conseguir o milho e o trigo de que precisávamos. E se todos os homens fossem obrigados a passar uma boa parte do inverno perambulando pela colônia reprimindo os reguladores em vez de caçar...

A maioria das mulheres da Cordilheira dos Frasers sabia usar uma arma, mas quase nenhuma conseguia caçar de fato, já que ficavam presas a suas casas a fim de atender às necessidades dos filhos. Até mesmo Bree, que era uma caçadora muito boa, não podia passar mais do que meio dia longe de Jemmy – e esse tempo não era suficiente para abater lobos e castores.

Passei a mão pelos cachos úmidos, ajeitando os fios rebeldes.

– Tudo bem, compreendo essa parte. Mas onde as amígdalas entram?

Jamie olhou para mim e sorriu. Sem responder de imediato, ele se levantou e deu a volta por trás de mim. Com uma mão firme, reuniu os fios fugitivos, os que voavam, e os amarrou em uma trança grossa na base do meu pescoço. Inclinou-se sobre os meus ombros, pegou a fita no meu colo e amarrou tudo com um laço.

– Pronto. – E se sentou aos meus pés de novo. – Agora, quanto às amígdalas. Você disse ao rapaz que ele precisa tirá-las, ou sua garganta iria de mal a pior.

– É verdade.

Josiah Beardsley tinha acreditado em mim. E por ter quase morrido no inverno anterior, quando o abscesso na garganta quase o sufocou antes de romper, ele não estava disposto a arriscar outra ocorrência desse tipo.

– Você é a única cirurgiã ao norte de Cross Creek – observou Jamie. – Quem mais poderia fazer isso?

– Bem, sim – falei com incerteza. – Mas...

– Então, fiz uma oferta ao rapaz – interrompeu Jamie. – Darei a ele uma porção de terra, onde Roger e eu o ajudaremos a construir uma cabana quando for a hora, e ele vai dividir meio a meio comigo tudo o que conseguir de pele nos próximos três invernos. Ele está disposto a aceitar, desde que você tire as amígdalas dele como parte do acordo.

– Mas por que hoje? Não posso tirar as amígdalas de ninguém aqui! – Fiz um gesto apontando para a floresta encharcada.

– Por que não? – Jamie ergueu a sobrancelha. – Você não disse ontem à noite que era um procedimento simples, só alguns cortezinhos com a sua menor lâmina?

Esfreguei um nó do dedo sob o nariz, fungando com irritação.

– Veja bem, só porque não é um procedimento extremamente sangrento como amputar uma perna, não quer dizer que seja simples!

Era, na verdade, uma operação relativamente simples, cirurgicamente falando. Eram a possibilidade de infecção depois do procedimento e a necessidade de cuidados – um substituto ruim para antibióticos, mas muito melhor do que a negligência – que impunham complicações.

– Não posso simplesmente tirar as amígdalas dele e mandá-lo embora – expliquei. – Mas quando voltarmos para casa...

– Ele não pretende voltar conosco de imediato – interrompeu Jamie.

– Por que não? – perguntei.

– Ele não disse. Explicou apenas que tinha coisas a resolver e que chegaria à Cordilheira dos Frasers até a primeira semana de dezembro. Ele pode dormir no abrigo em cima do depósito de ervas – acrescentou.

– Então você e ele esperam que eu simplesmente tire as amígdalas dele, dê alguns pontos e o mande embora, feliz e contente? – perguntei de modo sarcástico.

– Você se saiu bem com o cachorro – disse ele, sorrindo.

– Ah, você ficou sabendo sobre isso.

– Ah, sim. E sobre o rapaz que acertou o machado no pé, e sobre os bebês com assadura, e sobre a dor de dente da sra. Buchanan, e sobre a sua discussão com Murray MacLeod a respeito dos dutos biliares de um homem...

– Realmente *foi* uma manhã meio cheia.

Estremeci ao me lembrar, e tomei mais um gole de uísque.

– A Reunião toda está falando de você, Sassenach. Pensei na Bíblia, para falar a verdade, ao ver toda aquela multidão ao seu redor hoje cedo.

– Na Bíblia?

Devo ter parecido confusa diante da referência, porque o sorriso se alargou.

– E todos da multidão procuravam tocá-lo – recitou Jamie. – Porque dele emanava uma virtude que curava a todos.

Dei risada, interrompendo a mim mesma com um leve soluço.

– A virtude está em falta no momento, receio.

– Não se preocupe. Tem muito no cantil.

Ao ser lembrada disso, ofereci o uísque a ele, que o afastou, franzindo o cenho, pensativo. O gelo derretido havia deixado mechas molhadas em seus cabelos, que desciam como fitas de bronze derretido sobre seus ombros – como a estátua de um herói militar, desgastada e reluzente em um parque público.

– Então, você vai cuidar das amígdalas do rapaz, quando ele for para a Cordilheira dos Frasers?

Pensei por um momento, e então assenti, engolindo em seco. Ainda haveria perigos na cirurgia, e em geral eu não fazia cirurgias eletivas. Mas a situação de Josiah era mesmo preocupante, e as contínuas infecções poderiam acabar por matá-lo em algum momento, se eu não tomasse as providências para remediar o problema.

Jamie assentiu, satisfeito.

– Vou cuidar disso, então.

Meus pés tinham descongelado, mesmo molhados como estavam, e eu começava a me sentir aquecida e disposta. Eu ainda tinha a sensação de ter engolido uma enorme rocha vulcânica, mas não estava me importando muito.

– Eu estava pensando, Sassenach – disse ele.

– No quê?

– Falando da Bíblia.

– Está com a Sagrada Escritura na cabeça hoje, é isso?

Ele esboçou um sorriso ao olhar para mim.

– Sim, bem, é que eu estava pensando. Quando o Anjo do Senhor aparece para Sarah e diz que ela vai ter um filho no ano seguinte, ela ri e diz que só pode ser brincadeira, já que ela não tem mais condições físicas.

– A maioria das mulheres nessa situação provavelmente não consideraria a ideia muito engraçada – assegurei a ele. – Mas costumo achar que Deus tem um senso de humor bastante peculiar.

Ele olhou para a grande folha de bordo que segurava com o polegar e o indicador, mas eu percebi o leve entortar de seus lábios.

– Às vezes penso nisso, Sassenach – disse ele de modo seco. – Seja como for, ela acabou tendo o filho, certo?

– A Bíblia diz que sim. *Eu* não vou chamar o livro do Gênesis de mentiroso.

Pensei se deveria beber mais, mas decidi guardar para um dia de chuva – ou de mais chuva – e tampei o frasco. Ouvi uma movimentação na direção do acampamento e meus ouvidos captaram uma palavra de inquirição, trazida pela brisa fria.

– Alguém está à procura Dele – falei. – De novo.

Ele olhou para trás e fez uma careta, mas não se moveu para atender o chamado. Pigarreou, e eu vi que a lateral de seu rosto corava.

– Bem, a questão é – disse ele, tendo o cuidado de não olhar para mim –, até onde eu sei, se o seu nome não é Maria e se o Espírito Santo não estiver envolvido no assunto, só existe uma maneira de engravidar. Estou certo?

– Até onde eu sei, sim.

Tapei a boca com a mão para conter um soluço.

– Então, sendo assim... bem, isso deve significar que Sara ainda dormia com Abraão na época, não?

Ele continuava não olhando para mim, mas suas orelhas tinham ficado cor-de-rosa, e eu percebi, tardiamente, o propósito daquela discussão religiosa. Estendi o pé e o cutuquei nas costelas.

– Estava achando que eu talvez não desejasse mais você?

– Você não me quis *agora* – disse ele logicamente, os olhos fixos nos restos de sua folha amassada.

– Tenho a sensação de que a minha barriga está cheia de vidro quebrado, estou coberta de lama até os joelhos, e quem está procurando você está prestes a surgir do meio dos arbustos com um monte de sabujos a qualquer momento – falei, com certa aspereza. – Está me convidando para participar de uma orgia carnal com você naquele monte de folhas molhadas? Porque, se estiver...

– Não, não – disse ele depressa. – Não quis dizer agora. Só quis dizer... só estava pensando se...

As pontas das orelhas dele tinham ficado muito vermelhas. Ele se levantou abruptamente, batendo as folhas mortas de seu kilt com uma força exagerada.

– Se – disse eu de modo contido – você me engravidasse a esta altura da vida, Jamie Fraser, eu faria espetinhos com as suas bolas. – Eu me balancei para trás, olhando para ele. – Quanto a me deitar com você, porém...

Ele parou o que estava fazendo e olhou para mim. Sorri para ele, deixando que meus pensamentos ficassem claros.

– Quando você tiver uma cama de novo, prometo que não vou recusá-la.

– Ah – disse ele. Respirou fundo, parecendo subitamente muito feliz. – Bem, tudo bem, então. É só que... eu me perguntei, você sabe...

Um farfalhar alto e repentino nos arbustos foi seguido pelo aparecimento do sr. Wemyss, cujo rosto magro e ansioso surgiu no meio de uma moita.

– Ah, é o senhor – disse ele, evidentemente aliviado.

– Acho que sim – disse Jamie, resignado. – Algum problema, sr. Wemyss?

O sr. Wemyss demorou a responder, pois se enredou no arbusto, e fui obrigada a ajudá-lo a se soltar. Um ex-bibliotecário que fora obrigado a vender a si mesmo como servo, o sr. Wemyss não tinha a menor familiaridade com a vida na mata.

– Peço desculpas pelo transtorno, senhor – disse ele, com o rosto bastante vermelho. Puxou com nervosismo um pequeno ramo que se prendera em seus cabelos claros e finos. – É só que... bem, ela disse que pretendia parti-lo ao meio, da cabeça aos pés, com um machado se ele não fosse embora, e ele disse que nenhuma mulher ia falar com ele daquele modo, e ela de fato *tem* um machado...

Acostumado aos métodos de comunicação do sr. Wemyss, Jamie suspirou, pegou o frasco de uísque, abriu-o e tomou um grande gole. Abaixou o frasco e encarou o sr. Wemyss com um olhar penetrante.

– Quem? – perguntou ele.

– Ah! Eu não disse? Rosamund Lindsay e Ronnie Sinclair.

– Humpf.

Não eram boas notícias. Rosamund Lindsay de fato *tinha* um machado. Estava assando vários porcos em um fosso perto do riacho sobre brasas de nogueira. Ela também pesava quase 100 quilos e, apesar de em geral ser bem-humorada, era tomada por um gênio terrível quando provocada. Por outro lado, Ronnie Sinclair era perfeitamente capaz de irritar até mesmo o anjo Gabriel, que dirá uma mulher tentando cozinhar na chuva.

Jamie suspirou e me devolveu o frasco. Ajeitou os ombros, batendo as gotas de seu tartã enquanto o arrumava.

– Vá e diga a eles que estou indo, sr. Wemyss – disse ele.

O rosto magro do sr. Wemyss expressou forte apreensão diante da ideia de se aproximar do machado de Rosamund Lindsay, mas o temor inspirado por Jamie era ainda maior. Fez uma reverência rápida, virou-se e foi na direção do arbusto de novo.

Um grito parecido com uma sirene de ambulância precedeu o aparecimento de Marsali, com Joan nos braços. Ela tirou um pequeno ramo da manga do casaco do sr. Wemyss, assentindo para ele ao se aproximar.

– Pai – disse ela, sem preâmbulos –, o senhor precisa vir. O padre Kenneth foi preso.

Jamie ergueu as sobrancelhas.

– Preso? Agora? Por quem?

– Sim, neste minuto! Por um gordo horroroso que disse ser o xerife do condado. Ele chegou com dois homens e eles perguntaram quem era o padre, e quando o padre Kenneth disse que era ele, eles o agarraram pelos braços e o levaram embora, sem dar qualquer satisfação!

O sangue subia no rosto de Jamie, e seus dois dedos enrijecidos bateram de leve em sua coxa.

– Eles o levaram do meu acampamento? – perguntou ele. – *A Dhia*!

Aquela era, claramente, uma pergunta retórica, e antes que Marsali pudesse responder, passos vieram de outra direção, e Brianna apareceu de trás de um pinheiro.

– O que foi? – berrou ele.

Ela hesitou, assustada.

– Ah.... Geordie Chisholm disse que um dos soldados roubou um presunto da fogueira dele e perguntou se você pode ir conversar com o tenente Hayes a respeito.

– Sim – disse ele de imediato. – Mais tarde. Enquanto isso, volte com Marsali e descubra para onde levaram o padre Kenneth. E sr. Wemyss... – Mas o sr. Wemyss já tinha se desvencilhado do arbusto e um ruído distante indicava a pressa dele em cumprir as ordens que recebera.

Ao olharem para o rosto de Jamie, as duas garotas se convenceram de que deveriam se retirar depressa e, em poucos segundos, ficamos sozinhos de novo. Ele respirou fundo e soltou o ar lentamente por entre os dentes.

Tive vontade de rir, mas não ri. Em vez disso, me aproximei; por mais frio e úmido que estivesse, eu podia sentir o calor da pele dele através do tartã.

– Pelo menos são só os doentes que querem me tocar – falei, entregando a ele o frasco de uísque. – O que *você* faz quando toda a virtude o abandona?

Ele olhou para mim e abriu um lento sorriso. Ignorando o frasco, ele se aproximou, segurou meu rosto entre as mãos e me beijou suavemente.

– Isto – respondeu ele.

Então se virou e desceu a encosta da montanha, supostamente cheio de virtude de novo.

13

FEIJÕES E CHURRASCO

Levei a chaleira de volta para o nosso acampamento e encontrei o local momentaneamente vazio. Vozes e risos ao longe indicavam que Lizzie, Marsali e a sra. Bug – presumidamente com as crianças no colo – tinham ido ao reservado das mulheres, uma fossa cavada atrás de uma conveniente tela de junípero a certa distância dos acampamentos. Pendurei a chaleira sobre o fogo para que a água fervesse e fiquei parada por um momento, me perguntando para onde deveria direcionar meus esforços.

Apesar de a situação do padre Kenneth ser a mais séria a longo prazo, não era algo em que minha presença faria diferença. Mas eu *era* médica – e Rosamund Lindsay *tinha* um machado. Ajeitei com a mão meus cabelos e as roupas úmidas e comecei a descer a montanha em direção ao riacho, deixando a touca abandonada.

Jamie evidentemente pensara a mesma coisa em relação à importância relativa das emergências naquele momento. Quando consegui abrir caminho pelos galhos de salgueiro à beira do riacho, encontrei-o de pé ao lado do fosso de churrasco, conversando tranquilo com Ronnie Sinclair – apoiado casualmente no cabo do machado, que, de alguma forma, conseguira pegar.

Relaxei um pouco ao ver isso e me aproximei sem pressa. A menos que Rosamund decidisse estrangular Ronnie com as próprias mãos ou bater nele com um presunto até matá-lo – e nenhuma das duas situações era impensável –, meus serviços médicos podiam não ser necessários.

O fosso era amplo, um declive natural na terra das margens do riacho, causado por uma inundação muito tempo antes e aprofundado pela escavação nos anos seguintes. A julgar pelas pedras enegrecidas e pelo carvão espalhado, estava em uso havia algum tempo. Na verdade, várias pessoas diferentes a usavam agora – o aroma misturado de aves, porco, carne de carneiro e de gambá subia em uma nuvem de fumaça de lenha de macieira e nogueira, um perfume delicioso que fazia a minha boca salivar.

Ver o fosso foi menos interessante. Nuvens de fumaça branca subiam da madeira úmida, obscurecendo diversas formas dispostas sobre piras quentes – muitas das quais pareciam remota mas assustadoramente humanas em meio à fumaça. Eu me lembrei vividamente das covas comuns na Jamaica, onde os corpos dos escravos que não tinham sobrevivido aos rigores da travessia eram queimados, e engoli com dificuldade, tentando não relembrar o cheiro macabro de carne incinerada daquelas piras funerárias.

Rosamund estava cuidando do fosso no momento, com a saia erguida bem acima dos joelhos gordos e as mangas enroladas nos braços volumosos enquanto ela colocava um molho avermelhado nas costelas expostas de uma enorme carcaça de porco. Ao redor dela, havia mais cinco formas gigantescas, envoltas em aniagem úmida, com volutas de fumaça fragrante se desprendendo delas e sumindo na garoa.

– É veneno, é isso! – dizia Ronnie Sinclair, exaltado, quando apareci atrás dele. – Vai arruinar tudo! Não vai servir nem para os porcos quando ela terminar!

– São *porcos*, Ronnie – disse Jamie com considerável paciência. Ele revirou os olhos para mim e em seguida olhou para o fosso, onde a gordura pingava em cima do carvão. – Acho que não é possível fazer nada com um porco, no sentido de cozinhar, quero dizer, que faça com que não valha a pena comê-lo.

– É verdade – falei, sorrindo para Ronnie. – Bacon defumado, costelas grelhadas, lombo assado, presunto cozido, linguiça, salsichas, molejas, morcelas... alguém certa vez disse que é possível usar tudo do porco, menos o guincho.

– Sim, mas isso é o churrasco, não é? – disse Ronnie com teimosia, ignorando minha débil tentativa de ser engraçada. – Todo mundo sabe que se faz porco assado com vinagre... é o jeito certo! Afinal, você não colocaria areia na sua linguiça, certo? Nem cozinharia o bacon com a sujeira do galinheiro.

Ele ergueu o queixo em direção à bacia de cerâmica branca embaixo do braço de

Rosamund, deixando claro que o seu conteúdo se encaixava na mesma classe de itens não comestíveis, na opinião dele.

Senti um aroma apetitoso quando o vento mudou. Até onde eu podia dizer com base apenas no cheiro, o molho de Rosamund parecia incluir tomates, cebolas, pimentão vermelho e açúcar suficiente para deixar uma espessa crosta enegrecida sobre a carne e um tentador aroma caramelizado no ar.

– Acho que a carne vai ficar muito suculenta, cozida desse modo – falei, sentindo meu estômago começar a se contorcer e roncar por baixo de meu corpete de renda.

– Sim, e é um belo lote de porcos, também – disse Jamie, querendo conquistar simpatia, e Rosamund olhou para ele de cara feia. Estava com as pernas sujas até os joelhos e o rosto quadrado estava molhado de chuva e suor, além da fuligem. – Eram porcos selvagens, senhora, ou foram criados com cuidados?

– Selvagens – respondeu ela, com certo orgulho, endireitando-se e afastando uma mecha de cabelos grisalhos e molhados da testa. – Engordados com castanhas. Nada como castanhas para dar gosto à carne!

Ronnie Sinclair emitiu um som escocês expressando desdém.

– Sim, o sabor é tão bom que você precisa escondê-lo sob um molho gordurento que faz parecer que a carne ainda não está cozida, mas sangrando de tão crua!

Rosamund fez um comentário grosseiro a respeito da suposta hombridade das pessoas que ficavam nauseadas só de pensar em sangue, que Ronnie pareceu disposto a levar para o lado pessoal. Jamie se posicionou habilmente entre os dois, mantendo o machado bem longe do alcance.

– Ah, tenho certeza de que está tudo muito bem cozido – respondeu ele em tom conciliador. – Afinal, a sra. Lindsay está trabalhando com afinco desde o amanhecer, pelo menos.

– Muito antes disso, sr. Fraser – respondeu a senhora, com um sorriso de triste satisfação. – Se quiser um churrasco decente, deve começar pelo menos um dia antes, e cuidar dele a noite toda. Estou cuidando desses porcos desde ontem à tarde.

Ela inspirou uma lufada da fumaça que subia, com uma expressão extasiada.

– Ah, isso sim! Vocês, malditos escoceses, não dão valor a esta maravilha – disse Rosamund, voltando a cobrir a carne com a aniagem e dando tapinhas sobre ela para colocá-la no lugar. – Vocês deixaram suas línguas amargas com todo aquele vinagre que sempre têm na despensa. A única coisa que consigo é evitar que Kenny coloque no pão de milho e no mingau da manhã.

Jamie ergueu a voz, encobrindo a resposta irritada de Ronnie a essa calúnia.

– E foi Kenny quem caçou os porcos, senhora? Porcos selvagens têm uma natureza imprevisível. Com certeza é um perigo correr atrás de animais desse porte. Como o javali que caçávamos na Escócia.

– Ah!

Rosamund lançou um olhar de desdém bem-humorado em direção à encosta da montanha, onde seu marido – que tinha quase a metade do seu tamanho – estava presumivelmente envolvido em atividades menos cansativas.

– Não. Na verdade, sr. Fraser, eu mesma abati os animais. Com aquele machado – disse ela, assentindo na direção do utensílio em questão e estreitando os olhos de modo sinistro para Ronnie. – Rachei o crânio deles com um golpe, sim.

Ronnie, que não era o mais perspicaz dos homens, não entendeu a indireta.

– São os tomates que ela está usando, *Mac Dubh* – disse ele, puxando a manga de Jamie e apontando para a tigela com uma crosta vermelha. – São frutos do demônio! Ela vai envenenar todos nós!

– Ah, acho que não, Ronnie. – Jamie segurou o braço de Ronnie com firmeza e sorriu para Rosamund. – Imagino que vá vender a carne, não é, sra. Lindsay? Só um péssimo comerciante mataria seus clientes, não é mesmo?

– Ainda não perdi nenhum, sr. Fraser – concordou Rosamund, virando mais uma camada de aniagem e inclinando-se para despejar molho com uma concha de madeira sobre a carne quente. – E ninguém nunca reclamou do gosto, tampouco – disse ela –, mas é claro que isso foi em Boston, de onde venho.

Onde as pessoas têm bom senso, era o que seu tom de voz claramente indicava.

– Conheci um homem de Boston na última vez em que fui a Charlottesville – disse Ronnie, com as sobrancelhas franzidas em desaprovação. Ele puxou o braço, tentando se desvencilhar da mão de Jamie, mas não adiantou. – Ele me disse que tinha o costume de comer feijões no café da manhã e ostras no jantar, e assim fazia todos os dias desde que era bebê. Era de surpreender que ele não tivesse explodido como um porco, comendo coisas horríveis assim!

– Feijão, feijão faz bem ao coração – recitei alegremente, aproveitando a deixa. – Cada grão vira um gás; cada gás, um rojão. Peidar é alegria, faz bem ao coração... Feijão, feijão, em toda refeição!

Ronnie ficou boquiaberto, assim como a sra. Lindsay. Jamie ria sem parar, e o olhar de surpresa da sra. Lindsay acabou se transformando em uma risada alta. Depois de um instante, Ronnie também começou a rir com relutância, um sorrisinho aparecendo no canto da boca.

– Morei em Boston por um tempo – falei, quando os risos diminuíram um pouco. – Sra. Lindsay, que cheiro delicioso!

Rosamund assentiu com orgulho, satisfeita.

– Sim, senhora, também acho. – Ela se inclinou na minha direção, baixando a voz, levemente, em relação ao volume normal. – É minha receita secreta – disse ela, dando um tapinha possessivo na tigela de cerâmica. – Realça o sabor, está vendo?

Ronnie abriu a boca, mas emitiu apenas um ganido baixinho, resultado evidente da mão de Jamie apertando seus bíceps. Rosamund ignorou isso, iniciando uma discussão amigável com Jamie, que terminou concordando em reservar uma carcaça inteira para ser usada no banquete do casamento.

Olhei para Jamie ao ouvir aquilo. Considerando que naquele momento o padre Kenneth provavelmente estava sendo conduzido de volta a Baltimore ou indo para a forca em Edenton, eu tinha minhas dúvidas se algum casamento ia ser realizado de fato naquela noite.

Por outro lado, eu havia aprendido a nunca subestimar Jamie. Com uma palavra final de elogio à sra. Lindsay, ele arrastou Ronnie para longe do fosso, parando apenas por tempo suficiente para colocar o machado nas minhas mãos.

– Cuide disso, sim, Sassenach? – disse ele, e me deu um beijo rápido. Ele sorriu para mim. – E onde aprendeu tanto a respeito da história natural dos feijões, pode me dizer?

– Brianna trouxe da escola para casa quando tinha uns 6 anos – respondi, sorrindo de volta. – É uma musiquinha de verdade.

– Diga a ela para cantar para o marido – aconselhou Jamie, alargando o sorriso. – Ele pode escrever no livrinho dele.

Ele se virou, colocando um braço amigável em torno dos ombros de Ronnie Sinclair, que mostrava sinais de tentar escapar na direção do fosso do churrasco.

– Venha comigo, Ronnie – disse ele. – Preciso dar uma palavrinha com o tenente. Ele quer comprar um presunto da sra. Lindsay, acho – acrescentou, piscando como uma coruja para mim. Ele se virou para Ronnie. – Mas estou certo de que ele vai querer ouvir o que puder dizer a ele sobre seu pai. Você foi um grande amigo de Gavin Hayes, não?

– Oh – disse Ronnie, franzindo o cenho um pouco menos. – Sim. Sim, Gavin era um bom homem. Uma pena. – Ele balançou a cabeça, obviamente referindo-se à morte de Gavin alguns anos antes. Olhou para Jamie com os lábios contraídos. – Esse rapaz sabe o que aconteceu?

Uma pergunta delicada. Gavin tinha sido enforcado em Charleston por roubo – uma morte vergonhosa, para os padrões de qualquer um.

– Sim – disse Jamie, baixinho. – Eu tive que contar a ele. Mas vai ajudar, acredito, se puder lhe contar um pouco sobre o pai dele antes disso, contar como foram as coisas para nós, lá em Ardsmuir.

Algo, que não era exatamente um sorriso, surgiu no rosto dele quando olhou para Ronnie, e eu vi uma delicadeza recíproca no rosto de Sinclair.

A mão de Jamie apertou o ombro de Ronnie e em seguida o soltou, e eles subiram a montanha, lado a lado, esquecendo-se do churrasco.

Como foram as coisas para nós... Eu os observei partir, unidos pela evocação daquela frase simples. Seis palavras que relembravam a proximidade criada por dias, meses e anos de dificuldades compartilhadas; uma proximidade desconhecida para quem não tinha passado por aquilo. Jamie raramente falava de Ardsmuir, assim como os outros homens que tinham saído de lá e vivido para ver o Novo Mundo.

A névoa subia dos vales da montanha agora; em poucos minutos, eles desapareceram de vista. Da floresta encoberta acima, o som de vozes escocesas masculinas desceu em direção ao fosso tomado pela fumaça, cantando em uníssono: "Feijão, feijão, faz bem ao coração..."

Ao voltar para o acampamento, descobri que Roger tinha retornado de suas tarefas. Ele estava perto do fogo, conversando com Brianna, com uma expressão perturbada.

– Não se preocupe – eu disse a ele, estendendo o braço para pegar a chaleira. – Tenho certeza de que Jamie vai cuidar disso, de alguma forma. Ele foi cuidar disso.

– Foi? – Ele pareceu levemente perplexo. – Ele já sabe?

– Sim, assim que ele encontrar o xerife, imagino que tudo vá ficar bem.

Peguei o bule lascado que usava no acampamento com uma das mãos, joguei as folhas velhas do chão e, colocando-o sobre a mesa, verti um pouco de água fervente da chaleira para esquentar o bule. O dia tinha sido longo, e a noite também prometia se estender. Eu ansiava pelo conforto de uma boa xícara de chá, acompanhado de uma fatia de bolo de fruta que um dos meus pacientes levara para mim de manhã.

– O xerife? – Roger lançou um olhar confuso para Brianna, levemente corado. – Ela não colocou o xerife atrás de mim, colocou?

– Colocou um xerife atrás de você? Quem? – perguntei, unindo-me ao coro de perplexidade. Pendurei a chaleira de volta no tripé e peguei a lata de folhas de chá. – O que você andou fazendo, Roger?

Ele corou levemente, mas, antes que ele pudesse responder, Brianna resmungou.

– Mandou a tia Jocasta para aquele lugar. – Ela olhou para Roger, e seus olhos se estreitaram, formando triângulos, em uma expressão divertida e maliciosa enquanto ela imaginava a cena. – Nossa! Como eu queria ter visto!

– O que você disse a ela, Roger? – perguntei, interessada.

Ele corou ainda mais e desviou o olhar.

– Não quero repetir – disse ele. – Não foi o tipo de coisa que se diz a uma mulher, muito menos a uma mulher de idade, principalmente alguém de quem estou prestes a me tornar parente por meio do meu casamento. Eu estava justamente perguntando a Bree se devo ir me desculpar com a sra. Cameron antes do casamento.

– Não – disse Bree sem hesitar. – Que ousadia a dela! Você teve todo o direito de dizer o que disse.

– Bem, não me arrependo de nada do que falei – disse Roger, esboçando um sorriso –, apenas do modo como me expressei. – Sabe – ponderou ele, virando-se para mim –, estou achando que talvez devesse me desculpar, para que as coisas não fiquem estranhas hoje à noite. Não quero estragar o casamento da Bree.

– O casamento da Bree? Você acha que vou me casar sozinha? – perguntou ela, franzindo as sobrancelhas grossas e ruivas para ele.

– É, bem, não – admitiu ele, sorrindo. Tocou o rosto dela com delicadeza. – Estarei do seu lado, com certeza. Mas, desde que nos casemos, não me importo muito com a cerimônia. Mas você quer que seja bonita, certo? Se eu estragar tudo, a sua tia vai me acertar na cabeça com um pedaço de lenha antes que eu possa dizer "sim".

A essa altura, eu estava tomada pela curiosidade de saber o que ele *tinha* dito a Jocasta, mas achei que seria melhor abordar o assunto mais urgente, que era a possibilidade de, no último minuto, não haver casamento para ser estragado.

– E então Jamie está procurando o padre Kenneth agora – disse. – Mas Marsali não reconheceu o xerife que o levou, o que torna tudo mais difícil.

Roger ergueu as sobrancelhas escuras e as franziu com preocupação.

– Eu me pergunto... – disse ele e se virou para mim. – Olha, acho que eu o vi há pouco.

– O padre Kenneth? – perguntei, com a faca suspensa acima do bolo de frutas.

– Não, o xerife.

– O quê? Onde?

Bree se virou, olhando ao redor. Cerrou o punho e achei que era realmente muita sorte o xerife não estar por perto. Ver Brianna ser presa por agressão *definitivamente* arruinaria o casamento.

– Ele foi por ali.

Roger apontou montanha abaixo, na direção do riacho, para a barraca do tenente Hayes. Nesse momento, ouvimos o som de passos na lama e, um instante depois, Jamie surgiu, parecendo cansado, preocupado e muito irritado. Obviamente, ele ainda não tinha encontrado o padre.

– Pai! – Bree o cumprimentou com animação. – Roger acha que viu o xerife que levou o padre Kenneth!

– É mesmo? – perguntou Jamie, interessado. – Onde?

Ele cerrou o punho esquerdo, e eu não consegui conter um sorriso.

– Qual é a graça? – perguntou ele ao ver minha reação.

– Nada – respondi. – Coma um pouco de bolo. – Entreguei a ele uma fatia, que ele logo enfiou na boca, voltando sua atenção para Roger.

– Onde? – perguntou.

– Não sei se era o homem que você procura – explicou Roger. – Era um homem pequeno e desalinhado. Mas levava um prisioneiro – levava um dos homens de Drunkard's Creek algemado. MacLennan, acho.

Jamie engasgou e tossiu, cuspindo pedacinhos de bolo de fruta mastigado no fogo.

– Ele prendeu o sr. MacLennan? E você *deixou*?

Bree olhava para Roger consternada. Nem ela nem Roger estavam presentes quando Abel MacLennan contou a história no café da manhã, mas os dois o conheciam.

– Eu não poderia impedir – disse Roger, com calma. – Mas chamei MacLennan para perguntar se ele queria ajuda, pensei que poderia chamar seu pai ou Farquard Campbell, se ele quisesse. Mas ele apenas olhou através de mim, como se eu fosse um fantasma, e quando perguntei de novo, ele abriu um sorriso esquisito e balançou a cabeça. Não achei que devia sair batendo em um xerife como regra geral. Mas se você...

– Não no xerife – disse Jamie com a voz rouca. Seus olhos estavam marejados, e ele parou para tossir com força de novo.

– Um captor de ladrões – falei para Roger. – Algo como um caçador de recompensas, acho. – O chá ainda não estava pronto; encontrei uma garrafa de cerveja pela metade e a entreguei a Jamie.

– Para onde vai levar Abel? – perguntei. – Você disse que Hayes não queria prisioneiros.

Jamie balançou a cabeça, engoliu em seco e abaixou a garrafa, respirando com um pouco mais de tranquilidade.

– Ele não quer. Não, o sr. Boble... Deve ser ele, certo? Ele vai levar Abel ao magistrado mais próximo. E se o pequeno Roger acabou de vê-lo... – Ele se virou, pensando, o cenho franzido enquanto analisava as montanhas ao nosso redor. – Vai ser Farquard, provavelmente – concluiu ele, relaxando os ombros um pouco. – Sei de quatro juízes de paz e três magistrados aqui na Reunião, e de todos eles, Campbell é o único acampado deste lado.

– Ah, que bom.

Suspirei aliviada. Farquard Campbell era um homem justo; seguia a lei, mas não sem compaixão – e o mais importante, talvez: era um amigo muito antigo de Jocasta Cameron.

– Sim, vamos pedir a minha tia para falar com ele... Talvez seja melhor antes dos casamentos. – Ele se virou para Roger. – Você se encarrega disso, MacKenzie? Preciso encontrar o padre Kenneth, se queremos que *haja* casamentos.

Roger parecia que também havia acabado de se engasgar com um pedaço de bolo de fruta.

– Hum... bem... – disse ele, sem jeito. – Talvez eu não seja o melhor homem para dizer qualquer coisa à sra. Cameron no momento.

Jamie olhava para ele com uma mistura de interesse e exasperação.

– Por que não?

Corando intensamente, Roger relatou a essência de sua conversa com Jocasta – falando tão baixo a ponto de quase não ser ouvido no fim.

Mas nós ouvimos com clareza mesmo assim. Jamie olhou para mim. Seus lábios se contraíram. Então, seus ombros começaram a tremer. Senti o riso irromper dentro de mim, mas não foi nada comparado à hilaridade de Jamie. Ele riu quase em silêncio, mas com tanta intensidade que seus olhos ficaram marejados.

– Ah, Cristo! – disse ele, por fim. Levou a mão ao lado do corpo, ainda rindo. – Meu Deus, acho que desloquei uma costela.

Ele estendeu a mão e pegou um dos panos que estavam secando em um arbusto e limpou cuidadosamente o rosto com ele.

– Tudo bem – disse ele, recuperando-se um pouco. – Vá falar com Farquard, então. E se Abel estiver lá, diga a Campbell que eu serei o fiador dele. Traga-o de volta com você.

Ele fez um breve gesto para afastar Roger, vermelho de vergonha, mas firme em sua dignidade, e partiu de imediato. Bree o seguiu, lançando um olhar de reprovação para o pai, o que só fez com que ele começasse a rir de novo.

Afoguei minha própria vontade de rir com um gole do chá quente e perfumado. Ofereci a xícara a Jamie, mas ele recusou, satisfeito com o resto da cerveja.

– A minha tia – observou ele, abaixando a garrafa – sabe muito bem o que o dinheiro compra e o que o dinheiro não compra.

– E ela acabou de comprar para si, para todos os demais habitantes do condado, uma boa opinião a respeito do pobre Roger, não? – respondi de modo meio seco.

Jocasta Cameron era uma MacKenzie de Leoch; uma família cujos integrantes Jamie certa vez descreveu como "interessantes como cotovias no campo e espertos como raposas". Se Jocasta realmente tivera dúvidas a respeito dos motivos de Roger para se casar com Bree, ou se queria se antecipar aos boatos que correriam por Cabo Fear, seus métodos tinham sido inegavelmente bem-sucedidos. Ela provavelmente estava dentro de sua barraca vangloriando-se de sua esperteza, ansiosa para espalhar a história de sua oferta e da resposta de Roger.

– Pobre Roger – concordou Jamie, ainda rindo. – Pobre, mas virtuoso. – Ele virou a garrafa de cerveja, bebeu todo o conteúdo e a abaixou com um suspiro breve de satisfação. – Mas, pensando bem – disse ele, olhando para mim –, ela também deu algo de valor a ele, não?

– *Meu filho* – repeti suavemente, assentindo. – Você acha que ele percebeu isso antes de dizer? Que ele de fato sente que Jemmy é filho dele?

Jamie fez um movimento indeterminado com os ombros.

– Não sei. Mas é bom que ele tenha isso resolvido dentro da cabeça dele antes de o próximo filho vir, um que ele terá certeza de que é seu.

Pensei em minha conversa com Brianna naquela manhã, mas decidi que era melhor não dizer nada, pelo menos por enquanto. Afinal, era um assunto entre Roger e Bree. Apenas assenti e me virei para guardar as coisas do chá.

Senti uma quentura no estômago que era, apenas em parte, resultado do chá. Roger havia jurado assumir Jemmy como seu filho, independentemente da verdadeira paternidade do garoto; Roger era um homem honrado, e estava sendo sincero. Mas o discurso do coração fala mais alto do que as palavras de qualquer juramento dito apenas pelos lábios.

Quando voltei, grávida, pelas pedras, Frank jurou que me aceitaria como sua esposa, que trataria a criança como se fosse sua – que me amaria como antes. Três juramentos que seus lábios e sua mente tinham feito o melhor que podiam para cumprir, mas seu coração, no fim, cumprira apenas um. No momento em que pegou Brianna nos braços, ela se tornou sua filha.

Mas e se tivesse havido outro filho?, eu me perguntei de repente. Nunca fora uma possibilidade, mas e se fosse? Lentamente, sequei a chaleira e a envolvi em uma toalha, pensando naquela criança hipotética; a que Frank e eu poderíamos ter tido, mas que não tivemos e nunca teríamos. Guardei a chaleira embrulhada no baú, como cuidado, como se fosse um bebê adormecido.

Quando me virei, Jamie ainda estava ali, de pé, olhando para mim com uma expressão esquisita – delicada, mas ao mesmo tempo de alguma forma magoada.

– Eu já agradeci a você, Sassenach? – perguntou ele, com a voz um pouco rouca.

– Pelo quê? – perguntei, confusa.

Ele tomou minha mão e me puxou com cuidado para perto dele. Ele cheirava a cerveja e lã úmida, e também tinha um aroma suave de bolo de fruta.

– Pelos meus filhos – disse ele baixinho. – Pelos filhos que você me deu.

– Ah – falei, e me inclinei para a frente lentamente, encostando a testa no calor de seu peito firme. Pousei as mãos na parte inferior de suas costas por baixo do casaco, e suspirei. – O prazer... foi meu.

– Sr. Fraser, sr. Fraser!

Levantei a cabeça e, ao me virar, vi um menininho descendo a encosta atrás de nós, balançando os braços para manter o equilíbrio e com o rosto corado pelo frio e pelo cansaço.

– Uf!

Jamie ergueu as mãos bem a tempo de segurar o menino que percorria os últimos metros rolando, fora de controle. Ele pegou nos braços o menino, que reconheci como sendo o filho mais novo de Farquard Campbell, e sorriu para ele.

– Ah, Rabbie, certo? O seu pai quer que eu vá falar com o sr. MacLennan?

Rabbie balançou a cabeça, os cabelos despenteados esvoaçados como os pelos de um cão pastor.

– Não, senhor – disse ele ofegante. Respirou fundo e a pequena garganta se inchou como a de um sapo com o esforço para respirar e falar ao mesmo tempo. – Não, senhor. Meu pai disse que sabe onde o padre está e que eu devo mostrar o caminho ao senhor. Pode vir?

Jamie ergueu as sobrancelhas em uma reação de surpresa momentânea. Olhou para mim, em seguida sorriu para Rabbie e assentiu, inclinando-se para colocá-lo de pé.

– Sim, rapaz, posso. Guie-me, então!

– Gentil da parte de Farquard – falei baixinho para Jamie, assentindo para Rabbie, que seguia na frente, olhando para trás de vez em quando, para ter certeza de que estávamos conseguindo acompanhá-lo.

Ninguém notaria um menino pequeno entre os grupos de crianças na montanha. Todo mundo provavelmente teria notado se Farquard Campbell tivesse ido pessoalmente ou se tivesse mandado um de seus filhos adultos.

Jamie arquejava um pouco, a névoa de sua respiração uma espiral de vapor.

– Bem, não é da conta de Farquard, afinal, ainda que ele tenha muita consideração pela minha tia. E acredito que se ele mandou o menino para me avisar, isso quer dizer que ele conhece o homem responsável, e não quer ficar do meu lado e contra ele. – Ele olhou para o sol que se punha e me lançou um olhar pesaroso.

– Eu disse que ia encontrar o padre Kenneth antes do pôr do sol, mas ainda assim... acho que não testemunharemos um casamento esta noite, Sassenach.

Rabbie continuou nos levando adiante e para cima, percorrendo o labirinto de caminhos e grama pisada sem hesitação. O sol finalmente aparecera por entre as nuvens; tinha descido por entre as montanhas, mas ainda estava alto o suficiente para lançar uma luz quente e alaranjada sobre a encosta, uma luz que afastava momentaneamente o frio do dia. As pessoas se reuniam ao redor das fogueiras agora, famintas à espera da ceia, e ninguém reparou em nós enquanto passávamos.

Finalmente, Rabbie parou no início de um caminho bem marcado que levava para cima e para a direita. Eu já havia percorrido a encosta da montanha diversas vezes durante a semana da Reunião, mas nunca tinha subido tanto. Quem estava com padre Kenneth, e o que Jamie pretendia fazer a respeito?, perguntei-me.

– Lá em cima – disse Rabbie desnecessariamente, apontando para a ponta de uma barraca grande, que mal podia ser vista através de uma parede de pinheiros.

Jamie emitiu um ruído escocês no fundo da garganta ao ver a barraca.

– Oh – disse ele baixinho –, então é assim?

– Não importa como é e sim *de quem* é.

Olhei com desconfiança para a tenda, composta de uma lona grande marrom e encerada, pálida no crepúsculo. Obviamente era de alguém bem abastado, mas que eu não reconhecia.

– Sr. Lillywhite, de Hillsborough – disse Jamie, e franziu o cenho, pensativo. Deu um tapinha na cabeça de Rabbie Campbell e entregou a ele 5 centavos que pegou dentro da bolsa de couro. – Obrigado, rapazinho. Vá ao encontro da sua mãe agora; está na hora da sua ceia.

Rabbie pegou a moeda e desapareceu sem nenhum comentário, feliz por ter cumprido sua tarefa.

– É mesmo.

Olhei desconfiada para a tenda. Aquilo explicava algumas coisas, pensei, mas não tudo. O sr. Lillywhite era um magistrado de Hillsborough, apesar de eu não saber mais nada sobre ele, exceto como era sua aparência. Eu o vira de relance uma ou duas vezes durante a Reunião, um homem alto e meio desajeitado cuja figura se destacava graças a um casaco verde-garrafa com botões prateados, mas nunca o havia encontrado.

Os magistrados eram responsáveis por nomear xerifes, o que explicava a ligação com o "homem gordo nojento" que Marsali havia descrito e o porquê de o padre Kenneth estar preso ali – mas deixava sem resposta a pergunta a respeito de quem quisera que o padre fosse retirado de circulação, para começo de conversa: o sr. Lillywhite ou o xerife?

Jamie pousou a mão no meu braço e me tirou do caminho, levando-me para o abrigo de um pequeno pinheiro.

– Você não conhece o sr. Lillywhite, não é, Sassenach?

– Só de vista. O que quer que eu faça?

Ele sorriu para mim, um brilho de malícia nos olhos, apesar de sua preocupação com o padre Kenneth.

– Está disposta?

– A menos que você esteja propondo que eu golpeie a cabeça do sr. Lillywhite e solte o padre Kenneth à força, acredito que estou, sim. Esse tipo de coisa é muito mais o seu estilo de ação do que o meu.

Ele riu ao ouvir aquilo e lançou para a tenda o que pareceu ser um olhar melancólico.

– Seria ótimo – disse ele, confirmando essa impressão. – Não seria nada difícil – continuou, olhando para a lona bege com atenção enquanto ela balançava ao vento. – Veja o tamanho dela; não pode haver mais de dois ou três homens ali dentro, além do padre. Eu poderia esperar até escurecer por completo e então chamar um ou dois rapazes e...

– Sim, mas o que você quer que eu faça agora? – interrompi, pensando que seria melhor colocar logo um ponto final no que parecia ser uma linha de pensamento criminosa.

– Ah.

Ele abandonou as maquinações por um momento e estreitou os olhos para mim, avaliando minha aparência. Eu tinha tirado o avental de lona coberto de manchas de sangue que usara nos atendimentos, prendera meus cabelos com grampos e estava razoavelmente apresentável, ainda que as bordas do meu vestido estivessem cobertas de lama.

– Você não trouxe nada do seu kit de médica, não é? – perguntou ele, franzindo o cenho em dúvida. – Um frasco de bebida barata, uma pequena lâmina?

– Frasco de bebida barata, claro. Não, eu... ah, espere um pouco. Sim, tenho estes; servem?

Procurando no bolso amarrado à minha cintura, encontrei a caixinha de marfim dentro da qual eu guardava as agulhas de acupuntura com pontas douradas.

Evidentemente satisfeito, Jamie assentiu, tirando o frasco prateado de uísque de dentro de sua bolsa de couro.

– Sim, é o suficiente – disse ele, entregando-me o frasco. – Leve isto também, para manter a farsa. Vá até a tenda, Sassenach, e diga a quem estiver vigiando o padre que ele está doente.

– O guarda?

– O padre – corrigiu ele, olhando para mim com impaciência. – Imagino que a essa altura todo mundo já saiba que você é uma curandeira, e já a conhecem de vista. Diga que o padre Kenneth tem uma doença que você está tratando e que ele precisa tomar uma dose do remédio imediatamente, caso contrário, vai piorar e morrer ali mesmo. Imagino que eles não queiram isso... e não vão ter medo de você.

– Imagino que eles não precisem ter – concordei, um pouco irritada. – Não quer que eu enfie as agulhas no coração do xerife, então?

Ele sorriu ao pensar na cena, mas balançou a cabeça.

– Não, só quero que você descubra por que eles levaram o padre preso e o que pretendem fazer com ele. Se eu fosse pedir explicações, eles ficariam na defensiva.

O que queria dizer que ele não havia abandonado completamente a ideia de um ataque surpresa ao reduto do sr. Lillywhite mais tarde, se as respostas fossem insatisfatórias. Olhei para a tenda e respirei fundo, ajeitando o xale nos ombros.

– Certo – falei. – E o que você pretende fazer enquanto eu estiver lá?

– Vou buscar as crianças – disse ele e, apertando minha mão para me desejar sorte, desceu pelo caminho.

Eu ainda estava me perguntando o que ele queria dizer exatamente com aquela frase críptica – que "crianças"? Por quê? – quando vi a entrada aberta da tenda, mas toda especulação evaporou da minha mente quando vi um rapaz que combinava tão exatamente com a descrição de Marsali de "homem gordo e nojento" que não tive dúvidas sobre sua identidade. Ele era baixo e tinha a aparência de uma rã, calvo, com uma barriga que estufava os botões de um colete manchado de comida e olhos pequenos e marejados que me observavam como se analisassem as minhas perspectivas imediatas como um alimento.

– Bom dia, senhora – disse ele.

Olhou para mim sem entusiasmo, sem dúvida me considerando nada apetitosa, mas inclinou a cabeça com um respeito formal.

– Bom dia – respondi alegremente, fazendo uma breve reverência. Não fazia mal ser educada, pelo menos não para começo de conversa. – O senhor deve ser o xerife, certo? Acho que ainda não tive o prazer de ser apresentada formalmente. Sou a sra. James Fraser, da Cordilheira dos Frasers.

– David Anstruther, xerife de Orange County, ao seu dispor, senhora – disse ele, fazendo uma reverência de novo, embora sem qualquer sinal de ânimo.

Ele não demonstrou surpresa ao ouvir o nome de Jamie. Ou simplesmente não estava familiarizado com ele, o que era bem improvável, ou já estava esperando por aquele encontro. Portanto, não vi motivo para enrolar.

– Sei que está recebendo o padre Donahue – falei de maneira amigável. – Vim vê-lo; sou a médica dele.

O que quer que ele estivesse esperando, não era isso; ficou levemente boquiaberto, expondo um caso grave de má oclusão, gengivite bem avançada e um pré-molar ausente. Antes que ele pudesse fechar a boca, um senhor alto vestindo um casaco verde-garrafa saiu da tenda atrás dele.

– Sra. Fraser? – disse ele, erguendo a sobrancelha. Ele fez uma reverência meticulosa. – A senhora disse que deseja conversar com o clérigo preso?

– Preso? – perguntei, simulando surpresa. – Um padre? Por quê? O que ele pode ter feito?

O xerife e o magistrado se entreolharam. Então, o magistrado tossiu.

– Talvez a senhora não saiba, mas é ilegal que qualquer clérigo que não seja da Igreja estabelecida, ou seja, a Igreja da Inglaterra, desempenhe seu ofício na colônia da Carolina do Norte.

Eu sabia disso, mas sabia também que a lei raramente era aplicada, pois havia poucos clérigos de qualquer Igreja na colônia, para começo de conversa, e ninguém se importava em fazer qualquer registro oficial dos pregadores itinerantes – muitos deles, livres no sentido mais básico da palavra – que surgiam de vez em quando.

– Minha nossa! – exclamei, fingindo a maior surpresa que consegui. – Não, eu não fazia ideia. Puxa! Que estranho!

O sr. Lillywhite piscou levemente, o que eu registrei como um indício de que aquilo bastaria em termos de criar uma impressão de choque. Pigarrei e peguei o frasco prateado e o estojo de agulhas.

– Bem. Espero que qualquer dificuldade seja resolvida logo. No entanto, gostaria muito de ver o padre Donahue por um momento. Como eu disse, sou a médica dele. Ele está com uma... indisposição... – Entreabri a tampa do estojo para que vislumbrasse as agulhas, deixando que imaginassem algo convenientemente virulento – que requer tratamento regular. Posso vê-lo por um momento para administrar seu remédio? Eu... ah... não gostaria de ver nenhuma complicação devido à falta de cuidados da minha parte, os senhores entendem.

Sorri do modo mais charmoso possível.

O xerife encolheu o pescoço dentro da gola do casaco e ficou parecendo um anfíbio malvado, mas o sr. Lillywhite pareceu mais comovido pelo sorriso. Hesitou, olhando para mim.

– Bem, não tenho certeza se... – começou, quando ouvi o som de passos no caminho atrás de mim.

Virei-me, esperando ver Jamie, mas quem surgiu foi um dos meus pacientes, o sr. Goodwin, uma das bochechas ainda inchada por causa do tratamento, mas com a tipoia intacta.

Ele ficou igualmente surpreso ao me ver, mas me cumprimentou com grande cordialidade e um hálito de álcool. Estava claro que o sr. Goodwin estava seguindo minhas recomendação sobre a desinfecção com muita seriedade.

– Sra. Fraser! Espero que não tenha vindo ver meu amigo Lillywhite. Mas acho que o sr. Anstruther se beneficiaria muito de uma purgação, para aliviar os humores biliares, hein, David? Haha!

Ele deu um tapinha nas costas do xerife com afetuosa camaradagem; um gesto que Anstruther recebeu com não mais do que uma leve careta, dando-me uma certa ideia da importância do sr. Goodwin no esquema social de Orange County.

– George, meu caro – o sr. Lillywhite o cumprimentou calorosamente. – Você conhece essa bela senhora?

– Ah, sim, sim, senhor! – O sr. Goodwin se virou para mim sorrindo. – A sra. Fraser me prestou um ótimo serviço esta manhã, ótimo serviço! Veja isto!

Ele indicou o braço imobilizado, que me deixou satisfeita ao ver que não lhe causava dor nenhuma no momento, ainda que isso se devesse muito mais à anestesia autoadministrada por ele do que à minha habilidade.

– Ela praticamente curou o meu braço, com nada além de um toque aqui, outro ali, e extraiu um dos meus dentes de modo tão certeiro que quase não senti nada! Veja! – Ele enfiou um dedo na lateral da boca e afastou a bochecha, expondo um chumaço ensanguentado saindo do buraco do dente e uma linha preta suturando a gengiva.

– É mesmo? Estou muito impressionado, sra. Fraser.

Lillywhite fungou ao sentir o cheiro de uísque e cravos na boca do sr. Goodwin, parecendo interessado, e vi a protuberância em sua bochecha quando a língua tocou delicadamente um dente de trás.

– Mas o que traz a senhora aqui, sra. Fraser? – O sr. Goodwin sorriu jovialmente para mim. – Tão tarde... quem sabe possa me dar a honra de comer um pouco da minha ceia?

– Ah, obrigada, mas não posso, na verdade – agradeci, sorrindo do modo mais charmoso possível. – Vim ver outro paciente... quer dizer...

– Ela quer ver o sacerdote – interrompeu Anstruther.

Goodwin pestanejou ao ouvir isso, parecendo um pouco surpreso.

– Sacerdote. Há um sacerdote aqui?

– Um papista – explicou o sr. Lillywhite, com os lábios curvados ao pronunciar a palavra impura. – Fiquei sabendo que havia um padre católico escondido na Reunião e que ele propôs celebrar uma missa durante as festividades desta noite. Mandei o sr. Anstruther prendê-lo, claro.

– O padre Donahue é meu amigo – acrescentei, da maneira mais convincente que pude. – E ele não estava escondido; foi convidado abertamente pela sra. Cameron. Ele também é meu paciente e necessita de tratamento. Vim cuidar para que ele receba o que precisa.

– Seu amigo? A senhora é católica, sra. Fraser? – O sr. Goodwin pareceu estupefato. Certamente não havia lhe ocorrido que estava sendo tratado por uma dentista católica, e ele levou a mão à face inchada, desorientado.

– Sou – respondi, torcendo para que o simples fato de ser católica não fosse também contra a concepção de lei do sr. Lillywhite.

Evidentemente, não. O sr. Goodwin cutucou o sr. Lillywhite.

– Ah, vamos, Randall. Deixe a sra. Fraser ver o homem, que mal há? E se ele for mesmo convidado de Jocasta Cameron...

O sr. Lillywhite contraiu os lábios enquanto pensava e em seguida deu um passo para o lado, segurando a aba da lona aberta para mim.

– Acredito que não haverá problema em ver o seu... amigo – disse ele lentamente. – Entre, senhora.

Era fim de tarde e a tenda estava escura por dentro, apesar de uma parede de lona ainda brilhar forte com o sol poente atrás dela. Fechei os olhos por um momento, para acostumá-los à mudança de luz, e em seguida pisquei e olhei ao redor para ver onde estava.

A tenda parecia bagunçada, mas relativamente luxuosa, com cama de acampamento e outros móveis, e o ar lá dentro não cheirava apenas a lona e lã úmidas, mas também era perfumado de chá de Ceilão, vinho caro e biscoitos de amêndoa.

O padre Donahue estava diante da lona iluminada, sentado em um banquinho atrás de uma pequena mesa dobrável, sobre a qual havia algumas folhas de papel, um tinteiro e uma pena. Podiam muito bem ser instrumentos de ferro para esmagar polegares, torqueses e atiçadores em brasa, a julgar por sua atitude resolutamente séria, evocando alguém prestes a sofrer um martírio.

Ouvi um ruído de pedra e acendalha atrás de mim, ao que se seguiu o brilho suave de uma luz que se intensificou, e um garoto negro – servo do sr. Lillywhite, supus – apareceu e colocou silenciosamente uma lamparina a óleo sobre a mesa.

Agora que via o sacerdote com clareza, a impressão de martírio ficou mais forte. Ele parecia santo Estêvão depois da primeira saraivada de pedras, com um hematoma no queixo e um olho roxo da sobrancelha até a linha da maçã do rosto e quase fechado por causa do inchaço.

O olho que não estava roxo se arregalou ao me ver, e ele emitiu uma exclamação de surpresa.

– Padre Kenneth. – Segurei sua mão e a apertei, sorrindo abertamente para quem quer que estivesse espiando pela abertura. – Trouxe o seu remédio. Como está se sentindo? – Ergui as sobrancelhas e as movimentei, indicando que ele deveria colaborar com a encenação. Ele olhou para mim com fascínio por um momento e em seguida pareceu entender. Tossiu e, incentivado por meu meneio de cabeça, tossiu de novo, dessa vez com mais entusiasmo.

– É... muito gentil da sua parte... pensar em mim, sra. Fraser – disse ele, entre tossidas.

Tirei a tampa do frasco e servi uma dose generosa de uísque.

– O senhor está bem, padre? – perguntei em voz baixa, ao me inclinar para entregar a bebida a ele. – O seu rosto...

– Ah, não é nada, minha cara sra. Fraser. Nada – disse ele, seu leve sotaque irlandês aparecendo sob o estresse da ocasião. – É só que cometi o erro de resistir quando o xerife me prendeu. Entretanto, tomado pelo choque provocado pela situação, não fiz um estrago pequeno nos testículos do homem, e ele só estava cumprindo sua obrigação, que Deus me perdoe. – O padre revirou o olho bom em uma expressão devota, desvirtuada pelo sorriso nada arrependido que surgiu em seguida.

O padre Kenneth tinha estatura mediana e parecia mais velho do que era devido ao pesado desgaste imposto por longos períodos passados no lombo do cavalo. Ainda assim, não tinha mais do que 35 anos, e era delgado e forte como uma corda por baixo do casaco preto puído e do traje de linho branco esfarrapado. Comecei a entender a beligerância do xerife.

– Além disso – acrescentou ele, tocando o olho roxo –, o sr. Lillywhite ofereceu-me um cortês pedido de desculpas pelo ferimento que sofri.

Ele assentiu em direção à mesa, e eu vi que havia uma garrafa aberta de vinho e um copo entre os materiais de escrita – o copo ainda cheio, e o nível da bebida na garrafa não muito baixo.

O padre pegou o uísque que eu havia servido e o bebeu, fechando os olhos em uma bênção sonhadora.

– E um excelente remédio do qual nunca espero me beneficiar – disse ele, abrindo-os. – Agradeço, sra. Fraser. Estou tão bem recuperado que poderia andar sobre a água.

Ele se lembrou de tossir, dessa vez uma tosse delicada, com a mão sobre a boca.

– O que há de errado com o vinho? – perguntei, olhando para a porta.

– Ah, nada – disse ele, afastando a mão. – Só não achei certo aceitar bebida do magistrado, diante das circunstâncias. Pode ser minha consciência.

Ele sorriu para mim de novo, mas dessa vez com certa ironia.

– Por que eles prenderam você? – perguntei em voz mais baixa.

Olhei de novo para a porta, mas estava vazia, e ouvi o murmúrio de vozes do lado de fora. Evidentemente, Jamie estava certo; eles não estavam desconfiados de mim.

– Por celebrar a Missa Sagrada – respondeu ele, falando mais baixo, no mesmo tom que eu. – Ou é o que dizem. Mas é mentira. Não rezo a missa desde domingo passado, e isso foi na Virgínia. – Ele olhava desejoso para o frasco de uísque. Eu o peguei e servi mais uma dose generosa.

Franzi um pouco o cenho, pensando enquanto ele bebia, mais lentamente dessa vez. O que o sr. Lillywhite e companhia estariam tramando? Com certeza não poderiam estar pensando em levar o padre a julgamento sob a acusação de ter celebrado uma missa. Não seria difícil encontrar testemunhas que afirmassem que ele tinha rezado a missa, é claro – mas qual seria o objetivo de algo assim?

Apesar de o catolicismo certamente não ser popular na Carolina do Norte, eu não via motivo para prender um padre que partiria no dia seguinte de manhã, de qualquer modo. O padre Kenneth viera de Baltimore e pretendia voltar para lá. Fora à Reunião apenas para fazer um favor a Jocasta Cameron.

– Oh! – exclamei, e o padre Kenneth olhou para mim sem entender por cima da borda do copo. – Foi só uma ideia – expliquei, gesticulando para que ele continuasse. – O senhor por acaso sabe se o sr. Lillywhite conhece a sra. Cameron?

Jocasta Cameron era uma mulher proeminente e abastada – e de caráter forte, o que significava que tinha alguns inimigos. Eu não conseguia entender por que o sr. Lillywhite se esforçaria tanto para contrariá-la de modo tão peculiar, mas...

– Eu conheço a sra. Cameron – disse o sr. Lillywhite, falando atrás de mim. – Mas não posso dizer que tenha uma amizade íntima com a senhora.

Eu me virei e o vi de pé na porta da tenda, seguido pelo xerife Anstruther e pelo sr. Goodwin, com Jamie logo atrás. Jamie ergueu uma das sobrancelhas para mim, mas manteve a expressão séria, interessada.

O sr. Lillywhite fez uma reverência para mim.

– Eu estava explicando ao seu marido, senhora, que foi minha preocupação com os interesses da sra. Cameron que me fez tentar regularizar a posição do sr. Donahue, a fim de permitir sua permanência na colônia. – O sr. Lillywhite assentiu com frieza para o padre. – No entanto, receio que minha sugestão tenha sido sumariamente rejeitada.

O padre Kenneth pousou o copo e se endireitou, com o olho brilhando à luz da lamparina.

– Eles querem que eu assine um juramento, senhor – disse ele a Jamie, com um gesto indicando o papel e a pena sobre a mesa à frente dele. – Afirmando que eu não concordo com a crença na transubstanciação.

– É mesmo? – A voz de Jamie não revelava nada além de um interesse educado, mas entendi na hora o que o padre queria dizer com seu comentário sobre a consciência.

– Bem, ele não pode fazer isso, pode? – perguntei, olhando para os homens em círculo. – Os católicos, quero dizer... *nós* – falei com certa ênfase, olhando para o sr. Goodwin – *acreditamos* na transubstanciação. Não? – perguntei, voltando-me para o padre, que abriu um leve sorriso em resposta, e assentiu.

O sr. Goodwin parecia insatisfeito, mas resignado, sua jovialidade alcoólica consideravelmente reduzida pelo constrangimento social.

– Sinto muito, sra. Fraser, mas é a lei. A única circunstância na qual um clérigo que não pertence à Igreja estabelecida pode permanecer na colônia legalmente é se assinar um juramento desse tipo. Muitos assinam. A senhora conhece o reverendo Urmstone, o metodista? Ele assinou o juramento, assim como o sr. Calvert, o ministro da Nova Luz que mora perto de Wadesboro.

O xerife parecia cheio de si. Contendo uma vontade de pisar no pé dele, eu me virei para o sr. Lillywhite.

– Muito bem, mas o padre Donahue não pode assiná-lo. O que o senhor propõe fazer com ele? Jogar o pobre homem na cadeia? Não pode fazer isso... ele está doente! – Nesse momento, o padre Kenneth tossiu para enfatizar.

O sr. Lillywhite olhou para mim com suspeita, mas decidiu se dirigir a Jamie.

– Pela lei, eu poderia prender o homem, mas, em consideração ao senhor, sr. Fraser, e à sua tia, não farei isso. Ele deve, entretanto, deixar a colônia amanhã. Eu providenciarei para que alguém o acompanhe até a Virgínia, onde ele será solto. Pode ficar tranquilo, pois todos os cuidados serão tomados para garantir o bem-estar dele durante a viagem. – Ele lançou um olhar frio para o xerife, que se endireitou e tentou parecer confiável, com pouco resultado.

– Compreendo. – Jamie disse baixinho, olhando de um homem para o outro, pousando o olhar no xerife. – Confiarei que isso seja verdade, senhor, pois, se souber que algo de ruim foi feito ao bom padre, eu ficarei... muito contrariado.

O xerife olhou nos olhos dele, impassível, e sustentou o olhar até o sr. Lillywhite pigarrear, franzindo o cenho para o xerife.

– Tem a minha palavra em relação a isso, sr. Fraser.

Jamie virou-se para ele, fazendo uma leve reverência.

– Não poderia pedir nada além disso, senhor. Ainda assim, se puder tomar a liberdade... O padre não pode passar a noite confortável entre seus amigos, para que se despeçam dele? E para que minha esposa cuide de seus ferimentos? Eu garantiria que ele fosse entregue ao senhor pela manhã.

O sr. Lillywhite contraiu os lábios e fingiu considerar a sugestão, mas o magistrado era um péssimo ator. Percebi com certo interesse que ele já previra o pedido e já tinha se decidido a negá-lo.

– Não, senhor – disse ele, tentando imprimir um tom de relutância. – Receio não poder conceder-lhe o pedido. Mas, se o padre desejar escrever cartas aos seus vários conhecidos – ele indicou o maço de papel –, eu cuidarei para que sejam entregues.

Jamie pigarreou e se endireitou um pouco.

– Muito bem, então – disse ele. – Gostaria de saber se posso ousar pedir... – Ele fez uma pausa, parecendo ligeiramente envergonhado.

– Sim, senhor? – Lillywhite olhou para ele com curiosidade.

– Gostaria de saber se o bom padre pode ouvir a minha confissão.

Os olhos de Jamie estavam fixos na estrutura da tenda, tomando o cuidado de evitar os meus.

– A sua confissão?

Lillywhite pareceu surpreso ao ouvir aquilo, mas o xerife fez um barulho que poderia ser considerado uma risadinha.

– Há algo pesando na sua consciência? – perguntou Anstruther com grosseria. – Ou talvez tenha uma premonição sobre uma morte iminente, não é?

Ele abriu um sorriso malvado, e o sr. Goodwin, parecendo chocado, protestou. Jamie ignorou os dois, concentrado no sr. Lillywhite.

– Sim, senhor, faz algum tempo desde a última vez que tive a oportunidade de ser absolvido e penitenciado, entende, e pode ser que demore até ter outra chance. Portanto... – Nesse momento, ele olhou para mim e fez um movimento discreto, mas enfático com a cabeça na direção da porta da tenda. – Podem nos dar licença por um momento, senhores?

Sem esperar por uma resposta, ele me pegou pelo cotovelo e me conduziu para fora.

– Brianna e Marsali estão no caminho com as crianças – sussurrou ele no meu ouvido assim que saímos da tenda. – Espere Lillywhite e o maldito xerife se afastarem e então busque-os.

Deixando-me de pé no caminho, atordoada, ele voltou para a tenda.

– Perdão, senhores – ouvi quando ele disse. – Pensei que talvez... há coisas que um homem não deve dizer na frente de sua esposa... compreendem?

Ouvi murmúrios de compreensão e consegui identificar a palavra "confissão" repetida de modo dúbio pelo sr. Lillywhite. Jamie baixou a voz para um tom confidencial em resposta, interrompido por um "Você *o quê*?", dito pelo xerife, e um pedido sussurrado do sr. Goodwin para que falassem baixo.

Seguiu-se uma conversa confusa, movimentos, e eu mal tinha saído do caminho e para o abrigo dos pinheiros quando a aba da tenda foi levantada e os três protestantes saíram. O dia tinha praticamente ido embora, deixando no céu as brasas ardentes das nuvens iluminadas pelos raios de sol, mas, perto como estavam, havia luz suficiente para que eu visse o ar de embaraço no rosto deles.

Eles deram alguns passos pelo caminho, parando a poucos metros de onde eu me escondia. Reuniram-se para discutir, olhando para a tenda, de onde agora eu ouvia a voz do padre Kenneth, elevada em uma bênção latina formal. A lamparina dentro da tenda se apagou, e as silhuetas de Jamie e do padre, sombras claras na lona, desapareceram na escuridão confessional.

Anstruther se aproximou do sr. Goodwin.

– Que diabo é transubstanciação? – perguntou.

Vi o sr. Goodwin endireitar os ombros enquanto se recompunha e em seguida encolhê-los na direção das orelhas.

– Com toda a sinceridade, senhor, não tenho certeza acerca do sentido do termo – disse ele –, mas acredito se tratar de uma forma de doutrina papista perniciosa. Talvez o sr. Lillywhite possa lhe dar uma definição completa... Randall?

– Na verdade – disse o magistrado –, é a ideia de que, quando o padre diz determinadas palavras no curso da missa, pão e vinho são transformados no corpo e no sangue de Nosso Senhor.

– O quê? – Anstruther parecia confuso. – Como alguém pode fazer isso?

– Transformar pão e vinho em corpo e sangue? – O sr. Goodwin parecia bastante assustado. – Mas isso é bruxaria, certamente!

– Bem, seria, se acontecesse – disse o sr. Lillywhite, parecendo um pouco mais humano. – Mas a Igreja defende resolutamente que não.

– Tem certeza disso? – Anstruther parecia desconfiado. – O senhor já viu acontecer?

– Se já fui a uma missa católica? Claro que não! – O corpo de Lillywhite se endireitou, austero sob o anoitecer. – Que juízo faz de mim, senhor?

– Randall, tenho certeza de que o xerife não quis ofender. – Goodwin pôs a mão no braço do amigo para acalmá-lo. – Afinal, o trabalho dele envolve assuntos mais mundanos.

– Não, não quis ofender, senhor, de jeito nenhum – disse Anstruther logo em seguida. – Eu só queria saber se *alguém* já viu esse tipo de acontecimento, para ser uma testemunha adequada durante o processo, foi o que eu quis dizer.

O sr. Lillywhite ainda parecia ofendido; sua voz estava fria ao responder.

– Não é necessário haver testemunhas para a heresia, xerife, pois os próprios padres as admitem de livre e espontânea vontade.

– Não, não. Claro que não. – O corpo do xerife pareceu encolher um pouco. – Mas, se estou certo, senhor, os papistas... hum... *participam* disso... dessa tal de transubs-talgumacoisa.

– Sim, parece que sim.

– Pois bem, então se trata de canibalismo, não? – Anstruther se endireitou de novo, entusiasmado. – Sei que *isso* é contra a lei! Por que não deixar esse charlatão realizar seus truques, para, assim, podermos prender todos eles, hein? Dar um jeito em vários desses degenerados de uma só vez, hein?

O sr. Goodwin emitiu um gemido baixo. Parecia estar massageando o rosto, sem dúvida para aliviar uma dor recorrente do dente.

O sr. Lillywhite soltou o ar com força pelo nariz.

– Não – disse ele calmamente. – Receio que não, xerife. Minhas orientações são de que o padre não deve realizar nenhuma cerimônia e deve ser impedido de receber visitantes.

– Ah, é? E o que ele está fazendo agora, então? – perguntou Anstruther, fazendo um gesto na direção da tenda escurecida, onde a voz de Jamie havia começado a falar, de modo hesitante e quase inaudível. Pensei que talvez ele estivesse falando em latim.

– Isso é bem diferente – disse Lillywhite com irritação. – O sr. Fraser é um cavalheiro. E a proibição contra visitantes é para garantir que o padre não realize casamentos secretos; o que não vem ao caso no momento.

– Perdoe-me, padre, pois eu pequei – disse Jamie em inglês, a voz repentinamente mais alta, e o sr. Lillywhite se assustou.

O padre Kenneth murmurou interrogativamente.

– Sou culpado dos pecados de luxúria e impudicícia, tanto em pensamento como em atos – disse Jamie, no que considerei um volume bem além do que seria discreto.

– Ah, certo – disse o padre Kenneth, de repente falando mais alto também. Ele parecia interessado. – Esses pecados de impureza, que forma, exatamente, eles assumiram, meu filho, e em quantas ocasiões?

– Bem, eu olhei para mulheres com desejo, para começar. Em quantas ocasiões? Ah, centenas, pelo menos, desde a última vez que me confessei. Precisa saber quais mulheres, padre, ou apenas o que pensei em fazer com elas?

O sr. Lillywhite ficou tenso.

– Acho que não teremos tempo para tudo, meu caro Jamie – disse o padre. – Mas se puder me contar sobre uma ou duas dessas ocasiões, para eu poder ter uma ideia da... hum... gravidade da ofensa...?

– Ah, sim. Bem, a pior provavelmente foi a vez com o batedor de manteiga.

– Batedor de manteiga? Ah... daqueles com cabo? – O tom do padre Kenneth demonstrava compaixão pelas possibilidades indecentes sugeridas por isso.

– Ah, não, padre, era um barril. Daqueles que ficam de lado, com uma alavanca para virá-lo? Bem, é que ela trabalhava com grande vigor, e as rendas do corpete estavam abertas, de modo que os seus seios subiam e desciam, e o tecido se prendia ao seu corpo com o suor do trabalho. Bem, o barril tinha a altura certa, e era curvado, sabe?, de modo que pensei em debruçá-la sobre ele, erguer sua saia e...

Abri a boca, chocada. Era o meu corpete que ele descrevia, meus seios e o meu batedor de manteiga! Para não falar das minhas saias. Eu me lembrava muito claramente daquela ocasião, e se havia começado com um pensamento impuro, não havia parado por aí.

Um murmúrio chamou minha atenção para os homens no caminho. O sr. Lillywhite havia segurado o xerife – ainda inclinado avidamente na direção da barraca, prestando atenção – pelo braço e sussurrava para ele enquanto o puxava pelo caminho. O sr. Goodwin ia atrás, com um ar de relutância.

O barulho da partida infelizmente abafou o restante da descrição de Jamie daquela ocasião pecaminosa em particular, mas por sorte também encobriu os sons de folhas farfalhando e gravetos se partindo atrás de mim que anunciavam a chegada de Brianna e Marsali, trazendo Jemmy e Joan nos braços e Germain pendurado feito um macaquinho nas costas da mãe.

– Pensei que eles nunca iriam embora – sussurrou Brianna, espiando por sobre meu ombro em direção ao ponto onde o sr. Lillywhite e seus companheiros tinham desaparecido. – A barra está limpa?

– Sim, venham.

Estendi os braços para pegar Germain, que se inclinou com prazer na minha direção.

– *Où nous allons, Grand-mère?* – perguntou ele com uma voz sonolenta, recostando a cabeça de fios louros afetuosamente no meu pescoço.

– *Shh.* Vamos ver *Grand-père* e o padre Kenneth – sussurrei. – Mas temos que ficar muito quietos.

– Ah. Assim? – perguntou ele, sussurrando alto, e começou a cantar baixinho uma canção francesa bastante vulgar.

– Shh! – Levei uma das mãos a sua boca, que estava úmida e melada por causa de alguma coisa que ele tinha comido. – Não cante, querido, não queremos acordar os bebês.

Ouvi um ruído abafado vindo de Marsali, um riso sufocado de Bree, e percebi que Jamie ainda estava se confessando. Ele parecia ter chegado ao auge e agora inventava livremente – ou, pelo menos, eu esperava que sim. Ele certamente não tinha feito nada daquilo *comigo*.

Espiei através dos arbustos e olhei para os dois lados da trilha, mas não havia ninguém por perto. Fiz um gesto para as meninas, atravessamos o caminho e entramos na tenda escura.

Jamie parou abruptamente quando entramos. Então, ouvi quando ele disse depressa:

– E pecados de ira, orgulho e inveja, ah, e um pouco de mentira também, padre. Amém. – Ele se ajoelhou, recitou um Ato de Contrição em francês, levantou-se e pegou Germain dos meus braços antes que o padre Kenneth terminasse de dizer "*Ego te absolvo*".

Meus olhos estavam se adaptando à escuridão; eu via as formas sinuosas das meninas e a silhueta alta de Jamie. Ele colocou Germain de pé sobre a mesa diante do padre, dizendo:

– Depressa, então, padre. Não temos muito tempo.

– Também não temos água – disse o padre. – A menos que as moças tenham pensado em trazer.

Ele pegou a pedra e a acendalha e estava tentando reacender a lamparina.

Bree e Marsali se entreolharam alarmadas e balançaram a cabeça juntas.

– Não se preocupe, padre – disse Jamie de modo tranquilizador, e eu vi quando ele esticou uma das mãos para pegar algo sobre a mesa.

Ouvimos o barulho de uma rolha sendo retirada e o cheiro forte e doce de um uísque fino encheu a tenda, enquanto a luz do pavio se intensificava, a chama bruxuleante emitindo um brilho pequeno e estável.

– Nessas circunstâncias... – disse Jamie, estendendo o frasco aberto para o padre.

O padre Kenneth contraiu os lábios, embora eu acredite que tenha sido para conter o riso, e não por estar irritado.

– Nessas circunstâncias, tudo bem – repetiu ele. – E o que seria mais apropriado do que a água da vida, afinal?

Ele estendeu a mão, abriu a gola e puxou um fio de couro amarrado ao redor do pescoço, do qual pendiam uma cruz de madeira e uma pequena garrafa de água, tampada com uma rolha.

– A crisma sagrada – disse ele, abrindo a garrafinha e colocando-a sobre a mesa. – Graças à Virgem Mãe, eu tinha isso comigo. O xerife levou a caixa com as coisas da missa.

Ele fez um rápido inventário dos objetos sobre a mesa, contando-os com os dedos.

– Fogo, crisma, água, de alguma espécie, e uma criança. Muito bem. Suponho que você e seu marido serão os padrinhos dele, senhora?

Ele perguntou a mim, já que Jamie tinha ido se posicionar na entrada da tenda.

– De todos eles, padre – falei, e segurei Germain, que parecia disposto a saltar da mesa. – Calma, querido, só um minuto.

Ouvi um leve *uish* atrás de mim; metal retirado de couro encerado. Olhei para trás e vi Jamie, nas sombras, guardando a porta com um punhal na mão. Senti um aperto de apreensão no estômago, e ouvi Bree prender a respiração atrás de mim.

– Jamie, meu filho – disse o padre Kenneth em um tom de reprovação.

– Continue, por favor, padre – respondeu Jamie, com muita calma. – Pretendo que meus netos sejam batizados esta noite, e ninguém vai impedir.

O sacerdote respirou fundo com um leve sibilar e em seguida balançou a cabeça.

– Sim. E se matar alguém, espero que haja tempo para eu ouvir sua confissão de novo antes que eles nos enforquem – murmurou, pegando o óleo. – Se puder escolher, mire no xerife, sim?

Mudando abruptamente para o latim, ele afastou os cabelos louros abundantes de Germain e passou o polegar com destreza sobre a testa, os lábios e, por fim – enfiando a mão sob a roupa de Germain, que riu por causa das cócegas –, o coração dele, fazendo o sinal da cruz.

– Por esta criança você renuncia a Satã e a todos os seus trabalhos? – perguntou ele, falando tão rápido que eu mal consegui perceber que estava falando inglês de novo, e quase não tive tempo de me unir a Jamie na resposta dos padrinhos, recitando obedientemente:

– Eu renuncio.

Eu estava em alerta, atenta a qualquer barulho que pudesse indicar o retorno do sr. Lillywhite e do xerife, imaginando que tipo de rebuliço ocorreria se eles voltassem e vissem o padre Kenneth no meio do que certamente seria considerado uma "cerimônia" ilícita.

Olhei para Jamie; ele olhava para mim e abriu um leve sorriso que imaginei que fosse para me acalmar. Se era essa a intenção, não funcionou. Eu o conhecia bem demais. Ele queria que os netos fossem batizados, e cuidaria para que as almas deles fossem entregues aos cuidados de Deus, ainda que tivesse que morrer para isso – ou que todos fôssemos para trás das grades, Brianna, Marsali e as crianças também. Os mártires são assim, e suas famílias tinham que se submeter.

– Você crê em Deus Pai, no Filho e no Espírito Santo?

– Homem teimoso – eu disse a Jamie.

Ele sorriu ainda mais, e eu me virei, repetindo seu firme "Creio". Eram passos no caminho do lado de fora ou apenas o vento da noite fazendo os galhos das árvores estalarem conforme soprava?

As perguntas e as respostas terminaram, e o padre sorriu para mim, parecendo uma gárgula à luz da lamparina. Seu olho bom se fechou brevemente, em uma piscadela.

– Acredito que suas respostas serão as mesmas para os outros, não é mesmo, senhora? E qual será o nome de batismo deste rapazinho?

Sem interromper o ritmo, o padre pegou o frasco de uísque e despejou um pouco do líquido na cabeça do menino, repetindo:

– Eu o batizo, Germain Alexander Claudel MacKenzie Fraser, em nome do Pai, do Filho, e do Espírito Santo, amém.

Germain observou aquela operação com grande interesse, os olhos azuis arredondados se movendo enquanto o líquido âmbar descia pela ponte de seu nariz e pingava de sua ponta redonda. Ele colocou a língua para fora para pegar as gotas e fez uma careta quando sentiu o gosto.

– Eca! – exclamou ele. – Xixi de cavalo.

Marsali emitiu um "shh" breve e chocado para ele, mas o padre apenas riu, tirou Germain da mesa e fez um gesto para Bree.

Ela segurou Jemmy acima da mesa, aconchegado em seus braços como um sacrifício. Olhava com atenção para o rosto do bebê, mas eu vi sua cabeça se virar de leve, a atenção presa a algo do lado de fora. *Havia* sons no caminho abaixo; eu ouvi vozes. Um grupo de homens, pensei, conversando entre si, as vozes alegres, mas não embriagadas.

Fiquei tensa, tentando não olhar para Jamie. Se eles entrassem, eu pegaria Germain, correria para a lateral mais distante da tenda e fugiria. Pousei a mão na gola da blusa dele, por segurança. Então, senti um leve toque quando Bree se apoiou em mim.

– Está tudo bem, mãe – sussurrou ela. – São Roger e Fergus. – Ela fez um gesto com a cabeça na direção da escuridão e em seguida voltou a olhar para Jemmy.

Eram eles, percebi, e a pele das minhas têmporas se arrepiou de alívio. Agora que eu sabia, conseguia identificar o som levemente anasalado e imperioso da voz de Fergus, fazendo um discurso qualquer, e um murmúrio baixo em escocês que pensei que deveria ser de Roger. Um ruído mais agudo que reconheci como sendo do sr. Goodwin cortou a noite, seguido por um comentário na voz aristocrática do sr. Lillywhite.

Olhei para Jamie dessa vez. Ele ainda segurava o punhal, mas sua mão pendia ao lado do corpo e os ombros tinham perdido um pouco da tensão. Ele sorriu para mim de novo, e dessa vez eu retribuí.

Jemmy estava acordado, mas sonolento. Não fez qualquer objeção ao óleo, mas se assustou com o toque frio do uísque em sua testa, abrindo os olhos e balançando os braços. Emitiu um "iih" estridente de protesto, enquanto Bree o ajeitava depressa no cobertor em seu colo, cobria seu rosto e tentava decidir se ele estava incomodado o suficiente para começar a chorar.

Ela deu tapinhas nas costas dele como quem toca um tambor e começou a cochichar em seu ouvido para distraí-lo. Ele se acalmou, enfiando um polegar na boca e olhando com suspeita para as pessoas, mas, a essa altura, o padre Kenneth já estava despejando uísque em Joan, que dormia nos braços de Marsali.

– Eu a batizo, Joan Laoghaire Claire Fraser – disse ele, acompanhando as instruções de Marsali, e eu olhei para ela, surpresa.

Eu sabia que ela se chamava Joan por causa da irmã mais nova de Marsali, mas não sabia quais seriam os outros nomes da bebê. Senti um leve nó na garganta, observando a cabeça coberta de Marsali se inclinar sobre a da criança. Tanto sua irmã quanto sua mãe, Laoghaire, estavam na Escócia; as chances de qualquer uma das duas conhecer sua homônima eram muito pequenas.

De repente, os olhos oblíquos de Joan se arregalaram e sua boca se abriu. Ela soltou um grito estridente e todos nos assustamos como se uma bomba tivesse explodido no meio de nós.

– Vão em paz para servir ao Senhor! E depressa! – disse o padre Kenneth, colocando de volta a rolha na garrafinha e no frasco, escondendo apressado todos os indícios da cerimônia.

No caminho, ouvi vozes altas, confusas.

Marsali saiu da tenda depressa, com Joan aos berros apertada contra o peito e Germain resmungando agarrado pela mão. Bree se deteve apenas por tempo suficiente para colocar uma das mãos na nuca do padre Kenneth e beijá-lo na testa.

– Obrigada, padre – sussurrou ela, e se foi, em uma confusão de saias e anáguas.

Jamie segurou meu braço e estava me levando para fora da tenda também quando parou por meio segundo na porta, virando-se.

– Padre? – sussurrou. – *Pax vobiscum!*

O padre Kenneth já tinha se sentado à mesa, com as mãos cruzadas e as folhas de papel em branco espalhadas mais uma vez à sua frente. Olhou para Jamie, abriu um sorriso discreto, e seu rosto estava totalmente em paz à luz da lamparina, com olho roxo e tudo.

– *Et cum spiritu tuo*, homem – disse ele, e ergueu três dedos em uma bênção de despedida.

– Por que diabo fez aquilo? – O sussurro de Brianna veio na minha direção, alterado pela irritação.

Ela e Marsali estavam poucos metros à nossa frente, avançando devagar por causa das crianças, mas, próximas como estavam, os corpos cobertos por xales quase não se distinguiam dos arbustos espalhados pelo caminho.

– Fiz o quê? Largue isso, Germain; vamos procurar o papai, sim? Não, não coloque isso na boca!

– Você beliscou Joanie, eu vi! Nós poderíamos ter sido pegos!

– Mas eu tive que fazer isso! – Marsali parecia surpresa com a acusação. – E não ia fazer diferença, de qualquer forma, porque o batismo já tinha sido realizado. Eles não poderiam obrigar o padre Kenneth a voltar atrás, não é mesmo? – Ela riu diante da ideia. – Germain, mandei largar!

– Como assim, você teve que fazer? Solte, Jem, é o meu cabelo! Ai, eu disse para soltar!

Jemmy estava completamente desperto agora, interessado no ambiente que o cercava e querendo explorar, a julgar pelas exclamações repetidas de "Arg!" pontuadas por alguns "Gleb?" curiosos.

– Porque ela estava dormindo! – respondeu Marsali, parecendo escandalizada. – Ela não acordou quando o padre Kenneth despejou a água... ou melhor, o uísque, na cabeça dela. Germain, volte aqui! *Thig air ais a seo*! E você sabe que dá azar quando uma criança é batizada e não chora; é assim que sabemos que o pecado original está saindo dela! Não podia deixar que o *diabhol* permanecesse na minha menina. Não é, *mo mhaorine*?

Ouvi barulhinhos de beijo e um leve balbucio de Joanie, som logo encoberto por Germain, que havia começado a cantar de novo.

Bree deu uma risada divertida, a irritação desaparecendo.

– Ah, entendi. Bem, se você teve um bom motivo, tudo bem. Mas não sei se funcionou com Jemmy e com Germain. Veja como eles estão agindo... eu poderia jurar que estão possuídos. Ai! Não me morda, mocinho, já vou alimentar você!

– Ah, bem, eles são meninos, afinal – disse Marsali com tolerância, falando um pouco alto para ser ouvida acima da algazarra. – Todo mundo sabe que os meninos têm o diabo no corpo; acho que seria preciso muito mais do que apenas um pouco de água benta para afugentar o diabo, mesmo que *fosse* uma água batizada. Germain! Onde aprendeu essa música obscena, seu pestinha?

Sorri e, ao meu lado, Jamie riu baixinho, ouvindo a conversa das garotas. Já estávamos bem longe da cena do crime para temer que fôssemos ouvidos, em meio ao som de música, gaita e riso que surgia por entre as árvores com as luzes dos acampamentos, clareando a escuridão.

As tarefas do dia estavam quase totalmente cumpridas, e as pessoas se preparavam para a ceia, antes que os chamados, as cantorias e a última rodada de visitas começassem. O cheiro de fumaça e ceia se espalhava de forma tentadora pelo ar escuro e frio, e meu estômago roncou em resposta ao seu chamado. Esperava que Lizzie estivesse suficientemente recuperada para ter começado a cozinhar.

– O que é *mo mhaorine*? – perguntei a Jamie. – Não ouvi isso antes.

– Quer dizer "minha batatinha", acho – disse ele. – É irlandês. Ela aprendeu com o padre.

Ele suspirou, parecendo muito satisfeito com a noite até aquele momento.

– Que a Mãe abençoe o padre Kenneth por sua destreza; por um momento, pensei que não conseguiríamos. Aqueles lá são Roger e Fergus?

Duas sombras escuras tinham saído da mata para se juntar às moças, e o som dos risos abafados e das vozes murmuradas, pontuado pelos gritos dos meninos ao verem seus pais, chegou a nós vindo do pequeno grupo das jovens famílias.

– São. E, por falar nisso, minha batatinha – falei, segurando seu braço com firmeza para que ele fosse mais devagar –, o que você pretendia contando ao padre Kenneth tudo aquilo sobre mim e o batedor de manteiga?

– Não vai me dizer que se importou, Sassenach? – perguntou ele com um tom de surpresa.

– Claro que me importei! – respondi.

O sangue aflorou, quente, nas minhas bochechas, mas eu não sabia ao certo se era devido à lembrança da confissão dele ou à lembrança da ocasião original. Senti um calor por dentro ao pensar nisso, e o restante da cólica começou a desaparecer conforme meu útero se contraía e relaxava, acalmado pela prazerosa sensação interior. Não era o momento nem o lugar adequados, mas talvez mais tarde pudéssemos conseguir um pouco de privacidade... Afastei rapidamente esse pensamento.

– Deixando de lado a privacidade, não foi pecado. Somos casados!

– Bem, eu confessei ter mentido, Sassenach – disse ele.

Eu não conseguia ver o sorriso em seu rosto, mas podia percebê-lo em sua voz. Acho que ele percebia a mesma coisa em mim.

– Tive que pensar em um pecado assustador o bastante para afastar Lillywhite, e não podia confessar roubo nem sodomia. Pode ser que eu tenha que fazer negócios com o homem, um dia.

– Ah, então você acha que ele não gostaria de ouvir uma confissão de sodomia, mas consideraria sua atitude em relação a mulheres com roupas molhadas apenas um leve desvio de caráter?

O braço dele estava quente sob o tecido da camisa. Toquei a parte de dentro de seu pulso, aquele ponto vulnerável onde a pele ficava nua, e acariciei a linha da veia que pulsava ali, desaparecendo sob o linho em direção ao coração dele.

– Fale baixo, Sassenach – murmurou ele, tocando minha mão. – Não vai querer que as crianças ouçam. Além disso – confirmou, falando tão baixo que teve de se inclinar e sussurrar no meu ouvido –, não são todas as mulheres. Só aquelas com belos traseiros arredondados.

Ele soltou minha mão e deu um tapa familiar nas minhas nádegas, mostrando considerável precisão no escuro.

– Eu não atravessaria a estrada para ver uma mulher magricela, mesmo que ela estivesse completamente nua e encharcada. Quanto a Lillywhite – disse ele, voltando ao tom de voz habitual, mas sem mover a mão, que moldava o tecido da minha saia ao redor de uma das minhas nádegas. – Ele pode ser protestante, Sassenach, mas ainda assim é homem.

– Não sabia que as duas coisas eram incompatíveis – disse a voz de Roger, vindo da escuridão próxima dali.

Jamie afastou a mão como se meu traseiro estivesse pegando fogo. Não estava, não ainda, mas era inegável que seu toque havia criado algumas faíscas, apesar da umidade. No entanto, a hora de ir para a cama ainda ia demorar.

Parando por tempo suficiente para apertar de leve uma parte da anatomia de Jamie que fez com que ele soltasse um gemido, eu me virei e vi Roger segurando um objeto nos braços, algo que eu não conseguia distinguir bem no escuro. Não era um leitão, pensei, apesar dos guinchos que emitia, mas sim Jemmy, que parecia morder com força os nós dos dedos do pai. Um pequeno punho cor-de-rosa apareceu sob um feixe de luz, cerrado em concentração, e então desapareceu, acertando as costelas de Roger com força.

Jamie resmungou, divertindo-se, mas não se incomodou nem um pouco por ter sua opinião sobre os protestantes ouvida.

– "Todas são boas raparigas", ele citou em escocês, "mas de onde vêm as más esposas?"

– Hã? – perguntou Roger, parecendo um pouco confuso.

– Os protestantes *nascem* com paus – explicou Jamie –, os homens, pelo menos, mas alguns deles os deixam atrofiar por falta de uso. Um homem que passa seu tempo enfiando o... nariz no pecado dos outros não tem tempo de cuidar dos seus.

Disfarcei uma risada dando uma tossida estratégica.

– E alguns se tornam grandes idiotas com a prática – disse Roger, de modo ainda mais seco. – Bem, eu vim agradecer... por ter resolvido a questão do batismo, quero dizer.

Notei a leve hesitação; ele ainda não havia decidido que nome usar para se dirigir diretamente a Jamie. Jamie se referia a ele de maneira imparcial como "pequeno Roger", "Roger Mac" ou "MacKenzie"– mais raramente, pelo apelido gaélico que Ronnie Sinclair dera a Roger, *a Smeòraich*, em homenagem a sua voz. *Tordo Cantor*, era o sentido.

– Eu é que deveria agradecer, *a charaid*. Não teríamos conseguido se não fossem você e Fergus – disse Jamie, o riso deixando sua voz mais calorosa.

O contorno de Roger estava claramente alto e esguio, com o brilho da fogueira de alguma família atrás dele. Ergueu um dos ombros e ajeitou Jemmy no outro braço, secando a baba em sua mão na lateral da calça.

– Sem problema – disse ele, meio incomodado. – Acha que o padre ficará bem? Brianna disse que o maltrataram. Espero que não façam nada contra ele quando se for.

Jamie pensou nisso. Deu de ombros enquanto ajeitava o casaco.

– Acho que ele vai estar seguro, sim... Eu conversei com o xerife.

Houve certa ênfase na palavra "conversei" que deixou seu sentido claro. Um suborno substancial poderia ter sido mais eficaz, mas eu sabia muito bem que nós tínhamos exatamente 2 xelins, 60 centavos e 9 quartos de pêni em dinheiro naquele momento. Era melhor economizar o dinheiro e confiar nas ameaças, pensei. Estava claro que Jamie pensava da mesma maneira.

– Vou conversar com a minha tia – disse ele – e pedir que ela envie uma mensagem ao sr. Lillywhite esta noite, dizendo o que pensa sobre o assunto. Será uma maneira mais eficiente de proteger o padre Kenneth do que qualquer coisa que eu possa dizer.

– Acho que ela não vai ficar muito feliz quando souber que o casamento foi adiado – observei.

E não ficaria. Filha de um senhor das Terras Altas e viúva de um fazendeiro muito rico, Jocasta Cameron estava acostumada a ver as coisas acontecerem a seu modo.

– Não vai, não – concordou Jamie ironicamente –, mas acredito que Duncan vá ficar um pouco aliviado.

Roger riu de modo simpático e caminhou ao nosso lado pela trilha. Ele ajeitou Jemmy, que resmungava sem parar, embaixo do braço como se fosse uma bola.

– Sim, ele vai ficar aliviado. Pobre Duncan. Então, os casamentos estão definitivamente cancelados?

Não consegui ver Jamie franzir o cenho, mas percebi o movimento quando ele balançou a cabeça em dúvida.

– Sim, temo que sim. Eles não me cederam o sacerdote nem mesmo quando prometi que o devolveria pela manhã. Talvez pudéssemos levá-lo à força, mas mesmo assim...

– Duvido que isso resolveria – interrompi, e contei a eles o que tinha escutado enquanto esperava do lado de fora da tenda.

– Então não consigo imaginá-los permitindo que o padre Kenneth realizasse os casamentos – concluí. – Ainda que vocês o resgatassem, eles varreriam a montanha à procura dele, revirando tendas e provocando revolta.

O xerife Anstruther não estaria sozinho; Jamie e sua tia podiam ser admirados entre a comunidade escocesa, mas os católicos em geral, e padres, em particular, não o eram.

– Instruções? – repetiu Jamie, parecendo surpreso. – Tem certeza disso, Sassenach? Foi Lillywhite quem disse que tinha "instruções"?

– Foi – respondi, percebendo pela primeira vez como isso era peculiar. O xerife estava claramente recebendo instruções do sr. Lillywhite, o que era sua obrigação. Mas quem poderia estar dando instruções ao magistrado?

– Há outro magistrado aqui, e alguns juízes de paz, mas certamente... – disse Roger devagar, balançando a cabeça.

Um grito alto interrompeu seus pensamentos. Ele olhou para baixo, e a luz de uma fogueira próxima iluminou a ponta de seu nariz, marcando um sorriso leve enquanto ele falava com o filho.

– O que foi? Está com fome, rapazinho? Não se preocupe, a mamãe volta logo.

– Onde está a mamãe? – perguntei, esquadrinhando sombras à frente.

Um vento leve começara a soprar, e os galhos nus de carvalho e nogueira se agitavam como sabres sobre as nossas cabeças. Ainda assim, Jemmy fez um barulho alto o bastante para que Brianna o escutasse. Ouvi a voz de Marsali distante, mais à frente, envolvida no que parecia ser uma conversa amigável com Germain e Fergus a respeito da ceia, mas não ouvi a voz mais baixa e sussurrada de Brianna, com seu sotaque de Boston.

– Por quê? – perguntou Jamie a Roger, erguendo a voz para ser ouvido acima do vento.

– Por que o quê? Veja, Jem, está vendo? Quer? Sim, claro que quer. Isso, bom menino, morda isso um pouco.

Um feixe de luz refletiu algo brilhante na mão livre de Roger; então o objeto desapareceu, e os gritos de Jemmy pararam abruptamente, seguidos por balbucios.

– O que é isso? Não é pequeno o bastante para que ele engula, é? – perguntei, ansiosa.

– Ah, não. É uma corrente de relógio. Não se preocupe – disse Roger –, estou segurando a ponta. Se ele engolir, posso puxar de volta.

– Por que alguém não ia querer que você se case? – perguntou Jamie pacientemente, ignorando o perigo iminente relacionado ao sistema digestivo do neto.

– Eu? – Roger parecia surpreso. – Acho que ninguém se importa se eu vou me casar, além de mim... e você, talvez – disse ele, com um toque de humor na voz. – Imagino que você gostaria que o menino tivesse um sobrenome. Por falar nisso... – Ele se virou para mim, o vento soprando mechas de seus cabelos e transformando-o em um demônio negro e selvagem – *como* ficou o nome dele? No batizado, quero dizer.

– Jeremiah Alexander Ian Fraser MacKenzie – respondi, esperando ter lembrado direito. – Era o que você queria?

– Ah, eu não me importava muito com o nome – disse Roger, desviando de uma poça no caminho. Tinha começado a garoar de novo; eu sentia as gotículas geladas no meu rosto e via a ondulação na água da poça que a luz do fogo iluminava.

– Eu queria Jeremiah, mas disse a Bree que os outros nomes eram por conta dela. Ela não conseguia se decidir entre John, por causa de John Grey, e... Ian, por causa do primo, mas é claro que são o mesmo nome de qualquer jeito.

Mais uma vez, notei uma leve hesitação e senti o braço de Jamie ficar tenso sob a minha mão. O sobrinho de Jamie, Ian, era uma ferida ainda aberta, fresca na mente de todos, graças à mensagem que tínhamos recebido dele um dia antes. Isso devia ter feito Brianna decidir, por fim.

– Bem, se o problema não são você e a minha filha – Jamie insistiu –, então, quem é? Jocasta e Duncan? Ou o casal de Bremerton?

– Acha que alguém tinha a intenção de impedir os casamentos de hoje à noite? – Roger aproveitou a oportunidade para falar de outra coisa que não fosse Ian Murray. – Não acha que seja apenas uma má vontade em relação às práticas católicas em geral?

– Poderia ser, mas não é. Se fosse, por que esperar até agora para prender o padre? Espere um pouco, Sassenach, já pego você.

Jamie soltou a minha mão e desviou da poça, em seguida virou-se, segurou-me pela cintura e me levantou em um farfalhar de saias. As folhas molhadas estavam escorregadias quando voltei a pôr os pés no chão, mas eu segurei o braço dele para me equilibrar e me endireitar.

– Não. – Jamie continuou a conversa, virando-se na direção de Roger. – Lillywhite e Anstruther não gostam de católicos, imagino, mas por que causar problema agora, se o padre partiria pela manhã de qualquer modo? Eles por acaso acham que ele vai corromper todas as pessoas tementes a Deus da montanha antes do amanhecer se não o mantiverem preso?

Roger riu ao ouvir isso.

– Não, acredito que não. O padre ia fazer alguma outra coisa esta noite, além de realizar casamentos e batizados?

– Talvez algumas confissões – falei, beliscando o braço de Jamie. – Nada mais que eu saiba.

Contraí minhas coxas, sentindo uma mudança alarmante em minhas peças íntimas. Maldição, um dos alfinetes que prendia o tecido entre as minhas pernas havia se soltado quando Jamie me ergueu. Será que eu o havia perdido?

– Será que eles queriam impedi-lo de ouvir a confissão de alguém? Quero dizer, de alguém em especial?

Roger parecia em dúvida, mas Jamie ficou ponderando sobre a ideia.

– Eles não se opuseram a que ele ouvisse a minha. E acho que não se preocupariam com o fato de um católico estar em pecado mortal ou não, já que, para eles, estamos todos destinados ao inferno, de qualquer modo. Mas se soubessem que alguém precisava desesperadamente se confessar e achassem que poderiam ganhar alguma coisa com isso...

– Que quem quer que seja pudesse pagar para ter acesso ao padre? – perguntei, cética. – Jamie, eles são escoceses. Imagino que se fosse uma questão de pagar uma grande quantia por um padre, o assassino ou adúltero católico escocês simplesmente diria um Ato de Contrição e torceria pelo melhor.

Jamie riu baixinho, e eu vi a névoa branca de sua respiração flutuar ao redor de sua cabeça como a fumaça de uma vela; estava esfriando.

– É verdade – disse ele de modo seco. – E se Lillywhite pensou em tirar proveito de confissões, ele está meio atrasado para conseguir algum lucro. Mas e se não fosse uma questão de impedir a confissão de alguém, mas de se certificar de que a ouvissem?

Roger deu um grunhido satisfeito, evidentemente pensando que era uma hipótese promissora.

– Chantagem? Sim, pode ser – disse ele, com aprovação.

O sangue fala mais alto, pensei; educado em Oxford ou não, havia poucas dúvidas de que Roger era escocês. Houve um movimento violento sob seu braço, seguido por um gemido de Jemmy. Roger olhou para baixo.

– Ah, você derrubou o seu brinquedo? Onde está?

Ele ajeitou Jemmy no ombro como se fosse uma trouxa e se abaixou, tateando o chão à procura da corrente do relógio, que Jemmy havia largado na escuridão.

– Chantagem? Acho um pouco difícil – falei, passando a mão sob o nariz, que havia começado a escorrer. – Você quer dizer que eles podem desconfiar que Farquard Campbell, por exemplo, possa ter cometido um crime horrível e, se eles tivessem certeza, poderiam fazê-lo pagar? Isso não é uma ideia um tanto tortuosa? Se você encontrar um alfinete no chão, Roger, é meu.

– Bem, Lillywhite e Anstruther são ingleses, não são? – perguntou Jamie com um sarcasmo delicado que fez Roger rir. – A desonestidade e o jogo duplo são naturais dessa raça, não, Sassenach?

– Que absurdo! – falei com paciência. – O roto falando mal do esfarrapado. Além disso, eles não tentaram ouvir a *sua* confissão.

– Não tenho nada com que ser chantageado – disse Jamie, apesar de ser bem claro que ele só estava argumentando para se divertir.

– Mesmo assim – comecei, mas fui interrompida por Jemmy, que ficava cada vez mais inquieto, remexendo-se enquanto soltava gritinhos. Roger resmungou, pegou algo entre os dedos e se levantou.

– Encontrei o seu alfinete – disse ele. – Mas nem sinal da corrente.

– Alguém vai encontrá-la pela manhã – falei, elevando a voz para ser ouvida. – Talvez seja melhor você deixá-lo comigo.

Estendi os braços para o bebê, e Roger o entregou com certo alívio, compreensível quando senti o cheiro que vinha da fralda de Jemmy.

– *De novo*? – perguntei.

Aparentemente considerando minha reação uma reprimenda, ele fechou os olhos e começou a uivar como uma sirene.

– Onde está a Bree? – perguntei, tentando aconchegá-lo e mantê-lo a uma distância segura de meu corpo, por motivos de higiene. – Ai!

Ele parecia ter aproveitado a escuridão para desenvolver membros extras, que se debatiam sem parar.

– Ah, ela foi resolver uma coisa – disse Roger, com um ar vago que fez Jamie virar a cabeça depressa.

A luz iluminou seu perfil, e eu vi as sobrancelhas grossas e ruivas unidas em desconfiança. O fogo iluminava a ponte comprida e reta de seu nariz quando ele o ergueu, desconfiado. Obviamente, suspeitava de alguma coisa. Virou-se para mim, erguendo a sobrancelha. Eu sabia de alguma coisa?

– Não faço ideia – garanti. – Vou até a fogueira dos McAllisters para pegar um pano limpo emprestado. Nós nos vemos no nosso acampamento daqui a pouco.

Sem esperar resposta, segurei o bebê com firmeza e passei pelos arbustos, caminhando em direção ao acampamento mais próximo. Georgiana McAllister tinha gêmeos recém-nascidos – eu tinha feito o parto quatro dias antes – e ficou satisfeita em poder me dar uma fralda limpa e um arbusto privado atrás do qual eu pudesse me ajeitar. Depois disso, conversei com ela e dei uma olhada nos gêmeos, todo o tempo pensando nas revelações recentes. Entre o tenente Hayes e sua Proclamação, as maquinações de Lillywhite e companhia, e o que Bree e Roger estavam tramando, a montanha parecia um antro de conspirações.

Eu estava feliz por termos conseguido realizar os batizados – na verdade, fiquei surpresa ao descobrir como me sentia grata por isso –, mas tinha que admitir que sentia certo incômodo com o casamento cancelado de Brianna. Ela não dissera muito a esse respeito, mas eu sabia que ela e Roger estavam ansiosos para ter sua união abençoada. A luz da fogueira cintilou brevemente, de modo acusador, no anel de ouro na minha mão esquerda, e mentalmente ergui as mãos na direção de Frank.

E o que você espera que eu faça?, perguntei em silêncio, enquanto por fora concordava com a opinião de Georgiana a respeito do tratamento de oxiúros.

– Senhora? – Uma das meninas mais velhas dos McAllisters, que havia se oferecido para trocar Jemmy, interrompeu a conversa, segurando delicadamente um objeto longo e sujo entre os dedos. – Encontrei isto dentro da roupa do bebê; talvez seja do seu marido?

– Minha nossa!

Fiquei chocada ao ver a corrente, mas um lampejo de racionalidade corrigiu minha impressão alarmada de que Jemmy havia engolido o objeto. Demoraria horas e horas para que um objeto sólido atravessasse o trato digestivo de uma criança, por mais ativo que fosse; evidentemente, ele havia apenas derrubado a corrente dentro da roupa, e ela fora parar dentro da fralda.

– Pode me dar, moça. – Ao ver a corrente do relógio, o sr. McAllister estendeu a mão e a pegou com uma careta.

Tirou um lenço grande da calça e limpou o objeto com cuidado, deixando à mostra o brilho dos elos de prata e de um pendente arredondado, no qual havia uma espécie de brasão.

Reparei no pendente com certo receio, e resolvi que precisava repreender Roger para que não desse qualquer coisa para Jemmy enfiar na boca. Ainda bem que o pendente não tinha escapado.

– Ora, é do sr. Caldwell, com certeza! – Georgiana se inclinou para a frente, espiando sobre as cabeças das gêmeas que estava amamentando.

– É? – O marido estreitou os olhos para o objeto, procurando os óculos no bolso da camisa.

– Sim, tenho certeza! Eu o vi enquanto ele pregava no domingo. Eu estava começando a sentir as dores – explicou ela, virando-se para mim – e eu tive que sair antes de ele terminar. Ele me viu virando para partir, e deve ter achado que tinha passado do horário, pois tirou o relógio do bolso para checar, e eu vi o brilho daquela pecinha arredondada na ponta da corrente.

– Isso se chama brasão, *a nighean* – disse o marido apoiando um par de lentes em meia-lua no nariz e virando o pequeno emblema de metal entre os dedos. – Mas tem razão, é do sr. Caldwell.

Um dedo ossudo traçou o contorno do desenho no brasão: um cetro, um livro aberto, um sino e uma árvore, em cima de um peixe com um anel na boca.

– É da Universidade de Glasgow. O sr. Caldwell é um acadêmico – disse ele, os olhos azuis arregalados. – Estudou para aprender a pregar, e aprendeu muito bem. Você perdeu um fim muito interessante, Georgie – disse ele, virando-se para a esposa. – Ele corou tanto, falando sobre a Abominação da Desolação e sobre a ira no fim do mundo, que pensei que teria um ataque apoplético, e então o que faríamos? Ele não poderia contar com Murray MacLeod, o sr. Caldwell considerava Murray um herético... Ele é da Nova Luz, o Murray – o sr. McAllister me explicou. – E a sra. Fraser é uma papista, além de estar ocupada com você e as crianças.

Ele se inclinou e deu um tapinha delicado na cabeça de uma das gêmeas, que não prestou atenção, totalmente concentrada em sugar.

– Hum. Bem, no que me diz respeito naquele momento, o sr. Caldwell podia explodir – disse ela com franqueza. Ajeitou os dois bebês e se acomodou com mais conforto. – Quanto a mim, não me incomodaria se a parteira fosse índia ou inglesa... Ah, e me perdoe, sra. Fraser... Desde que soubesse pegar um bebê e estancar o sangramento.

Eu murmurei algo modesto, dispensando as desculpas de Georgiana, interessada em descobrir mais sobre a origem da corrente do relógio.

– O sr. Caldwell. Ele é um pregador, você disse?

Uma suspeita começava a se formar na minha mente.

– Ah, sim, foi o que eu soube – assegurou-me o sr. McAllister. – E ouvi bastante coisa. Agora, o sr. Urmstone é um grande pregador no que se refere aos pecados, mas já está no ofício há anos e está um pouco rouco agora, então é preciso se posicionar bem na frente dele para ouvi-lo... E isso é um pouco perigoso, sabe, já que são os pecados das pessoas da frente que ele começa a abordar. O rapaz da Nova Luz, no entanto, ele não tem voz.

Ele rebaixou o pobre pregador com o desdém de uma autoridade.

– O sr. Woodmason é satisfatório. Um pouco rígido nas maneiras, como todo inglês, não? Mas muito confiável na hora de aparecer para os seus serviços, há anos. Mas o jovem sr. Campbell da igreja Barbecue...

– Este bebê está faminto, senhora – a moça que segurava Jemmy nos interrompeu. Evidente; ele estava com o rosto vermelho e chorava. – Devo dar a ele um pouco de mingau?

Olhei depressa para a panela no fogo; estava fervilhando, provavelmente bem cozido o suficiente para matar a maioria dos germes. Peguei a colher de osso que levava no bolso, que eu sabia estar razoavelmente limpa, e a entreguei à menina.

– Muito obrigada. Agora, quanto a esse sr. Caldwell, ele por acaso não seria presbiteriano, seria?

O sr. McAllister pareceu surpreso, e então sorriu diante de minha perspicácia.

– Sim, ele é! A senhora já ouviu falar dele, então, sra. Fraser?

– Acho que meu genro talvez o conheça – respondi, com um toque de ironia.

Georgiana riu.

– Devo dizer que seu neto, pelo menos, o conhece. – Ela assentiu para a corrente na palma ampla do marido. – Crianças desse tamanho são como pegas: catam qualquer coisa brilhante que encontrem.

– É verdade – falei lentamente, olhando para a corrente de prata e seu pendente.

Aquilo dava um contorno diferente à questão. Se Jemmy tivesse enfiado a mão no bolso do sr. Caldwell, obviamente tinha sido algum tempo antes de Jamie organizar o batizado improvisado.

Mas Bree e Roger souberam da prisão do padre Kenneth e do possível cancelamento do casamento muito antes disso; teriam tido tempo suficiente para fazer outros planos enquanto Jamie e eu lidávamos com Rosamund, Ronnie e outras crises. Tempo suficiente para Roger conversar com o sr. Caldwell, o ministro presbiteriano – com Jemmy junto.

Assim que Roger confirmou a impossibilidade de o padre realizar qualquer casamento naquela noite, Brianna havia desaparecido para realizar alguma "tarefa" vaga. Bem, se o padre Kenneth quisera conversar com um noivo presbiteriano antes de casá-lo, acredito que o sr. Caldwell teria o mesmo privilégio com uma noiva católica.

Jemmy devorava o mingau como uma piranha faminta. Não podíamos partir ainda. Tudo bem, pensei; Brianna que contasse a seu pai a novidade de que, afinal, se casaria – com padre ou sem.

Estendi minha saia para que a barra úmida secasse, e a luz da fogueira reluziu nas minhas duas alianças. Senti uma forte vontade de rir ao pensar no que Jamie diria quando descobrisse, mas me contive, sem querer explicar o motivo para os McAllisters.

– Posso ficar com isso? – perguntei ao sr. McAllister, assentindo na direção da corrente do relógio. – Acho que vou me encontrar com o sr. Caldwell mais tarde.

14

FELIZ A NOIVA SOBRE A QUAL A LUA BRILHA

Tivemos sorte. A chuva parou, e as nuvens se espalharam, revelando uma lua prateada, subindo assimétrica mas luminosa acima da encosta da montanha Negra; iluminação adequada para um casamento íntimo em família.

Eu já conhecia David Caldwell, mas só me lembrei disso quando o vi; um senhor franzino, mas muito bem-apessoado, com roupas asseadas, apesar de estar acampando a céu aberto havia uma semana. Jamie também o conhecia e o respeitava. Isso não impediu certa tensão na expressão quando o ministro apareceu à luz da fogueira, com o livro de orações surrado nas mãos, mas eu cutuquei Jamie e ele alterou sua expressão, tornando-a inescrutável.

Vi Roger olhar em nossa direção e em seguida se virar para Bree. Talvez ele estivesse esboçando um sorriso, ou podia ser apenas o efeito das sombras. Jamie soltou o ar com força pelo nariz, e eu o cutuquei de novo.

– Você fez como quis no batizado – sussurrei.

Ele ergueu levemente o queixo. Brianna olhou em nossa direção, parecendo um pouco ansiosa.

– Eu não disse uma palavra, disse?

– É um casamento cristão perfeitamente respeitável.

– Eu disse que não era?

– Então, *pareça* feliz, inferno! – sussurrei.

Ele soltou o ar mais uma vez e adotou uma expressão de benevolência que ficava a um passo da completa imbecilidade.

– Melhor assim? – perguntou ele, os dentes cerrados em um sorriso.

Vi Duncan Innes se virar casualmente um nossa direção, sobressaltar-se e voltar-se para o outro lado depressa, murmurando algo para Jocasta, que estava perto do fogo, os cabelos brancos brilhando e uma venda sobre os olhos prejudicados para protegê-los da luz. Ulysses, em pé atrás dela, havia colocado a peruca em homenagem à cerimônia; era só o que conseguia ver dele na escuridão, flutuando, aparentemente sem corpo, no ar acima do ombro dela. Enquanto eu observava, ele se virou de lado, olhou para nós, e eu vi o brilho tênue de seus olhos abaixo da peruca.

– Quem é aquele, *grand-mère*?

Germain escapara, como sempre, dos cuidados dos pais e, parado perto dos meus pés, apontou com curiosidade para o reverendo Caldwell.

– É um ministro, querido. A tia Bree e o tio Roger vão se casar.

– Ministro?

Respirei fundo, mas Jamie foi mais rápido que eu.

– É um tipo de padre, mas não exatamente.

– Um padre ruim?

Germain olhou para o reverendo Caldwell com muito mais interesse.

– Não, não – respondi. – Ele não é um padre ruim. É só que... bem, nós somos católicos, e os católicos têm padres, mas o tio Roger é presbiteriano...

– Isso quer dizer um herege – disse Jamie, prestativo.

– *Não* é um herege, querido. O *grand-père* está sendo engraçado... ou achando que é. Os presbiterianos são...

Germain não estava prestando atenção em minha explicação; em vez disso, inclinara a cabeça para trás, olhando para Jamie com fascínio.

– Por que o *grand-père* está fazendo caretas?

– Estamos muito felizes – explicou Jamie ainda com um sorriso forçado.

– Ah. – Germain o imitou de forma grosseira, com os dentes cerrados e olhos arregalados. – Assim?

– Sim, querido – respondi, com ênfase. – *Exatamente* assim.

Marsali nos encarou, piscou e puxou a manga de Fergus. Ele se virou, estreitando os olhos para nós.

– Fique feliz, pai! – Germain apontou para seu enorme sorriso. – Está vendo?

Fergus entortou a boca ao olhar para o filho e para Jamie. Seu rosto ficou inexpressivo por um momento, e em seguida se ajustou em um sorriso enorme e falso. Marsali deu um chute em sua canela. Ele fez uma careta, mas não desfez o sorriso.

Brianna e Roger estavam fazendo uma reunião de última hora com o reverendo Caldwell, do outro lado da fogueira. Brianna se virou, afastando os cabelos soltos, viu os rostos sorridentes e os encarou, ligeiramente boquiaberta. Em seguida olhou para mim, e eu dei de ombros.

Seus lábios estavam contraídos, mas esboçavam um sorriso. Seus ombros tremeram com o riso contido. Senti Jamie estremecer ao meu lado.

O reverendo Caldwell deu um passo à frente com um dedo no livro, no ponto exato, colocou os óculos no nariz e sorriu para as pessoas reunidas, hesitando um pouco ao ver a fileira de semblantes mal-intencionados.

Ele pigarreou e abriu o Livro de Adoração.

– Caríssimos, estamos aqui reunidos na presença de Deus...

Senti Jamie relaxar um pouco conforme as palavras eram ditas, evidenciando pouca familiaridade, mas não grandes peculiaridades. Supus que ele nunca participara de uma cerimônia protestante – a menos que se considerasse o batizado improvisado que Roger realizara entre os moicanos. Fechei os olhos e fiz uma oração para o jovem Ian, como sempre fazia quando pensava nele.

– Lembremos, com respeito, que Deus estabeleceu e santificou o casamento para o bem-estar e a felicidade da raça humana...

Abrindo os meus olhos, vi que todos os outros se focavam em Roger e em Brianna, que estavam de frente um para o outro, mãos entrelaçadas. Eles formavam um belo par, quase da mesma altura: ela era clara e ele, escuro, como uma fotografia e seu negativo. Seus rostos não eram nada parecidos, mas os dois tinham ossos fortes e curvas acentuadas, o legado que compartilhavam do clã MacKenzie.

Olhei para o outro lado da fogueira e vi as mesmas características em Jocasta, alta e bonita, o rosto cego virado em concentração na direção do som da voz do ministro. Enquanto eu observava, vi que ela estendeu o braço e pousou a mão no braço de Duncan, pressionando de leve os longos dedos alvos. O reverendo Caldwell havia se oferecido gentilmente para realizar o casamento deles também, mas Jocasta tinha se recusado, preferindo esperar por uma cerimônia católica.

– Não estamos com pressa, afinal, não é, querido? – perguntara a Duncan, virando-se para ele com uma demonstração de deferência que não enganava ninguém. Ainda assim, achei que Duncan parecera aliviado, e não desapontado, com o fato de o casamento ser adiado.

– Por meio de Seus apóstolos, Ele orientou aqueles que entram nessa relação a cultivar o amor e o respeito mútuos...

Duncan pousara a mão sobre a de Jocasta, com um surpreendente ar de afeto. Aquele casamento não seria feito de amor, pensei, mas de carinho mútuo...

– Peço a vocês dois, diante do grande Deus, o Investigador de todos os corações, que se algum de vocês tiver qualquer motivo pelo qual este casamento não possa ocorrer, que diga agora. Pois saibam que se as pessoas forem unidas em contrariedade com a Palavra de Deus, a união não será abençoada por Ele.

O reverendo Caldwell fez uma pausa, olhando para Roger e para Brianna. Roger balançou a cabeça levemente, olhos fixos no rosto de Bree. Ela sorriu discretamente em resposta, e o reverendo pigarreou e continuou.

O clima de hilaridade silenciosa ao redor da fogueira tinha se dissipado; não havia outro som além da voz contida do reverendo e do crepitar das chamas.

– Roger Jeremiah, aceita esta mulher como sua esposa, e jura ser leal a ela, no amor e no respeito, em todas as obrigações e serviços, na fé e no carinho, para viver com ela e prezá-la de acordo com os ensinamentos de Deus, no elo sagrado do casamento?

– Aceito – respondeu Roger com a voz grave e rouca.

Ouvi um suspiro profundo à minha direita e vi Marsali recostar a cabeça no ombro de Fergus com uma expressão sonhadora. Ele virou a cabeça e beijou a testa dela, e então recostou a cabeça de cabelos escuros na alvura do lenço dela.

– Aceito – disse Brianna com clareza, erguendo o queixo e olhando no rosto de Roger, em resposta à pergunta do ministro.

O sr. Caldwell olhou com bondade ao redor.

– Quem entrega esta mulher para se casar com este homem?

Houve uma breve pausa, e senti Jamie se remexer, pego de surpresa. Apertei o braço dele e vi o brilho da fogueira reluzir na aliança na minha mão.

– Ah, eu, com certeza! – respondeu ele.

Brianna virou a cabeça e sorriu para ele, os olhos cheios de amor. Ele sorriu para ela e em seguida pestanejou, pigarreando, e apertou minha mão com força.

Senti um leve nó na garganta enquanto eles faziam seus juramentos, lembrando-me dos meus dois casamentos. E Jocasta?, perguntei-me. Ela havia se casado três vezes. Que ecos do passado ela ouvia naquelas palavras?

– Eu, Roger Jeremiah, recebo você, Brianna Ellen, como minha legítima esposa...

A luz da lembrança brilhava na maioria dos rostos das pessoas reunidas ao redor da fogueira. Os Bugs estavam próximos, olhando um para o outro com uma chama idêntica de devoção. O sr. Wemyss, ao lado da filha, inclinou a cabeça e fechou os olhos, com uma expressão que era um misto de alegria e tristeza, sem dúvida pensando na esposa, falecida havia anos.

– Na riqueza e na pobreza...

– Na alegria e na tristeza...

– Na saúde e na doença...

O rosto de Lizzie estava enlevado, os olhos arregalados diante do mistério que se desenrolava à sua frente. Em quanto tempo seria a vez dela de ficar de pé diante de testemunhas e fazer aquelas promessas maravilhosas?

Jamie estendeu o braço e segurou minha mão, entrelaçando os dedos nos meus, e a prata do meu anel ficou vermelha à luz das chamas. Olhei para o rosto dele e vi a promessa dita em seus olhos, como estava nos meus.

– Até que a morte nos separe.

15

AS CHAMAS DA DECLARAÇÃO

A grande fogueira estava acesa, a madeira úmida estalando como tiros de pistola contra a encosta da montanha – um tiro distante, porém, e que mal era notado em meio ao barulho das exclamações de alegria.

Apesar de ter escolhido não ser casada pelo reverendo Caldwell, ainda assim Jocasta tivera a generosidade de oferecer uma pomposa festa de casamento para celebrar as núpcias de Roger e Brianna. Vinho, cerveja e uísque fluíam como água sob os cuidados de Ulysses, cuja peruca branca se movimentava em meio à multidão no nosso acampamento, ágil como uma mariposa ao redor da chama de uma vela.

Apesar da umidade gelada e das nuvens que tinham voltado a se acumular acima de nós, pelo menos metade da Reunião estava ali, dançando ao som da música do violino e da gaita, reunindo-se como gafanhotos ao redor das mesas de comida e bebendo à saúde dos recém-casados – e à dos que se casariam em breve – com tanto entusiasmo que se todos os votos se tornassem realidade, Roger, Bree, Jocasta e Duncan viveriam mil anos, pelo menos.

Eu achava que poderia viver uns cem anos. Não sentia dor, nada além de uma grande sensação de bem-estar e de felicidade e uma agradável sensação de dissolução iminente.

De um lado da fogueira, Roger tocava um violão emprestado, fazendo uma serenata para Bree diante de um arrebatado círculo de ouvintes. Mais perto, Jamie estava sentado em um tronco com Duncan e sua tia, conversando com amigos.

– Senhora? – Ulysses apareceu ao meu lado, com a bandeja na mão e resplandecente de uniforme, comportando-se como se estivesse no salão em River Run, em vez de na encosta encharcada de uma montanha.

– Obrigada.

Aceitei um copo cheio de alguma coisa que descobri ser conhaque. Um conhaque muito bom, por sinal. Beberiquei e deixei que ele penetrasse nos meus seios nasais. Antes que conseguisse sorver mais um gole, no entanto, tomei consciência de uma repentina pausa na alegria à nossa volta.

Jamie olhou ao redor e em seguida se levantou e estendeu o braço para mim. Fiquei um pouco surpresa, mas me apressei em colocar o copo na bandeja de Ulysses, ajeitei os cabelos, prendi meu lenço e tomei lugar ao lado dele.

– *Thig a seo, a bhean uasa* – disse ele, sorrindo para mim. – Venha, moça.

Ele se virou e ergueu o queixo, chamando os outros. Roger deixou de lado o violão, cobrindo-o cuidadosamente com uma lona, e estendeu a mão para Bree.

– *Thig a seo, a bhean* – disse ele, sorrindo.

Com um olhar surpreso, ela se levantou, com Jemmy no colo.

Jamie ficou parado, esperando, e pouco a pouco os outros se levantaram, afastando agulhas de pinheiro e batendo a areia das barras e dos assentos, rindo e murmurando, confusos. Os dançarinos também pararam de rodopiar e foram ver o que estava acontecendo, a música do violino desvanecendo em meio aos murmúrios de curiosidade.

Jamie desceu comigo pelo caminho escuro em direção às chamas da grande fogueira mais abaixo, e os outros o seguiram, especulando baixinho. No fim da clareira principal, ele se virou e esperou. Figuras escuras apareceram em meio às sombras; a silhueta de um homem apareceu na frente da fogueira, com o braço erguido.

– Os Menzies estão aqui! – disse o homem, e jogou o galho que carregava no fogo. Gritos distantes foram ouvidos, de pessoas do seu clã que estavam próximas dali.

Outro tomou seu lugar – MacBean – e outro – Ogilvie. Então, chegou a nossa vez.

Jamie seguiu em frente sozinho, na direção da luz das chamas crepitantes. A fogueira era feita de carvalho e pinheiro e as chamas superavam um homem alto, línguas de um amarelo transparente, tão puras e ardentes que quase chegavam a ser brancas em contraste com o céu escuro. A luz dela brilhava no rosto dele, na cabeça e nos ombros, e lançava uma sombra comprida que se estendia até a metade da clareira atrás dele.

– Estamos reunidos aqui para receber velhos amigos – disse ele em gaélico. – E para encontrar novos, na esperança de que possam se unir a nós na construção de uma nova vida neste novo país.

A voz dele era profunda e arrebatadora; os últimos fragmentos de conversa se dissiparam enquanto as pessoas ao redor da fogueira silenciavam e esticavam o pescoço para ouvir.

– Todos passamos por muitas dificuldades na estrada até aqui.

Ele se virou lentamente, olhando de rosto em rosto ao redor da fogueira. Muitos dos homens de Ardsmuir estavam lá: vi os irmãos Lindsays, à vontade como um trio de sapos; o rosto de raposa de Ronnie Sinclair, com os cabelos ruivos penteados para trás; os traços romanos de Robin McGillivray. Todos observando das sombras, com a sobrancelha e a ponte do nariz brilhando, cada rosto iluminado pelo fogo.

Sob a influência do conhaque e da emoção, eu podia ver com facilidade também as fileiras de fantasmas atrás deles: as famílias e os amigos que ainda permaneciam na Escócia, na terra... ou embaixo dela.

O rosto de Jamie estava marcado pela sombra, e a luz da fogueira mostrava a marca do tempo e do esforço em seu corpo, assim como o vento e a chuva marcam a pedra.

– Muitos de nós morreram em batalhas – disse ele, a voz quase inaudível acima do som do fogo. – Muitos morreram queimados. Muitos morreram de fome. Muitos morreram no mar, muitos morreram em decorrência de ferimentos e doenças. – Ele fez uma pausa. – Muitos morreram de tristeza.

Ele olhou para além do círculo iluminado pelo fogo por um momento, e pensei que talvez ele estivesse procurando o rosto de Abel MacLennan. Ergueu o copo e o manteve erguido em saudação por um momento.

– *Slàinte*! – murmurou uma dezena de vozes, crescendo como o vento.

– *Slàinte*! – repetiu ele, e então virou o copo, de forma que um pouco do conhaque caiu nas chamas, onde sibilou e se queimou azul por um instante.

Ele baixou o copo e parou por um momento, baixando a cabeça. Em seguida a levantou e ergueu o copo em direção a Archie Hayes, que estava do outro lado da fogueira, com o rosto redondo indecifrável, o fogo reluzindo em sua gargantilha de prata e no broche de seu pai.

– Enquanto lamentamos a perda daqueles que morreram, também devemos prestar homenagem àqueles que lutaram e sofreram com igual esforço... e sobreviveram.

– *Slàinte*! – veio a saudação, mais alta dessa vez, com o ressoar das vozes masculinas.

Jamie fechou os olhos por um instante e em seguida voltou a abri-los, olhando na direção de Brianna, que estava ao lado de Lizzie e Marsali, com Jemmy no colo. A crueza e a força de seus traços contrastavam com a inocência das crianças e seus rostinhos arredondados e com a suavidade das jovens mães – ainda que, mesmo em sua delicadeza, pensei, a luz do fogo mostrasse os veios do granito escocês em seus ossos.

– Prestamos homenagem às nossas mulheres – disse ele, erguendo o copo para Brianna, Marsali e por fim virando-se para mim. Ele esboçou um sorriso. – Pois elas são a nossa força. E nossa vingança contra os nossos inimigos será, por fim, a vingança do berço. *Slàinte*!

Em meio aos gritos da multidão, ele esvaziou o copo de madeira e o jogou no fogo, onde permaneceu escuro e redondo por um momento e em seguida explodiu em uma chama brilhante.

– *Thig a seo*! – disse ele, estendendo a mão direita para mim. – *Thig a seo, a Shorcha, nighean Eanruig, neart mo chridhe*. – *Venha até mim*, disse ele. *Venha até mim, Claire, filha de Henry, força do meu coração.* Mal sentindo meus pés ou aqueles nos quais pisava, fui até ele e segurei sua mão, sentindo-a fria, mas forte sobre os meus dedos.

Eu o vi virar a cabeça; estaria procurando Bree? Mas não, ele estendeu a outra mão em direção a Roger.

– *Seas ri mo làmh, Roger an t'òranaiche, mac Jeremiah MacChoinneich!* – *Fique do meu lado, Roger, o cantor, filho de Jeremiah MacKenzie.*

Roger ficou imóvel por um momento, os olhos fixos em Jamie, e então foi em direção a ele, como um sonâmbulo. A multidão ainda estava animada, mas os gritos tinham diminuído, e as pessoas esticavam o pescoço para ouvir o que era dito.

– Fique ao meu lado na batalha – disse ele em gaélico, os olhos fixos em Roger, a mão esquerda estendida. Ele falava lenta e claramente, para ser compreendido. – Seja um escudo para a minha família, e para a sua, filho do meu lar.

A expressão de Roger pareceu se dissolver de repente, como um rosto refletido na água quando uma pedra é jogada nela. Então o rosto se solidificou de novo, e ele segurou a mão de Jamie, apertando com força.

Jamie se virou para a multidão naquele momento e começou a chamar. Era algo que eu já tinha visto ele fazer antes, muitos anos antes, na Escócia. Um convite e uma identificação formais dos arrendatários por um senhor; era uma cerimônia pequena, normalmente realizada a cada trimestre ou depois da colheita. Rostos se iluminaram aqui e acolá em reconhecimento; muitos dos escoceses das Terras Altas conheciam o costume, mas não o tinham visto naquela terra antes.

– Venha até mim, Geordie Chisholm, filho de Walter, filho de Connaught, o Vermelho!

– Fique comigo, *a Choinneich*, Evan, Murdo, filhos de Alexander Lindsay do Vale!

– Venha para o meu lado, Joseph Wemyss, filho de Donald, filho de Robert!

Eu sorri ao ver o sr. Wemyss, corado mas muito lisonjeado com aquela inclusão pública, se aproximar de nós, a cabeça erguida com orgulho, os cabelos claros soltos ao vento da grande fogueira.

– Fique ao meu lado, Josiah, o caçador!

Josiah Beardsley estava ali? Sim, estava; uma figura escura e esguia saiu das sombras e se posicionou com timidez no grupo próximo de Jamie. Olhei nos olhos dele e sorri; ele desviou o olhar depressa, mas um sorriso discreto e tímido permaneceu em seus lábios, como se ele tivesse se esquecido de que sorria.

Quase quarenta homens, corados de orgulho e de uísque. Vi Roger trocar um olhar com Brianna, que lhe sorria do outro lado da fogueira. Ela abaixou a cabeça para sussurrar algo para Jemmy, que estava enrolado em seus cobertores, sonolento nos braços dela. Ela segurou a mão dele e a abanou para Roger, que riu.

–... *Air mo mhionnan*...

Distraída, ouvi apenas as últimas palavras de Jamie. Mas o que quer que ele tivesse dito foi recebido com aprovação: ouviu-se um murmúrio de pessoas concordando solenemente ao nosso redor, seguido de um momento de silêncio.

Então ele soltou a minha mão, abaixou-se e pegou um galho do chão. Ele o acendeu nas chamas da fogueira e o atirou bem alto no ar. O galho bateu de ponta a ponta ao cair no meio do fogo.

– Os Frasers da Cordilheira estão aqui! – gritou ele, e a clareira explodiu em uma grande comemoração.

Quando subimos a encosta para retomar as comemorações interrompidas, eu me vi ao lado de Roger, que murmurava alguma coisa alegre. Coloquei a mão em sua manga, e ele olhou para mim, sorrindo.

– Parabéns – falei, sorrindo de volta. – Bem-vindo à família... filho da casa.

Ele abriu um largo sorriso.

– Obrigado – disse. – Mãe.

Chegamos a um trecho plano e caminhamos lado a lado por um momento, em silêncio. Então ele disse com um tom bem diferente:

– Aquilo foi... muito especial, não foi?

Eu não sabia se ele se referia a algo especial em termos históricos ou em termos pessoais. De qualquer modo, ele estava certo, e eu assenti.

– Não ouvi a última parte – falei. – E não sei o que quer dizer *earbsachd*. Você sabe?

– Ah... sim. Sei.

Estava bem escuro ali, no espaço entre as fogueiras; dele, eu via apenas uma mancha mais escura contra a escuridão dos arbustos e das árvores. Havia uma nota estranha em sua voz. Ele pigarreou.

– É uma espécie de juramento. Ele, Jamie, fez uma promessa a nós, a sua família e seus arrendatários. Apoio, proteção, esse tipo de coisa.

– Ah, é? – perguntei, meio confusa. – O que quer dizer com "uma espécie de juramento"?

– Ah, bem. – Ele ficou em silêncio por um momento, medindo as palavras. – Significa uma palavra de honra, em vez de apenas um juramento – disse ele cuidadosamente. – *Earbsachd* – ele pronunciou com cuidado – era considerada a característica distintiva dos MacCrimmons de Skye e significava basicamente que, quando davam a sua palavra, eles a cumpriam a qualquer preço. Se um MacCrimmon dizia que ia fazer alguma coisa – ele fez uma pausa e inspirou –, ele a fazia, mesmo que tivesse que queimar até a morte para isso.

Ele segurou meu cotovelo com uma firmeza surpreendente.

– Venha – disse ele baixinho. – Deixe-me ajudar. Está escorregadio.

16

NA NOITE DO NOSSO CASAMENTO

– Pode cantar para mim, Roger?

Ela estava parada na entrada da tenda, olhando para a frente. Por trás, ele não conseguia ver nada além da sua silhueta contra o cinza do céu cheio de nuvens, seus cabelos longos ao vento. Ela os deixara soltos para se casar – cabelo de donzela, apesar de ela já ter um filho.

Estava frio naquela noite, muito diferente da primeira em que ficaram juntos, aquela noite quente e linda que havia terminado em raiva e traição. Meses de outras noites separavam aquela noite desta – meses de solidão, meses de alegria. Ainda assim, o coração dele batia tão acelerado agora quanto na primeira noite de casados.

– Sempre vou cantar para você, minha linda.

Ele ficou atrás dela, puxando-a para que se recostasse nele, a cabeça apoiada no ombro dele, os cabelos frios contra o seu rosto. Ele envolveu a cintura dela, enlaçando-a. Inclinou a cabeça e encostou o nariz na curva de sua orelha.

– Não importa o que aconteça, não importa onde estejamos. Não importa se você vai estar presente para ouvir ou não, sempre vou cantar para você.

Ela se virou nos braços dele, murmurando satisfeita, e sua boca encontrou a dele, sentindo o gosto da carne do churrasco e do vinho.

A chuva batia na lona, e o frio do fim do outono emanava do chão, envolvendo os pés deles. Na primeira vez, o ar cheirava a mato e lama; o celeiro tinha o odor terroso de feno e asnos. Agora, o ar estava impregnado do aroma de pinheiro e junípero, temperado pela fumaça de fogueiras que ardiam em fogo lento – e um toque suave de cocô de bebê.

Ainda assim, mais uma vez ela estava nos braços dele, luz e sombra, o rosto escondido, o corpo reluzente. Na primeira vez, ela estava úmida e indolente, suada por causa do verão. Agora sua pele estava fria como o mármore, menos onde ele a tocava – mas o verão permanecia na palma de sua mão onde ele a tocava, doce e escorregadio, maduro com os segredos de uma noite quente e escura. Estava certo, ele pensou, que aquelas juras tivessem sido feitas como as primeiras tinham sido, ao ar livre, parte do vento e da terra, do fogo e da água.

– Amo você – murmurou ela contra os lábios dele, que tomou o lábio dela entre os dentes, emocionado demais para dizer algo em resposta.

Houvera palavras entre eles antes, assim como naquela noite. As palavras eram as mesmas, e a sinceridade das primeiras era a mesma de agora. Mas ainda assim, *era* diferente.

Na primeira vez, ele as dissera para ela sozinho, e apesar de tê-las dito na presença de Deus, Deus fora discreto, permanecendo em segundo plano, o rosto virado para não ver a nudez deles.

Naquela noite, ele as disse à luz das chamas da fogueira, diante da face de Deus e do mundo, de sua gente e da gente dela. Seu coração era dela, e o que mais tivesse – mas agora não havia mais ele e ela, dele e dela. As juras tinham sido feitas, sua aliança estava no dedo dela, o elo selado e testemunhado. Eles eram um só corpo.

Roger apertou-lhe o seio com sofreguidão e ela emitiu um som baixinho de desconforto. Bree se afastou um pouco e ele percebeu que ela havia feito uma careta. O ar se intrometeu frio entre eles e a pele dele pareceu repentinamente nua, exposta, como se ele tivesse sido cortado dela com uma faca.

– Eu preciso... – disse ela, e tocou o seio, sem terminar. – Só um minuto, está bem?

Claire havia alimentado a criança enquanto Brianna procurava o reverendo Caldwell. Cheio de mingau e pêssego cozido, Jemmy mal pôde ser acordado para mamar um pouco antes de voltar a dormir e ser levado por Lizzie, com a barriguinha arredondada dura como um tambor. Isso era bom para a privacidade deles – entorpecido depois de comer demais, era improvável que ele acordasse antes do amanhecer. O preço a pagar por isso, no entanto, era o leite não consumido.

Ninguém que vivia na mesma casa que uma mãe que estivesse amamentando deixava de notar seus seios, muito menos o marido. Os seios tinham vida própria. Mudavam de tamanho de hora em hora, inchando e passando de esferas macias a bolas grandes, arredondadas e duras, que lhe provocavam a estranha sensação de que poderiam estourar se os tocasse.

De vez em quando, um *explodia*, ou pelos menos dava essa impressão. A carne macia inflava como pão fermentando, lenta, mas constantemente, ultrapassando a borda do corpete de Brianna. Então, de repente, aparecia um círculo grande e molhado no tecido, como se por encanto, como se uma pessoa invisível tivesse atirado uma bola de neve contra ela. Ou duas – pois o que um seio fazia, o outro se apressava em imitar.

Às vezes, os Gêmeos Divinos eram frustrados: Jemmy sugava um lado, mas acabava dormindo sem realizar o mesmo serviço no outro. Isso deixava a mãe dele rangendo os dentes, segurando cuidadosamente um dos seios inchados na palma da mão, pressionando a beirada de um copo sob o mamilo para pegar o leite que vazava enquanto ela drenava o seio dolorido, o suficiente para conseguir dormir.

Estava fazendo isso agora. Timidamente, ficou de costas para ele, com o *arisaid* ao redor dos ombros para se proteger do frio. Ele podia ouvir o ruído do leite, um jato suave contra o metal.

Relutava em abafar o som, que considerava erótico, mas mesmo assim pegou o violão, e colocou o polegar sobre as cordas, a mão no traste. Não dedilhou nem tocou acordes, apenas notas simples, vozes contidas que ecoavam a dele, a reverberação de uma corda soando junto com o verso cantado.

Uma canção de amor, com certeza. Uma das muito antigas, em gaélico. Ainda que não soubesse todas as palavras da letra, ele achava que ela ia entender.

Na noite do nosso casamento,
Virei saltando até você com presentes,
Na noite do nosso casamento...

Ele fechou os olhos, vendo em sua memória o que a noite escondia. Os mamilos dela eram da cor de ameixas maduras e do tamanho de cerejas maduras, e Roger tinha uma lembrança vívida do gosto deles em sua boca. Já os havia sugado uma vez, muito tempo antes – antes da vinda de Jemmy –, mas não mais.

Você vai ganhar cem salmões prateados...
Cem peles de texugo...

Ela nunca lhe pediu que não fizesse isso, nunca se recusara – mas ele sabia, por sua leve inspiração que, na maior parte das vezes, ela estava se contendo para não estremecer quando ele tocava seus seios.

Seria apenas sensibilidade?, perguntou-se. Ela achava que ele não seria cuidadoso?

Afastou o pensamento, afogando-o em uma cascata de notas líquidas como uma queda-d'água.

Pode não ser você, sussurrou a voz, recusando-se a ser deixada de lado. *Talvez tenha sido* ele – *algo que ele fez com ela.*

Vá. Para. O. Inferno, ele disse mentalmente para a voz, enfatizando cada palavra com uma corda puxada com força. Stephen Bonnet não teria espaço na noite de núpcias dos dois. De jeito nenhum.

Ele pousou a mão sobre as cordas para silenciá-las por um momento, e quando ela escorregou o *arisaid* dos ombros, começou de novo, dessa vez em inglês. Uma canção especial também – uma para os dois sozinhos. Ele não sabia se mais alguém poderia ouvir, mas não fazia diferença. Ela ficou de pé e deslizou o vestido pelos ombros quando os dedos dele tocaram a abertura contida de "Yesterday", dos Beatles.

Ele a ouviu rir, uma vez, e em seguida suspirar, o linho sussurrando contra a pele dela ao cair.

Ela veio caminhando nua atrás dele enquanto a melodia suave da canção tomava a atmosfera. Acariciou os cabelos dele, segurando-os com força na nuca. Ela se moveu, e ele a sentiu pressionar o corpo contra suas costas, os seios macios agora, desejosos e quentes através da camisa dele, a respiração soprando em seu ouvido. A mão dela pousou no ombro dele por um instante, e então deslizou para dentro da camisa dele, os dedos frios no contato com seu peito. Ele podia sentir o metal duro e quente da aliança dela contra sua pele e foi tomado por uma onda de posse que pulsou pelo corpo dele como um gole de uísque, o calor tomando sua carne.

Ele queria virar-se para tomá-la em seus braços, mas conteve a vontade, intensificando a ansiedade. Inclinou a cabeça para mais perto das cordas e cantou até esvaziar a mente por completo e não haver mais nada além dos corpos dele e dela. Não saberia dizer quando ela pousou a mão sobre a dele no traste do violão, e ele se levantou e se virou para ela, ainda tomado pela música e por seu amor, suave, forte e puro na escuridão.

Ela estava deitada no escuro, em silêncio, sentindo o coração pulsar lentamente em seus ouvidos. O latejar ecoava na pulsação do pescoço, dos pulsos, dos seios, do ventre. Ela tinha perdido a noção de seus limites; aos poucos, a sensação dos membros e das pontas dos dedos, da cabeça e do tronco, do espaço ocupado voltou. Ela afastou o dedo que ainda estava entre suas pernas e sentiu as últimas ondas de formigamento descerem por suas coxas.

Inspirou devagar, atenta.

A respiração dele era regular e longa. Graças a Deus, ele não havia acordado. Tomara cuidado, movendo-se com lentidão, mas o êxtase final a invadira de tal forma que seus quadris se contorceram, sua barriga tremeu e se convulsionou, e ela afundou os calcanhares na palha com um farfalhar alto.

Ele tivera um dia muito longo – todos eles tiveram. Mesmo assim, ela podia ouvir o som baixo de festividades na encosta da montanha ao redor deles. A chance de uma celebração como aquela era tão rara que ninguém permitiria que algo tão pouco importante como a chuva, o frio ou o cansaço fosse um impedimento para a diversão.

Ela se sentia como uma pequena poça de mercúrio líquido: suave e pesada, estremecendo a cada batida do coração. O esforço para se mover era impensável; mas sua convulsão final afastara o cobertor, deixando os ombros dele nus, e a pele de suas costas estava lisa e nua, escura em contraste com o pano branco. O calor ao redor dela era acolhedor e perfeito, mas não poderia aproveitar enquanto ele permanecesse exposto ao ar frio da meia-noite daquele modo. Volutas de névoa tinham passado por baixo da entrada da tenda e pairavam fantasmagóricas ao redor deles; ela podia ver o brilho fraco da umidade na curva da maçã do rosto dele.

Ela invocou de volta a ideia de ossos e músculos, encontrou um neurônio motor em bom funcionamento e ordenou que ele funcionasse. Voltando a adquirir corpo, ela rolou para o lado, ficando de frente para ele, e delicadamente puxou o cobertor até suas orelhas. Ele se remexeu e murmurou alguma coisa; ela acariciou os cabelos escuros dele, que sorriu de leve, as pálpebras meio abertas no olhar inexpressivo de alguém que sonha. Elas voltaram a se fechar, ele respirou longa e profundamente e dormiu de novo.

– Eu amo você – sussurrou ela, tomada de carinho.

Acariciou de leve as costas dele, adorando sentir seus ombros através do cobertor, o osso firme na base de seu pescoço e o sulco comprido e suave que descia pelo meio da espinha e se arqueava na curva de suas nádegas. Um vento frio eriçou os pelos do braço dela, que o colocou de novo embaixo das cobertas, deixando a mão pousada levemente nas nádegas de Roger.

Aquela sensação não era uma novidade, mas a fez estremecer do mesmo jeito, a forma arredondada e perfeita, os pelos ásperos e encaracolados. Um tênue eco de seu prazer solitário a encorajou a fazer aquilo de novo, e a mão livre deslizou até o meio de suas pernas, mas a exaustão a conteve, e os dedos se curvaram sobre a carne inchada, um dedo lânguido percorrendo a umidade.

Ela esperava que fosse diferente naquela noite. Sem o perigo sempre iminente de acordar Jemmy, livre para levar o tempo que quisessem e tomados pelas ondas de emoção da troca de juras, ela pensou que... mas foi a mesma coisa.

Não que ela não estivesse excitada; muito pelo contrário. Cada movimento, cada toque ficou impresso nas terminações nervosas de sua pele, nas frestas da boca e da lembrança, afogando-a com cheiros, marcando-a com sensações. Mas por mais incrível que fosse o sexo, permanecia uma sensação esquisita de distância, uma barreira que ela não conseguia derrubar.

E assim, mais uma vez, ela se viu deitada ao lado dele enquanto ele dormia, revivendo na lembrança cada momento da paixão que tinham acabado de compartilhar – e capaz de, pelo menos na memória, se entregar a ela.

Talvez fosse que ela o amava demais, pensou, estava muito preocupada com o prazer dele para pensar no próprio. A satisfação que ela sentia quando ele atingia o clímax, respirando ofegante e gemendo em seus braços, era bem maior do que o simples prazer físico do orgasmo. Ainda assim, havia algo mais sombrio por trás disso; uma sensação peculiar de triunfo, como se ela tivesse vencido uma competição não declarada entre eles.

Ela sussurrou e encostou a testa na curva do ombro dele, sentindo seu cheiro, um odor almiscarado forte e amargo, como poejo.

O cheiro de ervas despertou uma lembrança, e ela levou a mão para baixo de novo, tomando cuidado para não despertá-lo, e escorregou um dedo bem fundo para conferir. Não, estava tudo bem; a esponja embebida com óleo de tanásia ainda estava no lugar, sua presença frágil e pungente protegendo a entrada de seu útero.

Ela se aproximou, e ele se mexeu inconscientemente, o corpo virando-se para acomodá-la, seu calor envolvendo-a, confortando-a. A mão dele tateou como um passarinho às cegas, passando pelo quadril, pela barriga macia, à procura de um ponto onde pousar. Ela a tomou com as duas mãos e a acomodou abaixo do queixo. A mão dele se curvou sobre as dela; ela beijou um nó grande e áspero, e ele suspirou profundamente, relaxando a mão.

Os sons na encosta da montanha tinham silenciado conforme os dançarinos se cansaram e os músicos ficaram roucos e esgotados. A chuva recrudesceu, batendo na lona acima deles, e a névoa cinzenta tocou o rosto dela com dedos frios e úmidos. O cheiro da lona molhada fez com que ela pensasse nas viagens para acampamentos na infância com seu pai, com aquelas sensações que eram um misto de excitação e segurança, e ela se aconchegou ainda mais contra a curva do corpo de Roger, sentindo uma mistura parecida de conforto e expectativa.

Eram os primeiros dias, pensou. Tinham a vida toda pela frente. O momento da entrega certamente viria.

17

FOGUEIRA

De onde eles estavam deitados, ele conseguia ver entre as rochas, até a fogueira que ardia na frente da barraca de Hayes. A grande fogueira da Reunião havia se apagado, o brilho das brasas uma tênue lembrança das chamas da declaração, mas a fogueira menor ardia constante como uma estrela contra a noite fria. De vez em quando, uma figura escura de kilt se levantava para alimentá-la, ficava imóvel por um momento contra a claridade e em seguida desaparecia de novo na noite.

Ele percebia vagamente as nuvens em movimento que encobriam a lua, o balançar pesado da lona acima e as sombras escuras da encosta da montanha, mas não tinha olhos para nada além da fogueira lá embaixo, e a mancha branca da tenda atrás dela, disforme como um fantasma.

Ele estava respirando mais devagar, os músculos dos braços e do peito, das costas, nádegas e pernas relaxados. Não em uma tentativa de dormir; o sono estava longe, e ele não pensava em conciliá-lo.

Tampouco era uma tentativa de enganar Claire para que ela achasse que ele dormia. Aconchegada tão próximo de seu corpo, tão próxima de sua mente como estava, ela saberia que ele estava acordado. Não, era apenas um sinal para ela; um fingimento confesso que a livrava de qualquer necessidade de prestar atenção nele. Ela poderia dormir, sabendo que ele estava ocupado com sua mente, sem exigir nada dela.

Poucos dormiam na montanha naquela noite, ele pensou. O som do vento mascarava o murmúrio de vozes, o farfalhar de movimento, mas seus sentidos de caçador registravam algumas leves movimentações, identificavam coisas entreouvidas, dando nomes às sombras em movimento. O roçar de um sapato de couro na rocha, a dobra de um cobertor chacoalhada. Eram Hobson e Fowles, partindo sozinhos e quietos no escuro, com medo de esperar pela manhã, caso tivessem sido traídos durante a noite.

Algumas notas de música foram trazidas por uma rajada de vento vinda de cima – concertina e violino. Os escravos de Jocasta, que se recusavam a ceder aquela rara celebração às necessidades de sono ou aos imperativos do clima.

O choro estridente de um bebê. Jemmy? Não, vinha de trás. A pequena Joan, então, e a voz de Marsali, baixa e doce, cantando em francês.

–... *Alouette, gentille Alouette...*

Então, um som que ele tinha esperado; passos passando pelo lado mais distante das rochas que limitavam o santuário de sua família. Leves e rápidos, descendo a encosta. Ele esperou, de olhos abertos, e em poucos momentos ouviu a saudação baixa de uma sentinela perto da tenda. Nenhuma figura apareceu à luz da fogueira lá embaixo, mas a aba da barraca se moveu, abrindo-se, e em seguida se fechou.

Como ele pensara, então; havia um sentimento forte contra os revoltosos. Não era considerado uma traição dos amigos, mas sim o ato de entregar criminosos para proteger aqueles que tinham escolhido viver de acordo com a lei. Poderia ser relutante – as testemunhas tinham esperado a escuridão –, mas não secreto.

–... *je te plumerai la tête...*

Ocorreu-lhe se perguntar por que as músicas cantadas para as crianças costumavam ser tão assustadoras, sem que se preocupassem com as palavras que elas bebiam com o leite da mãe. As canções infantis não passavam para ele de cânticos sem ritmo – talvez por isso ele prestasse mais atenção do que a maioria das pessoas na letra.

Até mesmo Brianna, que vinha de uma época presumidamente mais pacífica, cantava canções de mortes terríveis e perdas trágicas para o pequeno Jem, com um olhar tão doce quanto o da Virgem amamentando Jesus Cristo. Aquele verso sobre a filha do minerador que morrera afogada em meio aos seus patos...

Ele ficou pensando nas coisas tenebrosas que a Mãe Abençoada podia ter em seu próprio repertório de canções de ninar; a julgar pela Bíblia, a Terra Sagrada não tinha sido mais pacífica do que a França ou a Escócia.

Ele teria se benzido, repreendendo-se pelo pensamento, mas Claire estava deitada sobre o seu braço direito.

– Eles estavam errados? – A voz de Claire soou suave embaixo do queixo dele, que se sobressaltou.

– Quem?

Ele inclinou a cabeça na direção da dela e beijou seus cachos macios. Seus cabelos cheiravam a fumaça e tinham o aroma forte e pronunciado dos frutos do junípero.

– Os homens de Hillsborough.

– Sim, acho que sim.

– O que você teria feito?

Ele suspirou, erguendo um dos ombros.

– Posso dizer? Sim, se eu tivesse sido traído, sem chance de reparação, eu ia querer pôr as mãos no homem responsável por isso. Mas o que foi feito lá, você soube. Casas derrubadas e incendiadas, homens arrastados para fora e espancados sem piedade apenas por causa do cargo que ocupavam... não, Sassenach. Não sei o que eu teria feito... mas não faria isso.

Ela virou um pouco a cabeça, e ele viu a curva de seu rosto, rodeada de luz, e a flexão do músculo que se estendia na frente de sua orelha quando ela sorria.

– Não pensei que faria. Não consigo imaginar você como parte de uma turba.

Ele beijou a orelha dela, para não responder diretamente. *Ele* conseguia se imaginar como parte de uma turba, com facilidade. Era o que o assustava. Ele conhecia bem demais a força de uma turba.

Um escocês era um guerreiro, mas o homem mais poderoso era apenas um homem. Era a loucura que unia os homens que tinham dominado os vales por mil anos; aquela vibração no sangue quando se ouvem os gritos dos companheiros, quando se sente a força do todo sustentá-lo como asas e quando se conhece a imortalidade – pois mesmo que você sucumbisse, ainda seria levado adiante, o seu espírito gritando na garganta dos que correram ao seu lado. Só mais tarde, quando o sangue corria frio nas veias flácidas e os ouvidos surdos ouviam as mulheres chorando...

– E se não fosse um homem quem traísse você? E se fosse a Coroa ou a Corte? Não uma pessoa, quero dizer, mas uma instituição.

Ele sabia aonde ela queria chegar. Abraçou-a com mais força, a respiração dela quente contra os nós de seus dedos, curvados logo abaixo do queixo dela.

– Não é isso. Não aqui. Não agora.

Os revoltosos tinham atacado em resposta aos crimes dos homens, de indivíduos; o preço desses crimes poderia ser pago com sangue, mas não reparado com a guerra – ainda não.

– Não é – disse ela, baixinho. – Mas vai ser.

– Não agora – repetiu ele.

O pedaço de papel estava guardado em segurança no alforje, suas convocações odiosas escondidas. Ele teria que lidar com elas, e logo, mas naquela noite ia fingir que não estava ali. Uma última noite de paz, com sua mulher nos braços, a família ao redor.

Outra sombra perto da fogueira. Outra saudação da sentinela, mais um a passar pelo portão dos traidores.

– E *eles* estão errados? – Ela inclinou a cabeça levemente na direção da tenda lá embaixo. – Os que foram entregar seus conhecidos?

– Sim – disse ele depois de um momento. – Estão errados também.

Uma turba poderia dominar, mas eram os indivíduos que pagariam pelo que fosse feito, individualmente. Parte do preço era a quebra da confiança, colocando vizinho contra vizinho, o medo de uma corda apertando o pescoço até não haver mais um sopro de misericórdia nem de perdão.

Começara a chover; o leve bater das gotas na lona acima deles se tornou constante, e o ar ganhou vida com o correr da água. Era uma tempestade de inverno; nenhum raio iluminava o céu, e as montanhas altas estavam invisíveis.

Ele puxou Claire para mais perto de si, curvando a mão livre sobre sua barriga. Ela suspirou, um leve gemido de dor, e se ajeitou, com o traseiro arredondado se acomodando como um ovo na curva de suas coxas. Ele podia sentir a fusão começar conforme ela relaxava, aquela mistura do seu corpo com o dela.

No começo, só acontecia quando ele a possuía, e apenas no fim. Então, cada vez mais cedo, até a mão dela sobre ele ser ao mesmo tempo um convite e uma conclusão, uma entrega inevitável, oferecida e aceita. Ele resistira algumas vezes, apenas para ter certeza de que podia, repentinamente temeroso de se perder de si mesmo. Ele a considerava uma paixão traiçoeira, como aquela que tomava uma turba de homens, unindo-os em uma fúria irracional.

Agora, acreditava que era certo. Afinal a Bíblia dizia: *Que sejam uma só carne* e *O que Deus uniu, o homem não separa.*

Ele tinha sobrevivido a uma separação assim antes; não conseguiria passar por aquilo duas vezes e continuar vivo. As sentinelas tinham armado uma lona perto da fogueira para protegê-los da chuva. No entanto, as chamas crepitavam enquanto a chuva caía e iluminavam o tecido claro com um brilho que pulsava como um batimento cardíaco. Ele não tinha medo de morrer com ela, queimado ou de qualquer outro modo – mas de viver sem ela.

O vento mudou, levando consigo o som baixo de risos na pequena barraca onde os recém-casados dormiam – ou não dormiam. Ele sorriu, ouvindo. Esperava que a filha encontrasse tanta felicidade em seu casamento como ele havia encontrado no dele – e até aquele momento estava tudo bem. O rosto do rapaz se iluminava quando ele olhava para ela.

– O que você vai fazer? – perguntou Claire suavemente, suas palavras quase perdidas em meio ao barulho da chuva.

– O que devo.

Não era resposta, mas era a única que tinha.

Não havia mundo fora daquele lugar, ele disse a si mesmo. A Escócia tinha sumido, as Colônias estavam sumindo – o que existia adiante ele só conseguia imaginar vagamente pelas coisas que Brianna lhe contava. A única realidade era a mulher em seus braços; seus filhos e netos, seus arrendatários e servos – esses eram os presentes que Deus lhe dera; para acolher, para proteger.

A encosta da montanha estava escura e silenciosa, mas ele sentia todos ao seu redor, confiando que ele os protegeria. Se Deus dera a ele essa responsabilidade, certamente também lhe daria a força para cumpri-la.

Ele estava ficando excitado pelo contato próximo, seu pênis ereto desconfortavelmente contido. Ele a desejava, havia dias, e o desejo fora deixado de lado em meio à movimentação da Reunião. A dor em suas bolas ecoava o que ele acreditava ser a dor no ventre dela.

Já fizera amor com ela enquanto estava menstruada, uma vez ou outra, quando os dois ansiavam demais para esperar. Ele achou confuso e perturbador, mas excitante também, algo que o deixou com uma leve sensação de vergonha que não era de todo desagradável. Aquele não era o momento nem o lugar para isso, claro, mas a lembrança de outras vezes e de outros lugares fez com que ele se mexesse, afastando-se dela, para não incomodá-la com a evidência corporal de seus pensamentos.

Mas o que ele sentia agora não era desejo – não exatamente. Não era nem mesmo a necessidade de tê-la, a necessidade de companhia para a alma. Queria cobrir o corpo dela com o dele, possuí-la – pois, se pudesse fazer isso, poderia fingir para si mesmo que ela estava segura. Cobrindo-a assim, unidos em um só corpo, ele poderia protegê-la. Ou era o que sentia, mesmo sabendo que o sentimento não fazia sentido.

Ele havia se retesado, o corpo se contraindo involuntariamente com seus pensamentos. Claire se remexeu e levou uma das mãos para trás do corpo. Pousou-a sobre a perna dele, deixou-a ficar ali por um momento e então subiu mais, em uma dúvida sonolenta.

Ele inclinou a cabeça e encostou os lábios atrás da orelha dela. Disse o que estava pensando, sem pestanejar.

– Nada vai atingi-la enquanto houver vida no meu corpo, *a nighean donn*. Nada.

– Eu sei – disse ela.

Seus membros relaxaram lentamente, a respiração se acalmou, e a barriga arredondada se dilatou sob a palma da mão dele quando ela adormeceu. Sua mão permaneceu nele, cobrindo-o. Ele estava tenso e desperto, e permaneceu assim muito tempo depois de o fogo ser apagado pela chuva.

PARTE II

O Chamado do Chefe

18

LAR, DOCE LAR

Gideon esticou a cabeça como uma serpente, mirando a perna do cavaleiro à sua frente.

– *Seas!* – Jamie afastou a cabeça do cavalo antes que ele pudesse dar uma mordida. – Filho da puta maldito! – murmurou ele.

Geordie Chisholm, sem saber que havia escapado por pouco dos dentes de Gideon, ouviu o comentário e olhou para trás, assustado. Jamie sorriu e tocou o chapéu para se desculpar, cutucando o cavalo para que ultrapassasse a mula de patas compridas de Chisholm.

Jamie deu um chute nas costelas de Gideon, para que ele passasse à frente dos outros viajantes que se moviam devagar, a uma velocidade alta o suficiente para impedir que a fera mordesse, golpeasse e derrubasse crianças desgarradas, causando confusão. Depois de uma semana de viagem, ele estava mais do que acostumado às tendências do garanhão. Passou por Brianna e Marsali, até a metade da coluna, em um trote lento; quando passou por Claire e Roger, que estavam na dianteira, movia-se depressa demais para fazer mais do que um floreio com seu chapéu em saudação a eles.

– *A mhic an dhiobhail* – disse ele, voltando a colocar o chapéu e inclinando-se sobre o pescoço do cavalo. – Você é rápido demais para o seu próprio bem, sem falar no meu. Vamos ver quanto tempo dura no terreno acidentado.

Ele deu um puxão para a esquerda, para fora da trilha, descendo o monte, pisando na grama seca e tirando os galhos sem folhas do caminho com estampidos de galhos se partindo. O que aquele desgraçado precisava era de terra plana, na qual Jamie pudesse fazê-lo galopar como um louco e voltar com ele bufando. Como não havia um trecho plano nos próximos 30 quilômetros, teria que se contentar com uma segunda opção.

Segurou as rédeas, estalou a língua, golpeou com os dois pés as costelas do cavalo e eles atravessaram a encosta como se tivessem sido disparados de um canhão.

Gideon tinha ossos largos, era bem cuidado e rápido, motivo pelo qual Jamie o havia comprado. Também era teimoso e mal-humorado, por isso não tinha custado muito. Mais do que Jamie conseguia gastar com facilidade, mesmo assim.

Enquanto passavam por um pequeno riacho, pulavam um tronco e subiam por uma encosta quase vertical tomada de carvalho-anão e pés de caqui, Jamie se pegou pensando se tinha feito um ótimo negócio ou cometido suicídio. Foi o último pensamento coerente que ele teve antes de Gideon desviar para o lado, esmagando a perna de Jamie contra uma árvore e em seguida ajeitando as patas traseiras e descendo em disparada o outro lado da encosta até um bosque cerrado, espantando bandos de codornizes com suas patas enormes.

Meia hora depois de desviar de galhos baixos, atravessar riachos e galopar por várias encostas, Gideon estava, senão exatamente dócil, pelo menos exausto o suficiente para ser manejável. Jamie estava encharcado até as coxas, machucado, sangrando em uma dúzia de arranhões e respirando quase com a mesma dificuldade que o cavalo. No entanto, ainda estava na sela, e ainda no comando.

Virou a cabeça do cavalo na direção do sol poente e estalou a língua de novo.

– Venha! – ordenou. – Vamos para casa.

Eles tinham se exaurido, mas devido ao terreno irregular, não tinham percorrido uma distância suficiente para se perderem por completo. Ele virou a cabeça de Gideon para cima e em um quarto de hora chegou a um pequeno espinhaço que reconheceu.

Eles atravessaram o espinhaço, procurando um caminho seguro em meio aos carvalhos, choupos-brancos e espruces. O grupo não estava longe dali, ele sabia, mas poderia levar um tempo para chegar até eles, e ele voltaria a se juntar ao grupo antes que chegassem à Cordilheira. Não que Claire ou MacKenzie não fossem capazes de guiá-los, mas ele admitiu para si mesmo que queria muito voltar ao vilarejo na dianteira do grupo, guiando seu pessoal para casa.

– Cristo, homem, você acha que é Moisés – murmurou ele, balançando a cabeça enquanto ria de suas próprias pretensões.

O cavalo estava exausto, e quando as árvores ficaram mais esparsas, Jamie parou para descansar um pouco – relaxando as rédeas, mas segurando com força para desestimular qualquer ímpeto que a criatura pudesse ter. Eles estavam em um pequeno bosque de bétulas-brancas, à beira de um afloramento rochoso que margeava uma queda de 12 metros; ele achava que o cavalo era muito seguro de si para pensar em suicídio, mas era melhor tomar cuidado, para o caso de ele cismar de jogar quem o montava lá embaixo.

A brisa soprava do oeste. Jamie ergueu o queixo, aproveitando o toque frio em sua pele aquecida. A terra se estendia em ondulações marrons e verdes, com trechos coloridos aqui e ali, iluminando a névoa nos vales como o brilho da fumaça do acampamento. Ele se sentiu tomado por uma paz ao contemplar aquela vista e respirou fundo, o corpo relaxando.

Gideon também relaxou, e toda a agitação cedeu lentamente como água escorrendo de um balde. Devagar, Jamie pousou as mãos com cuidado no pescoço do cavalo, que ficou parado, com as orelhas para a frente. Ah, pensou ele, dando-se conta de que aquele era um Lugar.

Pensava em lugares como aquele de um jeito que não conseguia expressar em palavras, apenas reconhecendo-os quando os encontrava. Poderia chamá-lo de sagrado, a não ser pelo fato de que a sensação causada por um lugar assim não tinha nada que ver com igreja nem santos. Era simplesmente um lugar onde se sentia bem, e isso bastava, ainda que preferisse estar sozinho quando os encontrava. Deixou as rédeas se afrouxarem em torno do pescoço do cavalo. Nem mesmo uma criatura teimosa como Gideon criaria problemas ali, ele sentia.

Como esperava, o cavalo ficou quieto, a grande cernelha negra fumegando sob o vento frio. Eles não iam demorar muito, mas ele sentiu uma felicidade profunda com aquele descanso momentâneo – não da batalha com Gideon, mas do contato com as pessoas.

Ele aprendera bem cedo o truque de viver isoladamente em uma multidão, sozinho em sua mente quando o corpo não podia ficar. Mas era um homem das montanhas, e aprendera cedo, também, o encanto da solidão e o poder de cura dos lugares silenciosos.

De repente, teve um vislumbre de sua mãe, um dos pequenos retratos vívidos que sua mente preservava, produzindo-os inesperadamente em resposta a sabia Deus o quê – um som, um cheiro, algum fragmento de lembrança.

Ele estava à procura de coelhos na encosta, encalorado e suando em bicas, os dedos pinicando por causa do tojo e a camisa grudada ao corpo com lama e suor. Tinha avistado um pequeno bosque de árvores e fora até elas para aproveitar o refrigério. Sua mãe estava lá, sentada em meio às sombras esverdeadas, no chão ao lado de uma pequena fonte. Estava parada, algo incomum, com as mãos compridas sobre o colo.

Ela não disse nada, apenas sorriu para ele, que foi até ela, também sem dizer nada, mas tomado por uma forte sensação de paz e contentamento, apoiando a cabeça em seu ombro, sentindo seu braço ao redor dele e sabendo que estava no centro do mundo. Tinha 5 ou 6 anos, talvez.

Tão repentinamente quanto viera, a visão desapareceu, como uma truta clara na água escura, deixando para trás a mesma sensação profunda de paz – como se alguém o envolvesse de súbito e uma mão suave tocasse seus cabelos.

Desceu do cavalo, precisando sentir as agulhas de pinheiro sob as botas, uma ligação física com aquele lugar. O cuidado fez com que ele amarrasse as rédeas em um pinheiro forte, apesar de Gideon parecer bastante tranquilo; o garanhão havia abaixado a cabeça e cheirava tufos de grama seca. Jamie ficou parado por um momento, em seguida se virou cuidadosamente para a direita, olhando para o norte.

Não se lembrava mais de quem havia ensinado aquilo a ele, se tinha sido a mãe, o pai ou o velho John, pai de Ian. Porém, ele se voltou para o sol, murmurando a breve oração a cada um dos quatro pontos cardeais, e terminou virando-se para o oeste, para o sol poente. Formou conchas com as mãos vazias e a luz as preencheu, transbordando de suas palmas.

Que Deus torne seguro para mim cada passo.
Que Deus abra para mim cada caminho,
Que Deus clareie para mim cada estrada,
E que Ele me tome nas palmas de Suas mãos.

Com um instinto mais antigo do que a oração, pegou o cantil do cinto e despejou algumas gotas no chão.

Fragmentos de sons chegaram até ele, levados pela brisa – risos e chamados, o som dos animais passando por entre os arbustos. A caravana não estava muito longe, além de um pequeno vale, vindo lentamente pela curva da encosta do outro lado. Ele deveria ir agora, para se unir a eles na última subida em direção à Cordilheira.

Ainda assim, hesitou um pouco, sem querer quebrar o feitiço do Lugar. Um leve movimento chamou-lhe a atenção pelo canto dos olhos, e ele se curvou, estreitando os olhos para perscrutar as sombras embaixo de um arbusto.

Estava parado, confundindo-se perfeitamente com o pano de fundo escuro. Ele nunca o teria visto se seus olhos de caçador não tivessem notado o movimento. Um gatinho com o pelo cinza espichado como a penugem de um dente-de-leão, olhos enormes arregalados e sem piscar, quase sem cor na penumbra embaixo da moita.

– *A Chait* – sussurrou ele, estendendo lentamente um dedo na direção dele. – O que está fazendo aí?

Um gato feroz, sem dúvida; nascido de uma mãe selvagem, fugida da cabana de algum colono e que havia muito estava livre das amarras da domesticidade. Ele acariciou o pelo arrepiado de seu peito, e o gato afundou subitamente seus dentinhos no polegar dele.

– Ai!

Ele se afastou e olhou para a gota de sangue que brotava de um pequeno furo. Olhou para o gato por um momento, mas o animal se limitou a olhar para ele de volta, sem fazer qualquer movimento para fugir. Ele fez uma pausa e então se decidiu. Passou a gota de sangue de seu dedo nas folhas, uma oferta para se unir ao trago que havia derramado, um presente para os espíritos do Lugar, que evidentemente tinham decidido oferecer um presente a ele.

– Certo – disse ele baixinho.

Ajoelhou-se e estendeu a mão com a palma para cima. Muito lentamente, mexeu um dedo, depois o outro, o outro e o outro, depois de novo, no movimento ondulante das algas na água. Os grandes olhos claros se fixaram na dança dos dedos, observando como se estivesse hipnotizado. Ele viu a ponta do rabinho se mexer, muito de leve e sorriu.

Se conseguia pegar uma truta – e conseguia –, por que não um gato?

Emitiu um som baixo entre os dentes, um assovio, como o canto distante de pássaros. O gatinho ficou olhando, assustado, enquanto seus dedos se movimentavam invisivelmente mais perto. Quando enfim tocou o pelo do animalzinho de novo, o gato não tentou escapar. Com um dedo por entre a pelagem e outro sob as almofadinhas frias de uma das patas, o gatinho permitiu que Jamie o erguesse do chão na mão dele.

Ele o segurou contra o peito por um momento, acariciando-o com um dos dedos, percorrendo o contorno sedoso de sua mandíbula, as orelhas delicadas. O gatinho fechou os olhos e começou a ronronar extasiado, roncando na palma da mão dele como um trovão distante.

– Ah, então você vem comigo, não é?

Sem esperar pela resposta do gato, ele abriu a gola da camisa e colocou o bichinho lá dentro, onde ele cutucou suas costelas por um tempo até se aninhar contra a pele dele, o ronronar reduzido a uma vibração silenciosa, mas agradável.

Gideon parecia satisfeito com o descanso. Partiu bem-disposto e, depois de um quarto de hora, tinham alcançado os outros. A docilidade momentânea do garanhão desapareceu sob o esforço da última subida.

Não que o cavalo não conseguisse subir a encosta íngreme; o que ele não tolerava era seguir outro cavalo. Não importava se Jamie desejava levá-los para casa ou não – se Gideon tivesse escolha, eles iriam não apenas na frente, mas muitos metros à frente.

A coluna de viajantes se estendia por 800 metros, cada grupo de família viajando a seu ritmo: Frasers, MacKenzies, Chisholms, MacLeods e Aberfeldys. A cada espaço e alargamento da trilha, Gideon passava com tudo, resvalando em mulas, ovelhas, pessoas que viajavam a pé e éguas; chegou até mesmo a afugentar os três porcos que seguiam lentamente atrás da vovó Chisholm. Os porcos se enfiaram em um arbusto com um coro de guinchos desesperados quando Gideon partiu para cima deles.

Jamie estava bastante solidário com o cavalo; ávido por chegar em casa e tendo se esforçado muito para isso, ele se irritava com qualquer coisa que ameaçasse atrasá-lo. No momento, o principal impedimento para progredir era Claire, que havia – maldição! – parado sua égua na frente dele e apeado para pegar mais ervas do caminho. Como se a casa toda já não estivesse lotada, da porta até o telhado, de plantas, e seu alforje não estivesse abarrotado delas!

Gideon, percebendo o humor de Jamie com sensibilidade, esticou o pescoço e mordiscou as ancas da égua. O animal se assustou, relinchou e partiu caminho acima, as rédeas soltas balançando. Gideon emitiu um ruído profundo de satisfação e partiu atrás dela, mas foi puxado sem cerimônia para que parasse.

Claire se virara com o barulho, os olhos arregalados. Olhou para Jamie e para o caminho adiante, por onde sua égua havia desaparecido, e para ele de novo. Deu de ombros como se pedisse desculpas, com as mãos cheias de folhas e raízes.

– Desculpe – disse ela, mas ele viu o canto de sua boca se entortar e o rosto corar, o sorriso brilhando em seus olhos como a luz da manhã na água das trutas.

Um pouco contra a vontade, sentiu a tensão de seus ombros diminuir. Ele pensara em repreendê-la; ainda pretendia fazê-lo, na verdade, mas não encontrava palavras.

– Suba, mulher! – disse ele, irritado, meneando a cabeça. – Quero o meu jantar.

Ela riu e subiu no cavalo, recolhendo as saias. Gideon, irritado com o peso adicional, virou-se para tentar morder o que encontrasse. Jamie estava pronto para isso; bateu a ponta da rédea com força no focinho do cavalo, fazendo com que ele se virasse e relinchasse surpreso.

– Que isto sirva de lição, seu maldito!

Ele abaixou o chapéu sobre as sobrancelhas e ajeitou a mulher com segurança, as saias esvoaçantes presas embaixo das coxas dela, que passou os braços em volta da cintura dele. Estava sem sapatos e sem meias, e suas panturrilhas longas contrastavam com o pelo escuro do cavalo. Ele pegou as rédeas e golpeou com as pernas os flancos do cavalo, um pouco mais forte do que o necessário.

Gideon imediatamente se empinou, recuou, se contorceu e tentou derrubar os dois. O gatinho, que havia despertado de seu cochilo, afundou as garras na barriga de Jamie e gemeu assustado, apesar de o barulho ter sido abafado pelo berro muito mais alto de Jamie, que puxou a cabeça do cavalo, xingando, e golpeou os quartos traseiros do animal com a perna esquerda.

Difícil de dominar, Gideon girou em uma espiral. Seguiram-se um leve ruído de surpresa e uma sensação repentina de vazio atrás dele, quando Claire foi atirada no chão como um saco de farinha. De repente, o cavalo cedeu à tensão em sua boca e partiu desembestado pelo caminho na direção errada, passando por um espinheiro e fazendo uma parada tão abrupta que quase tombou sobre as próprias ancas, espalhando lama e folhas secas por toda parte. Então, ele se esticou como uma serpente, balançou a cabeça e trotou tranquilamente para cheirar o cavalo de Roger, que estava parado à beira da clareira, observando-os com o mesmo ar confuso de seu cavaleiro apeado.

– Tudo bem aí? – perguntou Roger, erguendo uma sobrancelha.

– Certamente – respondeu Jamie, tentando recuperar o fôlego e manter a dignidade. – E você?

– Tudo bem.

– Ótimo. – Ele já estava descendo da sela quando falou. Jogou as rédeas na direção de MacKenzie, sem esperar para ver se ele as pegara, e correu de volta em direção à trilha, gritando. – Claire! Onde está você?

– Aqui! – disse ela alegremente, emergindo da sombra dos arbustos, com folhas nos cabelos e mancando um pouco, mas parecendo bem, de modo geral. – Você está bem? – perguntou ela, arqueando a sobrancelha.

– Sim, estou bem. Vou dar um tiro nesse cavalo.

Ele a abraçou rapidamente, querendo ter certeza de que ela estava inteira. Claire estava ofegante, mas bem, e o beijou no nariz.

– Bem, não atire nele antes de chegarmos em casa. Não quero andar os últimos 2 quilômetros descalça.

– Ei! Largue isso, sua peste!

Jamie soltou Claire e, quando se virou, viu Roger puxando um punhado de plantas da boca de Gideon. Mais plantas – que mania era essa de colher coisas? Claire ainda estava ofegante por causa do acidente, mas se inclinou para a frente a fim de examiná-las, interessada.

– O que é isso, Roger?

– É para Bree – respondeu ele, mostrando os ramos. – São do tipo certo?

Aos olhos cínicos de Jamie, elas se pareciam com a parte de cima amarelada das cenouras, deixadas por tempo de mais no solo, mas Claire tocou a folhagem e assentiu, aprovando.

– Ah, sim – disse ela. – *Muito* romântico!

Jamie emitiu um leve ruído diplomático indicando que talvez eles devessem retomar a viagem, uma vez que Bree e os Chisholms, mais lentos, alcançariam aquele ponto em breve.

– Sim, tudo bem – disse Claire, dando um tapinha no ombro dele, o que ele considerou como um gesto apaziguador. – Não resmungue; estamos indo.

– Humm – murmurou ele, e se inclinou para colocar uma das mãos embaixo do pé dela.

Alavancando-a até a sela, ele lançou um olhar para Gideon do tipo "Não tente nenhuma gracinha, seu idiota", e subiu atrás dela.

– Você espera os outros, então, e os leva pelo caminho?

Sem aguardar a confirmação de Roger, Jamie manejou as rédeas e colocou Gideon no caminho de novo.

Calmo por estar à frente, Gideon se dedicou à tarefa, passando por bosques de faias e álamos, nogueiras e espruces. Mesmo com o ano já bastante avançado, ainda havia algumas folhas nas árvores, e pequenos fragmentos marrons e amarelos caíam delas, flutuando como uma chuva leve, prendendo-se na crina do cavalo, pousando nos cachos soltos e densos dos cabelos de Claire. Os cabelos tinham se soltado na queda repentina, e ela não se deu ao trabalho de prendê-los.

A tranquilidade de Jamie retornara diante da sensação de progresso, e foi praticamente restaurada pela descoberta fortuita do chapéu que ele havia perdido, pendurado em um galho alvo de carvalho no caminho, como se tivesse sido colocado ali por uma mão gentil. Ainda assim, em sua mente ele permanecia intranquilo, não conseguia encontrar serenidade, apesar de as montanhas estarem em paz à volta dele, o ar tomado por uma névoa azulada e cheirando a madeira e sempre-vivas.

Então, ele percebeu, com um nó no estômago, que o gatinho havia partido. Havia marcas de unha na pele de seu peito e de seu abdômen, por onde o animal havia subido desesperado em uma tentativa de escapar, mas ele deveria ter pulado da abertura da camisa e escapado sobre seu ombro na carreira desgovernada encosta abaixo. Ele olhou para os lados, procurando nas sombras embaixo de arbustos e árvores, mas foi em vão. As sombras se alongavam, e eles estavam no caminho principal agora, onde ele e Gideon tinham partido pela mata.

– Vá com Deus – murmurou ele, e se benzeu depressa.

– O que foi? – perguntou Claire, virando-se na sela.

– Nada – respondeu ele. Afinal, era um gato selvagem, ainda que pequeno. Sem dúvida, sobreviveria.

Gideon manejava o freio, mordiscando e balançando a cabeça. Jamie notou que a tensão em suas mãos passava para as rédeas de novo e afrouxou conscientemente o manejo. Afrouxou também os braços em torno de Claire, e ela subitamente respirou fundo.

O coração dele batia acelerado.

Era impossível voltar para casa depois de uma ausência sem certa apreensão. Durante anos depois da Rebelião, ele vivera em uma caverna, aproximando-se de sua casa raramente, depois que escurecia e com grande cautela, sem saber o que poderia encontrar lá. Mais de um homem das Terras Altas voltara para casa e a encontrara incendiada, sem sua família. Ou pior, com a família ainda lá.

Era muito fácil dizer a si mesmo para não imaginar horrores; a dificuldade era que ele não precisava imaginar – a memória bastava.

O cavalo arrastava as patas, dificultando a viagem. Não adiantava dizer a si mesmo que aquele lugar era novo; era, e tinha seus próprios perigos. Embora não houvesse soldados ingleses naquelas montanhas, ainda havia saqueadores. Aqueles indolentes demais para se estabelecer e se sustentar por meios próprios, que vagavam pela região, roubando e pilhando. Índios. Animais selvagens. E fogo. Sempre fogo.

Ele mandara os Bugs na frente, com Fergus guiando-os, para que Claire não tivesse de lidar simultaneamente com as tarefas de chegada e hospitalidade. Os Chisholms, os MacLeods e Billy Aberfeldy, com a mulher e a filha pequena, ficariam com eles na casa grande por um tempo; ele havia instruído a sra. Bug para que começasse a cozinhar assim que possível. Com boas montarias e sem crianças e animais, os Bugs deveriam ter chegado à Cordilheira dois dias antes. Ninguém havia voltado para dizer que alguma coisa estava errada, então, talvez, tudo estivesse bem. Mas ainda assim...

Ele não havia notado que Claire também estava tensa, até que de repente ela relaxou contra ele, a mão em sua perna.

– Está tudo bem – disse ela. – Estou sentindo cheiro de fumaça da chaminé.

Ele ergueu a cabeça para farejar. Claire tinha razão; o cheiro da madeira tomava o ar. Não o fedor da conflagração, mas um aroma confortável que carregava a promessa de calor e comida. A sra. Bug, ao que parecia, seguira à risca suas instruções.

Eles dobraram a última curva do caminho e viram, então, a chaminé se projetando além das árvores no espinhaço, a grande nuvem de fumaça se elevando acima das copas.

A casa estava de pé.

Ele respirou fundo com alívio, percebendo agora os outros cheiros de casa; o odor intenso de esterco do estábulo e de carne defumada e pendurada dentro do barracão, e o hálito da floresta ao redor – madeira e folhas secas, pedra e água corrente, fria e deliciosa ao tocar seu rosto.

Eles saíram do vale de nogueiras e entraram na grande clareira onde ficava a casa, sólida e simples, com as janelas douradas pelo que restava da luz do sol.

Era uma casa de estrutura modesta, clara, com telhado de ripas de madeira sobrepostas, linhas simples e muito bem construída, mas impressionante apenas em comparação com as casas simples da maioria dos arrendatários. Sua primeira casa ainda estava de pé, escura e firme, um pouco mais abaixo na colina. Também havia fumaça saindo daquela chaminé.

– Alguém acendeu a lareira para a Bree e o Roger – disse Claire, meneando a cabeça.

– Que bom – respondeu Jamie. Ele envolveu a cintura dela com mais força, e ela fez um barulho leve e contido na garganta, remexendo o traseiro no colo dele.

Gideon também estava feliz. Esticou o pescoço e relinchou para os dois cavalos que trotavam de um lado para outro no espaço contido do cercado, saudando-os. A égua de Claire estava perto da cerca, com as rédeas soltas; entortou os lábios no que pareceu um desafio. De algum ponto no caminho atrás deles, veio um zurro grave e alegre; Clarence, a mula, ouvindo o movimento e feliz por estar em casa.

A porta se abriu, e a sra. Bug saiu, rechonchuda e corada. Jamie sorriu ao vê-la, e ofereceu o braço para que Claire descesse antes dele.

– Está tudo bem, está tudo bem, e como está o senhor? – perguntou a sra. Bug antes que ele apeasse. Segurava um copo em uma das mãos, um pano na outra, e não parou de polir o copo nem por um segundo, mesmo quando se virou para aceitar o beijo dele em seu rosto marcado.

Ela não esperou uma resposta, mas se virou e ficou na ponta dos pés para beijar Claire, sorrindo.

– Ah, que ótimo que vocês estão em casa, senhora, a senhora e Ele, e o jantar está pronto, então não se preocupem com isso, senhora, mas entrem, entrem, e tirem essas roupas empoeiradas. Vou mandar Arch até o rio para pegar um pouco de água e...

Ela estava de braços dados com Claire, levando-a para dentro da casa, falando sem parar, a mão ainda polindo depressa, os dedos gordos esfregando o pano dentro do copo. Claire olhou para ele por cima de um dos ombros, e ele sorriu para ela enquanto ela desaparecia dentro da casa.

Gideon enfiou o focinho embaixo do braço dele e bateu em seu cotovelo.

– Ah, sim – disse ele, relembrando suas tarefas. – Venha, seu safado.

Quando ele terminou de tirar a sela de seu cavalo e da égua de Claire, de limpá-los e dar-lhes comida, Claire já tinha escapado da sra. Bug; voltando do pasto, ele viu a porta da casa se abrir e Claire sair, olhando de modo culpado para trás, como se temesse que alguém a seguisse.

Para onde ela estava indo? Ela não o viu; virou-se e apressou-se em direção ao canto mais afastado da casa, desaparecendo. Ele a seguiu, curioso.

Ah. Tinha ido para o seu local de trabalho; agora, estava indo até o jardim antes que escurecesse por completo; ele a viu recortada contra o céu no caminho em direção à casa, o que ainda restava da luz do dia preso como teias de aranha nos cabelos dela. Havia pouca coisa crescendo, apenas algumas ervas mais resistentes e coisas que resistiam ao inverno, como cenouras, cebolas e nabos, mas não fazia diferença; ela sempre ia ver como as coisas estavam, por menos tempo que tivesse passado fora.

Ele compreendia a necessidade; ele próprio não se sentia totalmente em casa se não conferisse todos os animais e todas as construções, para saber como estavam as coisas.

A brisa da noite levou até ele um cheiro forte da latrina distante, sugerindo que as coisas ali em breve demandariam sua atenção, por falar em construções. Então se lembrou dos novos moradores que viriam e relaxou. Construir uma nova latrina seria a tarefa certa para os dois filhos mais velhos dos Chisholms.

Ele e Ian haviam escavado aquela, assim que chegaram à Cordilheira dos Frasers. Deus, como ele sentia saudade dele.

– *A Mhicheal bheanaichte* – murmurou. – *São Miguel, proteja-o.* Ele gostava bastante de MacKenzie, mas se pudesse escolher, não teria trocado Ian por ele. Mas a escolha tinha sido de Ian, não dele, e não havia mais nada a dizer a respeito.

Deixando de lado a dor pela perda de Ian, ele foi para trás de uma árvore, abriu a calça e se aliviou. Se o visse, Claire sem dúvida faria seus comentários engraçadinhos a respeito de cães e lobos marcando seu território ao voltar para ele. Nada disso, ele respondeu a ela mentalmente; por que subir o monte, para deixar as coisas piores na latrina? Mas, pensando bem, era a casa *dele*, e se decidisse mijar ali... Ajeitou as roupas, sentindo-se mais à vontade.

Levantou a cabeça e a viu descendo pelo caminho do jardim, com os bolsos do avental cheios de cenouras e nabos. Uma rajada de vento soprou as últimas folhas do bosque de nogueiras em uma dança amarela, cintilando com a luz.

Tomado por um impulso repentino, ele se embrenhou mais entre as árvores e começou a olhar ao redor.

Normalmente, prestava atenção apenas à vegetação comestível para homens ou cavalos, ou com veios retos o suficiente para ser transformada em tábuas ou lenha, ou obstrutiva o suficiente para dificultar a passagem. Quando começou a parte estética, no entanto, ficou surpreso com a variedade disponível.

Cevada madura, com sementes dispostas em fileiras como a trança de uma mulher. Uma planta seca e frágil que parecia a renda na borda de um guardanapo. Um galho de espruce, verde e frio em meio às partes secas, deixando sua seiva fragrante na mão dele ao ser arrancado da árvore. Um galho de folhas de carvalho secas e reluzentes que fazia com que ele se lembrasse dos cabelos dela, com tons de dourado, marrom e cinza. E um pouco de trepadeira vermelha, para dar cor.

Bem na hora; ela estava dobrando a esquina da casa. Perdida em pensamentos, passou a meio metro dele, sem vê-lo.

– *Sorcha* – disse ele baixinho, e ela se voltou, os olhos estreitados contra a luz do sol que se punha, depois enormes e dourados de surpresa ao ver que era ele. – Bem-vinda de volta – disse ele, estendendo um pequeno buquê de folhas e galhos.

– Oh! – exclamou ela.

Olhou para as folhas e para os galhos de novo, em seguida para ele, e os cantos de sua boca se contraíram, tremeram, como se ela fosse rir ou chorar, mas não sabia qual. Estendeu a mão e pegou as plantas, os dedos pequenos e frios ao resvalarem na mão dele.

– Ah, Jamie... são *lindas*.

Ela ficou na ponta dos pés e o beijou, um beijo quente e salgado, e ele quis mais, mas ela já estava se afastando para dentro da casa apressada, com o buquê apertado contra o peito como se fosse ouro. Ele se sentiu agradavelmente tolo, e tolamente satisfeito consigo mesmo. O gosto dela continuava em sua boca.

– *Sorcha* – sussurrou ele, e percebeu que a havia chamado assim um momento antes.

Agora, soava esquisito; não foi à toa que se surpreendeu. Era o nome dela em gaélico, mas ele nunca a chamava assim. Gostava da estranheza dela, do fato de ser inglesa. Ela era a sua Claire, a sua Sassenach.

E, no entanto, no momento em que passou por ele, ela era *Sorcha*, que significava não apenas "Claire", mas luz.

Ele respirou fundo, contente.

Sentiu um forte desejo repentino, por comida e por ela, mas não fez nenhum movimento. Alguns tipos de fome eram doces em si mesmos, a antecipação da satisfação um prazer tão intenso quanto o de saciá-las.

Pegadas e vozes; os outros finalmente tinham chegado. Ele sentiu uma vontade repentina de manter aquela solidão pacífica por mais um momento, mas era tarde demais – em segundos, estava cercado pela confusão, pelos gritos de crianças animadas e pelos brados de mães distraídas, pelas boas-vindas aos que chegavam, pela movimentação de descarregar os animais, guardar os cavalos e as mulas, buscar comida e água... entretanto, no meio dessa Babel, ele se movia como se ainda estivesse sozinho, pacífico e calado ao pôr do sol. Estava em casa.

Já estava completamente escuro quando tudo foi por fim separado, o menor dos filhos dos Chisholms foi recolhido e mandado para dentro de casa para jantar, e todos os animais receberam cuidados e foram acomodados para passar a noite. Ele seguia Geoff Chisholm em direção à casa, mas se deteve, demorando-se por um momento na porta escura.

Ficou ali por um momento, esfregando as mãos para afastar o frio enquanto admirava o lugar. Um celeiro confortável e um barracão sólido, um chiqueiro e um cercado para cavalos em boas condições, uma boa cerca de estacas ao redor do jardim desordenado de Claire, para manter os veados longe. A casa se erguia branca no escuro, um espírito benevolente guardando o espinhaço. A luz jorrava de todas as portas e janelas, e o som de risadas vinha de dentro.

Ele percebeu um movimento no escuro, virou-se e viu a filha saindo do depósito da nascente com um balde de leite fresco nas mãos. Ela parou ao lado dele, olhando para a casa.

– É bom estar em casa, não é? – perguntou ela baixinho.

– Sim – respondeu ele. – É.

Eles se entreolharam, sorrindo. Então, ela se inclinou para a frente, olhando para ele de perto. Ela o virou, e a luz da janela incidiu sobre ele, um leve franzir de cenho enrugando a pele entre suas sobrancelhas.

– O que é isso? – perguntou ela, puxando o casaco dele.

Uma folha vermelha brilhante caiu livre e flutuou até o chão. Ela ergueu as sobrancelhas ao vê-la.

– É melhor ir se lavar, pai – disse ela. – Você esteve na hera venenosa.

– Você deveria ter me dito, Sassenach. – Jamie olhou para a mesa perto da janela do quarto, onde eu havia colocado o buquê em um copo de água. O vermelho-vivo da hera venenosa brilhava, mesmo à luz fraca da fogueira. – E pode se livrar disso também. Está zombando de mim?

– Não, não estou – respondi, sorrindo ao pendurar o avental no cabide e pegar minha camisola de renda. – Se eu tivesse dito alguma coisa quando você me deu o buquê, você o teria tomado de volta. É o único ramalhete que me deu, e não acredito que vá ganhar outro, então pretendo guardá-lo.

Ele rosnou e se sentou na cama para tirar as meias. Já tinha tirado o casaco, o lenço da gola e a camisa, e a luz do fogo brilhava na curva de seus ombros. Ele coçou a parte interna do pulso, apesar de eu ter dito a ele que era psicossomático; não havia nenhum sinal de urticária.

– Você nunca veio para casa com urticária provocada por hera venenosa – comentei. – E já deve ter esbarrado em uma vez ou outra, já que passa muito tempo na mata e nos campos. Acho que você deve ser imune. Algumas pessoas são, sabia?

– É mesmo? – Ele pareceu interessado, mas continuou coçando. – É a mesma coisa que acontece com você e Brianna, que não pegam doenças?

– Algo assim, mas por motivos diferentes.

Despi o vestido verde-claro, imundo depois de uma semana de viagem, e tirei meu corpete com um suspiro de alívio.

Levantei-me para checar a panela de água que havia colocado para esquentar nas brasas.

Alguns dos recém-chegados iam passar a noite com Fergus e Marsali ou com Roger e Bree, mas a cozinha, o consultório e o escritório de Jamie estavam tomados de convidados, todos dormindo no chão. Eu não pretendia ir para a cama sem lavar a sujeira da viagem, mas tampouco queria oferecer um espetáculo público enquanto fazia isso.

A água estava fervendo, borbulhas se formando nas laterais da panela. Coloquei um dedo dentro dela, só para checar – deliciosa e quente. Despejei um pouco dentro da bacia e coloquei a panela de volta nas brasas para manter a água aquecida.

– Não somos totalmente imunes, sabe? – disse a ele. – Algumas coisas, como varíola, não podemos pegar, Roger, Bree e eu, porque fomos vacinados contra elas, e a vacina é permanente. Outras coisas, como cólera e febre tifoide, *provavelmente* não pegaremos, mas as injeções não oferecem imunidade permanente; perdem o efeito depois de um tempo.

Eu me inclinei para procurar nos alforjes que ele havia trazido e deixado perto da porta uma esponja que alguém me dera na Reunião – uma de verdade, importada das Índias – como pagamento por eu ter extraído um dente com abscesso. O ideal para um banho rápido.

– Coisas como malária... o que Lizzie tem...

– Pensei que você a tivesse curado – interrompeu Jamie, franzindo o cenho.

Balancei a cabeça, pesarosa.

– Não, ela sempre vai ter a doença, pobrezinha. Só posso tentar diminuir a gravidade dos acessos e impedi-los de acontecer com muita frequência. Está no sangue dela.

Ele removeu o elástico que prendia seus cabelos e chacoalhou as mechas avermelhadas, deixando-as soltas ao redor da cabeça como uma juba.

– Isso não faz sentido – disse ele, levantando-se para abrir a calça. – Você me disse que quando uma pessoa tinha sarampo, se vivesse, não teria de novo, porque ficava no sangue. Então, eu não poderia pegar catapora nem sarampo agora, porque já tive as duas coisas na infância... elas estão no meu sangue.

– Bem, não é exatamente a mesma coisa – falei, de modo pouco convincente. A ideia de tentar explicar as diferenças entre imunidade ativa, imunidade passiva, imunidade adquirida, anticorpos e infecção parasítica era mais desafiadora do que eu pensava depois de um longo dia de viagem em lombo de cavalo.

Mergulhei a esponja na bacia, deixei que ela absorvesse água e a apertei, aproveitando a textura fibrosa e estranhamente sedosa. Uma névoa fina de areia flutuou dos poros e se assentou no fundo da bacia de porcelana. A esponja ficava macia quando absorvia água, mas eu podia sentir um ponto duro em uma das extremidades.

– Por falar em cavalo...

Jamie pareceu um tanto perplexo.

– Estávamos falando de cavalos?

– Bem, não, mas eu estava pensando nisso. – Balancei uma das mãos, afastando a distinção inconsequente. – De qualquer modo, o que pretende fazer em relação a Gideon?

– Oh! – Jamie jogou a calça no chão e se alongou, pensando. – Bem, não posso atirar nele, acho. E ele é um cara bem forte. Vou cortá-lo, para começar. Talvez isso o acalme um pouco.

– Cortá-lo? Ah, castrá-lo, é o que você quer dizer. Sim, acho que isso chamaria sua atenção, ainda que pareça meio drástico. – Hesitei por um momento, relutante. – Você quer que eu faça isso?

Ele olhou para mim surpreso e então começou a rir.

– Não, Sassenach, não acho que castrar um garanhão seja trabalho para uma mulher, cirurgiã ou não. Não exige um toque delicado, entende?

Fiquei contente em ouvir aquilo. Eu estava mexendo na esponja com o polegar; ela se afrouxou um pouco e uma concha pequena saiu de repente de um poro grande. Flutuou enquanto afundava na água, uma perfeita espiral em miniatura, tingida de rosa e roxo.

– Ah, veja! – exclamei, feliz.

– Que coisinha. – Jamie se inclinou sobre o meu ombro, um dedo grande tocando com delicadeza a concha no fundo da bacia. – Como foi parar na sua esponja?

– Acho que a esponja a comeu por engano.

– Comeu? – Ele ergueu uma das sobrancelhas ruivas ao fazer a pergunta.

– Esponjas são animais – expliquei. – Ou, para ser mais exata, estômagos. Elas sugam água e absorvem tudo de comestível que passa por elas.

– Ah, então foi por isso que Bree chamou o menino de esponjinha. Eles fazem isso.

Ele sorriu ao pensar em Jemmy.

– Sim, fazem.

Eu me sentei e tirei a combinação dos ombros, deixando que a peça descesse até a minha cintura. O fogo mitigara o frio da sala, mas ainda estava gelado o bastante para que a pele dos meus seios e dos meus braços se arrepiasse.

Jamie pegou o cinto e retirou cuidadosamente as diversas tralhas que ficavam penduradas nele, colocando a pistola, a caixa de balas e o frasco de bebida em cima da pequena mesa. Ele ergueu o frasco e uma sobrancelha de modo questionador na minha direção.

Eu assenti entusiasticamente, e ele se virou para procurar um copo em meio aos objetos. Com tantas pessoas e seus pertences dentro da casa, todos os nossos alforjes, além de um monte de coisas trazidas da Reunião, tinham sido levados e jogados em nosso quarto; as sombras das bagagens nas paredes davam ao lugar uma atmosfera estranha de gruta com paredes cobertas de pedras.

Jamie era tão esponja quanto o neto, pensei, observando-o andar pelo quarto, completamente nu e totalmente despreocupado em relação a isso. Ele absorvia tudo e parecia capaz de lidar com o que quer que aparecesse, não importava quão familiar ou estranha fosse sua experiência. Garanhões maníacos, padres sequestrados, empregadas casamenteiras, filhas teimosas, genros pagãos... Qualquer coisa que ele não conseguia derrotar, superar ou alterar, ele simplesmente aceitava – como a esponja e a concha incrustada nela.

Levando a analogia adiante, eu achava que eu era a concha. Tirada do meu pequeno nicho por uma corrente forte e inesperada, acolhida e cercada por Jamie e sua vida. Presa para sempre entre as estranhas correntes que pulsavam naquele ambiente estranho.

A ideia me deu uma súbita e incômoda sensação. A concha estava no fundo da bacia – delicada, bonita... mas vazia. Lentamente, levei a esponja até a nuca e a apertei, sentindo a água morna descer por minhas costas.

Na maior parte do tempo, eu não tinha arrependimentos. Tinha escolhido estar ali; *queria* estar ali. E, ainda assim, de vez em quando, coisas pequenas como a nossa conversa sobre imunidade me faziam perceber quanto tinha sido perdido – do que eu tivera, do que eu tinha sido. Era inegável que algumas das minhas partes delicadas tinham sido digeridas, e essa ideia fazia com que eu me sentisse oca de vez em quando.

Jamie se inclinou para procurar dentro de um dos alforjes, e ver seu traseiro nu, virado para mim com tanta inocência, ajudou muito a dispersar a sensação momentânea de inquietação. Eram nádegas de um bom formato, com músculos arredondados – e cobertas por uma penugem ruivo-dourada que reluzia à luz do fogo e da vela. As colunas compridas e pálidas de suas coxas moldavam a sombra de seu escroto, escuro e quase invisível entre elas.

Ele por fim encontrou um copo e o encheu até a metade. Ele se virou e o entregou a mim, erguendo os olhos da superfície do líquido escuro, surpreso ao me ver olhando para ele.

– O que foi? – perguntou. – Aconteceu alguma coisa, Sassenach?

– Não – respondi, mas devo ter parecido meio em dúvida, pois ele franziu o cenho momentaneamente. – Não – disse de modo mais assertivo. Peguei o copo da mão dele e sorri, erguendo-o em agradecimento. – Só estou pensando.

Um sorriso surgiu em seus lábios.

– É? Bem, você não devia fazer isso tão tarde da noite, Sassenach. Vai ter pesadelos.

– Tenho que admitir que você está certo. – Beberiquei do copo; para minha surpresa, era vinho, e muito bom. – Onde conseguiu isso?

– Com o padre Kenneth. É vinho sacramental, mas não consagrado. Ele disse que os homens do xerife iam tomá-lo e preferia que ficasse comigo.

Seu rosto ficou sério por um momento quando ele falou sobre o padre.

– Você acha que ele vai ficar bem? – perguntei.

Os homens do xerife não me pareciam agentes civilizados de uma lei obscura, mas sim valentões cujo preconceito fora contido momentaneamente pelo medo... de Jamie.

– Espero que sim. – Jamie se virou, inquieto. – Eu disse ao xerife que se o padre fosse maltratado, ele e seus homens responderiam por isso.

Assenti silenciosamente, bebericando. Se Jamie ficasse sabendo de qualquer mal feito ao padre Donahue, ele faria o xerife pagar. Essa ideia me deixou um pouco inquieta; não era um bom momento para fazer inimigos, e o xerife de Orange County não era um bom inimigo.

Olhei para a frente e vi os olhos de Jamie ainda fixos em mim, mas agora, com um olhar de profunda apreciação.

– Você está muito bonita esses dias, Sassenach – observou, inclinando a cabeça para o lado.

– Você só quer me agradar – falei, lançando um olhar frio para ele ao pegar a esponja de novo.

– Você deve ter ganhado uns seis quilos, pelo menos, desde a primavera – disse ele com aprovação, ignorando o olhar e dando a volta em torno de mim para me observar. – Foi um belo verão gordo, não foi?

Eu me virei e joguei a esponja molhada na cabeça dele.

Ele a pegou sorrindo.

– Não sabia que você tinha encorpado tão bem, Sassenach, de tão ocupados que ficamos essas últimas semanas. Não a vejo nua há um mês, pelo menos.

Ele ainda estava olhando para mim com um ar de aprovação, como se eu fosse uma nova candidata ao concurso de Leitoas Gordas.

– Aproveite – disse a ele, com o rosto corado de irritação. – Pode ser que você não me veja nua por um bom tempo!

Vesti a parte de cima da combinação de novo, cobrindo meus seios inegavelmente fartos. Ele ergueu as sobrancelhas, surpreso com o meu tom de voz.

– Está com raiva de mim, Sassenach?

– Claro que não – respondi. – Por que você acharia *isso*?

Ele sorriu, esfregando a esponja distraidamente sobre o peito enquanto me observava. Seus mamilos se eriçaram com o frio, escuros e firmes em meio aos pelos avermelhados e enrolados, a umidade brilhando em sua pele.

– Gosto de você assim, ancha, Sassenach – disse ele suavemente. – Macia e saborosa como uma cereja. Gosto muito.

Eu poderia ter considerado esse comentário uma simples tentativa de se desculpar, não fosse o fato de homens nus serem convenientemente equipados com detectores sexuais de mentira. Ele gostava *mesmo*.

– Ah – falei e abaixei lentamente a parte de cima da combinação. – Se é assim...

Ele ergueu o queixo, gesticulando. Hesitei por um momento e em seguida me levantei e deixei que a combinação caísse no chão, junto com a calça dele. Estiquei o braço e peguei a esponja da mão dele.

– Eu vou... hum... terminar de me lavar – murmurei.

Virei-me de costas, apoiei um pé no banquinho para me lavar e ouvi um grunhido de aprovação atrás de mim. Sorri para mim mesma, e não me apressei. O quarto estava esquentando. Quando terminei de me lavar, minha pele estava rosada e macia, apenas os dedos das mãos e dos pés um pouco frios.

Eu me virei por fim, e vi Jamie ainda me observando, apesar de ainda esfregar o punho, franzindo o cenho de leve.

– *Você* se lavou? – perguntei. – Ainda que não cause problemas para você, se tiver óleo da hera venenosa na sua pele, ele pode ser transferido para as coisas que você tocar... e *eu* não sou imune a ele.

– Lavei as mãos com sabão de lixívia – disse ele, colocando-as nos meus ombros para demonstrar.

E de fato elas cheiravam ao sabão que fazíamos com cinzas e sebo; não era um sabonete perfumado, mas deixava as coisas limpas. Coisas como as tábuas do chão e panelas de ferro. Não era à toa que ele estava se coçando; o sabonete era agressivo para a pele, e as mãos dele estavam grossas e rachadas.

Inclinei a cabeça e beijei os nós das mãos dele, em seguida estendi a mão para pegar a caixinha onde guardava meus pertences e peguei o frasco de creme. Feito com óleo de noz, cera de abelha e lanolina purificada de lã de carneiro fervida, era agradavelmente suave, com cheiro de essência de camomila, confrei, milefólio e flor de sabugueiro.

Peguei um pouco com a unha e esfreguei entre as minhas mãos; estava quase sólido, mas derretia bem quando aquecido.

– Espere – falei e segurei uma das mãos dele, esfregando creme no espaço entre os dedos e massageando a palma cheia de calos.

Lentamente, ele relaxou, deixando-me esticar cada dedo ao descer pelas articulações e esfregar mais creme nos pequenos arranhões e cortes. Ainda havia marcas em suas mãos onde ele mantivera as rédeas de couro bem apertadas.

– O ramalhete é lindo, Jamie – falei, indicando o pequeno buquê no copo. – Mas por que o fez?

Apesar de ser romântico, a seu modo, Jamie também era muito prático; eu não me lembrava de ele já ter me dado um presente completamente frívolo, e ele não era o tipo de homem que via valor em vegetação que não pudesse ser comida, usada como remédio ou para fazer cerveja.

Ele se remexeu um pouco, claramente desconfortável.

– É que, bem – disse ele, desviando o olhar. – É que... bem, eu tinha uma coisinha para dar a você, mas perdi, e então você pareceu ter gostado daquele ramalhete que Roger colheu para Brianna, e eu... – Ele parou de falar, murmurando algo que se parecia com "*ifrinn*!" bem baixinho.

Eu quis muito dar risada. Mas em vez disso ergui a mão dele e beijei os nós dos dedos suavemente. Ele parecia envergonhado, mas satisfeito. Passou o polegar pela beirada de uma bolha mal cicatrizada na palma da minha mão, causada por uma panela quente.

– Tome, Sassenach, você precisa de um pouco disto também. Deixe-me fazer isso – disse ele, inclinando-se para pegar um pouco de pomada verde. Segurou minha mão entre as dele, quentes e ainda escorregadias por causa da mistura de óleo e cera de abelha.

Resisti por um momento, mas então deixei que ele tomasse a minha mão, fazendo círculos lentos e profundos na minha palma que me fizeram querer fechar os olhos e derreter em silêncio. Suspirei de prazer e devo ter fechado os olhos por fim, porque não vi quando ele se aproximou para me beijar; só senti o toque breve e suave de sua boca.

Ergui a outra mão, preguiçosamente, e ele a segurou também, os dedos acariciando os meus. Deixei que meus dedos se entrelaçassem nos dele, polegares lutando delicadamente, as palmas das mãos esfregando-se devagar. Ele estava próximo o suficiente para que eu sentisse seu calor, e o roçar delicado dos pelos descoloridos pelo sol em seus braços encostando no meu quadril quando ele se esticou para pegar mais pomada.

Ele parou, beijando-me suavemente mais uma vez. As chamas sibilavam na fogueira feito as marés e a luz do fogo tremeluzia nas paredes brancas como a luz dançando na superfície da água lá em cima. Era como se estivéssemos sozinhos no fundo do mar.

– Roger não estava sendo estritamente romântico – falei. – Ou talvez estivesse, dependendo de como você encara a questão.

Jamie pareceu não entender, e pegou minha mão de novo. Nossos dedos se entrelaçaram, movendo-se lentamente, e eu suspirei de prazer.

– Não?

– Bree me perguntou sobre meios para evitar uma gravidez, e eu expliquei a ela os métodos que existem agora, que francamente não são bons, mas ainda são melhores do que nada. Mas a velha vovó Bacon me deu algumas sementes que ela afirma que os índios usam para evitar a gravidez e que supostamente são muito eficientes.

O rosto de Jamie passou por uma mudança muito engraçada: foi de um prazer indolente a uma perplexidade abismada.

– Evitar... o quê? Ela... você se refere àquelas plantas...

– Bem, sim. Ou pelo menos acho que elas podem ajudar a evitar gravidez.

– Humm.

O movimento dos dedos dele diminuiu, e ele franziu o cenho – mais de preocupação do que de desaprovação, pensei. Então voltou a massagear minhas mãos, envolvendo-as com as suas, muito maiores, em um movimento decidido que me obrigou a me render a ele.

Ficou em silêncio por alguns momentos, passando o creme nos meus dedos de um modo sério que se assemelhava mais ao de um homem passando um emoliente no couro da rédea do que ao de um homem fazendo carinho nas mãos dedicadas da esposa. Eu me remexi um pouco, e ele pareceu perceber o que estava fazendo, pois parou, franzindo o cenho, apertou minhas mãos com suavidade e deixou o rosto relaxar. Levou minha mão aos lábios, beijou-a e então voltou a massagear, muito mais lentamente.

– Você acha... – começou.

– O quê?

– Humm. É só... não acha meio estranho, Sassenach? Que uma jovem recém-casada esteja pensando em algo assim?

– Não, não acho – respondi com certa ênfase. – Parece muito sensato para mim. E eles não são tão recém-casados assim. Eles têm... quero dizer, eles *já* têm um filho.

Ele concordou sem emitir um som.

– *Ela* tem um filho – corrigiu ele. – É o que quero dizer, Sassenach. Na minha opinião, uma jovem que esteja bem com o marido não vai pensar imediatamente sobre como *não* ter um filho dele. Tem certeza de que está tudo bem entre eles?

Parei, franzindo o cenho ao pensar naquilo.

– Acho que sim – respondi, por fim, lentamente. – Lembre-se, Jamie: Bree vem de uma época na qual as mulheres *podem* decidir se e quando querem ter filhos, com uma boa exatidão. Ela sente que isso é seu direito.

Ele movimentou os lábios, pensando. Percebi que ele se debatia diante da ideia – totalmente contrária a sua própria experiência.

– Então, é assim? – perguntou ele, finalmente. – Uma mulher pode dizer que sim ou que não, e o homem não pode decidir?

Sua voz estava carregada de surpresa... e desaprovação.

Eu ri um pouco.

– Bem, não é *exatamente* assim. Ou pelo menos não o tempo todo. Quero dizer, acidentes acontecem. E a ignorância e a tolice. Muitas mulheres simplesmente deixam as coisas acontecerem. E a maioria delas se importa com o que seu homem pensa. Mas sim... acho que, no fundo, é isso.

Ele resmungou um pouco.

– MacKenzie é da mesma época. Então não vai achar esquisito, vai?

– Ele pegou as ervas para ela – observei.

– Pegou.

A linha entre as sobrancelhas dele permaneceu, mas a carranca se suavizou.

Estava ficando tarde, e o murmúrio de conversas e risos diminuía na casa lá embaixo. O silêncio cada vez maior foi interrompido repentinamente pelo choro de um bebê. Nós dois ficamos parados, ouvindo – e então relaxamos quando o murmúrio da voz da mãe chegou até nós pela porta fechada.

– Além disso, não é incomum que uma jovem pense em algo assim... Marsali veio me perguntar, antes de se casar com Fergus.

– Ah, é? – Ele ergueu a sobrancelha. – Você não contou a ela, então?

– Claro que contei!

– Então, o que quer que você tenha dito, não funcionou muito bem, não é?

Ele esboçou um sorriso cínico; Germain havia nascido aproximadamente dez meses após o casamento de seus pais e Marsali engravidara de Joan dias depois de desmamá-lo.

Senti o rosto corar.

– Nada funciona o tempo todo, nem mesmo os métodos modernos. E, na verdade, nada funciona se não for usado.

Na realidade, Marsali queria um contraceptivo não para evitar um bebê, mas porque temia que a gravidez interferisse na intimidade de seu relacionamento com Fergus. *E eu quero gostar quando chegarmos à parte do pau* tinham sido as palavras dela naquela ocasião memorável, e eu mesma franzi os lábios ao me lembrar.

Meu palpite igualmente cínico era que ela havia gostado e tinha decidido que a gravidez não diminuiria sua apreciação das qualidades mais nobres de Fergus. Mas isso voltava aos medos de Jamie em relação a Brianna – pois certamente sua intimidade com Roger estava bem estabelecida. Ainda assim, não era...

Uma das mãos de Jamie permaneceu entrelaçada na minha, a outra deixou meus dedos e tocou outra parte – muito delicadamente.

– Oh – sussurrei, começando a perder a linha de raciocínio.

– Pílulas, você disse.

O rosto dele estava bem próximo, os olhos semicerrados.

– É assim que se faz... então?

– Hum... ah, sim.

– Você não trouxe nenhuma com você – disse ele. – Quando voltou.

Respirei fundo e soltei o ar, sentindo que começava a me entregar.

– Não – respondi, com certa fraqueza.

Ele parou por um momento, com a mão em concha.

– Por que não? – perguntou ele.

– Eu... bem, eu... na verdade, eu pensei... mas é preciso tomá-las sempre. Eu não teria como trazer o suficiente. Existe um método permanente, uma pequena operação. É relativamente simples e torna uma mulher permanentemente... infértil.

Engoli em seco. Quando cogitei em voltar para o passado, pensei seriamente nas possibilidades de gravidez, bem como nos riscos. Eu acreditava que a chance era bem pequena, tanto pela minha idade quanto pelo meu histórico, mas o risco...

Jamie ficou imóvel, olhando para baixo.

– Pelo amor de Deus, Claire – disse ele por fim, baixinho. – Você fez isso?

Respirei fundo e apertei a mão dele, meus dedos escorregando um pouco.

– Jamie, se eu tivesse feito, teria contado a você – falei suavemente e engoli em seco de novo. – Você... gostaria que eu tivesse feito?

Ele ainda segurava a minha mão. Sua outra mão se afastou, tocou minhas costas, me pressionando, muito delicadamente, contra ele. Sua pele estava quente contra a minha.

Ficamos próximos, nos tocando, sem nos mexer, durante vários minutos. Ele suspirou, o peito subindo sob a minha orelha.

– Já tenho filhos que bastam – disse ele baixinho. – Só tenho uma vida, e é você, *mo chridhe*.

Estendi a mão e toquei seu rosto. Estava marcado pelo cansaço, áspero por causa da barba por fazer; ele não se barbeava havia dias.

Eu *tinha* pensado naquela possibilidade. E quase cheguei a pedir a um cirurgião amigo meu que realizasse a minha esterilização. O sangue-frio e a mente clara exigiam que eu o fizesse; não havia motivos para correr riscos. E ainda assim... não havia garantias de que eu sobreviveria à viagem, chegaria na época ou no lugar certo, voltaria a encontrá-lo. Menor ainda era a chance de engravidar de novo na minha idade.

Ainda assim, depois de ficar longe dele por tanto tempo, sem saber se o encontraria, não consegui destruir nenhuma possibilidade entre nós dois. Eu não queria outro filho. Mas se o encontrasse, e *ele* quisesse... eu me arriscaria.

Eu o toquei de leve, e ele emitiu um ruído baixinho na garganta e tocou os meus cabelos, abraçando-me com força. Nosso amor era sempre risco e promessa – se ele tinha a minha vida em suas mãos quando se deitava comigo, eu tinha a sua alma, e sabia disso.

– Eu pensei... que você nunca veria Brianna. E eu não sabia sobre Willie. Não era certo eu tirar de você a chance de ter outro filho... não sem lhe dizer.

Você é sangue do meu sangue, eu dissera a ele. *Osso dos meus ossos.* Isso era verdade, e sempre seria, independentemente de haver filhos ou não.

– Eu não queria outro filho – sussurrou ele. – Eu quero você.

Sua mão se ergueu, como se tivesse vontade própria, e tocou meu seio com a ponta de um dedo, deixando um rastro de pomada perfumada na minha pele. Eu o envolvi com a mão escorregadia e fragrante e dei um passo para trás, levando-o comigo em direção à cama. Só consegui pensar em apagar a vela.

– Não se preocupe com Bree – falei, esticando o braço para tocá-lo quando ele se posicionou em cima de mim, obscurecido contra a luz do fogo. – Roger colheu as ervas para ela. Ele sabe o que ela quer.

Ele suspirou profundamente e deu uma risada que ficou presa em sua garganta quando se aproximou de mim e soltou um leve grunhido de prazer e satisfação ao deslizar entre as minhas pernas, escorregadio e pronto.

– Também sei o que eu quero – disse ele, a voz abafada nos meus cabelos. – Vou buscar outro ramalhete para você amanhã.

Entorpecida pela fadiga, lânguida de amor e confortada na cama macia e limpa, dormi como os mortos.

Perto do amanhecer, comecei a sonhar – sonhos agradáveis de toque e cor, sem forma. Mãos pequenas tocavam os meus cabelos, o meu rosto; eu me virei de lado, meio consciente, sonhando que amamentava uma criança. Dedinhos macios massageavam meu seio, e eu levantei a mão para tocar a cabeça da criança. Ela me mordeu.

Gritei, levantei de súbito e vi uma forma acinzentada correr pelo cobertor e desaparecer na ponta da cama. Gritei de novo, mais alto.

Jamie pulou da cama, rolou no chão e se levantou, ombros erguidos e punhos cerrados.

– O que foi? – perguntou ele, olhando ao redor. – Quem? O quê?

– Um rato! – gritei, apontando com um dedo trêmulo o ponto onde o animal cinza havia desaparecido por uma fresta entre os pés da cama e a parede.

– Ah! – fez ele, relaxando os ombros e piscando enquanto corria a mão pelo rosto e pelos cabelos. – Um rato?

– Um rato na *nossa* cama – falei, recusando-me a analisar a situação com calma. – Ele me mordeu!

Olhei para o meu seio ferido. Não havia sangue; apenas marquinhas de furos que ardiam um pouco. Pensei na raiva, e o meu sangue correu gelado nas veias.

– Não se preocupe, Sassenach. Vou cuidar dele.

Ajeitando os ombros mais uma vez, Jamie pegou o atiçador da fogueira e avançou, decidido, até o pé da cama. A tábua estava firme. Havia um espaço de poucos centímetros entre ela e a parede. Um rato devia estar preso, a menos que tivesse conseguido escapar nos poucos segundos entre o meu grito e o movimento de Jamie.

Eu me ajoelhei, pronta para pular da cama, se fosse preciso. Franzindo o cenho em concentração, Jamie ergueu o atiçador, estendeu a mão livre e tirou o cobertor do caminho.

Ele começou a dar um golpe com o atiçador com bastante força – mas o desviou para o lado, acertando a parede.

– O que foi? – perguntei.

– O que foi? – repetiu ele, em um tom descrente.

Ele se inclinou mais, semicerrando os olhos à luz fraca, e então começou a rir. Soltou o atiçador, abaixou-se no chão e estendeu a mão lentamente no espaço entre o pé da cama e a parede, emitindo um som baixo entre os dentes. Parecia o som de pássaros se alimentando em um arbusto distante.

– Você está *conversando* com o rato?

Comecei a rastejar em direção ao pé da cama, mas ele gesticulou para que eu me afastasse, balançando a cabeça, enquanto ainda emitia o som.

Esperei, com certa impaciência. Um minuto depois, ele atacou, evidentemente pegando o que quer que fosse, pois soltou uma exclamação de satisfação. Ficou de pé, sorrindo, com uma forma peluda e cinza agarrada pela pele do pescoço, pendurada como uma bolsa de seus dedos.

– Aqui está o seu rato, Sassenach – disse ele, e delicadamente colocou a bola de pelos no cobertor.

Olhos enormes de um tom pálido de verde olhavam para mim, sem piscar.

– Minha nossa – falei. – De onde você surgiu?

Estiquei um dedo, muito lentamente. O gatinho não se mexeu. Toquei o contorno de sua mandíbula cinzenta e sedosa, e os olhos verdes desapareceram, semicerrando-se enquanto eu o acariciava. Um ronronado surpreendentemente grave reverberou em seu corpinho.

– Este é o presente que eu *pretendia* dar a você, Sassenach – disse Jamie com imensa satisfação. – Ele vai manter os bichos afastados do seu consultório.

– Bem, bichos *bem pequenos* – falei, observando meu novo presente com dúvidas. – Acho que uma barata grande poderia carregá-lo para o seu buraco, que dirá um rato. É macho?

– Ele vai crescer – disse Jamie. – Veja as patas.

Ele – sim, era *ele* – havia rolado até ficar de barriga para cima e imitava um inseto morto, com as patas erguidas. Cada pata era do tamanho de uma moeda de cobre, pequena por si só, mas enorme em comparação com o corpinho. Toquei as almofadinhas minúsculas, um cor-de-rosa imaculado em meio aos pelos cinza, e o gatinho ronronou extasiado.

Ouvi uma batida discreta à porta e puxei o lençol para cobrir meu peito quando a porta se abriu e a cabeça do sr. Wemyss apareceu, os cabelos arrepiados como um fardo de palha.

– Espero que tudo esteja bem, senhor – disse ele, piscando. – Minha filha me acordou dizendo que ouviu uma comoção e em seguida um ruído surdo, como...

Os olhos dele, desviados de mim, se voltaram para a marca na parede branca, deixada pelo atiçador de Jamie.

– Ah, está tudo bem, Joseph – disse Jamie. – É só um gatinho.

– Ah, é?

O sr. Wemyss semicerrou os olhos em direção à cama, o rosto fino abrindo um sorriso ao ver a bolinha de pelos cinza.

– Um gatinho? Ótimo, ele vai ajudar muito na cozinha, não tenho dúvidas.

– Sim. Por falar em cozinha, Joseph... Acha que a sua filha pode trazer um prato de leite para este gatinho?

O sr. Wemyss assentiu e desapareceu, sorrindo para o gato.

Jamie se espreguiçou, bocejou e passou as mãos vigorosamente pelos cabelos, que estavam ainda mais revoltos do que o normal. Olhei para ele, admirando-o.

– Você parece um mamute cabeludo – disse.

– É? E o que é um mamute, além de grande?

– É uma espécie de elefante pré-histórico. Sabe, os animais com tromba comprida?

Ele semicerrou os olhos, analisando o próprio corpo, e em seguida olhou para mim desconfiado.

– Bem, agradeço o elogio, Sassenach – disse ele. – Mamute, é?

Ergueu os braços e se espreguiçou de novo, arqueando as costas casualmente, o que, sem querer, na minha opinião, aumentava qualquer semelhança que pudesse ser notada entre a anatomia de um homem pela manhã, meio intumescida, e as características faciais de um paquiderme.

Eu ri.

– Eu não estava me referindo *exatamente* a isso – falei. – Pare de se balançar; Lizzie vai entrar logo. É melhor vestir a camisa ou voltar para a cama.

O som de passos lá fora fez com que ele mergulhasse embaixo das cobertas e o gatinho subisse pelo cobertor, temeroso. No fim das contas, foi o próprio sr. Wemyss quem levou o prato de leite, poupando a filha de ver Jamie como veio ao mundo.

Como o tempo estava bom, tínhamos deixado as janelas abertas na noite anterior. O céu estava da cor de ostras frescas, úmido e cinza perolado. O sr. Wemyss olhou para ele, piscou e voltou para sua cama, satisfeito por ter mais meia hora de sono antes do amanhecer.

Soltei o gatinho, que havia se refugiado nos meus cabelos, e o coloquei diante do prato de leite. Eu não acreditava que ele já tivesse visto um prato de leite na vida, mas o cheiro foi o suficiente – em instantes, ele estava com o focinho enfiado no prato, bebendo sem parar.

– Ele é barulhento – comentou Jamie, aprovando. – Consigo ouvir daqui.

– É uma graça. Onde o encontrou?

Eu me aconcheguei na curva do corpo de Jamie, aproveitando seu calor; o fogo havia diminuído durante a noite, e o ar no quarto estava frio, acre por causa das cinzas.

– Na mata.

Jamie bocejou muito e relaxou, apoiando a cabeça no meu ombro para observar o gatinho, que estava entregue ao êxtase da gula.

– Pensei que o tivesse perdido quando Gideon saiu desembestado, mas acho que ele deve ter se enfiado em um dos alforjes e acabou vindo parar aqui.

Entramos em um estupor pacífico, encolhidos no calor da nossa cama enquanto o céu clareava, pouco a pouco, e o ar era tomado pelo canto dos pássaros que despertavam. A casa também estava despertando – o choro de um bebê veio lá de baixo, seguido por farfalhar e burburinho. Nós também tínhamos que nos levantar – havia muito a fazer –, mas nenhum dos dois se mexeu, relutantes em abrir mão daquela sensação de santuário silencioso. Jamie suspirou, a respiração quente sobre o meu ombro nu.

– Uma semana, eu acho – disse ele baixinho.

– Até a sua partida?

– Sim. É o tempo para ajeitar as coisas por aqui e falar com os homens da Cordilheira. Uma semana, então, para passar pela região entre a Linha do Tratado e Drunkard's Creek e reunir todos para inspeção. Depois vou trazê-los para cá para receberem treinamento. Se Tryon convocar a milícia, então...

Fiquei quieta por um momento, minha mão ao redor da de Jamie, enquanto a outra dele envolvia meu seio.

– Se ele chamar, eu vou com você.

Ele beijou minha nuca.

– Você quer isso? – perguntou ele. – Não acho que haverá necessidade. Nem você nem Bree sabem de nenhuma batalha que vá acontecer aqui agora.

– Isso só quer dizer que, se alguma coisa de fato *acontecer*, não vai ser uma batalha de grandes proporções – expliquei. – As Colônias são um território extenso, Jamie. E em duzentos anos de coisas acontecendo, não ficaríamos sabendo a respeito dos conflitos menores, principalmente os que aconteceram em um lugar diferente. Mas em Boston... – suspirei, apertando a mão dele.

Eu mesma não sabia muito sobre os acontecimentos em Boston. Mas Bree crescera lá e, na escola, tinha aprendido muito sobre a história da cidade e do estado. Eu já a ouvira contando a Roger coisas sobre o Massacre de Boston, um pequeno confronto entre cidadãos e tropas britânicas ocorrido em março do ano anterior.

– É verdade – disse ele. – Ainda assim, não parece que isso vá dar em nada. Acho que Tryon só quer assustar os reguladores para que eles se comportem.

Isso de fato era possível. No entanto, eu conhecia bem o ditado: "O homem põe e Deus dispõe", e independentemente de ser Deus ou William Tryon no comando, só os céus sabiam o que poderia acontecer.

– Você acha? – perguntei. – Ou apenas espera?

Ele suspirou e esticou as pernas, segurando minha cintura com força.

– As duas coisas. Espero mais do que acho. E rezo. Mas também acho.

O gato já tinha esvaziado completamente o prato de leite. Sentou-se, fazendo um barulho surdo com o pequeno traseiro, lambeu o resto de leite dos bigodes, aconchegou-se perto de mim e adormeceu no mesmo instante. Talvez não tivesse adormecido de fato; eu sentia a leve vibração de seu ronronar pelo cobertor.

– Que nome você acha que eu devo dar a ele? – pensei em voz alta, tocando a ponta de seu rabo suave. – Pompom? Pinta? Nuvem?

– Que nomes tolos – comentou Jamie languidamente. – Era assim que você chamava os seus gatos em Boston? Ou na Inglaterra?

– Não, eu nunca tive um gato – admiti. – Frank era alérgico. E qual seria um bom nome escocês para um gato? Diarmuid? McGillivray?

Ele resfolegou e em seguida riu.

– Adso – disse ele decididamente. – Chame-o de Adso.

– Que tipo de nome é esse? – perguntei, virando-me para olhar para ele, surpresa. – Já ouvi muitos nomes escoceses peculiares, mas esse é novo.

Ele apoiou o queixo no meu ombro, observando o gato dormir.

– Minha mãe tinha um gatinho chamado Adso – disse ele, surpreendendo-me. – Um gato cinza, muito parecido com este.

– Tinha?

Pousei a mão na perna dele. Ele raramente falava da mãe, que morrera quando ele tinha 8 anos.

– Era um bom caçador de ratos e muito próximo da minha mãe. – Ele sorriu ao se lembrar.

– Só não gostava muito das crianças. Possivelmente porque Jenny o vestia com roupas de bebê e dava mingau a ele, e eu o joguei na represa, para ver se ele sabia nadar. Ele sabia, a propósito, mas não gostava.

– Não posso dizer que não o entenda – falei, me divertindo. – Mas por que ele se chamava Adso? É um nome de santo?

Eu estava acostumada com os nomes peculiares dos santos celtas, de Aodh a Dervorgilla, mas nunca tinha ouvido falar de santo Adso. Provavelmente, o santo padroeiro dos ratos.

– Não é nome de santo – disse ele. – É o nome de um monge. Minha mãe era muito culta, foi educada em Leoch, com Colum e Dougal, e sabia ler em grego e em latim, além de ter noções de hebraico, francês e alemão. Não tinha muitas oportunidades de ler em Lallybroch, claro, mas meu pai se esforçava para que livros chegassem a ela, trazidos de Edimburgo e de Paris.

Ele esticou o braço por cima do meu corpo para tocar uma orelha sedosa e transparente, e o gato remexeu os bigodes, franzindo a carinha como se estivesse prestes a espirrar, mas não abriu os olhos. O ronronar continuou, inabalado.

– Um dos livros de que ela gostava foi escrito por um austríaco, da cidade de Melk, então ela achou o nome muito adequado para o gato.

– Adequado...?

– Sim – disse ele, assentindo em direção ao prato vazio, sem piscar. – Adso de Melk. Melk, "milk", sabe?, "leite".

Um risquinho verde apareceu quando um dos olhos se abriu, como se em resposta ao nome. Então ele se fechou de novo e o ronronar foi retomado.

– Bem, se ele não se importar, acho que eu não me importo – falei, resignada. – Que seja. Adso então vai ser o nome dele.

19

O DIABO QUE VOCÊ CONHECE

Uma semana mais tarde, nós, as mulheres, estávamos ocupadas na árdua tarefa de lavar roupas quando Clarence, a mula, zurrou avisando que tínhamos companhia. A pequena sra. Aberfeldy deu um pulo como se tivesse sido picada por uma abelha e derrubou um monte de camisas molhadas na terra do quintal. Vi a sra. Bug e a sra. Chisholm abrindo a boca para repreendê-la, e aproveitei a oportunidade para secar as mãos no avental e correr para a frente da casa a fim de receber quem quer que estivesse chegando.

E, como era de esperar, uma mula apareceu em meio às árvores no caminho, seguida por uma gorda égua castanha sendo puxada pelas rédeas. As orelhas da mula se sacudiram para a frente e ela zurrou entusiasmada em resposta ao cumprimento de Clarence. Tapei os ouvidos com os dedos para bloquear a algazarra e semicerrei os olhos ao sol da tarde para conseguir ver quem estava em cima da mula.

– Sr. Husband! – exclamei, tirando os dedos dos ouvidos enquanto ia em sua direção.

– Sra. Fraser! Bom dia!

Hermon Husband tirou o chapéu preto e assentiu brevemente, em seguida desceu da mula com um gemido que indicava que havia passado muitas horas no lombo do animal. Moveu os lábios emoldurados pela barba, sem emitir som, enquanto se endireitava com dificuldade; ele era um quacre e não falava palavrões. Não em voz alta, pelo menos.

– Seu marido está em casa, sra. Fraser?

– Acabei de vê-lo indo para o estábulo; vou chamá-lo! – gritei, em meio aos zurros das mulas. Peguei o chapéu dele e fiz um gesto em direção à casa. – Vou cuidar dos seus animais!

Ele assentiu em agradecimento e deu a volta na casa mancando, devagar, em direção à porta da cozinha. Por trás, vi como ele caminhava dolorido; mal conseguia apoiar o peso do corpo no pé esquerdo. O chapéu que eu segurava estava coberto de poeira e manchas de lama, e eu havia sentido o cheiro de roupa suja e odores corporais quando ele se aproximou. Ele estava viajando havia muito tempo, e não só por hoje – por uma semana ou mais, pensei, e dormindo mal a maior parte do tempo.

Removi a sela da mula, retirando, no processo, dois alforjes puídos cheios pela metade com panfletos impressos, mal impressos e mal ilustrados. Observei a ilustração com certo interesse; era uma imagem de diversos reguladores indignados, com um semblante contrariado, desafiando um grupo de oficiais, entre os quais havia uma figura atarracada que não tive dificuldade de identificar como David Anstruther. A legenda não o mencionava pelo nome, mas o artista havia captado muito bem a semelhança do xerife com uma rã venenosa. Será que Husband estava encarregado da tarefa de entregar aquilo de porta em porta?, pensei.

Coloquei os animais no pasto, deixei o chapéu e os alforjes perto da entrada e subi o caminho até o estábulo, uma caverna não muito profunda que Jamie fortificara com paliçadas grossas. Brianna se referia ao lugar como ala da maternidade, já que quem costumava ocupar o espaço eram éguas, vacas ou porcas prenhes.

Fiquei pensando no que poderia ter levado Hermon Husband até ali – e se ele estava sendo seguido. Ele era proprietário de uma fazenda e de um pequeno moinho, e ambos ficavam a pelo menos dois dias de viagem da Cordilheira dos Frasers; não era uma viagem que ele faria simplesmente pelo prazer da nossa companhia.

Husband era um dos líderes dos reguladores, e já tinha sido preso mais de uma vez por causa dos panfletos agitadores que imprimia e distribuía. A notícia mais recente que eu tinha dele era de que havia sido expulso da reunião local dos quacres, pois os Amigos não aprovavam suas atividades, que viam como incitação à violência. Eu achava que eles tinham certa razão, a julgar pelos panfletos que tinha lido.

A porta do estábulo estava aberta, deixando escapar os cheiros agradavelmente fecundos de palha, animais aquecidos e esterco, com um fluxo de palavras semelhantemente fecundas. Jamie, que não era quacre, acreditava na linguagem forte, e costumava fazer uso dela, ainda que em gaélico, que tem uma tendência ao poético, e não ao vulgar.

Traduzi a efusão do momento mais ou menos como: "Que suas entranhas se enrolem como serpentes e que seus intestinos explodam pelas paredes da sua barriga! Que a maldição dos corvos recaia sobre vocês, maldita linhagem de moscas de esterco!" Ou palavras com esse sentido.

– Com quem você está falando? – perguntei, espiando pela porta do estábulo. – E o que é a maldição dos corvos?

Eu pisquei diante da repentina escuridão, e o vi apenas como uma sombra alta contra os montes de feno encostados na parede. Ele se virou ao me ouvir e caminhou até a luz que vinha da porta. Estivera passando as mãos pelos cabelos; várias mechas tinham se soltado e estavam arrepiadas, e havia feno emaranhado nos fios.

– *Tha nighean na galladh torrach!* – disse ele, com uma carranca feroz e um gesto breve atrás de si.

– Filha branca de uma pu... ah! Quer dizer que essa maldita porca fugiu de novo?

A porca grande e gorda, apesar de ter muita gordura e uma capacidade reprodutiva surpreendente, também era uma criatura de pouca perspicácia e não gostava de ficar presa. Ela já havia escapado do chiqueiro duas vezes: uma delas, avançando para cima de Lizzie, que havia – sabiamente – gritado e saído do caminho quando a porca foi em sua direção; a outra, encolhendo-se em uma das laterais do chiqueiro, esperando até a porta do estábulo ser aberta e me derrubando com tudo ao correr em direção à abertura.

Dessa vez, ela não se importou em bolar uma estratégia, apenas arrebentou uma das tábuas do chiqueiro, depois fuçou e cavou embaixo das paliçadas, construindo um túnel de fuga digno de prisioneiros de guerra britânicos em um campo nazista.

– Sim, ela fugiu – disse Jamie, voltando a falar inglês agora que a fúria inicial havia amainado. – Quanto à maldição dos corvos, depende. Pode significar que você quer que os corvos pousem nos campos de um homem para comer seu milho. Nesse caso, imaginei os pássaros bicando os olhos da criatura maldita.

– Imagino que assim seria mais fácil pegá-la – falei, suspirando. – Quando ela vai parir, na sua opinião?

Ele deu de ombros e ergueu a mão.

– Um dia, dois dias, três, talvez. Vai ser bom se ela parir no meio do mato e for comida por lobos, ela e os porquinhos dela. – Ele chutou o monte de terra deixado pelo túnel da porca, jogando uma cascata de terra no buraco. – Quem chegou? Ouvi Clarence zurrando.

– Hermon Husband.

Ele se virou para mim, esquecendo-se totalmente da porca.

– Ele veio, então? – perguntou baixinho, como se falasse consigo mesmo. – Por quê?

– Também me perguntei a mesma coisa. Ele está viajando há algum tempo, distribuindo panfletos, evidentemente.

Eu tive que sair correndo atrás de Jamie ao dizer isso; ele já estava descendo a colina em direção à casa, ajeitando os cabelos no caminho. Eu o alcancei a tempo de tirar o feno dos ombros dele antes de ele chegar ao quintal.

Jamie cumprimentou casualmente a sra. Chisholm e a sra. MacLeod, que estavam torcendo bacias de roupas molhadas e espalhando-as pelos arbustos para secar. Caminhei ao lado dele, ignorando os olhares acusatórios das mulheres e tentando fazer parecer que eu tinha preocupações muito mais importantes do que a roupa para lavar.

Alguém servira algo a Husband; havia um prato de pão com manteiga meio comido e uma xícara de leite pela metade sobre a mesa. Husband, que apoiara a cabeça sobre os braços cruzados, jazia adormecido. Adso agachou-se na mesa ao lado dele, fascinado pelos bigodes cinza que tremiam como antenas com os roncos reverberantes do quacre. O gatinho estava estendendo a pata em direção à boca aberta de Husband quando Jamie o pegou pela pele do pescoço e o colocou com cuidado nas minhas mãos.

– Sr. Husband? – chamou, inclinando-se sobre a mesa. – Ao seu dispor, senhor.

Husband resmungou, piscou e se endireitou de repente, quase derrubando o leite. Olhou por um momento para mim e para Adso, e então pareceu se lembrar de onde estava, pois se sacudiu e se levantou, assentindo para Jamie.

– Amigo Fraser – disse ele com a voz grave. – Eu estou... peço perdão... eu...

Jamie dispensou os pedidos de desculpa e se sentou na frente dele, pegando uma fatia de pão com manteiga do prato.

– Posso ajudá-lo, sr. Husband?

Husband passou a mão pelo rosto, o que não melhorou sua aparência, pareceu apenas deixá-lo mais desperto. Visto claramente à suave luz da tarde na cozinha, ele parecia ainda pior do que parecera do lado de fora, com bolsas embaixo dos olhos vermelhos e os cabelos e a barba despenteados e embaraçados. Tinha apenas 50 e poucos anos, eu sabia, mas parecia ter pelo menos dez a mais. Tentou endireitar o casaco e assentiu para mim e em seguida para Jamie.

– Agradeço pela hospitalidade da recepção, sra. Fraser. E ao senhor também, sr. Fraser. Vim exatamente para pedir um favor seu, se puder.

– Pode pedir, claro – disse Jamie de modo cortês. Mordeu o pão com manteiga, erguendo as sobrancelhas em dúvida.

– Pode comprar meu cavalo?

As sobrancelhas de Jamie permaneceram erguidas. Ele mastigou lentamente, pensando, e então, engoliu.

– Por quê?

Por que, de fato. Teria sido muito mais fácil para Husband vender um cavalo em Salem ou em High Point, se não quisesse viajar até Cross Creek. Ninguém em sã consciência viajaria para um lugar tão distante como a Cordilheira dos Frasers simplesmente para vender um cavalo. Coloquei Adso no chão e me sentei ao lado de Jamie, esperando a resposta.

Husband lançou um olhar claro e direto para ele, apesar dos olhos vermelhos.

– Fiquei sabendo que o senhor foi nomeado coronel de milícia.

– Pelos meus pecados – disse Jamie, parando com o pão na mão. – O senhor acha que o governador me deu dinheiro para que eu adquira montaria para o meu regimento?

Ele mordeu o lábio, esboçando um sorriso.

Husband também esboçou um sorriso ao perceber a piada. Um coronel de milícia supria ele mesmo seu regimento, contando com um eventual reembolso da Assembleia, motivo pelo qual apenas homens de propriedade eram assim nomeados – e uma das principais razões por que a tarefa não era considerada uma honra.

– Se tivesse me dado, eu ficaria feliz em dispor de um pouco dele.

Diante do gesto de convite de Jamie, Husband estendeu a mão e pegou outra fatia de pão com manteiga, que mastigou com seriedade, olhando para Jamie por baixo das sobrancelhas grossas e grisalhas. Finalmente, ele balançou a cabeça.

– Não, amigo James. Preciso vender meus animais para pagar os impostos cobrados pelo Tribunal. Se eu não vender o que posso, o que tenho pode ser tomado e não me resta escolha além de deixar a colônia e levar minha família para outro lugar. E, se eu for embora, então terei que me desfazer do que não posso levar, pelo preço que conseguir.

Uma linha pequena se formou entre as sobrancelhas de Jamie.

– Ah, compreendo – disse ele lentamente. – Eu ajudaria você, Hermon, de qualquer jeito que pudesse. Você sabe disso, espero. Mas tenho apenas 2 xelins em dinheiro, nem mesmo dinheiro da proclamação, muito menos libra esterlina. Se houver algo que eu tenha que seja útil, no entanto...

Husband esboçou um sorriso, seus traços duros suavizados.

– Sim, amigo James. Sua amizade e sua honra são muito úteis para mim. Quanto ao resto...

Ele se afastou da mesa, pegando a pequena bolsa que havia colocado a seu lado. Pegou uma carta fina com um selo vermelho. Reconheci o selo e senti um aperto no peito.

– Encontrei o mensageiro em Pumpkin Town – disse Husband, observando enquanto Jamie pegava a carta e passava o polegar por baixo da aba. – E me ofereci para trazer a carta para você, já que viria aqui, de qualquer modo.

Jamie ergueu as sobrancelhas, mas sua atenção estava concentrada na folha de papel que segurava. Eu me aproximei para olhar por cima do ombro dele.

22 de novembro de 1770

Coronel James Fraser

Visto que fui informado de que aqueles que se autodenominam reguladores se reuniram perto de Salisbury, mandei ordem ao general Waddell para ir para lá imediatamente com as tropas da milícia a seu dispor na esperança de dispersar essa reunião ilegal. Solicito e ordeno que o senhor reúna esses homens conforme julgar adequado em um Regimento de Milícia e parta com eles para Salisbury com tanta rapidez quanto possível para se unir às tropas do general no dia 15 de dezembro ou antes, data em que ele vai marchar sobre Salisbury. Se possível, leve consigo farinha e outras provisões suficientes para alimentar seus homens por um período de duas semanas.

Cordialmente,

William Tryon

A sala estava silenciosa, exceto pelo borbulhar do caldeirão sobre as brasas na fogueira. Do lado de fora, eu podia ouvir as mulheres conversando com frases curtas entremeadas por gemidos de esforço, e o cheiro de sabão de lixívia entrava pela janela aberta, misturando-se aos aromas de ensopado e pão fermentando.

Jamie olhou para Husband.

– Sabe o que isso quer dizer?

O quacre assentiu, as linhas de seu rosto se enrugando com uma fadiga repentina.

– O mensageiro me disse. O governador não pretende manter suas intenções em segredo, afinal.

Jamie resmungou em concordância e olhou para mim. Não, o governador não ia guardar segredo. No que dizia respeito a Tryon, quanto mais pessoas soubessem que Waddell estava indo para Salisbury com uma grande tropa de milícia, melhor. Por isso o estabelecimento de uma data específica. Qualquer soldado inteligente preferiria intimidar um inimigo a enfrentá-lo – e como Tryon não tinha tropas oficiais, a prudência era preferível à valentia.

– E os reguladores? – perguntei a Husband. – O que eles estão planejando fazer?

Ele pareceu um pouco surpreso.

– Fazer?

– Se o seu pessoal está se reunindo, presume-se que seja com algum propósito – disse Jamie, com um tom levemente sarcástico.

Husband o notou, mas não se ofendeu.

– Certamente existe um propósito – disse ele, endireitando-se com certa dignidade. – Ainda que o senhor esteja enganado ao dizer que esses homens são meus, de qualquer modo que não seja pela irmandade, como todos os homens. Mas quanto ao propósito, é apenas para protestar contra os abusos de poder, muito comuns hoje em dia: a imposição de impostos ilegais, o confisco injustificado de...

Jamie fez um gesto impaciente, interrompendo-o.

– Sim, Hermon, eu soube. Pior, li o que escreveu a esse respeito. E se esse é o propósito dos reguladores, qual é o seu?

O quacre olhou para ele, as sobrancelhas erguidas e a boca meio aberta em questionamento.

– Tryon não deseja manter suas intenções em segredo – disse Jamie –, mas pode ser que você deseje. Vai contra os interesses dos reguladores que essas intenções sejam cumpridas, afinal de contas.

Ele olhou para Husband, passando o dedo lentamente, para cima e para baixo, pela ponte do nariz.

Husband ergueu a mão e coçou o queixo.

– O senhor quer saber por que trouxe isto – ele meneou a cabeça em direção à carta, que estava aberta sobre a mesa –, quando poderia tê-la escondido?

Jamie assentiu pacientemente.

– Quero.

Husband respirou fundo e se alongou, as articulações estalando. Pequenas nuvens brancas de poeira saíram de seu casaco, dissipando-se como fumaça. Ele se ajeitou de novo, piscando e parecendo mais confortável.

– Deixando de lado qualquer consideração quanto à honestidade dessa conduta, amigo Jamie... eu disse que sua amizade seria mais útil para mim.

– O senhor disse – falou Jamie e esboçou um sorriso.

– Digamos que, hipoteticamente, o general Waddell marche sobre um grupo de reguladores – sugeriu Husband. – É mais interessante para os reguladores enfrentar homens que não os conhecem e que são seus inimigos ou enfrentar vizinhos, que os conhecem e talvez tenham certa simpatia por sua causa?

– Melhor o Diabo que você conhece do que o Diabo que você não conhece, não é? – sugeriu Jamie. – E eu sou o Diabo que o senhor conhece. Compreendo.

Husband abriu um sorriso lento, combinando com o de Jamie.

– Um deles, amigo James. Estive em cima de um cavalo durante os últimos dez dias, vendendo meus animais e visitando uma casa e outra na parte oeste da colônia. Nosso grupo não faz ameaças, não tem o objetivo de destruir a propriedade; queremos apenas que nossas reclamações sejam ouvidas e levadas em consideração; é para chamar atenção para a natureza generalizada e para a justeza dessas reclamações que aqueles mais ofendidos estão se reunindo em Salisbury. Mas não posso esperar simpatia de quem não tem informações sobre as ofensas, afinal.

O sorriso sumiu do rosto de Jamie.

– Pode ter a minha solidariedade, Hermon, e a minha acolhida. Mas no fim das contas... eu sou um coronel da milícia. Terei uma obrigação a cumprir, quer goste dela, quer não.

Husband abanou a mão, ignorando isso.

– Eu não pediria ao senhor que fugisse da sua obrigação... se ela se apresentar. Rezo para que não. – Ele se inclinou um pouco para a frente por cima da mesa. – Mas gostaria de pedir algo ao senhor. A minha mulher e os meus filhos... se seu tiver que partir às pressas...

– Mande-os para cá. Eles estarão seguros.

Husband se recostou então, relaxando os ombros. Ele fechou os olhos e respirou uma vez, profundamente, em seguida abriu os olhos e apoiou as mãos na mesa, como se quisesse se levantar.

– Agradeço. Quanto à égua... fique com ela. Se a minha família precisar dela, alguém virá até aqui. Se não, prefiro que o senhor a use, em vez de um xerife corrupto.

Senti Jamie se mexer, querendo protestar, e pousei a mão em sua perna para detê-lo. Hermon Husband precisava ser tranquilizado muito mais do que precisava de um cavalo que não conseguiria manter.

– Vamos cuidar bem dela – falei, sorrindo. – E da sua família, se for necessário. Diga-me, qual é o nome dela?

– Da égua? – Hermon ficou de pé, abrindo um sorriso repentino, o que deixou sua expressão mais suave. – O nome dela é Jerusha, mas a minha mulher a chama de Senhora Porca; receio que ela tenha um grande apetite – disse ele como se tentasse se desculpar com Jamie, que ficou perceptivelmente tenso ao ouvir a palavra "porca".

– Não tem problema – disse Jamie, afastando os porcos de sua mente com um esforço óbvio. Ele se levantou, olhando pela janela, onde os raios do sol da tarde estavam deixando dourada a madeira polida dos batentes e do chão. – Está ficando tarde, Hermon. Não quer jantar conosco e passar a noite aqui?

Husband balançou a cabeça e abaixou-se para pegar a bolsa.

– Não, amigo James, eu agradeço. Ainda tenho muitos lugares para ir.

Insisti que ele esperasse enquanto eu preparava comida para ele levar, e ele foi com Jamie selar a mula enquanto isso. Ouvi os dois conversando baixinho ao voltarem do pasto, as vozes tão baixas que eu não conseguia discernir as palavras. Quando saí pela porta de trás com um embrulho de sanduíches e cerveja, porém, ouvi Jamie dizer a ele, com certa urgência:

– Tem certeza, Hermon, de que o que está fazendo é sábio... ou necessário?

Husband não respondeu de imediato, mas pegou o embrulho das minhas mãos meneando a cabeça em agradecimento. Então ele se virou para Jamie, com a crina da mula na outra mão.

– Tenho pensado em James Nayler – disse ele, olhando para nós dois. – Já ouviram falar dele?

Jamie pareceu tão confuso quanto eu, e Hermon sorriu.

– Ele foi um dos primeiros membros da Sociedade dos Amigos, um dos que se uniram a George Fox, que começou a Sociedade na Inglaterra. James Nayler era um homem de firme convicção, apesar de ser... único na sua maneira de expressá-la. Em uma famosa ocasião, ele caminhou nu pela neve, enquanto gritava impropérios contra a cidade de Bristol. George Fox perguntou a ele então: "Tem *certeza* de que o Senhor lhe pediu para fazer isso?"

O sorriso se ampliou, e ele colocou o chapéu na cabeça de novo com cuidado.

– Ele respondeu que tinha. E eu também tenho, amigo Jamie. Que Deus abençoe o senhor e a sua família.

20

AULAS DE TIRO

Brianna olhou para trás, sentindo-se culpada. A casa mais abaixo havia desaparecido por baixo de um mar amarelo de folhas de nogueira, mas os gritos do filho ainda ressoavam em seus ouvidos.

Roger viu que ela olhava encosta abaixo e franziu o cenho um pouco, apesar de sua voz ter soado suave quando ele falou.

– Ele vai ficar bem, amor. Você sabe que a sua mãe e Lizzie vão cuidar bem dele.

– Lizzie vai mimá-lo – concordou ela, mas sentiu uma pontada no coração ao admitir. Já imaginava Lizzie carregando Jemmy de um lado para outro o dia todo, brincando com ele, fazendo caretas, servindo pudim de arroz com melaço... Jemmy ia adorar a atenção assim que superasse a angústia provocada pela partida dela. Foi tomada por um sentimento repentino de posse em relação aos dedinhos cor-de-rosa do filho; não podia sequer pensar que Lizzie brincaria com eles.

Ela detestava deixá-lo, ponto. Os gritos de pânico dele enquanto ela soltava a mãozinha de sua blusa e o entregava a sua mãe ecoavam em sua mente, exagerados pela imaginação, e seu rosto banhado de lágrimas diante daquela infame traição permaneceram em sua mente.

Ao mesmo tempo, ela precisava escapar com urgência. Mal podia esperar para afastar as mãozinhas grudentas de Jem de sua pele e partir naquela manhã, livre como um pássaro em direção à montanha.

Ela supunha, um tanto relutante, que não se sentiria tão culpada em deixar Jemmy se não estivesse secretamente tão ansiosa para fazê-lo.

– Tenho certeza de que ele vai ficar bem – garantiu a si mesma mais do que a Roger. – É que... eu nunca o deixei por tanto tempo assim.

– Humm. – Roger emitiu um som que poderia ser interpretado como apoio. Sua expressão, no entanto, deixava claro que ele acreditava que já estava mais do que na hora de ela deixar o bebê.

Um acesso momentâneo de raiva fez o rosto dela esquentar, mas ela mordeu a língua para se controlar. Ele não dissera nada, afinal; claramente fizera um esforço para não dizer nada. Ela também poderia se esforçar – e acreditava que talvez não fosse justo brigar com alguém com base no que ela achava que a pessoa estava pensando.

Ela conteve o comentário rabugento que tinha em mente e sorriu para ele.

– Belo dia, não?

O olhar circunspecto desapareceu do rosto dele, e ele também sorriu, seus olhos adquirindo um tom de verde profundo e fresco como o musgo que se acumulava em camadas espessas aos pés das árvores encobertos pela sombra pelos quais eles passavam.

– Lindo dia – disse ele. – É bom sair de casa, não?

Brianna lançou um olhar rápido para ele, mas parecia ser uma simples concordância, sem motivos ocultos por trás.

Ela não respondeu, apenas assentiu concordando, levantando o rosto para sentir a brisa errante que soprava pelos espruces e pinheiros ao redor deles. Folhas amareladas de álamo foram sopradas na direção deles em uma rajada, prendendo-se momentaneamente no tecido das roupas e nas meias de lã.

– Espere um minuto.

Em um impulso, ela parou e tirou as botas de couro e as meias, enfiando-as de qualquer jeito dentro do saco que levava no ombro. Ficou parada, os olhos fechados em êxtase, remexendo os dedos compridos do pé em um pedaço de musgo úmido.

– Roger, experimente, é delicioso!

Ele ergueu a sobrancelha, mas obedeceu e colocou a arma no chão – ele a havia pegado, quando eles saíram de casa, e ela permitira, apesar de sua vontade de carregá-la ela mesma –, tirou os sapatos e escorregou cuidadosamente o pé de ossos compridos no musgo ao lado dela. Seus olhos se fecharam involuntariamente, e ele abriu a boca em um "aah" silencioso.

Movida pelo impulso, ela se inclinou sobre ele e o beijou. Ele abriu os olhos com surpresa, mas tinha reflexos rápidos. Passou um braço comprido ao redor da cintura dela e a beijou de volta, com cuidado. O dia estava incomumente quente para um fim de outono, e ele estava sem casaco, apenas com uma camisa de caça. Seus batimentos cardíacos se aceleraram imediatamente através da lã da camisa; ela sentiu a elevação do mamilo dele sob a palma da sua mão.

Só Deus sabia o que poderia ter acontecido em seguida, mas o vento mudou. Um grito distante subiu do mar de amarelo mais abaixo. Podia ter sido o choro de um bebê, ou apenas um pio distante, mas ela virou a cabeça em direção ao som, como uma agulha de bússola apontando o norte.

Acabou com o clima, e ele a soltou, dando um passo para trás.

– Você quer voltar? – perguntou ele, parecendo resignado.

Ela contraiu os lábios e balançou a cabeça.

– Não. Mas vamos nos afastar um pouco da casa. Não queremos incomodá-los com o barulho. Dos... dos... tiros, quero dizer.

Ele sorriu e ela sentiu o sangue esquentar em seu rosto. Não, não podia fingir que não sabia que havia mais de um motivo para aquela expedição particular.

– Não, com os barulhos disso também não – disse ele, abaixando-se para pegar os sapatos e as meias. – Vamos, então.

Ela decidiu não calçar os sapatos, mas aproveitou a oportunidade para pegar a arma. Não é que não confiasse nele com ela, apesar de Roger ter admitido que nunca tinha atirado com uma arma daquelas antes. Ela gostava da sensação e se sentia segura com o peso dela no ombro, mesmo descarregada. O mosquete Land tinha mais de um metro e meio de comprimento e pesava cerca de 5 quilos, mas o cabo de nogueira polida cabia perfeitamente em sua mão e o peso do cano de aço parecia certo, apoiado em seu ombro, com a boca para cima.

– Você vai descalça?

Roger lançou um olhar de dúvida para os pés dela e então para a encosta da montanha, onde uma trilha serpeava em meio a arbustos de amora silvestre e galhos caídos.

– Só um pouco – disse ela. – Eu costumava andar descalça o tempo todo quando era pequena. Meu pai, Frank, nos levava para as montanhas todo verão, para as Montanhas Brancas ou Adirondacks. Depois de uma semana, a sola dos pés ficava como couro; eu teria sido capaz de pisar em brasas sem sentir nada.

– É, eu também fazia isso – disse ele sorrindo e guardou os sapatos. – Mas – contrapôs, meneando a cabeça em direção ao caminho que passava pelos arbustos e pelos afloramentos de granito meio enterrados – a caminhada ao longo da margem do Ness ou sobre os seixos em Firth era um pouco mais fácil do que esta, apesar das pedras.

– Verdade – disse ela, franzindo o cenho ao olhar para os pés dele. – Você tomou a vacina contra o tétano recentemente? Para o caso de pisar em algo afiado e se cortar?

Ele já estava subindo na frente dela, escolhendo bem onde apoiar o pé.

– Tomei vacina para tudo o que se possa imaginar antes de atravessar as pedras – garantiu ele, olhando para trás. – Febre tifoide, cólera, dengue, tudo. Estou certo de que tomei a antitetânica também.

– Dengue? Achei que tinha tomado vacina contra tudo, mas não essa.

Enfiando os dedos dos pés nos tapetes frios formados pela grama seca, ela deu alguns passos largos para alcançá-lo.

– Não devo precisar aqui.

O caminho subia pela curva de um barranco íngreme coberto de vegetação amarelada e desaparecia sob uma pequena mata de cicuta verde-escura. Ele segurou os galhos para que ela passasse e ela se abaixou na penumbra, com a arma bem protegida.

– Eu não sabia para onde precisaria ir. – A voz dele surgiu atrás dela, casual, abafada pelas sombras das árvores. – Se para as cidades costeiras ou para as Índias... Havia... *há* – ele se corrigiu automaticamente – muitas doenças africanas que são levadas pelos navios negreiros. Pensei que seria melhor me preparar.

Ela aproveitou o terreno irregular para não responder, mas ficou surpresa – e ao mesmo tempo constrangedoramente satisfeita – ao descobrir até onde ele tinha ido para se preparar para ir atrás dela e encontrá-la.

O chão estava coberto com o marrom das folhas secas, mas tão úmido que não se ouvia o estalar das folhas sob os pés. Era esponjoso, frio e agradável ao toque, dando a sensação de ter cerca de 30 centímetros de espessura, pelo menos.

– Ai!

Roger, não tão sortudo na passagem, pisou em um caqui apodrecido, escorregou e quase caiu, segurando-se em um arbusto. As folhas espinhosas, porém, o machucaram.

– Droga – disse ele, chupando o polegar ferido. – Que bom que tomei a antitetânica, não é?

Ela riu concordando, mas se viu preocupada enquanto eles subiam. O que aconteceria com Jemmy quando ele começasse a andar e subisse as montanhas descalço? Ela já tinha observado os filhos pequenos dos MacLeods e dos Chisholms – sem falar de Germain – e sabia que meninos pequenos se furavam, se cortavam, se arranhavam e se fraturavam toda semana, pelo menos. Ela e Roger eram protegidos contra coisas como difteria e febre tifoide, mas Jemmy não teria a mesma proteção.

Ela engoliu em seco, lembrando-se da noite anterior. Aquele cavalo maldito do pai o havia mordido no braço, e Claire fizera Jamie se sentar sem camisa diante do fogo enquanto ela limpava a ferida e fazia um curativo. Jemmy erguera a cabeça do berço, curioso, e o avô, sorrindo, o pegara e colocara sobre seu joelho.

– Galopa, cavalinho, galopa – ele cantara, balançando Jemmy, que adorou a brincadeira, para cima e para baixo. – Que cavalinho maluco eu fui arrumar! Galopa, cavalinho, galopa. Vamos lançá-lo ao inferno para ele queimar!

Não fora a bela cena dos dois ruivos rindo um para o outro que chamara a atenção dela, no entanto; fora a luz da fogueira iluminando a pele translúcida, perfeita e imaculada do seu filho – e brilhando prateada nas cicatrizes em forma de teia nas costas do seu pai, vermelho-escura na ferida em seu braço. Era uma época perigosa para os homens.

Ela não tinha como proteger Jem dos perigos; sabia disso. Mas pensar que ele – ou Roger – pudessem se ferir ou ficar doentes dava-lhe um nó no estômago e fazia um suor frio brotar em suas têmporas.

– Como está seu polegar? – Ela se virou de novo para Roger, que parecia surpreso, tendo se esquecido totalmente do dedo.

– O quê? – Ele olhou para o polegar, confuso. – Sim, claro.

Mesmo assim, ela pegou a mão dele e beijou o dedo ferido.

– Tome *cuidado* – disse ela.

Ele riu e pareceu surpreso quando ela arregalou os olhos para ele.

– Vou tomar – assegurou-lhe, moderando-se um pouco.

Fez um gesto com a cabeça indicando a arma que ela carregava.

– Não se preocupe. Posso nunca ter atirado, mas entendo um pouco de armas. Não vou mandar os meus dedos pelos ares. Aqui está bom para praticarmos um pouco?

Eles tinham chegado a um matagal, uma campina alta, repleta de grama e rododendros. Havia álamos no lado mais distante, os galhos pálidos esvoaçantes com as últimas folhas douradas e vermelhas, vívidas contra o intenso azul do céu. Um rio descia a montanha, em algum lugar longe da vista, e um gavião de rabo vermelho sobrevoava a área. O sol estava bem alto agora, esquentando os ombros dela, e havia uma encosta agradável e coberta de grama próximo dali.

– Está ótimo – respondeu ela, e tirou a arma do ombro.

• • •

Era uma bela arma, mais de um metro e meio de comprimento, mas tão perfeitamente equilibrada que era possível apoiá-la no braço esticado sem oscilar – o que Brianna estava fazendo, para demonstrar.

– Viu? – perguntou ela, recolhendo o braço e deslizando a alça no ombro em um movimento fluido. – É o ponto de equilíbrio. Você tem que colocar a mão esquerda aqui, pegar a arma pelo gatilho com a direita e apoiá-la no ombro. Acomode-a bem, com firmeza.

Ela bateu o cabo de nogueira no osso do próprio ombro, coberto por pele de gamo, para ilustrar, e em seguida abaixou a arma e a entregou a Roger, com um pouco mais de cuidado do que tinha demonstrado ao entregar a ele seu bebê, ele notou com sarcasmo. Por outro lado, até onde ele sabia, Jemmy era muito mais indestrutível do que a arma.

Ela mostrou a ele, hesitante a princípio, relutando em corrigi-lo. Ele mordeu a língua, no entanto, e a imitou com cuidado, seguindo o fluxo suave dos passos de rasgar o pacote de munição com os dentes, preparar, carregar, checar, irritado com sua inépcia por falta de experiência, mas secretamente fascinado – e consideravelmente excitado – com a ferocidade casual dos movimentos dela.

As mãos dela eram quase tão grandes quanto as dele, mas tinham ossos delicados. Ela lidava com a arma comprida com a familiaridade que outras mulheres demonstravam com a agulha ou a vassoura. Estava vestindo calças e o músculo alongado de sua coxa se retesou, arredondado, contra o tecido quando ela se agachou ao lado dele, com a cabeça inclinada para a frente enquanto procurava algo no saco de couro.

– O que foi, você trouxe almoço? – perguntou ele. – Pensei que íamos matar algum animal e comê-lo.

Ela o ignorou. Tirou de dentro do saco um lenço branco puído para usar como alvo e o balançou, franzindo o cenho de modo crítico. Antes, ele achava que ela cheirava a jasmim e grama; agora, o cheiro era de pólvora, couro e suor. Ele o inspirou, os dedos acariciando a madeira do cabo da arma.

– Pronto? – perguntou ela, olhando para ele com um sorriso.

– Ah, sim – respondeu ele.

– Confira sua pederneira e a carga de pólvora – disse ela, levantando-se. – Vou montar o alvo.

Vista por trás, com os cabelos ruivos presos em um rabo de cavalo, vestindo uma camisa de couro de gamo larga que a cobria do ombro à coxa, a semelhança dela com o pai se intensificava de uma maneira assustadora. Mas não havia como confundir os dois, ele pensou. Com calça ou sem, Jamie Fraser nunca na vida tivera um traseiro como *aquele*. Ele a observou andar, parabenizando a si mesmo pela escolha da instrutora.

O sogro teria dado uma aula a ele de bom grado. Jamie sabia atirar e tinha paciência para ensinar. Roger já o vira saindo com os filhos de Chisholm depois do jantar, para praticar tiros em pedras e árvores no campo de milho vazio. Uma coisa era Jamie saber que Roger era inexperiente com armas; outra completamente diferente era sofrer a humilhação de demonstrar *quão* inexperiente ele era diante daqueles olhos azuis frios.

Além do orgulho, no entanto, ele tinha outro motivo para pedir a Brianna que fosse atirar com ele. Não que ele achasse que essa intenção não estivesse clara; Claire havia olhado para ele e para a filha quando ele sugeriu a aula e pareceu divertir-se de uma maneira particularmente cúmplice, a ponto de fazer Brianna franzir o cenho e dizer "Mãe!" em um tom acusatório.

Além das horas muito breves na noite do casamento deles na Reunião, aquela era a primeira – e única – vez que tinha Brianna só para si, longe da demanda insaciável do filho.

Ele viu o brilho do sol no metal quando ela abaixou o braço. Ela estava usando a pulseira dele, ele notou com uma sensação profunda de prazer. Dera a pulseira a ela quando a pedira em casamento – havia uma eternidade, em uma noite de inverno congelante em Inverness. Era um aro simples de prata, com uma série de frases em francês gravadas. *Je t'aime*, estava escrito: eu amo você. *Un peu, beaucoup, passionnément, pas du tout*: Um pouco, muito, apaixonadamente – de modo absoluto.

– *Passionnément* – murmurou ele, imaginando-a usando nada além da pulseira e da aliança de casamento.

O mais importante primeiro, disse a si mesmo, e pegou um cartucho novo. Afinal, eles tinham tempo.

Satisfeita ao concluir que os hábitos de carregar a arma estavam praticamente estabelecidos, mesmo que ainda não muito rápidos, Brianna finalmente permitiu que ele praticasse a mira e, por fim, o tiro.

Ele levou uma dúzia de tentativas até conseguir acertar o quadrado branco do lenço, mas a sensação exultante que sentiu quando um ponto escuro apareceu de repente perto da borda fez com que ele pegasse um novo cartucho antes de a fumaça do tiro se dissipar. A sensação de conquista fez com que ele usasse mais uma dezena de cartuchos, sem notar quase nada além do solavanco e da explosão da arma, do brilho da pólvora e do instante de percepção ao ver um tiro acertar o alvo.

A essa altura o lenço estava em farrapos, e pequenas nuvens de fumaça esbranquiçada flutuavam sobre o campo. O gavião havia partido ao som do primeiro tiro, juntamente com todos os outros pássaros da vizinhança, apesar de o zumbido em seus ouvidos parecer um coro de chapins distantes.

Ele abaixou a arma e olhou para Brianna, sorrindo, e então ela começou a rir.

– Você parece o homem que encerra uma apresentação de menestréis – disse ela, com a ponta do nariz cor-de-rosa. – Tome, limpe-se um pouco, e vamos tentar atirar de mais longe.

Ela pegou a arma e entregou a ele um lenço limpo em troca. Ele limpou os restos de pólvora do rosto, observando enquanto ela limpava o cano e recarregava a arma. Ela se endireitou e então ouviu algo: sua cabeça se ergueu de repente, os olhos fixos em um carvalho do outro lado da campina.

Com os ouvidos ainda zumbindo por causa do barulho da arma, Roger não ouviu nada. Virando-se, no entanto, percebeu uma fração de movimento; um esquilo cinza-escuro, parado em um galho de pinheiro a pelo menos 10 metros acima do chão.

Sem hesitar nem por um segundo, Brianna posicionou a arma contra o ombro e pareceu atirar no mesmo movimento. O galho logo abaixo do esquilo explodiu em uma cascata de lascas de madeira, e o animal, voando pelos ares, despencou em direção ao chão, ricocheteando nos galhos flexíveis da sempre-viva.

Roger correu até a árvore, mas não precisava se apressar. O esquilo estava morto, imóvel como um trapo.

– Belo tiro – disse ele, cumprimentando-a e segurando o animal enquanto Brianna se aproximava para ver. – Mas não tem uma marca sequer nele, você deve tê-lo matado de susto.

Brianna olhou para ele com o cenho franzido.

– Se eu quisesse acertá-lo, Roger, teria acertado – disse ela, com um leve tom de censura. – E se eu *tivesse* acertado, você estaria segurando um purê de esquilo. Não se mira diretamente em algo desse tamanho; você mira para acertar logo abaixo e derrubá-lo – explicou ela, como uma amável professora do jardim de infância corrigindo um aluno lento.

– Ah, é? – Ele reprimiu uma leve sensação de irritação. – Seu pai ensinou isso a você?

Ela lançou para ele um olhar levemente esquisito antes de responder.

– Não, foi Ian.

Ele resmungou algo incompreensível em resposta. Ian era um ponto delicado na família. O primo de Brianna tinha sido muito querido, e ele sabia que a família toda sentia falta dele. Ainda assim, hesitavam em falar do jovem Ian na frente de Roger, por delicadeza.

Não fora exatamente *culpa* de Roger o fato de Ian Murray ter ficado com os moicanos – mas não dava para negar que ele tivera alguma participação. Se não tivesse matado aquele índio...

Não pela primeira vez, ele afastou as lembranças confusas daquela noite em Snaketown, mas sentiu os ecos físicos mesmo assim – o estômago revirado pelo terror e a contração dos músculos dos antebraços quando ele enfiou a ponta quebrada de um cabo de madeira com toda a força em uma sombra que aparecera diante dele no escuro. Uma sombra muito sólida.

Brianna havia cruzado a campina e montado outro alvo; três pedaços irregulares de madeira colocados sobre um toco do tamanho de uma mesa de jantar. Sem dizer nada, ele secou as mãos suadas nas calças e se concentrou no novo desafio, mas Ian

Murray se recusava a sair de sua mente. Mal vira o homem, mas lembrava-se dele com clareza; era jovem, alto e desengonçado, com um rosto singelo, mas interessante.

Ele não conseguia pensar no rosto de Murray e não se lembrar da última vez que o vira, com uma linha de pontos recém-tatuados que atravessavam as faces e passavam por cima do nariz. Seu rosto estava bronzeado, mas a pele de seu couro cabeludo, cujos cabelos tinham acabado de ser arrancados, era de um cor-de-rosa assustador, liso como o traseiro de um bebê e com manchas vermelhas de irritação.

– O que foi?

A voz de Brianna o assustou, e o cano da arma subiu quando ele apertou o gatilho, um tiro sem rumo. Ou mais sem rumo ainda. Ele já tinha dado uma dúzia de tiros e não conseguira acertar nenhum dos blocos de madeira.

Ele abaixou a arma e se virou para ela, que franzia o cenho, mas não parecia irritada, apenas confusa e preocupada.

– O que foi? – perguntou ela de novo.

Ele respirou fundo e passou a manga da blusa no rosto, sem se importar com as manchas pretas de fuligem.

– O seu primo – disse ele abruptamente. – Sinto muito por ele, Bree.

A expressão dela se suavizou, e o cenho franzido de preocupação diminuiu um pouco.

– Ah – disse ela, apoiando a mão no braço dele e chegando mais perto, para que ele sentisse o calor de sua proximidade. Suspirou profundamente e apoiou a testa no ombro dele. – Bem – disse ela por fim –, eu também sinto muito, mas não é sua culpa, assim como não é minha nem do meu pai... nem de Ian, na verdade. – Ela resmungou tentando rir. – Se é culpa de alguém, é de Lizzie... e ninguém a culpa.

Ele sorriu ao ouvir isso, um pouco de esguelha.

– É, eu sei – respondeu ele, e colocou a mão sobre os cabelos dela. – Você tem razão, mas, ainda assim... eu matei um homem, Bree.

Ela não se assustou nem se afastou, mas ficou completamente imóvel. Ele também; era a última coisa que pretendera dizer.

– Você nunca me contou isso – disse ela por fim, levantando a cabeça para olhar para ele.

Ela parecia não saber se continuava com o assunto. A brisa soprou uma mecha de cabelo sobre o rosto dela, mas ela não a afastou.

– Eu... bem, para dizer a verdade, não penso muito nisso.

Ele abaixou a mão, e a inércia foi rompida. Ela se remexeu e deu um passo para trás.

– Isso parece horrível, não? Mas...

Ele se esforçava para encontrar palavras. Não pretendera dizer nada, mas agora que havia começado, parecia muito necessário explicar, usando as palavras adequadas.

– Foi à noite, durante uma briga no vilarejo. Eu escapei... Eu tinha um cabo quebrado na mão, e quando alguém apareceu do nada no escuro, eu...

Ele encolheu os ombros de repente, quando se deu conta de que não havia maneira de explicar, na realidade. Olhou para a arma que ainda estava segurando.

– Eu não sabia que o havia matado – disse ele baixinho, olhos na pederneira. – Nem sequer vi o rosto dele. Ainda não sei quem era, mas deveria ser alguém que eu conhecia. Snaketown era um vilarejo pequeno, eu conhecia todos *ne rononkwe*. – Por que, ele se perguntou de repente, nunca havia pensado em perguntar quem era o homem morto? Era claro: não perguntara porque preferia não saber.

– *Ne rononkwe*? – Ela repetiu as palavras de modo incerto.

– Os homens... os guerreiros... bravos. É assim que eles se chamam, os *Kahnyen'kehaka*.

As palavras moicanas eram estranhas em sua língua – desconhecidas e familiares ao mesmo tempo. Podia ver a surpresa no rosto dela e sabia que o fato de dizê-las tinha sido esquisito para ela; não da maneira que uma pessoa usava um termo desconhecido, dizendo-o com cuidado, mas da maneira como o pai dela, às vezes, misturava gaélico e escocês, a mente procurando a palavra mais fácil em qualquer um dos dois idiomas.

Ele olhou para a arma na mão, como se nunca tivesse visto uma antes. Ele não olhava para ela, mas sentiu quando ela se aproximou de novo, ainda incerta, mas não com repulsa.

– Você... se arrepende?

– Não – disse ele de uma vez e olhou para ela. – Quer dizer, sim... sinto muito que tenha acontecido. Mas me arrepender do que fiz? Não.

Ele falara sem parar para medir as palavras, e ficou surpreso, e aliviado, ao sentir que elas eram verdadeiras. Sentia arrependimento, como dissera a ela, mas a culpa que sentia não tinha nada que ver com a morte da sombra, não importava quem fosse. Ele havia sido escravo em Snaketown e não tinha grande apreço por nenhum moicano, apesar de alguns deles serem bastante decentes. Ele não pretendera matar, apenas se defender. E faria de novo, se as circunstâncias fossem as mesmas.

Mas ainda assim havia uma pequena ferida de culpa – a consciência da facilidade com que havia posto de lado aquela morte. Os *Kahnyen'kehaka* cantavam e contavam histórias sobre seus mortos, e mantinham a memória deles viva ao redor das fogueiras das malocas, nomeando-os por gerações e recontando seus feitos. Assim como os escoceses faziam. Ele pensou subitamente em Jamie Fraser, com o rosto iluminado pela grande fogueira na Reunião, chamando seu povo pelo nome e pela linhagem. *Fique ao meu lado, Roger, o cantor, filho de Jeremiah MacKenzie*. Talvez Ian Murray não achasse os moicanos tão estranhos afinal.

Ainda assim, ele se sentia como se tivesse privado o homem morto desconhecido de ter um nome, e também uma vida, tentando obscurecê-lo por meio do esquecimento, comportando-se como se aquela morte nunca tivesse acontecido, apenas para se poupar do que sabia. E isso, ele pensou, estava errado.

O rosto dela estava imóvel, mas não paralisado; os olhos estavam fixos no dele com algo parecido com compaixão. Ainda assim, ele desviou o olhar para a arma cujo cano estava em suas mãos. Os dedos, manchados de fuligem, tinham deixado marcas ovaladas e escuras no metal. Ela esticou o braço e pegou a arma da mão dele, limpando as marcas com a barra da camisa.

Ele permitiu e observou, esfregando os dedos sujos na lateral da calça.

– É só que... não parece que, se for preciso matar um homem, deveria ser de propósito? Com a intenção de fazê-lo?

Ela não respondeu, mas seus lábios se contraíram levemente e em seguida relaxaram.

– Se você atirar em alguém com isto, Roger, vai ser de propósito – disse ela baixinho.

Ela olhou para ele, então, os olhos azuis firmes, e ele percebeu que o que pensara ser compaixão era, na verdade, uma quietude intensa, como as pequenas chamas azuis em uma fogueira extinta.

– E se você tiver que atirar em alguém, Roger, quero que seja de propósito.

Duas dúzias de rodadas depois, ele conseguiu acertar os blocos de madeira pelo menos uma vez a cada seis tentativas. Teria continuado, mas ela podia ver os músculos em seus braços começarem a tremer quando ele ergueu a arma, mantida imóvel por meio da força de vontade. Ele começaria a errar com mais frequência, por fadiga, e isso não faria bem a ele.

Nem a ela. Os seios dela começavam a doer, inchados de leite. Teria que dar um jeito naquilo em breve.

– Vamos comer – disse ela sorrindo ao pegar o mosquete dele depois do último tiro. – Estou faminta.

O esforço de atirar, recarregar, levantar os alvos havia mantido os dois aquecidos, mas já era praticamente inverno, e o ar estava frio; frio demais, ela pensou, para ficar nua na grama seca. Mas o sol estava quente e, pensando nisso, ela havia colocado dois cobertores na bolsa junto com o almoço.

Ele estava calado, mas era um silêncio confortável. Ela o observou cortando lascas do queijo duro, com os olhos de cílios escuros semicerrados, e admirou sua beleza, membros compridos, dedos ágeis, boca delicada de lábios contraídos enquanto ele se concentrava na tarefa, uma gota de suor descendo pela curva da maçã do rosto pronunciada, na frente da orelha.

Ela não sabia o que pensar do que ele tinha dito. Ainda assim, sabia o suficiente para se dar conta de que era bom ele ter contado, ainda que ela não gostasse de saber nem de ouvir sobre o tempo que ele tinha passado com os moicanos. Tinha sido uma época ruim para ela – sozinha, grávida, duvidando se ela ou seus pais um dia voltariam – tanto quanto para ele. Ela esticou o braço para aceitar um pedaço de queijo, resvalou os dedos nos dele e se inclinou para a frente, para que ele a beijasse.

Ele a beijou e em seguida voltou a se sentar, com os olhos de um verde mais suave e sereno, livres daquilo que os assombrara.

– Pizza – disse ele.

Ela hesitou e então riu. Era um dos jogos deles; revezar-se pensando em coisas de que sentiam falta da outra época, da época de antes... ou depois, dependendo do ponto de vista.

– Coca-Cola – disse ela. – Acho que eu poderia fazer pizza... mas de que serve uma pizza sem Coca-Cola?

– Pizza com cerveja é perfeitamente satisfatória – disse ele. – E podemos tomar cerveja... não que a cerveja caseira de Lizzie possa se comparar a uma MacEwan's lager. Mas você acha mesmo que poderia fazer pizza?

– Não vejo por que não. – Ela mordiscou o queijo, franzindo o cenho. – Este não serviria – ela pegou o pedaço amarelo restante e o enfiou na boca –, porque tem um gosto muito forte. Mas eu acho...

Fez uma pausa para mastigar e engolir e completou com um longo gole de sidra.

– Pensando bem, isto combinaria muito bem com pizza. – Ela baixou a garrafa de couro e lambeu as últimas gotas doces e semialcoólicas dos lábios. – Mas o queijo... acho que o queijo de cabra resolveria. Meu pai comprou um em Salem na última vez que esteve lá. Vou pedir para ele trazer mais e ver como derrete.

Ela semicerrou os olhos contra o sol forte, pensando.

– Minha mãe tem muitos tomates secos e um monte de alho. Sei que tem manjericão, não sei se tem orégano, mas posso me virar sem. E a massa... – Ela fez um gesto de pouco caso com a mão. – Farinha, água e banha, só.

Ele riu, entregando a ela um biscoito recheado de presunto e do picles da sra. Bug.

– Como a pizza chegou às colônias – disse ele, erguendo a garrafa de sidra em uma breve saudação. – As pessoas sempre se perguntam de onde vieram as grandes invenções da humanidade... Agora nós sabemos!

Ele falou baixinho, mas havia um tom estranho em sua voz, e ele manteve os olhos fixos nos dela.

– Talvez saibamos mesmo – disse ela, suavemente, depois de um momento. – Você já se perguntou por que... Por que estamos aqui?

– Claro. – O verde de seus olhos estava mais intenso, mas ainda claro. – Você também, não?

Ela assentiu e mordeu o biscoito com presunto, e o doce do picles com cebola se destacou em seu paladar. Claro que eles pensavam naquilo. Ela, Roger e a mãe dela. Certamente havia sentido naquela passagem pelas pedras. Tinha que haver. Mas ainda assim... seus pais raramente falavam sobre guerras e batalhas, mas pelo pouco que falavam – e pela quantidade ainda maior que ela havia lido –, ela sabia como essas coisas podiam ser aleatórias e sem sentido às vezes. De vez em quando, uma sombra surge e a morte permanece sem nome no escuro.

Roger amassou o resto do pão entre os dedos e jogou as migalhas a poucos metros dali. Um chapim desceu, pegou uma migalha, e ao lado dele apareceram, segundos depois, vários outros, que desceram das árvores, dando fim às migalhas em meio aos piados. Ele se alongou, suspirando, e deitou-se sobre o cobertor.

– Bem – disse ele –, se descobrir, não deixe de me contar, está bem?

Ela podia sentir as batidas do coração em seus seios; não mais contidas com segurança por trás da proteção do peito, mas livres para atravessar sua carne, pequenas correntes de eletricidade eriçando seus mamilos. Não ousou pensar em Jem. Se pensasse nele, por mais breve que fosse o pensamento, seu leite vazaria aos borbotões.

Antes que começasse a pensar demais, tirou a camisa.

Os olhos de Roger estavam abertos, fixos nela, suaves e brilhantes como o musgo ao pé das árvores. Ela desfez o nó da faixa de linho e sentiu o toque frio do vento em seus seios nus. Segurou-os com as mãos, sentindo o peso aumentar e os seios começarem a formigar.

– Venha aqui – disse ela suavemente, olhando para ele. – Depressa. Preciso de você.

Eles estavam deitados, semivestidos e confortavelmente enroscados sobre o cobertor puído, sonolentos e grudentos por causa do leite já meio seco, o calor da união ainda forte ao redor deles.

O sol em meio aos galhos vazios acima deles criava ondulações escuras atrás das pálpebras fechadas, como se ela estivesse olhando para baixo através de um mar vermelho-escuro, dentro da água quente como sangue, vendo a areia vulcânica escura mudar e se agitar ao redor de seus pés.

Ele estava acordado? Ela não virou a cabeça nem abriu os olhos para ver, mas tentou mandar uma mensagem a ele, uma batida lenta e preguiçosa do coração, uma pergunta fluindo de sangue para sangue. *Você está aí?*, perguntou ela silenciosamente. Sentiu a pergunta subir por seu peito e percorrer seu braço; imaginou a parte de dentro do braço e a veia azul ao longo dele, como se pudesse ver um flash subterrâneo conforme o impulso era carregado por seu sangue e percorria o braço, chegando à palma, ao dedo, e causando a mais leve palpitação contra a pele dele.

Nada aconteceu de imediato. Ela conseguia ouvir a respiração dele, lenta e regular, em contraste com o murmúrio da brisa nas árvores e na grama, como uma onda avançando sobre a costa arenosa.

Ela se imaginou como uma água-viva, e ele, outra. Podia vê-los com clareza; dois corpos transparentes, brilhantes como a lua, veias pulsando para dentro e para fora em um ritmo hipnótico, levados pela maré, um em direção ao outro, tentáculos estendidos, lentamente se tocando...

O dedo dele passou pela palma dela, tão leve que era como se fosse o resvalar de nadadeira ou de uma pena.

Estou aqui, dizia. *E você?*

Ela fechou a mão sobre a dele, e ele rolou em sua direção.

Como já estavam em uma época mais avançada do ano, a luz ia embora cedo. Ainda faltava um mês para o solstício de inverno, mas, no meio da tarde, o sol já resvalava o topo da montanha Negra, e a sombra dos dois se estendia em comprimentos impossíveis diante deles quando viraram para o leste, em direção à casa.

Ela levava a arma; a aula estava encerrada naquele dia, mas, apesar de não estarem caçando, aproveitaria qualquer oportunidade que aparecesse. O esquilo que havia abatido mais cedo já estava limpo e guardado em sua bolsa, mas não bastava para um ensopado. Seria bom pegar mais alguns. Ou um gambá, ela pensou de modo sonhador.

Mas não sabia bem quais eram os hábitos dos gambás; talvez hibernassem durante o inverno e, nesse caso, provavelmente não estavam mais por ali. Os ursos continuavam ativos. Ela vira excremento seco no caminho e os arranhões no tronco de um pinheiro, dos quais ainda escorria seiva amarela. Um urso seria uma boa caça, mas ela não pretendia procurar por um, nem se arriscar atirando em um a menos que fosse para se defender – o que não parecia provável. Não mexa com os ursos e eles não vão mexer com você – seus dois pais tinham lhe dito isso, e ela considerava um ótimo conselho.

Um bando de codornizes saiu voando de um arbusto próximo como estilhaços de uma explosão, e ela se sobressaltou, com o coração na boca.

– Eles são gostosos, não são?

Roger assentiu para o último dos pássaros branco-acinzentados a desaparecer. Ele também havia se assustado, mas menos do que ela, ela notou irritada.

– Sim – disse ela, exasperada por ter sido pega desprevenida. – Mas não se deve atirar neles com um mosquete, a não ser que só queira as penas para fazer travesseiro. Deve-se usar uma arma para matar pássaros, com balas apropriadas. É parecida com uma espingarda.

– Eu sei – disse ele, de modo sucinto.

Ela desanimou de conversar, pois o clima não era mais pacífico. Seus seios começavam a inchar de novo; estava na hora de ir para casa, encontrar Jemmy.

Ela apressou um pouco o passo ao pensar nisso, apesar de sua mente relutar em se libertar da lembrança do cheiro forte de grama seca, do brilho do sol sobre os ombros nus e morenos de Roger acima dela, do sibilar do seu leite, cobrindo o peito dele com uma borrifada fina de gotas, escorregadias, quentes e frias, em alternância, entre seus corpos.

Ela suspirou profundamente e ouviu a risada dele, contida na garganta.

– Hum?

Ela virou a cabeça, e ele fez um gesto para o chão diante deles. Tinham começado a se mover juntos enquanto caminhavam, e nenhum dos dois notara a força gravitacional que os unia. Agora, suas sombras tinham se fundido na parte de cima, de modo que uma fera esquisita, de quatro patas, caminhava como uma aranha diante deles, com as duas cabeças inclinadas uma na direção da outra.

Ele passou o braço ao redor da cintura dela, e uma cabeça de sombra se curvou, unindo-se à outra em uma única forma bulbosa.

– Foi um bom dia, não? – perguntou ele, suavemente.

– Sim, foi – disse ela e sorriu. Poderia ter dito mais, mas ouviu um som acima dela, nos galhos de uma árvore, e se retraiu repentinamente.

– O que... – começou ele, mas ela levou um dedo aos lábios dele para calá-lo, gesticulando para que ele a seguisse em direção a um carvalho vermelho.

Havia um bando de perus ciscando tranquilamente a terra sob um grande carvalho, pegando minhocas no tapete de bolotas e folhas caídas. O sol do fim da tarde brilhava baixo, iluminando as penas do peito deles, e o preto opaco das aves reluzia com gotinhas de chuva conforme elas se moviam.

Ela já estava com a arma carregada, mas não preparada. Pegou o cantil de pólvora do cinto e encheu o tambor, mal desviando o olhar dos pássaros. Roger se agachou ao lado dela, atento como um cão perdigueiro farejando. Ela o cutucou e estendeu a arma para ele em um convite, com uma das sobrancelhas erguida. Os perus estavam a menos de 20 metros, e mesmo os menores eram do tamanho de bolas de futebol.

Ele hesitou, mas ela podia ver o desejo de tentar nos olhos dele. Colocou a arma com firmeza nas mãos dele e assentiu em direção a uma brecha nos arbustos.

Ele se moveu com cuidado, tentando encontrar uma boa linha de tiro. Ela ainda não havia ensinado a ele como atirar agachado, e ele, sabiamente, não tentou; em vez disso, ficou de pé, embora isso significasse ter de atirar para baixo. Ele hesitou, o cano comprido vacilando enquanto ele mudava a mira de um pássaro a outro, tentando escolher o melhor alvo. Os dedos dela se dobravam e se fechavam com força, ansiosos para corrigir a mira, puxar o gatilho.

Ela o sentiu inspirar e prender o ar. Então, três coisas aconteceram, tão depressa que pareceram simultâneas. A arma disparou em um enorme *fuoom!*, uma explosão de folhas secas de carvalho se elevou da terra embaixo da árvore como uma cascata, e quinze perus saíram em disparada, correndo alucinados diretamente para eles, gorgolejando a plenos pulmões.

Os perus chegaram ao arbusto, viram Roger e levantaram voo como bolas lançadas ao ar, batendo as asas freneticamente. Roger se abaixou para desviar de um deles, que sobrevoou sua cabeça, mas outro o atingiu em cheio no peito. Ele tombou para trás, e o peru, agarrando-se a sua camisa, aproveitou a oportunidade para subir em seu ombro e tomar impulso, arranhando a lateral do pescoço dele com as garras.

A arma voou pelo ar. Brianna a pegou, tirou um cartucho da caixa em seu cinto e a recarregava quando o último peru correu na direção de Roger, ziguezagueou, percebeu a presença dela, seguiu na outra direção e por fim passou em disparada entre eles, gorgolejando alertas e imprecações.

Ela se virou, mirou no peru quando ele saiu do chão, viu a figura preta recortada por um segundo contra o céu iluminado e atirou nas penas da cauda. A ave despencou como um saco de carvão e caiu no chão 40 metros adiante com um baque audível.

Ela ficou parada por um momento e então, lentamente, abaixou a arma. Roger estava olhando para ela, boquiaberto, pressionando o tecido da camisa contra os arranhões sangrentos em seu pescoço. Ela sorriu para ele, um sorriso fraco, sentindo as mãos suadas no cabo de madeira e o coração batendo acelerado com a reação atrasada.

– Santo Deus – disse Roger, profundamente impressionado. – Aquilo não foi apenas sorte, foi?

– Bem... um pouco – disse ela, tentando ser modesta. Não conseguiu e sentiu um sorriso se abrir em seu rosto. – Talvez metade.

Roger pegou a caça enquanto ela limpava a arma de novo, voltando com uma ave de 5 quilos, com o pescoço mole e vazando sangue como uma bolsa de água furada.

– Que coisa – disse ele, segurando o peru com o braço estendido para que o sangue escorresse, admirando os azuis e vermelhos da cabeça sem penas. – Acho que nunca vi um desses, a não ser assado em uma travessa, com molho de castanha e batatas assadas.

Ele olhou do peru para ela com grande respeito, e meneou a cabeça em direção à arma.

– Foi um belo tiro, Bree.

Ela sentiu o rosto corar de satisfação e controlou a vontade de dizer "não foi nada", contentando-se em vez disso com um simples "obrigada".

Eles voltaram a caminhar em direção à casa, Roger ainda carregando o animal morto um pouco afastado de seu corpo.

– E nem faz tanto tempo assim que você aprendeu a atirar – disse Roger, ainda impressionado. – Quanto tempo faz? Seis meses?

Ela não queria diminuir a admiração dele por sua habilidade, mas riu, deu de ombros e disse a verdade.

– Na verdade, faz uns seis anos. Para ser mais precisa, quase dez.

– É?

– Meu pai, Frank, me ensinou a atirar quando eu tinha 11 ou 12 anos. Ele me deu uma vinte e dois quando eu tinha 13 anos, e quando eu tinha 15, ele me levava para atirar em pratos em clubes de tiro ou para caçar pombas e codornas nos fins de semana de outono.

Roger olhou para ela com interesse.

– Pensei que Jamie tivesse ensinado você a atirar. Não fazia ideia de que Frank Randall era um desportista de tiro.

– Bom – disse ela lentamente –, eu não disse que ele era.

Ele ergueu uma das sobrancelhas, sem entender.

– Ah, ele sabia atirar – disse ela. – Serviu no Exército durante a Segunda Guerra Mundial. Mas nunca gostou muito de fazer isso; só me mostrava e depois observava. Na verdade, ele nem tinha uma arma.

– Que estranho.

– Não é?

Ela se aproximou mais dele, tocando seu ombro para que as sombras se misturassem de novo; agora eles pareciam um ogro de duas cabeças, carregando uma arma sobre um dos ombros, com uma terceira cabeça na mão.

– Pensei nisso – disse ela, tentando soar casual – depois que você me contou sobre a carta dele e tudo o mais, na Reunião.

Ele lançou um olhar desconfiado para ela.

– Pensou sobre o quê?

Ela respirou fundo, sentindo as faixas de linho apertarem seus seios.

– Eu me perguntei por que um homem que não montava nem atirava se esforçaria tanto para que a filha aprendesse tudo isso. Sei lá, não era comum que meninas fizessem essas coisas. – Ela tentou rir. – Não em Boston, pelo menos.

Por um momento, o único som que se ouviu foi o movimento dos pés pelas folhas secas.

– Meu Deus! – exclamou Roger baixinho, por fim. – Ele procurou Jamie Fraser. Ele disse isso na carta.

– E ele encontrou um Jamie Fraser. Disse isso também. Só não sabemos se foi o certo ou não.

Ela olhava para as botas, atenta a serpentes. Havia cabeças-de-cobre e cascavéis na mata, ela as via de vez em quando sobre pedras ou troncos.

Roger respirou fundo, erguendo a cabeça.

– Sim. Então, você está se perguntando... o que mais ele pode ter descoberto?

Ela assentiu, sem olhar para a frente.

– Talvez ele tenha me encontrado – disse ela, sentindo um nó na garganta. – Talvez ele soubesse que eu ia voltar pelas pedras. Mas se ele sabia... não me contou.

Ele parou de andar e apoiou uma das mãos no braço dela para virá-la para ele.

– E talvez ele não soubesse de nada disso – disse ele com firmeza. – Pode ter apenas achado que você *poderia* tentar, se um dia descobrisse sobre Fraser. E se você descobrisse e fosse... então ele queria que você estivesse segura. Eu diria que independentemente do que ele sabia, era isso que ele queria; que você ficasse segura. – Ele sorriu, um sorriso meio torto. – Da mesma maneira que você quer que eu fique em segurança, certo?

Ela suspirou fundo, sentindo um alívio descer sobre ela com as palavras dele. Nunca duvidara de que Frank Randall a amava, durante todos os anos de sua infância. Não queria duvidar agora.

– Certo – disse ela, e ficou na ponta dos pés para beijá-lo.

– Ótimo, então – disse ele, tocando delicadamente o seio dela onde, na pele de gamo de sua camisa, surgira uma mancha molhada. – Jem deve estar com fome. Vamos, está na hora de voltar para casa.

Eles dobraram uma curva de novo e desceram a montanha, rumo ao mar dourado de folhas de nogueira, observando suas sombras seguirem à frente deles enquanto caminhavam abraçados.

– Você acha... – começou ela, e hesitou. Uma cabeça de sombra havia se encostado em outra, ouvindo. – Você acha que Ian é feliz?

– Espero que seja – respondeu ele, abraçando-a com mais força. – Se ele tiver uma mulher como a minha... então tenho certeza de que ele é feliz.

21

OLHOS PERFEITOS

– Agora, segure isto sobre o seu olho esquerdo, e leia a menor linha que conseguir ver claramente.

Com um ar de sofrimento, Roger segurou a colher de madeira sobre o olho direito e estreitou o esquerdo, concentrando-se na folha de papel que eu havia prendido na porta da cozinha. Ele estava de pé no corredor de entrada, do lado de dentro, já que o corredor era o único espaço dentro da casa com um comprimento de aproximadamente 6 metros.

– *Et tu Brute?* – leu ele, abaixando a colher e olhando para mim com uma das sobrancelhas erguida. – Nunca vi um quadro de letras com frases.

– Bom, sempre achei que as letrinhas dos quadros comuns eram meio chatas – falei, tirando o papel e virando-o. – O outro olho, por favor. Qual é a menor linha que você consegue ler com facilidade?

Ele colocou a colher sobre o outro olho, semicerrou os olhos para as cinco linhas escritas à mão – com decréscimo de tamanho mais uniforme que consegui – e leu a terceira, lentamente.

– *Não coma cebolas*. De onde é essa?

– Shakespeare, claro – falei, fazendo uma anotação. – *Não comam alho nem cebolas, pois nosso hálito tem que ser fresco*. É a menor que consegue ler, certo?

Vi a expressão de Jamie se alterar subitamente. Ele e Brianna estavam logo atrás de Roger, na varanda, observando o exame com interesse. Brianna se inclinava levemente em direção a Roger, com uma expressão meio ansiosa, como se torcesse para ele enxergar as letras.

A expressão de Jamie, por sua vez, demonstrava um pouco de surpresa, um pouco de pena – e um inegável toque de satisfação. *Ele*, evidentemente, conseguia ler a quinta linha sem problema. *Eu o honro*. Uma frase de *Júlio Cesar*: *Por ter sido valente, honro-o; mas por ter sido ambicioso, matei-o*.

Ele sentiu meu olhar sobre ele, e a expressão desapareceu, o rosto retomando instantaneamente o olhar habitual de inescrutabilidade bem-humorada. Estreitei os olhos para ele, com um olhar do tipo "Você não me engana", e ele desviou o olhar, esboçando um sorriso de canto de boca.

– Não consegue ler nada da linha seguinte?

Bree havia se aproximado de Roger, como se atraída por osmose. Ela olhou com atenção para o papel e em seguida para ele, com um olhar encorajador. Obviamente, conseguia ler as duas últimas linhas sem dificuldade também.

– Não – respondeu Roger, de modo sucinto.

Ele havia concordado em deixar que eu examinasse sua vista a pedido dela, mas obviamente não estava contente com aquilo. Bateu de leve na palma da mão com a colher, impaciente para acabar de uma vez com aquilo. – Mais alguma coisa?

– Só mais alguns exames – falei, do modo mais tranquilo que consegui. – Venha até aqui, onde a luz é melhor.

Apoiei uma das mãos em seu braço e o levei em direção ao meu consultório, lançando a Jamie e a Bree um olhar ríspido.

– Brianna, por que não vai arrumar a mesa para o jantar? Não vamos demorar.

Ela hesitou por um momento, mas Jamie tocou seu braço e disse algo em voz baixa. Ela assentiu, olhou para Roger mais uma vez com um leve franzir de cenho e se foi. Jamie deu de ombros para se desculpar e a seguiu.

Roger estava de pé em meio à desordem do meu consultório, parecendo um urso que ouve latidos ao longe – ao mesmo tempo incomodado e atento.

– Isso não é necessário – disse ele quando fechei a porta. – Eu enxergo bem. Só não sei atirar muito bem ainda. Não há nada de errado com os meus olhos. – Ainda assim, não fez menção de sair, e eu percebi que havia dúvida em sua voz.

– Não acho que seja – falei baixinho. – Vou examinar depressa, apenas por curiosidade da minha parte, na verdade. – Fiz com que se sentasse, meio relutante, e por não ter uma lanterna pequena, acendi uma vela.

Posicionei-a de modo a checar a dilatação das pupilas. Os olhos dele tinham uma cor linda, pensei; não eram castanhos, mas verde-escuros. Escuros o bastante para quase parecerem negros à sombra, mas de um tom impressionante – quase esmeralda – quando visto à claridade da luz. Uma visão desconcertante, para quem havia conhecido Geilie Duncan e vira sua risada maluca daquelas profundezas verdes. Esperava que Roger não tivesse herdado *nada* além dos olhos dela.

Ele piscou uma vez, involuntariamente, fechando as pálpebras de cílios pretos e compridos sobre eles, e a lembrança desapareceu. Aqueles olhos eram lindos – mas calmos e, acima de tudo, sadios. Sorri para ele, que sorriu de volta por reflexo, sem entender.

Passei a vela diante de seu rosto, para cima, para baixo, para a direita, para a esquerda, pedindo que ele fixasse o olhar na chama, observando as mudanças conforme os olhos se moviam de um lado para o outro. Como não eram necessárias respostas nesse exame, ele começou a relaxar um pouco, abrindo os punhos gradualmente sobre as coxas.

– Muito bem – falei, mantendo a voz baixa e tranquilizadora. – Sim, muito bem... pode olhar para cima, por favor? Sim, agora, olhe para baixo, em direção ao canto da janela. Hum, sim... Agora, olhe para mim de novo. Está vendo o meu dedo? Ótimo, agora, feche o olho esquerdo e me diga se o dedo se move. Certo...

Por fim, apaguei a vela e me endireitei, alongando as costas e gemendo.

– E então – disse Roger, baixinho –, qual é o veredito, doutora? Posso ir fazer um cajado?

Ele afastou com a mão a leve fumaça da vela apagada, tentando demonstrar casualidade, traído pela leve tensão de seus ombros.

Eu ri.

– Não, você não vai precisar de um cão-guia por algum tempo, nem mesmo de óculos. Mas, por falar nisso, você disse que nunca tinha visto um quadro com frases. Mas já viu quadros de oftalmologista, pelo que entendi. Usou óculos na infância?

Ele franziu o cenho, pensando no passado.

– Sim, usei – respondeu ele lentamente. – Ou melhor... – um sorriso leve apareceu em seu rosto –, eu *tinha* um par de óculos. Ou dois ou três. Quando eu tinha 7 ou 8 anos, acho. Eles me atrapalhavam e me davam dor de cabeça. Então, costumava deixá-los no ônibus público, ou na escola, ou nas pedras perto do rio... Não consigo me lembrar de *tê-los usado* por mais de uma hora direto e depois que perdi o terceiro par, meu pai desistiu. – Ele deu de ombros. – Para ser sincero, nunca achei que precisasse de óculos.

– Bem, não precisa... agora.

Ele notou meu tom de voz e olhou para mim, confuso.

– O quê?

– Você tem um pouco de miopia no olho esquerdo, mas não o suficiente para causar dificuldades. – Esfreguei a ponte do meu nariz, como se sentisse o peso de óculos. – Deixe-me adivinhar: quando estava na escola, você era bom em hóquei e futebol, mas não em tênis.

Ele riu, os cantos dos olhos enrugados.

– Tênis? Em uma escola em Inverness? Esporte de sulistas molengas, era o que dizíamos; jogo para fracotes. Mas compreendo o que quer dizer. Você está certa, eu era bom em futebol, mas não muito em esportes individuais. Por quê?

– Não tem visão binocular – respondi. – É possível que alguém tenha notado isso quando você era pequeno e tenha se esforçado para corrigir o problema com lentes prismáticas, mas pode ser que já fosse tarde demais quando você tinha 7 ou 8 anos – acrescentei depressa, e vi o rosto dele ficar inexpressivo. – Para dar certo, precisa ser corrigido bem cedo... antes dos 5 anos.

– Eu não tenho... visão binocular? Mas não é assim com todo mundo?... Quer dizer, os meus dois olhos funcionam, certo?

Ele parecia incomodado. Olhou para a palma da mão, fechou um dos olhos, depois o outro, como se uma resposta pudesse ser encontrada entre as linhas ali.

– Os seus olhos funcionam bem – expliquei. – É só que eles não trabalham *juntos*. É um problema bastante comum... e muitas pessoas que têm isso não percebem. É só que, em algumas pessoas, por um motivo ou por outro, o cérebro nunca aprende a misturar as imagens que enxerga com ambos os olhos para formar uma imagem tridimensional.

– Não enxergo em três dimensões?

Ele olhou para mim, semicerrando os olhos, como se esperasse que de repente eu fosse esmagada contra a parede.

– Bom, não tenho um kit de oftalmologia adequado aqui. – Indiquei com a mão a vela apagada, a colher de pau, as frases e alguns gravetos que tinha usado. – E não sou oftalmologista. Mas tenho quase certeza que sim.

Ele ouviu com atenção enquanto eu explicava o que podia. A visão dele parecia bastante normal, em termos de acuidade. Mas, como o seu cérebro não estava fundindo a informação vinda dos olhos, podia estar estimando a distância e a localização relativa de objetos simplesmente por meio de uma comparação inconsciente dos tamanhos, em vez de formar uma verdadeira imagem tridimensional. O que significava...

– Você consegue enxergar perfeitamente bem para quase tudo o que quiser fazer – expliquei a ele. – E provavelmente pode aprender a atirar bem; a maioria dos homens que vejo atirando fecha um dos olhos quando atira, de qualquer modo. Mas pode ser que tenha problemas para acertar alvos em movimento. Você pode enxergar no que está mirando muito bem, mas sem a visão binocular, pode não conseguir dizer *exatamente* onde está o que deve ser atingido.

– Compreendo – disse ele. – Então, se me metesse em uma briga, seria melhor eu me fiar no contato direto, é isso?

– Na minha singela experiência de conflitos escoceses, a maioria das brigas não passa de contato direto, de qualquer modo. Só usam uma arma ou uma flecha quando o objetivo é matar, e, nesse caso, uma lâmina costuma ser a arma de preferência. Muito mais certeira, é o que Jamie diz.

Ele deu um leve grunhido de divertimento com o que eu disse, mas não comentou. Ficou sentado em silêncio, pensando no que eu tinha acabado de dizer, enquanto eu ajeitava a bagunça deixada por um dia de trabalho. Eu podia ouvir os sons vindos da cozinha e o crepitar da banha sendo frita, acompanhado do cheiro delicioso de cebolas e bacon refogados, que vinha pelo corredor.

A refeição seria rápida; a sra. Bug tinha estado ocupada o dia todo com os preparativos para a expedição da milícia. Ainda assim, até mesmo as refeições menos elaboradas da sra. Bug valiam a pena.

Vozes abafadas eram ouvidas através da parede – o grito repentino de Jemmy, uma breve exclamação de Brianna, outra de Lizzie, e a voz grave de Jamie, evidentemente confortando o bebê enquanto Bree e Lizzie cuidavam do jantar.

Roger também os ouviu; vi quando ele virou a cabeça na direção do som.

– Que mulher – disse ele, com um sorriso. – Ela sabe caçar *e* cozinhar a caça. O que parece ser algo bom, diante das circunstâncias. Evidentemente eu não vou ser o responsável por colocar a carne na mesa.

– Bobagem – disse eu depressa, tentando afastar qualquer tentativa da parte dele de sentir pena de si mesmo. – Eu nunca atirei em nada na vida e coloco comida na mesa todos os dias. Se você acha realmente que precisa matar coisas, há muitos frangos, gansos e porcos. E se conseguir pegar aquela maldita porca branca antes que ela abale toda a fundação, você vai ser um herói local.

Isso fez com que ele sorrisse, embora com um toque de ironia.

– Espero que a minha dignidade vá se recuperar, com ou sem os porcos – disse ele. – O pior vai ser contar aos atiradores.

Ele inclinou a cabeça em direção à parede, onde a voz de Brianna se misturava à de Jamie em uma conversa abafada.

– Eles serão muito gentis, como alguém é em relação a uma pessoa que não tem um pé.

Ri, terminei de limpar meu pilão e levantei o braço para guardá-lo no armário.

– Bree só está preocupada com você por causa desse problema dos reguladores. Mas Jamie acha que não vai dar em nada; as chances de você precisar atirar em alguém são muito pequenas. Além disso, as aves de rapina também não têm visão binocular – acrescentei, logo em seguida. – A não ser as corujas. Falcões e águias não podem ter; os olhos deles ficam cada um de um lado da cabeça. Diga a Bree e a Jamie que eu disse que você tem olhos de águia.

Ele riu e ficou de pé, batendo a poeira do casaco.

– Certo, direi.

Ele me esperou e abriu a porta do corredor para mim. Quando me aproximei, ele pousou a mão no meu braço e me deteve.

– Essa coisa da visão binocular – disse ele, fazendo um gesto vago para indicar os olhos. – Eu nasci com isso, certo?

Eu assenti.

– Sim, tenho quase certeza.

Ele hesitou, claramente sem saber como dizer o que pretendia.

– Isso é... hereditário, então? O meu pai era da Força Aérea, não pode ter tido isso, mas a minha mãe usava óculos. Ela os deixava presos a uma corrente ao redor do pescoço. Eu lembro que brincava com eles. Posso ter herdado o problema de visão dela, é o que quero dizer.

Eu franzi os lábios, tentando me lembrar do que já tinha lido sobre problemas hereditários de visão, mas nada de concreto me ocorreu.

– Não sei – respondi por fim. – Pode ser. Mas pode não ser também. Não sei mesmo. Está preocupado com Jemmy?

– Ah.

Um olhar de decepção cruzou seu rosto, mas ele o afastou quase no mesmo instante. Sorriu, constrangido, e abriu a porta, segurando-a para que eu passasse.

– Não, não estou preocupado. Só estava pensando... se foi herdado, e se ele também tivesse... então eu saberia.

O corredor estava tomado pelos cheiros deliciosos de ensopado de esquilo e pão fresco, e eu estava faminta, mas fiquei parada, olhando para ele.

– Eu não desejaria que ele tivesse – disse ele ao ver minha expressão. – De jeito nenhum! É só que, se ele tiver... – Ele se interrompeu e desviou o olhar, engolindo em seco. – Por favor, não diga a Bree que eu pensei nisso.

Toquei o braço dele de leve.

– Acho que ela compreenderia. O fato de você querer... ter certeza.

Ele olhou para a porta da cozinha, de onde vinha a voz de Bree, cantando "Clementine" para fascínio de Jemmy.

– Pode ser que compreenda – disse ele. – Mas não quer dizer que ela queira ouvir isso.

22

A CRUZ DE FOGO

Os homens haviam partido. Jamie, Roger, o sr. Chisholm e seus filhos, os irmãos MacLeods... todos tinham desaparecido antes do nascer do dia, sem deixar vestígios exceto pelos restos de um café da manhã rápido e uma série de marcas de sapato cheias de lama na entrada.

Jamie se movia de forma tão silenciosa que raramente me acordava quando saía do meu lado e se vestia no escuro antes do amanhecer. Mas costumava se inclinar para me dar um beijo de despedida e dizer algo carinhoso no meu ouvido, deixando que eu levasse seu toque e seu cheiro de volta para os sonhos.

Ele não tinha me acordado naquela manhã.

Essa tarefa fora deixada para os Chisholm e MacLeod mais jovens, que tinham brigado logo embaixo da minha janela, pouco depois do amanhecer.

Eu havia despertado, momentaneamente confusa com os gritos e os berros, as mãos automaticamente à procura de esponja e oxigênio, seringa e álcool, visões de uma sala de emergência de hospital ao meu redor. Então, respirei fundo e senti cheiro de fumaça de madeira, não de etanol. Balancei a cabeça, olhando para o cobertor azul e amarelo, a fileira tranquila de roupas penduradas e a luz clara e pura entrando pelas cortinas entreabertas. Lar. Eu estava em casa, na Cordilheira dos Frasers.

Uma porta se abriu com estrondo no andar de baixo e a confusão cessou abruptamente, seguida de passos apressados e risos abafados.

– Mmmfm! – disse a sra. Bug, satisfeita por ter dispersado os arruaceiros. A porta se fechou, e o retinir de madeira e metal lá embaixo anunciou o começo das atividades do dia.

Quando desci, alguns momentos depois, encontrei a boa senhora ocupada simultaneamente em torrar o pão, passar o café, fazer mingau e reclamar enquanto arrumava as coisas dos homens. Não reclamava da falta de asseio – o que mais se podia esperar dos homens –, mas sim porque Jamie não a havia acordado para fazer um café da manhã adequado para eles.

– E como ele vai se virar agora? – perguntou ela, erguendo o garfo de torrar para mim em reprimenda. – Um homem grande e bonito como aquele, saindo por aí com pouco mais do que leite e um pão amanhecido no estômago?

Lançando um olhar sorrateiro para as migalhas e os utensílios sujos, me pareceu que ele e seus companheiros provavelmente tinham comido pelo menos duas dúzias de muffins de milho e um pão de sal inteiro, acompanhados por meio quilo de manteiga fresca, um jarro de mel, uma tigela de passas e todo o leite da primeira ordenha.

– Acho que ele não vai passar fome – murmurei, pegando uma migalha com o dedo úmido. – O café está pronto?

Os filhos mais velhos dos Chisholms e dos MacLeods tinham passado a noite perto da lareira da cozinha, enrolados em trapos ou cobertores. Todos já tinham se levantado e saído, deixando os cobertores amontoados em um canto. Conforme o cheiro de comida começou a permear a casa, sons leves de pessoas acordando começaram a ser ouvidos através das paredes e escada abaixo, enquanto as mulheres se vestiam e cuidavam dos bebês e das crianças pequenas. Rostos pequenos começaram a reaparecer, vindos de fora e espiando pela porta com interesse.

– Vocês lavaram as patinhas imundas, meninos? – perguntou a sra. Bug ao vê-los. Agitou uma colher de mingau para indicar os bancos ao longo da mesa. – Se lavaram, venham e sentem-se. Mas limpem os pés cheios de lama!

Em poucos instantes, os bancos tinham sido ocupados, e a sra. Chisholm, a sra. MacLeod e a sra. Aberfeldy bocejavam e piscavam entre os filhos, assentindo e murmurando "bom dia" para mim e umas para as outras, ajeitando um guardanapo aqui e uma camisa ali, usando um polegar molhado com saliva para abaixar uma mecha de cabelo espetado na cabeça de um menininho ou para tirar uma mancha do rosto de uma menininha.

Diante de tantas bocas abertas para alimentar, a sra. Bug estava à vontade, andando de um lado para outro entre a lareira e a mesa. Observando-a em ação, pensei que ela devia ter sido um chapim em outra vida.

– A senhora viu quando o Jamie saiu? – perguntei, quando ela parou momentaneamente para encher todas as xícaras de café, com uma salsicha grande e crua na outra mão.

– Na verdade, não. – Ela balançou a cabeça, envolvida por um lenço branco. – Não sei nada a respeito. Ouvi uma movimentação antes do amanhecer, mas pensei que ele estivesse apenas indo à latrina, sem querer me incomodar com o barulho do penico. Ele não voltou, no entanto, e quando acordei, todos tinham partido. Ah! Nada disso!

Ao perceber um movimento pelo canto do olho, ela acertou um MacLeod de 6 anos na cabeça com a linguiça, fazendo com que ele recolhesse os dedos do pote de geleia.

– Talvez eles tenham ido caçar – sugeriu a sra. Aberfeldy com timidez, enfiando uma colher de mingau na boca da menininha que estava sentada em seu colo. Com menos de 19 anos, ela raramente dizia alguma coisa, sempre tímida em meio às mulheres mais velhas.

– É bom que eles estejam procurando um terreno e madeira para construir casas – disse a sra. MacLeod, segurando um bebê contra o ombro e dando tapinhas em suas costas. Ela afastou uma mecha de cabelos grisalhos do rosto e abriu um sorriso amarelo para mim. – Não estou fazendo pouco de sua hospitalidade, sra. Fraser, mas gostaria de não passar o inverno com vocês. Geordie, deixe as tranças da sua irmã em paz ou vai se arrepender!

Eu não estava de muito bom humor tão cedo, então sorri e murmurei algo educado mas incompreensível. Eu também gostaria de não ter cinco ou dez pessoas a mais na minha casa durante o inverno, mas não sabia ao certo se isso podia ser evitado.

A carta do governador tinha sido bastante específica; todos os homens capazes da região deveriam ser reunidos em tropas de milícia e deveriam se reportar a Salisbury até meados de dezembro. Isso deixava muito pouco tempo para a construção de casas. Ainda assim, eu torcia para que Jamie tivesse um plano para aliviar aquele congestionamento. Adso, o gato, fixara residência semipermanente em um armário do meu consultório, e a cena na cozinha se parecia cada dia mais com um dos quadros de Hieronymus Bosch.

Pelo menos, a cozinha tinha perdido a frieza da manhã com tantos corpos reunidos dentro dela, e agora estava confortavelmente quente e barulhenta. Com a reunião das pessoas, no entanto, demorei para perceber que havia quatro jovens mães presentes, e não três.

– De onde você surgiu? – perguntei, assustada, ao ver minha filha, franzindo o cenho e toda encolhida embaixo de um cobertor em um canto.

Bree piscou, cheia de sono, e ajeitou Jemmy, que mamava com concentração, alheio às pessoas.

– Os Muellers apareceram no meio da noite e bateram à nossa porta – disse ela, bocejando. – Oito. Eles não falaram muito inglês, mas *acho* que disseram que papai os chamou.

– É mesmo? – Peguei uma fatia de bolo de passas, ganhando por pouco de um dos filhos dos Chisholms. – Eles ainda estão lá?

– Aham. Obrigada, mãe. – Ela estendeu a mão para pegar o bolo que ofereci a ela. – Sim. Papai veio e tirou Roger da cama enquanto ainda estava escuro, mas parecia não precisar dos Muellers ainda. Quando Roger saiu, um Mueller grande e velho levantou-se do chão, disse "*Bitte, Maedle*" e se deitou ao meu lado. – Ela corou levemente. – Então, pensei que talvez devesse vir para cá.

– Oh – falei, contendo um sorriso. – Esse deve ser Gerhard. – Prático, o velho agricultor não via motivos para deitar o corpo velho no chão duro se havia espaço na cama.

– Acho que sim – disse ela enquanto mastigava o bolo. – Acho que ele é inofensivo, mas, mesmo assim...

– Bem, ele não representaria perigo para *você* – concordei.

Gerhard Mueller era o patriarca de uma grande família alemã que vivia entre a Cordilheira e a colônia moraviana em Salem. Ele tinha quase 80 anos, mas de maneira nenhuma era inofensivo.

Mastiguei lentamente, lembrando-me de como Jamie havia descrito para mim os couros cabeludos pregados na porta do celeiro de Gerhard. Couros cabeludos de mulheres, de cabelos compridos, escuros e sedosos, com as pontas esvoaçando ao vento. *Como se estivessem vivas*, dissera ele, com o rosto preocupado ao se lembrar, *como pássaros presos à madeira*. E o couro cabeludo branco que Gerhard havia trazido para mim, embrulhado em linho e manchado de sangue. Não, ele não era inofensivo. Engoli em seco, sentindo o bolo descer com dificuldade.

– Inofensivo ou não, eles devem estar famintos – disse a sra. Chisholm.

Ela se inclinou e pegou uma boneca de palha, uma fralda molhada e uma criança chorosa, conseguindo deixar uma das mãos livres para o café.

– É melhor recolhermos tudo antes que os alemães sintam o cheiro da comida e venham bater à porta.

– Temos mais alguma coisa para oferecer a eles? – perguntei, tentando me lembrar de quantos presuntos ainda havia na despensa.

Depois de duas semanas de hospitalidade, nossos estoques estavam diminuindo a uma velocidade alarmante.

– Claro que temos – disse a sra. Bug rapidamente, fatiando linguiças e colocando as fatias na grelha quente. – Deixe-me terminar de servir estes aqui e pode mandá-los para tomarem o café da manhã deles. Você, *a muirninn*... – Ela bateu com uma espátula na cabeça de uma menina de 8 anos, mais ou menos. – Vá até a despensa e volte com o avental cheio de batatas. Alemães gostam de batatas.

Quando terminei meu mingau e comecei e recolher as tigelas para lavar, a sra. Bug, com uma vassoura na mão, estava varrendo as crianças e a sujeira pela porta de trás de modo eficiente, enquanto dava ordens a Lizzie e à sra. Aberfeldy – Ruth era o nome dela –, que pareciam ter sido convocadas a atuar como cozinheiras assistentes.

– Posso ajudar... – comecei, meio desanimada, mas a sra. Bug balançou a cabeça e fez movimentos com a vassoura para me dispensar.

– Nem pense nisso, sra. Fraser! – disse ela. – Já tem coisas de mais para fazer, tenho certeza, e... Espere, não vai entrar na minha cozinha limpa e arrumada com essas botas cheias de lama! Saia, saia e limpe-as antes de pensar em colocar os pés aqui dentro!

Gerhard Mueller, seguido por seus filhos e sobrinhos, estava parado na porta, confuso. A sra. Bug, sem se importar com o fato de ele ter uns 30 centímetros a mais do que ela ou com o fato de ele não falar inglês, fez uma careta e passou a vassoura com afinco sobre as botas dele.

Eu acenei para os Muellers acolhedoramente e então aproveitei a chance de escapar e fugi.

Procurando evitar a multidão dentro da casa, eu me lavei no poço do lado de fora e em seguida fui até os barracões e me ocupei fazendo uma lista. A situação não era tão ruim quanto eu havia temido; tínhamos o suficiente, com gerenciamento cuidadoso, para durar todo o inverno, mas concluí que a mão extravagante da sra. Bug talvez tivesse de ser um pouco contida.

Além de seis presuntos na despensa, havia quatro pedaços de bacon e mais metade de um, e ainda uma prateleira de carne de veado seca e metade de uma carcaça relativamente recente. Olhando para cima, vi as vigas baixas do teto, pretas por causa da cinza e cheias de peixe defumado e seco, cortado e preso em fardos, como pétalas de flores grandes e feias. Havia dez barris de peixe salgado, também, e quatro de carne de porco salgada. Um jarro de pedra de toucinho, um menor de banha, outro de gelatina de cabeça de porco... eu tinha minhas dúvidas sobre isso.

Eu a havia feito de acordo com as instruções de uma das mulheres da família Mueller, conforme a tradução de Jamie, mas nunca tinha visto uma e não tinha certeza de que deveria ser *daquele jeito*. Levantei a tampa e cheirei com cuidado, mas não cheirava mal; um aroma levemente condimentado com alho e grão de pimenta, e nenhum odor de putrefação. Talvez não morrêssemos de intoxicação alimentar, embora eu estivesse decidida a convidar Gerhard Mueller para experimentar primeiro.

– Como pode permitir esse velho diabo na sua casa? – perguntara Marsali quando Gerhard e um de seus filhos subiram até a Cordilheira alguns meses antes.

Ela havia ouvido a história das mulheres índias por intermédio de Fergus e olhava para os alemães com horror e revolta.

– E o que quer que eu faça? – perguntou Jamie, erguendo a colher. – Que eu mate os Muellers, todos eles, já que, se matasse Gerhard, teria que matar todos, e pregue o escalpo deles no *meu* celeiro? – Sua boca se entortou um pouco. – Isso faria o leite da vaca secar. E me impossibilitaria de ordenhá-la, pode ter certeza.

Marsali ergueu a sobrancelha, embora não fosse o tipo de pessoa que fugisse de uma discussão.

– Isso talvez não – disse ela. – Mas você os deixou entrar na sua casa e os tratou como amigos!

Ela olhou para Jamie e para mim, franzindo o cenho.

– As mulheres que ele matou... *elas* eram suas amigas, não?

Eu e Jamie nos entreolhamos, e dei de ombros. Ele parou por um momento, reorganizando as ideias, enquanto mexia sua sopa lentamente. Então, pousou a colher e olhou para ela.

– O que Gerhard fez foi terrível – disse ele simplesmente. – Mas era uma questão de vingança para ele; pensando como pensava, ele não poderia ter feito diferente. As coisas melhorariam para mim se eu me vingasse dele?

– *Non* – disse Fergus com certeza.

Ele pousou a mão no braço de Marsali, impedindo-a de dizer o que quer que fosse que pretendia dizer em seguida. E sorriu para ela.

– Claro, os franceses não acreditam em vingança.

– Bem, talvez alguns franceses – murmurei, pensando no conde St. Germain.

Mas Marsali não se daria por vencida com tanta facilidade.

– Humf – murmurou. – O que você quer dizer é que elas não eram *suas*, não é? – Jamie ergueu as sobrancelhas, perplexo, e ela continuou argumentando. – As mulheres que foram assassinadas. Mas e se fossem da sua família? Se tivéssemos sido eu, Lizzie ou Brianna, por exemplo?

– Isso – disse Jamie com calma – é exatamente o que eu estava querendo dizer. *Era* a família de Gerhard. – Ele se afastou da mesa e ficou de pé, deixando metade da sopa na tigela. – Terminou, Fergus?

Fergus ergueu uma das sobrancelhas para ele, pegou sua tigela e bebeu, o pomo de adão se mexendo em sua garganta comprida e morena.

– *Oui* – disse ele, limpando a boca na manga.

Ele se levantou e deu um tapinha na cabeça de Marsali e em seguida afastou uma mecha de cabelos claros como palha do lenço.

– Não se preocupe, *chéri*, apesar de eu não acreditar em vingança, se alguém vier atrás dos seus cabelos, prometo que farei um saco para tabaco com o escroto dele. E o seu pai vai amarrar as meias dele com as entranhas do malfeitor, pode ter certeza.

Marsali emitiu um *pfft!* de diversão irritada, deu um tapa na mão dele, e nada mais foi dito a respeito de Gerhard Mueller.

Ergui a tigela pesada de gelatina de cabeça de porco e a coloquei ao lado da porta da despensa, para não me esquecer dela quando voltasse para a casa. Tentei imaginar se o filho de Gerhard, Frederick, teria vindo com ele – provavelmente; o rapaz tinha menos de 20 anos, uma idade em que a pessoa não queria ficar de fora de nada que prometesse emoção. Tinham sido a jovem esposa de Frederick, Petronella, e seu bebê que haviam morrido – de sarampo, apesar de Gerhard achar que a infecção era uma maldição jogada sobre sua família pelos Tuscaroras.

Será que Frederick já tinha encontrado uma nova esposa? Provavelmente. Mas, se não tivesse encontrado... havia duas garotas adolescentes entre os novos moradores. Talvez os planos de Jamie fossem encontrar marido para elas? E também havia Lizzie...

O pote de milho estava mais de três quartos cheio, apesar de haver uma quantidade preocupante de fezes de rato no chão do lado de fora. Adso crescia depressa, mas talvez não com a rapidez necessária; ele ainda estava do tamanho de uma ratazana de porte médio. Farinha... tinha um pouco, apenas oito sacos. Mas talvez houvesse mais no moinho; eu perguntaria a Jamie.

Sacos de arroz e feijões, uma boa quantidade de nozes, nozes-manteiga e nozes negras. Montes de abóbora seca, um saco de aveia e um de farinha de milho, e galões e mais galões de sidra de maçã e vinagre. Um pote de manteiga com sal, outro de manteiga fresca e um cesto de queijos de cabra redondos, que eu havia trocado por uma boa quantidade de amoras silvestres e groselhas. O restante das frutas tinha sido cuidadosamente seco, juntamente com as uvas silvestres, ou transformado em geleias ou conservas, e estava escondido na despensa, longe – eu esperava – do alcance das crianças.

O mel. Eu parei, contraindo os lábios. Eu tinha quase vinte galões de mel puro e quatro jarros grandes de favos de mel, esperando para serem transformados em velas de cera de abelha. Tudo estava dentro da caverna que servia de estábulo, para ficar protegido dos ursos. Mas não protegido das crianças que tinham sido responsabilizadas por alimentar as vacas e os porcos do estábulo. Eu não tinha visto dedos nem rostos melados ainda, mas seria bom tomar medidas preventivas.

Entre carne, grãos e um pouco de laticínios, parecia que ninguém morreria de fome no inverno. Minha preocupação agora era a ameaça menos perigosa, mas ainda assim importante, da deficiência de vitaminas. Olhei para as castanheiras com seus galhos totalmente nus. Levaria cerca de quatro meses até termos hortaliças frescas de novo, apesar de eu ter muitos nabos e repolhos ainda plantados.

O porão estava tranquilizadoramente cheio, tomado pelo cheiro terroso das batatas, pelo odor forte das cebolas e do alho e pelo aroma suave dos nabos. Havia dois barris de maçãs no fundo – com as marcas de vários pés de crianças levando até eles, eu vi.

Olhei para cima. Ramas enormes de uvas tinham sido penduradas nas vigas, onde secavam lentamente até se tornarem passas. Essas ainda estavam lá, mas os cachos acessíveis tinham sido reduzidos a buquês de galhos nus. Talvez eu não precisasse me preocupar com surtos de escorbuto, afinal.

Voltei em direção à casa, tentando calcular quantas provisões teriam de ser enviadas com Jamie e sua milícia e quanto sobraria para o consumo das esposas e dos filhos. Impossível saber; isso dependeria, em parte, de quantos homens ele conseguisse reunir e do que eles iam trazer consigo. Mas ele havia sido nomeado coronel; a responsabilidade por alimentar os homens do seu regimento seria primariamente dele, e o reembolso – se viesse – seria pago mais tarde com fundos da Assembleia.

Não pela primeira vez, desejei ardentemente saber mais. Por quanto tempo a Assembleia ia ser um corpo funcional?

Brianna estava perto do poço, caminhando ao redor dele, sem parar, com o cenho franzido, pensando.

– Cano – disse ela, sem rodeios. – As pessoas fazem canos de metal atualmente? Os romanos faziam, mas...

– Eu vi canos em Paris e em Edimburgo, sendo usados para escoar a chuva dos telhados – expliquei. – Então, eles existem. Mas acho que não vi nenhum nas Colônias. Se houver canos por aqui, eles devem ser extremamente caros. – Além das coisas mais simples, como ferraduras, todos os objetos de ferro tinham que ser importados do Reino Unido, assim como todos os outros produtos feitos de metais como cobre, latão e aço.

– Humm. Pelo menos eles vão saber o que é. – Ela estreitou os olhos, calculando a encosta de terra entre o poço e a casa, em seguida balançou a cabeça e suspirou. – Posso fazer uma bomba, acho. Mas levar água para dentro da casa é outra coisa. – Ela bocejou de repente e piscou, os olhos um pouco marejados à luz do sol. – Nossa, estou tão cansada, não consigo pensar. Jemmy chorou a noite toda e quando finalmente se acalmou, os Muellers apareceram. Acho que não dormi nada.

– Eu me lembro como é – falei em solidariedade... e sorri.

– Eu era muito chorona? – perguntou Brianna, sorrindo de volta.

– Muito – respondi, virando-me em direção à casa. – E onde está o seu?

– Ele está com...

Brianna se interrompeu subitamente, segurando meu braço.

– O que... – disse ela. – O que, por Deus, é *aquilo*?

Eu me virei para olhar e senti um espasmo de choque na boca do estômago.

– Está bem evidente *o que* é – falei, caminhando lentamente em direção a ela. – A pergunta é *por quê*?

Era uma cruz. Uma enorme cruz, feita de tronco de pinheiro seco, sem galhos, e amarrada com cordas. Estava plantada firmemente à beira do quintal, perto da espruce grande e azul que guardava a casa.

Tinha cerca de 2 metros de altura, os galhos delgados, mas sólidos. Não era volumosa nem atrapalhava a passagem – mas ainda assim sua presença silenciosa parecia dominar o espaço, como um tabernáculo domina uma igreja. Ao mesmo tempo, o efeito da coisa não parecia nem reverente nem protetor. Na verdade, era bastante sinistro.

– Estamos tendo uma reunião de reavivamento?

A boca de Brianna se entortou, tentando fazer piada. A cruz a deixava tão intranquila quanto deixava a mim.

– Não que eu saiba.

Caminhei lentamente ao redor dela, olhando-a de cima a baixo. Jamie a havia feito, eu sabia pela qualidade do trabalho. Os galhos tinham sido escolhidos por sua retidão e simetria, cuidadosamente aparados, as pontas lixadas. A parte menor tinha sido amarrada com cuidado para se encaixar na madeira vertical, e a corda que as prendia tinha sido cruzada com a precisão de um marinheiro.

– Talvez papai esteja iniciando a sua própria religião. – Brianna ergueu uma das sobrancelhas; ela também reconheceu o trabalho.

A sra. Bug apareceu de repente, vindo da lateral da casa, com uma tigela de comida para as galinhas nas mãos. Ela parou ao nos ver, abrindo a boca imediatamente. Eu me preparei instintivamente para o ataque, e ouvi Brianna rir baixinho.

– Ah, aí está a senhora! Eu estava dizendo a Lizzie que era uma lástima, uma lástima enorme, que essas pestes fiquem por aqui, deixando a sujeira toda espalhada, até no consultório da senhora, e ela disse para mim, a Lizzie, ela disse...

– No meu consultório? O quê? Onde? O que eles fizeram? – Esquecendo-me da cruz, eu já estava seguindo em direção à casa com a sra. Bug atrás de mim, ainda falando.

– Eu peguei dois deles brincando com as tigelas ali dentro com as suas garrafas azuis e uma maçã, agarrei a orelha dos dois com tanta força que tenho certeza de que ainda estão ardendo, criaturas malditas, e além disso estão deixando a comida apodrecer e...

– O meu pão! – Eu havia chegado ao hall de entrada e abrira a porta do consultório, onde encontrei tudo impecável – incluindo o balcão onde eu havia colocado meus experimentos mais novos com penicilina. Estava totalmente vazia, com a superfície de carvalho limpa.

– Estava nojento – disse a sra. Bug atrás de mim. Ela pressionou os lábios. – Nojento! Coberto de bolor, tudo coberto, azul e...

Respirei fundo, as mãos cerradas ao lado do corpo para não a enforcar. Fechei a porta do consultório, esquecendo o balcão vazio, e me virei para a pequena escocesa.

– Sra. Bug – falei, esforçando-me ao máximo para manter a voz baixa –, a senhora sabe que valorizo muito a sua ajuda, mas eu *pedi* para não...

A porta da frente se abriu e bateu na parede ao meu lado.

– Sua velha maldita! Como ousa pôr as mãos nos meus filhos!

Eu me virei e me vi cara a cara com a sra. Chisholm, o rosto vermelho de fúria e armada com uma vassoura, e os dois meninos de rosto vermelho agarrados às suas saias, as faces manchadas pelas lágrimas recentes. Ela me ignorou completamente, olhando para a sra. Bug, que estava de pé ao meu lado, como um porco-espinho com as cerdas eriçadas.

– Você e os seus preciosos filhos! – gritou a sra. Bug indignada. – Se você se importasse um pouco com eles, os criaria direito e ensinaria o que é certo e o que é errado, em vez de deixá-los soltos por aí como macacos bárbaros, estragando tudo desde o porão até a porta da casa, colocando os dedos melados em tudo que veem pela frente!

– Sra. Bug, por favor, tenho certeza de que eles não quiseram... – Minha tentativa de selar a paz foi encoberta pelos gritos dos três Chisholms, e a sra. Chisholm a mais eloquente deles.

– Quem é você para chamar os meus filhos de ladrões, sua velha maluca!

A mãe ofendida balançou a vassoura ameaçadoramente, sacudindo a esmo enquanto tentava acertar a sra. Bug. Eu me movimentei com ela, pulando de um lado para outro em uma tentativa de ficar entre as duas combatentes.

– Sra. Chisholm – falei, erguendo a mão para acalmá-las. – Margaret. Tenho certeza de que...

– Quem sou eu? – A sra. Bug parecia crescer visivelmente, como massa de pão. – Quem sou eu? Sou uma mulher temente a Deus e uma alma cristã! Quem é *você* para falar com as pessoas mais velhas e superiores a você dessa maneira, você e a sua tribo de esfarrapados que não têm onde cair mortos?

– Sra. Bug! – exclamei, virando-me para ela. – A senhora não deve...

A sra. Chisholm não tentou encontrar uma resposta, apenas atacou, com a vassoura na mão. Eu estendi os braços para impedir que ela passasse por mim; impedida de bater na sra. Bug, ela começou a atacá-la com estocadas por cima do meu ombro, movimentando-se como uma louca com a vassoura enquanto tentava acertar a mulher mais velha.

A sra. Bug, obviamente sentindo-se segura atrás de mim, pulava de um lado para outro como uma bola de pingue-pongue, o rosto arredondado e vermelho tomado pelo triunfo e pela fúria.

– Mendigos! – gritou ela, a plenos pulmões. – Maltrapilhos! Ciganos!

– Sra. Chisholm! Sra. Bug! – gritei, mas nenhuma delas prestou atenção.

– *Kittock! Mislearnit pilsh*! – gritou a sra. Chisholm, erguendo a vassoura, irada.

As crianças gritaram, e a sra. Chisholm, que era uma mulher bem pesada, pisou com força no meu dedão. Isso ultrapassou todos os limites e eu me virei para ela com fogo nos olhos. Ela se retraiu, largando a vassoura.

– Ah! Sua meretriz petulante! Você e...

Os gritos da sra. Bug atrás de mim de repente silenciaram. Eu me virei de novo e vi Brianna, que evidentemente tinha dado a volta na casa e entrado pela cozinha, erguendo a pequena sra. Bug do chão, com um braço em sua cintura e a outra mão pressionada com firmeza sobre seus lábios. Os pezinhos da sra. Bug chutavam sem parar, e ela arregalou os olhos acima da mão em seu rosto. Bree revirou os olhos para mim e saiu pela porta da cozinha, carregando a mulher.

Eu me virei para lidar com a sra. Chisholm e vi apenas sua saia cinza de relance, desaparecendo depressa pelo canto da porta, um choro de criança diminuindo de volume como uma sirene distante. A vassoura estava aos meus pés. Eu a peguei, entrei no consultório e fechei a porta.

Fechei os olhos, com as mãos sobre o balcão vazio. Senti uma vontade repentina e irracional de bater em alguma coisa... e bati. Bati o punho no balcão, bati várias vezes com a lateral da mão, mas o balcão era tão sólido que os meus golpes não fizeram quase nenhum barulho e eu parei, ofegante.

Qual era o meu problema? Por mais irritante que a interferência da sra. Bug fosse, não tinha sido muito importante. Nem a reação da sra. Chisholm – ela e seus pestinhas partiriam mais cedo ou mais tarde. Mais cedo, era o que eu esperava.

Meu coração começou a se acalmar um pouco, mas arrepios de irritação ainda percorriam-me a pele como uma urticária. Tentei afastá-la, abrindo o armário grande para verificar se as depredações da sra. Bug ou de seus filhos tinham atingido algo realmente importante.

Não, estava tudo bem. Cada garrafa de vidro tinha sido bem polida – e a luz do sol as atravessava em cintilações de azul, verde e cristal – mas cada uma delas tinha sido devolvida exatamente ao lugar certo, todas cuidadosamente viradas com o rótulo para a frente. As ramas de ervas secas tinham sido balançadas para tirar a poeira, mas estavam cuidadosamente penduradas em seus pregos.

Ver os remédios organizados me acalmou. Toquei um frasco de pomada contra piolho, sentindo alegria ao ver a quantidade e a variedade de sacos, jarros e garrafas.

Lamparina, garrafa de álcool, microscópio, serrote grande de amputação, jarros de suturas, caixa de emplastros, pacote de linhas – todos bem organizados com precisão militar, arrumados em fileiras como recrutas sob os olhos de um sargento. A sra. Bug podia ter seus defeitos, mas eu não pude deixar de admitir sua virtude como dona de casa.

A única coisa no armário que claramente não tinha sido tocada era um saco pequeno de couro, o amuleto que ganhei da xamã dos Tuscaroras, Nayawenne; ele estava em um canto. Interessante a sra. Bug não ter mexido nele, pensei. Eu não havia contado a ela o que era, mas parecia indígena, com as penas – de corvo ou de pica-pau – no nó. Menos de um ano nas Colônias e menos de um mês na mata, a sra. Bug encarava todas as coisas indígenas com muita desconfiança.

O odor de sabão de lixívia permeava o ar, sorrateiro como o fantasma de uma governanta. Acho que não podia julgá-la; pão embolorado, melão podre e fatias de maçã passadas podiam ser pesquisa para mim; mas, para a sra. Bug, podiam não passar de uma ofensa calculada ao deus da limpeza.

Suspirei e fechei o armário, acrescentando o tênue perfume de lavanda seca e o cheiro de poejo aos espectros da lixívia e das maçãs apodrecidas. Eu havia perdido preparações experimentais muitas vezes antes, e aquela não tinha sido complexa nem estava em um estado muito avançado. Não levaria mais de meia hora para substituí-la, separando pedacinhos de pão fresco e outras amostras. Mas eu não faria isso; não havia tempo suficiente. Jamie estava começando a reunir seus homens da milícia; não demoraria muito até eles partirem para Salisbury, a fim de se reportarem ao governador Tryon. Antes de *nós* partirmos – pois eu pretendia acompanhá-los, com certeza.

De repente, me ocorreu que não houvera tempo para terminar o experimento quando eu o montara. Eu sabia que partiríamos em breve e, ainda que eu tivesse conseguido um bom crescimento imediato, não teria tido tempo para coletar, secar, purificar... eu já sabia disso, mas, mesmo assim, segui meus planos, realizei as rotinas, como se a vida ainda fosse estável e previsível, como se nada pudesse ameaçar a calma dos meus dias. Como se o ato de fingir pudesse tornar aquilo realidade.

– Você realmente é uma tola, Beauchamp – falei, colocando uma mecha de cabelo atrás da orelha. Saí, fechei a porta do meu consultório e fui negociar a paz entre a sra. Bug e a sra. Chisholm.

Superficialmente, a paz na casa foi restabelecida, mas uma atmosfera de inquietação persistia. As mulheres faziam seu trabalho tensas, com lábios contraídos; até mesmo Lizzie, a personificação da paciência, se enraiveceu quando uma das crianças derrubou uma panela de leitelho nos degraus.

Mesmo do lado de fora, o ar parecia estalar, como se uma tempestade de raios estivesse próxima. Conforme eu ia dos barracões para a casa e de volta, ficava olhando para trás, para o céu além da montanha Roan, meio esperando ver os raios – mas o céu continuava do mesmo azul-claro do fim de outono, coberto com nada mais do que os restos de nuvens esparsas.

Eu me vi distraída, incapaz de me concentrar no que quer que fosse. Passava de uma tarefa a outra, deixando uma pilha de cebolas meio entrelaçadas na despensa, uma tigela de feijões meio debulhados nos degraus, um par de calças rasgadas largado no chão, a agulha pendurada pela linha. Várias vezes, eu me vi atravessando o quintal, vinda de nenhum lugar em especial, sem realizar qualquer tarefa específica.

Eu olhava para cima sempre que passava pela cruz, como se esperasse que ela tivesse desaparecido desde a minha última passagem ou que tivesse sido pregado nela algum aviso explicativo. Se não fosse *Iesus Nazarenus Rex Iudaeorum*, que fosse *algo*. Mas não. A cruz permanecia lá, duas estacas simples de pinheiro, presas por uma corda. Nada mais. Exceto, claro, pelo fato de que uma cruz *sempre* era algo mais. Eu só não sabia o que poderia ser dessa vez.

Todas as outras pessoas pareciam compartilhar da minha distração. A sra. Bug, irritada pelo conflito com a sra. Chisholm, recusou-se a fazer o almoço e foi para o quarto, dizendo que estava com dor de cabeça, mas não deixou que eu a medicasse. Lizzie, normalmente talentosa na cozinha, queimou o ensopado, e nuvens de fumaça preta mancharam as vigas de carvalho acima do fogão à lenha.

Pelo menos os Muellers estavam seguramente fora do caminho. Eles tinham trazido um grande barril de cerveja e se recolheram depois do café da manhã de volta para o chalé de Brianna, onde pareciam estar se divertindo.

O pão se recusava a crescer. Um novo dente de Jemmy tinha começado a nascer, um dente difícil, e ele gritava sem parar. Os gritos incessantes enervavam a todos, inclusive a mim. Eu deveria ter sugerido que Bree o levasse para algum lugar onde não fosse ouvido, mas vi as olheiras profundas de cansaço no rosto dela e não tive coragem. A sra. Chisholm, irritada com as brigas constantes dos filhos, não teve o mesmo cuidado.

– Pelo amor de Deus, por que não leva esse menino para o seu chalé? – perguntou ela. – Se ele vai continuar gritando desse jeito, nós todos não precisamos ouvir!

Os olhos de Bree se semicerraram de modo ameaçador.

– Porque – disse ela, entre os dentes – os seus dois filhos mais velhos estão no meu chalé, bebendo com os alemães. E eu não quero perturbá-los!

O rosto da sra. Chisholm ficou muito vermelho. Antes que ela pudesse falar, dei um passo à frente e tirei o bebê do colo de Bree.

– Vou levá-lo para dar uma volta, está bem? – disse, aninhando-o contra o ombro. – Eu preciso de um pouco de ar fresco. Por que não vai se deitar na minha cama, querida? Você parece um pouco cansada.

– Sei – disse ela, entortando um canto da boca. – E o papa é um pouco católico também. Obrigada, mamãe.

Ela beijou o rosto quente e úmido de Jemmy e desapareceu em direção à escada.

A sra. Chisholm fez uma careta para ela, mas olhou para mim, tossiu e chamou seus gêmeos de 3 anos, que estavam ocupados destruindo o meu cesto de costura.

O ar frio do lado de fora foi um alívio depois do confinamento quente e abafado da cozinha, e Jemmy se acalmou um pouco, apesar de continuar a se remexer e a resmungar. Ele esfregava o rosto quente e úmido contra o meu pescoço e mordia ferozmente o tecido do meu xale, resmungando e babando.

Caminhei lentamente de um lado para outro, dando tapinhas delicados nele e murmurando "Lilibuleero" baixinho. Achei o exercício relaxante, apesar do mau humor de Jemmy. Ele era apenas um, afinal, e não sabia falar.

– Você é um homem também – disse a ele, puxando a touca de lã sobre os cabelinhos macios que cobriam sua cabeça. – Como sexo, vocês têm seus defeitos, mas devo dizer que brigar por bobagens não é um deles.

Por mais que eu gostasse de mulheres individualmente – Bree, Marsali, Lizzie e até a sra. Bug –, eu tinha de admitir que, em grupo, eu achava os homens muito mais fáceis de lidar. Se isso se devia à minha criação pouco ortodoxa – eu fora criada, em grande parte, por meu tio Lamb e por seu empregado pérsio, Firouz –, às minhas experiências na guerra ou simplesmente a um aspecto da minha personalidade nada convencional, eu não sabia, mas achava os homens tranquilizadoramente lógicos e – com algumas poucas exceções – agradavelmente diretos.

Eu me virei para olhar para a casa. Ela se erguia tranquila entre a espruce e as nogueiras, elegantemente proporcional e sólida. Um rosto apareceu em uma das janelas. O rosto mostrou a língua e se pressionou contra a janela, entortando os olhos, com o nariz e as bochechas amassadas. Vozes femininas estridentes e o som de batidas chegaram até mim suavemente pelo ar frio.

– Hum – murmurei.

Por mais relutante que eu estivesse em deixar minha casa mais uma vez em um período tão curto e por menos que gostasse da ideia de Jamie estar envolvido em conflitos armados de qualquer tipo, a perspectiva de partir para viver na companhia de vinte ou trinta homens fedidos e não barbeados por uma ou duas semanas tinha adquirido um inegável poder de atração. Mesmo que isso significasse dormir no chão...

– Toda vida tem suas turbulências – expliquei a Jemmy, suspirando. – Mas acho que você está aprendendo isso agora, não é, pobrezinho?

– Gnnnh! – reclamou ele, e se encolheu para escapar da dor dos dentes que nasciam, apertando os joelhos com força contra a lateral do meu corpo.

Eu o ajeitei com mais conforto em meu quadril e ofereci a ele um dedo indicador para que ele mordesse. Suas gengivas estavam duras e cheias de protuberâncias; eu percebi o ponto sensível onde o novo dente estava nascendo, inchado e quente sob a pele. Um grito estridente veio da casa, seguido pelo som de gritos e passos apressados.

– Sabe – comentei como se estivéssemos conversando –, eu acho que um pouco de uísque seria o ideal para dar um jeito nisso, não acha?

Retirei o dedo e ajeitei Jemmy contra o ombro. Abaixei-me para passar pela cruz e sob o abrigo da grande espruce vermelha – bem no momento em que a porta da casa se abriu e a voz penetrante da sra. Bug ecoou como um trompete pelo ar frio.

A clareira do uísque ficava muito longe, mas não me importei. Fazia um silêncio abençoado na floresta, e Jemmy, ninado pelo movimento, finalmente relaxou e cochilou, soltando o corpo como se fosse um saco de areia em meus braços.

Com o ano já bastante avançado, todas as árvores decíduas tinham perdido as folhas; a trilha era um tapete espesso de tons marrons e dourados, e sementes de bordo eram levadas pelo vento, resvalando em minha saia como asas. Um corvo passou voando, bem alto. Emitiu um pio urgente e forte, e o bebê se remexeu nos meus braços.

– Shhh – falei, apertando-o com mais força contra o meu corpo. – Não é nada, amor, só um pássaro.

Ainda assim, olhei para o corvo e ouvi mais um pio. Eram pássaros de agouro – ou assim dizia a superstição dos escoceses. Um corvo era um presságio de mudança; dois significavam boa sorte; três, má sorte. Tentei tirar essas ideias da cabeça, mas Nayawenne tinha me dito que o corvo era o meu guia, meu animal de espírito – e eu nunca via as sombras grandes e escuras passarem acima de mim sem sentir um arrepio na espinha.

Jemmy se remexeu, deu um grito rápido e voltou a silenciar. Eu dei um tapinha em suas costas e retomei a subida, pensando, enquanto me deslocava lentamente montanha acima, qual animal seria o guia dele.

O espírito escolheu você, Nayawenne me disse, não o contrário. Você deve prestar muita atenção a sinais e portentos, e esperar que o seu animal se manifeste para você. O animal de Ian era o lobo; o de Jamie era o urso – ou assim diziam os Tuscaroras. Na época, perguntei-me o que uma pessoa deveria fazer se fosse escolhida por algum animal vergonhoso, como um musaranho ou um besouro rola-bosta, mas era educada demais para perguntar.

Só um corvo. Eu ainda o ouvia, apesar de ele estar longe da vista, mas nenhum pio ecoava atrás de mim. Um presságio de mudança.

– Você poderia ter se poupado o trabalho – falei baixinho para não acordar o bebê. – Como se eu precisasse que alguém me dissesse isso.

Subi lentamente, ouvindo o suspiro do vento e o som mais profundo da minha respiração. Nessa estação, a mudança estava no ar, os cheiros de maturidade e de morte eram levados pela brisa e o sopro do inverno em sua friagem. Ainda assim, os ritmos da terra em movimento traziam mudanças esperadas, ordenadas; corpo e mente encaravam isso com conhecimento e – de modo geral – com serenidade. As mudanças que vinham eram de uma ordem diferente, uma ordem calculada para perturbar a alma.

Olhei para a casa; daquela altura, eu via apenas o canto do telhado e a fumaça que saía da chaminé.

– O que você acha? – perguntei delicadamente, com a cabeça de Jemmy sob o meu queixo, redonda e quente envolta em sua touca de lã. – Será que esse lugar vai ser seu? Você vai viver aqui, e os seus filhos depois de você?

Seria uma vida muito diferente, pensei, da que ele poderia ter tido. Se Brianna tivesse se arriscado a atravessar as pedras para levá-lo de volta – mas ela não se arriscara, por isso o destino dele estava ali. Será que ela havia pensado nisso?, eu me perguntava. Que, ao ficar, escolhia não somente por si, mas por ele? Escolhera a guerra e a ignorância, a doença e o perigo, mas havia arriscado tudo isso pelo bem do pai dele, Roger. Eu não tinha certeza absoluta de que havia sido a escolha certa – mas a decisão não coubera a mim.

Ainda assim, pensei, não havia como imaginar com antecedência como era ter um filho – nenhum poder da mente se igualava ao conhecimento do que o nascimento de um filho era capaz de fazer, mudando vidas e partindo corações.

– E que bom também – disse eu a Jemmy. – Ninguém em sã consciência faria isso se não fosse assim.

Minha agitação havia se dissipado, acalmada pelo vento e pela paz da mata. A clareira do uísque, como a chamávamos, ficava escondida da trilha. Jamie havia passado dias procurando nas encostas acima da Cordilheira até encontrar um ponto que satisfizesse os requisitos dele.

Ou pontos. O espaço de maltagem ficava em uma pequena clareira aos pés de uma depressão no terreno; o alambique ficava mais adiante na montanha, em uma clareira própria, perto de uma pequena fonte que fornecia água fresca e limpa. O espaço de maltagem ficava longe da trilha, mas não era difícil chegar até ele.

– Não há por que esconder – dissera Jamie, explicando sua escolha a mim – já que qualquer pessoa que tenha nariz poderia caminhar até ele com uma venda nos olhos.

Era verdade; mesmo agora, quando não havia grãos fermentando no barracão ou torrando no chão, um cheiro defumado e levemente fecundo pairava no ar. Quando o grão estava "trabalhando", o cheiro almiscarado e pungente da fermentação era perceptível a distância, mas quando a cevada era espalhada no chão acima de um fogo baixo, uma camada fina de fumaça pairava sobre a clareira e o cheiro era forte o bastante para chegar à cabana de Fergus, quando o vento estava bom.

Não havia ninguém no espaço de maltagem naquele momento, claro. Quando uma nova leva estava sendo produzida, Marsali ou Fergus ficavam por lá para cuidar, mas, naquele momento, o espaço abrigado estava vazio, as tábuas lisas escurecidas pelo uso e pelo tempo. Havia uma pilha de lenha ali perto, pronta para ser usada.

Eu me aproximei o bastante para ver de que tipo de madeira se tratava; Fergus gostava de nogueira, porque ela se partia com mais facilidade e por causa do gosto doce que dava ao malte. Jamie, muito tradicional no que dizia respeito a uísque, não usava nada além de carvalho. Toquei um pedaço de lenha; madeira leve, casca fina. Sorri. Jamie estivera ali recentemente, então.

Normalmente, um pequeno barril de uísque era mantido ali, por hospitalidade e por cuidado.

– Se alguém encontrar a moça sozinha aqui, é melhor que ela tenha algo a oferecer – dissera Jamie. – Todos sabem o que fazemos aqui; é melhor que ninguém tente fazer Marsali dizer onde está a bebida. – Não era o melhor uísque, e sim, em geral, uma bebida muito nova e crua, mas sem dúvida era boa o suficiente para visitantes inesperados ou para uma criança cujos dentes começavam a apontar.

– Você ainda não tem papilas gustativas, então, por que não? – murmurei para Jemmy, que se remexeu e estalou os lábios enquanto dormia, fazendo uma careta.

Eu procurei, mas não consegui encontrar o pequeno barril de uísque que costumava ficar atrás dos sacos de cevada ou dentro da pilha de lenha. Talvez tivesse sido retirado para ser enchido de novo, talvez tivesse sido roubado. Não era grande coisa, de qualquer modo.

Eu me virei na direção norte, passei pela área de maltagem, dei dez passos e virei à direita. A pedra da montanha se projetava ali, um bloco sólido de granito em meio às plantas. Mas na verdade não era sólido. Eram duas placas de pedra encostadas uma à outra, a abertura abaixo delas mascarada por arbustos. Puxei meu xale sobre o rosto de Jemmy para protegê-lo das folhas de pontas cortantes e me esgueirei cuidadosamente por trás delas, abaixando para passar pela abertura.

A face da pedra dava em penhascos enormes do lado mais distante da fenda, com plantinhas e vegetação rasteira surgindo por todo lado nos espaços entre as rochas. Por baixo, parecia intransponível, mas por cima era possível ver um caminho discreto que levava a uma pequena clareira. Quase não era uma clareira; não passava de uma abertura entre as árvores, onde uma fonte clara borbulhava da rocha e desaparecia de novo dentro da terra. No verão, era invisível até mesmo de cima, protegida pelas folhagens das árvores ao redor.

Agora, perto do inverno, era possível ver uma parte branca da rocha perto da fonte em meio aos galhos nus e ao cinza da montanha. Jamie havia encontrado um penedo grande e pálido, que rolou até a beira da fonte, onde entalhou uma espécie de cruz e fez uma oração, consagrando a fonte ao nosso uso. Na ocasião, pensei em fazer uma piada igualando o uísque à água benta – pensando no padre Kenneth e nos batismos –, mas mudei de ideia quando pensei melhor; eu não tinha certeza de que Jamie entenderia a piada.

Desci cuidadosamente o caminho discreto que serpeava por entre os penedos e por fim dava a volta em uma rocha antes de chegar à clareira da fonte. Eu estava aquecida por causa da caminhada, mas fazia frio o bastante para que os meus dedos ficassem adormecidos segurando a barra do xale. E Jamie estava à beira da fonte usando nada além de uma camisa.

Parei subitamente, escondida por um arbusto de sempre-vivas.

Não foi seu estado seminu que me fez parar, mas sim algo em sua expressão. Ele parecia cansado, mas isso era de esperar, já que havia acordado e partido tão cedo.

A calça que ele usara para a cavalgada estava em uma pilha no chão perto dele, o cinto e seus objetos muito bem enroladas ao lado dela. Vi uma mancha escura, meio escondida na grama mais à frente; o tecido azul e marrom de seu kilt de caça. Enquanto eu observava, ele tirou a camisa puxando-a para cima e a jogou no chão; então, ajoelhou-se nu ao lado da fonte e jogou água nos braços e no rosto.

Suas roupas estavam manchadas de lama devido à cavalgada, mas ele não estava imundo, de jeito nenhum. Uma simples lavagem das mãos e do rosto teria bastado, pensei – e poderia ter sido feita com muito mais conforto ao lado da lareira da cozinha.

Mas ele se levantou e, pegando o pequeno balde na beira da fonte, recolheu água fria e a despejou sobre o corpo, fechando os olhos e rangendo os dentes enquanto ela corria por seu peito e por suas pernas. Vi seus testículos encolherem, à procura de abrigo, conforme a água gelada atravessava os pelos púbicos e escorria pelo pênis.

– Seu avô perdeu o juízo – sussurrei para Jemmy, que se remexeu e fez uma careta enquanto dormia, mas não percebeu as idiossincrasias ancestrais.

Eu sabia que Jamie não era de todo imune ao frio; vi quando ele ofegou e estremeceu, e estremeci em solidariedade. Nascido e criado nas Terras Altas, ele simplesmente não se importava com o frio, a fome ou o desconforto em geral. Mesmo assim, aquilo parecia levar a limpeza ao extremo.

Ele respirou fundo e despejou água sobre o corpo uma segunda vez. Quando se abaixou para encher o balde de novo, comecei a me dar conta do que ele estava fazendo.

Um cirurgião se lava antes de fazer uma operação por uma questão de higiene, é claro, mas não apenas por isso. O ritual de lavar as mãos, de esfregar as unhas e de enxaguar a pele, repetido a ponto de causar dor, é uma atividade tanto mental quanto física. O ato de se lavar desse modo obsessivo serve para focar a mente e preparar o espírito; a pessoa está lavando as preocupações externas, mandando embora distrações tolas, assim como uma pessoa se lava para se livrar de germes e pele morta.

Eu tinha feito isso com frequência suficiente para reconhecer o ritual quando o via. Jamie não estava apenas se lavando; estava se higienizando, usando a água fria não apenas como solvente, mas como mortificação. Ele estava se preparando para alguma coisa, e a ideia fez um arrepio percorrer-me a espinha, frio como a água da fonte.

Depois da terceira vez, ele largou o balde e se sacudiu, e gotinhas voaram das pontas de seus pelos para a grama seca como uma chuva. Ainda úmido, ele voltou a vestir a camisa e virou-se em direção ao oeste, onde o sol estava baixo entre as montanhas. Ficou parado por um momento... imóvel.

A luz era filtrada pelas árvores sem folhas, forte o bastante para que, de onde estava, eu pudesse ver agora apenas sua silhueta, a luz brilhando através do linho molhado de sua camisa, a escuridão de seu corpo uma sombra dentro da roupa. Ele ficou parado com a cabeça levantada, os ombros erguidos, um homem ouvindo.

Ouvindo o quê? Tentei acalmar minha respiração e pressionei a cabeça protegida do bebê cuidadosamente contra o meu ombro, para impedir que ele acordasse. E também fiquei ouvindo.

Eu ouvia o som da mata, o sussurrar constante das agulhas de pinheiro e dos galhos. Havia pouco vento, e eu podia ouvir o som da água da fonte perto dali, uma corrente abafada passando por pedras e raízes. Ouvia com clareza as batidas do meu coração e a respiração de Jemmy contra o meu pescoço, e de repente fiquei temerosa, como se os sons estivessem altos demais, como se eles pudessem chamar a atenção de algo perigoso para nós.

Fiquei paralisada, sem mover um músculo, tentando não respirar e, como um coelho embaixo de um arbusto, me tornar parte da mata ao meu redor. O sangue de Jemmy pulsava azul, uma veia delicada em sua têmpora, e eu inclinei a cabeça sobre ele, para escondê-la.

Jamie disse algo em gaélico em voz alta. Parecia um desafio – ou talvez um cumprimento. As palavras pareciam vagamente familiares – mas não havia ninguém ali; a clareira estava vazia. O ar pareceu subitamente mais frio, como se a luz tivesse diminuído. Uma nuvem passando diante do sol, pensei, e olhei para cima – mas não havia nuvens; o céu estava limpo. Jemmy se moveu repentinamente nos meus braços, assustado, e eu o segurei mais perto de mim, para que ele não emitisse nenhum som.

Então, o frio passou, e a minha sensação de apreensão desvaneceu. Jamie não havia se movido. A tensão o havia deixado e ele relaxou os ombros. Ele se moveu apenas um pouco, e o sol que se punha iluminou sua camisa em um halo dourado e fez seus cabelos brilharem como fogo.

Ele pegou o punhal da bainha descartada e, sem hesitação, passou a lâmina pelos dedos da mão direita. Vi a linha escura fina sobre as pontas de seus dedos e mordi os lábios. Ele esperou um pouco para que o sangue se acumulasse e então balançou a mão com um movimento rápido do punho, de modo que gotas de sangue voaram de seus dedos e caíram sobre a pedra à beira da piscina.

Ele colocou o punhal embaixo da pedra e se benzeu com os dedos ensanguentados da mão direita. Então ele se ajoelhou, muito devagar, e abaixou a cabeça sobre as mãos entrelaçadas.

Eu já o vira rezar algumas vezes, claro, mas sempre em público, ou pelo menos sabendo que eu estava presente. Agora, ele acreditava estar totalmente sozinho, e vê-lo ajoelhado daquele jeito, manchado de sangue e com a alma entregue, fez com que eu me sentisse espiando um ato mais íntimo do que qualquer intimidade do corpo. Eu poderia ter me movido ou falado, mas interrompê-lo parecia um pecado. Fiquei em silêncio, mas percebi que não era mais espectadora; minha mente tinha passado a rezar sem que eu me desse conta.

Oh, Senhor, as palavras se formaram na minha mente sem um pensamento consciente. *Entrego ao Senhor a alma do seu servo James. Ajude-o, por favor.* Mas pensei: ajudá-lo com o quê?

Então, ele se benzeu e ficou de pé, e o tempo voltou a passar, sem que eu notasse que ele havia parado. Eu estava descendo a ladeira em direção a ele, com a grama resvalando na minha saia, sem me lembrar de ter dado o primeiro passo. Não me lembrava de tê-lo visto se virar, mas Jamie caminhava em minha direção, e não parecia surpreso, mas seu rosto estava iluminado por ter visto nós dois.

– *Mo chridhe* – disse ele suavemente, sorrindo, e se inclinou para me beijar. Sua barba rala estava áspera e a pele ainda estava gelada por causa da água.

– É melhor você vestir a calça – falei. – Vai congelar.

– Vou vestir. *Ciamar a tha thu, an gille ruaidh*?

Para minha surpresa, Jemmy estava acordado e babando, os olhos azuis arregalados no rosto corado, e todos os vestígios de incômodo tinham sumido sem deixar rastros. Ele se inclinou, virando-se para alcançar Jamie, que o tomou delicadamente dos meus braços e o ajeitou contra um ombro, puxando a touca de lã sobre suas orelhas.

– Tem um dente nascendo – contei a Jamie. – Ele não estava muito confortável, então pensei que talvez um pouco de uísque na gengiva dele... Não havia nada em casa.

– Ah, sim. Podemos resolver isso, acho. Tem um pouco no meu cantil.

Carregando o bebê até onde suas roupas estavam, ele se abaixou, procurou com uma das mãos e voltou com o cantil que levava no cinto.

Sentou-se em uma rocha, equilibrando Jemmy nas pernas, e entregou o cantil para que eu o abrisse.

– Fui até a casa do malte – expliquei, puxando a rolha com um estampido sutil –, mas o barril não estava mais lá.

– Sim, Fergus o pegou. Deixe-me fazer isso, as minhas mãos estão limpas. – Ele esticou o dedo indicador da mão esquerda e eu despejei um pouco da bebida nele.

– O que Fergus está fazendo com o barril? – perguntei, acomodando-me na rocha ao lado dele.

– Guardando – respondeu ele, sem dar mais explicações. Enfiou o dedo na boca de Jemmy, esfregando a gengiva inchada com cuidado. – Ah, pronto. Sim, dói um pouco, não é? Ai!

Ele abaixou a mão e soltou cuidadosamente os dedos de Jemmy dos pelos em seu peito.

– Por falar nisso... – falei e estendi a mão para segurar sua mão direita.

Movendo o outro braço para segurar Jemmy, ele me deixou pegar a mão e virar os dedos para cima.

Era um corte muito raso, na ponta dos três primeiros dedos – os dedos com os quais ele havia se benzido. O sangue já tinha coagulado, mas eu despejei um pouco mais de uísque sobre os cortes e limpei as manchas de sangue da palma da mão dele com o lenço.

Ele permitiu que eu cuidasse dele em silêncio, mas quando terminei e olhei para ele, ele me olhou de volta com um sorriso leve.

– Está tudo bem, Sassenach – disse ele.

– Está? – perguntei.

Observei seu rosto; ele parecia cansado, mas tranquilo. O franzir de cenho que eu vira em seu rosto nos últimos dias havia desaparecido. O que quer que pretendesse fazer, já tinha começado.

– Você viu, então? – perguntou ele baixinho, observando o meu rosto.

– Sim. Tem... tem a ver com a cruz na entrada da casa, não?

– Ah, de certo modo, acho que sim.

– Para que serve? – perguntei diretamente.

Ele contraiu os lábios, esfregando a gengiva dolorida de Jemmy com cuidado. Por fim, disse:

– Você nunca viu Dougal MacKenzie convocar o clã, não é?

Fiquei bastante apreensiva ao ouvir isso, mas respondi com cuidado.

– Não. Vi Colum fazer isso uma vez... no juramento em Leoch.

Ele assentiu, lembrando-se daquela noite de tochas ocorrida havia muito tempo.

– Sim – disse ele baixinho. – Eu me lembro. Colum era o líder, e os homens se apresentaram quando ele os convocou, de fato. Mas foi Dougal quem os conduziu para a guerra.

Ele fez uma pausa, organizando os pensamentos.

– Havia incursões de vez em quando. Mas era diferente e muitas vezes apenas um capricho que tomava Dougal ou Rupert, talvez um ímpeto por causa da bebida ou do tédio... um grupo pequeno reunido apenas em busca de diversão, assim como de gado e grãos. Mas reunir o clã para a guerra, todos os homens habilitados para lutar, era algo mais raro. Eu mesmo só vi isso uma vez, mas não é algo que se esqueça.

A cruz de pinheiro estava lá quando ele acordou certa manhã no castelo, surpreendendo-o quando ele cruzou o pátio. Os moradores de Leoch estavam acordados e cuidando de seus afazeres normalmente, mas ninguém olhava para a cruz nem se referia a ela de modo algum. Ainda assim, havia ondas de agitação correndo pelo castelo.

Os homens se reuniam aqui e ali, falando à meia-voz, mas quando ele se unia a um grupo, a conversa mudava de repente.

– Eu era sobrinho de Colum, sim, mas tinha acabado de chegar ao castelo, e eles conheciam meu pai e meu avô.

O avô paterno de Jamie era Simon, lorde Lovat, chefe dos Frasers de Lovat, e não era um grande amigo dos MacKenzies de Leoch.

– Eu não sabia dizer o que havia de errado, mas havia algo fora do lugar; e os pelos do meu braço se arrepiavam sempre que o meu olhar cruzava com o de alguém.

Por fim, ele foi para o estábulo, e encontrou o Velho Alec, o Mestre de Cavalaria de Colum. O velho homem gostava de Ellen MacKenzie e foi gentil com o filho por causa da mãe dele, além dele mesmo.

– É a cruz de fogo, rapaz – explicou ele, jogando para Jamie uma escova de cavalos e virando a cabeça em direção às baias. – Você nunca a viu antes?

Era antiga, ele disse, um dos costumes que tinham sido seguidos por centenas de anos e ninguém sabia onde tinham começado, quem havia feito aquilo pela primeira vez ou por quê.

– Quando um chefe das Terras Altas convoca seus homens para a guerra – dissera o velho, passando a mão torta por uma crina cheia de nós –, ele faz uma cruz e a queima. O fogo é apagado imediatamente, com sangue ou com água, mas ainda assim ela é chamada de cruz de fogo e é levada pelos vales como um sinal para que os homens do clã peguem suas armas e se encaminhem para o local de reunião, preparados para a batalha.

– É mesmo? – dissera Jamie, sentindo um frio na barriga. – E contra quem nós vamos lutar, então? Para onde vamos?

O velho franziu as sobrancelhas despenteadas aprovando o "nós".

– Você vai aonde o seu líder levá-lo, rapaz. Mas hoje à noite vamos contra os Grants.

– E foi – disse Jamie. – Mas não aquela noite. Quando a escuridão veio, Dougal incendiou a cruz e convocou o clã. Molhou a madeira com sangue de carneiro, e dois homens saíram do pátio com a cruz de fogo, para levá-la pelas montanhas. Quatro dias depois, havia trezentos homens naquele pátio, armados com espadas, pistolas e punhais, e ao amanhecer do quinto dia, partimos para guerrear com os Grants.

O dedo dele ainda estava na boca do bebê, os olhos distantes enquanto ele se lembrava.

– Foi a primeira vez que usei minha espada contra outro homem – disse ele. – Eu me lembro bem.

– Imagino que sim – falei.

Jemmy estava começando a se remexer, inquieto de novo. Eu estendi o braço e o coloquei no meu colo para checar. Como eu imaginava, a fralda estava molhada. Felizmente, eu tinha outra presa no cinto, por conveniência. Eu o deitei no colo para trocá-lo.

– Então, essa cruz na nossa porta... – falei delicadamente, concentrada no que estava fazendo. – Tem a ver com a milícia, é isso?

Jamie suspirou e eu pude ver as sombras da memória se movendo no fundo dos seus olhos.

– Sim – disse ele. – Antes, eu poderia ter chamado, e os homens viriam sem questionar, porque eles eram meus. Homens do meu sangue, homens da minha terra.

Os olhos dele estavam toldados, olhando para a encosta da montanha que se estendia à nossa frente. Mas imaginei que ele não estivesse vendo as matas selvagens da Carolina; ele esquadrinhava as montanhas e os rochedos de Lallybroch. Pousei a mão livre sobre o punho dele; a pele estava fria, mas eu podia sentir o calor dele logo abaixo da superfície, como uma febre que aumentava.

– Eles vieram até você... mas você foi até eles, Jamie. Você foi até eles em Culloden. Você os levou para lá, e você os trouxe de volta.

Irônico, pensei, que os homens que tinham se apresentado então para servir mediante a convocação dele estivessem, em grande parte, ainda seguros em suas casas na Escócia. Nenhuma parte das Terras Altas havia permanecido intocada pela guerra, mas Lallybroch e seu povo ainda estavam, em sua maior parte, inteiros – por causa de Jamie.

– É verdade.

Ele se virou para olhar para mim e abriu um sorriso. Sua mão apertou a minha por um momento e então relaxou, a linha se aprofundando de novo entre as suas sobrancelhas. Ele acenou em direção às montanhas que nos cercavam.

– Mas esses homens... não há dívida de sangue entre mim e eles. Eles não são Fraser; não nasci proprietário de terras nem líder deles. Se eles lutarem atendendo ao meu chamado, vai ser por vontade própria.

– Bem, a deles... e a do governador Tryon – acrescentei de modo seco.

Ele balançou a cabeça.

– Não, isso não. O governador sabe quais homens estão aqui ou quais vieram por causa do seu chamado? – Ele fez uma careta. – Ele me conhece... e isso basta.

Eu tinha que admitir a verdade nisso. Tryon não se importava nem queria saber quem Jamie ia levar... para ele importava apenas que Jamie aparecesse com um número satisfatório de homens atrás de si, prontos para fazer o trabalho sujo do governador.

Pensei naquilo por um momento, secando o traseiro de Jemmy com a barra da saia. Tudo o que eu sabia da Revolução Americana eram as coisas a que eu tivera acesso por intermédio dos livros escolares de Brianna – e eu, mais do que qualquer outra pessoa, sabia que a diferença entre a história escrita e a realidade podia ser muito grande.

Além disso, nós tínhamos vivido em Boston, e os livros naturalmente refletiam a história local. A impressão geral que uma pessoa tinha ao ler sobre Lexington e Concord e acontecimentos assim era de que a milícia envolvia todos os homens capazes da comunidade, todos agindo ao primeiro sinal de alerta, ávidos por realizar sua obrigação cívica. Talvez eles agissem, talvez não – mas o interior da Carolina não era Boston, nem de longe.

–... *prontos para cavalgar e espalhar o alerta* – falei, meio baixinho – *para todos os vilarejos e fazendas de Middlesex.*

– O quê? – Jamie ergueu as sobrancelhas. – Onde fica Middlesex?

– Bem, é de se pensar que ficaria no meio do caminho entre o homem e a mulher – falei –, mas é só a área em torno de Boston. Que, é claro, recebeu esse nome por causa de uma área da Inglaterra.

– Ah, é? – disse ele, confuso. – Bem, se você diz, Sassenach. Mas...

– Milícia. – Levantei Jemmy, que estava se contorcendo como um peixe fora d'água, emitindo sons de protesto por estar sendo forçado a trocar de fralda. Ele me deu um chute na barriga. – Ah, pare com isso, menino, já chega.

Jamie estendeu os braços e pegou o bebê, tirando-o do meu colo.

– Pronto, eu fico com ele. Acha que ele precisa de mais uísque?

– Não sei, mas pelo menos ele não consegue gritar com o seu dedo na boca dele.

Olhei para Jemmy com certo alívio, voltando a pensar.

– Boston foi fundada há mais de cem anos – falei. – Abrange vilarejos e propriedades... e as fazendas não são tão longe dos vilarejos. As pessoas moram lá há muito tempo; todo mundo conhece todo mundo.

Jamie assentia pacientemente a cada revelação surpreendente, acreditando que em algum momento eu chegaria a algum lugar. E cheguei, mas descobri que era a mesma coisa que ele estava me dizendo.

– Então, quando alguém convoca a milícia aqui – falei, enxergando, de repente, o que ele vinha tentando me dizer –, eles vêm, porque estão acostumados a lutar juntos para defender suas cidades e porque nenhum homem desejaria ser visto como um covarde por seus vizinhos. Mas aqui... – Mordi o lábio, analisando as montanhas ao nosso redor.

– Sim – disse ele, percebendo que eu me dava conta. – Aqui é diferente.

Não havia povoado grande o bastante para ser chamado de cidade em um raio de cerca de 160 quilômetros, com exceção dos luteranos alemães em Salem. Com exceção deles, não havia mais nada no interior além de propriedades esparsas; às vezes, um lugar onde uma família havia se estabelecido e se espalhado, irmãos e primos construindo casas próximas umas das outras. Pequenos povoados e cabanas isoladas, algumas escondidas nos vales das montanhas, protegidas pela vegetação e cujos moradores ficavam meses – ou até anos – seguidos sem ver outras pessoas.

O sol havia descido por trás da encosta da montanha, mas a luz ainda permanecia, um leve toque de cor que manchava as árvores e rochas de dourado ao nosso redor e coloria os picos distantes de azul e violeta. Havia criaturas vivas naquela paisagem fria e brilhante, eu sabia, habitações próximas e corpos quentes em movimento; mas até onde a vista alcançava, nada se movia.

Os homens das montanhas partiam, sem questionar, para ajudar um vizinho, porque eles próprios podiam precisar de ajuda a qualquer momento. Afinal, não tinham mais ninguém a quem recorrer.

Mas eles nunca tinham lutado por um propósito comum, não tinham nada em comum para defender. E abandonar suas casas e deixar suas famílias indefesas para atender ao capricho de um governador distante? Uma vaga noção de dever podia compelir alguns; outros poderiam ir por curiosidade, por inquietação ou na vaga esperança de ganhar alguma coisa. Mas a maioria iria apenas se fosse convocada por um homem que respeitavam; um homem em quem confiavam.

Não nasci nem proprietário de terras nem líder deles, dissera ele. Não nascera para eles, mas nascera para aquilo, de qualquer modo. Poderia, se quisesse, tornar-se um líder.

– Por quê? – perguntei baixinho. – Por que vai fazer isso? – As sombras estavam subindo das rochas, lentamente encobrindo a luz.

– Você não entende? – Ele ergueu a sobrancelha ao virar a cabeça para mim. – Você me disse o que ia acontecer em Culloden, e eu acreditei em você, Sassenach, por mais temerosa que fosse a situação. Os homens em Lallybroch voltaram para casa seguros tanto por sua causa quanto por minha causa.

Aquilo não era totalmente verdade; qualquer homem que tivesse marchado até Nairn com o exército escocês sabia que o desastre os esperava em algum lugar adiante. Ainda assim... eu *tinha* conseguido dar uma pequena ajuda, para garantir que Lallybroch estava preparada não só para a batalha, mas para as consequências dela. O peso da culpa que eu sempre sentia quando pensava na Rebelião diminuiu um pouco, acalmando meu coração.

– Bem, talvez. Mas o que...

– Você me disse o que vai acontecer aqui, Sassenach. Você, Brianna e MacKenzie, os três. Rebelião e guerra... e, dessa vez, vitória.

Vitória. Eu assenti entorpecida, lembrando-me do que sabia sobre as guerras e sobre o preço da vitória. A vitória era, no entanto, melhor do que a derrota.

– Bem. – Ele se interrompeu para pegar o punhal e fez um gesto com ele indicando as montanhas ao nosso redor. – Eu fiz um juramento à Coroa; se eu o quebrar em tempos de guerra, serei considerado um traidor. A minha terra e a minha vida serão confiscadas, e aqueles que me seguem terão o mesmo destino. Certo?

– Certo.

Engoli em seco, abraçando meu corpo, desejando que Jemmy ainda estivesse comigo. Jamie se virou para olhar para mim, com os olhos duros e claros.

– Mas a Coroa não vai prevalecer dessa vez. Você me disse. E se o rei for derrubado, o que vai acontecer com o meu juramento? Se eu o honrar, então serei considerado um traidor da causa rebelde.

– Oh – disse eu, sem ânimo.

– Você entende? Em algum momento, Tryon e o rei perderão o poder que têm sobre mim, mas eu não sei quando isso vai acontecer. Em algum momento, os rebeldes tomarão o poder, mas eu não sei quando *isso* vai acontecer. E nesse ínterim... – Ele inclinou a ponta do punhal para baixo.

– Eu entendo. É um impasse – falei, sentindo-me de alguma forma vazia ao me dar conta da situação precária na qual nos encontrávamos.

Seguir as ordens de Tryon agora era claramente a única opção. Mais tarde, porém... se Jamie continuasse como homem de confiança do governador nos primeiros estágios da Revolução, ele se declararia um partidário do governo estabelecido – o que, a longo prazo, seria fatal. A curto prazo, no entanto, romper com Tryon, renegar seu juramento ao rei e juntar-se aos rebeldes... custaria a ele sua terra e possivelmente sua vida.

Ele deu de ombros, entortando a boca, e recostou-se, colocando Jemmy em seu colo.

– Bem, não é a primeira vez que me vejo andando em meio a dois fogos inimigos, Sassenach. Pode ser que saia chamuscado, mas acho que não vou fritar. – Ele emitiu um grasnado que podia ser uma risada. – Está no meu sangue, não está?

Eu dei uma pequena risada.

– Se está pensando no seu avô – falei –, admito que ele era bom nisso. Mas pagou caro no fim, não?

Ele inclinou a cabeça de um lado para o outro, sem querer concordar.

– Sim, talvez. Mas você não acha que as coisas talvez tenham acontecido como ele queria?

O falecido Lorde Lovat era conhecido por sua mente ardilosa, mas eu não conseguia ver o benefício em planejar ser decapitado e disse isso.

Jamie sorriu, apesar da seriedade da discussão.

– Bem, talvez, a decapitação não tenha sido o que ele planejou, mas mesmo assim, você sabe o que ele fez; ele mandou o jovem Simon para a batalha e ficou em casa. Mas qual dos dois pagou o preço em Tower Hill?

Eu assenti lentamente, começando a entender o que ele dizia. O jovem Simon, que, na realidade, tinha idade próxima à de Jamie, não sofrera fisicamente por sua participação na Rebelião, por mais que tivesse sido declarada. Ele não fora preso nem exilado, como muitos dos jacobitas, e, apesar de ter perdido a maior parte de suas terras, tinha recuperado boa parte de suas propriedades desde então, por meio de processos repetidos e obstinados contra a Coroa.

– E o velho Simon *poderia* ter culpado o filho, e o jovem Simon teria sido mandado para o cadafalso, mas ele não fez isso. Bem, acho que até mesmo uma velha víbora como aquela poderia hesitar em colocar o filho e herdeiro sob o gume do machado.

Jamie assentiu.

– Você deixaria alguém decepar sua cabeça, Sassenach, se tivesse que escolher entre você e Brianna?

– Sim – respondi sem hesitar.

Eu relutava em admitir que o velho Simon poderia ter qualidades como sentimento familiar, mas acho que até as víboras se preocupavam com o bem-estar dos filhos.

Jemmy havia abandonado o dedo para pegar o punhal do avô e mordia o cabo com força. Jamie envolveu a lâmina com a mão segurando-a com segurança longe dele, mas não tentou afastar o punhal.

– Eu também – disse Jamie, com um sorriso tímido. – Mas espero que não cheguemos a isso.

– Não acho que os exércitos vão decapitar pessoas – falei.

Isso, claro, ainda deixava várias opções desagradáveis disponíveis, mas Jamie sabia disso tão bem quanto eu.

Tive um desejo repentino e intenso de pedir que ele largasse tudo, abrisse mão de tudo. Que mandasse Tryon se danar com a sua terra, que dissesse aos moradores que eles deveriam seguir seu caminho – abandonar a Cordilheira e fugir. A guerra estava se aproximando, mas não precisava nos engolir; não dessa vez. Poderíamos ir para o sul, para a Flórida, ou para as Índias. Para oeste, nos refugiar com os cherokees. Ou mesmo de volta para a Escócia. As Colônias iam se rebelar, mas havia lugares para onde podíamos ir.

Ele observava o meu rosto.

– Isso – disse ele, com um gesto que indicava Tryon, a milícia e os reguladores –, isso é uma coisa pequena, Sassenach, talvez não seja nada em si. Mas é o começo. Eu acho.

A luz estava começando a se dissipar agora; a sombra cobria os pés e as pernas dele, mas o que restava da luz do sol destacava o rosto dele. Havia uma mancha de sangue na testa dele, onde ele a tocara na hora de se benzer. Eu deveria tê-la limpado, pensei, mas não fiz nenhum movimento nesse sentido.

– Se eu vou salvar esses homens, se eles vão caminhar comigo em meio ao fogo, então eles devem me seguir sem questionar, Sassenach. É melhor começar agora, enquanto não há tanta coisa em risco.

– Eu sei – disse, e estremeci.

– Está com frio, Sassenach? Pegue o pequeno e vá para casa. Vou daqui a pouco, assim que me vestir.

Ele me entregou Jemmy e o punhal, já que os dois pareciam momentaneamente inseparáveis, e se levantou. Pegou o kilt e chacoalhou o tecido, mas eu não me mexi. A lâmina da faca estava quente onde eu a segurei, quente com o calor da mão dele.

Ele olhou para mim questionando, mas eu balancei a cabeça.

– Vamos esperar você.

Ele se vestiu depressa, mas com cuidado. Apesar da minha apreensão, tive que admirar a sutileza dos seus instintos. Não aquele kilt, o vermelho e preto, mas o de caça. Ele não se esforçava para impressionar os homens da montanha com riqueza; mas vestira uma peça incomum o suficiente para mostrar aos outros escoceses que ele era um deles, para atrair a atenção e o interesse dos alemães. O tecido xadrez preso com o broche de veado, o cinto e a bainha, meias de lã limpas. Ele estava em silêncio, concentrado no que fazia, vestindo-se com uma precisão serena que lembrava de maneira desconcertante um padre vestindo a batina.

Seria naquela noite, então. Roger e os outros tinham claramente partido para reunir os homens que viviam a um dia de viagem de distância; naquela noite, ele incendiaria sua cruz e convocaria os primeiros de seus homens – e selaria o acordo com uísque.

– Então Bree estava certa – falei, para romper o silêncio na clareira. – Ela disse que talvez você estivesse dando início à sua própria religião. Quando ela viu a cruz, quero dizer.

Ele olhou para mim, surpreso. Olhou na direção em que ficava a casa e em seguida franziu os lábios.

– Acho que sim – disse ele. – Que Deus me ajude.

Ele pegou a faca de Jemmy com cuidado, limpou-a com uma dobra do tartã e a embainhou de novo. Ele estava pronto.

Eu me levantei para segui-lo. As palavras que eu não conseguia dizer – não queria dizer – eram como uma bola de enguias na minha garganta. Temendo que uma delas me escapasse da boca, eu disse:

– Era Deus que você estava chamando para ajudá-lo? Quando o vi mais cedo?

– Ah, não – respondeu ele. Desviou o olhar por um segundo e então olhou nos meus olhos de um jeito esquisito e repentino. – Eu estava chamando Dougal MacKenzie.

Senti uma vertigem profunda e repentina. Dougal tinha morrido muito tempo antes; morrera nos braços de Jamie na véspera da Batalha de Culloden – morrera com o punhal de Jamie no pescoço. Eu engoli em seco e os meus olhos pousaram involuntariamente no punhal em seu cinto.

– Eu fiz as pazes com Dougal há muito tempo – disse ele baixinho, vendo para onde eu olhava. Tocou o cabo do punhal, com os entalhes dourados, que já tinha sido de Hector Cameron. – Dougal era um chefe de clã. Ele sabe que eu fiz o que tinha que fazer, pelos meus homens, por você, e que agora vou fazer a mesma coisa de novo.

Compreendi então o que ele tinha dito, de pé, virado para o oeste – a direção na qual as almas dos mortos voam para ir para casa. Não tinha sido nem uma oração nem um pedido. Eu conhecia as palavras – apesar de fazer muitos anos desde que as ouvira. Ele havia gritado *"Tulach Ard!"*– o grito de guerra do clã MacKenzie.

Engoli em seco.

– E ele vai... ajudar, você acha?

Ele assentiu, sério.

– Se ele puder. Já lutamos juntos muitas vezes, Dougal e eu; lado a lado. E afinal, Sassenach, sangue é sangue.

Eu assenti mecanicamente e ajeitei Jemmy no meu ombro. O céu tinha clareado para um branco invernal e as sombras tomavam a clareira. A pedra perto da fonte se destacava, uma forma pálida e fantasmagórica acima da água escura.

– Vamos – falei. – É quase noite.

23

O BARDO

Estava escuro quando Roger finalmente chegou à sua porta, mas as janelas brilhavam, acolhedoras, e faíscas saíam da chaminé, prometendo calor e alimento. Ele estava cansado, com frio e faminto, e sentiu profunda gratidão e apreço por sua casa – uma sensação ainda mais forte por saber que a deixaria no dia seguinte.

– Brianna? – Ele entrou, semicerrando os olhos à luz fraca, procurando sua mulher.

– Você chegou! Já é tão tarde! Onde esteve? – Ela saiu do quarto pequeno dos fundos, segurando o bebê apoiado nos quadris e carregando um amontoado de tecido de tartã preso contra o peito. Inclinou-se para beijá-lo depressa, deixando-o com um gosto sedutor de geleia de ameixa.

– Estive percorrendo montes e vales no lombo de um cavalo nas últimas dez horas – disse ele, pegando o tecido da mão dela e jogando-o sobre a cama. – Procurando por uma mítica família de holandeses. Venha aqui me dar um beijo de verdade, sim?

Ela envolveu a cintura dele com o braço livre e o beijou demoradamente, com gosto de ameixa, o que o fez pensar que, apesar de estar faminto, o jantar talvez pudesse esperar um pouco. Mas o bebê tinha outras ideias e emitiu um grito estridente que fez Brianna se afastar dele depressa, fazendo uma careta.

– Ele ainda está incomodado com o dente? – perguntou Roger, observando o rosto vermelho e inchado do filho, coberto por uma camada brilhante de muco, saliva e lágrimas.

– Como adivinhou? – perguntou ela, séria. – Pode pegá-lo um minuto?

Ela empurrou Jemmy, choroso, para os braços do pai e ajeitou o corpete, o linho verde amassado, molhado e com manchas claras de leite derramado. Um de seus seios ficou à mostra, e ela esticou os braços para pegar Jemmy, sentando-se com ele na cadeira ao lado da lareira para amamentar.

– Ele passou o dia todo incomodado – disse ela, balançando a cabeça enquanto o bebê se contorcia e resmungava, apertando a mãozinha contra o seio da mãe. – Ele só mama por alguns minutos e, quando mama, cospe o leite de volta. Resmunga quando o pegamos, mas grita quando o deixamos sozinho. – Ela passou a mão pelos cabelos, cansada. – Tenho a sensação de que passei o dia lutando contra jacarés.

– Que pena. – Roger massageou a região lombar dolorida, tentando não ser muito ostensivo. Apontou para a cama com o queixo. – Ah... para que é o tartã?

– Ah, eu me esqueci... é seu. – Desviando momentaneamente o olhar da criança inquieta, ela olhou para Roger, observando sua aparência desleixada pela primeira vez. – O papai trouxe para você vestir hoje à noite. Tem uma mancha enorme de lama no seu rosto, a propósito... você caiu?

– Várias vezes. – Ele foi até a bacia, mancando um pouco. Uma manga do casaco e o joelho da calça estavam sujos de lama, e ele esfregou o peito, tentando se livrar de pedacinhos de folhas secas que tinham descido pela gola da camisa.

– Ah? Isso é péssimo. Shh, shh, shh. – Ela sussurrou para a criança, balançando-o para a frente e para trás. – Você se machucou?

– Ah, não, está tudo bem.

Ele tirou o casaco e virou-se de costas, despejando água do jarro na bacia. Jogou água fria no rosto, ouvindo os gritos de Jemmy e calculando as possibilidades de conseguir fazer amor com Brianna em algum momento antes de ter que partir na manhã seguinte. Considerando os dentes de Jemmy e os planos de seu avô, as chances pareciam mínimas, mas a esperança é a última que morre.

Ele secou o rosto com a toalha, olhando ao redor com esperança de encontrar comida. A mesa e o fogo estavam vazios, apesar de haver um odor forte de vinagre no ar.

– *Sauerkraut?* – perguntou ele, farejando. – Os Muellers?

– Eles trouxeram dois jarros enormes – disse Brianna, fazendo um gesto em direção ao canto, onde havia um jarro de pedra nas sombras. – Este é nosso. Você comeu alguma coisa enquanto esteve fora?

– Não. – Seu estômago roncava alto, evidentemente disposto a comer *sauerkraut* frio, se fosse a única coisa disponível. Mas provavelmente havia comida na casa principal. Animado com essa ideia, ele tirou a calça e começou a complicada tarefa de dobrar e arrumar o tecido para fazer um kilt completo, preso por um cinto.

Jemmy havia se acalmado um pouco, e agora só emitia gritinhos intermitentes de desconforto enquanto a mãe o balançava para a frente e para trás.

– Que história é essa de holandeses míticos? – perguntou Brianna, ainda balançando o filho, mas agora dispondo de um breve momento de atenção para dedicar a ele.

– Jamie me mandou para o nordeste para procurar uma família de holandeses que ele soube que se estabeleceu perto do riacho Boiling, para informar aos homens sobre a convocação para a milícia e trazê-los de volta comigo, se eles aceitassem. – Ele franziu o cenho para o tecido disposto sobre a cama. Havia usado um pano xadrez como aquele apenas duas vezes na vida e, nas duas vezes, tivera ajuda para vesti-lo. – Você acha que é importante que eu use isto?

Brianna riu atrás dele, divertindo-se.

– Acho melhor você vestir *alguma coisa*. Não pode ir para a casa principal usando só uma camisa. Não conseguiu encontrar os holandeses, então?

– Nem mesmo um tamanco. – Ele havia encontrado o que *achava* ser o riacho Boiling e cavalgara por quilômetros margem acima, desviando, ou não, de galhos baixos, amoreiras silvestres e ramos de hamamélis, mas não havia encontrado sinal de nada maior do que uma raposa que cruzara seu caminho, desaparecendo arbustos adentro como uma chama repentinamente extinta.

– Talvez eles tenham se mudado. Podem ter ido para a Virgínia ou para a Pensilvânia. – Brianna falou com simpatia. Tinha sido um longo e exaustivo dia, que terminara em fracasso. Não um fracasso terrível; Jamie dissera apenas "Encontre-os se puder"– e se ele os *tivesse* encontrado, poderiam não ter entendido seu holandês rudimentar, aprendido durante breves férias em Amsterdã nos anos 1960. Ou talvez não fossem de maneira nenhuma. Ainda assim, o pequeno fracasso o incomodava, como uma pedra em seu sapato.

Ele olhou para Brianna, que sorria abertamente para ele, ansiosa.

– Tudo bem – disse ele com resignação. – Pode rir, se quiser.

Vestir um tartã como saia não era a coisa mais digna que um homem podia fazer, uma vez que o método mais eficiente de consegui-lo era se deitar sobre o tecido xadrez e rolar como uma linguiça na grelha. Jamie conseguia vestir um de pé, mas ele já tinha prática.

Seu esforço – meio exagerado – foi recompensado pelas risadas de Brianna, que pareciam ter um efeito calmante sobre o bebê. Quando Roger fez os ajustes finais nas pregas e dobras, mãe e filho estavam corados, mas felizes.

Roger estendeu a perna na direção deles, fazendo um floreio, e Bree bateu a mão na própria perna em um aplauso com uma mão só.

– Excelente – disse ela, observando-o com admiração. – Está vendo o papai? Que papai lindo! – Ela se virou para Jemmy, que estava boquiaberto, observando o homem à sua frente, e o bebê abriu lentamente um sorriso, com um fio de baba pendurado na curva do lábio.

Roger ainda estava faminto, dolorido e cansado, mas nada disso parecia muito importante. Ele sorriu e estendeu os braços para o bebê.

– Precisa se trocar? Se ele estiver seco e alimentado, posso levá-lo para a casa, para você ter um tempo para se arrumar.

– Então você acha que eu preciso me arrumar? – Brianna lançou um olhar austero para ele. Seus cabelos estavam emaranhados, parecia que ela dormia com o mesmo vestido havia semanas e uma mancha escura de geleia se insinuava na curva de um de seus seios.

– Você está ótima – disse ele, abaixando-se e pegando Jemmy no colo. – Calma, *a bhalaich*. Você já ficou bastante tempo com a mamãe, e ela precisa de um descanso. Venha comigo.

– Não se esqueça do seu violão! – disse Brianna quando ele seguiu em direção à porta. Ele olhou para ela, surpreso.

– Como assim?

– Papai quer que você cante. Espere, ele me deu uma lista.

– Uma lista? Do quê? – Até onde Roger sabia, Jamie Fraser não se importava muito com música. Incomodava-o um pouco, na verdade, apesar de raramente admitir, que sua maior habilidade fosse algo que Fraser não valorizava.

– De canções, é claro. – Ela franziu o cenho, lembrando-se da lista memorizada. – Ele quer que você cante "Ho Ro!" e "Birniebouzle" e "The Great Silkie"... Ele disse que você pode cantar outras canções no meio, mas ele quer essas... E depois cante as canções de guerra. Não foi assim que *ele* as chamou, mas você entendeu o que eu quis dizer: "Killiecrankie" e "The Haughs of Cromdale" e "Sherrifsmuir Fight". Só as mais antigas, no entanto; ele disse para você não cantar as canções de 1745, a não ser "Johnnie Cope"... ele quer essa com certeza, mas mais para o fim. E...

Roger ficou olhando para ela, desenrolando o pé de Jemmy da dobra do tartã.

– Eu não sabia que seu pai conhecia os nomes das canções, muito menos que tinha preferências.

Brianna havia se levantado e estava tirando o grampo comprido de madeira que prendia seus cabelos. Ela o tirou e deixou as mechas vermelhas soltas ao redor dos ombros e do rosto. Passou as duas mãos pelos fios e os afastou, balançando a cabeça.

– Ele não tem preferências. Meu pai não sabe distinguir as notas musicais. Minha mãe diz que ele tem um bom senso de ritmo, mas não sabe diferenciar as notas.

– Foi o que pensei. Mas por que...

– Ele pode não ouvir música, Roger, mas ele *ouve*. – Ela olhou para ele, passando o pente pelas mechas dos cabelos. – E ele observa como as pessoas se comportam, e como elas se sentem, quando você canta essas canções.

– É mesmo? – murmurou ele, sentindo uma onda estranha de prazer ao pensar que Fraser de fato notava o efeito de sua música, ainda que pessoalmente não a valorizasse. – Então... ele quer amolecer as pessoas, certo? Quer deixá-las no clima antes de fazer a sua parte?

– Isso. – Ela assentiu, ocupada em desfazer os laços do corpete. Livres do confinamento, os seios dela ficaram soltos, redondos e à vontade sob o tecido fino.

Roger se remexeu, desapertando o tartã. Ela notou o movimento e olhou para ele. Lentamente, subiu as mãos, envolvendo os seios e erguendo-os, com os olhos fixos nos dele e um leve sorriso no rosto. Por um momento, ele teve a sensação de que havia parado de respirar, apesar de seu peito continuar subindo e descendo.

Ela foi a primeira a desfazer o momento, abaixando as mãos e virando-se para procurar no baú onde guardava suas roupas.

– Você sabe exatamente o que ele está aprontando? – perguntou ela, a voz abafada nas profundezas do baú. – Quando você saiu, a cruz já estava lá?

– Sim, eu sei sobre a cruz. – Jemmy estava emitindo sons curtos, como um bonequinho a pilha se esforçando para subir uma ladeira. Roger o colocou embaixo do braço, com a mão sobre sua barriguinha gorda. – É uma cruz de fogo. Você sabe o que é isso?

Ela emergiu do baú, com um vestido limpo nas mãos, parecendo um pouco perturbada.

– Uma cruz de fogo? Você está dizendo que ele vai *incendiar* uma cruz no jardim?

– Bem, não vai incendiar totalmente. – Pegando o *bodhran* com a mão livre e passando um dedo contra a superfície para checar a rigidez, ele explicou brevemente a tradição da cruz de fogo. – É um ritual raro – concluiu, tirando o tambor de perto de Jemmy. – Acho que não voltou a ser realizado nas Terras Altas depois da Revolta. Mas seu pai me disse que já tinha visto uma vez... é algo muito especial, vê-lo sendo realizado aqui.

Animado com os aspectos históricos, ele não percebeu que Brianna parecia um pouco menos entusiasmada.

– Talvez – disse ela, inquieta. – Não sei... isso me assusta um pouco.

– É? – Roger olhou para ela com surpresa. – Por quê?

Ela deu de ombros, enfiando o vestido pela cabeça.

– Não sei. Talvez seja apenas porque eu já *vi* cruzes em chamas, no noticiário da noite na TV. Sabe, a Ku Klux Klan? Talvez eles não divulguem... divulgassem coisas assim na televisão na Grã-Bretanha.

– A Ku Klux Klan? – Roger estava menos interessado em fanáticos do que nos seios nus de Brianna, mas se esforçou para se concentrar na conversa. – Ah, sim, já ouvi falar. De onde acha que eles tiraram essa ideia?

– O quê? Você quer dizer...

– Claro – disse ele, animado. – Eles pegaram isso dos imigrantes das Terras Altas, de quem descendiam, aliás. Por isso eles chamavam o movimento de "Klan", entende? Pensando bem – acrescentou ele, interessado –, esta noite poderia ser o elo. Quer dizer, a ocasião em que o costume do Velho Mundo é trazido para o Novo. Não seria interessante?

– Interessante – Brianna concordou desanimada. Ela tinha vestido uma peça limpa e agora pegava um vestido de linho azul, parecendo inquieta.

– Tudo começa em algum lugar, Bree – disse ele, mais delicadamente. – Na maior parte das vezes, não sabemos onde nem como; importa se soubermos dessa vez? E a Ku Klux Klan só vai começar daqui a cem anos, pelo menos. – Ele ajeitou Jemmy no colo. – Não vamos testemunhar isso acontecer, nem mesmo o pequeno Jeremiah... talvez nem mesmo o filho dele.

– Ótimo – disse ela com seriedade, vestindo o corpete e pegando as fitas. – Então, nosso bisneto pode acabar sendo o Grande Dragão.

Roger riu.

– Sim, talvez sim. Mas, hoje à noite, esse posto é do seu pai.

24

BRINCANDO COM FOGO

Ele não sabia bem o que tinha esperado. Algo como o espetáculo da grande fogueira na Reunião, talvez. A preparação era a mesma, envolvendo grande quantidade de alimentos e bebidas. Um barril enorme de cerveja e um menor de uísque estavam sobre tábuas perto da porta que dava para o jardim, e um porco assado enorme em um galho de nogueira girava lentamente sobre uma camada de brasas, espalhando lufadas de fumaça e aromas de dar água na boca pelo ar frio da noite.

Ele sorriu para os rostos iluminados pelo fogo na frente dele, suados e corados por causa da bebida, e tocou seu *bodhran*. Seu estômago roncou alto, mas o barulho foi abafado pelo refrão de "Killiecrankie":

Oh, encontrei o demôôônio...
perto de Killiecrankie... ô!

Já teria cantado o suficiente para merecer seu jantar quando fosse servido. Estava tocando e cantando havia mais de uma hora, e a lua se erguia sobre a montanha Negra agora. Ele parou no refrão, apenas por tempo suficiente para pegar o copo de cerveja colocado sob seu banco e molhar a garganta, e então começou o novo verso do início:

Lutei em terra, lutei no mar,
Em casa, lutei contra minha tia, ô!
Encontrei o demônio...
Perto de Killiecrankie... ô!

Ele sorria profissionalmente enquanto cantava, olhando em um par de olhos aqui, concentrando-se em um rosto ali, e calculando o avanço mentalmente. Já havia envolvido a todos – com o auxílio da bebida oferecida, claro – e havia começado o que Bree chamara de "canções de guerra".

Podia sentir a cruz atrás de onde estava, quase escondida pela escuridão. Mas todos já a tinham visto; ele ouvira os murmúrios de interesse e especulação.

Jamie Fraser estava mais afastado, fora do círculo da fogueira. Roger via seu corpo alto, escuro à sombra da grande espruce vermelha que ficava perto da casa. Fraser tinha percorrido o grupo metodicamente a noite toda, parando aqui e ali para trocar cordialidades, contar uma piada, ouvir um problema ou uma história. Agora, estava sozinho, esperando. Estava quase na hora então, do que quer que ele pretendesse fazer.

Roger fez uma pausa momentânea para os aplausos e para poder se refrescar, e então começou "Johnnie Cope", rápida, intensa e engraçada.

Ele havia cantado essa na Reunião, várias vezes, e sabia como eles reagiam. Pausa momentânea, incerteza e então as vozes começando a cantar – no fim do segundo verso, eles estariam fazendo algazarra e gritando comentários irreverentes ao fundo.

Alguns dos homens ali tinham lutado na Batalha de Prestonpans; mesmo que tivessem sido derrotados em Culloden, tinham primeiro derrotado as tropas de Johnnie Cope, e adoravam a chance de reviver essa famosa vitória. E os escoceses que não haviam lutado tinham ouvido falar da batalha. Os Muellers, que provavelmente nunca tinham ouvido falar de Charles Stuart e talvez entendessem uma palavra a cada dez, pareciam estar improvisando seu próprio refrão cantado à tirolesa, erguendo seus copos em saudação a cada verso. Tudo bem, desde que estivessem se divertindo.

A multidão estava praticamente gritando o refrão final, quase mais alto do que ele.

Ei, Johnnie Cope, já está acordado?
E seus tambores já estão tocando?
Se estivesse acordado, eu esperaria,
Para ir até as minas de carvão de manhã!

Ele deu uma batida final e inclinou-se para receber muitos aplausos. O aquecimento tinha sido feito; era hora do show principal. Fazendo uma reverência e sorrindo, ele se levantou do banco e saiu, recolhendo-se nas sombras perto dos restos da enorme carcaça do porco.

Bree estava ali esperando por ele, com Jemmy desperto, olhos de coruja bem abertos, nos braços dela. Ela se inclinou e o beijou, dando a ele o bebê ao fazer isso, e pegando seu *bodhran*.

– Você se saiu muito bem! – disse ela. – Segure-o, vou pegar comida e cerveja para você.

Jem normalmente queria ficar com a mãe, mas estava irritado demais com o barulho e com as labaredas para protestar. Ele se acomodou no peito de Roger, chupando o polegar.

Roger suava devido ao esforço, seu coração batia rápido por causa da adrenalina da apresentação, e o ar longe do fogo e da multidão estava frio ao contato com seu rosto avermelhado. Era gostoso sentir o peso do corpo do bebê contra seu corpo, quente e firme na dobra de seu braço. Ele havia se saído bem, e sabia disso. Vamos torcer para que tenha sido o que Fraser queria.

Quando Bree voltou com uma bebida e um prato cheio de carne de porco, maçãs e batatas assadas, Jamie havia entrado no círculo da fogueira, assumindo o lugar de Roger diante da multidão.

Ele ficou de pé, os ombros largos em seu melhor casaco cinza, o tartã azul por baixo, os cabelos soltos e avermelhados sobre os ombros, com uma pequena trança de guerreiro em um dos lados, decorada com uma única pena. A luz do fogo reluzia no cabo dourado de seu punhal e no broche que prendia o tecido do seu kilt. Ele parecia satisfeito, mas seu comportamento de modo geral era sério, determinado. Ele causava boa impressão... e sabia disso.

A multidão se aquietou em segundos, homens acotovelando seus vizinhos mais tagarelas para calá-los.

– Vocês sabem bem o que estamos fazendo aqui, não é? – perguntou ele sem preâmbulos.

Ergueu a mão, na qual segurava as convocações amassadas do governador, a mancha vermelha do selo oficial visível à luz do fogo. Houve murmúrios de concordância; a multidão ainda estava animada, sangue e uísque correndo por suas veias.

– Fomos chamados a cumprir nosso dever, e viemos com a intenção de servir à causa da lei... e do governador.

Roger viu o velho Gerhard Mueller inclinado para o lado a fim de ouvir a tradução que um de seus genros murmurava em seu ouvido. Ele assentiu, aprovando, e gritou: "*Ja!* Viva o governador!" Seguiu-se uma onda de risos e gritos ecoando em inglês e em gaélico.

Jamie sorriu, esperando que o barulho cessasse. Quando as pessoas silenciaram, ele se virou lentamente, assentindo ao olhar de rosto a rosto, reconhecendo cada homem. Então, virou-se para o lado e ergueu a mão, indicando a cruz que se erguia, firme e negra, atrás dele.

– Nas Terras Altas da Escócia, quando um líder se preparava para a guerra – disse ele, em tom casual, mas alto o bastante para ser ouvido por todo o jardim –, ele incendiava a cruz de fogo e a enviava como um sinal para percorrer as terras do seu clã. Era um sinal para os homens do seu nome, para que reunissem suas armas e se dirigissem ao local de encontro, preparados para a batalha.

Houve uma comoção em meio à multidão, pessoas se acotovelando e mais gritos de aprovação, embora estes fossem mais abafados. Alguns homens tinham visto isso, ou pelo menos sabiam do que ele estava falando. O resto erguia o queixo e dobrava o pescoço, boquiabertos e interessados.

– Mas esta é uma terra nova, e embora sejamos amigos – ele sorriu para Gerhard Mueller – *Ja, Freunde*, vizinhos e conterrâneos... – Ele olhou para os irmãos Lindsays. – E embora venhamos a ser companheiros de armas, não somos um clã. Apesar de estar no comando, eu não sou o seu líder.

Até parece que não é, Roger pensou. *Ou pelo menos está prestes a se tornar.* Ele tomou um longo gole de cerveja gelada e pousou o copo e o prato. A comida podia esperar um pouco mais. Bree tinha pegado o bebê de volta e estava com seu *bodhran* embaixo do braço; ele estendeu a mão para pegá-lo, e ela olhou para ele sorrindo, mas a maior parte de sua atenção estava voltada para o pai.

Jamie se inclinou e pegou uma tocha do fogo, ficou de pé com ela na mão, iluminando os ângulos fortes de seu rosto.

– Que Deus seja testemunha aqui da nossa disposição, e que Deus fortaleça os nossos braços... – Ele fez uma pausa, para permitir que os alemães acompanhassem. – Mas que esta cruz de fogo seja prova da nossa honra, da invocação da proteção de Deus para as nossas famílias até voltarmos para casa em segurança de novo.

Ele se virou e encostou a tocha na parte de cima da cruz, segurando-a até a casca seca pegar fogo e uma pequena labareda crescer e cintilar na madeira escura.

Todos ficaram em silêncio, observando. Não havia sons além da movimentação e dos suspiros da multidão, ecoando o barulho do vento nas florestas ao redor deles. Não passava de uma pequena língua de fogo, bruxuleando na brisa, prestes a se apagar totalmente. Não era uma labareda que rugia, alimentada pela gasolina, não era uma conflagração devoradora. Roger sentiu Brianna suspirar ao lado dele, um pouco da tensão deixando seu corpo.

A chama se firmou e cresceu. As bordas dos pedaços de casca de pinheiro, como peças de um quebra-cabeça, ficavam vermelhas, depois brancas e se transformavam em cinza enquanto a chama começava a subir. A cruz era grande e sólida, e queimaria lentamente, até o meio da noite, iluminando o jardim enquanto os homens se reuniam sob ela, conversando, comendo, bebendo, começando o processo de se tornar o que Jamie Fraser queria que eles fossem: amigos, vizinhos, companheiros de armas. Sob seu comando.

Fraser ficou ali por um momento, observando, para ter certeza de que a chama havia se firmado. Então, virou-se para a multidão de homens e jogou a tocha no fogo de novo.

– Não sabemos o que nos espera. Que Deus nos dê coragem – disse ele, de modo simples. – Que Deus nos dê sabedoria. Se for da vontade Dele, que Ele nos dê paz. Partiremos pela manhã.

Ele se virou então e deixou o fogo, olhando ao redor para encontrar Roger, que assentiu em resposta, engoliu em seco para limpar a garganta e começou a cantar baixinho na escuridão o começo da canção que Jamie quisera que encerrasse a apresentação: "The Flower of Scotland".

Ó, flor da Escócia,
Quando vamos vê-la de novo?
Que lutou e morreu por
Suas montanhas e vales...

Não era uma das canções que Bree chamava de "canções de guerra". Era uma canção solene e melancólica. Mas não era uma canção de pesar; ela falava de lembrança, de orgulho e de determinação. Não era nem mesmo uma legítima canção antiga – Roger conhecia o homem que a havia escrito, em sua época – mas Jamie a havia escutado e, conhecendo a história de Stirling e Bannockburn, gostara da letra.

E se ergueu contra ele,
o orgulhoso exército de Edward,
e o mandou para casa
para pensar melhor.

Os membros escoceses da multidão deixaram que ele cantasse o verso sozinho, mas as vozes foram surgindo lentamente e em seguida foram ficando mais altas, no refrão.

E o mandou para ca-casa...
para pensar melhor!

Ele se lembrou de algo que Bree tinha dito quando estavam deitados na cama na noite anterior, durante os poucos momentos em que os dois ainda estavam conscientes. Eles falavam das pessoas da época, pensando se um dia encontrariam gente como Thomas Jefferson ou George Washington pessoalmente; era uma perspectiva interessante, e não de todo impossível. Ela havia mencionado John Adams, citando algo que havia lido e que ele tinha dito – ou ia dizer – durante a Revolução Americana:

Sou um guerreiro, para que meu filho possa ser um mercador – e o filho dele possa ser um poeta.

Os montes estão nus agora
e as folhas de outono espessas e imóveis,
sobre uma terra que está perdida agora,
uma terra que eles tanto amavam.

E se levantaram contra ele,
o orgulhoso exército de Edward,
e o mandaram para casa
para pensar melhor.

Não era mais o exército de Edward, mas, sim, de George. E ainda assim o mesmo exército orgulhoso. Ele viu Claire, de pé com as outras mulheres, separadas, na margem do círculo de luz. O rosto dela estava distante e ela estava parada, com os cabelos soltos ao redor do rosto, os olhos dourados tomados por uma sombra interna – fixos em Jamie, que estava em silêncio ao lado dela.

O mesmo exército orgulhoso com o qual ela já havia lutado; o exército orgulhoso com o qual o pai dele havia morrido. Ele sentiu um nó na garganta e forçou o ar bem lá do fundo, cantando com animação. *Serei um guerreiro, para que meu filho possa ser um mercador – e o filho dele possa ser um poeta.* Nem Adams nem Jefferson tinham lutado; Jefferson não tinha filhos homens. Ele foi o poeta cujas palavras ecoaram durante anos, motivando exércitos e ardendo no coração daqueles que morreriam por elas e pelo país fundado com base nelas.

Talvez seja o cabelo, pensou Roger com ironia ao ver o brilho avermelhado enquanto Jamie se movia, observando em silêncio o que ele havia começado. Um pouco de sangue viking, que dava àqueles homens altos e corajosos o dom de reunir homens para a guerra.

Que lutou e morreu por
suas montanhas e vales...

Era o que eles tinham feito, e fariam de novo. Era por isso que os homens sempre lutavam, não? Pelo lar e pela família. Outro cintilar de cabelos vermelhos, soltos à luz do fogo, perto dos ossos do porco. Bree, segurando Jemmy. E mesmo que Roger se visse agora como o bardo de um chefe de clã das Terras Altas, ainda assim teria que tentar ser também um guerreiro quando chegasse a hora, pelo bem do seu filho e daqueles que viriam depois.

E o mandou para casa
para pensar melhor.

para pensar... melhor.

25

O ANJO DO MEU DESCANSO

Apesar de ser tarde, fizemos amor por um consentimento silencioso, um desejando o refúgio e a segurança do corpo do outro. Sozinhos em nosso quarto, com as janelas bem fechadas para abafar as vozes no jardim – o pobre Roger ainda estava cantando, por exigência das pessoas –, pudemos esquecer as urgências e fadigas do dia... pelo menos por um tempo.

Ele me abraçou forte depois, com o rosto enterrado nos meus cabelos, agarrando-se a mim como a um talismã.

– Vai ficar tudo bem – falei baixinho e acariciei os cabelos úmidos dele, mergulhando meus dedos no ponto onde o pescoço e o ombro se encontravam, os músculos ali duros como madeira por baixo da pele.

– Sim, eu sei.

Ele ficou deitado por um momento, deixando-me trabalhar, a tensão em seu pescoço e seus ombros gradualmente relaxando, o corpo ficando mais pesado sobre o meu. Ele me sentiu ofegar sob ele e se afastou, rolando para o lado.

Seu estômago roncou alto, e nós dois rimos.

– Não teve tempo para jantar? – perguntei.

– Não posso comer um pouco antes – respondeu ele. – Se eu comer, tenho cãibras. E não houve tempo, depois. Imagino que não haja nada comestível aqui, não é?

– Não – respondi, penalizada. – Eu tinha algumas maçãs, mas os Chisholms as pegaram. Sinto muito, eu deveria ter pensado em trazer alguma coisa para você. – Eu sabia que ele raramente comia "antes", antes de uma briga, confronto ou qualquer outra situação socialmente estressante, mas não pensei que ele poderia não ter oportunidade de comer depois, já que todo mundo e seu irmão desejavam "trocar uma palavrinha, senhor".

– Você tinha outras coisas com que se preocupar, Sassenach – respondeu ele, de modo seco. – Não se preocupe; eu aguento até o café da manhã.

– Tem certeza? – Coloquei um pé fora da cama, fazendo menção de me levantar. – Tem muita coisa ainda; ou, se não quiser descer, posso ir até lá e...

Ele me deteve com a mão em meu braço e em seguida me segurou firmemente embaixo das cobertas, ajeitando-me de costas contra a curva do seu corpo e passando um braço por cima de mim para ter certeza de que eu ficaria ali.

– Não – disse ele, determinado. – Esta pode ser a última noite que vou passar em uma cama por um bom tempo. Quero ficar nela... com você.

– Tudo bem. – Eu me acomodei embaixo do queixo dele e relaxei contra o seu corpo, satisfeita por ficar ali. Eu compreendia; ainda que ninguém fosse vir nos chamar a menos que houvesse uma emergência, se alguém nos visse lá embaixo, apareceriam pessoas querendo uma coisa ou outra, querendo fazer perguntas, oferecer conselhos, fazer um pedido... era muito melhor ficar ali, tranquilos e aconchegados um ao outro.

Eu tinha apagado a vela, e o fogo na lareira estava quase se apagando. Fiquei pensando se deveria me levantar e colocar mais lenha, mas decidi não fazer isso. Que ela queimasse até o fim, se fosse o caso. Nós partiríamos ao amanhecer.

Apesar do meu cansaço e da seriedade da viagem, eu estava ansiosa. Além do fascínio da novidade e da possibilidade de aventura, havia a deliciosa perspectiva de escapar da lida com as roupas, das tarefas da cozinha e dos demais trabalhos domésticos. Ainda assim, Jamie tinha razão. Aquela noite provavelmente era a última em um bom tempo durante a qual teríamos privacidade e conforto.

Eu me alonguei, aproveitando o aconchego da cama de penas, dos lençóis macios e limpos com o aroma suave de alecrim e flor de sabugueiro. Será que eu estava levando roupas de cama em quantidade suficiente?

A voz de Roger penetrava pelas janelas, ainda forte, mas começando a parecer meio cansada.

– O cantor deveria ir para a cama – disse Jamie, com certa desaprovação – se quiser se despedir direito da mulher dele.

– Minha nossa, Bree e Jemmy foram dormir há horas! – falei.

– O bebê, talvez; ela ainda está pelo jardim. Eu ouvi a voz dela há pouco.

– É? – Eu me esforcei para ouvir, mas discerni apenas aplausos abafados enquanto Roger finalizava a canção. – Acho que ela quer ficar com ele o máximo de tempo. Aqueles homens estarão exaustos pela manhã, isso sem falar da ressaca.

– Desde que consigam cavalgar, não me importo se eles pararem para vomitar na mata de vez em quando – disse Jamie.

Eu me acomodei, com os cobertores sobre os ombros. Ouvi a voz grave de Roger rindo e se recusando a continuar com a cantoria. Pouco a pouco, os barulhos no jardim foram diminuindo, apesar de eu ainda conseguir ouvir o som do barril de cerveja sendo esvaziado. E em seguida um baque seco quando alguém o jogou no chão.

Havia sons na casa; o grito repentino de um bebê acordando, passos na cozinha, o resmungar sonolento de crianças incomodadas com o barulho dos homens, a voz de uma mulher admoestando e em seguida reconfortando.

Meu pescoço e meus ombros doíam e meus pés estavam doloridos por causa da longa caminhada até a fonte do uísque, levando Jemmy no colo. Ainda assim, eu estava incomodamente desperta, incapaz de bloquear os sons do mundo externo tão bem quanto as cortinas os bloqueavam da minha vista.

– Você consegue se lembrar de tudo o que fez hoje? – Era uma brincadeira que fazíamos à noite, às vezes, e cada um tentava recordar todas as coisas feitas, vistas, ouvidas ou ingeridas durante o dia, com detalhes, desde o momento de acordar até a hora de ir para a cama. Como escrever em um diário, o esforço de se lembrar parecia aliviar a mente do cansaço do dia, e nós nos divertíamos com as experiências um do outro. Eu adorava ouvir os relatos diários de Jamie, fossem eles banais ou interessantes, mas ele não estava no clima naquela noite.

– Não consigo me lembrar de nada que tenha acontecido antes de fecharmos a porta do quarto – disse ele, apertando minhas nádegas de modo cúmplice. – Mas depois disso, acho que consigo me lembrar de um detalhe ou outro.

– Também estão razoavelmente frescos na minha memória – disse a ele. Encolhi os dedos dos pés, acariciando os pés dele.

Paramos de falar, então, e começamos a nos acomodar para dormir, conforme os sons lá embaixo iam diminuindo, substituídos pelos ruídos de diversos roncos misturados. Ou pelo menos eu tentei. Apesar de ser muito tarde e da exaustão que tomava o meu corpo, minha mente parecia determinada a se manter acordada, pensando. Fragmentos do dia invadiram meus pensamentos assim que fechei os olhos – a sra. Bug e sua vassoura, as botas cheias de lama de Gerhard Mueller, ramas repletas de uvas, *sauerkraut*, o bumbum cor-de-rosa de Jemmy, dezenas de pequenos Chisholms correndo sem rumo... Decidi disciplinar a minha mente dispersa fazendo uma lista mental dos preparativos para partir.

Não adiantou: poucos momentos depois, eu estava desperta, com uma ansiedade reprimida, imaginando a destruição completa do meu consultório; Brianna, Marsali ou as crianças sucumbindo a uma epidemia repentina; a sra. Bug incitando revolta e derramamento de sangue de um lado da Cordilheira a outro.

Rolei para o lado e olhei para Jamie. Ele também estava deitado de costas como sempre, com os braços cruzados sobre o abdômen como uma figura em uma tumba, o perfil sério e bem delineado contra a luz cada vez mais fraca vinda da lareira, preparado para dormir. Seus olhos estavam fechados, mas ele franzia o cenho levemente e seus lábios entortavam de vez em quando, como se ele estivesse travando uma discussão dentro de si.

– Você está pensando tão alto que consigo ouvir daqui – falei, para puxar assunto. – Ou está apenas contando carneirinhos?

Ele abriu os olhos e se virou sorrindo para mim.

– Eu estava contando porcos – disse ele. – E estava indo bem. Mas ficava vendo aquela criatura branca pelo canto do olho, pulando de um lado para outro, longe do meu alcance, me provocando.

Ri com ele e me aconcheguei ao seu corpo. Recostei a cabeça em seu ombro e suspirei.

– Precisamos dormir, Jamie. Estou tão cansada que meus ossos parecem estar derretendo, e você está acordado há mais tempo do que eu.

– Humm. – Ele passou um braço ao redor de meu corpo, puxando-me para a curva do seu ombro.

– Aquela cruz... não vai incendiar a casa, não é? – perguntei depois de um momento, tendo encontrado mais alguma coisa com que me preocupar.

– Não. – Ele parecia ligeiramente sonolento. – O fogo já se apagou há bastante tempo.

O fogo na lareira havia se tornado um leito de carvões em brasa. Eu me virei de novo e fiquei deitada observando-os por alguns minutos, tentando esvaziar a mente de tudo.

– Quando Frank e eu nos casamos, fomos nos consultar com um padre. Ele nos aconselhou a começar nossa vida de casal rezando o terço juntos na cama toda noite. Frank disse que não sabia se aquilo era devoção, uma maneira de nos ajudar a dormir, ou apenas um método de controle de natalidade sancionado pela Igreja.

O peito de Jamie vibrou com uma risada silenciosa atrás de mim.

– Bom, podemos tentar, se você quiser, Sassenach – disse ele. – Mas você vai precisar contar as ave-marias, porque está deitada sobre a minha mão esquerda e os meus dedos estão dormentes.

Eu me afastei um pouco para permitir que ele puxasse a mão enfiada debaixo do meu quadril.

– Não, acho que não – falei. – Mas talvez uma oração. Você conhece alguma boa oração para a hora de dormir?

– Sim, muitas – disse ele, erguendo a mão e flexionando os dedos lentamente enquanto o sangue retornava a eles. No escuro do quarto, o movimento lento me fazia lembrar do modo como ele atraía trutas que se escondiam debaixo de rochas. – Deixe-me pensar um pouco.

A casa lá embaixo estava em silêncio agora, exceto pelo usual ranger e estalar da madeira se acomodando. Pensei ter ouvido uma voz do lado de fora, alta, em uma discussão, mas devia ter sido apenas o farfalhar de galhos de árvores ao vento.

– Já sei – disse Jamie. – Eu quase me esqueci. Meu pai me ensinou, não muito tempo antes de morrer. Ele disse que um dia eu poderia considerá-la útil.

Ele se acomodou confortavelmente, com a cabeça inclinada de modo que o queixo repousasse no meu ombro, e começou a falar, com a voz baixa e calorosa, no meu ouvido.

Abençoada seja, ó Deus, a lua acima de mim,
Abençoada seja, ó Deus, a terra sob os meus pés,
Abençoados sejam, ó Deus, a minha esposa e os meus filhos,
E abençoai, ó Deus, a mim, que cuido deles;
Abençoai a minha esposa e os meus filhos,
E abençoai, ó Deus, a mim, que cuido deles.

Ele havia começado com certa inibição, hesitando vez ou outra para encontrar uma palavra, mas a hesitação desapareceu enquanto ele falava. Agora, falava com calma e certeza, e não mais para mim, apesar de manter a mão quente na curva da minha cintura.

Abençoai, ó Deus, aquilo em que meu olho pousar,
Abençoai, ó Deus, aquilo em que depositar minha esperança,
Abençoai, ó Deus, a minha razão e o meu propósito;
Abençoai, ó Deus, abençoai, Vós que sois o Deus da vida;
Abençoai, ó Deus, a minha razão e o meu propósito,
Abençoai, ó Deus, abençoai, Vós que sois o Deus da vida.

Ele passou a mão no meu quadril e a ergueu para acariciar meus cabelos.

Abençoada seja a pessoa com quem divido a minha cama e o meu amor,
Abençoado seja o toque das minhas mãos,
Abençoadas sejam, ó Deus, para mim, as barreiras da minha defesa,
E abençoado seja, ó Deus, para mim, o anjo do meu descanso;
Abençoadas sejam, ó Deus, para mim, as barreiras da minha defesa,
E abençoado seja, ó Deus, para mim, o anjo do meu descanso.

A mão dele ficou aninhada sob o meu queixo. Eu a cobri com a minha e suspirei.

– Ah, gostei disso. Principalmente a parte do "anjo do meu descanso". Quando Bree era pequena, nós a colocávamos para dormir rezando a oração do anjo: "Que Miguel fique à minha direita, Gabriel, à minha esquerda, Uriel atrás de mim, Rafael à minha frente, e acima da minha cabeça, a Presença do Senhor."

Ele não respondeu, mas apertou os meus dedos. Um carvão em brasa da lareira se partiu com um suave *uff*, e faíscas voaram na penumbra do quarto.

Algum tempo depois, voltei à consciência, sentindo que ele se levantava.

– O que... – perguntei sonolenta.

– Nada – sussurrou ele. – Só um bilhete que preciso escrever. Durma, *a nighean donn*. Vou acordar ao seu lado.

Cordilheira dos Frasers, 1º de dezembro de 1770
Ao ilustre lorde John Grey,
Monte Josiah

Meu Senhor,

Escrevo na esperança de que tudo esteja bem em sua propriedade e com seus habitantes; lembranças particulares a seu filho.

Estamos todos bem em minha casa e – até onde sei – em River Run também. As núpcias planejadas para minha filha e para minha tia, sobre as quais escrevi a você, foram inesperadamente afetadas pelas circunstâncias (principalmente uma circunstância que atende pelo nome de sr. Randall

Lillywhite, nome que menciono para o caso de, um dia, o senhor vir a conhecê-lo), mas meus netos foram batizados, felizmente, e, apesar de o casamento da minha tia ter sido postergado para uma próxima estação, a união da minha filha com o sr. MacKenzie foi celebrada pela cortesia do reverendo sr. Caldwell, um cavalheiro honrado, apesar de ser presbiteriano.

O pequeno Jeremiah Alexander Ian Fraser MacKenzie (o nome "Ian" é, claro, uma variação escocesa de "John" – a homenagem da minha filha a um amigo e também a seu primo) sobreviveu tanto à ocasião do batismo quanto à viagem de volta para casa sem grandes problemas. A mãe dele me pediu que lhe informasse que seu homônimo agora possui nada menos do que quatro dentes, uma conquista temerosa que o torna deveras perigoso para as almas desavisadas encantadas com sua aparente inocência, que entregam seus dedos, candidamente, a sua boca perniciosa. O menino morde como um crocodilo.

Nossa população aqui tem crescido muito nos últimos tempos, com a chegada de cerca de vinte famílias desde que lhe escrevi pela última vez. Deus compensou nossos esforços durante o verão, abençoando-nos com muito milho e feno, além de muitos animais para consumi-los. Estimo que os porcos agora não somem menos de quarenta, duas vacas tiveram bezerros, e eu comprei um novo cavalo. A personalidade desse animal é duvidosa, mas não sua rapidez.

São estas as minhas boas notícias.

Agora, as ruins. Eu fui nomeado coronel da milícia, com a ordem de reunir e apresentar o máximo de homens que conseguir para colocar a serviço do governador, até meados deste mês, serviço este que consiste em ajudar na supressão de hostilidades locais.

O senhor deve ter ouvido, durante sua visita à Carolina do Norte, a respeito de um grupo de homens que se autodenominam "reguladores" – ou pode ser que não tenha ouvido, já que outros assuntos chamaram sua atenção naquela ocasião (minha mulher ficou feliz em saber que sua saúde vai bem e manda com esta carta um pacote de remédios, com orientações acerca de sua administração, para o caso de o senhor ainda sofrer de dores de cabeça).

Esses reguladores não passam de uma turba, menos disciplinados em suas ações do que os revoltosos que soubemos que enforcaram uma efígie do gov. Richardson em Boston. Não digo que suas reivindicações não sejam justificadas, mas a maneira como as expressam fazem com que seja improvável que resultem em reparação por parte da Coroa – na realidade provocam os dois lados a cometerem mais excessos, que certamente resultarão em mais danos.

Houve um grave caso de violência em Hillsborough no dia 24 de setembro, no qual muitas propriedades foram destruídas e atos de violência cometidos – alguns justamente, outros não – contra oficiais da Coroa. Um homem, um oficial, foi gravemente ferido; muitos reguladores foram presos. Desde então, ouvimos pouco além de boatos; o inverno arrefece o descontentamento, que se consome em fogo lento diante das lareiras de casas e estabelecimentos, mas quando for libertado com o ar da primavera, vai se espalhar como o odor de mofo de uma casa fechada, maculando o ar.

Tryon é um homem capacitado, mas não é um agricultor. Se fosse, não pensaria em travar uma guerra em pleno inverno. Ainda assim, pode ser que ele espere, ao dar uma demonstração de força agora – quando ele tem quase certeza de que o uso dela não será necessário –, intimidar os revoltosos, de forma a evitar a sua necessidade posteriormente. Ele é um soldado.

Tais comentários me trazem ao motivo desta missiva. Espero que a atual missão não termine mal, no entanto – o senhor é um soldado também, como eu. Conhece a imprevisibilidade do mal e as catástrofes que podem resultar de começos triviais.

Nenhum homem conhece as particularidades de seu próprio fim, a não ser que terá um. Assim, tomei as providências que consegui, para o bem-estar da minha família.

Eu os enumero aqui, pois o senhor não conhece todos eles: Claire Fraser, minha amada esposa; minha filha Brianna e seu marido, Roger MacKenzie, e o filho deles, Jeremiah MacKenzie. Também minha filha Marsali e seu marido, Fergus Fraser (que é meu filho adotivo) – eles agora têm dois filhos pequenos, Germain e Joan. A pequena Joan tem o nome da irmã de Marsali, conhecida como Joan MacKenzie, que atualmente ainda vive na Escócia. Não pretendo contar ao senhor a história toda, mas tenho bons motivos para também considerar essa mulher uma filha e me sinto igualmente responsável por seu bem-estar e pelo da mãe dela, Laoghaire MacKenzie.

Peço, em nome de nossa longa amizade e da consideração que tem pela minha esposa e pela minha filha, que, se por acaso não tivermos sucesso nessa missão, que faça o que estiver ao seu alcance para mantê-los em segurança.

Parto amanhã ao amanhecer, que agora não está muito distante.

Seu mais modesto e devotado servo,

James Alexander Malcolm MacKenzie Fraser

Postscriptum: Meus agradecimentos pelas informações em resposta ao meu pedido anterior sobre Stephen Bonnet. Recebi também seu conselho, com grande apreço e gratidão pelo bondoso propósito – mas, como deve imaginar, ele não vai me persuadir.

Post-Postscriptum: Cópias do meu testamento e dos papéis relacionados à minha propriedade e aos meus negócios aqui e na Escócia podem ser encontrados com Farquard Campbell, de Greenoaks, perto de Cross Creek.

PARTE III

Alertas e Excursões

26

A MILÍCIA NASCE

O clima nos favorecia: continuava frio, mas o céu estava claro. Com os Muellers e os homens das propriedades próximas, partimos da Cordilheira dos Frasers com um grupo de quase quarenta homens – e eu.

Fergus não serviria com a milícia, mas partira conosco para reunir homens, já que era o mais familiarizado com os povoados e propriedades próximos. Quando nos aproximamos da Linha do Tratado, e o ponto mais distante de nossa convocação ambulante, formávamos uma companhia respeitável em número, se não em habilidade. Alguns dos homens já tinham sido soldados, quando não homens de infantaria treinados; na Escócia ou nas guerras francesas ou indígenas. Muitos não tinham sido, então todas as noites Jamie realizava exercícios e treinamentos militares, embora de um tipo nada ortodoxo.

– Não temos tempo para prepará-los da maneira adequada – dissera ele a Roger diante do fogo da primeira noite. – São necessárias semanas para moldar os homens de forma que eles não fujam quando atacados.

Roger simplesmente assentiu ao ouvir isso, mas pensei ter visto uma sutil inquietação em seu rosto. Acredito que ele podia estar tendo dúvidas a respeito de sua própria falta de experiência e sobre como exatamente ele reagiria sob pressão. Eu havia conhecido muitos soldados jovens em minha época.

Eu estava ajoelhada diante do fogo, cozinhando bolinhos de milho sobre uma grelha de ferro nas cinzas. Olhei para Jamie e vi que ele estava olhando para mim com um sorriso disfarçado no canto da boca. Além de conhecer jovens soldados, ele já tinha sido um. Ele tossiu e se inclinou para mexer as brasas com um graveto, procurando mais das codornas que eu tinha posto para assar, envoltas em argila.

– É natural fugir do perigo, não? O objetivo de treinar as tropas é acostumá-las à voz do oficial, de forma que elas ouçam, mesmo em meio ao som das armas, e obedeçam sem pensar no perigo.

– Sim, como se treina um cavalo para não sair em disparada ao ouvir um barulho – Roger interrompeu, de modo irônico.

– Sim, desse modo – concordou Jamie, com seriedade. – A diferença é que você precisa fazer um cavalo acreditar que você sabe mais do que ele; um oficial precisa apenas gritar mais alto. – Roger riu, e Jamie seguiu em frente, meio sorrindo.

– Quando eu era soldado na França, marchava de um lado para outro e para cima e para baixo, e usei um par de botas até gastar antes de eles me darem pólvora para a minha arma. Eu ficava tão cansado no fim de um dia de treinamento que eles podiam lançar tiros de canhão bem do lado da minha cama e eu nem ia perceber.

Ele balançou um pouco a cabeça, e o meio sorriso sumiu de seu rosto.

– Mas não temos tempo para isso. Metade dos nossos homens já foram soldados por um tempo; devemos recorrer a eles para nos posicionar se formos lutar e confiar nos outros. – Ele olhou além do fogo e fez um gesto em direção à vista que se apagava das árvores e das montanhas.

– Não é exatamente um campo de batalha, é? Não sei dizer onde a batalha poderá ser, se é que vai haver uma, mas acho que devemos planejar uma batalha onde houver cobertura. Vamos ensiná-los a lutar como escoceses; eles vão aprender a se reunir ou a se dispersar segundo a minha ordem, e a se revezar como puderem. Apenas metade dos homens são ex-soldados, mas todos eles sabem caçar. – Ele ergueu o queixo, fazendo um gesto na direção dos recrutas, muitos dos quais tinham juntado pequenas presas durante o trajeto do dia. Os irmãos Lindsays tinham caçado as codornas que estávamos comendo.

Roger assentiu e se abaixou, pegando uma bola escura de argila do fogo com um graveto, mantendo o rosto escondido. Quase todo. Ele tinha saído para atirar todos os dias desde o nosso retorno e não conseguira abater nem ao menos um gambá. Jamie, que saíra com ele uma vez, comentara comigo que Roger se sairia melhor acertando a presa na cabeça com seu mosquete, em vez de atirar nela.

Franzi o cenho para Jamie; ele ergueu as sobrancelhas para mim, retribuindo o olhar. Os sentimentos de Roger poderiam cuidar de si mesmos, era a mensagem clara. Eu arregalei os olhos e me levantei.

– Mas não é como caçar, é? – Eu me sentei ao lado de Jamie, e entreguei a ele um dos meus bolinhos de milho. – Principalmente agora.

– O que você quer dizer com isso, Sassenach? – Jamie partiu o bolinho, semicerrando os olhos de prazer ao sentir o vapor quente e fragrante.

– Em primeiro lugar, você não sabe se vai haver uma batalha – falei. – Em segundo, se houver, você não vai enfrentar tropas treinadas; os reguladores não são soldados, assim como seus homens não o são. Em terceiro, você não vai tentar matar os reguladores; só assustá-los para que eles se retirem ou se entreguem. E em quarto lugar – sorri para Roger –, o propósito de caçar é matar alguma coisa. O propósito de ir para a guerra é voltar vivo.

Jamie se engasgou com um pedaço de bolinho de milho. Eu dei um tapa em suas costas, para ajudar, e ele se virou para mim, com os olhos arregalados. Tossiu migalhas, engoliu e se levantou, o tartã balançando.

– Ouça – disse ele, meio rouco. – Você está certa, Sassenach... e está errada. Não é como caçar. Porque a caça normalmente não está tentando matar *você*. Veja... – Ele se virou para Roger, com o rosto sério. – Ela está errada em relação ao resto. A guerra é matar, e pronto. Pense em qualquer coisa menos que isso, pense em meias medidas, pense em medo, acima de tudo, pense na própria pele e, por Deus, homem, você estará morto antes do anoitecer do primeiro dia.

Ele jogou os restos do bolinho no fogo e se afastou.

• • •

Fiquei parada por um momento, até o calor do bolinho fresco que eu segurava passar pelo tecido ao redor dele e queimar meus dedos. Eu o coloquei em um tronco com um "ai" abafado, e Roger se remexeu no tronco em que estava sentado.

– Tudo bem? – perguntou ele, apesar de não estar olhando para mim. Seus olhos estavam fixos na direção na qual Jamie havia desaparecido, a caminho de onde estavam os cavalos.

– Tudo bem.

Passei os dedos queimados contra a casca úmida e fria do tronco. Com o silêncio constrangedor atenuado por essa interação, achei que era possível abordar o assunto em questão.

– É verdade – falei – que Jamie tem certa experiência para falar... mas eu acho que o que ele disse foi um tanto exagerado.

– Acha? – Roger não parecia chateado nem surpreso com os comentários de Jamie.

– É claro que sim. Não importa o que aconteça com os reguladores, sabemos perfeitamente bem que não vai ser uma guerra completa. Pode não ser nada!

– Ah, sim. – Roger ainda estava olhando para a escuridão, com os lábios contraídos enquanto pensava. – Certo... Mas acho que não era disso que ele estava falando.

Ergui a sobrancelha para ele, que olhou para mim com um sorriso meio torto.

– Quando saiu para caçar comigo, ele me perguntou o que eu sabia a respeito do que estava diante de nós. Eu disse a ele. Bree comentou que ele havia perguntado a mesma coisa a ela, e ela disse a ele também.

– O que estava diante de nós... você se refere à Revolução?

Ele assentiu, os olhos nos restos de bolinho que ele amassava com os dedos compridos e cheios de calos.

– Contei a ele o que eu sabia. A respeito das batalhas, da política. Não todos os detalhes, claro, mas falei sobre as principais batalhas de que me lembrava, sobre como vai ser um conflito longo, exaustivo e sangrento. – Ele ficou em silêncio por um momento e então olhou para mim, com um leve brilho esverdeado nos olhos.

– Imagino que você chamaria isso de troca justa. É difícil dizer quando se trata dele, mas eu *acho* que posso tê-lo assustado. Ele apenas retribuiu o favor.

Sorri e fiquei de pé, limpando as migalhas e as cinzas da minha saia.

– O dia em que você assustar Jamie Fraser contando a ele histórias de guerra, meu rapaz, será o dia em que o inferno vai congelar.

Ele riu, nem um pouco descomposto.

– Talvez eu não o tenha assustado, então, mas ele ficou muito quieto. Vou dizer uma coisa, no entanto – ele ficou sério, apesar de o brilho permanecer em seus olhos –, ele me assustou agora.

Olhei na direção dos cavalos. A lua ainda não havia subido, e eu não conseguia ver nada além de uma mistura vaga de sombras grandes e incansáveis, com um vislumbre ocasional da luz do fogo refletida no pelo dos animais ou o brilho breve de um olhar.

Jamie não estava à vista, mas eu sabia que ele estava ali. Houve uma mudança sutil e um movimento entre os cavalos, com bufadas baixas que indicavam que alguém familiar estava entre eles.

– Ele não era apenas um soldado – falei por fim, baixinho, apesar de ter certeza de que Jamie estava longe demais para me ouvir. – Ele era um oficial.

Eu me sentei no tronco de novo e encostei a mão no bolinho de milho. Estava morno agora. Eu o peguei, mas não o mordi.

– Eu fui enfermeira de guerra, sabia? Em um hospital de campanha na França.

Ele assentiu, com a cabeça de cabelos escuros inclinada demonstrando interesse. O fogo lançava sombras profundas no rosto dele, enfatizando o contraste das sobrancelhas grossas e dos ossos fortes com a curva delicada de seus lábios.

– Eu cuidei de soldados. *Todos* tinham medo. – Sorri um pouco, com tristeza. – Os que tinham estado na linha de fogo se lembravam, e os que não tinham, imaginavam. Mas eram os oficiais que não conseguiam dormir à noite.

Passei um polegar distraidamente sobre a superfície áspera do bolinho. Estava um pouco engordurado por causa da banha.

– Eu fiquei ao lado do Jamie, certa vez, depois de Preston, enquanto ele segurava um de seus homens morrendo em seus braços. E chorava. Ele se lembra disso. Não se lembra de Culloden, porque não suporta se lembrar.

Olhei para a bolinha de massa frita na minha mão, removendo as partes queimadas com a unha.

– Sim, você o assustou. Ele não quer chorar por você. Nem eu – acrescentei suavemente. – Pode não ser agora, mas quando a hora chegar... cuide-se, está bem?

Fez-se um longo silêncio. E então:

– Eu vou me cuidar – disse ele baixinho, e em seguida se levantou e saiu, os passos desaparecendo depressa no silêncio na terra úmida.

As outras fogueiras ardiam intensamente conforme a noite se tornava mais profunda. Os homens ainda estavam na companhia de família e amigos, cada grupo pequeno ao redor de uma fogueira grande, todos reunidos em um único círculo de luz.

Jamie não temia o que Roger contara a ele, pensei, mas o que ele próprio sabia. Havia duas opções para um bom oficial: deixar que a preocupação com suas responsabilidades acabasse com ele, ou deixar que a necessidade o endurecesse até virar pedra. Ele sabia disso.

E quanto a mim... eu sabia algumas coisas também. Fui casada com dois soldados – ambos oficiais; afinal, Frank também tinha sido um. Fui enfermeira e curandeira, nos campos de batalha de duas guerras.

Eu sabia os nomes e as datas das batalhas; conhecia o cheiro de sangue. E de vômito e de fezes. Em um hospital de campanha, vemos membros destroçados, entranhas expostas e ossos quebrados... mas também vemos homens que nunca seguraram uma arma, mas que morreram mesmo assim, por causa da febre, da sujeira, das doenças e do desespero.

Eu sabia que milhares tinham morrido assassinados ou em decorrência de ferimentos nos campos de batalha das duas Guerras Mundiais; eu sabia que centenas e centenas de milhares tinham morrido lá devido a infecções e doenças. Não seria diferente agora... não em quatro anos. E isso realmente me assustava muito.

Na noite seguinte, acampamos na montanha Balsam, cerca de 2 quilômetros depois do povoado de Lucklow. Vários dos homens queriam continuar, para chegar ao povoado de Brownsville, que era o ponto final da nossa viagem antes de voltarmos em direção a Salisbury e onde havia a possibilidade de encontrarmos uma taverna – ou pelo menos um abrigo hospitaleiro no qual pudéssemos dormir –, mas Jamie achou melhor esperar.

– Não quero assustar as pessoas – explicara ele a Roger – chegando com uma tropa de homens armados depois do anoitecer. É melhor anunciarmos nossa missão à luz do dia, e em seguida daremos um dia e uma noite aos homens para que eles se preparem para partir. – Ele havia parado nesse momento e tossiu com força, os ombros convulsionados pelo espasmo.

Eu não gostei de ver a expressão de Jamie nem o modo como ele falava. Estava um tanto abatido e quando se aproximou da fogueira para se servir na hora do jantar, ouvi um sibilar baixo em sua respiração. A maioria dos homens estava em condição parecida; o nariz vermelho e a tosse eram endêmicos, e o fogo estalava e chiava de pouco em pouco quando alguém o atiçava.

Eu queria ter aconchegado Jamie em uma cama com uma pedra quente a seus pés, um emplastro de mostarda no peito e um chá quente de folhas de hortelã e éfedra. Como seriam necessários um canhão, algemas e vários homens armados para levá-lo lá, eu me contentei em pegar uma concha bem cheia de ensopado de carne e colocá-la na tigela dele.

– Ewald – chamou Jamie, com a voz rouca, dirigindo-se a um dos Muellers. Ele parou e pigarreou, com um som parecido com o de um tecido se rasgando. – Ewald, chame Paul para buscar mais lenha para a fogueira. Vai ser uma noite fria.

Já estava fria. Alguns homens estavam tão próximos do fogo que as barras de seus xales e de seus casacos estavam chamuscadas e a ponta das botas – daqueles que calçavam botas – exalavam um cheiro de couro quente. Meus joelhos e minhas coxas estavam quase a ponto de formar bolhas, já que eu estava perto do fogo para servir o ensopado. A lateral do meu corpo, no entanto, estava congelada, apesar da calça velha que eu usava por baixo da anágua e da saia – tanto para manter a temperatura quanto para evitar a fricção excessiva enquanto estivesse em cima do cavalo. O interior da Carolina não era um lugar para andar a cavalo sentada de lado sobre a sela.

Depois de servir a última tigela, eu me virei para comer meu ensopado, com o fogo às minhas costas e o calor confortável envolvendo meu traseiro congelado.

– Está bom, senhora? – perguntou Jimmy Robertson, que havia feito o ensopado, espiando sobre o meu ombro em busca de elogios.

– Ótimo – respondi. – Delicioso! – Na verdade, estava quente e eu estava com fome. Isso, além do fato de eu não ter cozinhado, deram um tom de sinceridade a minhas palavras e ele se afastou, satisfeito.

Comi lentamente, aproveitando o calor da tigela de madeira em minhas mãos frias e também o calor confortável do alimento no meu estômago. A cacofonia de espirros e tossidas atrás de mim não conseguiu afastar a sensação momentânea de bem-estar proporcionada pela comida e pela perspectiva de descanso depois de um longo dia sobre o cavalo. Até mesmo a visão da mata ao nosso redor, fria e escura sob a luz das estrelas, não conseguiu me perturbar.

Meu nariz começou a escorrer muito, mas eu esperava que fosse apenas o resultado de comer comida quente. Engoli saliva para checar, mas não havia sinal de garganta inflamada, nem o estrépito de congestão no peito. Jamie tossiu; ele havia acabado de comer e estava ao meu lado, aquecendo a lateral do corpo diante da fogueira.

– Tudo bem, Sassenach? – perguntou com a voz rouca.

– É só rinite – respondi, secando o nariz com um lenço.

– Onde? Ele lançou um olhar desconfiado para a floresta. – Aqui? Pensei que você tivesse dito que eles viviam na África.

– O que... ah, rinocerontes. Sim, eles vivem na África. O que eu quis dizer é que o meu nariz está escorrendo, mas não estou gripada.

– Ah, sim? Que bom. Eu estou – acrescentou ele desnecessariamente e espirrou três vezes na sequência. Ele me entregou a tigela vazia, para poder usar as duas mãos para assoar o nariz, o que fez com uma série de expirações ruidosas. Eu fiz uma careta ao ver suas narinas vermelhas. Eu tinha um pouco de banha de urso canforada na minha bolsa, mas tinha certeza de que ele não permitiria que eu cuidasse dele em público.

– Tem certeza de que não seria melhor continuarmos? – perguntei, observando--o. – Geordie disse que o vilarejo não está longe, e tem uma estrada... uma espécie de estrada.

Eu sabia qual seria a resposta; ele não era o tipo de pessoa que alterava uma estratégia em nome do conforto pessoal. Além disso, o acampamento já estava pronto e uma boa fogueira havia sido acesa. Tirando minha vontade de dormir em uma cama quente e limpa – bem, em qualquer cama, eu não era exigente –, eu estava preocupada com Jamie. De perto, a respiração dele emitia um sibilar mais profundo que me deixou preocupada.

Ele sabia o que eu estava querendo dizer. Sorriu, guardando o lenço usado na manga.

– Tenho, Sassenach – respondeu ele. – Isso é só uma gripezinha. Já fiquei muito pior do que isso, muitas vezes.

Paul Mueller jogou mais lenha na fogueira. Uma brasa grande estalou e fez subir uma chama que nos obrigou a dar um passo para trás para não sermos atingidos pelas faíscas. Com as costas bem aquecidas, eu me virei de frente para a fogueira. Jamie, no entanto, permaneceu olhando para a frente, franzindo o cenho de leve enquanto observava as sombras da mata que se estendia à nossa frente.

Ele relaxou, e eu me virei e vi dois homens saindo da mata, tirando folhas e pedaços de casca de árvore das roupas. Jack Parker e um novo homem – eu ainda não sabia o nome dele, mas estava claro que era alguém recém-chegado de algum lugar perto de Glasgow, a julgar pelo modo como falava.

– Tudo tranquilo, senhor – disse Parker, tocando o chapéu em uma breve saudação. – Mas está muito frio.

– Sim, não sinto minhas partes íntimas desde o jantar – disse o rapaz de Glasgow, fazendo uma careta e esfregando o próprio corpo ao caminhar em direção à fogueira. – Devem ter congelado!

– Sei o que quer dizer, rapaz – disse Jamie, sorrindo. – Fui mijar há pouco, mas não consegui encontrar o meu. – Ele se virou rindo e foi dar uma olhada nos cavalos, com uma tigela de ensopado pela metade na mão.

Os outros homens já estavam fazendo suas camas, discutindo se era melhor dormir com os pés ou com a cabeça perto do fogo.

– Vai queimar a sola das botas – disse Evan Lindsay. – Está vendo? Chamuscou a sola e agora, veja! – Ele ergueu um pé grande, mostrando um sapato desgastado amarrado com barbante. As solas de couro e os saltos às vezes eram costurados, mas normalmente eram presos com pecinhas de madeira ou couro, coladas com goma de pinheiro ou algum outro adesivo. A seiva de pinheiro, em especial, era inflamável; eu já tinha visto faíscas saírem dos pés dos homens que dormiam próximos demais do fogo, quando uma pecinha de madeira subitamente pegava fogo.

– Melhor do que chamuscar os cabelos – disse Ronnie Sinclair.

– Acho que os Lindsays não precisam se preocupar muito com isso. – Kenny sorriu para o irmão mais velho e puxou a touca que usava, assim como seus dois irmãos, sobre a cabeça careca.

– Sim, de cabeça, todas as vezes – concordou Murdo. – Não vai querer deixar o couro cabeludo frio; a friagem vai diretamente para o fígado, e então você morre. – Murdo era muito cuidadoso com a cabeça e raramente era visto sem a touca de lã ou um chapéu peculiar feito de pele de gambá, com forro de pele de doninha. Ele olhou com inveja para Roger, que estava amarrando os cabelos pretos com um pedaço de cordão de couro.

– MacKenzie não precisa se preocupar, ele é peludo como um urso!

Roger sorriu em resposta. Como os outros, ele havia parado de se barbear quando deixamos o vilarejo; agora, oito dias depois, uma camada espessa de barba de fato dava a ele uma aparência ameaçadora de urso. Pensei que, além da conveniência, uma barba espessa sem dúvida mantinha o rosto aquecido em noites como aquela; cobri meu queixo nu e vulnerável com meu xale.

Voltando de onde estavam os cavalos a tempo de ouvir o que era dito, Jamie riu também, mas a risada acabou virando tosse. Evan esperou que passasse.

– O que me diz, *Mac Dubh*? Cabeça ou pés?

Jamie secou a boca na manga e sorriu. Tão peludo quanto o resto, ele se parecia com um viking, com o fogo reluzindo vermelho, dourado e prateado na barba por fazer e nos cabelos soltos.

– Não se preocupem, rapazes – disse ele. – Vou dormir aquecido independentemente de *como* me deitar. – Ele inclinou a cabeça na minha direção, e todos riram, com uma série de comentários meio grosseiros em escocês e gaélico feitos pelos homens locais.

Um ou dois dos novos recrutas me olharam com curiosidade, que desapareceu assim que viram a altura, o tamanho e o ar feroz de Jamie. Olhei nos olhos de um deles e sorri; ele pareceu assustado, mas então sorriu de volta, abaixando a cabeça, tímido.

Como Jamie conseguia fazer aquilo? Uma piada breve e grosseira e ele havia chamado a atenção de todos para mim, acabado com qualquer ameaça de avanços indesejados e reassumido sua posição como líder.

– Como um maldito bando de babuínos – murmurei. – E eu vou dormir com o babuíno líder!

– Babuínos são os macacos sem rabo? – perguntou Fergus, virando-se depois de trocar algumas palavras com Ewald sobre os cavalos.

– Você sabe muito bem que são. – Olhei nos olhos de Jamie, e seus lábios se contraíram de um lado. Eu sabia o que ele estava pensando, e ele sabia que eu sabia; o sorriso se alargou.

Luís da França tinha um zoológico privado em Versalhes, e entre seus habitantes havia um bando de babuínos mandris. Uma das atividades mais populares na corte nas tardes primaveris era visitar a jaula dos babuínos para admirar a habilidade sexual do macho e seu traseiro esplendidamente multicolorido.

Um tal M. de Ruvel se ofereceu – e eu ouvi – para tatuar o próprio traseiro, se isso resultasse em uma recepção favorável por parte das moças da corte. Entretanto, foi informado de maneira veemente por Madame de la Tourelle de que seu físico era inferior ao do mandril em todos os aspectos e deixá-lo colorido provavelmente não melhoraria a situação.

A luz do fogo dificultava saber, mas eu tinha quase certeza de que a cor forte de Jamie se devia tanto ao riso contido quanto ao calor.

– Por falar em rabo – disse ele em meu ouvido. – Você está com aquela calça infernal?

– Sim.

– Tire-a.

– O quê, aqui? – Olhei para ele com os olhos arregalados, fingindo inocência. – Quer que o meu traseiro congele?

Ele semicerrou os olhos, que brilharam como os de um gato.

– Ah, não vai congelar – disse ele baixinho. – Garanto a você.

Ele se posicionou atrás de mim, e o calor da fogueira em minha pele foi substituído pela solidez do corpo frio dele. Nada menos do que firme, como pude descobrir quando ele envolveu minha cintura com as mãos e me puxou contra seu corpo.

– Ah, você o encontrou – falei. – Que bom.

– Encontrou o quê? Você tinha perdido alguma coisa? – Roger fez uma pausa, saindo de onde estavam os cavalos com um rolo de cobertores embaixo de um braço e o *bodhran* embaixo do outro.

– Ah, só uma calça velha – respondeu Jamie com tranquilidade. Por baixo do meu xale, uma mão escorregou por dentro do elástico da cintura da minha saia. – Pretende cantar para nós?

– Se alguém quiser, sim – Roger sorriu, com a luz do fogo em seu rosto. – Na verdade, estou querendo aprender uma. Evan prometeu cantar uma canção que a avó dele conhecia.

Jamie riu.

– Ah, acho que sei qual é.

Roger ergueu a sobrancelha, e eu me virei levemente para olhar para Jamie com surpresa.

– Bom, eu não poderia *cantá-la* – disse ele, ao ver nossa surpresa. – Mas sei a letra. Evan cantava essa canção com frequência na prisão em Ardsmuir. É meio indecente – acrescentou, com o ar levemente decoroso que os escoceses adotavam pouco antes de contar algo chocante.

Roger percebeu e riu.

– Talvez eu escreva a letra, então – disse ele. – Para o bem das futuras gerações.

Os dedos de Jamie estavam em ação e nesse momento a calça – que era dele e, portanto, cerca de seis números maior do que o meu tamanho – se soltou e caiu no chão em silêncio. Um vento frio penetrou pela minha saia e envolveu as partes do meu corpo nuas. Respirei fundo.

– Frio, não é? – Roger encolheu os ombros, sorrindo enquanto tremia exageradamente de modo solidário.

– É, muito – falei. – De congelar as bolas de um macaco, não?

Jamie e Roger tiveram acessos de tosse simultâneos.

Com uma sentinela em seu lugar e os cavalos acomodados, nós nos retiramos para o nosso local de descanso, a uma distância discreta do círculo perto da fogueira. Eu tinha afastado as pedras e os galhos maiores do tapete de folhas úmidas, cortei galhos de espruce e estendi nossos cobertores sobre eles quando Jamie terminava sua última ronda no acampamento. O calor da comida e do fogo havia diminuído, mas só comecei a tremer de verdade quando ele me tocou.

Eu teria me movimentado de imediato para entrar debaixo dos cobertores, mas Jamie ainda me segurava. Sua intenção original parecia intacta – para dizer o mínimo –, mas sua atenção foi distraída momentaneamente. Ele ainda me abraçava, mas estava imóvel, com a cabeça levantada como se tentasse ouvir alguma coisa, olhando para as trevas da floresta. Estava tudo escuro; não dava para enxergar nada das árvores além do brilho do fogo refletido em alguns troncos que ficavam mais próximos do acampamento – a última sombra do anoitecer havia desaparecido, e tudo à nossa volta era uma escuridão profunda.

– O que foi? – Eu me recolhi um pouco, pressionando o corpo contra o dele, e seus braços me apertaram mais.

– Não sei. Mas estou sentindo alguma coisa, Sassenach.

Ele se mexeu um pouco, erguendo a cabeça para prestar atenção, como um lobo farejando o vento, mas nenhuma mensagem chegou até nós, apenas o farfalhar distante de galhos sem folhas.

– Mesmo que não seja um rinoceronte, é alguma coisa – disse ele baixinho, e um sopro de intranquilidade fez os pelos do meu pescoço se arrepiarem. – Um momento, moça.

Ele me deixou, o vento soprando repentinamente frio à minha volta com a partida dele, e foi falar baixinho com dois homens.

E o que ele poderia sentir naquela escuridão? Eu tinha o maior respeito pelo senso de perigo de Jamie. Ele passara tanto tempo de sua vida como caçador e como caça que podia sentir a tensão que pairava entre os dois – invisível ou não.

Ele voltou um momento depois e se agachou ao meu lado enquanto eu me enterrava nos cobertores, tremendo.

– Tudo bem – disse ele. – Eu disse que teremos dois guardas esta noite e que cada um deles deve manter a arma carregada ao alcance. Mas acho que está tudo bem.

Ele olhou além de mim, para a mata, mas seu rosto agora estava apenas pensativo.

– Está tudo bem – repetiu ele com mais certeza.

– Foi embora?

Ele virou a cabeça, com a boca ligeiramente torta. Seus lábios pareciam macios e vulneráveis em meio aos fios duros e ruivos da barba rala.

– Não sei se havia alguma coisa realmente ali, Sassenach – disse ele. – Pensei ter sentido olhos em mim, mas pode ter sido um lobo, uma coruja... ou só um *spiorad*, um espírito vagando pela mata. Mas, sim, já foi embora.

Ele sorriu para mim. Eu vi o brilho da luz que contornava sua cabeça e seus ombros quando ele se virou, delineado pelo fogo. Mais à frente, o som da voz de Roger chegou até mim acima do crepitar do fogo, enquanto ele aprendia a melodia da canção, acompanhando a voz de Evan, rouca, mas confiante. Jamie entrou debaixo dos cobertores ao meu lado e eu me virei para ele, procurando com as mãos frias retribuir o favor que ele me havia feito mais cedo.

Nós tremíamos de maneira incontrolável, desesperados para sentir o calor um do outro. Eu o encontrei, e ele me virou, afastando as camadas de tecido entre nós, para se posicionar atrás de mim, passando o braço ao redor do meu corpo, com as partes secretas da nossa nudez unidas e aquecidas embaixo dos cobertores. Eu fiquei deitada de frente para a mata escura, observando a luz do fogo dançar entre as árvores, enquanto Jamie se movimentava atrás de mim – atrás, no meio, dentro –, quente e grande e tão lentamente que mal movimentava os galhos embaixo de nós. A voz de Roger se elevou, forte e doce acima do murmúrio dos homens, e o tremor aos poucos parou.

Acordei muito mais tarde sob um céu preto-azulado, com a boca seca, a respiração sussurrante de Jamie em meu ouvido. Eu estava sonhando; um daqueles sonhos sem sentido de repetição inquietante, que desaparece de uma vez quando despertamos, mas deixa um gosto ruim na boca e na mente. Precisando de água e de aliviar a bexiga, saí cuidadosamente debaixo do braço de Jamie e deixei os cobertores. Ele se mexeu e resmungou um pouco, ajeitando-se, fungando ainda adormecido, mas não acordou.

Parei e pousei a mão suavemente sobre a testa dele. Fria, sem febre. Talvez ele estivesse certo – talvez fosse apenas uma gripe. Eu me levantei, relutando em deixar o santuário quente do nosso ninho, mas sabendo que não poderia esperar amanhecer.

As canções tinham cessado, o fogo estava mais baixo agora, mas permanecia vivo, mantido pela sentinela de plantão. Era Murdo Lindsay; eu podia ver o pelo branco de seu chapéu de pele de gambá, por cima do que parecia um monte de roupas e cobertores. O homem anônimo de Glasgow estava agachado do outro lado da clareira, com o mosquete sobre as pernas; ele assentiu para mim, com o rosto encoberto pela aba do chapéu. O chapéu branco também se virou na minha direção ao ouvir meus passos. Eu esbocei um aceno e Murdo assentiu para mim, virando-se em seguida de novo para a mata.

Os homens estavam deitados formando um círculo, embaixo dos cobertores. Senti uma repentina apreensão enquanto caminhava entre eles. Com o feitiço da noite e sonhos ainda em minha mente, estremeci ao ver os corpos silenciosos, parados, lado a lado. Da mesma forma que eles tinham disposto os corpos em Amiens. Em Preston. Imóveis e envoltos em mortalhas, lado a lado, rostos cobertos e anônimos. A guerra raramente olha no rosto de seus mortos.

E por que eu acordaria do abraço do amor pensando em guerra e em fileiras de homens mortos?, perguntei-me, pisando com cuidado ao longo da fila de corpos. Bem, aquilo era bem simples, considerando a nossa tarefa. Estávamos indo para a batalha – se não agora, em breve.

Um corpo envolvido em um cobertor resmungou, tossiu e se virou, o rosto invisível, impossível de se distinguir dos outros. O movimento me assustou, mas então um pé enorme saiu debaixo da coberta, revelando o sapato de Evan Lindsay, amarrado com um barbante. Senti o peso da ansiedade diminuir com essa evidência de vida, de individualidade.

É o anonimato da guerra que torna a matança possível. Quando os mortos anônimos recebem nomes de novo na lápide ou na cova, eles retomam a identidade que perderam como soldados e ocupam seu lugar no pesar e na lembrança, os fantasmas de filhos e amantes. Talvez aquela jornada terminasse em paz. O conflito que se aproximava, no entanto... o mundo saberia sobre ele, e eu passei pelo último homem que dormia como se caminhasse por um sonho ruim do qual não havia despertado por completo.

Peguei um cantil do chão perto dos sacos de areia e bebi. A água estava muito gelada, e meus pensamentos sombrios começaram a se dissipar, levados pelo gosto doce e cristalino dela. Parei, respirei o ar frio e sequei a boca.

Era melhor levar um pouco de volta para Jamie; se ele não despertasse com a minha ausência, despertaria quando eu voltasse, e eu sabia que sua boca também estaria seca, já que ele não estava conseguindo respirar pelo nariz naquele momento. Passei a faixa do cantil pelo ombro e entrei no abrigo da mata.

Estava frio sob as árvores, mas o ar estava calmo e límpido. As sombras que pareciam assustadoras vistas de perto da fogueira eram estranhamente relaxantes vistas do abrigo da mata. Longe do brilho e do crepitar da fogueira, meus olhos e meus ouvidos começaram a se adaptar ao escuro. Ouvi o ruído de algo pequeno na grama seca próxima, e o piado distante e inesperado de uma coruja.

Quando terminei, fiquei parada por alguns minutos, aproveitando a solidão momentânea. Estava muito frio, mas muito tranquilo. Jamie estava certo, pensei; o que quer que pudesse ter estado por ali mais cedo, não estava mais, e a floresta não parecia mais ameaçadora.

Como se pensar nele o tivesse chamado, ouvi um passo cuidadoso e o ruído áspero e lento de sua respiração. Ele tossiu, um som estrangulado e abafado do qual não gostei nem um pouco.

– Estou aqui – falei baixinho. – Como está o peito?

A tosse se interrompeu em um súbito arquejar de pânico, e houve uma movimentação entre as folhas. Vi Murdo se levantar repentinamente perto da fogueira, mosquete na mão, e em seguida uma forma escura passou por mim.

– Ai! – falei, mais surpresa do que assustada.

A forma hesitou e, por reflexo, tirei o cantil do ombro e o arremessei com força pela faixa. Ele acertou a figura nas costas com um ruído oco e, quem quer que fosse – certamente não Jamie –, caiu de joelhos, tossindo.

Houve um breve período de caos, com homens se desvencilhando apressados de seus cobertores, gritando incoerências, uma comoção geral. O homem de Glasgow pulou vários corpos e correu para a mata, com o mosquete erguido, gritando. Partindo à toda velocidade rumo à escuridão, ele atacou a primeira forma que viu, que por acaso era eu. Eu saí voando de cabeça nas folhas, onde caí elegantemente estatelada e sem ar, com o homem de Glasgow em cima da minha barriga.

Devo ter emitido um grito suficientemente feminino quando caí, porque ele parou, contendo-se momentos antes de me acertar na cabeça.

– Hein?

Ele abaixou a mão livre e tateou com cuidado. Apalpando o que era claramente um seio, ele recolheu a mão como se tivesse se queimado e se afastou de mim com cuidado.

– Ahn... humm! – murmurou ele.

– Ufa! – respondi, do modo mais cordial que consegui.

As estrelas giravam acima de nós, brilhando intensamente em meio aos galhos sem folhas. O homem de Glasgow desapareceu, com um leve ruído escocês de embaraço. Ouvimos muitos gritos e trombadas, à minha esquerda, mas eu não conseguia me concentrar em nada além de recuperar o fôlego naquele momento.

Quando me levantei de novo, o intruso tinha sido pego e arrastado para a luz do fogo.

Se ele não estivesse tossindo quando o acertei, provavelmente teria escapado. Mas estava fazendo tanto esforço para respirar que mal conseguia ficar de pé, e seu rosto estava escurecido por causa do esforço para puxar o ar. As veias de sua testa se destacavam como minhocas, e ele emitia um sibilo sinistro enquanto respirava – ou tentava respirar.

– Que diabo *você* está fazendo aqui? – perguntou Jamie com a voz rouca e em seguida parou para tossir em solidariedade.

Foi uma pergunta puramente retórica, já que o rapaz não conseguia falar. Era Josiah Beardsley, meu possível paciente de tonsilectomia, e o que quer que fosse que ele estivesse fazendo desde a Reunião, não havia melhorado sua saúde, pelo menos não aparentemente.

Fui até a fogueira, onde o bule de café estava sobre as brasas. Segurei-o com uma dobra do xale e o chacoalhei. Que bom, ainda havia um pouco de café, e como o bule estava no fogo desde o jantar, estaria forte como piche.

– Coloquem ele sentado, afrouxem suas roupas, tragam um pouco de água! – Eu me enfiei no círculo de homens ao redor do prisioneiro, forçando passagem com o bule quente.

Dentro de alguns instantes, eu estava servindo a ele uma caneca de café forte, bem preto, diluído apenas em um pouco de água gelada para que não queimasse sua boca.

– Expire lentamente contando até quatro, inspire contando até dois, expire e tome um gole – falei. As escleras podiam ser vistas ao redor da íris, e a saliva havia se acumulado no canto da boca. Apoiei a mão com firmeza em seu ombro, incentivando-o a respirar, contar, respirar... e o esforço desesperado diminuiu um pouco.

Um gole, uma respirada, um gole, uma respirada, e quando ele terminou de beber tudo, o rosto não estava mais tão vermelho, havia apenas algumas marcas avermelhadas onde os homens o haviam atingido. O ar ainda sibilava em seus pulmões, mas ele *estava* respirando, o que era uma grande melhoria.

Os homens estavam por perto murmurando e observando com interesse, mas fazia frio, estava tarde e, conforme a excitação da captura foi diminuindo, eles começaram a se acalmar e a bocejar. Afinal, era apenas um rapaz, magro e doentio. Eles se retiraram de bom grado para seus cobertores quando Jamie os dispensou, deixando que Jamie e eu cuidássemos de nosso hóspede inesperado.

Eu o envolvi em cobertores, o besuntei com banha de urso canforada e coloquei mais um copo de café nas mãos dele antes de permitir que Jamie o interrogasse. O rapaz parecia muito envergonhado com os meus cuidados, curvando os ombros e olhando para o chão, mas eu não sabia se ele simplesmente não estava acostumado a ser objeto de preocupação ou se a presença ameaçadora de Jamie, de braços cruzados, o deixava desconfortável.

Ele era pequeno para 14 anos e muito magro. Dava para contar as costelas quando abri sua camisa para ouvir seu coração. Não era bonito; os cabelos pretos tinham sido raspados e a penugem nascente estava arrepiada e espessa por causa da poeira, do óleo e do suor. Sua aparência era a de um macaco infestado de pulgas preocupado e desconfiado.

Finalmente, depois de fazer tudo o que podia, fiquei satisfeita com sua aparência. Quando assenti, Jamie se abaixou ao lado do garoto.

– Então, sr. Beardsley – disse ele de modo agradável. – Veio para se unir à nossa tropa de milícia?

– Ah... não. – Josiah segurava o copo de madeira entre as mãos, sem olhar para a frente. – Eu... é... meu trabalho me trouxe para essas bandas, só isso. – Ele falava com a voz tão rouca que eu estremeci, imaginado como sua garganta devia estar inflamada.

– Compreendo. – A voz de Jamie era baixa e simpática. – Então, avistou por acaso a nossa fogueira e pensou em vir buscar abrigo e uma refeição?

– Isso. – Ele engoliu em seco com evidente dificuldade.

– Hum. Mas você chegou mais cedo, não? Estava na mata logo depois do pôr do sol. Por que esperou até mais tarde para aparecer?

– Eu não... eu não estava...

– Ah, estava, sim.

A voz de Jamie permanecia simpática, mas firme. Estendeu uma das mãos e agarrou a frente da camisa de Josiah, forçando o garoto a olhar para ele.

– Veja bem, meu rapaz. Há um acordo entre nós. Você é meu arrendatário; estamos acertados. Isso quer dizer que você tem o direito de ter a minha proteção. Também quer dizer que eu tenho direito de ouvir a verdade.

Josiah olhou para trás e, apesar do medo e da ansiedade no olhar, havia também uma sensação de autocontrole que parecia muito além de seus 14 anos. Ele não tentou desviar o olhar, e havia uma expressão de profunda reflexão em seus olhos escuros e espertos.

Aquela criança – se é que podia ser considerado uma criança; estava claro que Jamie não o considerava assim – estava acostumada a se virar sozinha.

– Eu disse ao senhor que chegaria a sua casa antes do ano-novo, e é o que pretendo. O que farei até lá é problema meu.

Jamie ergueu as sobrancelhas, mas assentiu lentamente e soltou o garoto.

– É verdade. Você precisa admitir, no entanto, que desperta curiosidade.

O garoto abriu a boca como se fosse falar, mas mudou de ideia e enfiou o nariz no copo de café.

Jamie tentou de novo.

– Podemos oferecer ajuda em seu trabalho? Vai seguir viagem conosco, pelo menos?

Josiah balançou a cabeça.

– Não. Agradeço, senhor, mas o trabalho será mais bem realizado se eu estiver sozinho.

Roger não tinha ido dormir e estava sentado um pouco atrás de Jamie, observando em silêncio. Ele estava inclinado para a frente, observando o garoto com os olhos verdes.

– Esse seu trabalho – disse ele – está por acaso relacionado de algum modo com a marca em seu polegar?

O copo caiu no chão e o café se espalhou, respingando no meu rosto e no corpete. O garoto tinha se livrado dos cobertores e já estava no meio da clareira antes que eu conseguisse piscar os olhos para ver o que estava acontecendo – e então Jamie tinha se levantado e saído atrás dele. O garoto dera a volta no fogo; Jamie pulou por cima dele. Os dois desapareceram na mata como raposa e cachorro, deixando Roger e eu observando boquiabertos.

Pela segunda vez naquela noite, os homens emergiram de seus cobertores, pegando as armas. Eu estava começando a pensar que o governador ia ficar feliz com sua milícia; eles claramente estavam prontos para entrar em ação em questão de segundos.

– Mas o que...? – perguntei a Roger, secando o café das minhas sobrancelhas.

– Talvez eu não devesse ter mencionado isso tão depressa – disse ele.

– O quê? O quê? O que está acontecendo? – gritou Murdo Lindsay, olhando ao redor enquanto mirava o mosquete em direção às árvores envoltas em sombras.

– Estamos sendo atacados? Onde estão os malditos? – Kenny se apoiou nas mãos e nos joelhos ao meu lado, espiando por baixo da aba de seu gorro de lã como um sapo embaixo de uma folha.

– Ninguém. Não aconteceu nada. Quer dizer... está tudo certo!

Meus esforços para acalmar e explicar foram quase totalmente ignorados na confusão. Mas Roger, muito maior e com a voz muito mais potente, conseguiu diminuir a comoção e explicar a situação – até onde podia ser explicada. Que importância tinha um rapaz a mais ou a menos? Resmungando, os homens voltaram a se acalmar, deixando Roger e eu trocando olhares por sobre o bule de café.

– O que era, então? – perguntei, um pouco irritada.

– A marca? Tenho quase certeza de que era a letra "L". Eu a vi quando você ofereceu o café e ele segurou o copo com as duas mãos.

Senti um nó no estômago. Eu sabia o que aquilo significava, já tinha visto aquela marca antes.

– Ladrão – disse Roger, olhando em meu rosto. – Ele foi marcado.

– Sim – falei com tristeza. – Minha nossa.

– As pessoas no vilarejo o aceitariam, se soubessem? – perguntou Roger.

– Acho que a maioria não ia se incomodar muito – respondi. – Não foi por isso; ele fugiu quando você mencionou a marca. Ele não é apenas um ladrão condenado; receio que ele seja um fugitivo. E Jamie o chamou pelo nome, na Reunião.

– Ah! – Roger copiou o bigode distraidamente. – *Earbsachd*. Jamie se sente responsável por ele, de alguma maneira, então?

– Algo assim.

Roger era um escocês e, teoricamente, pelo menos, um homem das Terras Altas. Mas ele havia nascido muito tempo depois do fim dos clãs, e nem a história nem o legado poderiam ter transmitido a ele a força dos antigos elos entre os proprietários de terras e seus arrendatários, entre o líder e os membros do clã. Provavelmente, o próprio Josiah não tinha ideia da importância do *earbsachd*, do que tinha sido prometido e aceito por ambas as partes. Jamie tinha.

– Você acha que Jamie vai alcançá-lo? – perguntou Roger.

– Imagino que já o tenha alcançado. Ele não vai conseguir seguir os rastros do garoto no escuro, e se o tivesse perdido, já teria voltado.

Havia outras possibilidades – que Jamie tivesse caído de um precipício no escuro, tropeçado em uma pedra e quebrado a perna, ou deparado com um puma ou um urso, por exemplo –, mas eu preferia não pensar nisso.

Eu me levantei, esticando os membros doloridos, e olhei para a floresta, onde Jamie e sua presa tinham desaparecido. Josiah podia conhecer bem a mata e ser um bom caçador, mas Jamie tinha muito mais experiência. Josiah era pequeno, ágil e estava sendo impelido pelo medo; Jamie tinha uma vantagem considerável em tamanho, força e agressividade.

Roger ficou de pé ao meu lado. Seu rosto magro estava levemente preocupado enquanto olhava para as árvores ao redor.

– Está demorando muito. Se ele pegou o garoto, o que está fazendo com ele?

– Tirando a verdade dele, imagino – respondi. Mordi o lábio ao pensar nisso. – Jamie não gosta quando mentem para ele.

Roger olhou para mim, um tanto alarmado.

– Como?

Eu dei de ombros.

– Como puder. – Eu já o vira fazer isso por meio da razão, da astúcia, do charme, das ameaças e, de vez em quando, por meio da força bruta. Esperava que ele não tivesse precisado usar a força, embora mais pelo bem dele do que de Josiah.

– Compreendo – disse Roger baixinho. – Bem...

O bule estava vazio; envolvi meu corpo com a capa e desci até o rio para lavá-lo e enchê-lo, pendurei-o de novo sobre o fogo e me sentei para esperar.

– Você devia dormir – disse a Roger depois de alguns minutos. Ele apenas sorriu para mim, secou o nariz e se enrolou mais na capa.

– Você também – disse ele.

Não estava ventando, mas estava muito tarde, e o frio havia se instalado no vale, penetrando no chão úmido. Os cobertores dos homens tinham ficado moles com a condensação, e eu sentia o frio do chão atravessando as dobras da minha saia. Pensei em pegar minha calça, mas não consegui reunir energia para procurá-la. A movimentação resultante do surgimento de Josiah e de sua fuga havia se dissipado, e a letargia do frio e da fadiga estava se instalando.

Roger mexeu um pouco no fogo e acrescentou mais alguns pedaços de madeira.

Enfiei mais uma dobra da minha saia embaixo da coxa e puxei a capa e o xale ao redor do meu corpo, afundando as mãos nas dobras do tecido. O bule estava esquentando, e o sibilar de gotas ocasionais que caíam no fogo pontuava os roncos congestionados dos homens que dormiam.

Eu não estava vendo as formas enroladas nos cobertores, nem ouvia o farfalhar dos pinheiros. Eu ouvia o estalar de folhas secas em um carvalho escocês, nos montes acima de Carryarrick. Nós tínhamos acampado lá, dois dias antes de Prestonpans, com trinta homens de Lallybroch – no caminho para nos juntarmos ao exército de Charles Stuart. E um garoto saíra de repente do escuro; uma faca brilhara à luz de uma figueira.

Um lugar diferente, uma época diferente. Eu me sacudi, tentando afastar as lembranças repentinas; um rosto magro e branco e os olhos arregalados de um menino diante do choque e da dor. A lâmina de um punhal, escurecendo e brilhando nas brasas do fogo. O cheiro de pólvora, suor e carne queimada.

"*Eu ia atirar em você*", dissera ele a John Grey, "*Cabeça ou coração*?" Por meio da ameaça, da astúcia... da força bruta.

Isso foi naquela época; agora era diferente, eu disse a mim mesma. Mas Jamie faria o que achava que deveria fazer.

Roger permanecia sentado em silêncio, observando as chamas bruxuleantes e a mata adiante. Seus olhos estavam encobertos, e eu me perguntei o que ele estaria pensando.

– Você se preocupa com ele? – perguntou ele baixinho, sem olhar para mim.

– O quê? Agora? Ou sempre? – Sorri, mas sem achar muita graça. – Se eu me preocupasse sempre, nunca descansaria.

Ele virou a cabeça na minha direção e um sorriso discreto surgiu em seu rosto.

– Está descansando agora, então?

Sorri de novo, um sorriso sincero, apesar de tudo.

– Não estou andando de um lado para outro – respondi. – Nem torcendo as mãos.

Ele ergueu uma das sobrancelhas.

– Pode ajudar a mantê-las aquecidas.

Um dos homens se mexeu, murmurando sob os cobertores, e paramos de falar por um momento. A água estava fervendo, eu podia ouvir o ruído baixo dentro do bule.

Por que ele estaria demorando? Ele não podia estar levando todo aquele tempo para interrogar Josiah Beardsley – àquela altura ele já teria conseguido as respostas que queria ou teria deixado o garoto ir. O que quer que ele tivesse roubado, não era problema de Jamie – exceto pela promessa do *earbsachd.*

As chamas eram levemente hipnóticas; eu podia olhar para a luz e ver na memória a grande fogueira da Reunião, as figuras escuras ao redor dela e o som dos violinos distantes...

– Devo sair à procura dele? – perguntou Roger de repente, com a voz baixa.

Eu me remexi, saindo de uma espécie de hipnose sonolenta. Passei a mão pelo rosto e balancei a cabeça para clarear a mente.

– Não. É perigoso entrar em matas desconhecidas no escuro, e você não o encontraria de qualquer modo. Se ele não voltar até o amanhecer... será tempo suficiente.

Conforme os momentos passavam lentamente, comecei a pensar que o amanhecer *poderia* chegar antes de Jamie. Eu estava preocupada com ele – mas não havia nada que pudesse ser feito antes do amanhecer. Pensamentos ruins tentaram abrir caminho: Josiah tinha uma arma? Certamente. Mas ainda que tivesse se desesperado o bastante para usá-la, conseguiria pegar Jamie de surpresa? Deixei de lado essas especulações angustiadas e tentei ocupar a mente contando o número de tosse dos homens ao redor da fogueira.

O número oito foi Roger; uma tosse profunda e solta que sacudiu seus ombros. Será que ele estava preocupado com Bree e Jemmy?, eu me perguntei. Ou se perguntava se Bree estava preocupada com *ele*? Eu poderia ter dito isso a ele, mas não teria ajudado em nada que ele soubesse. Homens em uma batalha – ou se preparando para ela – precisavam pensar no lar como um lugar de total segurança. A convicção de que tudo estava bem em casa os mantinha tranquilos e firmes, marchando, aguentando. Outras coisas poderiam fazer com que eles lutassem, mas lutar é uma parte tão pequena do combate.

Uma parte muito importante, Sassenach, disse a voz de Jamie em minha mente.

Comecei a cochilar, acordando repetidas vezes quando minha cabeça pendia para a frente. Na última vez, o toque de mãos nos meus ombros me acordou, mas apenas brevemente. Roger me deitou no chão, dobrando metade de meu xale para que servisse de travesseiro e colocando a outra metade sobre os meus ombros. Olhei rapidamente para sua silhueta contra o fogo, escuro como um urso com sua capa, e então não vi mais nada.

Não sei por quanto tempo dormi; acordei repentinamente com o som de um espirro alto perto de mim. Jamie estava sentado a alguns metros dali, segurando o pulso de Josiah Beardsley com uma das mãos, o punhal na outra. Ele parou por tempo suficiente para espirrar mais duas vezes, limpou o nariz na manga, impaciente, e então enfiou o punhal nas brasas da fogueira.

Senti o cheiro de metal quente e me ergui abruptamente, apoiada no cotovelo. Antes que eu pudesse dizer ou fazer alguma coisa, algo se mexeu contra o meu corpo. Olhei para baixo assustada, depois para cima e então, para baixo de novo, convencida, na minha confusão, de que ainda estava sonhando.

Um menino estava deitado sob a minha capa, aninhado contra o meu corpo, adormecido. Vi cabelos pretos e um corpo magro, uma pele pálida com manchas de sujeira e cheia de arranhões. Então, o fogo sibilou alto e eu vi Jamie pressionar o polegar de Josiah contra o metal cortante de seu punhal escurecido.

Jamie viu meu movimento convulsivo de canto de olho e cerrou o cenho para mim, lábios contraídos, pedindo, em silêncio, que eu permanecesse imóvel. O rosto de Josiah estava contraído, os dentes à mostra em agonia, mas ele não emitiu nenhum ruído. Do outro lado da fogueira, Kenny Lindsay observava, silencioso como uma pedra.

Ainda convencida de que estava sonhando – ou torcendo para estar –, coloquei a mão sobre o garoto encolhido contra o meu corpo. Ele se mexeu de novo, e sentir a carne firme sob os meus dedos me despertou por completo. Pousei a mão em seu ombro, e ele abriu os olhos, arregalando-os de susto.

Ele se afastou, tentando se levantar de modo desajeitado. Então, viu o irmão – pois estava claro que Josiah *era* seu irmão – e parou abruptamente, olhando ao redor para os homens espalhados em torno da fogueira, para Jamie, para Roger e para mim.

Ignorando o que devia ser a terrível dor de uma mão queimada, Josiah se levantou de onde estava e se posicionou depressa ao lado do irmão, pegando-o pelo braço.

Eu fiquei de pé, movendo-me lentamente para não os assustar. Eles me observaram, olhares idênticos de alerta no rosto pálido e magro. Sim, o mesmo rosto – apesar de os cabelos do outro garoto serem compridos. Ele vestia nada além de uma camisa esfarrapada e estava descalço. Vi Josiah apertar o braço do irmão para confortá-lo e comecei a suspeitar de que sabia exatamente o que ele havia roubado. Eu abri um sorriso para os dois e estendi a mão para Josiah.

– Deixe-me ver a sua mão – sussurrei.

Ele hesitou por um momento e então estendeu a mão direita para mim. Tinha sido um trabalho bom, bem-feito. Tão bem-feito que me deixou ligeiramente tonta por um momento: a tampa do polegar tinha sido cortada, e o ferimento aberto fora cauterizado com metal. Uma marca oval, preto-avermelhada, com uma crosta, havia substituído a marca incriminadora.

Percebi um leve movimento atrás de mim; Roger tinha pegado minha caixa de remédios e a colocara a meus pés.

Não havia muito que fazer pelo ferimento, exceto aplicar um pouco de pomada de genciana e cobrir o polegar com um pano seco e limpo. Eu estava consciente da presença de Jamie enquanto trabalhava; ele havia embainhado o punhal e se levantara em silêncio para procurar algo entre os pacotes e sacos. Quando terminei meu trabalho rápido, ele já estava de volta com um pouco de comida embrulhada em um lenço e um cobertor extra enrolado. Em seu braço, estava a minha calça descartada.

Ele entregou a calça ao garoto novo, deu a comida e o cobertor a Josiah, e apoiou a mão no ombro dele, apertando com força. Tocou o outro menino com delicadeza, virando-o em direção à mata com uma das mãos em suas costas. Então, meneou a cabeça em direção às árvores, e Josiah assentiu. Tocou a própria testa com a bandagem branca em seu polegar, e sussurrou:

– Obrigado, senhora.

Os dois meninos desapareceram em silêncio floresta adentro, os pés pálidos aparecendo por baixo da barra da calça enquanto seguia o irmão.

Jamie assentiu para Kenny e em seguida voltou a se sentar perto da fogueira, os ombros curvados em uma exaustão repentina. Servi café e ele o tomou, entortando a boca em uma tentativa de sorriso de agradecimento que se dissipou em um acesso de tosse.

Peguei o copo antes que ele derramasse o café, e meus olhos encontraram os de Roger acima do ombro de Jamie. Ele meneou a cabeça em direção ao leste, pousou um dedo sobre os lábios e então deu de ombros com uma careta de resignação. Ele queria saber o que havia acontecido tanto quanto eu – e por quê. Mas estava certo: a noite chegava ao fim. O amanhecer não tardaria, e os homens – todos acostumados a acordar à primeira luz – já deviam estar flutuando em direção à superfície da consciência.

Jamie tinha parado de tossir, mas fazia horríveis sons gorgolejantes tentando limpar a garganta – parecia um porco se afogando em lama.

– Pegue – sussurrei, devolvendo o copo. – Beba e deite-se. Você devia dormir um pouco.

Ele balançou a cabeça e levou o copo aos lábios. Engoliu, fazendo uma careta ao sentir o gosto amargo.

– Não vale a pena – disse. Assentiu em direção ao leste, onde o contorno negro dos pinheiros se destacava contra o céu cinzento. – E, além disso, tenho que pensar no que fazer agora.

27

A MORTE CHAMA

Mal consegui conter minha impaciência até os homens acordarem, comerem, levantarem acampamento – de modo irritantemente lento – e partirem. Mas, por fim, me vi mais uma vez no lombo de um cavalo, cavalgando em uma manhã tão fria, que pensei que o ar se partiria ao ser respirado.

– Muito bem – declarei sem preâmbulos, quando meu cavalo alcançou o de Jamie. – Pode falar.

Ele olhou para mim e sorriu. Seu rosto estava marcado pelo cansaço, mas o ar fresco – e bastante café muito forte – o havia reavivado. Apesar da noite difícil, eu me sentia ativa e disposta, com o sangue correndo pela epiderme e tomando minhas faces.

– Não quer esperar Roger?

– Conto para ele depois, ou você conta. – Não havia como cavalgarmos os três lado a lado; era apenas devido a um deslizamento de pedras da encosta da montanha que conseguíamos ficar lado a lado por um momento, longe dos outros. Aproximei meu cavalo do de Jamie e senti o ar que saía da narina do animal em meus joelhos.

Jamie passou a mão no rosto e se sacudiu, como se quisesse afastar a fadiga.

– Bem – disse ele. – Você deve ter reparado que eles eram irmãos.

– Reparei, sim. De onde o outro saiu?

– Daqui. – Ele ergueu o queixo, apontando em direção ao oeste. Graças ao deslizamento de pedras, pudemos ver um pequeno recôncavo no vale – uma daquelas interrupções naturais na mata selvagem, onde as árvores davam espaço a um prado e um riacho. Em meio às árvores que margeavam o recôncavo, elevava-se uma fumaça fina, apontando como um dedo no ar frio e sossegado.

Semicerrando os olhos, pude distinguir o que parecia ser uma pequena casa de campo, com algumas construções precárias. Enquanto eu observava, uma minúscula figura saiu da casa e caminhou em direção a um dos barracões.

– Eles estão prestes a descobrir que ele se foi – disse Jamie, com um tom ligeiramente sombrio. – Mas, com sorte, vão pensar que ele foi apenas até a latrina ou ordenhar as cabras.

Não me dei ao trabalho de perguntar como ele sabia que eles tinham cabras.

– É a casa deles? De Josiah e do irmão?

– De certo modo, Sassenach. Eles eram servos.

– *Eram?* – perguntei, desconfiada. De alguma forma eu duvidava de que o contrato de servidão dos irmãos tivesse terminado na noite anterior.

Jamie ergueu um dos ombros e secou o nariz que escorria com a manga da blusa.

– A menos que alguém os pegue, sim.

– Você pegou Josiah – falei. – O que ele contou?

– A verdade – disse ele, entortando a boca. – Ou, pelo menos, acho que sim.

Ele havia caçado Josiah no escuro, guiado pelo som da respiração ruidosa do garoto, e o encurralara em uma depressão rochosa, prendendo-o no escuro. Ele havia enrolado o garoto, que estava congelando de frio, em seu tartã, fizera com que ele se sentasse e, com paciência e firmeza – além de goles de uísque de seu cantil –, conseguira, finalmente, extrair a história.

– A família era de imigrantes: pai, mãe e seis filhos. Só os gêmeos sobreviveram à travessia; o resto morreu no mar. Não tinham parentes ali, ou nenhum que tivesse esperado o barco, de qualquer modo, então o capitão do barco os vendeu. O preço não cobriria o custo da travessia da família, de forma que os meninos foram comprados por trinta anos e seus salários seriam usados para pagar a dívida.

A voz dele era firme; essas coisas aconteciam. Eu sabia que aconteciam, mas não estava disposta a aceitá-las sem comentários.

– Trinta anos! Minha nossa... quantos anos eles tinham na época?

– Dois ou três – respondeu ele.

Fiquei perplexa. Sem levar em conta a tragédia básica, era um tipo de atenuante, pensei, se a pessoa que havia comprado os garotos estivesse cuidando do bem-estar deles como crianças... mas eu me lembrei das costelas de Josiah e de suas pernas arqueadas. Eles não tinham sido bem cuidados. Mas muitas crianças que vinham de lares amorosos também não eram.

– Josiah não faz ideia de quem eram seus pais, de onde eles vinham nem de como se chamavam – explicou Jamie. Tossiu brevemente e pigarreou. – Ele sabe o próprio nome e o do irmão, Keziah, mas nada além disso. Beardsley é o nome do homem que os pegou, mas quanto aos meninos, eles não sabem se são escoceses, ingleses, irlandeses... Com nomes assim, é provável que não sejam alemães nem poloneses, mas mesmo isso não é impossível.

– Hum... – Soprei uma nuvem de vapor, obscurecendo temporariamente a casa abaixo. – Então, Josiah fugiu. Imagino que isso tinha algo que ver com a marca no polegar dele?

Jamie assentiu, olhando para o chão conforme seu cavalo descia a montanha. O chão dos dois lados do caminho de cascalho estava macio e montinhos de terra escura apareciam como fungos em meio aos seixos.

– Ele roubou um queijo, foi sincero o bastante em relação a isso. – Jamie abriu a boca por um momento. – Ele o surrupiou de uma loja de laticínios em Brownsville, mas a atendente o viu. Na verdade, a atendente disse que foi o outro, o irmão, que o pegou, mas... – Jamie franziu as sobrancelhas ruivas por um momento. – Talvez Josiah não tenha sido tão sincero em relação a isso como pensei. De qualquer modo, um dos meninos pegou o queijo; Beardsley pegou os dois com ele e chamou o xerife, e Josiah levou a culpa... e o castigo.

O garoto fugiu da propriedade depois desse incidente, que acontecera dois anos antes. Josiah sempre tivera – ele disse a Jamie – a intenção de voltar para salvar o irmão, assim que conseguisse um lugar para eles morarem. A oferta de Jamie parecera uma bênção para ele, que deixara a Reunião para voltar até lá a pé.

– Imagine a surpresa dele ao nos encontrar ali, na encosta da montanha – disse Jamie, e espirrou. Secou o nariz, com os olhos levemente marejados. – Ele estava espreitando nas proximidades, tentando decidir se esperava nossa partida ou se descobria se estávamos indo para a fazenda, pois, nesse caso, poderíamos ser uma boa distração para que ele conseguisse resgatar o irmão.

– Então, você decidiu ir até a fazenda com ele em segredo e ajudá-lo no resgate.

Meu nariz também estava escorrendo por causa do frio. Peguei meu lenço com uma das mãos, confiando que a égua, a sra. Piggy, não nos catapultaria montanha abaixo enquanto eu assoasse o nariz. Olhei para Jamie sobre o lenço. Ele ainda estava com o nariz vermelho, suado e com cara de doente, mas suas maçãs do rosto estavam coradas por causa do sol da manhã, e ele parecia bastante bem-disposto para um homem que havia passado a noite toda na mata fria.

– Foi divertido?

– Ah, sim, foi. Há anos não fazia algo assim. – Os olhos de Jamie se encolheram em triângulos azuis quando ele riu. – Lembrei de quando invadimos as propriedades dos Grants com Dougal e seus homens, quando eu era garoto. Deslocar-se em silêncio no escuro, entrar no celeiro sem emitir som... Cristo, tive que me conter a tempo antes de roubar a vaca. Ou pelo menos teria pegado, se houvesse uma.

– Você é um completo bandido, Jamie – falei, rindo.

– Bandido? – perguntou ele, levemente ofendido. – Sou um homem muito honesto, Sassenach. Ou pelo menos sou quando posso ser – disse ele, olhando rapidamente para trás para ter certeza de que não estávamos sendo ouvidos.

– Ah, você é totalmente honesto – garanti a ele. – Honesto demais para o seu próprio bem, na verdade. Só não obedece muito à lei.

Esse comentário pareceu desconcertá-lo um pouco, pois ele franziu o cenho e emitiu um grunhido gutural que podia ser tanto um som escocês de discordância quanto uma tentativa de livrar-se do muco. Ele tossiu, puxou as rédeas e, de pé nos estribos, acenou com o chapéu para Roger, que estava um pouco distante de nós, encosta acima. Roger acenou em resposta, e virou o focinho do cavalo em nossa direção.

Parei meu cavalo ao lado do de Jamie e soltei as rédeas em seu pescoço.

– Vou pedir a Roger que conduza os homens até Brownsville – explicou Jamie, ajeitando-se na sela –, enquanto eu vou falar com os Beardsleys sozinho. Você vem comigo, Sassenach, ou prefere ir com Roger?

– Ah, vou com você – respondi, sem hesitar. – Quero ver como são esses Beardsleys.

Jamie sorriu e afastou os cabelos com uma das mãos antes de colocar o chapéu. Ele usava os cabelos soltos para cobrir o pescoço e as orelhas e protegê-los do frio, e eles reluziam como cobre derretido ao sol da manhã.

– Foi o que achei. Mas cuidado com o rosto – disse ele, em um alerta meio brincalhão. – Não fique boquiaberta nem faça cara de boba quando eles contarem sobre o servo que desapareceu.

– Cuide você do seu rosto – retruquei, meio irritada. – Josiah disse que ele e o irmão eram maltratados? – Eu me perguntava se havia mais algum motivo, além do incidente do queijo, para a partida de Josiah.

Jamie balançou a cabeça.

– Não perguntei, e ele não disse, mas pergunte a si mesma, Sassenach: você deixaria um lar decente para viver na mata sozinha, dormir sobre as folhas frias e comer insetos até aprender a caçar?

Ele cutucou o cavalo para que começasse a andar, subiu a ladeira para ir ao encontro de Roger e me deixou pensando. Voltou alguns minutos depois, e eu alinhei meu cavalo ao dele, com mais uma pergunta em mente.

– Mas se as coisas estavam ruins aqui a ponto de forçá-lo a partir, por que o irmão não foi com ele?

Jamie olhou para mim, surpreso, mas então sorriu com certa tristeza.

– Keziah é surdo, Sassenach.

Ele não nascera surdo, pelo que Josiah havia lhe contado; o irmão gêmeo tinha perdido a audição devido a uma lesão que ocorreu quando ele tinha 5 anos, mais ou menos. Keziah conseguia falar, mas não ouvia nada, apenas os sons mais altos; e, como não conseguia ouvir o som de folhas ou pés em movimento, não podia caçar nem fugir de perseguições.

– Ele diz que Keziah o compreende, e sem dúvida é verdade. Quando entramos no celeiro, eu fiquei montando guarda embaixo enquanto o rapaz subia a escada até a parte de cima. Não ouvi nada, mas, um minuto depois, os dois estavam no chão ao meu lado, com Keziah esfregando os olhos, pois estava com sono. Eu não tinha percebido que eles eram gêmeos; fiquei assustado ao ver os dois, tão parecidos.

– Fiquei me perguntando por que Keziah não estava usando calça – falei, mencionando a única coisa que havia me deixado confusa.

Jamie riu.

– Eu pedi que ele a vestisse, mas parece que ele a havia tirado na noite anterior, a deixara sobre o feno e uma das gatas do celeiro teve filhotes sobre ela. Ele não queria perturbá-la.

Eu também ri, mas com uma lembrança inquieta de pés descalços pálidos, com a pele azulada parecendo roxa à luz do fogo.

– Rapaz gentil. E os sapatos?

– Ele não tinha.

Agora, já tínhamos chegado ao fim da encosta. Os cavalos pararam por um momento, virando-se lentamente ao redor de Jamie enquanto as direções eram decididas e as despedidas eram feitas. E em seguida Roger – com apenas uma leve evidência de inibição – assoviou entre os dentes e balançou o chapéu no ar. Eu observei enquanto ele se afastava e notei que ele se virou na sela, mas em seguida desfez o movimento, voltando a olhar para a frente.

– Ele não tem certeza de que eles o seguirão – disse Jamie, observando. Ele balançou a cabeça de modo crítico, mas logo depois deu de ombros, ignorando. – Bem, ele vai conseguir, ou não.

– Ele vai conseguir – falei, pensando na noite anterior.

– Que bom que você acha isso, Sassenach. Então, vamos. – Ele estalou a língua e virou a cabeça do cavalo.

– Se não tem certeza de que Roger consegue, por que o está mandando sozinho? – perguntei, olhando para suas costas, sacolejando na sela enquanto entrávamos no estreito bosque que ficava entre nós e a fazenda, agora invisível. – Por que não manter os homens juntos e levá-los para Brownsville você mesmo?

– Em primeiro lugar, ele nunca vai aprender se eu não der a ele uma chance. Em segundo lugar... – Ele fez uma pausa, virando-se para olhar para mim. – Em segundo lugar, eu não queria que todos fossem até a fazenda dos Beardsleys e talvez ficassem sabendo sobre o servo desaparecido. O acampamento todo viu Josiah ontem à noite, certo? Se um garoto está desaparecido e eles ficam sabendo sobre um garoto que apareceu e causou comoção na floresta próxima, é possível que tirassem suas conclusões, não acha?

Ele se virou e eu o segui por um caminho estreito entre os pinheiros. O orvalho brilhava como pedrinhas de diamante na casca das árvores e nas agulhas de pinheiro, e gotinhas de gelo caíam dos galhos acima, arrepiando minha pele onde pousavam.

– Mas, a menos que esse Beardsley seja velho ou adoentado, ele não vai se unir a você? – perguntei. – Alguém vai acabar mencionando Josiah.

Ele balançou a cabeça, sem se virar.

– E o que vão dizer a ele, se fizerem isso? Eles viram o rapaz quando nós o trouxemos e eles o viram fugir de novo. Até onde eles sabem, ele está por aí.

– Kenny Lindsay viu os dois quando você os trouxe de volta.

Ele deu de ombros.

– Sim, eu conversei com Kenny enquanto selávamos os cavalos. Ele não vai dizer nada.

Ele estava certo, eu sabia. Kenny era um dos homens de Ardsmuir; ele seguiria as ordens de Jamie sem questionar.

– Não – continuou Jamie, desviando o cavalo de uma grande pedra –, Beardsleys não está doente; Josiah me disse que ele faz comércio com os indígenas. Leva produtos da Linha do Tratado até os vilarejos cherokees. O que não sei é se ele está em casa agora. Mas se estiver... – Ele suspirou e fez uma pausa para tossir quando o ar frio atingiu seus pulmões. – É outro motivo para mandar os homens na frente – continuou ele, com a respiração um pouco ruidosa. – Só vamos nos juntar a eles de novo amanhã, acho. Até lá, eles terão desfrutado de uma noite para beber e ser sociável em Brownsville; mal se lembrarão do garoto, e as chances de falarem dele serão menores. Com sorte, estaremos bem longe quando algo for dito e não haverá possibilidade de Beardsley nos deixar para ir atrás do rapaz.

Então ele estava contando que os Beardsleys seriam hospitaleiros a ponto de nos abrigar durante uma noite. Uma expectativa razoável naquele ponto da floresta. Ao ouvi-lo tossir de novo, eu decidi que me sentaria no peito dele aquela noite se fosse preciso, para obrigá-lo a passar cânfora, quer ele gostasse, quer não.

Emergimos do meio das árvores e eu olhei com suspeita para a casa à frente. Era menor do que eu tinha pensado e bastante pobre, com um degrau rachado, uma varanda caindo aos pedaços e uma grande parte do telhado desgastado pelo tempo na qual faltavam telhas. Bem, eu já tinha dormido em lugares piores e provavelmente dormiria de novo.

A porta de um celeiro se abriu, mas não havia sinal de vida. O local parecia deserto, exceto pela fumaça que saía da chaminé.

Eu tinha sido sincera no que dissera a Jamie, embora não tivesse sido totalmente exata. Ele *era* sincero e também obedecia à lei – desde que as leis fossem aquelas que ele decidisse respeitar. O simples fato de uma lei ter sido estabelecida pela Coroa não era suficiente para torná-la lei aos olhos de Jamie, e eu sabia disso. Havia outras leis, não escritas, pelas quais ele provavelmente morreria.

Ainda assim, apesar de a lei de propriedade significar um pouco menos para um antigo salteador escocês do que significaria para os outros, não tinha escapado à minha atenção – e portanto certamente não à dele – que ele estava prestes a pedir hospitalidade e cumprimento do dever de um homem cuja propriedade ele havia acabado de ajudar a evadir. Eu sabia que Jamie não tinha nenhuma objeção enraizada a um contrato de servidão em si; normalmente, ele respeitava esse arranjo. O fato de ele não ter respeitado queria dizer que percebia uma lei mais importante em operação – mas se era amizade, pena, o valor de seu *earbsachd* ou outra coisa, eu não sabia. Ele havia parado, esperando por mim.

– Por que você decidiu ajudar Josiah? – perguntei sem rodeios, enquanto atravessávamos o campo de milho que se estendia à frente da casa. Gravetos secos estalavam sob as patas dos cavalos e cristais de gelo brilhavam sobre as folhas mortas.

Jamie tirou o chapéu e o colocou na sela diante dele enquanto amarrava os cabelos, preparando-se para encontrar outras pessoas.

– Bem, eu disse a ele que se ele estivesse determinado a seguir esse caminho, que assim fosse. Mas se ele escolhesse vir para cá, sozinho ou com o irmão, então teríamos que nos livrar da marca no polegar, pois ela causaria falatório, o que poderia chegar aos ouvidos de Beardsley, com todas as consequências que isso ia ter.

Ele respirou fundo, soltou o ar, a fumaça se espalhando branca ao redor de sua cabeça, e em seguida olhou para mim com o rosto sério.

– O rapaz não hesitou nem por um momento, apesar de já ter sido marcado; ele sabia. E vou lhe dizer uma coisa, Sassenach, apesar de um homem ser capaz de tomar uma atitude desesperada movido por amor ou coragem... é preciso algo mais do que isso quando ele já passou por aquilo e sabe muito bem como vai ser fazer aquilo de novo.

Ele se virou sem esperar pela minha resposta e cavalgou até o pátio, espantando um bando de pombos que se alimentavam. Ele se endireitou sobre o cavalo, ajeitando os ombros. Não dava para ver nem vestígio das cicatrizes profundas que marcavam suas costas por baixo da capa, mas eu as conhecia bem.

Então era isso, pensei: *Assim como a água reflete o rosto, o coração reflete o homem.* E a lei da coragem era a que ele seguia havia mais tempo.

Havia várias galinhas amontoadas na varanda, como bolas ressentidas de olhos amarelos. Elas cacarejavam baixo umas para as outras quando apeamos, mas eram frias demais para fazer algo além de se afastar de nós, relutantes em abandonar a nesga de sol que tinham encontrado. Várias tábuas da varanda estavam quebradas, e o quintal perto dali estava repleto de pedaços de madeira e pregos espalhados, como se alguém tivesse a intenção de consertá-la, mas ainda não tivesse tido tempo de realizar o trabalho. A procrastinação tinha durado algum tempo, pensei; os pregos estavam enferrujados, e as tábuas recém-cortadas tinham empenado e rachado com a umidade.

– Ô de casa! – gritou Jamie, parando no meio do quintal. Aquele era um modo aceitável de se aproximar de uma casa desconhecida. Apesar de a maioria das pessoas nas montanhas ser hospitaleira, muitos encaravam os desconhecidos com cautela e costumavam recebê-los armados até se certificarem da boa intenção de quem chegava.

Pensando nisso, fiquei a uma boa distância atrás de Jamie, mas fiz questão de estar visível, balançando e ajeitando ostensivamente as minhas saias, mostrando meu gênero como evidência da nossa intenção pacífica.

Maldição, havia um furo pequeno na lã marrom, sem dúvida causado por uma faísca da fogueira. Escondi o ponto queimado em uma dobra da saia, pensando em como era estranho que todos considerassem as mulheres inerentemente inofensivas. Se eu quisesse, poderia facilmente roubar casas e matar famílias de um lado a outro das montanhas.

Felizmente, eu nunca tivera esse impulso, apesar de *ter* me dado conta, em alguns momentos, que o Juramento de Hipócrates e sua injunção de "nunca causar mal" podia não ter que ver apenas com procedimentos médicos. Eu sentira vontade de bater com um pedaço de lenha na cabeça de um de meus pacientes mais teimosos mais de uma vez, mas, até então, tinha conseguido me controlar.

Claro, a maioria das pessoas não tinha a vantagem de ter a visão cínica da humanidade que têm os médicos. E era verdade que as mulheres não se lançavam aos tipos de desordens recreativas de que os homens gostavam – eu raramente via mulheres se agredindo por diversão. Mas se tivessem um bom motivo...

Jamie estava caminhando em direção ao celeiro, gritando de vez em quando, aparentemente sem nenhum resultado. Olhei ao redor, mas não havia rastros recentes perto do pátio além dos nossos. Havia bolas de excremento animal espalhadas perto da lenha cortada pela metade, mas tinham claramente sido deixadas ali dias antes; estavam úmidas devido ao orvalho, mas não frescas – a maioria já tinha se esfarelado.

Ninguém havia chegado, ninguém havia partido, a não ser a pé. Os Beardsleys, quem quer que fossem e quantos fossem, provavelmente ainda estavam na propriedade.

Estavam escondidos, no entanto. Era cedo, mas não tão cedo a ponto de as pessoas da roça ainda não estarem acordadas cuidando de suas tarefas; eu já tinha visto alguém mais cedo, afinal. Dei um passo para trás e protegi os olhos sob o sol forte, procurando sinal de vida. Estava muito curiosa em relação aos Beardsleys – e mais do que apenas levemente apreensiva em relação à perspectiva de um ou mais deles viajarem conosco, dados os acontecimentos recentes.

Eu me virei para a porta e notei uma estranha série de entalhes feitos na madeira do umbral. Eram pequenos, mas havia muitos, tomando toda a extensão de uma das peças verticais e metade da outra. Olhei com mais atenção: estavam separados em grupos de sete, com raros espaços de madeira não afetada entre os grupos, como se tivessem sido feitos por um prisioneiro contando as semanas.

Jamie saiu do celeiro, seguido por um leve balido. Ele havia mencionado as cabras, claro; tentei imaginar se era tarefa de Keziah ordenhá-las – se fosse, sua ausência ficaria rapidamente aparente, se ainda não tivesse sido notada.

Jamie deu alguns passos em direção à casa, colocou as mãos em concha ao redor da boca e gritou de novo. Nenhuma resposta. Ele esperou alguns momentos e então deu de ombros e subiu na varanda, onde bateu à porta com o cabo do punhal. Isso fez um barulho suficiente para acordar os mortos, se houvesse algum nas imediações, e fez com que as galinhas saíssem correndo assustadas, espalhando penas, mas ninguém apareceu para atender.

Jamie olhou para mim com a sobrancelha erguida. As pessoas não costumavam partir e deixar suas propriedades desprotegidas, não se tivessem animais.

– Alguém está aqui – disse ele, em resposta ao pensamento não expressado. – As cabras foram ordenhadas recentemente; ainda há gotas de leite nas tetas.

– Você acha que eles podem estar por aí procurando... hum, você sabe quem? – murmurei, aproximando-me dele.

– Talvez. – Ele deu um passo para o lado, inclinando-se para espiar por uma janela, que um dia já tivera painéis de vidro, mas a maioria das folhas estavam rachadas ou não existiam e uma musselina tinha sido colocada nas aberturas. Vi Jamie franzir o cenho para ela, com o desdém de um artesão ao ver o conserto malfeito.

Ele virou a cabeça de repente e em seguida olhou para mim.

– Ouviu alguma coisa, Sassenach?

– Sim, pensei que fossem as cabras, mas...

Ouvimos o balido de novo – dessa vez, inegavelmente vindo da casa. Jamie pousou a mão na porta, mas ela não abriu.

– Fechada – disse ele rapidamente, e voltou para a janela, onde enfiou a mão com cuidado e puxou uma ponta da musselina.

– Nossa – falei, enrugando o nariz ao sentir o cheiro que veio lá de dentro.

Eu estava acostumada com os odores de casas fechadas no inverno, onde os cheiros de suor, roupas sujas, pés molhados, cabelos ensebados e baldes de despejo se misturavam ao cheiro de pão assando, carne ensopada e outros odores mais sutis de fungos e bolor, mas o fedor dentro da casa dos Beardsleys era mais forte do que o normal.

– Ou eles deixam os porcos dentro de casa – falei, olhando para o celeiro – ou há dez pessoas morando aí dentro que não saem desde a primavera passada.

– Está um pouco exagerado – concordou Jamie. Ele colocou o rosto para fora, fazendo uma careta ao sentir o fedor, e gritou: – *Thig a mach*! Saia, Beardsley, ou eu vou entrar!

Espiei por sobre o ombro dele para ver se esse convite produziria resultados. A sala era grande, mas estava tão abarrotada que quase não se via o chão em meio ao entulho. Farejando com atenção, deduzi que os barris que vi continham – entre outras coisas – peixe salgado, alcatrão, maçãs, cerveja e *sauerkraut*, enquanto pilhas de cobertores de lã tingidos com cochonilha e índigo, barricas de pólvora e peles meio curtidas fedendo a fezes de cachorro emprestavam suas fragrâncias peculiares ao ar pestilento lá dentro. Os produtos vendidos por Beardsley, pensei.

A outra janela também estava coberta, com um couro de lobo maltrapilho, de forma que o interior estava obscuro e sombrio; com todas as caixas, trouxas, barris e mobília amontoados, parecia uma versão arrasada pela pobreza da caverna de Ali Babá.

Ouvimos o som de novo, dessa vez vindo de trás da casa, um pouco mais alto; um som no meio do caminho entre um grito e um rosnado. Dei um passo para trás, o som e o cheiro acre trazendo à mente uma imagem de pelo escuro e violência repentina.

– Ursos – sugeri, meio a sério. – As pessoas se foram e tem um urso aqui dentro.

– Sim, Cachinhos Dourados – disse Jamie, seco. – Sem dúvida. Ursos ou não, tem alguma coisa errada. Pegue as pistolas e as balas no meu alforje.

Assenti e me virei, mas antes de descer o degrau da varanda, um som abafado veio de dentro, e eu me virei de volta depressa. Jamie havia pegado seu punhal, mas ao ver o que havia lá dentro, sua mão relaxou no cabo. Ergueu as sobrancelhas, surpreso, e eu me inclinei sobre seu braço para ver.

Uma mulher espiava por entre duas pilhas de coisas, olhando ao redor com suspeita, como um rato espiando por trás de um monte de lixo. Ela não se parecia particularmente com um rato, já que tinha os cabelos ondulados e era muito robusta, mas olhou para nós do modo calculado dos roedores, analisando a ameaça.

– *Fão* embora – disse ela, evidentemente concluindo que nós não éramos a vanguarda de um exército invasor.

– Bom dia, senhora – começou Jamie. – Sou Jamie Fraser, do...

– Não me importa quem *focê* é – respondeu ela. – Vá embora.

– Não vou – disse ele com firmeza. – Preciso falar com o homem da casa.

Uma expressão extraordinária tomou o rosto rechonchudo; preocupação, cálculo e o que parecia ser descontração.

– *Prefisa*? – perguntou ela. Tinha a língua um pouco presa. – E quem disse que *fofê prefisa*?

As orelhas de Jamie começaram a se avermelhar levemente, mas ele respondeu com calma:

– O governador, senhora. Sou o *coronel* James Fraser – disse ele, com ênfase –, responsável pela convocação da milícia. Todos os homens capacitados entre 16 e 60 anos foram convocados a se juntar a nós. Pode chamar o sr. Beardsley, por favor?

– *Mi-lí-fia*, é? – perguntou ela, dizendo a palavra com cuidado. – *Confra* quem *fão* lutar?

– Esperamos que contra ninguém. Mas a convocação para reunir a milícia foi feita. Devo responder, assim como todos os homens capacitados dentro da Linha do Tratado.

Jamie segurou com mais força a estrutura da janela e a chacoalhou para testar. Era feita de varas frágeis de pinheiro, a madeira estava retorcida e desgastada; ele poderia arrancá-la da parede e passar pela abertura, se quisesse. Olhou diretamente nos olhos dela e sorriu com simpatia.

Ela estreitou os olhos e contraiu os lábios, pensando.

– Homens *capafitados* – disse ela por fim. – Hum. Bem, não temos nenhum. O *fervo* fugiu de novo, mas mesmo que estivesse aqui, ele não é *capafitado*; é *furdo* como uma porta, e quase tão burro quanto. – Ela meneou a cabeça em direção à porta para ilustrar. – Se *estifer difpofto* a *cafá-lo*, pode ficar com ele.

Então, não parecia que haveria clamor por Keziah, afinal. Respirei fundo, aliviada, mas soltei o ar rapidamente.

Jamie não desistiria fácil.

– O sr. Beardsley está em casa? – perguntou ele. – Gostaria de vê-lo.

Ele tentou puxar a estrutura, e a madeira seca se rachou com um som parecido com um tiro de pistola.

– Ele não *esfá* bem para receber ninguém – disse ela, e o tom estranho voltou a sua voz; alerta, mas ao mesmo tempo tomado por algo parecido com animação.

– Ele está doente? – perguntei, apoiando-me no ombro de Jamie. – Talvez eu possa ajudar, sou médica.

Ela deu um passo ou dois à frente e olhou para mim, franzindo o cenho por baixo de fios grossos e ondulados de cabelo castanho. Era ainda mais jovem do que pensei; vista a uma luz melhor, o rosto pesado não tinha sinais de envelhecimento nem de flacidez da pele.

– Médica?

– Minha esposa é bastante conhecida como curandeira – disse Jamie. – Os índios a chamam de Corvo Branco.

– A mulher das *confurações*?

Ela arregalou os olhos e deu um passo para trás.

Achei algo estranho na mulher e, ao olhar para ela, me dei conta do que era. Apesar do fedor na casa, ela e o vestido estavam limpos, e os cabelos macios e sedosos – o que não era comum naquela época do ano, quando as pessoas geralmente passavam meses sem tomar banho no clima frio.

– Quem é a senhora? – perguntei diretamente. – É a sra. Beardsley? Ou talvez a srta. *Beardfley*?

Ela não devia ter mais do que 25 anos, pensei, apesar do tamanho. Ela ergueu os ombros embaixo do xale, e seu quadril resvalou nos barris entre os quais ela estava. Evidentemente, a permuta com os cherokees era suficientemente lucrativa para manter a família de Beardsley bem abastecida de alimentos adequados, ainda que não os seus servos. Olhei para ela com certa antipatia, mas ela me fitou com frieza.

– Eu sou a sra. *Beardfley*.

O alarme havia desaparecido. Ela franziu os lábios e os empurrou para dentro e para fora, olhando para mim com um ar de análise.

Jamie flexionou o braço, e a estrutura da janela estalou.

– Entrem, então.

O tom estranho ainda estava em sua voz; um misto de desafio e impaciência. Jamie notou e franziu o cenho, mas soltou a estrutura.

Ela saiu do meio das caixas e se virou em direção à porta. Tive apenas um vislumbre dela se movendo, mas foi o suficiente para ver que mancava; uma das pernas se arrastava, o sapato raspando o chão de madeira.

Ouvi sons e resmungos enquanto ela mexia na trava; um barulho irritante e então um ruído surdo quando ela a derrubou no chão. A porta estava empenada, emperrada na estrutura; Jamie encostou o ombro na porta, que se abriu para dentro, as tábuas vibrando com o choque. Quando tinha sido aberta pela última vez?, eu me perguntei.

Havia um bom tempo, evidentemente. Ouvi Jamie resmungar e tossir quando entrou, e fiz o melhor que pude para respirar pela boca quando o segui. Ainda assim, o cheiro era bem forte. Além do odor dos produtos, havia um fedor vindo do lado de fora; um cheiro repugnante de urina e fezes. De comida podre também, mas mais alguma coisa além disso. Minhas narinas se contraíam cautelosamente enquanto eu tentava inspirar algumas moléculas de ar para análise.

– Há quanto tempo o sr. Beardsley está doente? – perguntei.

Eu havia notado um odor distinto de vômito em meio à fedentina geral. Não apenas o fantasma de vômito havia muito seco, mas o cheiro adocicado de muco purulento e aquele odor indefinível e estagnado de levedura que parece ser simplesmente o cheiro da doença em si.

– Ah... algum tempo.

Ela fechou a porta quando entramos, e eu senti uma onda repentina de claustrofobia. Do lado de dentro, o ar parecia pesado, tanto por causa do fedor quanto pela falta de luz. Senti uma vontade intensa de arrancar as cortinas das janelas e deixar entrar um pouco de ar e segurei o tecido de minha capa para me conter.

A sra. Beardsley passou de lado pelo espaço estreito entre os sacos de produtos. Jamie olhou para mim, emitiu um ruído tipicamente escocês de desgosto e seguiu por baixo de um feixe de varas de tenda. Eu caminhava cautelosa atrás dele, tentando não notar que meus pés atingiam, de vez em quando, objetos que eram esmagados de modo desagradável. Maçãs podres? Ratos mortos? Apertei o nariz e não olhei para baixo.

A casa era de construção simples; um cômodo grande na frente, outro atrás.

O cômodo de trás contrastava muito com o esquálido cômodo da frente. Não havia adornos nem decoração; era uma sala simples e arrumada como um salão de reunião quacre. Tudo era organizado e impecável, a mesa de madeira e a lareira de pedras bem limpas, com alguns utensílios brilhando em uma prateleira. Uma janela estava descoberta, com os vidros intactos, e o sol da manhã enchia a sala de uma luz branca e pura. A sala estava em silêncio e o ar estava parado, aumentando a sensação esquisita que tínhamos de termos adentrado um tipo de santuário depois de passar pelo caos da sala da frente.

A impressão de paz foi desfeita de imediato com um barulho alto vindo de cima. Era o som que tínhamos ouvido antes, mas agora próximo, um grito tomado de desespero, como o de um porco torturado. Jamie olhou na direção de onde vinha o som e virou-se de imediato para uma escada no lado mais distante da sala que levava para o sótão.

– Ele *eftá* lá em *fima* – disse a sra. Beardsley, desnecessariamente, pois Jamie já estava no meio da escada. O grito agudo foi ouvido de novo, mais urgente, e eu decidi não pegar minha caixa de remédios antes de investigar.

A cabeça de Jamie apareceu no topo da escada quando eu me preparava para subir.

– Traga uma luz, Sassenach – disse ele laconicamente, e sua cabeça desapareceu.

A sra. Beardsley ficou parada, com as mãos enfiadas no xale, sem se esforçar para atender àquele pedido. Seus lábios estavam contraídos, e seu rosto cheio estava corado. Passei por ela, peguei uma vela na estante e me ajoelhei para acendê-la antes de subir.

– Jamie? – Espiei o sótão, segurando a vela com cuidado acima da minha cabeça.

– Aqui, Sassenach.

Ele estava do lado mais distante do espaço, onde as sombras eram mais escuras. Subi a escada e caminhei em direção a ele, andando rapidamente.

O fedor era muito mais forte ali. Vi o brilho de algo no escuro e levei a vela mais à frente para ver.

Jamie prendeu a respiração, tão chocado quanto eu, mas rapidamente dominou sua emoção.

– Sr. Beardsley, presumo – disse ele.

O homem era enorme – ou já tinha sido. A grande curva de sua barriga ainda se projetava como uma baleia para fora das sombras, e a mão que estava caída sobre as tábuas do chão perto do meu pé poderia segurar uma bola de canhão com facilidade. Mas a pele do braço era flácida, pálida e solta, o peito enorme afundado no centro. O que já devia ter sido o pescoço de um touro havia perdido a força e um único olho brilhava, sem parar de se movimentar atrás das mechas de cabelos úmidos.

O olho se arregalou, e ele emitiu o som de novo, a cabeça se forçando para cima com urgência. Senti um arrepio percorrer o corpo de Jamie. Foi o suficiente para eriçar os pelos do meu pescoço, mas ignorei, colocando a vela nas mãos de Jamie.

– Segure a luz para mim.

Eu me ajoelhei, sentindo tarde demais o líquido penetrar pelo tecido da minha saia. O homem estava deitado na própria sujeira, e estava ali havia um bom tempo; o chão estava coberto por algo molhado e escorregadio. Ele estava nu, com nada além de um lençol de linho sobre o corpo e, quando o levantei, vi ferimentos ulcerados em meio às manchas de excrementos.

Estava bem claro o que o sr. Beardsley tinha – um dos lados de seu rosto vergava de modo grotesco, com a pálpebra caída, e o braço e a perna do mesmo lado do corpo estavam soltos e inertes, as articulações pareciam nodosas e estranhamente distorcidas pela flacidez do músculo ao redor delas. Ele fungava e balia, com a língua para fora no canto da boca em suas vãs mas urgentes tentativas de falar.

– Calma – disse a ele. – Não fale, está tudo bem agora.

Peguei seu punho para checar a pulsação; a carne pendia flácida e ele não reagiu ao meu toque.

– Um derrame – falei baixinho para Jamie. – Vocês chamam de apoplexia.

Pousei a mão no peito de Beardsley, para oferecer o conforto do toque.

– Não se preocupe – tranquilizei-o. – Viemos ajudar.

Falei isso para confortá-lo, apesar de, enquanto falava, pensar se era possível ajudar. Bem, pelo menos limpeza e calor; estava quase tão gelado naquele espaço quanto do lado de fora, e o peito dele estava frio e arrepiado por baixo dos pelos abundantes.

A escada estalou, e eu me virei para ver o contorno da cabeleira da sra. Beardsley e de seus ombros pesados, emoldurados pela luz da cozinha no andar de baixo.

– Há quanto tempo ele está assim? – perguntei sem rodeios.

– *Talfez*... um mês – disse ela, depois de uma pausa. – Não *contegui* tirá-lo daí – continuou ela na defensiva. – Ele é *pefado* demais.

Isso era verdade. Mas...

– Por que ele está aqui em cima? – perguntou Jamie. – Se a senhora não conseguiu movê-lo, como ele veio parar aqui?

Ele se virou, iluminando o espaço com a luz da vela. Havia pouca coisa ali que poderia atrair um homem; um velho colchão de palha, algumas ferramentas e quinquilharias domésticas. A luz iluminou o rosto da sra. Beardsley, fazendo com que seus olhos azuis se tornassem pedras de gelo.

– Ele *eftava*... me *perteguindo*.

– O quê? – Jamie se aproximou da escada e, abaixando-se, segurou-a pelo braço, ajudando-a – ainda que aparentemente contra a vontade – a subir o resto da escada.

– Como assim, perseguindo? – insistiu ele.

Ela deu de ombros, olhando ao redor com cara de inocente, enrolada no xale.

– Ele me *aferfou* – disse ela, simplesmente. – *Fubi* a *efcada* para *efcapar* dele, mas ele me *feguiu*. *Fentei* me *efconder* aqui nas *fombras*, mas ele veio e então... caiu. E... não *confeguiu* mais levantar. – Ela deu de ombros de novo.

Jamie manteve a vela perto do rosto dela. Ela abriu um sorriso nervoso, olhando para mim e para Jamie, e eu notei que o que eu tinha pensado que era língua presa era o resultado, na verdade, do fato de os dentes da frente estarem quebrados – havia apenas um toco deles logo abaixo da gengiva. Uma pequena cicatriz marcava seu lábio superior; havia outra, branca, em meio aos pelos da sobrancelha.

Um barulho forte foi emitido pelo homem no chão – um grito furioso que parecia um protesto –, e ela se encolheu, fechando os olhos em reflexo.

– Hum– murmurou Jamie, olhando para ela e para o marido. – Sim. Bem, pegue um pouco de água, senhora. Pegue também mais uma vela e alguns panos limpos – pediu ele enquanto ela seguia em direção à escada, feliz por ter um motivo para sair dali.

– Jamie... traga a luz de volta, sim?

Ele se aproximou e ficou ao meu lado, segurando a vela para que ela iluminasse o corpo. Lançou a Beardsley um olhar sério com um misto de piedade e contrariedade, e balançou a cabeça lentamente.

– Você acha que foi castigo de Deus, Sassenach?

– Não exatamente de Deus, não acho – falei, baixando ainda mais a voz para que não fosse ouvida da cozinha. Estiquei a mão e peguei a vela dele. – Veja.

Um cantil de água e um prato de pão, duro e tomado pelo bolor azul, estavam à sombra perto da cabeça de Beardsley: migalhas e pedaços de pão pegajoso e mordido cobriam o chão ao redor. Ela o havia alimentado – o suficiente para mantê-lo vivo. Mas eu vira grandes quantidades de alimentos naquela sala da frente quando passamos – salames pendurados, barris de frutas secas, peixe seco e *sauerkraut*.

Havia pilhas de peles, jarros de óleo, montes de cobertores de lã – e ainda assim, o dono daqueles produtos estava deitado ali, no escuro, com fome e tremendo debaixo de um único lençol de linho.

– Eu me pergunto por que ela não deixou que ele simplesmente morresse – disse Jamie baixinho, olhando fixamente para o pão mofado.

Beardsley gorgolejou. Seu olho aberto se revirou, lágrimas rolaram por seu rosto e o muco se acumulou em seu nariz em bolhas. Ele se remexia, arqueando o corpo em frustração, caindo com um baque que balançava as tábuas do sótão.

– Acho que ele consegue entender você. Consegue? – Eu dirigi essa pergunta ao homem doente, que babou de um jeito que deixava claro que ele compreendia pelo menos o que estávamos dizendo a ele.

– E por que...

Fiz um gesto em direção às pernas de Beardsley, movendo a vela lentamente sobre elas. Alguns dos ferimentos tinham sido mesmo causados pelo fato de ele ter permanecido deitado por muito tempo. Outros, não. Havia riscos paralelos, claramente feitos por uma faca, estendendo-se escuros e coagulados pela coxa enorme. A canela estava tomada por uma linha regular de ulcerações, ferimentos vermelhos com contorno escuro, gotejando. Queimaduras.

Jamie resmungou ao ver aquilo e olhou para trás, em direção à escada. O som de uma porta se abrindo veio lá de baixo, e uma rajada fria de vento soprou no sótão, fazendo a chama da vela se agitar. A porta se fechou e a chama se estabilizou.

– Posso encontrar uma maneira de levá-lo lá para baixo, acho. – Jamie levantou a vela, analisando as vigas acima de si. – Suspendendo-o, talvez, com uma corda passando em torno da viga ali. Podemos movê-lo?

– Sim – respondi, mas não estava prestando atenção.

Inclinando-me sobre as pernas do homem, senti o cheiro de algo que não sentia havia muito, muito tempo, um fedor muito forte e sinistro.

Eu não o sentira com frequência, mas mesmo uma única vez teria bastado; o cheiro pungente de gangrena é inesquecível. Eu não queria dizer nada que pudesse assustar Beardsley – se ele era capaz de entender –, então, dei um tapinha em suas costas, acalmando-o, e me levantei para pegar a vela de Jamie e observar melhor.

Ele a entregou a mim, inclinando-se para murmurar algo no meu ouvido.

– Pode fazer algo por ele, Sassenach?

– Não – respondi, com a voz igualmente baixa. – Não em relação à apoplexia. Posso tratar os ferimentos e dar a ele ervas para a febre... e só.

Ele ficou de pé por um momento, olhando para o homem deitado nas sombras, agora imóvel. Então, balançou a cabeça, benzeu-se e desceu a escada em silêncio para procurar uma corda.

Voltei-me lentamente para o homem doente, que me recepcionou com um "Augh!" e o movimento incessante de uma perna, como um coelho. Eu me ajoelhei ao lado de seus pés, falando baixinho sobre nada em especial, enquanto segurava a vela para examiná-los. Os dedos. Todos os dedos do pé inerte tinham sido queimados, alguns estavam apenas cobertos de bolhas, outros tinham sido queimados quase até os ossos. Os dois primeiros dedos estavam quase pretos e um tom esverdeado se espalhava sobre a parte de cima do pé.

Eu estava chocada – tanto por pensar no que poderia ter levado àquela situação quanto com a ação em si. A chama da vela vacilou; minhas mãos estavam trêmulas, não só por causa do frio. Eu não estava horrorizada apenas com o que havia acontecido ali; também estava preocupada com as possibilidades imediatas. Que diabo íamos fazer com aquelas pessoas perversas?

Estava claro que não podíamos levar Beardsley conosco – mas era evidente que ele não podia ficar ali, sob os cuidados da esposa. Não havia vizinhos por perto a quem recorrer, não havia mais ninguém na fazenda para protegê-lo. Pensei que podíamos tentar levá-lo até Brownsville; talvez houvesse uma carroça no celeiro. Mas mesmo se conseguíssemos, o que faríamos em seguida?

Não havia hospital para cuidar dele. Se uma das casas em Brownsville o aceitasse por caridade... muito bem, mas, ao ver o estado de Beardsley depois de um mês – eu acreditava ser improvável que sua situação, no que dizia respeito à paralisia e à fala, melhorasse muito –, quem ficaria com ele, se isso significasse ter que cuidar dele dia e noite pelo resto da vida?

O resto da vida dele, claro, podia ser curto, dependendo do meu sucesso em lidar com a gangrena. A preocupação recuou quando minha mente se voltou para o problema mais imediato. Eu teria que amputá-lo; era a única possibilidade. Amputar os dedos dos pés seria fácil – mas talvez dedos do pé não fossem suficientes. Se eu tivesse que amputar o pé ou parte dele, corríamos um grande risco de choque e infecção.

Será que ele sentiria? Às vezes, vítimas de derrame continuavam sentindo um membro afetado, embora tivessem perdido o movimento, e às vezes mantinham movimento mas perdiam a sensibilidade – e às vezes ainda perdiam as duas coisas. Cuidadosamente, toquei o dedo gangrenado, olhando para o rosto dele.

Seu olho bom estava aberto, focado nas vigas do teto. Ele não olhou para mim nem fez nenhum ruído, o que respondia à pergunta. Não, ele não conseguia sentir o pé. Isso era um alívio, de certa forma – pelo menos ele não sofreria com a dor da amputação. Tampouco tinha sentido o dano infligido a seu membro, pensei. Será que ela sabia disso? Ou teria escolhido atacar o lado morto dele apenas porque ele ainda tinha certa força no outro e talvez pudesse se defender?

Ouvi um movimento atrás de mim. A sra. Beardsley estava de volta. Colocou um balde de água e um monte de trapos no chão, e então ficou atrás de mim, observando em silêncio enquanto eu limpava a sujeira.

– Pode curá-lo? – perguntou ela.

Sua voz estava calma, distante, como se falasse de um desconhecido.

A cabeça do paciente rolou para trás de repente, de modo que seu olho se fixou em mim.

– Acho que posso ajudar um pouco – respondi cuidadosamente.

Eu queria que Jamie voltasse. Além de precisar da minha caixa de remédios, eu estava achando a companhia da sra. Beardsley um tanto irritante.

Ainda mais quando o sr. Beardsley inadvertidamente verteu um pouco de urina. A sra. Beardsley riu, e ele emitiu um som em resposta que arrepiou todos os cabelos dos meus braços. Sequei o líquido da coxa dele e continuei meu trabalho, tentando ignorar a situação.

– Têm algum parente por perto? – perguntei da maneira mais simpática possível. – Alguém que possa vir ajudá-la?

– Ninguém. Ele me tirou da *cafa* do meu pai em Maryland. Para *esfe lugar* – frisou ela, como se estivesse se referindo ao quinto círculo do inferno; até onde eu podia ver, havia certa semelhança mesmo.

A porta se abriu no andar de baixo, e uma boa rajada de vento frio anunciou o retorno de Jamie. Ouvi uma batida quando ele colocou minha caixa sobre a mesa, e me levantei depressa, querendo escapar deles, ainda que por um momento.

– Meu marido chegou com os remédios. Eu vou... hum... descer e...

Passei pelo corpanzil da sra. Beardsley e desci a escada depressa, suando, apesar do frio dentro da casa.

Jamie estava ao lado da mesa, franzindo o cenho enquanto retorcia um pedaço de corda. Ele olhou para a frente quando me ouviu, e seu rosto relaxou um pouco.

– Como estão as coisas, Sassenach? – perguntou ele, falando baixinho, meneando o queixo em direção ao sótão.

– Muito ruins – sussurrei e me coloquei ao lado dele. – Dois dedos dos pés estão gangrenados. Vou ter que amputá-los. E ela disse que eles não têm parentes para ajudar.

– Hum.

Ele contraiu os lábios e se voltou para o mecanismo de içar que improvisava.

Peguei minha caixa de remédios, para checar os instrumentos, mas parei quando vi as pistolas de Jamie sobre a mesa ao lado dela, além do recipiente de pólvora e do estojo. Toquei o braço dele, fiz um gesto com a cabeça indicando as armas e perguntei, sem emitir som:

– O que foi isso?

Ele franziu o cenho ainda mais, mas antes que pudesse responder, ouvi um estrondo vindo de cima, uma barulheira, acompanhado por um som gorgolejante, como um elefante se afogando em um monte de lama.

Jamie largou a corda e correu para a escada, e eu o segui. Ele deu um grito quando sua cabeça chegou ao topo da escada e jogou-se para a frente. Quando subi, eu o vi nas sombras, agarrando-se com a sra. Beardsley.

Ela acertou o cotovelo no nariz dele. Isso tirou quaisquer inibições que ele poderia ter em relação a usar a força contra uma mulher; ele a virou para que ficasse de frente mandou-lhe um soco curto e certeiro no queixo que fez com que ela fechasse a boca e caísse para trás, com os olhos arregalados. Eu me lancei à frente para salvar a vela enquanto ela caía e suas saias e anáguas se espalhavam.

– Que... mulher... maldita. – A voz de Jamie estava abafada, a manga pressionada sobre o rosto para estancar o sangue que escorria do nariz, mas a sinceridade era indiscutível.

O sr. Beardsley estava se debatendo como um peixe na terra, chiando e gorgolejando. Eu ergui a vela e o vi com a mão no pescoço. Um lenço de linho tinha sido torcido até virar uma corda e envolvia o pescoço dele. Seu rosto estava escuro, o olho arregalado. Rapidamente peguei o lenço e o desamarrei, e a respiração dele se acalmou com uma forte baforada de hálito fétido.

– Se ela tivesse sido mais rápida, teria conseguido matá-lo. – Jamie abaixou o braço manchado de sangue e levou a mão ao nariz. – Cristo, acho que ela quebrou meu nariz.

– Por quê? Por que me impediu? – A sra. Beardsley ainda estava consciente, mas parecia zonza e com os olhos vidrados. – Ele tinha que morrer, quero que ele morra, ele deve morrer.

– *A nighean na galladh*, poderia tê-lo matado à vontade neste último mês, se quisesse que ele morresse – retrucou Jamie sem paciência. – Por que, em nome de Deus, esperar a chegada de testemunhas?

Ela olhou para ele com os olhos repentinamente claros e atentos.

– Eu não queria matá-lo – disse ela. – Queria que ele *morrefe*. – Ela sorriu, mostrando os tocos de dentes. – Lentamente.

– Meu Deus! – exclamei, passando a mão pelo rosto. Era apenas o meio da manhã, mas a sensação era de que o dia já durava semanas. – A culpa é minha. Eu disse a ela que achava que podia ajudar; ela pensou que eu ia salvá-lo, que talvez o curasse totalmente.

A maldição da fama de ser responsável por curas mágicas! Eu poderia ter rido, se estivesse com cabeça para ser irônica. Senti um cheiro forte no ar, e a sra. Beardsley se virou para o marido com um grito de revolta.

– Animal nojento! – Ela ficou de joelhos, pegou um pão duro do prato e o atirou nele. O pão bateu na cabeça dele. – Nojento, fedido, *fujo*, maldito...

Jamie a segurou pelos cabelos quando ela se jogou sobre o corpo do homem, pegou-a pelo braço e a arrastou para longe, soluçando e gritando.

– Inferno – disse ele, em meio à confusão. – Pegue aquela corda, Sassenach, antes que eu mate os dois.

O trabalho de descer o sr. Beardsley do sótão foi suficiente para deixar Jamie e eu suados e completamente sujos, fedidos e com as pernas bambas devido ao esforço. A sra. Beardsley ficou sentada em um banquinho no canto, quieta e maléfica, sem se esforçar para ajudar.

Ela arquejou, revoltada, quando deitamos o corpo grande sobre a mesa limpa, mas Jamie olhou feio para ela, que voltou a se sentar, com os lábios contraídos formando uma linha reta e fina.

Jamie passou na testa a manga suja de sangue e balançou a cabeça enquanto olhava para Beardsley. Eu não o culpava; mesmo limpo, muito bem coberto e depois de comer um pouco de um mingau servido às colheradas, o homem estava em um estado deplorável. Eu o examinei mais uma vez, cuidadosamente, à luz que vinha da janela. Nenhuma dúvida a respeito dos dedos dos pés; o cheiro de gangrena era nítido e um tom esverdeado cobria a parte de cima do pé.

Eu teria que tirar mais do que apenas os dedos – franzi o cenho, tocando com cuidado a área putrefata, pensando se seria melhor tentar uma amputação parcial entre os metacarpos ou simplesmente cortar o pé na altura do tornozelo. A dissecção no tornozelo seria mais rápida e, apesar de normalmente eu optar pela amputação parcial, não havia motivos naquele caso; estava claro que Beardsley nunca mais voltaria a andar.

Mordi o lábio inferior, pensativa. Nesse sentido, a coisa toda poderia ser em vão; ele ardia de febre intermitente, e os ferimentos nas pernas e nas nádegas gotejavam pus. Quais eram as chances de ele se recuperar da amputação sem morrer de infecção?

Eu não tinha ouvido a sra. Beardsley se aproximar por trás. Para uma mulher pesada, ela se movimentava com um silêncio considerável.

– O que *prefende* fazer? – perguntou ela, a voz neutra e distante.

– Os dedos dos pés do seu marido estão gangrenando – respondi. Não havia motivos para tentar não assustar Beardsley no momento. – Terei que amputar seu pé.

Não havia outra opção, apesar de sentir o coração apertado ao pensar em passar os próximos dias, ou semanas, ali, cuidando de Beardsley. Eu não podia permitir que ele fosse cuidado pela mulher!

Ela deu a volta na mesa lentamente e parou perto dos pés dele. O rosto estava inexpressivo, mas um sorrisinho apareceu no canto de sua boca, sorrateiro e disfarçado, como se fosse contra a vontade dela. Olhou para os dedos escurecidos por um bom tempo e em seguida balançou a cabeça.

– Não – disse ela baixinho. – *Teixe* que ele *apodrefa.*

Por fim, ficou claro que Beardsley entendia tudo o que dizíamos; ele abriu o olho e emitiu um grito de raiva, debatendo-se em um esforço para atacá-la, a ponto de quase cair no chão. Jamie o segurou, mantendo o corpanzil dele sobre a mesa com dificuldade. Quando Beardsley finalmente se acalmou, ofegando e emitindo sons chorosos, Jamie se endireitou, ofegando também, e lançou à sra. Beardsley um olhar de extrema desaprovação.

Ela curvou os ombros, enrolando o xale sobre eles, mas não se afastou nem desviou o olhar. Ergueu o queixo de modo desafiador.

– *Fou* a mulher dele – disse ela. – Não *fou teixar* que o corte. *Fai* colocar a *fida* dele em *rifco.*

– Se eu não fizer isso, ele vai morrer, com certeza – falei baixinho. – E vai ser uma morte feia. A senhora...

Não consegui terminar; Jamie pousou a mão no meu ombro, apertando.

– Leve-a para fora, Claire – disse ele baixinho.

– Mas...

– Para fora. – A mão pressionou ainda mais meu ombro, com uma pressão quase dolorosa. – Só volte quando eu chamar.

O rosto dele estava sério, mas havia algo em seus olhos que me fez sentir um vazio por dentro. Olhei para o balcão onde estavam suas pistolas ao lado da minha caixa de remédios e em seguida para o rosto dele de novo, assustada.

– Você não pode fazer isso – falei.

Ele olhou para Beardsley, o rosto sério.

– Eu sacrificaria um cachorro em um caso assim, sem pensar duas vezes – disse ele. – Não posso fazer menos por ele.

– Ele não é um cachorro!

– Não, não é.

Ele tirou a mão do meu ombro e contornou a mesa. Ficou ao lado de Beardsley.

– Se consegue me entender, homem, feche o olho – disse ele, baixinho.

Fez-se um momento de silêncio, e o olho vermelho de Beardsley se fixou no rosto de Jamie, com inegável compreensão. A pálpebra se fechou lentamente e em seguida voltou a se abrir.

Jamie se virou para mim.

– Vá – disse ele. – Vamos deixar que ele escolha. Se for necessário, ou não, eu chamo você.

Meus joelhos estavam tremendo e eu cerrei as mãos nas dobras da minha saia.

– Não – falei. Olhei para Beardsley e então engoli em seco e balancei a cabeça. – Não – repeti. – Eu... se você... você precisa ter uma testemunha.

Ele hesitou por um momento, mas em seguida assentiu.

– Sim, tem razão.

Ele olhou para a sra. Beardsley. Ela estava parada como uma rocha, as mãos unidas sob o avental, os olhos se voltando para mim e depois para Jamie, para o marido e para mim de novo. Jamie balançou a cabeça brevemente e então virou-se para o homem, endireitando os ombros.

– Pisque uma vez para dizer sim ou duas para dizer não. – Você entende?

A pálpebra se abaixou sem hesitação.

– Ouça. – Jamie respirou fundo e começou a falar em um tom normal de voz, os olhos fixos no rosto prejudicado e no olhar firme do olho aberto. – Sabe o que aconteceu com você?

Uma piscada.

– Você sabe que a minha mulher é médica, curandeira?

O olho rolou na minha direção, e então de volta para Jamie. Uma piscada.

– Ela disse que você sofreu uma apoplexia, que o dano não pode ser revertido. Compreende?

Um bufar saiu da boca torta. Não era novidade. Uma piscada.

– Seu pé está podre. Se ele não for amputado, você vai apodrecer e morrer. Compreende?

Nenhuma resposta. As narinas se abriram de repente, úmidas; então, o ar foi expelido com um ronco. Ele havia sentido o cheiro de podre; suspeitara, talvez, mas não sabia ao certo que vinha de seu próprio corpo. Não até aquele momento. Lentamente, uma piscada.

A litania continuou, afirmações e perguntas, cada uma delas uma pá de terra retirada de uma cova que só aumentava em profundidade. Cada uma delas terminando com as inexoráveis palavras: "Você compreende?"

Minhas mãos, meus pés e meu rosto pareciam dormentes. A sensação estranha de santuário na sala havia se alterado; parecia uma igreja, mas não mais um local de refúgio. Agora tratava-se de um local onde um ritual acontecia, levando a um destino triste e predeterminado.

E estava traçado, compreendi. Beardsley havia tomado sua decisão muito tempo antes – talvez até antes de chegarmos. Ele havia passado um mês naquele purgatório, afinal, no frio e no escuro entre o céu e a terra, e durante esse tempo pensou, analisou as possibilidades e se conformou com a morte.

Ele entendia?

Ah, sim, muito bem.

Jamie se inclinou sobre a mesa, uma das mãos sobre o braço de Beardsley, um sacerdote com as vestes manchadas, oferecendo absolvição e salvação. A sra. Beardsley ficou parada sob a luz que entrava pela janela, um anjo imperturbável de condenação.

As afirmações e as perguntas chegaram ao fim.

– Quer que a minha mulher ampute o seu pé e cuide das suas feridas?

Uma piscada, duas piscadas, exageradas, intencionais.

A respiração de Jamie saiu audível, o peso em seu peito fazendo de cada palavra um suspiro.

– Está pedindo que eu tire a sua vida?

Apesar de um lado do seu rosto estar flácido e o outro contraído, havia uma parte suficiente de Beardsley que ainda conseguia se expressar. O lado de sua boca que funcionava esboçou um sorriso cínico. *O que ainda resta dela*, foi o que disse seu silêncio. A pálpebra se fechou – e permaneceu fechada.

Jamie fechou os olhos. Um leve estremecimento percorreu seu corpo. Então, ele se sacudiu um pouco, como um homem chacoalhando a água fria, e virou-se para o balcão onde suas armas estavam.

Eu me aproximei dele depressa, pousando a mão em seu braço. Ele não olhou para mim; manteve os olhos na pistola. Seu rosto estava pálido, mas as mãos estavam firmes.

– Vá – disse ele. – Leve-a para fora.

Olhei para Beardsley, mas ele não era mais meu paciente; eu não podia curá-lo nem confortá-lo. Fui até a mulher e a peguei pelo braço, virando-a em direção à porta. Ela veio comigo, caminhando mecanicamente, e não se virou para olhar para trás.

O lado de fora pareceu irreal, o quintal iluminado pelo sol com uma aparência ao mesmo tempo comum e nada convincente. A sra. Beardsley se desvencilhou e caminhou em direção ao celeiro, depressa. Olhou para trás e para a casa e então começou a correr, desaparecendo pela porta aberta do celeiro como se inimigos a estivessem perseguindo.

Percebi a sensação de pânico e quase corri atrás dela. Mas me contive; parei à beira do pátio e esperei. Eu podia sentir meu coração batendo, lentamente, latejando nos meus ouvidos. Isso também parecia irreal.

O tiro veio, finalmente, um estampido seco, inconsequente em meio aos balidos de bodes no celeiro e ao som das galinhas ciscando a terra perto dali. Cabeça ou coração, pensei de repente e estremeci.

Já passava de meio-dia; o ar frio e parado da manhã havia aumentado e uma brisa gelada soprava pela porta, levantando poeira e tufos de feno. Fiquei de pé esperando. Ele tinha feito uma pausa, eu achava, para fazer uma breve oração pela alma de Beardsley. Um momento se passou, dois se passaram e então a porta de trás se abriu. Jamie saiu, deu alguns passos, parou, inclinou-se para a frente e vomitou.

Eu avancei, para o caso de ele precisar de mim, mas não. Ele se endireitou, limpou a boca, e em seguida se virou e atravessou o pátio para longe de mim, em direção à mata.

Eu me senti repentinamente supérflua e estranhamente ofendida. Eu estava trabalhando poucos momentos antes, envolvida por completo na prática da medicina. Conectada à carne, à mente e ao corpo; atenta aos sintomas, alerta ao pulso e à respiração, aos sinais vitais. Eu não gostava nem um pouco de Beardsley, mas ainda assim queria salvar sua vida, amenizar seu sofrimento. Ainda podia sentir sua pele quente e flácida em minhas mãos.

Agora, meu paciente estava subitamente morto, e a sensação era de que uma parte do meu corpo tinha sido amputada. Pensei que talvez eu estivesse um pouco chocada.

Olhei para a casa, minha sensação inicial de alerta substituída pela repugnância – e por algo mais profundo. O corpo tinha que ser lavado, claro, e decentemente preparado para o enterro. Eu já tinha feito essas coisas antes – sem grande mal-estar, ainda que sem entusiasmo –, e no entanto eu me via agora diante de uma grande relutância em voltar para dentro da casa.

Eu já tinha visto uma morte causada por violência – e muitas outras muito mais desagradáveis do que aquela. A morte era a morte. Independentemente de ser uma passagem, uma despedida ou, em alguns casos, uma libertação muito desejada... Jamie havia libertado Beardsley muito repentinamente da prisão de seu corpo doente; será que o espírito dele ainda permanecia na casa, ainda sem se dar conta de sua libertação?

– Você está sendo supersticiosa, Beauchamp – falei com severidade para mim mesma. – Pare já com isso. – E mesmo assim, não dei um passo em direção à casa, mas permaneci no quintal, perdida como um beija-flor indeciso.

Se Beardsley não podia ser ajudado e Jamie não precisava de ajuda, ainda havia alguém que precisava de apoio. Eu dei as costas para a casa e fui na direção do celeiro.

O lugar não passava de um espaço amplo de dois andares, escuro e tomado por feno e formas que se moviam. Fiquei parada na porta até meus olhos se ajustarem. Havia uma baia no canto, mas não havia cavalos. Uma cerca bamba com espaço para a ordenha era o cantinho das cabras, do outro lado; ela estava agachada ali dentro, sobre uma pilha de palha fresca. Meia dúzia de cabras se movimentavam ao redor dela, cheirando e mordiscando a franja de seu xale. Ela não passava de um corpo encolhido, mas vi o breve brilho de um olhar atento nas sombras.

– Acabou? – A pergunta foi feita baixinho, quase inaudível em meio aos resmungos e balidos.

– Sim. – Hesitei, mas ela não parecia precisar do meu apoio; eu conseguia ver melhor agora: ela segurava um cabritinho encolhido em seu colo, acariciando a cabeça pequena e sedosa. – Está bem, sra. Beardsley?

Silêncio, e então a figura corpulenta deu de ombros e se acomodou, e um pouco da tensão deixou seu corpo.

– Não sei – respondeu ela. Esperei, mas ela não se moveu nem disse mais nada. A companhia pacífica das cabras parecia ter a mesma probabilidade de confortá-la que a minha, então me virei e as deixei ali, sentindo certa inveja do refúgio quente do celeiro e das companhias animadas.

Tínhamos deixado os cavalos no quintal, ainda selados, presos a uma pequena árvore. Jamie soltara as tiras e removera os alforjes quando fora buscar minha caixa de remédios, mas não tivera tempo de retirar as selas. Fiz isso naquele momento; claramente, levaríamos um tempo para ir embora. Peguei as rédeas também e as soltei, deixando-as na grama marrom que ainda crescia à beira dos pinheiros.

Havia um cocho no lado oeste da casa, claramente para o cavalo, mas estava vazio. Satisfeita com a demora que a tarefa me permitia, peguei água do poço e enchi com baldes o cocho.

Secando as mãos molhadas na saia, olhei ao redor para encontrar outra coisa para fazer, mas não vi nada. Não havia escolha, então. Eu me preparei, coloquei mais água no balde, mergulhei a cuia que ficava à beira do poço e levei tudo de volta para casa, concentrando-me muito em não derrubar nada para evitar pensar no que me esperava lá dentro.

Quando olhei para a frente, fiquei assustada ao ver a porta de trás se abrir. Eu tinha certeza de que ela estava fechada antes. Jamie estava lá dentro? Ou a sra. Beardsley?

Mantendo distância, inclinei o pescoço para olhar dentro da cozinha, mas quando me aproximei, ouvi um ruído constante de uma pá cavando terra. Dei a volta e encontrei Jamie cavando perto de uma árvore que ficava sozinha no pátio, a uma curta distância da casa. Ele ainda estava vestindo a camisa, e o vento agitava o linho branco manchado contra o corpo dele, soprando os cabelos ruivos em seu rosto.

Ele os afastou com a mão, e vi, um tanto chocada, que ele estava chorando. Chorava silenciosa e, de certa forma, furiosamente, atacando a terra como se fosse um inimigo.

Ele percebeu meu movimento pelo canto dos olhos e parou, passando a manga da camisa manchada de sangue rapidamente pelo rosto, como se quisesse tirar o suor da testa.

Sua respiração era ruidosa, alta o suficiente para ser ouvida de longe. Eu me aproximei silenciosamente e ofereci a ele a cuia de água e um lenço limpo. Ele não olhou nos meus olhos, mas bebeu, tossiu, bebeu de novo, devolveu a cuia e assoou o nariz. Estava inchado, mas não mais sangrando.

– Não vamos passar a noite aqui, vamos? – perguntei, sentando-me no bloco de cortar lenha que ficava embaixo da árvore.

Ele balançou a cabeça.

– Não, por Deus – respondeu ele com a voz rouca. O rosto estava inchado e os olhos muito vermelhos, mas ele se conteve. – Vamos enterrá-lo decentemente e partir. Não me importo se dormirmos na mata de novo... mas não aqui.

Eu concordei totalmente com a ideia, mas havia uma coisa mais a ser levada em consideração.

– E... ela? – perguntei delicadamente. – Ela está na casa? A porta dos fundos está aberta.

Ele resmungou e pegou terra com a pá.

– Não, fui eu quem a abriu. Eu havia me esquecido de deixá-la aberta quando saí antes, para deixar a alma livre – explicou ele, ao ver minha sobrancelha erguida.

Foi a forma completamente casual com que ele me ofereceu essa explicação, e não tanto o fato de ecoar a minha ideia, que fez os pelos do meu pescoço se arrepiarem.

– Entendo – disse, um pouco desanimada.

Jamie cavou de modo constante por um tempo, enfiando a pá fundo na terra. A terra era argilosa e cheia de folhas mofadas; cavar era fácil. Por fim, sem interromper o movimento, ele disse:

– Brianna me contou uma história que ela leu, certa vez. Não me lembro muito bem, mas um assassinato tinha sido cometido, e a pessoa morta era um homem mau, que havia levado alguém fazer o que fez. No fim, quando perguntaram a quem contou a história o que deveria ser feito, a resposta foi: "Que seja feita a justiça de Deus."

Eu assenti. Estava de acordo, mas parecia um pouco difícil para a pessoa que se via obrigada a ser o instrumento dessa justiça.

– Você acha que foi o que aconteceu nesse caso? Justiça?

Ele balançou a cabeça; não em negação, mas demonstrando confusão, e continuou cavando. Eu o observei por um tempo, acalmada por sua proximidade e pelo ritmo hipnótico de seus movimentos. Pouco depois, no entanto, eu me remexi, preparando-me para encarar a tarefa que me esperava.

– Acho melhor eu ir preparar o corpo e limpar o sótão – falei com relutância, apoiando os pés no chão para me levantar. – Não podemos deixar aquela coitada sozinha com uma sujeira daquela, não importa o que ela tenha feito.

– Não, espere, Sassenach – disse Jamie, parando de cavar. Ele olhou para a casa, meio cansado. – Vou com você, daqui a pouco. Agora... – ele meneou a cabeça em direção à mata – acha que pode pegar algumas pedras para o dólmen?

Um dólmen? Fiquei bastante surpresa; parecia um requinte desnecessário para o falecido sr. Beardsley. Ainda assim, sem dúvida havia lobos na mata; eu havia visto fezes no caminho dois dias antes. Também me ocorreu que Jamie pudesse estar inventando uma boa desculpa para que eu pudesse postergar o momento de entrar na casa de novo – e, nesse caso, pegar pedras parecia uma alternativa razoável.

Felizmente, não faltavam pedras adequadas. Peguei o avental de lona pesada que usava para atender as pessoas em meu alforje e comecei a andar de um lado para outro, uma formiga recolhendo migalhas pesadas. Depois de meia hora de trabalho, aproximadamente, a ideia de entrar na casa começara a parecer menos desagradável. Mas Jamie ainda trabalhava com afinco, então continuei.

Finalmente parei, ofegante, e derrubei outro monte de pedras do meu avental no chão, ao lado da cova que se tornava cada vez mais funda. As sombras estavam se espalhando pelo pátio e o ar estava frio a ponto de meus dedos ficarem adormecidos – uma coisa boa, considerando os vários arranhões e cortes neles.

– Você está péssimo – observei, afastando uma mecha de cabelos do meu rosto. – A sra. Beardsley já saiu?

Ele balançou a cabeça, mas demorou um pouco para recuperar o fôlego antes de responder.

– Não – disse ele, com uma voz tão rouca que eu mal consegui ouvi-lo. – Ela ainda está com as cabras. Acho que deve ser quente lá dentro.

Olhei para ele com intranquilidade. Cavar covas é um trabalho difícil; a camisa dele estava grudada ao corpo, ensopada, apesar da friagem do dia, e o rosto estava corado – pelo esforço do trabalho, eu esperava, e não por causa de uma febre. No entanto, os dedos estavam brancos e tão rígidos quanto os meus; foi preciso um esforço visível para que ele os soltasse do cabo da pá.

– Com certeza já está fundo o suficiente – observei, analisando o trabalho dele. Eu me contentaria com uma escavação mais rasa na terra macia, mas Jamie nunca fazia um trabalho de qualquer jeito. – Pare, Jamie, e troque de camisa. Você está ensopado; vai ficar doente.

Ele não se deu ao trabalho de discutir, mas pegou a pá e ajeitou os cantos do buraco, moldando os lados para evitar que eles ruíssem.

As sombras sob os pinheiros estavam ficando mais densas, e as galinhas tinham ido dormir, montinhos de penas empoleiradas nas árvores como buquês de azevinho marrom. As aves da floresta também tinham se calado, e a sombra da casa cobria a cova recém-cavada. Envolvi meu corpo com os braços e estremeci com o silêncio.

Jamie jogou a pá no chão com um baque, e eu me assustei. Saiu do buraco e ficou de pé por um momento, os olhos fechados, o corpo oscilando de cansaço. Então abriu os olhos e sorriu exausto para mim.

– Vamos acabar com isso, então – disse ele.

• • •

Independentemente de a porta aberta ter permitido a partida do espírito do morto ou não, ou se era apenas porque Jamie estava comigo, não hesitei em entrar na casa naquele momento. O fogo havia se apagado e a cozinha estava fria e escura, mas não se sentia nada de ruim ali dentro. Estava apenas... vazia.

Os restos mortais do sr. Beardsley permaneciam deitados pacificamente embaixo de um de seus cobertores, parados e em silêncio. Vazio, também.

A sra. Beardsley havia se recusado a ajudar com as formalidades – e até mesmo a entrar na casa enquanto o corpo do marido permanecesse ali –, então eu varri a casa, acendi a lareira e voltei a dar-lhe vida, enquanto Jamie cuidava da sujeira no sótão. Quando ele desceu de novo, eu tinha começado a me ocupar da tarefa principal.

Morto, Beardsley parecia muito menos grotesco do que vivo; os membros retorcidos estavam relaxados, o ar de esforço havia desaparecido. Jamie havia colocado uma toalha de linho sobre a cabeça, mas quando espiei por baixo dela, vi que não fora feita uma grande destruição ali; Jamie atirara no olho cego dele, e a bala não havia estourado o crânio. O olho bom estava fechado, e a ferida escurecida me encarava. Voltei a cobrir o rosto dele com a toalha, delicadamente, a simetria restaurada na morte.

Jamie desceu a escada e se aproximou em silêncio por trás de mim, tocando meu ombro de leve.

– Vá se lavar – falei, fazendo um gesto para a pequena chaleira de água que eu havia pendurado sobre o fogo para esquentar. – Eu cuido disso aqui.

Ele assentiu, tirou a camisa suja e molhada e a deixou no chão. Eu ouvi os sons suaves enquanto ele se lavava. Ele tossia de vez em quando, mas sua respiração parecia mais fácil do que parecera do lado de fora, no frio.

– Eu não sabia que podia ser assim – disse ele atrás de mim. – Pensei que a apoplexia matava um homem na hora.

– Às vezes é o que acontece – falei, um tanto distraída, franzindo o cenho enquanto me concentrava no trabalho. – Na maior parte das vezes é o que acontece, na verdade.

– É mesmo? Nunca pensei em perguntar a Dougal, nem a Rupert. Nem a Jenny. Se o meu pai... – A frase foi interrompida abruptamente, como se ele a tivesse engolido.

Ah. Senti um pequeno sobressalto ao compreender. Então era isso. Eu não me lembrava, mas ele falara sobre isso, anos antes, logo depois que nos casamos. O pai de Jamie o vira ser açoitado em Fort William e, com o choque, sofreu uma apoplexia e morreu. Jamie, ferido e doente, foi retirado do forte e partiu para o exílio. Só soube da morte do pai semanas depois – não teve a oportunidade de se despedir, não pôde enterrá-lo nem honrar seu túmulo.

– Jenny saberia – falei baixinho. – Ela teria contado a você se...

Se Brian Fraser tivesse sofrido uma morte tão horrorosa como aquela, definhado e encolhido, impotente diante dos olhos da família que ele lutara para proteger.

Teria? Se ela tivesse cuidado do pai com sua incontinência e desamparo? Se tivesse esperado dias ou semanas, repentinamente sem pai nem irmão, encarando a morte sozinha enquanto ela se aproximava, momento a momento... Ainda assim, Jenny Fraser era uma mulher muito forte, que amava muito o irmão. Talvez quisesse protegê-lo tanto da culpa quanto daquela informação.

Eu me virei para olhar para ele. Ele estava seminu, mas limpo, segurando uma camisa limpa que pegara em seu alforje. Estava olhando para mim, mas vi seus olhos irem além de mim, até o cadáver, com um fascínio perturbador.

– Ela teria contado a você – repeti, esforçando-me para imprimir certeza na voz.

Jamie respirou fundo com dificuldade.

– Talvez.

– Teria – falei com mais firmeza.

Ele assentiu, respirou fundo de novo e soltou o ar com mais facilidade. Percebi que a casa não era a única coisa assombrada pela morte de Beardsley. Mas Jenny tinha a chave da única porta que podia ser aberta para Jamie.

Eu compreendia agora por que ele havia chorado e por que fora tão cuidadoso com a cova. Não por choque nem caridade, muito menos por consideração pelo morto – mas por Brian Fraser; o pai que ele não havia enterrado e cuja morte não havia chorado.

Eu me virei e puxei a borda do cobertor para cima, dobrando-a por cima dos restos limpos e decentes. Em seguida o amarrei com barbante na altura da cabeça e dos pés, fazendo um pacote anônimo e bem arranjado. Jamie tinha 49 anos; a mesma idade com que o pai havia morrido. Olhei rapidamente para ele enquanto ele terminava de se vestir. Se o pai dele tivesse sido como ele... Senti uma onda repentina de pesar, pela perda de tanta coisa. Pela força interrompida e pelo amor sufocado, pela perda de um homem que eu sabia que tinha sido admirável apenas pelo reflexo que eu via dele em seu filho.

Vestido, Jamie deu a volta na mesa e me ajudou a erguer o corpo. Mas em vez de colocar as mãos por baixo do corpo, ele esticou os braços e segurou minhas mãos.

– Jure para mim, Claire – disse ele. Sua voz havia quase desaparecido por causa da rouquidão; eu tive que me aproximar para ouvir. – Se um dia acontecer comigo o que aconteceu com meu pai... jure que vai ter por mim a mesma misericórdia que eu tive por este homem.

Havia bolhas recentes nas palmas da mão dele devido à escavação; senti a estranha maciez delas, cheias de fluidos enquanto ele segurava as minhas mãos.

– Farei o que tiver de ser feito – sussurrei, finalmente. – Assim como você fez. – Apertei as mãos dele e as soltei. – Agora, venha me ajudar a enterrá-lo. Acabou.

28

BROWNSVILLE

Era meio da tarde quando Roger, Fergus e a milícia chegaram a Brownsville, depois de errarem o caminho e vagarem pelas montanhas durante várias horas até encontrarem dois índios cherokees que indicaram o caminho.

Brownsville era formada por meia dúzia de choupanas decrépitas, espalhadas pela encosta de vegetação morta como um punhado de lixo jogado no mato. Perto da estrada – se é que o estreito caminho de terra batida e escura podia ser chamado assim –, duas choupanas se escoravam de ambos os lados de uma construção um pouco maior e de aparência mais sólida, como bêbados recostados confortavelmente em uma companhia mais sóbria. Ironicamente, a construção maior parecia funcionar como loja geral e bar, a julgar pelos barris de cerveja e pólvora e as prateleiras com peles secas que ficavam no quintal enlameado ao lado –, mas aplicar qualquer um dos termos a ela era dar-lhe mais dignidade do que merecia, pensou Roger.

Ainda assim, claramente era o lugar por onde começar – ainda que apenas pelo bem dos homens que estavam com ele, que tinham começado a vibrar como limalhas de ferro perto de um ímã ao verem os barris; o cheiro de levedura da cerveja era como um chamado de boas-vindas. Ele também não diria não a uma caneca de cerveja, pensou enquanto erguia a mão para sinalizar uma parada. O dia estava gelado e já fazia muito tempo desde que tinham tomado o café da manhã. Eles provavelmente não conseguiriam comer nada além de pão e ensopado ali, mas desde que estivesse quente e fosse acompanhado de algum tipo de álcool, ninguém reclamaria.

Ele apeou e tinha acabado de se virar para chamar os outros quando uma mão segurou seu braço.

– *Attendez.* – Fergus falou baixinho, quase sem mexer os lábios. Ele estava ao lado de Roger, olhando para algo mais à frente. – Não se mexa.

Roger não se mexeu, nem nenhum dos homens que ainda estavam no lombo dos cavalos. O que quer que fosse que Fergus estivesse vendo, eles também estavam.

– O que foi? – perguntou Roger, falando baixo também.

– Alguém... duas pessoas... estão apontando as armas para nós, pela janela.

– Ah. – Roger se deu conta do bom senso de Jamie ao decidir não entrar em Brownsville depois de escurecer na noite anterior. Evidentemente, ele sabia algo sobre a natureza suspeita de locais remotos.

Movendo-se com lentidão, ele ergueu as duas mãos e inclinou o queixo para Fergus, que relutantemente fez a mesma coisa, o gancho brilhando ao sol da tarde. Ainda com as mãos erguidas, Roger se virou muito devagar. Mesmo sabendo o que esperar, ele sentiu o estômago se contrair ao ver dois canos compridos se projetando de trás da pele de veado encerada que cobria a janela.

– Olá! – gritou ele, com o máximo de autoridade que conseguia demonstrar com as mãos acima da cabeça. – Sou o capitão Roger MacKenzie, no comando de uma companhia de milícia sob as ordens do coronel James Fraser, da Cordilheira dos Frasers!

O único efeito do anúncio foi fazer com que um dos canos se mexesse, voltando-se para Roger, de forma que ele podia olhar diretamente para o círculo pequeno e escuro da boca da arma. Essa visão indesejada, no entanto, fez com que ele percebesse que a outra arma não mirava nele, para começar. Estava, e continuava, apontada firmemente sobre seu ombro direito, na direção do grupo de homens que continuavam montados em seus cavalos atrás dele, remexendo-se nas selas e murmurando, inquietos.

Ótimo. E agora? Os homens estavam esperando que ele fizesse *alguma coisa*. Movendo-se lentamente, ele abaixou as mãos. Estava respirando fundo para gritar de novo, mas, antes que pudesse falar, uma voz rouca foi ouvida por trás da pele de veado.

– Estou vendo você, Morton, seu maldito!

Essa frase foi acompanhada por um súbito movimento da primeira arma, que se virou abruptamente, deixando de mirar Roger para se concentrar no mesmo alvo da segunda arma – presumidamente Isaiah Morton, um dos milicianos de Granite Falls.

Ouviu-se o som de um tumulto entre os homens montados, gritos assustados, e então o inferno se instaurou quando as duas armas dispararam. Cavalos se empinaram e saíram em disparada, homens gritaram e xingaram, e nuvens de fumaça branca e pungente saíram da janela.

Roger havia se jogado ao chão ao primeiro estampido. Enquanto os ecos passavam, no entanto, ele se levantou como se por reflexo, tirou a lama dos olhos e correu para a porta, irrefletidamente. Para sua surpresa, sua mente estava funcionando com clareza. Brianna demorava 20 segundos para carregar e engatilhar uma arma, e ele duvidava que aqueles idiotas fossem muito mais rápidos. Ele calculou que tinha apenas 10 segundos e pretendia usá-los.

Golpeou a porta com o ombro e ela se abriu, batendo contra a parede do lado de dentro e fazendo com que Roger se precipitasse cambaleando para dentro da sala e se chocasse contra a parede do outro lado. Bateu com o ombro na chaminé, afastou-se e conseguiu se manter de pé, vacilando como um bêbado.

Várias pessoas na sala tinham se virado para olhar para ele. Sua visão clareou o suficiente para ver que apenas dois deles estavam armados. Ele respirou fundo, partiu para cima do mais próximo deles, um homem magricela com uma barba irregular, e o segurou pela parte da frente da camisa, imitando um mestre particularmente temido de sua escola.

– O que acha que está fazendo, seu idiota? – gritou ele, puxando o homem para cima até deixá-lo na ponta dos pés. O sr. Sanderson teria gostado de saber, na opinião dele, que o exemplo dado por ele tinha sido tão memorável. Eficiente também; apesar de o magricela que Roger segurava não ter se mijado nem choramingado, como os alunos inexperientes faziam de vez em quando diante de tratamento semelhante, ele emitiu grunhidos, tentando bater na mão com a qual Roger segurava sua camisa, mas sem sucesso.

– Você, senhor! Solte o meu irmão! – A vítima de Roger havia deixado de lado a arma e o estojo de pólvora quando fora pega, espalhando o pó preto pelo chão. O outro homem armado tinha conseguido recarregar a arma e agora tentava mirar em Roger. Era impedido, de certa forma, pelas três mulheres na sala, duas das quais falavam e puxavam sua arma, atrapalhando. A terceira havia colocado o avental sobre a cabeça e gritava de forma rítmica e histérica.

Nesse momento, Fergus entrou na casa com uma pistola enorme na mão. Apontou a arma de modo negligente para o homem armado.

– Faça a gentileza de abaixar isso, por favor – disse ele, erguendo a voz de modo a ser ouvido em meio ao tumulto. – E talvez, madame, pudesse jogar um pouco de água nesta jovem. Ou dar-lhe uns tapas? – Ele fez um gesto na direção da mulher aos berros com seu gancho, retraindo-se levemente com o barulho.

Movendo-se como se estivesse hipnotizada, uma das mulheres caminhou lentamente em direção à moça que gritava, chacoalhou-a pelos ombros e começou a murmurar no ouvido dela, sem tirar os olhos de Fergus. Os gritos cessaram, substituídos por soluços irregulares.

Roger sentiu imenso alívio. A raiva, o pânico e a necessidade absoluta de fazer *alguma coisa* tinham feito com que ele chegasse até ali, mas tinha de admitir que não fazia a menor ideia de como agir em seguida. Ele respirou fundo, sentindo as pernas começarem a tremer, e abaixou lentamente sua vítima, soltando a camisa dele com um meneio esquisito. O homem deu vários passos apressados para trás e ficou passando a mão no tecido amassado da camisa, os olhos estreitados fixos em Roger, com ressentimento.

– E quem diabos é *você*? – O segundo homem, que havia abaixado a arma, olhou para Fergus, confuso.

O francês balançou o gancho – o que, Roger notou, parecia fascinar as mulheres – em um gesto de recusa.

– Isso não tem importância – disse ele, levantando mais um pouco o nariz aristocraticamente proeminente. – Eu exijo... ou melhor, *nós* exigimos – corrigiu-se, meneando educadamente a cabeça na direção de Roger – saber quem *vocês* são.

Os moradores da cabana trocaram olhares confusos, como se estivessem perguntando a si mesmos quem eram. Depois de um momento de hesitação, no entanto, o maior dos dois homens ergueu o queixo de modo ameaçador.

– Meu nome é Brown, senhor. Richard Brown. Estes são meu irmão, Lionel, minha esposa, Meg, a filha do meu irmão, Alicia – Alicia parecia ser a garota de avental, que havia retirado a peça da cabeça e ainda soluçava – e minha irmã, Thomasina.

– A seu dispor, *madame, mesdemoiselles*. – Fergus fez uma reverência muito elegante para as moças, tendo o cuidado de manter a pistola apontada para a testa de Richard Brown. – Peço desculpas pelo tumulto.

A sra. Brown assentiu em resposta, parecendo um pouco vidrada. A srta. Thomasina Brown, alta e de aparência severa, olhou para Roger e para Fergus com a expressão de que comparava uma barata e uma centopeia enquanto decidia em qual pisar primeiro.

Depois de conseguir transformar a atmosfera de um confronto armado na de um *salon* parisiense, Fergus pareceu satisfeito. Olhou para Roger e inclinou a cabeça, claramente transferindo para ele o controle da situação.

– Certo. – Roger estava usando uma camisa de caça de lã larga, mas a sensação era de estar em uma camisa de força. Respirou fundo de novo, tentando forçar o ar para dentro do peito. – Bem. Como eu disse, eu sou... ah... o capitão MacKenzie. Recebemos ordens do governador Tryon para reunir uma milícia e viemos notificá-los de sua obrigação de oferecer homens e suprimentos.

Richard Brown pareceu surpreso ao ouvir isso; seu irmão arregalou os olhos. Antes que pudessem fazer qualquer objeção, no entanto, Fergus se aproximou de Roger, murmurando:

– Talvez devêssemos descobrir se eles mataram o sr. Morton, *mon capitaine*, antes de os aceitarmos em nossa milícia?

– Ah, hum. – Roger olhou para os Browns com a expressão mais séria possível. – Sr. Fraser, pode verificar isto? Vou ficar aqui.

Olhando para os Browns, ele estendeu a mão para pegar a pistola de Fergus.

– Ah, Morton ainda está vivo, capitão. Não está conosco porque fugiu correndo como um rato assustado, mas ainda estava vivo quando o vi. – A voz anasalada de um homem de Glasgow foi ouvida da porta. Roger se virou e viu várias cabeças espiando para dentro da cabana, Henry Gallegher entre eles. Também era possível ver várias armas apontadas, e a respiração de Roger passou a fluir mais fácil.

Os Browns tinham perdido interesse em Roger, e olhavam para Gallegher completamente desorientados.

– O que ele disse? – sussurrou a sra. Brown para a cunhada. A mulher mais velha balançou a cabeça, com os lábios contraídos.

– O sr. Morton está vivo e bem. – Roger traduziu para elas. Tossiu. – Felizmente para vocês – disse ele a um dos Browns, com o máximo de ameaça que conseguiu imprimir na voz. Virou-se para Gallegher, que havia entrado na sala e estava recostado no umbral da porta, com o mosquete na mão e parecendo claramente entretido.

– Todos os outros estão bem, então, Henry?

Gallegher deu de ombros.

– Os idiotas não mataram ninguém, mas acertaram o seu alforje, senhor – acrescentou ele depois, mostrando os dentes em meio à barba.

– A bolsa com o uísque? – perguntou Roger.

– O quê? – Gallegher arregalou os olhos horrorizado, mas em seguida sorriu de modo a tranquilizá-lo. – Não, a outra.

– Ah. – Roger balançou uma das mãos. – São só as minhas calças extras, certo?

Essa resposta filosófica gerou risos e gritos de apoio dos homens reunidos na porta, o que encorajou Roger o suficiente para ir para cima do Brown menor.

– E o que você tem contra Isaiah Morton? – perguntou ele.

– Ele desonrou a minha filha – respondeu o sr. Brown, tendo retomado a compostura. Ele dirigiu um olhar enfurecido para Roger, a barba tremendo de raiva. – Eu disse a ele que o veria morto aos pés dela, se ele ousasse mostrar a cara desgraçada dele a menos de 15 quilômetros de Brownsville e, malditos sejam meus olhos, a cobra resolveu mostrar a cara bem na minha porta!

O sr. Richard Brown se virou para Gallegher.

– Está querendo dizer que *não acertamos* o maldito?

Gallegher deu de ombros como se quisesse se desculpar.

– Sim. Sinto muito.

A srta. Brown estava acompanhando a conversa, levemente boquiaberta.

– Não acertaram? – perguntou ela, e a esperança iluminou seus olhos avermelhados. – Isaiah ainda está vivo?

– Não por muito tempo – garantiu o tio. Ele se abaixou para pegar sua arma, e todas as mulheres da família Brown começaram a gritar quando as armas da milícia na porta se ergueram simultaneamente, mirando em Brown. Lentamente, ele abaixou a arma.

Roger olhou para Fergus, que ergueu uma das sobrancelhas e deu de ombros levemente. Era com ele.

Os Browns estavam reunidos, os dois irmãos olhando de cara feia para ele, as mulheres encolhidas atrás deles, fungando e murmurando. Os homens da milícia espiavam com curiosidade pelas janelas, todos olhando para Roger, esperando orientações.

E o que ele deveria dizer a eles? Morton era membro da milícia e, portanto – ele pensava –, tinha direito a proteção. Roger não poderia simplesmente entregá-lo aos Browns, independentemente do que ele tivesse feito – sempre pensando que ele poderia ser pego. Por outro lado, Roger tinha sido encarregado de convocar os Browns e o restante dos homens capacitados de Brownsville, além de obter deles mantimentos suficientes para manter a milícia por pelo menos uma semana; não parecia que essa sugestão seria bem recebida naquele momento.

Ele tinha certeza de que Jamie Fraser saberia como resolver aquela crise diplomática da melhor maneira. Ele, pessoalmente, não tinha ideia do que fazer.

Pelo menos tinha uma tática para ganhar tempo. Suspirando, abaixou a pistola e pegou a bolsa em sua cintura.

– Henry, pegue o uísque no alforje. E, sr. Brown, talvez o senhor permita que eu compre um pouco de comida e um barril de cerveja, para os meus homens.

E, com sorte, quando a bebida acabasse, Jamie Fraser já teria chegado.

29

UM TERÇO DE UMA CABRA

Já escurecera havia muito quando terminamos tudo na propriedade dos Beardsleys, organizamos as coisas, arrumamos as bolsas e selamos os cavalos. Pensei em sugerir que comêssemos antes de partir – não comíamos nada desde o café da manhã –, mas a atmosfera do lugar era tão perturbadora que nem Jamie nem eu estávamos com fome.

– Vamos esperar – disse ele, jogando os alforjes sobre os cavalos. Olhou para trás, para a casa. – Estou morto de fome, mas não conseguiria colocar nada no estômago olhando para este lugar.

– Sei o que quer dizer. – Olhei para trás também, inquieta, embora não houvesse nada para ver; a casa estava silenciosa e vazia. – Mal posso esperar para sair daqui.

O sol havia se posto atrás das árvores e uma sombra fria e azul se espalhara pelo espaço onde ficava a casa. A terra da cova de Beardsley estava escura devido à umidade, um pequeno monte embaixo dos galhos sem folhas da árvore. Era impossível olhar para a cova sem pensar no peso da terra úmida e na imobilidade, na perversão e na decomposição.

Você vai apodrecer e morrer, Jamie dissera a ele. Eu gostaria que a inversão desses dois acontecimentos tivesse proporcionado algum benefício a Beardsley – a mim, não. Ajeitei o xale ao redor dos ombros e expirei com força, em seguida respirei fundo, esperando que o cheiro fresco dos pinheiros afastasse o fedor tenebroso de carne morta que parecia ter grudado nas mãos, nas roupas e no nariz.

Os cavalos estavam inquietos, batendo as patas no chão, balançando a crina, querendo partir. Eu os entendia. Incapaz de me controlar, olhei para trás mais uma vez. Seria difícil imaginar uma imagem mais desoladora. Mais difícil ainda de imaginar era a ideia de ficar ali, sozinha.

Evidentemente, a sra. Beardsley *tinha* imaginado isso, e chegado a conclusões parecidas. Naquele momento, ela saiu do celeiro, com o filhote nos braços, e anunciou que partiria conosco. Evidentemente, as cabras também iriam. Ela me deu o animal e entrou no celeiro de novo.

O cabrito era pesado e estava meio sonolento, com as articulações pequenas e flexíveis encolhidas. Exalou ar quente sobre a minha mão, em seguida a mordiscou suavemente para ver do que eu era feita e emitiu um ruído baixinho de satisfação, relaxando, inerte e tranquilo, contra o meu corpo. Um ruído mais alto e um toque na minha coxa indicaram a presença da mãe do filhote, de olho nele.

– Bem, ela não pode deixá-los aqui – murmurei para Jamie, que resmungava no escuro atrás de mim. – Elas têm que ser ordenhadas. Além disso, não é um caminho muito longo, é?

– Você sabe a que velocidade uma cabra anda, Sassenach?

– Nunca tive a oportunidade de observar – respondi, ajeitando meu pacotinho de pelos. – Mas não acho que elas seriam muito mais lentas do que os cavalos no escuro.

Ele emitiu um som gutural escocês, mais expressivo do que o normal devido ao catarro na garganta. Tossiu.

– Você parece péssimo – falei. – Quando chegarmos, vou usar a gordura mentolada de alce em você, meu rapaz.

Ele não se opôs, o que me alarmou, pois indicava uma séria depressão de sua vitalidade. Antes que eu pudesse dizer mais alguma coisa sobre sua saúde, no entanto, fui interrompida pela sra. Beardsley, que saía do celeiro trazendo seis cabras, amarradas como um grupo de condenados jovialmente inebriados.

Jamie olhou para a procissão com desconfiança, suspirou resignado e virou-se para analisar os problemas de logística. Não havia possibilidade de colocar a sra. Beardsley sobre Gideon, o Canibal. Jamie olhou para mim e para o corpanzil da sra. Beardsley, e em seguida para o corpo pequeno da minha égua, um pouco maior do que um pônei, e tossiu.

Depois de pensar um pouco, ele colocou a sra. Beardsley sobre a sra. Piggy, com o filhote sonolento aninhado na frente dela. Eu iria com ele, montada na cernelha de Gideon, teoricamente impedindo qualquer tentativa da parte do animal de me atirar no chão. Ele enrolou uma corda ao redor do pescoço do bode e a amarrou na sela da égua, mas deixou as cabras soltas.

– A mãe vai ficar com o filhote, e as outras vão seguir este bode – disse ele. – As cabras são criaturas sociáveis; elas não vão querer desviar do caminho sozinhas. Ainda mais à noite. Xô! – exclamou ele, empurrando um focinho curioso para longe de seu rosto quando se abaixou para checar a correia na barriga do cavalo. – Acho que porcos seriam piores. Eles, sim, andam como querem.

– Ele se levantou, dando um tapinha na cabeça de um dos animais.

– Se acontecer alguma coisa, solte imediatamente – disse ele à sra. Beardsley, mostrando a ela o meio laço amarrado na sela perto da mão dela. – Se o cavalo sair correndo com vocês, seu pequeno vai ser enforcado.

Ela assentiu, o corpo curvado no lombo do cavalo, e então ergueu a cabeça e olhou na direção da casa.

– É melhor partirmos antes que a lua aponte – disse ela, baixinho. – É quando ela *aparefe*.

Senti um arrepio na espinha e Jamie virou a cabeça para olhar para a casa escura. O fogo da lareira tinha se apagado, e ninguém havia pensado em fechar a porta; o vão aberto parecia a órbita vazia de um olho.

– Ela *quem*? – perguntou Jamie, com a voz um pouco alterada.

– Mary Ann – respondeu a sra. Beardsley. – Ela foi a última. – Não havia nenhuma ênfase na voz dela; ela parecia uma sonâmbula.

– A última *o quê*? – perguntei.

– A última *efposa* – respondeu ela, e em seguida pegou as rédeas. – Ela fica embaixo da *forveira-brava* quando a lua *aparefe*.

Jamie virou a cabeça na minha direção. Estava escuro demais para ver sua expressão, mas eu não precisava. Limpei a garganta.

– Será que é melhor... fecharmos a porta? – sugeri.

O espírito do sr. Beardsley provavelmente já tinha ido embora àquela altura, e mesmo que a sra. Beardsley não tivesse interesse na casa e no que havia dentro dela, não parecia certo deixá-la à mercê de guaxinins e esquilos, sem falar de algum animal maior que poderia acabar sendo atraído pelo cheiro da partida do sr. Beardsley. Por outro lado, eu não tinha a menor vontade de me aproximar da casa vazia.

– Suba no cavalo, Sassenach.

Jamie atravessou o quintal, bateu a porta com um pouco mais de força do que o necessário, e então voltou – caminhando depressa – e subiu na sela atrás de mim.

– Upa! – exclamou ele e partimos, o brilho da meia-lua na copa das árvores.

Estávamos a cerca de 400 metros do início da trilha, o solo subindo a partir do vale onde ficava a fazenda dos Beardsleys. Avançávamos devagar, por causa das cabras, e eu observava a grama e os arbustos enquanto passávamos por eles, pensando se pareciam mais visíveis apenas porque os meus olhos estavam se adaptando ao escuro – ou porque a lua havia subido.

Eu me sentia bastante segura, com o corpo forte do cavalo me levando, o balido sociável das cabras ao redor e a presença igualmente confortante de Jamie atrás de mim, com um braço envolvendo minha cintura. Mas não tinha certeza de que me sentia segura o suficiente para me virar e olhar para trás de novo. Ao mesmo tempo, a vontade de olhar era muito forte, quase maior do que o medo que eu sentia em relação ao lugar. Quase.

– Não é realmente uma sorveira-brava, é? – disse Jamie baixinho atrás de mim.

– Não – respondi, segura com o braço forte me envolvendo. – É uma cinza-da-montanha. Mas é muito parecida.

Eu já tinha visto cinzas-da-montanha muitas vezes antes; os escoceses costumavam plantá-las perto de cabanas ou casas porque os galhos repletos de frutos cor de laranja e as folhas pinuladas de fato a faziam parecer a sorveira-brava da Escócia – uma parente botânica próxima. Concluí que o comentário de Jamie não tinha a ver com uma minuciosa observação taxonômica, mas sim com uma dúvida sobre se as cinzas-da-montanha tinham as mesmas propriedades repelentes, em termos de proteção contra o mal e contra encantamentos. Ele não tinha escolhido enterrar Beardsley embaixo daquela árvore nem por estética nem por conveniência.

Apertei sua mão coberta de bolhas, e ele me beijou no topo da cabeça.

Ao fim do caminho, olhei para trás, mas não vi nada além de um brilho fraco vindo do telhado velho da casa. A cinza-da-montanha e o que quer que houvesse – ou não – embaixo dela estava escondida no escuro.

Gideon estava bem-comportado, o que era incomum, e tinha emitido apenas um grunhido de protesto por duas pessoas estarem montadas nele. Na verdade eu achava que ele também estava feliz por sair daquela propriedade. Eu disse isso, mas Jamie desdenhou e expressou sua opinião de que o malvado estava apenas dando um tempo enquanto planejava uma nova afronta.

As cabras pareciam dispostas a encarar a viagem noturna como uma diversão e seguiam com muito interesse, comendo grama seca, chocando-se umas com as outras e com os cavalos, em geral soando como uma manada de elefantes pisoteando a vegetação rasteira.

Senti um grande alívio por finalmente deixar a casa de Beardsley. Quando os pinheiros encobriram a visão do vale, desviei com determinação minha mente dos acontecimentos perturbadores do dia e comecei a pensar no que poderia estar nos aguardando em Brownsville.

– Espero que Roger tenha se virado bem – falei, recostando-me no peito de Jamie com um suspiro.

– Humm.

Por minha longa experiência, diagnostiquei aquele som encatarrado como indicativo de uma educada concordância com os meus sentimentos, o que encobria uma completa indiferença em relação à realidade. Ou ele não via motivos para se preocupar, ou acreditava que Roger não tinha opção.

– Espero que ele tenha encontrado um lugar onde se hospedar – falei, pensando que esse comentário seria recebido com um pouco mais de entusiasmo. – Seria ótimo ter comida quente e uma cama limpa.

– Hum.

Esse som tinha certo humor misturado a uma desconfiança nata, nutrida por uma longa experiência, em relação à existência de coisas como comida quente e camas limpas no interior da Carolina.

– As cabras parecem estar seguindo bem – falei e esperei, ansiosa.

– Hum. – Concordância relutante misturada a uma profunda desconfiança quanto à continuidade do bom comportamento por parte das cabras.

Eu estava formulando outra observação, na esperança de que ele fizesse aquilo de novo – três vezes eram o recorde até então –, quando Gideon de repente fez jus à desconfiança de Jamie virando a cabeça com um resfolegar e empinando.

Eu fui de encontro ao peito de Jamie, batendo a cabeça no osso de seu ombro com um baque que me fez ver estrelas. O braço dele me deixou sem ar quando ele puxou as rédeas com uma das mãos, gritando.

Eu não fazia ideia do que ele estava dizendo, nem se ele estava gritando em inglês ou gaélico. O cavalo estava resfolegando, empinando e escavando o solo com as patas, e eu tentava me segurar a qualquer coisa, crina, sela, rédeas... Um galho raspou meu rosto e me cegou. Um pandemônio se instalou; houve gritos e balidos e um barulho de tecido rasgado e então algo me atingiu com força e me fez voar pela escuridão.

Eu não tinha desmaiado, mas não fazia muita diferença. Eu estava estendida sobre um arbusto, me esforçando para respirar, sem conseguir me mexer, incapaz de ver coisa alguma além de umas poucas estrelas no céu acima.

Eu ouvia uma algazarra infernal em algum ponto a pouca distância de onde eu estava, dominada por um coro de cabras em pânico, pontuada pelo que pensei serem os gritos de uma mulher. Os gritos de duas mulheres.

Balancei a cabeça, confusa. Então, fiquei de quatro e comecei a engatinhar, depois de identificar tardiamente o que estava produzindo aquele barulho. Eu já havia ouvido panteras gritando com frequência, mas sempre a uma distância segura. Aquela não estava nem um pouco distante. O ruído de tecido se rasgando que eu ouvira antes tinha sido o grunhido de um felino grande, muito perto.

Esbarrei em um grande tronco caído e rolei por baixo dele, enfiando-me na pequena abertura tanto quanto consegui. Não era o esconderijo ideal, mas poderia ao menos impedir que alguma coisa pulasse de uma árvore em cima de mim.

Eu ainda conseguia ouvir Jamie gritando, apesar de o tom de seus comentários ser de uma fúria rouca. As cabras tinham parado de balir quase totalmente – será que o felino tinha matado todas elas? Eu tampouco ouvia a sra. Beardsley, mas os cavalos estavam em polvorosa, relinchando e batendo as patas.

Senti o coração bater com força contra o chão coberto de folhas e uma gota gelada de suor percorrer minha mandíbula. Nada invocava tanto terror quanto o medo primitivo de ser comido, e eu compreendia os animais totalmente. Ouvi um barulho no arbusto próximo de mim e Jamie gritando meu nome.

– Aqui – falei, sem querer sair do meu refúgio até saber exatamente onde a pantera estava ou até ter certeza de que ela não estava perto de mim.

Os cavalos tinham parado de relinchar, apesar de ainda resmungarem e baterem as patas, barulho suficiente para indicar que nenhum dos dois tinha fugido nem se tornado presa de nosso visitante.

– Aqui! – gritei um pouco mais alto.

Mais estrépito perto de mim. Jamie cambaleou na escuridão, agachou-se e passou a mão por baixo do tronco até encontrar meu braço, que ele segurou.

– Você está bem, Sassenach?

– Não me dei ao trabalho de checar, mas acho que sim – respondi.

Saí com cuidado de baixo do tronco, me examinando. Hematomas aqui e ali, cotovelos ralados e uma sensação de formigamento onde o galho havia acertado meu rosto. Basicamente, estava tudo bem.

– Ótimo, venha depressa, ele está machucado. – Ele me levantou e começou a me empurrar no escuro com a mão na base das minhas costas.

– Quem?

– O bode, claro.

Meus olhos estavam bem adaptados ao escuro a essa altura, e eu vi as sombras grandes de Gideon e da égua embaixo de um álamo sem folhas, crinas e caudas se agitando. Uma forma menor que pensei ser a sra. Beardsley estava agachada ali perto, sobre algo no chão.

Senti o cheiro de sangue e o fedor forte do bode. Eu me agachei e estiquei o braço, tocando os pelos duros e quentes. O bode se retraiu ao meu toque, com um "méééé" alto que de alguma forma me tranquilizou. Ele poderia estar ferido, mas não estava morrendo – pelo menos ainda não; o corpo sob minhas mãos era forte e vigoroso, com músculos retesados.

– Onde está a pantera? – perguntei, localizando a firmeza dos chifres e correndo a mãos depressa pela espinha, pelas costelas e pelos flancos. O bode não gostou e se remexeu sem parar sob as minhas mãos.

– Ela se foi – disse Jamie, agachando-se também e colocando a mão na cabeça do bode. – Pronto, *a bhalaich*. Está tudo bem. *Seas, mo charaid.*

Eu não tinha apalpado nenhum ferimento aberto no corpo do bode, mas sentia o cheiro de sangue; um cheiro quente e metálico que perturbava o ar límpido da mata. Os cavalos também sentiam; eles se vergavam e se movimentavam inquietos no escuro.

– Tem certeza de que ela se foi? – perguntei, tentando ignorar a sensação de olhos me observando por trás. – Sinto cheiro de sangue.

– Sim, mas pegou uma das cabrinhas. – Ele se ajoelhou ao meu lado, pousando a mão grande no pescoço do bode. – A sra. Beardsley soltou o bode corajoso, e ele foi para cima da pantera. Não consegui ver tudo, mas acho que a criatura deve tê-lo acertado. Eu a ouvi guinchar e cuspir, e o bode deu um grito nesse momento também. Acho que pode ter quebrado a perna.

Estava quebrada. Com essa orientação, encontrei a fratura com facilidade, no úmero da pata dianteira direita. A pele não estava rasgada, mas o osso estava partido; eu podia sentir o deslocamento das pontas. O bode bateu os chifres no meu braço quando toquei a perna. Os olhos dele estavam arregalados e revirados, com as pupilas visíveis, mas sem cor à luz fraca da lua.

– Podemos curá-lo, Sassenach? – perguntou Jamie.

– Não sei.

O bode ainda estava se debatendo, mas os movimentos se tornavam perceptivelmente mais fracos conforme o choque se instalava. Mordi o lábio, procurando a pulsação entre a pata e o corpo. A lesão em si provavelmente podia ser curada, mas o choque era um perigo grande; eu já tinha visto muitos animais – e algumas pessoas – morrerem rapidamente depois de um incidente traumático, em decorrência de lesões que não eram fatais em si.

– Não sei – repeti. Meus dedos encontraram os batimentos, finalmente; estavam muito acelerados, fortes. Eu estava tentando pensar nas possibilidades de intervenção, todas muito rústicas. – Ele pode morrer, Jamie, mesmo que eu conserte a pata. Você acha que devemos sacrificá-lo? Ele seria muito mais fácil de carregar como carne.

Jamie acariciou o pescoço do bode com cuidado.

– Seria uma grande pena, ele é uma criatura tão linda.

A sra. Beardsley riu disso, um riso nervoso, como o de uma menina, saindo do escuro perto de Jamie.

– O nome dele é Hiram – disse ela. – É um bom menino.

– Hiram – repetiu Jamie, ainda acariciando o bode. – Bem, Hiram. *Courage, mon brave*. Você vai conseguir. Tem bolas do tamanho de melões.

– Bem, caquis, talvez – falei, depois de encontrar os testículos em questão enquanto o examinava. – Mas bastante respeitáveis, tenho certeza – acrescentei, inspirando rapidamente. A glândula de almíscar de Hiram trabalhava sem parar. Até mesmo o cheiro forte e ferroso do sangue ficava em segundo plano.

– Eu estava falando de modo figurado – me informou Jamie de um jeito seco. – Do que vai precisar, Sassenach?

Evidentemente, a decisão tinha sido tomada; ele já estava se levantando.

– Tudo bem – respondi, afastando os cabelos com as costas da mão. – Encontre alguns galhos retos, com cerca de 30 centímetros, sem ramos, e pegue uma corda que está no alforje. Depois pode me ajudar aqui – falei, tentando segurar meu paciente. – Parece que Hiram gosta de você. Sem dúvida, reconhece uma alma gêmea.

Jamie riu, um som baixo e confortante. Ficou de pé depois de acariciar as orelhas de Hiram e saiu, voltando momentos depois com os itens requisitados.

– Muito bem – falei, tirando uma das mãos do pescoço de Hiram para poder pegar os galhos. – Vou fazer uma tala. Teremos que carregá-lo, mas a tala vai impedir que a perna se flexione ou que a lesão se agrave. Ajude-me a colocá-lo de lado. – Hiram, por orgulho de macho ou por teimosia, se é que eram duas coisas diferentes –, ficava tentando se levantar, mesmo com a perna quebrada. No entanto, a cabeça balançava de modo assustador, pois os músculos de seu pescoço se enfraqueciam, e o corpo se debatia de um lado para outro. Ele arranhou debilmente o chão e então parou, ofegante.

A sra. Beardsley se inclinou sobre o meu ombro, com o filhote ainda nos braços. Ele baliu baixinho, como se tivesse acordado de repente de um pesadelo, e Hiram respondeu com um "méé" alto.

– Tive uma ideia – murmurou Jamie.

Ele se levantou de repente e pegou o filhote da sra. Beardsley. Então, ajoelhou-se de novo, empurrando o bichinho para perto de Hiram. O bode parou de fazer esforço, abaixando a cabeça para cheirar o filhote, que chorou, empurrando o focinho contra o corpo do grande bode, e uma língua comprida e melosa saiu da boca, lambendo a minha mão enquanto procurava a cabeça do filhote.

– Aja depressa, Sassenach – sugeriu Jamie.

Eu não precisava que ele me lembrasse disso e, em poucos minutos, a pata estava estabilizada, a tala coberta com um dos vários xales que a sra. Beardsley parecia estar usando. Hiram havia se acalmado, gemendo e grunhindo de vez em quando, mas o filhote ainda balia alto.

– Onde está a mãe dele? – perguntei, embora não precisasse ouvir a resposta.

Eu não entendia muito de bodes, mas sabia o suficiente sobre mães e filhotes para perceber que nada, a não ser a morte, impediria uma mãe de acudir um filhote que balia daquela forma. Os outros bodes tinham voltado, atraídos pela curiosidade, com medo do escuro ou devido a um desejo simples de ter companhia, mas a mãe não aparecera.

– Pobre Beckie – disse a sra. Beardsley com tristeza. – Uma cabra tão boa...

Formas escuras se chocavam e se atropelavam; senti uma baforada de ar quente na minha orelha quando uma delas mordiscou meus cabelos e outra pisou na minha panturrilha, fazendo com que eu me assustasse enquanto patinhas raspavam minha pele. Não me esforcei para afastá-las; a presença daquele harém parecia estar fazendo muito bem a Hiram.

Coloquei os ossos da perna no lugar e a tala presa com firmeza sobre eles. Eu havia encontrado um bom ponto para medir a pulsação na base da orelha e a monitorava, com a cabeça de Hiram repousada no meu colo. Quando as outras cabras se aproximaram, cheirando seu corpo e emitindo sons, ele ergueu a cabeça de repente e se deitou de barriga para baixo, com a perna quebrada estendida à frente do corpo, toda enfaixada.

Ele se remexeu de um lado para o outro como um homem bêbado por um momento, em seguida emitiu um "mééé" alto e se apoiou em três patas. Logo caiu de novo, mas o movimento alegrou a todos. Até mesmo a sra. Beardsley emitiu um gritinho animado diante do que viu.

– Muito bem. – Jamie ficou de pé e passou os dedos pelos cabelos, respirando fundo. – Agora.

– Agora *o quê*? – perguntei.

– Agora, preciso decidir o que fazer – disse ele, com um tom estranho.

– Não vamos para Brownsville?

– Podemos ir – respondeu ele. – Se a sra. Beardsley conhecer o caminho bem o suficiente para encontrarmos a trilha até as estrelas aparecerem. – Ele se virou para ela com expectativa, mas vi que ela balançou a cabeça em negativa.

Percebi que, na verdade, não estávamos mais na trilha – que de qualquer forma não passava de um estreito caminho através da floresta.

– Não podemos estar tão longe, não é? – Olhei ao redor, estreitando os olhos no escuro, como se uma placa iluminada pudesse indicar a posição do caminho. Na verdade, eu não fazia ideia da direção em que pudesse estar.

– Não – concordou Jamie. – E, sozinho, ouso dizer que acabaria por encontrá-la, mais cedo ou mais tarde. Mas não pretendo percorrer a floresta no escuro com todo esse grupo. – Ele olhou ao redor, evidentemente atento aos barulhos. Dois cavalos muito arredios, duas mulheres, uma delas bastante esquisita e possivelmente homicida, e seis cabras, duas incapazes de andar. Eu entendi o que ele queria dizer.

Jamie endireitou os ombros e os remexeu, como se quisesse ajeitar uma camisa justa.

– Vou dar uma olhada por aqui. Se encontrar o caminho, ótimo. Se não encontrar, vamos acampar esta noite – disse ele. – Vai ser mais fácil procurar a trilha durante o dia. Cuidado, Sassenach.

E, com um espirro final, ele entrou na mata, deixando-me a cargo dos outros, sãos e feridos.

Os gritos do filhote órfão estavam cada vez mais altos e angustiados; faziam os meus ouvidos doerem, e também o meu coração. A sra. Beardsley, por outro lado, havia ficado ligeiramente mais animada com a ausência de Jamie. Acho que tinha medo dele. Ela pegou uma das outras cabras, fazendo com que ficasse de pé para que o órfão pudesse mamar. O filhote se mostrou relutante por um momento, mas a fome e a necessidade de se aquecer e de se sentir seguro foram mais fortes, e em poucos minutos ele estava se alimentando, com o rabinho abanando discretamente.

Fiquei feliz ao vê-lo, mas senti certa inveja; de repente, me lembrei de que não tinha comido nada o dia todo, estava com muito frio, exausta, com várias partes do corpo doloridas – e que, sem as complicações da sra. Beardsley e de suas companhias, eu já estaria segura em Brownsville há muito tempo, alimentada, aquecida e aconchegada diante de alguma lareira. Pousei a mão na barriga do filhote, arredondada e firme por causa do leite, e pensei, melancolicamente, que gostaria que alguém cuidasse de *mim*. Mas, naquele momento, eu parecia ser o Bom Pastor, e não havia o que fazer a respeito.

– *Fofê* acha que ela pode voltar? – A sra. Beardsley se agachou ao meu lado, o xale envolvendo os ombros largos. Falou com a voz baixa, como se tivesse medo de ser ouvida.

– O quê? A pantera? Não, acho que não. Por que voltaria? – Ainda assim, senti um arrepio percorrer o meu corpo enquanto pensava em Jamie, sozinho em algum lugar na escuridão. Hiram, com o ombro encostado na minha coxa, resmungou e em seguida deitou a cabeça no meu joelho com um longo suspiro.

– *Algumaf pefoas* dizem que *of gafof cafam* em *paref*.

– É mesmo? – Disfarcei um bocejo, não de enfado, apenas de fadiga. Pisquei na escuridão, uma letargia gelada tomando conta de mim. – Ah. Bem, acho que um bode de bom tamanho seria o suficiente para dois. Além disso... – Bocejei de novo e minha mandíbula estalou. – Além disso, os cavalos nos avisariam.

Gideon e a sra. Piggy estavam perto um do outro sob o álamo, sem mostrar sinais de agitação. Isso pareceu confortar a sra. Beardsley, que se sentou no chão em silêncio, com os ombros encolhidos como se estivesse sem ar.

– E como a senhora está se sentindo? – perguntei, mais por vontade de manter a conversa do que por um desejo real de saber.

– *Eftou felif* por estar indo embora daquele lugar – disse ela simplesmente.

Eu entendia perfeitamente essa sensação; nossa situação naquele momento era, pelo menos, melhor do que ficar na casa dos Beardsleys, mesmo com uma pantera ou outra por perto. Ainda assim, isso não significava que eu estava ansiosa para passar muito tempo ali.

– A senhora conhece alguém em Brownsville? – perguntei. Eu não sabia qual era o tamanho do povoado, mas, pela conversa de alguns dos homens que tínhamos ouvido, parecia um vilarejo de tamanho razoável.

– Não. – Ela ficou em silêncio por um momento, e eu percebi que ela havia jogado a cabeça para trás, olhando para as estrelas e para a lua pacífica. – Eu... nunca estive em Brownsville – disse ela, quase timidamente.

Nem em nenhum outro lugar, era o que parecia. Ela contou a história de modo hesitante, quase animada, com um leve incentivo da minha parte.

Beardsley a havia comprado de seu pai e a levara, juntamente com outros produtos comprados em Baltimore, para sua casa, onde a mantinha como prisioneira, impedindo-a de sair ou de se mostrar a quem aparecesse. Deixada sozinha para cuidar da fazenda enquanto Beardsley viajava para as terras dos cherokees com seus produtos, ela não tinha contato com ninguém, apenas um garoto – que não fazia muita companhia, já que era surdo e não falava.

– É mesmo? – perguntei.

Durante os acontecimentos do dia, eu me esquecera de Josiah e de seu irmão gêmeo. Fiquei me perguntando se ela teria conhecido os dois ou apenas Keziah.

– Há quanto tempo a senhora veio para a Carolina do Norte? – perguntei.

– *Doif anof* – respondeu ela baixinho. – *Doif anof, tref mesef* e *finco diaf*. – Eu me lembrei das marcas na porta e me perguntei quando ela teria começado a contar. Desde o começo? Alonguei as costas, perturbando Hiram, que resmungou.

– Compreendo. A propósito, qual é o seu nome de batismo? – perguntei, me dando conta, tardiamente, de que não sabia.

– *Franfef* – respondeu ela, e em seguida, tentou de novo, sem gostar do som. – Fran-*cess* – e o final da palavra foi um sibilo pelos dentes quebrados. Ela deu de ombros e riu, um som tímido, contido. – Fanny – disse ela. – Minha mãe me chamava de Fanny.

– Fanny – falei, incentivando-a. – É um nome muito bonito. Posso chamá-la assim?

– Eu... ficaria *felif* – concordou ela. Respirou fundo de novo, mas parou de falar, evidentemente tímida demais para dizer o que tinha em mente. Com o marido morto, ela parecia totalmente passiva, sem a força que a animara antes.

– Ah – falei, me dando conta com algum atraso. – Pode me chamar de Claire.

– Claire. Que bonito.

– Bem, pelo menos não tem nenhum "s"– falei sem pensar. – Ah, me perdoe!

Ela emitiu um *pff* como se dispensasse as minhas desculpas. Incentivada pela sensação de intimidade criada pela troca dos nomes – ou simplesmente pela necessidade de conversar, depois de tanto tempo –, ela me contou sobre a mãe, que havia morrido quando ela tinha 12 anos, sobre o pai, um pescador de caranguejos, e sobre sua vida em Baltimore, caminhando pela praia com a maré baixa para pegar ostras e mexilhões, observando a pesca e as embarcações de guerra entrarem em Fort Howard para subir até Patapsco.

– Era... *pafífico* – disse ela, um tanto saudosa. – Era tão aberto... nada além do *féu* e da água.

Ela jogou a cabeça para trás, como se desejasse ver um pedacinho do céu noturno por entre os galhos entrelaçados acima de nós. Acho que, apesar de as florestas nas montanhas da Carolina do Norte serem refúgio e um conforto para um escocês das Terras Altas como Jamie, elas podiam parecer claustrofóbicas para alguém acostumado com a costa de Chesapeake.

– Vai voltar para lá? – perguntei.

– Voltar? – Ela pareceu um tanto alarmada. – Ah, eu não... não tinha *penfado*...

– Não? – Eu havia encontrado um tronco contra o qual me recostar e me espreguicei levemente, para aliviar minhas costas. – Você deve ter reparado que seu... que o sr. Beardsley estava morrendo. Não fez planos?

Além da diversão de torturá-lo lentamente até a morte. De repente me ocorreu que eu vinha me sentindo confortável demais com aquela mulher, sozinha no escuro com as cabras. Ela podia mesmo ter sido vítima de Beardsley, ou poderia apenas estar dizendo isso agora, para conseguir nossa ajuda. Eu me senti mal ao lembrar dos dedos queimados dos pés de Beardsley e do estado deplorável daquele lugar. Eu me endireitei um pouco e procurei a faca pequena que levava no cinto... só por garantia.

– Não.

Ela parecia meio assustada, e não era à toa. Eu estava atordoada, apenas por causa da emoção e fadiga. A ponto de quase perder o que ela falou em seguida.

– O que disse?

– Eu *dife*... Mary Ann não me *dife* o que eu tinha que fazer... *depoif*.

– Mary Ann – falei com cuidado. – Sim, e ela seria... a primeira sra. Beardsley, certo?

Ela riu e os pelos de meu pescoço se arrepiaram de uma maneira desagradável.

– Ah, não. Mary Ann foi a quarta.

– A... quarta – repeti, ligeiramente baixo.

– Ela foi a única que ele enterrou *fob* a *forveira*-brava quando a lua *aparefeu* – disse ela. – Foi um erro. *Af outraf eftão* na mata. Acho que ele ficou preguiçoso; não queria andar tanto.

– Ah – falei, por falta de uma resposta melhor.

– Eu *dife*... Ela fica *fob* a *forveira*-brava quando a lua *aparefe*. Quando eu a vi lá pela primeira *vef*, *penfei* que ela *estifefe* viva. Tinha medo do que ele poderia fazer, *fe* ele a *fife* ali *fozinha*, então fugi da casa para avisá-la.

– Entendi. – Meu tom de voz deve ter parecido meio desconfiado, pois ela virou a cabeça de repente para mim. Segurei a faca com mais força.

– Acredita em mim?

– Claro que sim – garanti a ela, tentando tirar a cabeça de Hiram do meu colo. Minha perna esquerda estava dormente devido à pressão do peso dele, e eu não sentia mais meu pé.

– *Pofo moftrar a fofê* – disse ela, com a voz calma e firme. – Mary Ann me *dife* onde *elaf eftavam*... *af outraf*, e eu *af* encontrei. *Pofo moftrar* onde *eftão enterradaf*.

– Tenho certeza de que isso não será necessário – falei, flexionando os dedos para restaurar a circulação.

Se ela viesse na minha direção, colocaria o bode no caminho dela, rolaria e ficaria o mais rápido possível de quatro, gritando para Jamie. Onde estava ele?

– Então... hum... Fanny. Você está dizendo que o sr. Beardsley... – Percebi que também não sabia o nome dele, mas achei melhor manter minha relação com a memória dele formal, naquelas circunstâncias. – Que o seu marido *assassinou* quatro esposas? E ninguém sabia?

Não que alguém *fosse saber* necessariamente, pensei. A casa dos Beardsleys era muito isolada, e não era incomum que mulheres morressem em decorrência de acidentes, no parto ou simplesmente por trabalhar demais. Alguém devia saber que Beardsley havia perdido quatro esposas, mas era totalmente possível que ninguém se importasse com as circunstâncias em que isso havia acontecido.

– *Fim*. – Ela parecia calma, pensei; não perigosa, pelo menos. – Ele também teria me matado, *maf* Mary Ann o impediu.

– Como ela fez isso?

Ela respirou fundo e suspirou, acomodando-se no chão. Ouvi um balido baixo e sonolento em seu colo e notei que ela segurava o filhote de novo. Segurei a faca com menos força; ela não poderia me atacar com um cabrito no colo.

Ela me contou que saía para falar com Mary Ann sempre que a lua aparecia; a mulher fantasmagórica aparecia sob a sorveira-brava apenas entre a lua cheia e o quarto minguante, não na lua nova nem na crescente.

– Muito específico – murmurei, mas ela estava tão envolvida na história que não notou.

Isso se estendeu por alguns meses. Mary Ann contara a Fanny Beardsley quem ela era, informara o destino de suas antecessoras e o modo como havia morrido.

– Ele a enforcou – disse Fanny. – Eu *fi* a marca *daf mãof* dele no *pefcofo* dela. Ela me *dife* que ele faria a *mefma* coisa comigo, um dia.

Uma noite, algumas semanas depois, Fanny teve certeza de que o momento havia chegado.

– Ele bebia muito rum, *fabe*? – ela explicou. – *Fempre ficafa agrefivo* quando bebia, e *defa vef*...

Tremendo de nervoso, ela havia derrubado a panela com o jantar, espalhando comida sobre ele, que se levantou com um rosnado, partindo para cima dela, que se virou e fugiu.

– Ele *eftava* entre mim e a porta – disse ela. – Corri para o *fótão*. *Penfei* que ele *eftaria* bêbado *demaif* para *fubir* a *efcada*, e ele *eftava*.

Beardsley tropeçou durante a investida e derrubou a escada. Enquanto se esforçava, murmurando e reclamando, para colocá-la no lugar, ele ouviu uma batida na porta.

Beardsley gritou para saber quem era, mas não teve resposta. Apenas mais uma batida na porta. Fanny havia se arrastado até a entrada do sótão e viu o rosto vermelho dele, olhando com os olhos arregalados para ela. A batida soou pela terceira vez. A língua dele estava enrolada demais por causa da bebida para que ele conseguisse falar com coerência; limitou-se a resmungar e erguer um dedo para alertá-la, e então se virou e caminhou em direção à porta. Ele a abriu, olhou para fora e gritou.

– Nunca ouvi um *fom* como aquele – disse ela, muito baixinho. – Nunca.

Beardsley se virou e correu, tropeçou em um banco e caiu de cara, em seguida se levantou, cambaleou até a escada e subiu por ela, pulando degraus e tentando agarrá-la, aos berros.

– Ele ficou gritando para que eu o *ajudafe*.

Havia uma nota estranha na voz dela; talvez apenas perplexidade por um homem daqueles lhe pedir ajuda, mas com um toque inquietante que eu achei que traía um prazer profundo e secreto na memória.

Beardsley havia chegado ao topo da escada, mas não conseguiu dar o passo final para o andar de cima. Seu rosto ficou pálido de repente, ele revirou os olhos e caiu desmaiado, de cara, em cima das tábuas, com as pernas penduradas.

– Não *confegui defer* com ele; *fó confegui* puxá-lo de volta para *fima*. – Ela suspirou. – E o *refto*... *fofê fabe*.

– Não exatamente – Jamie falou do meio da escuridão, perto do meu ombro, e eu me sobressaltei. Hiram resmungou incomodado, acordando.

– Há quanto tempo está aqui? – perguntei.

– Há tempo suficiente. – Ele se posicionou do meu lado e agachou-se com uma das mãos no meu braço. – E o que era na porta, então? – perguntou ele à sra. Beardsley. A voz não demonstrava mais do que um leve interesse, e sua mão apertava meu braço. Senti um leve arrepio. Realmente. O que era?

– Nada – disse ela simplesmente. – Não havia ninguém lá, que eu *confeguife* ver. Mas... dá para ver a árvore daquela porta, e a lua *eftava* no *féu*.

Fez-se um momento de silêncio. Por fim, Jamie passou a mão pelo rosto, suspirou e ficou de pé.

– Sim. Bem. Encontrei um lugar onde podemos nos abrigar esta noite. Ajude-me com o bode, Sassenach.

Estávamos em um terreno inclinado, com pedras e pequenos arbustos, o que deixava o caminho entre as árvores muito incerto no escuro, a ponto de eu cair duas vezes, conseguindo me equilibrar por sorte antes de quebrar o pescoço. Teria sido difícil caminhar à luz do dia; à noite, era quase impossível. Felizmente, o lugar encontrado por Jamie era bem próximo.

Era uma espécie de vale ao lado de uma encosta de terra seca, com uma vinha em más condições, coberta por palha. Antigamente, existia um riacho ali, e a água tinha arrancado um bom pedaço de terra da margem abaixo, deixando uma espécie de cobertura. Algo havia desviado o fluxo de água alguns anos antes, no entanto, e as pedras arredondadas do que tinha sido o leito do riacho estavam espalhadas e meio afundadas na terra mole; uma rolou para baixo quando pisei nela e eu caí, apoiada em um dos joelhos, chocando-o dolorosamente contra outra daquelas pedras demoníacas.

– Tudo bem, Sassenach? – Jamie ouviu minha exclamação e parou, virando-se na minha direção. Ele estava na encosta acima de mim, com Hiram nos ombros. De baixo, delineado contra o céu, ele parecia grotesco e meio assustador; uma figura com ombros curvos e monstruosos.

– Tudo bem – respondi, meio sem fôlego. – Tudo bem por aqui. Você está bem?

– Sim. Pode me ajudar? – Ele parecia muito mais ofegante do que eu. Caiu de joelhos, e eu me apressei para ajudá-lo a colocar Hiram no chão. Jamie ficou ajoelhado com uma das mãos apoiada no chão para se segurar.

– Espero que não seja muito difícil encontrar a trilha de manhã – falei, observando-o com ansiedade. A cabeça dele estava abaixada de exaustão, o ar sibilando em seu peito a cada respiração. Eu queria que ele estivesse em um lugar com fogo e comida, o mais rápido possível.

Ele balançou a cabeça e tossiu, limpando a garganta.

– Eu sei onde fica – disse ele e tossiu de novo. – É só que...

A tosse fez com que ele estremecesse vigorosamente, eu podia ver seus ombros tensos. Quando ele parou, pousei a mão em suas costas e senti um tremor constante percorrendo seu corpo; não um arrepio, apenas o tremor de músculos forçados além dos limites da força.

– Não consigo dar mais um passo, Claire – disse ele baixinho, como se estivesse com vergonha de admitir. – Estou acabado.

– Deite-se – falei, baixinho também. – Vou cuidar de tudo.

Houve certo atropelo e certa confusão, mas em meia hora, aproximadamente, todos já estavam mais ou menos acomodados, os cavalos amarrados e uma pequena fogueira tinha sido acesa.

Eu me ajoelhei para conferir meu paciente, que estava deitado de bruços, com a perna na tala esticada. Hiram, com as fêmeas reunidas ao redor dele no abrigo da encosta, emitiu um beligerante "mé!" e me ameaçou com os chifres.

– Desgraçado mal-agradecido! – exclamei e me afastei.

Jamie riu e então começou a tossir, os ombros tremendo com o espasmo. Ele estava encolhido de um lado da depressão na encosta, com a cabeça apoiada em um casaco dobrado.

– E quanto a você – falei, olhando para ele. – Eu não estava brincando a respeito da banha de alce. Abra sua capa, levante a camisa e faça isso agora.

Ele estreitou os olhos para mim e lançou um olhar na direção da sra. Beardsley. Escondi um sorriso diante da timidez dele, mas dei à sra. Beardsley a pequena chaleira que estava em meu saco de couro e pedi que ela fosse buscar água e mais lenha, e em seguida peguei o unguento mentolado.

A aparência de Jamie me assustou um pouco, agora que eu o analisava de perto. Estava pálido e com os lábios brancos, o contorno das narinas vermelho e os olhos tomados pela fadiga. Ele parecia muito doente, e soava pior, a respiração assoviando em seu peito a cada inspiração.

– Bem, acho que Hiram não morreria na frente de suas cabras, então você também não vai morrer na minha frente – falei com dúvida, enfiando o dedo na banha fragrante.

– Não vou morrer de jeito nenhum – disse ele, meio contrariado. – Só estou um pouco cansado. Estarei normal pela manhã... ah, Cristo, odeio isso!

Seu peito estava bem quente, mas eu achava que ele não estava com febre; era difícil saber, já que meus dedos estavam gelados.

Ele se remexeu, emitiu um forte "eee" e tentou se afastar. Eu o segurei com força pelo pescoço, apoiei um joelho em sua barriga e comecei a fazer o que tinha que fazer, mesmo sob protestos. Com o tempo, ele parou de resistir e se submeteu, rindo um pouco, espirrando e dando gritos curtos quando eu tocava um ponto especialmente sensível. As cabras acharam tudo muito divertido.

Em poucos minutos, passei o unguento e ele estava ofegante no chão, com a pele do peito e da garganta vermelhas devido à fricção e brilhando por causa da gordura, um cheiro forte de hortelã e cânfora no ar. Coloquei uma flanela grossa em seu peito, baixei a camisa e enrolei a capa ao redor de seu corpo, colocando um cobertor embaixo de seu queixo.

– Agora – falei com satisfação, limpando as mãos em um pano. – Assim que eu conseguir água quente, vamos beber um bom chá de marroio.

Ele abriu um olho com desconfiança.

– Vamos?

– Bem, você vai. Eu preferiria beber urina de cavalo.

– Eu também.

– Que pena. Ela não tem nenhum efeito terapêutico, até onde sei.

Ele resmungou e fechou os olhos. Respirou ofegante por um instante. Então ergueu a cabeça alguns centímetros, abrindo os olhos.

– A mulher já voltou?

– Não. Imagino que vá demorar um tempo para encontrar o riacho no escuro. – Hesitei. – Você... ouviu alguma coisa do que ela estava me contando?

Ele balançou a cabeça, negando.

– Não tudo, mas o suficiente. Sobre Mary Ann?

– Sim, isso.

Ele resmungou.

– Você acreditou nela, Sassenach?

Não respondi de imediato; em vez disso, me demorei limpando a banha de alce de debaixo das minhas unhas.

– Acreditei na hora – falei por fim. – Mas agora... não tenho certeza.

Ele resmungou de novo, dessa vez aprovando.

– Não acho que ela seja perigosa – disse ele. – Mas fique com a faca preparada, Sassenach... e não dê as costas para ela. Vamos ficar de olho; acorde-me daqui a uma hora.

Ele fechou os olhos, tossiu e, sem mais delongas, adormeceu profundamente.

As nuvens estavam começando a passar na frente da lua, e um vento frio balançou a mata na encosta perto de nós.

– Acordá-lo em uma hora – murmurei, ajeitando-me em uma tentativa de conseguir o mínimo de conforto no chão cheio de pedras. – Sei. Até parece.

Eu me inclinei e coloquei a cabeça de Jamie no meu colo. Ele resmungou um pouco, mas não acordou.

– Fungadas – disse a ele de modo acusatório. – Até parece!

Eu remexi os ombros e me recostei, encontrando um pouco de apoio na parede do nosso abrigo. Apesar do aviso de Jamie, parecia desnecessário ficar de olho na sra. Beardsley; ela havia acendido a fogueira, depois se acomodara entre as cabras e, por ser de carne e osso e, portanto, estar exausta devido aos acontecimentos do dia, pegara no sono na mesma hora. Eu podia ouvi-la do outro lado do fogo, roncando pacificamente entre as fungadas e os resmungos de seus companheiros.

– E do que você acha que é feito? – perguntei para a cabeça pesada repousada na minha coxa. – Borracha vulcanizada?

Toquei os cabelos dele, meio sem querer, e os alisei com cuidado. Ele esboçou um sorriso com o canto da boca, em um ato de doçura surpreendente.

Foi embora tão depressa quanto veio, e eu olhei para ele surpresa. Não, ele não estava em sono profundo; sua respiração era difícil, mas constante, e as pálpebras de cílios meio ruivos estavam fechadas. Muito lentamente, acariciei a cabeça dele de novo.

Como eu esperava, o sorriso cintilou como uma chama e desapareceu. Ele suspirou profundamente, dobrou o pescoço para se aproximar e relaxou por completo, soltando o corpo.

– Ah, meu Deus, Jamie – falei baixinho enquanto lágrimas ardiam nos meus olhos.

Fazia anos que eu não o via sorrir enquanto dormia daquele jeito. Desde os primeiros dias depois do nosso casamento, na verdade – em Lallybroch.

Ele sempre sorria como um menininho, a irmã dele, Jenny, me dissera. *Acho que significa que ele está feliz.*

Meus dedos se afundaram nos cabelos macios e grossos da sua nuca, sentindo a curva sólida do seu crânio, o couro cabeludo quente e a linha fina como um fio de cabelo da antiga cicatriz que o atravessava.

– Eu também – sussurrei para ele.

30

CRIAS DE SATANÁS

A sra. MacLeod e seus dois filhos tinham ido ficar com a esposa de Evan Lindsay, e com a partida dos irmãos MacLeods com a milícia, além de Geordie Chisholm com seus dois filhos mais velhos, o tumulto na casa principal diminuiu significativamente. Não o suficiente, Brianna pensou, considerando que a sra. Chisholm continuava lá.

O problema não era tanto a sra. Chisholm; o problema eram os cinco filhos menores da sra. Chisholm, todos meninos e chamados – pela sra. Bug – de "crias de Satanás". A sra. Chisholm, talvez compreensivelmente, não concordava com essa terminologia. Apesar de os outros moradores da casa serem menos diretos do que a sra. Bug ao dar suas opiniões, havia uma notável unanimidade entre eles. Meninos gêmeos de 3 anos *tinham* esse efeito, Brianna pensou, olhando para Jemmy com certo temor enquanto pensava no futuro.

Naquele momento, ele não estava dando nenhum sinal de uma possível revolta no futuro, já que estava meio adormecido no escritório de Jamie, para onde Brianna havia ido na esperança de ter 15 minutos de paz durante os quais pudesse escrever. Um temor residual de Jamie era o suficiente para manter os pestinhas fora dali a maior parte do tempo.

A sra. Bug havia informado a Thomas, de 8 anos, a Anthony, de 6, e a Toby Chisholm, de 5, que a sra. Fraser era uma bruxa renomada: uma Senhora Branca que, sem dúvida, os transformaria em sapos sem titubear – o que não seria uma grande perda para a sociedade, ela deu a entender – se acontecesse alguma coisa com o que havia dentro do seu consultório. Isso não os mantinha longe dali – pelo contrário; eles ficavam fascinados, mas, até aquele momento, pelo menos isso os impedira de quebrar muitas coisas.

O tinteiro de Jamie estava em cima da mesa; um frasco pequeno, fechado com uma rolha de bolota, com um jarro de barro com penas de peru perfeitamente afiadas ao lado. Brianna aprendera com a maternidade a aproveitar momentos fortuitos; ela aproveitou aquele, pegou uma pena, abriu a capa do pequeno diário no qual registrava o que acreditava serem seus relatos particulares.

Ontem à noite, sonhei que fazia sabão. Nunca fiz sabão, mas eu tinha esfregado o chão ontem, e o cheiro do sabão ainda estava nas minhas mãos quando fui dormir. Era um cheiro ruim, algo entre um odor ácido e o odor de cinzas, com um fedor horroroso de gordura de porco, como algo que está morto há muito tempo.

Estava despejando água em uma chaleira de madeira de freixo para fazer lixívia, e elas se transformavam em lixívia assim que eu despejava a água. Grandes nuvens de fumaça amarela venenosa saíam da chaleira.

Papai me deu uma tigela grande de sebo para misturar com a lixívia, e havia dedos de bebê nela. Eu não me lembro de ter achado estranho... naquele momento.

Brianna estava tentando ignorar a série de barulhos vindos de cima, que davam a impressão de que várias pessoas estavam pulando na cama. O barulho cessou de repente, seguido por um grito agudo que, por sua vez, foi seguido pelo som de corpos se chocando e diversos outros gritos de tons variados.

Ela estremeceu e fechou os olhos com força, encolhendo-se ao ouvir o barulho que só aumentava. Mais um momento e eles estavam descendo a escada. Olhando para Jemmy, que havia acordado de repente, mas que não parecia assustado – meu Deus, ele estava se acostumando com aquilo, ela pensou –, ela pousou a pena e se levantou, suspirando.

O sr. Bug estava lá para cuidar da fazenda e dos animais e repelir ameaças físicas; o sr. Wemyss estava lá para cortar lenha, buscar água e manter a casa em ordem. Mas o sr. Bug era silencioso, e o sr. Wemyss, tímido; Jamie tinha deixado Brianna formalmente no comando. Portanto, ela era a juíza de todos os conflitos.

Abriu a porta do escritório e olhou para a confusão. A sra. Bug, com o rosto vermelho – como sempre – tomado pela acusação. A sra. Chisholm, da mesma maneira, tomada pela raiva que só uma mãe sabia sentir. A pequena sra. Aberfeldy, da cor de uma berinjela, segurava a filha de 2 anos, Ruth, de modo protetor contra o peito. Tony e Toby Chisholm estavam chorando e cobertos de ranho. Havia uma marca vermelha de mão no rosto de Toby; os cabelos finos da pequena Ruthie pareciam estar um pouco mais curtos de um lado que do outro. Todos começaram a falar de uma vez.

–... Selvagens!

–... O cabelo lindo do meu bebê!

– Ela começou!

–... Como ousa bater no meu filho?!

– Estávamos só brincando de cortar cabelo, senhora...

–... EEEEEEE!

–... e abriram um buraco no colchão de penas, os pestinhas!

– *Olhe* o que ela fez, a bruxa!

– *Olhe o que eles fizeram!*

– Olhe, senhora, é só...

– AAAAAAA!

Brianna saiu no corredor e bateu a porta atrás de si. Era uma porta sólida, e o barulho resultante interrompeu temporariamente a comoção. Do outro lado, Jemmy começou a chorar, mas ela resolveu ignorá-lo por hora.

Ela respirou fundo, preparou-se para se meter na confusão, mas então mudou de ideia. Não conseguia sequer pensar na discussão interminável que teria início se ela tivesse que lidar com o grupo todo. Dividir e conquistar era o único caminho.

– Estou *escrevendo* – disse ela, e olhou com os olhos semicerrados para cada um. – Algo importante. – A sra. Aberfeldy parecia impressionada; a sra. Chisholm, ofendida; a sra. Bug, assustada.

Ela assentiu com frieza para cada uma delas.

– Vou conversar com cada uma mais tarde. Entenderam?

Abriu a porta, entrou no escritório e fechou-a com cuidado diante dos três rostos de olhos arregalados, em seguida recostou-se ali, com os olhos fechados, soltando o ar que estivera segurando.

Do lado de fora, fez-se silêncio, em seguida um forte "humpf!" na voz da sra. Chisholm, e o barulho de passos se afastando – uns escada acima, outros em direção à cozinha, e os mais pesados para dentro do consultório do outro lado do corredor. Uma confusão de passinhos porta da frente afora anunciava que Tony e Toby estavam aproveitando para escapulir.

Jemmy parou de gritar quando a viu e começou a chupar o polegar.

– Espero que a sra. Chisholm não saiba nada sobre ervas – disse ela ao filho, sussurrando. – Tenho certeza de que a vovó guarda venenos ali. – Ainda bem que a mãe tinha levado a caixa de canivetes e bisturis, pelo menos.

Ela ficou parada por um momento, ouvindo. Nenhum som de vidro quebrado. Talvez a sra. Chisholm tivesse entrado no consultório apenas para evitar a sra. Aberfeldy e a sra. Bug. Brianna se sentou na cadeira de encosto reto perto da mesa pequena que seu pai usava. Ou talvez a sra. Chisholm estivesse à espreita, querendo que Brianna ouvisse suas lamentações assim que as outras saíssem de perto.

Jemmy estava deitado de costas com os pés levantados, esfacelando um pedaço de pão que havia encontrado em algum lugar. O diário dela havia caído no chão. Ao ouvir a sra. Chisholm sair do consultório, ela logo pegou a pena e um dos livros de registro da pilha em cima da mesa.

A porta se abriu alguns centímetros. Fez-se um momento de silêncio, durante o qual ela inclinou a cabeça, franzindo o cenho em exagerada concentração para a página a sua frente, rabiscando com uma pena sem tinta. A porta voltou a se fechar.

– Vaca! – praguejou ela, baixinho. Jemmy emitiu um som interrogativo, e ela olhou para ele. – Você não ouviu isso, está bem?

Jemmy emitiu mais um som e enfiou o restante da torrada na narina esquerda. Ela fez um movimento instintivo para tirá-la dele, mas se conteve. Não queria mais conflitos naquela manhã. Nem naquela tarde.

Ficou dando batidinhas com a pena escura na página enquanto pensava. Teria que fazer alguma coisa, e depressa. A sra. Chisholm podia ter encontrado a beladona mortal – e ela *sabia* que a sra. Bug tinha um cutelo.

A sra. Chisholm estava em vantagem no que dizia respeito ao peso, à altura e ao alcance, mas Brianna apostaria suas fichas na sra. Bug em termos de perfídia e deslealdade. Quanto à pobre e pequena sra. Aberfeldy, ela ficaria presa no fogo cruzado, sendo crivada por ataques verbais. E a pequena Ruthie provavelmente estaria careca em menos de uma semana.

Seu pai teria resolvido a questão em dois tempos com seu charme e sua autoridade masculina. Ela emitiu um grunhido, divertindo-se com a ideia. Se ele dissesse a uma delas "venha!", ela se deitaria aos pés dele, ronronando como o gato Adso. "Vá!", ele diria à outra, e ela correria para a cozinha para pegar um prato de bolinhos amanteigados.

Sua mãe teria aproveitado a primeira desculpa para fugir da casa – cuidar de um paciente que morava longe ou sair para colher ervas medicinais –, deixaria que elas brigassem e se entendessem e voltaria só quando o estado de neutralidade tivesse sido restaurado. Brianna não tinha deixado de reparar no olhar de alívio da mãe ao montar na égua – e também no olhar de desculpas lançado à filha. Ainda assim, nenhuma dessas duas estratégias funcionaria com ela – ainda que a vontade de pegar Jemmy e partir para a montanha fosse bem forte.

Pela centésima vez desde que os homens tinham partido, ela desejou ter ido com eles. Imaginava-se montada em um cavalo, o ar frio e fresco em seus pulmões, e Roger ao seu lado, com o sol reluzindo em seus cabelos escuros, uma aventura desconhecida que eles enfrentariam juntos.

Ela sentia muita falta dele, como se fosse um ferimento aberto. Por quanto tempo ele ficaria longe, se houvesse uma batalha? Ela afastou esse pensamento, sem querer pensar no que viria depois; a ideia de que, se houvesse conflito, havia a possibilidade – por menor que fosse – de ele voltar doente ou ferido, ou de não voltar.

– *Não* vai chegar a esse ponto – disse ela firmemente, em voz alta. – Eles estarão de volta daqui a uma ou duas semanas.

Ela ouviu um barulho forte quando uma rajada de chuva gelada bateu na janela. O tempo estava esfriando; ia começar a nevar até a noite. Ela estremeceu, enrolando o xale nos ombros, e olhou para Jem a fim de ver se ele estava bem agasalhado. A bata estava enrolada na cintura, a fralda estava suja e uma meia tinha caído, deixando um pezinho pequeno e rosado à mostra. Ele parecia não notar, já que estava totalmente distraído balbuciando uma canção para os dedinhos nus que se flexionavam em direção à cabeça.

Ela olhou para ele em dúvida, mas ele parecia bastante satisfeito – e o braseiro no canto *estava* irradiando um pouco de calor.

– Tudo bem – disse ela, e suspirou.

Tinha Jem, e isso bastava. O problema, portanto, era encontrar uma maneira de lidar com os Três Furacões antes que elas a enlouquecessem ou matassem uma à outra com o rolo de massa ou com a agulha de costura.

– Lógica – disse ela a Jemmy, endireitando-se na cadeira e apontando a pena para ele. – Deve existir uma maneira lógica. É como naquele problema em que você precisa levar um canibal, um missionário e um bode para o outro lado do rio em uma canoa. Preciso pensar a respeito.

Jem começou a tentar colocar o pé na boca suja de migalhas, apesar da falta de lógica do movimento.

– Você deve ter puxado ao papai – disse ela, de modo tolerante. Colocou a pena de volta no jarro e começou a fechar o livro, mas então se deteve, atraída pelo que estava escrito. Ver as anotações com a letra garranchada do pai ainda a deixava ligeiramente emocionada, e ela se lembrou da primeira vez que a vira – em um documento antigo, com a tinta marrom desbotada.

Aquela tinta já tinha sido clara, mas agora havia escurecido, a mistura da tinta ferrogálica adquirindo seu tom escuro e azulado devido à exposição ao ar por um ou dois dias.

Não era bem um livro de contabilidade, ela reparou, mas um de registro das atividades diárias da fazenda:

> *16 de julho – Recebi seis leitões desmamados do pastor Gottfried, em troca de duas garrafas de vinho moscatel e um machado. Coloquei-os no estábulo até crescerem o suficiente.*
> *17 de julho – Uma das colmeias começou a enxamear à tarde e foi para dentro do estábulo. Felizmente, minha esposa recapturou o enxame, que colocou em uma batedeira de manteiga vazia. Ela diz que Ronnie Sinclair terá que fazer uma nova.*
> *18 de julho – Carta da minha tia pedindo conselho sobre seu moinho em Grinder's Creek. Respondi, dizendo que vou verificar a situação dentro de um mês. Carta enviada com R. Sinclair, que vai para Cross Creek com um carregamento de 22 barris, de cujo lucro vou receber a metade, como pagamento de dívidas relativas a ferramentas. Consegui deduzir o custo da nova batedeira desse valor.*

O fluxo de entradas era tranquilo, pacífico como os dias de verão que ele havia registrado. Ela sentiu o nó de tensão nos ombros começar a afrouxar, e sua mente começou a relaxar, pronta para encontrar uma maneira de sair das dificuldades.

20 de julho – A cevada no campo de baixo está alta, na altura das minhas meias compridas. Um bezerro saudável nasceu de uma vaca vermelha logo depois da meia-noite. Tudo está bem. Um dia excelente.
21 de julho – Fui à fazenda dos Muellers. Troquei um jarro de mel por tiras de couro em mau estado (mas podem ser remendadas). Cheguei em casa bem depois de escurecer, por ter visto movimento de peixes no lago perto de Hollis's Gap. Parei para pescar e peguei dez belas trutas. Comemos seis no jantar; o resto ficará para o café da manhã.
22 de julho – Meu neto teve uma assadura, mas minha esposa diz que não é nada de mais. A porca branca escapou do chiqueiro de novo e foi para a floresta. Estou em dúvida, sem saber se devo ir atrás dela ou apenas expressar solidariedade ao infeliz predador que for o primeiro a encontrá-la. O temperamento dela é parecido com o da minha filha no momento – ela dormiu pouco nas últimas noites...

Brianna se inclinou para a frente, franzindo o cenho para a página.

...porque o bebê não parava de chorar. Minha esposa diz que é por causa de cólicas e que vai passar. Eu acredito que ela esteja certa. Enquanto isso, instalei Brianna e o bebê na antiga cabana, o que é um certo alívio para nós dentro de casa, ainda que não seja para minha pobre filha. A porca branca comeu quatro de seus filhotes, não consegui impedir.

– Seu *desgraçado*! – disse ela.

Ela conhecia bem a porca branca e não gostou da comparação. Jemmy, assustado com a mãe, parou de balbuciar, soltou a torrada e começou a entortar os lábios.

– Não, não, está tudo bem, querido. – Ela se levantou e o pegou no colo, balançando-o para acalmá-lo. – Shh, está tudo bem. A mamãe só está falando com o vovô, só isso. Você também não ouviu aquela palavra, está bem? Shh, shh.

Jemmy se acalmou, mas se inclinou para longe do colo dela, tentando pegar sua refeição enquanto emitia pequenos grunhidos de ansiedade. Ela se abaixou e a pegou, olhando para a torrada com aversão. A casca estava dura e molhada e, além disso, estava coberta por uma camada do que parecia ser pelos de gato.

– Credo. Você não quer isso, não é?

Era evidente que ele queria e foi convencido com dificuldade a aceitar um grande anel de ferro para touros – usado para conduzir os animais pelo nariz, ela notou com certa ironia. Jemmy levou o anel à boca e decidiu que o queria, aninhando-se no colo dela enquanto mordia o anel, o que permitiu que ela relesse a conclusão do registro ofensivo.

– Humm.

Ela se recostou, distribuindo o peso de Jemmy com mais conforto. Ele conseguia ficar sentado agora, apesar de ainda parecer incrível que seu pescoço mole conseguisse aguentar o peso da cabeça. Ela olhou para o caderno pensativa.

– Tive uma ideia – disse ela a Jemmy. – Se eu colocar a velha bru... ou melhor, a sra. Chisholm, na nossa cabana, conseguirei fazer com que ela e os monstrinhos horrorosos dela fiquem longe de todo mundo. E então... hum. A sra. Aberfeldy e Ruthie poderiam ficar com Lizzie e com o pai dela, se colocarmos a cama de baixo do quarto do papai e da mamãe lá. Os Bugs terão sua privacidade de volta, e a sra. Bug vai parar de ser uma velha maldosa... quer dizer, acho que você e eu poderíamos dormir no quarto do papai e da mamãe, pelo menos até eles voltarem.

Ela detestava a ideia de ter que sair de sua cabana. Era sua casa, seu lugar privado, a casa de sua família. Poderia entrar e fechar a porta, deixar o furor para trás. Suas coisas estavam ali; o tear em construção, os pratos de peltre, o jarro de cerâmica que ela havia pintado – todos os objetos pequenos e caseiros com os quais ela havia transformado aquele lugar em seu espaço.

Além da sensação de posse e de paz, tinha uma sensação desconfortável de superstição em relação a sair dali. A cabana era a casa que Roger havia dividido com ela; deixá-la, por mais temporário que fosse, parecia admitir que ele poderia não voltar mais a viver ali.

Ela segurou Jemmy com mais força, mas ele a ignorou para poder se concentrar no brinquedo, as mãozinhas brilhando, cobertas de saliva.

Não, ela não queria abrir mão de sua casa. Mas *era* uma solução, e lógica. A sra. Chisholm concordaria? A cabana era mais rústica do que a casa principal e não tinha certas comodidades.

Ainda assim, tinha certeza de que a sra. Chisholm aceitaria a sugestão. Ela era o tipo de pessoa cujo lema era: "Melhor reinar no inferno do que servir no céu..." Apesar do problema, ela sentiu vontade de rir.

Esticou a mão e fechou o caderno, em seguida tentou colocá-lo de novo na pilha de onde o havia tirado. Mas, com uma das mãos e com Jemmy no colo, não conseguiu alcançar, e o livro escorregou, caindo de novo na mesa.

– Maldição – murmurou ela, e se inclinou na cadeira, inclinando-se para pegá-lo. Várias folhas soltas tinham caído, e ela as colocou de volta da maneira mais organizada que conseguiu com a mão livre.

Uma das folhas, uma carta, ainda tinha os restos de um selo preso a ela. Brianna viu a impressão de uma meia-lua sorridente e se deteve. Era o selo de lorde John Grey. Devia ser a carta que ele enviara em setembro, na qual descrevia suas aventuras caçando alces no Pântano Sombrio. Seu pai a havia lido para a família várias vezes – Lorde John era um correspondente bem-humorado, e a caça ao veado tinha sido tomada pelo tipo de problemas que sem dúvida eram desconfortáveis, mas que tornavam o relato muito pitoresco.

Sorrindo ao se lembrar, ela abriu a carta com o polegar, ansiosa para ler a história de novo, mas descobriu que estava diante de algo totalmente diferente.

13 de outubro, Anno Domini 1770
Sr. James Fraser,
Cordilheira dos Frasers, Carolina do Norte

Meu caro Jamie,

Acordei hoje cedo com o som da chuva que tem caído sobre nós há uma semana e com o cacarejar baixo das galinhas, que vieram se empoleirar na armação da minha cama. Ao acordar sob a vigilância de vários olhinhos, fui fazer uma investigação sobre essa circunstância e me informaram que o rio subiu tanto sob o ímpeto da chuva recente que prejudicou tanto a casa das necessidades quanto o abrigo das galinhas. O que havia dentro deste foi salvo por William (meu filho, de quem você deve se lembrar) e por dois dos escravos, que enxotaram as aves desalojadas para longe dos destroços da inundação com vassouras. Não sei dizer de quem foi a ideia de colocar as vítimas penosas da inundação dentro do meu quarto, mas tenho algumas suspeitas.

Recorrendo ao meu urinol (gostaria que as galinhas usassem esse utensílio, pois são animais de uma incontinência lamentável), eu me vesti e fui ver o que podia ser salvo. Algumas tábuas e o telhado do galinheiro permanecem de pé, mas minha latrina se tornou propriedade do rei Netuno – ou de seja qual for a divindade menor das águas que presida um afluente tão modesto como o nosso rio.

Entretanto, peço-lhe que, por favor, não se preocupe; a casa fica a certa distância do rio e está seguramente localizada em uma elevação do terreno, de forma a nos manter seguros mesmo durante as maiores inundações. (A casa das necessidades tinha sido construída ao lado da antiga casa, e ainda não tínhamos tentado uma nova estrutura mais conveniente; esse pequeno desastre, ao nos oferecer a necessária oportunidade de reconstrução, pode ter sido uma bênção.)

Brianna revirou os olhos diante do comentário, mas sorriu mesmo assim. Jemmy soltou o anel e começou a resmungar para que ela o pegasse. Ela se abaixou, mas parou no meio do caminho, atraída pelas palavras do começo do parágrafo seguinte:

Sua carta menciona o sr. Stephen Bonnet e pergunta se tenho notícias ou se sei dele. Eu me encontrei com ele, deve se lembrar, mas infelizmente não tenho lembranças desse encontro, nem sequer me lembro da aparência dele, embora, como saiba, eu tenha um buraco na cabeça como lembrança da ocasião. (Pode informar a sua esposa que me recuperei bem, sem mais nenhum sintoma de desconforto além de uma dor de cabeça de vez em quando. Isso à parte, a placa de prata com a qual a abertura foi coberta fica subitamente gelada quando o tempo esfria, o que costuma fazer meu olho esquerdo lacrimejar e causa grande fluxo de muco, mas isso não é problema.)

E como partilho do seu interesse pelo sr. Bonnet e suas atividades, há muito tenho feito perguntas a respeito dele aos meus conhecidos perto da costa, já que as descrições das maquinações dele me fazem crer que o homem provavelmente vai ser encontrado ali (essa é uma ideia confortante, devido à grande distância entre a costa e o seu remoto lar). Como o rio desemboca no mar, no entanto, pensei que os capitães do rio e os marinheiros que de vez em quando jantam comigo pudessem, em algum momento, me dar informação sobre o homem.

Não fico feliz em lhe informar que Bonnet ainda está entre os vivos, mas o dever e a amizade me obrigam a lhe contar tantas informações a respeito dele quantas obtiver. São poucas: o maldito parece saber de sua situação criminal, de forma que seus movimentos têm sido sutis até agora.

Jemmy estava chutando e resmungando. Como em um transe, ela se abaixou, segurando-o no colo, e pegou o anel, os olhos ainda fixos na carta.

Eu tinha poucas notícias dele, exceto por um relatório em um dado momento segundo o qual ele havia voltado para a França – boas notícias. No entanto, duas semanas atrás, recebi um convidado, o capitão Liston ("capitão" não passa de um título de cortesia; ele diz que trabalha para a Marinha Real, mas aposto um barril do meu melhor tabaco [uma amostra do qual acompanha esta missiva – se não o receber, ficaria grato se me informasse a respeito, uma vez que não confio totalmente no escravo por meio de quem a enviei] que ele nunca sentiu nem sequer o cheiro da tinta de uma nomeação oficial, muito menos o fedor do porão de um navio), que me contou uma história mais recente – e muito desagradável – a respeito de Bonnet.

Ao se ver em liberdade no Porto de Charleston, Liston disse que se uniu a algumas companhias de aspecto duvidoso, que o convidaram para acompanhá-los a uma briga de galos, realizada no pátio interno de um estabelecimento chamado Devil's Glass. No meio da gentalha, havia um homem notável por suas vestimentas elegantes, e pela liberdade com a qual gastava seu dinheiro – Liston soube que esse homem se chamava Bonnet e soube também, pelo senhorio, que esse Bonnet era o nome de um ladrão famoso nas ilhas costeiras, popular entre os mercadores das cidades litorâneas da Carolina do Norte, mas muito menos entre as autoridades, que não conseguiam lidar com o homem em razão dos negócios dele e da dependência das cidades de Wilmington, Edenton e New Bern de seu serviço.

Liston não se interessou muito por Bonnet (segundo ele) até uma altercação por causa de uma aposta relativa à rinha ter início. Palavras exaltadas foram trocadas, mas nada bastaria se a honra não fosse satisfeita pelo derramamento de sangue. De bom grado, os espectadores começaram a apostar no resultado do combate humano, da mesma maneira que vinham apostando nas aves.

Um dos combatentes era o tal Bonnet, e o outro, o capitão Marsden, um capitão reformado do exército conhecido por meu convidado como um bom espadachim. O tal Marsden, sentindo-se ofendido, amaldiçoou os olhos de Bonnet e convidou o contrabandista a enfrentá-lo ali mesmo, uma oferta que ele aceitou de imediato. Os presentes apostaram em peso em Marsden, pois conheciam sua reputação, mas logo ficou claro que ele havia encontrado em Bonnet alguém à sua altura, ou quiçá superior a ele. Depois de alguns momentos, Bonnet conseguiu desarmar seu adversário e feri-lo tão gravemente na coxa que Marsden caiu de joelhos e se rendeu a seu oponente – sem ter escolha naquele momento, isso é certo.

Bonnet, contudo, não aceitou essa capitulação, e insistiu em realizar um ato de tamanha crueldade que deixou uma profunda impressão em todos que o testemunharam. Dizendo com grande frieza que não eram os olhos dele que estariam amaldiçoados, enfiou a ponta de sua arma nos olhos de Marsden, virando-a de modo a não apenas cegar o capitão, mas causar uma mutilação tal que o transformaria em objeto de grande horror e piedade para todos que o vissem.

Deixando seu inimigo mutilado e desmaiado em uma poça de sangue no pátio, Bonnet limpou sua lâmina na camisa de Marsden, embainhou-a e partiu – mas não sem antes pegar a bolsa de Marsden, que ele reclamou como pagamento por sua aposta original. Nenhum dos presentes teve coragem de impedi-lo, depois de um exemplo tão persuasivo do que ele era capaz de fazer bem na frente deles.

Reconto essa história para que saiba do último paradeiro conhecido de Bonnet e como um alerta a respeito de sua natureza e de suas habilidades. Sei que já conhece bem a primeira, mas chamo sua atenção para as segundas, em consideração pelo seu bem-estar. Não que eu espere que uma palavra sequer do meu conselho bem-intencionado vá encontrar morada no seu coração, que já deve estar cheio de animosidade em relação ao homem, mas imploro que pelo menos esteja atento à menção de Liston às conexões de Bonnet.

Quando me encontrei com o homem, ele era um criminoso condenado, e não acho que desde então tenha prestado algum serviço à Coroa que lhe garantisse o perdão. Se ele está à vontade para se exibir tão abertamente em Charleston – onde, anos atrás, ele escapou da forca –, parece que não teme muito por sua segurança, e isso só pode significar que ele agora goza da proteção e do patrocínio de seus amigos poderosos. Você deve descobrir quem são e estar atento a eles, se quiser destruir Bonnet.

Continuarei minhas investigações a esse respeito e enviarei notícias assim que tiver mais informações. Enquanto isso, fique bem e pense de vez em quando em seu amigo que está ensopado e passando frio na Virgínia. Permaneço, com todos os melhores votos a sua esposa, a sua filha e a sua família.

Seu servo devotado,
John William Grey
Fazenda de Mount Josiah
Virgínia

Postscriptum: Estou à procura de um astrolábio, como me pediu, mas até agora não soube de nada que servisse ao seu propósito. Este mês, mandarei vir de Londres objetos diversos e ficarei feliz em encomendar um na Halliburton's na Green Street, cujos instrumentos são da mais alta qualidade.

Muito lentamente, Brianna voltou a se sentar na cadeira. Colocou as mãos de maneira delicada mas firme sobre as orelhas do filho e disse um palavrão bem feio.

31

ÓRFÃ DA TEMPESTADE

Adormeci recostada no barranco, com a cabeça de Jamie no meu colo. Sonhei de modo vívido como acontece quando estamos com frio e desconfortáveis. Sonhei com árvores; florestas sem fim e monótonas cheias de árvores, cada tronco, folha e agulha gravada do lado de dentro das minhas pálpebras, cada uma bem afiada, todas iguais. Olhos amarelos de cabra flutuavam no ar entre os troncos, e a madeira da minha mente estremecia com os gritos de panteras e o choro de crianças sem mãe.

Acordei de repente, com os ecos dos gritos deles ainda ressoando nos meus ouvidos. Estava deitada em um monte de capas e cobertores, os membros de Jamie pesando sobre os meus, e uma neve fina e gelada caindo sobre os pinheiros.

Pedacinhos de gelo cobriam-me as sobrancelhas e os cílios, e meu rosto estava frio e molhado por causa da neve derretida. Momentaneamente desorientada, estiquei o braço em um reflexo para tocar Jamie; ele se remexeu e tossiu forte, seu ombro tremendo sob a minha mão. O som da tosse trouxe de volta os acontecimentos do dia anterior – Josiah e seu irmão gêmeo, a propriedade dos Beardsleys, os fantasmas de Fanny; o fedor de imundície e gangrena e o cheiro mais limpo de pólvora e terra molhada. O balido de cabras, ainda ecoando dos meus sonhos.

Um grito agudo foi carregado por um sopro de neve, e eu me sentei abruptamente, afastando os cobertores e levantando uma nuvem de flocos de neve. Não era uma cabra. Não mesmo.

Acordando assustado, Jamie fez um movimento brusco, rolou instintivamente para longe do monte de capas e cobertores e se agachou, com os cabelos despenteados e os olhos à procura do perigo.

– O que foi? – perguntou ele, rouco. Pegou sua faca que estava embainhada próxima dele, no chão, mas eu levantei uma das mãos para impedi-lo de se mover.

– Não sei. Um barulho. Ouça!

Ele ergueu a cabeça, ouvindo, e eu vi sua garganta se movimentar dolorosamente quando ele engoliu em seco. Eu não conseguia ouvir nada além da neve caindo e não via nada além dos pinheiros gotejantes. Mas Jamie ouviu alguma coisa – ou viu; seu rosto mudou de repente.

– Ali – disse ele baixinho, assentindo para algo atrás de mim. Eu fiquei de joelhos e vi algo que parecia um monte de trapos a alguns metros dali, ao lado das cinzas de uma fogueira extinta. Ouvi o grito de novo, inconfundível dessa vez.

– Jesus Cristo. – Eu mal me dei conta de que estava falando quando me lancei em direção à trouxa de panos. Comecei a afastar peça por peça. Estava vivo – eu o ouvira gritar –, mas ao mesmo tempo estava inerte, quase sem fazer peso na curva do meu braço.

O rostinho e o crânio sem cabelos estavam branco-azulados, os traços crestados como a casca de uma fruta de inverno. Pousei a mão aberta sobre o nariz e a boca e senti um calor leve e úmido contra a minha pele. Sobressaltado com meu toque, a boca se abriu em um berro, e os olhos oblíquos se fecharam com força, isolando do lado de fora o mundo ameaçador.

– Santo Deus. – Jamie se benzeu depressa. Sua voz não passava de um sussurro rouco por causa do catarro; ele pigarreou e tentou de novo, olhando ao redor. – Onde está a mulher?

Chocada com o aparecimento do bebê, eu não tinha parado para pensar de onde ele poderia ter vindo, nem havia tempo para isso agora. O bebê se remexeu um pouco nos panos, mas as mãozinhas estavam frias como gelo, a pele azulada e roxa de frio.

– Não importa agora... pegue o meu xale, Jamie. O coitadinho está quase congelando. – Desamarrei com uma das mãos os laços do meu corpete; era um antigo modelo que se abria na frente e que eu usava em viagens porque era mais fácil de vestir. Afrouxei o espartilho, o cordão do meu vestido e pressionei a criaturinha gelada contra meus seios nus, minha pele ainda quente do sono. Uma rajada de vento soprou neve na pele exposta do meu pescoço e dos meus ombros. Puxei o vestido depressa por cima da criança e me curvei, tremendo. Jamie jogou o xale sobre os meus ombros e em seguida nos envolveu, abraçando-nos com força, como se quisesse forçar o calor de seu corpo para dentro da criança.

Seu calor era considerável; ele estava ardendo em febre.

– Meu Deus, você está bem? – Olhei para ele, que estava com o rosto pálido e os olhos vermelhos, mas firme.

– Sim, estou. Cadê ela? – perguntou de novo, rouco. – A mulher.

Ela havia partido, evidentemente. As cabras estavam unidas sob o abrigo na margem; vi os chifres de Hiram aparecendo acima das costas das cabras. Uma meia dúzia de pares de olhos amarelos nos observava com interesse, lembrando-me dos meus sonhos.

O lugar onde a sra. Beardsley havia se deitado estava vazio; nada além do mato amassado como prova de sua presença. Ela devia ter se afastado para poder dar à luz; não havia sinal do parto perto do fogo.

– É dela? – perguntou Jamie. Eu ainda podia ouvir a congestão em sua voz, mas o leve sibilo em seu peito havia diminuído, o que era um alívio.

– Deve ser. De onde mais ele poderia ter saído?

Minha atenção estava dividida entre Jamie e a criança, que havia começado a se remexer, com movimentos como os de um caranguejo contra minha barriga, mas olhei ao redor de nosso acampamento improvisado. Os pinheiros permaneciam escuros e silenciosos sob a neve que caía; se Fanny Beardsley tivesse entrado na floresta, não havia rastros de agulhas amassadas que evidenciassem sua passagem. Cristais de neve cobriam os troncos das árvores, mas não em quantidade suficiente para cobrir o chão; não havia chance de encontrarmos pegadas.

– Ela não pode ter se afastado muito – falei, virando o pescoço para espiar por cima do ombro de Jamie. – Ela não levou nenhum dos cavalos.

Gideon e a sra. Piggy estavam próximos um do outro sob uma espruce, com as orelhas abaixadas devido ao frio, a respiração formando nuvens de vapor ao redor deles. Ao nos ver, Gideon bateu a pata e resmungou, mostrando grandes dentes amarelos em um pedido impaciente por comida.

– Está bem, seu velho rabugento, estou indo. – Jamie abaixou os braços e deu um passo para trás, passando os nós dos dedos embaixo do nariz. – Ela não poderia levar um cavalo se quisesse fugir em segredo. Se tivesse pegado um dos cavalos, o outro teria feito barulho e me despertado. – Ele colocou a mão delicadamente sobre o montinho no meu colo. – Vou precisar alimentá-los. Ele está bem, Sassenach?

– Está se aquecendo – respondi. – Mas ele, ou ela, não sei, vai sentir fome também. – O bebê estava começando a se movimentar mais, remexendo-se de modo preguiçoso, como uma minhoca, abrindo a boquinha para o nada. A sensação era de uma familiaridade chocante; meu mamilo endureceu por reflexo e a pele de meu seio foi tomada por um arrepio quando a boquinha procurou e encontrou o bico, começando a sugar.

Dei um gritinho de surpresa, e Jamie ergueu a sobrancelha.

– Ele... hum... está com fome – falei, ajeitando-o em meu colo.

– Estou vendo, Sassenach – disse ele. Olhou para as cabras, ainda reunidas no abrigo da margem, mas começando a se mexer e se agitar com grunhidos sonolentos. – Ele não é o único com fome. Um momento, sim?

Nós havíamos trazido grandes redes de forragem da fazenda dos Beardsleys; ele abriu uma delas e espalhou a comida para os cavalos e para as cabras, depois voltou até mim. Inclinou-se para pegar uma capa no emaranhado úmido de cobertas e a colocou ao redor dos meus ombros, em seguida procurou uma cuia de madeira, com a qual se aproximou das cabras.

O bebê sugava com força, puxando o mamilo para dentro de sua boca. Aquilo era animador no que dizia respeito à saúde do recém-nascido, mas a sensação era bastante perturbadora.

– Não que eu me importe, de verdade – falei para a criança, tentando distrair nós duas –, mas receio *não* ser sua mãe. Me desculpe.

E onde diabos *estava* a mãe dele? Eu me virei lentamente em um círculo, procurando com mais calma, mas ainda assim não vi nenhum traço de Fanny Beardsley, muito menos do motivo de seu desaparecimento – ou do seu silêncio.

O que teria acontecido? A sra. Beardsley poderia ter escondido – e obviamente *tinha* feito isso – a gravidez avançada por baixo daquele monte de gordura e roupas. Mas por que faria isso?

– Por que não nos contou? – pensei alto, falando por cima da cabeça do bebê. Ele estava ficando cada vez mais inquieto, e eu o balançava para acalmá-lo. Bem, talvez ela temesse que Jamie não a levasse conosco se soubesse que estava prestes a ter um bebê. Eu não a julgava por não querer ficar naquela casa, independentemente das circunstâncias.

Mas por que havia abandonado a criança? Será que a havia abandonado *mesmo*? Pensei por um momento na possibilidade de alguém ou alguma coisa – senti um arrepio na espinha ao pensar em panteras – ter aparecido e levado a mulher dali, mas meu bom senso descartou a ideia.

Um felino ou um urso podia ter entrado no acampamento sem acordar Jamie ou a mim, pois estávamos exaustos, mas não havia como ter chegado perto sem despertar as cabras e os cavalos, que já tinham todos lidado o suficiente com animais selvagens àquela altura. E uma fera procurando uma presa claramente preferiria uma carne macia como a da criança, em vez da carne dura da sra. Beardsley.

Mas, se um ser humano tivesse sido responsável pelo desaparecimento de Fanny Beardsley –, por que teria deixado a criança?

Ou, talvez, trazido a criança de volta?

Funguei profundamente para limpar o nariz, em seguida virei a cabeça, inspirando e expirando, farejando o ar de locais diferentes. Partos faziam sujeira, e eu conhecia bem os odores de um. A criança nos meus braços tinha um cheiro forte, mas eu não conseguia detectar vestígios de sangue ou de líquido amniótico no ar frio. Fezes de cabra e de cavalo, grama cortada, o cheiro amargo de cinzas de madeira e um toque de banha de alce canforada das roupas de Jamie – nada mais.

– Certo, então – falei em voz alta, balançando suavemente o bebê, que ficava cada vez mais inquieto. – Ela se afastou da fogueira para dar à luz. Ou ela foi sozinha, ou alguém a obrigou a ir. Mas se alguém a levou e viu que ela estava prestes a ter um filho, por que teria se dado ao trabalho de trazer o bebê de volta? Certamente, teria ficado com você, matado você ou simplesmente teria deixado que morresse. Ah, me desculpe. Não queria chateá-lo. Shh, querido. Calma, calma.

O bebê, começando a sair do estupor, já tivera tempo de concluir o que mais estava faltando em seu mundo. Ele soltara meu seio, frustrado, e se remexia com uma força cada vez mais potente quando Jamie voltou com um copo de leite de cabra e um lenço moderadamente limpo. Torcendo-o para formar um bico improvisado, ele o mergulhou no leite e o enfiou cuidadosamente na boca aberta. O choro cessou de imediato, e nós dois respiramos aliviados quando o barulho parou.

– Ah, assim está melhor, não está? *Seas, a bhalaich, seas* – murmurou Jamie para a criança, servindo mais leite. Eu olhei para o rostinho, ainda pálido e sujo de vérnix caseoso, mas não mais branco como giz enquanto sugava concentrado.

– Como ela pode ter ido embora? – questionei. – E por quê?

A melhor explicação era o sequestro; o que mais poderia ter feito com que uma mãe abandonasse o filho recém-nascido? Sem falar de sair pela mata à noite, a pé, logo depois de dar à luz, com o corpo dolorido e pesado, a própria carne ainda rasgada e sangrando... Fiz uma careta ao pensar nisso, e meu útero se contraiu em solidariedade.

Jamie balançou a cabeça, os olhos ainda fixos na tarefa.

– Ela teve algum motivo, mas só Cristo e os santos sabem qual foi. Ela não odiava a criança, no entanto. Poderia tê-la deixado na mata, e nunca saberíamos.

Isso era verdade. Ela – ou alguém – havia enrolado o bebê com cuidado e o deixara o mais perto possível da fogueira. Ela queria que ele sobrevivesse, então... mas sem ela.

– Você acha que ela foi embora porque quis?

Ele assentiu, olhando para mim.

– Não estamos longe da Linha do Tratado. *Poderiam* ter sido os índios, mas se tivessem sido, se eles a tivessem levado, por que não nos capturariam também? Ou por que não mataram todos nós? – perguntou ele, logicamente. – E os índios teriam levado os cavalos. Não, acho que ela foi por conta própria. Mas não sei o motivo... – Ele balançou a cabeça e mergulhou o pano no leite de novo.

A neve caía mais depressa agora; ainda era uma neve seca e leve, mas começava a se acumular aleatoriamente. Tínhamos que partir logo, pensei, antes que a tempestade ficasse pior. Parecia de alguma forma errado, no entanto, simplesmente ir sem tentar determinar o destino de Fanny Beardsley.

A situação toda parecia irreal. Era como se a mulher tivesse desaparecido como por encanto, deixando um pequeno substituto em seu lugar. Eu me lembrei dos contos escoceses sobre crianças trocadas, filhos de fadas deixados no lugar de bebês humanos. Eu não conseguia atinar o que as fadas poderiam querer com Fanny Beardsley.

Eu sabia que era tolice, mas me virei lentamente mais uma vez, analisando o local ao meu redor. Nada. A encosta estava à nossa frente, rodeada de grama seca e salpicada pela neve. Um riacho estreito corria a uma curta distância dali, e as árvores balançavam ao vento. Não havia marcas de patas ou pés na camada de agulhas molhadas e esponjosas, tampouco havia sinal de trilha. A mata não estava silenciosa, ainda mais com o vento, mas era escura e profunda.

– Temos quilômetros a percorrer antes de dormir – comentei, virando-me para Jamie com um suspiro.

– Hã? Ah, não, estamos a uma hora de viagem de Brownsville – assegurou-me ele. – Ou talvez duas – comentou, olhando para cima, para o céu branco como musselina, de onde a neve caía mais depressa. – Eu sei onde estamos, agora que está claro.

Ele tossiu de novo, um espasmo repentino chacoalhando seu corpo, e então se endireitou e me deu o copo de leite e o bico.

– Tome, Sassenach. Alimente o pobre *sgaogan* enquanto cuido dos animais, certo?

Sgaogan. Uma criança trocada. Então, o ar de estranheza sobrenatural daquela situação havia tomado conta dele também. Bem, a mulher afirmara ver fantasmas; talvez um deles tivesse vindo buscá-la? Estremeci e acomodei o bebê mais perto de mim.

– Há algum povoado aqui perto além de Brownsville? Algum lugar para onde a sra. Beardsley possa ter decidido ir?

Jamie balançou a cabeça, franzindo o cenho. A neve derretia ao tocar sua pele quente e descia por seu rosto em linhas finas.

– Não que eu saiba – respondeu ele. – O bebê está tomando o leite de cabra?

– Como um cabritinho – respondi, e ri.

Ele abriu um sorriso também.

– No futuro, vai ser comum chamar as crianças travessas assim: cabritinhos – comentei.

– Ah, é? Então é por isso que Brianna e MacKenzie chamam Jemmy assim? Pensei que fosse apenas uma brincadeira entre eles.

Ele ordenhou o resto das cabras depressa enquanto eu continuava a alimentar a criança, trazendo um balde cheio de leite morno para o nosso café da manhã. Eu gostaria de beber uma boa xícara de chá quente – meus dedos estavam frios e dormentes por enfiar o bico falso no leite sem parar –, mas o líquido branco e cremoso era delicioso, e foi um enorme conforto para nossos estômagos vazios e gelados, assim como para o do bebê.

O bebê parou de sugar e começou a urinar copiosamente – um bom sinal de saúde, mas meio inconveniente naquele momento, uma vez que o pano no qual ele estava envolto e a frente do meu corpete ficaram encharcados.

Jamie revirou depressa nossas bolsas mais uma vez, agora à procura de uma fralda e de roupas secas. Felizmente, a sra. Piggy estava levando a bolsa na qual eu mantinha panos de linho e chumaços de algodão para limpar e fazer curativos. Ele pegou um punhado deles e a criança, enquanto eu me dedicava à tarefa enregelante de trocar de corpete e de vestido sem tirar a saia, a anágua e a capa.

– Vi-vista sua capa – falei, batendo o queixo. – Vo-você vai morrer de pneumonia.

Ele sorriu ao ouvir isso, concentrado na tarefa, embora a ponta do nariz estivesse vermelha em contraste com seu rosto pálido.

– Estou bem – disse ele, e então pigarreou, fazendo um barulho parecido com um pano se rasgando, impaciente. – Tudo bem – repetiu com mais ênfase, e então parou, arregalando os olhos com surpresa.

– Oh – disse ele, mais baixo. – Olhe. É uma menina.

– É? – Eu me ajoelhei ao lado dele para olhar.

– Ela tem uma beleza bastante comum – disse ele, observando a criaturinha de modo crítico. – Que bom que tem um bom dote.

– Imagino que você também não fosse muito bonito quando nasceu – rebati. – Ela ainda nem foi limpada direito, coitadinha. Mas o que quer dizer com o dote dela?

Ele deu de ombros, cobrindo a menina com um xale, mas antes colocou um tecido dobrado com destreza em seu pequeno traseiro.

– O pai dela está morto e a mãe sumiu. Ela não tem irmãos nem irmãs, e eu não encontrei nenhum documento na casa dizendo que alguém deve herdar a propriedade dos Beardsleys. É uma fazenda bastante decente e com uma boa quantidade de produtos, isso sem falar das cabras. – Ele olhou para Hiram e para a família dele e sorriu. – E vai ficar tudo para ela, imagino.

– Acho que sim – falei lentamente. – Ela vai ser uma menina de posses, não é?

– Sim, e acabou de fazer cocô. Você não poderia ter feito isso antes de eu trocar a sua fralda? – perguntou ele para a criança.

Sem se preocupar com a bronca, ela piscou sonolenta e arrotou baixinho.

– Bem – disse ele, resignado, movendo-se para protegê-la do vento, erguendo o xale brevemente e limpando uma mancha de fezes escuras de suas partes íntimas.

A menininha parecia saudável, mas pequena; não era maior do que uma boneca grande, com a barriga cheia de leite. Essa era a dificuldade imediata; pequena daquele jeito, sem gordura corporal para protegê-la, morreria de hipotermia em pouco tempo, a menos que a mantivéssemos aquecida e alimentada.

– Não deixe que ela pegue friagem. – Coloquei as mãos nas minhas axilas para esquentá-las, preparando-me para pegar a criança.

– Não se preocupe, Sassenach. Vou limpar o traseiro dela e então... – Ele parou, franzindo o cenho. – O que é isto, Sassenach? Acha que ela está machucada? Será que a mulher a deixou cair?

Eu me inclinei para olhar. Ele ergueu os pés do bebê com uma das mãos, o pano sujo na outra. Logo acima do traseiro, havia uma mancha azul-escura, como um hematoma.

Não era um hematoma. Mas era uma explicação.

– Ela não está machucada – garanti a ele, pegando outro dos xales da sra. Beardsley para proteger a cabeça carequinha da filha dela. – É uma mancha mongólica.

– Uma o quê?

– Quer dizer que a criança é negra – expliquei. – Africana, quero dizer, parcialmente. – Jamie piscou, perplexo, e então se inclinou para espiar dentro do xale, franzindo o cenho.

– Não, não é. É branca como você, Sassenach.

Era verdade; a criança era tão branca que parecia não ter sangue.

– As crianças negras nem sempre parecem negras quando nascem – expliquei a ele. – Na verdade, com frequência são bastante pálidas. A pigmentação da pele começa a se desenvolver algumas semanas depois. Mas elas costumam nascer com uma leve descoloração da pele na base da espinha... que se chama mancha mongólica.

Ele passou a mão no rosto, afastando flocos de neve que se agarravam a seus cílios.

– Entendi – disse ele, lentamente. – Bem, isso explica em parte, não?

Explicava. O falecido sr. Beardsley, independentemente do que tivesse sido, não era negro. O pai da criança era negro. E Fanny Beardsley, sabendo – ou temendo – que a criança que estava esperando revelaria sua condição de adúltera, pensou que seria melhor abandoná-la e fugir antes que a verdade viesse à tona. Eu me perguntei se o pai misterioso teria algo a ver com o que havia acontecido ao sr. Beardsley, nesse caso.

– Será que ela sabia com certeza que o pai era negro? – Jamie tocou o pequeno lábio inferior do bebê, que agora exibia um tom rosado, delicadamente com um dedo. – Ou será que nem sequer viu a criança? Afinal, ela deve ter dado à luz no escuro. Se tivesse visto que ela era branca, talvez tivesse decidido ficar com ela.

– Talvez. Mas não ficou. Quem você acha que poderia ser o pai? – Isolada como era a propriedade dos Beardsleys, eu não conseguia imaginar Fanny tendo a oportunidade de se encontrar com muitos homens além dos índios que iam até lá fazer negócios. Será que os bebês dos índios também tinham manchas mongólicas?, pensei.

Jamie olhou desanimado ao redor e pegou a criança no colo.

– Não sei, mas não acho que vá ser difícil encontrá-lo quando chegarmos a Brownsville. Vamos, Sassenach.

• • •

Jamie decidiu relutantemente deixar as cabras para trás, a fim de conseguirmos abrigo e alimento para a criança o mais rápido possível.

– Elas ficarão bem aqui por um tempo – disse ele, espalhando o resto do feno ao redor dos animais. – As cabras não deixarão o bode, e você não vai a lugar nenhum por enquanto, certo, *a bhalaich*? – Ele coçou Hiram entre os chifres como despedida, e nós saímos sob um coro de "més" de protesto, já que as cabras tinham se acostumado com a nossa companhia.

O tempo estava piorando a cada minuto; conforme a temperatura subia, a neve deixava de ser um pó seco e se transformava em flocos molhados que se prendiam a tudo, cobrindo o chão e as árvores como se fosse uma camada de açúcar, derretendo pelas crinas dos cavalos.

Bem agasalhada sob a capa com capuz, com vários xales por baixo e a criança aconchegada em uma espécie de tipoia contra a minha barriga, eu estava bem aquecida, apesar dos flocos que atingiam meu rosto e se prendiam aos meus cílios. Jamie tossia de vez em quando, mas, de modo geral, parecia muito mais saudável do que antes; a necessidade de cuidar de uma emergência o havia energizado.

Ele seguia atrás de mim, atento a panteras e outras ameaças. Pessoalmente, eu achava que qualquer felino que se prezasse – principalmente um com a barriga cheia de carne de cabra – passaria um dia como aquele deitado em alguma caverna confortável, e não vagando pela neve. Ainda assim, era muito reconfortante tê-lo por perto; eu estava vulnerável, andando com uma das mãos nas rédeas e a outra protegendo o montinho embaixo da minha capa.

A criança estava dormindo, pensei, mas não um sono profundo; ela se remexia e se espreguiçava com movimentos lentos e lânguidos próprios de seu mundo aquático, ainda não acostumada com a liberdade da vida fora do útero.

– Parece até que você está carregando uma criança no ventre, Sassenach. – Olhei para trás e vi que Jamie tinha uma expressão divertida no rosto sob a aba do chapéu, apesar de eu achar que tinha visto algo mais ali; talvez um vago desejo.

– Provavelmente porque *estou* – respondi, ajeitando-me levemente na sela para acomodar os movimentos da minha companheira. – Só que estou carregando a filha de outra pessoa. – A pressão dos pequenos joelhos, da cabeça e dos cotovelos sobre a minha barriga era, na verdade, perturbadora como as sensações da gravidez; o fato de vir de fora e não de dentro fazia pouca diferença.

Como se tivesse sido atraído pelo inchaço sob a capa, Jamie aproximou Gideon de mim. O cavalo bufou e balançou a cabeça, querendo adiantar-se, mas Jamie o manteve sob controle com um leve "*Seas!*" de repreensão, e o animal se acalmou, bufando.

– Está preocupada com ela? – perguntou Jamie, assentindo em direção à floresta ao redor.

Não era preciso perguntar a quem ele se referia. Assenti, com a mão sobre a pequena espinha dorsal, ainda arqueada para se encaixar na curva do ventre do qual havia saído. Onde estaria Fanny Beardsley, sozinha na mata? Encolhida para morrer como um bicho – ou indo em direção a um abrigo imaginado, tropeçando às cegas pela vegetação rasteira coberta de neve, voltando, talvez, em direção a Chesapeake Bay e a uma lembrança de céu aberto, águas amplas e felicidade?

Jamie se inclinou e colocou a mão sobre a minha, pousada sobre a criança adormecida; eu podia sentir o frio de seus dedos sem luva através da camada de tecido entre nós.

– Ela fez a escolha dela, Sassenach – disse ele. – E confiou em nós para que cuidássemos da bebê. Vamos mantê-la em segurança; é só o que podemos fazer por aquela mulher.

Eu não podia virar a mão para pegar a dele, mas assenti. Ele soltou minha mão depois de apertá-la, e eu virei o rosto na direção do nosso destino, com os cílios molhados e eriçados enquanto eu piscava para afastar as gotas derretidas.

Quando avistamos Brownsville, no entanto, a maior parte da minha preocupação com Fanny Beardsley tinha sido substituída pela angústia que sentia em relação à filha dela. A criança estava desperta e chorando, golpeando meu fígado com as mãozinhas à procura de comida.

Eu me ergui na sela, espiando pela cortina de neve que caía. De que tamanho era Brownsville? Eu não conseguia ver nada além do telhado de uma única cabana que se projetava em meio ao verde dos pinheiros e loureiros. Um dos homens de Granite Falls dissera que era de um tamanho considerável – o que significava "tamanho considerável" aqui no interior? Quais eram as chances de que pelo menos um dos moradores de Brownsville fosse uma mulher com um bebê ainda sendo amamentado?

Jamie havia esvaziado o cantil e o enchera com leite de cabra, mas era melhor, pensei, chegar a algum lugar abrigado antes de tentar alimentar o bebê de novo. Se houvesse uma mãe que pudesse oferecer leite à criança, seria melhor – mas, se não houvesse, o leite de cabra teria que ser aquecido; gelado do jeito que estava ao ar livre, dar leite frio ao bebê poderia baixar perigosamente sua temperatura corporal.

A sra. Piggy bufou forte e de repente acelerou o passo. Ela sabia reconhecer a civilização quando sentia seu cheiro – e de outros cavalos. Ela levantou a cabeça e relinchou alto. Gideon fez o mesmo e quando o barulho parou, ouvi as respostas incentivadoras de vários cavalos a distância.

– Eles estão aqui! – Expirei com alívio. – A milícia... eles chegaram!

– Bem, era o que eu esperava, Sassenach – respondeu Jamie, segurando as rédeas com força para impedir que Gideon se adiantasse. – Se Roger não conseguisse encontrar um vilarejo no fim de um caminho reto, eu teria minhas dúvidas em relação à inteligência dele e também a sua visão. – Mas ele também estava sorrindo.

Quando fizemos uma curva no caminho, eu vi que Brownsville *realmente* era um vilarejo. A fumaça da chaminé subia cinza de uma dúzia de cabanas, espalhando-se sobre o monte que se erguia à nossa direita, e havia diversas construções próximas ao longo da estrada, claramente destinadas a atender clientes, a julgar pelo monte de garrafas e barris descartados e outros detritos espalhados na grama morta ao lado da estrada.

Do outro lado, diante da taverna, os homens tinham erguido um abrigo para os cavalos, com telhado de galhos de pinheiro e uma parede feita com mais galhos para bloquear a ação do vento. Os cavalos dos homens da milícia estavam reunidos sob ele, em um aglomerado aconchegante, roncando, envoltos nas nuvens de respirações misturadas.

Ao verem esse refúgio, nossos cavalos aceleraram o ritmo. Eu tive que puxar as rédeas com força com uma das mãos para impedir que a sra. Piggy saísse trotando, o que teria perturbado minha passageira. Quando consegui fazer com que ela diminuísse o passo, relutantemente, uma pequena figura saiu do abrigo de um pinheiro e apareceu na estrada à nossa frente, acenando.

– Milorde! – Fergus recepcionou Jamie quando Gideon parou com relutância. Ele olhou para Jamie por baixo da aba de um gorro de lã tingida com índigo, que ele usava abaixado sobre as sobrancelhas. Fazia com que a cabeça dele se parecesse com a ponta de um torpedo, escura e perigosa. – Vocês estão bem? Pensei que tinham enfrentado alguma dificuldade.

– Ah! – Jamie acenou vagamente para mim, indicando a protuberância sob a minha capa. – Não foi exatamente uma dificuldade. É só...

Fergus estava olhando por cima do ombro de Gideon para a protuberância com certo ar de diversão.

– *Quelle virilité, monsieur* – disse ele a Jamie, em tom de profundo respeito. – Meus parabéns!

Jamie dirigiu a ele um olhar fulminante e emitiu um som escocês parecido com troncos rolando dentro d'água. O bebê começou a chorar de novo.

– Antes de mais nada, as prioridades – falei. – Há alguma mulher aqui com bebê? Essa criança precisa de leite, e tem que ser agora.

Fergus assentiu, com os olhos arregalados de curiosidade.

– *Oui*, milady. Duas, pelo menos, que eu tenha visto.

– Ótimo. Leve-me até elas.

Ele assentiu de novo e, segurando a rédea de Piggy, virou-se em direção ao povoado.

– O que houve, então? – perguntou Jamie, e pigarreou. Na minha ansiedade para alimentar o bebê, eu não havia parado para considerar o que a presença de Fergus significava. Jamie estava certo, no entanto; simples preocupação com o nosso bem-estar não o teria levado até a estrada com aquele clima.

– Ah. Parece que temos um pequeno problema, milorde. – Ele descreveu os acontecimentos da tarde anterior e concluiu, dando de ombros e bufando de irritação. –... E então monsieur Morton tem se refugiado com os cavalos – ele assentiu, meneando a cabeça na direção do abrigo improvisado –, enquanto o restante de nós está aproveitando a *hospitalité* de Brownsville.

Jamie assumiu um ar de severidade ao ouvir isso; sem dúvida pensando em quanto a *hospitalité* para quarenta e poucos homens poderia custar.

– Humf. Imagino que os Browns não saibam que Morton está lá.

Fergus balançou a cabeça.

– *Por que* o Morton está lá? – perguntei, acalmando o bebê temporariamente ao colocá-lo no meu seio. – Eu imaginei que a essa altura ele já estaria longe, de volta a Granite Falls, feliz por estar vivo.

– Ele não quer ir embora, milady. Disse que não pode desistir da gratificação. – A notícia havia chegado pouco antes de nossa partida da Cordilheira dos Frasers; o governador estava oferecendo 40 xelins por homem como incentivo para servir na milícia; uma soma razoável, sobretudo para um novo colono como Morton, enfrentando um inverno sombrio.

Jamie passou a mão lentamente pelo rosto. Estava diante de um dilema; a milícia precisava dos homens e dos suprimentos de Brownsville, mas Jamie não poderia recrutar vários Browns que tentariam assassinar Morton de imediato. Tampouco poderia pagar a gratificação de Morton do seu bolso. Jamie parecia estar tentado a matar Morton ele mesmo, mas acho que essa não era uma alternativa razoável.

– Talvez Morton possa ser convencido a se casar com a moça? – sugeri com delicadeza.

– Pensei nisso – disse Fergus. – Infelizmente, monsieur Morton já tem uma esposa em Granite Falls. – Ele balançou a cabeça, que estava começando a parecer um montículo coberto de neve.

– E por que os Browns não seguiram Morton? – perguntou Jamie, aparentemente seguindo sua própria linha de raciocínio. – Se um inimigo entra em suas terras, onde você está com seus parentes, você não o deixa fugir; você vai atrás dele e o mata.

Fergus assentiu, claramente familiarizado com essa lógica escocesa.

– Acredito que fosse essa a intenção – disse ele. – Eles foram distraídos, no entanto, por *petit Roger*.

Percebi um tom de diversão na voz dele; Jamie também percebeu.

– O que ele fez? – perguntou ele, preocupado.

– Cantou para eles – respondeu Fergus, e o tom de diversão se tornou mais pronunciado. – Ele cantou a maior parte da noite e tocou seu tambor. O vilarejo todo veio ouvir. Há seis homens em idade adequada para a milícia e... – acrescentou ele, de modo prático – as duas mulheres *avec lait*, como eu disse, milady.

Jamie tossiu, passou uma mão embaixo do nariz e assentiu para Fergus, com um aceno para mim.

– Sim. Bem, a menininha precisa se alimentar, e eu não posso ficar para trás, caso contrário os Browns perceberão que Morton está aqui. Vá e diga-lhe que eu virei falar com ele assim que puder.

Ele virou a cabeça do cavalo na direção da taverna, e eu cutuquei a sra. Piggy para que o acompanhasse.

– O que você vai fazer em relação aos Browns? – perguntei.

– Cristo – disse Jamie, mais para si mesmo do que para mim. – Como vou saber? – E tossiu de novo.

32

MISSÃO CUMPRIDA

Nossa chegada com a bebê causou sensação suficiente para distrair todos em Brownsville de suas preocupações, fossem elas práticas ou homicidas. Uma expressão de alívio intenso tomou o rosto de Roger ao ver Jamie, apesar de ter sido instantaneamente reprimida, substituída por uma atitude tranquila, de ombros endireitados e autoconfiança. Eu abaixei a cabeça para esconder um sorriso e olhei para Jamie, perguntando-me se ele teria notado a rápida transformação. Ele evitou meu olhar, indicando que sim, tinha notado.

– Você se saiu bem – disse ele de modo casual, dando tapinhas no ombro de Roger em um cumprimento antes de se virar para receber as saudações dos outros homens e ser apresentado aos nossos anfitriões involuntários.

Roger apenas assentiu de maneira despretensiosa, mas seu rosto ganhou brilho, como se alguém tivesse acendido uma vela dentro dele.

A jovem srta. Beardsley causou grande comoção; uma das mães que amamentavam foi chamada e a bebê que chorava foi colocada em seu seio, e eu recebi o bebê dela em troca. Um menino de três meses de temperamento plácido, ele olhou para mim ligeiramente desorientado, mas pareceu não se opor à troca, limitando-se a fazer bolhas de cuspe na minha direção.

Seguiu-se certa confusão, com todos fazendo perguntas e oferecendo especulações ao mesmo tempo, mas a história de Jamie – editada com elegante concisão – a respeito dos acontecimentos na propriedade dos Beardsleys pôs fim ao burburinho. Até mesmo a jovem de olhos vermelhos que reconheci da história de Fergus como sendo a namorada de Isaiah Morton esqueceu seu sofrimento, ouvindo boquiaberta.

– Pobrezinha – disse ela, olhando para a bebê enquanto ela mamava com vontade no seio da prima dela. – Então, parece que você não tem pais. – A srta. Brown lançou um olhar sombrio para o pai, aparentemente pensando que a orfandade tinha lá suas vantagens.

– O que vai ser dela? – perguntou a sra. Brown, com mais praticidade.

– Vamos nos certificar de que ela seja bem cuidada, minha querida. Ela ficará segura conosco. – O marido pousou a mão sobre seu braço, ao mesmo tempo que trocou um olhar com o irmão. Jamie também reparou; vi que ele moveu os lábios como se estivesse pensando em dizer alguma coisa, mas deu de ombros levemente e virou-se para falar com Henry Gallegher e Fergus, os dois dedos rígidos dando batidinhas na perna.

A srta. Brown mais velha se inclinou na minha direção, preparando-se para fazer outra pergunta, mas foi impedida por uma repentina rajada de vento ártico que soprou pela sala, erguendo as peles que cobriam as janelas e salpicando o cômodo com uma fina camada de neve. A srta. Brown deu um gritinho, deixou de lado a curiosidade e correu para prender as peles. Todos pararam de falar sobre os Beardsleys e começaram a fechar as janelas.

Olhei para fora rapidamente enquanto a srta. Brown lutava com as peles esvoaçantes. A tempestade havia chegado com força. A neve cobria o chão depressa; as cabanas escuras da estrada tinham quase desaparecido por completo sob uma camada branca, e estava claro que a Companhia dos Frasers não iria a lugar nenhum por enquanto. O sr. Richard Brown, ainda que parecesse um pouco descontente, fez a gentileza de nos oferecer abrigo por mais uma noite, e os homens da milícia foram jantar nas casas e celeiros do vilarejo.

Jamie saiu para buscar nossas coisas e as provisões dos cavalos, para alimentá-los e abrigá-los. Presumi que ele também aproveitaria a oportunidade para falar em particular com Isaiah Morton, se ele ainda estivesse lá fora, na nevasca.

Eu me perguntei o que Jamie pretendia fazer com seu Romeu da montanha, mas não tinha tempo para mais especulações. Já estava escurecendo, e fui engolida pelo turbilhão de atividades em torno da lareira, enquanto as mulheres enfrentavam o desafio de fazer o jantar para quarenta convidados inesperados.

Julieta – quer dizer, a mais jovem das filhas dos Browns – estava chorosa em um canto, recusando-se a ajudar. Mas aceitou se encarregar do bebê dos Beardsleys, ninando a menininha por muito tempo depois de ficar claro que a criança dormia.

Fergus e Gallegher tinham sido enviados para pegar as cabras e voltaram com elas antes do jantar, molhados e enlameados até os joelhos, com as barbas e as sobrancelhas cobertas de neve. As cabras também estavam molhadas e cobertas de neve, com as tetas vermelhas de frio, inchadas por causa do leite acumulado e balançando dolorosamente contra suas pernas. Estavam encantadas por estar de volta à civilização e baliam umas para as outras, animadas.

A sra. Brown e sua cunhada levaram as cabras para o pequeno celeiro para serem ordenhadas, deixando-me responsável pelo ensopado e por Hiram, que fora instalado sozinho perto da lareira, preso em um cercado improvisado feito com uma mesa virada, dois bancos e um baú de cobertores.

A cabana era, essencialmente, um salão cortado por correntes de ar, com um sótão e um pequeno alpendre nos fundos que funcionava como local de armazenamento. Cheio como estava com mesas, bancos, banquetas, barris de cerveja e pilhas de peles, um pequeno tear em um canto e uma cômoda – com o relógio incongruente, adornado com cupidos – em outro, uma cama encostada na parede, duas cadeiras perto da lareira, um mosquete e duas aves abatidas penduradas acima da entrada da chaminé, e vários aventais e capas em ganchos perto da porta, a presença de um bode doente era surpreendentemente irrelevante.

Dei uma olhada em meu antigo paciente, que emitiu um "mé" antipático para mim, a comprida língua azul aparecendo, em desafio. A neve estava derretendo de seus chifres, deixando-os escuros e brilhantes, e seu pelo estava ensopado, formando cristas malhadas em volta dos ombros.

– É assim que você me agradece – falei em tom de censura. – Se não fosse por Jamie, você estaria cozinhando *naquele* fogo, e não ao lado dele, e era o que você merecia, seu mal-agradecido de uma figa.

– *Mé!* – foi a resposta curta.

Ainda assim, ele estava com frio, cansado e com fome, e seu harém não estava ali para ser impressionado, então eu cocei sua cabeça e esfreguei suas orelhas, dei-lhe punhados de feno e – em determinado momento – entrei no cercado e passei a mão delicadamente por sua perna machucada para checar a tala. Eu também estava cansada e faminta, pois não tinha comido nada além de um pouco de leite de cabra quando amanheceu. Em meio ao cheiro do ensopado, a luz e as sombras bruxuleantes da sala, eu me senti meio zonza e um pouco fora de mim, como se estivesse flutuando acima do chão.

– Você é um bom e velho camarada, não é? – murmurei. Depois de uma tarde em contato direto com bebês, todos em variados estágios de umidade e berreiro, a companhia do velho e irascível bode era um tanto calmante.

– Ele vai morrer?

Ergui o olhar com surpresa, tendo me esquecido quase totalmente da filha mais jovem dos Browns, que havia ficado nas sombras em um canto da sala. Ela estava ao lado da lareira agora, ainda segurando o bebê dos Beardsleys e franzindo o cenho para Hiram, que tentava mordiscar a barra do meu avental.

– Não – respondi, tirando o pano de sua boca. – Acho que não. – Qual era o nome dela? Tentei me lembrar, ligando os rostos aos nomes das apresentações apressadas que tinham sido feitas mais cedo. Alicia, era esse seu nome, embora eu não conseguisse deixar de pensar nela como Julieta.

Ela não era muito mais velha do que Julieta; não tinha nem 15 anos. Era uma criança, estava claro, com o rosto arredondado e pálido. De ombros estreitos e quadril largo; não era exatamente uma joia preciosa na orelha de uma etíope. Ela não disse mais nada e, para manter a conversa, eu assenti para o bebê que ainda estava nos braços dela. – Como está a pequena?

– Tudo bem – respondeu com indiferença. Ela ficou de pé olhando para o bode por um momento. Então, seus olhos subitamente se encheram de lágrimas.

– *Eu* queria estar morta – disse ela.

– Ah, é mesmo? – perguntei, assustada. – É... bem... – Passei a mão no rosto, tentando reunir coragem para lidar com aquilo. Onde estava a maldita mãe daquela menina? Lancei um olhar rápido para a porta, mas não ouvi a chegada de ninguém. Estávamos momentaneamente sozinhas, as outras mulheres ordenhando e cuidando do jantar, e os homens tratando dos animais.

Saí do espaço ocupado por Hiram e pousei a mão no braço dela.

– Escute – sussurrei –, Isaiah Morton não vale a sua vida. Ele é casado, sabia?

Ela arregalou os olhos e em seguida os estreitou depressa, chorando repentinamente. Não, estava claro que ela não sabia.

As lágrimas corriam por seu rosto e pingavam na cabeça da bebê. Estiquei os braços e peguei a criança, guiando-a em direção à cadeira com a mão livre.

– Co-como você...? Que-quem...?

Ela engasgava e fungava, tentando fazer perguntas e se controlar ao mesmo tempo. Um homem gritou algo do lado de fora, e ela secou o rosto desesperada com a manga da blusa.

O gesto me lembrou que, apesar de a situação parecer bastante melodramática – para não dizer levemente cômica – na minha mente embotada naquele momento, era um assunto de grande seriedade para os principais envolvidos. Afinal, os homens de sua família *tinham* tentado matar Morton, e sem dúvida tentariam de novo, se o encontrassem. Fiquei tensa ao ouvir o som de passos se aproximando, e a bebê se remexeu e grunhiu um pouco nos meus braços. Mas os passos seguiram pela estrada, e o som desapareceu com o vento.

Eu me sentei ao lado de Alicia Brown, suspirando diante do puro prazer de tirar o peso dos pés. Todos os músculos e articulações do meu corpo doíam por causa dos esforços do dia e da noite anteriores, apesar de eu não ter tido tempo de pensar neles até então. Jamie e eu sem dúvida passaríamos a noite enrolados em cobertores no chão de alguém. Olhei para as tábuas iluminadas pelo fogo com uma emoção que beirava o desejo.

Havia um clima incongruentemente pacífico no salão, com a neve caindo do lado de fora e a panela de ensopado borbulhando no fogo, enchendo o ar do apetitoso aroma de cebola, carne de veado e nabos. A bebê dormia no meu peito, emanando uma confiança tranquila. Eu gostaria de ficar sentada com ela no colo, pensando em nada, mas o dever me chamava.

– Como eu sei? Morton contou a um dos homens do meu marido – falei. – Mas não sei quem é a mulher dele; só sei que ela mora em Granite Falls. – Dei um tapinha nas costas do bebê, que arrotou e relaxou de novo, a respiração quente embaixo da minha orelha. As mulheres tinham dado banho e passado óleo nela, que cheirava a panqueca fresca. Fiquei vigiando a porta e também Alicia Brown, para o caso de ela ter mais um ataque histérico.

Ela fungou e soluçou, em seguida voltou a ficar em silêncio, olhando para o chão.

– Queria estar *morta* – disse ela de novo, com um desespero tão grande na voz que olhei para ela, assustada. Ela estava sentada e encolhida, com os cabelos soltos por baixo da touca, as mãos cerradas em punhos e em cima da barriga.

– Ah, minha querida – falei. Considerando sua palidez, as circunstâncias e seu comportamento em relação ao bebê dos Beardsleys, aquele gesto não exigiu um salto tão grande para que eu chegasse à conclusão óbvia. – Seus pais sabem?

Ela olhou para mim depressa, mas não se deu ao trabalho de perguntar *como* eu sabia.

– A minha mãe e a minha tia sabem.

Ela respirava pela boca, com fungadas intermitentes.

– Eu pensei... pensei que o meu pai seria obrigado a deixar que eu me casasse com ele se...

Nunca achei que a chantagem fosse uma boa base para o casamento, mas parecia o momento errado de dizer isso.

– Hum – murmurei então. – E o sr. Morton sabe disso?

Ela balançou a cabeça, desolada.

– Ele... a mulher dele têm filhos? A senhora sabe?

– Não faço ideia. – Virei a cabeça, escutando. Podia ouvir as vozes dos homens a distância, carregadas pelo vento. Ela também ouviu; segurou meu braço com uma força surpreendente, os olhos castanhos mostrando certa urgência.

– Ouvi o sr. MacKenzie e os homens conversando ontem à noite. Eles disseram que a senhora é curandeira, sra. Fraser... Um deles disse que era feiticeira. Sobre bebês. Sabe como...

– Alguém está vindo. – Eu me afastei dela, interrompendo-a antes que pudesse terminar. – Cuide do bebê. Eu preciso... mexer o ensopado.

Coloquei a criança sem nenhuma cerimônia no colo dela e me levantei. Quando a porta se abriu e deixou entrar uma rajada de vento e neve junto com um grande número de homens, eu estava ao lado do fogo, com a colher na mão, os olhos fixos na panela e a mente borbulhando tanto quanto o ensopado.

Ela não tivera tempo de perguntar explicitamente, mas eu sabia o que estava prestes a dizer. *Feiticeira*, foi como ela me chamou. Queria a minha ajuda para se livrar do bebê, era quase certo. Como?, eu me perguntei. Como uma mulher poderia pensar em uma coisa dessas com uma criança viva nos braços, menos de um dia depois de ter saído do ventre da mãe?

Mas ela era muito jovem. Muito jovem, e estava sofrendo com o choque de ter descoberto que seu amado era um mentiroso. A gravidez ainda não estava tão avançada a ponto de aparecer; se ela ainda não tinha sentido o próprio filho mexer, sem dúvida a gravidez pareceria algo muito irreal para ela. Pensara nela apenas como uma maneira de forçar o consentimento do pai; agora provavelmente parecia uma armadilha que havia se fechado de repente sobre ela.

Não era à toa que parecia perturbada, procurando a qualquer custo uma saída. Ela precisava de tempo para se recuperar, pensei, olhando para a cadeira, onde ela estava escondida pelas sombras. Eu ia conversar com a mãe dela, com a tia...

Jamie apareceu de repente ao meu lado, esfregando as mãos avermelhadas acima do fogo, a neve derretendo nas dobras de suas roupas. Ele parecia muito animado, apesar da gripe, das complicações da vida amorosa de Isaiah Morton e da tempestade do lado de fora.

– Como estão as coisas, Sassenach? – perguntou ele com a voz rouca e, sem esperar que eu respondesse, pegou a colher da minha mão, passou um braço tenso e frio ao redor do meu corpo e me puxou para um beijo intenso, ainda mais surpreendente pelo fato de sua barba rala estar coberta de neve.

Ao emergir levemente atordoada desse abraço estimulante, percebi que a atitude geral dos homens na sala era parecida, alegre. Eles estavam dando tapinhas nas costas uns dos outros, batendo as botas e chacoalhando os casacos acompanhados pelas palavras e sons que os homens emitem quando estão particularmente animados.

– O que foi? – perguntei, olhando ao redor, surpresa. Joseph Wemyss se achava no meio da multidão. A ponta de seu nariz estava vermelha de frio, e ele estava quase sendo derrubado por homens que davam tapas em suas costas, parabenizando-o. – O que aconteceu?

Jamie abriu um sorriso iluminado para mim, os dentes brilhando em seu rosto, e colocou um papel amassado e úmido na minha mão, os restos de cera vermelha ainda presos a ele.

A tinta havia escorrido com a umidade, mas eu consegui ler as palavras mais importantes. Ao ficarem sabendo da aproximação do general Waddell, os reguladores tinham decidido que a prudência era preferível à valentia. Eles haviam se dispersado. E de acordo com aquela ordem do governador Tryon, a milícia tinha sido dispensada.

– Ah, que *bom*! – falei. E, abraçando Jamie, eu o beijei, sem me importar com a neve e o gelo.

Radiantes com a notícia da dispensa, os integrantes da milícia aproveitaram o tempo ruim para comemorar. Igualmente radiantes por não serem obrigados a se juntar à milícia, os Browns participaram animadamente da comemoração, contribuindo com três barris grandes da melhor cerveja caseira de Thomasina Brown e seis galões de sidra para a causa – por metade do preço.

Quando o jantar terminou, fiquei sentada no canto com a bebê dos Beardsleys nos braços, meio dissolvida pelo cansaço e me mantendo na vertical apenas pelo fato de ainda não haver onde me deitar. O ar estava tomado pela fumaça e pelas conversas, eu havia bebido uma sidra forte no jantar, e os rostos e as vozes pareciam entrar e sair de foco, de um jeito que não era totalmente ruim, mas levemente desconcertante.

Alicia Brown não tivera mais chance de conversar comigo – mas eu não tivera oportunidade de falar com a mãe nem com a tia dela. A garota havia se sentado ao lado do espaço de Hiram e estava alimentando metodicamente o bode com cascas de pão de milho que tinham sobrado do jantar, o rosto tomado pela tristeza.

Roger estava cantando baladas francesas, atendendo a pedidos, com a voz suave. O rosto de uma mulher jovem apareceu na minha frente, com as sobrancelhas erguidas como se fizesse uma pergunta. Ela disse algo, que se perdeu no burburinho, e em seguida esticou os braços para pegar a bebê.

Claro. Jemima era o nome dela. A jovem mãe que havia se oferecido para amamentar a criança. Eu me levantei para ceder espaço a ela na cadeira, e ela colocou a bebê no peito.

Eu me encostei na chaminé, observando com aprovação enquanto ela segurava a cabeça da criança, guiando-a e murmurando. Ela era delicada e eficiente ao mesmo tempo, uma boa combinação. Seu filho – o pequeno Christopher, era esse o nome dele – roncava tranquilamente nos braços da avó, enquanto a senhora se inclinava para a frente para acender o cachimbo de argila no fogo.

Olhei de volta para Jemima e tive uma forte sensação de *déjà vu*. Pisquei, tentando capturar a visão fugaz, e consegui apreender uma sensação muito forte de proximidade, de afeto e da mais completa paz. Por um instante, pensei que fosse a sensação de amamentar uma criança, e então, o que foi ainda mais estranho, percebi que não era a sensação da mãe que me ocorria... mas da criança. Eu tive a lembrança muito clara – se é que era isso mesmo – de ser aconchegada contra um corpo quente, despreocupada e repleta da certeza do amor absoluto.

Fechei os olhos e me segurei na borda da chaminé com mais força, sentindo a sala começar a rodar lenta e preguiçosamente à minha volta.

– Beauchamp – murmurei –, você está *muito* bêbada.

Se estava, eu não era a única. Felizes com a ideia de voltar para casa em breve, os homens da milícia tinham tomado a maior parte das bebidas de Brownsville, e trabalhavam com afinco para dar conta do resto. O grupo estava começando a se dispersar agora, alguns homens cambaleando para as camas frias em celeiros e abrigos, outros se enrolando com gratidão em cobertores ao lado da lareira.

Abri os olhos e vi Jamie jogar a cabeça para trás e bocejar com força, com a boca aberta como a de um babuíno. Ele piscou e se levantou, afastando o estupor da comida e da cerveja, e então olhou na direção da lareira e me viu ali. Estava claramente tão cansado quanto eu, mesmo que não tão zonzo, e parecia estar bastante satisfeito, o que ficava aparente em seu modo tranquilo de esticar os membros compridos ao se acomodar.

– Vou cuidar dos cavalos – disse ele, com a voz rouca por causa da gripe e por ter falado demais. – Quer dar um passeio à luz da lua, Sassenach?

...

A neve tinha parado de cair, e a luz da lua brilhava por trás da névoa de uma nuvem passageira. O ar estava frio de congelar os pulmões, ainda fresco e agitado pelo fantasma da tempestade passageira, e ajudou muito a clarear minha cabeça confusa.

Eu sentia uma alegria pueril por ser a primeira a marcar a neve virgem e pisava levantando bastante os pés e com cuidado, fazendo marcas de botas bem fortes e olhando para trás a fim de admirá-las. A linha das pegadas não era muito reta, mas felizmente ninguém estava testando a minha sobriedade.

– Consegue dizer o alfabeto de trás para a frente? – perguntei a Jamie, cujas pegadas surgiam vacilantes ao lado das minhas.

– Acho que sim – respondeu ele. – Qual deles? Inglês, grego ou hebraico?

– Não importa. – Segurei o braço dele com mais força. – Se conseguir se lembrar dos três na ordem normal, está em melhores condições do que eu.

Ele riu baixinho e então tossiu.

– Você não está bêbada, Sassenach. Não depois de três copos de sidra.

– Deve ser o cansaço, então – falei de modo meio sonolento. – Parece que a minha mente está flutuando amarrada a uma linha, como um balão. Como você sabe quanto eu bebi? Você presta atenção em *tudo?*

Ele riu de novo e pousou a mão sobre a minha onde ela se segurava no braço dele.

– Gosto de observar você, Sassenach. Especialmente em companhia de outras pessoas. Seus dentes brilham de um jeito lindo quando você ri.

– Adulador – falei, sentindo-me lisonjeada da mesma forma. Levando em conta que eu não lavava o rosto havia dias, muito menos tomava banho ou trocava de roupa, meus dentes provavelmente eram a única coisa em mim que podia ser admirada com sinceridade. Ainda assim, saber que ele prestava atenção em mim era algo reconfortante.

A neve que caíra era seca, e a crosta branca era esmagada sob nossos pés com um ruído suave. Eu podia ouvir a respiração de Jamie, ainda rouca e difícil, mas o chiado em seu peito havia desaparecido, e sua pele estava fria.

– O tempo vai estar bom pela manhã – disse ele, olhando para a lua. – Está vendo o círculo?

Era difícil não ver; um círculo imenso de luz difusa envolvia a lua, cobrindo todo o céu do lado leste. Estrelas débeis apareciam em meio às nuvens; dentro de uma hora, estaria claro.

– Sim. Podemos ir para casa amanhã, então?

– Sim. O chão vai estar coberto de lama, imagino. Dá para sentir o ar mudando; está bem frio agora, mas a neve vai derreter assim que o sol incidir sobre ela.

Talvez sim, mas ainda estava bem frio. O abrigo dos cavalos tinha sido reforçado com mais galhos de pinheiro e cicuta, e parecia um pequeno outeiro emergindo do chão, coberto com uma espessa camada de neve. Em alguns pontos, a neve tinha derretido, aquecida pela respiração dos cavalos, e o vapor se desprendia deles, quase invisível. Tudo estava silencioso, com uma palpável sensação de torpor.

– Morton deve estar confortável, se estiver lá dentro – observei.

– Acho que não está. Mandei Fergus avisar a ele que a milícia foi dispensada assim que Wemyss chegou com a notícia.

– Sim, mas se eu fosse Isaiah Morton, não sei se teria pegado o caminho de casa no meio de uma tempestade de cegar – falei de modo duvidoso.

– Provavelmente sim, se todos os Browns de Brownsville estivessem atrás de você e armados – disse ele. Mesmo assim, ele parou, elevou um pouco a voz e chamou "Isaiah!" com a voz rouca.

Não houve resposta vindo do estábulo improvisado e, voltando a segurar o meu braço, ele se virou para a casa. A neve não era mais virgem, estava manchada e pisada por muitos pés, conforme os integrantes da milícia se dispersavam e iam para a cama. Roger havia parado de cantar, mas ainda assim ouviam-se vozes do lado de dentro da casa; nem todo mundo estava pronto para se retirar.

Relutando em voltar de imediato para a atmosfera de fumaça e barulho, demos a volta na casa e no celeiro, com um consentimento não expressado, aproveitando o silêncio da mata cheia de neve e a companhia um do outro. Quando voltamos, vi que a porta dos fundos da casa estava entreaberta, balançando ao vento, e mostrei a Jamie.

Ele espiou lá dentro e viu que tudo estava em ordem, mas então, em vez de fechar a porta, pegou meu braço, puxando-me para entrar com ele.

– Preciso fazer uma pergunta a você, Sassenach, antes de entrarmos – disse ele, e abriu a porta para que a luz da lua entrasse, iluminando as vigas, os sacos e as pilhas que estavam lá dentro conosco.

Estava frio do lado de dentro, mas, protegida do vento, eu logo me senti mais aquecida e baixei o capuz da capa.

– O que foi? – perguntei, ligeiramente curiosa. O ar fresco havia clareado a minha mente, pelo menos, e apesar de saber que estaria morta assim que me deitasse, naquele momento eu tinha a sensação de leveza agradável que vem com a consciência do esforço completo, da honra satisfeita. O dia e a noite tinham sido terríveis, seguidos de um longo dia, mas agora tudo estava acabado, e estávamos livres.

– Você a quer, Sassenach? – perguntou ele baixinho. Seu rosto estava pálido, borrado pela névoa de sua respiração.

– Quem? – perguntei, confusa.

Ele emitiu um grunhido de diversão.

– A criança. Quem mais?

Quem mais, de fato.

– Se eu a quero... se quero ficar com ela, é o que está dizendo? – perguntei com cuidado. – Adotá-la? – Eu não havia pensado nisso de modo consciente, mas era algo que devia estar no meu subconsciente, porque não fiquei surpresa com a pergunta dele, e, ao expressá-la, a ideia desabrochou.

Meus seios estavam sensíveis desde a manhã, pareciam cheios e inchados, e eu sentia o sugar ávido da menininha na memória. Eu não poderia alimentar o bebê... mas Brianna poderia, ou Marsali. Ou ela poderia se alimentar com leite de vaca ou de cabra.

Percebi de repente que eu havia levado a mão a um dos meus seios sem perceber e o massageava delicadamente. Parei de imediato, mas Jamie tinha visto; ele se aproximou e me abraçou. Eu encostei a cabeça nele e senti o tecido grosso de sua camisa, frio ao contato com o meu rosto.

– *Você* a quer? – perguntei. Eu não sabia se queria ouvir a resposta ou se a temia. Ele respondeu dando de ombros.

– É uma casa grande, Sassenach – disse ele. – Bem grande.

– Hum – murmurei. Não era uma declaração categórica, mas, ainda assim, eu sabia que se tratava de um compromisso, por mais casual que fosse a forma como ele o havia expressado. Ele havia adotado Fergus, que trabalhava como batedor de carteira, em um bordel de Paris, depois de três minutos de amizade. Se ficasse com aquele bebê, ele a trataria como uma filha. Amá-la? Ninguém podia garantir amor – nem ele... nem eu.

Ele havia percebido o tom de dúvida na minha voz.

– Eu vi você com a criança, Sassenach. Você é sempre muito carinhosa, mas quando a vi daquele jeito, com a bebê embaixo da sua capa, eu... eu me lembrei de como foi, de quando você segurou Faith.

Parei de respirar. Ouvi-lo dizer o nome da nossa primeira filha daquele jeito, de forma tão prosaica, foi surpreendente. Falávamos pouco sobre ela: sua morte acontecera tanto tempo antes que às vezes parecia irreal, mas a ferida de sua perda nos marcara profundamente.

Faith, porém, não era nada irreal.

Ela estava perto de mim sempre que eu tocava um bebê. E aquela bebê, aquela órfã sem nome, tão pequena e frágil, com a pele tão clara que as veias azuis ficavam visíveis – sim, as semelhanças com Faith eram fortes. Ainda assim, ela não era *minha* filha. Mas poderia ser, e era isso que Jamie estava dizendo.

Seria ela um presente para nós? Ou pelo menos nossa responsabilidade?

– Você acha que devemos ficar com ela? – perguntei com cuidado. – Quero dizer... o que será que vai acontecer com ela se não a levarmos conosco?

Jamie resmungou, abaixando o braço, e se recostou na parede da casa. Secou o nariz e inclinou a cabeça em direção ao burburinho que atravessava a pilha de lenha.

– Ela vai ser bem cuidada, Sassenach. Vai se tornar uma herdeira, sabe?

Esse aspecto da questão não havia me ocorrido.

– Tem certeza? – perguntei, um tanto em dúvida. – Os Beardsleys se foram, mas, como ela é bastarda...

Ele balançou a cabeça e me interrompeu.

– Não, ela é legítima.

– Mas não pode ser. Ninguém sabe disso além de mim e de você, mas o pai dela...

– O pai dela era Aaron Beardsley, no que diz respeito à lei – disse ele. – Pela lei britânica, uma criança nascida de um casamento é legítima, *e* herdeira, do marido, ainda que se saiba que a mãe cometeu adultério. E a mulher disse que Beardsley se casou com ela, não foi?

Percebi que ele estava sendo bastante assertivo em relação àquela determinação específica da lei inglesa. Também notei – a tempo, felizmente, antes de dizer qualquer coisa – exatamente *por que* ele tinha tanta certeza.

William. O filho dele, concebido na Inglaterra e, até onde todos na Inglaterra sabiam – com exceção do lorde John Grey –, presumidamente o nono conde de Ellesmere. Sem dúvida alguma, ele *era* legalmente o nono conde, de acordo com o que Jamie estava me contando, independentemente de o oitavo conde ter sido seu pai ou não. De fato, a lei era estúpida, pensei.

– Compreendo – disse eu lentamente. – Então, a pequena sem nome vai herdar toda a propriedade dos Beardsleys, mesmo depois que eles descobrirem que ele não pode ter sido o pai dela. Isso é... tranquilizador.

Os olhos dele encontraram os meus por um momento e então se desviaram.

– Sim – disse ele baixinho. – Tranquilizador.

Talvez houvesse um toque de amargura em sua voz, mas, se houvesse, desaparecera sem deixar vestígios quando ele tossiu e pigarreou.

– Então, veja – continuou ele com seriedade –, ela não corre risco de ser negligenciada. Um juizado de órfãos pode dar a propriedade dos Beardsleys, com as cabras e tudo – acrescentou ele, com um leve sorriso –, a quem for o guardião dela, para ser usada a fim de garantir seu bem-estar.

– E o dos guardiões dela – falei, repentinamente me lembrando do olhar que Richard Brown havia trocado com o irmão ao contar à esposa que a criança seria "bem cuidada". Esfreguei o nariz, que tinha ficado dormente na ponta. – Então, os Browns a aceitariam de bom grado.

– Ah, sim – concordou ele. – Eles conhecem Beardsley; sabem muito bem como ela é valiosa. Seria um assunto delicado tirá-la deles, na verdade... Mas, se você quiser a menina, Sassenach, vamos ficar com ela. Prometo isso.

A discussão toda estava me dando uma sensação esquisita. Algo quase como pânico, como se eu estivesse sendo empurrada por uma mão invisível em direção à beira de um precipício. Se era um penhasco perigoso ou apenas uma elevação de onde poderia ter uma vista mais ampla, ainda não dava para saber.

Lembrei-me da curva delicada da cabeça da bebê, das orelhas finas como papel, pequenas e perfeitas como conchas, com os contornos cor-de-rosa ganhando um tom azulado nada natural.

Para ter tempo de organizar melhor meus pensamentos, perguntei:

– O que você quis dizer quando falou que seria um assunto delicado tirá-la dos Browns? Eles não têm direito a ela, têm?

Ele balançou a cabeça, negando.

– Não, mas nenhum deles atirou no pai dela.

– O que... ah.

Aquela era a armadilha que eu não vira: a possibilidade de que Jamie pudesse ser acusado de matar Beardsley para colocar as mãos na propriedade e nos bens dele adotando a órfã. Senti um gosto de bile no fundo da garganta.

– Mas ninguém além de nós sabe como Aaron Beardsley morreu – falei. Jamie tinha contado a eles apenas que o homem tivera uma apoplexia e morrera, deixando de fora seu papel de anjo da misericórdia.

– Nós e a sra. Beardsley – disse ele, com uma leve ironia na voz. – E se ela voltar e me acusar de ter matado seu marido? Seria difícil negar, e eu teria ficado com a criança.

Eu me abstive de perguntar por que ela faria algo assim: considerando o que já tinha feito, estava bastante claro que Fanny Beardsley era capaz de qualquer coisa.

– Ela não vai voltar – falei.

Quaisquer que fossem as minhas dúvidas a respeito de todo o resto, eu tinha certeza pelo menos nesse aspecto. Para onde quer que Fanny Beardsley tivesse ido – não importava sua motivação –, eu sabia que ela havia partido para sempre.

– Mesmo que ela voltasse – continuei, afastando a visão da neve caindo na floresta vazia e um montinho coberto ao lado da fogueira extinta. – Eu estava lá, poderia contar o que aconteceu.

– Se eles deixassem – concordou Jamie. – O que eles não fariam. Você é uma mulher casada, Sassenach; não poderia testemunhar em um tribunal, mesmo que não fosse casada comigo.

Isso me deixou sem palavras. Como vivíamos isolados no interior, eu raramente enfrentava as injustiças mais absurdas da época de modo pessoal, mas sabia de algumas delas. Ele tinha razão. Na verdade, sendo uma mulher casada, eu não tinha direitos legais de nenhuma espécie. Ironicamente, Fanny Beardsley *tinha*, por ser uma viúva. *Ela* poderia testemunhar em um tribunal, se quisesse.

– Bem, que inferno! – falei, a sério. Jamie riu baixinho, e em seguida tossiu.

Eu resmunguei, com uma explosão satisfatória de vapor branco. Desejei momentaneamente ser um dragão; teria sido muito bom cuspir fogo e enxofre em um monte de gente, a começar por Fanny Beardsley. Em vez disso, suspirei, minha respiração branca e inofensiva desaparecendo na penumbra.

– Entendo o que quer dizer com "delicado" então – falei.

– Sim, mas não impossível.

Ele pousou a mão grande e fria no meu rosto, virando-o para si. Seus olhos observaram os meus, escuros e sérios.

– Se você quiser a menina, vou pegá-la e lidar com o que quer que aconteça.

Se eu a quisesse. Eu podia sentir o peso da criança dormindo no meu peito. Eu havia me esquecido da embriaguez da maternidade havia anos; deixara de lado a lembrança de sentimentos de exaltação, exaustão, pânico, alegria. Ter Germain, Jemmy e Joan por perto, no entanto, fizera com que eu me lembrasse vividamente.

– Mais uma pergunta – falei. Segurei a mão dele e a abaixei, com os dedos entrelaçados nos meus. – O pai da bebê não era branco. O que isso poderia significar para ela?

Eu sabia o que isso significaria na Boston dos anos 1960, mas aquele era um lugar muito diferente, e ainda que em alguns sentidos a sociedade ali fosse mais rígida e menos esclarecida que a da época da qual eu tinha vindo, em outros, era estranhamente mais tolerante.

Jamie pensou com cuidado, os dedos rígidos de sua mão direita tamborilando em um ritmo silencioso de contemplação na parte de cima de um barril de carne de porco salgada.

– Acho que vai ficar tudo bem – disse ele, por fim. – Não existe possibilidade de ela ser levada como escrava. Ainda que pudesse ser provado que o pai dela era escravo, e não há nenhuma prova, uma criança herda o status da mãe. Uma criança nascida de uma mulher livre é livre; uma criança nascida de uma escrava é escrava. E independentemente do que aquela mulher seja, ela não era escrava.

– Não no nome, pelo menos – falei, pensando nas marcas na porta. – Mas além da questão da escravidão...?

Ele suspirou e se endireitou.

– Acho que não – disse ele. – Não aqui. Em Charleston, sim, provavelmente importaria; pelo menos se ela estivesse na sociedade. Mas no interior?

Ele deu de ombros. Era verdade: por causa da nossa proximidade com a Linha do Tratado, havia muitas crianças mestiças. Não era incomum que os colonos se casassem com índias cherokees. Era bem mais raro ver crianças nascidas de uma mistura de negro e branco no interior, mas isso acontecia muito nas áreas costeiras. A maioria delas escravas – mas acontecia, de qualquer modo.

E a pequena srta. Beardsley não estaria "na sociedade", pelo menos, não se a deixássemos com os Browns. Ali, sua possível riqueza importaria muito mais do que a cor da pele. Conosco, podia ser diferente, pois Jamie era – e sempre seria, apesar de sua renda ou falta de renda – um fidalgo.

– Essa não era a última pergunta, no fim das contas – falei. Coloquei a mão sobre a dele, fria em meu rosto. – A última é... por que você está sugerindo isso?

– Ah, bem, só pensei... – Ele abaixou a mão e desviou o olhar. – No que você disse quando voltamos para casa depois da Reunião. Que você poderia ter escolhido a segurança da esterilidade, mas não escolheu, por mim. Eu pensei...

Ele parou de novo e esfregou os nós dos dedos da mão esquerda na ponte do nariz. Respirou fundo e tentou de novo.

– Por mim – disse ele firmemente, dirigindo-se ao ar à frente dele como se fosse um tribunal –, eu não queria que você tivesse outro filho. Eu não correria o risco de perder você, Sassenach – disse ele, a voz rouca de repente. – Nem por uma dúzia de filhos. Tenho filhas e filhos, sobrinhos e sobrinhas, netos... é o bastante.

Ele olhou diretamente para mim então e disse baixinho:

– Eu não sei viver sem você, Claire.

Ele engoliu em seco e continuou, com os olhos fixos nos meus.

– Mas pensei... se quiser outro filho... talvez eu ainda possa lhe dar um.

Lágrimas breves marejaram meus olhos. Estava frio ali, e nossos dedos estavam enrijecidos. Enfiei a mão na dele, apertando-a com força.

Ao mesmo tempo que falávamos, minha mente estava ocupada, imaginando possibilidades, dificuldades, bênçãos. Eu não precisava pensar mais, pois sabia que a decisão já tinha sido tomada. Um filho era uma tentação da carne e também do espírito; eu conhecia a felicidade daquela unicidade sem limites, assim como conhecia a alegria agridoce de ver essa unicidade se desfazer conforme a criança aprendia a se virar sozinha.

Mas eu havia cruzado uma linha tênue. Fosse porque eu tinha nascido com algum limite secreto incorporado na minha carne, fosse apenas porque eu sabia que a minha única lealdade devia estar em outro lugar agora... eu sabia. Como mãe, eu tinha já a leveza do esforço completo, da honra satisfeita. Missão cumprida.

Inclinei a testa contra o peito dele e falei contra o pano da camisa acima do seu coração.

– Não – falei baixinho. – Mas Jamie... eu amo muito você.

Ficamos abraçados por um tempo, ouvindo o burburinho de vozes do outro lado da parede que separava a casa do depósito, mas permanecemos calados e satisfeitos com a paz que havia ali. Estávamos exaustos demais para fazer o esforço de entrar e relutantes em abandonar a tranquilidade do nosso refúgio.

– Vamos ter que entrar em breve – murmurei, finalmente. – Se não entrarmos, vamos cair aqui mesmo e seremos encontrados pela manhã, com os presuntos.

Ele riu baixinho, mas antes que pudesse responder, uma sombra se projetou sobre nós. Alguém estava na porta aberta, bloqueando a luz da lua.

Jamie ergueu a cabeça depressa, segurando firme os meus ombros, mas em seguida soltou o ar e sua mão relaxou, permitindo que eu desse um passo atrás e me virasse.

– Morton – disse Jamie, com uma voz sofrida. – O que, em nome de Deus, está fazendo aqui?

Isaiah Morton não me parecia um sedutor libertino, mas acho que tem gosto para tudo. Ele era um pouco mais baixo do que eu, mas tinha ombros largos, com um torso em forma de barril e pernas levemente arqueadas. Tinha olhos agradáveis e uma farta cabeleira ondulada, apesar de eu não conseguir distinguir bem a cor à luz fraca do depósito. Estimava que ele tivesse 20 e poucos anos.

– Coronel, senhor – disse ele sussurrando. – Senhora. – Ele fez uma reverência rápida e breve. – Não queria assustá-la, senhora. Mas ouvi a voz do coronel e pensei que seria melhor aproveitar a oportunidade, por assim dizer.

Jamie olhou para Morton com os olhos semicerrados.

– Por assim dizer – repetiu ele.

– Sim, senhor. Não conseguia atinar como fazer Ally sair e estava dando a volta na casa de novo quando ouvi o senhor e a sua senhora conversando.

Ele fez uma reverência para mim de novo, como se por reflexo.

– Morton – disse Jamie, baixinho, mas com a voz séria –, por que ainda não foi embora? Fergus não lhe disse que a milícia foi dispensada?

– Ah, sim, ele disse, senhor. – Ele fez uma reverência para Jamie dessa vez, parecendo um pouco ansioso. – Mas eu não podia ir, senhor, não sem ver Ally.

Pigarreei e olhei para Jamie, que suspirou e assentiu para mim.

– Ahn... temo que a srta. Brown já esteja sabendo sobre o seu compromisso anterior – falei delicadamente.

– É? – Isaiah parecia confuso, e Jamie emitiu um som de irritação.

– Ela quer dizer que a moça já sabe que o senhor é casado – disse ele brutalmente –, e se o pai dela não atirar em você primeiro, pode ser que ela mesma enfie um punhal no seu coração. E se nenhum dos dois conseguir – continuou ele, endireitando-se –, sinto-me inclinado a realizar o serviço com as minhas próprias mãos. Que tipo de homem seduz uma moça e a engravida sem que a criança tenha direito de levar o seu nome?

Dava para ver que Isaiah Morton tinha ficado pálido, mesmo sob a luz fraca.

– Engravidar?

– Ela está grávida – falei, com frieza.

– Ela está – repetiu Jamie –, e agora, seu grande bígamo, é melhor que você vá embora antes...

Ele parou de falar abruptamente quando Isaiah tirou a mão de baixo da capa, segurando uma pistola. Pude ver que estava carregada e engatilhada.

– Sinto muito, senhor – disse ele, desculpando-se. Lambeu os lábios, olhando para Jamie e para mim. – Eu não faria mal ao senhor, e muito menos a sua senhora. Mas eu preciso ver Ally, entende?

Seus traços rechonchudos se firmaram um pouco, apesar de seus lábios parecerem prestes a tremer. Ainda assim, ele apontou a pistola para Jamie com decisão.

– Senhora – disse ele para mim –, se puder me fazer a gentileza de entrar na casa e tirar Ally de lá. Vamos... esperar aqui, o coronel e eu.

Eu não tivera tempo de sentir medo. Não estava com medo agora, mas estava sem palavras por causa da surpresa.

Jamie fechou os olhos brevemente, como se rezasse para ter forças. Então, ele os abriu e suspirou, sua respiração formando uma nuvem branca no ar frio.

– Abaixe a arma, seu idiota – disse ele quase de modo gentil. – Sabe muito bem que não vai atirar em mim, e eu também sei.

Isaiah contraiu os lábios e o dedo no gatilho, e eu prendi a respiração. Jamie continuou olhando para ele, e seu olhar era uma mistura de censura e pena. Por fim, o dedo relaxou, e a pistola baixou, assim como os olhos de Isaiah.

– Eu preciso ver Ally, coronel – disse ele baixinho, olhando para o chão.

Respirei fundo e olhei para Jamie. Ele hesitou e então assentiu.

– Tudo bem, Sassenach. Tome cuidado, está bem?

Assenti e me virei para entrar na casa, ouvindo Jamie murmurar baixinho em gaélico atrás de mim, algo a respeito de ele ter enlouquecido.

Eu não tinha certeza de que ele não enlouquecera, embora também tivesse sentido a força do apelo de Morton. Se algum dos Browns ficasse sabendo daquele encontro, no entanto, o preço seria alto – e Morton não pagaria sozinho.

O chão do lado de dentro estava tomado por corpos adormecidos e enrolados em cobertores, apesar de alguns homens ainda ocuparem a área ao redor da lareira, conversando e passando um jarro de bebida entre eles. Eu olhei com atenção, mas felizmente Richard Brown não estava entre eles.

Atravessei a sala, pisando com cuidado ao passar por cima dos corpos no chão, e espiei na cama que ficava contra a parede quando passei. Richard Brown e a mulher estavam encolhidos sobre ela, adormecidos, com as toucas de dormir na cabeça, apesar de a casa estar quente com todo aquele calor humano.

Havia apenas um lugar onde Alicia Brown poderia estar, e eu abri a porta para a escada que levava ao sótão, fazendo o máximo de silêncio. Fez pouca diferença; ninguém perto do fogo prestou a mínima atenção. Um dos homens parecia estar tentando fazer Hiram beber do jarro, com certo sucesso.

Em contraste com o andar de baixo, o de cima estava bem frio. Isso porque a pequena janela estava aberta e bastante neve havia entrado, junto com um vento gelado. Alicia Brown estava deitada sobre a neve que caíra embaixo da janela, totalmente nua.

Eu me aproximei e fiquei olhando para ela. Deitada de barriga para cima, com os braços cruzados sobre o peito, ela tremia, os olhos fechados em uma concentração feroz. Obviamente não havia ouvido meus passos por causa de todo o barulho que vinha lá de baixo.

– O que, em nome de Deus, você está fazendo? – perguntei educadamente.

Ela abriu os olhos e deu um gritinho. Em seguida, levou a mão à boca e se sentou abruptamente, olhando para mim.

– Eu sei sobre diversas maneiras novas de induzir um aborto – falei, pegando um cobertor na cama e cobrindo seus ombros com ele –, mas morrer de frio não é um deles.

– Se eu mo-morrer, não vou pre-precisar de um a-a-aborto – disse ela, com certa lógica.

Mesmo assim, cobriu-se com o cobertor, os dentes batendo.

– Também não é a melhor maneira de cometer suicídio – retruquei. – Mas não quero parecer crítica. Além do mais, não pode fazer isso agora; o sr. Morton está lá fora e só vai embora quando você descer para falar com ele, então é melhor se levantar e vestir alguma coisa.

Ela arregalou os olhos e ficou de pé; seus músculos estavam tão tensos por causa do frio que ela tropeçou desajeitada e teria caído se eu não a tivesse segurado pelo braço. Ela não disse mais nada, mas se vestiu tão depressa quanto seus dedos frios permitiram, envolvendo-se com uma capa grossa.

Pensando no pedido de Jamie para que eu "tomasse cuidado", mandei que ela descesse sozinha a escada estreita. Se descesse sozinha, pensariam apenas que ela estava indo ao reservado – se é que alguém notaria. Nós duas juntas podíamos provocar comentários.

Sozinha no sótão escuro, cobri o corpo com minha capa e fui até a janela estreita para esperar os poucos minutos necessários até eu poder sair também. Ouvi o ruído suave da porta se fechando no andar de baixo, mas não consegui ver Alicia daquele ângulo. A julgar pela resposta ao meu chamado, ela não pretendia apunhalar o coração de Isaiah, mas só Deus sabia o que os dois *pretendiam* fazer.

As nuvens tinham se dissipado, e a paisagem congelada se estendia à minha frente, brilhante e fantasmagórica sob a lua. Do outro lado da rua, o abrigo dos cavalos assomava, escuro, coberto de neve. O ar havia mudado, como Jamie dissera, e, aquecidos pela respiração dos cavalos, pedaços de neve derretida escorriam e caíam no chão.

Apesar da minha irritação com jovens amantes e com o absurdo cômico da situação toda, eu não deixava de sentir certa pena deles. Eles estavam sendo sinceros, concentrados em nada além de um no outro.

E a esposa desconhecida de Isaiah?

Encurvei os ombros, tremendo dentro da capa. Eu deveria desaprovar – desaprovava, na verdade –, mas ninguém conhecia a verdadeira natureza de um casamento, só quem se casava. E eu sabia que vivia em uma casa com telhado de vidro para pensar em jogar pedras no telhado dos outros. Quase distraidamente, alisei o metal da minha aliança de casamento dourada.

Adultério. Fornicação. Traição. Desonra. As palavras surgiam devagar na minha mente, como montes de neve, deixando pequenas marcas escuras, sombras à luz da lua.

Havia justificativas, claro. Eu não tinha procurado o que acontecera comigo, eu havia lutado contra, mas não tive escolha. Só que, no fim das contas, todo mundo tem escolha. Eu tinha feito a minha, e tudo se desenrolara a partir daí.

Bree, Roger, Jemmy. Qualquer criança que eles pudessem ter no futuro. Todos eles estavam aqui, de um jeito ou de outro, por causa do que eu havia decidido fazer naquele dia distante, em Craigh na Dun.

Você presume muitas coisas. Frank repetira isso para mim algumas vezes. Geralmente em tom de reprovação, querendo dizer que eu fazia coisas que ele preferiria que eu não fizesse. Mas de vez em quando com generosidade, querendo me aliviar um pouco da carga.

Era com generosidade que esse pensamento me ocorria agora, independentemente de estar sendo expressado com verdade ou de estar apenas sendo evocado pela minha memória exausta por causa do conforto que as palavras podiam proporcionar. Todo mundo faz escolhas e ninguém sabe onde elas vão dar no final. Se as minhas haviam provocado muitas coisas, não eram culpadas por tudo. Assim como nem tudo que resultara delas fora prejuízo.

Até que a morte nos separe. Havia muitas pessoas que tinham feito essas promessas, mas que as abandonaram ou as traíram. E ainda assim me ocorreu que nem a morte nem as escolhas conscientes dissolviam certos laços. Para o bem ou para o mal, eu havia amado dois homens, e uma parte de ambos sempre estaria comigo.

O assustador, acho, era que, apesar de eu sempre ter sentido um arrependimento profundo e dilacerante pelo que tinha feito, nunca me senti culpada. Com a escolha tendo ficado tão longe no passado agora, talvez eu me sentisse culpada.

Eu havia pedido desculpas a Frank mil vezes, mas nunca pedi o seu perdão. De repente, me ocorreu que ele havia me perdoado mesmo assim – da melhor maneira que conseguiu. O sótão estava escuro, exceto por algumas linhas claras de luz que entravam pelas frestas no chão, mas não parecia mais vazio.

Eu estremeci de repente, arrancada da minha distração por um movimento repentino no andar de baixo. Silenciosas como renas voadoras, duas figuras escuras corriam de mãos dadas pelo campo de neve, as capas como nuvens ao redor deles. Hesitaram por um momento do lado de fora do abrigo dos cavalos e em seguida entraram.

Eu me inclinei sobre o peitoril, sem me importar com os cristais de neve sob as palmas das minhas mãos. Eu podia ouvir o barulho dos cavalos acordando; relinchos e batidas de patas chegaram claramente até mim através do ar puro. Os sons no andar de baixo tinham se tornado mais suaves; agora, um claro e alto "mé-é-é" pôde ser ouvido por entre as tábuas, quando Hiram sentiu a inquietação dos cavalos.

Ouvi mais risos no andar de baixo, encobrindo temporariamente os sons do outro lado da estrada. Onde estava Jamie? Eu me inclinei para fora, com o vento balançando o capuz da minha capa, soprando uma rajada de gelo no meu rosto.

Lá estava ele. Uma figura alta e escura, caminhando pela neve em direção ao abrigo, mas avançando devagar, chutando nuvens brancas de gelo. O quê... mas então, percebi que ele estava seguindo a trilha dos enamorados, pisando com força e espalhando neve de propósito para apagar uma trilha que poderia contar sua história claramente a qualquer uma das pessoas na casa que resolvesse segui-la.

Um buraco surgiu de repente no abrigo, quando uma parte da parede de galhos desabou. Nuvens de vapor se elevaram no ar e em seguida um cavalo apareceu, carregando duas pessoas, e partiu em direção ao oeste, instado a começar a trotar e depois galopar. A neve não era profunda; não mais do que 7 ou 8 centímetros. As patas do cavalo deixavam uma trilha escura, percorrendo a estrada.

Um grito agudo veio do abrigo, seguido por outro. Sons de alarme vieram de baixo, baques e batidas enquanto os homens saíam de baixo dos cobertores e pegavam as armas. Jamie tinha desaparecido.

Todos ao mesmo tempo, os cavalos irromperam do abrigo, derrubando a parede e pisoteando os galhos caídos. Resfolegando, gemendo, relinchando e se debatendo, eles se dispersaram pelo caminho em um caos de crinas ao vento e olhos arregalados. O último deles saiu do abrigo e se juntou aos fugitivos, a cauda desviando do açoite que atingiu seu traseiro.

Jamie jogou o açoite longo e voltou para dentro do abrigo no momento em que a porta se abriu, espalhando uma luz dourada e pálida sobre a cena.

Aproveitei a oportunidade da comoção para descer a escada correndo sem ser vista. Todos estavam do lado de fora; até mesmo a sra. Brown havia corrido para fora, de touca de dormir e tudo, deixando os cobertores emaranhados sobre a cama. Hiram, com um cheiro forte de cerveja, se remexeu e fez um "mé" para mim quando eu passei, com os olhos amarelos marejados e tomados de alegria.

Do lado de fora, a estrada estava tomada por homens parcialmente vestidos, correndo de um lado para outro e acenando os braços, agitados. Vi Jamie no meio da multidão, gesticulando com os melhores deles. Entre perguntas e comentários, ouvi fragmentos de conversas: "assustados"... "pantera?"... "minha nossa!", e coisas assim.

Depois de andar um pouco sem rumo e de ouvir argumentos incoerentes, chegou-se a uma decisão unânime de que os cavalos provavelmente voltariam sozinhos. A neve soprava entre as árvores em véus de gelo rodopiante; o vento penetrava como dedos congelados por todas as aberturas da roupa.

– *Você* ficaria fora de casa em uma noite assim? – perguntou Roger, com certa razão. Depois de ficar decidido que nenhum homem são ficaria – e que os cavalos eram, ainda que não sãos, criaturas sensatas –, o grupo começou a entrar na casa, tremendo e resmungando conforme o calor da excitação começava a se dissipar.

Entre os últimos, Jamie virou-se na direção da casa e me viu, ainda de pé na varanda. Seus cabelos estavam soltos e a luz da porta aberta o iluminou como uma tocha. Ele olhou nos meus olhos, olhou para cima, e ergueu ligeiramente os ombros.

Encostei os dedos gelados nos lábios e soprei para ele um pequeno beijo congelado.

PARTE IV

Não ouço música nenhuma, apenas o som dos tambores

33

NATAL EM CASA

– O que você teria feito? – perguntou Brianna. Ela se virou, movendo-se com cuidado na estreita cama do sr. Wemyss, e apoiou o queixo confortavelmente no ombro de Roger.

– O que eu teria feito a respeito de quê? – Aquecido pela primeira vez em semanas, depois de uma refeição farta, preparada pela sra. Bug, e depois de finalmente ter atingido o nirvana de uma hora de privacidade com a mulher, Roger se sentia agradavelmente relaxado e calmo.

– De Isaiah Morton e Alicia Brown.

Roger bocejou até a mandíbula estalar e se afundou ainda mais, o colchão de palha de milho fazendo barulho embaixo deles. Acreditava que a casa toda tivesse ouvido os dois mais cedo, e não se importava com isso. Ela havia lavado os cabelos em homenagem à volta dele; mechas se espalhavam sobre seu peito, brilhando sedosas à luz fraca da fogueira. Era fim de tarde, mas as cortinas estavam fechadas, dando a ilusão agradável de que estavam dentro de uma pequena caverna.

– Não sei. O que o seu pai fez, acho. E o que mais? Seus cabelos estão com um perfume delicioso. – Ele enrolou uma das mechas no dedo, admirando o brilho.

– Obrigada. Usei um pouco daquela coisa que a minha mãe faz com óleo de noz e calêndula. Mas e a pobre esposa de Isaiah em Granite Falls?

– O que tem ela? Jamie não conseguiu forçar Morton a ir para casa ficar com ela, isto se é que ela realmente queria que ele voltasse – disse ele, com lógica. – E a garota, Alicia, evidentemente estava disposta. Seu pai não poderia ter causado uma confusão em relação ao fato de Morton fugir com ela a menos que quisesse que o homem morresse. Se os Browns tivessem encontrado Morton, eles o teriam matado na hora e pendurado seu couro cabeludo na porta do celeiro.

Ele falava com convicção, lembrando-se das armas apontadas com que fora recebido em Brownsville. Prendeu os cabelos atrás da orelha dela e levantou a cabeça o suficiente para beijá-la entre as sobrancelhas. Vinha imaginando aquilo havia dias, aquele espaço pálido e macio entre as sobrancelhas grossas. Parecia um pequeno oásis em meio ao perigo vívido dos traços dela; o brilho dos olhos e o contorno do nariz eram mais do que atraentes, sem falar das sobrancelhas e da boca que dizia o que pensava tanto por meio do movimento quanto por meio das palavras – mas não eram pacíficos. Depois das últimas três semanas, ele estava querendo paz.

Ele se recostou de volta no travesseiro, traçando o contorno da sobrancelha arqueada com um dedo.

– Acho que o melhor que ele podia fazer naquelas circunstâncias era dar aos amantes um pouco de espaço para que pudessem escapar com segurança – disse ele. – E escaparam. Pela manhã, a neve já estava derretendo e virando lama, e com todas as marcas de pegadas no chão, não dava para saber se um bando de ursos tinha passado por ali, muito menos para onde eles tinham ido.

Ele falava com sentimento; o clima havia esquentado repentinamente, e a milícia voltara para casa animada, mas com lama até a testa.

Brianna suspirou, e sua respiração fez com que o peito dele se arrepiasse. Ela ergueu um pouco a cabeça, espiando com interesse.

– O que foi? Ainda tem sujeira grudada em mim? – Ele havia se lavado, mas com pressa, ansioso para comer, mais ansioso ainda para ir para a cama.

– Não. É que gosto quando você se arrepia. Todos os pelos de seu peito se eriçam, e os seus mamilos também. – Ela acariciou um dos elementos mencionados com a unha, e uma nova onda de arrepios percorreu o peito dele, para a diversão dela. Ele arqueou um pouco as costas, e em seguida relaxou. Não, teria que descer dali a pouco para lidar com as tarefas da noite; já havia ouvido Jamie sair.

Hora de mudar de assunto. Ele respirou fundo e levantou a cabeça do travesseiro, fungando com interesse ao sentir o cheiro que vinha da cozinha no andar de baixo.

– O que estão cozinhando?

– Ganso. Ou gansos, uma dúzia deles. – Ele pensou ter percebido um tom estranho na voz dela, um leve toque de arrependimento.

– Que maravilha – disse ele, passando a mão pelas costas dela. Uma penugem pálida e dourada cobria suas costas e seus ombros, invisível exceto quando a luz da vela incidia em suas costas, como naquele momento. – Qual é o motivo da comemoração? A nossa volta?

Ela levantou a cabeça do peito dele e lançou o que ele classificava como O Olhar.

– O Natal – disse ela.

– O quê? – Ele olhou para ela sem entender, tentando contar os dias, mas os acontecimentos das últimas três semanas tinham apagado totalmente seu calendário mental. – Quando?

– Amanhã, seu bobo – disse ela com uma paciência exagerada. Ela se inclinou e fez algo incrivelmente erótico com o mamilo dele, em seguida se ergueu em meio às roupas de cama, deixando-o sem o delicioso calor e exposto ao frio.

– Você não viu toda a folhagem lá embaixo quando chegou? Lizzie e eu fizemos os monstrinhos da sra. Chisholm nos acompanharem para cortar galhos com folhas; estamos fazendo coroas e guirlandas há três dias. – As palavras saíam um pouco abafadas enquanto ela colocava o vestido, mas ele achou que ela parecia apenas incrédula, e não brava. Era o que ele esperava.

Ele se sentou e apoiou os pés nas tábuas frias do chão, encolhendo os dedos. Na cabana deles havia um tapete trançado ao lado da cama – mas ela estava cheia de

Chisholms no momento, ou assim ele tinha sido informado. Passou a mão pelos cabelos, procurando inspiração, e encontrou.

– Não vi nada quando entrei, só você.

Era a mais pura verdade, e, evidentemente, a sinceridade era a melhor política. A cabeça dela surgiu pela abertura do vestido e ela olhou para ele com os olhos semicerrados, que aos poucos se transformaram em um sorriso quando ela viu a evidente sinceridade estampada em seu rosto.

Ela se aproximou da cama e o abraçou, envolvendo sua cabeça em uma nuvem de calêndula, lençóis macios e... leite. Ah, sim. O filho precisaria se alimentar de novo em breve. Resignado, ele envolveu o quadril dela e encostou a cabeça entre seus seios durante os poucos momentos que representavam o tempo em que podia usufruir sozinho daquela abundância.

– Desculpe – disse ele, com as palavras abafadas no calor dela. – Eu me esqueci totalmente. Teria trazido algo para você e para Jem, se tivesse me lembrado.

– Como o quê? Um pedaço do couro cabeludo de Isaiah Morton? – Ela riu e se afastou, endireitando-se para arrumar os cabelos. Estava usando o bracelete que ele lhe dera em uma noite de Natal anterior; a luz da lareira cintilou no objeto de prata quando ela levantou o braço.

– Sim, você poderia encapar um livro com ele, acredito. Ou poderia fazer um par de botinhas para Jem.

A viagem tinha sido longa, homens e cavalos superando o cansaço, loucos para chegar em casa. Ele estava exausto e não havia presente melhor do que voltar para a cama com ela, juntos no calor, rumo às profundezas convidativas dos sonhos amorosos. Mas o dever o chamava; ele bocejou e se levantou.

– Então, os gansos são para a ceia de hoje? – perguntou ele, abaixando-se para procurar no monte de roupas descartadas e sujas de lama que havia tirado mais cedo. Ele devia ter uma camisa limpa em algum lugar, mas com os Chisholms em sua cabana, e Bree e Jem temporariamente alojados ali, no quarto dos Wemyss, não fazia ideia de onde suas coisas estavam. Não fazia sentido vestir algo limpo apenas para limpar o cercado das vacas e alimentar cavalos. Ele se barbearia e trocaria de roupa antes do jantar.

– Sim. A sra. Bug está assando meio porco na grelha lá fora para o jantar de Natal de amanhã. Eu abati os gansos ontem, e ela queria usá-los frescos. Esperávamos que vocês chegassem a tempo.

Ele olhou para ela, percebendo o mesmo tom em sua voz.

– Você não gosta de ganso? – perguntou ele. Ela olhou para ele com uma expressão estranha.

– Nunca comi – respondeu ela. – Roger?

– Sim?

– Eu estava pensando. Queria perguntar se você sabia...

– O quê?

Ele se movia lentamente, ainda envolvido em uma agradável névoa de exaustão e sexo. Ela havia se vestido, escovara os cabelos e os prendera em um coque grosso, tudo isso enquanto ele separava as meias da calça. Ele chacoalhou a calça distraidamente, espalhando fragmentos de lama no chão.

– Não faça isso! Qual é o seu problema? – Corada de irritação, ela tirou a calça das mãos dele. Abriu a janela e se inclinou para fora, batendo a peça com força no parapeito. Colocou a peça para dentro de novo e a jogou na direção dele, que se abaixou para pegá-la.

– Ei. Qual é o *seu* problema?

– O meu problema? Você espalha terra por todo o chão e sou *eu* que tenho um problema?

– Desculpe. Não pensei...

Ela emitiu um ruído no fundo da garganta. Não foi muito alto, mas era ameaçador. Obedecendo a um reflexo masculino profundamente enraizado, ele enfiou uma perna na calça. O que quer que estivesse acontecendo, ele preferiria enfrentar a situação de calças. Ele a vestiu, falando depressa.

– Olhe, me desculpe por ter me esquecido do Natal. Havia... coisas importantes com as quais lidar; perdi a noção do tempo. Vou compensar. Talvez quando formos a Cross Creek para o casamento da sua tia. Eu poderia...

– Dane-se o Natal!

– O quê? – Ele parou, com a calça abotoada até a metade. Era inverno, estava escuro dentro do quarto, mas mesmo à luz da vela ele viu que ela estava ficando vermelha.

– Dane-se o Natal, dane-se Cross Creek... e dane-se você também! – Ela gritou essa última frase atirando uma saboneteira de madeira que estava na prateleira, que passou voando perto da orelha esquerda dele e bateu na parede.

– Espere uma porra de um minuto!

– Não fale comigo desse jeito!

– Mas você...

– Você e as suas "coisas importantes"!

Ela pegou o vaso de porcelana grande e ele ficou tenso, pronto para se abaixar, mas ela mudou de ideia e relaxou.

– Passei o último *mês* aqui, lavando roupas e limpando cocô de bebê, ouvindo mulheres histéricas e crianças horrorosas enquanto você fazia "coisas importantes", e você volta coberto de lama, emporcalhando o chão sem nem perceber que *estava* limpo! Tem ideia do trabalho que dá esfregar um piso de pinheiro de quatro no chão? Com sabão de lixívia!

Ela estendeu as mãos em tom de acusação, mas foi rápido demais para que ele reparasse se estavam cobertas de feridas, laceradas nos pulsos ou apenas avermelhadas.

–... E você nem quer ver o seu filho nem saber nada sobre ele... ele aprendeu a *en-*

gatinhar, e eu queria mostrar a você, mas *você* só queria ir para a cama e nem se deu ao trabalho de se barbear primeiro...

Roger se sentia como se tivesse entrado no meio das pás afiadas de um grande ventilador em movimento. Esfregou a barba curta, sentindo-se culpado.

– Eu... ah... pensei que você quisesse...

– Eu queria! – Ela bateu o pé, levantando uma pequena nuvem de poeira da lama caída no chão. – Uma coisa não tem nada a ver com a outra!

– Tudo bem. – Ele se abaixou para pegar a camisa, olhando para ela com cautela. – Então... você está com raiva porque não notei que você tinha lavado o chão, é isso?

– Não!

– Não – repetiu ele. Respirou fundo e tentou de novo. – Então, é porque eu me esqueci que era Natal?

– Não!

– Você está brava porque eu queria fazer amor com você, apesar de você também querer?

– NÃO! Pode calar a boca?

Roger estava muito tentado a atender ao pedido, mas a vontade de entender o que estava acontecendo fez com que ele insistisse.

– Mas não entendo por que...

– Sei que não entende! É *esse* o problema!

Ela se virou e saiu batendo os pés até o baú que ficava perto da janela. Abriu a tampa com força e começou a procurar, resmungando e reclamando.

Ele abriu a boca, fechou-a de novo e vestiu a camisa suja. Sentia-se ao mesmo tempo irritado e culpado, uma combinação ruim. Terminou de se vestir em meio a uma atmosfera carregada, pensando – e rejeitando – possíveis comentários e perguntas, todos os quais pareciam prontos para piorar ainda mais a situação.

Ela havia encontrado as meias, vestiu-as com um puxão, prendeu-as com movimentos curtos e selvagens e enfiou os pés em um par de tamancos gastos. Agora, ela estava diante da janela aberta, respirando fundo como se estivesse prestes a fazer exercícios intensos.

A vontade dele era fugir enquanto ela não estivesse olhando, mas não conseguia simplesmente sair deixando algo errado – independentemente do que fosse – entre eles. Ainda experimentava a sensação de proximidade que eles tinham dividido havia menos de 15 minutos, e não conseguia acreditar que tudo tinha simplesmente evaporado no ar.

Ele se aproximou dela por trás, lentamente, e apoiou as mãos em seus ombros. Ela não se virou nem tentou pisar no pé dele ou dar-lhe um chute no saco, então ele se arriscou a beijá-la levemente na nuca.

– Você ia me perguntar alguma coisa a respeito de gansos.

Ela respirou fundo e deixou o ar sair em um suspiro, relaxando um pouco contra o corpo dele. Sua raiva parecia ter desaparecido tão rápido quanto surgira, e ele ficou confuso e grato. Envolveu a cintura dela com as mãos e a puxou para trás.

– Ontem – disse ela – a sra. Aberfeldy queimou os biscoitos do café da manhã.

– Ah. É mesmo?

– A sra. Bug a acusou de estar preocupada demais com os laços do cabelo da filha para prestar atenção no que estava fazendo. E o que ela estava fazendo, a sra. Bug perguntou, colocando mirtilos nos biscoitos amanteigados?

– Por que não se deve colocar mirtilos nos biscoitos amanteigados?

– Não faço ideia. Mas a sra. Bug acha que não devemos colocar. E então Billy MacLeod caiu da escada, e a mãe dele não estava em lugar nenhum... Ela entrou no reservado e ficou entalada... e...

– Ela *o quê*? – A sra. MacLeod era baixa e meio atarracada, mas tinha um traseiro bem definido, como duas bolas de canhão em um saco. Era bastante fácil imaginar um acidente como aquele acontecendo com ela, e Roger sentiu uma risada se formar dentro do seu peito. Tentou controlar-se, mas riu mesmo assim, resfolegando pelo nariz.

– Não deveríamos rir. Ela ficou com farpas. – Apesar da reprimenda, Brianna também estava rindo, tremores ruidosos mudando sua voz.

– Cristo. E aí?

– Bem, Billy estava gritando... ele não quebrou nada, mas bateu a cabeça com força, e a sra. Bug saiu da cozinha com a vassoura, berrando porque pensou que estávamos sendo atacados por índios, e a sra. Chisholm saiu à procura da sra. MacLeod e começou a gritar do reservado e... bem, os gansos apareceram no meio disso tudo, a sra. Bug olhou para o teto com os olhos arregalados e então disse "gansos!" tão alto que todo mundo parou de gritar. Ela correu para dentro do escritório do papai e voltou com a espingarda e me entregou.

Ela havia relaxado um pouco enquanto contava. Resfolegou e recostou-se nele de novo.

– Eu fiquei com tanta raiva que realmente senti vontade de matar alguma coisa. E havia muitos deles, os gansos. Dava para ouvi-los grasnando no céu.

Ele também tinha visto os gansos. Formas escuras em V, flexionando-se no vento, passando como uma flecha pelo céu de inverno. Ele os ouvira grasnar, com uma sensação estranha de solidão no coração, e desejou que ela estivesse ao lado dele ali.

Todo mundo tinha saído para ver; os pestinhas e dois cães meio selvagens dos Chisholms saíram correndo por entre as árvores, em meio a gritos e latidos de excitação, para pegar as aves caídas, enquanto Brianna atirava e recarregava o mais rápido que conseguia.

– Um dos cães pegou um ganso, e Toby tentou tomá-lo, então o cachorro o mordeu, e ele saiu correndo pelo quintal gritando que seu dedo tinha sido arrancado, havia sangue por toda parte, e ninguém conseguia fazer com que ele parasse para ver o ferimento. A minha mãe não estava aqui, e a sra. Chisholm estava no riacho com os gêmeos...

Ela estava ficando tensa de novo, e ele podia ver o sangue subindo à cabeça dela mais uma vez, corando a nuca de Brianna. Apertou as mãos em sua cintura.

– O dedo dele foi arrancado, no fim das contas?

Ela parou, respirou fundo e então olhou para ele, empalidecendo um pouco.

– Não. Não havia sequer um ferimento na pele. Era sangue de ganso.

– Bom, você se saiu bem, não acha? A despensa cheia, nenhum dedo perdido... e a casa ainda está de pé.

Ele estava fazendo piada e se surpreendeu ao perceber que ela suspirava profundamente, aliviando um pouco da tensão.

– Sim – disse ela, e havia um toque inegável de satisfação em sua voz. – Eu me saí bem. Entre mortos e feridos salvaram-se todos, e todos bem alimentados. Com o mínimo derramamento de sangue – disse ela.

– Bem, é verdade o que dizem sobre omeletes e ovos, não é? – Ele riu e se curvou para beijá-la, mas então se lembrou da barba. – Ah, desculpe. Vou me barbear, está bem?

– Não vai, não. – Ela se virou quando ele a soltou e passou a ponta de um dedo pelo rosto dele. – Estou começando a gostar. Além disso, pode fazer isso mais tarde, não?

– Sim, posso. – Ele se abaixou e a beijou delicadamente, mas com intensidade. Qual era o problema, então? Será que ela só queria que ele dissesse que ela se saíra bem cuidando de tudo sozinha? Ele achava que ela merecia ouvir aquilo, se fosse o caso. Ele sabia que ela não tinha passado o tempo todo na frente da lareira cantando músicas de ninar para Jemmy em sua ausência – mas não tinha pensado nos detalhes sórdidos.

O cheiro do corpo e dos cabelos dela o envolviam, mas ao respirar fundo para sentir mais, ele notou que a sala estava com cheiro de junípero e bálsamo também, e com o suave aroma de velas de cera de abelha. Não só uma; havia três delas, acesas em castiçais pelo quarto. Normalmente, ela acenderia um candeeiro, economizando as velas valiosas, mas o pequeno quarto estava tomado agora por uma luz suave e dourada, e ele percebeu que a luz os havia iluminado enquanto faziam amor, deixando-o com lembranças dos tons castanho-avermelhados e ebúrneos e da penugem dourada que a cobria como a pelagem de um leão, o carmesim e o roxo de suas partes íntimas, o tom escuro da pele dele contra a palidez da dela – lembranças vivas contra os lençóis brancos na mente dele.

O chão *estava* limpo – ou tinha estado limpo –, com as tábuas alvas e polidas e alecrim seco espalhado nos cantos. Ele podia ver a cama desarrumada por cima do ombro dela e percebeu que ela colocara lençóis limpos e uma nova colcha. Dedicara-se a arrumar a casa para o retorno dele. E ele chegara exigente, orgulhoso das suas aventuras, esperando elogios pelo feito de ter voltado vivo e ignorando tudo aquilo

– cego para tudo em sua necessidade urgente de colocar as mãos nela e de sentir o corpo dela sob o dele.

– Ei – disse ele suavemente em seu ouvido –, posso ser um idiota, mas amo você, está bem?

Ela suspirou profundamente, com os seios contra o peito nu dele, quentes, apesar do tecido do vestido e da blusa. Eles estavam firmes; cheios de leite, mas não duros ainda.

– É, você é – disse ela com franqueza –, mas eu também amo você. E estou feliz por estar em casa.

Ele riu e se afastou. Havia um galho de junípero preso acima da janela, pesado com seus frutos verde-azulados. Ele estendeu a mão e quebrou um ramo, beijou-o e o prendeu na gola do vestido dela, entre seus seios, como um símbolo de trégua, um pedido de desculpas.

– Feliz Natal. Mas o que ia me dizer sobre os gansos?

Ela pousou a mão no ramo de junípero, um sorriso tímido aparecendo e sumindo em seguida.

– Bem. Não importa. É só... – Ele seguiu a direção dos olhos dela, virou-se e viu a folha de papel atrás da pia na qual se lavavam.

Era um desenho feito com carvão; gansos selvagens contra um céu nublado, voando acima de árvores que balançavam ao vento. Era um desenho incrível e olhar para ele despertava em Roger a mesma sensação esquisita que sentia ao ouvir os gansos – um pouco de alegria, um pouco de dor.

– Feliz Natal – disse Brianna baixinho, atrás dele. Ela ficou ao lado dele, segurando seu braço.

– Obrigado. É... Deus, Brianna, você é ótima. – Ela era. Ele se inclinou e a beijou, intensamente, precisando fazer algo para diminuir o desejo que assombrava o papel em sua mão.

– Veja o outro. – Ela se afastou um pouco dele, ainda segurando seu braço, e meneou a cabeça em direção à bacia.

Ele não tinha notado que havia dois. O outro desenho estava atrás do primeiro.

Ela *era* ótima. Boa o suficiente para gelar o sangue no coração dele. O segundo desenho também tinha sido feito com carvão, com os mesmos traços escuros, brancos e cinzentos. No primeiro, ela tinha enxergado o céu e o reproduzira em seu estado selvagem: desejo e coragem, esforço perdurando na fé em meio ao vazio do ar e da tempestade. No segundo, ela havia enxergado a quietude.

Era um ganso morto, pendurado pelas patas, as asas meio abertas. Pescoço mole e bico entreaberto, como se, mesmo na morte, ele procurasse o voo e a companhia de seus companheiros. As linhas eram graciosas, os detalhes de penas, bicos e olhos vazios, minuciosos. Ele nunca tinha visto algo tão lindo nem tão desolador na vida.

– Desenhei este ontem à noite – disse ela, baixinho. – Todo mundo estava dormindo, mas eu não conseguia pegar no sono.

Ela havia pegado uma vela e caminhado pela casa cheia, inquieta, e por fim fora para fora, apesar do frio, procurando ficar sozinha, já que não conseguia descansar, na escuridão gelada em meio às construções. E no barracão onde as carnes eram defumadas, à luz das brasas, encantara-se com a beleza daqueles gansos pendurados, com a plumagem preta e branca contra a parede acinzentada.

– Conferi se Jemmy estava dormindo profundamente e então levei minha caixa de desenhos lá para baixo e desenhei até meus dedos ficarem gelados demais para que eu conseguisse segurar o carvão. Este foi o melhor. – Ela fez um meneio com a cabeça na direção do desenho, com os olhos distantes.

Pela primeira vez, ele viu as sombras azuis em seu rosto, e a imaginou à luz da vela, acordada até tarde e sozinha, desenhando gansos mortos. Ele a teria abraçado naquele momento, mas ela se virou e foi até a janela, onde as venezianas tinham começado a bater.

A neve tinha parado de derreter, e logo em seguida começou a soprar um vento congelante que derrubava as últimas folhas das árvores e fazia com que bolotas e nozes voassem e batessem no telhado, como chumbo grosso. Ele a seguiu, passou por ela para fechar as janelas e trancá-las por causa do vento forte.

– Papai me contou histórias enquanto eu estava... enquanto eu estava esperando Jemmy nascer. Eu não prestava muita atenção... – Ela entortou o canto da boca. – Mas eu ouvia um pouco aqui e ali.

Ela se virou naquele momento e recostou-se na janela, segurando o peitoril atrás de si.

– Ele disse que quando um caçador mata um ganso selvagem, ele deve esperar ao lado do corpo, porque os gansos selvagens se unem a um par pela vida toda, e se você matar só um, o outro vai sofrer até morrer. Então, você espera e, quando o parceiro chega, você o mata também.

Ela olhava com intensidade para ele, mas as chamas da vela faziam o azul cintilar dentro deles.

– O que eu queria saber é... todos os gansos são assim? Não só os gansos selvagens? – Ela indicou os desenhos.

Ele a tocou e pigarreou. Queria confortá-la, mas não com uma mentira fácil.

– Talvez sim. Mas não tenho certeza. Você está preocupada, então, com os parceiros dos pássaros que matou?

Os lábios pálidos se contraíram com força e então relaxaram.

– Não preocupada. Só... Não conseguia parar de pensar nisso depois. Pensar neles voando... sozinhos. Você não estava aqui, então não consegui evitar de pensar, quero dizer, eu *sabia* que você estava bem dessa vez, mas da próxima, pode ser que você não volte... bem, não importa. É tolice. Não se preocupe com isso.

Ela se levantou e teria passado por ele, mas ele a abraçou e a segurou perto do seu corpo, de modo que ela não conseguia ver seu rosto.

Ele sabia que ela não precisava dele – não para juntar feno, para arar, para caçar para ela. Em caso de necessidade, poderia fazer essas coisas sozinha, ou poderia encontrar outro homem. Ainda assim... os gansos selvagens diziam que ela precisava *dele*, que sofreria se o perdesse. Talvez para sempre. Em seu atual estado vulnerável, saber disso parecia um grande presente.

– Gansos – disse ele por fim, com a voz meio abafada nos cabelos dela. – Meus vizinhos criavam gansos quando eu era pequeno. Animais grandes e brancos. Seis deles; eles andavam em grupo, todos empertigados e fazendo barulho. Aterrorizavam cães, crianças e pessoas que passavam na rua.

– Eles aterrorizavam você? – A respiração dela fez cócegas no pescoço dele.

– Ah, sim. O tempo todo. Quando brincávamos na rua, eles saíam grasnando, nos bicavam e nos batiam com as asas. Quando eu queria sair para brincar com um amigo no quintal, a sra. Graham também tinha que ir, para enxotar os malditos com uma vassoura. Então, certa manhã, o entregador de leite chegou enquanto os gansos estavam no jardim da frente. Eles foram atrás dele, o homem saiu correndo, o cavalo dele se assustou com a barulheira e pisoteou dois deles. As crianças da rua ficaram exultantes.

Ela estava rindo encostada no ombro dele, um pouco chocada, mas se divertindo.

– O que aconteceu depois?

– A sra. Graham pegou os gansos e os depenou, e comemos torta de ganso por uma semana – disse ele tranquilamente. Endireitou-se e sorriu para ela. Ela estava corada. – É o que sei sobre gansos: eles são criaturas terríveis, mas têm um gosto ótimo.

Ele se virou e pegou o casaco manchado de lama no chão.

– Então... Vou ajudar o seu pai com as tarefas, e depois quero ver como ensinou o meu filho a engatinhar.

34

AMULETOS

Encostei o dedo na superfície branca brilhante e em seguida esfreguei os dedos, avaliando.

– Não há nada mais gorduroso do que gordura de ganso – falei com aprovação. Limpei os dedos no avental e peguei uma colher grande.

– Nada melhor para uma boa crosta de massa – concordou a sra. Bug.

Ela ficou na ponta dos pés, observando com ciúme enquanto eu dividia a gordura branca e macia, tirando-a da caldeira e colocando-a em dois recipientes grandes de pedra; um para a cozinha, outro para o meu consultório.

– Teremos uma boa torta de cordeiro para o *Hogmanay* – disse ela, estreitando os olhos enquanto pensava. – E depois, miúdos de carneiro picados e temperados, cozidos dentro do bucho, acompanhando lagarto e um pouco de milho... e uma grande torta de uva-passa com geleia e creme de sobremesa!

– Maravilha – murmurei.

Meus planos imediatos para a banha de ganso envolviam uma pomada de salsaparrilha e doce-amarga para queimaduras e arranhões, uma pomada mentolada para nariz entupido e congestão no peito, e alguma coisa calmante e de odor agradável para assaduras – talvez uma infusão de lavanda, com o sumo de folhas de não-me-toques.

Olhei para baixo à procura de Jemmy; ele havia aprendido a engatinhar poucos dias antes, mas já conseguia atingir uma velocidade impressionante, especialmente quando ficava fora de vista. Ele estava sentado no canto, muito calmo, mordiscando o cavalo de madeira que Jamie havia entalhado para ele como presente de Natal.

Como muitos deles eram católicos – e *todos* eram nominalmente cristãos –, os escoceses das Terras Altas encaravam o Natal, acima de tudo, como uma celebração religiosa, e não como uma importante ocasião festiva. Sem padre nem ministro, o dia era passado em grande parte como um domingo, mas com uma refeição especial para marcar a ocasião e com a troca de pequenos presentes. Jamie me presenteara com a concha de madeira que eu estava usando naquele momento, com a imagem de uma folha de hortelã entalhada no cabo; eu dera a ele uma camisa nova com uma prega na gola para ocasiões formais, já que a camisa velha dele estava bastante gasta nas costuras.

Com certa antecedência, a sra. Bug, Brianna, Marsali, Lizzie e eu tínhamos preparado uma quantidade enorme de caramelos de melaço, que tínhamos distribuído a todas as crianças como presente de Natal. Por mais danos que pudessem causar aos dentes delas, os caramelos tinham o benefício de fechar-lhes a boca por longos períodos e, como consequência, os adultos puderam desfrutar de um Natal em paz. Até mesmo Germain ficara quietinho.

O *Hogmanay*, entretanto, era completamente diferente. Só Deus sabia quais eram as raízes pagãs da celebração escocesa de ano-novo, mas havia uma razão pela qual eu queria manipular com antecedência um quantidade de preparações medicinais – a mesma razão pela qual Jamie estava agora na fonte de uísque, decidindo quais barris eram velhos o bastante para não envenenar ninguém.

Depois de retirada a banha de ganso, restou uma boa mistura escura no fundo da caldeira, com pedaços de pele e carne. Vi que a sra. Bug estava de olho na mistura, pensando em fazer um molho.

– Metade – falei com seriedade, pegando uma garrafa grande.

Ela não discutiu; apenas deu de ombros e sentou-se no banco resignada.

– Mas o que vai fazer com isso? – perguntou ela com curiosidade, observando enquanto eu colocava um quadrado de musselina na boca da garrafa, para coar o caldo. – A gordura é ótima para fazer unguentos. E o caldo é bom para um corpo fraco, com certeza, mas não vai durar, sabe? – Ela ergueu uma sobrancelha para mim como um aviso, para o caso de eu não saber disso. – Se deixar assim um dia ou dois, vai ficar cheio de bolor.

– Bem, é o que espero que aconteça – falei, despejando o caldo no quadrado de musselina com a concha. – Acabei de separar um monte de pão para mofar e quero ver se o mofo vai crescer no caldo também.

Eu podia perceber que na mente dela dançavam perguntas e respostas, todas com base em um medo cada vez maior de que aquela minha mania de guardar comida podre estivesse piorando e em breve fosse tomar conta da cozinha. Ela olhou na direção da torta e em seguida para mim, com um olhar intenso de desconfiança.

Virei a cabeça para esconder um sorriso e vi o gato Adso equilibrado nas patas traseiras sobre o banco, com as garras sobre a mesa, as butucas esverdeadas observando os movimentos da concha com fascínio.

– Ah, você também quer um pouco?

Peguei um pires da prateleira e o enchi com o mingau escuro, delicioso, com pedaços de carne de ganso e nacos flutuantes de gordura.

– É da minha metade – garanti à sra. Bug, mas ela balançou a cabeça vigorosamente.

– Nada disso, sra. Fraser – disse ela. – Esse rapazinho pegou *seis* ratos aqui nos últimos dois dias. – Ela sorriu com simpatia para Adso, que fora para o chão e estava devorando o caldo o mais rápido que conseguia com a linguinha cor-de-rosa. – Esse gatinho pode comer o que quiser da minha cozinha.

– Ah, é? Ótimo. Ele pode ir dar um jeito nos ratos do meu consultório também.

Estávamos presenciando uma proliferação de ratos; empurrados para dentro de casa por causa do frio, eles percorriam os rodapés como sombras quando escurecia, e mesmo à luz do dia, corriam pelo chão e saltavam de armários abertos, causando disparos nos corações e pratos quebrados.

– Bem, não podemos culpar os ratos – observou a sra. Bug, olhando rapidamente para mim. – Afinal, eles vão aonde tem alimento.

O caldo tinha sido quase totalmente coado pela musselina, deixando uma camada grossa de gordura. Eu a raspei e joguei no pires de Adso, em seguida peguei uma concha cheia.

– Ah, é verdade – falei, com calma. – E sinto muito por isso, mas o bolor é importante. É remédio, e eu...

– Ah, sim! Claro que é – disse ela, apressada. – Eu sei disso.

Não havia sinal de sarcasmo em sua voz, o que me surpreendeu, de certo modo. Ela hesitou e então enfiou a mão pela abertura da saia, dentro do bolso que tinha por baixo.

– Havia um homem que vivia em Auchterlonie, onde ficava a nossa casa, minha e do Arch, no vilarejo de lá. Ele era um *carline*, Johnnie Howlat, e as pessoas ficavam desconfiadas perto dele, mas iam. Algumas iam durante o dia, em busca de remédios de ervas e coisas, e algumas iam à noite, para comprar amuletos. Conhece o tipo? – Ela lançou outro olhar para mim, e eu assenti meio em dúvida.

Eu sabia o tipo de pessoa a quem ela se referia; alguns feiticeiros das Terras Altas não lidavam apenas com remédios – as "coisas" às quais ela se referia –, mas também com magia mais simples, vendendo poções de amor, poções de fertilidade... desejos ruins. Senti um frio percorrer minha espinha e desaparecer, deixando uma leve sensação de intranquilidade, como o rastro úmido deixado por uma lesma.

Engoli em seco, lembrando-me do pequeno ramo de plantas cheias de espinhos, tão cuidadosamente envolvidas com um laço vermelho e um preto. Colocado embaixo do meu travesseiro por uma menina ciumenta chamada Laoghaire – comprado de uma bruxa chamada Geillis Duncan. Uma bruxa como eu.

O que a sra. Bug queria dizer? "*Carline*" não era uma palavra que eu conhecesse, apesar de achar que significava "bruxa" ou algo assim. Ela olhava para mim com atenção, seu entusiasmo normal bastante reduzido.

– Ele era um homenzinho nojento, Johnnie Howlat. Não tinha mulher, e sua cama tinha um cheiro horroroso. Assim como ele. – Ela estremeceu de repente, apesar do fogo às suas costas. – Às vezes, ele era visto na mata ou no pântano, cavoucando o chão. Ele encontrava criaturas que tinham morrido, talvez, e levava de volta patas ou pele, ossos e dentes para fazer seus feitiços. Usava um casaco velho e horrível, como um agricultor, e de vez em quando o víamos atravessando o caminho com algo embaixo do casaco e sangue, e de outras coisas, manchando o tecido.

– Parece bastante desagradável – comentei, com os olhos fixos na garrafa enquanto tirava os resíduos do pano e pegava mais caldo. – Mas as pessoas o procuravam mesmo assim?

– Não havia mais ninguém – disse ela, e eu olhei para cima.

Os olhos escuros dela estavam fixos nos meus, e sua mão se mexeu lentamente, tocando algo dentro do bolso.

– Eu não sabia no começo – disse ela. – Afinal, Johnnie guardava terra do cemitério, pó de ossos e sangue de galinha e coisas desse tipo, mas você... – ela meneou a cabeça para mim pensativa, o lenço branco imaculado à luz do fogo –, você é limpa.

– Obrigada – falei, ao mesmo tempo tocada e achando graça. Aquilo era um grande elogio, vindo da sra. Bug.

– Exceto pelo pão embolorado – disse ela, esboçando um sorriso. – E por aquele saco que guarda no seu armário. Mas é verdade, não é? Você é uma feiticeira, como Johnnie era?

Hesitei, sem saber o que dizer. A lembrança de Cranesmuir estava viva em minha mente, como não estivera por muitos anos. A última coisa que eu queria era que a sra. Bug espalhasse o rumor de que eu era uma *carline* – algumas pessoas já me chamavam de feiticeira. Eu não temia ser punida legalmente como bruxa – não ali, não naquele tempo. Mas ter fama de curandeira era uma coisa; ver pessoas vindo até mim para que eu as ajudasse com todo tipo de sortilégio era outra bem diferente.

– Não exatamente – respondi com cautela. – É só que sei um pouco sobre plantas. E sobre cirurgias. Mas não sei nada sobre feitiços ou... encantos.

Ela assentiu satisfeita, como se eu tivesse confirmado suas suspeitas em vez de negá-las.

Antes que eu pudesse responder, ouvimos um som parecido com água caindo dentro de uma panela quente, seguido por um grito. Jemmy, cansado de seu brinquedo, deixara-o de lado e engatinhara até o pires de Adso. O gato, não disposto a dividir, sibilara para o bebê e o assustara. O grito de Jemmy, por sua vez, assustara Adso. Só a ponta de um nariz cor-de-rosa e o balançar de bigodes agitados apareciam nas sombras.

Peguei Jem e o acalmei, enquanto a sra. Bug se encarregava da tarefa de coar o caldo. Ela olhou para os restos de ganso no prato e pegou um osso da coxa, a cartilagem branca da ponta lisa e brilhante.

– Tome, rapazinho.

Ela o agitou embaixo do nariz de Jemmy. Ele parou de chorar de imediato, pegou o osso e o levou à boca. A sra. Bug pegou um osso menor da asa, com restos de carne pendurados, e o colocou no pires.

– E este é para você, rapaz – disse ela para a escuridão. – Mas não coma demais, fique com fome para pegar os ratos, sim?

Ela se voltou novamente para a mesa e começou a juntar os ossos em uma panela rasa.

– Vou assar estes; servirão para uma sopa – disse ela, com os olhos na tarefa. Então, sem mudar de tom nem olhar para a frente, ela disse: – Eu consultei Johnnie Howlat uma vez.

– É mesmo? – Eu me sentei com Jemmy no colo. – Estava doente?

– Eu queria um filho.

Eu não soube o que dizer. Fiquei parada, ouvindo o caldo pingar através da musselina enquanto ela raspava o resto de banha da panela e a levava ao fogo.

– Eu havia perdido quatro no período de um ano – disse ela, de costas para mim. – Ainda que não pareça agora, eu fiquei pele e osso, pálida como o trigo, e meus peitos murcharam completamente.

Ela colocou a panela sobre as brasas e a cobriu.

– Então, peguei o dinheiro que tinha e fui até Johnnie Howlat. Ele pegou o dinheiro e colocou água em uma panela. Sentou-se de um lado dela e eu, do outro, e ali ficamos por muito tempo, ele olhando dentro da água, e eu olhando para ele. Por fim, ele se chacoalhou um pouco, se levantou e foi até o fundo da cabana. Estava escuro, e eu não consegui ver o que ele fez, mas mexeu em algumas coisas, sussurrou palavras e finalmente voltou até mim e me entregou um amuleto.

A sra. Bug se endireitou e se virou. Aproximou-se e pousou a mão com delicadeza na cabeça sedosa de Jemmy.

– Johnnie disse que havia um amuleto que fecharia a abertura do meu útero e manteria um bebê lá dentro até a hora de nascer. Disse também que ele tinha visto algo na água e que precisava me contar. Falou que, se eu tivesse um bebê que nascesse com vida, o meu marido morreria. Ele ia me dar o amuleto e a oração que precisava fazer com ele, e então a escolha seria minha. E quem poderia dizer algo mais justo do que isso?

O dedo grosso e marcado pelo trabalho traçou a curva do rosto de Jemmy. Entretido com seu novo brinquedo, ele não prestou atenção.

– Carreguei o amuleto no bolso por um mês... e então o guardei.

Estendi o braço e pousei a mão sobre a dela, apertando. Não ouvíamos nenhum som, só o balbucio do bebê e o sibilar e o estalar dos ossos nas brasas. Ela ficou parada por um momento, então afastou a mão e a enfiou de novo no bolso. Pegou um objeto pequeno e o colocou sobre a mesa ao meu lado.

– Eu não consegui jogá-lo fora – disse ela, olhando para o amuleto com frieza. – Afinal, me custou três moedas de prata. E é bem pequeno; foi fácil carregar quando deixamos a Escócia.

Era uma pedrinha cor-de-rosa, com marcas cinza e desgastada. Tinha sido moldada rusticamente na forma de uma mulher grávida, pouco mais do que um barrigão, com seios inchados e nádegas em cima de um par de pernas rechonchudas. Eu já tinha visto figuras assim antes, em museus. Será que Johnnie Howlat havia feito aquilo sozinho? Ou será que o havia encontrado em suas explorações na floresta e nos pântanos, um vestígio de épocas mais antigas?

Eu o toquei com cuidado, pensando que o que quer que Johnnie Howlat tivesse sido, ou o que quer que tivesse visto na água, sem dúvida tinha sido esperto o suficiente para ver o amor entre Arch e Murdina Bug. Era mais fácil para uma mulher, naquela época, deixar de lado a esperança de ter filhos pensando ser um sacrifício nobre pelo bem de um marido muito amado do que sofrer a amargura e a culpa do fracasso constante? Ele podia ser um *carline*, Johnnie Howlat, mas certamente era um encantador.

– Então – disse a sra. Bug, calmamente –, pode ser que você encontre uma moça que queira usá-lo. Seria uma pena desperdiçá-lo, não acha?

35

HOGMANAY

O ano terminou claro e frio, com uma lua pequena e brilhante subindo alto no céu escuro e violeta, inundando de luz as cavernas e os caminhos da encosta da montanha.

Uma coisa boa, já que as pessoas vinham de todos os cantos do vilarejo – algumas até de mais longe – para participar do *Hogmanay* na "Casa Grande".

Os homens tinham limpado o novo celeiro e nivelado o chão para as danças. Jiga, dança escocesa e *strathspeys* – e mais algumas outras danças cujos nomes eu não sabia, mas que pareciam divertidas – foram executadas à luz de lamparinas a banha de urso, acompanhadas pelo som rascante do violino de Evan Lindsay e o sopro agudo da flauta de madeira de seu irmão Murdo, pontuados pelo som das batidas do *bodhran* de Kenny.

O pai de Thurlo Guthrie também havia levado suas gaitas – um conjunto de gaitas irlandesas que pareciam quase tão velhas quanto o próprio sr. Guthrie, mas que produziam um som delicado. A melodia às vezes combinava com a ideia dos Lindsays de uma determinada canção, às vezes, não, mas o efeito, de modo geral, era alegre, e as pessoas já tinham consumido uísque e cerveja suficientes a essa altura das festividades para que ninguém se importasse nem um pouco.

Depois de uma ou duas horas de dança, achei que compreendia por que a "dança escocesa" tinha passado a ser usada para se referir à embriaguez; mesmo executada sem um consumo preliminar de bebida, a dança era suficiente para deixar uma pessoa zonza. Executada sob a influência de uísque, fazia todo o sangue de minha cabeça girar como a água em uma máquina de lavar. Eu cambaleei para longe no fim de uma dessas danças, recostei-me em um poste do celeiro e fechei um olho, na esperança de afastar a sensação de que eu não parava de rodar.

Um toque na lateral do meu corpo fez com que eu abrisse o olho, e vi Jamie, segurando dois copos cheios de algum líquido. Com todo o calor e a sede que eu sentia, não quis saber o que era, desde que fosse líquido. Felizmente, era sidra, que eu tomei de um gole só.

– Se beber assim, vai acabar caindo, Sassenach – disse ele, bebendo a própria sidra de modo parecido. Ele estava corado e suado por causa da dança, mas seus olhos brilhavam quando ele sorriu para mim.

– Bobagem – falei. Com um pouco de sidra como lastro, a sala tinha parado de rodar, e eu me sentia animada, ainda que com calor. – Quantas pessoas você acha que estão aqui?

– Eram 68, da última vez que contei. – Ele se recostou ao meu lado, observando as pessoas com uma expressão de profunda satisfação. – Elas entram e saem, então não consigo contar ao certo. E não contei as crianças – disse ele, movendo-se de leve para evitar uma colisão quando um trio de garotos passou rindo pela multidão e por nós.

Montes de feno fresco estavam empilhados nas sombras na lateral do celeiro. Os corpos de crianças pequenas demais para se manterem acordadas estavam cobertos e encolhidos como muitos dos filhotes do celeiro. O brilho da luz da lanterna cintilou em algo vermelho-dourado. Jemmy estava adormecido em seu cobertor, ninado pelo barulho. Vi Bree sair de uma dança, pousar a mão rapidamente sobre ele para checar e em seguida se virar. Roger estendeu a mão para ela, sorrindo, e ela aceitou, rindo enquanto eles voltavam para dançar com os demais.

As pessoas de fato entravam e saíam – em especial pequenos grupos de jovens e casais de namorados. Estava congelando do lado de fora, mas o frio tornava o aconchego de um corpo quente muito mais interessante. Um dos garotos mais velhos dos MacLeods passou perto de nós, abraçado a uma garota bem mais jovem – uma das netas do sr. Guthrie, pensei; ele tinha três netas, todas muito parecidas –, e Jamie disse algo engraçado em gaélico para ele que fez com que suas orelhas ficassem vermelhas. A jovem, que já estava corada por estar dançando, ficou muito vermelha.

– O que você disse a eles?

– Melhor não traduzir – disse ele, apoiando a mão na parte inferior das minhas costas.

Ele estava tomado pelo calor e pelo uísque, iluminado por uma chama de alegria; olhar para ele bastava para aquecer o meu coração. Ele viu isso e sorriu para mim, o calor de sua mão atravessando o tecido do meu vestido.

– Quer sair um pouco, Sassenach? – perguntou ele, a voz baixa e muito sugestiva.

– Bem, já que você perguntou... quero – respondi. – Mas talvez não agora.

Meneei a cabeça para além de onde ele estava; ele se virou e viu um grupo de senhoras sentadas em um banco encostado na parede. Todas olhavam para nós com a curiosidade de um bando de corvos. Jamie assentiu e sorriu para elas, e todas começaram a rir e a corar, e se voltou para mim com um sussurro.

– Sim, bem, daqui a pouco, então... depois da dança, talvez.

Uma dança terminou e houve grande movimentação na direção do barril de sidra, sob os cuidados do sr. Wemyss nos fundos do celeiro. Os dançarinos se reuniram ao redor dele como um monte de vespas sedentas, e a única coisa que ficou visível do sr. Wemyss foi o topo de sua cabeça, quase branca sob o brilho das lanternas.

Ao vê-lo, procurei Lizzie ao redor, para ver se ela estava aproveitando a festa. Evidentemente, estava. Avistei-a sendo cortejada em um canto, cercada por quatro ou cinco rapazes, todos se comportando de modo muito parecido com os dançarinos ao redor da sidra.

– Quem é o grande? – perguntei a Jamie, chamando a atenção para o pequeno grupo com um meneio de cabeça. – Não o conheço. – Ele olhou na direção do grupo, semicerrando levemente os olhos.

– Ah – disse ele, relaxando –, é Jacob Schnell. Ele veio de Salem com um amigo. Eles vieram com os Muellers.

– É mesmo? – Salem ficava longe dali; cerca de 50 quilômetros. Fiquei me perguntando se eles tinham sido atraídos apenas pelas festividades. Procurei Tommy Mueller, que eu havia marcado intimamente como um possível pretendente para Lizzie, mas não o vi na multidão.

– Sabe alguma coisa a respeito desse rapaz Schnell? – perguntei, olhando para ele em dúvida.

Era um ou dois anos mais velho do que os outros rapazes que cortejavam Lizzie e muito alto. De traços simples, mas de boa aparência, na minha opinião; ossos grandes e uma barriga mais rechonchuda que prenunciava o aparecimento de um barrigão na meia-idade.

– Não conheço o rapaz, mas conheci seu tio. É de uma boa família; acho que o pai dele é sapateiro.

Olhamos automaticamente para os sapatos do jovem; não eram novos, mas eram de boa qualidade, com fivelas de peltre, grandes e quadradas ao estilo alemão.

O jovem Schnell parecia ter ganhado vantagem; ele estava mais inclinado, dizendo algo a Lizzie, cujos olhos estavam fixos no rosto dele, franzindo o cenho em concentração, a pele entre as sobrancelhas claras enrugada enquanto ela tentava entender o que ele dizia. Por fim ela entendeu, e seu rosto relaxou em uma risada.

– Acho que não. – Jamie balançou a cabeça, franzindo o cenho de leve enquanto o observava. – A família é luterana; eles não permitiriam que o rapaz se casasse com uma católica... e Joseph ficaria arrasado se a filha fosse morar tão longe.

O pai de Lizzie era *muito* ligado a ela; e, por já tê-la perdido uma vez, era improvável que permitisse que ela se casasse e fosse morar tão longe, perdendo-a de vista de novo. Ainda assim, eu acreditava que Joseph Wemyss faria quase qualquer coisa para garantir a felicidade da filha.

– Ele pode ir com ela, sabe?

O rosto de Jamie ficou inexpressivo enquanto pensava, e ele assentiu relutantemente.

– Acho que sim. Eu detestaria perdê-lo, mas acho que Arch Bug poderia...

Gritos de "*Mac Dubh*!" o interromperam.

– Venha, *a Sheumais ruaidh*, mostre a ele! – gritou Evan dos fundos do celeiro, meneando a cabeça de modo autoritário.

Houvera uma pausa na dança, para dar tempo de os músicos respirarem e beberem alguma coisa, e, nesse ínterim, alguns dos homens estavam tentando dançar com espadas, o que podia ser feito com o acompanhamento apenas de gaitas de foles ou de um único tambor.

Eu estava prestando pouca atenção àquilo; ouvia somente os gritos de incentivo e de desdém vindos daquele lado do celeiro. Evidentemente, a maioria dos presentes não era muito hábil no esporte – o último cavalheiro a tentar tropeçara em uma das espadas e caíra de cara no chão; estava recebendo ajuda para se levantar, com o rosto vermelho e rindo, rebatendo os insultos dos amigos enquanto eles tiravam o feno e a terra das roupas dele.

– *Mac Dubh, Mac Dubh*! – gritaram Kenny e Murdo, fazendo um gesto para que ele se aproximasse, mas Jamie acenou em recusa, rindo.

– Não, não faço isso há mais tempo do que...

– *Mac Dubh! Mac Dubh! Mac Dubh!* – Kenny começou a bater seu *bodhran*, cantando no ritmo, e o grupo de homens ao redor se juntou a ele. – *Mac Dubh! Mac Dubh! Mac Dubh!*

Jamie lançou-me um breve olhar de impotência, mas Ronnie Sinclair e Bobby Sutherland já estavam caminhando decididos em nossa direção. Eu dei um passo para trás, rindo, e os dois pegaram Jamie pelos braços, abafando os protestos com gritos brincalhões enquanto o carregavam para o centro da pista de dança.

Aplausos e gritos de aprovação irromperam quando eles o colocaram em um espaço aberto, onde haviam espalhado palha sobre a terra úmida por uma extensão razoável para formar uma superfície firme. Ao ver que não tinha escolha, Jamie se levantou e ajeitou o kilt. Olhou para mim, revirou os olhos fingindo resignação e começou a tirar o casaco, o colete e as botas, enquanto Ronnie se aproximava para dispor as duas espadas cruzadas a seus pés.

Kenny Lindsay começou a bater devagar em seu *bodhran*, hesitando entre as batidas, um som de leve suspense. A multidão murmurou e se remexeu, ansiosa. Vestindo camisa, kilt e meias, Jamie fez uma reverência, virando-se na direção do sol para se abaixar quatro vezes, para cada um dos pontos cardeais. Em seguida se levantou e tomou seu lugar, em cima das espadas cruzadas. Ele ergueu as mãos, com os dedos apontados acima da cabeça.

Ouvi palmas próximo de onde eu estava e vi Brianna levar dois dedos à boca e emitir um assovio forte de aprovação, chocando as pessoas ao seu lado.

Vi Jamie fitar Bree com um meio sorriso e em seguida olhar nos meus olhos de novo. O sorriso permaneceu em seus lábios, mas havia algo diferente em sua expressão; algo pesaroso. As batidas do *bodhran* começaram a se intensificar.

A dança com a espada escocesa era executada por um de três motivos. Para exibição e entretenimento, como ele estava prestes a fazer agora. Para competição, como faziam os jovens em uma reunião. E como foi feita pela primeira vez, como um agouro. Na noite que antecedia uma batalha, a habilidade do dançarino prenunciava sucesso ou fracasso. Os jovens tinham dançado entre espadas cruzadas na noite antes das batalhas de Prestonpans e de Falkirk. Mas não antes de Culloden. Não houvera fogueiras na noite anterior àquela batalha final, não houvera tempo para bardos e canções de batalha. Não importava; ninguém precisara de um agouro naquela ocasião.

Jamie fechou os olhos por um momento, abaixou a cabeça e as batidas do tambor começaram a aumentar, a se acelerar.

Eu sabia, porque ele tinha me dito, que ele executara a dança da espada pela primeira vez em uma competição, e depois – mais de uma vez – na noite antes de batalhas, primeiro nas Terras Altas, depois na França. Os velhos soldados tinham pedido que ele dançasse, haviam valorizado sua habilidade como uma garantia de que viveriam e triunfariam. Se os Lindsays conheciam a habilidade dele, isso significava que ele também devia ter dançado em Ardsmuir. Mas isso tinha sido no Velho Mundo, em sua vida antiga.

Ele sabia – sem que Roger precisasse lhe dizer – que os modos antigos tinham mudado, estavam mudando. Aquele era um mundo novo, e a dança da espada nunca mais seria dançada de verdade em busca de agouro e da boa vontade dos deuses antigos da guerra e do sangue.

Seus olhos se abriram, e ele ergueu a cabeça. O jovem bateu no tambor com um *tum!* repentino e a dança começou com um grito da multidão. Os pés dele batiam na terra batida, para o norte e para o sul, para o leste e para o oeste, mexendo-se depressa entre as espadas.

Seus pés batiam sem emitir som, firmes no chão, e sua sombra dançava na parede atrás dele, alta, com os braços compridos levantados. Seu rosto ainda estava virado para mim, mas ele não me via mais, eu tinha certeza.

Os músculos de suas pernas eram fortes por baixo da barra do kilt, e ele dançava com toda a habilidade do guerreiro que tinha sido e ainda era. Mas eu acreditava que ele dançava agora apenas pela lembrança, para que aqueles que assistiam não se esquecessem; dançava com o suor voando de sua testa enquanto trabalhava e um olhar de profundo distanciamento.

As pessoas ainda estavam falando sobre a dança quando fomos para casa, pouco antes da meia-noite, para pegar ensopado de batata, cerveja e sidra, antes do ritual da primeira pessoa a entrar na casa no ano-novo para dar sorte.

A sra. Bug pegou um cesto cheio de maçãs e reuniu todas as garotas jovens e solteiras em um canto da cozinha, onde – com muitos risos e olhares para os jovens – cada uma descascou uma fruta, mantendo a casca em uma única tira. Cada garota jogou a casca para trás, e todo o grupo se reuniu e decidiu, pelo formato das cascas, o formato da letra que elas formavam.

Como as cascas de maçã eram bem circulares, apareceram muitos C, G e O – boas notícias para Charley Chisholm e para o jovem Geordie Sutherland – e houve muita especulação sobre se "Angus Og" podia ou não ser o significado de um O, já que Angus Og MacLeod era um rapaz alegre e muito querido, enquanto o único "Owen" era um viúvo mais velho, com cerca de 1,50 metro de altura e um cisto grande no rosto.

Eu havia subido com Jemmy para colocá-lo na cama, e depois de deixá-lo deitado e roncando no berço, desci a tempo de ver Lizzie jogar suas cascas.

– C! – gritaram duas meninas da família Guthrie, quase batendo as cabeças quando se inclinaram para olhar.

– Não, não, é um J!

Considerada a especialista da casa, a sra. Bug se inclinou para a frente, olhando para a tira de casca vermelha com a cabeça de lado, como um pardal analisando uma minhoca em potencial.

– É um J, com certeza – disse ela, endireitando-se, e o grupo começou a rir, virando-se de uma vez para olhar para John Lowry, um jovem agricultor de Woolam's Mill, que olhou para trás, totalmente confuso.

Vislumbrei algo vermelho pelo canto do olho e, quando me virei, vi Brianna na porta que dava para o corredor. Ela inclinou a cabeça me chamando, e eu me apressei para alcançá-la.

– Roger está pronto para sair, mas não encontramos o sal grosso; não estava na despensa. Você tem no consultório?

– Ah, sim, tenho – respondi com culpa. – Andei usando o sal para secar umas ervas e me esqueci de devolver.

Os convidados tomavam a varanda e se enfileiravam pelo corredor amplo, chegando à cozinha e ao escritório de Jamie, todos falando, bebendo e comendo, e eu passei pela multidão atrás de Brianna, na direção do meu consultório, trocando cumprimentos enquanto desviava de copos de sidra e das migalhas sob os meus pés.

O consultório em si estava quase vazio; as pessoas costumavam evitá-lo, por superstição, por associá-lo a dores ou simplesmente por receio, e eu não as incentivara a entrar, deixando a sala escura, sem fogo. Havia apenas uma vela acesa lá dentro, e a única pessoa presente era Roger, que estava mexendo nas coisas que eu havia deixado em cima do balcão.

Ele olhou para a frente quando entrei, sorrindo. Ainda meio corado depois da dança, ele voltara a vestir o casaco e enrolara um cachecol de lã no pescoço; a capa estava em cima do banquinho ao lado dele. Segundo a tradição, o "primeiro a chegar" que trazia mais sorte no *Hogmanay* era um homem moreno, alto e bonito; receber um homem assim como a primeira visita depois da meia-noite trazia boa sorte para a casa durante o ano vindouro.

Roger era, sem dúvida, o mais alto – e o mais bonito – moreno disponível, por isso tinha sido escolhido para ser o primeiro, não só na Casa Grande, como as pessoas diziam, mas nas casas próximas. Fergus, Marsali e os outros que viviam por perto já tinham corrido para suas casas a fim de se preparar para receber o primeiro visitante quando ele chegasse.

Um homem ruivo, no entanto, traria azar caso fosse o primeiro visitante, e Jamie tinha se recolhido em seu escritório, sob a guarda dos irmãos Lindsays, que estavam encarregados de mantê-lo trancado ali até depois de meia-noite. Não havia relógios mais próximos do que em Cross Creek, mas o velho sr. Guthrie tinha um relógio de bolso, mais velho do que ele próprio; esse instrumento declararia o momento místico em que um ano daria lugar ao outro. Devido à propensão que o relógio tinha a parar, eu duvidava que seria mais do que um pronunciamento simbólico, mas era o suficiente, afinal.

– Onze e cinquenta – declarou Brianna, aparecendo no consultório atrás de mim, com a capa sobre o braço. – Acabei de checar o relógio do sr. Guthrie.

– Temos tempo suficiente. Você vem comigo, então? – Roger sorriu para Brianna ao ver sua capa.

– Está brincando? Não saio de casa depois da meia-noite há anos. – Ela sorriu para ele, cobrindo os ombros com a capa. – Pegou tudo?

– Tudo, menos o sal.

Roger assentiu em direção à bolsa de lona sobre o balcão. O primeiro visitante devia entrar na casa levando presentes: um ovo, um feixe de gravetos, um pouco de sal – e um pouco de uísque, garantindo assim que não faltariam as necessidades básicas na casa no ano que ia começar.

– Certo. Onde eu... ah, Cristo! – Ao abrir o armário para procurar o sal, dei de cara com um par de olhos brilhantes, olhando da escuridão para mim. – Minha nossa. – Levei a mão ao peito, para impedir que meu coração saísse pela boca, acenando com a outra mão para Roger, que havia se levantado quando gritei, pronto para me defender. – Não se preocupe. É só o gato.

Adso tinha se escondido da festa, levando consigo os restos de um rato morto como companhia. Ele rosnou para mim, evidentemente pensando que eu pretendia roubar seu petisco, mas eu o afastei para o lado irritada, pegando o pequeno saco de sal grosso que estava atrás das patas peludas dele.

Fechei a porta do armário, deixando Adso com seu banquete, e entreguei o sal a Roger. Ele o pegou, pousando o objeto que estava segurando.

– Onde conseguiu essa coisinha? – perguntou ele, assentindo em direção ao objeto enquanto guardava o sal em sua bolsa. Eu olhei para o balcão e vi que ele estava examinando a pedra cor-de-rosa que a sra. Bug tinha me dado.

– A sra. Bug – respondi. – Ela diz que é um amuleto da fertilidade, e certamente é o que parece. É muito velho, não? – Eu achava que devia ser, e ver o interesse de Roger confirmou minha impressão.

Ele assentiu, ainda olhando para o objeto.

– Muito velho. Os que vi em museus datam de mil anos.

Ele tocou o contorno da pedra com um dedo. Brianna se aproximou para ver e, sem pensar, coloquei a mão no braço dela.

– O que foi? – perguntou ela, virando a cabeça para sorrir para mim. – Não devo tocá-lo? Funciona assim *tão* bem?

– Não, claro que não.

Afastei a mão, rindo, mas me sentindo um tanto constrangida. Ao mesmo tempo, percebi que preferia que ela *não* o tocasse e fiquei aliviada quando ela simplesmente se inclinou para analisá-lo, deixando-o sobre o balcão. Roger também estava olhando para ele, ou melhor, olhava para Brianna, os olhos fixos em sua nuca com uma intensidade esquisita. Eu quase podia imaginar que ele queria que ela tocasse o objeto com a mesma força com que eu queria que ela não o tocasse.

Beauchamp, disse baixinho para mim mesma. *Você bebeu demais esta noite*. Ao mesmo tempo, estiquei a mão por impulso e peguei o objeto, colocando-o dentro do bolso.

– Vamos! Temos que ir!

O clima esquisito do momento foi interrompido abruptamente, Brianna se endireitou e se virou para Roger.

– Sim, tudo bem. Vamos lá, então.

Ele jogou a bolsa no ombro e sorriu para mim, em seguida segurou o braço dela e eles desapareceram, deixando que a porta do consultório se fechasse depois que saíram.

Apaguei a vela, pronta para segui-los, mas então parei, repentinamente relutante em voltar de imediato para o caos da celebração.

Eu podia sentir a casa toda em movimento, pulsando ao meu redor, a luz entrando por baixo da porta do corredor. Mas ali estava quieto. No silêncio, senti o peso do pequeno ídolo no meu bolso e o pressionei com força contra a minha perna.

Não existe nada de especial no dia 1º de janeiro, exceto o sentido que damos a ele. Os antigos comemoravam a chegada do ano-novo no festival de Imbolc, no começo de fevereiro, quando o inverno dá uma trégua e a luz começa a voltar – ou no equinócio de primavera, quando os poderes da escuridão e da luz estão em equilíbrio no mundo. Ainda assim, fiquei ali no escuro, ouvindo o som do gato mastigando deitado no armário, e senti a força da terra girando e se remexendo sob meus pés enquanto o ano – ou alguma coisa – se preparava para mudar. Havia barulho e a sensação de muitas pessoas por perto, mas ainda assim eu permanecia sozinha, enquanto o sentimento tomava conta de mim, murmurando no meu sangue.

O curioso é que isso não era nada estranho. Não era nada que viesse de fora de mim, mas apenas o reconhecimento de algo que eu já possuía, e reconhecia, embora não fizesse ideia de como chamá-lo. Mas a meia-noite se aproximava depressa. Ainda pensando, abri a porta e saí para a luz e o clamor do corredor.

Um grito do outro lado do corredor indicou a chegada da hora mágica, como anunciado pelo relógio do sr. Guthrie, e os homens saíram da sala de Jamie, brincando e empurrando uns aos outros, olhando em direção à porta, ansiosos.

Nada aconteceu. Será que Roger tinha decidido ir para a porta dos fundos, por causa da multidão na cozinha? Eu me virei para olhar para o fim do corredor, mas não, a porta da cozinha estava tomada por rostos, todos olhando para mim em expectativa.

Ainda nenhuma batida à porta. Houve um pequeno movimento de inquietação no corredor, uma pausa nas conversas, um daqueles silêncios esquisitos quando ninguém quer falar por medo de ser interrompido de repente.

Então ouvi o som de passos na varanda e uma batida rápida, uma, duas, três. Jamie, como dono da casa, deu um passo à frente para abrir a porta e receber o visitante. Eu estava perto o bastante para ver sua expressão de surpresa, e olhei depressa para ver o que a havia causado.

Em vez de Roger e Brianna, duas pessoas menores estavam na porta. Magricelas e desgrenhados, mas definitivamente com cabelos pretos, os dois gêmeos Beardsleys entraram juntos timidamente, obedecendo ao gesto de Jamie.

– Um bom ano-novo para o senhor, sr. Fraser – disse Josiah, com a voz rouca. Ele fez uma reverência educada para mim, ainda segurando o braço do irmão. – Nós viemos.

• • •

A conclusão geral foi de que gêmeos de cabelos pretos eram um bom agouro, obviamente trazendo o dobro da sorte que traria um único visitante. Ainda assim, Roger e Bree – que tinham encontrado os gêmeos no quintal e os mandaram à nossa porta – partiram para fazer o melhor que podiam pelas outras casas do vilarejo, e Bree recebeu a severa instrução de não entrar em nenhuma casa antes de Roger passar pela porta.

Afortunado ou não, o aparecimento dos Beardsleys causou muito falatório. Todos já tinham ouvido sobre a morte de Aaron Beardsley – a versão oficial, que era a de que ele havia morrido devido a uma apoplexia – e sobre o misterioso desaparecimento da esposa dele, mas a chegada dos gêmeos fez com que o assunto viesse à tona de novo e voltasse a ser discutido. Ninguém sabia o que os meninos tinham feito entre a expedição da milícia e o ano-novo; Josiah disse apenas que tinham ficado "por aí" com a voz rouca, quando perguntaram – e o irmão dele, Keziah, não disse nada, obrigando todos a falarem do negociador que tratava com os índios e de sua esposa até se cansarem e mudarem de assunto.

A sra. Bug levou imediatamente os Beardsleys sob suas asas até a cozinha para que lavassem as mãos, se aquecessem e se alimentassem. Metade das pessoas presentes à festa tinha ido para casa para receber o visitante; aqueles que só partiriam pela manhã se separaram em vários grupos. Os mais jovens voltaram ao celeiro para dançar – ou para buscar um pouco de privacidade em meio aos montes de feno –, os mais velhos se sentaram perto do fogo para falar sobre lembranças, e aqueles que tinham exagerado na dança ou no uísque se ajeitaram em qualquer canto conveniente – e em alguns inconvenientes também – para dormir.

Vi Jamie em seu escritório, recostado na cadeira com os olhos fechados, uma espécie de desenho em cima da mesa à frente dele. Ele não estava dormindo e abriu os olhos ao ouvir meus passos.

– Feliz ano-novo! – falei baixinho, e me inclinei para beijá-lo.

– Um bom ano-novo para você, *a nighean donn*!

Ele estava quente e tinha um leve aroma de cerveja e trigo seco.

– Ainda quer sair? – perguntei, olhando para a janela.

A lua tinha aparecido havia muito, e as estrelas brilhavam tênues e frias no céu. O quintal do lado de fora estava vazio e escuro.

– Não – disse ele com franqueza, passando a mão no rosto. – Quero ir para a cama. – Ele bocejou e piscou, tentando ajeitar os cabelos desgrenhados no topo da cabeça. – Mas quero que você venha também – disse ele, generosamente.

– Não há nada que eu queira mais – garanti a ele. – O que é isso? – Dei a volta por trás dele, olhando por cima de seu ombro para o desenho, que parecia um tipo de planta baixa, com cálculos matemáticos rabiscados nas margens.

Ele se sentou, parecendo um pouco mais alerta.

– Ah. Bem, é o presente que Roger deu a Brianna para o *Hogmanay*.

– Ele vai construir uma casa para ela? Mas eles...

– Não para ela. – Ele sorriu para mim, com as mãos dos dois lados da planta. – Para os Chisholms.

Roger, com uma astúcia característica de Jamie, observara os colonos e celebrara um acordo entre Ronnie Sinclair e Geordie Chisholm.

Ronnie tinha uma cabana cômoda e grande ao lado de sua tanoaria. Então o acordo era que Ronnie, que não era casado, se mudaria para a oficina de cobre, onde poderia dormir sem problemas. Os Chisholms, então, se mudariam para a cabana de Ronnie, à qual eles acrescentariam – se o clima permitisse – dois cômodos, de acordo com a planta baixa sobre a mesa de Jamie. Em troca, a sra. Chisholm passaria a preparar as refeições de Ronnie e lavaria suas roupas. Na primavera, quando os Chisholms tomassem posse de sua propriedade e construíssem sua casa, Ronnie voltaria para sua cabana recém-aumentada – e a melhoria de suas acomodações poderia ser um fator para induzir alguma jovem a aceitar seu pedido de casamento, era o que ele esperava.

– Enquanto isso, Roger e Bree voltam para sua casa, Lizzie e o pai deixam de dormir no consultório e tudo fica bem! – Apertei os ombros dele, alegre. – Que ótimo arranjo! Foi você que fez a planta?

– Sim. Geordie não é carpinteiro, e não quero que o lugar caia na cabeça dele.

Ele semicerrou os olhos para os desenhos, então pegou uma pena de um jarro, abriu o tinteiro e corrigiu um dos números.

– Pronto – disse ele, largando a pena. – Pronto. Roger quer mostrar a Bree quando eles voltarem hoje à noite; eu disse que deixaria pronta para ele.

– Ela vai ficar muito animada.

Eu me recostei no espaldar da cadeira dele, massageando seus ombros com as mãos. Ele se recostou, o peso da cabeça quente contra a minha barriga, e fechou os olhos, suspirando de prazer.

– Dor de cabeça? – perguntei baixinho ao ver a linha vertical entre seus olhos.

– Sim, um pouco. Ah, sim, assim é gostoso. – Eu havia levado as mãos à cabeça dele, massageando suas têmporas delicadamente.

A casa estava silenciosa, embora se pudesse ouvir o burburinho vindo da cozinha. Além disso, o som suave da voz de Evan era trazido pelo ar frio.

– "My Brown-Haired Maid" – falei, suspirando. – Amo essa música.

Desfiz o laço que prendia a trança dele e soltei seus cabelos, apreciando o toque macio e quente dos fios enquanto eu os separava com os dedos.

– É muito esquisito você não ter ouvido para música – falei, dizendo amenidades para distraí-lo enquanto passava a mão pelas sobrancelhas ruivas, pressionando a beirada das órbitas. – Não sei por que, mas a aptidão por matemática costuma acompanhar o talento para a música. Bree tem os dois.

– Eu tinha – disse ele distraidamente.

– Tinha o quê?

– Os dois. – Ele suspirou e se inclinou para a frente para esticar o pescoço, com os cotovelos sobre a mesa. – Ah, Deus. Por favor. Ah, sim. Sim!

– É mesmo? – Massageei o pescoço e os ombros dele, pressionando os músculos através do tecido da camisa. – Você está dizendo que sabia *cantar*?

Era uma piada de família; apesar de ter uma bela voz ao falar, a afinação de Jamie era tão ruim que qualquer canção em sua voz soava tão dissonante que os bebês dormiam para não ter que ouvir em vez de serem embalados para adormecer quando ele cantava.

– Bem, talvez não isso, nem tanto. – Percebi o sorriso em sua voz, abafado pelos cabelos que caíram na frente de seu rosto e o escondiam. – Mas sabia diferenciar uma canção da outra e dizer se uma música tinha sido bem ou mal cantada. Agora ouço apenas barulho e guinchos penetrantes. – Ele deu de ombros.

– O que aconteceu? – perguntei. – E quando?

– Ah, foi antes de eu conhecer você, Sassenach. Na verdade, bem antes. – Ele ergueu uma das mãos, tocando a nuca. – Você lembra que eu passei um tempo na França? Foi quando eu estava voltando com Dougal MacKenzie e os homens dele, quando Murtagh encontrou você, andando pelas Terras Altas com seu vestido...

Ele falava baixinho, mas meus dedos tinham encontrado a antiga cicatriz embaixo de seus cabelos. Agora não passava de uma linha, o corte cicatrizara e ficara da espessura de um fio de cabelo. Ainda assim, fora um ferimento de 20 centímetros, feito com um machado. Na época, quase o matara, eu sabia; ele ficara à beira da morte em uma abadia francesa por quatro meses e sofrera de dores de cabeça debilitantes por anos.

– Foi isso? Você quer dizer que não... não conseguiu mais ouvir música depois que foi ferido?

Ele deu de ombros em um gesto breve.

– Não ouço música nenhuma, só o som dos tambores – disse ele, simplesmente. – Ainda diferencio o ritmo, mas não consigo mais identificar a melodia.

Parei com as mãos nos ombros dele, e ele se virou para olhar para mim, sorrindo, tentando fazer piada.

– Não se preocupe com isso, Sassenach; não é nada de mais. Eu não cantava bem *nem* quando conseguia ouvir. E Dougal não me matou, afinal.

– Dougal? Você acha que foi Dougal, então?

Fiquei surpresa com a certeza na voz dele. Na época ele pensara que talvez tivesse sido o tio Dougal quem o atacara com a intenção de matá-lo – mas então, surpreendido por seus homens antes de poder terminar o trabalho, fingira tê-lo encontrado ferido. Mas não havia evidências para ter certeza.

– Ah, sim. – Ele parecia surpreso também, mas então seu rosto mudou, como se tivesse se dado conta de algo. – Ah, sim – disse ele de novo, mais lentamente. – Não tinha pensado... Você não conseguiu entender o que ele disse, não foi? Quando ele morreu, quero dizer... Dougal.

Minhas mãos ainda estavam apoiadas em seus ombros, e eu senti um tremor involuntário percorrer seu corpo. O tremor se espalhou pelas minhas mãos e subiu pelos meus braços, fazendo com que os pelos da nuca se eriçassem.

Claramente, como se a cena estivesse acontecendo na minha frente agora, eu podia ver o sótão na Casa Culloden. As peças e a mobília descartada, coisas viradas e bagunçadas por causa da briga – e no chão aos meus pés, Jamie agachado, agarrando o corpo de Dougal, que se debatia, com sangue e ar saindo em borbulhas do ferimento onde o punhal de Jamie atingira a base de sua garganta. O rosto de Dougal, pálido e sarapintado conforme o sangue se esvaía, os olhos intensos fixos em Jamie enquanto a boca se movia tentando dizer palavras em gaélico, mas sem emitir som, querendo dizer... alguma coisa. E o rosto de Jamie, tão pálido quanto o de Dougal, olhos fixos nos lábios do homem que morria, lendo aquela última mensagem.

– O que ele disse? – Minhas mãos apertavam os ombros dele com força, seu rosto virado enquanto meus polegares subiam por baixo dos cabelos dele procurando a cicatriz antiga de novo.

– *Filho da irmã ou não... eu teria matado você, aquele dia no monte. Pois eu sabia, desde o começo, que seria você ou eu.*

Ele falava com calma e com a voz baixa, e a própria falta de emoção das palavras fez com que o arrepio passasse de novo, dessa vez de mim para ele.

O escritório estava silencioso. O som das vozes na cozinha havia se transformado em um murmúrio, como se os fantasmas do passado se reunissem ali para beber e conversar, rindo.

– Então foi isso que você quis dizer – falei baixinho – quando afirmou que estava em paz com Dougal.

– Sim. – Ele se recostou na cadeira e levantou as mãos, que seguraram meus punhos. – Ele estava certo. Era ele ou eu, e teria sido assim, de um jeito ou de outro.

Suspirei, e um pouco da culpa se dissipou. Jamie estava lutando para me defender quando matou Dougal, e eu sempre senti aquela morte nas minhas costas. Mas Dougal estava certo; havia muita coisa entre eles, e se aquele conflito final não tivesse acontecido na véspera da Batalha de Culloden, teria ocorrido em outro momento.

Jamie apertou meus punhos e se virou na cadeira, ainda segurando minhas mãos.

– Deixe os mortos enterrarem os mortos, Sassenach – disse ele baixinho. – O passado se foi, e o futuro ainda não veio. E estamos aqui juntos, você e eu.

36

MUNDOS NÃO VISTOS

A casa estava silenciosa; era a oportunidade perfeita para os meus experimentos. O sr. Bug tinha ido a Woolam's Mill, levando os gêmeos Beardsleys; Lizzie e o sr. Wemyss tinham ido ajudar Marsali com a nova farelada; e a sra. Bug, depois de deixar uma panela de mingau e um prato de torradas na cozinha, também saíra para procurar galinhas semisselvagens na mata, pegando-as uma por uma e levando-as pelas pernas para serem instaladas no novo e bonito galinheiro que seu marido tinha construído. Bree e Roger às vezes iam tomar café da manhã na casa grande, mas com cada vez mais frequência decidiam comer em casa, como era o caso naquela manhã.

Aproveitando a tranquilidade da casa vazia, arrumei uma bandeja com xícara, bule, creme e açúcar, e a levei comigo para o consultório junto com as amostras. A luz do começo da manhã estava perfeita, entrando pela janela em uma barra brilhante e dourada. Enquanto o chá esfriava, peguei algumas garrafas de vidro do armário e saí.

O dia estava frio, porém bonito, com um céu pálido e claro que prometia um pouco de calor para mais tarde. Mas, no momento, fazia tanto frio que fiquei feliz por estar envolta em meu xale. A água no bebedouro dos cavalos estava gelada, coberta por uma camada fina de gelo, mas não gelada o bastante para matar os micróbios, acho. Eu podia ver longas mechas de algas cobrindo as tábuas do cocho, flutuando devagar quando toquei a crosta fina de gelo e perturbei a água ao raspar uma das minhas garrafas pela beira lodosa do cocho.

Peguei mais amostras de líquido da casa da fonte e de uma poça de lama perto do reservado, e então corri de volta para casa para fazer testes enquanto a luz ainda estava boa.

O microscópio estava perto da janela onde eu o havia deixado no dia anterior, o latão e os espelhos brilhantes reluzindo. Depois de levar alguns segundos para colocar gotas nas lâminas de vidro que tinha preparado, eu me inclinei para olhar pelo visor com ansiedade.

O ovoide de luz aumentou, diminuiu, desapareceu totalmente. Eu semicerrei os olhos, virando a rosca o mais devagar que pude, e... lá estava. O espelho se firmou e a luz se fundiu em um círculo claro perfeito, uma janela para outro mundo.

Observei, encantada, enquanto os cílios de um paramécio perseguiam uma presa invisível. Então uma leve perturbação, o campo de visão em si em constante movimento quando a gota de água se moveu em suas ondas microscópicas. Esperei mais um pouco, na esperança de ver uma das rápidas e elegantes euglenas, ou mesmo uma hidra, mas não tive sorte; apenas fragmentos de um verde-escuro misterioso, borrões de detritos celulares e células algáceas rompidas.

Mexi a lâmina para a frente e para trás, mas não encontrei mais nada interessante. Tudo bem; eu tinha um monte de outras coisas para examinar. Enxaguei o retângulo de vidro em um copo de álcool, deixei que secasse por um momento e em seguida enfiei a vareta de vidro em um dos pequenos béqueres que eu havia posicionado na frente do microscópio, colocando uma gota de líquido na lâmina limpa.

Eu havia demorado um pouco para montar o microscópio corretamente. Não era uma versão muito parecida com as modernas, principalmente quando reduzida a suas partes componentes para ser guardado na bela caixa do dr. Rawlings. Ainda assim, as lentes eram reconhecíveis, e com isso como ponto de partida, eu tinha conseguido instalar peças ópticas na estrutura sem muita dificuldade. Obter luz suficiente, no entanto, fora mais difícil, e eu fiquei animada quando finalmente consegui fazer com que funcionasse.

– O que está fazendo, Sassenach? – Jamie, com um pedaço de torrada na mão, parou à porta.

– Estou vendo coisas – respondi, ajustando o foco.

– Ah é? Que coisas? – Ele entrou na sala sorrindo. – Espero que não sejam fantasmas. Já vi fantasmas suficientes.

– Venha ver – falei, afastando-me do microscópio.

Meio confuso, ele se inclinou e olhou pelas lentes, fechando o outro olho, concentrado. Estreitou a vista por um momento e então exclamou, surpreso e contente:

– Estou vendo! Coisinhas com caudas nadando por aí!

Ele se endireitou, sorrindo para mim com animação, e em seguida se inclinou de novo para olhar.

Senti uma onda de orgulho pelo meu novo brinquedo.

– Não é incrível?

– Sim, é incrível – disse ele, distraído. – Olhe para eles. Que criaturinhas atarantadas, todas empurrando e se enroscando umas nas outras... e tantas delas!

Ele observou por mais alguns momentos, exclamando baixinho, e então se endireitou, balançando a cabeça, surpreso.

– Nunca vi algo assim, Sassenach. Você havia me contado sobre os germes, é verdade, mas nunca na vida imaginei que eles fossem assim! Pensei que tivessem dentinhos, e eles não têm, mas não sabia que tinham caudas tão bonitas e agitadas e que nadavam em números tão grandes.

– Bem, alguns micro-organismos fazem isso – falei, aproximando-me para olhar. – Esses bichinhos em especial não são germes... são espermatozoides.

– São o quê?

Ele parecia confuso.

– Espermatozoides – respondi com paciência. – Células reprodutivas masculinas. Você sabe, aquelas que fazem os bebês.

Pensei que ele fosse engasgar. Abriu a boca e seu rosto se cobriu de um belo cor-de-rosa.

– Está se referindo às sementes? – perguntou ele.

– Bem... sim.

Observando-o com atenção, despejei chá quente em um béquer limpo e entreguei a ele para que se recuperasse. Ele o ignorou, os olhos fixos no microscópio como se algum deles pudesse saltar da lâmina a qualquer momento e rastejar no chão até nossos pés.

– Espermatozoides – murmurou ele. – Espermatozoides.

Ele balançou a cabeça vigorosamente e então se virou para mim quando um pensamento assustador lhe ocorreu.

– De quem são? – perguntou ele, com um forte tom de desconfiança.

– Ahn... bem, são seus, claro. – Pigarreei, meio constrangida. – De quem mais seriam?

Ele levou a mão para o meio das pernas como em um reflexo e se segurou de modo protetor.

– Como diabos os conseguiu?

– Como você acha? – perguntei, meio fria. – Acordei de posse deles hoje.

A mão dele relaxou, mas seu rosto corou de vergonha. Ele pegou o chá e o tomou de um gole, apesar da temperatura.

– Compreendo – disse, e tossiu.

Fez-se um momento de profundo silêncio.

– Eu... hum... não sabia que eles podiam sobreviver – disse ele, por fim. – Errr... do lado de fora, é o que quero dizer.

– Bem, se você os deixar em um borrão no lençol para secar, eles não sobrevivem – expliquei. – Mas se eles não secarem... – Fiz um gesto indicando o béquer pequeno, coberto, com sua pocinha de fluido esbranquiçado... – resistem por algumas horas. No seu habitat adequado, no entanto, podem viver até uma semana depois de... serem liberados.

– Habitat adequado – ele repetiu, parecendo pensativo. Olhou para mim depressa. – Você quer dizer...

– Quero – falei com certa aspereza.

– Hum. – Nesse momento, ele se lembrou do pedaço de torrada que ainda estava segurando e deu uma mordida, mastigando enquanto pensava. – As pessoas sabem disso? Agora?

– Sabem do quê? De como os espermatozoides são? Tenho quase certeza que sim. Os microscópios existem há mais de cem anos, e a primeira coisa que qualquer pessoa faz quando começa a usar esse instrumento é examinar tudo o que estiver à mão. Como o inventor do microscópio foi um homem, tenho certeza de que... Você não faria?

Ele lançou um olhar para mim e mordeu a torrada de novo, mastigando.

– Eu não me referiria a isso como algo que "esteja à mão", Sassenach – disse ele enquanto mastigava, e em seguida engoliu. – Mas entendo o que quer dizer.

Como se fosse atraído por uma força irresistível, ele caminhou na direção do microscópio, inclinando-se para olhar mais uma vez.

– Eles parecem bastante ferozes – disse, depois de passar alguns momentos analisando.

– Bem, eles precisam ser – falei, contendo um sorriso ao ver o ar de orgulho diante da capacidade de seus gametas. – É um longo caminho, afinal, com uma luta enorme no fim. E você sabe que só um consegue a honra.

Ele olhou para cima, com o rosto inexpressivo. Percebi que ele *não sabia*. Havia estudado idiomas, matemática e filosofia grega e latina em Paris, não medicina. E, apesar de os cientistas naturais da época saberem que o espermatozoide era uma entidade à parte, e não uma substância homogênea, pensei que eles provavelmente não tinham ideia do que os espermatozoides faziam.

– De onde você *achava* que vinham os bebês? – perguntei, depois de explicar um pouco sobre óvulos, espermatozoides, zigotos e coisas assim, o que deixou Jamie bastante surpreso. Ele me dirigiu um olhar frio.

– Eu sabia exatamente de onde eles vinham – disse ele. – Só não sabia que... bem... que todas essas coisas aconteciam. Trabalhei na terra a vida toda. Pensei... bem, pensei que um homem colocasse sua semente na barriga de uma mulher e... que ela... crescesse. – Ele gesticulou vagamente na direção da minha barriga. – Você sabe... como... sementes. Lentilha, milho, melões, coisas assim. Eu não sabia que eles nadavam como girinos!

– Entendo. – Passei o dedo embaixo do nariz, tentando não rir. – Daí a designação agrícola das mulheres como sendo férteis ou estéreis!

– Humm. – Afastando essa ideia com um movimento da mão, ele franziu o cenho enquanto pensava e olhava para a lâmina. – Uma semana, você disse. Então é possível que o pequeno realmente seja filho do Cantor...

Por ainda ser tão cedo, demorei um pouco para partir da teoria para a prática.

– Ah... você está se referindo a Jemmy? Sim, é bem possível que ele seja filho de Roger.

Roger e Bonnet tinham se deitado com Brianna com dois dias de diferença.

– Eu disse a você... e a Bree.

Ele assentiu, parecendo distraído, então se lembrou da torrada e enfiou o resto na boca. Mastigando, ele se inclinou para olhar de novo para a lâmina.

– Então eles são diferentes? O de cada homem?

– Ahn... bem, olhando, não. – Peguei minha xícara de chá e tomei um gole, degustando o sabor delicado. – *São* diferentes, claro, eles carregam as características que um homem transmite para seu filho... – Esse era o limite que eu considerava prudente; ele já estava bastante abalado com a minha descrição da fertilização; explicar-lhe sobre genes e cromossomos poderia ser exagero naquele momento. – Mas não é possível ver as diferenças, nem mesmo com um microscópio.

Ele resmungou ao ouvir aquilo, engoliu a torrada e se endireitou.

– Por que está olhando, então?

– Só por curiosidade. – Fiz um gesto indicando a coleção de garrafas e béqueres em cima do balcão. – Eu queria ver se a resolução do microscópio era boa, o tipo de coisas que eu poderia examinar.

– É mesmo? E depois? Qual é o propósito disso?

– Bem, me ajudar a diagnosticar as doenças. Se eu pegar um pouco das fezes de uma pessoa, por exemplo, e vir que há parasitas intestinais, então saberei o melhor remédio para dar a ela.

Jamie me olhou como se preferisse não ouvir coisas assim depois do café da manhã, mas assentiu. Bebeu o líquido do béquer e o colocou sobre o balcão.

– Sim, isso é sensato. Vou deixar você continuar com isso, então.

Ele se inclinou e me deu um beijo, em seguida foi na direção da porta. Mas um pouco antes de chegar, ele se virou.

– Os... hum... espermatozoides... – disse ele, sem jeito.

– Sim?

– Pode não jogá-los fora e enterrá-los decentemente ou algo assim?

Escondi um sorriso com a xícara.

– Vou cuidar bem deles – prometi. – Sempre cuido, não é?

Lá estavam eles. Caules escuros com esporas como clavas, grandes em contraste com a base pálida do campo de visão do microscópio. Confirmação.

– Pronto.

Eu me endireitei, esfregando lentamente a região lombar enquanto examinava meus experimentos.

Havia uma série de lâminas organizadas ao lado do microscópio, cada uma delas com uma mancha escura no meio, e um código escrito no fim de cada lâmina com um pouco de cera de vela. Amostras de bolor, retiradas de pão de milho, de um biscoito descartado e de um pouco de massa de torta de veado. A casca era aquela com o maior desenvolvimento até o momento; sem dúvida, devido à banha de ganso.

Dos vários substratos que eu havia testado, aquelas eram as três séries de bolor resultantes que continham a maior proporção de *Penicillium*, ou de algo que eu podia dizer com quase toda a certeza que era *Penicillium*. Havia um número enorme de tipos de bolor que cresciam em pão úmido, além de vários tipos diferentes de penicilina, mas as amostras que eu tinha escolhido eram as que mais se pareciam com as fotos de esporófitos de penicilina do livro que eu havia memorizado, anos antes, em outra vida.

Eu só podia torcer para que a minha memória não estivesse falhando – e para que as amostras de bolor que eu tinha ali estivessem entre as espécies que produziam uma grande quantidade de penicilina, que eu não tivesse introduzido inadvertidamente nenhuma bactéria virulenta na mistura de caldo de carne ensopada e que... bem, eu só podia desejar um monte de coisas, mas chegava um ponto em que tínhamos que deixar de lado a esperança, se apegar à fé e alimentar esta fé com amor.

Uma fileira de tigelas cheias de caldo estava no fundo do balcão, cada uma coberta com um quadrado de musselina para impedir que coisas – insetos, sujeiras trazidas pelo vento e fezes de rato, sem falar de ratos – caíssem lá dentro. Eu tinha coado e fervido o caldo, e enxaguara cada tigela com água fervente antes de enchê-las com o líquido marrom fumegante. Era o mais perto que eu conseguia chegar de um meio estéril.

Depois, peguei raspas das minhas melhores amostras de bolor e passei a lâmina da faca com delicadeza pelo ensopado frio, dissipando os pedaços azuis da melhor maneira que pude antes de cobrir a tigela com o pano e deixá-la incubando por vários dias.

Algumas das culturas tinham se desenvolvido; outras tinham morrido. Em algumas tigelas havia montinhos verdes e peludos flutuando sob a superfície como criaturas marinhas submersas, escuras e sinistras. Algum intruso – bolor, bactéria ou talvez colônias de algas –, mas não o precioso *Penicillium*.

Uma das crianças havia derramado o conteúdo de uma das tigelas; Adso havia derrubado outra no chão, enlouquecido pelo cheiro do ensopado de ganso, e sorvera o conteúdo, com bolor e tudo, muito contente. Obviamente não havia nada tóxico ali; olhei para o gatinho, aninhado em uma poça de luz do sol no chão, a imagem do bem-estar sonolento.

Em três das tigelas restantes, no entanto, havia tapetes azuis esponjosos e aveludados cobrindo a superfície, e minha análise de uma amostra retirada de um deles confirmara que eu de fato havia conseguido o que queria. Não era o bolor em si que era antibiótico – era uma substância clara secretada *pelo* bolor, como meio de se proteger do ataque de bactérias. Essa substância era a penicilina, e era isso que eu queria.

Eu tinha explicado isso a Jamie, que estava sentado em um banquinho e me observava despejar o caldo de cada cultura viva através de uma gaze para coá-las.

– Então, o que você tem aí é um caldo com mijo de bolor, certo?

– Bem, se você insiste em colocar as coisas dessa maneira, sim. – Dirigi a ele um olhar austero, peguei a solução coada e comecei a distribuí-la em diversos jarros de louça.

Ele assentiu, feliz por ter acertado.

– E é o mijo do bolor que cura doenças, certo? Faz sentido.

– Faz?

– Bom, outros tipos de mijo são usados como remédio, então por que não esse?

Ele levantou o grande livro preto para ilustrar. Eu o havia deixado aberto em cima do balcão depois de registrar a última série de experimentos, e ele estava se divertindo ao ler algumas das primeiras páginas, aquelas preenchidas pelo primeiro dono do livro, o dr. Daniel Rawlings.

– Daniel Rawlings possivelmente usou... *eu* não. – Com as mãos ocupadas, levantei o queixo indicando o registro na página aberta. – Para que ele usava mijo?

– *Electuário para o Tratamento de Escorbuto* – leu, acompanhando com o dedo as pequenas linhas que Rawlings tinha escrito. – *Duas cabeças de alho, amassadas com seis rabanetes, aos quais são acrescentados bálsamo do peru e dez gotas de mirra; esse composto deve ser misturado à água de um menino para ser ingerido de modo conveniente.*

– Com exceção do fim, parece um condimento bem exótico – comentei, me divertindo. – Ficaria melhor com o quê, na sua opinião? Lebre? Vitela?

– Não, vitela tem um sabor fraco demais para o rabanete. Guisado de carneiro, talvez – respondeu ele. – O gosto do carneiro vai se sobressair a tudo. – Ele passou a língua distraidamente pelo lábio superior enquanto pensava. – Por que um menino, na sua opinião, Sassenach? Já vi essa menção em receitas assim antes... Aristóteles menciona isso, e alguns dos outros filósofos da Antiguidade.

Olhei para ele enquanto começava a arrumar minhas lâminas.

– Bem, certamente é mais fácil conseguir urina de um menino do que de uma menina; tente qualquer dia desses. Por mais estranho que pareça, no entanto, a urina dos meninos *é* muito limpa, se não totalmente estéril; pode ser que os antigos filósofos tenham notado que obtinham melhores resultados com ela em sua fórmula, porque era mais limpa do que a água que costumavam beber, quando vinha de aquedutos e poços públicos e lugares assim.

– Estéril no sentido de não ter germes, e não no sentido de que não se reproduz? – Ele olhou desconfiado para o meu microscópio.

Com o balcão limpo, com exceção do microscópio e das jarras de caldo com penicilina – ou pelo menos era o que eu esperava que fosse –, comecei os preparativos para o atendimento, peguei meu estojo pequeno de instrumentos cirúrgicos e um frasco grande de álcool no armário.

Entreguei-os a Jamie, juntamente com o queimador de álcool que eu havia construído – um tinteiro vazio com um pavio de linhaça encerada enfiado em uma rolha que tampava a boca.

– Pode encher isso para mim? Onde estão os meninos?

– Na cozinha, se embebedando. – Ele franziu o cenho, concentrado, despejando o álcool cuidadosamente. – A urina das meninas não é limpa, então? Ou só é mais difícil de conseguir?

– Não, na verdade, não é tão limpa quanto a dos meninos.

Desdobrei o pano limpo sobre o balcão e dispus dois bisturis, um par de fórceps de ponta comprida e vários instrumentos de cauterização. Fui até o armário e peguei um punhado de chumaços de algodão. Algodão era muito caro, mas eu tivera a sorte de conseguir um saco de chumaço cru de algodão com a esposa de Farquard Campbell em troca de um vidro de mel.

– O... hum... caminho até a saída não é tão direto, digamos assim. Então, a urina costuma carregar bactérias e outros fragmentos das dobras de pele. – Olhei para ele por sobre o ombro e sorri. – Não que você precise se sentir superior nesse aspecto.

– Nem sonharia com isso – disse ele. – Você está pronta, Sassenach?

– Sim, pode trazê-los. Ah, e a bacia também!

Ele saiu e eu me virei para a janela voltada para o leste. Havia nevado muito no dia anterior, mas naquele dia o tempo estava bom, claro e frio, o sol refletido nas árvores cobertas de neve com a luz de um milhão de diamantes. Eu não poderia ter pedido nada melhor; ia precisar de toda a luz que conseguisse.

Coloquei os instrumentos de cauterização no pequeno braseiro para esquentar. Então, peguei meu amuleto do armário e o coloquei ao redor do pescoço, de modo que ele ficasse por cima do meu corpete, e peguei o avental de lona do gancho atrás da porta. Também o vesti, fui até a janela e olhei a paisagem coberta de neve, como se fosse açúcar, esvaziando a mente, firmando meu espírito para o que estava prestes a fazer. Não era uma operação difícil, e eu já a havia feito muitas vezes antes. Mas nunca tinha operado alguém sentado e consciente, e isso sempre fazia diferença.

Também não fazia aquilo havia vários anos, então fechei os olhos para me lembrar, visualizando os passos a dar, sentindo os músculos da mão se contraírem levemente, ecoando os meus pensamentos, antecipando os movimentos que eu ia fazer.

– Que Deus me ajude – sussurrei, e me benzi.

Passos hesitantes, risos nervosos e o som da voz de Jamie vieram do corredor, e eu me virei sorrindo para receber meus pacientes.

Um mês de boa comida, roupas limpas e camas quentes tinha melhorado consideravelmente a saúde e a aparência dos Beardsleys. Os dois ainda eram pequenos, magricelas e tinham as pernas meio arqueadas, mas o rosto não era mais tão magro, os cabelos pretos estavam mais sedosos e o olhar assustado havia desvanecido um pouco dos olhos dos dois.

Na verdade, ambos os pares de olhos estavam um pouco vidrados no momento, e Lizzie foi obrigada a pegar Keziah pelo braço para impedir que ele tropeçasse em um banquinho. Jamie segurava Josiah firmemente pelo ombro; ele guiou o garoto até mim e colocou a tigela que carregava embaixo do braço sobre o balcão.

– Muito bem, está pronto?

Sorri para Josiah, olhando fundo em seus olhos, e apertei seu braço para confortá-lo. Ele engoliu em seco e abriu um sorriso assustado; não estava suficientemente bêbado para não sentir medo.

Eu o sentei, conversando para acalmá-lo, enrolei uma toalha em seu pescoço e coloquei a bacia sobre seus joelhos. Esperava que ele não a derrubasse; era de porcelana e a única bacia grande que tínhamos. Para minha surpresa, Lizzie ficou atrás dele, apoiando as mãos pequenas em seus ombros.

– Tem certeza de que quer ficar, Lizzie? – perguntei, em dúvida. – Podemos fazer sem você, acho. – Jamie estava muito acostumado a ver sangue e coisas piores; eu achava que Lizzie nunca tinha testemunhado nada além dos tipos mais comuns de doenças e talvez um parto ou outro.

– Ah, não, senhora. Vou ficar. – Ela engoliu em seco também, mas ainda assim permaneceu firme. – Prometi a Jo e a Kezzie que eu ficaria com eles durante todo o tempo.

Olhei para Jamie, que deu de ombros discretamente.

– Tudo bem.

Peguei uma das tigelas de caldo com penicilina, despejei o conteúdo em dois copos e dei um para cada gêmeo beber.

Os ácidos estomacais provavelmente anulariam o efeito da maior parte da penicilina, mas ela mataria – era o que eu esperava – as bactérias na garganta deles. Depois da cirurgia, outra dose sobre as áreas afetadas poderia evitar infecção.

Não havia como saber exatamente quanta penicilina havia no caldo; eu poderia estar dando a eles doses grandes – ou pequenas demais para fazer diferença. Pelo menos eu estava razoavelmente certa de que a penicilina que havia no caldo estava ativa. Eu não tinha como estabilizar o antibiótico, e não sabia por quanto tempo ele podia ter eficácia, mas, fresca como estava, a solução provavelmente estava ativa do ponto de vista médico, e havia uma boa chance de que o resto do caldo continuasse bom para ser usado por pelo menos mais alguns dias.

Eu faria novas culturas assim que a cirurgia terminasse; com sorte, poderia servir aos gêmeos doses regulares por três ou quatro dias e, melhor ainda, prevenir assim possíveis infecções.

– Ah, então é possível beber? – Jamie olhava para mim com cinismo por cima da cabeça de Josiah.

Eu havia injetado penicilina nele depois de um ferimento a bala anos antes, e ele com certeza achava que eu havia feito aquilo com uma intenção puramente sádica.

Eu o encarei.

– É possível, sim. A penicilina injetável é muito mais eficiente, sobretudo no caso de uma infecção ativa. No entanto, não tenho como injetá-la dessa forma, e estou fazendo isso para impedir que eles peguem uma infecção, e não para curar uma. Agora, se estivermos prontos...

Pensei que Jamie ia segurar o paciente, mas Lizzie e Josiah insistiram que isso não seria necessário. Josiah ficaria parado, independentemente do que acontecesse. Lizzie ainda segurava seus ombros, com o rosto muito mais pálido que o dele, os pequenos nós dos dedos brancos e proeminentes.

Eu havia examinado os dois garotos com bastante atenção no dia anterior, mas olhei de novo antes de começar, usando um depressor de língua feito com uma ripa de madeira. Mostrei a Jamie como usar o instrumento para manter a língua pressionada a fim de não me atrapalhar, e então peguei o fórceps e o bisturi e respirei fundo.

Olhei dentro dos olhos intensos de Josiah e sorri. Podia ver dois pequenos reflexos do meu rosto ali, e os dois pareciam bastante competentes.

– Tudo bem? – perguntei.

Ele não conseguiu responder com o depressor de língua dentro da boca, mas emitiu um grunhido que eu acreditei ser uma afirmação.

Eu precisava ser rápida e fui. Os preparativos tinham demorado horas; a operação não durou mais do que alguns segundos. Segurei uma das amígdalas esponjosas e vermelhas com o fórceps, estiquei-a na minha direção e fiz vários cortes rápidos e curtos, separando as camadas de tecido depressa. Uma linha de sangue escorreu para fora da boca do menino, deslizando por seu queixo, mas nada sério.

Puxei o pedaço de carne, joguei-o dentro da bacia, peguei a outra amígdala e repeti o processo, apenas um pouco mais devagar por estar trabalhando com a mão virada daquele lado.

A coisa toda não devia ter demorado mais do que trinta segundos de cada lado. Tirei os instrumentos da boca de Josiah e ele olhou para mim com os olhos arregalados, assustado. Então tossiu, engasgou, inclinou-se para a frente e mais um pedaço de carne caiu na bacia com um leve *plaft*, junto com uma boa quantidade de sangue.

Eu o segurei pelo nariz e inclinei sua cabeça para trás, colocando compressas em sua boca para absorver o sangue e poder ver o que estava fazendo. Então peguei um ferro de cauterização e cuidei das veias maiores; as menores poderiam coagular e cicatrizar sozinhas.

Os olhos dele lacrimejavam ferozmente e suas mãos agarravam a bacia com força, mas ele não tinha se mexido nem emitido um som sequer. Não achei que ele faria isso depois de ver Jamie cortando a ponta do polegar dele. Lizzie ainda segurava os ombros dele, com os olhos bem fechados. Jamie esticou o braço e tocou o cotovelo de Lizzie, que abriu os olhos.

– Pronto, *a muirninn*, terminou. Leve-o para se deitar, está bem?

Josiah se negou a ir. Calado como o irmão, ele balançou a cabeça violentamente e se sentou em um banquinho, onde ficou oscilando, pálido. Abriu um sorriso assustado para o irmão, com os dentes manchados de sangue.

Lizzie estava entre os dois, olhando de um para o outro. Jo olhou nos olhos dela e apontou com firmeza para Keziah, que havia se sentado no banco do paciente demonstrando coragem, com o queixo levantado. Ela deu um tapinha na cabeça de Josiah e foi segurar os ombros de Keziah. Ele virou a cabeça e abriu um sorriso muito doce para ela; em seguida abaixou a cabeça e beijou sua mão. Então, ele se virou para mim, fechando os olhos e abrindo a boca; parecia um passarinho no ninho à espera de minhocas.

A operação dele foi um pouco mais complicada; suas amígdalas e adenoides estavam bem grandes e muito afetadas pela infecção crônica. Foi um trabalho sangrento; a toalha e meu avental ficaram completamente manchados antes de eu acabar. Terminei a cauterização e olhei com atenção para o meu paciente, que estava branco como a neve que caía do lado de fora, com os olhos totalmente vidrados.

– Você está bem? – perguntei.

Ele não conseguia me ouvir, mas minha expressão preocupada foi bem clara. Ele entortou a boca no que pensei ser um esforço para sorrir e começou a assentir; então, revirou os olhos e despencou do banco, caindo aos meus pés, desmaiado. Jamie pegou a bacia sem fazer muita sujeira.

Achei que Lizzie também ia desmaiar; havia sangue por toda parte; ela titubeou um pouco, mas se sentou obedientemente ao lado de Josiah quando pedi que se sentasse. Josiah ficou observando, apertando a mão de Lizzie enquanto Jamie e eu ajeitávamos as coisas.

Jamie pegou Keziah no colo; o menino estava mole e coberto de sangue, como uma criança morta. Josiah se levantou, olhando angustiado para o corpo inconsciente do irmão.

– Vai ficar tudo bem – disse Jamie, com um tom de absoluta confiança. – Eu disse a vocês, minha mulher é uma grande curandeira.

Todos se viraram e olharam para mim, sorrindo: Jamie, Lizzie e Josiah. Eu tive a sensação de que poderia fazer uma reverência, mas me limitei a sorrir.

– Vai ficar tudo bem – falei, repetindo o que Jamie dissera. – Agora, descansem.

A pequena procissão saiu da sala, mais silenciosa do que quando tinha entrado, deixando-me sozinha para guardar os instrumentos e organizar as coisas.

Eu estava muito feliz, tomada pela satisfação tranquila que vem depois de um trabalho bem-sucedido. Eu não fazia aquele tipo de coisa havia muito tempo; as limitações do século XVIII impediam a maioria das cirurgias, exceto as de emergência. Sem anestesia e sem antibióticos, era perigoso demais.

Mas agora eu tinha penicilina, pelo menos. E tudo ficaria bem, pensei, murmurando enquanto apagava a chama de minha lamparina a álcool. Eu sentira na pele deles ao tocá-los enquanto trabalhava. Nenhum germe os ameaçaria, nenhuma infecção prejudicaria a limpeza do meu trabalho. Sempre havia a sorte na prática da medicina, mas as coisas tinham mudado naquele dia, a meu favor.

– Tudo vai ficar bem – disse a Adso, que havia aparecido no balcão, silencioso, onde ficou lambendo uma das tigelas vazias –, e tudo vai ficar bem, e todas as coisas vão acabar bem.

O grande livro preto permanecia aberto no balcão onde Jamie o havia deixado. Eu o abri nas últimas páginas, onde vinha registrando o progresso dos meus experimentos, e peguei minha pena. Mais tarde, depois do jantar, relataria os detalhes da cirurgia. Por enquanto... parei e então escrevi *Eureca!* no fim da página.

37

CHAMADA

Fergus chegou de sua viagem bimestral a Cross Creek em meados de fevereiro, trazendo sal, agulhas, índigo, mais alguns itens variados e um saco de correspondências. Ele chegou no meio da tarde, tão ansioso para voltar para Marsali que ficou tempo suficiente apenas para beber uma caneca de cerveja, deixando que Brianna e eu separássemos as cartas, nos deleitando com tudo.

Havia jornais de Wilmington e New Bern; alguns da Filadélfia e de Boston também, enviados por amigos do norte a Jocasta e em seguida repassados a nós. O mais recente datava de três meses antes. Não importava, jornais eram tão bons quanto romances em um lugar onde material de leitura era mais escasso do que ouro.

Jocasta também havia enviado duas edições do *Livro das Moças de Brigham* para Brianna, um periódico com desenhos de roupas da moda de Londres e artigos de interesse para mulheres de gostos afins.

– "Como limpar renda dourada" – Brianna leu, arqueando a sobrancelha ao abrir um dos textos aleatoriamente. – Eis algo que todo mundo precisa saber.

– Veja atrás – sugeri a ela. – É onde eles publicam os artigos a respeito de como evitar pegar gonorreia e o que fazer a respeito das hemorroidas do seu marido.

Ela arqueou a outra sobrancelha, ficando parecida com Jamie diante de propostas altamente questionáveis.

– Se o meu marido me passasse gonorreia, acho que ele poderia se preocupar com as próprias hemorroidas – disse, virando páginas e arqueando as sobrancelhas ainda mais. – "Um estímulo a Vênus. Lista de remédios infalíveis para a fadiga do membro masculino."

Espiei por cima do braço dela, arqueando minhas sobrancelhas dessa vez.

– Minha nossa. *Uma dúzia de ostras, deixadas de molho de um dia para o outro em uma mistura de vinho e leite, para ser assada em uma torta com amêndoas picadas e carne de lagosta, servida com pimenta.* Não sei como isso poderia ajudar o membro masculino, mas provavelmente causaria uma indigestão violenta ao homem que a consumisse. Além disso, não temos ostra aqui, de qualquer modo.

– Não estamos perdendo nada – garantiu-me ela, franzindo o cenho para a página, concentrada. – Ostras me lembram grandes pedaços de meleca.

– Só as cruas; elas são razoavelmente comestíveis quando cozidas. Por falar em meleca... onde está Jemmy?

– Dormindo, ou pelo menos espero que esteja.

Ela olhou desconfiada para o teto, mas nenhum barulho inconveniente se manifestou, então voltou a ler.

– Aqui está uma que poderíamos fazer. *Os testículos de um animal macho*, como se fosse possível encontrar testículos em uma fêmea, *misturados a seis cogumelos grandes, devem ser fervidos em cerveja amarga até amaciarem. Em seguida fatie os dois testículos e os cogumelos bem finos, acrescente pimenta e sal, um pouco de vinagre, e doure-os ao fogo até ficarem crocantes.* Papai ainda não castrou Gideon, certo?

– Não, tenho certeza de que ele ficará feliz em lhe dar os objetos em questão, se você quiser experimentar a receita.

Ela corou e pigarreou, fazendo um barulho que lembrava ainda mais o pai.

– Eu... hum... acho que *ainda* não precisamos disso.

Eu ri e deixei que retomasse a leitura, voltando-me para as correspondências.

Havia um objeto embrulhado endereçado a Jamie que eu sabia que devia ser um livro enviado por um livreiro na Filadélfia, mas com o selo de lorde John Grey – cera azul marcada com uma meia-lua sorridente e uma única estrela. Metade da nossa biblioteca vinha de John Grey, que insistia em dizer que nos enviava livros em primeiro lugar para sua própria satisfação, pois não conhecia ninguém nas Colônias além de Jamie que fosse capaz de manter uma conversa decente sobre literatura.

Havia muitas cartas endereçadas a Jamie também; eu as examinei com cuidado, na esperança de ver a letra de traços retos de sua irmã, mas não tive essa sorte. Havia uma carta de Ian, que escrevia uma vez por mês, sem falta, mas nada de Jenny; ela não mandava notícias havia seis meses; não desde que Jamie escrevera relutantemente para contar a ela sobre o destino de seu filho mais novo.

Franzi o cenho, pondo as cartas em uma pequena pilha no canto da mesa para que Jamie as lesse mais tarde. Eu não podia julgar Jenny naquelas circunstâncias – mas eu estava lá, afinal. Não fora culpa de Jamie, apesar de ele ter aceitado a culpa. O jovem Ian decidira ficar com os moicanos. Ele já era um homem, apesar de jovem, e a decisão era dele. No entanto, refleti, ainda era um garoto quando deixou os pais, e provavelmente ainda era, na opinião de Jenny.

Eu sabia que o silêncio dela magoava Jamie profundamente. Ele continuava a escrever para ela, redigindo alguns parágrafos quase todas as noites, acumulando páginas até alguém descer a montanha em direção a Cross Creek ou Wilmington. Ele nunca o fazia abertamente, mas eu percebia como seus olhos percorriam cada remessa de correspondências, procurando pela letra dela, e o contrair de lábios quase imperceptível quando não encontrava nada.

– Pelo amor de Deus, Jenny Murray – murmurei baixinho. – Perdoe-o e acabe com isso de uma vez!

– Hã? – fez Brianna, que havia deixado de ler o periódico e estava analisando uma carta quadrada, franzindo o cenho.

– Não foi nada. O que você tem aí?

Deixei de lado as cartas que estava separando e me aproximei para olhar.

– É do tenente Hayes. Sobre o que acha que ele está escrevendo?

Senti uma leve onda de adrenalina. Ela também deve ter ficado clara no meu rosto, pois Brianna largou a carta e olhou para mim, com o cenho franzido.

– O que foi? – perguntou ela.

– Nada – respondi, mas era tarde demais.

Ela ficou olhando para mim, um punho cerrado apoiado no quadril, e ergueu uma das sobrancelhas.

– Você mente muito mal, mãe – disse ela, tolerante.

Sem hesitar, ela rompeu o selo.

– Está endereçada ao seu pai – falei, mas sem muita ênfase no meu protesto.

– Eu sei. A outra também estava – ressaltou ela, inclinando-se sobre o papel desdobrado.

– O quê?

Mas eu já estava ao lado dela e lia por cima de seu braço.

Tenente Archibald Hayes
Portsmouth, Virginia
Sr. James Fraser
Cordilheira dos Frasers, Carolina do Norte
8 de janeiro de 1771

Senhor,

Escrevo para informar que estamos, no momento, em Portsmouth, onde pretendemos permanecer até a primavera. Se conhecer capitães do mar que estejam dispostos a fazer a travessia de quarenta homens até Perth, com a promessa de recompensa do Exército quando chegarmos ao porto, ficarei feliz em ser informado o mais rápido possível.

Nesse ínterim, começamos a realizar diversos trabalhos, com os quais nos manteremos durante os meses de inverno. Muitos dos meus homens conseguiram trabalho na reparação de barcos, que são abundantes por aqui. Eu mesmo estou trabalhando como cozinheiro em uma taverna, mas encontro tempo de visitar meus homens regularmente, para saber como andam.

Conferi tais acomodações há duas noites. Enquanto conversávamos, um dos homens – um tal soldado Ogilvie, que acredito que o senhor conheça – comentou sobre uma conversa que ele havia escutado no estaleiro. Como era uma conversa sobre Stephen Bonnet, que sei que interessa ao senhor, transmito-lhe as informações a respeito do assunto.

Segundo os relatos, Bonnet aparentemente é um contrabandista, uma ocupação nada incomum na área. Contudo, ele parece estar envolvido com um contrabando de mais qualidade – e maior quantidade – do que o normal e, portanto, a natureza de suas conexões também parece incomum. O que quer dizer que certos armazéns na costa da Carolina contêm produtos que não costumam ser encontrados naquelas partes, e que esses fornecimentos coincidem com idas de Stephen Bonnet a tavernas e "casas" próximas.

O soldado Ogilvie lembra-se pouco de nomes, pois não sabia que Bonnet era assunto de interesse, e o mencionou a mim apenas como curiosidade. Um nome mencionado foi "Butler", mas ele não sabe se tem algo a ver com Bonnet. Outro nome foi "Karen", mas Ogilvie não sabia dizer se era uma mulher ou um navio.

Um armazém que ele acreditava ter sido mencionado na conversa – apesar de ele admitir que não tem certeza – não ficava muito distante do estaleiro, por isso fiz questão de passar por lá e fazer perguntas a respeito de quem era o dono. O prédio pertence a dois sócios: um tal Ronald Priestly e um tal Phillip Wylie. Não tenho informações acerca de nenhum deles no momento, mas continuarei minhas pesquisas conforme o tempo permitir.

Assim sendo, fiz um esforço para iniciar conversas a respeito de Bonnet nos bares da região, mas não obtive muito resultado. Devo dizer que o nome é conhecido, mas poucos desejam falar sobre ele.

Seu mais obediente servo,
Archibald Hayes, Tenente
67º Regimento das Terras Altas

Todos os barulhos normais da casa ainda podiam ser ouvidos a nossa volta, mas Bree e eu parecíamos estar juntas dentro de uma bolha de silêncio, onde o tempo havia parado abruptamente.

Eu relutei em largar a carta, pois isso significaria que o tempo seguiria em frente e algo teria que ser feito. Ao mesmo tempo, não queria simplesmente largá-la, mas atirá-la no fogo e fingir que nenhuma de nós a tinha lido.

Então Jemmy começou a chorar no andar de cima, Brianna se sobressaltou e se virou em direção à porta, e as coisas voltaram ao normal.

Deixei a carta em um canto, separada, e voltei para o restante das correspondências, colocando jornais e periódicos em uma pilha bem organizada, desamarrando o barbante ao redor do pacote; como eu supunha, era um livro – *A expedição de Humphry Clinker*, de Tobias Smollett. Enrolei o barbante e o enfiei dentro do bolso, enquanto a ansiedade e a incerteza latejavam na minha mente como o tique-taque de um relógio.

Brianna voltou, trazendo Jemmy, que estava vermelho e com o rosto marcado depois do cochilo, e obviamente naquele estado mental de uma pessoa que é despertada do sono para uma irritação aturdida devido aos chamados intrusivos da consciência. Eu compreendia.

Ela se sentou, abriu a parte de cima do vestido e colocou o bebê no seio. Os gritos dele cessaram como por encanto, e eu senti um forte desejo de poder fazer por ela algo que tivesse igual eficácia imediata. Ela estava pálida, mas contida.

Eu tinha que dizer alguma coisa.

– Sinto muito, querida. Tentei impedi-lo... Jamie, quero dizer. Sei que ele não queria que você soubesse. Para não se preocupar.

– Tudo bem. Eu já sabia.

Esticando o braço, ela pegou um dos livros de registro da pilha que Jamie mantinha em sua mesa e, segurando-o pela lombada, chacoalhou-o e uma carta dobrada caiu. Ela meneou a cabeça por cima de Jemmy.

– Dê uma olhada. Eu a encontrei enquanto vocês estavam fora com a milícia.

Eu li o relato de lorde John a respeito do duelo entre Bonnet e o capitão Marsden, sentindo o frio crescer dentro do meu peito. Eu não tinha ilusões acerca do caráter de Bonnet, mas não sabia que ele tinha tanta habilidade. Preferia que criminosos perigosos fossem incompetentes.

– Pensei que talvez lorde John estivesse apenas respondendo a uma pergunta casual do papai, mas acho que não. O que você acha? – perguntou Bree. Seu tom era frio, quase indiferente, como se ela estivesse pedindo a minha opinião para decidir qual laço de cabelo ou fivela usar. Olhei para ela na mesma hora.

– O que *você* acha?

Era Brianna que importava naquela situação, pelo menos na *minha* opinião.

– A respeito do quê?

Ela desviou os olhos para a carta, e então os fixou em Jemmy.

– A respeito do preço do chá na China, para começar – falei, com certa irritação transparecendo na ironia. – Mas pode ir direto ao assunto relativo a Stephen Bonnet, se quiser.

Era meio chocante dizer aquele nome em voz alta; todos o havíamos evitado por meses, como em um acordo tácito. Ela mordia o lábio inferior. Manteve os olhos fixos no chão por um momento e então balançou a cabeça de leve.

– Não quero saber sobre ele, nem pensar nele – disse ela, com calma. – E, se o vir de novo, sou capaz de... sou capaz de... – Ela estremeceu violentamente e então olhou para mim, com os olhos intensos. – Qual é o *problema* dele? – ela gritou. – Como pôde fazer algo assim? – Ela bateu o punho cerrado na coxa, e Jemmy, assustado, soltou o seio e começou a chorar.

– Você quer dizer o seu pai... não Bonnet.

Ela assentiu, pressionando Jemmy de volta contra o peito, mas ele havia sentido a agitação dela e se remexia e gritava. Eu me abaixei e o peguei, encostando-o em meu ombro e dando tapinhas em suas costas, confortando-o. As mãos de Bree, vazias, se agarraram aos joelhos, amassando o tecido de sua saia.

– Por que ele não esquece Bonnet? – Ela teve que falar mais alto para que eu a escutasse em meio aos gritos do bebê, e os ossos de seu rosto pareceram ter se movido, de modo que a pele parecia esticada sobre eles.

– Porque ele é um homem, e um maldito escocês – respondi. – "Viver e deixar morrer" não faz parte do vocabulário deles.

O leite gotejava lentamente do mamilo dela sobre o vestido; eu estiquei o braço e puxei o tecido para cobri-la. Ela levou a mão ao seio e pressionou com força para interromper o fluxo de leite.

– E o que ele pretende fazer se o encontrar?

– *Quando* encontrar – corrigi-a, com relutância. – Porque ele não vai parar até encontrá-lo. E o que ele vai fazer... bem... acho que vai matá-lo.

Parecia muito ríspido dizer aquilo, e, ainda assim, eu realmente não via outra maneira de dizê-lo.

– Você quer dizer que ele vai *tentar* matá-lo. – Ela olhou para a carta de lorde John e em seguida desviou o olhar, engolindo em seco. – E se ele...

– O seu pai tem bastante experiência em matar pessoas – falei friamente. – Na verdade, ele é muito bom nisso, apesar de não matar ninguém há algum tempo.

Isso não pareceu tranquilizá-la. Eu também não estava tranquila.

– É um lugar tão grande – disse ela, balançando a cabeça. – A América, quero dizer. Por que ele não podia simplesmente... ir embora? Para bem longe?

Ótima pergunta. Jemmy estava resmungando, esfregando o rosto furiosamente no meu ombro, mas não estava mais chorando.

– Eu esperava que Stephen Bonnet tivesse o bom senso de ir praticar o seu contrabando na China ou nas Índias Ocidentais, mas acho que ele tem contatos locais que não queria abandonar.

Eu dei de ombros, dando um tapinha nas costas de Jemmy.

Brianna soltou a saia e pegou o bebê, que ainda estava se contorcendo.

– Bem, ele não sabe que Sherlock Fraser e seu comparsa lorde John Watson estão no encalço dele, afinal.

Foi uma boa tentativa, mas seu lábio tremeu quando disse isso.

– Não, mas provavelmente não vai demorar muito para ele saber – falei com relutância. – Lorde John é muito discreto... o soldado Ogilvie, não. Se Jamie continuar fazendo perguntas, e ele vai continuar, receio, seu interesse vai se tornar amplamente conhecido em pouco tempo.

Eu não sabia bem se Jamie esperava encontrar Bonnet depressa e pegá-lo de surpresa ou se seu plano era desmascarar Bonnet publicamente por meio das perguntas que fazia. Ou se ele queria na verdade chamar a atenção de Bonnet de propósito, e fazer com que ele viesse até *nós*. A última possibilidade fez com que meus joelhos fraquejassem um pouco, e eu me sentei no banco.

Brianna inspirou lenta e profundamente e soltou o ar pelo nariz, colocando o bebê em seu seio de novo.

– Roger sabe? Quero dizer, ele está envolvido nessa... maldita *vendeta*?

Neguei, balançando a cabeça.

– Acho que não. Quer dizer, claro que não. Ele teria contado a você... não teria?

A expressão dela se suavizou um pouco, apesar de uma sombra de dúvida ainda obscurecer seus olhos.

– Detestaria pensar que ele esconderia algo assim de mim. Por outro lado – acrescentou ela, endurecendo a voz, em um tom de acusação –, *você* escondeu.

Senti a acusação e pressionei os lábios.

– Você disse que não queria pensar em Stephen Bonnet – falei, desviando o olhar do turbilhão de sentimentos no rosto dela. – Naturalmente, não. Eu... nós não queríamos que você tivesse que pensar.

Com certa sensação de inevitabilidade, me dei conta de que estava sendo sugada pelo vórtice das intenções de Jamie, apesar de não pela minha vontade.

– Veja bem – falei depressa, ajeitando-me e olhando para Brianna com intensidade –, *eu* não acho boa ideia procurar por Bonnet, e fiz tudo o que podia para dissuadir Jamie dessa ideia. Na verdade – acrescentei pesarosa, indicando com a cabeça a carta de lorde John –, pensei que o *tivesse* convencido a desistir. Mas parece que não.

Um olhar de determinação tomava o rosto de Brianna e ela se posicionou com mais firmeza na cadeira.

– *Eu vou* fazer com que ele desista – disse ela.

Olhei para ela, pensando. Se alguém tinha a teimosia e a força de caráter necessárias para afastar Jamie do caminho que ele escolhera, essa pessoa era a filha dele. Mas tratava-se, no entanto, de um grande "se".

– Você pode tentar – falei, meio em dúvida.

– Não tenho o direito?

Seu choque inicial havia desaparecido, e os traços estavam mais uma vez sob controle, sua expressão fria e séria.

– Não sou eu quem deve dizer se quero... o que quero?

– Sim – concordei, sentindo um arrepio de inquietação nas costas.

Os pais costumavam achar que tinham direitos também. Assim como os maridos. Mas talvez fosse melhor não dizer isso.

Um silêncio momentâneo recaiu sobre nós, interrompido apenas pelos sons de Jemmy e pelo grasnado dos corvos do lado de fora. Quase por impulso, fiz a pergunta que havia me ocorrido.

– Brianna. O que você quer? Quer Stephen Bonnet morto?

Ela olhou para mim e em seguida fitou a janela. Dava tapinhas nas costas do bebê. Por fim, fechou os olhos brevemente e os abriu, me encarando.

– Não posso – disse ela, baixinho. – Acho que se eu me permitisse ter esse pensamento... nunca mais conseguiria pensar em outra coisa, de tanto que desejaria a morte dele. E não posso permitir que... ele... acabe com a minha vida desse jeito.

Jemmy arrotou alto e golfou um pouco de leite. Bree tinha uma toalha de linho no ombro e limpou com destreza o queixo dele. Mais calmo agora, ele não tinha mais aquela expressão contrariada de incompreensão e se concentrava em algo acima do ombro da mãe. Seguindo a direção de seus olhos, vi a sombra de uma teia de aranha no canto superior da janela. Uma rajada de vento fez estremecer a moldura da janela, e um pontinho se moveu no centro da teia, muito levemente.

– Sim – disse Brianna baixinho. – Quero que ele morra. Mas também quero papai e Roger vivos.

38

HORA DO SONHO

Roger havia saído para cantar no casamento do sobrinho de Joel MacLeod, conforme o combinado na reunião, e voltou para casa com um novo prêmio, que estava ansioso para colocar no papel antes que pudesse escapar.

Ele deixou na cozinha as botas cobertas de lama, aceitou uma xícara de chá e uma torta de uvas-passas da sra. Bug, depois foi para o escritório. Jamie estava lá, escrevendo cartas. Ele olhou para cima com um murmúrio distraído de reconhecimento e em seguida se voltou para sua composição, franzindo o cenho levemente enquanto rabiscava as letras, segurando a pena de modo esquisito.

Havia uma pequena estante de três prateleiras na sala de Jamie, que abrigava toda a biblioteca da Cordilheira dos Frasers. Os trabalhos sérios ocupavam a prateleira de cima: um volume de poesia latina, *Comentários*, de César, *Meditações*, de Marco Aurélio, algumas outras obras clássicas, a *História natural da Carolina do Norte*, do dr. Brickell, emprestada pelo governador e nunca devolvida, e um livro de matemática, muito maltratado pelo uso, *Ian Murray Filho* escrito na folha de rosto com uma caligrafia vacilante.

A prateleira do meio era reservada a leituras mais leves: uma pequena seleção de romances, um pouco desgastados devido ao manuseio constante, entre os quais estavam *Robinson Crusoé; Tom Jones*, em uma série de sete volumes pequenos com capa de couro; *As aventuras de Roderick Random*, em quatro volumes; e o monstruoso *Pamela*, de sir Henry Richardson, em duas encadernações enormes – a primeira delas decorada com vários marcadores, que iam desde folhas secas de bordo até um limpa-penas dobrado, indicando os pontos que vários leitores tinham alcançado antes de desistir, temporária ou permanentemente. Uma cópia de *Don Quixote* em espanhol, velha, mas muito menos desgastada, já que apenas Jamie conseguia lê-la.

Na prateleira de baixo havia uma cópia de *O dicionário do dr. Sam Johnson*, os livros de registro e os livros de contas de Jamie, vários cadernos de esboços de Brianna e um diário de capa de entretela no qual Roger registrava as letras de músicas que não conhecia e poemas aprendidos em *ceilidhs* e em torno de fogueiras.

Ele se sentou em um banco do outro lado da mesa que Jamie usava como escrivaninha e cortou uma pena nova para o trabalho, tomando cuidado com ela; queria que aqueles registros fossem legíveis. Ele não sabia exatamente para que poderia usar a coleção, mas tinha entranhado em si o valor instintivo que um estudioso dava à palavra escrita. Talvez fosse apenas para o seu prazer e para o seu uso – mas gostava da sensação de que podia estar deixando algo para a posteridade também, e tomava o cuidado de escrever com clareza e documentar as circunstâncias nas quais tinha tomado conhecimento de cada música.

A sala estava silenciosa, com alguns suspiros ocasionais de Jamie quando ele parava para esfregar os nós da mão tensa. Depois de um tempo, o sr. Bug apareceu na porta e, após um breve colóquio, Jamie abandonou a pena e saiu. Roger assentiu vagamente quando eles acenaram em despedida, a mente ocupada pelo esforço de se lembrar e registrar.

Quando terminou, 15 minutos depois, sua cabeça estava agradavelmente vazia, e ele se recostou, alongando-se para aliviar a dor nos ombros. Esperou alguns momentos até que a tinta secasse totalmente antes de guardar o livro e, enquanto esperava, pegou um caderno de esboços de Brianna na prateleira inferior.

Ela não se incomodaria se ele olhasse; dissera que ele podia olhar quando quisesse. Ao mesmo tempo, mostrava-lhe poucos desenhos, aqueles com os quais ficava mais satisfeita, ou os que fazia especialmente para ele.

Ele virou as páginas do caderno, sentindo o misto de curiosidade e respeito que uma pessoa sente diante de um mistério, procurando pequenos vislumbres do funcionamento da mente dela.

Havia muitos esboços de retratos do bebê, um estudo sobre círculos.

Ele parou diante de um pequeno esboço, tomado pela lembrança. Era um desenho de Jemmy dormindo, de costas, o corpinho robusto encolhido. O gato Adso estava aninhado ao lado dele, exatamente na mesma posição, com o queixo apoiado no pezinho gordo de Jemmy e os olhos semicerrados em um prazer comatoso. Ele se lembrava daquela cena.

Ela desenhava Jemmy com frequência – quase todos os dias, na verdade –, mas raramente de frente.

– Os bebês não têm o rosto muito definido – dissera ela, franzindo o cenho para o filho, que mordia a capa de couro do estojo de pólvora de Jamie.

– Ah, é? E o que é isso na frente da cabeça dele, então?

Ele estava deitado no chão com o bebê e o gato, sorrindo para ela, o que tornava mais fácil para ela olhar para ele de cima.

– Eu estava me referindo aos detalhes. É claro que eles têm rosto, mas são todos parecidos.

– Um pai sábio é aquele que reconhece o próprio filho, certo? – brincara ele, e se arrependera na hora ao ver a sombra nos olhos dela. A sombra desvaneceu, rápida como uma nuvem de verão, mas estivera ali, de qualquer modo.

– Bem, não do ponto de vista de um artista. – Ela passara a lâmina de seu canivete em um ângulo pelo bastão de carvão, afiando a ponta. – Eles não têm ossos... visíveis, quero dizer. E é com os ossos que conseguimos desenhar os contornos de um rosto; sem ossos, não há muito com o que trabalhar.

Com ossos ou sem, ela tinha o dom de captar as nuances de expressão. Ele sorriu para um dos desenhos; o rosto de Jemmy mostrava a expressão distraída e inconfundível de alguém que se concentrava na produção de uma fralda bem carregada.

Além dos retratos de Jemmy, havia várias páginas do que pareciam ser diagramas de engenharia. Como estes não despertavam seu interesse, ele se inclinou, colocou o livro de volta na prateleira e pegou outro.

Notou de imediato que não se tratava de um caderno de desenhos. As páginas estavam tomadas pela caligrafia precisa e angulosa de Brianna. Ele folheou curioso; não era propriamente um diário, parecia ser um tipo de registro de seus sonhos.

Ontem à noite sonhei que raspava as minhas pernas. Roger sorriu diante da tolice, mas a imagem das canelas de Brianna, de ossos compridos e pele reluzente, fez com que ele continuasse lendo.

> *Eu estava usando o barbeador do meu pai e seu creme de barbear, e pensando que ele ia reclamar quando descobrisse, mas não me preocupei. O creme de barbear vinha em uma lata branca com letras vermelhas, e estava escrito Old Spice no rótulo. Não sei se havia um creme de barbear como aquele, mas era o cheiro que meu pai sempre teve, loção pós-barba Old Spice e fumaça de cigarro. Ele não fumava, mas as pessoas com quem ele trabalhava fumavam, e seus casacos sempre cheiravam ao ar de uma sala de estar depois de uma festa.*

Roger respirou fundo, lembrando-se quase inconscientemente do cheiro de pão recém-assado e chá, lustra-móveis e amônia. Não havia cigarros nas reuniões realizadas no salão da casa – ainda assim os casacos do pai dele também cheiravam a fumaça de cigarro.

> *Uma vez, Gayle me contou que havia saído com Chris sem que tivesse tempo de raspar as pernas antes, e passou a noite toda tentando impedi-lo de tocar seu joelho, com medo de que ele sentisse os pelos pinicando. Depois desse dia, nunca mais raspei as pernas sem pensar nisso, e passava os dedos pela coxa para ver se conseguia sentir alguma coisa ali ou se podia parar de raspar na altura dos joelhos.*

Os pelos nas coxas de Brianna eram tão finos que quase não se sentiam; e só eram vistos quando ela se posicionava nua sobre ele, com o sol atrás dela, cobrindo seu corpo de uma luz dourada e deixando à mostra aquele detalhe delicado e secreto. Pensar que ninguém além dele os veria fez com que ele fosse invadido por uma agradável sensação de satisfação, como um avarento contando cada moeda de ouro e cobre, aproveitando sua fortuna secreta sem se deixar perturbar pelo medo de ser roubado.

Ele virou a página, sentindo-se culpado por aquela intrusão e ao mesmo tempo irresistivelmente atraído pelo desejo de penetrar a intimidade dos sonhos dela, conhecer as imagens que povoavam sua mente adormecida.

Os registros não tinham data, mas cada um deles começava com as mesmas palavras: *Ontem à noite, sonhei.*

Ontem à noite, sonhei que estava chovendo. Não é de surpreender, já que estava chovendo, e está assim há dois dias. Quando fui ao reservado hoje cedo, tive que pular uma poça enorme na frente da porta e afundei até os joelhos no terreno mole perto das amoras.

Fomos para a cama ontem à noite com a chuva batendo no telhado. Foi muito bom poder me aconchegar a Roger e ficar aquecidos em nossa cama depois de um dia frio e úmido. Gotas de chuva caíam pela chaminé e sibilavam no fogo. Contamos um ao outro histórias da nossa juventude – talvez o sonho tenha vindo daí, de pensar no passado.

Não aconteceu nada de mais no sonho, eu só olhava por uma janela para Boston, observando os carros passarem, espirrando grandes lençóis de água com as rodas, e ouvindo o rumor dos pneus nas ruas molhadas. Acordei ainda ouvindo esse som; estava tão claro na minha mente que fui até a janela e olhei para fora, meio que esperando ver uma rua movimentada, cheia de carros correndo sob a chuva. Foi um choque ver espruces, nogueiras, mato e trepadeiras, e não ouvir nada além do bater suave das gotas de chuva nas folhas de bardana.

Tudo era de um verde tão vívido, tão viçoso e farto que parecia uma selva ou um planeta desconhecido – um lugar onde eu nunca estive, com nada que eu reconhecesse, embora, na verdade, eu veja essa paisagem todos os dias.

Durante todo o dia ouvi o rumor secreto de pneus na chuva, em algum lugar atrás de mim.

Sentindo-se culpado, mas fascinado, Roger virou a página.

Ontem à noite, sonhei que dirigia o meu carro. Era meu Mustang azul, e eu dirigia depressa por uma estrada sinuosa, pelas montanhas – estas montanhas. Nunca dirigi por estas montanhas, apesar de já ter percorrido as matas montanhosas de Nova York. Mas eu estava definitivamente aqui; eu sabia que era a Cordilheira.

Foi muito real. Ainda consigo sentir meus cabelos esvoaçando ao vento, o volante nas minhas mãos, a vibração do motor e o rolar dos pneus no asfalto. Mas essa sensação – assim como o carro – é impossível. Não pode acontecer agora, em nenhum lugar a não ser na minha mente. E ainda assim, lá está ela, gravada nas células da minha memória, tão real quanto o reservado do lado de fora, esperando ser chamada de volta à vida ao estalar de uma sinapse.

Eis outra coisa esquisita. Ninguém sabe o que é uma sinapse, exceto eu, minha mãe e Roger. Que sensação estranha; como se nós três compartilhássemos todos os tipos de segredos.

Bem, essa parte em especial – dirigir – pode ser ligada a uma lembrança conhecida. Mas e os sonhos, igualmente vívidos, igualmente reais, com coisas que não experimentei com meu eu consciente? Será que alguns sonhos são memórias de coisas que ainda não aconteceram?

Ontem à noite, sonhei que fazia amor com Roger.

Ele estava prestes a fechar o caderno, com uma sensação de culpa pela intrusão. A culpa ainda estava lá – forte –, mas era totalmente insuficiente para vencer a curiosidade. Ele olhou para a porta, mas a casa estava em silêncio; as mulheres se movimentavam pela cozinha, mas não havia ninguém perto do escritório.

Ontem à noite, sonhei que fazia amor com Roger.

Foi ótimo; pela primeira vez, eu não estava pensando, não estava observando de fora, como sempre faço. Na verdade, eu não tive consciência de mim mesma por um longo tempo. Havia só uma... coisa muito selvagem e excitante, e eu fazia parte dela, e Roger fazia parte dela, mas não havia ele nem eu, apenas nós.

O mais engraçado é que era Roger, mas eu não pensava nele desse jeito. Não pelo nome – não aquele nome. Era como se ele tivesse outro nome, um nome secreto, real... mas eu sabia qual era.

(Sempre pensei que todo mundo tivesse esse tipo de nome, o tipo que não é uma palavra. Eu sei quem sou – e quem quer que eu seja, o nome dela não é "Brianna". Sou eu, só isso. "Eu" funciona bem como substituto para o que quero dizer, mas como escrever o nome secreto de outra pessoa?)

Eu sabia qual era o nome verdadeiro de Roger, no entanto, e isso parecia ser o motivo por que estava dando certo. E realmente estava dando certo também; eu não pensava nem me preocupava, e só fui pensar no fim: Olha, está acontecendo!

E então aconteceu e tudo se dissolveu, estremeceu e latejou...

Nesse ponto ela havia rabiscado o restante da frase, com uma observação curta na margem, na qual se lia:

Bom, nenhum dos livros que li poderia descrever aquilo!

Apesar do fascínio e do choque, Roger riu alto e em seguida sufocou o riso, olhando ao redor depressa para ver se ainda estava sozinho. Ouviu barulhos na cozinha, mas nenhum ruído de passo no corredor, e os olhos dele voltaram para a página como peças de ferro atraídas por um ímã.

Meus olhos estavam fechados – no sonho, quero dizer – e eu estava dei-

tada ali, ainda sentindo uma corrente elétrica percorrer o meu corpo, então abri os olhos e era Stephen Bonnet quem estava dentro de mim.

Foi um choque tão grande que me despertou. A sensação é de que eu estava gritando – minha garganta estava dolorida –, mas eu não poderia ter gritado, porque Roger e o bebê estavam dormindo profundamente. Eu senti o corpo todo quente, tão quente que eu estava suando, mas sentia frio também, e meu coração batia forte. Demorei muito tempo para me acalmar o bastante a fim de poder voltar a dormir; todos os pássaros estavam cantando.

Foi o que finalmente me permitiu voltar a dormir, na verdade – os pássaros. Papai – e o meu outro pai também, pensando bem – me disse que os gaios e os corvos crocitam em sinal de alerta, mas as aves canoras param de cantar quando alguém se aproxima, então, quando estamos em uma floresta, devemos ficar atentos a isso. Com tanta algazarra nas árvores perto da casa, eu sabia que estava em segurança – não havia ninguém ali.

Havia um pequeno espaço vazio no pé da página. Ele a virou, sentindo as palmas suadas e as batidas fortes do coração em seus ouvidos. A narrativa era retomada no topo da página seguinte. Antes, a escrita era fluida, quase apressada, as letras inclinadas atravessando a página. Ali, estavam desenhadas com mais cuidado, arredondadas e eretas, como se o primeiro choque da experiência tivesse passado, e ela tivesse voltado, com um cuidado obstinado, a pensar no assunto.

Tentei me esquecer, mas não funcionou. A cena não parava de voltar à minha mente, então por fim saí para trabalhar no ervanário. Minha mãe fica com Jemmy quando estou lá, porque ele mexe nas coisas, de forma que eu sabia que poderia ficar sozinha. Então me sentei em meio a todos os ramalhetes pendurados, fechei os olhos e tentei me lembrar de tudo e refletir a respeito das várias partes: "Tudo bem" ou "Isso é só um sonho". Porque Stephen Bonnet me assustava e eu me sentia mal quando pensava no fim... mas queria muito me lembrar como. Como foi, e como eu fiz, para talvez poder fazer de novo, com Roger.

Mas fico com essa sensação de que não consigo, a menos que me lembre do nome secreto de Roger.

Nesse ponto terminava o registro. Os sonhos continuavam na página seguinte, mas Roger não leu mais. Fechou o caderno com muito cuidado e o colocou de novo atrás dos outros na prateleira. Ficou de pé olhando pela janela por algum tempo, esfregando inconscientemente as palmas suadas sobre as costuras da calça.

PARTE V

É melhor casar do que se abrasar

39

NO BOSQUE DO CUPIDO

– Você acha que eles vão dormir na mesma cama?

Jamie não elevou a voz, mas tampouco se esforçou para baixá-la. Felizmente, estávamos no lado mais distante do terraço, longe demais para que o casal nos ouvisse. Mas algumas pessoas se viraram em nossa direção.

Ninian Bell Hamilton nos encarava abertamente. Abri um sorriso amplo e balancei o leque para o escocês idoso em um cumprimento, enquanto cutucava Jamie nas costelas.

– Algo adequado e respeitável para um sobrinho estar pensando a respeito da tia – falei baixinho.

Jamie afastou-se e ergueu uma das sobrancelhas para mim.

– O que a respeitabilidade tem que ver com isso? Eles vão estar casados. E muito além da idade de consentimento, os dois – disse ele, com um sorriso para Ninian, que corou com um contentamento abafado.

Eu não sabia quantos anos o velho Duncan Innes tinha, mas acreditava que ele estivesse na casa dos 50. A tia de Jamie, Jocasta, devia ser pelo menos uma década mais velha.

Eu conseguia ver Jocasta acima das cabeças das pessoas, aceitando graciosamente os cumprimentos de amigos e vizinhos no fim do terraço. Uma mulher alta, vestindo um vestido de lã castanho-avermelhado, estava ladeada por enormes vasos de pedra com ramos de vara-de-ouro seca, e seu mordomo negro, Ulysses, ao seu lado, elegante com uma peruca e uma libré verde. Com uma bela touca de renda branca coroando sua robusta estrutura MacKenzie, ela era, inegavelmente, a rainha de River Run. Fiquei na ponta dos pés, procurando seu noivo.

Duncan era um pouco mais baixo do que Jocasta, mas ainda assim deveria estar visível. Eu já o vira mais cedo, vestindo um refinado traje escocês, com o qual ele ficava vistoso, ainda que terrivelmente constrangido. Estiquei o pescoço, apoiando a mão no braço de Jamie para manter o equilíbrio. Ele segurou meu ombro para me estabilizar.

– O que está procurando, Sassenach?

– Duncan. Ele não deveria estar com a sua tia?

Ninguém poderia dizer, apenas por olhar, que Jocasta era cega – que ela estava entre os grandes vasos para se orientar, ou que Ulysses ficava ao seu lado para sussurrar-lhe os nomes das pessoas que se aproximavam. Eu vi sua mão esquerda se levantar da lateral do corpo, tocar o vazio e recolher-se. Sua expressão não mudou, no entanto; ela sorriu e assentiu, dizendo algo ao juiz Henderson.

– Fugiu antes da noite de núpcias? – sugeriu Ninian, erguendo o queixo e as sobrancelhas em um esforço para enxergar por cima da multidão sem ficar na ponta dos pés. – Talvez eu ficasse um pouco nervoso com a ideia. Sua tia é uma bela mulher, Fraser, mas ela seria capaz de congelar as bolas do rei do Japão, se quisesse.

Jamie entortou os lábios.

– Talvez Duncan tenha sido pego desprevenido – disse ele. – Qualquer que seja o motivo, ele foi à casa das necessidades quatro vezes hoje pela manhã.

Minhas sobrancelhas se ergueram quando ouvi isso. Duncan sofria de constipação crônica. Na verdade, eu havia trazido um pacote de folhas de sene e de raízes de café para ele, apesar dos comentários grosseiros de Jamie a respeito do que constituía um presente de casamento adequado. Duncan devia estar mais nervoso do que pensei.

– Bem, não vai ser uma grande surpresa para a minha tia, e ela teve três maridos antes dele – disse Jamie, em resposta a um comentário murmurado de Hamilton. – É o primeiro casamento de Duncan, no entanto. É um choque para qualquer homem. Eu me lembro da minha primeira noite de casado.

Ele sorriu para mim, e eu senti um calor subir pelo meu rosto. Eu me lembrava também... com riqueza de detalhes.

– Não acha que está meio quente aqui fora?

Abri meu leque em um arco de renda cor de marfim e o abanei sobre o meu rosto.

– Você acha? – perguntou ele, ainda sorrindo para mim. – Eu não tinha percebido.

– Duncan percebeu – garantiu Ninian. Ele contraiu os lábios, segurando o riso. – Estava suado como um bolo quente quando o vi pela última vez.

Na verdade, estava um pouco frio do lado de fora, apesar das tinas de ferro fundido cheias de brasa quente que liberavam o cheiro doce de fumaça de madeira de macieira nos cantos do terraço de pedra. A primavera havia chegado, e os gramados estavam verdejantes, assim como as árvores ao longo do rio, mas o ar da manhã ainda mantinha um toque acentuado do frio invernal. *Ainda* era inverno nas montanhas, e nós tínhamos encontrado neve até Greensboro em nossa viagem para River Run, apesar de narcisos e crocos brotarem corajosamente por entre o gelo.

Era um dia claro e ensolarado de março, e a casa, o terraço, o gramado e o jardim estavam cheios de convidados, resplandecentes em suas belas roupas como um bando de borboletas fora de época. Estava claro que o casamento de Jocasta seria o evento social do ano no que dizia respeito à sociedade de cabo Fear; deveria haver quase duzentas pessoas ali, de lugares tão distantes quanto Halifax e Edenton.

Ninian disse algo para Jamie em gaélico, baixinho, olhando com o rabo do olho para mim. Jamie respondeu com um comentário elegante na escolha das palavras e de conteúdo extremamente grosseiro, olhando para mim com malícia enquanto o homem mais velho engasgava de tanto rir.

Eu já conseguia entender gaélico muito bem a essa altura, mas havia momentos em que a discrição era preferível à valentia. Abri o leque, escondendo minha expressão.

É verdade que era preciso prática para conseguir manejar o leque com graça, mas era uma ferramenta social útil para alguém que, como eu, não conseguia disfarçar o que achava. Mas até mesmo os leques tinham seus limites.

Eu dei as costas para a conversa, que prometia piorar mais e mais e comecei a esquadrinhar os presentes em busca de sinais do noivo. Talvez Duncan estivesse de fato doente, e não apenas nervoso. Se fosse esse o caso, era melhor eu examiná-lo.

– Phaedre! Você viu o sr. Innes esta manhã?

A aia de Jocasta andava depressa, com os braços cheios de toalhas de mesa, mas parou abruptamente quando a chamei.

– Não vejo o sr. Duncan desde o café da manhã, senhora – disse ela, balançando a cabeça elegantemente coberta com uma touca.

– Como ele estava? Comeu bem?

O café da manhã fora um evento que durara várias horas, com os convidados hospedados na casa se servindo e comendo à vontade. Era mais provável que fosse o nervosismo, e não uma intoxicação alimentar, que estivesse perturbando o intestino de Duncan, mas algumas das linguiças que eu tinha visto no aparador me pareceram muito suspeitas.

– Não, senhora, nadinha.

As sobrancelhas lisas de Phaedre se ergueram; ela gostava de Duncan.

– O cozinheiro tentou fazer com que comesse, preparando um ovo quente, mas ele apenas balançou a cabeça. Mas tomou um copo de ponche de rum – disse ela, animada ao se lembrar disso.

– Sim, isso vai acalmá-lo – comentou Ninian ao ouvir nossa conversa. – Não se preocupe, sra. Claire, Duncan vai ficar bem.

Phaedre fez uma reverência e partiu em direção às mesas que estavam sendo montadas sob as árvores, com o avental engomado esvoaçando com a brisa. O aroma suculento de carne de porco assando se espalhava pelo ar frio da primavera, e nuvens fragrantes de fumaça de nogueira subiam das fogueiras perto da forja, onde coxas de veado, carne de carneiro e dúzias de aves giravam em espetos. Meu estômago roncou alto de fome, apesar do meu corpete apertado.

Nem Jamie nem Ninian pareceram notar, mas dei um passo para trás discretamente, virando-me para observar o gramado que se estendia do terraço até o rio. Eu não tinha tanta certeza acerca dos benefícios do rum, sobretudo quando tomado de estômago vazio. Tudo bem que Duncan não seria o primeiro noivo a subir ao altar em um estágio avançado de embriaguez, mas mesmo assim...

Brianna, com um vestido de lã azul da cor do céu primaveril, estava ao lado de uma das estátuas de mármore que enfeitavam o gramado, com Jemmy no colo, entretida em uma conversa com Gerald Forbes, o advogado. Ela também segurava um leque, que, no momento, tinha um destino mais útil do que o normal – Jemmy o havia pegado e mordia o cabo de marfim, com uma expressão de firme concentração no rostinho corado.

É claro que Brianna precisava menos de uma boa técnica do leque do que eu, já que tinha herdado a habilidade de Jamie de esconder todos os pensamentos por trás de uma máscara de agradável doçura. Ela usava a máscara naquele momento, o que me dava uma boa ideia de sua opinião sobre o sr. Forbes. Onde estava Roger?, eu me perguntei. Ele estivera com ela mais cedo.

Quando me virei para perguntar a Jamie o que ele achava dessa epidemia de maridos desaparecidos, descobri que ele também havia sumido. Ninian Hamilton tinha se virado para falar com outra pessoa, e o espaço ao meu lado estava sendo ocupado agora por dois escravos, cambaleando sob o peso de um garrafão de brandy enquanto se dirigiam para as mesas de bebidas. Eu saí rapidamente do caminho deles e me virei para procurar Jamie.

Ele havia desaparecido em meio à multidão como agulha em palheiro. Eu me virei lentamente, esquadrinhando o terraço e o gramado, mas não havia sinal dele entre as pessoas. Franzi o cenho diante da luz forte do sol, protegendo os olhos com a mão.

Não era difícil avistá-lo, afinal; por ser um escocês com sangue de gigantes vikings nas veias, ele era mais alto do que a maioria dos homens, e seus cabelos reluziam ao sol como bronze polido. Para completar, ele estava vestido, naquele dia, com suas melhores roupas para comemorar o casamento de Jocasta – um traje típico escocês de tartã vermelho e preto, com faixa no ombro e cinto, o casaco cinza e um colete, e o par de meias vermelhas e pretas mais chamativo que já tinha coberto as pernas de um escocês. Ele devia se sobressair como uma mancha de sangue no linho claro.

Não o encontrei, mas vi um rosto familiar. Saí do terraço e passei entre os convidados da festa.

– Sr. MacLennan!

Ele se virou na direção da minha voz, parecendo surpreso, mas então um sorriso cordial surgiu em seus traços fortes.

– Sra. Fraser!

– Que ótimo vê-lo! – falei, estendendo a mão para ele. – Como vai?

Ele estava melhor do que da última vez que eu o vira, limpo e decente, com um terno escuro e um chapéu simples adornado com renda. Mas o rosto estava magro e uma sombra encobria seus olhos mesmo quando ele sorriu para mim.

– Ah... estou bem, senhora... razoavelmente bem.

– O senhor... onde está vivendo atualmente?

Pareceu uma pergunta mais delicada do que “Por que não está na cadeia?”. Sem pestanejar, ele respondeu a ambas as perguntas.

– Bem, seu marido teve a generosidade de escrever para o sr. Ninian – ele meneou a cabeça em direção à figura esguia de Ninian Bell Hamilton, que estava no meio de uma discussão acalorada do outro lado do gramado – e contou a ele sobre meu problema. O sr. Ninian é um grande amigo dos reguladores e grande amigo do juiz Henderson também.

Ele balançou a cabeça com os lábios contraídos.

– Não sei como tudo aconteceu, mas o sr. Ninian me tirou da prisão e me levou para sua casa. Então, estou lá, por enquanto. Foi bondade... muita bondade.

Ele falava com evidente sinceridade, mas ao mesmo tempo com certo ar de abstração. Ele ficou em silêncio então. Ainda estava olhando para mim, mas seus olhos eram inexpressivos. Pensei em algo para dizer, desejando trazê-lo de volta ao presente, mas um grito de Ninian o tirou de seu transe, poupando-me do trabalho. Abel se desculpou educadamente e foi ajudar na discussão.

Eu caminhei pelo gramado, cumprimentando conhecidos por cima do leque. Fiquei feliz por ver Abel de novo e saber que ele estava fisicamente bem, pelo menos – mas não pude negar que vê-lo gelou meu coração. Eu tinha a sensação de que, na verdade, fazia pouca diferença para Abel MacLennan onde seu corpo morava; seu coração ainda estava no túmulo com a esposa.

Por que Ninian o levara ao casamento?, eu me perguntei. Certamente uma festa assim faria com que ele se lembrasse do próprio casamento; em geral isso acontecia com todo mundo.

O sol havia subido o suficiente para esquentar o ar, mas eu estremeci. Ver o pesar de MacLennan me fazia lembrar demais dos dias depois de Culloden, quando voltei para a minha própria época, achando que Jamie estava morto. Eu conhecia muito bem aquele torpor no coração; a sensação de passar os dias como uma sonâmbula e passar as noites de olhos abertos, sem encontrar descanso, conhecendo apenas um vazio que não era a paz.

A voz de Jocasta veio do terraço, chamando Ulysses. Ela havia perdido três maridos, e agora estava decidida a ter um quarto. Ela podia ser cega, mas não havia torpor em seus olhos. Isso significava que ela não se importara muito com nenhum dos maridos?, eu me perguntei. Ou apenas que ela era uma mulher muito forte, capaz de superar a dor, não uma, mas repetidas vezes?

Eu tinha feito isso uma vez, pelo bem de Brianna. Mas Jocasta não tinha filhos; não agora, pelo menos. Será que ela tivera e deixara de lado a dor de um coração partido para viver por um filho?

Eu me sacudi, tentando afastar esses pensamentos melancólicos. Era, afinal, uma ocasião festiva, e o dia estava condizente. Os cornisos estavam em flor, e azulões e cardeais disparavam entre as árvores verdejantes como pedacinhos de confete, loucos de desejo.

– Mas é claro que sim – uma mulher estava dizendo com um tom autoritário. – Meu Deus, eles moram juntos há meses!

– Sim, é verdade – uma de suas companheiras de conversa concordou, parecendo em dúvida. – Mas não dá para dizer só de olhar. Afinal, eles mal olham um para o outro! Ah... quero dizer, bem, claro que ela não pode olhar para ele, já que é cega, mas era de esperar...

Não eram só os pássaros, pensei, me divertindo. Uma sensação de vitalidade se espalhava entre todos os presentes. Ao olhar para o terraço, vi jovens reunidas, conversando e fofocando em pequenos grupos, como galinhas, enquanto os homens caminhavam casualmente de um lado para outro na frente delas, chamativos como pavões com suas roupas de festa. Eu não ficaria surpresa se pelo menos alguns noivados resultassem daquela comemoração – e algumas gravidezes também. O sexo estava no ar; eu podia sentir, sob as fragrâncias inebriantes das flores de primavera e da comida sendo preparada.

A sensação de melancolia havia me deixado, apesar de eu ainda sentir um forte ímpeto de encontrar Jamie.

Eu havia descido por um lado do gramado e subido pelo outro, mas não vira sinal dele em lugar nenhum entre a casa principal e o cais, onde escravos ainda estavam recepcionando os últimos convidados que chegavam pelo rio. Entre os ainda esperados – e realmente muito atrasados –, estava o padre que realizaria o casamento.

O padre LeClerc era um jesuíta que ia de Nova Orleans para uma missão perto de Québec, mas que fora desviado do austero caminho da obrigação por uma generosa doação feita por Jocasta à Sociedade de Jesus. O dinheiro podia não comprar felicidade, pensei, mas era um bem útil, mesmo assim.

Olhei na outra direção e parei subitamente. De um lado, Ronnie Campbell olhou para mim e fez uma reverência; ergui o leque em reconhecimento, mas estava distraída demais para falar com ele. Eu não tinha encontrado Jamie, mas acabara de ver o motivo provável de seu desaparecimento repentino. O pai de Ronnie, Farquard Campbell, estava subindo o gramado acompanhado por um senhor com as roupas vermelhas e bege do exército de Sua Majestade e por outro homem com um uniforme da Marinha – o tenente Wolff.

A visão me causou um choque desagradável. O tenente Wolff não era minha pessoa favorita. E não era muito popular entre aqueles que o conheciam também.

Pensei que era razoável que ele tivesse sido convidado, já que a Marinha de Sua Majestade era a principal compradora da produção de madeira, alcatrão e terebintina de River Run, e o tenente Wolff era o representante da Marinha no que dizia respeito a tais assuntos. E era possível que Jocasta o tivesse convidado por motivos mais pessoais também – o tenente tinha, a certa altura, pedido a mão dela em casamento. Não, como ela havia observado secamente, por nenhum desejo por sua pessoa, mas para pôr as mãos em River Run.

Sim, eu podia vê-la se deleitando com a presença do tenente ali naquele momento. Duncan, menos naturalmente dado a segundas intenções e manipulações, talvez não.

Farquard Campbell tinha me visto e vinha em minha direção abrindo caminho entre as pessoas, com as forças armadas a reboque. Eu levantei o leque e fiz os ajustes faciais necessários para uma conversa educada, mas – para o meu alívio – o tenente viu um empregado carregando uma bandeja de copos pelo terraço e partiu atrás dele, abandonando sua companhia em troca de uma bebida.

O outro militar olhou para ele, mas seguiu Farquard obedientemente. Estreitei os olhos para olhar para ele, mas nunca o havia visto antes, tinha certeza. Desde a remoção do último regimento das Terras Altas no outono, avistar um casaco vermelho era algo incomum em qualquer lugar da colônia. Quem poderia ser?

Meus traços formaram o que eu esperava que fosse um sorriso agradável, e eu me curvei, fazendo uma reverência formal, estendendo as saias bordadas da melhor maneira que consegui.

– Sr. Campbell.

Olhei furtivamente para trás dele, mas por sorte o tenente Wolff havia desaparecido à procura de bebida alcoólica.

– Sra. Fraser. A seu dispor, madame.

Farquard fez uma reverência graciosa em resposta. Um homem idoso, de aparência sofrida, o sr. Campbell estava discreto como sempre com elegantes roupas pretas, algumas pregas rendadas na gola da camisa sendo sua única concessão às festividades. Ele olhou por cima do meu ombro, franzindo o cenho, um pouco confuso.

– Eu tinha visto... *pensei* que tivesse visto seu marido com a senhora?

– Ah. Bem, acho que ele... saiu.

Eu virei o leque delicadamente na direção das árvores onde ficavam as instalações para que os convidados fizessem suas necessidades, separadas da casa principal por uma distância considerável e uma cortina de pequenos pinheiros brancos.

– Ah, compreendo. – Campbell pigarreou e fez um gesto para o homem que o acompanhava. – Sra. Fraser, deixe-me apresentar o major Donald MacDonald.

O major MacDonald era um homem de nariz aquilino, mas bonito, de quase 40 anos, com o rosto castigado e a postura ereta de um soldado de carreira, e um sorriso agradável acompanhado por um par de argutos olhos azuis, do mesmo tom claro e vívido do vestido de Brianna.

– Ao seu dispor, senhora. – Ele fez uma reverência muito elegante. – Permita-me dizer, senhora, que essa cor lhe cai muito bem.

– Pois não – falei, relaxando um pouco. – Obrigada.

– O major chegou recentemente a Cross Creek. Eu garanti a ele que não encontraria melhor oportunidade para conhecer seus conterrâneos e se familiarizar com os arredores.

Farquard fez um gesto indicando o terraço e englobando toda a festa – que de fato compreendia uma boa amostra da sociedade escocesa em cabo Fear.

– De fato – disse o major educadamente. – Não ouço tantos nomes escoceses desde a última vez que estive em Edimburgo. O sr. Campbell me informou que seu marido é o sobrinho da sra. Cameron... ou da sra. Innes, devo dizer?

– Sim. Conheceu a sra... hum... Innes?

Olhei em direção ao lado mais distante do terraço. Ainda não havia sinal de Duncan, muito menos de Roger ou Jamie. Diabos, onde estava todo mundo? Realizando uma reunião de cúpula no reservado?

– Não, mas estou ansioso para oferecer meus cumprimentos. O falecido sr. Cameron era conhecido do meu pai, Robert MacDonald de Stornoway.

Ele inclinou levemente a cabeça coberta por uma peruca, de modo respeitoso, na direção da pequena construção de mármore branco ao lado do gramado, o mausoléu que abrigava os restos mortais de Hector Cameron.

– O seu marido por acaso tem alguma conexão com os Frasers de Lovat?

Com um gemido interno, reconheci uma teia de aranha escocesa se formando. O encontro de dois escoceses invariavelmente começava com uma série de perguntas até que que se obtivesse um número suficiente de ligações para formar uma rede útil. Eu costumava me deixar enredar nos fios grudentos de família e clãs, terminando como uma mosca gorda e suculenta, totalmente presa e à mercê do meu questionador.

Mas Jamie havia sobrevivido às intrigas da política francesa e escocesa durante anos por meio desse conhecimento – deslizando precariamente pelos fios secretos de tais redes, afastando-se das armadilhas grudentas da lealdade e da traição que tinham causado a ruína de tantos outros. Eu me ajeitei para prestar atenção, fazendo um esforço para localizar aquele MacDonald entre milhares de outros do mesmo lugar.

MacDonald de Keppoch, MacDonald das Ilhas, MacDonald de Clanranald, MacDonald de Sleat. Quantos tipos de MacDonald havia afinal?, tentei imaginar, meio irritada. Certamente um ou dois bastariam para a maioria dos propósitos.

MacDonald das Ilhas, evidentemente; a família do major vinda da ilha de Harris. Fiquei atenta durante as perguntas, mas Jamie continuava escondido em segurança.

Farquard Campbell – que não era tolo – parecia estar gostando do jogo verbal, seus olhos escuros alternando entre mim e o major com uma expressão de quem estava se divertindo. A diversão se transformou em um ar de surpresa quando terminei uma análise bastante confusa da linhagem paterna de Jamie, em resposta ao hábil catecismo do major.

– O avô do seu marido era Simon, lorde Lovat? – perguntou Campbell. – A Velha Raposa? – Sua voz se elevou um pouco com a incredulidade.

– Bem... sim – falei, um pouco inquieta. – Pensei que soubesse disso.

– De fato – disse Farquard.

Ele parecia ter engolido uma ameixa em conserva, percebendo tarde demais que o caroço ainda estava dentro dela. Ele sabia que Jamie era um jacobita perdoado, mas estava claro que Jocasta não havia mencionado sua ligação próxima com a Velha Raposa, executado como traidor por sua participação na Revolta dos Stuarts. A maioria dos Campbells havia lutado ao lado do governo naquela revolta em particular.

– Sim – disse MacDonald, ignorando a reação de Campbell. Ele franziu o cenho levemente, em concentração. – Tenho a honra de conhecer o atual lorde Lovat... o título foi restaurado, se me lembro bem. – Ele continuou, virando-se para Campbell para explicar. – É o jovem Simon, que reuniu um regimento para lutar contra os franceses em... 58? Não, 57. Sim, 57. Um soldado destemido, excelente combatente. E ele seria o... sobrinho do seu marido? Não, o tio.

– Meio-tio – expliquei.

O velho Simon tinha se casado três vezes, e não fazia segredo sobre os filhos fora do casamento: o pai de Jamie fora um deles. Mas não era preciso mencionar isso.

MacDonald assentiu, o rosto magro satisfeito por ter deixado tudo bem esclarecido. O rosto de Farquard relaxou um pouco ao saber que a reabilitação da reputação da família já estava tão avançada.

– Papista, claro – acrescentou MacDonald –, mas um excelente soldado mesmo assim.

– Por falar em soldados – interrompeu Campbell –, você sabe...

Respirei aliviada a ponto de os cordões do meu corpete chiarem quando o sr. Campbell conduziu o major a uma análise de algum evento militar do passado. O major, aparentemente, não estava na ativa, mas, como muitos, aposentado recebendo meio soldo. Enquanto a Coroa não encontrasse utilidade para seus serviços, ele ficava vagando pelas colônias à procura de ocupação. A paz era difícil para soldados profissionais.

Espere para ver, pensei, com um leve tremor premonitório. Quatro anos, ou menos, e o major estaria bastante ocupado.

Vi um tartã de relance pelo canto do olho e me virei para olhar, mas não era Jamie nem Duncan. Um mistério a menos, no entanto; era Roger, com seus cabelos escuros e elegante com seu kilt. Seu rosto se iluminou quando ele viu Brianna e apertou o passo. Ela virou a cabeça, como se sentisse a presença dele, e seu rosto também se iluminou.

Ele chegou ao seu lado e, sem se importar com o cavalheiro que estava com ela, abraçou-a e beijou-a na boca. Quando se afastaram, ele estendeu os braços para Jemmy e deu outro beijo na cabeça ruiva e sedosa.

Eu voltei para a conversa próxima de mim, percebendo tardiamente que Farquard Campbell estava falando havia algum tempo sem que eu fizesse ideia do que ele tinha dito. Ao ver minha surpresa, ele sorriu de esguelha.

– Preciso ir cumprimentar outras pessoas, sra. Fraser – disse ele. – Pode me dar licença? Vou deixá-la na excelente companhia do major.

Ele tocou o chapéu de modo cortês e partiu em direção à casa, talvez para localizar o tenente Wolff e impedir que ele surrupiasse a prataria.

Assim, deixado comigo, o major tentou estabelecer uma conversa adequada e voltou à pergunta mais comum entre pessoas que tinham acabado de se conhecer.

– A senhora e o seu marido chegaram à Colônia há muito tempo?

– Não muito – respondi com cautela. – Há três anos, mais ou menos. Vivemos em um pequeno povoado no interior... – Balancei o leque fechado na direção das montanhas invisíveis a oeste. – Em um lugar chamado Cordilheira dos Frasers.

– Ah, sim, já ouvi falar desse lugar.

Um músculo se contraiu no canto de sua boca, e eu me perguntei, inquieta, o que ele teria ouvido. A destilaria de Jamie era um segredo conhecido no interior, e entre os colonos escoceses de cabo Fear – na verdade, vários barris de uísque fabricados na destilaria estavam à vista perto dos estábulos, o presente de Jamie para sua tia e Duncan –, mas eu esperava que o segredo não fosse tão conhecido a ponto de um oficial do exército recém-chegado à colônia já ter ouvido a respeito.

– Diga-me, sra. Fraser... – Ele hesitou e em seguida avançou. – A senhora encontra muito... sectarismo na sua região da colônia?

– Sectarismo? Ah, é... não, não muito.

Lancei um olhar cauteloso na direção do mausoléu de Hector Cameron, onde o cinza-escuro quacre de Hermon Husband aparecia como uma mancha contra o mármore branco. O sectarismo era um código para as atividades de homens como Husband e James Hunter – reguladores.

A ação da milícia do governador em dezembro tinha posto fim aos atos violentos, mas a questão dos reguladores ainda era uma panela de pressão. Husband tinha sido preso por um curto período em fevereiro devido à força de seus panfletos, mas a experiência não tinha suavizado sua atitude nem seu linguajar. Um conflito podia eclodir a qualquer momento.

– Fico feliz em saber, senhora – disse o major MacDonald. – A senhora recebe muitas notícias, isolada como está?

– Não muita. Err... o dia está bonito, não? Tivemos muita sorte com o clima este ano. A viagem de Charleston até aqui foi fácil? Tão cedo no ano... a lama...

– De fato, senhora. Tivemos algumas dificuldades, mas não mais do que...

O major estava me avaliando de modo muito claro enquanto conversávamos, observando o corte e a qualidade do meu vestido, as pérolas no meu pescoço e nas minhas orelhas – que eu havia pegado emprestadas com Jocasta – e os anéis nos meus dedos. Eu estava acostumada com aquele olhar; não havia o menor sinal de lascívia nem de flerte. Ele estava apenas estimando minha posição social e o nível de prosperidade e de influência do meu marido.

Eu não me ofendi. Estava ocupada fazendo a mesma coisa com ele, afinal. Era bem-educado e de boa família; isso ficava claro apenas por sua patente, apesar de o anel de ouro com um brasão em sua mão direita encerrar a questão. Não era pessoalmente abastado, no entanto; seu uniforme era puído nas costuras, e as botas estavam muito marcadas, apesar de bem engraxadas.

Um leve sotaque escocês com um leve toque gutural francês – experiência em campanhas continentais. E chegado havia pouquíssimo tempo na colônia, pensei; seu rosto estava magro devido a uma doença recente, e as escleras tinham o leve tom amarelado comum entre os recém-chegados, que costumavam contrair tudo, desde malária até dengue, quando expostos ao caldeirão fervilhante de germes das cidades costeiras.

– Diga-me, sra. Fraser... – começou o major.

– O senhor insulta não só a mim, senhor, mas todos os homens de honra aqui presentes!

A voz aguda de Ninian Bell Hamilton foi ouvida em meio às conversas, e muitas pessoas se viraram no gramado.

Ele estava cara a cara com Robert Barlow, um homem a quem eu tinha sido apresentada mais cedo naquela manhã. Um comerciante de algum tipo, eu me lembrava vagamente – de Edenton? Ou possivelmente de New Bern. Um homem corpulento, com cara de quem não estava acostumado a ser contrariado, estava escarnecendo Hamilton abertamente.

– Você os chama de reguladores? Frequentadores da prisão e arruaceiros! Sugere que esses homens têm senso de honra?

– Não estou sugerindo, estou afirmando, e defendo essa afirmação!

O velho senhor se empertigou, a mão segurando o cabo da espada. Felizmente, naquele momento, ele não portava espada; nenhum dos cavalheiros presentes portava, considerando a cordialidade da ocasião.

Eu não saberia dizer se esse fato afetou o comportamento de Barlow, mas ele riu de modo desdenhoso e deu as costas a Hamilton, para se afastar. O velho escocês, irritado, chutou o traseiro de Barlow.

Pego de surpresa e desequilibrando-se, Barlow cambaleou para a frente, caindo apoiado nas mãos e nos joelhos, com as pontas do casaco ridiculamente viradas por cima das orelhas. Independentemente de quais fossem suas opiniões políticas, todos os que observavam começaram a rir. Assim encorajado, Ninian se estufou como um galo garnisé e deu a volta em seu oponente caído para poder olhar para ele de frente.

Eu poderia ter dito a ele que se tratava de um erro tático, mas eu tinha a vantagem de ver o rosto de Barlow, que estava vermelho de ódio. Com os olhos arregalados, ele se levantou meio sem jeito e se lançou para a frente com um rugido, derrubando o homem menor no chão.

Os dois rolaram na grama, trocando socos e pontapés, enquanto os espectadores davam gritos de incentivo. Os convidados do casamento vieram correndo do gramado e do terraço para ver o que estava acontecendo. Abel MacLennan abriu caminho entre as pessoas, obviamente com o intuito de ajudar seu benfeitor. Richard Caswell segurou os braços dele para impedi-lo, e ele se virou, empurrando Caswell, que perdeu o equilíbrio.

Com o rosto magro iluminado de satisfação, James Hunter fez com que Caswell tropeçasse e caísse sentado com tudo na grama, parecendo surpreso. O filho de Caswell, George, emitiu um grito de indignação e acertou um soco na altura do rim de Hunter, que se virou e deu um tapa no nariz de George.

Várias mulheres estavam gritando – não todas por causa do choque. Uma ou duas pareciam estar torcendo para Ninian Hamilton, que tinha subido temporariamente no peito de sua vítima e tentava estrangulá-lo, sem muito sucesso, devido ao pescoço grosso e ao corpo atarracado de Barlow.

Olhei ao redor à procura de Jamie – ou Roger ou Duncan. Maldição, onde estavam todos eles?

George Caswell tinha caído para trás de surpresa, com as mãos no nariz, de onde o sangue pingava em sua camisa. DeWayne Buchanan, um dos genros de Hamilton, abria caminho decididamente pela multidão. Não sabia se ele pretendia tirar o sogro de cima de Barlow ou se queria ajudá-lo em sua tentativa de matar o homem.

– Ah, inferno – murmurei para mim mesma. – Tome, segure isto.

Entreguei meu leque ao major MacDonald e subi as saias, preparando-me para entrar no combate corpo a corpo e decidindo quem chutar primeiro – e onde – de forma a conseguir o melhor resultado.

– Quer que eu dê um fim nisso?

O major, que estivera apreciando o espetáculo, parecia decepcionado com essa ideia, mas se resignou com o dever. Quando meneei a cabeça, surpresa, ele pegou a pistola, apontou-a para cima e atirou no ar.

O estampido do tiro foi tão alto que fez com que todos silenciassem temporariamente. Os combatentes pararam, e na confusão momentânea, Hermon Husband entrou em cena.

– Amigo Ninian – disse ele, assentindo cordialmente ao redor. – Amigo Buchanan. Permitam-me.

Segurou o velho escocês pelos dois braços e o tirou de cima de Barlow. Lançou a James Hunter um olhar de advertência; Hunter emitiu um "hunf!" audível, mas se afastou alguns passos.

A sra. Caswell mais jovem, uma mulher de bom senso, já tinha tirado o marido do campo de batalha e apertava um lenço contra o nariz dele. DeWayne Buchanan e Abel MacLennan seguravam os braços de Ninian Hamilton e faziam questão de mostrar que o continham enquanto seguiam em direção à casa – apesar de estar bem claro que apenas um deles poderia tê-lo pegado, tirando-o dali.

Richard Caswell havia se levantado sozinho e, apesar de parecer muito ofendido, evidentemente não tinha a intenção de atacar ninguém. Ficou de pé, tirando a grama seca da parte de trás do casaco, com os lábios pressionados em reprovação.

– Seu leque, sra. Fraser.

Interrompida na avaliação que fazia do conflito, vi o major MacDonald me oferecer educadamente o leque de volta. Ele parecia bem satisfeito consigo mesmo.

– Obrigada – falei, pegando o leque e olhando para ele com certo respeito. – Diga-me, major, o senhor sempre anda por aí com uma pistola carregada?

– Foi um descuido, senhora – respondeu ele. – Mas talvez tenha sido um descuido afortunado, não? Eu estive na cidade de Cross Creek ontem e, quando voltava sozinho para a propriedade do sr. Farquard Campbell depois de escurecer, pensei que seria bom andar prevenido pela estrada.

Ele assentiu, meneando a cabeça na direção do meu ombro.

– Diga-me, sra. Fraser, quem é o indivíduo mal barbeado? Ele parece ser um homem de coragem, apesar da má apresentação. A senhora acha que ele vai assumir as rédeas da situação agora?

Eu me virei e vi Hermon Husband cara a cara com Barlow, que estava de pé, com o chapéu preto redondo na cabeça e a barba brilhando de belicosidade. Barlow se mantinha firme, com o rosto vermelho e o cenho fechado, mas tinha os braços cruzados no peito enquanto ouvia Husband.

– Hermon Husband é um quacre – falei, com um leve tom de repreensão. – Não, ele não vai recorrer à violência. Apenas às palavras.

Muitas palavras. Barlow tentava emitir suas próprias opiniões, mas Husband as ignorava, impondo seu argumento com tanto entusiasmo que gotas de saliva voavam dos cantos de sua boca.

–... um abominável erro da Justiça! Xerifes, ou assim eles se autodenominam, que não foram nomeados por nenhum decreto legal, mas sim nomeiam a si mesmos com o propósito de enriquecer de modo ilícito e desdenhar de todos os que legitimamente...

Barlow baixou os braços e começou a se inclinar para trás, em um esforço para escapar da verborragia. Quando Husband parou momentaneamente para tomar fôlego, no entanto, Barlow aproveitou a chance para se inclinar para a frente e enfiar um dedo de modo ameaçador no peito de Husband.

– Fala de justiça, senhor? O que revolta e destruição têm que ver com justiça? Se está defendendo a destruição da propriedade como meio de reparar as injustiças que sofreu...

– De jeito nenhum! Mas o pobre deve ser espoliado pelos inescrupulosos e ter suas dificuldades ignoradas? Eu digo ao senhor, Deus vai castigar sem misericórdia aqueles que oprimem os pobres e...

– Sobre o que eles estão discutindo? – perguntou MacDonald, observando a conversa com interesse. – Religião?

Ao ver Husband envolvido e percebendo que não haveria mais socos, a maior parte da multidão havia perdido o interesse, seguindo em direção às mesas de comida e aos braseiros no terraço. Hunter e alguns outros reguladores ficaram por ali para dar apoio moral a Husband, mas a maioria dos convidados era formada por agricultores e mercadores. Embora, na teoria, se alinhassem com Barlow, na prática, a maioria não estava disposta a desperdiçar um raro momento de festividade com controvérsias com Hermon Husband sobre os direitos do pobre que pagava impostos.

Eu não estava muito disposta a examinar em detalhes toda a justificativa dada pelos reguladores tampouco, mas fiz o melhor que pude para dar ao major MacDonald uma visão rudimentar da situação.

–... e então o governador Tryon se viu obrigado a reunir a milícia para lidar com a situação, mas os reguladores recuaram – concluí. – No entanto eles não abandonaram suas demandas, de modo nenhum.

Husband também não havia abandonado sua argumentação – ele nunca abandonava –, mas Barlow tinha finalmente conseguido se desvencilhar e estava repondo as energias na mesa de bebidas, sob os olmos, na companhia de alguns amigos solidários, que lançavam olhares periódicos de desaprovação na direção de Husband.

– Compreendo – disse MacDonald, interessado. – Farquard Campbell me contou algo sobre esse movimento de insubordinação. E o governador reuniu uma milícia para lidar com a questão, a senhora diz, e pode ser que volte a reuni-la. Quem comanda as tropas dele, a senhora sabe?

– Hum... acredito que o general Waddell, Hugh Waddell, esteja no comando de muitas companhias. Mas o próprio governador estava no comando do corpo principal; ele já foi soldado.

– É mesmo?

MacDonald parecia achar aquilo muito interessante; não havia guardado a pistola, mas mexia nela de um jeito distraído.

– Campbell me contou que o seu marido é o proprietário de uma grande extensão de terras no interior. Ele por acaso é íntimo do governador?

– Eu não colocaria as coisas dessa forma – falei com seriedade. – Mas ele *conhece* o governador, sim.

Senti uma leve intranquilidade com o rumo dessa conversa. Estritamente falando, era ilegal que católicos detivessem concessões de terras reais nas colônias. – Eu não sabia se o major MacDonald tinha ciência desse fato, mas ele claramente percebera que era provável que Jamie fosse católico, considerando o passado de sua família.

– Acha que seu marido concordaria com uma apresentação, cara senhora?

Os olhos azul-claros estavam brilhando de curiosidade, e de repente percebi o que ele pretendia.

Um soldado de carreira em tempos de paz estava em clara desvantagem em termos de trabalho e renda. A questão dos reguladores podia ser uma tempestade em copo d'água, mas, por outro lado, se havia alguma perspectiva de ação militar... Afinal, Tryon não tinha tropas regulares; poderia ficar inclinado a receber de bom grado – e pagar – um oficial experiente, se a milícia fosse convocada de novo.

Lancei um olhar cauteloso em direção ao gramado. Husband e seus amigos tinham recuado um pouco e conversavam em um grupo perto de uma das estátuas novas de Jocasta. Se a recente quase briga pudesse ser considerada um indício, a ação dos reguladores ainda estava fervilhando perigosamente.

– Isso pode ser arranjado – falei de modo cuidadoso.

Eu não conseguia ver motivos para Jamie se recusar a escrever uma carta de apresentação a Tryon – e de fato devia algo ao major, afinal, por ter evitado uma revolta em grande escala.

– O senhor teria que perguntar ao meu marido, é claro, mas eu ficaria feliz de poder intermediar.

– Terá minha mais profunda gratidão, senhora.

Ele guardou a pistola e curvou-se sobre a minha mão. Endireitando-se, ele olhou por cima do meu ombro.

– Preciso partir, sra. Fraser, mas espero conhecer seu marido em breve.

O major marchou em direção ao terraço, e eu me virei e vi Hermon Husband caminhando decidido na minha direção, acompanhado de Hunter e de alguns outros homens.

– Sra. Fraser, devo pedir à senhora que transmita meus bons votos e meu pedido de desculpas à sra. Innes, por favor – disse ele sem preâmbulos. – Preciso ir.

– Ah, mas precisa ir tão cedo? – hesitei.

Por um lado, eu queria insistir para que ele ficasse; por outro, podia prever problemas se ele não partisse. Os amigos de Barlow não tinham tirado os olhos dele desde a quase briga.

Ele viu a ideia passar pelo meu rosto e assentiu com seriedade. O rubor do debate tinha se dissipado do rosto dele, deixando-o marcado por linhas severas.

– Vai ser melhor assim. Jocasta Cameron tem sido uma boa amiga. Trazer discórdia para a celebração de seu casamento seria uma péssima maneira de retribuir. Eu não faria isso... Só que não consigo, em sã consciência, me manter calado ao ouvir opiniões tão perniciosas como as que testemunhei aqui.

Ele lançou ao grupo de Barlow um olhar frio de desdém, que foi recebido da mesma forma.

– Além disso – acrescentou ele, virando as costas para os partidários de Barlow –, temos assuntos que requerem a nossa atenção em outros lados.

Ele parou, ponderando se deveria me dizer mais, mas decidiu não fazê-lo.

– Pode dizer isso a ela? – pediu.

– Sim, claro, sr. Husband... sinto muito.

Ele abriu um sorriso discreto, tomado pela melancolia, e balançou a cabeça, mas não disse mais nada. Entretanto, enquanto ele saía, seguido por seus companheiros, James Hunter parou para me dizer em voz baixa:

– Os reguladores estão se reunindo. Há um acampamento grande perto de Salisbury. Talvez queira dizer isso ao seu marido.

Ele assentiu, levou a mão à aba do chapéu e, sem esperar que eu dissesse alguma coisa, partiu, o casaco preto desaparecendo na multidão como um pardal engolido por um bando de pavões.

Do meu ponto de vista à beira do terraço, eu podia ver a festa toda, que fluía em uma torrente de festividades da casa até o rio, os redemoinhos fáceis de identificar para os olhos treinados.

Jocasta era o centro do maior turbilhão social – mas grupos menores rodopiavam ameaçadoramente ao redor de Ninian Bell Hamilton e Richard Caswell, e uma corrente inquieta percorria a festa, deixando depósitos de conversa pelas curvas, ricos nos férteis sedimentos da especulação. Pelo que eu havia ouvido, a questão da suposta vida sexual de nossos anfitriões era o assunto predominante nas discussões – mas a política vinha logo em segundo.

Ainda não via sinal de Jamie nem de Duncan. Lá estava o major de novo, no entanto. Ele parou, com uma taça de sidra em cada uma das mãos; ele havia visto Brianna. Eu sorri, observando.

Brianna costumava fazer os homens pararem, mas nem sempre totalmente por admiração. Ela havia herdado várias coisas de Jamie: os olhos azuis amendoados e os cabelos flamejantes, o nariz comprido e a boca grande e firme, bem como os ossos faciais fortes herdados de antepassados nórdicos. Além desses atraentes atributos, porém, ela também tinha herdado a altura dele. Em uma época em que a mulher comum tinha menos de 1,50 metro, Brianna chegava a 1,80. As pessoas olhavam para ela o tempo todo.

O major MacDonald estava fazendo isso, esquecendo-se da sidra em suas mãos. Roger notou; ele sorriu e assentiu, mas deu um passo para mais perto de Brianna que dizia claramente: *Ela é minha, cara.*

Observando o major conversar, reparei como ele era pálido e desgrenhado em comparação com Roger, que era quase tão alto quanto Jamie. Ele tinha os ombros largos e a pele morena, e seus cabelos eram pretos como as asas de um corvo sob o sol da primavera, talvez o legado de um invasor espanhol ancestral. Eu tinha que admitir que não havia semelhança notável entre ele e o pequeno Jem, rosado como um castiçal de bronze recém-forjado. Pude ver os dentes brancos quando Roger sorriu; o major mantinha os lábios voltados para baixo quando sorria, como a maioria das pessoas com mais de 30 anos, para esconder os vãos e os dentes podres, que eram endêmicos. Talvez fosse o estresse do trabalho do major, pensei; talvez apenas os efeitos da má nutrição. Ser de boa família não significava que uma criança da época dele se alimentasse bem.

Passei a língua levemente sobre os meus dentes, sentindo a ponta dos incisivos. Retos e fortes, e eu me esforçava bastante para fazer com que continuassem assim, levando em conta o estágio atual da odontologia.

– Sra. Fraser. – Uma voz suave interrompeu meus pensamentos, e quando me virei, vi Phillip Wylie ao meu lado. – No que está pensando, minha cara? Parece decididamente... feroz.

Ele tomou minha mão e baixou a voz, mostrando os dentes razoavelmente bem cuidados em um sorriso sugestivo.

– Não sou sua cara – falei com azedume, puxando minha mão. – E quanto a estar feroz, fico surpresa por ninguém ter lhe dado uma dentada ainda.

– Ah, tenho esperanças – disse ele, com os olhos brilhando. Curvou-se, conseguindo pegar minha mão de novo. – Poderia me dar a honra de me conceder uma dança mais tarde, sra. Fraser?

– É claro que não – respondi, puxando a minha mão. – Solte.

– Seu desejo é uma ordem.

Ele soltou, mas não sem antes beijar suavemente as costas de minha mão. Contive a vontade de limpar a parte úmida na minha saia.

– Vá embora, garoto – falei, balançando o leque na direção dele. – Xô!

Phillip Wylie era um janota. Eu tinha me encontrado com ele duas vezes antes, e em ambas as ocasiões estava bem-vestido: calça de cetim, meias de seda e todo o aparato que as acompanhava, incluindo peruca branca, maquiagem branca no rosto e uma pequena lua crescente preta ao lado de um dos olhos.

Agora, no entanto, discrepâncias visíveis tinham se espalhado. A peruca branca era malva, o colete de cetim era bordado... hesitei. Sim, com leões e unicórnios desenhados com linha dourada e prateada. A calça de cetim estava ajustada ao seu corpo como uma luva bifurcada e a lua crescente tinha dado lugar a uma marca parecida com uma estrela no canto da sua boca. O sr. Wylie tinha se tornado um macarrão... com queijo.

– Ah, não tenho intenção de abandoná-la, sra. Fraser – garantiu-me ele. – Procurei a senhora por toda a parte.

– Ah. Bem, me encontrou – falei, observando o casaco de veludo, de um tom rosado, com punhos de seda cor-de-rosa mais clara e botões bordados com peônias vermelhas. – Embora não me admire que tenha tido dificuldade. Imagino que tenha ficado ofuscado pelo brilho do seu colete.

Lloyd Stanhope estava ao seu lado, como sempre, quase tão alegre quanto ele, mas vestido de modo muito mais simples do que o amigo. Stanhope deu uma gargalhada, mas Wylie o ignorou e se curvou em uma reverência graciosa.

– Ah, bem, a sorte sorriu para mim este ano. O comércio com a Inglaterra está praticamente recuperado, graças aos deuses, e tive lucro além disso. A senhora precisa vir comigo para ver...

Fui salva nesse momento pela chegada repentina de Adlai Osborn, um comerciante bem-sucedido de algum lugar na costa, que deu um tapinha no ombro de Wylie. Aproveitando a oportunidade proporcionada pela distração, levantei o leque e escapei por uma brecha na multidão.

Sozinha por um momento, caminhei despreocupadamente pelo terraço e pelo gramado. Ainda estava procurando Jamie ou Duncan, mas aquela era minha primeira oportunidade de examinar as mais novas aquisições de Jocasta, que estavam suscitando comentários consideráveis entre os convidados. Eram duas estátuas, entalhadas em mármore branco, uma no centro de cada gramado.

A mais próxima de mim era uma réplica em tamanho real de um guerreiro grego – espartano, supus, pelo fato de que os itens mais frívolos do traje tinham sido omitidos, deixando o homem munido apenas de um capacete resistente e uma espada na mão. Um grande escudo estava a seus pés, estrategicamente posicionado de modo a cobrir as deficiências mais vistosas de sua indumentária.

Havia uma estátua combinando no gramado direito, de Diana, a Caçadora. Apesar de a mulher estar pouco vestida e de seus seios e nádegas torneados estarem atraindo admiração de canto de olho dos homens presentes, ela não era páreo para seu companheiro em termos de fascínio público. Sorri atrás do leque ao ver o sr. e a sra. Sherston passando pela estátua quase sem olhar para ela. Afinal, o nariz arrebitado e os olhares entediados deles deixavam claro que essas obras de arte eram comuns na Europa. Só os rústicos habitantes da Colônia, sem experiência nem educação, pensariam tratar-se de um *espetáculo*.

Examinando a estátua, descobri que não era um grego anônimo, afinal, mas sim Perseu. Desse novo ângulo, vi que o que pensara que fosse uma rocha ao lado do escudo era, na verdade, a cabeça decepada de uma górgona, metade das serpentes eriçadas de pavor.

A evidente maestria das serpentes dava às moças uma desculpa para que examinassem tudo de perto. Elas estavam encantadas, contraindo os lábios e emitindo sons de admiração acerca da habilidade do artista em representar tudo em escala como tinha feito. De vez em quando, uma delas olhava para cima por um segundo, mas voltava o olhar para a górgona, corando – devido ao ar da manhã e ao vinho que estava sendo servido, sem dúvida.

Minha atenção foi desviada de Perseu por uma xícara quente da bebida, posicionada à frente de meu rosto em um convite.

– Beba um pouco, sra. Fraser. – Era Lloyd Stanhope, simpático. – Não vai querer pegar um resfriado, minha cara.

Eu não corria esse risco, já que o dia ficava cada vez mais quente, mas aceitei a xícara, sentindo o cheiro de canela e mel que se desprendia dela.

Eu me inclinei para um lado, procurando Jamie, mas ele continuava desaparecido. Um grupo de homens discutindo os méritos do tabaco da Virgínia em comparação com o índigo como produto a ser cultivado estava reunido de um dos lados de Perseu, enquanto o traseiro da estátua agora abrigava três jovens, que olhavam para ele por trás de seus leques, com o rosto corado e rindo.

–... único – dizia Phillip Wylie a alguém, já de novo ao meu lado. – Absolutamente único! Pérolas negras, é como são chamadas. Nunca tinha visto nada assim, juro.

Ele olhou ao redor e, ao me ver, esticou o braço para tocar meu cotovelo.

– Sei que passou um tempo na França, sra. Fraser. Já as viu?

– Pérolas negras? – perguntei, esforçando-me para encontrar o fio da meada da conversa. – Sim, algumas. Eu lembro que o arcebispo de Rouen tinha um pequeno coroinha mouro que usava uma bem grande no nariz.

Stanhope ficou boquiaberto. Wylie olhou para mim por um segundo e em seguida deu uma gargalhada tão alta que os homens do tabaco e as meninas risonhas pararam para olhar para nós.

– A senhora me mata, minha cara – disse Wylie, enquanto Stanhope sufocava resfolegares de hilaridade.

Wylie pegou um lenço de renda e secou delicadamente os cantos dos olhos para que as lágrimas não borrassem seu rosto coberto de maquiagem.

– Realmente, sra. Fraser, não viu meus tesouros? – falou, tomando-me pelo cotovelo e me conduzindo para longe da multidão com uma habilidade surpreendente. – Venha, vou lhe mostrar.

Ele me guiou com destreza pela multidão e pela lateral da casa, onde um caminho marcado levava em direção aos estábulos. Mais pessoas – em sua maioria homens – estavam reunidas em volta do cercado para os cavalos, onde um dos criados de Jocasta jogava feno para os animais.

Havia cinco deles – duas éguas, dois cavalos de 2 anos e um garanhão. Os cinco pretos como carvão, com uma pelagem que brilhava ao sol fraco da primavera, mesmo desgrenhados como estavam com crinas de inverno. Eu não entendia muito de cavalos, mas sabia o suficiente para notar o peito largo, o ventre arredondado e as ancas esculpidas, que davam a eles uma aparência peculiar, mas muito atraente, de elegância e força. Além da beleza do porte e da pelagem, no entanto, o mais surpreendente naqueles cavalos era a crina.

Aqueles cavalos pretos tinham mechas enormes de cabelo sedoso – quase como os cabelos de uma mulher –, que balançavam e esvoaçavam com seus movimentos, combinando com a graciosidade de suas caudas compridas e abundantes. Além disso, cada cavalo tinha delicadas penas pretas decorando as patas que flutuavam como sementes de asclépia a cada passo. Em contraste com os cavalos magros e animais usados para transporte, aqueles cavalos pareciam quase mágicos – e pelos comentários de admiração que estavam suscitando entre os espectadores, era como se tivessem vindo da Terra das Fadas, e não da propriedade de Phillip Wylie em Edenton.

– São seus? – perguntei a Wylie sem olhar para ele, sem querer desviar os olhos daquela visão encantadora. – Onde os conseguiu?

– Sim – respondeu ele, sua afetação usual eclipsada pelo orgulho. – São meus. São frísios. A raça mais antiga de cavalos de sangue quente, a linhagem deles data de séculos. Quanto a onde os consegui... – ele se inclinou sobre a cerca, estendendo o braço com a mão aberta e mexendo os dedos em direção aos cavalos para atraí-los –, eu os crio há muitos anos. Trouxe esses a convite da sra. Cameron; ela está pensando em comprar uma das minhas éguas e sugeriu que um ou outro vizinho poderia se interessar. Mas quanto ao Lucas aqui...

O garanhão havia se aproximado, reconhecendo o dono, e aceitava graciosamente carinhos na cabeça.

–... ele não está à venda.

As duas éguas estavam prenhes; Lucas era o garanhão, então tinha sido levado até lá, segundo Wylie, como prova da linhagem. Isso, eu pensei, me divertindo intimamente, e como uma forma de se exibir. As "pérolas negras" de Wylie estavam atraindo interesse, e muitos senhores criadores de cavalos da vizinhança tinham ficado verdes de inveja ao ver Lucas. Phillip Wylie estava envaidecido como um galo garnisé.

– Ah, aí está você, Sassenach. – A voz de Jamie chegou aos meus ouvidos repentinamente. – Eu estava procurando você.

– Estava mesmo? – perguntei, virando-me de costas para o cercado dos cavalos. Senti um calor repentino no peito ao vê-lo. – E onde *você* estava?

– Ah, por aí – respondeu Jamie, sem se deixar perturbar pelo meu tom de acusação. – É um belo cavalo, de fato, sr. Wylie.

Com um meneio de cabeça educado, ele me segurou pelo braço e me levou de volta em direção ao gramado antes que Wylie pudesse dizer "ao seu dispor, senhor".

– O que está fazendo aqui com Phillip Wylie? – perguntou Jamie, passando em meio aos empregados, que saíam da cozinha com apetitosas bandejas de comida cobertas com guardanapos.

– Admirando os cavalos – falei, levando a mão à barriga na esperança de acalmar o ronco que meu estômago emitiu ao ver a comida. – E o que você andou fazendo?

– Procurando Duncan – disse ele, guiando-me para contornar uma poça. – Ele não estava no reservado, nem na forja, nos estábulos, na cozinha. Peguei um cavalo e fui até os galpões de tabaco, mas nem sinal do homem.

– Talvez o tenente Wolff o tenha assassinado – sugeri. – Rival desapontado, essas coisas.

– Wolff? – ele parou, franzindo o cenho para mim, consternado. – Esse falastrão está aqui?

– Em carne e osso – respondi, balançando o leque em direção ao gramado. Wolff havia se instalado perto da mesa de bebidas, a figura baixa e atarracada inconfundível com seu uniforme azul e branco da Marinha. – Acha que sua tia o convidou?

– Sim, acho – disse ele, parecendo carrancudo, mas resignado. – Ela não resistiria a esfregar isso na cara dele, acho.

– Foi o que pensei. Ele está aqui há apenas meia hora, mais ou menos, e se continuar bebendo nesse ritmo – falei, olhando com desaprovação para a garrafa que o tenente segurava –, vai cair de bêbado antes de o casamento começar.

Jamie fez um gesto de desprezo para o tenente.

– Bem, então, deixemos que ele se dane, desde que só abra a boca para beber. Mas onde Duncan se meteu?

– Talvez tenha se jogado no rio.

Era para ser uma piada, mas olhei na direção do rio mesmo assim e vi um barco prestes a atracar, com o remador na proa pronto para jogar a corda para o escravo que esperava.

– Veja... é o sacerdote, afinal?

Era; um homem baixo e atarracado, com a batina preta erguida até os joelhos peludos enquanto saía do barco com a ajuda de um empurrão do remador. Ulysses já estava descendo pela margem para recebê-lo.

– Ótimo – disse Jamie, com um tom de satisfação. – Temos um sacerdote, então, e uma noiva. Dois de três... é um progresso. Sassenach, espere um pouco... seu cabelo está se soltando. – Ele passou o dedo por uma mecha que descia lentamente pelas minhas costas, e eu deixei o xale cair dos meus ombros.

Jamie prendeu a mecha de novo, com uma habilidade conquistada depois de muita prática, e em seguida me deu um beijo na nuca, o que fez com que eu me arrepiasse. Ele também não ficou imune ao vento frio da primavera.

– Acho melhor eu ir procurar Duncan – disse ele, com certo pesar. Seus dedos se demoraram nas minhas costas, o polegar traçando delicadamente a linha da minha coluna. – Mas assim que o encontrar... deve haver um lugar aqui com um pouco de privacidade.

A palavra "privacidade" fez com que eu me recostasse em Jamie e olhasse na direção da margem do rio, onde salgueiros abrigavam um banco de pedra – um lugar bastante reservado e romântico, principalmente à noite. Os salgueiros eram frondosos, mas eu vi algo vermelho em meio aos galhos caídos.

– Achei! – exclamei, endireitando-me tão depressa que pisei no pé de Jamie. – Ah, desculpe!

– Não foi nada – garantiu ele. Jamie havia seguido a direção do meu olhar e agora se endireitava decidido. – Vou pegá-lo. Vá para a casa, Sassenach, e fique de olho na minha tia e no padre. Não deixe eles escaparem antes de o casamento acontecer.

Jamie desceu o gramado em direção aos salgueiros, retribuindo distraidamente os cumprimentos de amigos e conhecidos enquanto passava. Na verdade, sua mente estava menos concentrada no casamento de Duncan do que em sua mulher.

Normalmente, ele sabia que tinha sido abençoado com uma mulher tão bonita. Mesmo com as roupas comuns do dia a dia, coberta até os joelhos na lama do jardim ou manchada com o sangue de seu ofício, a curva de seus ossos falava com a sua alma, e aqueles olhos o deixavam inebriado quando encontravam os seus. Além disso, seus cabelos rebeldes o faziam sorrir.

Rindo sozinho só de pensar nisso, ele percebeu que *estava* um pouco embriagado. A bebida alcoólica estava sendo distribuída livremente na festa, e já havia homens apoiados no mausoléu do velho Hector, de olhos vidrados e boquiabertos; ele viu alguém atrás do mausoléu também, urinando nos arbustos. Balançou a cabeça. Quando anoitecesse, haveria um corpo embaixo de cada moita.

Cristo. Pensar em corpos embaixo dos arbustos fez com que sua mente apresentasse a ele uma visão cegamente indecente de Claire, deitada e rindo embaixo de um deles, com os seios para fora do vestido e as folhas mortas e a grama seca da mesma cor de suas saias erguidas e dos pelos encaracolados e castanhos entre suas pernas... Ele afastou esse pensamento abruptamente, fazendo uma reverência à velha sra. Alderdyce, a mãe do juiz.

– Ao seu dispor, senhora.

– Bom dia, meu jovem, bom dia!

A senhora assentiu e passou por ele, apoiada no braço da acompanhante, uma jovem sofrida que abriu um sorriso discreto em resposta à saudação de Jamie.

– Senhor Jamie? – chamou uma das empregadas, surgindo ao lado dele com uma bandeja cheia de copos.

Ele pegou um, sorrindo, e agradeceu. Bebeu metade do conteúdo de uma vez. Não conseguiu se controlar. Teve que se virar e procurar por Claire. Viu apenas uma parte do topo de sua cabeça entre a multidão no terraço – ela não estava usando uma touca adequada, claro, porque era teimosa, mas tinha um enfeite preso com grampos nos cabelos, um pedaço de renda com laços e um buquê de rosa-mosqueta. Isso fazia com que ele sentisse vontade de rir também, e ele se virou na direção dos salgueiros de novo, sorrindo para si mesmo.

Estava assim por tê-la visto com seu vestido novo. Fazia meses que ela não se vestia como uma dama, com seda marcando a cintura, e os seios alvos redondos e doces como peras no decote. Era como se de repente ela tivesse se tornado outra mulher: familiar e ao mesmo tempo desconhecida.

Seus dedos se remexeram ao se lembrar daquela mecha rebelde soltando-se pescoço abaixo, e a sensação de tocar sua nuca – e o toque de suas nádegas quentes e redondas por baixo da saia, pressionadas contra a perna dele. Jamie não se deitava com ela fazia mais de uma semana, com toda a multidão de pessoas em torno deles, e estava sentindo a falta dela intensamente.

Desde que ela lhe mostrara os espermatozoides, ele ficava cada vez mais desconfortável ao pensar na aglomeração que de vez em quando acontecia em suas bolas, uma impressão que se tornava consideravelmente mais forte em situações como aquela. Ele sabia muito bem que não havia perigo de ruptura nem explosão, mas, ainda assim, não conseguia parar de pensar na quantidade acumulada.

Preso em meio a uma multidão, sem esperança de escapar, era uma de suas visões pessoais do Inferno, e parou por um momento do lado de fora do muro de salgueiros, para dar uma apertada tranquilizadora em seu saco de modo a acalmar as coisas por um tempo.

Ele se certificaria de que Duncan se casasse, decidiu, e então cuidaria de seus assuntos. Quando anoitecesse, se não conseguisse nada melhor do que um arbusto, teria que ser em um arbusto mesmo. Afastou um galho do salgueiro, abaixando-se para passar.

– Duncan – ele começou, e então parou, a corrente de pensamentos carnais desaparecendo como água em um bueiro.

O casaco vermelho não pertencia a Duncan Innes, mas sim a um desconhecido, que se voltou em sua direção, tão surpreso quanto ele. Um homem com o uniforme do exército de Sua Majestade.

O olhar de surpresa momentânea desapareceu do rosto do homem, quase tão depressa quanto a surpresa do próprio Jamie. Devia ser MacDonald, o soldado da reserva que Farquard Campbell havia mencionado. Evidentemente, Farquard o havia descrito para MacDonald também; ele percebeu que o homem também sabia quem ele era.

MacDonald segurava um copo de ponche também; os escravos estavam ocupados. Ele bebeu o copo todo e em seguida colocou-o no banco de pedra, secando os lábios com as costas da mão.

– Coronel Fraser, creio eu?

– Major MacDonald – respondeu ele, com um meneio de cabeça que era um misto de cortesia e cautela. – Ao seu dispor, senhor.

MacDonald fez uma reverência formal.

– Coronel. Posso pedir um momento da sua atenção?

Ele olhou para além do ombro de Jamie. Risadas foram ouvidas na margem atrás deles, seguidas dos gritos animados de moças sendo perseguidas por rapazes.

– Em particular – ressaltou.

Jamie notou o uso de seu título da milícia com uma distração amarga, mas assentiu brevemente e se livrou do copo que segurava.

Inclinou a cabeça em direção à casa. MacDonald assentiu e o seguiu para longe dos salgueiros, enquanto o farfalhar e os gritos anunciavam que o banco e as árvores que o abrigavam agora tinham se tornado a província dos mais jovens. Ele desejou boa sorte a eles, anotando mentalmente sua localização para que pudesse usá-lo depois, quando escurecesse.

O dia estava frio, mas ao mesmo tempo tranquilo e claro, e alguns convidados, principalmente homens que consideravam a atmosfera civilizada do lado de dentro sufocante demais para o seu gosto, estavam reunidos em grupos que conversavam nos cantos do terraço ou caminhavam pelos caminhos do jardim recém-germinado, onde seus cachimbos podiam soltar fumaça à vontade. Considerando este o melhor lugar a fim de evitar interrupções, Jamie levou o major em direção a um caminho de pedras que fazia a curva em direção aos estábulos.

– Viu os cavalos frísios de Wylie? – perguntou o major quando eles deram a volta na casa, conversando casualmente até conseguirem se distanciar o bastante para que ninguém os ouvisse.

– Sim, vi. O garanhão é um belo animal, não?

Por reflexo, os olhos de Jamie se voltaram na direção do cercado perto do celeiro. O garanhão estava andando, mordiscando plantas perto do cocho, enquanto as duas éguas estavam perto do estábulo, com as costas brilhando sob o sol pálido.

– É? Bem, talvez.

O major fitou o cercado dos cavalos, com um olho meio fechado, em dúvida.

– Bastante robusto, devo dizer. Bom peito. Mas toda aquela crina... não serviria para um cavalo de cavalaria, embora suponha que, se for cortada e penteada...

Jamie conteve a vontade de perguntar se MacDonald também gostava de mulheres com poucos pelos. A imagem da mecha descendo pelo pescoço alvo ainda estava em sua mente. Talvez os estábulos oferecessem uma oportunidade melhor... Ele afastou aquela ideia; pensaria nela mais tarde.

– Alguma questão o preocupa, major? – perguntou ele, abruptamente.

– Não é exatamente uma preocupação – respondeu MacDonald. – Soube que tem interesse no paradeiro de certo cavalheiro chamado Stephen Bonnet. Estou bem informado, senhor?

Ele sentiu o nome como um soco no peito, que tirou seu fôlego por um momento. Sem pensar, levou a mão ao cabo do punhal.

– Eu... sim. Sabe onde ele está?

– Infelizmente, não.

MacDonald ergueu as sobrancelhas ao ver a reação dele.

– Mas sei onde *esteve*. Um homem perverso, esse Stephen, não? – perguntou ele, com um toque de sarcasmo.

– Pode-se dizer que sim. Ele matou homens, me roubou... e estuprou a minha filha – disse Jamie sem rodeios.

O major respirou fundo, com o rosto tenso diante daquela revelação.

– Ah, compreendo – disse ele baixinho.

Ergueu a mão, como se quisesse tocar o braço de Jamie, mas deixou que ela pendesse de novo. Deu mais alguns passos, com o rosto concentrado.

– Compreendo – disse mais uma vez. – Eu não sabia... sim, entendo.

Ficou em silêncio, diminuindo o ritmo ao se aproximar do cercado dos cavalos.

– Imagino que tenha a intenção de me contar o que sabe sobre o homem – disse Jamie educadamente.

MacDonald olhou para ele e pareceu reconhecer que, quaisquer que fossem suas intenções, o interesse de Jamie era tomar conhecimento do que ele sabia, fosse em uma conversa ou por métodos mais diretos.

– Não o conheci pessoalmente – disse MacDonald. – O que sei, soube durante um evento em New Bern no mês passado.

Fora uma noite de carteado oferecida por Davis Howell, um dono de navio abastado e membro do Conselho Real do governador. A festa, pequena, mas seleta, havia começado com um ótimo jantar, e então passara para as cartas e a conversa, tudo muito bem temperado com ponche de rum e brandy.

Conforme foi ficando tarde e a fumaça de cigarrilhas foi deixando o ar pesado, as conversas correram mais soltas e foram feitas referências jocosas ao recente aumento da fortuna de um tal sr. Butler, com muitas especulações veladas acerca da fonte de sua nova riqueza. Ouviu-se um senhor, expressando inveja, dizer: "Quem tem um Stephen Bonnet na manga...", antes de ser silenciado com uma cotovelada por um amigo cuja discrição não estava tão dissolvida em rum.

– O sr. Butler estava entre os presentes na festa? – perguntou Jamie.

O nome não era familiar, mas se Butler era conhecido dos membros do Conselho Real... bem, os círculos de poder na colônia eram pequenos; alguém neles seria conhecido de sua tia ou de Farquard Campbell.

– Não, não estava.

Eles tinham chegado ao cercado; MacDonald apoiou os braços cruzados em cima da cerca, olhos fixos no garanhão.

– Acredito que ele more em Edenton.

Como Phillip Wylie. O garanhão – Lucas era o nome dele – se aproximou deles, com as narinas negras se abrindo com curiosidade. Jamie esticou os dedos mecanicamente e, como viu que o cavalo era manso, passou a mão por sua mandíbula. Por mais lindo que o frísio fosse, ele mal o notava, seus pensamentos girando sem parar.

Edenton ficava no estreito de Albermarle, facilmente acessível por barco. Era provável, então, que Bonnet tivesse voltado ao ramo de navegação – e, com ele, ao ramo da pirataria e do contrabando.

– O senhor chamou Bonnet de um "homem perverso" – disse ele, virando-se para MacDonald. – Por quê?

– Gosta de jogar uíste, coronel Fraser? – MacDonald olhou para ele de modo questionador. – Recomendo muito. Tem alguma semelhança com o xadrez, em termos de desvendar a mente do oponente, com a vantagem de que pode ser jogado contra mais pessoas.

As linhas de seu rosto relaxaram por um momento em um sorriso discreto.

– Uma vantagem ainda maior é que é possível ganhar a vida por meio do jogo, o que raramente acontece no caso do xadrez.

– Conheço o jogo, senhor – disse Jamie, de modo bem seco.

MacDonald era um oficial da reserva, sem designações oficiais ou um regimento ativo. Não era incomum que homens assim aumentassem seu salário mirrado com a aquisição de informações que pudessem ser vendidas ou trocadas. Não havia preço sendo pedido – por hora –, mas isso não significava que a conta não viria mais tarde. Jamie assentiu brevemente, reconhecendo a situação, e MacDonald retribuiu, satisfeito. Ele diria o que quisesse, no momento certo.

– Bem, senhor. Como deve supor, fiquei intrigado para saber quem era esse Bonnet e, se ele de fato era um ovo de ouro, do traseiro de qual galinha poderia ter caído.

Os companheiros de MacDonald tinham retomado a cautela, no entanto, e ele não conseguiu saber mais nada sobre o misterioso Bonnet – exceto o efeito que ele tinha sobre aqueles que o conheciam.

– Já percebeu que muitas vezes é possível aprender tanto com o que os homens não dizem quanto com o que dizem? Ou *como* dizem? – Sem esperar a confirmação de Jamie, ele prosseguiu: – Havia oito de nós no jogo. Três estavam fazendo especulações, mas pude perceber que eles sabiam tanto quanto eu sobre o sr. Bonnet. Outros dois pareciam não saber nem se importar, mas os dois restantes... – Ele balançou a cabeça. – Eles ficaram muito calados, senhor. Como aquelas pessoas que não falam do demônio por medo de invocá-lo.

Os olhos de MacDonald estavam brilhando de especulação.

– O senhor conhece Bonnet?

– Sim. Quem eram os cavalheiros que o conheciam?

– Walter Priestly e Hosea Wright – respondeu MacDonald. – Ambos amigos do governador.

– Mercadores?

– Entre outras coisas. Os dois têm armazéns; Wright em Edenton e Plymouth, Priestly em Charleston, Savannah, Wilmington e Edenton. Priestly tem negócios em Boston também – acrescentou MacDonald. – Mas não sei muito sobre eles. Ah... e Wright é banqueiro.

Jamie assentiu. As mãos estavam unidas por baixo da barra do casaco enquanto caminhava, os dedos entrelaçados de maneira tensa.

– Acredito que já ouvi falar do sr. Wright – disse ele. – Phillip Wylie mencionou que um cavalheiro com esse nome tem uma propriedade perto da dele.

MacDonald assentiu. A ponta de seu nariz havia ficado muito vermelha, e pequenas veias apareciam em seu rosto, lembranças de anos de campanhas.

– Sim, Quatro Chaminés.

Ele olhou para Jamie de canto de olho, tocando um dente do fundo com a língua enquanto pensava.

– Pretende matá-lo, então?

– Claro que não – respondeu Jamie. – Um homem tão bem relacionado com pessoas em posições importantes?

MacDonald olhou para ele de repente, em seguida desviou o olhar, rindo.

– Sim, exatamente.

Eles caminharam lado a lado por um bom tempo sem dizer nada, cada um ocupado com seus próprios cálculos – e um consciente do outro.

A notícia a respeito das associações de Bonnet tinha dois lados; por um, provavelmente faria dele um homem mais fácil de se encontrar. Por outro, essas associações complicavam um pouco as coisas no que dizia respeito a matá-lo. Isso não impediria Jamie – e MacDonald percebeu isso claramente –, mas era algo a considerar, com certeza.

MacDonald em si já era uma complicação considerável. Os contatos de negócios de Bonnet ficariam interessados em saber que alguém pretendia acabar com a fonte de lucro deles – e estariam mais do que dispostos a agir para impedir que isso acontecesse. Também pagariam bem pela notícia de que a galinha dos ovos de ouro deles estava sendo ameaçada; uma perspectiva da qual MacDonald naturalmente se aproveitaria.

Não havia uma maneira imediata de calar MacDonald, no entanto; Jamie não tinha meios para suborná-lo, e esse seria um recurso ruim, de qualquer modo, já que um homem que podia ser comprado uma vez estava sempre à venda.

Ele olhou para MacDonald, que o encarou de volta, sorriu discretamente e em seguida virou a cabeça. Não, a intimidação não serviria, mesmo que ele considerasse a ideia de ameaçar uma pessoa que já tivesse lhe prestado um serviço. E agora? Ele não podia golpear MacDonald na cabeça para evitar que ele contasse tudo a Wright, Priestly e Butler.

Bem, se não podia recorrer ao suborno nem à força, a única coisa que calaria a boca de um homem era a chantagem. Que tinha as próprias complicações, já que, até aquele momento, ele não sabia de nada que pudesse ser usado contra MacDonald. Um homem que vivia como o major certamente tinha pontos fracos, mas encontrá-los... quanto tempo ele teria?

Esse pensamento levou a outro.

– Como ficou sabendo que procuro notícias de Stephen Bonnet? – perguntou ele abruptamente, tirando MacDonald de seus pensamentos.

MacDonald deu de ombros e ajeitou a peruca e o chapéu.

– Soube de meia dúzia de fontes diferentes, senhor, em lugares que vão desde tavernas até cortes de magistrados. Receio que seu interesse seja bem conhecido. Mas não – acrescentou ele delicadamente, com um olhar de canto de olho – seu motivo.

Jamie resmungou, emitindo um som gutural. Parecia que não tinha jeito. Lançar uma rede grande fizera com que ele capturasse seu peixe – mas sem dúvida também havia causado perturbações na água que poderiam afastar a baleia. Se a costa toda estava sabendo que ele estava à procura de Bonnet, o próprio Bonnet também ficaria sabendo.

Talvez isso fosse ruim, talvez não. Se Brianna soubesse... ela tinha sido clara ao dizer que desejava que Bonnet seguisse seu caminho. Era uma bobagem, claro, mas ele não havia discutido com ela; apenas ouvira, parecendo considerar. Ela não precisava saber de nada até que o homem estivesse finalmente morto. Mas se ela ficasse sabendo de alguma coisa antes disso... Ele havia começado a pensar nas possibilidades quando MacDonald voltou a falar.

– Sua filha... seria a sra. MacKenzie, certo?

– Isso importa? – perguntou ele com frieza, e MacDonald pressionou os lábios.

– Não. Com certeza não. É só que... Eu conversei com a sra. Mackenzie e a achei... encantadora. Só de pensar... – Ele parou, pigarreando. – Eu tenho uma filha – disse ele abruptamente, parando e voltando a olhar para Jamie.

– Tem?

Jamie não sabia que MacDonald era casado. Era possível que não fosse.

– Ela está na Escócia?

– Na Inglaterra. A mãe dela é inglesa.

O frio havia corado a pele do soldado. A cor se intensificou, mas os olhos azuis de MacDonald ficaram fixos nos de Jamie, da mesma cor do céu atrás dele.

Jamie sentiu o nó em seu peito se desfazer. Ergueu os ombros e deixou que relaxassem. MacDonald assentiu de maneira quase imperceptível. Os dois se viraram, sem discutir, e começaram a caminhar de volta em direção à casa, conversando casualmente a respeito do preço do índigo, sobre as notícias mais recentes de Massachusetts e sobre o clima surpreendentemente ameno naquela estação.

– Eu falei com a sua esposa um pouco mais cedo – comentou MacDonald. – Uma mulher encantadora e muito simpática. O senhor é um homem de sorte.

– Também acho – respondeu Jamie, lançando um olhar para MacDonald.

O soldado tossiu discretamente.

– A sra. Fraser foi gentil ao sugerir que o senhor poderia considerar a ideia de me dar uma carta de apresentação a Sua Excelência, o governador. À luz da recente ameaça de conflito, ela achou que talvez um homem com a minha experiência poderia oferecer algo como... entende?

Jamie entendia muito bem. E apesar de duvidar que Claire tivesse sugerido algo assim, ficou aliviado ao descobrir que o preço era tão baixo.

– Eu o farei imediatamente – disse ele a MacDonald. – Venha me procurar depois do casamento esta tarde, e eu a entregarei ao senhor.

MacDonald inclinou a cabeça, parecendo agradecido.

Quando eles chegaram ao caminho que levava aos reservados, MacDonald assentiu em despedida e partiu com a mão erguida, passando por Duncan Innes, que estava vindo daquela direção, parecendo abatido e descomposto como um homem cujos intestinos estão amarrados.

– Você está bem, Duncan? – perguntou Jamie, olhando para o amigo com certa preocupação.

Apesar do frio daquele dia, uma fina camada de suor brilhava na testa de Innes, e seu rosto estava pálido. Jamie torceu para que, se o motivo daquilo fosse uma febre, ela não fosse contagiosa.

– Não – disse Innes, em resposta à pergunta dele. – Não, estou... *Mac Dubh*, preciso falar com você.

– É claro, *a charaid*.

Alarmado, Jamie segurou o braço de Duncan, para firmá-lo.

– Devo chamar minha esposa? Precisa de um trago?

Pelo cheiro, ele já havia tomado vários, mas nada incomum para um noivo. E a causa de seu mal não parecia ser a bebida. Talvez tivesse comido algo que não lhe fizera bem na noite anterior...

Innes balançou a cabeça. Engoliu em seco e fez uma careta, como se algo tivesse ficado preso em sua garganta. Inspirou pelo nariz e ajeitou os ombros, preparando-se para algo.

– Não, *Mac Dubh*, é de você que eu preciso. Um conselho, se não se importar...

– Sim, Duncan, claro. – Mais curioso do que alarmado agora, ele soltou o braço de Duncan. – O que foi, homem?

– A respeito... da noite de núpcias – disse Duncan. – É que eu... bem, eu...

Ele se interrompeu abruptamente ao ver alguém surgir no caminho diante deles, indo na direção do reservado.

– Por aqui.

Jamie se virou na direção dos jardins da cozinha, que ficavam protegidos por paredes de tijolos aparentes. Noite de núpcias?, pensou, ao mesmo tempo tranquilizado e curioso. Duncan nunca tinha sido casado, ele sabia, e quando estavam em Ardsmuir juntos, Duncan nunca falava de mulheres como alguns homens faziam. Ele acreditara se tratar apenas de discrição na época, mas talvez... mas não, Duncan já tinha passado dos 50; certamente a oportunidade já se apresentara.

Assim, restavam sodomia ou a gonorreia, imaginou, e ele jurava que Duncan não gostava de homens. Seria um pouco constrangedor, com certeza, mas ele tinha certeza de que Claire poderia cuidar disso. Esperava que fosse apenas gonorreia, e não a doença francesa; essa, sim, era uma praga cruel.

– Venha, *a charaid* – disse ele, levando Duncan para dentro da estufa de cebolas. – Teremos privacidade aqui. Qual é o problema?

40

O SEGREDO DE DUNCAN

O padre LeClerc não falava inglês, com exceção de um alegre "*Tally-ho*!", que ele usava como cumprimento, como interjeição de surpresa ou como exclamação de aprovação. Jocasta ainda estava se arrumando, então apresentei o padre a Ulysses e o levei até o salão principal, cuidei para que lhe servissem uma bebida e o acomodei para conversar com os Sherstons, que eram protestantes e ficaram de olhos arregalados quando viram o jesuíta, mas estavam tão ávidos para exibir seu francês que pareciam dispostos a fazer vista grossa para a profissão infeliz do padre LeClerc.

Aliviada depois dessa delicada interação social, pedi desculpas e fui até o terraço para ver se Jamie tinha conseguido buscar Duncan. Nenhum deles estava à vista, mas vi Brianna vindo do gramado com Jemmy.

– Oi, querida, como você está?

Estiquei os braços para pegar Jemmy, que parecia inquieto, remexendo e estalando os lábios como alguém sentado à mesa para uma refeição completa depois de uma caminhada pelo Saara. – Está com fome?

– Hak! – disse ele, e então, sentindo que talvez essa fosse uma explicação insuficiente, repetiu a sílaba várias vezes, cada vez mais alto, pulando para enfatizar.

– *Ele* está com fome, *eu* estou prestes a explodir – disse Brianna, baixando a voz e levando as mãos aos seios. – Vou levá-lo para o andar de cima para amamentá-lo. Tia Jocasta disse que poderíamos usar o quarto dela.

– Ah, que bom. Jocasta acabou de subir para descansar um pouco e se trocar, segundo ela. O casamento está marcado para as quatro da tarde, agora que o sacerdote chegou.

Eu acabara de ouvir o relógio do corredor soar meio-dia, e esperava que Jamie tivesse conseguido voltar com Duncan. Talvez ele devesse ficar trancado em algum lugar, para evitar que saísse vagando por aí novamente.

Bree estendeu os braços para pegar Jemmy de volta, enfiando o nó de um dos dedos em sua boca para abafar seus grunhidos.

– Você conhece os Sherstons? – perguntou ela.

– Sim – respondi com cautela. – Por quê? O que eles fizeram?

– Eles me pediram para pintar um retrato da sra. Sherston. É uma encomenda, quero dizer. Evidentemente tia Jocasta lhes contou sobre meu talento e mostrou algumas das coisas que fiz na primavera passada, e agora eles querem um quadro.

– É mesmo? Ah, querida, que ótimo!

– Bom, vai ser, se eles tiverem dinheiro – respondeu ela de maneira prática. – O que você acha?

Era uma boa pergunta; roupas bonitas e compromissos nem sempre refletiam o valor real, e eu não sabia muito a respeito da condição dos Sherstons; eles eram de Hillsborough, não de Cross Creek.

– Bem, eles são meio simplórios – falei, em dúvida –, e muito esnobes, mas acredito que ele seja rico de verdade. Tem uma cervejaria, acho. Mas pergunte a Jocasta; ela vai saber com certeza.

– Meio simplórios – repetiu ela do mesmo modo que eu, zombando do meu sotaque, e sorriu. – Quem é esnobe, no fim das contas?

– Não sou esnobe – falei com dignidade. – Sou uma observadora das nuances sociais. Você viu o seu pai e Duncan por aí?

– Não vi Duncan, mas o papai está perto das árvores com o sr. Campbell.

Ela apontou. Vi os cabelos vermelhos de Jamie e o tartã da mesma cor, uma chama no fim do gramado. Nem sinal do casaco vermelho de Duncan, no entanto.

– Maldição – falei. – Onde ele se enfiou?

– Foi ao reservado e caiu lá dentro – sugeriu Bree. – Calma, calma, estamos indo!

Dirigindo essa última frase para Jemmy, que gritava, muito provavelmente de fome, ela desapareceu.

Ajeitei meu xale e atravessei o gramado para ir atrás de Jamie. Um piquenique estava sendo servido para os convidados, e eu peguei um biscoito e uma fatia de presunto ao passar pela mesa de bebidas, improvisando um lanche rápido para controlar minha própria fome.

O ar ainda estava frio, mas o sol estava alto e quente nos meus ombros. Foi um alívio me juntar aos homens à sombra de um pequeno arvoredo de carvalhos que ficava perto do fim do gramado. As árvores já tinham começado a perder as folhas, que caíam, pequenas como dedos de bebês. O que Nayawenne havia me contado sobre os carvalhos? Ah, sim; o milho devia ser plantado quando as folhas de carvalho estavam do tamanho de orelhas de esquilo.

De acordo com essa orientação, os escravos poderiam começar a plantar milho na terra de River Run a qualquer momento. Levaria semanas até as folhas de carvalho caírem na cordilheira, no entanto.

Jamie evidentemente acabara de dizer algo engraçado, pois Campbell emitiu o som baixo e chiado que era sua risada, assentindo para mim em um cumprimento.

– Vou deixar que cuidem dos seus próprios assuntos, então – disse ele a Jamie, retomando a compostura. – Mas podem me chamar se precisarem.

Ele protegeu os olhos ao olhar na direção do terraço.

– Ah, os retornos pródigos. Em xelins, senhor, ou em garrafas de brandy?

Eu me virei para olhar também, a tempo de ver Duncan atravessando o terraço, assentindo e sorrindo timidamente para os que lhe desejavam felicidades enquanto ele passava. Devo ter parecido confusa, pois o sr. Campbell fez uma reverência para mim, esboçando um sorriso.

– Eu fiz uma pequena aposta com o seu marido, senhora.

– Apostei cinco para um no Duncan esta noite – explicou Jamie. – Que ele e a minha tia vão dividir a cama, quero dizer.

– Minha nossa – falei, bastante irritada. – Será que tem alguém aqui falando de outra coisa? Vocês têm uma mente imunda.

Campbell riu e então se virou, distraído pelo chamado de um neto.

– Não me diga que não estava se perguntando a mesma coisa.

Jamie me cutucou com delicadeza.

– Pode ter certeza que não – respondi.

E não tinha pensado, mesmo, mas só porque eu já sabia.

– Ah, sim – disse ele, entortando o canto da boca. – E você deixa a lascívia clara no seu rosto como os bigodes de um gato.

– O que quer dizer com isso? – perguntei.

Para o caso de ele estar certo, abri o leque e cobri a metade de baixo do rosto. Espiei por cima da renda, piscando com fingida inocência.

Ele emitiu um som desdenhoso na garganta. Então, olhando depressa ao redor, abaixou-se e sussurrou no meu ouvido.

– Quero dizer que você está fazendo a mesma cara que faz quando quer que eu vá para a sua cama. – A respiração quente soprou os cabelos sobre a minha orelha. – Você quer?

Sorri alegremente para o sr. Campbell, que olhava para nós com interesse por cima da cabeça do neto, abri o leque e, usando-o como escudo, fiquei na ponta dos pés para sussurrar no ouvido de Jamie. Voltei a colocar os calcanhares no chão e sorri modestamente para ele, abanando-me com força.

Jamie pareceu chocado, mas satisfeito. Olhou para o sr. Campbell, que por sorte tinha se virado, entretido em outra conversa. Jamie esfregou o nariz e olhou para mim com intensidade, os olhos azuis se demorando no decote do meu vestido. Abanei o leque delicadamente acima do meu colo.

– Ah... poderíamos...

Ele olhou para mim, observando o ambiente ao nosso redor à procura de lugares onde pudéssemos ficar à vontade, e em seguida olhou para baixo de novo, atraído pelo leque como se fosse um ímã.

– Não, não poderíamos – informei, sorrindo e cumprimentando as idosas senhoras MacNeil, que passavam atrás dele. – Todos os cantos da casa estão cheios de pessoas. Assim como os celeiros, os estábulos e as outras construções. E se você estava pensando em um encontro sob um arbusto à beira do rio, pode esquecer. Este vestido custou uma fortuna.

Uma fortuna em uísque ilegal, mas uma fortuna mesmo assim.

– Ah, eu sei bem disso.

Ele correu os olhos lentamente pelo meu corpo, dos cabelos encaracolados até as pontas de meus sapatos novos de couro. O vestido era de seda amarelo-clara, com o corpete e a barra bordados com folhas de seda em tons de marrom e ouro, e, para dizer a verdade, me caía como uma luva.

– Valeu a fortuna – disse ele suavemente e se inclinou para me beijar.

Um vento frio remexeu os galhos de carvalho acima de nós e eu me aproximei dele, procurando seu calor.

Com a viagem longa da Cordilheira até River Run e os vários convidados presentes para a celebração, não dormíamos juntos havia mais de uma semana.

Não era tanto um encontro amoroso que eu queria – ainda que certamente não me recusasse, se a oportunidade surgisse. Eu sentia falta de sentir o corpo dele ao lado do meu; de poder estender a mão no escuro e pousá-la sobre sua coxa; de rolar na direção dele de manhã e apertar suas nádegas arredondadas, na curva entre a coxa e a lateral da barriga; pressionar meu rosto em suas costas e sentir o cheiro de sua pele antes de dormir.

– Droga – falei, encostando a testa nas dobras de sua camisa e sentindo os cheiros de roupa engomada e de homem com desejo. – Sabe, se a sua tia e Duncan *não* precisarem da cama, talvez...

– Ah, então você *pensou*.

– Não, não pensei – falei. – Além do mais, o que você tem a ver com isso?

– Ah, nada – disse ele, sem se perturbar. – Só que quatro homens me perguntaram esta manhã se eu acho que eles vão... ou se já fizeram. O que é um elogio à minha tia, não acha?

Verdade; Jocasta MacKenzie podia ter mais de 60 anos, no entanto a ideia de que ela pudesse dividir a cama com um homem não era de todo impensável. Eu já conhecera muitas mulheres que tinham abandonado o sexo ao já não poderem ter filhos, mas Jocasta não era uma delas. Ao mesmo tempo...

– Não fizeram – falei. – Phaedre me disse ontem.

– Eu sei. Duncan acabou de me contar.

Ele estava franzindo o cenho levemente, mas não para mim, e sim em direção ao terraço, onde o tartã chamativo de Duncan se destacava entre os enormes vasos de pedra.

– Ele contou?

Fiquei bastante surpresa ao ouvir aquilo.

– Você não *perguntou* a ele?

Ele me lançou um olhar de ligeira reprovação.

– Não – respondeu. – O que pensa que eu sou, Sassenach?

– Um escocês – respondi. – Tarados, todos vocês. Ou é o que uma pessoa pensa ao ouvir toda essa conversa por aqui.

Lancei um olhar duro na direção de Farquard Campbell, mas ele estava virado de costas, envolvido na conversa. Jamie olhou para mim pensativo, coçando o rosto.

– Tarados?

– Você entendeu o que eu quis dizer.

– Ah, sim, entendi. Só estou me perguntando se isso é um insulto ou um elogio, na sua opinião.

Abri a boca e então parei. Eu retribuí o olhar atento.

– Se a carapuça serviu, pode usá-la – falei.

Ele começou a rir, o que fez com que algumas pessoas próximas se virassem para olhar para nós. Segurando meu braço, ele me guiou pelo gramado em direção à sombra dos elmos.

– Queria perguntar uma coisa a você, Sassenach – disse ele, olhando para trás para ter certeza de que ninguém nos ouvia. – Pode encontrar uma maneira de conversar a sós com a minha tia?

– Neste hospício?

Olhei na direção do terraço; um enxame de convidados cercava Duncan como abelhas ao redor de um canteiro de flores.

– Sim, acho que posso falar com ela no quarto, antes de ela descer para o casamento – falei. – Ela foi descansar.

Eu também não me importaria de deitar um pouco; as minhas pernas doíam depois de horas de pé, e os meus sapatos eram novos e ainda um pouco apertados.

– Pode ser.

Ele assentiu agradavelmente na direção de um conhecido que se aproximava e em seguida virou as costas, protegendo-nos de interrupções.

– Tudo bem – falei. – Por quê?

– Bem, tem a ver com Duncan.

Ele parecia ao mesmo tempo entretido e ligeiramente preocupado.

– Há um pequeno problema, e ele não consegue falar com ela a respeito.

– Não me diga – falei. – Ele já foi casado e achava que a primeira mulher estava morta, mas acabou de vê-la aqui, comendo petiscos.

– Bem, não – respondeu ele, sorrindo. – Não é tão ruim assim. E talvez não seja tão problemático como Duncan teme. Mas ele está muito preocupado e, ainda assim, não consegue falar com a minha tia; ele tem um pouco de vergonha, entende?

Duncan era um homem totalmente tímido e retraído. Ex-pescador obrigado a servir durante a Revolta, ele tinha sido capturado depois de Culloden e passara anos na prisão. Tinha sido libertado, e não desterrado, apenas porque contraíra uma infecção em decorrência de um ferimento e perdera um braço, o que o deixou incapacitado para o trabalho. Eu não precisei me esforçar para saber de quem tinha sido a ideia do casamento; aspirações tão altas nunca teriam ocorrido a Duncan, nem em um milhão de anos.

– Entendo. Mas com o que ele está preocupado?

– Bem – disse ele lentamente –, é verdade que Duncan nunca se casou. Você não se pergunta por quê?

– Não – respondi. – Imaginei que a Revolta tivesse... ah, minha nossa.

Parei, tendo uma ideia do que poderia ser.

– Não é... minha nossa. Você quer dizer... que ele gosta de homens?

Minha voz se elevou involuntariamente.

– Não! – respondeu ele, escandalizado. – Meu Deus, você acha que eu permitiria que ele se casasse com a minha tia se fosse um sodomita? Por Cristo!

Ele olhou ao redor para ter certeza de que ninguém havia ouvido aquela calúnia, e me conduziu ao abrigo sob as árvores, para garantir.

– Bem, você não teria como saber, teria? – perguntei, divertindo-me.

– Eu saberia – disse ele. – Venha.

Ele ergueu um galho e me fez passar por baixo dele, com uma das mãos na base das minhas costas. O bosque era grande, e era fácil ficar longe da vista de quem estava na festa.

– Não – disse ele de novo, chegando a um espaço aberto entre os troncos. – Que mente suja, Sassenach! Não, não é nada disso.

Ele olhou para trás, mas estávamos bem longe do gramado e razoavelmente protegidos.

– É só que ele... é incapaz.

– Ele ergueu um dos ombros de leve, desconfortável com a ideia.

– O quê... impotente? – Senti minha boca se abrir e a fechei.

– Sim. Ele foi noivo quando jovem, mas aconteceu um acidente horroroso; uma carroça o derrubou na rua e o cavalo o atingiu no escroto. Ele se recuperou, mas... não estava mais apto aos rituais de núpcias, então liberou a jovem do compromisso e ela se casou com outro.

– Coitado! – exclamei, com uma pontada de solidariedade. – Minha nossa, o pobre Duncan só teve azar.

– Bem, ele está vivo – observou Jamie. – Muitos outros não estão. Além disso... – Ele fez um gesto por cima de um dos ombros, indicando River Run atrás de si. – Eu não chamaria sua situação atual de azar. Tirando essa pequena dificuldade, claro.

Franzi o cenho, pensando nas possibilidades médicas. Se o acidente tivesse resultado em um dano vascular grave, não havia muito o que eu pudesse fazer; eu não tinha equipamentos adequados para uma cirurgia de reconstrução. Se fosse apenas uma hemocele, no entanto, talvez...

– Você disse que isso aconteceu quando ele era jovem? Hum. Bem, não estou prometendo nada, já que faz muito tempo, mas certamente posso olhar e ver se...

Jamie olhou para mim, incrédulo.

– Olhar? Sassenach, o homem fica vermelho feito um pimentão quando alguém pergunta como está o intestino dele e quase morreu de vergonha quando me disse. Ele vai ter um ataque apoplético se você tocar as partes íntimas dele.

Uma mecha de cabelo tinha sido puxada por um galho de carvalho. Eu a prendi com irritação atrás da orelha.

– Bem, o que você espera que eu faça, então? Não posso curá-lo com um feitiço!

– Claro que não – disse ele, um pouco impaciente. – Não queria que você fizesse nada com Duncan, só queria que conversasse com a minha tia.

– O quê... você quer dizer que ela não sabe? Mas eles estão noivos há meses e já estão morando juntos há um bom tempo!

– Sim, mas...

Jamie meio que deu de ombros, o gesto de quando se sentia constrangido ou desconfortável.

– Veja bem... quando a questão do casamento surgiu, nunca ocorreu a Duncan que fosse uma questão de... humm.

– Humm – falei, erguendo a sobrancelha. – O casamento não envolve pelo menos a possibilidade de humm?

– Bem, ele não achou que minha a tia o quisesse pela beleza masculina, entende? – disse Jamie, erguendo as sobrancelhas para mim. – Parecia apenas uma questão de negócios e conveniência. Há coisas que ele poderia resolver como dono de River Run que não poderia fazer como administrador. Mas ele não teria concordado com isso se ela não tivesse convencido.

– E ele nunca pensou em mencionar esse... esse impedimento?

– Ah, ele pensou. Mas não havia indícios de que a minha tia visse o casamento como algo além de um negócio. *Ela* não mencionou a questão da cama; ele ficou tímido demais para dizer e não tocou no assunto.

– Então imagino que agora tenha surgido. O que aconteceu? A sua tia enfiou a mão por baixo do kilt dele hoje cedo e fez um comentário obsceno sobre a noite de núpcias?

– Ele não disse – respondeu ele de modo seco. – Mas foi só hoje cedo, quando ele começou a ouvir as piadas entre os convidados, que ocorreu a Duncan que talvez a minha tia esperasse que ele... bem... – Ele ergueu um dos ombros e o baixou em seguida. – Ele não sabia o que fazer e ficou em pânico ao ouvir todo mundo.

– Compreendo.

Passei o nó de um dos dedos pelo lábio superior, pensando.

– Pobre Duncan; não é à toa que ele está nervoso.

– Sim.

Jamie se endireitou com o ar de quem tinha resolvido alguma coisa.

– Então, se você puder falar com Jocasta, para esclarecer tudo...

– Eu? Você quer que *eu* conte a ela?

– Bem, eu não acho que ela vá se importar muito – disse ele, olhando para mim. – Afinal, com a idade dela, não me parece...

Emiti um som grosseiro.

– A idade dela? O seu avô Simon tinha mais de 70 e ainda estava ciscando por aí quando foi visto pela última vez.

– Ela é mulher – disse ele, de modo austero. – Caso não tenha notado.

– E você acha que isso faz diferença?

– Você não?

– Ah, faz diferença, é claro – falei. – Eu me recostei em uma árvore, com os braços cruzados na frente do peito, e olhei para ele. – Quando eu tiver 101 anos, e você tiver 96, vou convidá-lo para a minha cama... e veremos quem de nós fica à altura da situação, está bem?

Ele olhou para mim de modo pensativo, com um brilho nos olhos azuis.

– Penso em descobrir isso agora. Pagamento adiantado, certo?

– Penso em cobrar isso de você – falei. – No entanto...

Olhei por entre os galhos em direção à casa, que estava claramente visível. As árvores começavam a perder as folhas, e os pequenos galhos verdes não eram camuflagem suficiente. Eu me virei quando as mãos de Jamie desceram pelo meu quadril.

Depois disso as coisas ficaram meio confusas, com as impressões predominantes de um farfalhar urgente de tecido, do cheiro forte de mato pisado e do estalar das folhas de carvalho secas do ano anterior sob os nossos pés.

Meus olhos se abriram alguns momentos depois.

– Não pare! – falei, sem acreditar. – Não *agora*, pelo amor de Deus!

Ele sorriu para mim, dando um passo para trás e deixando o kilt cair de volta no lugar. Seu rosto estava corado pelo esforço, e ele respirava ofegante.

Ele sorriu com malícia e passou a manga pela testa.

– Darei o resto quando tiver 96, está bem?

– Ah, você não vai viver tanto! Venha aqui!

– Ah – disse ele. – Então vai falar com a minha tia.

– Chantagista – falei, levantando as dobras do seu kilt. – Você vai me pagar por isso, eu juro.

– Ah, sim, eu vou.

Ele passou um braço pela minha cintura e me levantou, virando-se de modo que suas costas ficassem voltadas para a casa, cobrindo-me com seu corpo. Seus dedos compridos ergueram com destreza a minha saia, em seguida as duas anáguas, e com ainda mais destreza, escorregaram para o meio das minhas pernas nuas.

– Shhh – murmurou ele no meu ouvido. – Você não quer que as pessoas ouçam, quer?

Ele mordeu delicadamente a curva da minha orelha e continuou fazendo o que tinha que fazer de modo eficiente, ignorando minha relutância intermitente – e um tanto débil, tenho que admitir.

Eu estava mais do que pronta e ele sabia o que estava fazendo. Não demorou muito. Afundei os dedos no braço dele, duro como uma barra de ferro na frente da minha barriga, arqueei o corpo para trás em um momento de infinidade vertiginosa e me deixei cair contra ele, me contorcendo como uma minhoca na ponta de um anzol. Ele riu baixinho e soltou a minha orelha.

Uma brisa fria estava soprando, erguendo as dobras da minha saia. O cheiro de fumaça e de comida chegou até nós pelo ar gelado da primavera, juntamente com o som de conversas e risos que vinha do gramado. Eu mal conseguia ouvir os ruídos sob o bater lento e alto do meu coração.

– Pensando bem – disse Jamie ao me soltar –, Duncan ainda tem a mão boa. – Ele me colocou de pé delicadamente, segurando meu cotovelo caso meus joelhos fraquejassem. – Pode mencionar isso à minha tia, se achar que pode ser útil.

41

A MÚSICA TEM ENCANTOS

Roger Mackenzie abriu caminho em meio à multidão, assentindo aqui e ali para um rosto familiar, mas seguindo de modo determinado, evitando qualquer tentativa de conversa. Ele não queria conversar.

Brianna havia saído para alimentar o bebê e, apesar de sentir falta dela, ficou feliz por ela estar longe naquele momento. Ele não estava gostando nem um pouco dos olhares que ela estava recebendo. Os dirigidos ao rosto dela eram de admiração mas respeitosos, porém ele flagrara o maldito Forbes olhando para o traseiro dela com uma expressão parecida com a que os homens faziam enquanto admiravam a deusa de mármore no gramado.

Ao mesmo tempo, estava mais do que orgulhoso dela. Brianna estava linda com seu vestido novo, e ele sentiu uma agradável sensação de posse quando olhou para ela. Ainda assim, o prazer fora um pouco estragado pela ideia inquietante de que ela parecia pertencer àquele lugar, senhora de tudo aquilo... de...

Outra escrava passou por ele, com as saias erguidas sobre o braço enquanto seguia em direção à casa com uma bacia de pãezinhos frescos equilibrados sobre a cabeça e outra embaixo do braço. Quantos escravos Jocasta Cameron tinha?, ele se perguntou.

Claro, isso por si só colocava a ideia de Brianna herdar River Run fora de questão. Ela não suportaria a ideia de ter escravos, nunca. Tampouco ele; ainda assim, era confortante pensar que não era apenas o orgulho dele que impedia Bree de assumir sua herança.

Ele ouviu o gemido fino de uma rabeca vindo da casa e prestou atenção ao som. É claro que haveria música na festa. E, com sorte, algumas canções novas que ele não conhecia.

Ele se virou no terraço em direção à casa. Estava sem um caderno, mas sem dúvida Ulysses poderia lhe arrumar alguma coisa. Fez uma reverência para a sra. Farquard Campbell, que parecia um abajur particularmente horroroso mas caro com seu vestido de seda cor-de-rosa. Ele fez uma pausa para que ela entrasse na casa na frente dele, mordendo o lado de dentro da bochecha quando a saia de mais de um metro de diâmetro ficou presa momentaneamente na porta. Ela se virou de lado com habilidade e entrou como um caranguejo no corredor, com Roger atrás, mantendo uma distância respeitosa.

A rabeca havia parado de tocar, mas ele ouvia o som de outros instrumentos sendo tocados e afinados por perto. Eles estavam na grande sala de estar, cujas portas duplas podiam ser abertas para permitir que os dançarinos se espalhassem pelo salão quando fosse a hora. No momento, havia apenas alguns convidados na sala, conversando casualmente.

Roger passou por Ulysses, que estava de pé perto da lareira, imaculado com uma peruca e libré verde, empunhando um atiçador enquanto supervisionava duas empregadas preparando um caldeirão enorme de ponche de rum. Ele olhou automaticamente para a porta, registrou a presença e a identidade de Roger e retomou sua tarefa.

Os músicos estavam reunidos no fim da sala, lançando ocasionais olhares sedentos para o fogo enquanto preparavam seus instrumentos.

– O que vão tocar para nós hoje? – perguntou Roger.

Estava parando ao lado do rabequista. Sorriu quando o homem se virou para ele.

– “Ewie Wi’ the Crooked Horn” talvez, ou “Shawn Bwee”? – sugeriu.

– Ah, por Deus, senhor, nada muito sofisticado – falou o maestro do pequeno grupo, um irlandês magricela cujas costas curvadas eram disfarçadas pelo brilho de seus olhos, balançando a mão em um cordial gesto de desdém na direção do grupo de músicos. – Eles só conhecem jigas e canções escocesas animadas. Não muito diferente das pessoas que vão dançar, na verdade – disse ele, de modo prático. – Não estamos nos grandes salões de Dublin, afinal de contas, nem mesmo em Edenton; um bom rabequista pode mantê-los entretidos.

– E este bom rabequista seria você, imagino? – perguntou Roger sorrindo, assentindo para o estojo rachado que o maestro havia colocado em uma prateleira, cuidadosamente fora do caminho para que não fosse pisado.

– Eu mesmo – concordou o cavalheiro, curvando-se em um cumprimento. – Seamus Hanlon, senhor, às suas ordens.

– Obrigado, senhor. Roger Mackenzie, da Cordilheira dos Frasers.

Ele retribuiu a reverência, gostando da formalidade antiga, e apertou rapidamente a mão de Hanlon, tomando cuidado com os dedos retorcidos e as articulações nodosas. Hanlon reparou no cuidado dele com a mão tomada pela artrite e fez uma breve careta de desaprovação.

– Ah, elas ficarão bem com um pouco de lubrificação.

Hanlon flexionou uma das mãos para testar e em seguida moveu rapidamente os dedos, dirigindo a Roger um olhar animado.

– E o senhor; senti as calosidades nas pontas dos seus dedos. Talvez não seja rabequista, mas toca algum instrumento de corda?

– Só para passar o tempo de uma noite; nada como vocês, cavalheiros – garantiu Roger e assentiu educadamente em direção ao grupo, que agora, com todos os instrumentos fora dos estojos, ostentavam um violoncelo maltratado, duas violas, um trompete, uma flauta e algo que ele acreditava ter começado a vida como uma trompa, apesar de parecer ter sido incrementada desde então com a adição de vários tubos arredondados em diferentes direções.

Hanlon olhou para ele, observando o tamanho de seu peito.

– E escutai a voz dele! Claro, e o senhor é cantor, sr. MacKenzie?

A resposta de Roger foi interrompida por uma batida alta e um ruído seco e doloroso atrás dele, que se virou e viu o violoncelista curvado sobre o instrumento como uma galinha sobre um pintinho muito grande, para protegê-lo de mais danos causados pelo senhor que evidentemente o havia chutado por descuido ao passar.

– Olhe por onde anda! – gritou o músico. – Desastrado de uma figa!

– O quê? – O intruso, um homem atarracado de uniforme da Marinha, olhou para o violoncelista de modo ameaçador. – Como ousa... falar comigo desse jeito...

Seu rosto estava vermelho de uma forma nada saudável e ele oscilava um pouco; Roger podia sentir o bafo de álcool a 2 metros de distância.

O oficial ergueu um dedo na direção do músico e parecia estar prestes a falar. A ponta da língua rosada apareceu entre os dentes, mas nenhuma palavra saiu. Seus lábios tremeram por um momento e em seguida ele desistiu, deu meia-volta e saiu, desviando em cima da hora para evitar um criado que vinha carregando uma bandeja de bebidas e batendo na maçaneta quando entrou no corredor.

– Tenha cuidado, sr. O'Reilly – disse Seamus Hanlon de modo seco para o violoncelista. – Se estivéssemos perto do mar, eu poderia apostar que uma gangue estaria a sua espera assim que saísse. Mas, como estamos aqui, não me surpreenderia que ele o esperasse com uma espicha ou algo assim.

O'Reilly cuspiu eloquentemente no chão.

– Eu o conheço – disse ele com desdém. – O nome dele é Wolff. É um cachorro, e um cachorro vira-lata, para falar a verdade. Está bêbado feito um gambá; não vai se lembrar de mim daqui a uma hora.

Hanlon semicerrou os olhos, pensativo, ao fitar a porta por onde o tenente havia saído.

– Bem, pode ser – disse ele. – Mas eu conheço o homem também e acredito que a mente dele pode estar mais aguçada do que seu comportamento pode sugerir.

Ele ficou parado por um momento, batendo o arco da sua rabeca de modo pensativo na palma da mão, em seguida virou a cabeça na direção de Roger.

– Cordilheira dos Frasers, você disse? É parente da sra. Cameron... ou devo dizer da sra. Innes? – corrigiu-se ele.

– Sou casado com a filha de James Fraser – disse Roger pacientemente, tendo descoberto que essa era a descrição mais eficiente, já que a maior parte do condado parecia saber quem era James Fraser, o que também evitava mais perguntas a respeito das conexões familiares de Roger.

– Ho-ho – disse Seamus, parecendo visivelmente impressionado. – Muito bem.

– E o que aquele idiota está fazendo aqui, afinal? – perguntou o violoncelista, ainda olhando na direção em que o oficial saíra. Ele deu batidinhas afetuosas no instrumento. – Todo mundo sabe que ele pretendia se casar com a sra. Cameron para ficar com River Run. Fico muito admirado que ele tenha tido coragem de dar as caras aqui hoje!

– Talvez ele tenha vindo para mostrar que não guardou mágoas – sugeriu Roger. – Um gesto civilizado... o melhor homem venceu e tudo o mais, não?

Os músicos riram e caçoaram da sugestão.

– Talvez – disse o flautista, balançando a cabeça sobre o instrumento. – Mas se você é amigo de Duncan Innes, diga a ele para ficar atento enquanto estiver dançando.

– Sim, faça isso – reforçou Seamus Hanlon. – Vá, meu jovem, e fale com ele... mas volte.

Ele esticou um dedo para o criado que servia as bebidas e pegou um copo da bandeja. Ergueu-o em uma saudação, sorrindo para Roger por cima da borda. – Pode ser que você conheça uma ou duas músicas que eu não conheço.

42

O AMULETO DA SORTE

Brianna estava recostada na poltrona de couro diante da lareira, amamentando Jemmy enquanto observava a tia-avó se arrumar para o casamento.

– O que você acha? – perguntou Phaedre, enfiando o pente prateado em um pote de pomada. – Devo penteá-lo alto, com os cachos na parte de cima?

A voz dela estava cheia de esperança, mas cautelosa. Desaprovava abertamente a recusa de sua senhora de usar uma peruca e faria o melhor que pudesse para criar um efeito parecido com os cabelos de Jocasta, se pudesse.

– Tolice – disse Jocasta. – Não estamos em Edimburgo, menina, muito menos em Londres.

Ela se recostou, com a cabeça erguida e os olhos fechados, relaxando. O sol forte da primavera entrava pela janela, reluzindo no pente de prata, e fazendo sombras escuras das mãos da escrava contra os cabelos brancos e brilhantes dela.

– Talvez não, mas também não estamos no Caribe selvagem nem no meio do mato – rebateu Phaedre. – A senhora é a dona da casa; este é o seu casamento. Todo mundo vai estar olhando para a senhora. Quer me envergonhar, usando os cabelos soltos como uma índia, para todos pensarem que não sei fazer o meu trabalho?

– Ah, por favor.

A boca grande de Jocasta se retorceu de irritação.

– Faça algo simples, penteie-os para trás e prenda com pentes. Talvez minha sobrinha permita que você ostente sua habilidade nas madeixas dela.

Phaedre olhou para trás, para Brianna, que simplesmente sorriu e negou, balançando a cabeça. Ela estava usando uma touca com barra de renda em nome do decoro, e não estava disposta a mexer nos cabelos. A escrava resmungou e retomou a tentativa de persuadir Jocasta. Brianna fechou os olhos, deixando que a discussão se dissipasse em segundo plano. O sol morno entrava pela janela e esquentava seus pés, e o fogo crepitava atrás dela, envolvendo-a como o velho xale de lã que ela havia colocado sobre si e sobre o pequeno Jem.

Além das vozes de Jocasta e de Phaedre, ela podia ouvir o burburinho da casa no andar de baixo. Todos os cômodos estavam repletos de convidados. Alguns estavam hospedados nas propriedades próximas e tinham vindo para a festa, mas os convidados que iam passar a noite em River Run eram tantos que todos os quartos estavam ocupados, com cinco a seis pessoas dormindo em uma mesma cama, além dos que se arranjavam em tendas perto do rio.

Brianna olhou para a grande cama de Jocasta com inveja. Entre o cansaço da viagem, Jemmy e as condições em River Run, ela e Roger não dormiam juntos havia mais de uma semana, e provavelmente continuariam assim até voltarem para a Cordilheira.

Não que dormir juntos fosse o maior problema, por melhor que fosse. O sugar do bebê em seu seio despertava vários desejos nada maternais em outras partes, desejos que exigiam Roger e um pouco de privacidade para serem satisfeitos. Eles tinham dado início a algo promissor na noite anterior, na despensa, mas tinham sido interrompidos por uma das escravas, que entrou para pegar um queijo. O estábulo, talvez? Ela esticou as pernas, curvando os dedos dos pés, e tentou imaginar se os cocheiros dormiam no estábulo.

– Bem, vou usar os brilhantes, então, mas apenas para agradar a você, *a nighean*.

A voz bem-humorada de Jocasta a despertou da deliciosa visão de um espaço grande e cheio de feno e do corpo de Roger, com os membros nus meio visíveis à meia-luz.

Ela desviou o olhar de Jemmy para onde Jocasta estava sentada, perto da janela, com a luz da primavera entrando pela janela e iluminando seu rosto. Ela parecia absorta, pensou Bree, como se estivesse ouvindo algo baixo e distante, que só ela conseguia ouvir. Talvez o burburinho dos convidados no andar de baixo.

O som das pessoas no primeiro andar da casa fazia com que ela se lembrasse das colmeias da mãe; um zumbido que podia ser ouvido quando se encostava a orelha contra uma das casas de abelha, um som distante de alegre ocupação. O produto daquela colmeia em particular era a conversa, não o mel, embora a intenção fosse parecida – a produção de reservas das quais eles usufruiriam nos dias difíceis e sem néctar do período de privação.

– Está bem, está bem – disse Jocasta, afastando Phaedre e levantando-se.

Ela mandou que a criada saísse do quarto e permaneceu tamborilando os dedos sem parar na penteadeira, claramente pensando em mais detalhes dos quais deveria cuidar. Jocasta franziu o cenho e pressionou dois dedos contra a pele acima dos olhos.

– Está com dor de cabeça, tia? – perguntou Brianna baixo para não perturbar Jemmy, que estava quase dormindo. Jocasta abaixou a mão e se virou para a sobrinha com um sorriso contido.

– Ah, não é nada. Sempre que o clima muda, minha cabeça muda com ele!

Apesar do sorriso, Brianna podia ver pequenas linhas de dor nos cantos dos olhos de Jocasta.

– Jem está quase acabando. Vou chamar a mamãe, está bem? Ela pode preparar uma tisana para você.

Jocasta balançou a mão em recusa, afastando a dor com evidente esforço.

– Não precisa, *a muirninn*. Não é tão ruim.

Ela esfregou as têmporas, tomando cuidado para não desfazer o penteado, o gesto contradizendo as palavras.

A boquinha de Jemmy soltou o mamilo com um *plop!* e a cabeça dele pendeu para trás. A dobra do braço de Brianna estava quente e suada onde a cabeça dele ficara apoiada; a orelhinha dele estava amassada e vermelha. Ela ergueu o corpo inerte do bebê e suspirou aliviada quando o ar frio tocou sua pele. Ele arrotou baixinho, um fio de saliva com leite escorreu de sua boca e ele se deitou no ombro dela como um balão cheio de água.

– Está cheio, não? – Jocasta sorriu, os olhos cegos voltados para eles ao ouvir o ruído suave.

– Muito – respondeu Brianna.

Deu um tapinha nas costas dele, para garantir, mas não ouviu nada além do suspiro leve de sua respiração. Ela se levantou, limpou o leite do queixo dele e deitou o bebê de barriga para baixo no berço improvisado, uma gaveta da cômoda de mogno de Jocasta colocada no chão e muito bem forrada com travesseiros e cobertores.

Brianna pendurou o xale no encosto da cadeira, estremecendo levemente ao sentir uma rajada de vento que entrou pela janela. Sem querer correr o risco de ter seu vestido novo manchado de leite, ela tinha amamentado Jemmy apenas com o vestido de baixo e meias, e seus braços expostos estavam arrepiados.

Jocasta virou a cabeça em resposta ao ranger da madeira e ao farfalhar do tecido quando Brianna abriu o grande armário e tirou lá de dentro duas anáguas de linho e seu vestido, alisando a lã azul-clara e macia com satisfação. Ela havia tecido a fazenda e desenhado o vestido sozinha – apesar de a sra. Bug ter feito a fiação, de Claire tê-lo tingido com índigo e saxífraga e de Marsali ter ajudado com a costura.

– Devo chamar Phaedre de volta para ajudá-la a se vestir, querida?

– Não, tudo bem, eu consigo... se puder me ajudar com os cordões.

Ela não gostava de recorrer aos serviços dos escravos quando podia evitar. As anáguas não eram problema; ela simplesmente as vestiu, uma por vez, e amarrou os cordões na cintura. O corpete tinha que ser amarrado nas costas, assim como o vestido em si.

As sobrancelhas de Jocasta ainda estavam escuras, da cor do bronze, em contraste com o tom claro de sua pele. Elas se ergueram um pouco diante da sugestão de que ajudasse a vestir a sobrinha, mas ela apenas balançou a cabeça com uma breve hesitação. Virou os olhos cegos em direção ao fogo, franzindo o cenho levemente.

– Acho que posso. O menino não está perto do fogo, está? As faíscas podem atingi-lo.

Brianna se contorceu dentro do corpete, ajeitando os seios nos espaços onde eles deviam ficar acomodados, e em seguida puxou o vestido por cima deles.

– Não, ele não está perto demais – respondeu ela pacientemente.

Tinha feito o corpete com estruturas de sustentação leves na frente e nas laterais. Brianna se virou de um lado para outro, admirando o resultado no espelho de Jocasta. Ao ver o franzir de cenho da tia atrás dela, revirou os olhos para si mesma, se abaixou e puxou a gaveta um pouco mais para longe do fogo, só por garantia.

– Obrigada por agradar a uma velha – disse Jocasta de modo seco ao ouvir o barulho da madeira sendo arrastada.

– De nada, tia – respondeu Brianna, deixando uma mistura de afeto e pedido de desculpas ficarem evidentes em sua voz.

Pousou a mão no ombro da tia-avó, e Jocasta colocou a mão comprida em cima da dela, apertando delicadamente.

– Não é porque acho que você seja uma mãe relapsa, viu? – disse Jocasta. – Mas quando uma pessoa já viveu tanto quanto eu, ela se torna cuidadosa, querida. Já vi coisas horrorosas acontecerem a crianças, sabe? E prefiro pegar fogo eu mesma a ver algo de ruim acontecer com esse rapazinho.

Ela se posicionou atrás de Brianna e passou as mãos pelas costas dela, encontrando os cordões sem dificuldade.

– Você retomou o corpo de antes, posso ver – disse ela com aprovação, as mãos nas laterais da cintura. – O que é isso... bordado de lã? De que cor é?

– Azul índigo escuro. Vinhas em flor feitas de algodão pesado para contrastar com a lã azul-clara.

Ela pegou uma das mãos de Jocasta e guiou as pontas de seus dedos sobre as vinhas que cobriam o corpete, correndo a mão do decote até o V da cintura, descendo-a para mostrar o corpo em forma sobre o qual Jocasta havia comentado.

Brianna inspirou quando a tia puxou os cordões, desviando o olhar de seu reflexo para a cabecinha do filho, redonda como um melão e absolutamente perfeita. Não pela primeira vez, ela pensou na vida da tia-avó. Jocasta tivera filhos, ou pelo menos era o que Jamie achava – mas nunca falava deles, e Brianna hesitou em perguntar. Talvez tivessem morrido ainda bebês; muitos morriam. Ela sentiu um aperto no peito ao pensar nisso.

– Não se preocupe – disse a tia. O rosto de Jocasta reassumiu uma alegria determinada no espelho. – O seu rapazinho nasceu para fazer grandes coisas. Nada de mal acontecerá a ele, tenho certeza.

Ela se virou, a seda verde de seu vestido farfalhando sobre as anáguas, deixando Bree admirada com a habilidade da tia de adivinhar os sentimentos das pessoas mesmo sem ver seus rostos.

– Phaedre! – chamou Jocasta. – Phaedre! Traga a minha caixa... a preta.

Phaedre estava por perto, como sempre e, mexendo nas gavetas da cômoda, pegou uma caixa preta. Jocasta sentou-se com ela à escrivaninha.

A caixa de couro preta era velha e gasta, uma caixa estreita, coberta com pele puída, sem adornos a não ser o fecho prateado. Jocasta mantinha suas melhores joias em uma caixa muito maior de cedro, forrada com veludo, e Brianna sabia. O que podia haver ali?

Ela ficou ao lado da tia enquanto Jocasta levantava a tampa. Dentro da caixa havia um cilindro de madeira, da largura de um dedo, e encaixado nele havia três anéis: um anel liso de ouro com um berilo, outro com uma esmeralda grande e o terceiro com três diamantes, cercados por pedras menores que capturavam a luz e a refletiam em arco-íris que dançavam pelas paredes e pelas vigas.

– Que anel lindo! – exclamou Bree involuntariamente.

– Ah, o de diamante? Bem, Hector Cameron era um homem muito rico – disse Jocasta, tocando o anel maior.

Seus dedos compridos – sem anéis – procuraram em meio a um monte de bijuterias que estavam na caixa ao lado dos anéis e pegaram algo pequeno e simples.

Ela entregou o pequeno objeto a Brianna, que viu que se tratava de um pequeno broche de latão, meio embaçado, em formato de coração.

– É um amuleto, *a muirninn* – disse Jocasta, com um meneio de cabeça satisfeito. – Prenda-o na roupa do bebê, atrás.

– Um amuleto? – Brianna olhou para Jemmy. – Que tipo de amuleto?

– Contra as fadas – disse Jocasta. – Deixe-o preso nas roupas dele, sempre atrás, não se esqueça, e nada que venha dos antigos o incomodará.

Os pelos nos braços de Brianna se arrepiaram levemente diante da frieza na voz da senhora.

– Sua mãe devia ter explicado a você – continuou Jocasta, com um toque de desaprovação na voz. – Mas eu sei que ela é uma *sassenach* e o seu pai provavelmente não pensou nisso. Os homens não pensam nessas coisas – disse ela, com um toque de amargura. – É trabalho da mulher cuidar dos bebês, protegê-los do perigo.

Jocasta se inclinou na direção do cesto de acendalhas e remexeu nos restos que havia ali, pegando um graveto comprido de pinheiro, ainda com a casca.

– Pegue isto – disse ela, entregando-o a Brianna. – Acenda a ponta dele na lareira e caminhe ao redor do seu filho três vezes. Em sentido horário, não se esqueça!

Envolvida, Brianna pegou o graveto e o colocou no fogo, em seguida fez o que fora instruída a fazer, segurando o graveto aceso bem longe do berço improvisado e das suas saias de lã. Jocasta bateu o pé de forma ritmada no chão e entoou um cântico baixinho.

Ela falava em gaélico, mas lentamente o bastante para que Brianna pudesse entender a maioria das palavras.

Sabedoria da serpente seja tua,
Sabedoria do corvo seja tua,
Sabedoria da águia valente.

Voz do cisne seja tua,
Voz do mel seja tua,
Voz do filho das estrelas.

Bênção da fada seja tua,
Bênção do elfo seja tua,
Bênção do cachorro vermelho seja tua.

Riqueza do mar seja tua,
Riqueza da terra seja tua,
Riqueza do Pai do Céu.

Seja cada dia feliz para ti,
Nenhum dia ruim para ti,
Uma vida cheia de alegria, satisfeita.

Jocasta parou por um momento, franzindo o cenho, como se ouvisse conversas da Terra das Fadas. Evidentemente satisfeita, ela fez um gesto indicando a lareira.

– Jogue-o no fogo. Assim o bebê ficará protegido do fogo.

Brianna obedeceu, descobrindo, para seu fascínio, que não achava nada daquilo nem um pouco ridículo. Era estranho mas muito satisfatório pensar que estava protegendo Jem do perigo – mesmo que fosse do perigo das fadas, no qual ela não acreditava. Ou no qual não tinha acreditado até então.

Uma música veio do andar de baixo. O gemido de uma rabeca e o som de uma voz, grave e leve. Ela não conseguia entender as palavras, mas conhecia o som da canção.

Jocasta inclinou a cabeça, ouvindo, e sorriu.

– Ele tem uma bela voz, o seu rapaz.

Brianna também ouviu. Muito baixo, ouviu as oscilações familiares de "My Love Is in America", vindas de algum lugar lá embaixo. *Quando canto, é sempre para você.* Os seios dela estavam vazios agora, sem leite, mas formigaram de leve com a lembrança.

– Você tem bons ouvidos, tia – disse ela, afastando o pensamento com um sorriso.

– Está feliz no seu casamento? – perguntou Jocasta de repente. – Está satisfeita com o rapaz?

– Sim – respondeu Brianna, um pouco surpresa. – Sim... muito.

– Que bom. – Sua tia-avó estava parada, com a cabeça inclinada, ainda ouvindo. – Sim, isso é bom – repetiu ela, baixinho.

Tomada pelo impulso, Brianna pousou a mão no pulso dela.

– E a senhora, tia? – perguntou ela. – Está... contente?

"Feliz" não parecia ser a palavra certa, considerando os anéis na caixa. "Satisfeita" também não parecia adequado quando pensou em Duncan, retraído no canto do salão na noite anterior, tímido e sem dizer nada, exceto quando Jamie lhe fazia perguntas, suado e nervoso naquela manhã.

– Contente? – Jocasta parecia confusa. – Ah, por me casar, você quer dizer! – Para alívio de Brianna, a tia riu, as linhas do seu rosto se contraindo em um sorriso sincero. – Ah, sim, claro – disse ela. – É a primeira vez que vou mudar de nome em quinze anos!

Com uma leve risada, ela se virou na direção da janela e pressionou a mão contra o vidro.

– O dia está lindo, querida – disse ela. – Por que não pega sua capa, toma um pouco de ar e procura companhia?

Ela tinha razão. O rio distante brilhava prateado em meio a um rendado de galhos verdes, e o ar do lado de dentro, tão confortável alguns momentos antes, parecia rançoso e abafado agora.

– Acho que vou fazer isso. – Brianna olhou na direção do berço improvisado. – Devo chamar Phaedre para vigiar o bebê?

Jocasta balançou a mão para ela, dispensando-a.

– Ah, pode ir. Eu cuido do bebê. Ainda vou ficar um tempo aqui antes de descer.

– Obrigada, tia.

Ela beijou o rosto da senhora e se virou para sair. Então, olhando para a tia, deu um passo para trás na direção da lareira e afastou o berço do fogo um pouco.

O ar do lado de fora estava fresco e cheirava a grama e fumaça de churrasco. Fazia com que ela tivesse vontade de descer correndo os caminhos de pedras, com o sangue zumbindo em suas veias. Podia ouvir a música que vinha da casa e o som da voz de Roger. Ia dar uma volta, respirando um pouco de ar puro, e depois entraria; talvez Roger estivesse pronto para fazer um intervalo, e eles poderiam...

– Brianna!

Ela ouviu seu nome sussurrado por trás da parede da horta da cozinha e se virou assustada, dando de cara com a cabeça do pai espiando pelo canto, como um caramujo ruivo. Ele ergueu o queixo para ela e desapareceu.

Ela olhou para trás para ter certeza de que ninguém estava observando e contornou rapidamente o muro, indo dar em um canteiro de cenouras, onde viu o pai agachado perto do corpo de uma das criadas negras, deitado em cima de um monte de esterco velho com a touca sobre o rosto.

– Mas o que... – começou Brianna.

Então sentiu o cheiro de álcool, que sobressaía em meio ao cheiro de cenoura e esterco esquentado pelo sol.

– Ah.

Ela se agachou ao lado do pai no caminho de pedra.

– Foi minha culpa – explicou ele. – Ou pelo menos em parte. Deixei um copo embaixo dos salgueiros, ainda meio cheio.

Ele meneou a cabeça em direção ao caminho de pedra, onde um copo de ponche estava caído, com uma gota grudenta do líquido ainda na borda.

– Ela deve ter encontrado.

Brianna se curvou e cheirou a barra da touca amassada da criada, que agora era soprada pelos roncos pesados. Ponche de rum era o cheiro predominante, mas ela também identificou o aroma amargo de cerveja e o odor mais suave de brandy. Era evidente que a escrava havia tomado todos os restos de bebida dos copos que recolhia para lavar.

Ela ergueu a barra amassada da touca cuidadosamente com um dedo. Era Betty, uma das criadas mais antigas, com pálidos lábios frouxos e a boca aberta em estupor alcoólico.

– Sim, ela não tomou apenas meio copo – disse Jamie, olhando para ela. – Ela devia estar trocando os pés. Não consigo entender como caminhou para tão longe da casa nessa condição.

Brianna olhou para trás, franzindo o cenho. A horta de paredes de tijolo da cozinha ficava perto de onde as refeições eram preparadas, mas a uma distância de uns bons 300 metros da casa principal, separada dela por um arbusto de rododentros e vários canteiros de flores.

– Não só como – disse Brianna, batendo um dedo no lábio. – Por quê?

– O quê?

Ele estava franzindo o cenho para a empregada, mas olhou para cima ao ouvir o tom de voz dela. Brianna se levantou e inclinou a cabeça para a mulher que roncava.

– *Por que* ela veio andando até aqui? Parece que ela passou o dia bebendo... e não pode ter vindo para cá depois de cada copo; alguém teria notado. E por que fazer isso? Não seria difícil beber sem ser notada. Se eu estivesse bebendo restos, ficaria aqui sob os salgueiros.

O pai olhou para ela surpreso, um olhar que logo foi substituído por uma diversão sarcástica.

– É mesmo? Sim, pode ser. Mas talvez tivesse o suficiente no copo para que ela pensasse em aproveitá-lo em paz.

– Talvez. Mas certamente há esconderijos mais perto do rio do que aqui.

Ela se abaixou e pegou o copo vazio.

– O que você estava bebendo? Ponche de rum?

– Não, brandy.

– Então não foi o seu copo que a embriagou de vez.

Ela segurou o copo, inclinando-o para que ele pudesse ver o líquido escuro no fundo. O ponche de rum de Jocasta não era feito apenas com rum, açúcar e manteiga, mas também com groselha seca, e a mistura toda era aquecida com um atiçador. O resultado não só tinha uma cor marrom, mas sempre deixava sedimentos espessos no fundo dos copos, compostos de pequenos grãos de cinza do atiçador e dos restos queimados da groselha incinerada.

Jamie pegou o copo da mão dela, franzindo o cenho. Ele enfiou o nariz no copo e respirou fundo, então enfiou um dedo no líquido e o colocou na boca.

– O que foi? – perguntou ela, vendo a expressão dele mudar.

– Ponche – disse ele, mas passou a ponta da língua sobre os dentes, como se quisesse limpá-los. – Com láudano, acho.

– Láudano! Tem certeza?

– Não – disse ele com sinceridade. – Mas tem alguma coisa além de groselhas secas aqui, ou não me chamo Jamie.

Ele entregou o copo a ela, que o pegou, cheirando. Não conseguia detectar nada além do cheiro doce e queimado do ponche de rum. Talvez houvesse um aroma mais forte, algo mais oleoso e aromático... talvez não.

– Vou acreditar na sua palavra – disse ela, secando a ponta do nariz nas costas da mão. Ela olhou para a criada desfalecida. – Devo chamar a mamãe?

Jamie se agachou ao lado da criada e a observou atentamente. Levantou uma das mãos e a tocou, ouviu sua respiração e em seguida balançou a cabeça.

– Não sei dizer se ela está drogada ou só embriagada... mas não acho que esteja morrendo.

– O que vamos fazer com ela? Não podemos deixá-la aqui.

Ele olhou para a escrava, franzindo o cenho.

– Não, claro que não.

Ele se abaixou e, muito delicadamente, pegou a mulher nos braços. Um dos sapatos caiu no caminho de pedras e Brianna o pegou.

– Sabe onde ela dorme? – perguntou Jamie, calculando o peso que teria que carregar.

– É uma escrava doméstica; deve dormir no sótão.

Ele assentiu, balançando a cabeça para afastar uma mecha de cabelos ruivos que tinha se prendido em sua boca.

– Muito bem, então, vamos dar a volta nos estábulos para ver se conseguimos subir a escada dos fundos sem sermos vistos. Atravesse e faça sinal quando eu puder passar.

Ela enfiou o sapato e o copo embaixo da capa para escondê-los e passou depressa pelo caminho estreito que levava até a horta, a cozinha e o reservado. Olhou de um lado a outro, fingindo caminhar casualmente. Havia algumas pessoas à vista, perto do cercado dos cavalos, mas estavam meio longe – e todas estavam de costas para ela, prestando atenção nos cavalos pretos holandeses do sr. Wylie.

Quando ela se virou para fazer um sinal para o pai, viu o próprio sr. Wylie levando uma senhora para dentro do estábulo. Viu a roupa de seda dourada... espere, era a mãe dela! O rosto pálido de Claire se virou momentaneamente na direção dela, mas sua atenção estava fixa em algo que Wylie dizia, e ela não viu a filha no caminho.

Bree hesitou, querendo sinalizar para a mãe, mas não podia fazer isso sem chamar atenção indesejada. Bem, pelo menos ela sabia onde Claire estava. Podia buscar a mãe para ajudá-los quando Betty estivesse em segurança.

Depois de alguns sustos e de quase serem flagrados, eles conseguiram levar Betty até o sótão comprido que ela dividia com as outras criadas da casa. Ofegante, Jamie colocou-a sem cerimônia em uma das camas estreitas, secou a testa suada na manga do casaco e, franzindo o nariz comprido, começou a tirar restos de esterco do casaco.

– Então – disse ele, um pouco rabugento. – Ela está em segurança, certo? Se você disser a uma das outras criadas que ela passou mal, acho que ninguém importante vai descobrir.

– Obrigada, pai. – Ela se inclinou e beijou o rosto dele. – Você é um doce.

– Ah, sim – disse ele, parecendo resignado. – Meus ossos são recheados de mel, com certeza.

Mesmo assim, ele não parecia descontente.

– Ainda está com aquele sapato?

Ele tirou o outro sapato da empregada e o colocou ao lado do que estava embaixo da cama, em seguida, puxou o cobertor de lã sobre os pés da mulher, que estavam cobertos por meias grossas.

Brianna conferiu a situação da criada; até onde podia dizer, tudo parecia bem. A mulher ainda roncava, mas de modo regular, o que a tranquilizou. Enquanto saíam na ponta dos pés em direção à escada, ela entregou a Jamie o copo de prata.

– Pegue. Sabia que esse era um dos copos de Duncan?

– Não – disse e arqueou uma das sobrancelhas, franzindo o cenho. – O que quer dizer com "copos de Duncan"?

– A tia Jocasta mandou fazer um conjunto de seis copos para Duncan como presente de casamento. Ela me mostrou ontem. Está vendo? Ela virou o copo que estava em sua mão para mostrar a ele o monograma: "I" de "Innes", com um pequeno peixe de escamas muito bem entalhadas nadando ao redor da letra.

– Isso ajuda? – perguntou ela, ao ver as sobrancelhas dele se enrugarem com interesse.

– Pode ajudar. – Ele pegou um lenço limpo de cambraia e envolveu o copo com cuidado antes de colocá-lo dentro do bolso do casaco. – Vou descobrir. Enquanto isso, pode encontrar Roger Mac?

– Claro, por quê?

– Bom, me ocorreu que, se Betty bebeu parte de um copo de ponche de rum e ficou jogada feito um saco de batatas, eu gostaria de descobrir quem bebeu a primeira parte para ver se está em condição parecida.

Ele ergueu uma das sobrancelhas para ela.

– Se havia alguma coisa no ponche, então provavelmente ele estava destinado a alguém, certo? Pensei que talvez você e Roger Mac pudessem procurar discretamente por corpos em meio aos arbustos.

Ela não havia pensado nisso na correria para levar Betty para o quarto.

– Tudo bem. Mas acho melhor encontrar Phaedre ou Ulysses primeiro, e dizer a um deles que Betty passou mal.

– Sim. Se falar com Phaedre, pergunte se Betty consome opiáceos além de beber. Embora eu ache isso improvável – disse ele, com seriedade.

– Eu também – disse ela, com o mesmo tom dele.

Ela compreendeu: talvez o ponche não tivesse sido batizado. Betty podia ter ingerido láudano de propósito. Era possível; sabia que Jocasta guardava um pouco na despensa. Mas, se tivesse tomado, teria sido para uso recreacional ou tentando cometer suicídio?

Ela franziu a testa, olhando para Jamie quando ele parou à beira da escada, prestando atenção aos sons antes de descer. Era fácil achar que o sofrimento da escravidão fizesse uma pessoa pensar em suicídio. Ao mesmo tempo, a honestidade a forçava a admitir que os escravos de Jocasta viviam razoavelmente bem; melhor do que muitas pessoas livres – negras *ou* brancas – que ela tinha visto em Wilmington e em Cross Creek. O quarto dos escravos era limpo, e as camas, simples mas confortáveis. Os criados domésticos tinham roupas decentes, até mesmo sapatos e meias, e mais do que o suficiente para comer. Quanto às complicações emocionais que podiam levar uma pessoa a pensar em suicídio, bem, elas não se restringiam aos escravos.

Era muito mais provável que Betty fosse simplesmente chegada à bebida, do tipo que ingeria qualquer coisa vagamente alcoólica – o cheiro de suas roupas certamente sugeria isso. Mas, nesse caso, por que correr o risco de roubar láudano num dia em que a festa de casamento garantiria abundância de qualquer bebida?

Ela foi relutantemente forçada a chegar à mesma conclusão à qual tinha certeza de que seu pai chegara. Betty havia tomado o láudano – se é que de fato era láudano, ela lembrou a si mesma – por acidente. E se fosse esse o caso... de quem era o copo do qual ela havia bebido?

Jamie se virou, lábios contraídos para recomendar silêncio, e fez um gesto para ela indicando que a barra estava limpa. Ela o seguiu depressa pela escada até o lado de fora, soltando um suspiro de alívio quando eles chegaram ao caminho sem serem vistos.

– O que você estava fazendo lá, para começo de conversa, pai?

Ele pareceu não entender.

– Na horta da cozinha – explicou ela. – Como encontrou Betty?

– Ah.

Ele segurou o braço dela, puxando-a para longe da casa. Eles caminharam casualmente em direção ao cercado dos cavalos; convidados inocentes admiravam os animais.

– Eu só estava conversando com a sua mãe no bosque. Voltei pela horta e vi a mulher caída de barriga para cima no monte de esterco.

– Isso é outra questão, não acha? – perguntou ela. – Ela deitou ali de propósito ou você a encontrou ali por acaso?

Ele balançou a cabeça.

– Não sei – respondeu ele. – Mas quero falar com Betty quando ela estiver sóbria. Sabe onde a sua mãe está agora?

– Sim, ela está com Phillip Wylie. Eles estavam indo para os estábulos, acho.

As narinas do pai se entreabriram levemente quando ela disse o nome de Wylie, e ela conteve um sorriso.

– Vou falar com ela – disse ele. – Enquanto isso, querida, vá falar com Phaedre e...

Ela já tinha se virado; ao ouvi-lo, olhou para trás, surpresa.

– Acho que talvez devêssemos pedir a Phaedre que não diga nada a menos que alguém pergunte onde Betty está, e, se perguntarem, peça a ela que conte a você... ou a mim.

Ele se endireitou abruptamente, pigarreando.

– Vá procurar seu marido, então... E tome cuidado para que ninguém saiba o que está fazendo, sim?

Ele ergueu a sobrancelha e ela assentiu em resposta. Ele se virou e partiu em direção aos estábulos, com os dedos da mão direita tamborilando delicadamente seu casaco como se estivesse mergulhado em pensamentos.

O vento frio soprou por baixo de suas saias e anáguas, inflando-as e fazendo-a tremer. Ela compreendia muito bem o que ele queria dizer.

Se não tivesse sido tentativa de suicídio nem acidente... então poderia ter sido tentativa de homicídio. Mas cometida por quem?

43

FLERTES

Jamie havia me dado um beijo demorado como incentivo depois de nosso interlúdio e saíra por entre os arbustos com a intenção de encontrar Ninian Bell Hamilton e descobrir o que exatamente os reguladores estavam fazendo no acampamento que Hunter tinha mencionado. Eu o segui após um intervalo, para disfarçar, mas parei no limite do bosque antes de voltar para perto das pessoas, para me certificar de que estava apresentável.

Eu sentia um bem-estar que beirava a tontura, e minhas bochechas estavam muito coradas, mas eu achava que isso não me incriminava por si só. Sair da mata também não deporia contra mim; homens e mulheres costumavam simplesmente aproveitar o abrigo oferecido pelas árvores em torno do gramado para se aliviar, em vez de irem até os reservados lotados e fedorentos. Sair da mata corada e ofegante, com folhas nos cabelos e manchas de seiva na saia, no entanto, geraria muitos comentários feitos por trás dos leques.

Havia algumas folhas e uma casca vazia de cigarra presa na minha saia, uma excrescência fantasmagórica que eu joguei fora com um arrepio de nojo. Havia pétalas de corniso no meu ombro; eu as espanei e passei a mão pelos cabelos com cuidado, tirando mais algumas pétalas, que flutuaram para longe como pedacinhos fragrantes de papel.

Quando saí de baixo das árvores, pensei em conferir a parte de trás da minha saia à procura de manchas ou pedaços de casca, e estava virando o pescoço para olhar para trás quando trombei com Phillip Wylie.

– Sra. Fraser!

Ele me segurou pelos ombros para impedir que eu caísse para trás.

– Está bem, minha cara?

– Sim, com certeza.

Minhas faces estavam muito vermelhas a essa altura, e eu dei um passo para trás, ajeitando-me de novo. Por que eu não parava de esbarrar em Phillip Wylie? Aquele parasita estava me seguindo?

– Peço desculpas.

– Bobagem, bobagem – disse ele cordialmente. – A culpa foi inteiramente minha. Sou muito atrapalhado. Posso pegar alguma coisa para melhorar seu ânimo, minha cara? Um copo de sidra? Vinho? Ponche de rum? Um licor? Destilado de maçã? Ou... não, brandy. Sim, permita-me trazer um pouco de brandy para que se recupere do choque!

– Não, nada, obrigada!

Eu não pude deixar de rir dos absurdos dele, e ele sorriu de volta, obviamente achando que era muito esperto.

– Bem, se está recuperada, então, minha senhora, tem que vir comigo. Insisto.

Ele colocou minha mão na dobra do seu braço e começou a me conduzir, determinado, em direção ao estábulo, apesar dos meus protestos.

– Não vai demorar nada – garantiu ele. – Passei o dia todo ansioso para lhe mostrar minha surpresa. Você vai ficar completamente encantada, dou a minha palavra!

Eu me rendi sem entusiasmo. Parecia mais fácil ir ver os malditos cavalos de novo do que discutir com ele – e havia muito tempo para conversar com Jocasta antes do casamento, de qualquer modo. Dessa vez, porém, contornamos o cercado onde Lucas e seus companheiros estavam se sujeitando obedientemente a serem inspecionados por dois senhores ousados que tinham escalado a cerca para ver melhor.

– Esse garanhão tem mesmo um ótimo temperamento – falei com aprovação, comparando mentalmente o jeito calmo de Lucas com a personalidade irascível de Gideon.

Jamie ainda não tivera tempo de castrar o cavalo, que consequentemente tinha mordido quase todo mundo, pessoas e cavalos, no caminho até River Run.

– É uma característica da raça – respondeu Wylie, abrindo a porta que levava ao estábulo principal. – São cavalos muito mansos, apesar de esse temperamento dócil não comprometer a sua vivacidade, eu garanto. Por aqui, sra. Fraser.

Em contraste com o dia claro do lado de fora, estava escuro feito breu dentro do estábulo; tão escuro, que tropecei em um tijolo solto no chão, e Wylie segurou meu braço quando me projetei para a frente com um grito assustado.

– Está bem, sra. Fraser? – perguntou ele, colocando-me de pé de novo.

– Sim – respondi, um pouco sem fôlego.

Na verdade, eu tinha dado uma topada com o dedão do pé e virado o tornozelo; meus sapatos novos de salto marroquino eram lindos, mas eu ainda não estava acostumada com eles.

– Deixe-me ficar parada por um momento até os meus olhos se ajustarem.

Ele deixou, mas não soltou meu braço. Em vez disso, colocou minha mão na dobra de seu braço e a segurou ali, para me dar mais suporte.

– Recoste-se em mim – disse ele, simplesmente.

Eu me recostei e ficamos em silêncio por um momento, eu com meu pé machucado levantado feito uma garça, esperando que meus dedos parassem de latejar. Pela primeira vez, o sr. Wylie parecia não estar disposto a gracinhas; talvez por causa da atmosfera tranquila.

Estábulos, de modo geral, são tranquilos, os cavalos e as pessoas que cuidam deles costumam ser criaturas amáveis. Mas aquele tinha um ar especial, ao mesmo tempo calmo e vibrante. Eu podia ouvir pequenos estalos e farfalhares, e o som satisfeito de um cavalo mastigando feno.

Tão perto de Phillip Wylie, eu sentia seu perfume, mas mesmo o aroma sofisticado de bergamota e almíscar era dominado pelos odores do estábulo, que cheirava a palha fresca e grãos, tijolos e madeira, mas também havia um tênue odor de coisas mais elementares – esterco, sangue e leite; os elementos básicos da maternidade.

– Está parecendo um útero aqui dentro, não acha? – perguntei baixinho. – Quero dizer, muito quente e escuro. Quase consigo sentir as batidas do coração.

Wylie riu baixinho.

– São minhas – disse ele.

Levou a mão brevemente ao colete, uma sombra escura contra o cetim pálido.

Meus olhos se adaptaram depressa ao escuro, mas mesmo assim o lugar estava muito mal iluminado. A sombra ágil de um gato passou por nós, fazendo com que eu me desequilibrasse e baixasse o pé machucado. O pé ainda não aguentava todo o meu peso, mas eu consegui pelo menos apoiá-lo no chão.

– Pode ficar de pé sozinha por um momento? – perguntou Wylie.

Sem esperar pela minha resposta, ele se afastou e foi acender uma lamparina que estava em um banco próximo. Ouvi o ruído de ferro e pederneira e então o fogo pegou e um tênue globo de luz amarela apareceu ao nosso lado. Tomando meu braço novamente com a mão livre, ele me levou em direção aos fundos do estábulo.

Eles estavam em uma baia no fundo. Phillip levantou a lamparina, virando-se para sorrir para mim. A luz iluminou a pelagem, que brilhou e ondulou como água negra, e os grandes olhos castanhos da égua quando ela se virou para nós.

– Ah – falei suavemente –, que linda. – E então, um pouco mais alto: – Ah!

A égua havia se movido um pouco, e seu filhote espiou por trás das pernas da mãe. Tinha patas compridas e joelhos grandes, e a anca pequena e os ombros fortes lembravam a perfeição muscular da mãe. Tinha os mesmos olhos grandes e gentis, protegidos por cílios compridos – mas em vez da pelagem preta e reluzente, o pelo dela era castanho-avermelhado e macio como o de um coelho, com um pequeno penacho como cauda.

A crina da égua tinha a mesma profusão gloriosa da crina dos frísios que eu tinha observado no cercado do lado de fora; o filhote tinha uma pequena crista de pelos duros, com cerca de 2,5 centímetros, eriçados como as cerdas de uma escova de dentes.

O filhote piscou uma vez, deslumbrado com a luz, e em seguida se abaixou depressa atrás do corpo da mãe para se proteger. Um momento depois, um focinho pequeno surgiu, com as narinas se abrindo. Um olho grande apareceu em seguida, piscou – e o focinho desapareceu, reaparecendo quase instantaneamente, um pouco mais longe, dessa vez.

– Ah, sua pequena sedutora! – falei, encantada.

Wylie riu.

– Ela é, mesmo – disse ele, com a voz cheia do orgulho de propriedade. – Não são magníficas?

– Sim, são – respondi, pensativa. – São mesmo. Mas não sei se é exatamente isso. "Magnífico" parece algo que se diria sobre um garanhão, um cavalo de batalha ou algo assim. Esses cavalos são... bem, eles são *meigos*!

Wylie riu de um jeito divertido.

– Meigos? – perguntou ele. – *Meigos?*

– Bem, você sabe – falei, rindo. – Charmosos. Mansos. Adoráveis.

– Todas essas coisas – disse ele, virando-se para mim. – E lindos também.

Ele não estava olhando para os cavalos, mas para mim, com um sorriso discreto.

– Sim – falei, com uma tênue e obscura sensação de incômodo. – Sim, eles são lindos.

Ele estava muito perto. Dei um passo para o lado e me virei, com o pretexto de olhar para os cavalos de novo. O filhote estava esfregando o focinho no úbere inchado da égua, agitando a cauda com entusiasmo.

– Como se chamam? – perguntei.

Wylie se aproximou da barra da baia de modo casual, mas de maneira a fazer com que seu braço resvalasse na minha manga quando esticou a mão para pendurar a lamparina em um gancho na parede.

– O nome da égua é Tessa – disse ele. – A senhora viu o garanhão, Lucas. Quanto ao filhote... – Ele pegou minha mão e a ergueu, sorrindo. – Pensei em chamá-la de La Belle Claire.

Não me movi por um segundo, totalmente incrédula diante da expressão clara no rosto de Phillip Wylie.

– O quê? – falei, sem entender.

Certamente eu estava enganada, pensei. Tentei puxar a mão, mas hesitei um segundo e os dedos dele apertaram os meus. Ele, por certo, não pretendia...

Pretendia.

– Charmosa – disse ele baixinho, e se aproximou. – Doce, adorável. E... linda.

Ele me beijou. Fiquei tão chocada que não consegui me mover por um momento. Seus lábios eram macios, e o beijo foi breve e contido. Mas isso não importava; o que importava era o fato de ele ter feito aquilo.

– Sr. Wylie! – exclamei, e dei um passo para trás, mas fui contida pela barra.

– Sra. Fraser – disse ele baixinho, e deu um passo para a frente. – Minha cara.

– Eu *não* sou sua... – comecei, e ele me beijou de novo.

Sem a menor sombra de castidade. Ainda chocada, mas não mais atordoada, eu o empurrei com força. Ele se desequilibrou e soltou a minha mão, mas se recuperou no mesmo instante, segurando-me pelo braço e passando a outra mão por trás de meu corpo.

– Sedutora – disse ele, aproximando o rosto do meu.

Eu dei um chute nele. Infelizmente, eu o chutei com o pé machucado, o que fez com que o golpe perdesse a força, e ele o ignorou.

Comecei a me debater, a sensação de atônita incredulidade desaparecendo quando me dei conta de que o rapaz tinha a mão apoiada com firmeza nas minhas costas. Ao mesmo tempo, eu sabia que havia muitas pessoas no entorno do estábulo; a última coisa que queria era chamar atenção.

– Pare com isso! – sibilei. – Pare já com isso!

– Você me deixa louco – disse ele, pressionando-me contra o peito e tentando enfiar a língua na minha orelha.

Eu achava que ele estava louco, mas me recusava terminantemente a aceitar qualquer responsabilidade por essa condição. Afastei-me o máximo que consegui – não muito, já que a grade da baia estava às minhas costas – e me esforcei para empurrá-lo. Já quase recuperada do choque, eu estava pensando com surpreendente clareza. Não ia conseguir dar um chute no saco dele; ele havia enfiado uma das pernas entre as minhas, prendendo minha saia. Mas se eu conseguisse levar a mão ao pescoço dele e pressionasse suas carótidas, ele cairia duro como uma pedra.

Consegui levar as mãos ao pescoço dele, mas a porcaria da gola estava no caminho. Meus dedos lutavam contra ela, mas ele desviou para o lado, segurando a minha mão.

– Por favor – disse ele. – Eu quero...

– Não dou a mínima para o que *você* quer! – protestei. – Quero que me solte agora mesmo, seu... seu... – Eu procurei uma ofensa adequada. – Seu... *frangote*!

Para minha surpresa, ele parou. O rosto dele não podia ficar pálido, pois já estava coberto de pó de arroz – eu podia sentir o gosto nos lábios –, mas sua boca ficou paralisada e sua expressão era de... mágoa.

– É o que pensa de mim? – perguntou ele baixinho.

– É, pode apostar que é! – falei. – O que mais poderia pensar? Você perdeu o juízo, para se comportar desse jeito... desse modo lamentável! Qual é o seu problema?

– Lamentável?

Ele pareceu bastante surpreso ao ver seus avanços descritos daquela maneira.

– Mas eu... ou melhor, você... Eu pensei que você estivesse... quero dizer, que não se opusesse...

– Não pode ser – falei, decidida. – Não pode ter pensado nada desse tipo. Nunca lhe dei o *menor* motivo para pensar algo assim!

Não tinha feito isso... não intencionalmente. Mas me ocorreu a ideia incômoda de que talvez minhas percepções a respeito do meu próprio comportamento não fossem exatamente as mesmas que as dele.

– Ah, não?

O rosto dele estava mudando, sendo tomado pela raiva.

– Pois eu discordo, senhora!

Eu dissera a ele que tinha idade para ser sua mãe. Nunca, nem por um momento, me ocorreu que ele poderia não ter acreditado nisso.

– Sedutora – disse ele de novo, mas com um tom diferente do da primeira vez. – Nenhum motivo? Você me deu todos os motivos desde a primeira vez que nos vimos.

– O quê? – Subi o tom de voz, incrédula. – Nunca fiz nada além de conversar civilizadamente com você. Se para você isso é sedução, meu rapaz, então...

– Não me chame assim!

Ah, então ele *tinha* notado que havia uma diferença de idade. Simplesmente não havia notado quão grande ela era, pensei. Percebi, com certa apreensão, que no nível social de Phillip, a maioria dos flertes se dava sob o disfarce da brincadeira. O que, em nome de Deus, eu tinha dito a ele?

Eu me lembrava vagamente de ter discutido a Lei do Selo com ele e com seu amigo Stanhope. Sim, impostos, e, eu pensei, cavalos – mas certamente isso não poderia ter sido o suficiente para alimentar suas interpretações equivocadas.

– *Os teus olhos são como as piscinas de Hesbom* – disse ele com a voz baixa e amarga. – Não se lembra da noite em que eu disse isso a você? Os Cânticos de Salomão são apenas "conversa civilizada", na sua opinião?

– Meu Deus!

Contra a minha vontade, eu estava começando a me sentir meio culpada. Nós *tínhamos* dito coisas desse tipo, na festa de Jocasta, dois ou três anos antes. E ele se lembrava? Os Cânticos de Salomão eram razoavelmente arrebatadores; talvez a simples referência... Então afastei esse pensamento e me endireitei.

– Bobagem – declarei. – Você estava me provocando, e eu só respondi à altura. Agora eu realmente preciso...

– Você veio até aqui comigo hoje. Sozinha.

Ele deu mais um passo na minha direção, com os olhos determinados. O janota cretino estava se convencendo de novo daquilo!

– Sr. Wylie – falei com firmeza, deslizando para o lado. – Sinto muitíssimo se por acaso entendeu a situação de maneira equivocada, mas sou muito bem casada e não tenho nenhum interesse romântico no senhor. E agora, se me dá licença...

Eu me abaixei para escapar dele e corri para fora do estábulo, o mais depressa que meus sapatos permitiram. Ele não fez nenhum esforço para me seguir, e eu cheguei do lado de fora sem problema, com o coração acelerado.

Havia pessoas perto do cercado dos cavalos. Eu me virei na outra direção, dando a volta nos fundos do estábulo antes que alguém me visse. Uma vez longe da vista das pessoas, fiz uma análise rápida, conferindo minha aparência. Não sabia se alguém tinha me visto entrar no estábulo com Wylie, mas torcia para que ninguém tivesse visto minha saída apressada.

Apenas uma mecha de cabelo tinha se soltado em virtude dos últimos contratempos; eu a prendi de volta com cuidado e bati os restos de palha das minhas saias. Felizmente, ele não havia rasgado minhas roupas; ajeitei o lenço e estava decente de novo.

– Você está bem, Sassenach?

Dei um pulo de susto, assim como meu coração. Eu me virei, a adrenalina atravessando meu peito como uma corrente elétrica, e vi Jamie de pé ao meu lado, franzindo o cenho enquanto me observava.

– O que andou fazendo, Sassenach?

Meu coração ainda estava na boca, me engasgando, mas me forcei a dizer o que esperava que fossem algumas palavras casuais.

– Nada. Quer dizer, estava vendo os cavalos... o cavalo. A égua. Ela deu à luz.

– Sim, eu sei – disse ele, olhando para mim de um jeito estranho.

– Você encontrou Ninian? O que ele tinha a dizer?

Levei a mão à nuca, arrumando meus cabelos e aproveitando a oportunidade para me virar um pouco e evitar seu olhar.

– Ele disse que é verdade, apesar de eu não ter duvidado. Há mais de mil homens acampados perto de Salisbury. E mais se juntam a eles a cada dia, segundo ele. O velho maldito está satisfeito!

Ele franziu o cenho, tamborilando os dois dedos rígidos da mão direita levemente contra a perna, e eu notei que ele estava preocupado.

Não sem motivo. Deixando de lado a ameaça de conflito em si, era primavera. Só o fato de River Run ficar em um piemonte havia permitido que fôssemos ao casamento de Jocasta. Ali embaixo a mata estava tomada por flores, e açafrões brotavam da terra como dentes de dragão cor de laranja e vermelhos, mas as montanhas ainda estavam cobertas de neve, os galhos das árvores exibindo botões inchados. Em cerca de duas semanas, esses botões iam se abrir e estaria na hora do plantio da primavera na Cordilheira dos Frasers.

Sim, Jamie havia se preparado para essa emergência contratando o velho Arch Bug, mas Arch não conseguia fazer tudo sozinho. E quanto aos arrendatários e colonos... se a milícia fosse convocada de novo, as mulheres teriam que fazer o plantio sozinhas.

– Os homens nesse acampamento... eles deixaram suas terras, então?

Também ficavam no declive entre a montanha e a planície. Era impensável que agricultores deixassem suas terras naquela época do ano para protestar contra o governo, por mais irritados que estivessem.

– Deixaram ou as perderam – disse ele secamente.

Ele franziu o cenho ainda mais ao olhar para mim.

– Conversou com a minha tia?

– Ah... não – respondi, sentindo-me culpada. – Ainda não. Eu estava indo... ah, você disse que havia outro problema. O que mais aconteceu?

Ele emitiu um som como o de uma chaleira fervendo, o que, em se tratando dele, indicava uma rara impaciência.

– Cristo, eu quase me esqueci dela. Uma das escravas foi envenenada, acho.

– O quê? Quem? Como?

Tirei as mãos dos cabelos ao olhar para ele.

– Por que não me contou?

– *Estou contando*, não estou? Não se preocupe, ela não corre perigo. Só está bêbada feito um gambá. – Ele remexeu os ombros com irritação. – O único problema é que talvez não fosse ela o verdadeiro alvo do envenenamento. Mandei Roger Mac e Brianna checarem, e eles ainda não voltaram para dizer se alguém morreu, então talvez não tenha sido isso.

– *Talvez* não?

Cocei a ponte do nariz, distraída das minhas preocupações por esse novo acontecimento.

– Posso lhe garantir que o álcool é venenoso, não que alguém pareça se dar conta disso, mas existe uma diferença entre estar bêbado e ter sido envenenado de propósito. O que você quer dizer...

– Sassenach – ele me interrompeu.

– O que foi?

– O que em nome de Deus você estava fazendo? – perguntou ele.

Olhei para ele desnorteada. Seu rosto tinha ficado cada vez mais vermelho enquanto conversávamos, apesar de eu ter pensado que fosse apenas por causa da frustração e da preocupação com Ninian e com os reguladores. Percebi, notando um ameaçador clarão azul em seus olhos, que havia algo muito mais pessoal em sua atitude. Inclinei a cabeça para um lado, olhando para ele com cautela.

– O que quer dizer com o que eu estava fazendo?

Ele contraiu os lábios e não respondeu. Em vez disso, estendeu o dedo e o encostou, muito delicadamente, no canto da minha boca. Em seguida virou a mão e me mostrou um objeto escuro pequeno pendurado na ponta de seu dedo – a marca preta em forma de estrela de Phillip Wylie.

– Ah. – Ouvi um zumbido distinto nos meus ouvidos. – Isso. Bem...

Eu me senti zonza, e pontinhos pretos, no formato de estrelas, dançaram diante dos meus olhos.

– Sim, isso – disse ele com irritação. – Por Deus, mulher! Estou atormentado até o último fio de cabelo com os disparates de Duncan e com as armações de Ninian... e por que não me disse que ele brigou com Barlow?

– Eu não descreveria aquilo como uma briga – falei, tentando recuperar a calma. – Além disso, o major MacDonald pôs fim àquilo, já que *você* estava desaparecido. E, se quer saber das coisas, o major quer...

– Eu sei o que ele quer. – Ele dispensou o major com um movimento da mão. – Sim, eu estou atolado até o pescoço em majores e reguladores e criadas embriagadas, enquanto *você* está no estábulo, se engraçando com aquele janota!

Senti o sangue subir à minha cabeça e cerrei os punhos para controlar minha vontade de dar um tapa nele.

– Eu não estava me *engraçando* coisa nenhuma, você sabe muito bem disso! Aquele imbecil tentou me agarrar, só isso.

– Agarrar? Fazer amor com você, é o que quer dizer? Sim, estou vendo!

– Ele não fez nada disso!

– Ah, não? Então você pediu a ele para ficar com essa coisa para ter sorte?

Ele balançou no meu nariz o dedo com a marca preta e eu dei um tapa nele, lembrando-me, tarde demais, de que naquela época "fazer amor" significava apenas flertar, não fornicar.

– *Quero dizer* – falei por entre os dentes – que ele me beijou. Provavelmente de brincadeira, já que tenho idade para ser mãe dele, pelo amor de Deus!

– Está mais para avó – disse ele com brutalidade. – Beijou você, além de tudo... por que diabos o incentivou, Sassenach?

Fiquei boquiaberta diante daquela afronta – ofendida tanto por ter sido chamada de avó de Phillip Wylie quanto por ser acusada de tê-lo incentivado.

– Incentivei? Como assim, seu idiota? Você sabe perfeitamente bem que eu não o incentivei!

– A sua própria filha viu você entrar lá com ele! Não tem vergonha? Com todas as coisas com as quais estamos lidando aqui, vou ser forçado a desafiar esse homem para um duelo também?

Senti uma leve apreensão ao pensar em Brianna, e uma apreensão ainda maior ao pensar em Jamie desafiando Wylie para um duelo. Ele não estava com a espada naquele momento, mas a trouxera consigo. Afastei os dois pensamentos.

– A *minha* filha não é uma tola nem uma fofoqueira maldosa – falei com grande dignidade. – Ela não pensaria que havia nada de mais ao me ver indo olhar um cavalo, e por que deveria pensar? Por que alguém pensaria, para dizer a verdade?

Ele soltou o ar por entre os lábios contraídos e olhou para mim, furioso.

– Por que será? Talvez porque todo mundo viu você flertar com ele no gramado? Porque o viram seguindo você como um cachorro atrás de uma cadela no cio?

Ele deve ter percebido minha expressão se alterar perigosamente ao dizer disso, pois deu uma tossidela brevemente antes de continuar.

– Mais de uma pessoa achou que deveria comentar comigo. Você acha que eu gosto de ser motivo de piada, Sassenach?

– Você... você...

A fúria me fez engasgar. Tive vontade de bater nele, mas vi as pessoas se virando na nossa direção, interessadas.

– Cadela no cio? Como ousa dizer algo assim para mim, seu filho da mãe maldito?

Ele teve a decência de parecer envergonhado, apesar de ainda estar irado.

– Sim, bem... eu não devia ter dito isso. Não quis... mas você foi com ele, Sassenach. Como se eu já não tivesse o suficiente com que lidar, a minha própria esposa... e se tivesse ido conversar com a minha tia, como eu pedi, nada disso teria acontecido, para começo de conversa. Veja o que você fez!

Eu havia mudado de ideia a respeito de um duelo. Queria que Jamie e Phillip Wylie matassem um ao outro, de imediato, publicamente e com o maior derramamento de sangue possível. Eu também não me importava com quem estivesse olhando. Fiz um grande esforço para castrá-lo com as minhas próprias mãos, e ele segurou meus punhos, puxando-os com força para cima.

– Cristo! As pessoas estão olhando, Sassenach!

– Eu... não... dou... a mínima! – sibilei, lutando para me desvencilhar dele. – Me solte, e eu vou dar a eles algo interessante para ver!

Não tirei os olhos do rosto dele, mas estava ciente de que havia vários outros rostos voltados para nós entre a multidão no gramado. Ele também. Ele franziu o cenho por um momento, e então seu rosto ficou determinado.

– Tudo bem então – disse ele. – Vamos deixar que eles observem.

Ele envolveu meu corpo com seus braços, me pressionou com força contra seu corpo e me beijou. Sem conseguir me soltar, eu parei de lutar e fiquei rígida e furiosa. Podia ouvir risadas e gritos de incentivo. Ninian Hamilton gritou algo em gaélico que eu fiquei feliz por não entender.

Finalmente, ele afastou os lábios dos meus, ainda me segurando com força contra seu corpo, e inclinou a cabeça para baixo, bem devagar, a bochecha fria encostada firmemente contra a minha. Seu corpo também estava firme, mas nem um pouco frio. Seu calor atravessava pelo menos seis camadas de roupa para chegar à minha pele: camisa, colete, casaco, vestido, combinação e corpete. Quer estivesse irado, excitado ou ambas as coisas, ele queimava como uma fornalha.

– Sinto muito – disse ele baixinho, a respiração quente soprando em meu ouvido. – Não quis insultar você. De verdade. Devo matá-lo e depois me matar?

Relaxei um pouco. Meu quadril estava pressionado contra ele e, com apenas cinco camadas de tecido entre nós naquele ponto, o efeito era tranquilizador.

– Talvez ainda não – falei.

Eu me sentia levemente zonza com a onda de adrenalina e respirei fundo para me acalmar. Então me afastei um pouco, retraindo-me por causa do fedor que as roupas dele exalavam. Se eu não estivesse tão transtornada, teria percebido imediatamente que ele era a fonte do cheiro horrível que eu estava sentindo.

– O que diabos você esteve fazendo? – Cheirei a frente do casaco dele, franzindo o cenho. – Está com um cheiro horrível! Parece...

– Esterco – disse ele, parecendo resignado. – Sim, eu sei.

Seus braços relaxaram.

– Sim, esterco – falei, cheirando mais. – E ponche de rum...

Ele não estava bebendo ponche, no entanto; eu não tinha sentido o gosto de nada além de brandy quando ele me beijou.

– E alguma coisa horrível, como suor e...

– Nabos cozidos – disse ele, parecendo mais resignado. – Sim, foi a criada sobre a qual lhe falei, Sassenach. O nome dela é Betty.

Ele pousou a minha mão na dobra de seu braço e, curvando-se em agradecimento para a multidão – todos aplaudindo, malditos fossem –, virou-se na direção da casa.

– Seria bom se conseguíssemos tirar algo sensato dela – disse ele, olhando para o sol, que estava no meio do céu sobre os salgueiros às margens do rio. – Mas está ficando tarde; acho que talvez seja melhor você subir e conversar com a minha tia primeiro, se quisermos que haja um casamento às 4 horas.

Respirei fundo, tentando me acalmar. Diversas emoções não expressadas ainda me tomavam por dentro, mas havia muito trabalho a fazer.

– Tudo bem. – falei. – Vou falar com Jocasta e em seguida vou ver Betty. Quanto a Phillip Wylie...

– Quanto a Phillipe Wylie – interrompeu ele –, não pense mais nele, Sassenach.

Vi um brilho decidido surgir em seus olhos.

– Vou cuidar dele mais tarde.

44

PARTES ÍNTIMAS

Deixei Jamie no salão, subi a escada e atravessei o corredor em direção ao quarto de Jocasta, assentindo distraidamente para amigos e conhecidos que encontrei pelo caminho. Eu estava desconcertada, irritada... e, ao mesmo tempo, divertindo-me relutantemente. Eu não passava tanto tempo pensando sobre um pênis desde os meus 16 anos, e lá estava eu, preocupada com três deles.

Sozinha no corredor, abri o leque, olhando pensativa no minúsculo espelho redondo que fazia as vezes de lago na cena pastoral pintada nele. Recurso que tinha o intuito mais de confundir do que de servir para alguém se arrumar, o espelho me mostrava não mais do que alguns centímetros do meu rosto por vez – um olho e sua sobrancelha arqueada me observava zombeteiramente.

Era um olho bem bonito, admiti. Havia marcas de expressão ao redor dele, era verdade, mas tinha um bom formato, uma pálpebra graciosa e cílios compridos e curvados cuja cor escura combinava com a pupila negra e contrastava de modo muito bonito com o tom de mel da íris.

Afastei um pouco o leque para ver minha boca. Lábios grossos, ainda mais grossos do que o normal no momento, rosados e úmidos. Os lábios davam a impressão de que alguém os havia beijado com intensidade. E também davam a impressão de ter gostado.

– Hum! – falei, fechando o leque.

Com o sangue não mais fervendo, pude admitir que Jamie talvez estivesse certo a respeito da tentativa de Phillip Wylie de se aproximar de mim de maneira questionável. Talvez estivesse enganado. Mas quaisquer que fossem as intenções ocultas do jovem, eu de fato tive provas incontestáveis de que ele me considerava fisicamente atraente, sendo ou não avó. Achei melhor não dizer isso a Jamie, no entanto; Phillip Wylie era um jovem muito irritante, mas depois de uma reflexão mais fria, eu havia decidido que não queria vê-lo caído no gramado com as tripas para fora.

Ainda assim, a maturidade de fato alterava a perspectiva, de certo modo. Apesar de todas as implicações pessoais de cada um daqueles membros masculinos excitados, era o flácido que mais me interessava no momento. Meus dedos coçavam para tocar as partes íntimas de Duncan Innes – no sentido figurado, pelo menos.

Não havia tantos tipos de trauma, exceto a castração, que causassem impotência física. Como a cirurgia naquela época ainda era uma técnica arcaica, eu acreditava que fosse possível que o médico que cuidou do ferimento original – se é que um médico tinha cuidado – tivesse simplesmente removido os dois testículos. Se fosse o caso, no entanto, Duncan não teria dito?

Bem, talvez não. Duncan era um homem profundamente tímido e recatado, e mesmo uma personalidade mais extrovertida poderia ter hesitado em revelar um infortúnio daquela dimensão, mesmo que fosse para um amigo íntimo. Teria ele sido capaz de esconder uma lesão como aquela dentro de uma prisão, no entanto? Tamborilei os dedos na madeira da porta de Jocasta, pensando.

Certamente era possível que os homens passassem anos sem tomar banho. Eu já tinha visto alguns obviamente nessa situação. Por outro lado, os prisioneiros de Ardsmuir tinham sido forçados a trabalhar ao ar livre, cortando turfa e carregando pedras; teriam tido acesso regular à água corrente e presume-se que tivessem pelo menos se lavado periodicamente, ainda que apenas para se livrar da coceira. Mas eu achava que era possível para um homem se lavar sem tirar toda a roupa.

Suspeitei que Duncan ainda estivesse mais ou menos intacto. Era muito mais provável, pensei, que a impotência dele fosse de origem psicológica: ter os testículos feridos com gravidade ou esmagados por certo faria qualquer homem vacilar, afinal, e uma experiência inicial poderia ter facilmente convencido Duncan de que tudo estava terminado para ele.

Parei antes de bater, mas não por muito tempo. Eu já tinha experiência em dar más notícias às pessoas, e se havia uma coisa que a experiência tinha me ensinado era que não havia motivos para se preparar nem para se preocupar com o que dizer. A eloquência não ajudava, e a sinceridade não era impedimento para a solidariedade.

Bati de uma vez à porta e entrei quando Jocasta respondeu.

O padre LeClerc estava presente, sentado a uma pequena mesa no canto, comendo uma grande variedade de petiscos. Duas garrafas de vinho – uma vazia – também estavam sobre a mesa, e o padre olhou para mim com um sorriso amplo que parecia dar a volta em seu rosto e se amarrar atrás das orelhas.

– *Tally-ho*, madame! – disse ele animadamente, e ergueu uma coxa de peru na minha direção em cumprimento. – *Tally-ho*, *Tally-ho*!

Bonjour parecia quase uma repreensão em comparação, então me contentei com uma reverência e um breve "Olá!" em resposta.

Estava claro que não haveria como tirar o padre dali, e não havia para onde levar Jocasta, já que Phaedre estava no quarto de vestir fazendo um grande alvoroço com um par de escovas de roupas. Mas, considerando a limitação do inglês do padre LeClerc, eu acreditava que não seria necessária privacidade total.

Toquei o cotovelo de Jocasta e murmurei discretamente que talvez devêssemos nos sentar perto da janela, pois eu tinha algo importante para discutir com ela. Jocasta pareceu surpresa, mas assentiu e, pedindo licença ao padre LeClerc – que não notou, pois estava ocupado comendo –, sentou-se ao meu lado.

– Sim, sobrinha? – disse ela, ajeitando as saias sobre as pernas. – O que foi?

– Bem – falei, respirando fundo. – Tem a ver com Duncan. A senhora sabe...

E ela soube. Pude ver a perplexidade em seu rosto quando comecei a falar, mas percebi uma sensação crescente de algo mais em sua atitude enquanto ouvia... quase alívio, pensei, surpresa.

Ela contraiu os lábios, concentrada, com os olhos cegos e azuis fixos à maneira perturbadora de sempre em um ponto acima de meu ombro direito. Havia preocupação na forma como reagiu, mas não uma grande aflição. Sua expressão estava se alterando, na verdade, mudando de surpresa para a aparência de alguém que de repente encontra uma explicação para uma circunstância antes preocupante – e se sente aliviado e satisfeito com a descoberta.

Eu me lembrei de que ela e Duncan *estavam* morando sob o mesmo teto havia mais de um ano, e estavam noivos havia meses. A atitude de Duncan em relação a ela em público sempre fora respeitosa – até cerimoniosa – e cuidadosa, mas ele não fazia demonstrações físicas de afeto nem de posse em relação a ela. Isso não era nem um pouco incomum para a época; apesar de alguns homens serem carinhosos com a esposa, outros não eram. Mas talvez ele também não fizesse tais demonstrações quando estavam a sós, e ela as esperasse.

Ela tinha sido bela, ainda era bonita, e estava acostumada com a admiração dos homens; cega ou não, eu já a vira flertar com habilidade com Andrew MacNeill, Ninian Bell Hamilton, Richard Caswell – até mesmo com Farquard Campbell. Talvez ela tivesse ficado surpresa, e até meio frustrada, por não despertar nenhum interesse físico aparente em Duncan.

Agora que ela sabia o porquê, no entanto, respirou fundo, balançando a cabeça lentamente.

– Meu Deus, pobre homem – disse ela. – Sofrer algo assim, e depois de superar a questão, ter que lidar com ela de novo. Minha nossa, por que o passado não pode nos deixar em paz mesmo depois de termos feito as pazes com ele?

Ela olhou para baixo, piscando, e fiquei surpresa e tocada ao ver que seus olhos estavam marejados.

De repente, uma grande presença surgiu atrás dela, e quando olhei para cima, vi o padre LeClerc perto de nós, como uma nuvem negra solidária com seu hábito preto.

– Algum problema? – perguntou ele em francês. – Monsieur Duncan sofreu algum acidente?

Jocasta não falava nada em francês além de *Comment allez-vous?*, mas claramente conseguira entender o tom das perguntas e também identificara o nome de Duncan.

– Não conte a ele – disse ela com certa urgência, pousando a mão em meu joelho.

– Não, não – garanti a ela.

Olhei para o padre, balançando os dedos para indicar que não havia nada com que se preocupar.

– *Non, non* – disse a ele. – *C'est rien.* Não é nada.

Ele franziu o cenho para mim, incerto, e então, olhou para Jocasta.

– Uma dificuldade com as núpcias, não? – perguntou ele diretamente, em francês.

Meu rosto provavelmente não tinha conseguido disfarçar minha consternação, pois ele fez um gesto discreto indicando as partes baixas, na frente do hábito.

– Ouvi a palavra "escroto", madame, e imagino que não estejam falando de animais.

Percebi – um pouco tarde demais – que, apesar de o padre LeClerc não falar inglês, certamente falava latim.

– *Merde* – falei baixinho, fazendo com que Jocasta, que havia olhado para cima ao ouvir a palavra "escroto", se virasse para mim.

Dei um tapinha em sua mão para tranquilizá-la, tentando decidir o que fazer. O padre LeClerc olhava para nós com curiosidade, mas também com grande bondade em seus olhos castanhos.

– Receio que ele tenha entendido o teor geral da conversa – falei de modo a me desculpar com Jocasta. – Acho que talvez seja melhor eu explicar.

Ela mordeu o lábio inferior, mas não disse nada, e eu expliquei a questão em francês do modo mais breve que pude. O padre ergueu as sobrancelhas e pegou automaticamente o rosário de madeira que estava pendurado em seu cinto.

– *Oui, merde, madame* – disse ele. – *Quelle tragédie.*

Ele se benzeu depressa com o crucifixo, em seguida, sem o mais leve constrangimento, limpou a gordura da barba na manga e se sentou ao lado de Jocasta.

– Por favor, pergunte a ela, madame, o que pretende fazer em relação ao assunto – pediu ele. O tom era educado, mas impositivo.

– O que pretende fazer? – repeti.

– *Oui*. Ela ainda deseja se casar com monsieur Duncan depois de saber disso? Pois, veja, madame, pelas leis da Santa Madre Igreja, tal impedimento à consumação é um obstáculo ao verdadeiro casamento. Eu posso não celebrar o sacramento do matrimônio sabendo disso. No entanto...

Ele hesitou, contraindo os lábios de modo pensativo ao olhar para Jocasta.

– No entanto, o propósito dessa determinação é que o casamento seja uma união frutífera, se Deus assim o quiser. Neste caso específico, tal vontade de Deus não está em questão. Então, veja bem...

Ele deu de ombros erguendo só um deles, como faziam os gauleses.

Traduzi essa pergunta para Jocasta, que estava olhando com os olhos semicerrados para o padre, como se pudesse entender o que ele estava dizendo por mera força de vontade. Quando terminei de explicar, seu rosto ficou inexpressivo, e ela se recostou um pouco. Ela havia assumido uma expressão típica dos Mackenzies; aquela característica máscara calma e impassível, que significava que, por trás dela, ela estava pensando furiosamente.

Eu estava um pouco preocupada, e não apenas por Duncan. Não havia me ocorrido que essa revelação pudesse impedir o casamento. Jamie queria proteger a tia e cuidar de Duncan. O casamento parecera a solução perfeita. Ele ficaria perturbado se as coisas desandassem tão em cima da hora.

Depois de um momento, no entanto, Jocasta se remexeu, expirando em um suspiro profundo.

– Bem, graças a Deus eu tive a sorte de conseguir um jesuíta – disse ela de modo seco. – Eles seriam capazes de convencer o papa a tirar as ceroulas, então o que é lidar com uma questão simples como ler a mente do Senhor? Sim, diga a ele que desejo me casar mesmo assim.

Transmiti isso ao padre LeClerc, que franziu o cenho levemente, analisando Jocasta com grande atenção. Sem perceber o olhar dele, ela ergueu uma das sobrancelhas, esperando pela resposta.

Ele limpou a garganta e falou, ainda olhando para ela, como se falasse comigo.

– Diga isso a ela, madame, por favor. Embora seja verdade que a procriação é a base dessa lei da Igreja, não é a única questão a ser levada em conta. Pois o casamento, o verdadeiro casamento entre um homem e uma mulher, essa... união da carne é importante por si só. A linguagem do rito diz que os dois devem se tornar uma só carne, e há um motivo para isso. Muita coisa acontece entre duas pessoas que dividem uma cama e têm prazer um com o outro. Isso não é tudo que o casamento é, mas é uma parte importante, realmente.

Ele falou com grande seriedade, e eu devo ter parecido surpresa, pois ele abriu um leve sorriso, olhando diretamente para mim.

– Nem sempre fui padre, madame – explicou ele. – Já fui casado. Sei como é, assim como sei como é deixar de lado para sempre essa parte... carnal... da vida.

As contas de madeira de seu rosário resvalaram umas nas outras, fazendo um ruído suave, quando ele se moveu.

Eu assenti, respirei fundo e traduzi diretamente como ele tinha dito. Jocasta ouviu, mas não parou para pensar dessa vez; sua decisão estava tomada.

– Diga a ele que agradeço pelo conselho – falou, com apenas uma leve alteração na voz. – Eu também já fui casada, mais de uma vez. E, com a ajuda dele, vou me casar de novo. Hoje.

Traduzi, mas ele já tinha entendido o que ela queria dizer pela postura ereta e pelo tom de voz dela. Ele se sentou por um momento, esfregando as contas entre os dedos, e em seguida assentiu.

– *Oui, madame* – disse ele.

Esticou o braço e apertou a mão dela em um gesto de incentivo.

– *Tally-ho*, madame!

45

SE GRASNA...

Bem, menos um problema, pensei, subindo a escada para o sótão. O próximo compromisso na lista de prioridades era a escrava Betty. Teria sido ela drogada de fato? Já fazia mais de duas horas desde que Jamie a encontrara na horta, mas eu achava que ainda poderia discernir os sintomas, se ela estivesse sido tão afetada quanto ele descrevera. Ouvi o soar abafado do relógio de pêndulo no andar de baixo. Um, dois, três. Uma hora para o casamento – ainda que ele pudesse ser facilmente adiado um pouco, se Betty exigisse mais atenção do que eu esperava.

Devido à posição indesejada dos católicos na colônia, Jocasta não ofenderia seus convidados – a maioria protestantes de algum tipo – obrigando-os a testemunhar a cerimônia papista em si. O casamento seria realizado discretamente, em seus aposentos, e em seguida o casal recém-casado desceria as escadas de braços dados, para celebrar com os amigos, e todos eles poderiam fingir, diplomaticamente, que o padre LeClerc era apenas um convidado vestido de modo excêntrico.

Quando me aproximei do sótão, fui surpreendida por um murmúrio de vozes vindo lá de cima. A porta do quarto das criadas estava entreaberta. Eu a abri e vi Ulysses lá dentro, em pé à cabeceira de uma cama estreita, braços dobrados, parecendo um anjo vingador entalhado em ébano. Obviamente, ele considerava aquele incidente lamentável um grave erro por parte de Betty. Um homem mais baixo e garboso, vestindo um casaco e uma peruca grande, se abaixou ao lado dela com um objeto na mão.

Antes que eu pudesse falar, ele pressionou o objeto contra o braço inerte da moça. Ouvi um clique baixo, e ele removeu o objeto, revelando um retângulo de sangue acumulado. As gotas brotaram, se juntaram e começaram a escorrer pelo braço dela para dentro de uma vasilha sob seu cotovelo.

– Um escarificador – explicou o homem a Ulysses com certo orgulho ao expor o objeto. – Um grande avanço em relação a instrumentos rudimentares como lancetas. Comprei na Filadélfia!

O mordomo abaixou a cabeça de modo cortês, aceitando o convite para examinar o instrumento ou reconhecendo sua ilustre proveniência.

– Tenho certeza de que a sra. Cameron ficará muito grata por sua generosa ajuda, dr. Fentiman – disse ele.

Fentiman. Então, aquele era o médico de Cross Creek. Pigarreei e Ulysses levantou a cabeça, olhos alertas.

– Sra. Fraser – disse ele com uma leve reverência. – O dr. Fentiman estava...

– Sra. Fraser?

O dr. Fentiman se virou e estava olhando para mim com o mesmo tipo de interesse suspeito com que eu olhava para ele. Evidentemente, ele já tinha ouvido coisas a meu respeito também. A compostura triunfou, no entanto, e ele fez uma reverência levando uma das mãos ao colete de cetim.

– Ao seu dispor, senhora – disse ele, desequilibrando-se levemente quando se levantou.

Senti o cheiro de gim em seu hálito e reparei no rosto corado dele, pequenas veias dilatadas nas faces e no nariz.

– Encantada – falei, estendendo a minha mão para que ele a beijasse.

Ele pareceu surpreso, a princípio, mas então inclinou-se para a frente com um floreio exagerado. Olhei por cima de sua cabeça, tentando enxergar o máximo que pudesse à luz fraca do sótão.

Betty parecia estar morta há uma semana, a julgar pelo tom acinzentado de sua pele, mas a luz que entrava no sótão era filtrada pelo papel oleado grosso preso sobre as pequenas cumeeiras. Ulysses também parecia pálido, como carvão coberto por cinza.

O sangue no braço da escrava já tinha começado a coagular; isso era bom – apesar de eu ter estremecido ao pensar em quantas pessoas Fentiman poderia ter cortado com aquele instrumento desde que o adquirira. Sua maleta estava aberta no chão ao lado da cama, e eu não vi indícios de que ele pensasse em limpar os instrumentos entre os usos.

– É muita generosidade da sua parte, sra. Fraser – disse o médico, endireitando-se, mas ainda segurando a minha mão, para se equilibrar, pensei. – Não precisa se preocupar, no entanto. A sra. Cameron é uma conhecida de longa data e muito querida; fico feliz em poder atender a escrava dela.

Ele sorriu de modo simpático, piscando enquanto tentava me ver com nitidez.

Eu podia ouvir a respiração da escrava, profunda e estertorosa, mas bastante regular. Eu estava ansiosa por sentir seu pulso. Inspirei profundamente, da maneira mais discreta que pude. Por trás do cheiro pungente da peruca do dr. Fentiman, que evidentemente tinha sido polvilhada com pó de urtiga e hissopo para combater os piolhos, e um cheiro forte de suor e tabaco vindo do corpo de médico, senti o cheiro metálico de sangue fresco, e o odor desagradável de sangue seco e em decomposição vindo de dentro de sua maleta. Não, Fentiman não limpava suas lâminas.

Além disso, eu podia sentir facilmente o miasma alcoólico que Jamie e Brianna tinham descrito, mas não sabia dizer quanto dele vinha de Betty e quanto vinha de Fentiman. Se havia algum vestígio de láudano na mistura, eu teria que chegar mais perto para detectar, e fazer isso depressa, antes que os óleos aromáticos voláteis desaparecessem por completo.

– É extremamente gentil de sua parte, doutor – falei, sorrindo sem sinceridade. – Tenho certeza de que a tia do meu marido ficará muito grata por seus esforços. Mas certamente um cavalheiro como o senhor deve ter tarefas muito mais importantes demandando sua atenção. Estou certa de que Ulysses e eu podemos cuidar da mulher; seus companheiros devem estar sentindo sua falta. – Principalmente aqueles que querem ganhar umas libras às suas custas nas cartas, pensei. Vão querer aproveitar a chance antes que você fique sóbrio de novo!

Para minha surpresa, o médico em nenhum momento sucumbiu à lisonja desse discurso. Soltando minha mão, sorriu para mim com tanta falsidade quanto eu demonstrara.

– Ah, não, de jeito nenhum, minha cara. Garanto que não é preciso cuidar de ninguém. Não passa de um caso de abuso, apenas isso. Administrei um emético forte; assim que fizer efeito, ela poderá ficar sozinha em segurança. Volte para suas distrações, minha cara senhora; não há necessidade de correr o risco de sujar um vestido tão bonito, não mesmo!

Antes que eu pudesse responder, ouvimos um som forte de engasgo vindo da cama, e o dr. Fentiman se virou de imediato, pegando o penico que estava embaixo da cama.

Apesar de sua limitação, sua atenção com a paciente foi louvável. Eu teria hesitado em administrar um emético a uma paciente inconsciente, mas tinha que admitir que não era nada despropositado a se fazer em caso de suspeita de envenenamento, ainda que o veneno fosse algo tão comumente aceito quanto o álcool – e se o dr. Fentiman tivesse detectado a mesma coisa que Jamie...

A escrava tinha comido bastante. Não era surpresa, com tanta comida disponível para a festa. Isso por si só poderia ter salvado sua vida, pensei, tornando mais lenta a absorção do álcool – e de qualquer outra coisa – em sua corrente sanguínea. O vômito recendia a rum e brandy, mas pensei ter sentido um vestígio de ópio também, tênue e levemente adocicado, entre os outros odores.

– Que tipo de emético o senhor usou? – perguntei, inclinando-me sobre a mulher e abrindo um de seus olhos com o polegar.

A íris mirava para cima, castanha e vidrada como uma bolinha de gude, a pupila estreitada como a cabeça de um alfinete. Ah, ópio, com certeza.

– Sra. Fraser!

O dr. Fentiman olhou para mim irritado, com a peruca meio caída sobre uma das orelhas.

– Pode sair, por favor, e parar de interferir! Estou muito ocupado e não tenho tempo para lidar com os seus caprichos. Você, senhor... tire-a daqui!

Ele balançou a mão para Ulysses e se virou de volta para a cama, ajeitando a peruca no lugar.

– Ora, seu...

Eu me controlei para não dizer o que queria ao ver Ulysses dar um passo incerto na minha direção. Ele claramente hesitava em me retirar à força, mas ficou óbvio que obedeceria às ordens do médico em detrimento das minhas.

Tremendo de fúria, eu me virei e saí do quarto.

Jamie me esperava no pé da escada. Ao ver meu rosto enquanto eu descia, ele segurou meu braço e me levou para o jardim.

– Aquele... aquele...

Eu não encontrava palavras.

– Verme nojento? – sugeriu para me ajudar. – Idiota insolente?

– Sim! Ouviu o que ele disse? Que descaramento! Aquele açougueiro... aquele maldito... fedelho! Não tem tempo para lidar com meus caprichos! Como ousa?

Jamie emitiu um som gutural, indicando solidariedade diante da minha indignação.

– Devo ir até lá e arrastá-lo para fora? – perguntou ele, com a mão no punhal. – Posso arrancar as tripas dele para você... ou apenas socar a cara dele, se preferir.

Por mais atraente que fosse essa ideia, fui obrigada a recusar.

– Bem... não – falei, controlando a minha cólera com certa dificuldade. – Não, acho que é melhor não fazer nada disso.

O eco de nossa conversa parecida a respeito de Phillip Wylie me assaltou. E também assaltou a Jamie; eu vi que ele entortou um canto da boca, rindo.

– Droga – falei, lamentando.

– Sim – concordou ele, tirando relutantemente a mão do punhal. – Parece que não terei permissão para derramar o sangue de ninguém hoje, não é?

– Você quer fazer isso, não é?

– Muito – disse ele, de modo seco. – Você também, Sassenach, ao que parece.

Eu não podia negar; nada me daria mais prazer do que arrancar as tripas do dr. Fentiman com uma colher. Em vez disso, passei a mão pelo rosto e respirei fundo, tentando controlar minhas emoções.

– Ele pode acabar matando a mulher? – perguntou Jamie, erguendo o queixo na direção da casa.

– Não imediatamente.

Sangramento e purgação eram altamente questionáveis e potencialmente perigosos, mas não costumavam ser instantaneamente fatais.

– Ah, você provavelmente tinha razão a respeito do láudano.

Jamie assentiu, contraindo os lábios de modo pensativo.

– Bem. O importante agora é conversar com Betty, quando ela estiver em condições de pensar direito. Você não acha que Fentiman é o tipo de homem que vai ficar sentado ao lado do leito de uma escrava doente, acha?

Agora foi a minha vez de pensar, mas por fim neguei com a cabeça.

– Não. Ele *estava* fazendo o melhor que podia por ela – admiti com relutância. – Mas até onde sei, ela não corre grande perigo. Deveria ficar em observação, mas só em caso de vomitar e engasgar dormindo, mas duvido que ele fique para cuidar disso, mesmo que saiba da possibilidade.

– Muito bem.

Ele ficou de pé, pensando, por um momento, com a brisa soprando mechas de seus cabelos ruivos no topo de sua cabeça.

– Mandei Brianna e o marido olharem por aí para ver se algum dos convidados está jogado em algum canto. Farei a mesma coisa com os escravos. Acha que pode ir sorrateiramente até o sótão quando Fentiman sair e conversar com Betty assim que ela acordar?

– Imagino que sim.

Eu teria subido de qualquer modo, ainda que fosse apenas para ter certeza do bem-estar dela.

– Mas não demore muito; eles estão quase prontos para o casamento.

Permanecemos de pé por um tempo, olhando um para o outro.

– Não fique chateada, Sassenach – disse ele baixinho, e prendeu uma mecha de cabelos atrás da minha orelha. – O médico é um tolo; não se incomode por causa dele.

Toquei o braço dele, agradecida pelo conforto e desejando oferecer a ele o mesmo consolo pelos sentimentos feridos.

– Sinto muito por Phillip Wylie – falei.

Percebi de repente que não importava quais fossem as minhas intenções, o efeito desse lembrete não tinha sido apaziguador. Ele contraiu os lábios e deu um passo para trás, com os ombros tensos.

– Não se preocupe com ele, Sassenach – falou.

Sua voz ainda era suave, mas não havia nada de reconfortante nela.

– Vou acertar as contas com o sr. Wylie em breve.

– Mas...

Eu me interrompi, sem saber o que dizer. Evidentemente, não havia nada que eu pudesse dizer ou fazer para acertar as coisas de novo. Se Jamie sentia que sua honra fora ofendida, e claramente era o caso, não importava o que eu dissesse, então Wylie pagaria por isso, e não havia nada a fazer.

– Você é o homem mais teimoso que já conheci – falei contrariada.

– Obrigado – disse ele, fazendo uma leve reverência.

– Não foi um elogio!

– Foi, sim.

E com outra reverência, ele se virou e partiu.

46

MERCÚRIO

Para o alívio de Jamie, o casamento transcorreu sem mais dificuldades. A cerimônia – realizada em francês – aconteceu na pequena saleta íntima de Jocasta no andar de cima, e foi testemunhada apenas pelo casal, pelo padre, por ele e por Claire, além de Brianna e seu marido. Jemmy estivera presente, também, mas não contava, já que tinha dormido durante todo o tempo.

Duncan estava pálido, mas sereno, e a tia de Jamie dissera os votos com a voz decidida, sem evidência de hesitação. Brianna, casada havia pouco tempo e, consequentemente, emotiva, observara tudo com os olhos marejados, apertando o braço do marido, e Roger Mac olhara para ela com ternura. Mesmo sabendo o que sabia a respeito da natureza daquele casamento em particular, Jamie também se emocionara com o sacramento e levara os dedos de Claire aos lábios, beijando-os delicadamente enquanto o padre gordo e baixinho entoava a bênção.

Então, depois de concluídas as formalidades e assinados os contratos matrimoniais, todos desceram para se juntar aos convidados em um grande jantar de casamento sob a luz de tochas que cercavam o terraço, as chamas compridas iluminando as mesas fartas de River Run.

Ele pegou uma taça de vinho de uma das mesas e se recostou na parede do pátio, sentindo a tensão do dia descer por sua espinha. Um problema a menos, então.

A criada Betty ainda estava apagada como um boi abatido, mas segura o bastante no momento. Ninguém mais tinha sido encontrado envenenado, então era possível que ela própria tivesse tomado a substância. O velho Ninian e Barlow estavam quase tão nocauteados quanto a empregada, e não ofereciam risco um ao outro nem a ninguém mais. E o que quer que fosse que Husband e seus reguladores estavam tramando, o faziam a uma distância segura. Jamie sentiu-se agradavelmente leve, livre de responsabilidades e pronto para se divertir.

Ergueu a taça em uma saudação automática para Caswell e Hunter, que passavam por ali, com as cabeças unidas em uma conversa séria. Mas ele não pretendia tomar parte em conversas políticas; levantou-se e se virou, passando pelas pessoas próximas às mesas de bebidas.

O que ele queria de verdade era sua esposa. Apesar de ainda ser cedo, o céu já estava escuro, e uma sensação de festividade sem controle se espalhava pela casa e pelo terraço enquanto as tochas ardiam. O ar estava frio, e com bom vinho pulsando em seu sangue, suas mãos se lembraram do corpo quente dela sob as saias no bosque, macio e suculento como um pêssego aberto na palma de sua mão, maduro e saboroso.

Ele a desejava intensamente.

Ali. No fim do terraço, com a luz da tocha iluminando seus cabelos ondulados, presos sob aquele ridículo pedaço de renda. Os dedos dele se contorceram; quando ele ficasse sozinho com ela, tiraria seus grampos, um a um, e prenderia os cabelos dela no alto da cabeça com as mãos, apenas pelo prazer de deixá-los cair de novo, soltos por suas costas.

Ela estava rindo de algo que Lloyd Stanhope dissera, com um copo na mão. Seu rosto estava levemente corado por causa do vinho e, ao ver aquilo, ele sentiu uma pontada prazerosa de ansiedade.

Fazer amor com Sassenach poderia ser qualquer coisa entre a ternura e a devassidão, mas fazer amor com ela quando ela já tinha bebido um pouco era sempre um prazer especial.

Embriagada, ela se importava menos com ele do que o habitual; relaxada e preocupada apenas com o próprio prazer, ela o arranhava e o mordia – e implorava para que ele a satisfizesse também. Ele adorava a sensação de poder naquilo, a escolha torturante entre unir-se a ela de uma vez em seu desejo animal ou de se controlar – por um tempo – para guiá-la de acordo com a sua vontade.

Ele bebericou o próprio vinho, saboreando o prazer raro de uma bebida decente, e a observou de longe. Ela era o centro de um pequeno grupo de cavalheiros, com quem parecia estar travando um duelo de intelectos. Uma ou duas taças de vinho soltavam sua língua e relaxavam sua mente, como acontecia com ele. Mais algumas taças e o brilho se transformaria em um calor intenso. Ainda estava cedo, e o verdadeiro banquete ainda não tinha começado.

Ela cruzou o olhar com o dele brevemente e sorriu. Ele segurou a taça pela parte superior e seus dedos se curvaram ao redor do vidro liso como se fosse o seio dela. Ela viu e compreendeu. Ela piscou para ele e voltou a conversar, mais corada.

O paradoxo delicioso de fazer amor com ela depois de ter bebido era que, depois de parar de se preocupar com ele a não ser como o agente de suas próprias sensações, ela deixava de se preocupar tanto consigo mesma e se abria totalmente para ele. Ele podia provocar e acariciar, agitá-la vigorosamente como manteiga, conduzindo-a pelo êxtase até ficar totalmente inerte sob ele, entregue por completo.

Ela estava usando o leque, abrindo os olhos acima da borda dele, fingindo chocar-se com algo que o sodomita do Forbes dissera. Ele passou a ponta da língua com cuidado por dentro do lábio inferior, sentindo o gosto doce do sangue na memória. Misericórdia? Não, ele não teria nenhuma.

Depois de tomar essa decisão, ele passou a pensar no problema mais prático de encontrar um lugar suficientemente reservado para realizar sua intenção, mas foi interrompido pela chegada de George Lyon, elegante e cheio de si. Ele tinha sido apresentado, mas não sabia muito sobre o homem.

– Sr. Fraser. Posso ter uma palavra com o senhor?

– Estou ao seu dispor, senhor.

Ele se virou de lado por um momento para pousar o copo, mudando a posição apenas o suficiente para ajeitar seu tartã, satisfeito por não estar usando uma calça apertada de cetim como aquele empoado do Wylie. Ele as considerava indecentes e muito desconfortáveis, além de tudo. Um homem estaria correndo o risco de sofrer uma lenta emasculação na companhia de uma mulher se não fosse um eunuco nato – e Wylie claramente não era, apesar de todo o pó e enfeites. Um tartã com cinto, no entanto, poderia esconder uma infinidade de pecados – ou pelo menos, um punhal e uma pistola –, sem falar de uma ocasional ereção.

– Vamos caminhar um pouco, sr. Lyon? – sugeriu ele, virando-se.

Se o homem tinha negócios tão privados quanto seu comportamento sugeria, era melhor que não ficassem ali, onde poderiam ser interrompidos a qualquer momento por um dos convidados do casamento.

Eles caminharam lentamente até o fim do terraço, trocando amenidades um com o outro e com quem passava, até ganharem a liberdade do quintal, onde hesitaram por um momento.

– O cercado dos cavalos, talvez?

Sem esperar a confirmação de Lyon, Jamie se virou em direção ao estábulo distante. Ele queria ver os frísios de novo, de qualquer modo.

– Ouvi falar muito sobre o senhor, sr. Fraser – começou Lyon de modo simpático, enquanto eles caminhavam em direção à torre do relógio do estábulo.

– É mesmo, senhor? Bem, e espero que boa parte não tenha servido para me desacreditar.

Ele já tinha ouvido um pouco sobre Lyon; um negociante de qualquer produto que uma pessoa poderia comprar ou vender, e talvez não exatamente escrupuloso no que dizia respeito à proveniência de seus produtos. Havia rumores de que ele também lidava com coisas menos tangíveis do que ferro e papel de vez em quando, mas eram apenas rumores.

Lyon riu, mostrando dentes suficientemente alinhados, mas muito manchados de tabaco.

– Não mesmo, sr. Fraser. Exceto pelo pequeno impedimento de suas conexões familiares, que não são sua culpa, ainda que as pessoas *façam* suposições, não ouvi nada além dos maiores elogios, tanto ao seu caráter quanto a suas conquistas.

A Dhia, pensou Jamie, chantagem e bajulação, tudo na primeira frase. Seria apenas porque a Carolina do Norte era um fim de mundo e não valia o tempo de um intriguista mais competente? Ele sorriu com educação, dispensando os elogios com um murmúrio modesto, e esperou para ver o que o homem queria.

Não muito, pelo menos para começar. O tamanho do regimento de milícia de Fraser e os nomes dos homens. Interessante, ele pensou. Lyon não era um homem do governador, então, ou já teria essas informações. Quem estaria por trás dele, se é que havia alguém? Não a regulação, certamente; o único deles que tinha um pouco mais de dinheiro era Ninian Bell Hamilton, e se o velho Ninian quisesse saber de alguma coisa, teria ido ele mesmo perguntar. Um dos proprietários ricos da costa, então? A maioria dos aristocratas tinha um interesse na colônia que não ia além de seus bolsos.

O que levava à conclusão lógica de que, quem quer que fosse o mercado pretendido por Lyon, haveria algo a perder ou a ganhar com os possíveis conflitos na colônia. Quem poderia ser?

– Chisholm, McGillivray, Lindsay... – dizia Lyon enquanto pensava. – Então, a maioria dos seus homens são escoceses das Terras Altas. Filhos de antigos colonizadores ou talvez soldados aposentados, como o senhor?

– Ah, duvido que um soldado se aposente verdadeiramente, senhor – disse Jamie, abaixando-se para deixar que um dos cachorros do estábulo cheirasse sua mão. – Quando um homem vive sob as armas, suspeito de que fique marcado para sempre. Na verdade, já ouvi dizer que velhos soldados nunca morrem; apenas desaparecem aos poucos.

Lyon riu sem se conter, declarando aquilo um belo epigrama. Sem parar para ouvir a resposta, ele continuou, claramente navegando águas bem conhecidas.

– Fico feliz em ver tal sentimento expressado, sr. Fraser. Sua Majestade sempre dependeu da força dos escoceses e de suas habilidades como guerreiros. O senhor ou seus vizinhos por acaso serviram com o regimento do seu primo? Os Frasers do septuagésimo oitavo regimento demonstraram grande distinção durante o recente conflito; ouso dizer que a arte da guerra corre no sangue, não?

Aquilo foi um golpe bem direto. O jovem Simon Fraser na realidade não era seu primo, mas seu meio-tio, filho de seu avô. Fora como forma de expiar a traição do velho e em uma tentativa de recuperar a fortuna e as propriedades da família que o jovem Simon reunira dois regimentos para a Guerra de Sete Anos – que Brianna insistia em chamar de Guerras dos Franceses e dos Índios, como se a Grã-Bretanha não tivesse tido nada a ver com aquilo.

Lyon estava perguntando agora se Jamie procurara estabelecer suas credenciais como soldado leal da Coroa juntando-se a um dos regimentos de escoceses. Ele não conseguia acreditar na atitude direta do homem.

– Ah, não. Infelizmente, não pude servir nessa posição – disse Jamie. – Sofri com uma indisposição de uma campanha anterior, compreende?

A pequena indisposição de ter sido prisioneiro da Coroa por muitos anos depois da Revolta, apesar de não ter mencionado isso. Se Lyon ainda não sabia, não havia motivos para contar.

Eles tinham chegado ao cercado dos cavalos e estavam recostados confortavelmente na cerca. Os cavalos ainda não tinham sido recolhidos; as criaturas grandes e negras se moviam como sombras, com a pelagem brilhando sob a luz da tocha.

– São cavalos estranhos, não acha?

Ele interrompeu as especulações de Lyon a respeito dos males do sectarismo, observando-os, fascinado.

Não eram apenas as crinas enormes e sedosas, ondulando como água quando eles balançavam a cabeça, nem o pelo preto como carvão ou o arco formado pelo pescoço, mais grossos e mais musculosos do que os dos puros-sangues de Jocasta. O corpo deles também era largo, com peito, cernelha e ancas amplos, de modo que pareciam atarracados – mas ainda assim moviam-se graciosamente como qualquer cavalo que ele já tinha visto, ágeis e leves, com um senso de jovialidade e inteligência.

– Sim, é uma raça muito antiga – disse Lyon, deixando de lado suas perguntas por um tempo para poder observar. – Já os vi antes... na Holanda.

– Holanda. Já viajou muito para lá?

– Não muito. Estive lá alguns anos atrás, no entanto, e conheci um parente seu. Um comerciante de vinhos chamado Jared Fraser.

Jamie sentiu um sobressalto de surpresa, seguido por uma sensação calorosa ao ouvir o nome do primo.

– É mesmo? Sim, Jared é primo do meu pai. Espero que ele esteja bem.

– Sim, está realmente muito bem.

Lyon se aproximou, apoiando-se na cerca, e Jamie percebeu que havia chegado o momento dos negócios do homem, independentemente de quais fossem. Tomou o resto do vinho na taça e a pousou, preparado para ouvir.

– Fiquei sabendo que um... talento para a bebida corre na família também, sr. Fraser.

Ele riu, apesar de não achar muita graça.

– Um gosto pela bebida talvez, senhor. Não sei dizer sobre o talento.

– Não? Bem, tenho certeza de que o senhor está sendo modesto, sr. Fraser. A qualidade do seu uísque é bem conhecida.

– O senhor me deixa lisonjeado.

Ele sabia o que viria em seguida e se preparou para fingir prestar atenção. Não seria a primeira vez que alguém sugeriria uma parceria; ele forneceria o uísque e o outro cuidaria da distribuição por Cross Creek, Wilmington e até Charleston. Lyon, ao que parecia, tinha esquemas grandiosos em mente.

A bebida mais envelhecida iria de barco costa acima até Boston e Filadélfia, ele sugeriu. O uísque cru, no entanto, poderia atravessar a Linha do Tratado, para ser distribuído nos vilarejos dos cherokees, em troca de peles e couro. Ele tinha parceiros, que forneceriam...

Jamie ouviu com crescente desaprovação, e então interrompeu Lyon abruptamente.

– Certo. Agradeço pelo interesse, senhor, mas receio não produzir o suficiente para o que sugere. Faço uísque apenas para o consumo da minha família, e alguns barris além disso, de vez em quando, para o comércio local. Nada mais.

Lyon grunhiu com simpatia.

– Tenho certeza de que poderia aumentar sua produção, sr. Fraser, com seu conhecimento e sua habilidade. Se fosse uma questão dos materiais... alguns ajustes poderiam ser feitos, estou certo... Posso falar com cavalheiros que seriam nossos parceiros no negócio e...

– Não, senhor, receio que não. Se me der licença...

Ele fez uma reverência abrupta, virou-se e seguiu de volta em direção ao terraço, deixando Lyon no escuro.

Precisava perguntar sobre Lyon a Farquard Campbell. O homem precisava ser observado. Não que Jamie se opusesse ao contrabando, mas não queria ser pego contrabandeando, e poucas coisas lhe pareciam mais perigosas do que uma operação em larga escala do tipo que Lyon estava sugerindo, na qual ele estaria envolvido até o pescoço, mas sem controle sobre as partes mais perigosas do processo.

Sim, a ideia do dinheiro era atraente, mas não tanto a ponto de cegá-lo em relação aos riscos. Se fosse se envolver em um negócio assim, faria tudo por conta própria, talvez com a ajuda de Fergus ou Roger Mac – talvez do velho Arch Bug e de Joe Wemyss –, mas de mais ninguém. Era muito mais seguro manter a coisa toda em escala pequena, privada... Mas agora que Lyon tinha sugerido a ideia, talvez valesse a pena pensar um pouco. Fergus não era agricultor, era verdade; seria preciso encontrar algo para ele fazer, e o francês conhecia bem negócios arriscados, como eles diziam, de sua época em Edimburgo...

Ele voltou ao terraço, pensando, mas ao ver a esposa, todos os pensamentos sobre uísque desapareceram de sua mente.

Claire havia deixado Stanhope e seus amigos e estava ao lado da mesa de comida, observando os pratos com um leve franzir de cenho, como se estivesse confusa com todas as opções.

Ele viu os olhos de Gerald Forbes concentrados nela, brilhantes de curiosidade, e moveu-se de imediato por reflexo, colocando-se entre a esposa e o advogado. Ele sentiu os olhos do homem em suas costas, e sorriu para si mesmo. *Ela é minha, idiota*, ele pensou.

– Não consegue decidir por onde começar, Sassenach?

Ele estendeu o braço e pegou a taça vazia da mão dela, aproveitando o momento para se aproximar mais, sentindo seu calor através das roupas.

Ela riu e se encostou nele, apoiada em seu braço. Ela cheirava a pó de arroz e pele quente, com o aroma de rosas nos cabelos.

– Não estou com muita fome. Só estava contando as geleias e as conservas. Há 37 tipos, a não ser que eu tenha errado na contagem.

Ele olhou para a mesa, sobre a qual realmente havia uma série desconcertante de travessas de prata, tigelas de porcelana e bandejas de madeira, com mais comida do que seria necessário para alimentar um vilarejo escocês por um mês. Ele também não estava com fome. Pelo menos, não de pudins e doces.

– Bem, Ulysses deve ter se encarregado disso. Ele não permitiria que a hospitalidade da minha tia deixasse a desejar.

– Não duvido disso – disse ela. – Viu o espaço para assar as carnes nos fundos? Há nada menos do que três bois inteiros em espetos ali, e pelo menos uma dúzia de porcos. Nem tentei contar as galinhas e os patos. Você acha que é só hospitalidade ou sua tia quer ostentar o bom trabalho feito por Duncan, mostrando como River Run está próspera sob a administração dele?

– Pode ser – disse ele, apesar de achar, no fundo, que era improvável que as intenções de Jocasta fossem tão atenciosas ou generosas.

Ele acreditava que a fartura da celebração tinha muito mais que ver com o desejo dela de levar a melhor sobre Farquard Campbell, ofuscando a festa que ele havia organizado em Green River em dezembro, para comemorar seu casamento mais recente.

E por falar em casamento...

– Aqui está, Sassenach.

Ele colocou a taça vazia dela em uma bandeja levada por um criado e pegou outra cheia, que colocou na mão dela.

– Ah, não vou... – começou ela, mas ele a interrompeu, pegando outra taça da bandeja e erguendo-a em um brinde. O rosto dela corou mais intensamente, e seus olhos brilharam.

– À beleza – disse ele baixinho, sorrindo.

Eu me sentia agradavelmente derretida por dentro, como se minha barriga e meus membros estivessem repletos de mercúrio. Não tinha totalmente a ver com o vinho, apesar de ele ser muito bom. Era mais a liberação da tensão, depois de todas as preocupações e de todos os conflitos do dia.

O casamento tinha sido delicado e tranquilo, e ainda que provavelmente a comemoração da noite fosse ruidosa ao extremo – eu ouvira alguns jovens planejando brincadeiras vulgares para o fim da festa –, eu não precisava me preocupar com nada disso. Minha intenção era aproveitar o delicioso jantar que tinha sido servido, talvez tomar uma ou duas taças mais daquele vinho excelente... e então encontrar Jamie a fim de investigar o potencial romântico do banco de pedra sob os salgueiros.

Jamie parecera se adiantar um pouco aos meus planos, já que eu ainda não tinha comido nada, mas não tive problemas em remanejar as prioridades. Afinal, sobraria muita comida.

A luz da tocha o iluminava, fazendo seus cabelos, suas sobrancelhas e sua pele brilharem como cobre. A brisa da noite soprava, levantando as pontas da toalha da mesa, transformando as chamas das tochas em labaredas, e soltando de sua trança mechas de cabelo que golpeavam seu rosto. Ele ergueu sua taça, sorrindo por cima da borda.

– À beleza – disse baixinho, e bebeu, sem tirar os olhos de mim.

O mercúrio se moveu, palpitando pelo meu quadril e descendo pela parte de trás das minhas pernas.

– À... hum... privacidade – respondi, erguendo de leve a minha taça.

Sentindo-me prazerosamente imprudente, levei a mão aos cabelos devagar e puxei a renda que os decorava. Meio presas pelos grampos, as madeixas caíram soltas pelas minhas costas, e ouvi alguém prender a respiração, chocado, atrás de mim.

À minha frente, o rosto de Jamie se tornou de repente inexpressivo, os olhos fixos em mim como os de um gavião em um coelho. Ergui a minha taça, ainda olhando nos olhos dele, e bebi, sorvendo o vinho lentamente. O aroma das uvas escuras perfumava minha cabeça por dentro e o calor do vinho esquentava meu rosto, minha garganta, meus seios e minha pele. Jamie se moveu abruptamente para pegar a taça vazia da minha mão, os dedos frios e duros sobre os meus.

E então ouvi uma voz vinda das portas francesas iluminadas por velas atrás dele.

– Sr. Fraser.

Nós dois nos assustamos, e a taça caiu entre nós, explodindo em caquinhos nas pedras do terraço. Jamie se virou, a mão esquerda tocando o cabo do punhal em um reflexo. Então relaxou quando viu a silhueta e deu um passo para trás, entortando a boca em uma careta.

Phillip Wylie apareceu à luz das tochas. Seu rosto estava corado o suficiente para a cor aparecer sob o pó de arroz, ardendo em manchas febris sobre as maçãs do rosto.

– Meu amigo Stanhope propôs uma partida ou duas de uíste esta noite – disse ele. – Gostaria de jogar conosco, sr. Fraser?

Jamie dirigiu a ele um olhar demorado e frio, e eu vi os dedos lesionados de sua mão direita estremecerem muito levemente. O pulso latejava na lateral de seu pescoço, mas sua voz permaneceu calma.

– Uíste?

– Sim. – Wylie abriu um sorriso discreto, evitando diligentemente olhar para mim. – Soube que o senhor joga bem. – Ele contraiu os lábios. – Embora, é claro, joguemos apostando um pouco alto. Talvez ache que não...

– Eu adoraria – disse Jamie, com um tom de voz que deixava perfeitamente claro que a única coisa que ele adoraria realizar naquele momento era a perspectiva de fazer com que Phillip Wylie engolisse todos os dentes.

Os dentes em questão brilharam brevemente.

– Ah, esplêndido. Vou... esperar ansiosamente.

– Ao seu dispor, senhor.

Jamie fez uma reverência abrupta, virou-se, segurou meu cotovelo e partiu pelo pátio, levando-me com ele.

Eu o acompanhei, mantendo o ritmo e o silêncio, até estarmos longe o suficiente para não sermos ouvidos. O mercúrio havia desaparecido das minhas regiões mais inferiores, e percorria a minha espinha, fazendo com que eu me sentisse perigosamente instável.

– Você enlouqueceu? – perguntei educadamente.

Recebendo apenas um grunhido em resposta, firmei os pés e puxei o braço dele para fazê-lo parar.

– Não foi uma pergunta retórica – falei, consideravelmente mais alto. – Uíste com aposta alta?

Jamie era, de fato, um ótimo jogador de cartas. Ele também conhecia a maioria das maneiras de roubar em jogos de baralho. No entanto, era difícil, senão impossível, roubar no uíste, e Phillip Wylie também tinha a reputação de saber jogar muito bem, assim como Stanhope. Além disso, havia o fato de Jamie não ter *o que* apostar, muito menos se as apostas fossem altas.

– Você esperava que eu deixasse o franguinho aviltar a minha honra e ainda por cima me insultar na minha cara?

Ele se virou para olhar para mim, arregalando os olhos.

– Tenho certeza de que ele não quis... – comecei, mas me interrompi.

Estava bem claro que se Wylie não pretendera insultar diretamente, ele quisera que aquilo soasse como um desafio – e para um escocês, essas duas coisas eram praticamente a mesma.

– Mas você não *tem* que aceitar!

Eu teria conseguido resultado melhor se estivesse discutindo com a parede de tijolos da horta.

– Tenho, sim – disse ele, tenso. – Tenho o meu orgulho.

Passei a mão sobre o rosto, exasperada.

– Sim, e Phillip Wylie sabe muito bem disso! Já ouviu falar que o orgulho precede a queda?

– Não tenho a menor intenção de cair – garantiu-me ele. – Pode me dar a sua aliança de ouro?

Fiquei boquiaberta.

– Eu... a minha aliança?

Meus dedos foram involuntariamente para a minha mão esquerda, tocando a aliança lisa de Frank.

Ele me observava com atenção, olhos fixos em mim. As tochas em torno do terraço tinham sido acesas; a luz o iluminava de lado, deixando em relevo os ossos protuberantes de seu rosto, e um dos olhos de um azul intenso.

– Vou precisar de algo com que apostar – disse ele, baixinho.

– Inferno!

Eu me virei de costas e fiquei olhando para o jardim. As tochas no gramado também tinham sido acesas, e as nádegas brancas de mármore de Perseu se destacavam na escuridão.

– Não vou perdê-la – disse Jamie atrás de mim. Sua mão pousou no meu ombro, pesando sobre o meu xale. – Mas, se a perder, vou recuperá-la. Sei que é... importante para você.

Eu me desvencilhei da mão dele e me afastei alguns passos. Meu coração batia forte e meu rosto parecia suado e quente, como se eu estivesse prestes a desmaiar.

Ele não disse nada nem me tocou; só ficou ali, esperando.

– A de ouro – falei, por fim, de modo seco. – Não a de prata? – Não a aliança *dele*, não a marca de *sua* posse.

– A de ouro vale mais – disse ele e então, depois de uma breve hesitação, acrescentou: – Em termos financeiros.

– Eu sei disso.

Eu me virei para olhar para ele. As chamas das tochas oscilavam com o vento e lançavam uma luz bruxuleante em seus traços que os tornava difíceis de decifrar.

– O que eu quis dizer foi... Não é melhor levar as duas?

Minhas mãos estavam frias e escorregadias de suor; a aliança de ouro saiu fácil; a de prata estava mais apertada, mas eu a girei para que passasse pela falange. Peguei a mão dele e coloquei as duas alianças nela.

Então me virei e saí andando.

47

AS LISTAS DE VÊNUS

Roger saiu da sala e foi para o terraço, abrindo caminho por entre as pessoas que se reuniam como formigas ao redor das mesas de comida. Estava com calor e suava, e o ar da noite soprava refrescante em seu rosto. Ele parou nas sombras no fim do terraço, onde pôde desabotoar o colete e abrir um pouco a camisa, deixando o ar frio entrar.

As tochas de pinheiro que se alinhavam ao redor do terraço e dos caminhos de pedra estavam bruxuleando ao vento, lançando sombras inconstantes sobre os convidados, cujos membros e rostos apareciam e desapareciam em uma sucessão desconcertante. O fogo reluzia na prata e no cristal, na renda dourada e nas fivelas dos sapatos, nos brincos e nos botões dos casacos. A distância, parecia que a multidão era iluminada por vaga-lumes, piscando em meio à massa escura de tecidos farfalhantes. Brianna não estava vestindo nada que reluzisse, ele pensou, mas deveria ser fácil localizá-la, de qualquer modo, devido a sua altura.

Ele tivera apenas vislumbres tentadores dela durante o dia. Ela havia ficado à disposição da tia ou cuidando de Jemmy, ou conversando com as – aparentes – dúzias de pessoas que conhecera em sua temporada em River Run. Ele não quis privá-la dessa oportunidade. Brianna tinha pouquíssimo contato com pessoas na Cordilheira dos Frasers, e ele ficou feliz ao vê-la se divertindo.

Ele também tinha se divertido muito. Sua garganta parecia agradavelmente áspera agora devido ao esforço de cantar por muito tempo, e ele havia aprendido três novas canções com Seamus Hanlon, muito bem guardadas na memória. Fizera uma reverência por fim e deixara a pequena orquestra tocando na sala, pulsando em uma tórrida névoa de esforço, suor e álcool.

Lá estava ela; ele viu o brilho de seus cabelos quando ela saiu do salão, virando-se para dizer algo para a mulher atrás dela.

Ela o viu ao se virar, e seu rosto se iluminou, provocando um calor lisonjeiro por baixo do colete novamente abotoado.

– Aí está você! Quase não o vi durante o dia. Mas ouvi sua voz algumas vezes – disse ela, meneando a cabeça na direção das portas abertas.

– Ah, é? E eu estava cantando bem? – perguntou ele casualmente, em busca de elogios.

Ela sorriu e deu um tapinha no peito dele com o leque fechado, imitando o gesto de uma coquete – o que ela não era.

– Ah, sra. MacKenzie – disse ela, aumentando o volume da voz em um som anasalado –, a voz do seu marido é divina! Se eu fosse tão sortuda, tenho certeza de que passaria horas apenas me deleitando com seu som!

Ele riu, reconhecendo a srta. Martin, a jovem acompanhante da velha srta. Bledsoe, que permanecera suspirando enquanto ele cantava baladas à tarde.

– Você sabe que é bom – disse ela, voltando a falar normalmente. – Não precisa que eu diga.

– Talvez não – admitiu ele. – Mas não quer dizer que não goste de ouvir.

– É mesmo? A adulação do público não basta?

Ela estava rindo para ele, os olhos estreitados.

Ele não soube o que responder e riu, segurando a mão dela.

– Quer dançar?

Ele inclinou a cabeça na direção do fim do terraço, onde as portas francesas da sala estavam abertas, deixando sair os acordes melodiosos de "Duke of Perth", em seguida olhou para as mesas de novo.

– Ou comer?

– Nenhum dos dois. Quero sair daqui um pouco; mal consigo respirar.

Uma gota de suor escorreu por seu pescoço, brilhando vermelha à luz da tocha antes de ela secá-la.

– Ótimo.

Ele segurou a mão dela e a apoiou em seu braço, virando-se na direção da mata que se estendia além do terraço.

– Sei de um lugar perfeito.

– Ótimo. Ah, espere. Talvez eu queira algo para comer.

Ela ergueu a mão e parou um escravo que chegava ao terraço, vindo da cozinha, com uma bandeja pequena e coberta que exalava uma fumaça apetitosa.

– O que é isso, Tommy? Posso pegar um pouco?

– Coma quanto quiser, srta. Bree.

Ele sorriu, tirando o guardanapo para mostrar os quitutes. Ela respirou fundo, deliciando-se.

– Quero todos eles – disse ela, pegando a bandeja, para diversão de Tommy.

Aproveitando a oportunidade, Roger murmurou um pedido ao escravo, que assentiu, saiu e voltou momentos depois com uma garrafa aberta de vinho e duas taças. Roger os pegou e juntos eles desceram o caminho que levava da casa ao cais, trocando amenidades enquanto comiam pedaços de torta.

– Encontrou algum convidado desmaiado sob um arbusto? – perguntou ela, as palavras abafadas por estar com a boca cheia de torta de cogumelo. Ela engoliu e a fala ficou mais clara. – Quando meu pai pediu para você procurar hoje à tarde, quero dizer.

Ele bufou brevemente, pegando um bolinho feito de salsicha e abóbora seca.

– Sabe a diferença entre um casamento escocês e um funeral escocês, não sabe?

– Não, qual é?

– No funeral, há um bêbado a menos.

Ela riu, espalhando as migalhas, e pegou um ovo escocês.

– Não – disse ele, conduzindo-a com habilidade para a direita do cais, e em direção aos salgueiros. – Você vai ver alguns pés aparecendo por baixo dos arbustos agora, mas hoje à tarde eles ainda não tinham tido tempo de encher tanto a cara.

– Você usa *tão bem* as palavras – disse ela, impressionada. – Fui falar com os escravos; todos presentes, e a maioria sóbria também. Mas algumas mulheres admitiram que Betty costuma beber em festas.

– Para dizer o mínimo, pelo que o seu pai disse. Bêbada feito um gambá, foi como o seu pai a descreveu, e acho que ele não estava se referindo apenas à bebedeira.

Algo pequeno e escuro pulou para fora do caminho dele. Um sapo; ele podia ouvi-los coaxando no bosque.

– Hum. Minha mãe disse que ela parecia estar bem, apesar de o dr. Fentiman ter insistido em sangrá-la. – Ela estremeceu de leve, colocando o xale em volta dos ombros com uma das mãos. – Esse médico me dá arrepios. Ele parece um pequeno duende do mal, algo assim, e tem as mãos mais pegajosas que já apertei. Além de ter um cheiro horroroso, por falar em fedor.

– Ainda não tive o prazer de conhecê-lo – disse Roger, divertindo-se. – Venha.

Ele afastou o véu de galhos de salgueiro, tomando cuidado para não perturbar um casal de namorados qualquer que tivesse chegado ao banco de pedra antes deles, mas estava tudo bem. Todo mundo estava na casa, dançando, comendo, bebendo e planejando uma serenata para o casal. Antes Duncan e Jocasta do que nós, ele pensou, revirando os olhos para algumas das coisas que tinha ouvido serem sugeridas. Em outro momento, talvez ele se interessasse em testemunhar uma cacofonia musical, e traçar todas as raízes dele a costumes franceses e escoceses – mas não agora.

Fez-se um súbito silêncio sob os salgueiros, a maior parte do barulho vindo da casa abafada pelo correr da água e pelo coaxar monótono dos sapos. Também estava escuro como breu, e Brianna tateou, procurando o banco com cuidado para poder apoiar sua bandeja.

Roger fechou os olhos com força e contou até trinta; quando os abriu, conseguiu pelo menos ver a silhueta dela, recortada contra a luz fraca que era filtrada pelos salgueiros, e a linha horizontal do banco. Ele pousou as taças e serviu o vinho, com o gargalo da garrafa tilintando suavemente contra as taças enquanto ele vertia a bebida.

Ele esticou a mão e a desceu pelo braço dela, localizando a mão para entregar a taça com segurança. E então ergueu a própria taça em um brinde.

– À beleza – falou, deixando o sorriso ficar evidente em sua voz.

– À privacidade – disse ela, retribuindo o brinde, e bebeu. – Hum, é bom – comentou um momento depois, parecendo levemente sonhadora. – Não bebo vinho há... um ano? Não, quase dois. Desde antes do nascimento do Jemmy. Na verdade, desde...

Sua voz parou de repente, e então continuou, mais lenta.

– Desde a nossa *primeira* noite de núpcias. Em Wilmington, lembra?

– Lembro.

Ele estendeu a mão e tocou o rosto dela, traçando os ossos da face suavemente com o polegar. Não admirava que ela estivesse pensando naquilo naquele momento. Tinham começado lá, sob os galhos de uma enorme nogueira, que os abrigara do barulho e da luz de uma taverna próxima. A atual situação lembrava de maneira estranha e comovente aquela escuridão e aquela privacidade furtiva, os dois envoltos pelo cheiro das folhas e da água próxima – com a algazarra dos sapos no cio substituindo os sons da taverna.

Aquela tinha sido uma noite quente, no entanto, densa e úmida a ponto de fazer as peles se fundirem uma na outra. Agora, estava frio, e o corpo dele desejava o calor do dela, e o cheiro que os envolvia era o aroma primaveril das folhas verdes e água corrente, não o cheiro almiscarado de folhas secas e lama.

– Você acha que eles vão dormir juntos? – perguntou Brianna.

Ela parecia ligeiramente ofegante; talvez fosse por causa do vinho.

– Quem? Ah, você se refere a Jocasta e a Duncan? Por que não? Eles estão casados.

Ele bebeu todo o vinho e pousou o copo, o vidro batendo suavemente contra a pedra.

– Foi um belo casamento, não acha?

Ela não resistiu quando ele pegou a taça dela e a colocou junto da dele.

– Discreto, mas bonito.

– Sim, muito bonito.

Ele a beijou e a puxou contra o seu corpo. Podia sentir a fita na parte de trás do vestido dela, entrelaçada por baixo do fino xale de lã.

– Humm. Que gosto bom.

– Ah, sim, salsichas e vinho. Igual a você.

Ele levou a mão à barra do xale, enfiando-a por baixo e procurando a ponta da fita, em algum lugar perto da cintura dela; ela pressionou o corpo contra o dele para facilitar.

– Você acha que ainda vamos querer fazer amor quando formos velhos como eles? – perguntou ela, sussurrando no ouvido dele.

– Eu vou – garantiu ele, segurando o laço que prendia a fita. – Espero que você também queira; não gostaria de fazer tudo sozinho.

Ela riu e respirou fundo, as costas se elevando de repente quando a fita apertada se afrouxou. Mas havia o espartilho por baixo também, droga. Ele usou ambas as mãos, procurando pelos cordões internos, e ela arqueou as costas para ajudar, o que fez com que seus seios subissem e ficassem logo abaixo do queixo dele. A visão fez com que ele tirasse uma das mãos das costas dela, para tocar aquele desdobramento novo e agradável.

– Não estou com o meu... ou melhor, eu não trouxe...

Ela se afastou um pouco, parecendo em dúvida.

– Mas você ingeriu as sementes hoje, não é?

Para o inferno com pizza e papel higiênico, ele pensou; no momento, trocaria toda a comodidade de ter água encanada por um preservativo.

– Sim.

Ela ainda parecia em dúvida, e ele cerrou os dentes, segurando-a com firmeza, como se ela pudesse de repente sair correndo.

– Tudo bem – disse ele, percorrendo com os lábios a lateral do pescoço dela em direção à curva avassaladora onde ele se unia ao músculo do ombro.

A pele macia contra os lábios dele, fria no contato com o ar, morna e cheirosa por baixo dos cabelos.

– Não precisamos... quero dizer... não vou... deixe-me só...

O decote do vestido dela era bastante profundo sem o lenço por baixo, ainda mais baixo com o vestido desamarrado, e seu seio estava pesado e macio na mão dele. Ele sentiu o mamilo grande e redondo como uma cereja madura na palma de sua mão, e inclinou-se em um impulso para tomá-lo nos lábios.

Ela se retesou e em seguida relaxou com um pequeno suspiro, e ele sentiu um gosto doce e morno na língua e então um pulsar estranho e o jorro de... ele engoliu por reflexo, chocado. Chocado e incrivelmente excitado. Ele não pensara; não pretendera... mas ela puxou a cabeça dele com força contra seu corpo, mantendo-o ali.

Ele continuou e a empurrou um pouco para trás, para que se sentasse na beirada do banco, de modo que ele pudesse se ajoelhar na frente dela. Um pensamento repentino lhe ocorreu, provocado pela lembrança do que ela havia escrito em seu diário de sonhos.

– Não se preocupe – disse ele. – Não vamos... arriscar nada. Deixe-me fazer isso... só para você.

Ela hesitou, mas deixou que ele corresse as mãos por baixo de sua saia, pelos contornos sedosos das panturrilhas e das coxas nuas, por baixo da curva de suas nádegas, frias e nuas contra a pedra, sob o tecido das anáguas. Uma das canções de Seamus descrevia as explorações de um cavalheiro "das listas de Vênus". As palavras atravessavam a mente dele com o ímpeto da água que corria, e ele estava determinado a se sair bem nas tais listas.

Talvez ela não conseguisse descrever, mas ele fazia questão de que ela soubesse que tinha acontecido. Ela estremeceu entre as mãos dele, e ele colocou uma das mãos entre as coxas dela.

– Srta. Bree?

Os dois se sobressaltaram, e Roger tirou as mãos dela como se as tivesse queimado. Podia sentir o sangue latejando em seus ouvidos... e em suas bolas.

– Sim, o que foi? É você, Phaedre? O que foi... é Jemmy?

Ele estava de cócoras, tentando respirar, sentindo-se zonzo. Via a pele clara dos seios dela na sua frente quando ela se levantou e se virou em direção à voz, ajeitando o lenço com pressa, puxando o xale para cima para cobrir o vestido aberto.

– Sim, senhora.

A voz de Phaedre veio das sombras projetadas pelo salgueiro mais próximo da casa; não dava para ver nada da escrava exceto o tecido branco de sua touca flutuando na penumbra.

– O pobrezinho acordou quente e incomodado, não quis mingau nem leite, e então começou a tossir, e parecia sério, e Teresa achou que seria melhor chamarmos o dr. Fentiman para cuidar dele, mas eu disse...

– O dr. Fentiman!

Brianna desapareceu, afastando os galhos do salgueiro com pressa, e ele ouviu o ruído dos passos apressados na terra enquanto ela corria na direção da casa, com Phaedre logo atrás.

Roger se levantou e parou por um momento, com a mão na braguilha. A tentação era forte; não demoraria mais de um minuto – provavelmente menos, na situação em que se encontrava. Mas não, Bree podia precisar dele para lidar com Fentiman. Pensar no médico usando seus instrumentos nojentos no corpo de Jemmy foi o suficiente para que ele disparasse por entre os salgueiros atrás dela. As listas de Vênus teriam que esperar.

...

Encontrou Bree e Jemmy na sala íntima de Jocasta, no centro de um pequeno grupo de mulheres, todas parecendo surpresas – até mesmo ligeiramente escandalizadas – quando o viram. Ignorando as sobrancelhas erguidas e os grunhidos, ele passou por elas até chegar a Brianna.

O pequeno de fato parecia mal, e Roger sentiu um aperto no estômago. Meu Deus, como aquilo podia ter acontecido tão rápido? Ele tinha visto Jem no casamento poucas horas antes, encolhido e rosado em seu berço improvisado, e antes daquele momento, animado como sempre na festa. Agora, ele estava recostado no ombro de Brianna, com o rosto vermelho e os olhos pesados, resmungando um pouco, com muco escorrendo do nariz.

– Como ele está?

Ele estendeu o braço e tocou o rosto corado de leve com as costas da mão. Meu Deus, como ele estava quente!

– Ele está doente – disse Brianna, lacônica.

Como se confirmasse, Jemmy começou a tossir, um barulho horroroso, alto, mas meio sufocado, como uma foca engasgada com o peixe. O sangue subiu ao seu rosto já vermelho, e seus olhos azuis redondos se arregalaram com o esforço para respirar entre os espasmos.

– Merda – murmurou Roger. – O que vamos fazer?

– Água fria – disse uma das mulheres ao lado dele, de modo autoritário. – Coloque-o dentro de uma banheira de água fria e faça com que ele beba um pouco.

– Não! Meu Deus, Mary, você vai matar a criança – repreendeu-a outra senhora, que esticou a mão e deu um tapinha nas costas trêmulas de Jemmy. – É crupe; meus filhos têm de vez em quando. Coloque alho fatiado e aquecido nas solas dos pés dele – disse a Brianna. – Às vezes funciona.

– E se não funcionar? – perguntou outra mulher com ceticismo.

As narinas da primeira mulher se abriram, e sua amiga se meteu na conversa para ajudar.

– Johanna Richards perdeu dois bebês para o crupe. De uma hora para outra!

Ela estalou os dedos, e Brianna se retraiu como se o som fosse o de um de seus ossos quebrando.

– Por que estamos falando sem parar se temos um médico aqui? Você, menina, vá buscar o dr. Fentiman! Já não pedi para fazer isso? – ralhou uma das mulheres, batendo palmas diante de Phaedre, que estava encolhida contra a parede, os olhos fixos em Jemmy.

Antes que ela pudesse se mover para obedecer, Brianna levantou a cabeça.

– Não! Ele, não. Não quero que ele venha.

Ela dirigiu um olhar furioso para as mulheres e em seguida olhou desesperada para Roger.

– Vá buscar minha mãe, depressa!

Ele se virou e passou pelas mulheres, o medo momentaneamente afastado pela necessidade de fazer alguma coisa. Onde Claire poderia estar? *Ajude-me, ajude-me a encontrá-la, ajude-o a ficar bem*, pensou ele, direcionando a oração incoerente para quem quer que estivesse ouvindo – Deus, o reverendo, a sra. Graham, Santa Brígida, a própria Claire –, ele não se dirigia a ninguém em especial.

Ele desceu desabalado a escada até o foyer e viu Claire correndo na direção dele. Alguém tinha dito a ela, que lançou a ele um olhar rápido e perguntou: "Jemmy?" com um erguer do queixo, e quando ele assentiu, ofegante, subiu a escada depressa, deixando para trás um foyer cheio de pessoas olhando para ela.

Ele a alcançou no corredor do andar de cima e conseguiu chegar a tempo de abrir a porta para ela – e para receber um olhar não merecido, mas muito valorizado, de gratidão de Bree.

Ele deixou o caminho livre, recuperando o fôlego e pensando. No momento em que Claire entrou na sala, a atmosfera de preocupação e quase pânico mudou de repente. Ainda havia um ar de preocupação entre as mulheres, mas elas abriram caminho sem hesitar, afastando-se respeitosamente e murmurando umas para as outras enquanto Claire seguia direto até Jemmy e Bree, ignorando todo o resto.

– Oi, amorzinho. O que foi, está se sentindo mal? – murmurou ela para Jemmy, virando a cabeça dele de um lado para o outro e apalpando seu pescocinho e atrás de suas orelhas. – Coitadinho. Está tudo bem, querido, a mamãe está aqui, a vovó está aqui, vai ficar tudo bem... Há quanto tempo ele está assim? Ele bebeu alguma coisa? Sim, querido, isso mesmo... Está com dificuldade de engolir?

Ela alternava entre comentários reconfortantes para o bebê e perguntas a Brianna e Phaedre, tudo com o mesmo tom tranquilo de confiança enquanto suas mãos tocavam aqui e ali, explorando, acalmando. Roger sentiu aquilo funcionando nele também e respirou fundo, sentindo o aperto no peito diminuir um pouco.

Claire pegou uma folha do caderno grosso de Jocasta da escrivaninha, enrolou-a para formar um tubo, que usou para auscultar as costas e o peito de Jemmy enquanto ele produzia os mesmos sons de foca engasgada. Roger notou, brevemente, que os cabelos dela tinham se soltado de alguma forma; ela teve que afastá-los para ouvir.

– Sim, claro que é crupe – disse ela distraidamente, em resposta a um diagnóstico acanhado feito por uma das mulheres. – Mas isso é só a tosse e a respiração difícil. É possível ter crupe por si só, por assim dizer, ou como um dos primeiros sintomas de várias outras coisas.

– Como o quê? – perguntou Bree.

Ela segurava Jemmy com força, e seu rosto estava quase tão pálido quanto os nós de seus dedos.

– Ah...

Claire parecia estar ouvindo com atenção, mas não a Bree, e sim o que estivesse acontecendo dentro de Jemmy, que tinha parado de tossir e estava deitado, exausto, no ombro da mãe, respirando com dificuldade enquanto arfava como um motor a vapor.

– Hum... coriza, só um resfriado comum. Gripe. Asma. Difteria. Mas não é isso – acrescentou ela ao olhar para a frente e ver o rosto de Brianna.

– Tem certeza?

– Sim – respondeu Claire com firmeza, endireitando-se e deixando de lado o estetoscópio improvisado. – Não me parece difteria. Além do mais, não tem nenhum andaço de difteria por aí, ou eu teria ficado sabendo. E ele ainda está sendo amamentado; tem imunidade...

Ela parou de falar abruptamente, consciente de que as mulheres a observavam. Pigarreou, abaixando-se de novo, como se quisesse incentivar Jemmy dando o exemplo. Ele gemeu baixinho e tossiu mais uma vez. Roger sentiu, foi como se levasse uma pedrada no peito.

– Não é sério – anunciou Claire decidida, endireitando-se. – Mas precisamos isolá-lo. Leve-o para a cozinha. Phaedre, pode trazer alguns cobertores velhos, por favor?

Ela caminhou em direção à porta, afastando as mulheres à sua frente como se enxotasse um bando de galinhas.

Obedecendo a um impulso que não parou para questionar, Roger estendeu os braços para o bebê e, depois de um segundo de hesitação, Brianna permitiu que ele o pegasse. Jemmy não reclamou, permaneceu inerte e pesado, o que era muito diferente de sua atitude sempre tão alerta. A face do bebê ardia através da camisa de Roger enquanto ele o carregava para baixo, com Bree logo atrás.

A cozinha ficava no porão com paredes de alvenaria da casa, e Roger teve uma breve visão de Orfeu descendo ao submundo, com Eurídice logo atrás dele, enquanto eles desciam pela escada dos fundos para as profundezas penumbrosas da cozinha. Em vez de uma lira mágica, no entanto, ele levava uma criança que ardia feito brasa e tossia como se seus pulmões estivessem prestes a explodir. Se ele não olhasse para trás, pensou, o menino ficaria bem.

– Talvez um pouco de água fria fosse bom – recomendou Claire.

Ela pousou as mãos na testa de Jemmy, avaliando a temperatura.

– Está com infecção de ouvido, meu amor? – Ela soprou delicadamente dentro de uma das orelhas do bebê, e então na outra; ele piscou, tossiu com rouquidão e passou a mão gordinha pelo rosto, mas não reclamou. Os escravos estavam reunidos em um canto da cozinha, levando água fervente, prendendo os cobertores em uma viga para fazer a tenda de isolamento sob a orientação dela.

Claire pegou o bebê dos braços de Roger para banhá-lo, e ele ficou ali, querendo desesperadamente fazer alguma coisa, qualquer coisa, até Brianna pegar sua mão e apertá-la com força, afundando as unhas na palma de sua mão.

– Ele vai ficar bem – sussurrou ela. – Vai.

Ele apertou a mão dela em resposta, sem dizer nada.

Quando a tenda ficou pronta, Brianna passou por baixo do cobertor pendurado, virando-se para pegar Jemmy, que tossia e chorava, pois não gostara nem um pouco da água fria. Claire havia mandado uma escrava buscar sua caixa de remédios e agora procurava dentro dela; por fim encontrou um frasco cheio de um óleo amarelo-claro, e um vidrinho com cristais brancos.

Antes que pudesse fazer alguma coisa com eles, porém, Joshua, um dos criados, apareceu, descendo a escada, meio sem fôlego.

– Sra. Claire, sra. Claire!

Alguns cavalheiros estavam atirando com suas pistolas, para comemorar a feliz ocasião, aparentemente, e um deles havia sofrido algum tipo de acidente, embora Josh não soubesse exatamente o que tinha acontecido.

– Ele não está gravemente ferido – assegurou ele a Claire, com um sotaque de Aberdeen que ficava tão peculiar pronunciado por seu rosto negro –, mas está sangrando bastante, e o dr. Fentiman... bem, talvez ele não esteja tão firme como estava antes. Pode vir comigo, senhora?

– Sim, claro.

Em um piscar de olhos, ela havia colocado o frasco e o vidrinho nas mãos de Roger.

– Preciso ir. Pegue isto. Coloque um pouco na água quente; faça ele respirar o vapor até a tosse parar.

Depressa, ela fechou a caixa e a entregou a Josh para que ele a carregasse, seguindo em direção à escada antes que Roger pudesse perguntar mais alguma coisa. E então desapareceu.

O vapor escapava pela abertura na tenda; ao ver isso, ele parou para tirar o casaco e o colete, e os deixou amontados de qualquer modo no chão enquanto se abaixava e adentrava a escuridão, com o frasco e o vidrinho na mão.

Bree estava sentada em um banquinho com Jemmy no colo, uma bacia branca cheia de água quente a seus pés. Um feixe de luz do fogo atingiu seu rosto por um momento, e Roger sorriu para ela, tentando parecer confiante antes de o cobertor descer de novo.

– Onde está a minha mãe? Ela saiu?

– Sim, houve outra emergência. Mas vai ficar tudo bem – disse ele com firmeza. – Ela me deu umas coisas para colocar na água; disse que devemos deixá-lo respirando o vapor até a tosse passar.

Ele se sentou no chão ao lado da bacia de água. Estava bem escuro dentro da tenda, mas não uma escuridão total. Quando seus olhos se ajustaram, ele pôde enxergar bem. Bree ainda parecia preocupada, mas não tão assustada quanto estivera no andar de cima. Ele também se sentia melhor; pelo menos sabia o que fazer, e Claire não parecera muito preocupada por ter de deixar o neto; obviamente ela não achava que ele fosse morrer sufocado.

Dentro do frasco, havia óleo de pinheiro, com um cheiro forte e pungente de resina. Ele não sabia ao certo quanto usar, mas despejou um bocado generoso na água. Então, tirou a rolha do vidrinho e o cheiro forte de cânfora subiu como um gênio saindo da lâmpada. Não eram exatamente cristais, ele viu; eram bolinhas de um tipo de resina seca, granulosas e meio grudentas. Ele colocou um pouco na palma da mão e então esfregou-as com força entre as palmas antes de jogá-las na água, pensando, enquanto fazia isso, que aquele gesto era instintivamente familiar.

– Ah, é isso – disse ele ao se dar conta.

– O quê?

– Isto.

Ele balançou a mão indicando o ambiente, rapidamente tomado pelo vapor pungente.

– Eu me lembro de quando ficava no meu berço com um cobertor sobre a cabeça. Minha mãe colocava isto na água quente, o cheiro era exatamente este. Por isso pareceu familiar.

– Ah. – A ideia pareceu tranquilizá-la. – Você teve crupe quando era pequeno?

– Acho que sim, mas não me lembro. Só lembro do cheiro.

O vapor havia tomado a pequena tenda, úmido e pungente. Ele respirou fundo, enchendo os pulmões, e deu um tapinha na perna de Brianna.

– Não se preocupe, isto vai resolver – disse ele.

Jemmy logo começou a tossir convulsivamente, fazendo o som de foca, mas a tosse parecia menos alarmante agora. Ele não sabia se era a escuridão, o cheiro ou simplesmente a movimentação normal e os sons da cozinha do lado de fora da tenda, mas as coisas pareciam mais calmas. Ouviu Bree respirar fundo também, e soltar o ar, e percebeu a mudança no corpo dela quando ela relaxou um pouco, dando tapinhas nas costas de Jemmy.

Eles permaneceram em silêncio por um tempo, ouvindo Jemmy tossir, respirar com dificuldade, arquejar e por fim recuperar o fôlego, soluçando levemente. Ele tinha parado de resmungar, parecia mais calmo com a proximidade dos pais.

Roger havia deixado cair a rolha do vidro de cânfora; tateou o chão até encontrá-la e então a enfiou na boca do vidro com firmeza.

– O que será que sua mãe fez com as alianças? – perguntou ele, procurando um assunto ameno para quebrar o silêncio tomado pelo vapor.

– Por que ela teria feito algo com elas?

Brianna afastou uma mecha de cabelo. Ela o havia prendido para aquela noite, mas os fios escorregavam, grudando-se em seu rosto.

– Ela não as estava usando quando me entregou as coisas.

Ele meneou a cabeça indicando o vidrinho de cânfora, longe do perigo, encostado na parede. Ele se lembrava com clareza das mãos dela, dos dedos compridos, brancos e nus; eles haviam chamado sua atenção, já que ele nunca tinha visto as mãos dela sem as alianças de prata e de ouro.

– Tem certeza? Ela nunca tira as alianças, só quando vai fazer alguma coisa muito nojenta – comentou com uma risada nervosa e inesperada. – A última vez que me lembro de vê-la tirando as alianças foi quando Jem deixou o mordedor cair dentro do penico.

Roger sorriu, divertindo-se. Um mordedor podia ser qualquer objeto pequeno, mas era assim que eles tinham passado a chamar a argola de ferro – originalmente destinado a guiar o gado pelo focinho – que Jem gostava de morder. Era o brinquedo preferido dele, e ele não gostava de ir para a cama sem ele.

– Bi-bi? – fez Jem.

Ergueu a cabeça, os olhos semicerrados. A respiração ainda estava pesada, mas ele começava a demonstrar interesse por alguma coisa além de seu próprio desconforto.

– Bi-bi!

– Ops, não deveria ter mencionado a argola.

Bree o balançou gentilmente no joelho e começou a cantar baixinho, sussurrando, para distraí-lo.

– *Em um desfiladei-ro, em uma caver-na, esca-van-do uma mina... Vivia um minei--ro, um homem matrei-ro, e sua fi-lha Clementi-na...*

A escuridão e a privacidade dentro da tenda fizeram Roger se lembrar de uma coisa; ele percebeu que tinha ali a mesma sensação de paz que sentira no banco sob os salgueiros, apesar de a tenda ser muito mais quente. O linho de sua camisa já estava grudado nos ombros, e ele sentia o suor escorrer por suas costas por baixo do cabelo preso na altura da nuca.

– Ei – falou, cutucando a perna de Bree. – Quer subir e tirar o vestido novo? Vai estragar se você ficar aqui por muito tempo.

– Ah. Bem... – Ela hesitou, mordendo o lábio. – Não, vou ficar, tudo bem.

Ele se levantou, inclinado sob os cobertores, e pegou Jem do colo dela, enquanto ele tossia e gorgolejava.

– Vá – disse ele com firmeza. – Você pode pegar o brin... você sabe o que dele. E não se preocupe. Dá para ver que o vapor está ajudando. Ele vai ficar bem logo, logo.

Ele precisou insistir um pouco mais, mas por fim ela consentiu, e Roger se sentou no banco vazio com Jemmy aconchegado no braço. A pressão do banco de madeira fez com que ele se lembrasse do acúmulo causado pelo encontro sob os salgueiros, e ele se ajeitou para diminuir o desconforto.

– Bem, não causa nenhum problema de longo prazo – disse ele a Jemmy. – Pergunte a qualquer garota, elas vão confirmar.

Jemmy resmungou e disse algo incompreensível começando com "Bi...?" e tossiu de novo, mas só um pouco. Roger encostou as costas da mão no rosto delicado e redondo. Ele *achava* que estava mais frio. Era difícil saber com o calor que fazia ali dentro. O suor escorria livremente por seu rosto, e ele o secou com a manga.

– Bi-bi? – perguntou uma vozinha fina contra o seu peito.

– Sim, já, já. Quietinho.

– Bi-bi. Bi-bi!

– Shhh.

– Bi...

– *Leve ela era, como uma fada...*

Ele tentou se lembrar da letra da música.

– Bi...

– *E UM NÚMERO MUITO GRANDE ELA CALÇAVA!*

Roger elevou o volume da voz de repente, provocando um silêncio repentino dentro e fora da tenda, na cozinha. Ele pigarreou e voltou a cantar baixinho.

– Ahn... *Caixas de arenque sem tampa... As sandálias eram para Clementina. Ah, minha doce, minha doce, minha doce Clementina... Sua arte se perdeu, se foi para sem--pre, minha do-ce... Clementina.*

A cantoria parecia estar surtindo efeito. As pálpebras de Jemmy estavam a meio mastro. Ele enfiou um polegar na boca e começou a chupar, mas estava claro que não conseguia respirar pelo nariz entupido. Roger tirou o polegar delicadamente e segurou o punho pequeno com a mão. Estava molhado e grudento, e era muito pequeno, mas ele sentiu que, apesar disso, era forte.

– *Alimentava os patinhos, no lago, todas as ma-nhãs, às nove... Bateu o pé em uma tábua e caiu na água coberta de espuma.*

As pálpebras se fecharam com alguma relutância. Jemmy suspirou e seu corpo ficou completamente inerte, o calor se desprendendo de sua pele em ondas. Gotinhas de suor tremiam em cada cílio – lágrimas, suor, vapor ou os três.

– *Lábios de rubi fo-ra da á-gua, soprando bo-lhas suaves e pequeninas... Pobre de mim, que não sabia nadar, e perdi minha Clementina. Ah, minha doce, minha doce...*

Ele secou o rosto de novo, inclinou-se e beijou os cabelos úmidos e sedosos. *Obrigado*, ele pensou com sinceridade, dirigindo-se a qualquer um, de Deus para baixo.

– *Ah, minha doce... Clementina...*

48

ESTRANHOS NA NOITE

Era muito tarde quando fui para a cama depois de verificar as condições de todos os meus pacientes. DeWayne Buchanan havia levado um tiro de raspão no braço quando Ronnie Campbell não ergueu a pistola o suficiente ao atirar na margem do rio, mas ficou bem depois que o ferimento foi limpo e tratado. Depois de Ronnie, que estava tomado pela culpa, lhe oferecer bebida em quantidade generosa, ele literalmente não sentia mais nenhuma dor.

Um dos escravos de Farquard Campbell, um homem chamado Rastus, havia queimado seriamente a mão ao pegar uma ave na grelha. A única coisa que eu pude fazer foi envolver a mão dele em um pano limpo, colocá-la em uma tigela de água fria e prescrever gim, para uso interno. Também tinha tratado vários jovens que estavam consideravelmente bêbados e exibiam várias contusões, arranhões e dentes faltando por causa de um desentendimento envolvendo um jogo de dados. Seis casos de indigestão, todos tratados com chá de hortelã, e mostrando melhoras. Betty parecia dormir profundamente, mas um sono natural, e roncava alto na cama. Jemmy estava em condições parecidas, e a febre tinha baixado.

A maior parte da festança já tinha acabado àquela altura; só os jogadores mais obstinados ainda jogavam, espiando suas cartas com os olhos vermelhos em meio a uma nuvem de tabaco na saleta. Olhei nas outras salas também, ao atravessar o primeiro andar até a escada da frente. Alguns cavalheiros conversavam sobre política em voz baixa em um canto da sala de jantar, a mesa havia muito tinha sido esvaziada e limpa, mas havia copos vazios de brandy esquecidos perto de seus cotovelos. Jamie não era um deles.

Um escravo de olhos pesados fez uma reverência quando espiei lá dentro, murmurando para perguntar se eu queria comer ou beber alguma coisa. Eu não tinha comido nada desde o jantar, mas o dispensei, cansada demais para pensar em comida.

Parei no primeiro patamar e olhei para o corredor, na direção dos aposentos de Jocasta, mas estava tudo em silêncio por lá, sem barulhos de brincadeiras. Havia uma marca no painel de madeira da parede, onde um corpo pesado tinha se chocado, e, ao olhar para cima, vi vários pontos queimados no teto, onde tiros tinham sido dados.

O mordomo Ulysses estava sentado em um banco perto da porta, ainda usando peruca e roupas formais, com a cabeça inclinada sobre os braços cruzados. Uma vela tremeluzia e crepitava no candeeiro acima dele. À luz inconstante, vi que os olhos dele estavam fechados, mas o cenho estava franzido; ele roncava enquanto dormia, e seus lábios se moviam brevemente, como se sonhasse com coisas ruins. Pensei em despertá-lo, mas enquanto ia na direção dele, o sonho passou. Ele se esticou, meio desperto, e em seguida adormeceu de novo, com o rosto tranquilo. Um instante depois, a chama da vela se apagou.

Eu prestei atenção, mas não ouvi nenhum som na escuridão, exceto a respiração pesada de Ulysses. Se Duncan e Jocasta murmuravam um para o outro por trás das cortinas da cama ou se estavam em silêncio, lado a lado, eternamente separados, ninguém nunca ia saber. Desejei felicidades a eles mentalmente e continuei a subir as escadas, com os joelhos e as costas doendo, desejando a minha própria cama – e a compreensão do meu marido.

Por uma janela aberta no segundo andar, ouvi conversas e risos distantes e alguns tiros cortando o ar da noite. Os homens mais jovens e mais selvagens – e alguns com idade suficiente para ter mais juízo – tinham descido até a margem do rio na companhia de uma dúzia de garrafas de uísque e brandy para atirar em sapos, ou foi a informação que recebi.

As moças, no entanto, estavam todas dormindo. O segundo andar estava em silêncio, exceto pelo ruído dos roncos abafados. Em contraste com o corredor frio do lado de fora, o quarto estava sufocante, apesar de o fogo ter se tornado apenas uma manta de brasas acesas que não emitiam nada além de um brilho vermelho e fraco.

Com tantos convidados na casa, as únicas pessoas com o luxo de um quarto privado era o casal de noivos. Todos os demais estavam apertados nos poucos quartos disponíveis. Duas camas grandes e uma esteira ocupavam o quarto, com esteiras menores espalhadas na maior parte do espaço restante. Cada cama estava lotada de mulheres de camisola deitadas lado a lado sobre o colchão, irradiando tanto calor úmido quanto uma estufa cheia de orquídeas.

Respirei superficialmente – o ar estava tomado por uma mistura de suor seco, churrasco e cebolas fritas, perfume francês, hálito de álcool e o cheiro forte e adocicado de baunilha – e tirei o vestido e os sapatos o mais rápido que pude, torcendo para não começar a suar em bicas antes de conseguir me despir. Ainda estava excitada por causa dos acontecimentos do dia, mas a exaustão pesava como chumbo em meus membros, e fiquei feliz por passar na ponta dos pés entre os corpos espalhados e deitar no meu lugar perto dos pés de uma das camas grandes.

Minha mente ainda estava tomada por especulações de todo tipo e, apesar da calmaria hipnótica de tantas pessoas dormindo ao meu redor, eu fiquei deitada com os membros tensos e doloridos, observando o contorno dos dedos dos meus pés descalços contra a luz fraca da lareira.

Betty tinha superado o estupor e agora parecia dormir normalmente. Quando acordasse de manhã, descobriríamos quem tinha dado o copo a ela e – talvez – o que havia dentro dele. Eu esperava que Jemmy também estivesse dormindo bem. Mas o que de fato ocupava minha mente era, claro, Jamie.

Eu não o vira entre os jogadores de cartas, nem entre os homens que conversavam em voz baixa sobre impostos e tabaco.

Tampouco tinha visto Phillip Wylie em nenhum lugar no primeiro andar da casa. Eu podia muito bem acreditar que ele estivesse com os baderneiros à beira do rio. Eram o ambiente e o estilo dele, jovens ricos que procuravam diversão na bebida e em brincadeiras no escuro, sem se preocupar com o frio e com o perigo, rindo e correndo atrás uns dos outros à luz de tiros aleatórios.

Não eram nem o ambiente nem o estilo de Jamie, mas pensar que ele poderia estar entre eles foi o que fez os meus dedos dos pés se encolherem de frio, apesar do calor do quarto.

Ele não faria nada estúpido, eu disse a mim mesma, rolando de lado, flexionando os joelhos o máximo que pude. Ele não faria nada assim; mas a ideia que ele fazia de estupidez não coincidia com a minha, não mesmo.

A maioria dos homens estava dormindo nas outras construções e nos salões. Quando passei, vi figuras anônimas espalhadas pelo chão do salão da frente, roncando alto, envolvidas em suas capas diante do fogo. Eu não tinha ido verificar de perto, mas sem dúvida Jamie estava ali – ele tivera um dia tão longo quanto o meu, afinal.

Mas ele não costumava se deitar sem me desejar boa-noite, não importava quais fossem as circunstâncias. Claro, ele estava irritado comigo, e apesar da promessa de nossa conversa interrompida no terraço, ainda não tínhamos feito completamente as pazes. O desentendimento só tinha voltado a ganhar força com o convite diabólico de Phillip Wylie. Retorci as mãos, passando os polegares pelos calos que marcavam o lugar onde minhas alianças costumavam ficar. Maldito escocês!

Ao meu lado, Jemima Hatfield se remexeu e murmurou, incomodada com a minha inquietação. Eu me virei lentamente de lado e fiquei olhando para os pés da cama de carvalho à minha frente.

Sim, sem dúvida ele ainda estava incomodado com os avanços de Phillip Wylie. Eu também – ou estaria se não estivesse tão cansada. Como ele tinha se atrevido – eu bocejei, quase deslocando a mandíbula, e decidi que realmente não valia a pena ficar irritada, pelo menos não naquele momento.

Mas Jamie não costumava me evitar, estando bravo ou não. Não era o tipo de homem que guardava mágoas. Ele buscava um confronto ou provocava uma briga sem hesitar; mas eu não me lembrava de ele jamais ter virado uma noite com raiva – pelo menos, não no que dizia respeito a mim.

O que fez com que eu me perguntasse onde ele estaria e que diabo estaria fazendo. E a necessidade de me preocupar com ele estava me deixando *muito* irritada, talvez porque irritação fosse melhor que preocupação.

Mas *tinha sido* um dia muito longo, e conforme os momentos passavam, e os tiros de armas vindos do rio aos poucos cessavam, a lassidão tomou conta de mim, embotando meus medos e espalhando meus pensamentos como areia. A respiração tranquila das mulheres ao meu redor me ninou como o som do vento nas árvores, e o que me prendia à realidade se afrouxou e por fim se soltou.

Eu poderia ter esperado sonhos violentos ou pesadelos terríveis, mas meu subconsciente estava claramente farto daquilo. Na direção contrária de coisas desse tipo, ele decidiu se fixar em outra parte dos acontecimentos do dia. Talvez fosse o calor do quarto, ou simplesmente a proximidade de tantos corpos, mas tive um sonho vívido e erótico, as ondas de excitação me levando vez ou outra quase à beira do despertar, e em seguida me arrastando de volta para as profundezas da inconsciência.

Havia cavalos nos meus sonhos; frísios pretos de pelo brilhante com crinas grandes que balançavam ao vento conforme os garanhões corriam ao meu lado. Eu via minhas pernas se esticarem e saltarem; eu era uma égua branca, e o chão passava em uma confusão de vegetação rasteira sob os meus cascos, até que parei e me virei, esperando pelo garanhão de peito largo, que se aproximou de mim, com a respiração quente e úmida contra o meu pescoço, os dentes brancos se aproximando da minha nuca...

– *Eu sou o rei da Irlanda* – disse ele.

Acordei lentamente, formigando da cabeça aos pés, e vi que alguém estava acariciando suavemente a sola do meu pé.

Ainda confusa com as imagens carnais dos meus sonhos, não fiquei assustada com aquilo, apenas satisfeita ao descobrir que, afinal de contas, tinha pés, e não cascos. Meus dedos se encolheram e meu pé se flexionou, deliciando-se com o toque delicado do polegar que percorria o peito do meu pé, descendo pelo arco e subindo pela parte funda abaixo do meu tornozelo, conseguindo estimular todo um plexo de sensações. Então, despertei totalmente, com um leve sobressalto.

Quem quer que estivesse acariciando o meu pé, sentiu que eu retomava a consciência, pois o toque se afastou momentaneamente. E em seguida voltou, dessa vez mais firme, uma mão grande e quente envolvendo meu pé, o polegar realizando uma massagem firme, mas lânguida, na base dos meus dedos.

A essa altura, eu estava totalmente acordada, e meio assustada, mas não com medo. Mexi o pé brevemente, como se quisesse afastar a mão, mas ela pressionou levemente em resposta, enquanto a outra mão apertou de leve o meu dedão.

Este porquinho foi ao mercado, este porquinho ficou em casa... Eu podia ouvir a rima tão claramente como se tivesse sido dita em voz alta, enquanto os dedos iam sendo beliscados, um por um.

E este porquinho fez uiiiii- uiiiii- uiiiii até chegar em casa! O toque desceu pela sola do meu pé e eu me contorci, um riso involuntário preso na minha garganta.

Levantei a cabeça, mas a mão segurou meu pé de novo e o apertou em uma advertência. O fogo tinha se apagado totalmente e o quarto estava muito escuro; mesmo com olhos totalmente adaptados à escuridão, eu não enxergava nada além de uma figura curvada perto dos meus pés, uma bola amorfa que se movia como mercúrio, as bordas se misturando e desaparecendo no escuro.

A mão escorregou gentilmente pela minha panturrilha. Eu me contorci violentamente, e a mulher ao meu lado roncou, levantou-se com um "Huh?", e em seguida deitou-se de novo.

Os músculos da minha barriga se contraíram com o riso contido. Ele deve ter sentido uma leve vibração – os dedos se afastaram do meu dedão com um breve aperto e acariciaram a sola, fazendo todos os dedos se encolherem.

Os dedos se fecharam em punho, pressionando a minha sola, e então se abriram de repente, segurando meu calcanhar. O polegar acariciou meu tornozelo, e parou, questionando. Eu não me mexi.

Os dedos estavam ficando mais quentes; eu sentia apenas uma leve sensação de frio conforme eles seguiam a curva da minha panturrilha e encontravam abrigo no ponto macio atrás do meu joelho. Os dedos traçaram a pele sensível dali, e eu me contorci, agitada. Diminuíram o ritmo e pararam, posicionando-se sobre a artéria, onde minha pulsação estava forte; eu podia sentir o sangue passando pelo ponto em que a pele era tão fina que as veias apareciam azuladas por baixo dela.

Ouvi um suspiro quando ele se ajeitou; então, uma das mãos envolveu minha coxa e escorregou para cima lentamente. A outra acompanhou, pressionando minhas pernas delicadamente, separando-as.

Meu coração latejava nos meus ouvidos e meus seios pareciam inchados, com os mamilos endurecidos através da musselina fina da minha camisola. Respirei fundo e senti o cheiro de pó de arroz.

De repente, meu coração deu um salto duplo e quase parou, quando a ideia ganhou vida na minha mente – e se não fosse Jamie?

Fiquei deitada, imóvel, tentando não respirar, concentrando-me nas mãos, que estavam fazendo algo delicado e indescritível. Mãos grandes, *eram* mãos grandes; eu podia sentir os nós dos dedos pressionando a pele macia da minha coxa. Mas Phillip Wylie também tinha mãos grandes – bem grandes para o seu tamanho. Eu tinha reparado quando ele pegou um punhado de aveia para seu garanhão, Lucas, e o cavalo enfiou o focinho preto na palma da mão dele.

Calos; as mãos grandes... ah, Deus!... tinham calos. Mas as de Wylie também tinham. Ele podia ser um dândi, mas lidava com cavalos; as palmas da mão dele eram lisas e firmes como as de Jamie.

Tinha que ser Jamie, eu disse a mim mesma, erguendo um pouco a cabeça para espiar na escuridão. Dez porquinhos... claro que era Jamie! Então, uma das mãos fez algo surpreendente e eu respirei alto e me contorci, mexendo as pernas. Meu cotovelo bateu nas costelas da mulher ao meu lado, que se levantou com uma forte exclamação. As mãos se afastaram de repente, apertando meus tornozelos em uma despedida apressada.

Ouvi um farfalhar enquanto alguém se arrastava depressa pelo chão, e então um feixe claro de luz e um sopro de vento frio vindo do corredor quando a porta se abriu e se fechou imediatamente.

– O quê...? – disse Jemima ao meu lado, assustada. – Quem está aí?

Sem resposta, ela se agitou, murmurou, voltou a se deitar e logo adormeceu.

Eu, não.

49

IN VINO VERITAS

Fiquei deitada por um bom tempo ouvindo os roncos tranquilos das minhas companheiras de quarto e as batidas agitadas do meu coração. Meus nervos pareciam querer romper a pele, e quando Jemima Hatfield rolou inconscientemente para cima de mim, eu dei uma forte cotovelada em suas costelas, e ela murmurou um "O quê?" assustado e sentou-se, piscando e resmungando, mas logo deitou-se de novo e se deixou afundar em seu mar de sono.

Quanto a mim, meu pequeno barco de consciência flutuava na inundação, girando sem rumo, mas sem a menor chance de ser puxado para baixo.

Eu simplesmente não conseguia decidir como me sentia. Por um lado, eu estava excitada – sem querer, mas estava. Não importava quem fosse o meu visitante noturno, ele sabia tocar o corpo de uma mulher.

Se levasse isso em consideração, só podia ter sido Jamie, pensei. Ainda assim, eu não fazia ideia de quanta experiência Phillip Wylie podia ter na arte do amor – eu havia repelido a abordagem dele no estábulo tão rapidamente que ele não tivera chance de demonstrar nenhuma habilidade nesse sentido.

Mas meu visitante noturno não havia feito nenhum carinho que eu pudesse ter identificado como sendo do repertório de Jamie. Se ele tivesse usado a boca... eu me afastei *daquela* linha de pensamento como se fosse um cavalo assustado, e Jemima resmungou quando me convulsionei levemente, com a pele arrepiada em uma reação involuntária às imagens que isso evocava.

Eu não sabia se devia me sentir excitada ou revoltada, seduzida ou violada. Eu *estava* com muita raiva e a certeza disso era como uma pequena âncora no turbilhão de emoções. Ainda assim, não fazia ideia do alvo dessa raiva, e sem ter a quem direcioná-la, ela simplesmente se debatia dentro de mim, derrubando coisas e deixando marcas.

– Uff – disse Jemima, com um tom de voz contundente e bastante consciente.

Estava claro que eu não era a única sendo tomada por emoções.

– Humm? – murmurei, fingindo estar meio adormecida. – Glrgl. Bzg.

Havia um leve toque de culpa no meio também.

Se eu tivesse *certeza* de que tinha sido Jamie, ficaria brava?

O pior era, percebi, que não havia absolutamente nada que eu pudesse fazer para descobrir quem tinha sido. Eu não podia perguntar a Jamie se ele tinha entrado e me bolinado no escuro – porque se *não tivesse* feito aquilo, sua reação imediata certamente seria assassinar Phillip Wylie com as próprias mãos.

Eu tinha a sensação de que pequenas enguias se contorciam sob a minha pele. Eu me espreguicei o máximo que consegui, contraindo e relaxando todos os músculos – mas ainda assim não consegui me aquietar.

Por fim, saí cuidadosamente da cama e caminhei até a porta, olhando para minhas companheiras de quarto, que dormiam tranquilas embaixo dos cobertores. Movendo-me sorrateiramente, abri a porta e espiei o corredor. Era muito tarde ou muito cedo; a janela alta no fim do corredor havia ficado cinza, mas as últimas estrelas ainda brilhavam, pontinhos fracos no céu escuro como carvão.

Estava frio no corredor, longe do calor do corpo das mulheres, mas gostei de sentir o frio. Uma boa esfriada era exatamente do que eu precisava. Caminhei em silêncio até as escadas de trás, pretendendo descer e sair para respirar ar fresco.

Parei de repente no topo da escada. Havia um homem lá embaixo, uma silhueta alta e escura contra as portas duplas francesas. Eu não achava que tinha feito nenhum som, mas ele se virou de imediato, com o rosto erguido na minha direção. Mesmo à luz fraca, eu soube na mesma hora que era Jamie.

Ele ainda estava vestindo as roupas da noite anterior: casaco e colete, camisa com babado e calça com cinto. A camisa estava aberta no pescoço, no entanto, com o casaco e o colete desabotoados e desalinhados. Eu podia ver a linha estreita de linho branco, a pele escura contra ela. Seus cabelos estavam soltos; ele tinha corrido as mãos por eles.

– Desça – disse ele baixinho.

Hesitei, olhando por sobre o ombro. Uma mistura de roncos femininos vinha do quarto de onde eu saíra. Duas escravas estavam dormindo no chão do corredor, encolhidas embaixo dos cobertores, mas nenhuma delas se mexeu.

Olhei para trás. Ele não falou mais nada, mas ergueu dois dedos, me chamando. O cheiro de fumaça e uísque tomava a escada.

O sangue latejava nos meus ouvidos – e em outro lugar. Meu rosto estava corado, meus cabelos estavam úmidos nas têmporas e no pescoço. O ar frio subiu por baixo da minha camisola, tocou a área úmida na base da minha espinha, a camada escorregadia onde minhas coxas resvalavam uma na outra.

Desci devagar, com cuidado, tentando não deixar a escada ranger sob os meus pés descalços. Ocorreu-me tarde demais que aquilo era ridículo: os escravos subiam e desciam aquelas escadas centenas de vezes por dia. Mesmo assim, eu sentia a necessidade de ser cuidadosa. A casa ainda estava adormecida, e a escada estava tomada por uma luz cinza que parecia frágil como vidro fosco. Um ruído repentino, um movimento rápido demais e algo podia explodir sob os meus pés, com um clarão, como uma lâmpada se acendendo.

Os olhos dele estavam fixos em mim, triângulos escuros na pele mais clara de seu rosto. Ele me encarava com intensidade, como se quisesse me arrastar escada abaixo só com a força do olhar.

Parei no primeiro degrau. Não havia sangue nas roupas dele; graças a Deus.

Não que eu nunca tivesse visto Jamie bêbado antes. Não era à toa que ele não tinha subido a escada até mim. Tinha a impressão de que ele estava muito bêbado naquele momento, ainda assim, havia algo muito diferente. Ele permaneceu parado como uma rocha, com as pernas afastadas, traído apenas por certa deliberação no modo como moveu a cabeça para olhar para mim.

– O que... – comecei, sussurrando.

– Venha aqui – disse ele.

Sua voz estava baixa, rouca por causa do sono e do uísque.

Eu não tive tempo de responder nem de aquiescer. Ele segurou meu braço, puxou-me na direção dele e me beijou. Foi um beijo desconcertante – como se sua boca conhecesse a minha muito bem e compelisse o meu prazer, independentemente dos meus desejos.

Seus cabelos cheiravam àquela longa noite – tabaco, fumaça da lareira e a fumaça das velas de cera de abelha. Ele tinha um gosto tão forte de uísque que me deixou zonza, como se o álcool em seu sangue estivesse penetrando no meu por meio da nossa pele onde elas se tocavam, pelas membranas de nossa boca. Alguma outra coisa estava penetrando em mim vinda dele também – uma sensação de desejo avassaladora, tão cega quanto perigosa.

Eu quis protestar, afastá-lo. Então decidi que não, mas não faria diferença nenhuma se eu tivesse feito. Ele não pretendia me soltar.

A mão grande segurava minha nuca, quente e firme contra a minha pele, e eu pensei nos dentes de um garanhão na nuca da égua na qual ele monta e estremeci do couro cabeludo até a sola dos pés. Seu polegar pressionou acidentalmente a grande artéria sob a minha mandíbula; a escuridão tomou meus olhos e meus joelhos começaram a fraquejar. Ele sentiu e soltou, ajeitando-me de novo de modo que eu fiquei quase deitada nos degraus, seu peso metade sobre mim e suas mãos tateando.

Eu estava nua embaixo da camisola, e era como se a musselina fina não estivesse ali.

A borda dura de um degrau pressionou minhas costas, e me ocorreu, do modo confuso como as coisas acontecem quando estamos bêbados, que ele estava prestes a me possuir ali na escada, para quem quisesse ver.

Eu afastei a minha boca da dele o suficiente para dizer: "Aqui não!" em seu ouvido. Aquilo pareceu trazê-lo momentaneamente de volta à realidade; ele ergueu a cabeça, piscando como alguém que havia acabado de sair de um pesadelo, com os olhos arregalados. Então, assentiu uma vez, desajeitado, e se levantou, puxando-me com ele.

As capas das criadas estavam penduradas ao lado da porta; ele pegou uma e envolveu meu corpo com ela, então me pegou no colo e passou pela porta, cruzando com uma criada que nos observava com um jarro nas mãos.

Ele me colocou no chão quando chegou ao caminho de pedras do lado de fora; as pedras estavam frias sob meus pés. Então andamos juntos à luz fraca por uma paisagem de sombras e vento, ainda enrolados um no outro, tropeçando e cambaleando, mas ao mesmo tempo quase voando, com as roupas esvoaçando ao nosso redor e o ar frio atingindo nossa pele com o toque forte da primavera, em direção a um destino vagamente conhecido e, ainda assim, inevitável.

Os estábulos. Ele abriu a porta e me puxou com ele para o escuro e para o calor, encostando-me com força em uma parede.

– Preciso de você agora ou vou morrer – disse ele, sem fôlego, e voltou a me beijar, o rosto frio por causa do ar do lado de fora e a respiração misturando-se à minha.

Então, ele se afastou abruptamente, e eu me desequilibrei, recostando-me na parede áspera para manter o equilíbrio.

– Estenda as mãos – pediu ele.

– O quê? – perguntei sem entender.

– Suas mãos. Estenda as suas mãos.

Totalmente confusa, eu as levantei e senti quando ele segurou a mão esquerda. Pressão e calor, e a luz fraca que vinha da porta aberta reluziu na minha aliança de ouro. Então ele segurou minha mão direita, enfiou a aliança de prata no meu dedo, o metal quente com o calor do corpo dele. Levou minha mão à boca e mordeu os nós dos meus dedos com força.

Jamie levou a mão ao meu seio, o ar frio passou pelas minhas coxas, e senti a aspereza dos tijolos nas minhas costas nuas.

Fiz um barulho e ele tapou minha boca com a mão. Lanceada como uma truta fora da água, eu estava impotente, debatendo-me contra a parede.

Ele afastou a mão e a substituiu por sua boca, envolvendo a minha. Eu podia sentir os gemidos urgentes em sua garganta, e senti outro, muito mais alto, emergindo na minha garganta.

Minha camisola estava erguida até a cintura, e minhas nádegas nuas se chocavam ritmadamente contra a superfície áspera, mas eu não sentia dor. Eu o agarrei pelos ombros e me mantive firme.

Ele passou a mão pela minha coxa, afastando o linho que ameaçava ficar entre nós. Eu me lembrei, com clareza, daquelas mãos no escuro, e me curvei em um espasmo.

– Olhe – disse ele, com a respiração quente na minha orelha. – Olhe para baixo. Assista enquanto eu possuo você. Olhe!

Ele pressionou meu pescoço com a mão, inclinando minha cabeça para baixo na escuridão, além das dobras do tecido, para a nudez dos nossos corpos.

Eu arqueei as costas e desabei, mordendo o ombro do casaco dele para não emitir nenhum som. Ele beijava o meu pescoço, e me segurou com força enquanto estremecia contra o meu corpo.

Ficamos deitados enrolados na palha, observando a luz do dia entrar pela porta entreaberta do outro lado do estábulo. Meu coração ainda latejava nos meus ouvidos, o sangue formigando na minha pele e nas minhas têmporas, coxas e dedos, mas eu me sentia de alguma forma separada dessas sensações, como se elas estivessem acontecendo com outra pessoa. Eu me sentia fora da realidade – e ao mesmo tempo um pouco chocada.

Meu rosto estava encostado contra o peito dele. Movendo os olhos devagar, eu pude ver a vermelhidão de sua pele pela abertura da camisa, e os pelos encaracolados, de um castanho tão forte que pareciam quase pretos à meia-luz.

A pulsação latejava na base do pescoço dele, a menos de 2 centímetros da minha mão. Tive vontade de encostar os dedos ali, sentir as batidas de seu coração ecoando no meu sangue. Eu me sentia estranhamente tímida, no entanto, como se esse gesto fosse íntimo demais. O que era totalmente ridículo, considerando o que tínhamos acabado de fazer um com o outro – e para o outro.

Eu movi o indicador, apenas um pouco, de modo que a ponta do meu dedo tocou a cicatriz pequena de três pontas em seu pescoço; um nó branco pálido contra a pele bronzeada.

Houve uma leve alteração no ritmo da sua respiração, mas ele não se mexeu. Seu braço estava ao redor do meu corpo, a mão na base das minhas costas. Duas respirações, três... e então, a pressão fraca da ponta de um dedo contra a minha espinha.

Permanecemos em silêncio, respirando tranquilamente, concentrados na delicada consciência da nossa conexão, mas não falamos nem nos movemos; um pouco constrangidos ao recobrarmos o juízo depois do que havíamos acabado de fazer.

O som de vozes vindo na direção do estábulo fez com que eu recobrasse os movimentos. Eu me sentei abruptamente, vesti a camisola e comecei a tirar a palha dos meus cabelos. Jamie rolou e ficou de joelhos, de costas para mim, e começou a vestir sua roupa apressado.

As vozes do lado de fora silenciaram subitamente, e nós dois ficamos paralisados. Fez-se um silêncio breve e carregado, e então ouvimos o som de passos se afastando delicadamente. Soltei a respiração que estava prendendo, sentindo o coração começar a desacelerar. O estábulo foi tomado pelo farfalhar e pelo ruído dos cascos dos cavalos, que também tinham ouvido as vozes e os passos. Eles estavam ficando famintos.

– Então, você ganhou – falei para Jamie, que estava de costas.

Minha voz soou estranha, como se eu não a usasse havia muito tempo.

– Prometi a você que ganharia – disse ele baixinho, com a cabeça inclinada para a frente enquanto arrumava o tartã.

Fiquei de pé, sentindo-me meio zonza, e me apoiei na parede para manter o equilíbrio enquanto batia a areia e a palha dos pés. A aspereza da parede atrás de mim era um lembrete vívido, e eu abri as mãos contra ela, preparando-me para ser invadida pela lembrança da sensação.

– Você está bem, Sassenach?

Ele virou a cabeça de repente para olhar para mim, percebendo meu movimento.

– Sim. Sim – repeti. – Tudo bem. Estou bem... E você?

Ele parecia pálido e desgrenhado, o rosto coberto pela barba rala e escavado pela tensão, os olhos marcados por olheiras devido à longa noite insone. Ele olhou nos meus olhos por um momento, e em seguida desviou o olhar. Corou um pouco e engoliu a saliva de modo audível.

– Eu... – começou ele, e então parou.

Ficou de pé na minha frente. Sua trança formal tinha se desfeito e algumas mechas estavam soltas sobre os ombros, reluzindo avermelhadas quando a luz que vinha da porta o iluminou.

– Você não me odeia? – perguntou ele, abruptamente.

Tomada pela surpresa, eu ri.

– Não – respondi. – Acha que eu deveria?

Ele entortou um pouco a boca e passou os nós dos dedos sobre ela, raspando na barba rala.

– Bem, talvez sim – disse ele. – Mas fico feliz por não me odiar.

Ele segurou minhas mãos, passando o polegar pelo desenho da minha aliança de prata. Suas mãos estavam frias, esfriadas pela madrugada.

– Por que acha que eu deveria odiar você? – perguntei. – Por causa das alianças?

Era verdade que eu teria ficado triste e furiosa com ele, se tivesse perdido uma delas. Mas já que ele não tinha perdido... Claro, ele *tinha* feito com que eu passasse a noite inteira preocupada com seu paradeiro e com o que podia estar fazendo, sem falar do fato de ter entrado furtivamente no meu quarto e feito coisas inapropriadas com os meus pés. Talvez eu devesse estar irritada com ele, afinal.

– Bem, começando por isso – disse ele de modo seco. – Há algum tempo não permito que meu orgulho me domine, mas não consegui me controlar com aquele Phillip Wylie cercando você, olhando para os seus seios e...

– Ele fez isso?

Eu não tinha notado essa parte.

– Fez – disse Jamie, momentaneamente irritado ao pensar naquilo.

Então ele deixou Phillip Wylie de lado e voltou ao catálogo de seus pecados.

– E depois por ter tirado você da casa de camisola e por tê-la tomado como um animal faminto...

Ele tocou meu pescoço com delicadeza, onde eu ainda conseguia sentir a dor causada por uma mordida que deixara marca.

– Bem, na verdade, eu até que gostei dessa parte.

– Gostou?

Ele arregalou os olhos por um momento, surpreso.

– Sim. Apesar de eu achar que estou com hematomas nas nádegas.

– Ah – fez ele e olhou para baixo, aparentemente surpreso, mas entortou de leve o canto da boca. – Sinto muito por isso. Quando eu terminei... o jogo de uíste, quero dizer... não conseguia pensar em mais nada além de encontrar você, Sassenach. Subi e desci aquela escada dez vezes, fui até a porta e voltei.

– É mesmo?

Fiquei satisfeita ao ouvir aquilo, já que parecia aumentar as chances de ele ter sido de fato o meu visitante noturno.

Jamie pegou uma mecha dos meus cabelos despenteados e passou os dedos por ela delicadamente.

– Eu sabia que não conseguiria dormir, e pensei: bem, é melhor eu sair e andar pela noite por um tempo, e ia fazer isso, mas então me via de novo diante da sua porta, sem saber como tinha chegado ali, mas pensando em uma maneira de chegar até você, tentando fazer com que você saísse, acho.

Bem, isso explicava os meus sonhos com garanhões selvagens, pensei. O lugar onde ele havia mordido meu pescoço latejou de leve. E para onde ele havia me levado? Para um estábulo. Rei da Irlanda, de fato.

Ele apertou as minhas mãos levemente.

– Pensei que a força do meu desejo pudesse acordá-la. Aí você surgiu...

Ele parou, olhando para mim com os olhos suaves e intensos ao mesmo tempo.

– Meu Deus, Claire, você estava tão linda, ali, na escada, com os cabelos soltos e a sombra do seu corpo contra a luz que vinha por trás...

Ele balançou lentamente a cabeça.

– Achei que ia morrer se não tivesse você... naquele momento.

Ergui o braço para tocar o rosto dele, sentindo sua barba rala na palma da mão.

– Não gostaria que você morresse – sussurrei, prendendo uma mecha de seus cabelos atrás da orelha.

Sorrimos um para o outro, mas o que quer que pudéssemos ter dito além disso foi interrompido pelo relincho alto de um dos cavalos, seguido da batida de um casco. Estávamos interferindo no café da manhã deles.

Abaixei a mão e Jamie se agachou para pegar o casaco, que estava meio enterrado na palha. Ele não perdeu o equilíbrio ao fazer isso, mas eu o vi contrair o rosto numa careta quando o sangue foi direto para sua cabeça.

– Você bebeu muito ontem à noite? – perguntei, reconhecendo os sintomas.

Ele se endireitou com um pequeno gemido de diversão.

– Sim, bastante – disse ele. – Deu para perceber?

Uma pessoa com muito menos experiência do que eu poderia perceber de longe, a 1 quilômetro de distância; além dos indícios mais óbvios da embriaguez recente, ele cheirava a uma destilaria.

– Pelo visto, não atrapalhou sua capacidade de jogar cartas – falei, com cuidado. – Ou Phillip Wylie estava igualmente prejudicado?

Ele pareceu surpreso e um pouco ofendido.

– Você não achou que eu ia beber enquanto estivesse na disputa, não é? Ainda mais com suas alianças em jogo. Não, foi depois... MacDonald pegou uma garrafa de champanhe e outra de uísque, e insistiu que deveríamos comemorar nosso lucro da maneira adequada.

– MacDonald? Donald MacDonald? Ele estava jogando com vocês?

– Sim, ele e eu formamos uma dupla contra Wylie e Stanhope.

Ele sacudiu o casaco, removendo pedacinhos de palha.

– Eu não sabia se ele era bom, mas o homem certamente tem a mão boa para o uíste.

A expressão "mão boa" fez com que eu me lembrasse. Ele dissera que tinha ido até a porta do meu quarto; não que havia entrado. Será que tinha entrado, e por estar muito embriagado e tomado pelo desejo, não se lembrava? Será que eu, atordoada pelos sonhos de luxúria equina, havia imaginado tudo? Certamente não, pensei, mas afastei a sensação de vaga inquietação causada pela lembrança para me concentrar em outra palavra de seu comentário.

– Você disse "lucro"?

Na tensão do momento, parecera importante apenas que ele não tivesse perdido as minhas alianças, mas me ocorreu tardiamente que elas eram apenas sua garantia.

– O que você tirou de Phillip Wylie? – perguntei, rindo. – Os botões do casaco dele? Ou as fivelas de prata dos sapatos?

Havia uma estranha expressão em seu rosto quando ele olhou para mim.

– Bem, não – respondeu. – Tirei o cavalo dele.

Jamie colocou o casaco ao redor dos meus ombros, passou a mão pela minha cintura e me conduziu pelo corredor principal do estábulo, passando pelas baias.

Joshua havia entrado silenciosamente pela outra porta, e estava trabalhando no fundo do estábulo, o corpo recortado contra a luz que entrava pelas portas duplas enquanto colocava feno com o forcado na baia do fundo. Quando chegamos perto, ele olhou para nós e assentiu em um cumprimento, o rosto cuidadosamente neutro ao nos ver despenteados, descalços e cheios de palha. Mesmo em uma casa com uma senhora cega, um escravo sabia o que não ver.

Não era da conta dele, seu rosto dizia claramente. Ele parecia quase tão cansado quanto eu me sentia, com os olhos pesados e vermelhos.

– Como ele está? – perguntou Jamie, erguendo o queixo em direção ao garanhão. Joshua se empertigou um pouco diante da pergunta, soltando o forcado.

– Ah, ele está bem – respondeu, com um ar de satisfação. – É um cavalo forte, o Lucas do sr. Wylie.

– De fato – concordou Jamie. – Mas ele é meu agora.

– Ele é o quê?

Josh olhou para ele boquiaberto e de olhos arregalados.

– Ele é meu.

Jamie foi até a grade e estendeu a mão para coçar as orelhas do garanhão, que estava ocupado comendo o feno de seu comedouro.

– *Seas* – murmurou ele para o cavalo. – *Ciamar a tha thu, a ghille mhoir*?

Eu o segui, olhando por cima de seu braço para o cavalo, que ergueu a cabeça por um momento, observando-nos com atenção, grunhiu, afastou a crina comprida e voltou a comer seu café da manhã muito concentrado.

– Uma criatura adorável, não é? – comentou Jamie, que estava admirando Lucas, com um olhar distante de especulação.

– Bem, sim, mas...

Minha admiração estava maculada pelo receio. Se a ideia de Jamie era vingar o orgulho ferido à custa de Wylie, tinha alcançado seu objetivo. Apesar da minha irritação com Wylie, não consegui evitar certa angústia ao pensar em como ele devia estar se sentindo depois de ter perdido seu maravilhoso frísio.

– Mas o quê, Sassenach?

– Bem, é só que...

Eu me atrapalhei procurando as palavras. Não podia dizer que sentia pena de Phillip Wylie naquelas circunstâncias.

– É só que... bem, o que pretende fazer com ele?

Até mesmo eu podia ver que Lucas era totalmente inadequado para a vida na Cordilheira dos Frasers. Pensar em usá-lo para arar ou transportar coisas parecia um sacrilégio e, apesar de achar que Jamie *poderia* usá-lo apenas para montaria... franzi o cenho em dúvida, imaginando os terrenos encharcados e os caminhos pedregosos que ameaçariam aquelas pernas fortes e rachariam aqueles cascos brilhantes; os galhos e a vegetação rasteira que se enroscariam na crina e na cauda. Gideon, o Destruidor, era mil vezes mais adequado para aquelas paragens rústicas.

– Ah, não pretendo ficar com ele – assegurou-me Jamie. Olhou para o cavalo e suspirou, pesaroso. – Embora quisesse muito. Mas você tem razão; ele não se daria bem na Cordilheira. Não, pretendo vendê-lo.

– Ah, que bom.

Fiquei aliviada ao ouvir isso. Wylie sem dúvida compraria Lucas de volta, não importava o preço. Achei isso reconfortante. E definitivamente precisávamos do dinheiro.

Joshua havia saído enquanto conversávamos. Naquele momento, ele reapareceu na porta, com um saco de grãos no ombro. Seu ar indolente de antes havia desaparecido; os olhos ainda estavam vermelhos, mas ele parecia alerta e um pouco alarmado.

– Sra. Claire? – disse ele. – Desculpe-me, senhora, mas encontrei Teresa no celeiro agora; ela disse que tem alguma coisa errada com Betty. Pensei que a senhora gostaria de saber.

50

SANGUE NO SÓTÃO

O sótão parecia o cenário de um assassinato, um assassinato brutal. Betty se debatia no chão ao lado da cama revirada, os joelhos flexionados e os punhos cerrados na frente da barriga, a musselina de sua camisola rasgada e encharcada de sangue. Fentiman estava no chão, ao lado dela, tentando em vão segurar seu corpo em espasmos, quase tão coberto de sangue quanto Betty. Parecia pequeno comparado a ela.

O sol tinha nascido e entrava pelas janelas pequenas em feixes brilhantes que destacavam partes do caos, deixando tudo o mais em uma confusão coberta de sombras. Havia camas empurradas para o lado e desarrumadas, roupas de cama amontoadas, sapatos usados e peças de roupa espalhadas como destroços entre as manchas de sangue no piso de madeira.

Atravessei o sótão correndo, mas antes que pudesse me aproximar, Betty deu uma tossida profunda e gorgolejante, botando sangue pela boca e pelo nariz. Ela se curvou para a frente, arqueando as costas, se encolheu de novo... e ficou imóvel.

Caí de joelhos ao lado dela e vi que seus membros tinham relaxado naquela prostração final da qual não existia esperança de recuperação. Ergui a cabeça dela e pressionei meus dedos sob sua mandíbula; os olhos estavam revirados, com as escleras à mostra. Não respirava, não havia sinais de pulsação em seu pescoço suado.

Pela quantidade de sangue espalhada pelo quarto, calculei que deveria haver muito pouco ainda em seu corpo. Seus lábios estavam azulados, e a pele tinha ganhado um tom acinzentado. Fentiman estava ajoelhado atrás dela, sem peruca e pálido, os braços magricelas ainda em torno do torso pesado dela, segurando seu corpo inerte.

Ele usava uma camisa de dormir, reparei, calças azuis de cetim vestidas às pressas. O ar cheirava a sangue, bile e fezes, e ele estava coberto dessas três substâncias. Ele olhou para mim, sem dar mostras de que me reconhecia, com os olhos arregalados e inexpressivos por causa do choque.

– Dr. Fentiman – falei baixinho, depois de cessado o barulho do esforço.

O sótão foi tomado pelo silêncio absoluto que costuma suceder a morte, e parecia um sacrilégio interrompê-lo.

Ele piscou, e mexeu um pouco os lábios, mas parecia não saber como responder. Não se moveu, apesar de a poça de sangue ter encharcado o tecido de suas calças. Pousei a mão no ombro dele; era delicado, mas estava rígido por causa da negação. Eu sabia como ele estava se sentindo; perder um paciente por quem lutamos é algo terrível – mas algo que todos os médicos conhecem.

– O senhor fez tudo o que podia – falei, ainda baixinho, e apertei o ombro dele com mais força. – Não é culpa sua.

O que havia acontecido um dia antes não importava. Ele era um colega, e eu devia a ele qualquer absolvição que pudesse dar.

Ele passou a língua pelos lábios secos e assentiu uma vez, em seguida inclinou-se para deitar o corpo delicadamente no chão. Um feixe de luz iluminou o topo de sua cabeça, reluzindo nos fios grisalhos cortados bem curtos e fazendo com que os ossos de seu crânio parecessem finos e frágeis. De repente, ele pareceu totalmente frágil e permitiu que eu o ajudasse a se levantar sem protestar.

Um grunhido baixo fez com que eu me virasse, ainda segurando seu braço. Um grupo de escravas estava reunido em um canto do quarto, rostos sérios e mãos escuras agarrando angustiadas a musselina pálida de seus vestidos. Ouvimos vozes masculinas vindas da escada, abafadas e ansiosas. Eu podia ouvir Jamie, com a voz baixa e calma, explicando.

– Gussie? – chamei em direção às mulheres no canto, dizendo o primeiro nome que me veio à mente.

As escravas permaneceram juntas por um momento, e em seguida, relutantes, se afastaram, e Gussie apareceu, uma garota jamaicana de pele morena, pequena embaixo de um turbante de calicó azul.

– Senhora?

Ela manteve os olhos fixos nos meus, resolutamente afastados do corpo inerte no chão.

– Vou levar o dr. Fentiman lá para baixo. Pedirei que alguns homens venham... cuidar de Betty. Isto...

Fiz um gesto rápido em direção à sujeira no chão, e ela assentiu, ainda chocada, mas obviamente aliviada por ter algo que fazer.

– Sim, senhora. Vamos limpar tudo depressa.

Ela hesitou olhando ao redor, e então, de novo para mim.

– Senhora?

– Sim?

– Alguém precisa... contar à garota de nome Phaedre o que aconteceu com Betty. Pode contar a ela, por favor?

Surpresa, procurei e percebi que Phaedre não estava entre as escravas reunidas no canto. Claro: por ser aia de Jocasta, ela dormia no andar de baixo, perto de sua senhora, mesmo na noite de núpcias.

– Sim – falei, meio incerta. – Claro. Mas...

– Betty é mãe dela – disse Gussie ao notar minha incompreensão.

Ela engoliu em seco, com lágrimas marejando os olhos castanhos.

– Alguém... posso, senhora? Posso contar a ela?

– Por favor – falei, e dei um passo para trás, fazendo um gesto para que ela fosse.

Ela passou pelo corpo na ponta dos pés, e então correu até a porta, com os pés descalços e cheios de calos pisando suavemente no piso de madeira.

O dr. Fentiman tinha começado a sair do estado de choque. Ele se afastou de mim e se inclinou na direção do chão, fazendo gestos vagos. Eu vi que o kit médico dele havia se aberto durante a luta para conter Betty; havia frascos e instrumentos espalhados pelo chão em uma confusão de metal e vidro quebrado.

Antes que ele pudesse recolher o kit, no entanto, ouvimos uma breve comoção na escada, e Duncan entrou no quarto, com Jamie logo atrás. Percebi, com certo interesse, que Duncan ainda estava usando as roupas do casamento, menos o casaco e o colete. Será que tinha se deitado?, eu me perguntei.

Ele assentiu para mim, mas seus olhos se voltaram de imediato para Betty, que agora estava estatelada no chão, com o vestido coberto de sangue emaranhado ao redor das coxas grossas e abertas. Um dos seios saía pelo tecido rasgado, pesado e flácido como um saco meio cheio. Duncan piscou várias vezes. Então, passou as costas da mão pelo bigode e inspirou ruidosamente. Abaixou-se para pegar um cobertor da bagunça e o estendeu delicadamente sobre ela.

– Ajude-me com ela, *Mac Dubh* – disse ele.

Ao ver o que ele estava prestes a fazer, Jamie se abaixou e pegou a mulher morta no colo. Duncan se ergueu e virou o rosto para as mulheres no canto.

– Não se preocupem – disse ele baixinho. – Vou cuidar dela.

Havia um tom de autoridade incomum na voz dele que me fez perceber que, apesar de sua modéstia natural, ele havia aceitado o fato de que era o senhor ali.

Os homens partiram com o corpo, e eu ouvi o dr. Fentiman suspirar. Parecia que o sótão todo suspirava com ele; a atmosfera ainda estava carregada de fedor e pesar, mas o choque da morte violenta estava se dissipando.

– Deixe isso – falei para Fentiman, ao vê-lo mover-se de novo para pegar um frasco no chão. – As mulheres cuidarão disso.

Sem esperar resposta, eu o segurei com firmeza pelo cotovelo, saí com ele pela porta e descemos a escada.

As pessoas tinham acordado; ouvi o barulho de pratos vindo da sala de jantar, e o suave aroma de linguiças. Não podia passar com ele pelas salas naquele estado, nem levá-lo para os quartos; ele estava, sem dúvida, dividindo um quarto com vários outros homens, e alguns ainda deviam estar dormindo. Por falta de ideia melhor, eu o levei para fora, parando para pegar mais uma capa das criadas dos ganchos perto da porta e jogá-la sobre os ombros dele.

Então, Betty era mãe de Phaedre. Eu não conhecera Betty muito bem, mas conhecia Phaedre e senti o pesar por ela apertar minha garganta. Não havia nada que eu pudesse fazer por ela agora, no entanto; mas talvez pudesse ajudar o médico.

Em silêncio por causa do choque, ele me seguiu obedientemente enquanto eu o levava pelo caminho lateral perto dos gramados, protegido pelo mausoléu de mármore branco de Hector Cameron e seus arbustos ornamentais de teixo. Havia um banco de pedra perto do rio, meio escondido sob um salgueiro. Eu duvidava que alguém estivesse abrigado ali tão cedo.

Não havia ninguém ali, mas duas taças de vinho estavam sobre o banco, com manchas vermelhas de vinho seco, vestígios abandonados das festividades da noite. Eu me perguntei por um momento se alguém tivera um encontro romântico ali e me lembrei de repente da minha aventura noturna. Droga, eu ainda não sabia ao certo quem era o dono daquelas mãos!

Afastando aquela pergunta perturbadora com as taças, eu me sentei, fazendo um gesto para que o dr. Fentiman se sentasse comigo. Estava frio, mas o banco estava totalmente iluminado pelo sol àquela hora, e seu calor era acolhedor e reconfortante sobre o meu rosto. O médico parecia melhor agora, depois de tomar ar fresco; vestígios de cor tinham voltado ao seu rosto, e seu nariz havia retomado o tom rosado de sempre.

– Está se sentindo um pouco melhor?

Ele assentiu, puxando a capa ao redor dos ombros estreitos.

– Estou, obrigado, sra. Fraser.

– Foi um grande choque, não? – perguntei do meu modo mais solidário.

Ele fechou os olhos e balançou a cabeça brevemente,

– Chocado... sim, muito chocado – murmurou ele. – Eu nunca teria...

Ele se interrompeu, e eu deixei que ele ficasse sentado por um momento. Ele precisava falar sobre o que tinha acontecido, mas era melhor deixar que ele fizesse isso no seu próprio tempo.

– Foi bom o senhor ter ido tão depressa – falei, depois de um tempo. – Vejo que eles o tiraram da cama. Ela piorou de repente, então?

– Sim. Eu podia jurar que ela estava melhor ontem à noite, depois que a sangrei.

Ele esfregou as mãos no rosto e piscou, os olhos muito vermelhos.

– O mordomo me acordou um pouco antes do amanhecer e, quando cheguei, ela estava de novo reclamando de dor nas entranhas. Eu a sangrei de novo e em seguida administrei um clister, mas não adiantou.

– Um clister? – murmurei.

Clister era um enema, uma espécie de lavagem intestinal, método muito usado na época. Alguns eram inofensivos; outros, bem corrosivos.

– Usei tintura de nicotiana – explicou ele –, que eu já observei que funciona muito bem na maioria dos casos de dispepsia.

Emiti um som evasivo em resposta. Nicotiana era tabaco; eu acreditava que uma solução forte, administrada pelo reto, provavelmente eliminaria vermes, mas não acho que ajudaria muito em um caso de indigestão. Mas tampouco faria ninguém sangrar daquele jeito.

– Uma quantidade enorme de sangue – falei, apoiando os cotovelos nos joelhos e pousando o queixo nas mãos. – Acho que nunca vi nada assim.

Era verdade. Eu estava curiosa. Repassando várias possibilidades, mas nenhum diagnóstico se encaixava.

– Não – falou o dr. Fentiman, cujo rosto magro começava a corar. – Eu... se eu tivesse pensado...

Eu me inclinei na direção dele e pousei uma mão consoladora em seu braço.

– Tenho certeza de que o senhor fez tudo o que poderia ser feito – falei. – Ela não estava sangrando pela boca quando o senhor a examinou ontem à noite, estava?

Ele balançou a cabeça, curvando-se ainda mais sob a capa.

– Não. Ainda assim, eu me culpo. De verdade.

– Qualquer um se culparia – falei, pesarosa. – Temos sempre a sensação de que poderíamos ter feito *algo* mais.

Ele percebeu a intensidade na minha voz e se virou na minha direção, parecendo surpreso. A tensão nele diminuiu um pouco, e a cor começou a sumir de seu rosto.

– A senhora é... extraordinariamente compreensiva, sra. Fraser.

Sorri para ele, sem dizer nada. Ele podia ser um charlatão, podia ser ignorante, arrogante *e* destemperado, mas respondera de imediato ao ser chamado e lutara por sua paciente da melhor maneira que pudera. Isso fazia dele um médico, na minha opinião, e significava que ele merecia solidariedade.

Depois de um momento, ele pousou a mão sobre a minha. Permanecemos em silêncio, observando o rio correr, marrom-escuro e turvo por causa dos sedimentos. O banco de pedra estava frio sob o meu corpo e a brisa da manhã soprava gelada por baixo da minha camisola, mas eu estava preocupada demais para me importar com pequenos desconfortos. Podia sentir o cheiro de sangue seco nas roupas dele e vi de novo a cena no sótão. Do que diabos aquela mulher tinha morrido?

Eu o cutuquei delicadamente, fazendo perguntas cuidadosas, extraindo os detalhes de que ele se lembrava, mas eles não foram muito úteis. Ele não era um homem muito observador na maior parte do tempo. Além disso, estava muito cedo e o sótão, muito escuro. Ele foi se tranquilizando com a conversa, no entanto, libertando-se aos poucos daquela sensação de fracasso pessoal que é o preço frequente que um médico tem que pagar.

– Espero que a sra. Cameron... a sra. Innes, quero dizer... não ache que eu traí a sua hospitalidade – disse ele, incomodado.

Aquilo parecia algo realmente estranho de se dizer. Por outro lado... Betty *era* propriedade de Jocasta. Supus que, além de qualquer sensação de fracasso, o dr. Fentiman também estivesse pensando na possibilidade de Jocasta culpá-lo por não ter evitado a morte de Betty e de tentar ser ressarcida.

– Tenho certeza de que ela vai perceber que o senhor fez tudo o que podia – falei para acalmá-lo. – Direi isso a ela, se o senhor quiser.

– Minha cara senhora – falou o dr. Fentiman, apertando minha mão com gratidão. – A senhora é tão generosa quanto adorável.

– Acha mesmo, doutor?

Uma voz masculina falou com frieza atrás de mim, e eu me sobressaltei, soltando a mão do dr. Fentiman como se fosse um fio de alta tensão. Eu me virei no banco e vi Phillip Wylie recostado no tronco do salgueiro com uma expressão de sarcasmo.

– "Generosa" não é a palavra que vem primeiro à minha mente, devo dizer. "Lasciva", talvez. "Cruel", com toda a certeza. Mas "adorável", sim... tenho que concordar.

Ele me olhou de cima a baixo com uma insolência que eu julgaria totalmente repreensível se não tivesse me dado conta, de repente, que o dr. Fentiman e eu estávamos sentados de mãos dadas no que só podia ser considerado um estado comprometedor de vestuário, já que nós dois ainda estávamos com roupas de dormir.

Eu me levantei, envolvendo meu corpo com a camisola cheia de dignidade. Os olhos dele estavam fixos nos meus seios – com uma expressão sugestiva?, eu me perguntei. Cruzei os braços sob os seios, erguendo o peito de modo desafiador.

– O senhor perdeu a compostura, sr. Wylie – falei do modo mais frio possível.

Ele riu, mas não como se visse graça em alguma coisa.

– Eu perdi a compostura? A senhora não está se esquecendo de alguma coisa, sra.

Fraser? Como a sua camisola? Não acha que está um pouco frio para estar vestida desse jeito? Ou os abraços do médico a esquentam o suficiente?

O dr. Fentiman, tão chocado quanto eu com o aparecimento de Wylie, tinha se levantado e se posicionado à minha frente, com o rosto magro tomado pela fúria.

– Como se atreve, senhor? Como pode ter a presunção diabólica de falar com uma senhora desse modo? Se eu estivesse armado, senhor, eu o desafiaria neste instante, juro!

Wylie estava olhando para mim. Ao ouvir aquilo, seu olhar se fixou em Fentiman, e ele viu o sangue manchando as pernas e as calças do médico. Seu olhar de reprovação se tornou menos incerto.

– Eu... aconteceu alguma coisa, senhor?

– Não é da sua conta, posso garantir – rebateu Fentiman e se empertigou como um galo de briga, estufando o peito. De modo digno, ele me ofereceu o braço. – Vamos, sra. Fraser. A senhora não precisa se expor às baboseiras e ofensas desse moleque.

Ele olhou de cara feia para Wylie, com os olhos vermelhos.

– Permita-me que eu a leve de volta ao seu marido.

O rosto de Wylie se transformou instantaneamente ao ouvir a palavra "moleque", sendo tomado por uma profunda vermelhidão. Tão cedo, ele não estava usando maquiagem nem pó, e as faces vermelhas de fúria se destacavam em sua pele pálida. Ele pareceu inchar, como um sapo tomado pela raiva.

Senti uma vontade repentina de rir, mas a reprimi. Mordi o lábio e aceitei o braço que o dr. Fentiman me ofereceu. Ele se aproximou do meu ombro, mas virou-se sobre os calcanhares descalços e nós marchamos dali com a dignidade de uma tropa.

Ao olhar para trás, vi Wylie ainda de pé embaixo do salgueiro, olhando para nós. Ergui a mão e acenei em despedida. A luz reluziu na minha aliança de ouro, e eu vi que ele ficou ainda mais tenso.

– Espero que cheguemos a tempo de tomar o café da manhã – disse o dr. Fentiman, animado. – Acho que recobrei meu apetite.

51

SUSPEITA

Os convidados começaram a partir depois do café da manhã. Jocasta e Duncan estavam juntos no terraço, a imagem de um casal muito feliz e unido, despedindo-se de todos, enquanto uma fila de carruagens e carroças descia lentamente pelo caminho. As pessoas vindas da parte baixa do rio esperavam no cais, as mulheres trocando receitas de última hora e fofocas, enquanto os homens acendiam cachimbos e se coçavam, livres das roupas desconfortáveis e das perucas formais. Os criados, aparentemente abatidos, esperavam, boquiabertos e com os olhos vermelhos, sentados sobre a bagagem.

– Você parece exausta, mãe.

Bree também parecia cansada. Ela e Roger tinham passado boa parte da noite acordados. Suas roupas exalavam um suave aroma de cânfora.

– Não posso imaginar por quê – respondi, controlando um bocejo. – Como Jemmy está hoje?

– Ele está fungando – disse ela –, mas está sem febre. Comeu um pouco de mingau no café da manhã e está...

Assenti, ouvi automaticamente e fui com ela examinar Jemmy, que estava muito animado, apesar do nariz escorrendo e de estar envolto em um leve torpor de exaustão. Eu me lembrei da sensação de quando voava dos Estados Unidos para a Inglaterra, vez ou outra. *Jet lag*, era como chamavam; uma sensação estranha, de estar consciente e lúcida, mas ainda assim não muito solidamente fixa no próprio corpo.

A garota Gussie estava cuidando de Jemmy; ela estava tão pálida e tinha os olhos tão vermelhos como todas as outras pessoas nas proximidades, mas eu acreditava que seu ar de sofrimento era resultado do estresse emocional, e não da ressaca. Todos os escravos tinham sido afetados pela morte de Betty; eles se encarregaram das tarefas de limpeza depois da festa de casamento quase em silêncio total, com o semblante pesaroso.

– Você está se sentindo bem? – perguntei a ela quando terminei de examinar os ouvidos e a garganta de Jemmy.

Ela pareceu assustada, e em seguida confusa; eu me perguntei se ela já tinha ouvido aquela pergunta antes.

– Ah. Ah, sim, senhora. Certamente.

Ela alisou o avental com as duas mãos, claramente nervosa diante do meu olhar atento.

– Tudo bem. Vou dar uma olhada em Phaedre, então.

Eu havia voltado para a casa com o dr. Fentiman e o entregara a Ulysses, para que ele comesse e se lavasse. Então fui diretamente encontrar Phaedre, parando antes apenas para me lavar e trocar de roupa – não queria aparecer diante dela coberta com o sangue de sua mãe.

Eu a havia encontrado na despensa de Ulysses, sentada, chocada e entorpecida, no banco onde ele se sentava para polir prata, com um copo grande de brandy ao seu lado, intocado. Uma das outras escravas, Teresa, estava com Phaedre; ela deu um pequeno suspiro de alívio ao me ver e veio me cumprimentar.

– Ela não está muito bem – murmurou Teresa, balançando a cabeça e olhando preocupada para Phaedre. – Ela não disse uma palavra, nem derramou uma lágrima.

O bonito rosto de Phaedre parecia entalhado em madeira. Normalmente de um delicado tom de canela, sua pele tinha passado a um marrom pálido e lenhoso, e os olhos encaravam fixamente, através da porta aberta da despensa, a parede branca mais à frente.

Coloquei a mão em seu ombro; estava quente, mas tão imóvel que era como se ela fosse uma pedra ao sol.

– Sinto muito – falei baixinho. – Sinto muito mesmo. O dr. Fentiman foi cuidar dela; ele fez tudo o que podia.

Era verdade; não havia motivo para dar minha opinião sobre as habilidades de Fentiman. Isso era irrelevante agora, em todo caso.

Nenhuma resposta. Ela estava respirando; eu podia ver o leve subir e descer de seu peito, mas era só.

Mordi o lado de dentro do meu lábio inferior, tentando pensar em algo ou em alguém que pudesse lhe dar um pouco de conforto. Jocasta? Será que Jocasta já sabia da morte de Betty? Duncan sabia, claro, mas ele poderia ter escolhido não contar a ela até depois que os convidados tivessem ido embora.

– O padre – falei, a ideia me ocorrendo de repente. – Você gostaria que o padre LeClerc... abençoasse o corpo da sua mãe?

Eu achei que era tarde demais para os Últimos Ritos, assumindo que Phaedre soubesse o que eram, mas tinha certeza de que o padre não se importaria de oferecer qualquer conforto que pudesse. Ele ainda não havia partido; eu o vira na sala de jantar alguns momentos antes, devorando um prato de carne de porco com ovos fritos e molho.

Um leve tremor percorreu o ombro sob a minha mão. O rosto belo e imóvel se virou para mim, os olhos escuros opacos.

– De que adianta? – sussurrou ela.

– Ah... bem...

Perturbada, eu me esforcei para encontrar uma resposta, mas ela já tinha se virado, olhando para uma mancha na madeira da mesa.

O que eu tinha feito no fim das contas fora dar a ela uma pequena dose de láudano – uma ironia que ignorei resolutamente – e pedir a Teresa que a colocasse na cama onde ela normalmente dormia, no quarto de vestir próximo ao de Jocasta.

Abri a porta do quarto agora para ver como ela estava. O quarto pequeno não tinha janelas e estava escuro, cheirando a amido e cabelo queimado e ao aroma suave de flores da água de toucador de Jocasta. Havia um enorme armário e uma cômoda combinando em um dos lados, e uma penteadeira do outro. Um biombo separava o canto mais distante, e atrás dele ficava a cama estreita de Phaedre.

Eu podia ouvir a respiração dela, lenta e profunda, e me senti reconfortada por isso. Eu me movi em silêncio pelo quarto escuro e afastei o biombo um pouco; ela estava deitada de lado, virada de costas, encolhida em posição fetal, com os joelhos flexionados.

Bree havia entrado no quarto atrás de mim. Ela olhou por cima do meu ombro, com a respiração quente no meu ouvido. Eu fiz um gesto discreto indicando que estava tudo bem e coloquei o biombo de volta no lugar.

Na porta do quarto de vestir, Brianna parou. Ela se virou para mim de repente, colocou os braços em torno de mim e me abraçou com força. No quarto iluminado, Jemmy sentiu falta dela e começou a dar gritinhos.

– Mama! Ma! Ma-MA!

Pensei que deveria comer alguma coisa, mas com o cheiro do sótão e o cheiro da água de tocador ainda nas minhas narinas, eu estava sem apetite. Alguns convidados ainda permaneciam na sala de jantar; especialmente amigos de Jocasta, que ficariam por um ou dois dias. Eu assenti e sorri ao passar, mas ignorei os convites para me juntar a eles, e segui para a escada que levava ao segundo andar.

O quarto estava vazio, os colchões sem lençol e as janelas abertas para arejar. A lareira tinha sido limpa e o cômodo estava frio, mas abençoadamente silencioso.

Minha capa ainda estava dentro do guarda-roupa. Eu me deitei no colchão, puxei a capa sobre o meu corpo e adormeci.

Acordei pouco antes do pôr do sol, faminta, com uma estranha mistura de sensações, de conforto e intranquilidade. O conforto eu entendi de imediato; o cheiro de sangue e flores tinha sido substituído pelo de sabão de barbear e lençóis aquecidos pelo corpo, e a pálida luz dourada que entrava pela janela incidia sobre o travesseiro ao meu lado, onde um fio de cabelo comprido, dourado-avermelhado, brilhava na depressão deixada pela cabeça de alguém. Jamie tinha vindo dormir ao meu lado.

Como se tivesse sido chamado pelos meus pensamentos, a porta se abriu e ele sorriu para mim. Barbeado, penteado, com roupas limpas e os olhos claros, ele parecia ter apagado todos os vestígios da noite anterior – menos a expressão em seu rosto quando olhou para mim. Desmazelada e despenteada como eu estava em contraste com a aparência bem cuidada dele, seu olhar carinhoso me aqueceu, apesar do frio no quarto.

– Enfim você acordou. Dormiu bem, Sassenach?

– Como um defunto – respondi automaticamente, e senti um aperto por dentro em seguida.

Ele o viu refletido em meu rosto e veio depressa se sentar na cama ao meu lado.

– O que foi? Teve um sonho ruim, Sassenach?

– Não exatamente – respondi devagar.

Na verdade, eu não me lembrava de ter sonhado. E ainda assim minha mente parecia ter ficado marcando o tempo nas sombras da inconsciência, tomando notas e fazendo deduções. Acionada agora pela palavra "defunto", ela havia acabado de me apresentar suas conclusões, que eram responsáveis pela sensação de intranquilidade com a qual eu havia acordado.

– Aquela mulher, a Betty. Eles já a enterraram?

– Não. Eles limparam o corpo e o colocaram em um barracão, mas Jocasta quis esperar até a manhã pelo enterro, para não incomodar seus convidados. Alguns vão ficar mais uma noite.

Ele franziu o cenho levemente, observando-me.

– Por quê?

Passei a mão pelo rosto, menos para me acordar e mais para organizar o que ia dizer.

– Tem alguma coisa errada. Em relação à morte dela, quero dizer.

– Errada... como?

Ele ergueu a sobrancelha.

– Foi uma maneira horrível de morrer, com certeza, mas não é isso que você quer dizer, certo?

– Não.

Minhas mãos estavam frias; eu peguei as mãos dele automaticamente, e ele tomou as minhas, envolvendo meus dedos com calor.

– Quero dizer... não acredito que tenha sido uma morte natural. Acho que alguém a matou.

Ditas daquele modo, as palavras permaneceram frias e áridas entre nós.

Ele franziu o cenho e contraiu os lábios, pensando. Eu notei, no entanto, que ele não rejeitou a ideia de todo, e isso fortaleceu minha convicção.

– Quem? – perguntou ele, por fim. – E tem certeza disso, Sassenach?

– Não faço ideia. E não posso ter toda a certeza – admiti. – É só que...

Eu hesitei, mas ele apertou uma das minhas mãos de leve, incentivando-me. Eu balancei a cabeça.

– Sou enfermeira, médica, curandeira há muito tempo, Jamie. Já vi as pessoas morrerem de muitas maneiras horríveis, e todos os tipos de coisa. Não sei dizer ao certo o que está acontecendo aqui, mas agora que passou um tempo, eu simplesmente sei... acho... que há algo errado – concluí de modo meio insatisfatório.

A luz estava diminuindo; sombras desciam dos cantos do quarto, e eu estremeci de repente, apertando as mãos dele.

– Compreendo – disse ele baixinho. – Mas não há como ter certeza, há?

A janela ainda estava entreaberta; as cortinas esvoaçaram de repente com uma rajada de vento, e eu senti os pelos se eriçarem nos meus braços por causa do frio.

– Pode ser que haja – respondi.

52

A NOITE DE UM DIA DIFÍCIL

O local onde eles tinham colocado o corpo ficava bem longe da casa – um pequeno barracão de ferramentas perto da horta. A lua minguante estava baixa no céu, mas ainda lançava luz suficiente para iluminar o caminho de pedras que atravessava o jardim. Árvores frutíferas em espaldeira se estendiam, escuras como teias de aranha contra as paredes. Alguém tinha cavado; eu podia sentir o cheiro frio e úmido de terra recém-remexida, e estremeci involuntariamente ao pensar nas minhocas e no húmus.

Jamie sentiu e colocou a mão nas minhas costas.

– Está tudo bem, Sassenach? – sussurrou.

– Sim.

Segurei a mão livre dele para me tranquilizar. Não enterrariam Betty na horta; a escavação devia ser para algo prosaico como uma plantação de cebolas ou para preparar a terra para plantar mudas de ervilha. A ideia era confortante, apesar de a minha pele ainda parecer fria e fina, formigando de apreensão.

Jamie também parecia longe de estar tranquilo, embora estivesse controlado, como sempre. Ele estava bastante familiarizado com a morte e não tinha grandes temores a respeito disso. Mas era católico e celta, com uma forte convicção de haver outro mundo, invisível, que ia além da dissolução do corpo. Acreditava implicitamente em *tannasgeach* – em espíritos – e não desejava encontrar um deles. Ainda assim, se eu estivesse determinada, ele enfrentaria o além por mim. Ele apertou minha mão com força e não soltou.

Eu apertei a dele, profundamente grata por sua presença. Além da questão de como o fantasma de Betty poderia se sentir em relação ao meu plano de ação, eu sabia que a ideia de mutilação deliberada o perturbava, por mais que ele estivesse convencido, racionalmente, de que um corpo sem alma não passava de pó.

– Ver homens mutilados em um campo de batalha é uma coisa – dissera ele mais cedo, ainda discutindo comigo. – É uma guerra, e é algo honrado, por mais cruel que seja. Mas pegar uma lâmina e retalhar uma pobre inocente como aquela mulher a sangue-frio...

Ele olhara para mim, os olhos obscurecidos por pensamentos inquietantes.

– Tem certeza de que precisa fazer isso, Claire?

– Tenho – respondera eu, olhos fixos no conteúdo da bolsa que eu estava arrumando.

Um rolo grande de tecido para compressas, para absorver os fluidos, pequenos frascos para amostras dos órgãos, minha maior serra de ossos, alguns bisturis, uma tesoura grande, uma faca afiada emprestada da cozinha... era uma coleção sinistra, com certeza. Envolvi a tesoura em uma toalha para impedir que ela batesse contra os outros objetos e a coloquei dentro da bolsa, pensando cuidadosamente no que ia dizer.

– Veja – falara por fim, olhando nos olhos dele. – Tem alguma coisa errada, eu sei. E se Betty foi morta, então certamente precisamos descobrir, devemos isso a ela. Se você fosse assassinado, não ia querer que alguém fizesse o possível para provar? Para... vingá-lo?

Ele ficara parado por um longo momento, olhos semicerrados enquanto pensava e olhava para mim. Então seu rosto relaxara, e ele assentira.

– Sim, eu ia querer isso – respondera ele, baixinho.

Então pegara a serra de osso e começara a envolvê-la no tecido.

Ele parara de protestar. Não me perguntara de novo se eu tinha certeza. Simplesmente dissera com firmeza que, se eu pretendia fazer aquilo, ele faria comigo, e só.

Quanto a ter certeza, eu não tinha. Tinha a sensação de que havia algo de muito errado em relação àquela morte, mas não estava muito confiante em relação à minha ideia do que poderia ser, com a lua fria descendo no céu vazio e o vento resvalando em meu rosto com seus dedos gelados.

A morte de Betty podia ter sido apenas um acidente, não fruto da maldade de alguém. Eu poderia estar errada; talvez tivesse sido uma simples hemorragia de uma úlcera esofágica, o rompimento de um aneurisma na garganta, ou alguma outra raridade fisiológica. Incomum, mas natural. Será que eu estava fazendo aquilo apenas para tentar justificar minha fé na própria capacidade de diagnóstico?

O vento fez minha capa subir e eu a segurei ao redor do corpo com uma das mãos, endireitando as costas. Não. Não tinha sido uma morte natural, eu sabia. Não poderia dizer *como* sabia, mas felizmente Jamie não havia me perguntado isso. Eu me lembrei de repente: Joe Abernathy, com um sorriso jovial de desafio no rosto, enfiando a mão em uma caixa de papelão cheia de ossos e dizendo: "Só quero ver se você pode fazê-lo com uma pessoa morta, L. J."

Eu podia. E fiz. Ele havia me entregado um crânio, e a lembrança de Geillis Duncan me atravessou como gelo líquido.

– Não precisa fazer isso, Claire – falou Jamie, apertando minha mão. – Não vou achar que você é covarde.

A voz dele estava suave e séria, quase inaudível acima do vento.

– Eu acharia – falei e senti que ele concordava.

Estava decidido, então; ele soltou a minha mão e foi na minha frente para abrir o portão.

Ele parou, e meus olhos adaptados ao escuro viram a linha clara de seu perfil quando ele virou a cabeça, ouvindo. A lamparina escura que ele carregava tinha um cheiro forte de óleo, e um brilho fraco que escapava de suas laterais furadas salpicava o tecido de sua capa com pontinhos de luz fraca.

Olhei ao redor e me virei de novo para a casa. Apesar de estar tarde, velas ainda estavam acesas na sala dos fundos, onde os jogos de cartas continuavam; ouvi um suave murmúrio de vozes quando o vento mudou, e uma risada repentina. No andar de cima, estava quase tudo escuro – exceto uma janela que eu reconheci como sendo do quarto de Jocasta.

– Sua tia está acordada até tarde – sussurrei para Jamie.

Ele se virou e olhou para a casa.

– Não, é Duncan – disse ele suavemente. – Minha tia não precisa de luz, afinal.

– Talvez ele esteja lendo para ela na cama – falei, tentando atenuar a seriedade da nossa tarefa.

Jamie emitiu um som de sarcasmo e a atmosfera opressiva se aliviou um pouco. Ele destrancou o portão e o abriu, mostrando um quadrado escuro à frente. Eu dei as costas para as luzes da casa e segui, sentindo-me um pouco como Perséfone entrando no mundo inferior.

Jamie fechou o portão e me entregou a lamparina.

– O que está fazendo? – sussurrei, ouvindo o farfalhar das roupas dele.

Estava tão escuro perto do portão que tudo que eu enxergava dele era um borrão escuro, mas o som baixinho que veio em seguida me indicou o que ele estava fazendo.

– Mijando no limiar – respondeu ele aos sussurros, dando um passo para trás enquanto ajeitava a calça. – Se precisarmos, vamos fazer, mas não quero que nada nos siga de volta para a casa.

Foi minha vez de emitir um murmúrio sarcástico, mas não disse nada quando ele insistiu em repetir esse ritual na porta do barracão. Imaginação ou não, a noite parecia de alguma forma habitada, como se coisas invisíveis se movessem pela escuridão, murmurando sob a voz do vento.

Foi quase um alívio ir lá para dentro, onde o ar estava parado, apesar de os cheiros da morte se misturarem ao cheiro de ferrugem, palha apodrecida e madeira úmida. Ouvi um som metálico quando a abertura da lamparina deslizou e um feixe forte de luz invadiu o espaço.

Eles tinham colocado a escrava morta em uma tábua sobre dois cavaletes, já limpa e adequadamente disposta, envolta em um pano de musselina. Ao lado dela havia um pequeno pão e um copo de brandy. Um raminho de ervas secas, cuidadosamente retorcido e amarrado em um nó, estava sobre a mortalha, bem acima do coração. Quem teria deixado aquilo ali?, eu me perguntei. Uma das outras escravas, com certeza. Jamie se benzeu ao ver aquilo e olhou para mim, de modo quase acusatório.

– Dá azar tocar nessas coisas de sepultura.

– Tenho certeza de que só dá azar pegá-las – disse a ele em voz baixa, apesar de ter me benzido antes de pegar os objetos e colocá-los no chão em um canto do barracão. – Vou colocar tudo de volta quando terminar.

– Humf. Espere um momento, Sassenach. Não toque nela ainda.

Ele procurou dentro da capa e tirou de lá um pequeno frasco. Tirou a rolha e, colocando os dedos na abertura, despejou um pouco de líquido, que espargiu sobre o cadáver, murmurando uma oração em gaélico que eu reconheci como sendo a invocação a São Miguel para nos proteger de demônios, espíritos do mal e coisas que saem à noite. Muito útil.

– Isso é água benta? – perguntei, incrédula.

– Sim, claro. Peguei com o padre LeClerc.

Ele fez o sinal da cruz sobre o corpo e pousou a mão brevemente na curva da cabeça antes de assentir de modo relutante para que eu prosseguisse.

Peguei um bisturi na bolsa e cortei a costura da mortalha com cuidado. Eu havia levado uma agulha grande e linha encerada para costurar a incisão no corpo; com sorte, talvez eu conseguisse costurar de volta o tecido de modo que ninguém percebesse o que eu tinha feito.

O rosto dela estava quase irreconhecível, as bochechas redondas agora flácidas e afundadas, e o tom suave de sua pele negra agora acinzentado, os lábios e as orelhas de um roxo lívido. Isso tornava as coisas mais fáceis; estava claro que aquilo era apenas uma casca, e não a mulher que eu tinha visto antes. Aquela mulher, se ainda estivesse nos arredores, não faria objeções, pensei.

Jamie fez o sinal da cruz de novo e disse algo em gaélico, depois ficou parado, segurando a lamparina para que eu pudesse trabalhar sob iluminação. A luz projetava a sombra dele na parede do barracão, gigante e misteriosa na chama vacilante. Eu desviei o olhar e me concentrei no meu trabalho.

A mais formal e higiênica das autópsias modernas não passa de um trabalho de açougueiro; aquilo não era diferente – era pior apenas por causa da falta de luz, de água e de ferramentas especializadas.

– Você não precisa assistir, Jamie – falei, dando um passo para trás por um momento para passar o punho na testa.

Por mais frio que estivesse no barracão, eu suava devido ao trabalho pesado de serrar o osso do esterno, e o ar estava tomado pelo cheiro forte de um corpo aberto.

– Tem um prego na parede. Você pode pendurar a lamparina, se quiser sair um pouco.

– Estou bem, Sassenach. O que é isso?

Ele se inclinou para a frente, apontando com cuidado. O olhar de inquietação tinha sido substituído pelo de interesse.

– A traqueia e os brônquios – respondi, traçando os círculos de cartilagem – e uma parte de um dos pulmões. Se você estiver bem, pode aproximar a luz um pouco, por favor?

Como não tínhamos afastadores, eu não conseguia abrir a caixa torácica o suficiente para expor o pulmão inteiro em nenhum dos dois lados, mas achei que poderia ver o suficiente para eliminar algumas possibilidades. A superfície de ambos os pulmões estava escura e granulosa. Betty tinha 40 e poucos anos e havia passado a vida toda perto de lareiras.

– Qualquer coisa nociva que você respire e não expectore, fumaça de tabaco, fuligem, fumaça, o que quer que seja, aos poucos se deposita entre o tecido do pulmão e a pleura – expliquei, erguendo um pouco da membrana fina e meio transparente da pleura com a ponta do bisturi. – Mas o corpo não consegue expelir tudo isso, então essas coisas simplesmente ficam aqui. O pulmão de uma criança teria um belo tom rosa-claro.

– Os meus são assim? – perguntou Jamie e sufocou uma pequena tosse reflexiva. – E o que é fuligem?

– O ar em cidades como Edimburgo, onde a fumaça do carvão se mistura à névoa que vem da água – expliquei, distraída, resmungando um pouco enquanto afastava as costelas, espiando dentro da cavidade escura. – Os seus provavelmente não estão tão ruins, já que você passou muito tempo ao ar livre ou em locais sem aquecimento. Pulmões limpos são uma das compensações para quem vive sem fogo.

– É bom saber, quando não se tem escolha – disse ele. – Diante da escolha, porém, imagino que a maioria das pessoas preferiria ficar aquecida e tossir.

Não olhei para a frente, mas sorri, cortando o lobo superior do pulmão direito.

– Sim, e é o que fazem.

Não havia indícios de hemorragia nos pulmões nem sangue nas vias aéreas; nenhum sinal de embolia pulmonar. Não havia acúmulo de sangue no peito nem na cavidade abdominal, embora eu estivesse vendo um pouco de infiltração. O sangue coagula pouco depois da morte, mas aos poucos volta a ficar líquido.

– Pode me dar um pouco mais de tecido?

Uma pequena mancha de sangue na mortalha provavelmente não deixaria ninguém preocupado, considerando a natureza espalhafatosa da morte de Betty, mas eu não queria que nada despertasse as suspeitas de alguém o suficiente para olharem por dentro.

Eu me inclinei para pegar o pano da mão dele, colocando inadvertidamente uma das mãos na lateral do cadáver. O corpo emitiu um grunhido baixinho, Jamie deu um pulo para trás com uma exclamação de espanto, e a luz vacilou.

Eu também havia me sobressaltado, mas logo me recuperei.

– Está tudo bem – falei, apesar de meu coração estar acelerado e de o suor no meu rosto ter ficado frio de repente. – É só gás acumulado. Cadáveres costumam fazer barulhos estranhos.

– Sim.

Jamie engoliu em seco e assentiu, firmando a lamparina.

– Sim, já vi isso bastante. Mas assusta um pouco, não?

Ele sorriu para mim, um sorriso torto, apesar de uma camada de suor brilhar em sua testa.

– Assusta, sim.

Ocorreu-me que ele, sem dúvida, já tinha lidado com muitos cadáveres, todos não preservados, e provavelmente estava tão familiarizado com os fenômenos da morte quanto eu. Apoiei a mão com cuidado no mesmo lugar, mas não ouvimos nenhum outro ruído, e voltei ao exame.

Outra diferença entre aquela autópsia improvisada e uma autópsia moderna era a falta de luvas. Minhas mãos estavam ensanguentadas até o punho, e os órgãos e as membranas tinham uma textura levemente escorregadia e desagradável; por mais frio que estivesse dentro do barracão, o processo inexorável de decomposição já tinha começado. Coloquei a mão embaixo do coração e o ergui em direção à luz, procurando descolorações na superfície ou rupturas visíveis dos grandes vasos.

– Eles também se mexem de vez em quando – disse Jamie depois de um minuto.

Havia um tom estranho em sua voz, e eu olhei para ele, surpresa. Seus olhos estavam fixos no rosto de Betty, mas com um olhar distante que deixava claro que ele estava vendo outra coisa.

– Quem se mexe?

– Os cadáveres.

Senti meus braços se arrepiarem. Ele estava certo, apesar de eu achar que ele poderia ter guardado aquela observação para si mesmo por enquanto.

– Sim – falei, do modo mais casual que consegui, voltando a me concentrar no trabalho. – Fenômenos *post-mortem* comuns. Geralmente apenas o movimento de gases.

– Uma vez vi um morto se sentar – disse ele, com um tom tão casual quanto o meu.

– Onde, em um velório? Ele não estava realmente morto?

– Não, em uma fogueira. E ele estava bem morto.

Olhei para a frente. A voz dele estava tranquila e objetiva, mas seu olhar era de profunda abstração. O que quer que tivesse visto, ele estava vendo de novo.

– Depois de Culloden, os ingleses queimaram os escoceses mortos no campo de batalha. Sentimos o cheiro das fogueiras, mas não vi nenhuma, exceto quando eles me levaram para fora e me colocaram na carroça para me mandar para casa.

Ele havia se escondido embaixo de uma camada de feno, com o nariz pressionado contra uma fresta nas tábuas para poder respirar. O condutor da carroça tinha dado a volta no campo para evitar perguntas de tropas perto da casa e, em determinado momento, parou um pouco para esperar um grupo de soldados se afastar.

– Havia uma pira acesa, talvez a uns 10 metros de distância; eles a haviam acendido pouco tempo antes, pois as roupas tinham acabado de começar a queimar. Vi Graham Gillespie deitado em uma pilha perto de mim, e ele com certeza estava morto, pois havia a marca de um tiro de pistola em sua têmpora.

A carroça tinha esperado pelo que parecera muito tempo, embora fosse difícil saber, já que ele estava tomado pela dor e pela febre. Mas enquanto observava, ele viu Gillespie sentar-se de repente em meio às chamas e virar a cabeça.

– Ele estava olhando diretamente para mim – disse ele. – Se eu estivesse bem, acho que teria dado um berro. Mas naquela situação, pareceu apenas um ato... simpático de Graham.

Havia um toque de diversão inquieta em sua voz.

– Pensei que talvez ele estivesse me dizendo que não era tão ruim estar morto. Era isso, ou talvez estivesse me dando as boas-vindas ao inferno.

– Contratura *post-mortem* – falei, absorta no exame do sistema digestivo. – O fogo faz os músculos se contraírem, e os membros costumam se retorcer em posições que lembram muito movimentos feitos em vida. Pode aproximar um pouco a luz?

Puxei o esôfago e cuidadosamente o cortei, ao comprido, virando o tecido solto. Havia certa irritação na parte de baixo e também sangue, mas nenhum sinal de ruptura nem hemorragia. Examinei de perto a cavidade faríngea, mas estava escuro demais para ver alguma coisa ali. Eu não tinha equipamentos para uma exploração detalhada, então voltei minha atenção para o outro lado, passando uma das mãos por baixo do estômago e erguendo-o.

A sensação de que havia algo de errado naquilo tudo se intensificou. Se houvesse algo estranho, ali era onde eu tinha mais chances de encontrar evidências. A lógica e também o sexto sentido indicavam isso.

Não havia comida no estômago; depois de tanto vômito, isso não me surpreendeu. Quando cortei a parede muscular, no entanto, o cheiro forte de ipecacuanha se sobrepôs ao fedor do corpo.

– O que foi?

Jamie se inclinou para a frente quando emiti uma exclamação, franzindo o cenho ao olhar para o corpo.

– Ipecacuanha. Aquele charlatão deu ipecacuanha a ela... e recentemente! Consegue sentir o cheiro?

Ele fez uma careta de nojo, mas farejou e assentiu.

– Isso não seria a coisa adequada a fazer, quando uma pessoa está com dores de barriga? Você mesma deu ipecacuanha a Beckie MacLeod quando ela bebeu aquela sua coisa azul.

– É verdade.

Beckie, de 5 anos, tinha bebido meio frasco de uma mistura com arsênico que eu fazia para envenenar os ratos, atraída pela cor azul-clara, e evidentemente não fora desencorajada pelo gosto ruim. Bem, os ratos também gostavam.

– Mas eu fiz aquilo imediatamente. Não há motivo para dar isso a alguém horas depois, quando o veneno ou a substância irritante já saiu do estômago.

Considerando a extensão dos conhecimentos médicos de Fentiman, no entanto, será que ele sabia disso? Poderia simplesmente ter administrado ipecacuanha de novo por não saber o que mais fazer. Franzi o cenho, voltando-me de novo para a parede grossa do estômago. Sim, aquela era a fonte da hemorragia; a parede interna parecia em carne viva, vermelha como carne moída. Havia uma pequena quantidade de líquido no estômago; linfa transparente que havia começado a se separar do sangue coagulado que havia no corpo.

– Então, você está achando que a ipecacuanha pode tê-la matado?

– Estava... mas agora não tenho tanta certeza – murmurei, examinando com cuidado.

Havia me ocorrido que se Fentiman tivesse dado a Betty uma dose grande de ipecacuanha, os fortes vômitos provocados por ela poderiam ter causado uma ruptura interna e hemorragia, mas eu não estava encontrando nenhuma evidência disso. Usei o bisturi para abrir o estômago ainda mais, afastando as beiradas e abrindo o duodeno.

– Pode me dar um daqueles frascos vazios? E a bacia, por favor?

Jamie pendurou a lamparina no prego e se ajoelhou para procurar dentro da bolsa, enquanto eu examinava ainda mais o estômago. Havia um pouco de material granuloso formando uma borra clara entre as dobras. Eu o raspei com cuidado e descobri que ele saía com facilidade, uma pasta grossa e arenosa entre os meus dedos. Não tinha certeza do que era, mas uma suspeita desagradável crescia no fundo da minha mente. Queria lavar o estômago, recolher o resíduo e levá-lo de volta para a casa, onde poderia examiná-lo com luz suficiente, pela manhã. Se fosse o que eu pensava ser...

De repente, a porta do barracão se abriu. Uma rajada de ar frio fez com que a chama da lamparina se intensificasse – o bastante para me mostrar o rosto de Phillip Wylie, pálido e chocado emoldurado pelo batente da porta.

Ele olhou para mim, levemente boquiaberto, em seguida fechou a boca e engoliu em seco; eu ouvi o som com clareza. Seus olhos percorreram a cena lentamente, e então voltaram para o meu rosto, arregalados de horror.

Eu também estava chocada. Meu coração tinha pulado para a garganta, e minhas mãos estavam paralisadas, mas meu cérebro estava acelerado.

O que aconteceria se ele fizesse uma cena? Seria um escândalo terrível, quer eu conseguisse explicar o que estava fazendo, quer não. Se não conseguisse... o medo percorreu meu corpo em uma onda gelada. Eu já tinha quase sido queimada por bruxaria uma vez; e tinha sido suficiente.

Senti um leve movimento do ar perto dos meus pés, e percebi que Jamie estava agachado nas sombras embaixo da mesa. A luz da lamparina era forte, mas limitada; eu estava envolvida pela escuridão até a cintura. Wylie não o vira. Estiquei o pé e o cutuquei, em um sinal para que ficasse onde estava.

Eu me forcei a sorrir para Phillip Wylie, apesar de sentir o coração na boca, batendo com força. Engoli em seco e disse a primeira coisa que me ocorreu, que acabou sendo "boa noite".

Ele lambeu os lábios. Não estava usando maquiagem no momento, mas estava tão pálido quanto o lençol de musselina.

– Sra... Fraser – disse ele, e engoliu em seco de novo. – Eu... eu... o que está fazendo?

Eu pensei que fosse bastante óbvio; presumivelmente a pergunta tinha que ver com os motivos pelos quais eu estava fazendo aquilo – e eu não tinha a menor intenção de abordar esse assunto.

– Não é da sua conta – falei de modo agressivo, recuperando um pouco da coragem. – O que *o senhor* está fazendo vagando pela propriedade na calada da noite?

Evidentemente, aquela era uma boa pergunta; o rosto dele mudou de imediato, passando do horror à cautela. Ele virou a cabeça como se quisesse olhar para trás. Interrompeu o movimento antes que se completasse, mas meus olhos seguiram sua direção. Havia um homem de pé no escuro atrás dele; um homem alto que dera um passo à frente, com o rosto pálido sob o brilho da lamparina, olhos verdes cheios de sarcasmo. Stephen Bonnet.

– Jesus Cristo! – exclamei.

Várias coisas aconteceram naquele momento: Jamie saiu de baixo da mesa como uma cobra dando o bote, Phillip Wylie se afastou da porta com um grito assustado, e a lamparina caiu no chão ao se soltar do prego. Senti um cheiro forte de óleo e brandy esparramados, um ruído como o de uma fornalha sendo acesa, e a mortalha amassada começou a pegar fogo aos meus pés.

Jamie tinha desaparecido; ouvi gritos vindos da escuridão do lado de fora, e o som de pés no caminho de tijolos. Chutei o tecido em chamas, pretendendo apagar o fogo.

Então, pensei melhor e empurrei a mesa, derrubando-a e virando seu conteúdo. Peguei a mortalha em chamas com uma das mãos e a arrastei para cima do cadáver e da mesa virada. O chão do barracão estava cheio de serragem, já queimando em alguns pontos. Chutei a lamparina quebrada com força, e ela bateu nas tábuas da parede, espalhando o restante do óleo, que imediatamente se incendiou.

Ouvi gritos vindos da horta, vozes alarmadas; eu tinha que sair. Peguei minha bolsa e corri, com as mãos vermelhas, noite adentro, meu punho ainda segurando firme as evidências. Era a única coisa certa no caos à minha volta. Eu não fazia ideia do que estava acontecendo ou do que poderia acontecer em seguida, mas pelo menos sabia que estava certa. Betty tinha sido mesmo assassinada.

Havia dois criados agitados na horta, que aparentemente tinham sido acordados pelo barulho da confusão. Estavam andando de um lado para outro, desorientados, chamando um ao outro, mas sem nenhuma luz além da lua que já desaparecia, foi fácil me manter nas sombras e passar despercebida por eles.

Ninguém tinha saído da casa principal ainda, mas os gritos e o fogo chamariam atenção em breve. Eu me agachei contra a parede, nas sombras de um enorme pé de framboesa, quando o portão se abriu e mais dois escravos saíram correndo do estábulo, semivestidos e confusos, gritando algo sobre os cavalos. O cheiro de queimado estava forte no ar; sem dúvida, eles achavam que o estábulo estava em chamas ou prestes a se incendiar.

Meu coração batia com tanta força no peito que eu conseguia senti-lo, como um punho. Tive uma visão desagradável do coração flácido que havia acabado de segurar nas minhas mãos, e de como o meu deveria estar agora – uma protuberância vermelho-escura de músculo liso, pulsando e martelando, batendo sem parar na cavidade estreita entre os pulmões.

Os pulmões não estavam funcionando nem de longe tão bem quanto o coração; minha respiração estava rasa e difícil, em arquejos que eu tentava controlar por medo de ser descoberta. E se eles tirassem o corpo profanado de Betty do barracão? Não saberiam quem tinha sido responsável pela mutilação, mas a descoberta causaria uma terrível comoção, com rumores temerários e histeria pública.

Um brilho podia ser visto agora acima da parede da horta; o teto do abrigo estava começando a pegar fogo, o brilho aparecendo em linhas finas e brilhantes conforme os galhos de pinheiro começavam a se incendiar e se retorcer.

O suor descia por trás das minhas orelhas, mas minha respiração ficou um pouco mais tranquila quando vi os escravos de pé perto do portão mais distante, reunidos em uma silhueta de perplexidade. Claro – eles não tentariam apagar o fogo, que já queimava bem alto. A água mais próxima era a dos cochos dos cavalos; quando os baldes fossem cheios, o barracão já estaria a meio caminho de se transformar em cinzas. Não havia nada perto dali que pudesse pegar fogo. Era melhor deixar que queimasse.

A fumaça subia em densas espirais, bem alto. Sabendo o que havia no barracão, foi fácil imaginar formas espectrais nas ondulações transparentes. Então o fogo subiu pelo telhado, e as labaredas incendiaram a fumaça por baixo com um brilho bonito e sinistro.

Um grito alto surgiu atrás de mim, e eu me assustei, batendo o cotovelo contra a parede de alvenaria. Phaedre havia passado pelo portão, com Gussie e outra escrava atrás dela. Ela correu pelo jardim, gritando "Mamãe!" enquanto seu vestido branco refletia a luz das chamas que agora saíam pelos buracos no telhado do barracão, espalhando faíscas.

Os homens que estavam no portão a seguraram; as mulheres correram atrás dela, gritando agitadas. Senti o gosto de sangue na boca e percebi que tinha mordido o lábio inferior. Fechei os olhos de repente, tentando não ouvir os gritos desesperados de Phaedre e as palavras dos que a confortavam.

Uma terrível sensação de culpa se abateu sobre mim. A voz dela era muito parecida com a de Bree, e eu podia imaginar com clareza o que Bree sentiria se meu corpo estivesse sendo incinerado naquele barracão. Mas havia coisas piores que Phaedre poderia sentir se eu não tivesse causado o incêndio. Minhas mãos tremiam de frio e de tensão, mas agarrei minha bolsa, que tinha deixado no chão aos meus pés.

Minhas mãos estavam rígidas e medonhas, meladas de sangue e linfa. Eu não podia – *não podia* – ser vista naquele estado. Procurei dentro do saco com a mão livre e finalmente encontrei um frasco com tampa, normalmente usado para guardar sanguessugas, e a pequena garrafa de álcool e água.

Não conseguia ver, mas senti o sangue rachar e cair em flocos quando abri meus dedos tensos e raspei cuidadosamente o que havia na mão para dentro do frasco. Não consegui segurar a rolha da garrafa com os dedos trêmulos; por fim consegui puxá-la com os dentes e despejei o álcool sobre a palma aberta, lavando o resto do resíduo granuloso para dentro do frasco.

A casa já tinha despertado àquela altura; eu podia ouvir vozes vindo daquela direção. O que estaria acontecendo? Onde estaria Jamie – e onde estariam Stephen Bonnet e Phillip Wylie? Jamie não tinha nenhuma arma consigo além de uma garrafa de água benta; e os outros? Eu não tinha ouvido tiros, pelo menos – mas lâminas não faziam barulho.

Lavei as duas mãos depressa com o resto do conteúdo da garrafa e as sequei no pano escuro da minha capa, onde as manchas não apareceriam. As pessoas corriam de um lado para outro pelo jardim, sombras passando pelos caminhos como fantasmas, a poucos metros de onde eu estava escondida. Por que não faziam barulho? Eram pessoas de fato, ou sombras, de algum modo despertadas pelo meu sacrilégio?

Então uma figura gritou; outra respondeu. Eu me dei conta de que as pessoas que corriam pelas pedras não faziam barulho porque estavam descalças e porque os meus ouvidos estavam zumbindo. Meu rosto entorpecido por causa do suor frio, as minhas mãos estavam muito mais dormentes do que estariam se fosse uma simples dormência causada pelo frio.

Sua idiota, Beauchamp, pensei. *Você vai desmaiar. Sente-se!*

Devo ter conseguido me sentar, pois recobrei a consciência alguns momentos depois, estatelada na terra embaixo do pé de framboesa, meio recostada na parede. A horta parecia estar cheia de gente àquela altura; figuras pálidas de convidados e empregados, indistinguíveis como fantasmas com suas roupas de dormir.

Esperei por alguns segundos, para ter certeza de que tinha me recuperado, então fiquei de pé meio sem jeito e saí pelo caminho escuro, carregando a bolsa.

A primeira pessoa que vi foi o major MacDonald, de pé no caminho observando o barracão em chamas, com a peruca branca brilhando à luz do incêndio. Eu o segurei pelo braço, assustando-o.

– O que está acontecendo? – perguntei, sem me preocupar em pedir desculpas.

– Onde está o seu marido? – perguntou ele no mesmo instante, espiando ao meu redor à procura de Jamie.

– Não sei – falei, com sinceridade. – Estou procurando por ele.

– Sra. Fraser! Está bem, minha cara?

Lloyd Stanhope surgiu do meu lado, parecendo um ovo cozido muito animado com sua camisa de dormir, a cabeça arredondada e pálida sem a peruca.

Eu garanti a ele que estava bem, e estava mesmo, naquele momento. Foi só quando vi Stanhope e notei que a maioria dos outros senhores presentes estava em um estado parecido no que dizia respeito às vestimentas que percebi que o major estava totalmente vestido, da peruca aos sapatos afivelados. Meu rosto deve ter mudado quando olhei para ele, pois vi suas sobrancelhas se erguerem e seu olhar passar dos meus cabelos amarrados aos pés com sapatos, e ele obviamente notou a mesma coisa a meu respeito.

– Ouvi gritos de "fogo!" e pensei que alguém poderia ter se ferido – falei tranquilamente, erguendo a bolsa. – Trouxe o meu kit médico. Está tudo bem com todos, o senhor sabe?

– Até onde eu... – começou MacDonald, mas deu um pulo para trás assustado, segurando meu braço e me puxando junto.

O telhado cedeu com o som de um profundo suspiro, e as faíscas se ergueram no ar, caindo entre as pessoas no jardim.

Todos se assustaram e gritaram, caindo para trás. Então, houve uma daquelas pausas breves e inexplicáveis durante as quais todos em uma multidão de repente se calam ao mesmo tempo. O fogo ainda ardia, com um barulho parecido com o de papel sendo amassado, mas por cima dele eu pude ouvir uma gritaria distante. Era a voz de uma mulher, alta e rouca, mas mesmo assim forte, e cheia de fúria.

– A sra. Cameron! – exclamou Stanhope, mas o major já estava correndo em direção à casa.

53

O OURO DO FRANCÊS

Encontramos Jocasta Cameron Innes sentada à janela de seu quarto, vestindo camisola, com mãos e pés amarrados com faixas de lençol de linho, e com o rosto vermelho de fúria. Não tive tempo de prestar mais atenção a sua condição, pois Duncan Innes, vestindo apenas uma camisa, estava deitado de cara no chão perto da lareira.

Eu corri até ele e me abaixei, procurando seu pulso.

– Ele está morto?

O major espiou por cima do meu ombro, demonstrando mais curiosidade do que solidariedade.

– Não – respondi rapidamente. – Tire essas pessoas daqui, sim?

O quarto estava lotado de convidados e criados, todos exclamando sua surpresa ao redor de Jocasta, recém-desamarrada, falando, especulando e, de modo geral, atrapalhando. O major se surpreendeu com o meu tom autoritário, mas saiu para lidar com a situação.

Duncan certamente estava vivo, e uma observação rápida me mostrou que não havia ferimento nenhum além de um galo grande atrás da orelha; evidentemente, ele tinha sido golpeado com o pesado castiçal de prata que estava ao lado dele no chão. Sua cor não estava boa, mas o pulso estava razoável e a respiração, tranquila. Abri suas pálpebras com os polegares, uma de cada vez, e me aproximei para checar suas pupilas. Elas me encararam de volta, vidradas, mas do mesmo tamanho e não dilatadas de modo anormal. Até ali, tudo bem.

Atrás de mim, o major estava usando sua experiência militar, rosnando ordens com uma voz firme. Uma vez que a maioria dos presentes não eram soldados, o efeito era limitado.

Jocasta Cameron estava tendo muito mais sucesso. Livre das amarras, ela cambaleou pelo quarto, apoiando-se no braço de Ulysses, separando a multidão como as águas do Mar Vermelho.

– Duncan! Onde está meu marido? – perguntou ela, virando a cabeça de um lado para o outro, com os olhos cegos determinados.

As pessoas saíam do caminho dela, que estava ao meu lado em segundos.

– Quem está aí?

Ela moveu a mão, formando um arco no ar, procurando uma posição.

– Sou eu, Claire.

Eu levantei o braço para tocar a mão dela, guiando-a até o meu lado. Seus dedos estavam frios e trêmulos, e havia marcas profundas e avermelhadas em seus punhos por causa das amarras.

– Não se preocupe; acho que Duncan ficará bem.

Ela estendeu a mão, procurando para ver por si mesma, e eu guiei seus dedos até o pescoço dele, colocando-os sobre a veia grande que eu conseguia ver pulsando na lateral do pescoço. Ela emitiu uma pequena exclamação e se inclinou para a frente, colocando ambas as mãos no rosto dele, passando os dedos pelos traços com uma delicadeza ansiosa que me emocionou, por destoar tanto de sua usual atitude autocrática.

– Eles o acertaram... ele está muito ferido?

– Acho que não – disse a ela. – Foi só um golpe na cabeça.

– Tem certeza?

Ela olhou para mim, franzindo o cenho, e suas narinas se abriram mais.

– Sinto cheiro de sangue.

Um pouco chocada, percebi que, apesar de minhas mãos estarem praticamente limpas, minhas unhas ainda estavam cheias de sangue escuro por causa da autópsia improvisada. Contive o impulso de esconder as mãos, murmurando baixinho:

– Sou eu, acredito; minhas regras.

O major MacDonald estava olhando com curiosidade na nossa direção; será que tinha ouvido o que ela dissera?

Vi movimento na porta e me virei. Para meu enorme alívio, era Jamie. Ele estava desalinhado, o casaco rasgado e trazia os primeiros sinais de um olho roxo, mas fora isso parecia normal.

O alívio deve ter ficado evidente na minha expressão, pois seu olhar sério se suavizou um pouco, e ele assentiu ao olhar nos meus olhos. Então, voltou a ficar sério quando viu Duncan. Abaixou-se ao meu lado apoiado em um dos joelhos.

– Ele está bem – falei antes que ele pudesse perguntar. – Alguém o acertou na cabeça e amarrou a sua tia.

– É? Quem?

Ele olhou para Jocasta e pousou a mão no peito de Duncan, como se quisesse ter certeza de que ele ainda estava respirando.

– Não faço a menor ideia – respondeu ela com rispidez. – Se fizesse, já teria mandado homens no encalço dos malditos a essa altura.

Ela contraiu os lábios em uma linha fina, e a cor voltou ao seu rosto ao pensar nos invasores.

– Ninguém viu os patifes?

– Acho que não, tia – respondeu Jamie com calma. – Com a confusão pela casa, ninguém sabe o que procurar, não é?

Ergui a sobrancelha para ele de modo questionador. O que ele queria dizer com aquilo? Bonnet havia escapado? Certamente fora Bonnet quem invadira o quarto de Jocasta; confusão ou não, não poderia haver muitos criminosos violentos à solta na mesma noite em um lugar do tamanho de River Run.

Jamie balançou a cabeça discretamente. Olhou para as minhas mãos, viu o sangue embaixo das unhas e ergueu a sobrancelha. Será que eu tinha descoberto alguma coisa? Teria tido tempo para isso? Assenti, e senti um calafrio percorrer o meu corpo; sim, eu sabia.

Assassinato, disse a ele sem emitir som.

Ele apertou o meu braço depressa para me confortar e olhou por sobre o ombro; o major por fim tinha conseguido expulsar a maioria das pessoas para o corredor, mandando que criados fossem buscar comida e bebida, que um lacaio fosse buscar o xerife em Cross Creek, que homens saíssem para vasculhar a propriedade à procura de possíveis culpados e que as mulheres se recolhessem para o salão, confusas e alteradas. O major fechou a porta com firmeza e se aproximou rapidamente de nós.

– Devemos colocá-lo na cama?

Duncan estava começando a se remexer e a gemer. Tossiu e engasgou um pouco, mas felizmente não vomitou. Jamie e o major MacDonald o ergueram, apoiando os braços dele nos ombros, e o levaram para a grande cama com dossel, onde o deitaram sem nenhum cuidado com a colcha de seda.

Com uma leve noção atávica de cuidados domésticos, eu coloquei um travesseiro de veludo verde embaixo da cabeça dele. Estava recheado de farelo, mas crepitou levemente sob a minha mão e exalou um forte aroma de lavanda. Lavanda era bom para dor de cabeça, era verdade, mas eu não sabia se ia adiantar muito naquele caso.

– Onde está Phaedre?

Ulysses havia guiado Jocasta até sua cadeira, e ela se deixou afundar no estofado de couro, parecendo subitamente exausta e debilitada. A cor tinha deixado seu rosto junto com a raiva, e os cabelos brancos desciam em mechas soltas pelos ombros.

– Mandei Phaedre para a cama, tia.

Bree tinha entrado sem ser notada e resistira à remoção empreendida pelo major. Ela se inclinou sobre Jocasta, tocando sua mão com cuidado.

– Não se preocupe, vou cuidar de você.

Jocasta colocou a mão sobre a de Bree com gratidão, mas se endireitou mais, parecendo confusa.

– Para a cama? Por quê? E o que em nome de Deus está queimando?

Ela se levantou, assustada.

– Os estábulos estão pegando fogo?

O vento tinha mudado, e o ar da noite entrava por uma folha rachada da janela, com um forte cheiro de fumaça e um odor mais leve e assustador de carne queimada.

– Não, não! Está tudo bem com os estábulos. Phaedre não estava bem – explicou Bree, com certa delicadeza. – Parece que o barracão ao lado da cozinha se incendiou; o corpo da mãe dela...

O rosto de Jocasta ficou inexpressivo por um momento. Então ela se levantou e uma expressão extraordinária tomou seu rosto, algo quase como satisfação, mas com um toque de perplexidade.

Jamie estava de pé atrás de mim. Ele também vira, claro, pois o ouvi emitir um grunhido baixo.

– Está recuperada, tia? – perguntou ele.

Ela virou o rosto para ele, erguendo uma das sobrancelhas em uma resposta sarcástica.

– Vou ficar depois que tomar algo – disse ela, aceitando o copo que Ulysses colocou com destreza em suas mãos. – Mas sim, sobrinho, estou bem. E Duncan?

Eu estava sentada ao lado de Duncan na cama, segurando seu pulso, e percebi que ele estava recobrando a consciência, as pálpebras tremendo e os dedos se movendo contra a palma da minha mão.

– Ele está voltando a si – garanti a ela.

– Dê brandy a ele, Ulysses – ordenou Jocasta, mas eu impedi o mordomo balançando a cabeça.

– Ainda não. Ele vai engasgar.

– Consegue nos dizer o que aconteceu, tia? – perguntou Jamie, com a voz levemente alterada. – Ou devemos esperar Duncan voltar a si?

Jocasta suspirou, fechando os olhos brevemente. Ela era tão boa quanto qualquer MacKenzie quando se tratava de esconder o que pensava, mas, naquele caso, estava claro pelo menos que ela *estava* pensando, furiosa, no que havia acontecido. Colocou a ponta da língua para fora, tocando um ponto sensível no canto da boca, e percebi que ela também devia ter sido amordaçada além de amarrada.

Eu podia sentir Jamie atrás de mim, tomado por um sentimento intenso. Tão próximo como estava, eu podia ouvir seus dedos rígidos tamborilando suavemente na cabeceira da cama. Por mais que eu quisesse ouvir a história de Jocasta, queria ainda mais ficar sozinha com Jamie, para contar a ele o que tinha descoberto e para descobrir o que tinha acontecido na escuridão da horta ao lado da cozinha.

Do lado de fora, vozes murmuravam no corredor; nem todos os convidados tinham se dispersado. Ouvi frases abafadas... "Bem queimada, não sobrou nada além de ossos", "... roubado? Não sei...", "... verificar os estábulos", "Sim, totalmente incinerado...". Um arrepio percorreu meu corpo, e eu segurei a mão de Duncan com força, lutando contra um pânico que eu não compreendia. Eu devia estar parecendo meio estranha, pois Bree disse baixinho:

– Mãe?

Ela estava olhando para mim, franzindo o cenho de preocupação. Tentei sorrir para ela, mas meus lábios pareciam imobilizados.

As mãos de Jamie se apoiaram nos meus ombros, grandes e quentes. Eu estava prendendo a respiração sem perceber; sob o toque dele, soltei o ar em um suspiro e inspirei de novo. O major MacDonald olhou para mim com curiosidade, mas sua atenção foi imediatamente desviada por Jocasta, que abriu os olhos e virou o rosto na direção dele.

– É o major MacDonald, não é?

– Ao seu dispor, senhora.

O major fez uma reverência automática, esquecendo-se, como as pessoas costumavam fazer, de que ela não podia vê-lo.

– Agradeço por seus bons préstimos, major. Meu marido e eu devemos muito ao senhor.

O major emitiu um som educado, dispensando os agradecimentos.

– Não, não – insistiu ela, endireitando-se e ajeitando os cabelos com uma das mãos. – O senhor teve grandes transtornos por nossa causa, e não devemos abusar mais da sua generosidade. Ulysses, leve o major para o salão e sirva-lhe uma bebida.

O mordomo fez uma reverência – notei, pela primeira vez, que ele estava usando uma camisa de dormir por cima da calça desafivelada, apesar de ter colocado a peruca na cabeça – e conduziu o major com firmeza na direção da porta. MacDonald pareceu um tanto surpreso e bastante incomodado por ter sido dispensado desse modo civilizado, já que obviamente pretendia ficar e ouvir todos os detalhes sórdidos. Ainda assim, não havia maneira graciosa de resistir, e ele fez o melhor que pôde, fazendo uma reverência digna ao sair.

O pânico havia começado a diminuir, tão de repente quanto surgira. As mãos de Jamie irradiavam um calor que parecia se espalhar pelo meu corpo, e eu voltei a respirar normalmente. Consegui concentrar a atenção no meu paciente, que tinha aberto os olhos, apesar de parecer ter se arrependido disso.

– Ai, *mo cheann*!

Duncan semicerrou os olhos sob a luz da lamparina, concentrando-se com certa dificuldade no meu rosto, e em seguida olhou para Jamie, que estava atrás de mim.

– *Mac Dubh*... o que aconteceu?

Uma das mãos de Jamie soltou o meu ombro e desceu para apertar o braço de Duncan.

– Não se preocupe, *a charaid*.

Ele olhou para Jocasta.

– Sua esposa está prestes a nos contar o que aconteceu. Não é, tia?

Houve uma ênfase discreta mas definitiva no "não", e Jocasta contraiu os lábios, mas em seguida suspirou e se endireitou, claramente resignada diante da necessidade desagradável da confidência.

– Só tem pessoas da família aqui?

Quando lhe asseguraram que sim, ela assentiu e começou.

Havia dispensado a criada e estava prestes a se recolher, segundo ela, quando a porta do corredor de repente se abriu para entrar o que ela acreditava serem dois homens.

– Tenho certeza de que havia mais de um, ouvi os passos e a respiração deles – disse ela, franzindo o cenho, concentrada. – *Talvez* fossem três, mas acho que não. Só um deles falou, no entanto. Acho que o outro devia ser alguém que eu conheço, pois ficou afastado, bem no fundo do quarto, como se tivesse medo de que eu o reconhecesse de alguma forma.

O homem que falara com ela era um desconhecido; ela estava certa de que nunca tinha ouvido a voz dele antes.

– Ele era irlandês – disse ela, e a mão de Jamie apertou meu ombro repentinamente. – Falava muito bem, mas não era um cavalheiro, de jeito nenhum.

Suas narinas se abriram mais, com um desdém inconsciente.

– Não, mesmo – disse Jamie, baixinho.

Bree havia se alterado um pouco ao ouvir a palavra "irlandês", apesar de ter apenas franzido o cenho levemente enquanto ouvia.

O irlandês tinha sido educado, mas firme em relação ao que queria: queria o ouro.

– Ouro?

Foi Duncan quem falou, mas a pergunta estava estampada no rosto de todos.

– Que ouro? Não temos dinheiro na casa exceto algumas libras esterlinas e um pouco de dinheiro da Proclamação.

Jocasta pressionou os lábios. Mas não havia como voltar atrás, não mais. Ela emitiu um grunhido na garganta, um protesto não articulado por ser obrigada a revelar o segredo que havia guardado por tanto tempo.

– O ouro do francês – disse ela, abruptamente.

– O quê? – disse Duncan, perplexo.

Ele tocou o galo atrás da orelha com cuidado, como se estivesse convencido de que ele havia afetado sua audição.

– O ouro do francês – repetiu Jocasta, meio irritada. – Que foi enviado antes de Culloden.

– Antes... – começou Bree, com os olhos arregalados, mas Jamie a interrompeu.

– O ouro de Luís – disse ele baixinho. – É o que quer dizer, tia? O ouro dos Stuarts?

Jocasta riu baixinho, sem humor.

– Um dia foi deles.

Ela fez uma pausa, ouvindo. As vozes tinham se afastado da porta, apesar de ainda haver barulhos no corredor. Ela se virou na direção de Bree e fez um gesto em direção à porta.

– Vá ver se não tem ninguém ouvindo atrás da porta, querida. Não guardei segredo durante esses 25 anos para revelá-lo ao condado todo agora.

Bree abriu a porta discretamente, espiou do lado de fora e voltou a fechá-la, informando que não havia ninguém por perto.

– Ótimo. Venha aqui, querida. Sente-se ao meu lado. Mas não... primeiro, pegue a caixa que mostrei a você ontem.

Confusa, Bree foi até o quarto de vestir, voltando com uma caixa fina e surrada de couro preto. Ela a colocou no colo de Jocasta e se sentou em um banco ao lado da tia, olhando para mim com uma leve preocupação.

Eu estava me sentindo bem de novo, apesar de um tênue eco daquele medo estranho ainda permanecer nos meus ossos. Assenti de modo confiante para Bree, no entanto, e me inclinei para dar a Duncan um gole de brandy misturado com água. Eu sabia o que era agora, aquela inquietação antiga. Fora aquela frase entreouvida, as mesmas palavras que por acaso uma menininha já tinha ouvido serem ditas, sussurradas no quarto ao lado pelos desconhecidos que tinham vindo dizer que a mãe não voltaria, que ela havia morrido. Um acidente; uma batida; fogo. *Queimou até os ossos*, a voz dissera, tomada pelo temor. *Queimou até os ossos*, e a desolação de uma filha, para sempre abandonada. Minha mão tremeu, e o líquido turvo escorreu em um fio pelo queixo de Duncan.

Mas isso foi há muito tempo e em outro país, pensei, tentando me manter firme apesar da lembrança.

E além disso...

Jocasta tomou a bebida que havia em seu copo, que pousou na mesa com uma batida leve, e abriu a caixa em seu colo. Um brilho de ouro e diamantes surgiu lá de dentro, e ela ergueu uma haste fina de madeira na qual havia três anéis.

– Eu tive três filhas – disse ela. – Três meninas. Clementina, Seonag e Morna.

Ela tocou um dos anéis, um largo, com três diamantes grandes.

– Este foi pelas minhas meninas; Hector me deu quando Morna nasceu. Ela era filha dele, Morna... vocês sabiam que quer dizer "amada"? Sua outra mão saiu de cima da caixa e se esticou, tateando. Ela tocou o rosto de Bree, e Bree tomou a mão, aninhando-a entre as suas.

– Tive um filho vivo de cada casamento.

Os dedos de Jocasta tocaram delicadamente cada um dos anéis, um por vez.

– Clementina era filha de John Cameron, com quem me casei quando era pouco mais do que uma criança; eu a pari aos 16 anos. Seonag era filha de Black Hugh... era morena, como o pai, mas tinha os olhos do meu irmão Colum.

Ela voltou os olhos cegos na direção de Jamie, brevemente, e em seguida inclinou a cabeça para trás, tocando o anel com três diamantes de novo.

– E então Morna, minha última filha. Ela não tinha nem 16 anos quando morreu.

O rosto da velha mulher estava sério, mas o contorno de seus lábios se suavizou ao falar os nomes das filhas mortas.

– Sinto muito, tia – disse Bree baixinho.

Ela abaixou a cabeça para beijar os nós da mão que segurava, com ossos protuberantes por causa da idade. Jocasta apertou a mão dela um pouco em reconhecimento, mas não queria ser distraída de sua história.

– Hector Cameron me deu isto – disse Jocasta, tocando o anel. – E ele matou todas elas. Minhas filhas. Ele as matou por causa do ouro do francês.

O choque me tirou o fôlego e me abriu um vazio no estômago. Senti Jamie se enrijecer atrás de mim e vi os olhos vermelhos de Duncan se arregalarem. Brianna não mudou de expressão. Fechou os olhos por um momento, mas continuou segurando a mão ossuda.

– O que aconteceu com elas, tia? – perguntou ela, baixinho. – Conte-me.

Jocasta ficou em silêncio por alguns momentos. Assim como o quarto; não havia som algum exceto o sibilar da vela ardendo e o som asmático de sua respiração. Para minha surpresa, quando voltou a falar, não estava se dirigindo a Brianna. Ela ergueu a cabeça e se virou de novo na direção de Jamie.

– Você sabe sobre o ouro, então, *a mhic mo pheathar*? – perguntou ela.

Se ele achou a pergunta estranha, não deu sinais disso, mas respondeu com calma.

– Ouvi algo a respeito – disse ele.

Ele se moveu, dando a volta na cama para se sentar ao meu lado, mais perto da tia.

– Há um boato nas Terras Altas, desde Culloden. Luís ia mandar ouro, disseram, para ajudar seu primo na luta. E então contaram que o ouro tinha vindo, mas ninguém o viu.

– Eu vi – falou Jocasta e sua boca larga, muito parecida com a do sobrinho, se abriu em uma careta repentina e então relaxou. – Eu vi – repetiu ela. – Trinta mil libras em ouro. Eu estava com eles na noite em que o ouro chegou a terra, trazido do barco francês. Estava em seis pequenos baús, cada um tão pesado que apenas dois podiam ser trazidos por vez no barquinho a remo, caso contrário, o barco afundaria. Cada baú tinha uma flor-de-lis entalhada na tampa, cada um preso com argolas de ferro e uma fechadura, cada fechadura, por sua vez, selada com cera vermelha, e a cera levava o brasão do anel do rei Luís. A *fleur-de-lis*.

Um suspiro correu por todos nós ao ouvirmos aquilo, um suspiro coletivo de assombro. Jocasta assentiu lentamente, com os olhos cegos abertos para as visões daquela noite em um passado longínquo.

– Por onde o ouro chegou, tia? – perguntou Jamie baixinho.

Ela assentiu lentamente, como se para si mesma, olhos fixos na cena que sua lembrança pintava.

– Por Innismaraich – respondeu ela. – Uma pequena ilha perto de Coigach.

Eu estava prendendo a respiração. Naquele momento, soltei o ar lentamente e olhei nos olhos de Jamie. Innismaraich. Ilha dos povos do mar; a ilha dos *selkies*, era o que queria dizer. Conhecíamos aquele lugar.

– Três homens o receberam – disse ela. – Hector era um, meu irmão Dougal era outro... o terceiro homem estava usando uma máscara; todos estavam, mas é claro que eu conhecia Hector e Dougal. Eu não conhecia o terceiro homem, e ninguém disse o nome dele. Eu conhecia o criado dele, no entanto; um homem chamado Duncan Kerr.

Jamie tinha ficado um pouco tenso ao ouvir o nome de Dougal; quando ouviu o nome de Duncan Kerr, ficou paralisado.

– Havia criados também? – perguntou ele.

– Dois – disse ela, e um sorriso leve e amargo torceu sua boca. – O mascarado levou Duncan Kerr, como eu disse, e meu irmão Dougal levava um homem com ele vindo de Leoch... eu conhecia o rosto dele, mas não sabia seu nome. Hector me levou para ajudá-lo; eu era uma mulher forte, como você, *a leannan*, como você – disse ela, apertando a mão de Brianna. – Eu era forte e Hector confiava em mim como não confiava em ninguém. Eu também confiava nele... naquela época.

Os barulhos vindos de fora tinham desaparecido, mas uma brisa que penetrou pela folha quebrada da janela fez as cortinas esvoaçarem, inquietas como um fantasma que ouve seu nome sendo chamado a distância.

– Havia três barcos. Os baús eram pequenos, mas pesados o bastante a ponto de serem necessárias duas pessoas para carregar um deles. Levamos dois baús para o nosso barco, Hector e eu, e saímos remando na névoa. Eu ouvia o ruído dos remos dos outros se tornando cada vez mais suave conforme eles se afastavam, e então se perderam na noite.

– Quando foi isso, tia? – perguntou Jamie, com os olhos fixos nela. – Quando o ouro veio da França?

– Tarde demais – respondeu ela. – Muito tarde. Maldito Luís! – exclamou ela, com uma fúria repentina que fez com que ela se endireitasse na cadeira. – Maldito francês, e que os olhos dele apodreçam como os meus! Só de pensar no que poderia ter acontecido se ele tivesse sido fiel ao seu sangue e à sua palavra!

Jamie olhou nos meus olhos, de soslaio. Tarde demais. Se o ouro tivesse chegado antes – quando Charles chegou a Glenfinnan, talvez, ou quando ele tomou Edimburgo e por algumas breves semanas reinou sobre a cidade como um soberano que retorna... o que teria acontecido?

A sombra de um sorriso tocou os lábios de Jamie com pesar, e ele olhou para Brianna e então para mim de novo, a pergunta feita e respondida em seus olhos. O que teria acontecido?

– Era março – disse Jocasta, recuperando-se do momento de descontrole. – Uma noite congelante, mas clara como o gelo. Eu estava no penhasco e olhava para o mar, e o caminho da lua se estendia como ouro sobre a água. O navio veio por aquele caminho dourado, como um rei para sua coroação, e eu pensei que se tratasse de um sinal.

Ela virou a cabeça na direção de Jamie e entortou a boca abruptamente.

– Pensei tê-lo ouvido rir naquele momento – disse ela. – Black Brian. Aquele que tirou minha irmã de mim. Teria sido típico dele. Mas ele não estava lá; acho que foi só o murmúrio dos *selkies*.

Eu observava Jamie enquanto ela falava. Ele não se moveu, mas, como mágica, os cabelos avermelhados de seu braço se eriçaram, brilhando como fios à luz da vela.

– Eu não sabia que a senhora tinha conhecido meu pai – disse ele, com a voz mais baixa. – Mas vamos deixar isso de lado por hora, tia. Você disse que era março?

Ela assentiu.

– Tarde demais – repetiu ela. – Era para o ouro ter vindo dois meses antes, Hector disse. Houve adiamentos...

Tinha sido tarde demais. Em janeiro, depois da vitória em Falkirk, tal demonstração de apoio da França poderia ter sido decisiva. Mas em março, o Exército das Terras Altas já estava indo para o norte, recuando em Derby de sua invasão à Inglaterra. A última pequena chance de vitória tinha se perdido, e os homens de Charles Stuart estavam marchando em direção à destruição em Culloden.

Com os baús seguros em terra, os novos guardiães do ouro tinham decidido o que fazer com o tesouro. O exército estava se movendo, e Stuart seguia com ele. Edimburgo estava, mais uma vez, nas mãos dos ingleses. Não havia lugar seguro para onde levá-lo, nem mãos confiáveis às quais ele pudesse ser entregue.

– Eles não confiavam em O'Sullivan nem nos outros próximos do príncipe – explicou Jocasta. – Irlandeses, italianos... Dougal disse que eles não tinham enfrentado tantas dificuldades para que o ouro fosse perdido ou roubado por estrangeiros.

Ela sorriu de um jeito um pouco sinistro.

– Ele quis dizer que não queria correr o risco de perder o crédito por ter conseguido o ouro.

Os três homens não estavam inclinados a confiar uns nos outros, assim como não confiavam nos conselheiros do príncipe. A maior parte da noite tinha sido passada em discussões no salão de cima de uma taverna vazia, enquanto Jocasta e dois criados dormiam no chão, entre os baús lacrados. Finalmente, o ouro foi dividido; cada homem tinha ficado com dois baús, jurando por seu sangue que manteria segredo e cuidaria do tesouro com lealdade, em nome de seu monarca de direito, o rei James.

– Eles fizeram os dois criados jurarem também – disse Jocasta. – Cortaram cada um dos homens e as gotas de sangue brilharam mais vermelhas à luz da vela do que os selos de cera nos baús.

– A senhora também jurou? – perguntou Brianna baixinho, mas seus olhos estavam fixos na figura de cabelos brancos na cadeira.

– Não, não jurei.

Os lábios de Jocasta, ainda contraídos, se curvaram de leve, como se ela estivesse se divertindo.

– Eu era a esposa de Hector; o juramento dele me obrigava moralmente. Naquele momento.

Inquietos por estarem em posse de tamanha riqueza, os conspiradores deixaram a taverna antes do amanhecer, cobrindo os baús com mantas e trapos para escondê-los.

– Dois viajantes chegaram quando o último dos baús era levado. Foi a chegada deles que salvou a vida do dono da taverna, pois o local era afastado, e ele tinha sido a única testemunha de nossa presença ali naquela noite. Acho que Dougal e Hector não teriam pensado em fazer algo assim, mas o terceiro homem tinha intenção de matar o proprietário. Vi isso nos olhos dele, na posição de seu corpo enquanto esperava no pé da escada, com a mão no punhal. Ele viu que eu observava e sorriu para mim por baixo da máscara.

– E o terceiro homem nunca tirou a máscara? – perguntou Jamie.

Ele franziu o cenho como se estivesse se concentrando para recriar a cena que ela imaginava e identificar o desconhecido.

Ela balançou a cabeça.

– Não. Eu me perguntava, vez ou outra, ao pensar naquela noite, se reconheceria o homem se o visse de novo. Acho que sim; ele era moreno, um homem esguio, mas forte como aço. Se eu visse os olhos dele de novo, teria certeza. Mas agora...

Ela deu de ombros.

– Eu o reconheceria apenas pela voz? Não sei dizer, foi há muito tempo.

– Mas ele por acaso não era irlandês, esse homem? – perguntou Duncan, que ainda estava pálido e suado, mas havia se apoiado em um dos cotovelos, ouvindo com muita concentração.

Jocasta se assustou um pouco, como se tivesse se esquecido da presença dele.

– Ah! Não, *a dhuine*. Era escocês, pelo modo de falar, um cavalheiro das Terras Altas.

Duncan e Jamie trocaram olhares.

– Um MacKenzie ou um Cameron? – sugeriu Duncan baixinho, e Jamie assentiu.

– Ou talvez um dos Grants.

Eu compreendia as especulações deles em voz baixa. Havia – houvera – uma série espantosamente complexa de associações e rixas entre os clãs das Terras Altas, e havia muitos que não teriam – não poderiam ter – cooperado em uma operação de tamanha importância e sigilo.

Colum MacKenzie tinha negociado uma aliança próxima com os Camerons. Na verdade, a própria Jocasta tinha feito parte dessa aliança, e seu casamento com um Cameron era prova disso. Se Dougal MacKenzie era um dos homens que tinham engendrado o recebimento do ouro do francês e Hector Cameron era outro, era bem provável que o terceiro tivesse sido alguém de um dos dois clãs, ou de outro clã de confiança de ambos. MacKenzie, Cameron... ou Grant. E se Jocasta não reconhecera o homem, aumentavam as chances de ele ser um Grant, já que ela conhecia a maioria dos homens mais importantes dos clãs MacKenzie e Cameron.

Mas não havia tempo para pensar nessas coisas agora; a história não tinha terminado.

Os conspiradores tinham se separado, cada um seguindo o seu caminho, cada um com um terço do ouro do francês. Jocasta não fazia ideia do que Dougal MacKenzie ou o homem desconhecido tinham feito com seus baús; Hector Cameron tinha guardado os dois baús que levara embora em um buraco no chão do quarto dele, um velho esconderijo construído por seu pai para coisas de valor.

Hector pretendia deixá-lo ali até que o príncipe tivesse chegado a um local seguro, onde pudesse receber o ouro e usá-lo para seus objetivos futuros. Mas Charles Stuart já estava em fuga e não encontraria um lugar onde descansar durante muitos meses. Antes que chegasse ao seu refúgio final, o desastre interveio.

– Hector deixou o ouro, e eu, em casa, e foi se juntar ao príncipe e ao exército. No dia 17 de abril, ele chegou em casa ao pôr do sol, com o cavalo espumando de exaustão. Apeou e deixou o pobre animal aos cuidados de um criado enquanto entrava na casa e mandou que eu pegasse todos os objetos de valor que podia. A causa estava perdida, segundo ele, e tínhamos que fugir ou morreríamos com os Stuarts.

Cameron era abastado, mesmo naquela época, e inteligente o bastante para manter o coche e os cavalos, em vez de entregá-los à causa dos Stuarts. Inteligente o bastante também para não carregar consigo dois baús de ouro durante a fuga.

– Ele pegou três barras de ouro de um dos baús e as entregou a mim. Eu as escondi embaixo do assento do coche; ele e um criado carregaram os baús para a mata... eu não vi onde eles os enterraram.

Era meio-dia de 18 de abril quando Hector Cameron entrou em seu coche com a mulher, o criado, a filha Morna e as três barras de ouro francês, e partiu para o sul, em direção a Edimburgo.

– Seonag estava casada com o senhor de Garth, que declarara apoio aos Stuarts; foi morto em Culloden, mas é claro que não sabíamos disso naquele momento. Clementina já era viúva e estava morando com a irmã em Rovo.

Ela respirou fundo, estremecendo levemente, sem querer reviver os eventos que contava, incapaz de resistir a eles.

– Implorei a Hector que fôssemos para Rovo. Ficava apenas 16 quilômetros fora do nosso caminho, teríamos levado somente algumas horas, mas ele não parou. Não podíamos parar, segundo ele. Correríamos um risco grande demais se perdêssemos tempo indo buscá-las. Clementina tinha dois filhos, Seonag tinha um. Era gente de mais para um só coche, ele disse; perderíamos muito tempo. Então que não fosse para levá-los conosco, eu disse; que fôssemos apenas alertá-los, só para vê-los mais uma vez.

Ela fez uma pausa.

– Eu sabia para onde estávamos indo. Tínhamos falado sobre isso, apesar de eu não imaginar que ele tinha tudo tão pronto.

Hector Cameron era um jacobita, mas também era um arguto juiz das questões humanas, e não era o tipo de homem que arriscaria a vida por uma causa perdida. Ao ver como as coisas estavam se desenrolando, e temendo um desastre, ele tinha tomado todas as providências para engendrar uma fuga. Havia separado alguns sacos de roupas e itens de primeira necessidade, transformara tudo que pudera de suas propriedades em dinheiro e reservara secretamente três passagens de Edimburgo para as Colônias.

– Às vezes, acho que não posso culpá-lo – disse Jocasta.

Ela se endireitou, com a luz das velas brilhando em seus cabelos.

– Ele achava que Seonag não iria sem o marido, e Clementina não colocaria a vida dos filhos em risco no mar. Talvez tivesse razão, e talvez não tivesse feito diferença nenhuma alertá-las. Mas eu sabia que nunca mais ia vê-las de novo...

Ela fechou a boca e engoliu em seco.

De qualquer modo, Hector havia se recusado a parar, temendo ser perseguido. As tropas de Cumberland tinham convergido em Culloden, mas havia soldados ingleses nas estradas das Terras Altas, e a notícia da derrota de Charles Stuart estava se espalhando como as ondulações perto da margem de um redemoinho, cada vez mais depressa, em um vórtice de perigo.

No fim das contas, os Camerons foram descobertos dois dias depois, perto de Ochtertyre.

– Uma das rodas do coche se desprendeu – disse Jocasta, suspirando. – Deus, ainda consigo vê-la, rolando pelo caminho sozinha. O eixo quebrou e não tivemos escolha a não ser acampar perto da estrada, enquanto Hector e o criado tentavam consertá-la.

Os consertos tomaram a maior parte do dia, e Hector ficava cada vez mais irritado conforme o trabalho prosseguia, sua ansiedade contaminando o restante do grupo.

– Eu não sabia, na época, o que ele tinha visto em Culloden – explicou Jocasta. – Ele sabia muito bem que, se os ingleses o pegassem, estaria tudo acabado para ele. Se não o matassem de imediato, ele seria enforcado como traidor. Ele suava enquanto trabalhava, mais de medo do que pelo esforço da tarefa. Mas mesmo assim...

Ela contraiu os lábios por um momento, antes de continuar.

– Era quase noite... estávamos na primavera, escurecia depressa... quando conseguiram colocar a roda na carroça e todos embarcaram novamente. O coche estava em um vale quando a roda saiu; o criado fez os cavalos subirem uma ladeira muito íngreme e, quando chegamos ao topo do monte, dois homens com mosquetes saíram das sombras e nos surpreenderam na estrada.

Era uma companhia de soldados ingleses, homens de Cumberland. Por terem chegado tarde demais para participar da vitória em Culloden, eles tinham sido inflamados pelas notícias, mas se frustraram por não terem participado da batalha e estavam prontos para se vingar como pudessem dos escoceses em fuga.

Sempre pensando depressa, Hector se encolhera depressa em um canto do coche ao vê-los, com a cabeça baixa coberta por um xale, fingindo ser uma senhora de idade adormecida. Seguindo as orientações que ele sussurrava, Jocasta inclinou-se para fora da janela, preparada para se passar por uma senhora respeitável viajando com a filha e a mãe.

Os soldados não esperaram para ouvir o que ela tinha a dizer. Um deles abriu a porta do coche e a arrastou para fora. Morna, em pânico, saltou atrás dela, tentando livrar a mãe do soldado. Outro homem agarrou a menina e a arrastou de volta, de modo que ele ficou entre Jocasta e o coche.

– Mais um minuto e eles teriam pegado a "vovó" também, então encontrariam o ouro e seria o nosso fim.

Um tiro de pistola assustou todos eles, que ficaram momentaneamente imóveis. Inclinando-se pela porta aberta da carroça, Hector atirou no soldado que segurava Morna, mas era noite e a luz era pouca; talvez os cavalos tivessem se movido, deslocando o coche. O tiro acertou Morna na cabeça.

– Corri até ela – disse Jocasta. Sua voz estava rouca, a garganta seca. – Corri até ela, mas Hector saltou e me agarrou. Os soldados estavam de pé, olhando, chocados. Ele me arrastou de volta para dentro do coche e gritou para que o condutor seguisse em frente, para que avançasse!

Ela lambeu os lábios e engoliu em seco, uma vez.

– "Ela está morta", ele me disse. Muitas vezes. "Ela está morta, você não pode fazer nada", insistiu, e me segurou com força quando tentei me atirar do coche em desespero.

Lentamente, ela afastou a mão da de Brianna; precisara de apoio para começar sua história, mas não precisava de nenhum apoio para terminá-la. Ela cerrou os punhos, pressionando-as com força contra o linho branco da camisola, como se para estancar o sangramento de um útero profanado.

– Já havia escurecido – disse ela, e sua voz era distante. – Vi o brilho de incêndios contra o céu ao norte.

As tropas de Cumberland estavam se espalhando, incendiando e saqueando. Chegaram a Rovo, onde Clementina e Seonag estavam com suas famílias, e incendiaram a casa. Jocasta nunca soube se eles morreram no incêndio ou depois, de fome e frio na gelada primavera das Terras Altas.

– Então, Hector salvou a vida dele e a minha, o que restou dela – disse ela, ainda distante. – E, claro, salvou o ouro.

Seus dedos procuraram o anel de novo e o viraram lentamente na madeira, de modo que as pedras reluziram à luz da lamparina.

– Entendo – murmurou Jamie.

Seus olhos estavam fixos no rosto cego, observando-a com atenção. De repente, achei injusto que ele a olhasse daquele modo, quase julgando, quando ela não podia vê-lo, ou mesmo saber como ele olhava para ela. Eu o toquei e ele olhou para mim de canto de olho e pegou minha mão, apertando-a.

Jocasta deixou de lado os anéis e se levantou, agitada agora que a pior parte da história tinha sido contada. Ela foi em direção ao assento perto da janela, ajoelhou-se nele e afastou as cortinas. Era difícil acreditar que ela era cega ao vê-la movimentando-se com tanta desenvoltura – mas aquele era seu quarto, seu lar, e todos os itens dentro dele estavam posicionados cuidadosamente a fim de que ela pudesse se orientar. Ela pressionou as mãos contra o vidro gelado e a noite do lado de fora, e uma névoa branca de condensação envolveu seus dedos como chamas frias.

– Hector comprou este lugar com o ouro que trouxemos – disse ela. – A terra, o moinho, os escravos. Para dar-lhe crédito...

Seu tom de voz sugeria que ela não estava nem um pouco disposta a fazer isso.

– O valor de tudo isso agora se deve, em grande parte, ao trabalho dele. Mas foi o ouro que comprou tudo isso, para começar.

– E o juramento dele? – perguntou Jamie baixinho.

– O que tem o juramento? – perguntou ela, com um riso contido. – Hector era um homem prático. Os Stuarts estavam acabados; para que precisariam de ouro na Itália?

– Prático – repeti, me surpreendendo; eu não pretendera falar, mas pensei ter ouvido algo estranho no modo como ela disse a palavra.

Evidentemente, eu acabara falando. Ela se virou para olhar para nós, na direção da minha voz. Estava sorrindo, mas um arrepio percorreu-me a espinha ao ver aquele sorriso.

– Sim, prático – disse ela, assentindo. – Minhas filhas estavam mortas; ele não viu motivo para desperdiçar lágrimas com elas. Nunca falava delas e também não me deixava falar. Ele tinha sido um homem de valor e voltaria a ser. Não seria tão fácil aqui, se alguém soubesse.

Ela soltou o ar, um som pesado de ira reprimida.

– Ouso dizer que ninguém nesta terra sequer sabe que eu um dia fui mãe.

– A senhora ainda é – disse Brianna baixinho. – Eu sei disso.

Ela olhou para mim, e seus olhos azuis encontraram os meus, intensos e compreensivos. Senti as lágrimas ardendo por trás do sorriso que abri para ela. Sim, ela sabia, como eu sabia.

Jocasta também sabia; as linhas de seu rosto relaxaram por um instante, a fúria e o desespero relembrado substituídos momentaneamente pela saudade. Ela caminhou lentamente até Brianna, que estava sentada em um banco, e pousou a mão livre sobre a cabeça dela. Permaneceu ali por um momento, e então desceu, os dedos compridos e sensíveis tocando as maçãs fortes do rosto de Brianna, os lábios grandes e o nariz afilado e reto, traçando a linha fina e úmida que corria por sua face.

– Sim, *a leannan* – disse ela baixinho. – Você sabe o que quero dizer. E você sabe agora por que eu deixaria este lugar para você... ou para as pessoas do seu sangue?

Jamie tossiu, interrompendo antes que Bree pudesse responder.

– Sim – disse ele, em um tom sério. – Então foi isso que a senhora disse ao irlandês hoje à noite? Não toda a história, é claro... mas que não há nenhum ouro aqui?

As mãos de Jocasta se afastaram do rosto de Brianna e ela se virou para olhar para Jamie.

– Sim, eu disse a eles. A ele. Eu disse a ele que até onde eu sei, aqueles baús ainda estão enterrados na mata da Escócia; eu disse que ele podia ir e cavar lá, se quisesse.

Ela ergueu um dos cantos da boca em um sorriso amargo.

– Ele não acreditou?

Ela balançou a cabeça, contraindo os lábios.

– Ele não era um cavalheiro – disse ela de novo. – Não sei como as coisas teriam se desenrolado, já que eu estava sentada perto da cama e deixo um pequeno punhal embaixo do travesseiro; não ia permitir que ele colocasse as mãos em mim e saísse ileso. Antes que eu pudesse pegá-lo, no entanto, ouvi passos no quarto de vestir.

Ela balançou uma das mãos em direção à porta perto da lareira; o quarto de vestir ficava mais à frente, unindo o quarto dela a outro – o quarto que um dia fora de Hector Cameron e que presumidamente era de Duncan agora.

Os invasores também tinham ouvido passos; o irlandês sussurrou algo para o amigo, e então se afastou de Jocasta, em direção à lareira. O outro homem se aproximou nesse momento e a pegou por trás, tapando sua boca com a mão.

– Só o que posso dizer em relação a isso é que o homem usava um gorro e fedia a álcool, como se tivesse se banhado nele em vez de beber.

Ela fez uma careta de nojo.

A porta havia se aberto, Duncan entrara, e o irlandês aparentemente saltara de trás da porta aberta e o acertara na cabeça.

– Não me lembro de nada – disse Duncan. – Vim desejar boa noite à senhora... ou melhor, à minha esposa. Eu me lembro de ter colocado a mão na maçaneta e, em seguida, estava deitado aqui com a cabeça partida ao meio.

Ele tocou o galo com cuidado, e então olhou para Jocasta com ansiedade.

– Você está bem, *mo chridhe*? Os malditos não a feriram?

Ele estendeu a mão para ela nesse momento e então, percebendo que ela não podia vê-lo, tentou se sentar. Deitou-se de novo, contendo um gemido, e ela se levantou ao ouvir o barulho, correndo para o lado da cama.

– Claro que estou bem – disse ela, irritada, procurando até encontrar a mão dele. – Exceto pela aflição de me ver perto de ficar viúva pela quarta vez.

Ela suspirou com exasperação e se sentou ao lado dele, afastando uma mecha de cabelos do rosto.

– Eu não sabia o que tinha acontecido; só ouvi a batida e o gemido quando você caiu. Então o irlandês voltou na minha direção e a criatura que me segurava me soltou.

O irlandês tinha dito a ela de modo simpático que não acreditava em uma palavra do que ela dissera a respeito de não haver ouro em River Run. Ele estava convencido de que o ouro estava ali, e ainda que não pensasse em fazer mal a uma senhora, não teria as mesmas inibições no que dizia respeito a seu marido.

– Se eu não contasse a ele onde estava, segundo ele, ele e seu companheiro iam começar a cortar pedaços de Duncan, começando pelos dedos dos pés, subindo até os testículos – disse Jocasta, de modo direto.

Duncan não estava corado, mas o pouco sangue que havia em seu rosto sumiu ao ouvir isso. Jamie olhou para Duncan, em seguida desviou o olhar, pigarreando.

– A senhora devia estar convencida de que ele estava falando sério, imagino.

– Ele tinha uma faca afiada; passou a lâmina pela minha mão para mostrar que não estava brincando.

Ela abriu a mão livre e, de fato, uma linha vermelha e muito fina a atravessava. Deu de ombros.

– Bom, eu não podia aceitar aquilo. Então, fingi relutar, até que o irlandês pegou um dos pés do Duncan, e então eu comecei a chorar e fiquei assim, na esperança de que alguém ouvisse, mas os malditos criados tinham ido dormir, e os convidados estavam ocupados demais bebendo o meu uísque e fornicando por aí, nos estábulos, para ouvir.

Ao ouvir esse último comentário, o rosto de Bree ficou muito vermelho. Jamie viu e tossiu, evitando meu olhar.

– Sim. E então...

– Então eu disse a eles por fim que o ouro estava enterrado sob o piso do barracão perto da horta.

O olhar de satisfação voltou brevemente ao rosto dela.

– Pensei que iam encontrar o corpo e isso ia desviar a atenção deles por um momento. Quando criassem coragem para começar a cavar, eu esperava já ter encontrado uma maneira de escapar e de alertar alguém... e foi o que fiz.

Eles a tinham amarrado e amordaçado depressa e tinham ido para o barracão, ameaçando voltar e continuar de onde tinham parado, se descobrissem que ela estava mentindo. Mas não a tinham amordaçado direito, e em pouco tempo ela conseguiu se soltar e abrir uma janela, pela qual gritou pedindo ajuda.

– Então, acho que quando abriram a porta do barracão e viram o corpo, devem ter largado a lamparina por causa do choque e incendiaram o lugar.

Ela assentiu, satisfeita.

– Um preço baixo. Só podia torcer para que eles tivessem queimado junto!

– Não acha que eles incendiaram o barracão de propósito? – perguntou Duncan.

Ele parecia um pouco melhor, apesar de ainda estar pálido e parecer indisposto.

– Para encobrir as marcas de onde cavaram?

Jocasta deu de ombros, afastando a ideia.

– Para quê? Não havia nada lá, e eles podiam cavar até chegar à China.

Ela estava começando a relaxar um pouco, a cor normal voltando ao rosto, apesar de seus ombros largos terem começado a se encurvar por causa da exaustão.

Fez-se silêncio entre nós, e me dei conta de que os ruídos vinham aumentando no andar de baixo havia alguns minutos; vozes de homens e passos. Os vários grupos de busca tinham voltado, mas ficava evidente, pelo tom cansado e frustrado deles, que nenhum suspeito tinha sido capturado.

A vela na mesa tinha se consumido quase por completo; a chama se erguendo alta perto do meu cotovelo quando o pavio chegou à fase final. Uma das velas sobre o mantel tremeluziu e se apagou com uma fumaça fragrante de cera de abelha. Jamie olhou automaticamente para a janela; ainda estava escuro do lado de fora, mas o clima da noite havia mudado, como acontece pouco antes do amanhecer.

As cortinas se moviam em silêncio, um ar frio e inquieto penetrando no quarto. Mais uma vela se apagou. Uma segunda noite insone pesava sobre mim; eu sentia frio no corpo todo, que estava dormente e impalpável, e os vários horrores que tinha visto e ouvido começavam a se tornar irreais na minha mente, com nada além do forte cheiro de queimado como evidência do que acontecera.

Parecia não haver mais o que dizer ou fazer. Ulysses voltou, entrando discretamente no quarto com uma vela nova e uma bandeja com uma garrafa de brandy e vários copos. O major MacDonald reapareceu para informar que, de fato, não tinham encontrado sinal dos criminosos. Examinei Duncan e Jocasta brevemente, em seguida deixei que Bree e Ulysses os levassem para a cama.

Jamie e eu descemos em silêncio. No pé da escada, eu me virei para ele. Estava pálido devido à fadiga, com o rosto sério como se tivesse sido esculpido em mármore, os cabelos e a barba por fazer escuros à meia-luz.

– Eles vão voltar, não vão? – perguntei baixinho.

Ele assentiu e me segurou pelo cotovelo, levando-me em direção à escada da cozinha.

54

TÊTE-À-TÊTE, COM BOLO

Tão cedo naquele ano, a cozinha na adega da casa ainda estava sendo usada, a cozinha de verão reservada para preparações mais malcheirosas ou que fizessem mais sujeira.

Acordados pela comoção, todos os escravos estavam de pé, trabalhando, ainda que alguns parecessem prestes a desmoronar no canto mais próximo e voltar a dormir na primeira oportunidade. A cozinheira principal, no entanto, estava de olhos bem abertos, e ficou claro que ninguém ia dormir sob *sua* supervisão.

A cozinha estava quente e aconchegante, as janelas ainda escuras, as paredes vermelhas com o brilho do fogo, e o ar estava tomado pelos cheiros reconfortantes de sopa, pão quente e café. Pensei que aquele seria um local excelente para me sentar e me recuperar um pouco antes de ir para a cama, mas evidentemente Jamie tinha outras ideias.

Ele parou para conversar com a cozinheira, apenas pelo tempo que a educação exigia, conseguindo, no processo, não apenas um bolo inteiro e fresco, salpicado com canela e umedecido com manteiga derretida, mas uma garrafa grande de café recém--passado. Então, ele se despediu, me tirou do banquinho no qual eu havia me sentado e partimos de novo, para o vento frio da noite que chegava ao fim.

Tive uma sensação muito estranha de déjà-vu quando ele virou pelo caminho de pedras em direção aos estábulos. A luz era a mesma que tinha sido 24 horas antes, com as mesmas estrelas desaparecendo no mesmo céu cinza-azulado. O mesmo sopro suave de primavera passou por nós, e a minha pele se arrepiou com a lembrança.

Mas estávamos caminhando tranquilamente lado a lado, não correndo – e mais fortes do que as minhas lembranças do dia anterior estavam os cheiros perturbadores de sangue e queimado. A cada passo, era como se eu estivesse prestes a esticar o braço para empurrar as portas de um hospital; como se o zumbido das luzes fluorescentes e o forte cheiro de remédios e cera para piso estivessem prestes a me engolir.

– Privação de sono – murmurei para mim mesma.

– Terá tempo suficiente para dormir mais tarde, Sassenach – respondeu Jamie.

Ele se sacudiu brevemente, afastando o cansaço como um cachorro se chacoalha para se livrar da água.

– Há uma ou duas coisas que precisamos fazer primeiro.

Ele moveu o bolo embrulhado, no entanto, e segurou meu cotovelo com a mão livre, para o caso de eu estar prestes a cair de cara no canteiro de repolhos por causa da fadiga.

Não estava. Eu só quis dizer que era a falta de sono que estava me dando a sensação levemente alucinógena de estar de volta ao hospital. Por muitos anos, como residente, plantonista e mãe, eu havia trabalhado durante longos turnos sem dormir, aprendendo a funcionar – e funcionar bem – apesar da completa exaustão.

Era a mesma sensação que tomava conta de mim agora, enquanto eu passava por um estado de pura sonolência e voltava a despertar, para um estado de alerta artificialmente acentuado.

Eu me sentia fria e encolhida, como se habitasse apenas o centro do meu corpo, isolada do mundo ao redor por uma camada grossa de carne inerte. Ao mesmo tempo, cada mínimo detalhe em torno de mim parecia vívido de um modo nada natural, da deliciosa fragrância da comida que Jamie levava e do farfalhar de seu casaco ao som de alguém cantando nos aposentos distantes dos escravos e do milho plantado na horta que ladeava o caminho.

A sensação de lúcido isolamento permaneceu comigo, mesmo enquanto acompanhávamos a curva do caminho em direção aos estábulos. Uma coisa a fazer, dissera ele. Imaginei que ele não quisesse dizer que pretendia repetir a performance do dia anterior. Se ele ia propor uma forma mais tranquila de orgia, no entanto, envolvendo bolo e café, parecia peculiar que tivesse escolhido o estábulo e não o salão.

A porta lateral estava destrancada; ele a abriu e os odores quentes de feno e de animais adormecidos saíram em uma lufada.

– Quem está aí? – perguntou uma voz suave e profunda vinda das sombras do lado de dentro.

Roger. Claro; ele não estava entre as pessoas no quarto de Jocasta.

– Fraser – respondeu Jamie, com a voz igualmente baixa, e me levou para dentro, fechando a porta quando entramos.

A silhueta de Roger permaneceu recortada contra o brilho suave da lanterna, perto do fim da fileira de baias. Ele estava coberto por uma capa, e a luz brilhava em um halo vermelho ao redor de seus cabelos escuros quando ele se virou na nossa direção.

– Como estão as coisas, *a Smeòraich*?

Jamie entregou a ele a garrafa de café. A capa de Roger caiu quando ele esticou o braço para pegá-la, e eu vi quando ele enfiou uma pistola na cintura da calça com a outra mão. Sem comentários, ele tirou a rolha e levou a garrafa à boca, abaixando-a momentos depois com uma expressão de completa felicidade. Suspirou, a respiração formando uma névoa branca.

– Ah, Deus – disse ele fervorosamente. – Isto é a melhor coisa que tomei em meses.

– Não exatamente.

Parecendo se divertir, Jamie pegou a garrafa de volta e entregou a ele o bolo embrulhado.

– Como ele está?

– Fez um pouco de barulho no começo, mas está quieto há algum tempo. Acho que deve ter pegado no sono.

Já rasgando o papel cheio de manteiga, Roger assentiu em direção à baia. Jamie pegou a lamparina do gancho e a segurou acima do portão. Espiando por baixo do braço dele, vi uma forma encolhida, meio enterrada na palha no fundo da baia.

– Sr. Wylie? – perguntou Jamie, ainda falando baixo. – Está dormindo, senhor?

O corpo se remexeu, e ouvi o farfalhar do feno.

– Não estou, senhor – respondeu ele, com um tom de frio ressentimento.

O corpo começou a se erguer lentamente, e Phillip Wylie ficou de pé, batendo a palha das roupas.

Eu certamente já o vira em melhores condições. Faltavam vários botões em seu casaco, a costura de um dos ombros estava rasgada e ambos os joelhos da calça estavam frouxos, as fivelas abertas e as meias abaixadas de modo inapropriado em suas canelas. Alguém evidentemente o atingira no nariz; um rastro de sangue tinha secado em seu lábio superior, e havia uma mancha marrom e áspera na seda bordada de seu colete.

Apesar das deficiências de suas vestimentas, sua atitude era impecável, de uma gélida afronta.

– Você vai responder por isso, Fraser, juro por Deus.

– Sim, vou – disse Jamie, sem se alterar. – Como quiser, senhor. Mas não antes de conseguir algumas respostas do senhor, sr. Wylie.

Ele levantou o trinco do portão de uma das baias e o abriu.

– Saia.

Wylie hesitou; não queria permanecer na baia nem sair obedecendo à ordem de Jamie. Vi suas narinas se abrirem; evidentemente, ele havia sentido o cheiro do café. Isso pareceu fazer com que se decidisse, e ele saiu da baia de cabeça erguida. Passou a centímetros de mim, mas manteve os olhos voltados para a frente, fingindo não ter me visto.

Roger tinha arrumado dois bancos e um balde virado. Peguei o balde e o joguei nas sombras, deixando que Jamie e Wylie se sentassem bem próximos um do outro. Roger se recolheu discretamente para as sombras ao meu lado com o bolo, parecendo interessado.

Wylie aceitou a garrafa de café constrangido, mas alguns bons goles pareceram restaurar sua compostura de modo notável. Ele por fim a abaixou e respirou ruidosamente, os traços um pouco mais relaxados.

– Agradeço, senhor.

Ele entregou a garrafa a Jamie com uma pequena reverência e se endireitou no banco, ajustando cuidadosamente a peruca, que tinha sobrevivido às aventuras da noite, mas estava em más condições devido às experiências.

– Muito bem. Posso perguntar o motivo deste... deste... comportamento deplorável?

– Pois não, senhor – respondeu Jamie, erguendo-se, por sua vez. – Quero saber sobre a natureza de suas associações com um tal Stephen Bonnet, e o que sabe a respeito do paradeiro dele.

O rosto de Wylie ficou confuso de um modo quase engraçado.

– Quem?

– Stephen Bonnet.

Wylie começou a se virar na minha direção, para pedir esclarecimentos, então lembrou que estava ignorando a minha presença. Dirigiu um olhar ameaçador a Jamie, com as sobrancelhas escuras franzidas.

– Não conheço nenhum cavalheiro com esse nome, sr. Fraser, portanto não sei de nada sobre seus movimentos... mas se soubesse, duvido muito que me sentisse na obrigação de informar ao senhor.

– É mesmo?

Jamie tomou um gole de café e entregou a garrafa a mim.

– E as obrigações de um convidado em relação ao seu anfitrião, sr. Wylie?

Ele ergueu as sobrancelhas escuras, surpreso.

– O que quer dizer, senhor?

– Imagino que não esteja ciente, senhor, de que a sra. Innes e seu marido foram atacados ontem à noite e de que houve uma tentativa de roubo contra eles.

Wylie ficou boquiaberto. Ou ele era um excelente ator ou sua surpresa era genuína. Pelo que eu conhecia do jovem até o momento, acreditava que ele não estivesse interpretando.

– Não estava. Quem...

Um pensamento lhe ocorreu, e a surpresa desapareceu, substituída por uma nova afronta. Ele arregalou os olhos um pouco.

– Acha que eu estava envolvido nessa... nessa...

– Atividade criminosa? – sugeriu Roger.

Ele parecia estar se divertindo, aliviado do tédio da tarefa de guarda.

– Sim, acho que sim. Quer um pedaço de bolo com o café, senhor?

Ele ergueu um pedaço de bolo; Wylie olhou para ele por um momento, em seguida ficou de pé, derrubando o bolo da mão de Roger.

– Seu canalha!

Ele se virou para Jamie, com os punhos cerrados.

– Ousa insinuar que sou um ladrão?

Jamie se encostou no banco com o queixo levantado.

– Sim, ouso – disse com frieza. – Tentou roubar minha esposa bem embaixo do meu nariz... por que teria escrúpulos em relação aos bens da minha tia?

O rosto de Wylie ficou muito vermelho. Se não fosse pela peruca, seus cabelos teriam se arrepiado.

– Seu... grande... *cretino*! – gritou ele.

Então se atirou sobre Jamie. Os dois caíram com um estrondo, em uma confusão de braços e pernas.

Eu dei um pulo para trás, segurando a garrafa de café contra o peito. Roger se lançou para a frente, mas eu o segurei pela capa para contê-lo.

Jamie tinha a vantagem do tamanho e da habilidade, mas Wylie não era um novato na arte da briga e, além disso, estava sendo movido por uma fúria destrutiva. Em alguns momentos, Jamie o dominaria, mas eu não estava disposta a esperar.

Muito irritada com os dois, dei um passo à frente e virei a garrafa. Não estava fervendo, mas estava bastante quente. Os dois gritaram de surpresa ao mesmo tempo, e rolaram para longe um do outro, tentando se levantar e se sacudindo. Pensei ter ouvido Roger rir atrás de mim, mas quando me virei, ele tinha assumido uma expressão de contido interesse. Ergueu as sobrancelhas para mim e enfiou mais um pedaço de bolo na boca.

Eu me virei e vi Jamie já de pé, e Wylie erguendo-se, os joelhos apoiados no chão, ambos ensopados de café e ambos com expressões que indicavam que pretendiam retomar do ponto em que eu havia interrompido. Eu me coloquei entre eles e bati o pé.

– Estou cansada disso, inferno!

– Eu não! – disse Wylie com raiva. – Ele atacou a minha honra e eu exijo...

– Ah, que se dane a sua maldita honra... e a sua também! – rosnei, olhando furiosa para ele e para Jamie.

Jamie, que evidentemente pretendia dizer algo igualmente inflamado, conteve-se e apenas resmungou.

Chutei um dos banquinhos caídos e apontei para ele, ainda olhando de cara feia para Jamie.

– Sente-se!

Afastando o tecido molhado da camisa do peito, ele endireitou o banco e se sentou, com grande dignidade.

Wylie estava menos disposto a me obedecer e fazia mais comentários a respeito de sua honra. Eu dei um chute na canela dele. Dessa vez, eu estava usando botas. Ele gritou e pulou em um pé só, segurando a perna atingida. Os cavalos, incomodados com a comoção, batiam os cascos e relinchavam nas baias, e o ar estava tomado por fragmentos de palha.

– Você não vai querer se meter com ela quando está de mau humor – disse Jamie a Wylie, olhando para mim com cautela. – Ela é perigosa, sabe?

Wylie olhou de cara feia para mim, mas sua expressão assumiu um ar de incerteza – por causa da garrafa de café vazia, que agora eu segurava pelo gargalo como se fosse um porrete, ou suas lembranças da noite anterior, quando ele havia me surpreendido no meio da autópsia de Betty. Com esforço, engoliu o que pretendia dizer e sentou-se lentamente no outro banco. Pegou um lenço do bolso do colete e limpou um fio de sangue que escorria pela lateral de um corte acima de sua sobrancelha.

– Eu gostaria – disse ele, com educação – de saber o que está acontecendo aqui, por favor.

Ele havia perdido a peruca; estava jogada no chão em uma poça de café. Jamie se abaixou e a pegou, segurando-a com cuidado, como se fosse um animal morto. Limpou uma mancha de lama da lateral do rosto com a mão livre e estendeu a peruca, que pingava, para Wylie.

– Estamos de acordo, então, senhor.

Wylie pegou a peruca, assentindo, e a colocou sobre o joelho, ignorando o café que manchava sua calça. Os dois olharam para mim com expressões idênticas de incredulidade e impaciência. Evidentemente, eu tinha sido nomeada mestra de cerimônias.

– Roubo, assassinato e Deus sabe o que mais – falei com firmeza. – E vamos encontrar os culpados.

– Assassinato? – falaram Roger e Wylie juntos, ambos soando surpresos.

– Quem foi assassinado? – perguntou Wylie, olhando freneticamente para mim e para Jamie.

– Uma escrava – respondeu Jamie, assentindo na minha direção. – Minha esposa suspeitou de que havia algo de errado com a morte dela, por isso quisemos descobrir a verdade. Por isso a nossa presença no barracão quando você apareceu ontem à noite.

– Presença – ecoou Wylie.

Seu rosto já estava pálido, mas ele pareceu levemente perturbado ao se lembrar do que tinha me visto fazer no barracão.

– Sim, eu... compreendo.

Ele olhou para mim de soslaio.

– Então, ela foi morta?

Roger adentrou o círculo formado pela luz da lanterna e colocou o balde no lugar, sentando-se a meus pés. Colocou os restos do bolo no chão.

– Do que ela morreu?

– Alguém deu vidro moído a ela – respondi. – Encontrei uma boa quantidade ainda no estômago dela.

Prestei particular atenção a Phillip Wylie quando disse isso, mas seu rosto manteve a mesma expressão de surpresa, como o de Jamie e o de Roger.

– Vidro – repetiu Jamie.

Foi o primeiro a se recuperar. Ele se ajeitou no banco, prendendo uma mecha de cabelo atrás da orelha.

– Quanto tempo isso levaria para matar alguém, Sassenach?

Esfreguei dois dedos entre as sobrancelhas; o entorpecimento da manhã estava dando lugar a uma dor de cabeça latejante, piorada pelo cheiro forte de café e pelo fato de eu não ter bebido nem uma gota dele.

– Não sei – respondi. – Iria para o estômago em minutos, mas talvez demorasse um tempo considerável até causar dano suficiente para provocar uma hemorragia. A parte mais afetada provavelmente seria o intestino delgado; as partículas de vidro perfurariam a mucosa. E se o sistema digestivo estivesse de alguma forma comprometido, pela bebida, por exemplo, e não estivesse se movimentando bem, talvez demorasse ainda mais. Ou se ela tivesse comido muito.

– É a mulher que você e Bree encontraram no jardim? – perguntou Roger, virando-se para Jamie.

– Sim – respondeu Jamie e assentiu com os olhos ainda fixos em mim. – Ela estava inconsciente por causa da bebida. E quando você a viu mais tarde, Sassenach... havia sinais de que ela tivesse ingerido vidro?

Neguei, balançando a cabeça.

– O vidro podia estar agindo naquele momento, mas ela estava inconsciente. Pensando bem... Fentiman disse que ela acordou no meio da noite reclamando de dor nas entranhas. Então, certamente já tinha sido afetada àquela altura. Mas não sei dizer ao certo se já tinham dado vidro moído a ela antes de você e Bree a encontrarem, ou se ela acordou do estupor no começo da noite e alguém lhe deu o vidro nesse momento.

– Dor nas entranhas – murmurou Roger.

Ele balançou a cabeça, contraindo os lábios.

– Meu Deus, que modo horrível de morrer.

– Sim, foi uma perversidade – concordou Jamie, assentindo. – Mas por quê? Quem desejaria a morte da mulher?

– Boa pergunta – disse Wylie de modo breve. – No entanto, posso lhes garantir que não fui eu.

Jamie o analisou por um bom tempo.

– Sim, talvez – disse ele. – Mas se não... como chegou ao barracão ontem à noite? O que teria para fazer ali, além de talvez olhar para a cara de sua vítima?

– *Minha* vítima!

Wylie se levantou na hora, tomado por uma raiva renovada.

– Não era eu quem estava no barracão com os braços vermelhos até os cotovelos por causa do sangue da mulher e arrancando pedaços de osso e entranhas!

Ele virou a cabeça para o lado, olhando para mim.

– Minha vítima, pois sim! Profanar um corpo é um pecado capital, sra. Fraser. E eu ouvi certas coisas... ah, sim, ouvi coisas a seu respeito! Digo que foi *a senhora* quem matou a mulher, para obter...

As palavras dele terminaram em um gorgolejar quando a mão de Jamie agarrou a gola de sua camisa e apertou com força em volta do pescoço. Ele deu um soco no estômago de Wylie, com força, e o jovem se dobrou para a frente, tossiu e vomitou café, bile e algumas outras substâncias nada agradáveis no chão, nos próprios joelhos e em Jamie.

Eu suspirei, cansada. Os breves efeitos calmantes da discussão haviam desaparecido, e eu estava com frio e me sentindo meio desorientada de novo. O fedor não ajudava.

– Isso não ajuda muito, se quer saber – falei, olhando com reprovação para Jamie, que tinha soltado Wylie e estava agora removendo apressado algumas peças de roupa. – Não que eu não tenha apreciado o voto de confiança.

– Ah, sim – disse ele, com a voz abafada pela camisa enquanto a tirava.

Ele olhou para mim de cara feia e atirou a camisa no chão fazendo barulho.

– Você acha que vou ficar sentado aqui e deixar esse empoado insultá-la?

– Acho que ele não vai fazer isso de novo – disse Roger.

Ele ficou de pé e se aproximou de Wylie, que ainda estava dobrado para a frente, apoiado no banco, com o rosto meio esverdeado. Roger olhou para trás, para Jamie.

– Mas ele tem razão? A respeito de ser pecado violar um corpo?

– Não sei – disse Jamie, laconicamente.

Sem camisa, manchado de sangue e vômito, e com os cabelos ruivos revoltos à luz da lamparina, ele não se parecia em nada com o cavalheiro elegante que tinha ido jogar uíste.

– Não importa – disse ele –, já que ele não vai contar a ninguém sobre isso. Porque, se contar, vou fatiá-lo e servir as bolas e a língua mentirosa dele aos porcos.

Ele tocou o cabo do punhal, como se quisesse se assegurar de que poderia usá-lo, se quisesse.

– Mas tenho certeza de que não quis fazer acusações infundadas a respeito da minha mulher, não é mesmo... senhor? – disse ele a Wylie com uma educação excessiva.

Não fiquei surpresa ao ver Phillip Wylie balançar a cabeça, evidentemente ainda incapaz de falar. Jamie emitiu um ruído de satisfação e se abaixou para pegar a capa que havia deixado no chão.

Sentindo as pernas meio fracas depois dessa última exibição de senso de honra masculina, eu me sentei no balde.

– Certo – falei, afastando uma mecha de cabelos. – Muito bem. Se já está tudo resolvido, então... onde estávamos?

– No assassinato da Betty – disse Roger. – Não sabemos quem, não sabemos quando e não sabemos o porquê... mas sugiro, para o bem da discussão, que concordemos que ninguém dentre os presentes teve nada a ver com o que aconteceu.

– Muito bem – falou Jamie, encerrando o assunto com um gesto brusco e voltando a sentar-se. – E Stephen Bonnet?

A expressão de Roger, até então de interesse, ficou séria.

– Sim, o que tem ele? Ele está envolvido nisso?

– Não no assassinato, talvez... mas minha tia e o marido foram atacados no quarto deles ontem à noite por dois criminosos. Um deles era irlandês.

Jamie cobriu os ombros com a capa, lançando um olhar sinistro para Phillip Wylie, que havia se recuperado o suficiente para se sentar.

– Vou repetir – disse ele com frieza, com as mãos ainda na barriga – que não conheço nenhum cavalheiro com esse nome, irlandês ou não.

– Stephen Bonnet não é um cavalheiro – disse Roger.

As palavras saíram moderadas, mas carregavam uma nuance que fez Wylie olhar para ele.

– Não conheço o homem – disse ele com firmeza.

Respirou suavemente para ver se sentia dor e quando viu que era suportável, respirou mais fundo.

– Por que acham que o irlandês que agrediu o sr. e a sra. Innes é esse tal Bonnet? Ele deixou um cartão, por acaso?

Eu ri, surpreendendo a mim mesma. Apesar de tudo, eu tinha de admitir que sentia um certo respeito por Phillip Wylie. Preso, agredido, ameaçado, molhado de café e sem a peruca, ele mantinha mais dignidade do que muitos homens na mesma situação.

Jamie olhou para mim, e então para Wylie. Pensei ter visto o canto de sua boca se entortar, mas era impossível saber à luz fraca.

– Não – disse ele. – Eu *conheço* Stephen Bonnet, que é um criminoso, um degenerado e um ladrão. E vi o homem com o senhor, quando vocês surpreenderam minha esposa e a mim no barracão.

– Sim – falei. – Eu também o vi, parado atrás do senhor. E o que estavam fazendo ali, afinal? – fiz a pergunta que subitamente me ocorreu.

Os olhos de Wylie tinham se arregalado diante da acusação de Jamie. Diante da minha afirmação, ele piscou. Respirou fundo de novo e olhou para baixo, passando os nós dos dedos embaixo do nariz. Então ele olhou para Jamie, sem fanfarronice.

– Não o conheço – disse ele, baixinho. – Achei que estivesse sendo seguido, mas, ao olhar para trás, não vi ninguém, então não pensei mais nisso. Quando... vi o que havia dentro do barracão... – seus olhos se voltaram para mim, mas não chegaram a encontrar os meus. – Fiquei chocado demais para prestar atenção em qualquer coisa que não fosse o que estava diante de mim.

Nisso eu podia acreditar.

Wylie ergueu os ombros e os deixou cair de novo.

– Se esse Bonnet realmente estava atrás de mim, então vou ter que acreditar na sua palavra, senhor. Ainda assim, garanto que ele não estava lá por minha causa, nem com o meu conhecimento.

Jamie e Roger trocaram olhares, mas perceberam a verdade nas palavras de Wylie, assim como eu. Fez-se um breve silêncio, durante o qual pude ouvir cavalos se movimentando em suas baias. Eles não estavam mais agitados, mas estavam ficando impacientes, à espera de comida. A luz da manhã entrava pelas frestas sob o beiral, um brilho fraco e esfumaçado que filtrava toda a cor dentro do estábulo, e ainda assim revelava os contornos das rédeas penduradas na parede, de rastelos e pás encostados em um canto.

– Os cocheiros vão chegar logo – falou Jamie.

Ele se remexeu e respirou fundo, endireitando os ombros. Ele olhou para Wylie.

– Muito bem, senhor. Aceito a sua palavra de cavalheiro.

– Aceita? Fico lisonjeado.

– Ainda assim – continuou Jamie, fazendo questão de ignorar o sarcasmo. – Gostaria de saber o que levou o senhor ao barracão ontem à noite.

Wylie havia se levantado do assento. Ao ouvir aquilo, hesitou e se sentou de novo. Piscou uma ou duas vezes, como se pensasse, e então suspirou, desistindo.

– Lucas – disse ele simplesmente.

Não ergueu o olhar. Em vez disso, manteve-o fixo nas mãos, soltas entre as coxas.

– Eu estava lá, na noite em que ele nasceu. Eu o criei, domestiquei, treinei.

Ele engoliu em seco; vi o tremor sob a gola de sua camisa.

– Fui até o estábulo para ter alguns momentos com ele... para me despedir.

Pela primeira vez, o rosto de Jamie perdeu a sombra de antipatia que o encobria sempre que ele olhava para Wylie. Respirou fundo e assentiu levemente.

– Sim, compreendo – disse ele baixinho. – E então?

Wylie se endireitou um pouco.

– Quando saí do estábulo, pensei ter ouvido vozes perto do muro da horta. E quando me aproximei para ver o que poderia ser, vi uma luz brilhando por entre as frestas do barracão.

Ele deu de ombros.

– Abri a porta. E o senhor sabe melhor do que eu o que aconteceu em seguida, sr. Fraser.

Jamie passou uma das mãos com força sobre o rosto e balançou a cabeça.

– Sim – disse ele. – Sei. Fui atrás de Bonnet, e o senhor ficou no meu caminho.

– O senhor me atacou – disse Wylie com frieza.

Ele ajeitou o casaco sobre os ombros.

– Eu me defendi, como tinha todo o direito de fazer. E então o senhor e seu genro me cercaram, me trouxeram à força até aqui – falou, erguendo o queixo para indicar a baia atrás dele. – E me mantiveram preso durante metade da noite!

Roger pigarreou. Jamie também, com mais severidade.

– Bem, sim – disse ele. – Não vamos discutir sobre isso.

Ele suspirou e se recostou, gesticulando para Wylie que ele já podia ir.

– Imagino que não tenha visto em que direção Bonnet fugiu.

– Ah, vi sim. Apesar de não saber o nome dele, claro. Imagino que já esteja bem longe a essa altura – disse Wylie.

Havia um tom estranho em sua voz; algo parecido com satisfação. Jamie se virou de imediato.

– O que quer dizer?

– Lucas.

Wylie assentiu em direção ao corredor escuro do estábulo, às sombras do outro lado.

– A baia dele fica no fundo. Conheço bem a voz, o som dos movimentos dele. E eu não o ouvi esta manhã. Bonnet, se era ele mesmo, fugiu em direção ao estábulo.

Antes que Wylie terminasse de falar, Jamie pegou a lamparina e foi em direção aos fundos do estábulo. Os cavalos enfiavam o focinho por entre as grades enquanto ele passava, relinchando e bufando com curiosidade – mas nenhum focinho preto apareceu no fim da fileira de baias, nenhuma crina escura balançando com alegria. O resto de nós correu atrás dele e nos inclinamos para ver enquanto ele segurava a lamparina no alto.

A luz amarela brilhou na palha vazia.

Ficamos em silêncio por um longo momento, olhando. Então, Phillip Wylie suspirou e se levantou.

– Se eu não posso mais tê-lo, sr. Fraser, pelo menos o senhor também não pode.

Ele me observou com ironia.

– Mas desejo alegria ao senhor com sua esposa.

Ele se virou e foi embora, com as meias frouxas, os calcanhares vermelhos de seus sapatos brilhantes.

Do lado de fora, a manhã irrompia, calma e adorável. Apenas o rio parecia se mover, com a luz que se espalhava brilhando prateada em sua corrente além das árvores.

Roger tinha ido para a casa, bocejando, mas Jamie e eu permanecemos perto do cercado dos cavalos. As pessoas iam começar a se levantar em minutos; haveria mais perguntas, especulações, conversas. Nenhum de nós queria falar mais; não naquele momento.

Por fim, Jamie passou o braço pelos meus ombros e com um ar decidido deu as costas para a casa. Eu não sabia para onde ele estava indo, e não me importava muito, apesar de ter esperanças de poder me deitar quando chegássemos lá.

Passamos pela ferraria, onde um garoto pequeno e sonolento soprava a forja com um par de foles, espalhando faíscas vermelhas e brilhantes como vaga-lumes nas sombras. Passamos pelas construções, dobramos uma esquina e chegamos à frente de um barracão com uma grande porta dupla. Jamie ergueu a trava e abriu uma porta, gesticulando para que eu entrasse.

– Não sei por que nunca pensei neste lugar – disse ele –, quando procurava um local reservado.

Estávamos no barracão dos coches. Uma carroça e uma caleche estavam nas sombras, assim como o faetonte de Jocasta. Uma carruagem aberta, como um grande trenó sobre duas rodas, tinha um banco com almofadas azuis de veludo e um balancim como a proa de um navio. Jamie me pegou pela cintura e me colocou lá dentro, subindo logo em seguida. Havia uma pele de búfalo sobre as almofadas; ele a pegou e a estendeu no chão do faetonte. Havia espaço apenas para duas pessoas se encolherem ali, se não se importassem em ficar deitadas próximas uma da outra.

– Vamos, Sassenach – disse ele, ajoelhando-se. – O que quer que venha em seguida... pode esperar.

Eu concordei. Apesar de beirar a inconsciência, não pude deixar de perguntar, meio zonza:

– A sua tia... Você confia nela? No que ela disse sobre o ouro e tudo o mais?

– Ah, sim – murmurou ele no meu ouvido.

Seu braço pesava sobre a minha cintura.

– Pelo menos, até onde ela contou.

55
DEDUÇÕES

Forçados a sair de nosso refúgio por causa da sede e da fome, deixamos o barracão das carruagens e passamos pelos escravos que olhavam diplomaticamente em outra direção, ainda ocupados limpando os restos da festa de casamento. À beira do gramado, vi Phaedre, vindo do mausoléu com os braços cheios de pratos e copos que haviam sido deixados entre os arbustos. Tinha o rosto inchado e os olhos vermelhos, mas não estava chorando naquele momento.

Ela nos viu e parou.

– Ah – disse ela. – A srta. Jocasta está procurando o senhor, sr. Jamie.

Phaedre falou de maneira apática, como se as palavras fizessem pouco sentido para ela, e pareceu não achar nada estranho o nosso surgimento repentino e as nossas roupas desalinhadas.

– Ah? Sim.

Jamie passou a mão no rosto, assentindo.

– Sim, vou falar com ela.

Ela assentiu e estava se virando para sair quando Jamie esticou o braço e tocou seu ombro.

– Sinto muito pelo seu sofrimento, moça – disse ele baixinho.

Os olhos dela ficaram marejados e as lágrimas escorreram, mas ela não disse nada. Fez uma breve reverência, virou-se e se afastou depressa, movendo-se tão rápido que uma faca caiu da pilha de talheres, quicando na grama atrás dela.

Eu me abaixei e a peguei, o toque do cabo lembrando-me de repente e vividamente da lâmina que eu havia usado para abrir o corpo da mãe dela. Por um momento desorientador, eu não estava mais no gramado na frente da casa, mas na escuridão do barracão, com o cheiro de morte pesando no ar e a prova do assassinato na minha mão.

Então a realidade se reajustou e eu vi o gramado coberto por bandos de pombos e pardais, procurando calmamente por migalhas aos pés de uma deusa de mármore, iluminada pelo sol.

Jamie estava dizendo alguma coisa.

–... ir se lavar e descansar um pouco, Sassenach?

– O quê? Ah... não, vou com você.

De repente, fiquei ansiosa para acabar de uma vez com aquilo e ir para casa. Eu já tinha me cansado da sociedade.

Encontramos Jocasta, Duncan, Roger e Brianna juntos na sala íntima de Jocasta, saboreando o que parecia ser um café da manhã farto, ainda que tardio. Brianna olhou para as roupas rasgadas de Jamie, mas não disse nada, só voltou a bebericar seu chá, com as sobrancelhas ainda erguidas. Ela e Jocasta estavam de robe, e apesar de Roger e Duncan estarem vestidos, pareciam pálidos e abatidos depois das aventuras da noite. Nenhum dos dois tinha feito a barba, e Duncan tinha um grande hematoma azul na lateral do rosto, onde havia batido na pedra da lareira ao cair, mas parecia bem, tirando isso.

Imaginei que Roger já tivesse contado a todo mundo sobre nosso tête-à-tête com Phillip Wylie e o desaparecimento de Lucas. Pelo menos, ninguém fez perguntas. Duncan estendeu silenciosamente um prato de bacon na direção de Jamie, e não se ouviu nada por um tempo, exceto o bater de talheres nos pratos e os ruídos que fazíamos enquanto servíamos o chá.

Por fim, satisfeitos e nos sentindo relativamente restaurados, nos recostamos e começamos, com hesitação, a discutir os acontecimentos do dia – e da noite – anterior. Tanta coisa tinha acontecido que eu achava que talvez fosse melhor tentar reconstruir os fatos de maneira lógica. Eu disse isso e, apesar de Jamie ter retorcido os lábios de modo a sugerir que considerava a ideia incompatível comigo, ignorei o gesto e pedi com firmeza que prestassem atenção.

– Tudo começou com Betty, não acham?

– Se começou ou não, acho que é um bom ponto de partida, Sassenach – concordou Jamie.

Brianna terminou de passar manteiga em uma última torrada, parecendo se divertir.

– Continue, Miss Marple – pediu ela, balançando a mão para mim antes de dar uma mordida.

Roger emitiu um breve som de engasgo, mas eu também o ignorei com dignidade.

– Certo. Bem, pensei que Betty provavelmente tinha sido drogada quando a vi, mas como o dr. Fentiman me impediu de examiná-la, não tive certeza. Mas estamos quase certos de que Betty bebeu ponche com alguma droga, não é?

Olhei ao redor para os rostos. Bree e Jamie assentiram, com expressões sérias.

– Sim, eu senti um gosto *diferente* no copo, e não era bebida – informou Jamie.

– E eu conversei com os empregados da casa quando deixei papai com Betty – emendou Brianna, inclinando-se para a frente. – Duas das mulheres admitiram que Betty bebe... bebia... os restos de bebida nas festas, mas as duas insistiram que ela não estava nada além de "alegre" quando ajudou a servir ponche no salão.

– E eu estava no salão naquele momento, com Seamus Hanlon e seus músicos – confirmou Roger.

Ele olhou para Bree e apertou seu joelho com cuidado.

– Vi Ulysses preparar pessoalmente o ponche... foi a primeira vez no dia que você o preparou, Ulysses?

Todas as cabeças se viraram na direção do mordomo, que estava sério atrás da cadeira de Jocasta. Sua peruca bem-arrumada e as roupas impecáveis eram como uma censura silenciosa ao nosso ar de desleixo exausto.

– Não, a segunda – disse ele baixinho. – A primeira leva de ponche foi toda consumida no café da manhã.

Seus olhos estavam em alerta, ainda que injetados, mas o resto de seu rosto parecia ter sido esculpido em granito. A casa e os criados eram sua responsabilidade, e estava claro que ele sentia que os acontecimentos recentes tinham sido um grande desabono do seu trabalho.

– Certo.

Roger se voltou de novo para mim, passando a mão pelo rosto coberto pela barba rala. Talvez ele tivesse cochilado desde a discussão com Wylie no estábulo, mas não parecia.

– Eu não vi Betty, mas a questão é que acredito que *certamente* teria notado se ela estivesse bêbada e trocando as pernas naquele momento. Ulysses também, creio eu.

Ele olhou por cima do ombro em busca de confirmação, e o mordomo assentiu, relutante.

– O tenente Wolff *estava* bêbado e trocando as pernas – apontou Roger. – Todos notaram e comentaram como ainda era cedo para alguém estar naquelas condições.

Jocasta emitiu um som grosseiro e Duncan abaixou a cabeça, escondendo um sorriso.

– A questão é que o segundo ponche de rum foi servido pouco depois do meio-dia, e eu encontrei a mulher deitada de costas no monte de esterco, embriagada e com um copo de ponche ao seu lado não mais do que uma hora depois – resumiu Jamie. – Não vou dizer que não seria possível, mas seria uma proeza ficar tão bêbada em tão pouco tempo, principalmente se ela estivesse bebendo apenas os restos que havia nos copos.

– Então, vamos concluir que ela foi mesmo drogada – falei. – E a substância mais provável é o láudano. Havia láudano na despensa?

Jocasta percebeu a elevação na minha voz e soube que a pergunta era dirigida a ela. Endireitou-se na cadeira, prendendo uma mecha de cabelos brancos embaixo da touca adornada com um laço. Parecia ter se recuperado bem da noite anterior.

– Ah, sim. Mas isso não quer dizer nada – contrapôs ela. – Qualquer um pode ter trazido o láudano. Não é tão difícil de encontrar para quem pode pagar. Conheço pelo menos duas mulheres entre as convidadas que fazem uso frequente. Arrisco dizer que trouxeram um pouco.

Eu teria adorado saber qual dos conhecidos de Jocasta era viciado em ópio e como ela sabia disso, mas deixei isso de lado, passando para a próxima questão.

– Bem, de onde quer que o láudano tenha vindo, aparentemente acabou indo parar no corpo de Betty.

Eu me virei para Jamie.

– Você disse que pensou, ao vê-la, que ela poderia ter bebido alguma coisa, uma droga ou um veneno, que era destinado a outra pessoa.

Ele assentiu, acompanhando-me com atenção.

– Sim, afinal, por que alguém ia querer prejudicar ou matar um escravo?

– Não sei por que, mas alguém *a matou* – interrompeu Brianna, com a voz alterada. – Não vejo como ela poderia ter ingerido vidro moído destinado a outra pessoa, e vocês?

– Não me apresse! Estou tentando seguir a lógica.

Franzi o cenho para Bree, que emitiu um som grosseiro parecido com o de Jocasta, mas não tão alto.

– Não – continuei –, não acho que ela possa ter ingerido o vidro por acidente, mas não sei *quando* ela ingeriu. Quase com certeza, foi em algum momento depois que você e Jamie a levaram para o sótão, e depois que o dr. Fentiman a examinou pela primeira vez.

Os remédios e purgantes de Fentiman teriam causado um intenso sangramento se Betty já tivesse ingerido o vidro – e de fato causaram quando ele voltou para cuidar dela, que se queixava de dores na barriga, perto do amanhecer.

– Acho que você está certa – disse Brianna –, mas só para esclarecer: quando você foi dar uma olhada por aí, Roger, não encontrou nenhum convidado que parecesse ter sido drogado?

Ele balançou a cabeça, franzindo o cenho, como se a luz do sol o incomodasse. Eu não me surpreenderia se ele estivesse com dor de cabeça; eu mesma sentia uma dor latejante no crânio.

– Não – disse ele e passou os nós dos dedos entre as sobrancelhas. – Havia pelo menos vinte que estavam começando a cambalear um pouco, mas todos pareciam apenas embriagados.

– E o tenente Wolff? – perguntou Duncan naquele momento, para surpresa geral. Ele corou um pouco ao ver todos os olhos nele, mas continuou. – *A Smeòraich* disse que o homem estava embriagado e trocando as pernas na sala. Ele pode ter tomado o láudano, ou o que quer que tenha sido, bebido a metade e dado o restante à escrava?

– Não sei – falei, em dúvida. – Acho que nunca vi ninguém que conseguisse ficar embriagado em uma hora apenas ingerindo álcool...

– Quando fui conferir os convidados, o tenente estava encostado na parede do mausoléu com uma garrafa na mão – disse Roger. – Confuso, mas ainda consciente.

– Sim, ele caiu nos arbustos depois – acrescentou Jamie. – Eu o vi à tarde. Ele não estava como a escrava, no entanto; parecia apenas embriagado.

– Mas o horário bate – falei, pensativa. – Então é possível, pelo menos. Alguém viu o tenente depois?

– Sim – disse Ulysses, fazendo com que todos se virassem para olhar para ele de novo. – Ele entrou na casa durante o jantar, pediu-me que encontrasse um barco para ele imediatamente, e foi embora pelo rio. Ainda muito embriagado – disse ele com precisão –, mas lúcido.

Jocasta bufou baixinho e murmurou:

– Lúcido, até parece.

Ela massageou as têmporas com os indicadores; evidentemente, também estava com dor de cabeça.

– Acho que isso elimina o tenente como suspeito. Ou o fato de ele ter partido tão de repente é suspeito por si só?

Brianna, a única pessoa presente que parecia *não* sentir dor de cabeça naquele momento, colocou vários torrões de açúcar no chá e mexeu vigorosamente. Jamie fechou os olhos, fazendo uma careta por causa do barulho.

– Vocês não estão se esquecendo de uma coisa? – falou Jocasta.

Estava acompanhando todos os argumentos com atenção, franzindo o cenho de leve, concentrada. Naquele momento, ela se inclinou para a frente, estendendo a mão em direção à mesa baixa na qual estavam as coisas do café da manhã. Tamborilou levemente pela superfície para localizar o que queria, então pegou um pequeno copo de prata.

– Você me mostrou o copo do qual Betty bebeu, sobrinho – disse ela a Jamie, estendendo o que estava em sua mão. – Era como este, não era?

O copo era prateado e novo em folha, com um desenho gravado quase imperceptível. Mais tarde, quando o metal começasse a oxidar pela ação do tempo, uma substância negra ia se depositar nos sulcos do desenho e ele ficaria visível, mas, por enquanto, a letra "I" maiúscula e o pequeno peixe que nadava ao redor dela estavam quase perdidos em meio ao brilho da luz sobre o metal.

– Sim, era um desses, tia – respondeu Jamie, tocando a mão que segurava o copo. – Brianna disse que era de um jogo?

– Era. Eu os dei de presente a Duncan na manhã do nosso casamento.

Ela pousou o copo, mas colocou os dedos compridos em cima dele.

– Bebemos de dois dos copos, Duncan e eu, durante o café da manhã, mas os outros quatro copos ficaram aqui em cima.

Ela balançou a mão atrás de si, indicando o pequeno bufê encostado na parede, onde as travessas de bacon e ovos fritos tinham sido colocadas. Pratos decorados estavam organizados no fundo do móvel, intercalados com um conjunto de copos de cristal. Eu contei; os seis copos de prata com desenho de peixe estavam na mesa agora, cheios de vinho do Porto, que Jocasta parecia gostar de tomar com o café da manhã. Mas não havia indícios de qual deles contivera a bebida com droga.

– Você não levou nenhum desses copos para a sala no dia do casamento, Ulysses? – perguntou ela.

– Não, senhora – assegurou, parecendo estupefato diante da ideia. – Claro que não.

Ela assentiu e virou os olhos cegos em direção a Jamie; em seguida, em direção a mim.

– Então, estão vendo – disse simplesmente. – Foi o copo de Duncan.

Duncan pareceu surpreso, em seguida inquieto, ao perceber as implicações do que ela havia acabado de dizer.

– Não – disse ele, balançando a cabeça. – Ah, não. Não pode ser.

Mas gotinhas de suor tinham começado a se formar na pele de seu rosto.

– Alguém ofereceu uma bebida a você antes de ontem, *a charaid*? – perguntou Jamie, inclinando-se para a frente com atenção.

Duncan deu de ombros sem saber o que dizer.

– Sim, todo mundo!

E era verdade. Afinal, ele era o noivo. Não tinha aceitado nenhuma das bebidas oferecidas, dizendo que não estava bem do estômago por causa do nervosismo. Tampouco notara se alguma das bebidas tinha sido oferecida em um copo de prata.

– Eu estava muito distraído, *Mac Dubh*, não teria notado se alguém tivesse me oferecido uma cobra viva.

Ulysses pegou um guardanapo de linho da bandeja e o ofereceu. Sem se virar para olhar, Duncan o pegou e secou o rosto.

– Então... acha que alguém estava tentando prejudicar Duncan?

A surpresa na voz de Roger podia não ter sido muito lisonjeira, mas Duncan pareceu não notar.

– Mas por quê? – perguntou ele, surpreso. – Quem poderia *me* odiar?

Jamie riu baixinho, e a tensão ao redor da mesa diminuiu um pouco. Era verdade; apesar de Duncan ser inteligente e competente, ele tinha uma atitude tão modesta que era impossível pensar que pudesse ter ofendido alguém, muito menos a ponto de levar a pessoa a querer matá-lo.

– Bem, *a charaid* – disse Jamie com certo tato –, pode não ter sido pessoal, sabe?

Ele olhou nos meus olhos e fez uma careta. Já fora vítima de mais de uma tentativa de assassinato, por motivos que tinham que ver apenas com quem ele era, não com o que tivesse feito. Não que pessoas não tivessem tentado matá-lo, vez ou outra, por coisas que ele tinha feito também.

Jocasta parecia estar pensando da mesma maneira.

– Na verdade – disse ela –, também tenho pensado a respeito. Você não se lembra, sobrinho, do que aconteceu na Reunião?

Jamie ergueu a sobrancelha e pegou uma xícara de chá.

– Muitas coisas aconteceram na Reunião, tia – disse ele. – Mas acho que está se referindo ao que aconteceu com o padre Kenneth?

– Isso.

Ela ergueu a mão automaticamente e Ulysses colocou um copo limpo nela.

– Você não me disse algo sobre o sr. Lillywhite ter feito um comentário a respeito de o padre ter sido avisado sobre realizar cerimônias?

Jamie assentiu, fechando os olhos brevemente enquanto sorvia o chá.

– Sim, disse. Então, a senhora acha que talvez ele estivesse se referindo ao seu casamento com Duncan? Acha que essa era a "cerimônia" que tinha que ser impedida?

Minha dor de cabeça estava piorando. Pressionei os dedos entre as sobrancelhas; elas estavam quentes por causa da xícara de chá, e foi bom sentir o calor na minha pele.

– Espere um pouco – falei. – Está dizendo que alguém quis impedir o casamento da sua tia com Duncan, e conseguiu fazer isso na Reunião, mas não conseguiu pensar em nenhuma outra maneira de impedi-lo agora, então tentou matar Duncan, para que ele não se casasse?

Minha voz ecoava a surpresa no rosto de Duncan.

– Não estou dizendo isso – retrucou Jamie, olhando para Jocasta com interesse –, mas acredito que minha tia esteja.

– Estou – disse ela calmamente.

Bebeu seu chá e pousou a xícara na mesa com um suspiro.

– Não quero me gabar, sobrinho, mas a verdade é que fui cortejada por mais de um homem desde que Hector morreu. River Run é uma propriedade valiosa e eu sou uma senhora.

Houve um momento de silêncio, enquanto todos absorviam aquilo. O rosto de Duncan demonstrava terror.

– Mas... – disse ele, gaguejando um pouco –, mas, mas... se fosse isso, *Mac Dubh*, por que esperar?

– Esperar?

– Sim.

Ele olhou ao redor na mesa, procurando compreensão.

– Veja, se alguém queria impedir o casamento na Reunião, muito bem. Mas faz quatro meses desde então, e ninguém fez nada contra mim. Na maior parte do tempo, ando por aí a cavalo sozinho. Teria sido fácil, com certeza, me pegar na estrada, enquanto eu estivesse cuidando das minhas tarefas, e enfiar uma bala na minha cabeça.

Ele falava tranquilamente, mas vi Jocasta arrepiar-se com aquela ideia.

– Então por que esperar até a hora do casamento em si, na presença de centenas de pessoas? – emendou Jamie. – Sim, bem, você tem razão, Duncan.

Roger estava acompanhando tudo com os cotovelos sobre os joelhos e o queixo apoiado nas mãos. Ele se endireitou ao ouvir a última parte.

– Consigo pensar em um motivo – disse ele. – O padre.

Todos olharam para ele, com as sobrancelhas erguidas.

– O padre estava aqui – explicou. – Vejam, se é River Run que está por trás de tudo isso, então não é apenas uma questão de tirar Duncan do caminho. Se ele fosse morto, nosso assassino voltaria ao ponto de partida: Jocasta não se casa com Duncan, mas tampouco se casa com essa pessoa, e não há possibilidade de isso acontecer à força. Mas... – ressaltou Roger, erguendo um dedo – se o padre estiver aqui, pronto para celebrar uma cerimônia particular... é simples. Matar Duncan, de um jeito que pareça suicídio ou acidente, e em seguida entrar no quarto de Jocasta e forçar o padre a realizar o casamento sob a mira de uma arma. Os criados e convidados estariam todos ocupados com Duncan, não haveria ninguém para fazer objeções nem interferir. A cama estaria à mão...

Ele meneou a cabeça, indicando a cabeceira que podia ser vista pela porta do quarto.

– Ele levaria Jocasta diretamente para lá e consumaria o casamento à força... tornando-se seu tio.

Nesse momento, Roger viu a boca aberta de Jocasta e o olhar perplexo de Duncan e se lembrou de que não se tratava apenas de uma sugestão dedutiva interessante. Ele corou intensamente e pigarreou.

– Ah... quero dizer... coisas assim já aconteceram.

Jamie tossiu e pigarreou. Coisas assim já tinham acontecido. Seu próprio avô havia começado sua escalada social forçando um casamento e levando para a cama, logo em seguida, a rica e idosa viúva lady Lovat.

– *O quê?* – falou Brianna, virando-se para Roger horrorizada. – Isso é a coisa mais... Eles não podiam sair impunes de algo assim!

– Temo que sim, na verdade – disse Roger, quase se desculpando. – Veja bem, querida, posse representa muito mais do que a lei quando se trata de mulheres. Case-se com uma mulher e leve-a para a cama, e ela e toda a propriedade dela passam a ser suas, quer ela goste, quer não. Sem outro parente do sexo masculino para contestar, é improvável que um tribunal o faça.

– Mas ela *tem* um parente do sexo masculino!

Brianna estendeu a mão em direção a Jamie, que de fato tinha um argumento a apresentar, mas provavelmente não na linha que Brianna esperava.

– Ah, sim. Mas faltariam testemunhas – disse ele. – Não se pode fazer algo assim sem ter uma testemunha para afirmar que foi um casamento válido.

Ele pigarreou de novo e Ulysses pegou o bule de chá.

O velho Simon tivera testemunhas; dois de seus amigos, mais duas aias da viúva. Uma delas mais tarde se tornou a avó de Jamie, apesar de eu acreditar que menos força tenha sido envolvida nessa transação.

– Não vejo como isso possa ser uma dificuldade – falei, tirando migalhas do meu peito. – Obviamente, não se tratava da obra de um homem só. Quem quer que pretendesse ser o noivo, e vamos nos lembrar de que nem sabemos se há de fato um pretendente a noivo, mas vamos imaginar que sim... quem quer que seja, se ele existir, certamente tem cúmplices. Randall Lillywhite, por exemplo.

– Que não estava aqui – lembrou-me Jamie.

– Hum. É verdade – admiti. – Mas, ainda assim, o princípio permanece válido.

– Sim – afirmou Roger, insistindo no seu ponto de vista. – E se ele *de fato* existir, então o principal suspeito é o tenente Wolff, não acham? Todo mundo sabe que ele já tentou se casar com Jocasta mais de uma vez. E ele *estava* aqui.

– Mas completamente bêbado – disse Jamie, duvidando.

– Ou não. Como eu disse, Seamus e seus companheiros ficaram surpresos por alguém estar trocando as pernas tão cedo, mas e se fosse encenação?

Roger olhou para todos com a sobrancelha erguida.

– Se ele apenas fingisse estar bêbado, ninguém prestaria atenção nele nem o trataria como suspeito depois, mas ainda assim ele conseguiria colocar veneno em um copo de ponche, entregá-lo a Betty com ordens para que o desse a Duncan, sair de fininho e ficar circulando pela festa, pronto para subir assim que soubesse que Duncan tinha caído duro. E se Betty ofereceu a bebida a Duncan, que recusou... bem, lá estava ela, com um copo cheio de ponche.

Ele deu de ombros.

– Quem poderia julgá-la por escapulir até a horta para aproveitar a bebida?

Jocasta e Ulysses resfolegaram ao mesmo tempo, deixando razoavelmente claro o que achavam a respeito da culpabilidade de Betty. Roger tossiu e se apressou em continuar com sua análise.

– Certo. Bem, mas a dose não matou Betty. Ou o assassino calculou mal ou...

Mais um pensamento brilhante ocorreu a Roger.

– Talvez ele não pretendesse que a droga matasse Duncan. Talvez ele só quisesse que ele ficasse inconsciente para poder jogá-lo discretamente no rio. Isso teria sido ainda melhor. Você não pode nadar, pode? – perguntou ele, virando-se para Duncan, que balançou a cabeça, atordoado.

Ele ergueu a mão, massageando mecanicamente o toco do braço.

– Então, um afogamento se passaria por acidente, sem preocupações.

Roger esfregou as mãos, parecendo satisfeito.

– Mas então tudo deu errado, porque a criada, e não Duncan, bebeu o ponche batizado. E foi *por isso* que ela morreu!

– Por quê? – perguntou Jocasta, tão atordoada quanto Duncan.

– Porque ela poderia identificar o homem que deu o copo a ela – disse Jamie.

Ele assentiu, inclinando-se pensativo na cadeira.

– E ela o identificaria assim que as pessoas começassem a fazer perguntas. Sim, faz sentido. Mas é claro que ele não podia acabar com ela por meios violentos; o risco de ser visto entrando ou saindo do sótão era muito grande.

Roger assentiu, aprovando o raciocínio rápido dele.

– Sim. Mas não seria difícil conseguir vidro moído... quantas taças e copos havia espalhados por toda parte durante o dia? Bastaria derrubar um, moer os cacos com a sola do sapato e pronto.

Talvez nem isso fosse necessário. Havia vidro estilhaçado espalhado por toda parte nos caminhos e no terraço depois das comemorações do casamento. Eu mesma havia derrubado um copo de vidro quando fui surpreendida por Phillip Wylie.

Eu me virei para falar com Ulysses.

– Ainda há a questão de como o vidro moído foi administrado. Você sabe o que Betty comeu ou bebeu, Ulysses?

O mordomo franziu o cenho lentamente, como uma pedra ao ser jogada em águas escuras.

– O dr. Fentiman pediu um creme feito com leite, canela e açúcar para ela – disse ele devagar. – E um pouco de mingau, se ela estivesse acordada o suficiente para engolir. Eu mesmo preparei o creme, e o entreguei a Mariah para que o levasse até ela. Dei a ordem ao cozinheiro para que preparasse o mingau, mas não sei se Betty comeu ou quem pode tê-lo levado.

– Hum – fez Jocasta, contraindo os lábios e franzindo o cenho. – A cozinha devia estar uma loucura. E com tantas pessoas por ali... bem, podemos perguntar a Mariah e aos outros, mas eu não ficaria surpresa se eles não se lembrassem nem de ter carregado os pratos, muito menos de alguém ter mexido neles. Não seria necessário mais que um minuto. Bastaria distrair a moça, colocar o vidro...

Ela balançou a mão, indicando a facilidade escandalosa com que um assassinato poderia ser cometido.

– Ou alguém poderia ter ido até o sótão, com o pretexto de ver como ela estava, e ter dado a ela algo para beber com o vidro dentro – sugeri. – Um creme seria perfeito. As pessoas estavam indo e vindo por toda a parte, mas Betty ficou sozinha lá em cima por longos períodos entre a visita do dr. Fentiman e o momento em que os outros escravos foram para a cama. Seria bem possível que alguém subisse sem ser visto.

– Muito bem, inspetor Lestrade – disse Brianna a Roger baixinho. – Mas não tem provas, tem?

Jocasta e Duncan estavam sentados lado a lado, rígidos, tomando o cuidado de não se virarem um para o outro. Ao ouvir isso, Jocasta respirou fundo e ruidosamente, sem dúvida forçando-se a relaxar.

– É verdade – disse ela. – Não há provas. Você não se lembra de Betty ter oferecido a você um copo de ponche, *a dhuine*?

Duncan mordeu o bigode por um momento, concentrando-se, mas em seguida balançou a cabeça.

– Pode ser que sim... *a bhean*. Mas pode ser que não também.

– Muito bem.

Todos ficamos em silêncio por um momento, durante o qual Ulysses se moveu discretamente em torno da mesa, recolhendo as coisas. Por fim, Jamie suspirou e se endireitou.

– Muito bem, então. Foi isso que aconteceu ontem à noite. Estamos de acordo que o irlandês que entrou no seu quarto, tia, era Stephen Bonnet?

A mão de Brianna se contraiu involuntariamente e a xícara de chá caiu sobre a mesa.

– Quem? – perguntou ela, com a voz rouca. – Stephen Bonnet... aqui?

Jamie olhou para mim, franzindo o cenho.

– Pensei que você tivesse dito a ela, Sassenach.

– Quando? – perguntei com certa irritação. – Pensei que *você* tivesse dito a ela – falei, virando-me para Roger, que apenas deu de ombros, sério.

Ulysses havia se abaixado com um pano e secava o chá derramado. Bree estava pálida, mas tinha se recomposto.

– Não importa – disse ela. – Ele esteve aqui? Ontem à noite?

– Sim, esteve – disse Jamie com relutância. – Eu o vi.

– Então foi ele o ladrão que veio atrás do ouro... ou um deles? – questionou Brianna.

Ela pegou um dos copos de prata e bebeu o vinho do Porto como se fosse água. Ulysses piscou, mas se apressou em encher o copo de novo.

– Parece que sim – confirmou Roger, que pegou um bolinho fresco, evitando cuidadosamente os olhos de Brianna.

– Como ele ficou sabendo sobre o ouro, tia? – perguntou Jamie.

Ele se recostou na cadeira, olhos semicerrados em concentração. Jocasta resmungou e estendeu a mão. Ulysses, acostumado com suas necessidades, colocou um pedaço de torrada com manteiga nela.

– Hector Cameron contou a alguém; meu irmão Dougal contou a alguém; ou o terceiro homem contou a alguém. E, conhecendo-os como eu conhecia, devo dizer que é improvável que tenham sido Hector ou Dougal.

Ela deu de ombros e mordeu a torrada.

– Mas vou lhes dizer uma coisa – acrescentou ela, engolindo. – O segundo homem no meu quarto, aquele que fedia a álcool. Eu disse que ele não falou nada, certo? Bem, está muito claro, não acham? Era alguém que eu conheço, cuja voz eu reconheceria, se ele falasse.

– O tenente Wolff? – sugeriu Roger.

Jamie assentiu e franziu o cenho.

– Quem melhor do que um oficial da Marinha para encontrar um pirata quando se precisa de um, certo?

– Alguém *precisaria* de um pirata? – perguntou Brianna.

O vinho a ajudara a se recompor, mas ela continuava pálida.

– Sim – disse Jamie, sem prestar muita atenção nela. – Não é pouca coisa, 10 mil libras em ouro. Seria preciso mais de um homem para lidar com tal quantia. Luís da França e Charles Stuart sabiam disso; eles mandaram seis homens para lidar com 30 mil.

Não surpreendia, então, que quem soubera do ouro tivesse recorrido a Stephen Bonnet – um ladrão e pirata bem conhecido, que tinha não apenas o meio de transporte, mas também as conexões necessárias para dispor do ouro.

– Um barco – falei lentamente. – O tenente partiu de barco, durante o jantar. Vamos supor que ele tenha descido o rio e se encontrado com Stephen Bonnet. Eles voltaram juntos e esperaram pela oportunidade de entrar na casa sem ser vistos e tentar aterrorizar Jocasta para que contasse a eles onde o ouro estava.

Jamie assentiu.

– Sim, pode ser. O tenente tem negócios aqui há anos. É possível, tia, que ele tenha visto algo que fez com que suspeitasse de que o ouro estava aqui? A senhora disse que Hector tinha três barras. Sobrou alguma?

Jocasta contraiu os lábios, mas depois de hesitar por um momento, meneou a cabeça.

– Ele mantinha uma pepita em sua mesa, como peso de papéis. Sim, Wolff deve ter visto... mas como ele saberia o que era?

– Talvez não soubesse, na época – sugeriu Brianna –, mas depois ficou sabendo a respeito do ouro do francês e ligou os pontos.

Todos concordaram, murmurando. Como teoria, se encaixava bem. Eu não conseguia ver como alguém poderia provar tudo aquilo, e disse isso.

Jamie deu de ombros e lambeu um pouco de geleia dos dedos.

– Não acho que provar o que aconteceu seja tão importante, Sassenach. Talvez mais importante seja o que vem em seguida.

Ele olhou para Duncan, encarando-o.

– Eles vão voltar, *a charaid* – disse ele, baixinho. – Você sabe disso, não sabe?

Duncan assentiu. Parecia infeliz, mas determinado.

– Sim, eu sei.

Ele estendeu a mão e pegou a de Jocasta, o primeiro gesto do tipo que eu o vira fazer em relação a ela.

– Estaremos prontos, *Mac Dubh*.

Jamie assentiu lentamente.

– Preciso ir, Duncan. O plantio não pode esperar. Mas vou escrever às pessoas que conheço, para ficarem de olho no tenente Wolff.

Jocasta havia permanecido em silêncio, a mão entrelaçada à de Duncan. Ela se endireitou na cadeira ao ouvir isso.

– E o irlandês? – perguntou ela.

Passou a outra mão lentamente pelo joelho, apertando de leve com a palma da mão onde a lâmina da faca tinha cortado.

Jamie trocou um olhar com Duncan, em seguida comigo.

– Ele vai voltar – disse ele, com certeza na voz.

Eu estava olhando para Brianna enquanto ele dizia isso. O rosto dela estava calmo, mas eu era a mãe dela, e vi o medo se mover em seus olhos, como uma cobra na água. Stephen Bonnet, pensei, com o coração apertado, já estava de volta.

...

Partimos para as montanhas no dia seguinte. Havíamos percorrido menos de 8 quilômetros quando ouvi o som de cascos na estrada atrás de nós e vi um flash vermelho em meio ao verde das nogueiras.

Era o major MacDonald, e o olhar de satisfação em seu rosto quando veio em nossa direção me disse tudo o que eu precisava saber.

– Ah, *maldição*! – praguejei.

A carta tinha o selo vermelho de Tryon, vermelho como sangue, como o casaco do major.

– Chegou hoje cedo a Greenoaks – disse o major, virando-se para ver Jamie romper o selo. – Eu me ofereci para trazê-la, já que estava vindo nessa direção de qualquer modo.

Ele já sabia o que estava escrito. Àquela altura Farquard Campbell já teria aberto a dele.

Observei o rosto de Jamie enquanto ele lia. Sua expressão não mudou. Ele terminou de ler e me entregou a carta.

19 de março de 1771
Aos oficiais de comando da Milícia:

Senhores,

Decidi ontem, com a permissão do Conselho de Sua Majestade, marchar com um corpo de tropas de diversos regimentos da milícia sobre os acampamentos dos insurgentes para impor-lhes a obediência; eles que, por seus atos e declarações rebeldes, desafiaram o governo e interromperam o curso da Justiça ao obstruir, destruir e forçar o fechamento dos Tribunais.

Para que parte do seu regimento, portanto, possa ter a honra de servir seu país nessa importante missão, devo exigir neste momento que escolham trinta homens para se juntarem às minhas forças nessa diligência.

Não pretendo mover as tropas antes do dia 20 do próximo mês e, antes disso, serão informados a respeito do dia em que deverão reunir seus homens, a hora da marcha e a estrada que deverão tomar.

É recomendado como um dever cristão de cada proprietário que permaneça em casa que cuide e ampare as famílias dos homens que vão servir nessa missão, de forma que nem as famílias nem as plantações sofram enquanto eles estiverem servindo nessa diligência, na qual o interesse de todos está envolvido.

Para os gastos exigidos para essa expedição, darei ordens de pagamento ao portador. Essas ordens de pagamento serão negociáveis até que o Tesouro possa pagá-las com o fundo de contingente, caso não haja dinheiro suficiente no Tesouro para atender os serviços necessários a essa expedição.

Sem mais,

William Tryon

Será que Hermon Husband e James Hunter sabiam quando deixaram River Run? Eu achava que sim. E o major, claro, estava indo para New Bern agora, a fim de oferecer seus serviços ao governador. Suas botas estavam cobertas com uma capa de poeira da viagem, mas o cabo de sua espada brilhava ao sol.

– Inferno, inferno, maldito inferno! – praguejei baixinho, com ênfase.

O major MacDonald piscou. Jamie olhou para mim e entortou o canto da boca.

– Sim, bem – disse ele –, temos quase um mês. Tempo suficiente para levar a cevada para dentro.

PARTE VI

A Guerra da Regulação

56

"E LUTAR CONTRA ELES, DIZENDO QUE TINHAM HOMENS EM NÚMERO SUFICIENTE PARA MATÁ-LOS, PODEMOS MATÁ-LOS."

Depoimento de Waightstill Avery, Testemunha
Carolina do Norte
Mecklenburg County

Waightstill Avery testemunhou e disse que no dia 6 de março, às nove ou dez horas da manhã, ele, o Depoente, estava na casa onde agora reside um tal Hudgins, que vive na extremidade mais baixa da ilha comprida.

E lá o Depoente viu trinta ou quarenta dessas pessoas que se dizem reguladores, e foi então preso e tomado como prisioneiro por um deles (que disse se chamar James McQuiston), em nome de todos eles, e logo depois certo James Graham (ou Grimes) disse ao Depoente estas palavras: "O senhor agora é prisioneiro e não deve ir a lugar nenhum sem um guarda." Em seguida, acrescentou: "O senhor deve se manter com seu guarda e não será ferido."

O Depoente foi então conduzido sob a guarda de dois homens ao acampamento de regulação (como eles o chamam), a cerca de 1,5 quilômetro de distância, onde havia diversas outras pessoas da mesma denominação e outros que chegaram algumas horas depois, em um total, como o Depoente supõe, de cerca de 230.

Por meio deles, o Depoente tomou conhecimento dos nomes de seis de seus capitães ou líderes ali presentes (são eles: Thomas Hamilton e outro Hamilton, James Hunter, Joshua Teague, um tal Gillespie e o já citado James Grimes [ou Graham]). O Depoente ouviu muitos deles, cujos nomes são para ele desconhecidos, proferirem injúrias contra o governador, os juízes do Tribunal Superior, a Assembleia e outras pessoas no governo. Enquanto uma multidão em volta de nós falava coisas ainda mais graves, o dito Thomas Hamilton ficou de pé no meio e disse palavras do seguinte teor e conteúdo (a multidão ainda assentindo e atestando a verdade do que ele dizia):

"Com que direito Maurice Moore atua como juiz? Ele não é juiz, não foi nomeado pelo rei, nem ele nem Henderson, nenhum dos dois vai presidir um tribunal. A Assembleia se reuniu e realizou um Ato Rebelde, e as pessoas estão mais iradas do que nunca. Foi a melhor coisa que poderia ter acontecido para o país, pois agora seremos forçados a matar todos os escrivães e advogados,

e vamos matá-los, juro que eles serão mortos. Se não tivessem feito esse Ato, poderíamos ter deixado que alguns deles vivessem. Um Ato Rebelde! Nunca houve um ato assim nas Leis da Inglaterra nem de nenhum outro país, exceto a França. Eles o trouxeram da França, e trarão também a Inquisição."

Muitos disseram que o governador era amigo dos advogados e que a Assembleia havia levado a melhor sobre os reguladores ao promulgar leis sobre honorários. Eles trancafiaram Husband na cadeia para que ele não pudesse ver seus atos maliciosos, e então o governador e a Assembleia fizeram exatamente as leis que os advogados queriam. O governador é amigo dos advogados; estes conseguem tudo, e nomeiam juízes de paz ignorantes e fracos para servir a seus próprios interesses.

Não deveria haver advogados na província, não no que dependesse deles. Fanning fora proscrito no dia 22 de março e qualquer regulador que o visse depois desse dia poderia assassiná-lo, e alguns diziam que eles não esperariam por isso, desejavam poder vê-lo e juravam que o matariam antes de voltar se pudessem encontrá-lo em Salisbury... Alguns desejavam se deparar com o juiz Moore em Salisbury para poder surrá-lo, outros para poder matá-lo. Um certo Robert Thomson disse que Maurice Moore cometeu perjúrio e o chamou de nomes infames como traste, canalha, patife, miserável etc., e outros concordaram.

Quando chegou a notícia de que o capitão Rutherford, à frente de sua tropa, estava marchando pelas ruas de Salisbury, o Depoente ouviu vários deles insistirem energicamente que todos os reguladores presentes deveriam marchar para Salisbury com suas armas e lutar contra eles, dizendo que tinham homens em número suficiente para matá-los, podemos matá-los, vamos ensinar a eles como nos enfrentar.

Jurado e subscrito neste dia 8 de março de 1771, na minha presença,
(assinado) Waightstill Avery
(testemunha) Wm. Harris, Juiz de Paz

De William Tryon para o general Thomas Gage
Carolina do Norte
New Bern, 19 de março de 1771

Senhor,

Ficou determinado ontem, no Conselho de Sua Majestade desta Província, que um grupo de forças dos regimentos da milícia e tropas devem ser reunidos para marchar até os acampamentos dos Insurgentes, que por seus atos e declarações rebeldes desafiaram este governo.

Como temos poucas máquinas ou implementos militares neste país, peço sua ajuda no sentido de obter para mim, para esse serviço, os itens (canhão, balas, bandeiras, tambores, etc.) relacionados aqui.

Pretendo começar minha marcha a partir desta cidade, por volta do dia 20 do próximo mês, e reunir a milícia conforme marcho pelos condados. Meu plano é reunir 1.500 homens, embora, pela disposição que agora surge no lado do governo, esse número possa ser consideravelmente mais alto.

Com muito respeito e estima,
seu mais obediente servo,
Wm. Tryon

57

AGORA, EU ME DEITO PARA DORMIR...

Cordilheira dos Frasers
15 de abril de 1771

Roger estava deitado na cama, ouvindo o zumbido intermitente de um pernilongo invisível que havia passado pela pele que cobria a janela da cabine. O berço de Jem estava coberto por um mosquiteiro, mas ele e Brianna não tinham a mesma proteção. Se o inseto ao menos pousasse nele, Roger o mataria, só que o maldito parecia apenas voar em círculos acima da cama deles, descendo ocasionalmente para cantar um suave e irritante *zzzz* em seu ouvido, antes de desaparecer de novo na escuridão.

Ele deveria estar cansado o suficiente para adormecer mesmo diante de um ataque aéreo de esquadrões de pernilongos, depois dos últimos dias de intensa atividade. Dois dias percorrendo os vales e cumes das montanhas, espalhando a notícia pelos povoados mais próximos, cujos habitantes, por sua vez, alertariam os membros da milícia que estivessem mais distantes. O plantio da primavera tinha sido realizado em tempo recorde: todos os homens disponíveis haviam passado o dia inteiro, do nascer ao pôr do sol, nos campos. Ele ainda estava tomado pela adrenalina, que percorria sua mente e seus músculos em pequenos espasmos, como se ele estivesse recebendo café diretamente na veia.

Roger havia passado o dia ajudando a preparar a fazenda para a partida dos homens, e imagens fragmentadas das rodadas de tarefas lhe ocorriam, uma a uma, sempre que ele fechava os olhos. Consertar cercas, transportar feno, uma ida rápida ao moinho para pegar os sacos de farinha necessários para alimentar o regimento durante a marcha. Consertar um aro quebrado na roda da carroça, emendar uma rédea rompida, ajudar a capturar a porca branca que tinha tentado escapar do estábulo, cortar lenha e, finalmente, cavar depressa, por uma hora pouco antes do jantar, para que Claire pudesse plantar suas pequenas mudas de batata-doce e amendoim antes de eles partirem.

Apesar da pressa e do trabalho, a escavação no crepúsculo tinha sido um descanso bem-vindo da correria do dia. Pensar nisso permitiu que ele fizesse uma pausa, revivendo aquele momento na esperança de desacelerar a mente e se acalmar o suficiente para dormir.

Era abril, um mês quente para aquela estação, e o jardim de Claire estava exuberante: espigas verdes, folhas e pequenas flores brilhantes brotando, trepadeiras que se enroscavam nas paliçadas com flores brancas que se abriam lentamente como trombetas silenciosas acima de sua cabeça enquanto ele trabalhava na penumbra.

O cheiro das plantas e da terra recém-mexida o envolvia conforme o ar esfriava, forte como incenso. As mariposas iam até as flores abertas, formas suaves que saíam voando da mata em nuances de branco, cinza e preto. Nuvens de maruins também surgiram, atraídos pelo suor dele, e depois deram lugar a pernilongos graúdos, criaturas escuras e ferozes, de asas estreitas e corpos com penugem, que zumbiam pelos arbustos com a atitude agressiva de torcedores arruaceiros.

Ele esticou os dedos compridos dos pés contra o peso dos cobertores, roçando a perna da esposa, e se lembrou do peso da pá, a extremidade dura sob seu pé, e a sensação satisfatória da terra rachando e das raízes se partindo conforme as pás se cravavam no chão, a terra negra e úmida raiada pelo rizoma branco e impenetrável da grama e pelo brilho fugidio das minhocas que se contorciam.

Uma enorme mariposa-cecrópia passara voando acima da cabeça de Roger, atraída pelos odores do jardim. Suas asas marrons eram do tamanho da mão dele, com duas manchas que pareciam olhos, surreais em sua beleza silenciosa.

Quem planta um jardim trabalha com Deus. Era o que estava escrito na borda do velho relógio de sol de cobre no jardim da casa em Inverness onde ele havia crescido. Irônico, já que o reverendo não tinha tempo nem talento para a jardinagem, e o lugar era uma selva de grama não aparada e roseiras antigas que tinham crescido selvagens e galhudas por falta de cuidado. Ele sorriu ao se lembrar, e deu boa-noite em sua mente à sombra do reverendo.

Boa noite, pai. Que Deus o abençoe.

Já fazia muito tempo que ele perdera o hábito de dizer boa-noite dessa maneira a uma lista curta de familiares e amigos – vestígio de uma infância de preces noturnas que terminavam com a lista de sempre de "Deus, abençoe a vovó, o vovô Guy no céu, meu melhor amigo Peter, Lilian, a cachorra, e o gato do dono da mercearia..."

Há anos não fazia aquilo, mas a lembrança da paz daquele pequeno ritual fez com que ele elaborasse uma nova lista. Era melhor do que contar carneirinhos, ele acreditava – e desejava a sensação de paz da qual se recordava, mais do que desejava dormir.

Boa noite, sra. Graham, pensou, e sorriu para si mesmo, evocando uma imagem breve e vívida da antiga governanta do reverendo, mergulhando a mão em uma tigela e espirrando água sobre uma grelha quente para ver se as gotas dançavam. *Deus a abençoe.*

O reverendo, a sra. Graham, sua neta Fiona e o marido, Ernie... seus pais, apesar de aquele ser um cumprimento *pro forma* para duas pessoas sem rosto. Claire, na casa-grande, e, com uma leve hesitação, Jamie. Então, sua própria pequena família. Ele se sentiu confortado ao pensar neles.

Boa noite, rapazinho, pensou, virando a cabeça na direção do berço onde Jemmy dormia. *Deus o abençoe.* E Brianna.

Ele virou a cabeça para o outro lado e abriu os olhos, vendo o rosto ovalado dela adormecido, voltado para ele, a menos de 30 centímetros no travesseiro. Ele se virou de lado da maneira mais suave possível e ficou observando Brianna. Eles tinham deixado o fogo se apagar, já que teriam que sair cedo na manhã seguinte. Estava tão escuro no quarto que ele não conseguia distinguir, do rosto dela, nada além do contorno das sobrancelhas e dos lábios.

Brianna nunca ficava acordada na cama. Ela se deitava de barriga para cima, se esticava com um suspiro de satisfação, respirava fundo três vezes e apagava como uma luz. Talvez fosse a exaustão, talvez só o fato de ser saudável e ter a consciência tranquila, mas às vezes ele achava que era vontade de escapar para sua terra de sonhos particular, aquele lugar onde ela andava sem rumo ao volante do carro, os cabelos se agitando ao vento.

Com que ela estaria sonhando naquele momento?, perguntou-se ele. Podia sentir o suave calor do hálito dela em seu rosto.

Ontem à noite, sonhei que fazia amor com Roger. A lembrança daquela entrada no diário ainda mexia com ele, por mais que tivesse tentado esquecer. Ele estava quase dormindo, entorpecido por esses pensamentos, mas lembrar-se do diário fez com que despertasse novamente. Era melhor que ela não estivesse sonhando com aquilo agora! Não depois dos momentos que acabara de dividir com ela.

Ele fechou os olhos de novo, concentrando-se na respiração regular de Brianna. Sua testa estava a poucos centímetros da dela. Talvez ele pudesse capturar o eco dos sonhos dela através dos ossos do crânio? O que ele sentiu, no entanto, foi o eco de sua carne, e as reverberações da despedida, com todas as suas dúvidas e prazeres.

Ela e o rapazinho partiriam pela manhã também; os pertences deles estavam arrumados junto das coisas dele ao lado da porta. O sr. Wemyss os levaria até Hillsborough, onde, em tese, ela estaria segura e lucrativamente ocupada pintando o retrato da sra. Sherston.

– Você deve tomar muito cuidado – dissera a ela pela terceira vez na mesma noite.

Hillsborough ficava bem no centro do território dos reguladores, e ele não aprovava muito a decisão dela de ir para lá. Brianna ignorara a preocupação dele, no entanto, rindo da ideia de que ela ou Jem pudessem estar em perigo. Provavelmente estava certa – ainda assim, ele não tinha certeza de que ela agiria diferente se *houvesse* perigo. Estava tão animada com a ideia da bendita encomenda, pensou ele, que enfrentaria multidões armadas para chegar a Hillsborough.

Ela cantava baixinho para si mesma "Lago Lomond", justamente aquela canção. "Ah, você vai tomar o caminho mais nobre, e eu, a estrada de terra, e chegarei à Escócia aaaaantes de você..."

– Você me ouviu? – perguntara ele, segurando seu braço enquanto ela dobrava as roupas de Jemmy.

– Sim, querido – murmurara ela, piscando e fingindo submissão.

Aquilo o irritara tanto que ele a segurara pelos punhos e a virara para ele.

– Estou falando sério – rosnara.

Olhou nos olhos dela, que estavam arregalados, um traço de zombaria ainda brilhando naqueles triângulos azuis. Ele segurou o pulso dela com mais força; por mais alta e forte que ela fosse, seus ossos pareciam delicados, quase frágeis na mão dele. De repente, imaginou os ossos de Brianna embaixo da pele: as maçãs do rosto altas e amplas, o crânio arredondado e os dentes longos e brancos. Era fácil demais imaginar aqueles dentes expostos até a raiz em um sorriso forçado permanente e ossudo.

Ele a puxara para si com uma violência repentina e a beijara com força suficiente para que os dentes dos dois se chocassem, sem se importar se um dos dois se machucaria.

Brianna usava apenas um vestido solto e ele não se dera ao trabalho de tirá-lo, apenas deitou-a de costas na cama e o ergueu acima das coxas. Ela estendeu as mãos para Roger, mas ele não permitiu que ela o tocasse; prendeu os braços dela para cima e depois a pressionou contra o colchão com o peso de seu corpo, roçando, ofegando, procurando conforto na carne fina e macia que separava os ossos dela dos dele.

Eles tinham feito tudo em silêncio, meio conscientes do filho adormecido por perto. E ainda assim, no meio do ato, o corpo dela havia reagido ao dele, de uma forma profunda e surpreendente que ia além das palavras.

– Estou falando sério – sussurrara ele, momentos depois, em meio aos cabelos dela.

Ele estava deitado sobre ela, envolvendo-a com os braços, impedindo que ela se movesse. Brianna se remexera e ele a segurara com mais força, para que ela permanecesse imóvel. Ela suspirou, e ele sentiu sua boca se mexer, os dentes se afundando delicadamente na carne na base do pescoço dele. Ela o mordeu. Não de forma abrupta, mas uma mordida lenta, sugando a pele, fazendo com que ele ofegasse e se erguesse para se afastar.

– Eu sei – dissera ela, e livrara os braços para envolvê-lo pelas costas e apertá-lo contra sua maciez úmida e quente. – Eu também estou.

– Era isso que você queria?

Ele sussurrava as palavras agora, mas baixinho, para não despertá-la. O calor do corpo dela atravessava as roupas de cama; ela dormia profundamente.

Se era o que ela queria... o que, exatamente, era? Seria a natureza brutal do modo com que ele fizera amor que a levara a reagir? Ou será que ela teria sentido a força do que havia por trás e reconhecido o desespero da necessidade que ele tinha de mantê-la segura?

E se fosse a forma bruta... Ele engoliu em seco, cerrando um punho ao se lembrar de Stephen Bonnet. Ela nunca lhe havia contado o que acontecera entre ela e Bonnet – e era impensável para ele perguntar. Mais impensável ainda que suspeitasse de que alguma coisa naquela situação pudesse ter mexido com ela. E, ainda assim, Brianna estremecia visivelmente nas raras vezes em que alguma coisa o levava a tomá-la de modo abrupto, sem a delicadeza de sempre.

Ele estava longe de rezar agora.

Tinha a mesma sensação de antes, preso em um inferno de rododendros, com o mesmo labirinto de raízes úmidas e folhas pendentes sempre diante dele, não importava em que direção virasse. Túneis escuros pareciam oferecer esperança de fuga, e no entanto levavam apenas a mais emaranhados.

Pois eu e meu verdadeiro amor nunca mais nos encontraremos nas margens formosas do lago Lomond...

Ele estava tenso de novo, a pele formigando e as pernas se contraindo, inquietas. O pernilongo zumbiu e ele deu um tapa – tarde demais, claro. Incapaz de se manter parado, saiu silenciosamente da cama e fez uma série rápida de agachamentos para relaxar os músculos retesados.

Aquilo proporcionou certo alívio, e ele se abaixou para fazer flexões, contando mentalmente enquanto se abaixava na direção das tábuas do chão. Um. Dois. Três. Quatro. Concentrando-se apenas no ardor crescente no peito, nos braços e nos ombros, na relaxante monotonia da contagem: 26, 27, 28...

Por fim, com os músculos trêmulos devido à exaustão temporária, ele se levantou, tirou a pele da janela e ficou de pé, nu, deixando o ar frio e úmido da noite envolver seu corpo. Talvez ele estivesse permitindo que mais pernilongos entrassem, mas o que já se encontrava ali poderia sair também.

A mata estava prateada com o luar, e o tênue brilho de uma fogueira na escuridão indicava a milícia acampada ali. Os homens tinham chegado durante todo o dia, em mulas ou cavalos velhos, mosquetes sobre as trouxas de roupas. Ele ouviu o som de vozes e de risadas casuais, um fragmento trazido pela brisa. Pelo menos ele não era a única pessoa acordada; saber disso era um conforto.

Uma luz mais forte brilhou na lateral da casa-grande, do outro lado da clareira. Uma lamparina. Duas pessoas caminhando juntas; uma alta, a outra mais baixa.

Um homem disse algo, fez uma pergunta, e Roger reconheceu a voz de Jamie, mas não entendeu o que ele dizia.

– Não – respondeu a voz de Claire, mais suave e mais clara conforme eles se aproximavam.

Ele viu as mãos dela se agitarem, recortadas contra o brilho da lamparina.

– Estou imunda depois de trabalhar na terra. Vou me lavar antes de entrar. Vá para a cama.

A figura maior hesitou, em seguida entregou a lamparina a ela. Roger viu o rosto de Claire à luz por um momento, virado para cima, sorrindo. Jamie se inclinou e a beijou brevemente, então deu um passo para trás.

– Depressa – disse ele, e Roger pôde imaginá-lo sorrindo. – Não durmo bem sem você ao meu lado, Sassenach.

– Você não vai dormir agora, vai?

O tom de Claire era brincalhão.

– Logo, logo, não. – A figura de Jamie tinha desaparecido na escuridão, mas a brisa soprava em direção à casa, e a voz dele surgiu das sombras, parte da noite: – Mas também não consigo fazer a outra coisa se você não estiver ao meu lado, não é?

Claire riu, mas de modo suave.

– Comece sem mim – disse ela, virando-se em direção ao poço. – Eu o alcanço depois.

Roger esperou perto da janela até vê-la voltar, a lamparina oscilando no ritmo rápido de seus passos, e entrar. A brisa havia mudado, e ele não ouvia mais os homens na mata, apesar de a fogueira deles ainda estar acesa.

– Você está adiantado, amigo – disse ele, estendendo um dedo em direção a um vaga-lume e cutucando-o delicadamente. – Acha que já tem alguém por aí?

O inseto se moveu alguns centímetros e em seguida parou, piscando teimosamente.

Ele olhou em direção à mata, a pele agora fria, e sentiu os pelos do peito se arrepiarem. Passou a mão sobre eles distraidamente e notou o ponto sensível onde ela o havia mordido. Estava escuro ao luar, uma mancha clara em sua pele. Ainda estaria ali de manhã?, ele se perguntou.

Ao esticar o braço para colocar a pele de volta sobre a janela, ele viu o brilho da lua no vidro. A pequena coleção de objetos pessoais de Brianna estava na estante perto da janela: o par de pentes de casco de tartaruga que Jocasta dera a ela, a pulseira de prata; o pequeno frasco de óleo de tanásia, dois ou três pedacinhos de esponja ao lado; e o brilho mais forte do frasco cheio de sementes de cenoura. Ela não tivera tempo de usar o óleo de tanásia naquela noite, mas ele tinha certeza de que ela havia tomado as sementes naquele dia.

Abaixou a pele e voltou para a cama, parando perto do berço para sentir a respiração do bebê através do mosquiteiro, quente e reconfortante contra sua pele.

Jem havia afastado as cobertas. Roger ergueu o mosquiteiro e as puxou para cima, prendendo-as com firmeza. Havia algo macio... Ah, o boneco de pano de Jemmy, que o bebê abraçava contra o peito. Roger permaneceu ali por um momento, com a mão nas costas do pequeno, sentindo o subir e descer reconfortantes de sua respiração.

– Boa noite, rapazinho – sussurrou ele, por fim, e tocou o traseiro fofo do menino. – Que Deus o abençoe e guarde.

58

FELIZ ANIVERSÁRIO

1º de maio de 1771
Acampamento da União

Acordei logo depois do amanhecer, incomodada por um inseto que subia pela minha perna. Sacudi o pé e o que quer que fosse fugiu apressado em direção à grama, evidentemente assustado por descobrir que eu estava viva. Mexi os dedos dos pés, desconfiada, mas não encontrei mais nenhum intruso em meu cobertor, então respirei fundo o ar fresco com cheiro de seiva e relaxei.

Eu podia ouvir uma leve agitação por perto, mas era apenas o resfolegar e o bater dos cascos dos cavalos dos oficiais, que acordavam muito antes dos homens. O acampamento em si ainda estava silencioso, ou tão silencioso quanto um acampamento com várias centenas de homens podia ficar em qualquer momento. A cobertura de lona acima de nós brilhava com a luz suave e as sombras das folhas, mas o sol ainda não tinha nascido por completo. Semicerrei os olhos, feliz por saber que não teria que me levantar ainda – e, quando me levantasse, outra pessoa já teria preparado o café da manhã.

Tínhamos chegado ao acampamento na noite anterior, depois de uma tortuosa jornada descendo as montanhas e atravessando o piemonte para chegar ao local de encontro, na propriedade do coronel Bryan. Estávamos adiantados; Tryon ainda não havia chegado com as tropas de New Bern, nem os destacamentos de Craven e Carteret County, que traziam as peças de artilharia e os canhões giratórios. As tropas de Tryon estavam sendo esperadas para aquele dia, ou assim nos dissera o coronel Bryan durante o jantar na noite anterior.

Um gafanhoto pousou na lona acima de nós com um baque audível. Eu o observei com os olhos semicerrados, mas o bicho não parecia interessado em entrar, graças a Deus. Talvez eu devesse ter aceitado a oferta da sra. Bryan de me conseguir uma cama dentro da casa, junto com as esposas de alguns outros oficiais que tinham ido acompanhar os maridos. No entanto, Jamie havia insistido em dormir no campo com seus homens e eu fui com ele, preferindo uma cama na qual houvesse Jamie e insetos a uma sem ele.

Olhei para os lados, tomando o cuidado de não mexer para o caso de ele estar dormindo, mas me enganei. Ele estava deitado imóvel, muito relaxado, exceto pela mão direita. Jamie a havia erguido e parecia examiná-la com atenção, virando-a de um lado para o outro e abrindo e fechando os dedos lentamente – tanto quanto podia. O quarto dedo tinha a articulação permanentemente enrijecida, e o dedo do meio era levemente torto, com uma cicatriz branca e profunda dando a volta na articulação do meio.

Sua mão era cheia de calos e áspera por causa da labuta, e ainda havia a tênue cicatriz do ferimento feito por um prego, rosada, no meio da palma. A pele da mão era muito bronzeada e maltratada pelo tempo, coberta de pelos dourados, e de sardas por causa da exposição ao sol. Eu a considerava extremamente bonita.

– Feliz aniversário – falei, baixinho. – Está fazendo um balanço dos anos?

Ele deixou a mão cair sobre o peito e virou a cabeça para olhar para mim, sorrindo.

– Sim, mais ou menos isso. Mas acho que ainda tenho algumas horas até fazer aniversário. Eu nasci às seis e meia; só completarei meio século de vida na hora do jantar.

Eu ri e rolei de lado, afastando o cobertor. O ar ainda estava deliciosamente frio, mas isso não duraria muito.

– Acha que vai envelhecer muito mais até o jantar? – perguntei, provocando-o.

– Bem, acho que nada vai cair até lá – disse ele, pensativo. – Quanto ao funcionamento... bem...

Ele arqueou a costas, espreguiçando-se, e recostou-se de novo com um gemido de satisfação quando minha mão pousou sobre ele.

– Parece que está tudo na mais perfeita ordem – assegurei. Dei um puxão de leve, fazendo com que ele gritasse. – Não está nem um pouco solto.

– Ótimo – disse ele, pousando a mão com firmeza sobre a minha para impedir mais experimentos não autorizados. – Como você sabia o que eu estava fazendo? Um balanço dos anos, como chama?

Deixei que ele segurasse minha mão, mas me movimentei para apoiar o queixo no centro do peito dele, onde havia uma pequena depressão que parecia ter sido feita exatamente para isso.

– Sempre faço isso no aniversário – respondi –, embora geralmente na noite anterior. É como olhar para trás, acho, refletindo um pouco sobre o ano que passou. Mas dou uma conferida nas coisas; acho que todo mundo faz isso. Só para ter certeza de que somos a mesma pessoa que no dia anterior.

– Tenho quase certeza de que sou – garantiu-me ele. – Você não está vendo nenhuma mudança visível, está?

Ergui o queixo do peito dele e o examinei com cuidado. Na verdade, era meio difícil olhar para Jamie de modo objetivo; eu estava tão acostumada com aqueles traços e gostava tanto deles que tendia a perceber pequenos e adoráveis detalhes – a sarda no lóbulo da orelha, o incisivo inferior se projetando mais à frente, ligeiramente desalinhado em relação a seus companheiros – e a reagir à menor mudança em sua expressão, mas não a vê-lo como um todo.

Ele tolerou minha análise com tranquilidade, olhos semicerrados contra a luz cada vez mais forte. Seus cabelos tinham se soltado enquanto ele dormia e se espalhavam sobre os ombros, as ondas ruivas emoldurando um rosto profundamente marcado tanto pelo humor quanto pela intensidade, mas que tinha uma capacidade paradoxal e admirável de se manter inexpressivo.

– Não – falei finalmente, apoiando o queixo de novo com um suspiro satisfeito. – Ainda é você.

Ele resmungou baixinho, divertindo-se, mas permaneceu deitado. Ouvi um dos cozinheiros ali perto, xingando ao tropeçar na haste de uma carroça. O acampamento ainda estava sendo montado; algumas outras companhias – com um grande contingente de ex-soldados entre seus oficiais e homens – eram metódicas e organizadas. Muitas outras não, e havia tendas cambaleantes e equipamentos espalhados pela campina em uma miscelânea, por assim dizer, militar.

Um tambor começou a soar, sem qualquer efeito aparente. O exército continuava dormindo.

– Você acha que o governador vai conseguir fazer alguma coisa com essas tropas? – perguntei, em dúvida.

Jamie também parecia ter voltado a dormir. Ao ouvir minha pergunta, no entanto, os cílios ruivos compridos se ergueram em uma resposta preguiçosa.

– Ah, sim. Tryon é um soldado. Ele sabe muito bem o que fazer, pelo menos para começar. Não é muito difícil colocar os homens para marchar em colunas e cavar fossos, sabe? Fazê-los lutar é outra coisa.

– Será que ele consegue?

O peito sob meu queixo se ergueu em um suspiro profundo.

– Talvez sim, talvez não. A questão é... será que ele vai ter que fazer isso?

Essa era de fato a questão. Boatos tinham se espalhado em torno de nós como folhas de outono em um vendaval, vindos da Cordilheira dos Frasers. Os reguladores tinham dez mil homens, que estavam marchando em uma tropa em direção a New Bern. O general Gage estava navegando de Nova York com um regimento de tropas oficiais para subjugar a Colônia. Os integrantes da milícia de Orange County tinham se revoltado e matado seus oficiais. Metade dos homens de Wake County haviam desertado. Hermon Husband tinha sido preso e colocado em um navio para ser levado a Londres, onde seria julgado por traição. Hillsborough fora tomada pelos reguladores, que se preparavam para incendiar a cidade e executar Edmund Fanning e todos os seus comparsas. Eu torcia muito para que isso não fosse verdade – ou para que, caso fosse, Hubert Sherston não fosse íntimo de Fanning.

Em meio aos boatos, às suposições e à pura invenção desenfreada, a única coisa da qual podíamos ter certeza parecia ser o fato de que o governador Tryon estava a caminho para se unir à milícia. Depois disso, teríamos que ver, eu acreditava.

A mão livre de Jamie estava apoiada nas minhas costas, o polegar traçando preguiçosamente a linha do meu ombro. Com sua costumeira disciplina mental, ele parecia ter deixado de lado a incerteza dos prospectos militares e pensava em outra coisa totalmente diferente.

– Você já parou para pensar... – começou ele, em seguida parou.

– Pensar no quê?

Eu me inclinei para a frente e beijei seu peito, arqueando as costas para incentivá--lo a acariciá-las, e ele obedeceu.

– Bem... não sei se consigo explicar, mas me ocorreu agora que eu vivi mais do que o meu pai, algo que eu não esperava que fosse acontecer – disse ele, com uma leve ironia. – É que... bem, parece estranho, só isso. Só fiquei imaginando se você pensa nisso... já que perdeu sua mãe quando era jovem.

– Sim. – Meu rosto estava enterrado no peito dele, minha voz abafada pelo tecido de sua camisa. – Eu pensava... quando era mais jovem. Como viajar sem um mapa.

A mão dele em minhas costas parou por um momento.

– Sim, é isso. – Ele pareceu um pouco surpreso. – Eu sabia mais ou menos como seria um homem de 30 ou 40 anos... mas e agora?

Seu peito se moveu suavemente, com um barulho que podia ser uma mistura de diversão e confusão.

– Você se inventa – respondi baixinho, para as sombras dentro dos cabelos que tinham caído sobre o meu rosto. – Você observa outras mulheres... ou homens, tenta ver como vivem. Aproveita o que puder usar, olha para dentro de si em busca daquilo que não consegue encontrar em lugar nenhum. E sempre... sempre... se pergunta se está fazendo as coisas direito.

A mão dele estava quente e pesada sobre as minhas costas. Ele sentiu as lágrimas que escorreram inesperadamente dos cantos dos meus olhos e molharam sua camisa, e com a outra mão tocou minha cabeça e alisou meus cabelos.

– Sim, é isso – disse ele de novo, delicadamente.

O acampamento começava a se agitar do lado de fora, com ruídos metálicos e surdos, e o som rouco das vozes sonolentas. Acima de nós, o gafanhoto começou sua ladainha, como alguém raspando um prego em uma panela de cobre.

– Esta é uma manhã que meu pai nunca viu – comentou Jamie, ainda tão baixo que eu ouvi a frase tanto através de seu peito quanto com os ouvidos. – O mundo e cada dia nele são um presente, *mo chridhe*... não importa o que traga o amanhã.

Suspirei profundamente e virei a cabeça, descansando o rosto contra o peito dele. Jamie estendeu a mão e limpou meu nariz com uma dobra da camisa.

– E quanto a fazer um balanço do tempo – disse ele de maneira prática –, tenho todos os meus dentes, nenhuma parte me falta, e meu pau ainda sobe sozinho de manhã. Poderia ser pior.

59

MÁQUINAS MILITARES

Diário da expedição contra os Insurgentes
Mantido por William Tryon, governador

Quinta-feira, 2 de maio

Os destacamentos de Craven e Carteret marcharam de New Bern com duas peças de artilharia, seis canhões giratórios montados em carroças, dezesseis carroças grandes e quatro carrinhos, carregados de bagagens, munição e provisões suficientes para manter os vários destacamentos que se uniriam a eles a caminho da propriedade do coronel Bryan, o local de encontro geral.

O governador saiu de New Bern no dia 27 de abril e chegou à propriedade do coronel Bryan em 1º de maio. Hoje, as tropas dos dois distritos se uniram.

Sexta-feira, 3 de maio, Union Camp

Ao meio-dia, o governador passou em revista os destacamentos na campina em Smiths Ferry, no lado oeste do rio Neuse.

Sábado, 4 de maio

O grupo marchou até o Tribunal Johnston. Catorze quilômetros.

Domingo, 5 de maio

Marchou até a propriedade do major Theophilus Hunter, em Wake County. Vinte e um quilômetros.

Segunda-feira, 6 de maio

O exército fez uma parada e o governador passou em revista o Regimento de Wake em uma inspeção geral. O sr. Hinton, coronel do regimento, informou ao governador que conseguira apenas 22 homens da companhia que havia recebido ordens para reunir, devido a um descontentamento entre os habitantes do condado.

Observando um descontentamento geral no Regimento de Wake ao passar pela primeira fileira do batalhão, vendo que não mais do que um homem em cada cinco tinha armas e descobrindo que, depois de sua convocação para que se voluntariassem para o serviço, eles se recusaram a obedecer, o governador ordenou que o exército cercasse o batalhão. Feito isto, ordenou que três de seus coronéis separassem quarenta dos homens mais certeiros e ativos, manobra que causou grande pânico no regimento, consistindo, naquele momento, de cerca de quatrocentos homens.

Durante o recrutamento, os oficiais do exército trabalharam com afinco para convencer os homens a se alistar, e em menos de duas horas completaram a Companhia de Wake com cinquenta homens. Ao cair da noite, o Regimento de Wake foi dispensado, muito envergonhado tanto de sua desonra quanto de sua má conduta que a ocasionou. O exército voltou ao acampamento.

Quarta-feira, 8 de maio

O destacamento do coronel Hinton foi deixado para trás, com o objetivo de impedir que os descontentes naquele condado formassem um corpo, unindo-se aos reguladores nos condados adjacentes.

Esta manhã, um destacamento marchou até a residência de Turner Tomlinson, um regulador notório, e o levou como prisioneiro para o acampamento, onde ele foi encarcerado. Ele confessou ser um regulador, mas não fez revelações.

O exército marchou e montou acampamento perto da propriedade de Booth, em New Hope Creek.

Sexta-feira, 10 de maio

Fizemos uma parada, mandei que as carroças fossem consertadas, que os cavalos fossem ferrados e que tudo fosse reparado. Inspecionei em Hillsborough duas companhias da Milícia Laranja.

O prisioneiro Tomlinson escapou esta noite. Destacamentos partiram atrás dele, mas sem sucesso.

Domingo, 12 de maio

Marchamos, atravessamos o rio Haw e acampamos no lado oeste. Era esperado que os reguladores se opusessem à passagem dos monarquistas pelo rio, como era a intenção deles, mas, sem suspeitar que o exército sairia de

Hillsborough antes de segunda, foram, por esse movimento repentino, derrotados nessa parte de seu plano.

Recebi hoje notícias rápidas de que o general Waddell foi forçado pelos reguladores, com as tropas sob seu comando, a voltar a atravessar o rio Yadkin.

Serviço divino, com sermão, realizado pelo reverendo sr. McCartny. Texto: "Se não tiver espada, venda suas roupas e compre uma."

Hoje, vinte cavalheiros se alistaram voluntariamente no exército, a maioria dos condados de Granville e Bute. Foram reunidos em uma tropa de cavalaria ligeira sob o comando do major MacDonald. Um regulador foi capturado pelos grupos de flanqueamento enquanto estava em uma emboscada com sua arma. O comissário tirou de sua casa parte dos barris de rum alojados ali para uso dos reguladores. Também alguns leitões que iriam para sua família.

Segunda-feira, 13 de maio

Marchamos até O'Neal. Ao meio-dia, um mensageiro expresso chegou enviado pelo general Waddell com uma mensagem verbal; não quis arriscar levar uma carta por medo de que ela fosse interceptada. O conteúdo dessa mensagem era que na quinta à noite, no nono dia do presente mês, os reguladores, em número de dois mil, cercaram seu acampamento e, do modo mais ousado e insolente, exigiram que o general se retirasse com suas tropas, atravessando o rio Yadkin, a 3 quilômetros de distância. Ele se recusou a obedecer, insistindo que tinha ordens do governador para avançar. Isso os deixou mais insolentes e, com muitos brados indígenas, eles se esforçaram para intimidar seus homens.

O general, ao ver que seus homens não passavam de trezentos, e em geral não dispostos a travar batalhas, e depois que muitas de suas sentinelas foram até os reguladores, foi obrigado a concordar com o pedido deles e, bem cedo no dia seguinte, voltou a atravessar o rio Yadkin, com seu canhão e sua bagagem. Os reguladores concordaram em se dispersar e voltar a suas casas.

Um conselho de guerra foi realizado imediatamente para deliberar a respeito das informações trazidas pelo mensageiro expresso, composto pelos respeitáveis John Rutherford, Lewis DeRosset, Robert Palmer e Sam Cornell, do Conselho de Sua Majestade, e pelos coronéis e oficiais de campo do exército, durante o qual ficou resolvido que a tropa mudaria sua rota, tomaria a estrada na propriedade do capitão Holt que leva de Hillsborough a Salisbury, passando pelos rios Grande e Pequeno Alamance com toda a diligência possível e marchando sem perda de tempo para se unir ao general Waddell. Conforme determinado, o exército começou a marcha e, antes de escurecer, acampou no lado oeste do Pequeno Alamance, e um forte destacamento foi enviado para tomar a margem oeste do Grande Alamance, a fim de impedir que os grupos inimigos ocupassem aquele posto.

Esta noite, recebi informações de que os reguladores estavam enviando sentinelas avançadas a todos os seus povoamentos e se reunindo em Sandy Creek, perto da propriedade de Hunter.

Marchamos e nos unimos ao destacamento na margem oeste do Grande Alamance, onde um acampamento forte foi escolhido. Aqui, o exército estacionou até que mais provisões pudessem ser trazidas de Hillsborough, e para isso várias carroças foram esvaziadas e enviadas do acampamento até Hillsborough.

Tendo recebido informações esta noite de que os rebeldes pretendiam atacar o acampamento durante a madrugada, foram feitos os preparativos necessários para um confronto. Um terço do exército recebeu ordens de permanecer armado a noite toda, e o restante, de se deitar perto de suas armas. Nenhum alarme foi dado.

Terça-feira, 14 de maio

Parados, os homens receberam ordens de continuar no acampamento.

O exército permaneceu armado a noite toda, como na noite anterior. Sem surpresas.

Quarta-feira, 15 de maio

Por volta das seis da tarde, o governador recebeu uma carta dos insurgentes e a mostrou ao Conselho de Guerra, que determinou que o exército deveria marchar contra os rebeldes na manhã seguinte, que o governador deveria enviar a eles uma carta oferecendo um acordo e, no caso de recusa, deveria atacá-los.

Os homens permaneceram armados a noite toda. Sem sustos, apesar de os rebeldes estarem a 8 quilômetros do acampamento.

*Do diário de sonhos:
Hillsborough, 15 de maio*

Ontem à noite, dormi cedo e acordei antes do amanhecer dentro de uma nuvem cinza. Durante todo o dia, era como se eu estivesse andando envolta em uma névoa. As pessoas falam comigo e eu não as ouço; posso ver que mexem a boca, assinto e sorrio, e então vou embora. O ar está quente e abafado e tudo tem cheiro de metal quente. Minha cabeça dói, e o cozinheiro está batendo panelas.

Tentei me lembrar o dia todo do que sonhei, mas não consigo. Há apenas cinza e uma sensação de medo. Nunca estive perto de uma batalha, mas tenho a sensação de que estou sonhando com fumaça de canhão.

60

CONSELHO DE GUERRA

Jamie voltou do Conselho de Guerra bem depois do jantar e informou os homens brevemente a respeito dos planos de Tryon. A reação geral foi de aprovação, se não do mais completo entusiasmo.

– Precisamos ir agora – disse Ewald Mueller, esticando os braços compridos e estalando todos os nós dos dedos de uma só vez. – Se ficarmos parados, o musgo vai crescer!

Essa frase foi recebida com riso e gestos de concordância. O espírito da companhia se elevou notavelmente diante da perspectiva de ação pela manhã. Homens se reuniram para conversar ao redor das fogueiras, com os raios de sol reluzindo nas canecas de latão e nos cabos polidos dos mosquetes posicionados cuidadosamente aos seus pés.

Jamie fez uma rápida inspeção, respondendo a perguntas e encorajando os homens, depois veio se juntar a mim diante de nossa pequena fogueira. Encarei-o com os olhos semicerrados. Apesar do estresse da situação, havia uma sensação de satisfação reprimida nele que instigou imediatamente minhas suspeitas.

– O que você fez? – perguntei, entregando a ele uma fatia grande de pão e uma tigela de ensopado.

Ele não se deu ao trabalho de negar que tinha feito alguma coisa.

– Consegui passar tempo suficiente sozinho com Cornell depois do Conselho para perguntar a ele sobre Stephen Bonnet. – Ele arrancou um naco de pão com os dentes e o engoliu quase sem mastigar. – Meu Deus, estou morrendo de fome. Não comi nada o dia todo depois de rastejar pela vegetação feito uma cobra.

– Certamente Samuel Cornell não estava rastejando pela vegetação.

Cornell era um dos conselheiros reais do governador, um comerciante atarracado e abastado de Edenton e, considerando sua constituição física, sua estatura e seu temperamento, definitivamente não tinha sido feito para rastejar pela vegetação.

– Não, isso foi mais tarde.

Ele mergulhou o pão no ensopado, deu mais uma mordida enorme e balançou a mão, momentaneamente sem poder falar. Entreguei a ele um copo de sidra, que ele bebeu para ajudar a engolir a comida.

– Estávamos procurando as linhas dos rebeldes – explicou ele, agora com a boca vazia. – Eles não estão longe. Apesar de as "linhas" estarem dando a eles o benefício de uma dúvida considerável – acrescentou, comendo mais ensopado. – Não via uma turba assim desde que lutei na França, e tomamos um vilarejo onde estava um bando de contrabandistas de vinho. Metade com prostitutas e todos eles embriagados: tivemos que erguê-los do chão para podermos prendê-los. Esse grupo é um pouco melhor, pelo que pude ver. Mas não há muitas prostitutas – acrescentou, para ser justo, e enfiou o resto do pão na boca, de forma ávida.

Pelo menos metade do exército do governador estava completamente embriagada naquele momento, mas isso era algo tão comum que nem sequer gerava comentários. Dei a ele outro pedaço de pão, concentrando-me no aspecto importante da conversa.

– Então, você descobriu alguma coisa sobre Bonnet, afinal?

Ele assentiu, mastigou e engoliu.

– Cornell não se encontrou com ele, mas ouviu algumas coisas. Parece que ele perambula pela região dos Outer Banks durante um tempo, em seguida desaparece por três ou quatro meses. Então, de repente, um belo dia, ele está de volta, bebendo nas tavernas em Edenton ou Roanoke, com os bolsos cheios de moedas de ouro.

– Então ele está trazendo produtos da Europa para vender.

Três ou quatro meses era o tempo que uma pessoa demoraria para ir de navio até a Inglaterra e voltar.

– Contrabando, imagino? – acrescentei.

Jamie assentiu.

– É o que Cornell acha. E você sabe onde ele desembarca as mercadorias? – Ele passou as costas da mão na boca, parecendo divertir-se de uma maneira sombria. – No desembarcadouro na propriedade de Phillip Wylie. Ou assim dizem os rumores.

– O que... Isso significa que Phillip Wylie está mancomunado com ele?

Fiquei chocada – e um tanto aflita – ao ouvir aquilo, mas Jamie balançou a cabeça.

– Não sei dizer – respondeu ele. – Mas o desembarcadouro fica bem ao lado da fazenda de Phillip Wylie, isso é certo. E aquele merdinha *estava* com Bonnet na noite em que foi a River Run, não importa o que possa ter dito a respeito mais tarde.

Balançou a mão, deixando Phillip Wylie de lado por um momento.

– Mas Cornell disse que Bonnet desapareceu de novo; ele está sumido este último mês. Então minha tia e Duncan provavelmente estão seguros por enquanto. É uma coisa a menos com que me preocupar... e isso é muito bom, já tenho preocupações suficientes.

Ele falou sem ironia, olhando ao redor, para o acampamento que se espalhava à nossa volta. Conforme a luz diminuía, as fogueiras começaram a brilhar na escuridão do crepúsculo, como centenas de vaga-lumes ao longo das margens do Grande Alamance.

– Hermon Husband está aqui – disse ele.

Ergui o olhar da tigela de ensopado que estava servindo.

– Você falou com ele?

Ele balançou a cabeça, negando.

– Eu não pude me aproximar. Ele está com os reguladores, certo? Eu estava em um pequeno monte, olhando em direção ao rio, e o vi a distância; ele estava no meio de muitos homens, mas eu não confundiria sua roupa.

– O que ele vai fazer? – Entreguei a ele a tigela cheia. – Com certeza não vai lutar... nem permitir que eles lutem.

Eu estava inclinada a ver a presença de Husband como um sinal de esperança. Hermon Husband era o mais próximo que os reguladores tinham de um verdadeiro líder; eles o ouviriam, eu tinha certeza.

Jamie balançou a cabeça, parecendo preocupado.

– Não sei, Sassenach. Ele não vai pegar em armas, não... mas quanto ao resto...

Ele parou de falar, pensativo. Então, pareceu tomar uma decisão rápida. Devolveu-me a tigela e, virando-se, atravessou o acampamento.

Vi quando ele tocou o ombro de Roger e fez com que ele se afastasse dos outros. Eles conversaram por alguns momentos, então Jamie enfiou a mão no bolso do casaco, tirou algo branco e entregou a Roger, que olhou para o objeto por um momento, em seguida assentiu e o guardou no próprio casaco.

Jamie deu um tapinha no ombro dele, afastou-se e voltou a atravessar o acampamento, parando para rir e trocar comentários grosseiros com os irmãos Lindsays.

Ele voltou sorrindo e pegou de volta a tigela, parecendo aliviado.

– Pedi a Roger Mac que fosse logo de manhã encontrar Husband – disse ele, comendo o ensopado com apetite renovado – e que o trouxesse até aqui... para falar cara a cara com Tryon. Se ele não conseguir convencer Tryon, e não vai conseguir, talvez Tryon convença Husband de que ele está falando sério. Se Hermon perceber que isso vai significar um derramamento de sangue, então talvez ele convença seus homens a desistir.

– Você acha mesmo?

Havia caído uma chuva fina à tarde, e montes de nuvens ainda cobriam o céu a leste. As bordas delas tinham um tênue brilho vermelho – não por causa dos raios do sol que se punha, mas devido às fogueiras dos reguladores, acampados fora do alcance da vista na margem oposta do Alamance.

Jamie esvaziou a tigela e deu uma última mordida no pão, balançando a cabeça.

– Não sei – disse ele simplesmente. – Mas não temos mais o que tentar, temos?

Assenti e me abaixei para colocar mais lenha no fogo. Ninguém ia dormir cedo naquela noite.

As fogueiras permaneceram acesas o dia todo, esfumaçando e crepitando sob a chuva fina. Agora, porém, a garoa havia estiado e as nuvens tinham se espaçado, formando cirros compridos que brilhavam como fogo por todo o arco do céu a oeste, eclipsando os débeis esforços das chamas das fogueiras. Ao ver isso, coloquei a mão no braço de Jamie.

– Veja – falei.

Ele se virou, pensando que alguém havia aparecido atrás dele com um novo problema, mas seu rosto se relaxou quando fiz um gesto para cima.

Quando eu chamava Frank para admirar uma maravilha da natureza enquanto estava preocupado com um problema, ele pausava apenas o suficiente para não parecer mal-educado, dizia "Ah, sim, que lindo, não é?", e voltava imediatamente ao labirinto de seus pensamentos. Jamie virou o rosto para a glória luminosa do céu e ficou parado.

Qual é o seu problema?, pensei. *Não consegue deixar Frank Randall descansar em paz?*

Jamie passou o braço por meus ombros e suspirou.

– Na Escócia, o céu ficava da cor do chumbo o dia todo, e mesmo no crepúsculo, não dava para ver mais do que o sol afundando no mar como uma bola de canhão em chamas. Nunca víamos um céu como este.

– O que o fez pensar na Escócia? – perguntei, intrigada por sua mente funcionar como a minha, sempre no passado.

– Amanhecer e entardecer, e a estação do ano – disse ele, seus lábios se curvando ligeiramente para cima ao se lembrar. – Sempre que há uma mudança no ar ao meu redor, penso no que foi e no que é agora. Nem sempre faço isso em uma casa, mas, quando estou vivendo ao ar livre, costumo acordar sonhando com pessoas que conheci, então fico em silêncio ao anoitecer, pensando em outras épocas e em outros lugares. – Ele encolheu um pouco os ombros. – Agora o sol está se pondo, e é a Escócia que me vem à mente.

– Ah – falei, confortada com aquela explicação. – Deve ser isso.

– Deve ser o quê?

O sol que se punha cobria o rosto dele com uma luz dourada, suavizando as linhas de tensão enquanto ele olhava para mim.

– Eu também estava pensando em outras épocas e em outros lugares – expliquei, e encostei a cabeça no ombro dele. – Mas agora... não consigo pensar em nada além disto.

– É mesmo? – Ele hesitou por um momento e, em seguida, disse cuidadosamente: – Não falo muito sobre isto, Sassenach, porque, se a resposta for "sim", não vai haver muito que eu possa fazer a respeito... mas você costuma sentir saudade de... outros tempos?

Esperei três batidas do coração para responder. Eu o ouvia, o coração de Jamie batendo lentamente sob o meu ouvido, e fechei a mão esquerda, sentindo o metal liso da aliança de ouro no meu dedo.

– Não – respondi –, mas eu me lembro deles.

61

ULTIMATOS

Acampamento do Grande Alamance
16 de maio de 1771

Para as pessoas agora reunidas com armas, que se dizem reguladores

Em resposta a seu pedido, venho informar-lhes que sempre estive atento ao real interesse deste país e de todas as pessoas que aqui residem. Lamento a necessidade fatal a que me obrigam agora, ao se afastarem da misericórdia da Coroa e das leis de seu país, de pedir aos que se reúnem como reguladores que larguem suas armas, entreguem os líderes criminosos e se submetam às leis nacionais, para em seguida se valer da leniência e da misericórdia do governo. Se aceitarem esses termos no prazo de uma hora a contar da entrega deste comunicado, vocês impedirão um derramamento de sangue, já que, neste momento, encontram-se em estado de guerra e rebelião contra seu rei, seu país e suas leis.

Wm. Tryon

Jamie já havia partido quando acordei. Seu cobertor estava cuidadosamente dobrado ao meu lado, e Gideon não estava mais preso ao poste de carvalho ao qual Jamie o havia amarrado na noite anterior.

– O coronel foi se encontrar com o Conselho de Guerra do governador – disse Kenny Lindsay bocejando. Ele piscou, sacudindo-se como um cachorro molhado. – Chá, senhora, ou café?

– Chá, por favor.

Eu acreditava que era o curso dos acontecimentos atuais que me fazia pensar no Boston Tea Party. Não conseguia me lembrar exatamente quando aquele rebuliço e seus desdobramentos iam acontecer, mas tinha uma obscura sensação de que deveria aproveitar todas as oportunidades para beber chá enquanto ainda podia encontrá-lo, na esperança de saturar meus tecidos – como um urso atacando bichinhos e bagas à espera do inverno.

O dia havia amanhecido calmo e claro. Apesar do frio, já havia um toque de umidade no ar por causa da chuva do dia anterior. Beberiquei meu chá, sentindo pequenas mechas de cabelo escaparem da faixa e se encaracolarem em torno do meu rosto, grudando nas minhas bochechas com o vapor que saía da xícara.

Com os tecidos temporariamente restaurados, peguei alguns baldes e parti em direção ao rio. Esperava que não fosse precisar, mas seria bom ter uma boa quantidade de água fervida e esterilizada à mão, só por precaução. E, se não fosse necessária para propósitos médicos, eu poderia lavar minhas meias, que precisavam muito de cuidados.

Apesar do nome, o Grande Alamance não era um rio particularmente grande, tendo entre 4 e 6 metros de largura em quase toda a sua extensão. Também era raso e lamacento e serpeava como um fiapo de lã, com múltiplos pequenos braços e tributários que se espalhavam pela paisagem. Eu acreditava que fosse uma boa demarcação militar: apesar de um grupo de homens certamente poder vadear o rio sem muitos problemas, não havia chance de o fazerem sem chamar atenção.

Libélulas sobrevoavam a água e as cabeças de alguns homens da milícia que conversavam animadamente enquanto se aliviavam nas águas turvas do rio. Fiquei parada atrás de um arbusto até eles saírem. Enquanto descia a margem em declive com meus baldes, refleti que era muita sorte que a maioria das tropas só pensasse em *beber* água quando estava morrendo desidratada.

Quando voltei, o acampamento estava completamente desperto, todos os homens em alerta, ainda que com os olhos vermelhos. No entanto, a atmosfera era de atenção, e não de prontidão para a batalha, e não houve nada além de uma agitação geral de interesse quando Jamie voltou montado em Gideon, percorrendo o caminho entre as fogueiras com uma agilidade surpreendente.

– Como estavam as coisas, *Mac Dubh*? – perguntou Kenny, ficando de pé para cumprimentá-lo quando Jamie puxou as rédeas. – Alguma dificuldade?

Jamie balançou a cabeça. Ele estava vestido com uma elegância que beirava a severidade, os cabelos presos para trás, punhal e pistolas embainhados no cinto, a espada na lateral do corpo. Uma insígnia de fitas amarelas presa em seu casaco era o único toque decorativo. Pronto para a batalha, e um pequeno arrepio percorreu-me a espinha ao pensar nisso.

– O governador enviou uma carta aos reguladores. Quatro xerifes pegaram uma cópia cada; eles devem ler a mensagem para todos os grupos que encontrarem. Nós vamos apenas esperar e ver o que acontece.

Segui o olhar dele em direção à terceira fogueira. Roger provavelmente havia saído assim que raiara o dia, antes de o acampamento acordar.

Eu havia esvaziado os baldes, enchendo a chaleira para ferver a água. Peguei-os novamente para mais uma ida ao rio, quando as orelhas de Gideon se eriçaram e ele levantou a cabeça de repente, com um rápido relinchar de cumprimento. No mesmo instante, Jamie cutucou o cavalo à minha frente e levou a mão à espada. Minha visão estava bloqueada pelo peito robusto de Gideon; eu não conseguia ver quem se aproximava, mas reparei que a mão de Jamie relaxou no cabo da espada quando ele soube de quem se tratava. Então era amigo.

Ou ainda que não fosse exatamente um amigo, pelo menos era alguém que ele não queria atropelar nem golpear de cima da sela. Ouvi uma voz familiar elevando-se em um cumprimento, espiei por baixo do focinho de Gideon e vi o governador Tryon atravessando a pequena campina a cavalo, acompanhado de dois ajudantes.

Tryon cavalgava razoavelmente, mesmo que sem grande estilo, e estava vestido de modo costumeiro para uma campanha militar, com casaco azul e calças de couro de corça, uma insígnia de fitas amarelas que os oficiais usavam no chapéu e uma das espadas da cavalaria chamada alfanje ao seu lado – não por ostentação; havia marcas no cabo e a bainha estava puída.

Tryon parou o cavalo e meneou a cabeça, tocando o chapéu para cumprimentar Jamie, que fez o mesmo. Ao me ver escondida à sombra de Gideon, o governador educadamente tirou o chapéu, fazendo uma reverência de cima da sela.

– Sra. Fraser, a seu dispor. – Ele olhou para os baldes que eu levava, em seguida se virou na sela, gesticulando para um de seus ajudantes. – Sr. Vickers, por gentileza, ajude a sra. Fraser.

Entreguei os baldes ao sr. Vickers, um jovem de rosto corado de 18 anos, aproximadamente, mas, em vez de acompanhá-lo, apenas mostrei aonde ele deveria ir. Tryon ergueu uma das sobrancelhas para mim, mas eu respondi à sua expressão de leve descontentamento com um sorriso meigo e me mantive firme. Eu não iria a lugar algum.

Ele foi inteligente o suficiente para perceber isso e não dar importância a minha presença. Deixando-me de fora da conversa, assentiu de novo para Jamie.

– Suas tropas estão em ordem, coronel Fraser?

Ele olhou ao redor. Os únicos soldados visíveis no momento eram Kenny, que estava com o nariz enfiado na caneca de chá, e Murdo Lindsay e Geordie Chisholm, entretidos em um jogo com facas à sombra do arvoredo.

– Sim, senhor.

O governador ergueu as sobrancelhas com um ceticismo evidente.

– Chame-os, senhor. Vou ver se estão de fato prontos.

Jamie parou por um momento, juntando as rédeas. Semicerrou os olhos contra o sol, analisando a montaria do governador.

– É um belo cavalo, senhor. Ele é firme?

– Claro – respondeu o governador, franzindo o cenho. – Por quê?

Jamie jogou a cabeça para trás e emitiu um brado das Terras Altas, do tipo para ser ouvido a hectares montanha acima. O cavalo do governador deu um puxão nas rédeas, revirando os olhos. Homens da milícia se precipitaram de dentro da mata, gritando como loucos, e uma nuvem negra de corvos saiu voando das árvores acima deles como uma nuvem de fumaça de canhão, voando e grasnando. O cavalo se empinou, atirando Tryon sobre um montículo na grama e saiu em disparada em direção às árvores do lado mais distante da campina.

Dei vários passos para trás, saindo do caminho.

O governador se sentou, com o rosto arroxeado e ofegante, e se viu no meio de um círculo de milicianos, todos apontando as armas para ele. Arregalou os olhos para o cano do rifle que o mantinha sob a mira e o afastou com uma das mãos, emitindo pequenos sons de engasgo, como um esquilo bravo. Jamie pigarreou de modo significativo e os homens voltaram para o arvoredo em silêncio.

Pensei que, de maneira geral, seria um erro oferecer a mão para que o governador se levantasse ou deixar que ele visse minha expressão. Virei-me de costas com diplomacia e me afastei alguns passos, fingindo que acabara de descobrir uma nova e interessantíssima planta nascendo a meus pés.

O sr. Vickers reapareceu da mata, parecendo assustado, carregando um balde cheio de água em cada mão.

– O que aconteceu?

Ele foi em direção ao governador, mas eu pousei a mão em sua manga para impedi-lo. Seria melhor que o sr. Tryon tivesse um momento para recuperar o fôlego e a dignidade.

– Nada de importante – falei, pegando os baldes antes que ele os virasse. – Ahn... quantas tropas de milícia estão reunidas aqui, você sabe?

– Mil e sessenta e oito, senhora – respondeu ele, parecendo completamente desorientado. – Isso sem contar as tropas do general Waddell, claro. Mas o que...

– E vocês têm canhão?

– Ah, sim, vários, senhora. Temos dois destacamentos com artilharia. Dois canhões de balas de 3 quilos, dez canhões giratórios e dois morteiros de 4 quilos.

Vickers se endireitou um pouco, sentindo-se importante diante da ideia de toda aquela destruição em potencial.

– Há dois mil homens do outro lado do rio, senhor, mas a maioria deles mal tem armas. Muitos carregam apenas uma faca.

A voz de Jamie surgiu atrás de mim, desviando a atenção de Vickers. Eu me virei e vi que Jamie tinha apeado e estava cara a cara com o governador, segurando o chapéu dele. Ele bateu o chapéu casualmente contra a coxa e o ofereceu de volta ao dono, que o aceitou com o máximo de elegância possível diante das circunstâncias.

– Eu fui informado, sr. Fraser – disse ele de modo seco –, mas fico feliz em saber que suas informações corroboram as minhas. Sr. Vickers, pode fazer a gentileza de buscar meu cavalo?

O tom arroxeado havia desaparecido do rosto de Tryon e, apesar de sua atitude ainda ser um pouco contida, ele não parecia guardar ressentimento. Tryon tinha senso de justiça e – mais importante naquele momento – senso de humor, e ambos pareciam ter sobrevivido à recente demonstração de prontidão militar.

Jamie assentiu.

– Acredito que seus agentes também tenham lhe informado que os reguladores não têm um líder propriamente dito.

– Pelo contrário, sr. Fraser. Tenho a impressão de que Hermon Husband é e tem sido, há um tempo considerável, um dos principais agitadores do movimento. James Hunter também é um nome que vejo com frequência mencionado em cartas de reclamação e nas intermináveis petições que chegam a mim em New Bern. E há outros: Hamilton, Gillespie...

Jamie fez um gesto de impaciência, afastando uma nuvem de mosquitos do rosto.

– Em algumas circunstâncias, senhor, eu estaria disposto a discutir se a caneta é mais poderosa do que a espada, mas não à beira de um campo de batalha, que é onde estamos. A coragem para escrever panfletos não capacita um homem para liderar tropas, e Husband é um cavalheiro quacre.

– Eu fui informado – disse Tryon. Ele fez um gesto em direção ao rio distante, erguendo uma das sobrancelhas em desafio. – E, ainda assim, ele está aqui.

– Ele está aqui – concordou Jamie.

Fez uma pausa, sondando o humor do governador antes de continuar. O homem estava tenso; não havia como ignorar o retesamento de seu corpo e o brilho de seus olhos. No entanto, a batalha ainda não era iminente e a tensão estava bem controlada. O governador ainda podia ouvi-lo.

– Eu alimentei o homem em minha própria casa, senhor – disse Jamie com cautela. – Eu comi na casa dele. Ele não faz segredo sobre suas opiniões nem sobre seu caráter. Se ele veio até aqui hoje, tenho certeza de que o fez com a mente atormentada.

Jamie respirou fundo. Estava pisando em terreno perigoso.

– Mandei um homem até a outra margem do rio, senhor, para encontrar Husband e implorar que ele aceitasse falar comigo. Pode ser que eu consiga convencê-lo a usar sua considerável influência para fazer com que esses homens, esses cidadãos – ele fez um gesto breve em direção ao rio e aos homens invisíveis além – abandonem o desastroso plano de ação, que só pode acabar em tragédia. – Ele olhou diretamente nos olhos de Tryon. – Posso pedir, senhor, posso implorar que, se Husband vier, o senhor fale diretamente com ele?

Tryon ficou em silêncio, alheio ao chapéu tricorne empoeirado que ele girava sem parar nas mãos. Os ecos da comoção recente tinham se dissipado; um pássaro cantava nos galhos do olmo acima de nós.

– Eles são cidadãos desta Colônia – disse o governador por fim, inclinando a cabeça na direção do rio. – Não gostaria que nenhum mal lhes acontecesse. As injustiças que eles sofrem têm seu mérito. Eu mesmo reconheci isso, publicamente, e tomei medidas para repará-las.

Ele olhou na direção de Jamie, como se para verificar se sua declaração tinha sido aceita. Jamie ficou em silêncio, esperando.

Tryon respirou fundo e bateu com o chapéu na perna.

– Ainda sou o governador desta Colônia. Não posso permitir que a paz seja perturbada, que a lei seja desrespeitada, que tumultos e derramamento de sangue ocorram livremente e sem punição! – Ele olhou com frieza para mim. – Não vou permitir.

Ele voltou a atenção para Jamie outra vez.

– Acho que ele não virá, senhor. O curso deles já foi determinado. – Ele gesticulou mais uma vez em direção às árvores que margeavam o rio Alamance. – E o meu também. Ainda assim... – Ele hesitou por um momento, então se decidiu e balançou a cabeça. – Não. Se ele *realmente* vier, então, sem dúvida, argumente, e se ele concordar em mandar seus homens para casa em paz... traga-o até mim e acertaremos os termos. Mas não posso contar com essa possibilidade.

O sr. Vickers tinha recuperado a montaria do governador. O rapaz se manteve um pouco afastado, segurando os dois cavalos pelas rédeas, e eu o vi assentir discretamente nesse momento, como se quisesse reafirmar as palavras do governador. O chapéu o protegia do sol, mas seu rosto estava corado e os olhos, brilhantes; ele ansiava pela batalha.

Tryon e Jamie não ansiavam, mas estavam prontos. Fraser olhou nos olhos do governador por um momento e em seguida assentiu, aceitando o inevitável.

– Quanto tempo? – perguntou baixinho.

Tryon olhou para cima, para o sol; já havia se passado quase metade da manhã. Roger tinha partido quase duas horas antes. Quanto tempo ele demoraria para encontrar Hermon Husband e voltar?

– As tropas estão em formação de batalha – disse Tryon. Ele olhou para o arvoredo e o canto de sua boca se contraiu. Então, voltou um olhar sombrio para o rosto de Jamie. – Não tardará muito. Fique a postos, sr. Fraser.

Ele se virou e, colocando o chapéu na cabeça, pegou as rédeas do cavalo e montou na sela. Afastou-se cavalgando, sem olhar para trás, seguido por seus ajudantes.

Jamie o observou partir, impassível.

Eu fiquei ao lado dele e toquei sua mão. Não precisei dizer que esperava que Roger se apressasse.

62

"RETARDATÁRIOS E SUSPEITOS"

***Artigo 12:** Nenhum oficial ou soldado deve ir além dos limites do acampamento, que está dentro da área da Grande Guarda.*

***Artigo 63:** Oficiais de Comando devem revistar todos os retardatários e suspeitos, e aqueles que não conseguirem se explicar satisfatoriamente devem ser confinados e levados ao Quartel-general.*

"Obrigações e Regras do Acampamento": Ordens dadas por Sua Excelência, o Governador Tryon, aos provincianos da Carolina do Norte.

Roger tocou o bolso da calça, onde tinha guardado sua insígnia da milícia. Um botão de metal de 4 centímetros de diâmetro, com a borda perfurada e a estampa "CF" de "Companhia dos Frasers" e que deveria ser costurado no casaco ou no chapéu. Essas insígnias – e as insígnias de fitas – eram os únicos itens do uniforme da maioria das tropas de infantaria do governador, e a única maneira de distinguir um membro da milícia de um dos reguladores.

– E exatamente como você sabe em quem deve atirar? – perguntara ele com ironia quando Jamie lhe entregou a insígnia durante o jantar, dois dias antes. – Se você se aproximar o bastante para ver a insígnia antes de atirar, o outro não vai acertá-lo primeiro?

Jamie havia lançado a ele um olhar igualmente irônico, mas foi cortês e evitou fazer observações a respeito da pontaria de Roger e da possibilidade – ou não – de ele causar danos com seu mosquete.

– Eu não esperaria para ver – disse ele. – Se alguém correr na sua direção com uma arma, atire e cruze os dedos.

Alguns homens sentados perto deles ao redor da fogueira riram, mas Jamie os ignorou. Pegou um espeto e tirou três batatas-doces assadas da brasa, de modo que elas ficassem lado a lado, negras e fumegantes no ar frio da noite. Ele chutou uma delas delicadamente, fazendo com que rolasse de volta para as cinzas.

– Estes somos nós – explicou ele e chutou a batata seguinte. – Esta é a companhia do coronel Leech, e esta... – ele chutou a terceira, que rolou de modo errático atrás de suas companheiras –... é a do coronel Ashe. Está vendo? – Ele ergueu uma das sobrancelhas para Roger. – Cada companhia vai em frente seguindo seu próprio caminho, então é improvável que vejamos outras milícias, pelo menos no começo. Qualquer um vindo na nossa direção provavelmente é o inimigo. – Sua boca se curvou um pouco quando ele fez um gesto em direção aos homens ao redor deles, ocupados com seus jantares. – Conhece cada homem aqui bem o suficiente? Então não atire em nenhum deles e vai ficar tudo bem, certo?

Roger sorriu para si mesmo com um ar lúgubre enquanto descia cuidadosamente uma encosta coberta com arbustos de florezinhas amarelas. Era um bom conselho. Ele estava muito menos preocupado com a possibilidade de levar um tiro do que com o medo de machucar alguém por acidente – incluindo o temor justificável de estourar alguns dos próprios dedos.

No íntimo estava decidido a não atirar em ninguém, independentemente da circunstância ou da possibilidade de acertar o tiro. Ele já tinha ouvido muitas histórias dos reguladores – Abel MacLennan, Hermon Husband. Mesmo considerando o estilo hiperbólico de Husband, seus panfletos transbordavam um senso de injustiça inescapável. Como Roger poderia pensar em matar um homem ou mutilá-lo apenas por protestar contra abusos e uma corrupção tão notórios que ofenderiam qualquer pessoa justa?

Historiador treinado, ele já tinha visto o suficiente das circunstâncias atuais para entender como os problemas eram generalizados, como tinham sucedido – e compreendia bem o suficiente as dificuldades de corrigi-los. Ele era solidário com a posição de Tryon – até certo ponto –, mas sua solidariedade acabava bem antes de fazer dele um soldado engajado na causa de proteger a autoridade da Coroa – ainda menos na causa de preservar a reputação e a fortuna pessoal de William Tryon.

Ele parou por um momento ao ouvir vozes e se posicionou discretamente atrás do tronco de um grande álamo.

Três homens apareceram pouco depois, conversando casualmente. Os três tinham armas e caixas de balas, mas a impressão que davam era de três amigos indo caçar coelhos, em vez de soldados empenhados na véspera da batalha.

Na verdade, eles aparentavam ser exatamente o que eram: caçadores. Um deles tinha um amontoado de corpos peludos pendurados no cinto e outro carregava um saco de musselina com manchas que podiam ser de sangue fresco. Enquanto Roger observava do abrigo do álamo, um dos homens parou, estendeu o braço para conter os companheiros, que se retesaram como cães de guarda, com o nariz apontando uma pequena mata de árvores a cerca de 50 metros dali.

Mesmo sabendo que havia alguma coisa adiante, Roger levou algum tempo para ver o pequeno veado, parado diante de um arbusto, um véu de luz sarapintada que atravessava as folhas primaveris acima dele camuflando-o quase com perfeição.

O primeiro homem tirou furtivamente a arma do ombro, pegando a vareta e o cartucho, mas um dos outros dois o impediu pousando a mão em seu braço.

– Calma, Abram – disse o segundo homem, falando baixo, mas claramente. – Não deve atirar tão perto do rio. Você ouviu o que o coronel disse: os reguladores estão estacionados na margem perto daquela ponta. – Ele meneou a cabeça em direção aos amieiros e salgueiros que pontuavam a margem do rio invisível, a menos de 100 metros. – Não deve provocá-los, não ainda.

Abram assentiu, relutante, e colocou a arma no ombro de novo.

– É, você tem razão. Acha que será hoje?

Roger olhou novamente para os arbustos, mas o veado havia desaparecido, silencioso como fumaça.

– Não vejo motivo para não ser. – O terceiro homem tirou um lenço amarelo da manga e limpou o rosto. O tempo estava quente e o ar, úmido. – Tryon está com as armas a postos desde o amanhecer. Ele não é o tipo de pessoa que se deixa surpreender. Pode ser que espere pelos homens de Waddell... mas pode pensar que não precisa deles.

Abram resmungou com certo desdém.

– Para acabar com aquela gentalha? Você os viu? Aposto que nunca viu um grupo de soldados mais miserável.

O homem com o lenço abriu um sorriso cínico.

– Bem, pode ser, Abie. Mas já viu parte da milícia do interior? Por falar em gentalha. E por falar em reguladores, há muitos deles, gentalha ou não. Dois para cada um de nós, segundo o capitão Neale.

Abram resmungou, lançando um último olhar relutante em direção à mata e ao rio adiante.

– Gentalha – repetiu ele, de modo mais confiante, e se virou. – Vamos, então, vamos dar uma olhada encosta acima.

Os caçadores estavam do mesmo lado que ele. Não usavam fitas, mas ele viu as insígnias da milícia no peito e no chapéu, cintilando douradas ao sol da manhã. Ainda assim, Roger permaneceu nas sombras até os homens desaparecerem, conversando casualmente entre si. Ele tinha quase certeza de que Jamie o havia mandado naquela missão sem nenhuma autoridade além da dele próprio; era melhor que ele não tivesse que se explicar.

A atitude da maior parte da milícia em relação aos reguladores era, na melhor das hipóteses, desdenhosa. Na pior – nos postos mais altos de comando –, era friamente vingativa.

– Acabe com eles de uma vez por todas – dissera Caswell, enquanto tomava café diante da fogueira na noite anterior.

Proprietário de terras da parte leste da Colônia, Richard Caswell não se comovia nem um pouco com as injustiças sofridas pelos reguladores.

Roger apalpou o bolso de novo, pensando. Não, era melhor deixar a insígnia onde estava. Poderia pegá-la se fosse desafiado, e não acreditava que alguém fosse atirar nele pelas costas sem pelo menos gritar para alertá-lo. Ainda assim, sentia-se estranhamente exposto ao caminhar pela relva vicejante da campina à beira do rio, e suspirou de alívio quando os galhos dos salgueiros na margem o envolveram em uma sombra fria.

Ele deixara, com a aprovação de Jamie, seu mosquete para trás, e fora desarmado, exceto pela faca no cinto, um equipamento normal para qualquer homem. O único outro item de equipamento que levava era um grande lenço branco, dobrado dentro do casaco.

– Se for ameaçado, em qualquer lugar, balance-o e grite "trégua" – instruíra Jamie. – Então, peça para me chamarem e não diga mais nada até eu chegar. Se ninguém o impedir, traga Husband até mim sob a proteção dele.

Imaginar-se conduzindo Hermon Husband através do rio, segurando o lenço em uma vara acima da cabeça como um guia conduzindo turistas em um aeroporto fez com que ele tivesse vontade de rir alto. Jamie não rira, no entanto, nem mesmo um sorriso, de forma que ele aceitou o pano solenemente, guardando-o com cuidado. Espiou através da cortina de galhos caídos, mas o rio brilhava ao sol do novo dia, silencioso, exceto pela torrente de água correndo sobre pedras e argila. Não havia ninguém à vista, e o barulho da água abafava qualquer som que pudesse vir das árvores na margem oposta. Ainda que um integrante da milícia não fosse atirar em suas costas, ele não estava muito otimista em relação à possibilidade de os reguladores atirarem nele pela frente, se o vissem vindo do lado do governo.

Ainda assim, não podia passar o dia escondido entre as árvores. Foi até a margem e desceu o rio em direção ao ponto que os caçadores tinham indicado, observando as árvores com atenção à procura de sinais de vida. A travessia perto daquela ponta era melhor, a água era rasa e o fundo, cheio de pedras. Ainda assim, se os reguladores estivessem "estacionados" em algum ponto perto dali, estavam sendo muito discretos.

Era difícil imaginar uma cena mais pacífica, ainda assim seu coração subitamente começou a latejar em seus ouvidos. Teve, de novo, a estranha sensação de que havia alguém perto dele. Olhou ao redor em todas as direções, mas nada se movia, exceto a água correndo e as frondes farfalhantes dos salgueiros.

– É você, pai? – disse ele baixinho, sussurrando, e se sentiu um tolo. Ainda assim, a sensação de que havia alguém por perto continuava forte, embora benigna.

Tentando afastar esse pensamento, ele se abaixou e tirou os sapatos e as meias. Deviam ser as circunstâncias, pensou. Não que fosse possível comparar atravessar um riacho raso à procura de um agitador quacre com pilotar um avião Spitfire sobre o canal da Mancha à noite durante um bombardeio contra a Alemanha. Mas uma missão era uma missão, ele supunha.

Olhou ao redor mais uma vez, mas viu apenas girinos se contorcendo na água rasa. Com um sorriso ligeiramente contrariado, entrou no rio, afugentando-os.

– Por cima, então – disse a um pato selvagem.

A ave o ignorou e continuou a procurar comida em meio à vegetação aquática.

Nenhuma ameaça vinha das árvores de ambos os lados; nenhum som, exceto os pios animados dos pássaros fazendo ninhos. Foi apenas quando se sentou em uma pedra banhada pelo sol, para secar os pés antes de calçar as meias e os sapatos, que ele finalmente ouviu algum sinal de que o lado mais distante do rio era habitado por seres humanos.

– O que você quer, então, querido?

A voz vinha do arbusto atrás dele, e Roger ficou paralisado, com o sangue latejando nos ouvidos. Era a voz de uma mulher. Antes que pudesse se mover ou pensar em reagir, no entanto, ouviu uma risada, de um tom mais grave e com uma entonação particular que fez com que ele relaxasse.

Seus instintos lhe informaram antes mesmo da razão que vozes com aquela entonação não eram uma ameaça.

– Não sei, meu bem, quanto isso vai me custar?

– Ah, pare com isso! Não é hora de contar moedas, é?

– Não se preocupem, senhoritas, faremos uma coleta entre nós, se for preciso.

– Ah, é assim? Muito bem, senhor, mas saibam que, nesta congregação, a coleta vem *antes* da cantoria!

Ao ouvir essa discussão amigável, Roger deduziu que as vozes em questão pertenciam a três homens e duas mulheres, todos os quais pareciam confiantes de que, qualquer que fosse o acordo financeiro, três se satisfariam com duas de maneira bastante equilibrada, sem constrangimentos.

Pegando os sapatos, ele se afastou em silêncio, deixando aquelas sentinelas não vistas – se é que era isso que eram – fazendo suas contas. Evidentemente, o exército da Regulação não era tão organizado quanto as tropas do governo.

Menos organizado era um eufemismo, ele pensou, pouco depois. Havia permanecido na margem do rio por certa distância, sem ter certeza de onde o corpo principal do exército poderia estar. Caminhara por quase 600 metros sem ver nem ouvir ninguém além das duas prostitutas e seus clientes. Sentindo-se cada vez mais surreal, passava por pequenos arvoredos de pinheiros e pelas margens de campinas verdejantes sem nenhuma companhia exceto os pássaros e pequenas borboletas laranja e amarelas.

– Que maneira maluca é essa de fazer uma guerra? – murmurou ele, abrindo caminho em meio a uma amoreira.

Era como uma daquelas histórias de ficção científica, na qual todo mundo menos o herói de repente desaparece da face da Terra. Ele estava começando a ficar ansioso; e se não conseguisse encontrar o maldito quacre – ou mesmo o exército – antes que os tiros começassem?

Então, dobrou uma curva do rio e teve o primeiro vislumbre dos reguladores de fato: um grupo de mulheres, lavando roupa na água corrente perto de um monte de pedras.

Voltou a se esconder atrás do arbusto antes que elas o vissem e deu as costas para o rio, encorajado. Se as mulheres estavam ali, os homens não estariam longe.

Não estavam. Depois de mais alguns metros, ele ouviu os sons do acampamento – vozes casuais, riso, o bater de colheres e chaleiras, além do som de lenha sendo cortada. Ao contornar um arbusto espinhoso, quase foi derrubado por um grupo de jovens que passou correndo, gritando e fazendo algazarra, enquanto perseguiam um rapaz que levava acima da cabeça um rabo de guaxinim recém-cortado, que balançava na brisa enquanto ele corria.

Eles passaram por Roger sem lhe dar importância, e ele continuou, um pouco menos cauteloso. Não fora ameaçado; não havia sentinelas. Na verdade, um rosto desconhecido não parecia ser uma novidade nem um risco. Alguns homens olharam casualmente para ele, em seguida se viraram e voltaram a conversar, sem ver nada de estranho em sua aparência.

– Estou procurando Hermon Husband – disse ele sem cerimônia a um homem que assava um esquilo sobre chamas pálidas de uma fogueira.

O homem pareceu confuso por um momento.

– O quacre – acrescentou Roger.

– Ah, sim, ele – disse o homem, com o rosto menos sério. – Ele está mais adiante... naquela direção, acho.

Fez um gesto prestativo com o espeto, o esquilo chamuscado apontando o caminho com os tocos escurecidos das patas dianteiras.

"Mais adiante naquela direção" era uma direção. Roger passou por mais três acampamentos antes de chegar ao que parecia ser o corpo principal do exército – se é que podia ser chamado assim. De fato, parecia haver um clima maior de seriedade; havia menos descontração do que ele testemunhara perto do rio. Ainda assim, não era o Quartel-General do Comando Estratégico, nem de longe.

Ele começou a se sentir levemente esperançoso de que a violência ainda pudesse ser evitada, mesmo com os exércitos cara a cara e as tropas armadas a postos. Havia um ar de animada prontidão entre os homens da milícia quando ele passou por suas linhas, mas nenhuma atmosfera de ódio ou sede de sangue.

Ali, a situação era bem diferente das linhas organizadas da milícia, mas eles pareciam ainda menos inclinados a hostilidades imediatas. Conforme ele avançava, no entanto, pedindo orientações em cada fogueira por que passava, começou a sentir algo diferente no ar – uma sensação de crescente urgência, quase desespero. As brincadeiras que tinha visto nos acampamentos de fora haviam desaparecido; os homens estavam reunidos, conversando em grupos pequenos, próximos uns dos outros, ou sentados sozinhos, carregando armas e afiando facas.

Conforme se aproximava, o nome de Hermon Husband passou a ser reconhecido por todos, e os dedos que apontavam tinham mais certeza da direção. O nome parecia quase um ímã, levando-o cada vez mais para o centro de uma massa crescente de homens e garotos, todos animados... todos armados. O barulho aumentava continuamente, as vozes reverberando em seus ouvidos como martelos em uma forja.

Finalmente, ele encontrou Husband, de pé sobre uma rocha como um grande lobo-cinzento na defensiva, cercado por um grupo de cerca de trinta ou quarenta homens, todos gritando, agitados e irados. Eles se acotovelavam e pisavam duro, sem se preocupar com o impacto em seus companheiros. Claramente, estavam exigindo uma resposta, mas eram incapazes de parar por tempo suficiente para ouvir uma resposta se ela fosse dada.

Husband, em mangas de camisa e com o rosto vermelho, gritava com um ou dois dos que estavam mais próximos dele, mas Roger não conseguia ouvir nada do que diziam em meio ao barulho. Ele abriu caminho pelo círculo externo de espectadores, mas, quando estava mais perto do centro, foi impedido de prosseguir pela turba de homens. Pelo menos ali conseguiu ouvir algumas palavras.

– Chegou a hora! Você sabe disso, Hermon, não temos escolha! – gritava um homem alto e magro com um chapéu surrado.

– *Sempre* há escolha! – berrou Husband em resposta. – Agora é o momento de escolher, e Deus permita que façamos isso com sabedoria!

– Sei... com canhões apontados para nós?

– Não, não, adiante, precisamos ir adiante, ou tudo estará perdido!

– Perdido? Já perdemos tudo! Chegou a hora...

– O governador nos tirou a nossa escolha, chegou a hora...

– Chegou a hora...

– Chegou a hora...!

Todas as palavras se perderam em um rugido generalizado de raiva e frustração. Ao ver que não ganharia nada esperando pela plateia, Roger se intrometeu obstinadamente entre dois agricultores e puxou Husband pela manga da camisa.

– Preciso falar com o senhor! – gritou ele no ouvido do quacre.

Husband olhou para Roger com um olhar vidrado e fez menção de se livrar dele, mas então se deteve, piscando ao reconhecê-lo. O rosto quadrado estava corado onde se podia ver por sobre a barba rala, e os cabelos espessos e grisalhos de Husband, soltos, estavam eriçados como as cerdas de um porco-espinho. Ele balançou a cabeça e fechou os olhos, em seguida voltou a abri-los, olhando para Roger como um homem que tenta afastar uma visão impossível, sem sucesso.

Ele segurou Roger pelo braço e, com um gesto brusco para a multidão, desceu da pedra e partiu na direção do abrigo de uma cabana caindo aos pedaços, inclinada à sombra de um arvoredo de bordos. Roger o seguiu, olhando de cara fechada para os homens mais próximos a fim de desencorajá-los a irem atrás deles.

Alguns os seguiram mesmo assim, balançando os braços e protestando com fervor, mas Roger bateu a porta na cara deles e fechou a trava, apoiando as costas na porta por garantia. Estava mais frio ali dentro, apesar do ar estagnado e do cheiro de cinzas de madeira e comida queimada.

Husband ficou parado, ofegante, no meio do cômodo, em seguida pegou uma cuia e bebeu um longo gole do líquido que havia em um balde ao lado da fogueira – o único objeto que fora deixado na cabana, Roger percebeu. O casaco e o chapéu de Husband estavam cuidadosamente pendurados em um gancho ao lado da porta, mas havia detritos espalhados no chão de terra batida. O dono da cabine evidentemente tinha partido às pressas, carregando seus objetos.

Acalmado pela pausa momentânea, Husband ajeitou a camisa amassada e arrumou os cabelos despenteados.

– O que o traz aqui, amigo MacKenzie? – perguntou ele, com a tranquilidade característica. – Por certo não veio se unir à causa da Regulação.

– Não, de maneira nenhuma – assegurou-lhe Roger.

Olhou atentamente para a janela, caso a multidão tentasse entrar por ali, mas apesar de continuar ouvindo as discussões do lado de fora, não ouviu nenhum barulho que indicasse uma invasão.

– Vim perguntar se pode atravessar o rio comigo... com uma bandeira branca, sua segurança garantida... para falar com Jamie Fraser – concluiu Roger.

Husband também olhou para a janela.

– Receio que o tempo de conversar passou há muito – disse ele, contraindo os lábios.

Roger também estava inclinado a pensar assim, mas pressionou, determinado a cumprir sua missão.

– Não no que diz respeito ao governador. Ele não deseja um massacre de seus cidadãos; se a multidão for convencida de se dispersar em paz...

– Acredita que esse seja um cenário provável?

Husband fez um gesto em direção à janela, lançando a ele um olhar cínico.

– Não. – Roger foi forçado a admitir. – Ainda assim, se pudesse ir... Se eles pudessem ver que ainda existe uma possibilidade de...

– Se houvesse possibilidade de reconciliação e de reparação, deveria ter sido oferecida muito tempo atrás – falou Husband de modo decisivo. – É um sinal da sinceridade de governador, vir com tropas e canhões, mandar uma carta que...

– Não reparação – disse Roger sem rodeios. – Eu me referia à possibilidade de salvar a vida de todos nós.

Husband ficou parado. A vermelhidão de seu rosto foi desaparecendo, apesar de ele ainda parecer calmo.

– Chegamos a esse ponto? – perguntou ele baixinho, olhando no rosto de Roger.

Roger respirou fundo e assentiu.

– Não temos muito tempo. O sr. Fraser me pediu para lhe dizer, se não puder ir falar com ele pessoalmente, que há duas tropas de artilharia mobilizadas contra o senhor, e oito tropas de milícia, todos bem armados. Tudo de prontidão... e o governador só vai esperar até o amanhecer, no máximo.

Ele sabia que era traição dar essa informação ao inimigo – mas era o que Jamie Fraser teria dito, se pudesse ter ido até lá ele mesmo.

– Há cerca de dois mil homens da Regulação aqui – disse Husband, como se falasse sozinho. – Dois mil! Era de imaginar que algo assim o influenciasse. O fato de tantos terem saído de casa, deixado seus lares e terem vindo aqui protestar...

– Na opinião do governador eles estão em rebelião, portanto em estado de guerra – interrompeu Roger. Ele olhou para a janela, cuja cobertura de papel oleado estava em farrapos. – E depois de vê-los, devo dizer que acho que ele tem motivos razoáveis para ter essa opinião.

– Não é uma rebelião – retrucou Husband com teimosia. Ele se endireitou e tirou uma fita de seda preta surrada do bolso, com a qual prendeu os cabelos. – Mas nossas queixas legítimas foram ignoradas, deixadas de lado! Não temos escolha além de vir como um grupo físico, para mostrar nossa insatisfação ao sr. Tryon e, assim, impressioná-lo com a justeza da nossa objeção.

– Pensei que tivesse ouvido o senhor falar de escolha agora há pouco – disse Roger de modo seco. – E se agora é o momento de escolher, como você diz, me parece que a maioria dos reguladores escolheu a violência, a julgar pelos comentários como os que ouvi até chegar aqui.

– Talvez – disse Husband com relutância. – Ainda assim, nós, eles não são um exército vingador, nem uma turba...

Seu olhar reticente em direção à janela, no entanto, sugeria que ele tinha consciência de que uma turba era de fato o que estava se formando às margens do Alamance.

– Eles têm um líder eleito, alguém que possa falar oficialmente por eles? – interrompeu Roger mais uma vez, impaciente para transmitir sua mensagem e partir. – O senhor ou talvez o sr. Hunter?

Husband fez uma longa pausa, passando as costas da mão na boca como se quisesse tirar dali um gosto rançoso e persistente. Ele balançou a cabeça.

– Eles não têm um líder de fato – disse ele baixinho. – Jim Hunter é corajoso, mas não tem talento para comandar homens. Eu o questionei, e ele respondeu que cada um deve agir por conta própria.

– O senhor tem talento. Pode liderá-los.

Husband pareceu escandalizado, como se Roger o tivesse acusado de ter talento para o trapacear em um jogo de cartas.

– Não eu.

– O senhor os trouxe até aqui...

– Eles *vieram* para cá! Não pedi a ninguém...

– O senhor está aqui. Eles o seguiram.

Husband se retraiu levemente ao ouvir isso, com os lábios contraídos. Ao ver que suas palavras tinham surtido efeito, Roger insistiu.

– O senhor falou com eles antes, e eles o ouviram. Vieram com o senhor, afinal. Ainda vão ouvi-lo, com certeza!

Ele percebeu que o barulho do lado de fora aumentava; a multidão estava impaciente. Se ainda não era uma turba, viraria uma em breve. E o que fariam se soubessem quem ele era e o que tinha ido fazer ali? As palmas de suas mãos estavam suando; ele as pressionou contra o tecido do casaco, sentindo o relevo de sua insígnia da milícia no bolso, e se arrependeu de não ter parado para enterrá-la em algum lugar depois de cruzar o rio.

Husband olhou para ele por um momento, em seguida estendeu os braços e segurou as mãos dele.

– Reze comigo, amigo – disse ele baixinho.

– Eu...

– Não precisa dizer nada – insistiu Husband. – Sei que você é papista, mas não costumamos rezar em voz alta. Se puder apenas permanecer ao meu lado e pedir em seu coração que a sabedoria nos seja concedida... não só a mim, mas a todos aqui...

Roger se conteve para não corrigir Husband; sua religião pouco importava naquele momento, mas era evidente que a do outro importava. Ele assentiu, controlando a impaciência, e apertou as mãos do homem mais velho, oferecendo o pouco apoio que podia dar.

Husband ficou parado, com a cabeça ligeiramente abaixada. Um punho bateu com insistência na frágil porta da cabana, com vozes chamando.

– Hermon! Está tudo bem aí dentro?

– Vamos, Hermon! Não temos tempo para isso! Caldwell voltou de uma conversa com o governador...

– Uma hora, Hermon! Ele está nos dando uma hora, nada mais!

Uma gota de suor escorreu pelas costas de Roger entre as escápulas, mas ele ignorou as cócegas, incapaz de alcançá-la.

Ele olhou dos dedos castigados pelo tempo para o rosto de Husband e viu os olhos do homem aparentemente fixos nos dele, mas ao mesmo tempo distantes, como se ele estivesse ouvindo uma voz distante, ignorando os gritos urgentes que atravessavam as paredes. Até mesmo os olhos de Husband eram de um cinza quacre, Roger pensou – como poças de água da chuva, tremulando até parar depois de uma tempestade.

Roger estava certo de que eles iam derrubar a porta. Mas não; os golpes diminuíram e se tornaram batidas impacientes, depois baques aleatórios. Ele conseguia sentir as batidas do próprio coração, diminuindo gradualmente até um latejar tranquilo e constante em seu peito, a ansiedade desaparecendo de seu sangue.

Ele fechou os olhos, tentando se concentrar em seus pensamentos, fazer o que Husband pedira. Procurou em sua mente alguma oração adequada, mas nada lhe ocorreu além de fragmentos confusos do Livro da Adoração.

Ajude-nos, ó Senhor...

Ouça-nos...

Ajude-nos, ó Senhor, a voz de seu pai sussurrou. Seu outro pai, o reverendo, falando em algum lugar no fundo de sua mente. *Ajude-nos, ó Senhor, a lembrar a frequência com que os homens erram por não refletir, e não por falta de amor; e que são engenhosas as armadilhas que nos fazem tropeçar.*

Cada palavra tremeluziu por um instante em sua mente como uma folha ardendo, sendo levada pelo vento de uma fogueira e desaparecendo em cinzas antes que ele pudesse pegá-la. Ele desistiu e apenas ficou de pé, segurando as mãos de Husband, ouvindo a respiração do homem, uma nota baixa e áspera.

Por favor, pensou, mesmo sem ter a menor ideia do que pedia. Aquela palavra também evaporou, sem deixar nada em seu lugar.

Nada aconteceu. As vozes ainda chamavam do lado de fora, mas não pareciam mais importantes agora do que o piar dos pássaros. O ar na sala estava estagnado, mas ao mesmo tempo frio e agitado, como se uma corrente de ar passasse pelos cantos, sem tocá-los no ponto onde estavam, no centro do cômodo. Roger sentiu a própria respiração se acalmar, o coração bater ainda mais devagar.

Ele não se lembrava de ter aberto os olhos, mas eles estavam abertos. Os olhos acinzentados de Husband eram salpicados de pontos azuis e pequenas manchas pretas. Os cílios eram grossos, e havia um leve inchaço na base de um deles, um terçol quase curado. O minúsculo domo era liso e vermelho, desvanecendo de um tom mais vivo no centro em sucessões de carmim, rosa e rosado que poderiam ter pintado o céu ao pôr do sol no dia da Criação.

O rosto à frente dele era esculpido em linhas duras que desenhavam arcos do nariz à boca, se curvavam acima das sobrancelhas pesadas e grisalhas, de fios compridos e arqueados com a elegância da asa de um passarinho. Os lábios eram amplos e macios, rosa escuro; a borda branca de um dente brilhou, estranhamente rígida em contraste com a carne macia que o abrigava.

Roger ficou imóvel, admirado com a beleza do que via. A ideia de Husband como um homem atarracado de meia-idade e feições imprecisas não fazia sentido; o que ele via agora era uma singularidade desoladora, uma coisa única e maravilhosa; insubstituível.

Ele se deu conta de que aquele era o mesmo sentimento com o qual observara seu filho pequeno, maravilhado com a perfeição de cada dedinho, a curva do rosto e a orelha que apertavam seu coração, o brilho da pele de recém-nascido que deixava que a inocência interior transparecesse. E ali estava a mesma criação, não mais nova, talvez menos inocente, mas não menos incrível.

Ele olhou para baixo e viu suas mãos, então, ainda segurando as mãos menores de Husband. Foi tomado por uma sensação de reverência ao perceber a beleza de seus próprios dedos, o contorno dos ossos do pulso e dos nós dos dedos, a graciosidade encantadora de uma cicatriz fina e avermelhada que atravessava a falange de seu polegar.

A respiração de Husband se tornou um suspiro profundo, e ele afastou as mãos. Roger sentiu-se momentaneamente perdido, mas em seguida foi tomado de novo pela paz do lugar, o assombro da beleza sucedido por uma sensação de profunda calma.

– Eu lhe agradeço, amigo Roger – disse Husband, baixinho. – Não pensei que receberia essa graça... mas ela é bem-vinda.

Roger assentiu, sem dizer nada. Observou Husband pegar o casaco e vesti-lo, o rosto tomado por linhas de serena determinação. Sem hesitar, o quacre levantou a trava da porta e a abriu.

A multidão de homens do lado de fora se conteve, a surpresa em seus rostos dando espaço em seguida à impaciência e a à irritação. Husband ignorou a enxurrada de perguntas e comentários, e caminhou diretamente até um cavalo que estava amarrado a uma árvore pequena atrás da cabana. Ele o desamarrou e montou na sela, e só então olhou para os rostos de seus companheiros reguladores.

– Vão para casa! – disse ele em voz alta. – Devemos deixar este lugar; todos os homens devem voltar para suas casas!

O anúncio foi recebido com um momento de silêncio atônito, e então, por gritos de perplexidade e indignação.

– Que casa? – perguntou um jovem com uma barba ruiva e desgrenhada. – Talvez você tenha uma casa para onde ir. Eu, não!

Husband permaneceu sentado firmemente na sela, sem se abalar com a gritaria.

– Vão para casa! – gritou de novo. – Eu lhes peço... Não resta nada além de violência a ser cometido aqui!

– Sim, e vamos recorrer a ela! – gritou um homem atarracado, erguendo o mosquete acima da cabeça e sendo seguido por um coro de gritos dissonantes.

Roger havia seguido Husband e foi ignorado pelos reguladores. Ele ficou um pouco distante, observando enquanto o quacre começou lentamente a se afastar, inclinando-se sobre a sela para gritar e gesticular aos homens que corriam e se acotovelavam ao lado dele. Um dos homens agarrou Husband pela manga, e o quacre puxou a rédea, abaixando-se para ouvir o que era, obviamente, um discurso arrebatado.

No fim, porém, ele se endireitou, balançando a cabeça, e voltou a colocar o chapéu.

– Não posso ficar e permitir que sangue seja derramado por causa da minha decisão. Se permanecerem aqui, amigos, haverá assassinatos. Vão embora! Ainda podem ir... rogo para que façam isso!

Ele não estava mais gritando, mas o barulho ao redor dele havia cessado por tempo suficiente para que suas palavras fossem ouvidas. Ele olhou para a frente com o rosto tomado de preocupação e viu Roger de pé à sombra de um corniso. A paz o abandonara, mas Roger viu que o olhar de determinação ainda tomava seus olhos.

– Eu vou! – disse ele. – Imploro a todos... vão para casa!

Ele puxou a rédea do cavalo com repentina decisão e começou a trotar. Alguns homens correram atrás dele, mas logo pararam. Eles se viraram, parecendo perplexos e ressentidos, murmurando em pequenos grupos e balançando a cabeça, confusos.

O barulho começou a aumentar de novo, enquanto todos falavam juntos, discutindo, insistindo, negando. Roger se virou, caminhando em silêncio em direção à cobertura do bosque de bordos. Parecia mais sábio partir o mais rápido possível, agora que Husband tinha ido embora.

Alguém pousou a mão em seu ombro e fez com que ele se virasse.

– Quem diabos é você? O que disse a Hermon para fazer com que ele partisse?

Um rapaz desalinhado, vestindo um colete de couro puído, o confrontou com os punhos cerrados. O homem parecia irritado, pronto para descontar sua frustração no primeiro que aparecesse.

– Eu disse a ele que o governador não quer que ninguém seja ferido, se isso puder ser evitado – explicou Roger, no que ele esperava que fosse um tom calmo.

– Você veio a pedido do governador? – perguntou um homem de barba preta, em dúvida, olhando para as roupas simples e sujas de Roger. – Veio oferecer termos diferentes daqueles que Caldwell propôs?

– Não.

Roger ainda estava sob os efeitos do encontro com Husband, sentindo-se protegido das correntes de raiva e histeria incipiente que circundavam a cabana, mas aquela paz estava desaparecendo depressa. Outros se aproximavam para se unir ao interrogatório, atraídos pelo som da altercação.

– Não – disse ele de novo, mais alto. – Eu vim para alertar Husband... para alertar todos vocês. O governador quer...

Ele foi interrompido por um estrépito de gritos rudes, indicando que o que Tryon queria era uma questão que não interessava aos que estavam ali presentes. Ele olhou ao redor, para os rostos, mas não viu ninguém com expressão indulgente, muito menos simpática. Ele deu de ombros e deu um passo para trás.

– Façam como quiserem, então – disse ele, do modo mais frio possível. – O sr. Husband lhes deu o melhor conselho que poderia dar... e eu o reforço.

Ele se virou para partir, mas foi impedido por um par de mãos que segurou seus ombros, puxando-o com força para ficar de frente para o círculo de interrogadores mais uma vez.

– Calma, camarada – disse o homem de colete de couro. Ele ainda estava corado por causa da irritação, mas os punhos não estavam mais cerrados. – Você conversou com Tryon?

– Não – admitiu Roger. – Fui enviado...

Ele hesitou; será que deveria usar o nome de Jamie Fraser? Não, melhor não. A chance de causar problemas era a mesma de evitá-los.

– Vim pedir a Hermon Husband que atravesse o rio e veja com os próprios olhos em que pé estão as coisas. Ele decidiu, em vez disso, aceitar meu relato da situação. Vocês viram qual foi a resposta dele.

– É o que *você* diz! – Um homem corpulento, com costeletas ruivas, ergueu o queixo de modo belicoso. – E por que deveríamos aceitar seu relato da situação?

Ele imitou o sotaque escocês de Roger com exagero, fazendo seus companheiros rirem.

A tranquilidade que tinha sentido na cabana não o abandonara por completo; Roger lançou mão de tudo que restava dela e disse baixinho:

– Não posso forçá-los a me ouvir, senhor. Mas quem estiver disposto... ouça o que vou dizer.

Ele olhou de rosto em rosto, e relutantemente, um a um, eles deixaram de fazer barulho até ele estar no meio de um círculo de pessoas prestando atenção.

– As tropas do governador estão a postos e bem armadas. – Sua voz parecia estranha a seus próprios ouvidos, calma mas de alguma forma abafada, como se outra pessoa estivesse falando a certa distância. – Não estive com o governador pessoalmente, mas soube de seu propósito: ele não quer ver sangue sendo derramado, mas está determinado a tomar as atitudes que julgar necessárias para dispersar essa reunião. No entanto, se vocês voltarem pacificamente para casa, ele está disposto a ser leniente.

Um momento de silêncio se seguiu, interrompido por uma escarrada ruidosa.

Uma bolha de muco se projetou, manchada de marrom do sumo do tabaco, e pousou na lama perto da bota de Roger, fazendo barulho.

– Isso – disse o cuspidor de maneira concisa – é pela leniência do governador.

– E isto é para você, imbecil! – disse um de seus companheiros, agitando a mão aberta na direção do rosto de Roger.

Ele desviou do golpe e, abaixando o ombro, atacou o homem, que perdeu o equilíbrio e se afastou cambaleando. Havia mais além dele, entretanto; Roger ficou parado com os punhos cerrados, pronto para se defender se precisasse.

– Não o machuquem, rapazes – disse o homem com o colete de couro. – Pelo menos não ainda.

Ele rodeou Roger, mantendo-se fora do alcance dos punhos dele, e o examinou com atenção.

– Independentemente de ter visto o rosto de Tryon, imagino que tenha visto as tropas, certo?

– Vi.

O coração de Roger batia depressa, e o sangue fervia em suas têmporas, mas, estranhamente, ele não estava com medo. A multidão era hostil, mas não tinha sede de sangue... não ainda.

– Quantos homens Tryon tem?

O homem o observava atentamente, com um brilho nos olhos. Era melhor responder com sinceridade; eram grandes as chances de ele já conhecer a resposta; não havia nada que impedisse os homens da Regulação de atravessar o Alamance e avaliar a situação por si mesmos.

– Um pouco mais de mil – respondeu Roger, observando o rosto do homem com cuidado. Não era surpresa; ele *sabia*. – Mas são uma milícia treinada – acrescentou Roger, olhando de relance para vários reguladores que, tendo perdido o interesse em Roger, tinham voltado a uma brincadeira de luta livre ali perto. – E eles têm artilharia. Acho que o senhor não tem nada, certo?

O rosto do homem ficou sério.

– Pense o que quiser – disse ele. – Mas pode dizer a Tryon que temos o dobro disso. E, *treinados* ou não... – ele entortou a boca ironicamente –, estamos todos armados, cada homem com um mosquete. – Ele inclinou a cabeça para trás, semicerrando os olhos contra a luz. – Uma hora, certo? – perguntou, mais delicadamente. – Antes disso, eu acho.

Ele olhou Roger nos olhos.

– Volte para o outro lado do rio, então, senhor. Diga ao governador Tryon que não pretendemos mudar de ideia e estamos dispostos a fazer o que for preciso. Se ele ouvir e fizer o que queremos, muito bem. Caso contrário...

Ele tocou o cabo da pistola no cinto e assentiu uma vez, com o rosto sério.

Roger olhou ao redor, para os semblantes silenciosos. Alguns demonstravam incerteza, mas a maioria estava obstinada ou totalmente desafiadora. Ele se virou sem dizer nada e se afastou, as palavras do reverendo sendo sussurradas por entre as folhas de primavera enquanto ele passava embaixo das árvores.

Abençoados sejam os que promovem a paz, pois eles serão chamados de filhos de Deus.

Ele torceu para que uma pessoa levasse o crédito por tentar.

63

O LIVRO DO CIRURGIÃO I

> ***Artigo 28:*** *Os cirurgiões devem manter um livro e registrar cada homem que for cuidado por ele, incluindo o nome do homem, a tropa à qual ele pertence, o dia em que foi cuidado e o dia em que recebeu alta.*
>
> *Obrigações e Regras do Acampamento*

Senti uma brisa fria tocar meu rosto e estremeci, apesar de o dia estar bastante quente. Tive a impressão absurda e repentina de que tinha sido o toque fugaz da pena de uma asa, como se o Anjo da Morte tivesse passado por mim em silêncio, concentrado em seu trabalho sinistro.

– Besteira – falei em voz alta.

Evan Lindsay me ouviu. Vi sua cabeça se virar momentaneamente, e em seguida retomar a posição original. Como todos os outros, ele volta e meia olhava em direção ao leste.

As pessoas que não acreditam em telepatia nunca pisaram em um campo de batalha, nem serviram com um exército. Alguma coisa passa sem ser vista de homem a homem quando um exército está prestes a se mover – o próprio ar fica tomado de sentimento. Metade temor, metade impaciência, ele dança sobre a pele e percorre toda a espinha com uma urgência como um desejo repentino.

Nenhum mensageiro havia chegado ainda, mas alguém estava a caminho, eu sabia. Alguma coisa havia acontecido em algum lugar.

Todos estavam parados, esperando. Senti uma vontade enorme de me mexer, de quebrar aquele feitiço, e me virei de repente, as mãos se flexionando com a necessidade de se mover, de fazer alguma coisa. A chaleira tinha fervido, a água estava pronta, coberta com um pedaço de linho limpo. Eu havia colocado a caixa de remédios sobre um cepo; levantei a tampa e comecei a remexer o conteúdo sem pensar mais uma vez, embora soubesse que tudo estava em ordem.

Toquei os frascos reluzentes um a um, seus nomes uma litania calmante.

Atropina, beladona, láudano, elixir paregórico, óleo de lavanda, óleo de junípero, poejo, vulnerária... e a garrafa marrom achatada de álcool. Sempre álcool. Eu tinha um barril dele, ainda na carroça.

Percebi um movimento pelo canto do olho; era Jamie, o sol brilhando em seus cabelos por entre as folhas enquanto ele se movimentava silenciosamente embaixo das árvores, inclinando-se para falar alguma coisa no ouvido de alguém aqui, tocar um ombro acolá, como um mágico dando vida a estátuas.

Fiquei parada, com as mãos retorcidas sob as dobras do avental, sem querer distraí-lo, mas ao mesmo tempo desejando muito chamar sua atenção. Ele se movia com tranquilidade, brincando, tocando as pessoas de modo casual – e ainda assim eu percebia a tensão em seu corpo. Quando tinha sido a última vez que ele estivera com um exército, esperando a ordem para atacar?

Em Culloden, pensei, e os pelos de meus braços se arrepiaram, pálidos ao sol da primavera.

Ouvi o barulho de patas de cavalo por perto e o som dos animais passando pelos arbustos. Todos se viraram, ansiosos, com os mosquetes nas mãos. Ouviu-se um ofegar generalizado e murmúrios quando o primeiro cavaleiro apareceu, abaixando a cabeça ruiva sob os galhos do bordo.

– Meu Deus – disse Jamie, alto o bastante para ser ouvido do outro lado da clareira. – O que diabos *ela* está fazendo aqui?

As risadas dos homens que a conheciam romperam a tensão como rachaduras no gelo. Os ombros de Jamie relaxaram um pouco, mas seu rosto estava sério enquanto ele caminhava na direção dela.

Quando Brianna parou o cavalo e apeou ao lado dele, eu já havia alcançado os dois.

– O que... – comecei, mas Jamie já estava cara a cara com a filha, a mão em seu braço, olhos semicerrados e falando depressa em um gaélico baixo.

– Sinto muito, senhora, mas ela *decidiu* vir. – Um segundo cavalo apareceu em meio às árvores, montado por um negro com uma expressão de quem se desculpava. Era Joshua, o cavalariço de Jocasta. – Não consegui impedi-la, nem a srta. Sherston. E nós tentamos.

– Imagino – falei.

O rosto de Brianna estava corado por causa do que Jamie dizia, mas não dava sinais de que voltaria a subir no cavalo para partir. Ela disse algo a ele, também em gaélico, que eu não consegui ouvir, e ele deu um passo para trás como se tivesse sido picado no nariz por uma vespa. Ela assentiu decidida uma vez, como se estivesse satisfeita com o impacto do que dissera, e deu meia-volta. Então ela me viu e um grande sorriso transformou seu rosto.

– Mamãe!

Ela me abraçou, com o vestido cheirando a sabão, cera de abelha e terebintina. Havia uma mancha pequena de tinta azul-cobalto em seu rosto.

– Oi, querida. De onde você está vindo?

Eu beijei seu rosto e dei um passo para trás, animada por vê-la, apesar de tudo. Ela estava vestida de modo bastante simples, com o vestido marrom que usava na Cordilheira dos Frasers, mas as roupas estavam limpas e lavadas. Seus longos cabelos ruivos estavam presos para trás em uma trança e um grande chapéu de palha jazia em suas costas, pendurado pelo cordão.

– Hillsborough – respondeu ela. – Alguém que foi jantar na casa dos Sherstons ontem à noite nos contou que a milícia estava acampada aqui... então eu vim. Trouxe comida... – ela fez um gesto indicando os alforjes volumosos do cavalo – e algumas ervas da horta dos Sherstons que achei que talvez você pudesse usar.

– Ah? Ah, sim, que ótimo. – Eu estava um pouco incomodada com a presença de Jamie em algum lugar atrás de mim, mas não me virei para olhar. – Ah, não quero dar a impressão de que não estou feliz por vê-la, querida, mas possivelmente vai haver uma batalha aqui em breve, e...

– Eu sei disso.

Seu rosto ainda estava corado, e a vermelhidão se intensificou ao ouvir aquilo. Ela elevou ligeiramente a voz.

– Tudo bem; não vim para lutar. Se tivesse, teria vestido minhas calças.

Ela lançou um olhar para trás do meu ombro, e eu ouvi um resmungo alto vindo daquela direção, seguido por gargalhadas dos irmãos Lindsays. Ela abaixou a cabeça para esconder um sorriso, e eu também não consegui evitar e sorri.

– Vou ficar com vocês – disse ela, baixando a voz também e tocando meu braço. – Se for preciso cuidar de alguém... depois... posso ajudar.

Hesitei, mas não havia dúvidas de que, se as coisas terminassem em uma batalha, haveria feridos para tratar, e um par de mãos a mais seria útil. Brianna não era enfermeira treinada, mas entendia bastante sobre germes e antissepsia, conhecimento de muito mais valor por si só do que noções de anatomia ou fisiologia.

Bree tinha se endireitado. Ela olhou para os homens que esperavam à sombra dos bordos, procurando.

– Onde está Roger? – perguntou ela, com a voz baixa, mas equilibrada.

– Ele está bem – garanti a ela, torcendo para que fosse verdade. – Jamie mandou que ele atravessasse o rio hoje cedo, com uma bandeira branca, para trazer Hermon Husband para conversar com o governador.

– Ele está *lá*? – Sua voz se elevou involuntariamente, e ela voltou a falar mais baixo, constrangida. – Com o inimigo? Se é que podemos chamá-los assim.

– Ele vai voltar. – Jamie estava ao meu lado, olhando para a filha sem muito entusiasmo, mas obviamente resignado com sua presença. – Não se preocupe, querida. Ninguém vai perturbá-lo com uma bandeira branca.

Bree ergueu a cabeça, olhando o mais longe que conseguia em direção ao rio. Seu rosto estava sério, pálido e apreensivo.

– Uma bandeira branca vai ajudá-lo se ele ainda estiver lá quando os tiros começarem?

A resposta para essa pergunta – que ela obviamente sabia – era "provavelmente não". Jamie também sabia, e não se deu ao trabalho de responder. Também não se deu ao trabalho de dizer que talvez não chegasse a tanto; o clima era de ansiedade e o ar estava tomado pelo cheiro de pólvora derramada e suor de nervosismo.

– Ele vai voltar – repetiu Jamie, mas em um tom mais suave. Ele tocou o rosto dela, ajeitando atrás da orelha uma mecha solta de cabelo. – Prometo, querida. Ele vai ficar bem.

O olhar de apreensão se suavizou um pouco enquanto ela o observava. Ela parecia ter encontrado certa segurança no rosto dele, pois um pouco de sua tensão se dissipou, e ela assentiu, aceitando em silêncio. Jamie se inclinou para a frente e a beijou na testa, então se virou para falar com Rob Byrnes.

Bree ficou parada olhando para ele por um momento, então soltou os cordões de seu chapéu e se sentou ao meu lado sobre uma pedra. Suas mãos tremiam um pouco. Ela respirou fundo e apertou os joelhos para sossegá-los.

– Posso fazer algo para ajudar agora? – perguntou ela, inclinando a cabeça na direção da caixa de remédios aberta. – Precisa que eu vá buscar alguma coisa?

Neguei, balançando a cabeça.

– Não, tenho tudo de que preciso. Não há nada a fazer além de esperar. – Fiz uma careta. – É a parte mais difícil.

Ela emitiu um pequeno som de concordância relutante e relaxou, com um esforço visível. Avaliou o equipamento, franzindo o cenho de leve; o fogo, a água fervente, a mesa dobrada, a caixa grande de instrumentos e a bolsa menor onde ficava meu kit de emergência.

– O que tem aqui? – perguntou ela, apontando com a bota para o saco de lona.

– Álcool e bandagens, um bisturi, fórceps, serra de amputação, torniquetes. Eles vão trazer os feridos para cá; se puderem, os levarão a um dos outros cirurgiões. Mas se eu tiver que atender um homem ferido no campo de batalha, alguém em situação crítica demais para andar ou ser carregado, posso pegar esse kit e ir imediatamente.

Ouvi quando ela engoliu em seco e quando olhei para ela, as sardas se destacavam na ponte de seu nariz. Ela meneou a cabeça e respirou fundo para falar. Mas sua expressão mudou de repente, passando da seriedade à repugnância – foi cômico. Ela fungou uma vez, desconfiada, enrugando o nariz como um tamanduá.

Eu senti o cheiro também; o fedor de fezes frescas, vindo do bosque bem atrás de nós.

– Isso é muito comum antes de uma batalha – falei, em voz baixa, tentando não rir da expressão dela. – Eles são pegos desprevenidos, coitados.

Ela pigarreou e não disse nada, mas vi que olhava ao redor, parando em um homem, depois outro. Eu sabia o que ela estava pensando. Como era possível? Como uma pessoa podia olhar para algo tão ordenado e compacto quanto um homem, com a cabeça abaixada para ouvir as palavras de um amigo, braço esticado para pegar um cantil, rosto mudando do sorriso à carranca, olhos brilhando e músculos firmes – e pensar em rupturas, escoriações, fraturas... e morte?

Não era possível. Era um esforço da imaginação que estava além da capacidade de alguém que nunca tinha visto uma transformação tão absurda.

Mas era possível, no entanto, se lembrar. Eu tossi e me inclinei para a frente, esperando distrair a nós duas.

– O que disse ao seu pai? – perguntei, pelo canto da boca. – Quando você chegou, quando estavam falando em gaélico.

– Ah, aquilo. – Um rubor temporário suavizou sua palidez. – Ele estava me repreendendo, querendo saber o que eu achava que estava fazendo... se eu pretendia deixar meu filho órfão arriscando a minha vida e a de Roger. – Ela afastou uma mecha de cabelos ruivos da boca e me lançou um sorriso discreto. – Então eu perguntei a ele, se era tão perigoso, o que ele estava pensando, correndo o risco de *me* deixar órfã, já que você está aqui também.

Eu ri, mas também disfarcei.

– Não é perigoso para você, é? – perguntou ela, esquadrinhando o acampamento da milícia. – Aqui, quero dizer.

Neguei, balançando a cabeça.

– Não, se a batalha chegar perto de onde estamos, vamos embora no mesmo instante. Mas não acho...

Fui interrompida pelo som de um cavalo se aproximando depressa, e me levantei de imediato, juntamente com o restante do acampamento, quando o mensageiro apareceu; era um dos ajudantes de ordens de Tryon, pálido de ansiedade.

– Fiquem a postos – disse ele, pendurado na sela, meio sem fôlego.

– E o que você acha que estamos fazendo desde a madrugada? – perguntou Jamie, impaciente. – O que, em nome de Deus, está acontecendo, homem?

Muito pouco, aparentemente, mas o pouco que estava acontecendo era suficientemente importante. Um ministro do lado dos reguladores tinha ido conversar com o governador.

– Um ministro? – perguntou Jamie. – Você se refere a um quacre?

– Não sei, senhor – disse o ajudante, irritado por ser interrompido. – Os quacres não têm clérigos, todo mundo sabe disso. Não, foi um ministro chamado Caldwell, reverendo David Caldwell.

Independentemente da religião, Tryon não se deixara levar pelos apelos do embaixador. Ele não poderia e não faria isso, lidar com uma turba, e tinha um motivo. Quando os reguladores se dispersassem, ele prometia considerar qualquer reclamação justa feita a ele de modo correto. Mas eles tinham que se dispersar, em uma hora.

– Poderia em uma caixa? – murmurei, um pouco perturbada com a espera. – Poderia com uma bolacha?

Jamie tinha tirado o chapéu, e o sol brilhava forte em seus cabelos ruivos. Bree soltou uma risadinha sufocada, uma mistura de choque e diversão com a paródia aos versos de Dr. Seuss.

– Ele não poderia com uma multidão – disse ela. – Não poderia... em sua função?

– Mas ele pode – falei em voz baixa. – E temo que o faça.

Pela centésima vez naquela manhã, olhei na direção dos salgueiros em meio aos quais Roger havia desaparecido para realizar sua missão.

– Uma hora – repetiu Jamie em resposta à mensagem do ajudante. Ele olhou em direção ao rio. – E quanto tempo ainda temos?

– Talvez meia hora. – De repente, o ajudante pareceu muito mais jovem até mesmo do que era. Engoliu em seco e colocou o chapéu. – Preciso ir, senhor. Fiquem atentos ao canhão, senhor, e boa sorte!

– Para você também, senhor.

Jamie tocou o braço do ajudante em despedida, em seguida deu um tapa na anca do cavalo, mandando-o embora.

Como se tivesse sido um sinal, o acampamento começou a fervilhar de atividade, antes mesmo de o ajudante do governador desaparecer entre as árvores. Armas já carregadas e a postos foram verificadas várias vezes, fivelas desatadas e atadas, insígnias polidas, chapéus desempoeirados e fitas presas, meias puxadas para cima e firmemente amarradas, cantis cheios balançados para ter certeza de que seu conteúdo não tinha evaporado nos últimos quinze minutos.

Era contagiante. Eu me vi passando os dedos pelas fileiras de frascos de vidro na caixa mais uma vez, os nomes sendo murmurados e confundidos na minha mente como as palavras de alguém rezando com um rosário de contas, o sentido perdido no fervor da súplica. *Alecrim, atropina, lavanda, óleo de cravo...*

Bree se destacava por sua imobilidade em meio à movimentação. Estava sentada na pedra, sem nenhum movimento, exceto uma brisa casual em suas saias, os olhos fixos nas árvores distantes. Ouvi quando ela disse algo, baixinho, e me virei.

– O que você disse?

– Não está nos livros.

Ela não tirou os olhos das árvores, e suas mãos estavam unidas no colo, apertadas, como se, assim, pudesse fazer Roger aparecer em meio aos salgueiros. Ela levantou a cabeça, meneando-a em direção ao campo, às árvores, aos homens ao nosso redor.

– Isto – disse ela. – Não está nos livros de história. Li sobre o Massacre de Boston. Eu o vi *lá*, nos livros de história, e o vi *aqui*, no jornal. Mas nunca li uma palavra sequer a respeito do governador Tryon, da Carolina do Norte. Então, nada vai acontecer. – Ela falava com intensidade, desejando que fosse verdade. – Se tivesse ocorrido uma grande batalha aqui, alguém teria escrito *alguma coisa* a respeito. Ninguém escreveu... então nada vai acontecer. Nada!

– Espero que esteja certa – falei, e senti um leve calor na parte inferior das costas.

Talvez ela estivesse certa. Definitivamente não poderia ser uma grande batalha, pelo menos. Estávamos a menos de quatro anos do início da Revolução; até mesmo as menores escaramuças que antecederam aquele conflito eram bem conhecidas.

O Massacre de Boston acontecera pouco mais de um ano antes – uma briga de rua, um confronto entre uma multidão e uma tropa de soldados nervosos. Insultos gritados, algumas pedras lançadas. Um tiro não autorizado, uma saraivada de balas precipitada, e cinco homens mortos. Tinha sido relatado, com uma boa dose de acalorada editorialização, em um dos jornais de Boston; eu o vira, na sala de Jocasta; um de seus amigos havia enviado uma cópia.

E duzentos anos depois, aquele breve incidente foi imortalizado em livros escolares, prova do crescente descontentamento dos colonos. Olhei para os homens que estavam à nossa volta, preparando-se para lutar. Definitivamente, se ia haver uma grande batalha ali, um governador real reprimindo o que era, essencialmente, uma revolta dos contribuintes, seria digno de nota!

Ainda assim, isso era teoria. E eu estava inquietantemente consciente de que nem as guerras nem a história levavam muito em conta o que *deveria* acontecer.

Jamie estava ao lado de Gideon, que ele havia amarrado a uma árvore. Ele iria para a batalha com seus homens, a pé. Estava pegando suas pistolas do alforje, guardando a munição extra na bolsa presa ao cinto. A cabeça estava baixa, concentrada nos detalhes do que ele estava fazendo.

Senti uma urgência repentina e assustadora. Precisava tocá-lo, precisava dizer alguma coisa. Tentei dizer a mim mesma que Bree estava certa; que aquilo não era nada; provavelmente nem mesmo um tiro seria disparado – e, ainda assim, havia três mil homens armados nas margens do Alamance, e a consciência do derramamento de sangue pairava entre eles.

Deixei Brianna sentada na pedra, os olhos fixos no bosque, e corri até ele.

– Jamie – falei e apoiei a mão em seu braço.

Foi como tocar um fio de alta voltagem. A eletricidade zumbia sob sua pele, pronta para explodir em um clarão de luz crepitante. Dizem que uma pessoa não consegue soltar um fio assim; uma vítima de eletrocussão simplesmente fica grudada ao fio, incapaz de se mexer ou de se salvar, enquanto a corrente queima seu coração e seu cérebro.

Ele pousou a mão sobre a minha, olhando para baixo.

– *A nighean donn* – disse ele, e sorriu um pouco. – Veio me desejar boa sorte, então?

Sorri de volta da melhor maneira que consegui, apesar de a corrente percorrer o corpo, deixando tensos os músculos do meu rosto enquanto queimava.

– Não podia deixar que você partisse sem dizer... alguma coisa. Acho que "boa sorte" basta.

Hesitei, as palavras se acumulando em minha garganta com a urgência repentina de dizer muito mais do que havia tempo para dizer. No fim, disse apenas as coisas importantes:

– Jamie, eu te amo. Tome cuidado!

Ele não se lembrava de Culloden, segundo dizia. De repente, eu me perguntei se aquela perda de memória se estendia às horas que antecederam a batalha, quando ele e eu nos despedimos. Então olhei nos olhos dele e soube que não.

– "Boa sorte" basta – disse ele, e apertou minha mão, paralisada pela corrente que corria entre nós. – Mas "eu te amo" é bem melhor.

Ele tocou minha mão, ergueu a dele e acariciou meus cabelos, meu rosto, olhando em meus olhos como se quisesse capturar minha imagem naquele momento – apenas para o caso de ser a última vez que me visse.

– Talvez chegue o dia em que eu e você nos separemos de novo – disse ele baixinho, por fim, e seus dedos tocaram meus lábios, suaves como o toque de uma folha caindo. Sorriu levemente. – Mas não será hoje.

Os acordes de uma corneta atravessaram as árvores, ao longe, penetrantes como o pio de um pica-pau. Eu me virei para olhar. Brianna estava parada como uma estátua na pedra, olhando em direção à mata.

64

SINAL PARA A AÇÃO

Atenção, no mês de março, o disparo de três tiros de canhão será o sinal para formar a linha de batalha, e cinco será o sinal para a ação.

Ordem de Batalha, Wm. Tryon

Roger caminhou lentamente para longe do acampamento dos reguladores, concentrando-se para não correr nem olhar para trás. Alguns insultos e ameaças foram gritados na direção dele, mas quando alcançou as árvores, a multidão já tinha perdido o interesse nele, atraída de volta para a controvérsia em andamento. Passava do meio-dia, e era um dia quente para maio, mas ele percebeu que a camisa estava ensopada e grudada no corpo de um modo mais próprio de julho.

Ele parou assim que ficou fora de vista. Respirava ofegante e se sentia zonzo, um pouco enjoado com os efeitos da adrenalina. No centro daquele círculo de rostos hostis, ele não sentira nada... nada. Afastado e em segurança, entretanto, os músculos de suas pernas tremiam e os punhos doíam por terem ficado cerrados. Ele os abriu, flexionou os dedos tensos e tentou diminuir o ritmo da respiração.

Talvez tivesse sido mais parecido com o sobrevoo noturno do canal da Mancha e a artilharia antiaérea do que ele pensara, afinal.

Mas ele havia voltado. Iria para casa ver a esposa e o filho. A ideia provocou-lhe uma estranha pontada no peito e um alívio profundo e um pesar ainda maior, inesperado, por seu pai, que não tivera a mesma sorte.

Uma brisa suave o envolveu, esvoaçando os pelos úmidos de seu pescoço com um agradável sopro de frescor. Ele tinha ensopado a camisa e o casaco de suor, e a gola úmida de repente começou a dar a sensação de que ia sufocá-lo. Tirou o casaco e o segurou pela gola, chacoalhando-o com dedos trêmulos, em seguida permaneceu de pé, com os olhos fechados e a peça de roupa na mão, respirando profundamente, até a sensação momentânea de náusea passar.

Lembrou-se da última vez que vira Brianna, emoldurada pela porta, com Jemmy no colo. Viu seus cílios molhados pelas lágrimas e os olhos redondos e sérios do bebê, e percebeu um eco profundo da sensação que tivera na cabana com Husband; uma visão de beleza, uma convicção de felicidade que acalmaram sua mente e tranquilizaram sua alma. Voltaria para eles, era só o que importava.

Depois de um momento, ele abriu os olhos, pegou o casaco e partiu, começando a sentir o corpo mais tranquilo, ainda que a mente se agitasse, ao avançar lentamente em direção ao rio.

Não havia levado Husband de volta até Jamie, mas tinha conseguido tanto quanto o próprio Jamie poderia conseguir. Era possível que a turba – não eram um exército, não importava o que Tryon pensasse deles – de fato se separasse, se dispersasse e fosse para casa, privada de qualquer coisa que fosse remotamente semelhante à liderança de Husband. Era o que ele esperava.

Ou talvez não. Outro homem podia surgir daquela turba agitada, alguém capaz de assumir o comando. Um pensamento lhe ocorreu ao se lembrar de uma frase ouvida durante a confusão perto da cabana.

"Veio oferecer termos diferentes daqueles que Caldwell propôs?", o homem de barba escura perguntara a ele. E mais cedo, ouvido vagamente em meio às batidas na porta da cabana, enquanto ele rezava com Husband: "Não temos tempo para isso!", alguém gritara. "Caldwell voltou de uma conversa com o governador..." e outra pessoa havia acrescentado, em tom de desespero: "Uma hora, Hermon! Ele está nos dando uma hora, nada mais!"

– Merda – disse ele em voz alta.

David Caldwell, o ministro presbiteriano que havia casado ele e Bree. Tinha que ser ele. Evidentemente, o homem tinha ido falar com Tryon em nome dos reguladores – e tinha sido repelido com um alerta.

"Uma hora, nada mais." Uma hora para se dispersar e partir em paz? Ou uma hora para responder a um ultimato?

Ele olhou para cima. O sol estava alto, passava um pouco do meio-dia. Vestiu o casaco e colocou a gola do uniforme no bolso, ao lado da bandeira branca não usada. O que quer que significasse aquele intervalo de uma hora, estava claro que era hora de ir.

O dia ainda estava claro e quente, o cheiro da grama e das folhas das árvores pungente com a seiva que se acumulava. Agora, no entanto, sua sensação de urgência e a lembrança dos reguladores, zumbindo como vespas, impediam que ele apreciasse as belezas da natureza. Mesmo assim, ainda havia um resquício de paz dentro dele enquanto caminhava depressa em direção ao rio; um tênue eco da sensação que tivera na cabine.

Aquela sensação estranha de reverência havia permanecido com ele, escondida, mas acessível, como uma pedra lisa em seu bolso. Ele a revirou em sua mente enquanto caminhava em direção ao rio, quase sem prestar atenção aos galhos e folhas em seu caminho.

Que peculiar, pensou. Nada tinha *acontecido*, e na verdade a experiência toda parecera bem normal – nada fora do comum nem sobrenatural. E ainda assim, depois de ver aquela luz particularmente intensa, não conseguia esquecer. Conseguiria explicar a Brianna?, ele se perguntou.

Um galho raspou em seu rosto e ele esticou o braço para afastá-lo, sentindo, enquanto fazia isso, uma leve surpresa diante do brilho das folhas verdes, a delicadeza singular de suas bordas, dentadas como facas, mas leves como papel. Um eco, tênue, mas reconhecível, do que ele tinha visto antes, aquela beleza penetrante. Será que Claire tinha visto isso?, ele pensou de repente. Será que ela via o toque de beleza nos corpos sob suas mãos? Será que era assim e, por causa disso, ela era uma curandeira?

Husband também tinha visto, ele sabia; havia compartilhado essa percepção. E, ao vê-la, havia confirmado seus princípios quacres e deixara o campo de batalha, incapaz de cometer violência ou de permiti-la.

E quanto a seus próprios princípios? Acreditava que continuassem inalterados; se não queria atirar em ninguém antes, queria ainda menos agora.

Os cheiros da primavera ainda permaneciam no ar, e uma pequena borboleta azul passou por seu joelho sem nenhuma preocupação aparente. Ainda era um belo dia de primavera, mas toda a ilusão de tranquilidade havia desaparecido. O cheiro de suor, sujeira, medo e raiva que parecia pairar no ar do acampamento ainda estava em suas narinas, misturado ao cheiro mais limpo de trílio e água.

E os princípios de Jamie Fraser?, ele se perguntou, passando pelo bosque de salgueiros que marcava o vau do rio. Ele sempre se perguntava o que movia Fraser, atraído tanto pelo afeto que sentia por ele quanto por sua curiosidade fria de historiador. Roger tomara sua própria decisão a respeito daquele conflito... ou deixara que fosse tomada por ele. Não podia, em sã consciência, pensar em ferir ninguém, apesar de supor que fosse capaz de defender a própria vida, se fosse preciso. Mas Jamie?

Ele tinha quase certeza de que Jamie simpatizava com os reguladores. Também achava provável que seu sogro não tivesse nenhum senso de lealdade pessoal para com a Coroa; com ou sem juramento, certamente nenhum homem poderia sobreviver a Culloden e suas consequências acreditando que devesse fidelidade ao rei da Inglaterra, muito menos qualquer outra coisa mais substancial. Não, não à Coroa, mas talvez a William Tryon?

Não havia nenhuma lealdade de natureza pessoal ali, tampouco – mas certamente havia um senso de obrigação. Tryon havia convocado Jamie Fraser, e ele estava ali. Considerando as condições, ele não tivera muita escolha. Mas estando ali... ele lutaria?

Como poderia não lutar? Tinha que liderar seus homens e, se houvesse uma batalha – Roger olhou para trás, como se a nuvem de raiva que pairava sobre o exército dos reguladores pudesse estar agora visível, avolumando-se, negra, acima das árvores –, sim, ele teria que lutar, não importavam quais fossem seus sentimentos pessoais em relação ao assunto.

Roger tentou se imaginar mirando um mosquete em um homem com quem não tivesse nenhuma desavença e puxando o gatilho. Ou, pior, derrubando um vizinho com o cavalo, empunhando a espada. Cortando a cabeça de Kenny Lindsay, por exemplo? Não conseguia imaginar. Não era à toa que Jamie havia buscado a ajuda de Husband para pôr fim ao conflito antes que começasse!

Ainda assim, Claire dissera a ele, uma vez, que Jamie havia lutado como mercenário na França, quando jovem. Presumivelmente, ele *tinha* matado homens com quem não tinha nenhuma desavença. Como...

Roger abriu caminho entre os salgueiros e ouviu as vozes antes de vê-las. Um grupo de mulheres estava trabalhando mais adiante no rio; acompanhantes do acampamento. Algumas estavam agachadas na água, com as pernas nuas, lavando, outras carregavam roupas molhadas margem acima, para pendurá-las em árvores e arbustos. Ele olhou casualmente além delas, e então deu um passo para trás ao ver... o quê? O que era aquilo?

Ali. Ele não sabia ao certo por que a notara – não havia nada que chamasse a atenção para ela. E, ainda assim, ela se destacava das outras mulheres como se tivesse sido traçada, desenhada com tinta preta para se destacar contra o rio e a folhagem.

– Morag – sussurrou ele, e seu coração bateu de repente com um leve choque de alegria. Ela estava viva.

Ele estava prestes a deixar a proteção dos salgueiros quando lhe ocorreu pensar no que estava fazendo, sem falar em por que estava fazendo. Já era tarde demais, no entanto; ele já estava na margem, caminhando em direção a elas.

Várias das mulheres olharam para ele; algumas meio paralisadas, atentas. Mas ele era apenas um homem, desarmado. Havia mais de vinte mulheres à beira do rio, e seus homens estavam por perto. Elas observaram, curiosas, mas não alarmadas, enquanto ele avançava pelo rio raso.

Ela ficou imóvel, com a água do rio na altura dos joelhos, as saias puxadas para cima, observando-o se aproximar. Ela o achava familiar, ele percebeu, mas não deu nenhum sinal de reconhecê-lo.

As outras mulheres recuaram um pouco, desconfiadas. Ela estava em meio às libélulas dardejantes, com mechas de cabelos castanhos escapando da touca, um avental molhado esquecido nas mãos. Ele se aproximou, saindo da água, e ficou diante dela, molhado até os joelhos.

– Sra. MacKenzie – disse ele baixinho. – Que bom vê-la.

Ela esboçou um pequeno sorriso. Seus olhos eram castanhos; ele não tinha notado antes.

– Sr. MacKenzie – falou ela, e fez um aceno discreto de cabeça.

A mente dele trabalhava sem parar, pensando no que fazer. Tinha que alertá-la, mas como? Não na frente de todas as outras mulheres.

Ele ficou parado e sem jeito por um momento, sem saber o que fazer, e então, inspirado, abaixou-se e pegou as roupas molhadas que flutuavam na água perto das pernas dela. Ele se virou e subiu a margem do rio com elas, e Morag o seguiu com uma pressa repentina.

– O que está fazendo? – perguntou ela. – Volte aqui com minhas roupas!

Ele carregou as roupas molhadas até as árvores, então as depositou casualmente sobre um arbusto, lembrando-se que tinham sido lavadas e, por isso, tomando o cuidado de não deixar que encostassem na terra. Morag estava logo atrás dele, com o rosto corado de indignação.

– O que acha que está fazendo, seu ladrão de roupas? – perguntou ela, irritada. – Devolva isso, já!

– Não estou roubando as roupas – assegurou Roger. – Só queria conversar a sós com você um pouco.

– É mesmo? – Ela lançou a ele um olhar desconfiado. – O que é, então?

Ele sorriu para ela. Morag ainda era magra, mas os braços estavam morenos e o rosto tinha uma cor saudável – ela estava limpa e tinha perdido a aparência pálida e abatida de quando se achava a bordo do *Gloriana*.

– Queria saber se você está bem – disse ele com delicadeza. – E seu filho... Jemmy?

A menção àquele nome causou uma estranha comoção dentro dele, e por uma fração de segundo ele viu a imagem de Brianna na porta, com o filho no colo, se sobrepondo à lembrança que tinha de Morag, segurando o filho na penumbra do porão do navio, disposta a matar ou morrer para ficar com ele.

– Ah – disse ela, e a suspeita desapareceu levemente, substituída por um reconhecimento relutante de que ele tinha o direito de perguntar. – Estamos bem... nós dois. E meu marido também – acrescentou ela de maneira contundente.

– Fico feliz em saber. Muito feliz. – Ele procurou mais alguma coisa para falar, sentindo-se estranho. – Eu... penso em vocês de vez em quando... me pergunto se... se tudo está bem. Quando vi você agora há pouco... bem, pensei em perguntar, só isso.

– Ah, sim. Sim, entendo. Bem, eu lhe agradeço, sr. MacKenzie. – Ela levantou a cabeça e o encarou com seus olhos castanhos e sinceros. – Eu reconheço o que fez por nós. Nunca me esquecerei; rezo por você todas as noites.

– Ah. – Roger sentiu como se um leve peso o tivesse atingido no peito. – Ah... obrigado.

Ele se perguntava, de vez em quando, se ela pensava nele. Será que se lembrava do beijo que ele lhe dera, no porão do navio, buscando um pouco de seu calor para se proteger do frio da solidão? Ele pigarreou, corando ao se lembrar.

– Você... mora aqui perto?

Ela balançou a cabeça e um pensamento, uma lembrança, fez seus lábios se contraírem.

– Morávamos, mas agora não mais... Bem, não importa. – Ela se virou, de repente séria, e começou a recolher as roupas molhadas do arbusto, sacudindo cada uma antes de dobrá-las. – Agradeço a preocupação, sr. MacKenzie.

Ele estava claramente sendo dispensado. Secou as mãos na calça e mexeu os pés, sem querer partir. Precisava dizer a ela... mas depois de encontrá-la de novo, sentiu-se estranhamente relutante em simplesmente alertá-la e partir; a curiosidade fervilhava dentro dele... curiosidade e uma sensação peculiar de conexão.

Talvez não tão peculiar; aquela mulher morena e franzina era sua parente, sua família... a única pessoa de seu sangue que ele conhecera desde a morte dos pais. Ao mesmo tempo, era *muito* peculiar, ele se deu conta quando estendeu a mão e segurou o braço dela. Ela era sua antepassada distante, afinal de contas.

Ela ficou tensa, tentou se desvencilhar, mas ele continuou segurando-a pelo braço. A pele dela estava fria por causa da água, mas ele sentiu sua pulsação sob seus dedos.

– Espere – disse ele. – Por favor, só um momento. Eu... Eu preciso dizer... algumas coisas.

– Não, não precisa. Prefiro que não diga.

Ela puxou com mais força e sua mão escorregou pela dele, libertando-se.

– Seu marido. Onde ele está?

Conclusões tardias estavam se formando em seu cérebro. Se ela não morava perto, então era o que ele pensou que fosse assim que viu as mulheres: uma acompanhante do acampamento. Não era uma prostituta, ele apostaria a vida que não; então, estava acompanhando o marido, o que significava que...

– Ele está muito perto daqui!

Ela deu um passo para trás, calculando a distância entre ela e o restante da roupa. Roger estava entre ela e o arbusto; ela teria que passar perto dele para recuperar suas anáguas e meias.

Percebendo, de repente, que ela sentia um pouco de medo dele, Roger se virou depressa, pegando algumas coisas aleatoriamente.

– Sinto muito. Suas roupas... Tome.

Ele as entregou a ela, que estendeu os braços para pegá-las por reflexo. Algo caiu – uma roupa de bebê –, e os dois se abaixaram para pegá-la, batendo as testas com força.

– Ai, ai! Minha nossa!

Morag levou a mão à cabeça, embora ainda segurasse as roupas molhadas contra o peito com a outra mão.

– Meu Deus, você está bem? Morag... Sra. MacKenzie... está bem? Sinto muito!

Roger tocou o ombro dela, fitando-a com os olhos semicerrados, marejados de dor. Ele se abaixou para pegar a roupinha que tinha caído no chão entre eles e fez um esforço para limpar as manchas de lama da roupa molhada. Ela piscou, com os olhos igualmente lacrimejantes, e riu da expressão de consternação dele.

A colisão tinha quebrado a tensão entre eles, de certo modo. Ela deu um passo para trás, mas não parecia mais se sentir ameaçada.

– Sim, estou bem. – Ela fungou e secou os olhos, em seguida tocou o ponto dolorido na testa com cuidado. – Tenho uma cabeça dura, minha mãe sempre dizia. Você está bem?

– Sim, bem.

Roger tocou a própria testa, percebendo repentinamente que a curva do osso da sobrancelha sob seus dedos era exatamente igual à da pessoa a sua frente. A dela era menor, mais delicada, mas igual.

– Também tenho a cabeça dura. – Ele sorriu para ela, sentindo-se ridiculamente feliz. – É de família.

Ele entregou a ela a blusa manchada de lama, com cuidado.

– Sinto muito – disse ele, desculpando-se de novo, não só pela roupa suja. – Seu marido. Perguntei sobre ele porque... ele é um dos reguladores, então?

Ela olhou para ele com curiosidade, erguendo a sobrancelha.

– Claro. Você não está com os reguladores?

Claro. Daquele lado do Alamance, o que mais podia ser? As tropas de Tryon estavam reunidas em boa ordem militar no campo além do rio. Ali, os reguladores enxameavam como abelhas, sem liderança nem direção, uma massa irada zumbindo com violência.

– Não – respondeu ele. – Vim com a milícia.

Ele acenou em direção ao borrão distante, onde a fumaça dos acampamentos de Tryon podia ser vista, bem além do rio. Os olhos dela ficaram desconfiados novamente, mas não assustados; ele era apenas um homem.

– Era o que eu queria dizer a você – explicou ele. – Alertar você e seu marido. O governador está falando sério desta vez; ele trouxe tropas organizadas, trouxe canhões. Muitas tropas, todas armadas.

Ele se inclinou na direção dela, entregando-lhe as meias molhadas restantes. Ela estendeu a mão para pegá-las, mas continuou à espera, olhando para ele.

– Ele quer pôr fim a essa rebelião, custe o que custar. Já deu ordens para matar, se houver resistência. Compreende? Deve dizer isso a seu marido, fazer com que ele parta antes... antes que alguma coisa aconteça.

Ela empalideceu e levou a mão à barriga, em um reflexo. A água das roupas havia molhado a musselina fina de seu vestido, e ele viu o leve inchaço escondido ali, redondo e liso como um melão sob a roupa úmida. Sentiu o medo dela no próprio corpo, como se as meias molhadas que ela segurava conduzissem eletricidade.

"Morávamos... mas agora não mais", dissera ela quando ele perguntou se moravam perto. Talvez ela quisesse dizer apenas que eles tinham se mudado para um novo lugar, mas... havia coisas de bebê entre as roupas; o filho estava com ela ali. O marido estava em algum lugar com os outros homens.

Um homem solteiro podia pegar sua arma e se unir a uma turba, por nenhum motivo além da bebida ou do tédio; um homem casado e com filhos, não. Era um sinal de forte descontentamento, de uma injustiça significativa. E levar a esposa e o filho para a guerra sugeria que ele não tinha um lugar seguro onde deixá-los.

Roger concluiu que era provável que Morag e o marido não tivessem onde morar, e compreendeu o medo dela perfeitamente. Se seu marido fosse morto ou ficasse incapacitado, como ela sustentaria Jemmy e o bebê que crescia em seu ventre? Ela não tinha ninguém, não tinha família a quem recorrer.

Na verdade, tinha, mas não sabia. Ele segurou a mão dela com força, puxando-a na direção dele, tomado pela necessidade de protegê-la e a seus filhos de algum modo. Ele já os salvara uma vez; poderia salvá-los de novo.

– Morag – disse ele. – Ouça. Se alguma coisa acontecer... qualquer coisa, me procure. Se precisar de qualquer coisa, eu cuidarei de você.

Ela não fez nenhum esforço para se afastar, mas o encarou com os olhos castanhos e sérios, franzindo levemente o cenho. Ele sentiu uma vontade irresistível de estabelecer um contato físico entre eles – dessa vez, por ela, não só por ele. Inclinou-se para a frente e a beijou com muita delicadeza.

Ele abriu os olhos então e ergueu a cabeça, e viu-se olhando por cima do ombro dela, para o rosto incrédulo de seu bisavô distante.

– Afaste-se de minha esposa.

William Buccleigh MacKenzie saiu do meio dos arbustos com um forte farfalhar de folhas e um olhar de sinistra determinação. Ele era um homem alto, quase da mesma altura de Roger, e de ombros largos. Mais detalhes pessoais pareciam irrelevantes, já que ele também portava uma faca. Ainda estava embainhada no cinto, mas ele havia pousado a mão no cabo de maneira sugestiva.

Roger resistiu a seu primeiro impulso, que tinha sido dizer: "Não é o que você está pensando." Não era, mas não havia alternativas plausíveis a sugerir.

– Eu não tive a intenção de desrespeitá-la – disse ele, então, endireitando-se lentamente. Sentiu que não seria inteligente de sua parte fazer nenhum movimento brusco. – Peço desculpas.

– Não? E o que diabos pretendia, então?

MacKenzie apoiou a mão de modo possessivo no ombro da esposa, olhando de forma ameaçadora para Roger. Ela se retraiu; os dedos do marido estavam cravados em sua pele. Roger gostaria de afastar aquela mão, mas provavelmente causaria mais problemas do que já tinham sido criados.

– Conheci sua esposa... e você – disse ele – a bordo do *Gloriana*, um ou dois anos atrás. Quando a reconheci aqui, pensei em perguntar sobre o bem-estar da família. Só isso.

– Ele não me fez mal, William. – Morag tocou a mão do marido, que aliviou a pressão. – É exatamente o que ele disse. Não se lembra dele? Foi ele quem encontrou Jemmy e eu no porão quando nos escondemos lá... Ele levou água e comida para nós.

– Você me pediu para cuidar deles – acrescentou Roger. – Durante a luta, naquela noite em que os marinheiros lançaram os doentes ao mar.

– Ah, é? – Os traços de MacKenzie se suavizaram um pouco. – Então era você? Não vi seu rosto, estava escuro.

– Também não vi o seu.

Mas o via claramente agora, e apesar da estranheza das circunstâncias, observou o rosto com interesse.

Então aquele era o filho – não reconhecido – de Dougal MacKenzie, outrora chefe de guerra dos MacKenzies de Leoch. Parecia ser. O rosto dele era uma versão mais rude, mais quadrada e mais clara do rosto da família, mas, olhando com atenção, Roger conseguiu perceber facilmente as maçãs do rosto amplas e a testa alta que Jamie Fraser tinha herdado do clã de sua mãe. Isso e a altura da família; MacKenzie tinha mais de 1,80 metro, quase da mesma altura de Roger.

O homem se virou um pouco ao ouvir um som vindo do arbusto e o sol iluminou seus olhos verdes. Roger sentiu uma súbita vontade de fechar os olhos, para que MacKenzie não o reconhecesse.

Mas MacKenzie tinha outras preocupações. Dois homens saíram dos arbustos, com olhar desconfiado e sujos devido ao tempo passado no acampamento. Um deles levava um mosquete; o outro estava armado apenas com um porrete cortado de um galho caído.

– Quem é esse aí, Buck? – perguntou o homem com a arma, olhando para Roger com suspeita.

– É o que estou tentando descobrir. – O abrandamento temporário havia desaparecido, deixando o rosto de MacKenzie ameaçadoramente sério. Ele virou a esposa de costas e lhe deu um leve empurrão. – Volte para junto das mulheres, Morag. Vou cuidar desse sujeito.

– Mas, William... – Morag olhou para Roger e para o marido, com o rosto tomado de aflição. – Ele não fez nada...

– Ah, então você acha que não é nada um homem beijar você em público, como se isso fosse normal?

William olhou para ela com uma expressão ameaçadora, e ela enrubesceu, evidentemente lembrando-se do beijo, mas continuou, gaguejando:

– Eu... não, quero dizer... é que... ele foi gentil conosco. Não devíamos...

– Eu disse para você voltar!

Ela abriu a boca para protestar, mas se retraiu quando William fez um movimento brusco na direção dela, com o punho cerrado. Sem pensar, Roger se virou, acertando um soco no rosto de MacKenzie com um baque que fez seu braço tremer até o cotovelo.

Perdendo o equilíbrio, William cambaleou e caiu apoiado em um dos joelhos, balançando a cabeça. O sobressalto de Morag foi encoberto pelas exclamações perplexas dos outros homens. Antes que pudesse se virar para olhar para eles, Roger ouviu um som atrás de si – silencioso, mas alto o bastante para fazer seu sangue gelar; o som frio de um martelo se afastando para golpear.

Ouviu-se um breve *pst!* de pólvora sendo acesa, e então um *pfoom*! quando a arma disparou com um rugido e uma nuvem de fumaça preta. Todos se assustaram e tropeçaram com o ruído, e Roger se viu lutando de maneira confusa com um dos outros homens, ambos tossindo e meio ensurdecidos. Quando se desvencilhou do agressor, viu Morag ajoelhada sobre as folhas, passando uma das roupas molhadas no rosto do marido. William a empurrou para longe com brutalidade, levantou-se e partiu para cima de Roger, com os olhos arregalados e o rosto vermelho de ódio.

Roger se virou, escorregando nas folhas, e se livrou das garras do homem armado, correndo para se esconder nos arbustos. Então, embrenhou-se na mata, gravetos e pequenos galhos se partindo ao seu redor, arranhando o rosto e os braços ao abrir caminho. Um baque pesado e o som de uma respiração surgiram atrás dele e uma mão apertou seu ombro com força.

Ele segurou a mão e a torceu forte, ouvindo o estalar da articulação e do osso. O dono da mão gritou e se afastou, e Roger se lançou na direção de uma abertura nos arbustos.

Caiu no chão, batendo um dos ombros, meio curvado, rolou, atravessou um arbusto pequeno e escorregou pela margem íngreme e lamacenta, e caiu na água, aterrissando com um *splash*.

Lutando para encontrar apoio, ele se levantou, tossiu e ficou de pé, afastando os cabelos e a água dos olhos, e viu William MacKenzie no alto da margem acima dele. Ao ver o inimigo em desvantagem, MacKenzie se lançou sobre ele com um grito.

Algo como uma bola de canhão atingiu o peito de Roger, e ele caiu na água com estardalhaço, ouvindo os gritos distantes das mulheres. Não conseguia respirar nem ver, mas lutava com a confusão de roupas, membros e lama, batendo no fundo enquanto tentava em vão encontrar um ponto de apoio, os pulmões ardendo em busca de ar.

Conseguiu colocar a cabeça para fora da água. Abriu e fechou a boca como um peixe, respirando com dificuldade, e ouviu o ruído de sua respiração, e a de MacKenzie também. MacKenzie se afastou, cambaleando, e ficou de pé alguns metros à frente, arquejando como um motor enquanto a água escorria de suas roupas. Roger se curvou, se esforçando para respirar, as mãos apoiadas nas coxas e os braços tremendo devido ao esforço. Engolindo o ar mais uma vez, ele se endireitou e afastou os cabelos molhados do rosto.

– Ouça – começou ele, ofegante –, eu...

Não disse mais nada, já que MacKenzie, ele mesmo ainda ofegante, avançou na direção dele pela água que chegava a sua cintura. O rosto do homem tinha uma expressão estranha, arrebatada, e os olhos verde-musgo brilhavam intensamente.

Tarde demais, Roger pensou em outra coisa. O homem era o filho de Dougal MacKenzie. Mas também era filho de Geillis Duncan, a bruxa.

Em algum lugar além dos salgueiros, ouviu-se um ribombar pesado, e bandos de pássaros assustados saíram grasnando das árvores. A batalha tinha começado.

65

ALAMANCE

O governador, então, mandou o capitão Malcolm, um de seus ajudantes de campo, e o xerife de Orange, com sua carta, exigindo que os rebeldes abaixassem as armas, entregassem seus líderes, etc. Aproximadamente às dez e meia, o capitão Malcolm e o xerife voltaram com a informação de que o xerife havia lido a carta diversas vezes, para diferentes divisões de rebeldes, que rejeitaram os termos oferecidos, com desdém, disseram que não queriam tempo para pensar e com clamores rebeldes pediram uma batalha.

"Diário da expedição contra os Insurgentes", Wm. Tryon

– Fique atento a MacKenzie. – Jamie tocou o ombro de Geordie Chisholm, e Geordie virou-se para olhar, compreendendo a mensagem com um leve meneio de cabeça.

Todos eles sabiam. Eram bons rapazes, tomariam cuidado. Eles o encontrariam, com certeza, voltando na direção deles.

Ele disse isso a si mesmo pela décima vez, mas a afirmativa soou tão vazia dessa vez como tinha soado antes. Meu Deus, o que teria acontecido com o homem?

Ele passou à frente, afastando os arbustos com violência, como se fosse um inimigo pessoal. Se ficassem atentos, veriam MacKenzie a tempo, não atirariam nele por engano. Ou foi o que ele disse a si mesmo em uma tentativa de se convencer, pois sabia perfeitamente bem que no meio dos inimigos e no calor da batalha, uma pessoa atirava em qualquer coisa que se movesse, e raramente havia tempo para conferir os traços de um homem que vinha na sua direção em meio à fumaça.

Não que fosse fazer muita diferença quem fizesse isso por MacKenzie, se alguém o fizesse. Brianna e Claire o responsabilizariam pela vida do homem, e com razão.

Então, para seu alívio, não havia mais tempo para pensar. Eles chegaram a terreno aberto e os homens se espalharam e correram, abaixando-se, ziguezagueando pela grama em grupos de três ou quatro, como ele havia ensinado, um soldado mais experiente em cada grupo. Atrás deles, o primeiro tiro de canhão soou como um trovão no céu ensolarado.

Ele viu os primeiros reguladores nesse momento, um grupo de homens correndo, como eles, vindo do outro lado do terreno aberto. Eles ainda não tinham visto os homens dele.

Antes que os vissem, ele gritou "*Casteal an DUIN!*", e os atacou, mosquete erguido sobre a cabeça em sinal para os homens atrás dele. Gritos e berros cortaram o ar, e os reguladores, assustados e pegos desprevenidos, pararam desalinhados, atrapalhando-se com suas armas e uns com os outros.

– *Thugham! Thugham!*

Para mim, para mim! Por pouco, foi por pouco. Ele se apoiou em um dos joelhos, curvado sobre o mosquete, empunhou-o e atirou acima das cabeças dos homens que avançavam.

Atrás de si, ele ouviu o grunhido de seus homens se abaixando em posição de tiro, o som da pederneira e, por fim, o barulho ensurdecedor da saraivada.

Um ou dois dos reguladores se abaixaram, atirando de volta. O restante saiu correndo em busca de abrigo, em direção a uma pequena elevação no campo.

– *A draigha!* Esquerda! *Nach links!* Isolem-nos! – ele se ouviu gritar, mas o fez sem pensar, já correndo.

O pequeno grupo de reguladores se separou, alguns partindo em direção ao rio, o resto se unindo como cordeiros, correndo em disparada em busca da proteção da pequena elevação no campo.

Eles conseguiram, desaparecendo atrás da curva do monte, e Jamie chamou as tropas de volta, com um assovio agudo que podia ser ouvido acima do estrondo das armas. Ele ouvia os tiros agora, o som dos mosquetes, à esquerda deles. Partiu nessa direção, confiando que eles o seguiriam.

Um erro. A terra ali era pantanosa, cheia de buracos encharcados e lama pegajosa. Ele gritou e acenou de novo, indo de volta em direção ao terreno mais elevado. Recuariam para aquele ponto e deixariam que o inimigo fosse até eles, se quisesse.

O terreno elevado era coberto de vegetação, seca, pelo menos. Ele abriu a mão e acenou, fazendo um gesto para que os homens se espalhassem, buscassem abrigo.

O sangue latejava em suas veias, e sua pele ardia e formigava. Uma nuvem de fumaça cinza-esbranquiçada surgiu entre as árvores próximas, acre com o cheiro de pólvora. O ribombar das armas era regular agora, conforme as tropas de artilharia entravam no ritmo, martelando como um enorme e lento coração a distância.

Ele avançou lentamente na direção oeste, mantendo-se atento. A vegetação ali era composta, em grande parte, por sumagre e olaia, com emaranhados de espinheiros na altura da cintura e pequenas matas de pinheiros que passavam de sua cabeça. A visibilidade era ruim, mas ele ouviria se alguém se aproximasse, muito antes de ver – ou de ser visto.

Nenhum de seus homens estava à vista. Ele se abrigou sob um corniso e deu um grito agudo, parecido com o grasnado de uma codorna. Gritos similares vieram de trás dele, nenhum da frente. Ótimo, eles sabiam mais ou menos onde os outros estavam. Com cautela, ele foi adiante, abrindo caminho por entre a mata. Estava mais fresco ali, com a sombra das árvores, mas o ar estava carregado e o suor escorria por seu pescoço e por suas costas.

Ele ouviu o ruído de passos e se escondeu de novo entre os galhos de um pinheiro, deixando que as agulhas escuras o cobrissem, com o mosquete erguido em uma abertura na folhagem. Quem quer que fosse, avançava depressa. O quebrar de galhos no chão e o som da respiração pesada, e um jovem apareceu entre os arbustos, ofegante. Não tinha arma, mas uma faca pequena brilhava em sua mão.

O rapaz era familiar, ele percebeu ao olhar para ele, e a memória de Jamie deu nome ao jovem antes que seu dedo relaxasse no gatilho.

– Hugh! – chamou ele, com a voz baixa, mas firme. – Hugh Fowles!

O jovem deixou escapar um grito assustado e se virou para olhar. Viu Jamie e sua arma através da tela de agulhas e ficou paralisado como um coelho.

Então, uma onda de determinação movida pelo pânico tomou seu rosto, e ele se lançou na direção de Jamie, gritando. Surpreso, Jamie quase não conseguiu erguer o mosquete a tempo de conter a lâmina com o cano. Ele forçou a faca para cima e para trás; ela raspou o cano com um ruído metálico agudo, atingindo de raspão os nós dos dedos de Jamie. O jovem Hugh afastou o braço para dar um golpe, e ele chutou o rapaz com força no joelho, saindo do caminho quando o jovem perdeu o equilíbrio e cambaleou para o lado, girando a faca sem controle.

Jamie o chutou de novo, e ele caiu, a faca se enterrando no chão.

– Quer parar com isso? – perguntou Jamie, um tanto irritado. – Pelo amor de Deus, rapaz, não me conhece?

Ele não sabia se Fowles o conhecia ou não – nem mesmo se o rapaz o ouvira. Com o rosto pálido e os olhos arregalados, Fowles se debatia em pânico, ofegando enquanto procurava se levantar, ao mesmo tempo que tentava pegar a faca.

– Você pode... – começou Jamie, e pulou para trás quando Fowles desistiu da faca e foi para cima dele.

O peso do garoto fez Jamie tombar para trás, e suas mãos o apalparam, tentando agarrar sua garganta. Ele largou o mosquete, fez um movimento com o ombro na direção de Fowles e pôs fim àquela besteira com um golpe rápido e brutal na barriga do garoto.

Hugh Fowles caiu e ficou encolhido no chão, contorcendo-se como uma centopeia ferida e fazendo as caretas chocadas e ofegantes típicas de alguém cujo café da manhã acabara de ser mandado para seus pulmões.

Jamie levou a mão direita à boca, sugando o sangue dos nós dos dedos feridos. A faca do rapaz havia cortado a pele de quatro deles, e o soco piorara a situação. Os dedos ardiam como fogo, e o sangue tinha um gosto metálico.

Mais passos, aproximando-se com rapidez. Ele mal teve tempo de pegar o mosquete antes que os arbustos se abrissem de novo, dessa vez revelando o sogro de Fowles, Joe Hobson, segurando um mosquete.

– Pare onde está.

Jamie se agachou atrás de sua arma, apontando para o peito de Hobson, que parou como se fosse uma marionete puxada pelas cordas.

– O que você fez com ele?

Hobson olhou para Jamie e em seguida para seu genro.

– Nada permanente. Abaixe a arma, sim?

Hobson não se mexeu. Ele estava coberto de sujeira e com a barba por fazer, mas os olhos estavam brilhantes e atentos em seu rosto.

– Não quero lhe fazer mal. Abaixe a arma!

– Não seremos capturados – disse Hobson.

Seu dedo se apoiou no gatilho da arma, mas havia um tom hesitante em sua voz.

– Você já está capturado, seu tolo. Não se preocupe, nada de ruim vai acontecer com você nem com o rapaz. Estarão mais seguros na prisão do que aqui, homem!

Um estrondo sibilante pontuou sua frase quando algo voou por entre as árvores alguns metros acima deles, partindo galhos no caminho. Uma bala encadeada, pensou Jamie automaticamente ao se abaixar por reflexo, tenso.

Hobson se abaixou aterrorizado, virando o cano da arma na direção de Jamie. Ele se moveu bruscamente de novo, e seus olhos se arregalaram de surpresa quando uma mancha vermelha apareceu lentamente em seu peito. Olhou para ela, atordoado, o cano da arma pendendo como um caule murcho. Então ele soltou a arma, sentou-se de repente, recostou-se contra uma árvore caída e morreu.

Jamie se virou, ainda agachado, e viu Geordie Chisholm atrás dele, o rosto meio enegrecido com a fumaça do tiro, olhando para o corpo de Hobson como se estivesse se perguntando como *aquilo* tinha acontecido.

O estrondo da artilharia foi ouvido de novo, e mais um míssil passou voando pelos galhos e caiu perto de onde eles estavam com um baque que Jamie sentiu através das solas das botas. Ele se deitou de barriga para baixo e rastejou na direção de Hugh Fowles, que estava apoiado nas mãos e nos joelhos agora, vomitando.

Ele segurou o braço de Fowles, ignorando a poça de vômito, e deu um puxão violento.

– Vamos! – Ele se levantou, puxando Fowles pela cintura e pelos ombros, e o arrastou em direção ao abrigo do arvoredo atrás deles. – Geordie! Geordie, me ajude!

Chisholm estava ali. Os dois colocaram Fowles de pé e meio que o arrastaram, meio que o carregaram, correndo e tropeçando pelo caminho.

O ar estava tomado pelo cheiro pungente de seiva das árvores, que vazava dos galhos partidos, e ele pensou rapidamente na horta de Claire, na terra revolvida, na terra acumulada sob suas botas, na terra recém-remexida de sulcos e covas, e em Hobson sentado ao sol junto ao tronco, o olhar de surpresa ainda em seus olhos.

Fowles fedia a vômito e fezes. Ele esperava que fosse Fowles.

Pensou que ele mesmo ia vomitar de tanto nervosismo, mas mordeu a língua, sentindo gosto de sangue de novo, e contraiu os músculos da barriga, fazendo com que a bile descesse de volta.

Alguém apareceu no arbusto a sua esquerda. Ele segurava a arma na mão esquerda e a ergueu por reflexo, atirando com uma só mão. Atravessou a fumaça cambaleando, viu que a pessoa em quem ele tinha atirado se virou e correu, partindo às cegas em meio às árvores.

Fowles estava de pé agora, e Jamie soltou seu braço, deixando que Geordie cuidasse dele. Caiu apoiado em um joelho, à procura de pólvora, abriu o cartucho com os dentes e sentiu o gosto dela misturado ao de sangue, carregou a arma, apertou a pólvora com a vareta, enchendo o tambor, checou a pederneira – e, enquanto fazia isso, notou, surpreso, que suas mãos não estavam tremendo nem um pouco, mas executavam sua tarefa com uma calma hábil, como se soubessem exatamente o que fazer.

Ele levantou o cano e arreganhou os dentes, não de todo ciente do que fazia. Havia homens se aproximando, três, e ele ergueu a arma para mirar no primeiro. Com um último fio de consciência, ele a ergueu mais e atirou acima da cabeça deles, o mosquete dando um solavanco em suas mãos. Eles pararam e ele soltou a arma, pegou o punhal do cinto e os atacou, gritando.

As palavras arranharam sua garganta, que ardia por causa da fumaça.

– Corram!

Como se a distância, ele observou a si mesmo, pensando que era o que Hugh Fowles tinha feito, e que ele havia achado tolice.

– Corram!

Os homens se dispersaram. Como um lobo faria, ele foi imediatamente atrás do mais lento, saltando sobre o terreno acidentado, sentindo uma alegria feroz tomar suas pernas, crescer em sua barriga. Ele poderia correr para sempre, com o vento frio tocando sua pele e zumbindo em seus ouvidos, o impulso da terra sob ele erguendo seus pés de forma que ele voasse por cima da grama e das rochas.

O homem que ele perseguia ouviu quando ele se aproximou, olhou para trás e, com um grito de terror, chocou-se com toda a força contra uma árvore. Jamie se lançou sobre a presa, caindo sobre as costas do homem e sentindo o rachar das costelas sob o joelho. Ele agarrou uma mecha de cabelos, escorregadios e quentes por causa do suor, e puxou a cabeça do homem para trás. Controlou-se para não cortar o pescoço a sua frente, esticado e indefeso. Podia sentir o choque da lâmina contra a carne, o calor do sangue jorrando, e teve vontade.

Engoliu o ar, ofegante.

Muito lentamente, afastou a faca da pele pulsante. O movimento o deixou tremendo de desejo, como se ele tivesse sido arrancado do corpo de sua mulher à beira do gozo.

– Você é meu prisioneiro – disse ele.

O homem olhou para ele, sem entender. Estava chorando, as lágrimas deixando marcas na sujeira em seu rosto, e tentava falar, soluçando, mas incapaz de inspirar ar suficiente para formar palavras com a cabeça puxada para trás. Vagamente, ocorreu a Jamie que ele tinha falado em gaélico; o homem não tinha entendido.

Lentamente, ele afrouxou a mão, obrigando-se a soltar a cabeça do homem. Procurou as palavras em inglês, enterradas em algum lugar sob a sede de sangue que pulsava por seu cérebro.

– Você é... meu... prisioneiro – disse ele por fim, ofegando entre as palavras.

– Sim! Sim! O que quiser, não me mate, por favor, não me mate!

O homem se curvou abaixo dele, soluçando, com as mãos unidas na nuca e os ombros curvados, como se temesse que Jamie fosse cravar os dentes em seu pescoço e partir sua coluna.

Ao pensar nisso, ele sentiu um obscuro desejo de fazê-lo, mas o latejar de seu sangue estava diminuindo. Ele começou a escutar de novo, enquanto seus batimentos cardíacos diminuíam nos ouvidos. O vento não cantava mais para ele, mas cumpria seu trajeto, desatento e solitário, em meio às folhas acima. Ouviu-se um pipocar de tiros distantes, mas o estrondo da artilharia havia cessado.

O suor pingava do queixo e das sobrancelhas, e sua camisa estava ensopada, fedendo.

Ele escorregou lentamente de cima de seu prisioneiro e se ajoelhou ao lado do corpo inclinado. Os músculos de sua coxa tremiam e ardiam com o esforço da perseguição. Sentiu uma repentina e inexplicável ternura pelo homem e estendeu a mão para tocá-lo, mas a sensação foi sucedida por um senso de horror, igualmente repentino, e que desapareceu igualmente depressa. Ele fechou os olhos e engoliu em seco, sentindo-se enjoado, o ponto onde ele havia mordido a língua latejando.

A energia que a terra emprestara a ele se esvaía de seu corpo agora, fluindo de suas pernas, voltando à origem. Ele estendeu o braço e tocou o ombro do prisioneiro, desajeitado, então ficou de pé, lutando contra o peso morto de sua exaustão.

– Levante-se – ordenou.

Suas mãos tremiam e ele precisou de três tentativas para desembainhar o punhal.

– *Ciamar a tha thu, Mac Dubh?*

Ronnie Sinclair estava a seu lado, perguntando se ele estava bem. Ele assentiu e deu um passo para trás enquanto Sinclair puxava o homem para que se levantasse e fazia com que ele virasse o casaco do avesso. Os outros estavam vindo, sozinhos e em duplas: Geordie, os Lindsays, Gallegher, alcançando-os e se reunindo ao redor dele como limalha de ferro atraída por um ímã.

Os outros tinham reunido prisioneiros também – seis no total, parecendo carrancudos, temerosos ou simplesmente exaustos, com os casacos virados do avesso para deixar claro seu status. Fowles estava entre eles, pálido e desolado.

Sua mente havia clareado, apesar de seu corpo parecer flácido e pesado. Henry

Gallegher tinha um ferimento ensanguentado na testa; um dos homens de Brownsville – Lionel? – levava um dos braços em um ângulo esquisito, obviamente quebrado. Tirando isso, ninguém parecia estar ferido, o que era bom.

– Pergunte se eles viram MacKenzie – disse ele a Kenny Lindsay em gaélico, com um breve gesto em direção aos prisioneiros.

Os tiros tinham cessado quase por completo. Havia apenas saraivadas aleatórias agora, e um bando de pombas passou por cima deles em uma confusão de asas, tardiamente assustadas.

Ninguém tinha visto Roger MacKenzie, para conhecê-lo. Jamie assentiu, ouvindo, e secou o resto do suor do rosto com a manga.

– Ou ele voltou em segurança, ou não. Mas o que quer que tenha acontecido, já aconteceu. Vocês foram muito corajosos, rapazes... Vamos.

66

UM SACRIFÍCIO NECESSÁRIO

Esta noite, os mortos foram enterrados com honras militares; e três fora da lei capturados na batalha foram enforcados diante do exército. Isso proporcionou grande satisfação aos homens e neste momento foi um sacrifício necessário para apaziguar os murmúrios das tropas, que acreditavam que a justiça pública deveria ser imediatamente administrada contra alguns dos fora da lei que foram capturados em ação e em oposição a quem eles tinham enfrentado tantos perigos, e sofrido tamanha perda de vidas e sangue.

"Diário da expedição contra os Insurgentes", Wm. Tryon

Roger puxou com força a corda ao redor de seus pulsos, mas conseguiu apenas fazer com que se enterrasse ainda mais em sua carne. Podia sentir a ardência da pele ferida pelo atrito e uma sensação úmida que achava ser sangue escorrendo, mas suas mãos estavam tão dormentes que ele não tinha certeza. Os dedos pareciam ser do tamanho de linguiças, a pele retesada.

Ele estava deitado onde Buccleigh e seus amigos o tinham jogado, depois de amarrar seus punhos e tornozelos, à sombra de um tronco caído. Totalmente ensopado com a água do rio, ele estaria tremendo de frio se não estivesse se esforçando tão desesperadamente para se soltar. Em vez disso, suor escorria por seu pescoço, o rosto ardia e ele tinha a sensação de que a cabeça iria explodir com o influxo violento de sangue.

Eles o tinham amordaçado com a bandeira branca, enfiando o tecido tão fundo em sua garganta que ele estava quase sufocando e cobrindo sua boca com a própria meia. Antepassado ou não, ele iria acabar com Wiliam Buccleigh MacKenzie, ainda que fosse a última coisa que fizesse.

Tiros ainda estavam sendo disparados ali perto; não em saraivadas, mas em um pipocar intermitente. O ar fedia a fumaça de pólvora e, de vez em quando, ouvia-se algo passar sibilando pelas árvores como um jaguadarte, arrancando e partindo galhos e folhas. Bala encadeada? Balas de canhão?

Uma bala de canhão caíra com estrondo na margem do rio mais cedo, enterrando-se em uma pequena explosão de lama e interrompendo momentaneamente a batalha. Um dos amigos de Buccleigh gritara e saíra correndo, espalhando água, para se abrigar entre as árvores, mas o outro ficara, lutando e socando, alheio aos tiros e gritos, até ele e Buccleigh conseguirem enfiar a cabeça de Roger embaixo da água e dominá-lo. Ele ainda podia sentir a água do rio queimando suas narinas.

Ele havia conseguido ficar de joelhos agora, encolhido como uma minhoca, mas não ousou levantar a cabeça acima do tronco, por medo de ser acertado por um tiro. A fúria corria tão forte por suas veias que ele não sentira medo, nem mesmo ao se dar conta de que a batalha se desenrolava ao redor dele, mas não havia perdido a cabeça por completo.

Esfregou o rosto com força contra a casca do tronco, tentando livrar-se da faixa de linho amarrada em torno de sua cabeça. Deu certo; o tecido se prendeu ao toco de um galho, e ele levantou a cabeça com força, puxando a meia para baixo do queixo. Grunhindo com o esforço, ele empurrou um pouco para fora o lenço enfiado em sua boca, prendeu-o ao mesmo galho e se afastou, o pano molhado saindo de sua garganta como um engolidor de serpentes em movimento contrário.

Ele engasgou por reflexo, sentindo a bile subir no fundo da garganta. Engoliu o ar, em busca de oxigênio, e seu estômago se acalmou um pouco.

Ótimo, conseguia respirar, e agora? Tiros ainda estavam sendo disparados, e ele podia ouvir estrépitos à sua esquerda enquanto vários homens abriam caminho pelos arbustos, sem se importar com a obstrução.

O ruído de passos indicou pessoas correndo na direção dele. Roger se abaixou atrás do abrigo do tronco, bem a tempo de evitar ser derrubado quando um corpo foi catapultado por cima dele. Seu novo companheiro se ergueu, apoiando-se nas mãos e nos joelhos, escorando-se contra o tronco, e só então percebeu que ele estava ali.

– Você!

Era o Barba Negra, do acampamento de Husband. Ele olhou para Roger, com o rosto sendo lentamente coberto de sangue. Ele podia sentir o cheiro do homem, um fedor rançoso e penetrante de medo e raiva.

Barba Negra o agarrou pela gola da camisa, puxando-o para perto.

– Isso é culpa sua! Maldito!

Com as mãos e os pés ainda amarrados, ele não tinha como se defender, mas se jogou para trás, tentando se desvencilhar.

– Solte-me, seu tolo!

Só então o homem percebeu que ele estava amarrado, e com a surpresa, soltou-o. Sem equilíbrio, Roger caiu de lado, raspando o rosto dolorosamente no casco áspero do tronco. Os olhos de Barba Negra se arregalaram de assombro, em seguida se estreitaram de satisfação.

– Por Deus, você foi capturado! Que sorte! Quem o prendeu, idiota?

– Ele é meu. – Uma voz escocesa baixa atrás dele anunciou o retorno de William Buccleigh MacKenzie. – O que você quis dizer quando disse que é culpa dele? O quê?

– Isto!

Barba Negra esticou um braço, indicando o campo ao redor deles, e a batalha que terminava. A artilharia tinha cessado e não se ouvia nada além de tiros de rifle a distância.

– Esse malandro veio ao acampamento hoje cedo, perguntando por Hermon Husband, e o levou para conversar a sós. Não sei o que ele disse, mas, quando terminou, Husband saiu, montou em seu cavalo, mandou que fôssemos para casa e partiu!

Barba Negra lançou um olhar furioso para Roger e, afastando a mão, deu-lhe um forte tapa no rosto.

– O que você disse a ele, imbecil?

Sem esperar pela resposta, ele se voltou para Buccleigh, que olhava de um lado para outro entre o cativo e seu visitante, um olhar de profundo interesse fazendo as sobrancelhas grossas e claras se franzirem.

– Se Hermon tivesse ficado conosco, poderíamos ter resistido – disse Barba Negra, furioso. – Mas com a partida dele, daquele modo, ficamos sem chão, ninguém sabia bem o que fazer, e quando nos demos conta, Tryon estava berrando para que nos rendêssemos, e é claro que não faríamos isso, mas também não dava para dizer que estávamos preparados para a luta...

Ele parou de falar quando viu que Roger olhava para ele, constrangido, pois sabia que ele o vira fugir em pânico.

Não havia nada além de silêncio do outro lado do tronco; todos os tiros tinham cessado. Roger começou a se dar conta de que a batalha não apenas tinha terminado, mas também estava de fato perdida. O que significava, por sua vez, que a milícia provavelmente tomaria aquele lugar em pouco tempo. Os olhos dele ainda estavam marejados por causa do tapa, mas ele piscou para afastar as lágrimas, olhando furioso para Barba Negra.

– Eu disse a Husband o mesmo que vou dizer a vocês – vociferou, reunindo o máximo de autoridade que conseguiu, deitado no chão como um ganso de Natal. – O governador está falando sério. Ele quer acabar com essa rebelião e, ao que parece, é o que acabou de fazer. Se tiverem um pouco de apreço por sua pele, e acho que têm...

Com um rosnado de raiva, Barba Negra segurou Roger pelos ombros e tentou bater a cabeça dele no tronco.

Roger se retorceu como uma enguia. Jogou-se para trás, livrando-se das garras do homem, em seguida se lançou para a frente, acertando-o em cheio e esmagando o nariz dele com a testa. Ele sentiu o quebrar satisfatório de ossos e cartilagem e o espirrar de sangue quente e úmido contra seu rosto, e caiu para trás, apoiado em um dos cotovelos, ofegante.

Nunca dera uma cabeçada no nariz de ninguém, mas o ímpeto pareceu vir naturalmente. O movimento fez seu punho doer, mas ele não se importou. Desejava apenas que Buccleigh se aproximasse o suficiente para receber a sua, era só o que ele queria.

Buccleigh olhou para ele com uma mistura de diversão e respeito cauteloso.

– Ah, é um homem de muitos talentos, então? Traidor, ladrão de esposa *e* um belo de um brigão, tudo no mesmo pacote, certo?

Barba Negra vomitou, engasgando com o sangue do nariz quebrado, mas Roger não prestou atenção. Com a visão clara agora, manteve os olhos fixos em Buccleigh. Ele sabia qual dos dois representava a maior ameaça.

– Um homem que confia na esposa não precisa se preocupar com a possibilidade de outro homem roubá-la – disse ele, a raiva apenas ligeiramente contida pela cautela. – Tenho confiança na minha esposa, e não preciso da sua, *amadain*.

Buccleigh estava queimado de sol e muito corado por causa da luta, mas, ao ouvir isso, um vermelho ainda mais intenso se espalhou por seu rosto. Ainda assim, ele manteve a compostura, sorrindo.

– Então é casado? Sua mulher deve ser bem sem graça, para você vir atrás da minha. Ou será que ela o colocou para fora da cama dela, porque você não a satisfazia?

O raspar da corda em seus punhos fez Roger se lembrar de que não estava em posição de discutir. Com esforço, ele conteve a resposta que estava na ponta da língua e a engoliu. O gosto era péssimo.

– A menos que queira que sua esposa fique viúva, acho que está na hora de irmos, certo? – disse ele.

Meneou a cabeça para o outro lado do tronco, onde o breve silêncio tinha sido sucedido pelo som de vozes distantes.

– A batalha terminou, sua causa está perdida. Não sei se eles pretendem fazer prisioneiros...

– Eles já fizeram muitos.

Buccleigh franziu o cenho, claramente indeciso. Não havia muitas opções, Roger pensou: Buccleigh teria que escolher entre soltá-lo, deixá-lo amarrado ou matá-lo. As duas primeiras opções pareciam aceitáveis. Quanto à terceira, estava certo de que, se Buccleigh pretendesse matá-lo, ele já estaria morto.

– É melhor irem enquanto podem – sugeriu Roger. – Sua esposa vai ficar preocupada.

Foi um erro mencionar Morag de novo. O rosto de Buccleigh ficou ainda mais sinistro, mas antes que pudesse dizer alguma coisa, ele foi interrompido pela mulher, que vinha na companhia do homem que ajudara Buccleigh a amarrá-lo mais cedo.

– Will! Ah, Willie! Graças a Deus você está bem! Você se feriu?

Ela estava pálida e aflita, e levava uma criança pequena nos braços, agarrada a ela como um macaquinho. Apesar do peso, ela estendeu a mão para tocar o marido, para ter certeza de que ele realmente estava bem.

– Não se preocupe, Morag – disse Buccleigh de modo rude. – Não aconteceu nada comigo.

Ainda assim, deu um tapinha na mão dela e beijou sua testa.

Ignorando esse terno encontro, o companheiro de Buccleigh cutucou as costelas de Roger com a ponta da bota.

– O que vamos fazer com ele, então, Buck?

Buccleigh hesitou, a atenção desviada momentaneamente pela esposa. Morag, vendo Roger no chão, emitiu um grito abafado e levou a mão à boca.

– O que você fez, Willie? – perguntou ela. – Deixe-o ir, pelo amor de Santa Brígida!

– Não! Ele é um maldito traidor.

Buccleigh contraiu os lábios, obviamente insatisfeito com o fato de a esposa ter visto Roger.

– Ele não é, não pode ser!

Segurando o filho contra o peito, Morag se abaixou para olhar para Roger, com as sobrancelhas franzidas de angústia. Ao ver o estado de suas mãos, ela se sobressaltou e se virou para o marido.

– Will! Como pode tratar esse homem assim, depois de ele ter feito o que fez para salvar sua esposa e seu filho?

Pelo amor de Deus, Morag, vá embora!, pensou Roger, ao ver o punho de Buccleigh se fechar de repente. Buccleigh já era um ciumento maldito, para começar, e o fato de estar no lado perdedor da batalha não estava contribuindo para melhorar seu temperamento.

– Suma daqui, Morag! – ordenou Buccleigh, ecoando o sentimento de Roger de um jeito menos elegante. – Aqui não é lugar para você nem para a criança. Leve-a daqui.

Barba Negra tinha se recuperado um pouco àquela altura, e se posicionou ao lado de Buccleigh. Olhou com fúria para Roger, as mãos pressionando de leve o nariz inchado.

– Corte o pescoço dele e pronto.

Ele enfatizou essa opinião com um chute nas costelas que fez Roger se encolher como um camarão.

Morag deu um grito e chutou a canela de Barba Negra.

– Deixe-o em paz!

Barba Negra, pego desprevenido, soltou um ganido e deu um passo para trás. O outro parceiro de Buccleigh pareceu achar aquilo bastante engraçado, mas conteve a risada quando Buccleigh se virou e lançou um olhar ameaçador para ele.

Morag estava de joelhos, com a pequena faca que levava no cinto na mão, tentando cortar a corda que prendia os punhos de Roger. Por mais que ele apreciasse a tentativa, Roger preferiria que ela não tentasse ajudá-lo. Estava bem claro que o monstro de olhos verdes do ciúme havia tomado conta da alma de William Buccleigh MacKenzie e observava a cena através dos olhos deste com fúria.

Buccleigh pegou a esposa pelo braço e a puxou para que se levantasse. O bebê, assustado, começou a chorar.

– Saia, Morag! – ordenou Buccleigh. – Vá, agora!

– Sim, vá! – interferiu Barba Negra com um olhar ameaçador. – Não precisamos de sua ajuda, sua ordinária enxerida!

– Não fale assim com a minha mulher!

Virando-se, Buccleigh deu um soco no estômago de Barba Negra. O homem caiu sentado, a boca se abrindo e se fechando de modo cômico. Roger quase sentiu pena de Barba Negra, que não parecia estar se saindo muito melhor entre os dois MacKenzies do que ele próprio.

O outro amigo de Buccleigh, que observava o embate com o fascínio de quem assistia a uma acirrada partida de tênis, aproveitou a oportunidade para entrar na conversa, intrometendo-se enquanto Morag tentava acalmar o bebê que chorava.

– O que quer que pretenda fazer, Buck, é melhor fazermos logo e irmos embora.

Ele meneou a cabeça em direção ao rio, inquieto. Havia vários homens indo na direção deles, a julgar pelo som de vozes. Não eram reguladores em fuga; era um som firme. Integrantes da milícia, indo atrás de prisioneiros? Roger esperava que sim.

– Sim.

Buccleigh olhou na direção dos ruídos, em seguida se voltou para a esposa. Ele a segurou pelos ombros, mas com delicadeza.

– Vá, Morag. Quero que fique em segurança.

Ela percebeu o tom de súplica na voz dele e seu rosto se suavizou. Ainda assim, olhou para o marido e para Roger, que agora tentava se comunicar por telepatia, enviando pensamentos a ela com um desespero crescente.

Vá, pelo amor de Deus, mulher, antes que eles me matem!

Morag se voltou para o marido, com o pequeno rosto determinado.

– Eu vou. Mas jure para mim, William Buccleigh, que não vai tocar em um fio de cabelo desse homem!

Buccleigh arregalou os olhos e cerrou os punhos, mas Morag se manteve firme.

– Jure! – disse ela. – Por Santa Brígida, não vou dividir a cama com um assassino!

Tomado pela dúvida, Buccleigh olhou para Barba Negra e para seu outro amigo, que alternava o pé de apoio como um homem precisando urgentemente ir ao banheiro. O grupo da milícia se aproximava. Por fim, ele olhou para o rosto da esposa.

– Tudo bem, Morag – disse ele, bruscamente, empurrando-a de leve. – Agora vá!

– Não.

Ela estendeu o braço e segurou a mão do marido com firmeza, puxando-a em direção ao seu peito. O pequeno Jemmy havia superado o susto, e estava aconchegado no ombro da mãe, chupando o polegar de modo ruidoso. Morag colocou a mão do pai na cabeça do menininho.

– Jure com a mão na cabeça de seu filho que não vai machucar nem matar esse homem.

Roger aplaudiu mentalmente o gesto, mas temeu que ela tivesse ido longe demais. Buccleigh se retesou por um instante, e o sangue tomou seu rosto de novo. Depois de um momento de tensão, no entanto, ele assentiu uma vez.

– Eu juro – disse baixinho, soltando a mão.

O rosto de Morag relaxou e, sem nada dizer, ela se virou e partiu, segurando o bebê junto ao peito.

Roger soltou a respiração que estava prendendo. Deus, que mulher! Ele desejou intensamente que ela e o bebê *ficassem* seguros, mas se o marido teimoso tropeçasse em um buraco e quebrasse o pescoço...

William Buccleigh olhava para ele, com os olhos verdes estreitados enquanto pensava, ignorando a impaciência cada vez maior do amigo.

– Vamos, Buck! – O homem olhou para trás, em direção ao rio, onde gritos e respostas indicavam que homens vasculhavam a área. – Não temos tempo a perder. Eles disseram que Tryon pretende enforcar prisioneiros, e eu não quero ser um!

– É mesmo? – disse Buccleigh baixinho.

Manteve os olhos fixos nos de Roger, que pensou por um momento ter visto algo familiar despertar dentro deles. Um arrepio de inquietação percorreu-lhe a espinha.

– Ele tem razão – disse ele a Buccleigh, meneando a cabeça em direção ao outro homem. – Vá, não direi nada contra você... pela sua esposa.

Buccleigh contraiu os lábios, pensando.

– Não. Acho que não vai fazer isso. Deixar de falar contra mim, quero dizer. – Ele se abaixou e pegou a bandeira outrora branca e agora suja e manchada do chão. – Vá embora, Johnny. Cuide de Morag. Eu os encontrarei mais tarde.

– Mas, Buck...

– Vá! Estou seguro.

Com um leve sorriso, ainda olhando para Roger, Buccleigh levou a mão ao saco de couro e tirou um objeto de metal prateado. Levemente chocado, Roger reconheceu sua insígnia da milícia, com as letras CF gravadas no disco.

Girando a insígnia na palma da mão, Buccleigh se virou para Barba Negra, que subitamente demonstrava um interesse renovado pelos acontecimentos.

– Tive uma ideia, senhor, em relação a nosso amigo em comum. – Ele meneou a cabeça na direção de Roger. – Se estiver de acordo.

Barba Negra olhou para Roger, e então para MacKenzie, e um sorriso discreto começou a aparecer por baixo de seu nariz avermelhado. O arrepio de inquietação nas costas de Roger de repente se transformou em uma onda de medo.

– Socorro! – berrou ele. – Socorro, milícia! Socorro!

Ele rolou, girando para evitá-los, mas Barba Negra o segurou pelos ombros e o puxou para trás. Gritos vieram de trás das árvores, e também o som de pés começando a correr.

– Não, senhor – disse William Buccleigh, ajoelhando-se diante dele. Ele segurou o rosto de Roger com força, abafando seus gritos e apertando suas bochechas para forçá-lo a abrir a boca. – Não acho que você vá falar, não mesmo.

Com um leve sorriso, ele enfiou o pano sujo na boca de Roger de novo e amarrou com firmeza o lenço de pescoço ao redor.

Ele se levantou, então, com a insígnia da milícia na mão. Quando os arbustos se abriram, ele se virou em direção aos homens e acenou em um cumprimento caloroso.

67

SALDO

Por serem duas e meia da tarde, e como o inimigo se dispersou por completo e o exército estava a 8 quilômetros do acampamento, era recomendável que não perdêssemos tempo e voltássemos imediatamente ao acampamento no Alamance. Carroças vazias foram trazidas para levar os mortos e feridos entre os legalistas, e até mesmo vários dos rebeldes feridos, os quais admitiram que, se tivessem vencido naquele dia, nenhuma trégua teria sido dada a não ser àqueles que fossem reguladores, mas receberam cuidados e tiveram seus ferimentos tratados mesmo assim.

"Diário da expedição contra os Insurgentes", Wm. Tryon

Um tiro de mosquete havia despedaçado o cotovelo de David Wingate. Azar; se tivesse acertado um centímetro mais para cima, teria fraturado o osso, que se calcificaria sem problemas. Eu havia aberto a articulação com uma incisão semicircular no lado externo, e retirara tanto a bala achatada quanto vários fragmentos de osso, mas a cartilagem tinha sido muito afetada, e o tendão do bíceps fora rompido por completo. Eu podia ver a ponta brilhante de uma das extremidades, escondendo-se na carne vermelha do músculo.

Mordi o lábio inferior, pensando. Se eu deixasse as coisas como estavam, o braço ficaria permanentemente – e severamente – defeituoso. Se eu conseguisse religar os tendões rompidos e alinhar bem as extremidades dos ossos na articulação, talvez ele conseguisse recuperar parte dos movimentos.

Olhei ao redor do acampamento, que agora lembrava um pronto-socorro, cheio de corpos, equipamentos e curativos manchados de sangue. A maioria dos corpos estava se mexendo, felizmente, ainda que apenas para xingar ou gemer. Um homem chegara morto quando os amigos o trouxeram; fora deixado à sombra de uma árvore, enrolado em um cobertor.

A maioria dos ferimentos que eu via era leve, apesar de haver dois homens que tinham sido atingidos por tiros; eu não podia fazer nada por eles além de mantê-los aquecidos e torcer pelo melhor. Brianna os monitorava em intervalos de alguns minutos à procura de sinais de choque e febre, entre as rondas, dando água com mel para aqueles com ferimentos mais superficiais. Era melhor que ela se mantivesse ocupada, pensei, e ela de fato não parava de se movimentar, apesar de seu rosto estar parecido com uma das ipomeias na vinha que subia pelo arbusto atrás de mim – pálida e crispada, afligida pelos terrores daquele dia.

Eu tivera que amputar uma perna logo depois do fim da batalha. Era um dos homens da Companhia de Mercer – que estavam acampados perto de nós, sem cirurgião –, atingido pelo estilhaço de um morteiro que ricocheteara, arrancando quase todo o seu pé e deixando a carne da parte inferior da perna pendurada em tiras no osso quebrado. Pensei que ela fosse desmaiar quando o membro pesado caiu no chão a seus pés, e ela pensou a mesma coisa, mas por algum milagre manteve-se firme, segurando o paciente – que *tinha* desmaiado, graças a Deus pelas pequenas misericórdias – enquanto eu cauterizava as veias e fazia um curativo no coto com muita rapidez.

Jamie tinha desaparecido; ele havia trazido seus homens de volta, me abraçara com força e me beijara, em seguida partira com os Lindsays para levar os prisioneiros ao governador – e tentar obter notícias de Roger pelo caminho.

O alívio com o retorno de Jamie animou meu coração, mas o temor por Roger era um pequeno e pesado contrapeso em meu peito. Conseguia ignorá-lo enquanto trabalhava, no entanto. Não ter notícias ainda era um bom sinal por algum tempo, e eu aceitei de bom grado as realidades imediatas de triagem e tratamento para fugir da minha imaginação.

Nada mais parecia urgente. Homens ainda chegavam, mas Bree avaliava cada um, com um olhar compassivo. Se algum deles precisasse de mim, ela me chamaria. Certo, decidi. Havia tempo; eu ia tentar. Havia pouco a perder, exceto um pouco mais de sofrimento para o sr. Wingate, e eu ia perguntar se ele estava disposto.

Ele estava pálido como cera e suava, mas ainda se mantinha de pé. Assentiu, dando-me permissão, e eu entreguei a garrafa de uísque a ele de novo; ele a levou à boca com a mão boa como se ali estivesse o elixir da vida. Chamei um dos outros homens para segurar o braço dele enquanto eu trabalhava, e fiz uma rápida incisão na pele acima da dobra do cotovelo na forma de um "T" invertido, expondo a extremidade inferior do bíceps e tornando o local mais acessível. Comecei a investigar com meu fórceps mais comprido, desenredando o firme cordão prateado do tendão rompido, puxando-o para baixo o máximo que consegui até encontrar um ponto onde pudesse suturar, em seguida me dediquei ao delicado trabalho de religar as pontas rompidas.

Nesse momento, me desconectei de tudo ao meu redor, toda a minha atenção voltada para o problema à minha frente. Estava vagamente consciente do respingar de gotas batendo no chão a meus pés, mas não sabia se era o suor que escorria por meus braços e meu rosto, o sangue do paciente, ou ambas as coisas. As mãos de uma enfermeira cirúrgica treinada seriam úteis, mas não contava com nenhuma, então me virei sozinha. Eu tinha uma agulha fina de cirurgia, no entanto, e suturas finas de seda. Os pontos apareciam pequenos e bem-feitos, um zigue-zague preto perfeito, que marcava os pontos resistentes unindo o tecido brilhante e escorregadio. Eu costumava usar suturas de fibra animal para um trabalho interno como aquele, pois elas se dissolviam aos poucos e eram absorvidas pelo organismo. Mas os tendões cicatrizavam tão lentamente – quando cicatrizavam –, que eu não poderia correr esse risco. Os pontos de seda simplesmente ficariam para sempre no lugar, e eu torcia para que não causassem nenhum problema.

Então, a parte difícil fora feita, e o tempo começou a correr de novo. Eu consegui falar suavemente com David, que havia passado por tudo aquilo de maneira corajosa. Ele assentiu e tentou sorrir quando eu disse que tinha terminado, apesar de seus dentes estarem trincados e o rosto, banhado de lágrimas. David gritou quando lavei os ferimentos com álcool diluído – as pessoas sempre gritavam; não conseguiam evitar, coitadas –, mas em seguida se recostou, tremendo, enquanto eu suturava as incisões cirúrgicas e cobria os ferimentos.

Isso, porém, não exigia grande habilidade. Eu podia dividir minha atenção, e aos poucos percebi que alguns dos homens atrás de mim discutiam a batalha recente, cobrindo o governador Tryon de elogios.

– Você viu, então? – um deles perguntava animado. – Ele fez mesmo o que disseram?

– Que minhas tripas sejam servidas fritas no café da manhã se não for verdade – respondeu seu companheiro. – Eu o vi com os próprios olhos, sabe? Ele ficou a menos de 100 metros daqueles filhos da mãe e ordenou que eles se rendessem, cara a cara com eles. Eles não responderam de imediato, apenas se entreolharam para ver quem ia falar, e então alguém gritou que não, que se danasse tudo, eles não iam se render de jeito nenhum. Então o governador, com aquele jeito ameaçador que assusta qualquer um, empinou o cavalo e ergueu a espada bem alto, e em seguida a baixou e gritou: "Atirem neles!"

– E eles fizeram isso na mesma hora?

– Não, não fizemos – disse com uma voz mais educada e mais séria. – Pode nos culpar? Uma coisa é receber uma recompensa de quarenta xelins para se unir à milícia, mas atirar a sangue-frio em pessoas conhecidas é outra completamente diferente. Eu olhei para o outro lado e quem vi senão o primo da minha esposa, sorrindo para mim! Veja bem, não estou dizendo que o malandro é minha pessoa favorita, nem da minha família, mas como vou voltar para casa e dizer a minha Sally que acabei de encher o primo dela, Millard, de tiros?

– É melhor do que se o primo Millard fizesse a mesma coisa com você – disse a primeira voz, com um sorriso perceptível, e o terceiro homem riu.

– Verdade. Mas não esperamos para ver se chegaria a isso. O governador ficou vermelho feito um tomate quando os homens que estavam com ele hesitaram. Ele ficou de pé nos estribos com a espada erguida no alto, olhou para nós furioso e gritou: "Atirem, malditos! Atirem neles ou em mim!"

O narrador conferiu bastante entusiasmo a sua fala, e ouviu-se um murmúrio de admiração vindo de quem ouvia.

– Isso, sim, é um soldado! – disse uma voz, seguida pelo burburinho dos que concordavam com ele.

– Então, atiramos – continuou o narrador, como se desse de ombros. – Não demorou muito depois que começamos. O primo Millard se mostrou bastante rápido, ao que parece, quando começou a correr. O desgraçado escapou sem deixar rastro.

Mais risos quando ele disse isso, e eu sorri, dando tapinhas no ombro de David. Ele também estava ouvindo, e a conversa era uma distração bem-vinda.

– Não, senhor – concordou outro. – Parece que Tryon quer ter certeza da vitória dessa vez. Ouvi dizer que ele vai enforcar os líderes da Regulação no campo de batalha.

– Ele o quê?

Eu me virei ao ouvir isso, com a bandagem ainda na mão.

O pequeno grupo de homens piscou para mim, surpreso.

– Sim, senhora – confirmou um dos homens, puxando a aba do chapéu. – Um rapaz da brigada de Lillington foi quem me disse; ele estava partindo para assistir à diversão.

– Diversão – murmurou outro dos homens, e se benzeu.

– Uma pena se ele enforcar o quacre – opinou outro, com o rosto sério. – O velho Husband é um terror em se tratando de impressos, mas não é um facínora. Nem James Hunter ou Ninian Hamilton.

– Talvez ele enforque o primo Millard – sugeriu outro, cutucando o vizinho com um sorriso. – Então, você estará livre dele e sua esposa pode culpar o governador!

Ouviu-se um coro de risos, mas o tom era cauteloso. Eu voltei ao meu trabalho, concentrando-me firmemente para apagar a imagem do que estava acontecendo agora no campo de batalha.

A guerra em si já era ruim o bastante, mesmo quando necessária. Vingança a sangue-frio por parte dos vitoriosos estava um grau além. No entanto, do ponto de vista de Tryon, aquilo podia ser necessário, também. No que dizia respeito a batalhas, aquela tinha sido rápida e relativamente sem importância em termos de perdas. Eu tinha apenas vinte e poucos homens sob meus cuidados, e tinha visto apenas uma morte. Certamente havia mortos em outros pontos, claro, mas pelos comentários das pessoas próximas, tinha sido uma confusão, mas não um massacre, e a maioria dos homens da milícia não parecia nada entusiasmada em relação a matar seus conterrâneos, primos ou não.

Isso significava que a maioria dos homens da Regulação sobrevivera incólume. Eu acreditava que o governador talvez achasse que um gesto drástico se fazia necessário para selar sua vitória, intimidar os sobreviventes e acabar de uma vez por todas com o pavio de combustão longa daquele perigoso movimento.

Ouviu-se uma comoção e o som de patas de cavalos. Olhei para a frente – ao meu lado, Bree levantou a cabeça, com o corpo tenso ao ver Jamie retornando com Murdo Lindsay. Os dois apearam, e ele dispensou Murdo, pedindo que ele cuidasse de Gideon, em seguida veio até mim.

Vi pelo olhar aflito que ele não conseguira notícias de Roger. Fitou o meu rosto e viu a resposta para sua pergunta nele. Ele abaixou os ombros levemente, desanimado, e então se endireitou, tenso.

– Vou procurar no campo – disse a mim, em voz baixa. – Já mandei avisar em todas as companhias. Se ele for encontrado em algum lugar, alguém virá nos dizer.

– Vou com você.

Brianna já estava tirando o avental sujo, embolando-o.

Jamie olhou para ela e então assentiu.

– Sim, querida, claro. Só um minuto, então... vou chamar o pequeno Josh para ajudar sua mãe.

– Vou... preparar os cavalos.

Seus movimentos foram rápidos e tensos, sem a graça atlética de sempre, e ela deixou cair a garrafa de água que estava segurando, atrapalhando-se várias vezes até conseguir pegá-la de novo. Eu a tomei dela antes que a derrubasse mais uma vez e apertei sua mão com força.

O canto de sua boca tremeu quando ela olhou para mim; pensei que ela estivesse tentando sorrir.

– Ele vai ficar bem. Vamos encontrá-lo.

– Sim – concordei, e soltei a mão dela. – Sei que vão.

Observei quando ela atravessou a clareira depressa, com as mãos fechadas em torno das saias erguidas, e senti o contrapeso do medo em meu peito se soltar, caindo como uma pedra em minha barriga.

68

EXECUÇÃO DE ORDENS

Roger acordou lentamente, sentindo uma dor latejante com uma sensação assustadora de urgência. Ele não fazia ideia de onde estava, ou de como havia chegado até ali, mas ouviu vozes, muitas vozes, algumas ele quase conseguia compreender, outras apenas piavam como harpias, destoantes. Por um momento, sentiu como se as vozes estivessem dentro de sua cabeça. Conseguia vê-las, coisinhas marrons com asas de couro e dentes afiados, chocando-se umas contra as outras em paroxismos de interrupção que faziam com que pequenas bombas de luz explodissem atrás de seus olhos.

Ele podia sentir a fissura ao longo da qual sua cabeça certamente ia se partir sob a pressão, uma linha quente que percorria o topo de seu crânio. Queria que alguém viesse e a abrisse, para deixar que todas as vozes voadoras e toda a sua balbúrdia saíssem, deixando seu crânio vazio, apenas o osso reluzente.

Não percebeu que abria os olhos, e olhou para a frente, entorpecido, por alguns minutos, achando que a cena que via ainda fazia parte da confusão dentro de seu crânio. Homens estavam reunidos na frente dele em um mar de cores, azuis, amarelos e vermelhos misturados a borrões verdes e marrons.

Um problema em sua visão o impedia de ver com clareza e fazia com que enxergasse apenas fragmentos – um amontoado distante de cabeças flutuando como balões cabeludos, um braço em movimento agitando uma bandeira vermelha, parecendo decepado do corpo. Vários pares de pernas que deviam estar próximos... ele estava sentado no chão? Estava. Uma mosca passou perto de seu ouvido e pousou, zumbindo, em seu lábio superior, e ele fez um movimento reflexo para espantá-la, só então notando que estava acordado de fato... e ainda amarrado.

Suas mãos estavam dormentes a ponto de ele não sentir mais dor, que latejava agora pelos músculos exaustos de seus braços e ombros. Balançou a cabeça para clarear os pensamentos, um erro terrível. Uma dor lancinante deixou seus olhos marejados.

Ele piscou com força e respirou fundo, esforçando-se para retomar o mínimo senso de realidade, voltar a si. *Foco*, pensou. *Aguente firme*. As vozes cantarolantes tinham se dissipado, deixando apenas um zumbido baixo em seus ouvidos. Os outros ainda estavam falando, no entanto, e agora que ele sabia que o som era real, conseguia distinguir uma palavra aqui e outra ali, e examiná-las à procura de sentido.

–... exemplo...

–... governador...

–... corda...

–... mijo...

–... reguladores...

–... ensopado...

–... pé...

–... forca...

–... Hillsborough...

–... água...

–... água.

Esta fazia sentido. Ele sabia o que era água. *Queria* água, queria muito. Sua garganta estava seca, a boca parecia estar cheia de... estava cheia de alguma coisa; ele engasgou quando sua língua se mexeu em uma tentativa inconsciente de engolir saliva.

– Governador.

A palavra repetida, pronunciada logo acima dele, fez com que olhasse para cima. Fixou o olhar em um rosto. Magro, escuro, franzido em concentração.

– Tem certeza? – perguntou o rosto, e ele se perguntou vagamente: *Certeza do quê?* Ele não tinha certeza de nada, exceto de que estava tendo um péssimo dia.

– Sim, senhor – disse outra voz, e ele viu outro rosto aparecer ao lado do primeiro. Esse parecia familiar, emoldurado por uma barba preta e espessa.

– Eu o vi no acampamento de Hermon Husband, conversando com Husband. Pergunte aos prisioneiros, senhor... eles atestarão.

A primeira cabeça assentiu. Virou-se para o lado e para cima, dirigindo-se a alguém mais alto. Roger olhou para cima, procurando, e se endireitou com uma exclamação abafada ao ver os olhos verdes voltados para ele, frios.

– É James MacQuiston – disse o homem de olhos verdes, confirmando. – De Hudgin's Ferry.

– Você o viu na batalha?

O primeiro homem estava ganhando foco; parecia um soldado de pouco menos de 40 anos, usando um uniforme. Mais alguma coisa ganhava foco – James MacQuiston. Ele ouvira falar de MacQuiston... o quê...?

– Ele matou um homem da minha companhia – disse Olhos Verdes, a voz áspera de raiva. – Atirou nele a sangue-frio enquanto o homem estava caído e ferido no chão.

O governador – devia ser ele, governador... Tryon! Era este o nome! O governador estava assentindo, fechando a cara.

– Leve-o também, então – disse ele, e se virou. – Três bastam por enquanto.

Mãos seguraram os braços de Roger e o levantaram, apoiando-o por um momento, e então o puxaram e ele tropeçou, perdendo o equilíbrio, e se viu meio caminhando, com o peso apoiado por dois homens vestidos com uniforme. Ele tentou se desvencilhar, querendo se virar para procurar Olhos Verdes... maldição, qual era o nome do homem? Mas eles o puxaram de volta, fazendo com que ele tropeçasse em uma pequena elevação, sobre a qual havia um enorme carvalho branco.

A elevação estava cercada por um mar de homens, mas eles se afastaram, abrindo caminho para Roger e sua escolta. A sensação de urgência voltou, como um formigamento sob a superfície de seu cérebro.

MacQuiston, ele pensou, o nome repentinamente claro em sua memória. *James MacQuiston*. MacQuiston era um líder secundário da Regulação, um agitador de Hudgin's Ferry cujo discurso inflamado, repleto de ameaças e acusações tinha sido publicado no *Gazette*. Roger o vira.

Por que diabos Olhos Verdes... Buccleigh! Era Buccleigh. Seu alívio por se lembrar do nome foi sucedido instantaneamente pelo choque ao se dar conta de que Buccleigh dissera a eles que ele era MacQuiston. Por que...

Nem sequer teve tempo de formular a pergunta quando as últimas fileiras de homens se abriram diante dele, e ele viu os cavalos embaixo da árvore, as cordas laçadas penduradas em galhos acima das selas vazias.

Eles seguraram os cavalos pela cabeça enquanto os homens eram colocados em cima deles. Folhas roçaram seu rosto, galhos se prenderam em seus cabelos e ele se abaixou, virando a cabeça por instinto para evitar que os olhos fossem atingidos.

Em algum lugar do outro lado da clareira, viu uma mulher, meio escondida na multidão; indistinta, mas com a curva inconfundível de uma criança nos braços, uma pequena Madona marrom. A visão fez com que ele se erguesse com uma fisgada no peito e na barriga, a memória de Bree com Jemmy nos braços atravessando sua mente.

Ele se jogou para o lado, com as costas arqueadas, sentiu que deslizava e não tinha mãos para se segurar. Outras mãos o pegaram, colocaram-no de volta, e uma delas acertou um golpe forte em seu rosto. Ele balançou a cabeça, com os olhos marejados, e através do borrão de lágrimas, viu a Madona marrom entregar a criança a alguém, erguer as saias e correr como se o diabo estivesse em seu encalço.

Algo caiu sobre o peito dele, deslizando pesado como uma serpente. Uma corda áspera tocou seu pescoço, apertando sua garganta, e ele gritou por trás da mordaça.

Ele se debateu sem pensar nas consequências ou nas possibilidades, impelido pelo desespero do instinto de sobreviver. Ignorando os pulsos sangrando e os músculos doloridos, as coxas contraídas com tanta força em torno do corpo do cavalo que o animal se sacudiu sob ele, protestando, ele tentou romper as amarras com uma força além do que ele imaginava que possuía.

Do outro lado da clareira, a criança tinha começado a gritar pela mãe. A multidão estava em silêncio e os gritos do bebê ressoavam alto. O soldado escuro se posicionou sobre o cavalo, braço levantando, erguendo a espada. Ele parecia falar, mas Roger não ouvia nada além do sangue rosnando em seus ouvidos.

Os ossos de sua mão estalaram e uma sensação abrasadora se irradiou por um dos braços quando o músculo se rompeu. A espada desceu, um raio de sol brilhou na lâmina com um clarão. Suas nádegas deslizaram para trás sobre as ancas do cavalo, as pernas se contorcendo, impotentes, e seu peso se soltou em queda livre.

Um solavanco...

Ele estava girando, sufocando, lutando para respirar, os dedos procuravam, as unhas puxando com força a corda afundada em sua pele. Suas mãos tinham se soltado, mas era tarde demais, ele não conseguia senti-las, não conseguia controlá-las. Seus dedos escorregaram e resvalavam nos fios retorcidos, inúteis, paralisados e insensíveis, como se fossem de madeira.

Ele balançou, chutando, e ouviu um murmúrio vindo da multidão. Chutou e relutou, os pés dando patadas no vazio, as mãos agarrando o pescoço. O peito se retesou, as costas arquearam, e sua visão enegreceu, luzes fracas brilhando nos cantos dos olhos. Recorreu a Deus e não ouviu nenhuma súplica por misericórdia dentro de si, apenas um grito de *não!* que ecoou em seus ossos.

E então o impulso teimoso o deixou e ele sentiu o corpo se alongar e se soltar, buscando, buscando a terra. Um vento frio o envolveu e ele sentiu o calor reconfortante dos vazios de seu corpo. Uma luz brilhante se acendeu por trás de seus olhos, e ele não ouviu mais nada além da explosão de seu coração e do choro distante de uma criança órfã.

69

EMERGÊNCIA TERRÍVEL

Jamie e Bree estavam quase prontos para partir. Mesmo sujos de fuligem e cansados, vários homens tinham se oferecido para se juntar ao grupo de buscas, mas Bree mordeu o lábio e recusou. Estava grata pela oferta de ajuda, eu sabia, mas é preciso tempo para movimentar um grupo maior, e eu podia ver a impaciência surgindo em manchas vermelhas sob sua pele enquanto as armas eram limpas, os cantis eram cheios e os sapatos eram localizados.

O "pequeno Josh" estava levemente apreensivo com sua nova posição como assistente de cirurgiã, mas ele era um cavalariço, afinal, portanto estava acostumado a cuidar dos males dos cavalos. A única diferença, como expliquei a ele – fazendo-o sorrir –, era que os pacientes humanos conseguiam dizer onde doía.

Eu tinha feito uma pausa para lavar as mãos antes de suturar um couro cabeludo lacerado quando percebi certa perturbação ocorrendo às margens da campina atrás de mim. Jamie também ouviu, virou a cabeça e então voltou depressa pela clareira, com as sobrancelhas erguidas.

– O que foi?

Eu me virei para olhar e vi uma jovem mulher, em um estado terrível, vindo em nossa direção em um trote meio cambaleante. Ela era franzina e mancava muito – tinha perdido o sapato em algum lugar –, mas ainda assim tentava correr, apoiada de um lado por Murdo Lindsay, que parecia protestar contra ela ao mesmo tempo que a ajudava.

– Fraser – eu a ouvi dizer. – Fraser!

Ela se livrou de Murdo e passou pelos homens que esperavam, observando os rostos enquanto passava, procurando. Seus cabelos castanhos estavam despenteados e cheios de folhas, o rosto arranhado e sangrando.

– James... Fraser... preciso... Você é...?

Ela estava ofegante, o peito subindo e descendo e o rosto tão vermelho que parecia estar prestes a ter uma apoplexia.

Jamie deu um passo à frente e a segurou pelo braço.

– Sou Jamie Fraser, moça. É comigo que quer falar?

Ela assentiu, arfando, mas não tinha fôlego para as palavras. Enchi um copo com água e lhe ofereci, mas ela balançou a cabeça com violência, erguendo os braços com agitação, gesticulando sem parar em direção ao rio.

– Rog... er – ela conseguiu dizer, engolindo o ar como se fosse um peixe fora d'água. – Roger... MacKen... zie.

Antes de a sílaba final sair de sua boca, Brianna estava ao lado da jovem.

– Onde ele está? Está ferido?

Ela segurou o braço da mulher, tanto para conseguir respostas quanto para oferecer apoio.

A garota sacudiu a cabeça de forma desvairada e disse:

– Enforcando... Eles... Eles estão... enforcando ele! O gover.... nador!

Brianna a soltou e correu em direção aos cavalos. Jamie já estava lá, desatando as rédeas com a mesma veloz intensidade que demonstrara quando a luta começara. Sem dizer uma palavra, ele se abaixou, com as mãos formando um apoio, onde Brianna pisou para montar na sela, golpeando o cavalo com as pernas para que ele se movimentasse antes mesmo de Jamie chegar a sua montaria. Gideon alcançou a égua momentos depois, no entanto, e os dois animais desapareceram em meio aos salgueiros, como se tivessem sido engolidos.

Eu disse algo bem baixinho, sem nem perceber se era um palavrão ou uma prece. Coloquei a agulha e a sutura nas mãos assustadas de Josh, peguei o saco com o kit de emergência e corri até meu cavalo, deixando a mulher de cabelos castanhos caída na grama, vomitando devido ao esforço.

Eu os alcancei alguns momentos depois. Não sabíamos exatamente onde Tryon estava realizando seu Conselho de Guerra, e perdemos um tempo valioso, pois Jamie foi obrigado a parar várias vezes e se inclinar sobre o cavalo para pedir informações – que muitas vezes eram confusas e contraditórias. Bree estava tentando se controlar, tremendo como vara verde, pronta para sair em disparada, mas sem saber aonde ir.

Tentei me preparar para qualquer coisa, incluindo o pior. Eu não tinha ideia das preliminares que Tryon teria realizado nem de quanto tempo poderia transcorrer entre a condenação e a execução. Não muito, pensei. Eu conhecia Tryon havia tempo suficiente para saber que ele agia com cautela, mas também com rapidez – e ele sabia que, se coisas como aquela tivessem que ser feitas, era melhor que ocorressem depressa.

Quanto ao porquê... minha imaginação falhou completamente. Eu só podia torcer para que a mulher estivesse errada, para ela ter confundido Roger com outra pessoa. Mas não acreditava que isso tivesse acontecido; tampouco Brianna, que instava o cavalo a passar por um trecho encharcado à frente com uma intensidade que sugeria que ela preferiria apear e carregá-lo ela mesma pela lama.

A tarde caía, e nuvens de insetos nos cercavam, mas Jamie não se esforçou para afastá-los. Seus ombros estavam firmes como rochas, prontos para aguentar o peso da verdade. Era isso, além de meus próprios medos, que me diziam que Roger provavelmente estava morto.

A ideia martelava minha cabeça sem parar. Até aquele momento, eu sentia apenas choques breves e recorrentes de uma perda imaginária a cada vez que olhava para o rosto pálido de Brianna, pensava no pequeno Jemmy sem pai, ouvia o eco da voz grave e suave de Roger, rindo a distância, cantando em meu coração. Não tentei afastar os pensamentos insistentes; não ia adiantar. Eu sabia que não ia desmoronar de verdade enquanto não visse o corpo dele.

E, mesmo então, o desmoronamento seria interno. Brianna ia precisar de mim. Jamie se manteria firme como uma rocha por ela, faria o que tivesse que ser feito, mas também precisaria de mim mais tarde. Ninguém poderia absolvê-lo da culpa que eu sabia que ele sentia, só que eu poderia pelo menos ouvir sua confissão, e poderia interceder por ele com Brianna. Meu luto poderia ficar para depois – bem depois, eu esperava.

O terreno se abriu, dando lugar a uma ampla campina, e Jamie golpeou Gideon com as pernas para que ele galopasse, os outros cavalos seguindo atrás dele. Nossas sombras voavam como morcegos pela grama, o som das patas dos animais perdido entre os ruídos de um grupo de homens que tomavam o campo.

Em uma elevação na outra extremidade da campina, havia um enorme carvalho branco, as folhas brilhando sob o sol poente. Meu cavalo se movimentou de repente, passando por alguns homens, e eu os vi, três figuras esguias, penduradas à sombra grande da árvore. O martelo golpeou uma última vez, e meu coração se despedaçou como gelo.

Tarde demais.

Foi um enforcamento malfeito. Sem dispor de tropas oficiais, Tryon não tivera ninguém à mão com as macabras – e necessárias – habilidades de um carrasco. Os três homens condenados tinham sido colocados sobre cavalos, as cordas em volta do pescoço amarradas em três galhos da árvore, e, ao sinal, os cavalos tinham sido conduzidos para longe deles, deixando-os dependurados.

Só um tivera a sorte de morrer com o pescoço quebrado. Eu podia ver o ângulo acentuado da cabeça, a flacidez dos membros. Não era Roger.

Os outros tinham sufocado lentamente e estavam retorcidos, presos pela corda na posição final de sua luta. Um homem – um corpo – foi retirado do galho quando cheguei, e passou por mim, carregado nos braços do irmão. Não havia muitas diferenças entre os rostos, ambos contorcidos, escurecidos em sua própria agonia. Eles haviam usado a corda que tinham disponível, nova e sem desgastes. Os dedos dos pés de Roger tocavam a terra; ele era mais alto do que os outros. Suas mãos tinham se soltado e ele havia conseguido enfiar os dedos de uma das mãos por baixo da corda. Os dedos estavam quase pretos, a circulação cortada. Não consegui olhar para o rosto dele de imediato. Olhei para o de Brianna, em vez disso, pálido e completamente imóvel, cada osso e tendão tenso como a morte.

O rosto de Jamie estava igual, mas, enquanto os olhos de Brianna se mantinham inexpressivos com o choque, os de Jamie ardiam, buracos negros no seu crânio. Ele ficou parado um momento diante de Roger, então se benzeu e disse algo bem baixinho em gaélico. Pegou o punhal do cinto.

– Vou segurá-lo. Corte a corda, querida.

Jamie entregou a faca a Brianna, sem olhar para ela, e deu um passo à frente, segurando o corpo pela cintura, erguendo-o um pouco para aliviar a pressão da corda.

Roger gemeu. Jamie ficou paralisado, os braços segurando-o com força, e me encarou, os olhos arregalados de choque. Tinha sido um som muito discreto; foi apenas a reação de Jamie que me convenceu de que eu de fato o ouvira, assim como Brianna. Ela se aproximou da corda e começou a cortá-la com um furor silencioso, e eu – tão perplexa que, por um momento, não consegui me mexer – comecei a pensar o mais rápido possível.

Talvez não. Talvez fosse apenas o som do ar residual saindo do corpo dele com o movimento, mas não era; eu podia ver o rosto de Jamie segurando-o, e soube que não era.

Avancei rapidamente, estendendo os braços quando o corpo de Roger caiu, para segurar a cabeça dele e estabilizá-lo enquanto Jamie o colocava no chão. Ele estava frio, mas firme, pois estava vivo. Eu havia me preparado para o toque da carne flácida dos mortos, e o choque por sentir a vida em minhas mãos foi considerável.

– Uma prancha – falei, sem fôlego, como se tivesse acabado de levar um soco no estômago. – Uma prancha, uma porta, alguma coisa sobre a qual eu possa colocá-lo. Não devemos mover a cabeça dele; o pescoço pode estar quebrado.

Jamie engoliu em seco, com força, então meneou a cabeça de um jeito esquisito e partiu, caminhando obstinado a princípio, depois cada vez mais rápido, passando pelos grupos de pessoas pesarosas e observadores ávidos, cujo olhar curioso se voltava agora em nossa direção.

Brianna ainda segurava o punhal. Conforme as pessoas começaram a vir em nossa direção, ela passou por mim, e eu vi seu rosto de relance. Ainda estava pálido, ainda estava sério, mas os olhos agora ardiam com uma luz negra capaz de dilacerar qualquer alma imprudente o bastante para se aproximar.

Eu não podia dar atenção a interferências, a nada mais. Ele não estava respirando visivelmente; não havia movimento perceptível do peito, os lábios e as narinas não se mexiam. Procurei em vão a pulsação em seu punho livre – não adiantava apalpar a massa de tecido inchado em seu pescoço – e finalmente encontrei pulsação abdominal, batendo de leve logo abaixo do esterno.

A corda tinha penetrado fundo em sua carne. Procurei freneticamente meu canivete dentro do bolso. Era uma corda nova, crua. As fibras eram peludas, com manchas marrons de sangue seco. Registrei o fato vagamente, na parte remota de minha mente que tinha tempo para essas coisas enquanto minhas mãos estavam ocupadas. Cordas novas se esticam. Um verdadeiro carrasco tem suas próprias cordas, já esticadas e oleadas, bem testadas para facilitar o uso. A corda crua se enterrou dolorosamente embaixo de minhas unhas enquanto eu a puxava, tentando cortá-la.

O último fio se soltou, e eu o puxei, sem me preocupar com lacerações – isso não importava. Não ousei inclinar novamente a cabeça dele para trás; se a vértebra cervical estivesse fraturada, eu poderia aleijá-lo ou matá-lo. E se ele não conseguisse respirar, isso também não teria relevância.

Segurei a mandíbula dele, tentei enfiar meus dedos em sua boca, para tirar muco e obstruções. Não adiantou, a língua estava inchada; não se projetava para fora, mas estava no caminho. O ar ocupa menos espaço do que dedos, no entanto. Apertei o nariz dele com força, respirei duas ou três vezes, do modo mais profundo que consegui, então encostei minha boca na dele e soprei.

Se eu tivesse visto o rosto dele quando foi enforcado, teria percebido de imediato que ele não estava morto; seus traços tinham relaxado com a perda da consciência e seus lábios e suas pálpebras estavam azulados, mas seu rosto não estava preto com o sangue congestionado, e os olhos estavam fechados, não arregalados. Ele havia perdido o controle do esfíncter, mas a medula não fora lesionada, e ele ainda não tinha sido asfixiado... Ainda.

Mas estava prestes a morrer por asfixia bem diante de meus olhos. O peito não se movia. Respirei fundo de novo e soprei, a mão livre em seu peito. Nada. Soprei. Nenhum movimento. Soprei. Alguma coisa. Não o suficiente. Soprei. O ar escapou pelas extremidades da minha boca. Soprei. Era como soprar uma rocha, não um balão. Soprei de novo.

Vozes confusas em minha mente, Brianna gritando, e Jamie ao meu lado.

– Aqui está a prancha – disse ele calmamente. – O que devemos fazer?

Respirei fundo e sequei a boca.

– Segure o quadril dele, Bree segura os ombros. Levantem-no quando eu mandar, não antes.

Nós o posicionamos depressa. Eu segurei sua cabeça como se fosse o Santo Graal.

Havia pessoas ao nosso redor agora, mas eu não tinha tempo nem de olhar nem de ouvi-las; só tinha olhos para o que precisava ser feito.

Rasguei minha anágua, enrolei-a e a usei para escorar o pescoço dele; eu não tinha sentido nada de anormal no pescoço de Roger quando o erguemos, mas precisaria de toda a sorte que tinha para outras coisas. Por teimosia ou por puro milagre, ele não estava morto. Mas permanecera pendurado pelo pescoço por quase uma hora, e o inchaço dos tecidos da garganta realizaria, em pouco tempo, o trabalho que a corda em si não havia realizado.

Eu não sabia se tinha alguns minutos ou uma hora, mas o processo era inevitável, e só havia uma coisa a fazer. Não mais do que algumas moléculas de ar passavam pela massa de tecido esmagado e lacerado; um pouco mais de inchaço fecharia a abertura por completo. Se o ar não conseguia chegar aos pulmões dele pelo nariz ou pela boca, outro canal precisava ser providenciado.

Eu me virei para olhar para Jamie, mas era Brianna quem estava ajoelhada ao meu lado. Certo ruído ao fundo indicava que Jamie estava lidando com os espectadores.

Uma traqueostomia? Rápida, sem exigir muita habilidade, mas difícil de manter aberta – e talvez não bastasse para aliviar a obstrução. Uma de minhas mãos estava apoiada no esterno de Roger, o leve pulsar de seu coração firme sob meus dedos. Forte o suficiente... talvez.

– Certo – disse a Brianna, esperando parecer calma. – Vou precisar de um pouco de ajuda.

– Sim – concordou ela, e graças a Deus *ela* parecia calma. – O que devo fazer?

Essencialmente, nada muito difícil; apenas segurar a cabeça de Roger bem para trás e mantê-la firme enquanto eu cortasse a garganta. Claro, esticar o pescoço demais poderia lesionar a medula se houvesse uma fratura, ou comprimi-la de modo irreversível. Mas Brianna não tinha que se preocupar com isso – nem saber disso, para falar a verdade.

Ela se ajoelhou ao lado da cabeça dele e fez o que eu mandei, e o mediastino da traqueia apareceu quando a pele e a fáscia sobre ele se retesaram. Lá estava, cuidadosamente alinhada – eu esperava – entre as grandes artérias de ambos os lados. Se não estivesse, eu poderia facilmente lacerar a carótida ou a jugular interna, e ele sangraria até morrer nas minhas mãos.

A única virtude de uma terrível emergência é que ela dá licença para que uma pessoa teste coisas que nunca poderiam ser realizadas a sangue-frio.

Peguei o pequeno frasco de álcool que levava no bolso. Quase o derrubei, mas quando derramei o conteúdo sobre meus dedos e limpei o bisturi e o pescoço de Roger, a cirurgiã que existe dentro de mim tinha assumido o controle e minhas mãos estavam mais uma vez firmes.

Demorei um momento, com as mãos no pescoço dele, os olhos fechados, sentindo o leve latejar da artéria, apalpando a massa um pouco mais suave da tireoide.

Empurrei para cima; sim, ela se moveu. Massageei o istmo da tireoide, tirando-o do caminho, com força em direção à cabeça, e com a outra mão pressionei a lâmina do bisturi sobre a quarta cartilagem da traqueia.

A cartilagem ali tinha formato de U, o esôfago por trás dela macio e vulnerável; eu não devia cortar fundo demais. Senti o romper fibroso da pele e da fáscia, depois resistência, então o som suave da lâmina penetrando. Houve um gorgolejar alto e repentino, e um ruído como um assovio úmido: o som do ar passando pelo sangue. O peito de Roger se moveu. Eu senti, e foi só então que percebi que meus olhos ainda estavam fechados.

70

TUDO ESTÁ BEM

A escuridão o aninhava, reconfortante em sua completude calorosa. Ele sentiu uma leve agitação do lado de fora, uma presença dolorosa e intrusiva, e voltou a se refugiar no abrigo da escuridão. Ela estava se dissipando ao redor dele, no entanto, expondo lentamente partes dele à luz e à aspereza.

Ele abriu os olhos. Não sabia o que estava vendo e lutou para entender. Sua cabeça latejava, e também uma dezena de pulsações menores, cada uma delas uma explosão brilhante de dor. Ele sentia as pontadas de dor como agulhas que o espetavam, como uma borboleta presa a uma tábua. Se conseguisse se libertar delas, podia voar para longe...

Fechou os olhos de novo, buscando o conforto da escuridão. Teve uma lembrança distante de um esforço terrível, os músculos em volta das costelas se rompendo enquanto ele lutava para puxar o ar. Havia água em algum lugar em sua lembrança, enchendo seu nariz, a umidade inflando os vãos de suas roupas... Estava se afogando? A ideia fez uma leve onda de alarme percorrer sua mente. Diziam que era uma morte fácil, se afogar, como pegar no sono. Estaria ele afundando, mergulhado em uma tranquilidade traiçoeira e final, enquanto buscava a escuridão sedutora?

Ele se sacudiu, agitando os braços, tentando se virar e chegar à superfície. A dor explodiu em seu peito e ardeu em sua garganta; ele tentou tossir e não conseguiu, tentou puxar o ar e não encontrou nada, bateu em algo duro...

Algo o segurou e o fez ficar imóvel. Um rosto apareceu acima dele, um borrão de pele, um vislumbre de cabelos ruivos. Brianna? O nome flutuou em sua mente como um balão colorido. Então seus olhos recuperaram um pouco do foco, revelando um rosto mais rígido e feroz. Jamie. O nome pairou a sua frente, flutuando, mas parecendo de alguma forma reconfortante.

Pressão, calor... uma mão segurava seu braço, outra segurava seu ombro, pressionando. Ele piscou, a visão desfocada, clareando aos poucos. Ele não sentiu o ar passando pela boca nem pelo nariz, sua garganta estava fechada e o peito ainda ardia, mas *estava* respirando. Sentia a dor dos pequenos músculos entre as costelas enquanto se movimentavam. Ele não havia se afogado, então; doía demais.

– Você está vivo – disse Jamie. Olhos azuis se fixaram nos dele, tão perto que ele sentiu o hálito quente em seu rosto. – Você está vivo. Está inteiro. Está tudo bem.

Ele analisou as palavras com uma sensação de afastamento, revirando-as como um punhado de seixos, sentindo o peso delas na palma da mente.

Você está vivo. Está inteiro. Está tudo bem.

Uma vaga sensação de conforto o tomou. Parecia que isso era tudo que ele precisava saber naquele momento. Qualquer outra coisa poderia esperar. A escuridão se ergueu de novo, com o aspecto convidativo de um sofá macio, e ele se deixou afundar, feliz, ainda ouvindo as palavras como acordes de harpa.

Você está vivo. Está inteiro. Está tudo bem.

71

UMA DÉBIL FAÍSCA

– Sra. Claire?

Era Robin McGillivray, perto da porta da tenda, com os cabelos crespos e negros arrepiados como uma escova. Ele parecia um guaxinim assustado, com a pele ao redor dos olhos livre do suor e da sujeira, o restante do rosto ainda escurecido pela fumaça da batalha.

Ao vê-lo, Claire se levantou.

– Estou indo.

Ela estava de pé, com o kit na mão e indo em direção à porta antes que Brianna pudesse falar.

– Mãe!

Não passava de um sussurro, mas o tom de pânico fez Claire se virar como se tivesse pisado em uma plataforma giratória. Os olhos cor de âmbar se fixaram no rosto de Brianna por um momento, voltaram-se para Roger, e de volta para a filha.

– Observe a respiração dele – disse ela. – Mantenha o tubo limpo. Dê a ele água com mel, se ele estiver consciente o bastante para engolir. E toque-o. Ele não pode virar a cabeça para ver você; precisa saber que está com ele.

– Mas... – Brianna parou, com a boca seca demais para falar.

Não vá!, ela sentiu vontade de gritar. *Não me deixe sozinha! Não posso mantê-lo vivo, não sei o que fazer.*

– Eles precisam de mim – disse Claire, muito delicadamente.

Ela se virou, saias farfalhando, na direção de Robin, que esperava impacientemente, e desapareceu no crepúsculo.

– E eu não?

Brianna moveu os lábios, mas não sabia se tinha falado em voz alta ou não. Não importava; Claire havia desaparecido, e ela estava sozinha.

Ela se sentiu zonza e percebeu que estava prendendo a respiração. Expirou e inspirou profunda e lentamente. O medo era uma cobra venenosa, se enroscando em sua espinha, deslizando por sua mente. Pronta para enterrar as presas em seu coração. Ela respirou fundo mais uma vez entre os dentes, pegou a cobra pela cabeça, enfiou-a mentalmente dentro de um cesto e colocou a tampa. Chega de pânico.

Sua mãe não teria partido se houvesse perigo imediato, ela disse a si mesma com firmeza, não se houvesse mais alguma coisa que pudesse ser feita do ponto de vista médico. Então, não havia. Havia algo que *ela* pudesse fazer? Ela respirou fundo, fundo o bastante para fazer com que a estrutura de seu corpete rangesse.

Toque-o. Fale com ele. Mostre que você está com ele. Fora o que Claire dissera, falando com urgência mas de certo modo distraída, durante os momentos confusos que sucederam a traqueostomia improvisada.

Brianna se virou de volta para Roger, procurando em vão algo seguro para tocar. As mãos dele estavam inchadas como luvas infladas, com manchas vermelho-arroxeadas de hematomas, os dedos esmagados quase pretos, marcas de corda tão profundas na carne de seus punhos que ela tinha a certeza nauseante de que conseguia ver os ossos brancos. Os ferimentos pareciam irreais, uma maquiagem malfeita para uma peça de horror.

Por mais grotescos que estivessem, estavam melhores do que o rosto, que também estava inchado e machucado, com uma pavorosa gola de sanguessugas presas embaixo da mandíbula, mas parecia mais sutilmente deformado, como um desconhecido sinistro fingindo ser Roger.

As mãos dele também estavam profusamente decoradas com sanguessugas. Ele devia estar usando todas as sanguessugas disponíveis, ela pensou. Claire mandara Josh correndo em busca dos outros cirurgiões, para implorar que emprestassem as que tinham, e em seguida o mandara, com os dois Findlays, para as margens do rio à procura de mais.

Observe a respiração dele. Isso ela podia fazer. Sentou-se, movendo-se o mais silenciosamente que conseguiu, tentando não despertá-lo. Pousou a mão de leve sobre o coração dele, tão aliviada por senti-lo quente ao toque que soltou um suspiro profundo. Ele fez uma careta ao sentir a respiração dela em seu rosto, ficou tenso e em seguida relaxou de novo.

A respiração dele era tão superficial que ela afastou a mão, sentindo que a pressão da palma de sua mão sobre o peito dele poderia ser o suficiente para impedir o movimento realizado com esforço. Mas ele *estava* respirando; ela ouvia o leve assovio do ar passando pelo tubo em sua garganta. Claire havia requisitado o cachimbo inglês importado do sr. Caswell, quebrando sem piedade o tubo cor de âmbar. Lavado rapidamente com álcool, o tubo ainda tinha manchas de alcatrão, mas parecia estar funcionando bem.

Dois dedos da mão direita de Roger estavam quebrados, e todas as unhas ensanguentadas, lascadas ou arrancadas. Ela sentiu a própria garganta se estreitar diante dessa prova de como ele tinha lutado para viver. Seu estado parecia tão precário que ela hesitou em tocá-lo, como se pudesse sobressaltá-lo e fazê-lo atravessar algum limiar invisível entre a vida e a morte. Ainda assim, entendia o que a mãe quisera dizer: o mesmo toque poderia segurá-lo, impedir que ele tropeçasse nesse limiar e se perdesse na escuridão.

Ela apertou a coxa dele, confortada ao sentir o músculo comprido e curvado sob o cobertor que cobria a parte de baixo de seu corpo. Ele emitiu um tênue ruído, ficou tenso e relaxou de novo. Ela se perguntou por um momento surreal se deveria tocar sua genitália.

– Assim, ele saberia com certeza que estou aqui – murmurou ela, controlando uma vontade histérica de rir.

A perna dele estremeceu um pouco ao som da voz dela.

– Pode me ouvir? – perguntou ela baixinho, inclinando-se para a frente. – Estou aqui, Roger. Sou eu... Bree. Não se preocupe, não está sozinho.

Sua voz soava estranha; alta demais, tensa e esquisita.

– *Bi socair, mo chridhe* – disse ela, relaxando um pouco. – *Bi samnach, tha mi seo.*

Era mais fácil, de certo modo, em gaélico, sua formalidade uma estreita barragem, contendo a intensidade de sentimentos que podiam inundá-la, se um dia jorrassem livres. Amor, medo e raiva, tudo junto em uma mistura tão forte que sua mão chegava a tremer.

Ela percebeu, de repente, que seus seios estavam túrgidos, doloridos por causa do leite. Não houvera tempo nas últimas horas nem sequer para pensar naquilo, muito menos para aliviar a pressão. Os mamilos arderam e formigaram quando ela pensou nisso, e ela rangeu os dentes ao sentir o leite que escorria em seu corpete, misturando-se ao suor. Ela olhou para Roger, desejando de repente amamentá-lo, aninhá-lo contra seu seio e deixar a vida fluir dela para ele.

Toque-o. Ela estava se esquecendo de tocá-lo. Acariciou seu braço, apertou o antebraço com delicadeza, esperando esquecer o desconforto.

Ele pareceu sentir a mão dela em seu braço; um olho se abriu um pouco, e ela pensou ter visto um lampejo de consciência da presença dela tremeluzir no fundo dele.

– Você está parecendo a versão masculina da Medusa – comentou ela, dizendo a primeira coisa que lhe ocorreu.

Uma sobrancelha escura se ergueu de leve.

– As sanguessugas – disse ela. Tocou uma das que estavam no pescoço dele, e o bichinho se contraiu, já meio cheio. – Uma barba de serpentes. Consegue senti-las? Elas incomodam? – perguntou ela antes de se lembrar do que a mãe dissera.

Mas os lábios dele se moveram, formando um "não" sem som, com grande esforço.

– Não fale.

Ela olhou para a outra cama, constrangida, mas o homem ferido nela estava calado, de olhos fechados. Ela se virou, inclinou-se e beijou Roger rapidamente, um leve toque de lábios. Ele entortou a boca; ela achou que ele queria sorrir.

Sentiu vontade de gritar com ele. *O que aconteceu? Que diabo você FEZ?* Mas ele não podia responder.

De repente, a fúria tomou conta dela. Sabendo que as pessoas passavam por ali sem parar, ela não gritou, mas se inclinou para a frente e agarrou o ombro dele – que parecia um dos pontos razoavelmente sem ferimentos – e sussurrou em seu ouvido:

– Como, em nome de Deus, conseguiu isso?

Ele rolou os olhos devagar na direção dela, concentrando-se em seu rosto. Fez uma leve careta que ela não conseguiu interpretar, e então o ombro sob a mão dela começou a vibrar. Ela olhou para ele totalmente perplexa por alguns segundos antes de perceber que ele estava rindo. Rindo!

O tubo na garganta dele se agitou um pouquinho e emitiu um assovio suave, o que fez com que ela se irritasse além do limite. Brianna ficou de pé, as mãos pressionadas contra os seios doloridos.

– Volto já – disse ela. – Não ouse sair daqui, seu desgraçado!

72

ACENDALHA E CARVÃO

Gerald Forbes era um advogado bem-sucedido, e em geral era o que aparentava ser. Mesmo vestido com seu uniforme de campanha e com a sujeira da pólvora manchando seu rosto, ainda tinha um ar de firmeza que lhe caía bem como capitão da milícia. Aquele ar não o havia abandonado de todo, mas ele parecia visivelmente inquieto, enrolando e desenrolando a aba do chapéu, parado na porta da tenda.

A princípio, pensei que fosse apenas o desconforto que aflige muitas pessoas na presença de doentes – ou talvez um constrangimento provocado pelas circunstâncias dos ferimentos de Roger. Mas evidentemente era algo mais; ele mal meneou a cabeça em direção a Brianna, que estava ao lado da cama de Roger.

– Sinto muito por seu sofrimento, senhora – disse ele, e em seguida se virou para Jamie. – Sr. Fraser. Se eu puder... ter uma palavra? E com a sra. Fraser também – disse ele, com uma reverência em minha direção.

Eu olhei para Jamie e, quando ele assentiu, me levantei, pegando meu kit médico por reflexo.

Não havia muito que eu pudesse fazer; isso era óbvio. Isaiah Morton estava deitado de lado na barraca de Forbes, com o rosto muito pálido e coberto de suor. Ainda respirava, mas lentamente, e com um gorgolejar horrível que me fazia lembrar, de maneira desagradável, do som emitido quando perfurei a garganta de Roger. Ele não estava consciente, o que chegava a ser uma bênção. Fiz um exame rápido e me agachei, secando o suor de meu rosto com a barra do avental; a noite não tinha esfriado muito, e estava quente e abafado ali dentro.

– Um tiro no pulmão – falei, e os dois homens assentiram, embora ambos claramente já soubessem disso.

– Tiro nas costas – disse Jamie, com um tom sério.

Ele olhou para Forbes, que assentiu, sem tirar os olhos do homem ferido.

– Não – disse ele baixinho, respondendo a uma pergunta não feita. – Ele não era um covarde. E foi um ataque limpo, nenhuma outra tropa na linha atrás de nós.

– Nenhum regulador atrás de vocês? Nenhum atirador? Nenhuma emboscada? – perguntou Jamie, mas Forbes estava balançando a cabeça antes de as perguntas serem finalizadas.

– Perseguimos alguns reguladores até o rio, mas paramos ali e os deixamos ir.

Forbes ainda segurava o chapéu entre os dedos, e enrolava e desenrolava a aba mecanicamente, sem parar.

– Eu não tive estômago para matar.

Jamie assentiu, em silêncio.

Eu limpei a garganta e coloquei os restos da camisa de Morton com delicadeza sobre ele.

– Ele levou *dois* tiros nas costas – falei.

O segundo tinha passado de raspão pelo braço, mas eu podia ver com clareza a direção do sulco que ele havia deixado.

Jamie fechou os olhos por um momento, e então voltou a abri-los.

– Os Browns – disse ele, resignado.

Gerald Forbes olhou para ele, surpreso.

– Brown? Foi o que ele disse.

– Ele falou?

Jamie se abaixou ao lado do homem ferido, franzindo as sobrancelhas ruivas. Ele olhou para mim e eu balancei a cabeça em silêncio. Eu estava segurando o pulso de Isaiah Morton e podia sentir sua pulsação leve. Ele provavelmente não voltaria a falar.

– Quando o trouxeram – Forbes se agachou ao lado de Jamie, pousando por fim seu chapéu maltratado –, ele perguntou por você, Fraser. E então, disse: "Diga a Ally. Ally Brown." Ele disse isso diversas vezes antes de...

Ele fez um gesto silencioso para Morton, cujas pálpebras semicerradas mostravam uma parte da esclera, os olhos revirados em agonia.

Jamie disse algo obsceno, bem baixinho, em gaélico.

– Você acha mesmo que eles fizeram isso? – sussurrei.

O pulso se debateu e estremeceu sob meu polegar, em um último esforço.

Ele assentiu, olhando para Morton.

– Eu não deveria ter deixado que eles partissem – disse ele, como se falasse sozinho.

Ele se referia a Morton e Alicia Brown.

– Você não poderia tê-los impedido.

Estendi minha mão livre na direção dele, para tocá-lo e confortá-lo, mas não consegui alcançá-lo, presa como estava ao pulso de Morton.

Gerald Forbes olhava para mim, confuso.

– O sr. Morton... fugiu com a filha de um homem chamado Brown – expliquei delicadamente. – Os Browns não ficaram muito felizes com isso.

– Ah, compreendo. – Forbes assentiu de modo compreensivo. Olhou para o corpo de Morton e estalou a língua, um som que era um misto de censura e compaixão. – Os Browns... sabe a qual companhia eles pertencem, Fraser?

– À minha – disse Jamie de modo sucinto. – Ou pertenciam. Não vi nenhum deles desde o fim da batalha. – Ele se virou para mim. – Há alguma coisa que possamos fazer por ele, Sassenach?

Balancei a cabeça, mas não soltei seu pulso. A pulsação não tinha melhorado, mas também não havia piorado.

– Não. Pensei que ele já tivesse partido, mas ele não está morrendo ainda. O tiro não deve ter atingido nenhuma artéria importante. Mesmo assim...

Balancei a cabeça de novo.

Jamie suspirou profundamente e assentiu.

– Sim. Vai ficar com ele, então, até...?

– Sim, claro. Mas pode voltar para a nossa barraca e ver se tudo está sob controle por lá? Se Roger... quero dizer, venha me buscar, se precisar de mim.

Ele assentiu mais uma vez e saiu. Gerald Forbes se aproximou e apoiou uma mão vacilante no ombro de Morton.

– A esposa dele... Vou me certificar de que ela receba ajuda. Se ele recobrar a consciência de novo, pode dizer isso a ele?

– Sim, claro – falei de novo, mas minha hesitação fez com que ele olhasse para a frente, sobrancelhas erguidas.

– É só que ele... hum... tem *duas* esposas – expliquei. – Ele já era casado quando fugiu com Alicia Brown. Daí a dificuldade com a família dela, entende?

O rosto de Forbes ficou inexpressivo de um jeito cômico.

– Entendo – disse ele, e piscou. – A... hum... primeira sra. Morton. Sabe qual é o nome dela?

– Não, receio que...

– Jessie.

A palavra não passava de um sussurro, mas poderia ter sido um tiro, por seu efeito de interromper a conversa.

– O quê?

Devo ter apertado o braço de Morton com mais força, pois ele fez uma careta, e eu o soltei.

O rosto dele ainda estava muito pálido, mas os olhos estavam abertos, enevoados pela dor, mas definitivamente conscientes.

– Jessie... – sussurrou ele de novo. – Jeze... bel. Jessie Hatfield. Água?

– Ág... Ah, sim!

Soltei seu braço e peguei a garrafa de água. Ele a teria bebido toda, mas deixei que ele tomasse apenas pequenos goles, por enquanto.

– Jezebel Hatfield e Alicia Brown – disse Forbes, cauteloso, evidentemente gravando os nomes em sua mente de advogado. – Está correto? E onde essas mulheres vivem?

Morton respirou fundo, tossiu e interrompeu a tosse abruptamente com um gemido de dor. Ele respirou com esforço por um momento, mas em seguida voltou a falar.

– Jessie... em Granite Falls. Ally está... em Greenboro.

Ele respirava de modo muito superficial, puxando o ar entre as palavras. Ainda assim, não ouvi o gorgolejar de sangue em sua garganta, nem sangue escorrendo pelo nariz ou pela boca. Ainda podia ouvir o som de algo sendo sugado no ferimento em suas costas e, movida pela inspiração, puxei-o um pouco para a frente e afastei os pedaços de sua camisa.

– Sr. Forbes, tem uma folha de papel?

– Bem... sim. Eu... quer dizer...

Forbes enfiou a mão no casaco em uma reação automática e pegou uma folha de papel dobrada. Eu a peguei, desdobrei, despejei água sobre ela e a coloquei bem em cima do pequeno orifício logo abaixo da escápula de Morton. A tinta misturou-se com o sangue e escorreu em linhas escuras pela pele pálida, mas o barulho de sucção parou abruptamente.

Mantendo o papel no lugar com a mão, eu sentia as batidas do coração dele. Ainda estavam fracas, porém mais constantes – sim, estavam mais constantes.

– Minha nossa – falei, inclinando-me para o lado para olhar no rosto dele. – Você não vai morrer, não é?

O suor escorria pelo rosto dele e os trapos de sua camisa estavam escuros e encharcados sobre o peito, mas os lábios tremeram em uma tentativa de sorriso.

– Não, senhora – disse ele. – Não vou. – Ele ainda respirava ofegante, mas a inspiração se tornava mais profunda. – Ally. O bebê... mês... que vem. Disse a ela... que estaria lá.

Peguei a barra do lençol com a mão livre e limpei um pouco o suor do rosto dele.

– Faremos tudo que pudermos para garantir que esteja lá – disse a ele, em seguida olhei para o advogado, que observava tudo com a boca entreaberta. – Sr. Forbes. Acho que seria melhor se levássemos o sr. Morton para a minha tenda. Pode encontrar dois homens que o carreguem?

Ele fechou a boca abruptamente.

– Ah, sim. É claro, sra. Fraser. É para já.

Ele não se moveu de imediato, no entanto, e eu vi seus olhos se voltarem para a folha de papel grudada nas costas de Morton. Olhei para ela. Consegui ler apenas algumas palavras indistintas entre meus dedos, mas elas foram suficientes para me mostrar que as referências casualmente ofensivas de Jamie a Forbes como sodomita eram provavelmente inexatas. "Minha querida Valencia", começava a carta. Eu só conhecia uma mulher chamada Valencia nos arredores de Cross Creek – na colônia da Carolina do Norte, para falar a verdade. A esposa de Farquard Campbell.

– Sinto muito por sua folha de papel – falei, encarando Forbes.

Olhando nos olhos dele, esfreguei a palma da mão com cuidado sobre a folha de papel, manchando irrevogavelmente cada palavra, transformando-as em um borrão de sangue e tinta.

– Temo que esteja arruinada por completo.

Ele respirou fundo e voltou a colocar o chapéu na cabeça.

– Tudo bem, sra. Fraser. Perfeitamente bem. Vou... buscar alguns homens.

A noite trouxe certo alívio em relação às moscas e também ao calor. Atraídas pelo suor, pelo sangue e pelas fezes, elas infestavam o acampamento, picando, rastejando e zumbindo de forma enlouquecedora. Mesmo depois que elas desapareceram, eu continuava dando tapinhas nos braços e no pescoço, imaginando que sentia o pousar das patinhas.

Mas elas tinham sumido, finalmente. Olhei ao redor do meu pequeno reino, vi que todos estavam respirando – ainda que com uma variedade confusa de efeitos sonoros – e saí da tenda para respirar ar fresco, sozinha.

Uma atividade muito desvalorizada, respirar. Fiquei ali por um momento, de olhos fechados, apreciando o subir e descer de meu peito, o leve inspirar, o expirar reparador. Depois de passar as últimas horas mantendo o ar fora do peito de Isaiah Morton e colocando ar para dentro do de Roger, eu estava inclinada a valorizar o privilégio. Nenhum dos dois respiraria sem dor por algum tempo – mas ambos *estavam* respirando.

Eles eram meus únicos pacientes; os outros feridos mais graves estavam sob os cuidados dos cirurgiões de suas companhias ou tinham sido levados para a tenda do governador para serem tratados por seu médico pessoal. Aqueles com ferimentos leves tinham voltado para junto de seus companheiros para ostentar suas cicatrizes ou tratar suas dores com cerveja.

Ouvi um rufar de tambores a distância e fiquei parada, ouvindo. Uma cadência solene tocou e parou de repente. Fez-se um momento de silêncio, durante o qual toda a movimentação pareceu suspensa, e em seguida ouviu-se um tiro de canhão.

Os irmãos Lindsays estavam próximos, esparramados no chão perto da fogueira. Eles também tinham olhado para cima ao som dos tambores.

– O que é isso? – perguntei a eles. – O que está acontecendo?

– Eles estão trazendo os mortos, sra. Fraser – respondeu Evan. – Não se preocupe, sim?

Eu fiz um aceno para tranquilizá-los e comecei a caminhar em direção ao rio. Os sapos coaxavam, em contraste com os tambores distantes. Honras militares para os mortos em batalha. Eu me perguntei se os dois líderes dos rebeldes seriam enterrados no mesmo lugar, ou se covas separadas e menos honradas seriam abertas para eles, se as famílias não reclamassem os corpos. Tryon não era o tipo de homem que deixava alguém às moscas, nem mesmo um inimigo.

Ele já devia estar sabendo àquela altura, certamente. Viria pedir desculpas pelo erro? Que desculpa era possível, afinal? Fora apenas por sorte e porque a corda era nova que Roger estava vivo.

E ainda corria risco de morrer.

Quando pousei a mão sobre Isaiah Morton, pude sentir o arder da bala alojada em seu pulmão, mas também percebi o ardor mais forte da vontade que ele tinha de viver apesar disso. Quando pousei a mão sobre Roger, senti esse mesmo ardor... mas era uma faísca débil. Ouvi o assovio de sua respiração e, em minha mente, vi madeira queimada, com uma pequena área de brasa ainda acesa, porém vacilante, à beira de uma extinção abrupta.

Acendalha, pensei, de modo absurdo. Era o que se fazia com um fogo que ameaçava se apagar. Era preciso soprar a faísca, mas para isso era preciso carvão; algo em que a faísca pudesse pegar, que a alimentasse para que crescesse.

O som de rodas de carroça fez com que eu olhasse para a frente, desviando o olhar de uma moita. Era uma carroça pequena, com um único cavalo e um único condutor.

– Sra. Fraser? É a senhora?

Demorei um pouco para reconhecer a voz.

– Sr. MacLennan? – perguntei, surpresa.

Ele parou ao meu lado e levou a mão ao chapéu. À luz das estrelas, seu rosto estava tomado pela sombra e pela seriedade.

– O que está fazendo aqui? – perguntei, me aproximando e baixando a voz, apesar de não haver ninguém por perto para me ouvir.

– Vim procurar Joe – respondeu ele, com um movimento leve de cabeça em direção à carroça.

Eu não deveria ter me chocado; passara o dia vendo morte e destruição, e conhecia muito pouco Joe Hobson. Não sabia que ele estava morto, no entanto, e os pelos de meus braços se eriçaram.

Sem dizer mais nada, dei a volta por trás da carroça. Senti o leve solavanco e a vibração pela madeira quando Abel acionou o freio e desceu para se juntar a mim.

O corpo não estava coberto, mas alguém havia colocado um lenço grande e não muito sujo sobre o rosto. Três enormes moscas estavam sobre ele, imóveis e inchadas. Não fazia diferença, mas eu as afastei com as costas da mão. Elas se afastaram zumbindo e pousaram de novo, longe de meu alcance.

– O senhor estava na batalha? – perguntei, sem olhar para Abel MacLennan.

Ele deveria estar com os reguladores, mas não senti cheiro de pólvora.

– Não – respondeu ele atrás de mim. – Eu não quis lutar. Vim com Joe Hobson, o sr. Hamilton e os outros... mas quando percebi que ia haver uma batalha, fui embora. Eu me afastei, caminhei até o moinho do outro lado da cidade. E então, quando o sol se pôs, e não havia sinal de Joe... voltei – disse ele simplesmente.

– E agora? – perguntei.

Nós dois falávamos baixo, como se pudéssemos perturbar o sono do morto.

– Quer ajuda para enterrá-lo? Meu marido... – indaguei.

– Ah, não – interrompeu ele, baixinho. – Vou levá-lo para casa, sra. Fraser. Mas agradeço pela gentileza. Se puder me dar um pouco de água, no entanto, ou comida para a viagem...

– Claro. Espere aqui... vou pegar.

Voltei correndo para nossa tenda, pensando, no caminho, na distância até Drunkard's Spring, partindo de Alamance. Quatro dias, cinco, seis? E o sol tão quente, e as moscas... mas eu reconhecia um escocês decidido e fui sem discutir.

Parei um momento para checar como estavam os dois homens – ambos respiravam. Com ruído, dolorosamente... mas respiravam. Eu havia trocado o papel molhado sobre o ferimento de Morton por um pedaço de linho oleado, as bordas grudadas com mel, que funcionava como um excelente selante. Não havia vazamento; muito bom.

Brianna ainda estava sentada ao lado de Roger. Ela havia encontrado um pente de madeira e estava penteando os cabelos embaraçados dele, removendo pedaços de folhas e galhos, cuidando das madeixas, lenta e pacientemente. Cantava baixinho... "Frère Jacques". No corpete de seu vestido havia marcas úmidas e redondas. Ela havia tirado o leite uma ou duas vezes durante o dia para aliviar a pressão, mas estava claro que era o momento de tirar mais. Ao vê-la, meus seios doeram, pois me lembrei do esforço.

Ela olhou para cima e nossos olhares se cruzaram. Toquei meu seio brevemente e assenti na direção da porta da tenda, com as sobrancelhas levantadas. Ela respondeu com um meneio de cabeça e um leve sorriso, cuja intenção era ser corajosamente reconfortante, mas pude ver a tristeza em seus olhos. Imaginei que ela tivesse se dado conta de que, mesmo que Roger sobrevivesse, ele provavelmente nunca mais ia cantar – talvez nem mesmo falar.

Não consegui dizer nada, sentindo um nó na garganta; apenas assenti e saí apressada de novo, com um pacote embaixo do braço.

Uma pessoa surgiu na escuridão à minha frente e quase trombei com ela. Eu me detive com uma exclamação, segurando o pacote contra o peito.

– Minhas desculpas, sra. Fraser. Não notei que não tinha me visto.

Era o governador. Ele deu mais um passo para a luz que vinha da tenda.

Estava sozinho e parecia muito cansado, a pele do rosto enrugada e flácida. Cheirava a álcool. Seu Conselho e os oficiais da milícia deviam estar comemorando a vitória, pensei. Os olhos estavam claros, no entanto, e o passo, firme.

– Seu genro – disse ele, e olhou na direção da tenda atrás de mim. – Ele...

– Ele está vivo – disse uma voz suave e profunda atrás do governador.

Ele se virou com uma exclamação sufocada, e eu ergui a cabeça.

Vi uma sombra se mover e tomar forma, e Jamie surgiu devagar, envolto na escuridão da noite; tinha estado sentado ao pé de uma nogueira, invisível no escuro. Há quanto tempo estava ali?, eu me perguntei.

– Sr. Fraser.

O governador tinha se assustado, mas firmou a mandíbula, com os punhos cerrados ao lado do corpo. Foi obrigado a inclinar a cabeça para trás para olhar para Jamie, e eu percebi que ele não gostava daquilo. Jamie também notou, e claramente não se importou nem um pouco. Ele estava perto de Tryon, assomando sobre ele, com uma expressão que teria abalado a maioria das pessoas.

Pareceu abalar Tryon, também, mas ele ergueu o queixo, determinado a dizer o que quer que tivesse ido até ali para dizer.

– Vim pedir desculpas pelo mal causado a seu genro – disse ele. – Foi um erro imperdoável.

– Imperdoável – repetiu Jamie, com uma entonação irônica. – Importa-se de me dizer, senhor, como esse... erro... aconteceu?

Ele deu um passo à frente, e Tryon automaticamente deu um passo para trás. Eu vi o governador corar e sua mandíbula ficar tensa.

– Foi um erro – disse ele, entre os dentes. – Ele foi erroneamente identificado como um dos líderes fora da lei da Regulação.

– Por quem? – A voz de Jamie era educada.

Pequenos pontos vermelhos queimavam nas bochechas do governador.

– Não sei. Por diversas pessoas. Eu não tinha motivos para duvidar da identificação.

– De fato. E Roger MacKenzie não disse nada em sua própria defesa? Não disse quem era?

Os dentes de baixo de Tryon mordiscaram brevemente o lábio superior, em seguida soltaram.

– Ele... não disse.

– Porque estava amarrado e amordaçado! – exclamei.

Eu mesma tinha tirado a mordaça da boca de Roger, quando Jamie o tirou da árvore na qual estava pendurado.

– O senhor não *deixou* que ele falasse... seu... seu...

A lamparina na entrada da tenda iluminou a peça metálica na gola de Tryon, uma meia-lua pendurada em torno do pescoço. Jamie ergueu a mão lentamente – tão lentamente que Tryon não pensou se tratar de uma ameaça – e a encaixou depressa ao redor da garganta do governador, logo acima da gargantilha.

– Deixe-nos a sós, Claire – disse ele.

Não havia ameaça clara em sua voz; ele parecia apenas determinado. Um clarão de pânico se acendeu nos olhos de Tryon e ele recuou, a peça metálica brilhando à luz da lamparina.

– Ousa colocar as mãos em mim, senhor?

O pânico fora embora de uma vez, substituído pela fúria.

– Ah, pode apostar que sim. Assim como colocou as mãos em meu filho.

Eu não *achava* que Jamie pretendia machucar o governador. Por outro lado, aquele não era, de modo nenhum, apenas um ato de intimidação; eu podia sentir a ira dentro dele, podia vê-la ardendo fria em seus olhos. Assim como Tryon.

– Foi um erro! E um erro que vim remediar, de todas as maneiras que puder! – Tryon estava firme, a mandíbula travada ao olhar para cima.

Jamie emitiu um som de desdém no fundo da garganta.

– Um erro. Então a perda da vida de um homem inocente não passa disso para o senhor? O senhor mata e fere, em nome da sua glória, e não se importa com a destruição que causa, desde que o registro de suas façanhas seja ampliado. Como as coisas vão ser contadas nos relatórios que enviar à Inglaterra... senhor? Que apontou o canhão para seus próprios cidadãos, armados com nada além de facas e porretes? Ou vai estar escrito que o senhor pôs fim à rebelião e preservou a ordem? Vai relatar que em sua pressa de se vingar, enforcou um inocente? Vai dizer que cometeu um "erro"? Ou vai alegar que puniu a perversidade e fez justiça em nome do rei?

Os músculos do rosto de Tryon se salientaram e seus membros tremeram, mas ele manteve a calma. Respirou fundo pelo nariz, inspirou e expirou, antes de falar.

– Sr. Fraser. Vou lhe dizer algo que algumas pessoas já sabem, mas que ainda não é de conhecimento público.

Jamie não respondeu, mas ergueu a sobrancelha, brilhando vermelha sob a luz. Seus olhos estavam frios, sombrios e impassíveis.

– Fui nomeado governador da colônia de Nova York – disse Tryon. – A carta de nomeação chegou há mais de um mês. Devo partir até julho para assumir o novo cargo; Josiah Martin será o novo governador da Carolina do Norte. – Ele olhou para Jamie e para mim. – Então, entendam: não tive nenhum interesse pessoal nisso; nenhuma necessidade de glorificar minhas proezas, como diz.

Sua garganta se moveu quando ele engoliu em seco, mas o medo tinha sido substituído por uma frieza similar à de Jamie.

– Fiz o que fiz no cumprimento do meu dever. Não deixaria esta colônia em um estado de desordem e rebelião para que o meu sucessor lidasse com o problema, como poderia ter feito.

Ele respirou fundo e deu um passo para trás, forçando-se a relaxar as mãos, fechadas em punhos cerrados.

– O senhor tem experiência na guerra, sr. Fraser, e no cumprimento do dever. E, se for um homem honesto, vai saber que erros são cometidos, com frequência, em ambos os aspectos. Não pode ser diferente.

Ele olhou diretamente nos olhos de Jamie, e eles ficaram ali, se encarando.

Minha atenção foi desviada do confronto de repente pelo som distante de um bebê chorando. Eu me virei, erguendo a cabeça, no mesmo momento em que Brianna saiu da tenda atrás de mim, com um farfalhar de saias agitadas.

– Jem – disse ela. – É Jemmy!

Era, de fato. Um burburinho de vozes do lado mais distante do acampamento se aproximou, tomando forma na figura arredondada de Phoebe Sherston, que parecia assustada, mas determinada, seguida por dois escravos: um homem que carregava dois cestos enormes e uma mulher, com um bebê que se remexia em seus braços, fazendo um terrível alvoroço.

Brianna correu em direção ao bebê como a agulha de uma bússola apontando o norte, e o choro cessou quando Jemmy emergiu dos cobertores, os cabelos ruivos arrepiados e os pés dando chutes alegres de alívio. Mãe e filho desapareceram depressa sob as sombras das árvores, e certa confusão se seguiu, com a sra. Sherston explicando de forma incoerente para um grupo crescente de curiosos que tinha ficado *tão* perturbada ao ouvir relatos da batalha, tão terríveis, e teve medo... mas o escravo do sr. Rutherford chegou para dizer que tudo estava bem... e ela pensou que talvez... e então... e a criança *não* parava de gritar... então...

Jamie e o governador, distraídos do confronto cara a cara, também tinham se retirado para as sombras. Eu podia vê-los, duas sombras firmes, uma alta e outra mais baixa, lado a lado. Entretanto, o elemento de perigo havia desaparecido do tête-à-tête entre eles. Eu vi a cabeça de Jamie se inclinar levemente na direção da sombra de Tryon, ouvindo.

–... trouxe comida – dizia Phoebe Sherston, com o rosto redondo corado com uma animada presunção. – Pão e manteiga frescos, um pouco de geleia de amora, frango frio e...

– Comida! – exclamei, e de repente me lembrei do pacote que levava embaixo do braço. – Com licença!

Abri um sorriso e saí, deixando-a boquiaberta em frente à tenda.

Abel MacLennan estava onde eu o havia deixado, esperando pacientemente sob as estrelas. Ele dispensou meus pedidos de desculpa, agradecendo pela comida e pela cerveja.

– Tem alguma coisa...? – comecei, e parei.

O que mais eu poderia fazer por ele?

E ainda assim parecia haver alguma coisa.

– O jovem Hugh Fowles – disse ele, enfiando com cuidado o pacote sob o assento da carroça. – Disseram que ele foi levado prisioneiro. Acha que seu marido pode interceder a favor dele? Como fez por mim?

– Imagino que sim. Vou pedir a ele.

Estava silencioso ali, longe o suficiente do acampamento para que o som das conversas não fosse mais alto do que o dos sapos e grilos e o da água.

– Sr. MacLennan – falei, tomada pelo impulso –, para onde vai? Depois que levar Joe Hobson de volta, quero dizer.

Ele tirou o chapéu e coçou a cabeça quase careca, sem constrangimento, apesar de o gesto não ser de alguém confuso, mas sim de alguém que se preparava para dizer algo já decidido.

– Ah – disse ele. – Não pretendia ir a lugar algum. Há as mulheres lá, certo? E as crianças. Não existem mais homens, já que Joe está morto e Hugh foi preso. Acho que vou ficar.

Ele fez uma reverência para mim e colocou o chapéu. Eu apertei a mão dele – surpreendendo-o –, e em seguida ele subiu na carroça e estalou a língua para que o cavalo andasse. Ergueu a mão para mim em despedida e eu respondi, percebendo a diferença nele ao fazer isso.

Ainda havia pesar em sua voz e tristeza sobre seus ombros, mas, mesmo assim, ele se sentou ereto no cumprimento de sua tarefa, a luz das estrelas brilhando em seus cabelos empoeirados. A voz estava firme, e a mão também. Se Joe Hobson tinha partido para a terra dos mortos, Abel MacLennan havia voltado de lá.

As coisas tinham se acalmado, de certo modo, quando voltei à tenda. O governador e a sra. Sherston tinham partido, assim como os escravos dela. Isaiah Morton dormia, gemendo de vez em quando, mas sem febre. Roger permanecia imóvel como uma estátua, o rosto e as mãos escurecidos pelos hematomas, o assovio baixo do tubo de respiração servindo como contraponto à canção murmurada por Brianna enquanto ninava Jemmy.

O semblante do garotinho estava tranquilo, a boca levemente entreaberta, entregue ao sono. Com uma inspiração repentina, estendi os braços, e Bree, parecendo surpresa, deixou que eu o pegasse. Com muito cuidado, deitei o corpinho pesado sobre o peito de Roger. Bree fez um leve movimento, como se quisesse segurar o bebê e impedir que ele escorregasse, mas o braço de Roger se levantou, rígido e lento, e se posicionou sobre o bebê que dormia. *Acendalha*, pensei, satisfeita.

Jamie estava do lado de fora da tenda, recostado na nogueira. Quando me certifiquei de que estava tudo certo do lado de dentro, saí e me juntei a ele nas sombras. Ele levantou os braços sem dizer nada e eu me aconcheguei neles.

Ficamos juntos nas sombras, ouvindo o crepitar das fogueiras e a música dos grilos. Respirando.

Grande Acampamento de Alamance
Sexta, 17 de maio de 1771

Senha - Granville
Contrassenha - Oxford

O governador, tomado pelo mais afetuoso senso de gratidão, agradece aos oficiais e aos soldados do Exército pelo apoio vigoroso e generoso que lhe deram ontem na batalha perto de Alamance, pois foi graças à honra e à conduta firme deles que ele conseguiu, com a providência de Deus Todo-Poderoso, a vitória memorável sobre rebeldes obstinados e determinados. Sua Excelência apresenta suas condolências aos Legalistas pelos homens corajosos que caíram e foram feridos em ação, mas quando reflete sobre o fato de que o destino da Constituição dependia do sucesso do dia e sobre os importantes serviços assim prestados ao seu rei e ao seu país, considera essa perda (ainda que no momento seja causa de sofrimento para seus parentes e amigos) um monumento de glória e honra duradouras para eles e suas famílias.

Os mortos serão enterrados às cinco horas da tarde de hoje, na frente do Parque da Artilharia, e o serviço funerário será realizado com honras militares - depois da cerimônia, serão feitas orações e agradecimentos pela vitória memorável que a Divina Providência concedeu ontem ao exército sobre os Insurgentes.

PARTE VII

Alertas de luta e fuga

73

UM TOM MAIS PÁLIDO

A sra. Sherston, com uma generosidade inesperada, nos ofereceu sua hospitalidade. Eu fui para a casa ampla dos Sherstons em Hillsborough com Brianna, Jemmy e meus dois pacientes. Jamie dividia seu tempo entre Hillsborough e o acampamento da milícia, que permaneceu montado perto do Alamance enquanto Tryon se certificava de que a Regulação tinha sido, de fato, definitivamente arrasada.

Apesar de eu não conseguir alcançar a bala alojada no pulmão de Morton com o fórceps, ela não parecia estar incomodando muito, e o ferimento havia começado a se fechar de modo satisfatório. Não dava para saber exatamente onde se instalara, mas estava claro que não tinha atingido artérias importantes; contanto que o projétil não se movesse, era bem possível que ele simplesmente vivesse com a bala alojada dentro do corpo. Eu já tinha conhecido muitos veteranos de guerra na mesma situação – Archie Hayes era um deles.

Eu não sabia ao certo quão estável era meu pequeno estoque de penicilina, mas parecia funcionar. Havia uma leve vermelhidão e uma pequena infiltração no local da ferida, mas não estava infeccionado, e ele tivera pouca febre. Além da penicilina, o aparecimento, alguns dias depois da batalha, de Alicia Brown, agora em uma fase muito avançada da gravidez, foi o maior incentivo para a recuperação de Morton. Uma hora depois da chegada dela, ele estava sentado na maca, pálido, mas feliz, com os cabelos arrepiados e a mão pressionada contra a barriga que abrigava seu filho ainda não nascido.

Roger era outra história. Ele não tinha ferimentos muito graves, além do esmagamento da garganta, embora isso já fosse ruim o suficiente. As fraturas de seus dedos eram simples; eu as havia estabilizado com talas, e eles iam se curar sem problema. Os hematomas desapareceram razoavelmente depressa, transformando-se de manchas vermelhas e azuis em uma série espetacular de roxos, verdes e amarelos que davam a impressão de que ele tinha acabado de ser exumado depois de estar morto havia uma semana, mais ou menos. Seus sinais vitais estavam excelentes. Sua vitalidade, não.

Ele dormia muito, o que deveria ser bom, mas não parecia descansar; havia algo inquietante em seu sono, como se ele buscasse a inconsciência com um forte anseio e, quando a conseguia, se agarrasse a ela com uma teimosia que me incomodava mais do que eu queria admitir.

Brianna, que tinha seu próprio tipo de teimosia, se empenhava em acordá-lo a cada poucas horas, para comer alguma coisa e para que o tubo e a incisão fossem limpos. Durante esses procedimentos, ele mantinha os olhos fixos a meia distância e olhava sombriamente para o nada, fazendo leves sinais de que tomava conhecimento dos comentários dirigidos a ele. Quando terminava, seus olhos se fechavam de novo, e ele se deitava no travesseiro, com as mãos enfaixadas sobre o peito como uma múmia, sem emitir nenhum som exceto pelo assovio baixo que saía do tubo em seu pescoço.

Dois dias depois da batalha de Alamance, Jamie chegou à casa dos Sherstons em Hillsborough pouco antes do jantar, cansado da longa da viagem e coberto de uma poeira avermelhada.

– Conversei um pouco com o governador hoje – disse ele, pegando o copo de água que eu havia levado para ele no quintal. Ele bebeu tudo de uma vez e suspirou, secando o suor do rosto com a manga do casaco. – Ele estava ocupado com todas as coisas que tinha que fazer e não conseguia parar para falar sobre o que aconteceu depois da batalha... mas *eu* não ia deixar por isso mesmo.

– Imagino que não tenha sido muito difícil – murmurei, ajudando-o a tirar o casaco empoeirado. – William Tryon não é escocês, muito menos um Fraser.

Ao dizer isso, recebi um meio sorriso relutante. "Teimoso como uma mula" era a descrição sucinta do clã dos Frasers que eu ouvira anos antes – e nada nos anos que se seguiram me dera motivos para achar que fosse uma descrição equivocada.

– Sim, bem... – Ele deu de ombros e se alongou, as vértebras estalando devido à longa viagem. – Ah, Deus. Estou morrendo de fome. Tem comida?

Ele relaxou e ergueu o nariz comprido, farejando o ar.

– Presunto assado e torta de batata-doce – informei a ele, desnecessariamente, uma vez que o cheiro de mel de ambos tomava o ar úmido. – O que o governador disse, afinal, depois que você o deixou devidamente intimidado?

Ele sorriu de leve diante da minha descrição de seu encontro com Tryon, mas percebi, por seu ar de satisfação, que não estava totalmente incorreta.

– Ah, muitas coisas. Mas, para começar, insisti que ele me esclarecesse as circunstâncias nas quais Roger Mac foi levado; quem o entregou e o que foi dito. Queria saber exatamente o que aconteceu.

Ele tirou a tira que prendia os cabelos e balançou as mechas úmidas, escurecidas por causa do suor.

– Ele se lembrou de alguma coisa quando você o pressionou?

– Sim, um pouco mais. Tryon disse que três homens fizeram Roger Mac prisioneiro; um deles tinha o distintivo da Companhia dos Frasers, então é claro que ele pensou que o homem fosse um dos meus, diz ele – acrescentou Jamie com ironia.

Teria sido uma conclusão razoável, pensei, mas Jamie claramente não estava disposto a ser razoável.

– Devia ser o distintivo de Roger que o homem tinha consigo – falei. – O resto da sua companhia voltou com você... todos, menos os Browns, e não teriam sido eles.

Os Browns tinham desaparecido, aproveitando a oportunidade da confusão da batalha para se vingar de Isaiah Morton e em seguida escapar antes que alguém descobrisse o crime. Eles não teriam ficado por lá para incriminar Roger, mesmo que tivessem motivos para isso.

Ele assentiu, rejeitando a conclusão com um gesto breve.

– Sim. Mas por quê? Ele disse que Roger Mac estava amarrado e amordaçado, uma maneira nada honrosa de se tratar um prisioneiro de guerra, como eu disse a ele.

– E o que ele respondeu quando você disse isso?

Tryon podia ser um pouco menos teimoso do que Jamie, mas não era nem um pouco mais receptivo a insultos.

– Ele disse que não era uma guerra; era uma insurreição traidora, e ele tinha motivos para tomar medidas sumárias. Mas prender e enforcar um homem, sem permitir que ele dissesse uma palavra sequer em sua própria defesa... – Seu rosto estava ficando perigosamente vermelho. – Juro para você, Claire, se Roger Mac tivesse morrido naquela corda, eu teria quebrado o pescoço de Tryon e o deixaria para os corvos!

Eu não duvidei nem um pouco de que ele faria exatamente isso; podia até ver sua mão, encaixando-se lenta e delicadamente no pescoço do governador acima da gargantilha de prata. Eu me perguntei se William Tryon tivera a mais vaga noção do perigo que havia enfrentado naquela noite depois da batalha.

– Ele não morreu, e não vai morrer.

Eu esperava estar certa, mas falei com o máximo de firmeza que consegui, pousando a mão em seu braço. Os músculos de seu antebraço se contraíram e se moveram com o desejo contido de golpear alguém, mas se acalmaram com meu toque, quando ele olhou para mim. Ele respirou fundo uma vez, depois outra, tamborilou os dedos enrijecidos duas vezes na coxa e controlou a raiva mais uma vez.

– Pois bem, ele disse que o homem identificou Roger Mac como James MacQuiston, um dos líderes da Regulação. Tenho buscado informações sobre MacQuiston – acrescentou ele, olhando para mim de novo. Estava ficando um pouco mais calmo enquanto conversávamos. – Você se surpreenderia, Sassenach, se eu dissesse que ninguém conhece o rosto de MacQuiston?

Sim, e foi o que disse. Ele assentiu, o rosto ficando um pouco menos vermelho.

– Também me surpreendi. Mas é isso mesmo; as palavras do homem estão no papel para quem quiser ver, mas ninguém nunca o viu. Nem o velho Ninian, nem Hermon Husband, nem qualquer dos reguladores que consegui encontrar e com quem conversei, apesar de a maioria deles estar mentindo agora, certamente. Até encontrei o impressor que colocou um dos discursos de MacQuiston no papel; ele disse que o texto foi deixado à sua porta uma manhã, com um pedaço de queijo e dois certificados de dinheiro de proclamação para pagar a impressão.

– Bem, isso é interessante – comentei. Tirei a mão de seu braço com cuidado, mas ele parecia estar sob controle. – Então, você acha que "James MacQuiston" é um nome inventado.

– A possibilidade é grande.

Pensando nas implicações dessa linha de pensamento, tive uma ideia repentina.

– Você acha que talvez o homem que identificou Roger para o governador como MacQuiston pode ter sido o próprio MacQuiston?

Jamie ergueu as sobrancelhas e assentiu lentamente.

– E procurou se proteger fazendo com que Roger Mac fosse enforcado no lugar dele? Estar morto é uma excelente maneira de evitar a prisão. Sim, é uma ótima ideia... ainda que um pouco cruel – acrescentou ele de forma sensata.

– Ah, só um pouco.

Ele parecia ter menos raiva do cruel e fictício MacQuiston do que do governador, mas não havia dúvida a respeito do que Tryon tinha feito.

Tínhamos passado do quintal ao poço. Havia um balde pela metade em cima do muro, com água morna e salobra devido ao calor do dia. Ele enrolou as mangas, formou conchas com as mãos e jogou água do balde no rosto, em seguida balançou a cabeça violentamente, espalhando gotas nas hortênsias da sra. Sherston.

– O governador se lembra de como eram esses homens que pegaram Roger? – perguntei, entregando a ele uma toalha de linho amassada. Ele a pegou e secou o rosto, balançando a cabeça.

– Só um. O que estava com o distintivo, que foi o que mais falou. Ele disse que era um homem de cabelos claros, muito alto e corpulento. Olhos verdes, ele acha. Tryon não estava prestando muita atenção à aparência dele, claro, já que estava concentrado no momento. Mas ele se lembrou disso.

– Jesus H. Roosevelt Cristo – falei, diante de um súbito pensamento. – Alto, cabelos claros e olhos verdes. Você acha que pode ter sido Stephen Bonnet?

Ele arregalou os olhos e olhou para mim por cima da toalha por um momento, com uma expressão de perplexidade.

– Jesus – disse ele, e pousou a toalha distraidamente. – Não tinha pensado nisso.

Nem eu. O que eu sabia sobre Stephen Bonnet não parecia se encaixar na imagem de um regulador; a maioria deles eram homens pobres e desesperados, como Joe Hobson, Hugh Fowles e Abel MacLennan. Alguns eram idealistas ousados, como Husband e Hamilton. Stephen Bonnet podia ter sido pobre e desesperado em algumas ocasiões – mas eu estava razoavelmente certa de que a ideia de procurar reparação por parte do governo por meio de protestos não era algo que teria ocorrido a ele. Ele o faria à força, certamente. Matar um juiz ou xerife em vingança por alguma ofensa, bem possível. Mas não, era ridículo. Se eu tinha certeza de alguma coisa relacionada a Stephen Bonnet, era de que ele não pagava impostos.

– Não.

Jamie balançou a cabeça, chegando à mesma conclusão, evidentemente. Secou uma gota que restara na ponta de seu nariz.

– Não há dinheiro nenhum em questão nesse caso. Até mesmo Tryon teve que apelar ao conde de Hillsborough para obter fundos para pagar a milícia. E os reguladores... – Ele balançou a mão, afastando a ideia de os reguladores pagarem alguém para fazer alguma coisa. – Eu não sei tudo sobre Stephen Bonnet, mas, pelo que vi do homem, acho que só ouro ou a promessa de ouro o levaria a um campo de batalha.

– É verdade. – Ouvi o leve tilintar de louça e de talheres de prata pela janela aberta, acompanhado das vozes baixas dos escravos; a mesa estava sendo arrumada para o jantar. – Acho que não tem como Bonnet ser James MacQuiston, tem?

Ele riu, o rosto relaxando pela primeira vez.

– Não, Sassenach. *Disso* eu tenho certeza. Stephen Bonnet não sabe ler nem escreve muita coisa além de seu nome.

Olhei para ele.

– Como sabe disso?

– Samuel Cornell me disse. Ele não conheceu Bonnet pessoalmente, mas disse que Walter Priestly o procurou, certa vez, para pedir dinheiro emprestado com urgência. Ele ficou surpreso, pois Priestly é um homem abastado, mas Priestly disse que tinha um carregamento chegando que devia ser pago em ouro, e que o homem que o traria não aceitaria recibos de depósito de mercadorias, dinheiro de proclamação nem ordens de pagamento. Ele não confiava em palavras no papel que não pudesse ler, nem em ninguém que as lesse para ele. Só ouro serviria.

– Sim, isso parece coisa de Bonnet.

Eu estava segurando o casaco dele, dobrado sobre um de meus braços. Agora eu o sacudia, começando a bater a poeira vermelha e virando o rosto para o lado por causa das nuvens de pó.

– O que você disse sobre ouro... acha que Bonnet pode ter ido a Alamance por acidente? A caminho de River Run, talvez?

Ele pensou por um momento, em seguida balançou a cabeça, desenrolando as mangas da camisa.

– Não foi uma grande guerra, Sassenach... nem o tipo de coisa na qual um homem pode se envolver sem se dar conta e se deixar levar. Os exércitos se enfrentaram por mais de dois dias, e as linhas de frente tinham tantos furos quanto uma rede de pesca. Qualquer pessoa poderia ter saído de Alamance, ou dado a volta. E Alamance não fica perto de River Run. Não, quem quer que seja que tenha tentado matar Roger, foi alguém que estava lá por conta própria.

– Então voltamos ao misterioso sr. MacQuiston... quem quer que seja.

– Talvez – disse ele em dúvida.

– Mas quem mais poderia ser? – protestei. – Ninguém entre os reguladores poderia ter alguma coisa pessoal contra Roger!

– Acho que não – admitiu Jamie. – Mas não vamos saber até que ele nos conte, certo?

...

Depois do jantar – durante o qual naturalmente MacQuiston, Stephen Bonnet ou qualquer outra coisa de natureza perturbadora foi mencionado – fui ver como Roger estava. Jamie foi comigo e dispensou discretamente a escrava que estava sentada perto da janela, costurando. Alguém tinha que permanecer ao lado de Roger o tempo todo, para garantir que o tubo em sua garganta não entupisse nem se deslocasse, já que continuava sendo seu único modo de respirar. Ainda precisaríamos esperar alguns dias para que o inchaço nos tecidos de sua garganta diminuísse o suficiente para eu arriscar tirá-lo.

Jamie esperou até eu ter checado a pulsação e a respiração de Roger, e então, quando meneei a cabeça, sentou-se ao lado da cama dele.

– Sabe os nomes dos homens que o denunciaram? – perguntou ele diretamente.

Roger olhou para ele, franzindo o cenho, as sobrancelhas escuras unidas. Então, assentiu lentamente e levantou um dedo.

– Um deles. Quantos havia?

Três dedos. Isso batia com a lembrança de Tryon, então.

– Eles eram reguladores?

Assentiu de novo.

Jamie olhou para mim e, de novo, para Roger.

– Não era Stephen Bonnet?

Roger se levantou de repente, a boca aberta. Segurou o tubo na garganta, esforçando-se em vão para falar, e balançou a cabeça com veemência.

Segurei o ombro dele, levando uma das mãos ao tubo. A violência de seu movimento quase o deslocou da incisão, e uma gota de sangue desceu por seu pescoço onde o ferimento voltou a se abrir. Roger parecia não ter notado; seus olhos estavam fixos nos de Jamie e sua boca se movia com urgência, fazendo perguntas silenciosas.

– Não, não. Se você não o viu, então não estava lá. – Jamie segurou o outro ombro dele com firmeza, ajudando-me a deitá-lo de novo no travesseiro. – É só que Tryon descreveu o homem que entregou você como sendo um camarada alto e de cabelos claros. Olhos verdes, talvez. Pensamos que talvez...

O rosto de Roger relaxou ao ouvir aquilo. Balançou a cabeça de novo e se recostou, retorcendo um pouco a boca. Jamie continuou:

– Mas você conhece o homem. Já o viu antes?

Roger desviou o olhar, assentiu e deu de ombros. Parecia irritado e impotente. Ouvi sua respiração se acelerar, assoviando pelo tubo cor de âmbar. Pigarreei alto, franzindo o cenho para Jamie. Roger estava fora de perigo imediato, mas isso não significava que estivesse bem, nem perto disso.

Jamie me ignorou. Ele havia pegado a caixa de desenhos de Bree no caminho para o segundo andar; colocando uma folha de papel sobre ela, ele a ajeitou sobre o colo de Roger, em seguida ofereceu um dos bastões de carvão a ele.

– Quer tentar de novo?

Ele tinha tentado fazer Roger se comunicar pelo papel desde que recobrara a consciência, mas as mãos de Roger estavam muito inchadas até mesmo para segurar uma caneta. Ainda estavam inchadas e cheias de ferimentos, mas o uso de sanguessugas e massagens delicadas tinham feito com que elas melhorassem a ponto de pelo menos se *parecerem* com mãos de novo.

Roger pressionou os lábios momentaneamente, mas segurou o bastão de carvão de modo desajeitado. Os dois primeiros dedos daquela mão estavam quebrados; as talas formavam um "V" rudimentar, o que eu pensei ser muito apropriado, naquelas circunstâncias.

Roger franziu o cenho, concentrado, e começou a rabiscar algo lentamente. Jamie observava com atenção, segurando o papel esticado com as duas mãos para evitar que escorregasse.

O bastão de carvão se quebrou ao meio, e os fragmentos se espalharam pelo chão. Eu me abaixei para pegá-los, enquanto Jamie se inclinou, franzindo o cenho enquanto olhava para a folha de papel manchada. Havia um "W" e um "M", um espaço, e um "MAC" esquisito.

– William? – Ele olhou para Roger para ter certeza.

O suor brilhava no rosto de Roger, mas ele assentiu muito brevemente.

– William Mac – falei, espiando por cima do ombro de Jamie. – Um escocês, então... ou um nome escocês, pelo menos? – Não que isso reduzisse muito as possibilidades: MacLeod, MacPherson, MacDonald, MacDonnel, Mac... Quiston?

Roger ergueu a mão e bateu contra o peito. Bateu de novo, e disse uma palavra sem emitir som. Lembrando-me de programas de TV com base em charadas, eu fui mais rápida do que Jamie.

– MacKenzie? – perguntei, e fui recompensada com um rápido vislumbre de olhos verdes e um movimento de confirmação.

– MacKenzie. William MacKenzie.

Jamie franzia o cenho, obviamente repassando uma lista mental de nomes e rostos, sem encontrar uma correspondência.

Eu observava o rosto de Roger. Ainda muito machucado, o rosto também começava a parecer mais normal, apesar do vívido vergão embaixo do queixo, e pensei que havia algo esquisito em sua expressão. Conseguia ver a dor física em seus olhos, a impotência e a frustração com sua incapacidade imediata de dizer a Jamie o que ele queria saber, mas achei que havia algo mais ali. Ira, certamente, mas algo como desconcerto também.

– Você conhece algum William MacKenzie? – perguntei a Jamie, que tamborilava levemente sobre a mesa enquanto pensava.

– Sim, quatro ou cinco – respondeu ele, franzindo o cenho, ainda concentrado. – Na Escócia. Mas nenhum aqui, e nenhum que...

Roger ergueu a mão de repente ao ouvir a palavra "Escócia", e Jamie parou, os olhos fixos no rosto de Roger como um cão farejador.

– Escócia – disse ele. – Algo a ver com a Escócia? O homem é um novo imigrante?

Roger balançou a cabeça com força, e então parou abruptamente, fazendo uma careta de dor. Fechou os olhos com força por um momento, em seguida os abriu e estendeu a mão para pegar os pedaços de carvão que eu ainda segurava.

Foram necessárias várias tentativas, e no fim Roger se recostou exausto no travesseiro, com a gola da camisa úmida de suor e manchada de sangue de seu pescoço. O resultado de seu esforço eram rabiscos borrados e irregulares, mas eu consegui ler a palavra com clareza.

Dougal, estava escrito. O olhar de interesse de Jamie se transformou em circunspecção.

– Dougal – repetiu com cautela. Ele também conhecia muitos Dougals; alguns deles residentes da Carolina do Norte. – Dougal Chisholm? Dougal O'Neill?

Roger balançou a cabeça e o tubo em sua garganta assoviou com sua respiração. Ele ergueu a mão e apontou enfaticamente para Jamie com os dedos fraturados. Ao receber um olhar inexpressivo como resposta, ele procurou o pedaço de carvão de novo, mas ele rolou da caixa de desenho e se espatifou no chão.

Seus dedos estavam cobertos de poeira de carvão. Fazendo uma careta, ele pressionou a ponta do dedo anelar contra a página e, usando a força dos outros dedos, produziu um borrão tênue e fantasmagórico que fez com que uma corrente elétrica percorresse minha espinha.

Geilie, estava escrito.

Jamie olhou para o nome por um momento. Então, vi que um arrepio o percorreu, e ele se benzeu.

– *A Dhia* – disse ele baixinho, e olhou para mim.

Uma consciência se condensou entre nós. Roger viu e voltou a se recostar no travesseiro, o ar fazendo um forte ruído pelo tubo ao ser expirado.

– O filho de Dougal com Geillis Duncan – disse Jamie, virando-se para Roger com a incredulidade estampada no roso. – Ele se chamava William, eu acho. É isso? Tem certeza?

Um meneio de cabeça leve, e os olhos de Roger se fecharam. Então, se abriram de novo; um dedo fraturado se ergueu e ele apontou para o próprio olho – de um verde claro e profundo, da cor do musgo. Ele estava pálido como o lençol sobre o qual estava deitado, e seus dedos sujos de carvão tremiam. Sua boca se contorcia; ele queria muito falar, explicar, mas as explicações teriam que esperar, pelo menos por um tempo.

Ele abaixou a mão e fechou os olhos de novo.

A revelação da identidade de William Buccleigh MacKenzie não alterou o desejo urgente de Jamie de encontrar o homem, mas mudou sua intenção de assassiná-lo assim que o encontrasse. De modo geral, eu fiquei grata pelas pequenas bênçãos.

Brianna, convocada a deixar sua pintura para trocar impressões conosco, chegou ao meu quarto usando seu avental, com um cheiro forte de terebintina e óleo de linhaça e uma mancha azul-cobalto no lóbulo de uma das orelhas.

– Sim – disse ela, assustada com as perguntas abruptas de Jamie. – Ouvi falar dele. William Buccleigh MacKenzie. A criança trocada.

– A criança o quê?

As sobrancelhas de Jamie se ergueram quase até a linha dos cabelos.

– Foi como passei a chamá-lo – expliquei. – Quando vi a árvore genealógica de Roger, e percebi quem William Buccleigh MacKenzie devia ser. Dougal deu a criança a William e a Sarah MacKenzie, lembra? E eles deram ao bebê o nome do filho que tinham perdido dois meses antes.

– Roger mencionou ter visto William MacKenzie e a esposa, a bordo do *Gloriana*, quando ele veio da Escócia para a Carolina do Norte – acrescentou Brianna. – Mas ele disse que só se deu conta de quem era o homem muito tempo depois, e não teve oportunidade de falar com ele. Então ele está aqui, William, quero dizer... mas por que ele tentaria matar Roger, e por que desse modo?

Ela estremeceu de leve, embora no quarto estivesse bastante quente. Era começo do verão, e mesmo com as janelas abertas, o ar estava quente e tomado pela umidade.

– Ele é filho da bruxa – disse Jamie de modo sucinto, como se fosse resposta suficiente... e talvez fosse.

– Eles também pensavam que eu era uma bruxa – lembrei a ele, de modo um pouco mordaz.

Ao dizer isso, ganhei um olhar de canto de olho e um esboço de sorriso.

– É verdade – disse ele. Pigarreou e passou a manga pela testa suada. – Sim, bem. Acho que vamos ter que esperar para descobrir. E ter um nome ajuda. Vou escrever para Duncan e Farquard; para que eles divulguem essa informação. – Ele respirou fundo, exasperado, e soltou o ar. – Mas o que vou fazer quando encontrá-lo? Filho de bruxa ou não, ele é sangue do meu sangue. Não posso matá-lo. Não depois de Dougal... – Ele se conteve a tempo e tossiu. – Quero dizer, ele é filho de Dougal. É meu primo, pelo amor de Deus!

Eu sabia o que ele queria dizer de verdade. Quatro pessoas sabiam o que tinha acontecido naquele porão na Casa Culloden, na véspera daquela batalha distante. Um deles estava morto, o outro havia desaparecido e era quase certo que também tivesse morrido, no tumulto da revolta. Só restava eu como testemunha do sangue de Dougal e da mão que o havia derramado. Não importava o crime que William Buccleigh MacKenzie tivesse cometido, Jamie não o mataria, por seu pai.

– Você ia matá-lo? Antes de descobrir quem ele era?

Bree não pareceu chocada com a ideia. Segurava um trapo manchado, que torcia lentamente.

Jamie se virou para olhar para ela.

– Roger Mac é seu homem, o filho de minha casa – disse ele, muito seriamente. – Claro que eu ia vingá-lo.

Brianna olhou de relance para mim, em seguida desviou o olhar. Parecia pensativa, com certa determinação que me deu uma leve intranquilidade.

– Ótimo – disse ela, baixinho. – Quando encontrar William Buccleigh MacKenzie, quero ser informada.

Ela dobrou o pano, enfiou-o no bolso do avental e voltou ao trabalho.

Brianna raspou um pequeno borrão de verde-azulado na borda da paleta e espalhou um pouco na grande mancha cinza-claro que tinha criado. Hesitou por um momento, inclinando a paleta para trás e para a frente sob a luz que entrava pela janela para avaliar a cor; em seguida, acrescentou um leve toque de cobalto do outro lado da mancha, criando uma variedade de tons sutis que iam do cinza-azulado ao cinza-esverdeado, tudo tão claro que mal se distinguiria do branco para um olho não treinado.

Ela pegou um dos pincéis curtos e grossos e aplicou os tons de cinza na curva da mandíbula em sua tela com pequenas pinceladas sobrepostas. Sim, estava bom; pálido como porcelana, mas com uma sombra vívida por baixo – algo ao mesmo tempo delicado e real.

Ela pintava tão concentrada que estava alheia a tudo ao redor, absorta na visão dupla de artista, comparando a imagem que surgia na tela com aquela imutavelmente gravada em sua memória. Não que nunca tivesse visto um morto antes. Seu pai – Frank – fora velado em um caixão aberto, e ela já havia ido a velórios de amigos mais velhos da família em seu tempo. Mas as cores da arte do embalsamento eram cruas, quase rudes em comparação com as de um cadáver recente. Ela ficara surpresa com o contraste.

Era o sangue, pensou, pegando um pincel fino de dois fios para acrescentar um ponto de verde-escuro na curva profunda das órbitas oculares. Sangue e osso – mas a morte não alterava a curva dos ossos, nem as sombras que eles projetavam. O sangue, no entanto, coloria essas sombras. Em vida, havia os azuis e vermelhos, os cor de lavanda e rosa, do sangue em movimento por baixo da pele; na morte, o sangue parava, se acumulava e escurecia... azul-escuro, violeta, índigo, marrom-arroxeado... e algo novo: aquele verde delicado e transitório, que quase não se via, e que sua mente de artista classificava com uma clareza brutal como "apodrecimento precoce".

Vozes desconhecidas vinham do corredor e ela parou para ouvir, atenta. Phoebe Sherston gostava de levar visitantes para admirar o quadro em progresso. Normalmente, Brianna não se importava de ser observada, nem de falar sobre o que estava fazendo, mas aquele era um trabalho difícil e com tempo limitado; ela não podia trabalhar com cores tão sutis a não ser por um curto período pouco antes do pôr do sol, quando a luz era clara, mas difusa.

No entanto, as vozes passaram ao salão, e ela relaxou, pegando o pincel mais grosso de novo.

Ela retomou a visão em sua mente: o homem morto que eles tinham colocado sob uma árvore em Alamance, perto do hospital de campanha improvisado de sua mãe. Ela achou que ia ficar chocada com os ferimentos de guerra e com a morte – mas na verdade ficou chocada com o próprio fascínio. Vira coisas terríveis, mas não era como auxiliar a mãe em suas cirurgias usuais, quando havia tempo para se solidarizar com os pacientes, para se dar conta de todas as pequenas indignidades e toda a sordidez da carne fraca. As coisas aconteciam muito rápido em um campo de batalha; havia muito a ser feito para se deixar levar por suscetibilidades.

E, apesar da pressa e da urgência, sempre que passava perto daquela árvore, ela parava por um instante. Inclinava-se para afastar o lençol sobre o cadáver e olhar o rosto do homem; horrorizada com o próprio fascínio, mas sem fazer esforço para resistir a ele – gravando na memória a mudança incrível e inexorável de cor e sombra, o endurecimento dos músculos e a mudança de forma, conforme a pele se grudava ao osso e os processos da morte e do apodrecimento começavam a fazer sua mágica tenebrosa.

Não havia pensado em perguntar o nome do homem. Estaria sendo insensível?, ela se questionou. Provavelmente; o fato era que todos os seus sentimentos estavam, na ocasião, mobilizados por outra coisa... e ainda estavam. Ainda assim, ela fechou os olhos por um momento e fez uma oração rápida para o repouso da alma de seu modelo desconhecido.

Ela abriu os olhos e viu que a luz estava se dissipando. Raspou a paleta e começou a limpar os pincéis e as mãos, voltando lenta e relutantemente ao mundo fora do trabalho.

Jem já devia ter jantado e tomado banho, mas ele se recusava a dormir sem ser amamentado e ninado. Seus seios formigaram um pouco quando pensou nele; estavam cheios, apesar de quase não ficarem mais dolorosamente túrgidos desde que ele começara a comer alimentos sólidos e, assim, diminuía suas exigências vorazes em relação ao corpo dela.

Ela amamentaria Jem e o colocaria para dormir, em seguida jantaria na cozinha. Não tinha comido com os outros, querendo aproveitar a luz do fim de tarde, e seu estômago começou a roncar baixinho quando os aromas da comida no ar substituíram os odores adstringentes de terebintina e óleo de linhaça.

E então... então, subiria para ver Roger. Contraiu os lábios ao pensar nele; percebeu isso, e forçou os lábios a relaxarem, soprando o ar para que vibrassem com um som áspero como o de um barco a motor.

Naquele infeliz momento, Phoebe Sherston enfiou a cabeça entoucada pela abertura da porta. Ela piscou levemente, mas conseguiu se comportar bem o suficiente para fingir que não tinha visto nada.

– Ah, minha nossa, aí está você! Venha até o salão um minuto, sim? O sr. e a sra. Wilbur querem *muito* conhecê-la.

– Ah... bem, sim, claro – respondeu Brianna, com o máximo de graciosidade que conseguiu demonstrar, enquanto indicava o avental manchado de tinta. – Vou só me trocar e...

A sra. Sherston fez um gesto para que ela não fizesse isso, obviamente querendo ostentar sua artista com as roupas de trabalho.

– Não, não se preocupe com isso. Estamos bem simples esta noite. Ninguém vai se importar.

Brianna se moveu relutantemente em direção à sala.

– Tudo bem. Mas apenas por um minuto. Preciso colocar Jem para dormir.

Os lábios corados da sra. Sherston se franziram levemente ao ouvir aquilo; ela não via por que seus escravos não podiam tomar conta da criança sozinhos... mas já tinha ouvido as opiniões de Brianna a respeito do assunto, e foi sensata o bastante para não insistir.

Os pais de Brianna estavam na sala com os Wilburs, que se revelaram um casal idoso muito agradável – o que sua mãe chamaria de feitos um para o outro. Eles falaram com simpatia sobre a aparência dela, insistiram educadamente em ver o retrato, expressaram profunda admiração pelo tema e pela pintora – embora tenham pestanejado um pouco ao admirar o quadro – e, de modo geral, se comportaram com tanta gentileza que ela relaxou.

Estava prestes a pedir licença quando o sr. Wilbur aproveitou uma pausa na conversa para se virar para ela, sorrindo de modo benevolente.

– Imagino que devo parabenizá-la por sua sorte, sra. MacKenzie.

– Hã? Ah... obrigada – disse ela, sem saber bem por que estava sendo cumprimentada.

Olhou para a mãe para entender; Claire fez uma careta sutil e olhou para Jamie, que tossiu.

– O governador Tryon deu a seu marido 2 mil hectares de terra no interior – disse ele. Sua voz estava calma, quase indiferente.

– É mesmo? – Ela ficou momentaneamente confusa. – Mas o que... Por quê?

Houve um breve momento de embaraço, com pigarros e olhares maritais trocados entre os Sherstons e os Wilburs.

– Indenização – disse a mãe dela de maneira sucinta, lançando seu próprio olhar marital para Jamie.

Brianna compreendeu então; ninguém seria tão deselegante a ponto de mencionar o enforcamento acidental de Roger abertamente, mas era uma história extraordinária demais para não ter sido comentada por toda a sociedade de Hillsborough. De repente, ela se deu conta de que o convite da sra. Sherston para que seus pais e Roger ficassem em sua casa talvez não tivesse sido motivado puramente por bondade. A notoriedade de ter o homem enforcado como hóspede faria com que todas as atenções de Hillsborough se voltassem para os Sherstons do modo mais gratificante – melhor, até, do que ter um retrato não convencional pintado.

– Espero que seu marido tenha melhorado, minha querida – disse a sra. Wilbur, tomando cuidado ao tocar no assunto. – Sentimos muito quando ficamos sabendo de seus ferimentos.

Ferimentos. Era a descrição mais circunspecta da situação que se podia imaginar.

– Sim, ele está bem melhor, obrigada – respondeu ela, sorrindo com o máximo de educação que conseguiu antes de se virar para o pai.

– Roger sabe disso? Sobre a concessão de terras?

Ele olhou para ela, em seguida desviou o olhar, pigarreando.

– Não. Pensei que talvez você quisesse contar a ele.

A primeira reação dela foi de gratidão; teria algo a dizer a Roger. Era estranho, conversar com alguém que não podia responder. Ela colecionava coisas para dizer durante o dia; pequenas ideias ou acontecimentos que pudesse transformar em histórias para contar a ele quando o visse. O estoque de histórias, porém, acabou depressa, e ela ficava sentada ao lado da cama, pensando em futilidades.

A segunda reação foi certa irritação. Por que o pai não havia contado a ela em particular, em vez de expor os assuntos de família a completos estranhos? Então notou a troca sutil de olhares entre seus pais e percebeu que a mãe tinha acabado de perguntar a mesma coisa a ele, em silêncio – e ele havia respondido com um leve piscar de olhos em direção ao sr. Wilbur, em seguida em direção à sra. Sherston, antes de os cílios compridos descerem e esconderem seu olhar.

É melhor dizer a verdade diante de uma testemunha respeitável, a expressão dele dizia, *do que deixar que os rumores se espalhem por conta própria.*

Ela não se preocupava muito com a própria reputação – "notória" não dava nem para começar –, mas compreendia o suficiente das realidades sociais para perceber que um grande dano poderia ser causado à reputação de seu pai pelo escândalo. Se um falso relato se espalhasse, por exemplo, de que Roger na verdade era um líder da Regulação, então a lealdade de Jamie seria colocada em dúvida.

Ela havia começado a perceber, ao ouvir as conversas na sala dos Sherstons nas últimas semanas, que a Colônia era uma grande teia de aranha. Havia diversos fios de relações sociais pelos quais poucas aranhas grandes – e várias menores – faziam seu delicado caminho, sempre à escuta do zumbido baixinho de aflição de uma mosca que tinha se chocado contra a teia, sempre testando um fio mais fino, um elo rompido. As entidades menores deslizavam com cautela pelas margens da teia, sempre atentas aos movimentos das maiores – pois aranhas eram canibais, assim como os homens ambiciosos, ela pensou.

A posição de seu pai era proeminente – mas de modo algum tão segura a ponto de resistir aos efeitos prejudiciais de rumores e suspeitas. Ela e Roger já tinham conversado sobre isso antes, em particular, especulando; as marcas de ruptura já estavam aparentes, claras o suficiente para alguém que sabia o que estava por vir; as pressões e tensões que iam se intensificar até abrir um súbito abismo – profundo o bastante para separar as colônias da Inglaterra.

Se a pressão aumentasse demais, depressa demais, se os elos entre a Cordilheira dos Frasers e o restante da Colônia se desgastassem demais... poderiam se romper, as extremidades pegajosas dos fios envolvendo sua família em um casulo suspenso por um fio – sozinhos e presa fácil para aqueles que quisessem sugar seu sangue.

Você está mórbida hoje, ela pensou consigo mesma, intrigada com as imagens escolhidas por sua mente. Achou que pintar a morte dava nisso.

Nem os Wilburs nem os Sherstons pareciam ter notado seu humor; sua mãe notara e lhe dirigira um olhar demorado e sério... mas não dissera nada. Ela trocou mais algumas amenidades e então pediu licença para se retirar.

Seu humor não melhorou ao descobrir que Jemmy havia se cansado de esperar por ela e adormecera com marcas de lágrimas no rosto. Ela se ajoelhou ao lado do berço dele por um minuto, com uma das mãos pousada de leve em suas costas, torcendo para que ele sentisse sua presença e despertasse. Suas pequenas costas subiam e desciam no ritmo quente da mais profunda paz, mas ele não se moveu. O suor brilhava nas dobras de seu pescoço.

O calor do dia subia, e o segundo andar da casa sempre ficava abafado à noite. A janela, claro, estava firmemente fechada, para que o vento da noite não entrasse e fizesse mal ao bebê. A sra. Sherston não tinha filhos, mas sabia as precauções a tomar.

Nas montanhas, Brianna não teria hesitado em abrir a janela. Em uma cidade populosa como Hillsborough, cheia de estranhos vindos do litoral e repleta de cochos com água estagnada e poços úmidos...

Comparando o perigo relativo dos mosquitos transmissores de malária *versus* o perigo de sufocamento, Brianna decidiu tirar o leve cobertor que cobria o filho e o despiu com cuidado, deixando-o confortavelmente deitado sobre o lençol usando apenas uma fralda, com a pele macia úmida sob a luz fraca.

Suspirando, ela apagou a vela e saiu, deixando a porta entreaberta para que pudesse ouvir se ele acordasse. Já estava quase escuro; a luz passava pela balaustrada vinda do andar abaixo, mas o corredor de cima estava tomado pelas sombras. As mesas douradas da sra. Sherston e os retratos dos ancestrais do sr. Sherston não passavam de sombras espectrais na escuridão.

Havia uma luz acesa no quarto de Roger; a porta estava fechada, mas uma réstia da luz suave de uma vela se estendia pelas tábuas polidas por baixo dela, iluminando a beirada da passadeira no corredor. Ela se movimentou em direção à porta, os pensamentos relacionados a comida suplantados por uma fome mais intensa de toque. Seus seios tinham começado a doer.

Uma escrava estava cochilando no canto, as mãos frouxas sobre o tricô que tinha caído em seu colo. Ela se sobressaltou, assustada, quando a porta se abriu, e piscou de modo culpado para Brianna.

Bree olhou imediatamente para a cama, mas estava tudo certo; ela conseguia ouvir o sussurro e o sibilar da respiração dele. Franziu o cenho para a mulher, mas fez um leve gesto dispensando-a. A mulher pegou as meias inacabadas e saiu, evitando olhar nos olhos de Brianna.

Roger estava deitado de barriga para cima, olhos fechados, um lençol cobrindo cuidadosamente os ângulos de seu corpo. *Ele está tão magro*, ela pensou, *como ele emagreceu tanto, tão depressa?* Ele não conseguia engolir mais do que umas poucas colheradas de sopa e a mistura de penicilina de Claire, mas certamente dois ou três dias não eram tempo suficiente para que seus ossos ficassem tão proeminentes.

Então, ela se deu conta de que ele provavelmente já estava magro, devido ao estresse da campanha – até mesmo seus pais estavam mais magros do que o normal. A proeminência dos ossos dele tinha sido disfarçada pelo inchaço assustador de seu corpo; agora que o inchaço havia diminuído, as maçãs do rosto estavam altas e descarnadas, e a linha graciosa de sua mandíbula, mais uma vez visível, marcada acima do linho branco da bandagem ao redor do pescoço ferido.

Ela percebeu que estava observando com atenção a mandíbula dele, analisando a cor dos hematomas que desapareciam. O verde-amarelado de um hematoma se curando era diferente do delicado verde-acinzentado da morte recente; igualmente doentio, contudo, uma cor de vida. Ela respirou fundo, percebendo de repente que a janela naquele quarto também estava fechada, e o suor escorria por suas costas, penetrando de maneira desagradável entre suas nádegas.

O som da janela sendo aberta o acordou – ele virou a cabeça no travesseiro e sorriu levemente quando a viu.

– Como você está?

Ela falava sussurrando, como se estivesse em uma igreja. Sua voz sempre parecia alta demais quando falava sozinha.

Ele ergueu um ombro em um movimento breve, mas disse um "bem" sem emitir som. Parecia abatido e úmido, os cabelos pretos em suas têmporas encharcados de suor.

– Está muito quente, não acha?

Ela fez um gesto em direção à janela, por onde o ar quente – mas em movimento – entrava. Ele assentiu, puxando a gola da camisa com a mão enfaixada. Ela percebeu e a desamarrou, abrindo a camisa o máximo que conseguiu para expor o peito dele à brisa.

Os mamilos dele eram pequenos e bonitos, as aréolas de um marrom rosado sob os pelos escuros e encaracolados. A imagem fez com que ela se lembrasse de seus seios cheios de leite, e sentiu uma vontade repentina de erguer a cabeça dele, baixar a parte de cima do vestido e colocar a boca dele em seu seio. Ela teve uma lembrança repentina do momento em que ele fizera isso, sob os salgueiros em River Run, e sentiu uma onda quente percorrer seu corpo, entorpecendo-o dos seios ao útero. Corando, ela se virou para olhar o que havia no criado-mudo.

Havia caldo de carne frio – com penicilina – em uma tigela coberta, e uma garrafa de chá adoçado com mel ao lado. Ela pegou a colher e ergueu uma das sobrancelhas de modo questionador, a mão pairando sobre a mesa.

Ele fez uma careta, mas assentiu para o caldo. Ela pegou o copo e se sentou no banco ao lado dele.

– Abra a porteira – disse ela, animada, fazendo um movimento circular com a colher em direção à boca de Roger, como se ele fosse Jem. – Lááá vem o cavalo!

Ele revirou os olhos, exasperado.

– Quando eu era pequena – disse ela, ignorando a careta dele –, meus pais diziam coisas como "Abra a ponte levadiça, lá vem o rebocador" ou "Abra a garagem, lá vem o carro!", mas não posso fazer o mesmo com Jem. Sua mãe usava carros e aviões?

Ele entortou os lábios, mas por fim sorriu de modo relutante. Balançou a cabeça e ergueu uma das mãos, apontando na direção do teto. Ela se virou e viu uma mancha escura no gesso – olhando mais de perto, conseguiu ver que era uma abelha, que tinha vindo do jardim durante o dia e que agora estava sonolenta à sombra.

– É? Bem, lá vem a abelhinha – disse ela, mais suavemente, escorregando a colher para dentro da boca de Roger. – Bzzz, bzzz, bzzz.

Ela não conseguiu manter o clima de descontração, mas a atmosfera tinha ficado mais leve. Falou sobre Jem, que tinha agora uma nova palavra preferida, "agga", mas ninguém ainda sabia o que ele queria dizer com isso.

– Pensei que pudesse ser "gato", mas ele chama o gato de "mau-mau".

Ela secou uma gota de suor da testa com as costas da mão e mergulhou a colher na tigela de novo.

– A sra. Sherston disse que ele já deveria estar andando – continuou ela, olhos fixos na boca dele. – Os filhos da irmã dela já estavam todos andando com 1 ano de idade, naturalmente! Mas perguntei a mamãe e ela disse que ele está bem. Falou que as crianças começam a andar quando estão prontas e que isso pode acontecer em qualquer momento entre 10 meses e 1 ano e meio, mas que andar com 1 ano e 3 meses costuma ser o mais comum.

Ela precisava olhar para a boca de Roger a fim de guiar a colher, mas percebia os olhos dele observando-a. Queria olhar dentro deles, mas estava com medo do que poderia ver naquelas profundezas verde-escuras; seria o Roger que ela conhecia ou o desconhecido silencioso... o enforcado?

– Ah... quase me esqueci. – Ela se interrompeu no meio de um relato sobre os Wilburs. Não tinha se esquecido, mas não queria dar a notícia logo de cara. – Papai falou com o governador esta tarde. O governador vai dar a você uma concessão de terras. Dois mil hectares.

Enquanto falava, percebeu o absurdo da situação. Dois mil hectares de mata selvagem em troca de uma vida quase destruída. *Cancele o "quase"*, ela pensou de repente, olhando para Roger.

Ele franziu o cenho para ela, parecendo confuso, em seguida balançou a cabeça e se deitou no travesseiro, fechando os olhos. Ergueu as mãos e deixou que caíssem, como se aquilo fosse simplesmente demais para processar. Talvez fosse.

Ela permaneceu parada observando-o, mas ele não abriu os olhos. Havia rugas profundas onde suas sobrancelhas se uniam.

Movida pela necessidade de tocá-lo, de derrubar a barreira do silêncio, ela traçou com o dedo a sombra do hematoma na maçã do rosto dele, quase sem tocar a pele.

Ela podia ver os contornos estranhamente borrados do hematoma, quase conseguia ver o sangue escuro coagulado por baixo da pele, onde os capilares tinham se rompido. Estava começando a amarelar; a mãe tinha explicado que os leucócitos do corpo se reuniam no local de um ferimento, onde aos poucos decompunham as células lesionadas, reciclando lentamente o sangue extravasado; as cores cambiantes eram resultado desse controle celular.

Os olhos dele se abriram, fixos no rosto dela, a expressão impassível. Ela sabia que parecia preocupada, e tentou sorrir.

– Você não parece morto – disse ela.

Isso derrubou a fachada impassível; ele ergueu as sobrancelhas, e um brilho fraco de humor surgiu em seus olhos.

– Roger...

Sem saber o que dizer, ela se moveu impulsivamente na direção dele, que ficou tenso, encolhendo-se de maneira instintiva para proteger o tubo frágil em sua garganta, mas ela passou os braços ao redor de seus ombros com cuidado, precisando desesperadamente sentir a pele dele.

– Eu amo você – sussurrou ela, apertando o músculo do braço dele, para que ele acreditasse.

Ela o beijou. Os lábios dele estavam quentes e secos, familiares – ainda assim, ela sentiu uma onda de choque percorrer seu corpo. Não sentiu o ar se movendo contra seu rosto, não sentiu o hálito quente vindo do nariz ou da boca dele. Foi como beijar uma máscara. O ar, úmido, vindo das profundezas dos pulmões dele, soprava frio pelo tubo cor de âmbar contra seu pescoço, como a exalação de uma caverna. Ela sentiu os pelos dos braços se arrepiarem e deu um passo para trás, torcendo para que nem o choque nem a repulsa ficassem evidentes em seu rosto.

Os olhos dele estavam fechados com força. O músculo de sua mandíbula se retesou; ela viu o movimento da sombra ali.

– Você... descanse – conseguiu dizer com a voz embargada. – Eu... volto de manhã.

Ela desceu a escada, quase sem notar que a vela no corredor estava acesa agora, ou que a escrava que esperava silenciosamente nas sombras voltou para dentro do quarto.

A fome havia voltado, mas ela não desceu em busca de comida. Precisava antes fazer alguma coisa em relação ao leite não utilizado. Virou-se em direção ao quarto dos pais, sentindo uma leve brisa soprar nas sombras sufocantes. Apesar do ar quente e abafado, seus dedos estavam frios, como se a terebintina ainda estivesse evaporando de sua pele.

Ontem à noite, sonhei com minha amiga Deborah. Ela costumava ganhar dinheiro jogando tarô no grêmio estudantil; ela sempre se oferecia para ler as cartas para mim, de graça, mas nunca deixei.

A irmã Marie Romaine nos disse, no quinto ano, que os católicos não podiam fazer jogos de adivinhação – não devíamos tocar tabuleiros Ouija, cartas de tarô ou bolas de cristal, porque coisas assim são tentações do D-E--M-Ô-N-I-O – ela sempre soletrava o nome, nunca dizia a palavra em si.

Não sei bem onde o Demônio entrava nessa história, mas de alguma forma não conseguia deixar que Deb lesse as cartas para mim. Mas ela estava em meu sonho ontem à noite.

Eu costumava observá-la lendo as cartas para outras pessoas; as cartas de tarô me fascinavam – talvez apenas porque parecessem proibidas. Mas os nomes eram muito bacanas: Arcanos Maiores e Arcanos Menores; Cavaleiro de Ouros, Valete de Copas, Rainha de Paus, Rei de Espadas. A Imperatriz, o Mágico. E o Enforcado.

Bem, com o que mais eu sonharia? Não se tratava de um sonho sutil, sem dúvida. Lá estava, bem no meio das cartas, e Deb me falava sobre ele.

"Um homem está pendurado por um dos pés em uma vara de madeira atravessada entre duas árvores. Os braços, cruzados atrás das costas, juntamente com a cabeça formam um triângulo com a ponta virada para baixo; as pernas formam uma cruz. De certa forma, o Enforcado ainda está ligado à terra, pois seu pé está preso à madeira."

Eu podia ver o homem na carta, suspenso permanentemente no meio do caminho entre o céu e a terra. Aquela carta sempre me parecera estranha – o homem não parecia nem um pouco preocupado, apesar de estar pendurado de cabeça para baixo e de olhos vendados.

Deb não parava de embaralhar as cartas e distribuí-las de novo, mas aquela carta aparecia todas as vezes.

"O Enforcado representa o processo necessário de entrega e sacrifício", disse ela. "Essa carta tem significado profundo", explicou, e olhou para mim, batendo o dedo na carta. "Mas grande parte desse significado é velado; você precisa descobrir o sentido sozinha. A autoentrega leva à transformação da personalidade, mas a pessoa tem que fazer sua própria regeneração."

Transformação da personalidade. É isso que temo, com certeza. Eu gostava da personalidade de Roger como era!

Bem... inferno. Não sei o que o D-E-M-Ô-N-I-O tem que ver com isso, mas sei que tentar ver muito longe no futuro é um erro. Pelo menos agora.

74

OS SONS DO SILÊNCIO

Foram necessários dez dias para que o retrato de Penelope Sherston ficasse como ela queria. Àquela altura, Isaiah Morton e Roger já tinham se recuperado o suficiente para viajar. Devido à iminência do nascimento do filho de Morton e ao perigo de ele se aproximar de Granite Falls ou Brownsville, Jamie havia conseguido que ele e Alicia ficassem hospedados com o mestre cervejeiro da cervejaria do sr. Sherston; Isaiah começaria a trabalhar como carroceiro para o estabelecimento assim que sua força permitisse.

– Não consigo imaginar por quê – dissera Jamie quando estávamos a sós –, mas comecei a gostar um pouco desse jovem imoral. Não gostaria de vê-lo assassinado a sangue-frio.

O ânimo de Isaiah havia se revigorado espetacularmente com a chegada de Alicia, e uma semana depois, ele desceu para ficar observando Alicia como um cachorro dedicado enquanto ela trabalhava na cozinha – e fizera uma parada ao voltar para a cama a fim de tecer comentários a respeito do progresso do retrato da sra. Sherston.

– Não é que se parece com ela? – disse ele admirado, de pé, vestindo apenas uma camisola, na porta da sala onde o retrato estava sendo pintado. – Só de olhar o quadro dá para ver quem é.

Considerando o fato de a sra. Sherston ter escolhido ser pintada como Salomé, eu não tinha certeza de que isso podia ser considerado um elogio, mas ela corou e agradeceu a ele, evidentemente reconhecendo a sinceridade em sua voz.

Bree *tinha mesmo* feito um trabalho incrível, conseguindo retratar a sra. Sherston ao mesmo tempo de modo realista e lisonjeiro, mas sem ironia evidente – por mais difícil que fosse. O único ponto em que ela não resistira à tentação foi em um pequeno detalhe; a cabeça decepada de São João Batista lembrava claramente os traços saturninos do governador Tryon, mas eu duvidava que alguém fosse notar, com todo aquele sangue.

Estávamos prontos para ir para casa, e a casa estava tomada por um clima de animação e alívio – exceto por Roger.

Roger estava inegavelmente melhor, em termos estritamente físicos. Tinha recuperado os movimentos das mãos, exceto os dedos quebrados, e a maior parte dos hematomas no rosto e no corpo tinha sumido. Melhor de tudo, o inchaço no pescoço diminuíra o suficiente para ele conseguir respirar pelo nariz e pela boca de novo. Consegui tirar o tubo de sua garganta e suturei a incisão – um procedimento simples mas doloroso, que ele suportou com o corpo tenso e os olhos arregalados, olhando para o teto enquanto eu trabalhava.

Em termos psicológicos, eu não tinha certeza de sua recuperação. Depois de dar os pontos no pescoço, eu o ajudei a se sentar, sequei seu rosto e servi um pouco de água misturada com brande como tônico. Observei com atenção enquanto ele engolia, em seguida encostei os dedos suavemente em seu pescoço, apalpei com cuidado e pedi a ele que engolisse de novo. Fechei os olhos, sentindo o movimento da laringe, os anéis da traqueia enquanto ele engolia, avaliando da melhor maneira que consegui a extensão dos danos.

Finalmente, abri os olhos e encontrei os olhos dele a 5 centímetros dos meus e ainda arregalados, o questionamento neles frio e duro como gelo.

– Não sei – disse por fim, minha própria voz não mais que um sussurro.

Meus dedos ainda estavam pousados na garganta dele; sentia o correr do sangue pela carótida sob minha palma, e a vida dele fluindo logo abaixo da pele. Mas a rigidez angular de sua laringe permanecia imóvel sob meus dedos, estranhamente deformada; não senti pulsação ali, nenhuma vibração do ar passando pelas cordas vocais.

– Não sei – repeti, e afastei os dedos lentamente. – Você... quer tentar agora?

Ele balançou a cabeça, se levantou da cama e foi até a janela, de costas para mim. Seus braços estavam apoiados no batente enquanto ele olhava para a rua, e uma memória vaga e inquietante despertou em minha mente.

Era noite de lua, não dia claro... em Paris. Eu acordei e vi Jamie de pé, nu, perto da janela, as cicatrizes em suas costas de um prateado pálido, os braços apoiados e o corpo brilhando devido ao suor frio. Roger também estava suando, por causa do calor; o linho de sua camisa estava grudado ao corpo – e as linhas do corpo eram as mesmas; a aparência de um homem preparado para enfrentar o medo; um homem que escolhera encarar seus demônios sozinho.

Eu ouvia vozes vindas da rua lá embaixo; Jamie, voltando do acampamento, com Jemmy à frente dele na sela. Ele tinha desenvolvido o hábito de levar Jem com ele em suas atividades diárias, para que Bree pudesse trabalhar sem distrações. Consequentemente, Jemmy havia aprendido quatro palavras novas – apenas duas delas obscenas –, e o casaco de Jamie tinha manchas de geleia e cheiro de fralda suja, mas os dois pareciam, de modo geral, satisfeitos com aquele arranjo.

A voz de Bree veio atrás, rindo enquanto ia pegar o filho. Roger permaneceu imóvel, como se tivesse sido entalhado na madeira. Não podia chamá-los, mas poderia ter batido no batente da janela ou feito qualquer outro barulho, acenado para eles. Mas não se moveu.

Depois de um momento, eu me levantei em silêncio e saí do quarto, sentindo um nó na garganta, duro e impossível de engolir.

Quando Bree levou Jemmy para tomar banho, Jamie me disse que Tryon tinha mandado soltar a maioria dos homens capturados durante a batalha.

– Entre eles, Hugh Fowles. – Ele tirou o casaco e abriu a gola da camisa, erguendo o rosto para a brisa leve vinda da janela. – Intercedi por ele... e Tryon ouviu.

– Como era de esperar – falei, com a voz um pouco alterada.

Ele olhou para mim e emitiu um ruído bem no fundo da garganta. Aquilo fez com que eu me lembrasse de Roger, cuja laringe não era mais capaz de se expressar daquele modo peculiarmente escocês.

Devo ter parecido perturbada ao pensar nisso, porque Jamie ergueu as sobrancelhas e tocou meu braço. Estava quente demais para abraçá-lo, mas pressionei o rosto em seu ombro por um momento, reconfortada pela solidez de seu corpo por baixo do linho fino e úmido.

– Suturei a garganta de Roger – falei. – Ele consegue respirar... mas não sei se vai conseguir falar de novo.

Muito menos cantar. O pensamento não expressado flutuou na atmosfera abafada.

Jamie emitiu outro ruído, dessa vez, grave e irado.

– Conversei com Tryon a respeito da promessa que ele fez a Roger Mac também. Ele me deu o documento de concessão das terra, 2 mil hectares, contíguos aos meus. Seu último ato como governador... quase.

– Como assim?

– Eu disse que ele soltou a maioria dos prisioneiros. – Ele se afastou, inquieto. – Todos, menos doze. Ele ainda está mantendo uma dúzia de homens presos, líderes criminosos da Regulação. Ou é o que ele diz. – A ironia em sua voz era densa como o ar poeirento. – Vai levá-los a julgamento daqui a um mês, sob a acusação de rebelião.

– E se eles forem considerados culpados...

– Pelo menos vão poder falar antes de serem enforcados.

Ele tinha parado na frente do retrato, franzindo o cenho, embora eu não soubesse se o estava vendo ou não.

– Não vou ficar para ver isso. Disse a Tryon que tínhamos que ir, para cuidar de nossas plantações e terras. Ele liberou a companhia da milícia nesses termos.

Senti o peso em meu coração diminuir. O clima estaria mais ameno nas montanhas, o ar fresco e cheio de vida. Era um bom lugar para se curar.

– Quando partimos?

– Amanhã.

Ele *tinha* notado o retrato; assentiu para a cabeça boquiaberta na bandeja aprovando com seriedade.

– Só havia um motivo para ficarmos, mas acho que não faz mais sentido agora.

– Que motivo?

– O filho de Dougal – respondeu ele, virando-se de costas para o quadro. – Procurei William Buccleigh MacKenzie de uma ponta a outra do condado por dez dias. Encontrei algumas pessoas que o conheciam, mas ninguém o viu desde Alamance. Alguns disseram que talvez ele tenha deixado a Colônia de vez. Muitos dos reguladores fugiram; Husband se foi, levou a família para Maryland, disseram. Mas quanto a William MacKenzie, o homem desapareceu feito uma cobra em um buraco de rato; ele e a família dele.

Ontem à noite, sonhei que estávamos deitados sob uma grande sorveira-brava, Roger e eu. Era um belo dia de verão, e estávamos tendo uma daquelas conversas que costumávamos ter o tempo todo, a respeito das coisas das quais sentíamos falta. Mas as coisas sobre as quais falávamos estavam bem ali na grama entre nós.

Eu disse que venderia minha alma por uma barra de chocolate com amêndoas, e lá estava o chocolate. Tirei a embalagem e senti o cheiro do chocolate. Desdobrei o papel branco de dentro e comecei a comer o chocolate, mas era do papel que estávamos falando então... da embalagem.

Roger o pegou e disse que a coisa da qual mais sentia falta era papel higiênico; aquele era escorregadio demais para ele limpar a bunda. Eu ri e disse que não havia nada de muito complicado a respeito de papel higiênico – as pessoas poderiam fazer papel higiênico agora, se quisessem. Havia um rolo de papel higiênico no chão; eu apontei para ele, e um grande zangão surgiu, pegou a ponta dele e saiu voando, desenrolando o papel higiênico. Ele voou de um lado para outro, trançando-o pelos galhos acima de nós.

Então Roger disse que era blasfêmia pensar em se limpar com papel – é, aqui. Minha mãe escreve com uma letra bem pequena quando faz suas anotações, e quando meu pai escreve para a Escócia, ele usa os dois lados da folha, em seguida vira a página de lado e escreve nas laterais, de um modo que fica parecendo renda.

Então pude ver meu pai, sentado no chão, escrevendo uma carta para tia Jenny no papel higiênico, e a carta ficava cada vez mais longa, e o marimbondo a carregava pelo ar, voando para longe, em direção à Escócia.

Eu uso mais papel do que qualquer um. Tia Jocasta me deu alguns de seus cadernos de desenho antigos para usar, e um maço de papel para aquarela – mas eu me sinto culpada quando os uso, porque sei que custam caro. Eu tenho que desenhar, no entanto. Uma coisa boa de fazer esse retrato para a sra. Sherston é que, já que estou ganhando dinheiro, sinto que posso usar um pouco de papel.

Então, o sonho mudou e eu estava fazendo desenhos de Jemmy com um lápis amarelo 2B. Estava escrito "Ticonderoga" nele com letras pretas, como os que usávamos na escola. Eu estava desenhando em papel higiênico, no entanto, e o lápis rasgava o papel o tempo todo, e eu fiquei tão frustrada que amassei uma bola na mão.

Então, passei a sonhar um daqueles sonhos chatos e desconfortáveis nos quais você anda por aí procurando um lugar para usar o banheiro e não consegue encontrar – e finalmente você acorda o suficiente para perceber que precisa ir ao banheiro.

Não consigo decidir se preferiria a barra de chocolate, o papel higiênico ou o lápis. Acho que seria o lápis. Posso sentir o cheiro da madeira recém-apontada, e senti-la entre os dedos e entre os dentes. Eu costumava mastigar a ponta dos meus lápis quando era pequena. Ainda me lembro de como era morder com força e sentir a tinta e a madeira cedendo, apenas um pouco, e mordiscar toda a extensão do lápis até ficar parecendo que foi roído por um castor.

Eu estava pensando sobre isso essa tarde. Fiquei triste por imaginar que Jem não terá um lápis amarelo novo, nem uma lancheira do Batman quando começar a ir à escola... se é que um dia ele vai à escola.

As mãos de Roger ainda não estão boas o suficiente para segurar um lápis.

E agora eu sei que não quero lápis nem chocolate, nem papel higiênico. Quero que Roger volte a falar comigo.

75

DIGA MEU NOME

Nossa viagem de volta à Cordilheira dos Frasers foi muito mais rápida do que a viagem para Alamance, apesar de o retorno ser ladeira acima. Era fim de maio, e os pés de milho já estavam altos e verdes nos campos ao redor de Hillsborough, lançando pólen dourado ao vento. Os grãos estariam crescendo nas montanhas e os filhotes nascendo: bezerros, potros e carneirinhos precisando de proteção contra lobos, raposas e ursos. A companhia da milícia havia se dispersado imediatamente ao receber a dispensa do governador, e seus membros partiram em todas as direções, apressados para voltar para seus lares e suas plantações.

Assim, éramos um grupo muito menor na volta; apenas duas carroças. Alguns dos homens que viviam perto da Cordilheira dos Frasers tinham decidido viajar conosco, assim como os garotos Findlays, já que passaríamos pela casa da mãe deles no caminho.

Lancei um olhar discreto para os Findlays, que estavam ajudando a descarregar a carroça e montar o acampamento para passarmos a noite. Bons garotos, apesar de silenciosos. Eles eram respeitosos – e até reverentes – em relação a Jamie, mas tinham desenvolvido um senso peculiar de lealdade a Roger ao longo da campanha de curta duração, e essa singular fidelidade havia persistido, mesmo depois da separação da milícia.

Os dois tinham ido vê-lo em Hillsborough, remexendo os dedos dos pés descalços com embaraço nos tapetes turcos de Phoebe Sherston. Com o rosto vermelho e praticamente mudos, tinham levado para Roger três maçãs, frutos ainda verdes, obviamente roubados do pomar de alguém ao longo do caminho.

Ele abrira um amplo sorriso para eles em agradecimento, pegara uma das maçãs e dera uma mordida heroica nela antes que eu o impedisse. Ele não engolia nada além de sopa havia uma semana, e quase morreu engasgado. Ainda assim, conseguiu engolir, sufocando e arfando, e os três ficaram ali sentados, sorrindo uns para os outros sem dizer nada, com lágrimas nos olhos.

Os Findlays costumavam ser encontrados perto de Roger enquanto viajávamos, sempre atentos, prontos para ajudar com qualquer coisa que ele não conseguia fazer com as mãos feridas. Jamie havia me contado sobre o tio deles, Iain Mhor; claramente, eles tinham muita experiência em se antecipar a necessidades não expressadas.

Jovem e forte, Roger tinha se curado depressa, e as fraturas não eram graves – mas duas semanas não era tempo suficiente para que ossos quebrados se calcificassem. Eu teria preferido mantê-lo enfaixado por mais uma semana, mas ele estava obviamente irritado com a limitação. Relutante, eu havia tirado as talas de seus dedos no dia anterior, alertando-o para que fosse com calma.

– *Não* ouse – falei, segurando seu braço quando ele o estendeu para pegar um dos pesados sacos de mantimentos dentro da carroça. Ele olhou para mim, erguendo a sobrancelha, e então encolheu os ombros, bem-humorado, e deu um passo para trás, deixando que Hugh Findlay pegasse o saco e o carregasse para longe. Roger apontou para o círculo de pedras que Iain Findlay estava arrumando, em seguida para a mata perto dali. Poderia pegar lenha?

– Certamente não – falei com firmeza.

Ele fez um gesto como se bebesse água e ergueu as sobrancelhas. Pegar água?

– Não – falei. – Basta que um balde escorregue e...

Olhei ao redor, tentando pensar em algo que ele pudesse fazer com segurança, mas todas as tarefas de montagem do acampamento envolviam trabalho pesado. Ao mesmo tempo, eu sabia como ele detestava ficar parado, sentindo-se inútil. Estava cansado de ser tratado como um inválido, e podia ver o brilho da revolta incipiente em seus olhos. Mais um "não" e ele provavelmente tentaria pegar a carroça, só para me irritar.

– Ele consegue escrever, Sassenach?

Jamie tinha parado ao lado da carroça e percebera o impasse em que estávamos.

– Escrever? Escrever o quê? – perguntei, surpresa, mas ele já estava passando por mim, tirando a mesinha dobrável que levava nas viagens.

– Cartas de amor? – sugeriu Jamie, sorrindo para mim. – Ou talvez sonetos? – Ele jogou a mesa portátil para Roger, que a agarrou com cuidado nos braços, mesmo diante dos meus protestos. – Mas talvez antes de compor um épico em homenagem a William Tryon, Roger Mac, você pode me entreter com o relato de como nosso parente comum tentou matá-lo, sim?

Roger ficou parado por um momento, segurando a mesa, mas então abriu um sorriso torto para Jamie e assentiu lentamente.

Ele começou enquanto o acampamento era montado, fez uma pausa para jantar, em seguida, retomou a tarefa. Era um trabalho cansativo e muito lento; as fraturas estavam quase curadas, mas suas mãos ainda estavam rígidas, doloridas e estranhas. Ele deixou a pena cair uma dezena de vezes. Minhas articulações doíam só de observá-lo.

– Ai! Quer *parar* com isso?

Olhei para a frente, parando de arear uma panela com um punhado de juncos e areia, e vi Brianna envolvida em um combate mortal com o filho, que estava arqueado para trás como um arco nos braços dela, chutando, se contorcendo e fazendo o tipo de pirraça irritante que faz até mesmo pais devotados pensarem em infanticídio por um momento. Vi quando os ombros de Roger se ergueram diante da algazarra, mas continuou escrevendo.

– Qual é o seu *problema*? – perguntou Bree, irritada.

Ela se ajoelhou e se esforçou para colocar Jemmy em uma posição quase sentada, tentando fazer com que ele se deitasse para poder trocar a fralda.

A fralda em questão estava definitivamente precisando de cuidados; estava molhada, suja e tinha escorregado quase até a metade das pernas do menino. Jem, depois de passar a maior parte da tarde dormindo na carroça, havia acordado confuso, irritado e sem paciência para brincadeiras, muito menos para trocar a fralda e ser colocado para dormir.

– Talvez ele ainda não esteja cansado – sugeri. – Mas ele comeu, não comeu?

Foi uma pergunta retórica; o rosto de Jemmy estava sujo de mingau, e havia pedaços de torrada com ovo em seus cabelos.

– Comeu.

Bree correu a mão pelos cabelos, que estavam mais limpos, mas igualmente despenteados. Jem não era o único que estava irritado na família MacKenzie.

– Talvez *ele* não esteja cansado, mas *eu* estou.

E estava; ela havia caminhado ao lado da carroça a maior parte do dia, para poupar os cavalos nas subidas íngremes. Eu também.

– Por que não o deixa aqui e vai se lavar? – falei, contendo generosamente um bocejo.

Peguei uma colher grande de madeira e a balancei na direção de Jem, que oscilava para trás e para a frente apoiado nas mãos e nos joelhos, emitindo gemidos horríveis. Ao ver a colher, ele parou de gemer, mas ficou agachado onde estava, olhando para mim com suspeita.

Acrescentei um copinho vazio de metal ao chamariz e coloquei os objetos no chão perto dele. Foi o suficiente; ele se sentou, pegou a colher com as duas mãos e começou a tentar enfiar o copo na terra com ela.

Bree me lançou um olhar de profunda gratidão, ficou de pé e desapareceu na mata, descendo a encosta em direção ao riacho. Lavar-se rapidamente na água fria, cercada pela floresta escura, não era exatamente a fuga voluptuosa que um banho de espuma à luz de velas poderia ser, mas "fuga" era a palavra importante naquele momento. Um pouco de solidão fazia maravilhas a uma mãe, como eu sabia por experiência própria. E se a limpeza não levava uma pessoa ao paraíso, ter pés, mãos e rosto limpos definitivamente melhorava a perspectiva de uma pessoa em relação ao Universo, principalmente depois de um dia de suor, fuligem e fraldas sujas.

Examinei minhas mãos com atenção; entre guiar o cavalo, acender a fogueira, cozinhar e arear as panelas, minha própria visão em relação ao Universo também precisava de alguma melhoria.

Ainda assim, a água não era o único líquido capaz de elevar o ânimo de uma pessoa. Jamie pousou a mão em meu ombro, colocou um copo de alguma coisa em minhas mãos e se sentou ao meu lado, também ele segurando um copo.

– *Slàinte, mo nighean donn* – disse ele suavemente, sorrindo para mim ao erguer o copo em um brinde.

– Humm. – Fechei os olhos, sentindo os aromas fragrantes. – É adequado dizer "*Slàinte*", se não estiver bebendo uísque?

O líquido no copo era vinho – e dos bons, rascante com um aroma suave, que evocava sol e folhas de vinha.

– Não vejo por que não – disse Jamie de maneira lógica. – É só para desejar saúde, afinal.

– É verdade, mas eu acho que "saúde" pode ser mais um desejo prático do que um desejo figurativo, pelo menos com alguns uísques, de que você espera que a pessoa que está brindando sobreviva à experiência de bebê-lo, é o que quero dizer.

Ele riu e seus olhos se estreitaram, entretidos.

– Ainda não matei ninguém com meu destilado, Sassenach.

– Não me refiro ao seu – assegurei a ele, parando para tomar mais um gole. – Ah, isso é bom. Eu estava pensando naqueles três homens da milícia, do regimento do coronel Ashe.

Os três em questão tinham sido encontrados completamente bêbados – um deles, literalmente cego de tanto beber – por uma sentinela depois de terem bebido uma garrafa de algo que supunham ser uísque, que haviam conseguido Deus sabe onde.

Como na Companhia de Ashe não havia cirurgião, e estávamos acampados ao lado deles, eu tinha sido chamada no meio da noite para lidar com o problema da melhor maneira que pudesse. Os três haviam sobrevivido, mas um deles tinha perdido a visão de um olho e outro claramente tinha sofrido um pequeno dano cerebral – ainda que, pessoalmente, eu tivesse minhas dúvidas a respeito de quão inteligente ele era antes.

Jamie deu de ombros. A embriaguez era um fato da vida, e a bebida ruim, outro.

– *Thig a seo, a chuisle!* – disse ele, ao ver Jemmy, que tinha perdido o interesse na colher e no copo e avançava engatinhando em direção à cafeteira, que tinha sido deixada, para manter-se quente, entre as pedras do círculo em volta da fogueira. Jemmy ignorou as advertências, mas foi salvo do perigo por Tom Findlay, que o pegou pela cintura e o entregou, irado, a Jamie.

– Sente-se – disse Jamie com firmeza para ele e, sem esperar resposta, colocou a criança no chão e entregou-lhe sua bola de trapos. Jemmy pegou a bola, olhando astuciosamente para o avô e para o fogo.

– Lance isso ao fogo, *a chuisle*, e vou dar um tapa em seu bumbum – disse Jamie, de modo agradável.

As sobrancelhas de Jemmy se franziram e o lábio inferior se projetou para a frente, tremendo de forma dramática. Mas ele não jogou a bola no fogo.

– *A chuisle?* – falei, experimentando a pronúncia. – Isso é novo. O que quer dizer?

– Ah. – Jamie esfregou um dedo na ponte do nariz, pensando. – Significa "meu sangue".

– Pensei que isso fosse *mo fuil*.

– Sim, é, mas é sangue como o que sai quando nos ferimos. *A chuisle* é mais como... "Ó, tu em cujas veias corre meu sangue." Só se diz isso a uma criança, na maior parte das vezes. Uma com quem você tenha parentesco, claro.

– Que adorável.

Coloquei o copo de vinho vazio no chão e me recostei no ombro de Jamie. Ainda me sentia cansada, mas a magia do vinho havia suavizado as arestas ásperas do meu cansaço, deixando-me agradavelmente embotada.

– Você chamaria Germain assim, ou Joan? Ou *a chuisle* tem um significado muito literal?

– Eu estou mais inclinado a chamar Germain de *un petit emmerdeur* – disse ele, com um leve resfolegar de diversão. – Mas Joan... sim, eu chamaria a pequena Joanie de *a chuisle*. É sangue do coração, sabe, não só do corpo.

Jemmy havia deixado a bola de trapos cair no chão e estava olhando, encantado e boquiaberto, para os vaga-lumes, que tinham começado a piscar na grama conforme escurecia. Com o estômago cheio e descansando, todos estávamos começando a sentir os efeitos calmantes da noite que se aproximava.

Os homens estavam esparramados na grama sob o plátano, passando a garrafa de vinho de mão em mão e conversando de modo tranquilo e meio incoerente, como fazem os homens que se conhecem bem. Os garotos Findlays estavam no caminho da carroça, que na verdade era o único espaço amplo e vazio, lançando algo de um lado a outro, errando a metade dos lances conforme a escuridão aumentava e trocando insultos aos gritos.

Ouviu-se um farfalhar alto de arbustos além do fogo, e Brianna apareceu, parecendo úmida, mas muito mais animada. Ela parou perto de Roger, pousando a mão suavemente em suas costas, e olhou por cima do ombro para o que ele estava escrevendo. Ele olhou para ela, dando de ombros com resignação, recolheu as páginas terminadas de sua obra e entregou a ela. Ela se ajoelhou ao lado dele e começou a ler, afastando as mechas molhadas de cabelo e semicerrando os olhos para enxergar as letras à luz da fogueira.

Um vaga-lume pousou na camisa de Jamie, brilhando em um tom verde nas dobras sombreadas do tecido. Estendi um dedo na direção dele, que fugiu, voando em espiral acima do fogo, como uma faísca fugidia.

– Foi uma boa ideia fazer Roger escrever – falei, olhando para o outro lado da fogueira com aprovação. – Mal posso esperar para descobrir o que realmente aconteceu com ele.

– Eu também – concordou Jamie. – Mas com William Buccleigh desaparecido, o que aconteceu com Roger Mac talvez não seja tão importante quanto o que *vai* acontecer com ele.

Eu não tive que perguntar o que ele quis dizer com aquilo. Mais do que qualquer pessoa, ele sabia o que significava ter a vida arrancada de si – e a força necessária para reconstruí-la. Eu estendi o braço para pegar a mão direita dele, e ele deixou que eu a tomasse na minha. Protegida pela escuridão, acariciei seus dedos paralisados, traçando os contornos grossos das cicatrizes.

– Então, não importa para você descobrir se seu primo é um assassino frio ou não? – perguntei com delicadeza, para encobrir a conversa mais séria que acontecia em silêncio entre nossas mãos.

Ele emitiu um som curto e áspero, que poderia ter sido uma risada. Seus dedos se dobraram sobre os meus, lisos por causa dos calos, apertando-os em reconhecimento.

– Ele é um MacKenzie, Sassenach. Um MacKenzie de Leoch.

– Hum.

Os Frasers eram teimosos como mulas, me disseram. E o próprio Jamie tinha descrito os MacKenzies de Leoch – *encantadores como cotovias no campo... e espertos como raposas com elas*. Isso certamente era verdade em relação aos tios dele, Colum e Dougal. Eu não tinha ouvido nada que indicasse que a mãe dele, Ellen, partilhasse daquela característica familiar – mas Jamie tinha apenas 8 anos quando ela morreu. Sua tia Jocasta? Nada boba, claro, mas com bem menos inclinação para conspirar e maquinar do que seus irmãos tiveram, pensei.

– Você *o quê*?

A exclamação de Brianna chamou minha atenção de volta para o outro lado da fogueira. Ela estava olhando para Roger, com as páginas na mão, uma expressão que era uma mistura de diversão e consternação. Eu não conseguia ver o rosto de Roger; ele estava virado na direção dela. Sua mão se ergueu, fazendo sinal para que ela falasse mais baixo, no entanto, e ele virou a cabeça na direção da árvore onde os homens estavam bebendo, para ter certeza de que ninguém tinha ouvido a exclamação.

Vi a luz do fogo iluminando os ossos do rosto dele, e então sua expressão mudou em um instante, de cautela para horror. Ele se levantou, com a boca aberta.

– STOKH! – rugiu ele.

Foi um grito terrível, alto e rouco, mas com um tom estrangulado medonho, como um grito forçado por alguém que tem um punho enterrado na boca. Fez com que todos que o ouviram ficassem paralisados – incluindo Jemmy, que havia abandonado os vaga-lumes e voltara sorrateiramente a investigar a cafeteira. Ele olhou para o pai, com a mão a 15 centímetros do metal quente. Então seu rosto se contorceu e ele começou a chorar de medo.

Roger estendeu o braço e o pegou. O menininho gritou, chutando e se contorcendo para escapar daquele desconhecido assustador. Bree se apressou em pegá-lo, segurando-o contra o peito e escondendo o rosto dele em seu ombro. O rosto dela estava pálido pelo choque.

Roger também parecia chocado. Levou a mão à garganta, com cuidado, como se não tivesse certeza se estava tocando a própria carne. As bordas da cicatriz do ferimento provocado pela corda continuavam escuras sob sua mandíbula; eu podia vê-las, mesmo à luz do fogo, assim como a linha menor e mais uniforme da minha incisão.

O choque inicial do grito dele havia desaparecido. Os homens saíram cambaleando de baixo da árvore, e os Findlays vieram correndo da estrada e se juntaram aos outros ao redor de Roger, exclamando de surpresa e cumprimentando-o. Roger assentia, permitindo que apertassem sua mão e dessem tapinhas em suas costas, mas durante todo o tempo dando a impressão de que preferiria estar em outro lugar.

– Diga outra coisa – incentivou Hugh Findlay.

– Sim, senhor, o senhor consegue – disse Iain, com o rosto redondo e sorridente. – Diga... Diga: "O rato roeu a roupa do rei de Roma!"

Essa sugestão provocou risos e foi substituída por outras propostas animadas. Roger estava começando a parecer desesperado, a mandíbula contraída. Jamie e eu tínhamos nos levantado; eu senti que Jamie se preparava para intervir de algum modo.

Então Brianna abriu caminho entre as pessoas animadas, com Jemmy apoiado em seu quadril, observando a movimentação com intensa desconfiança. Segurou a mão de Roger com sua mão livre e sorriu para ele, o sorriso vacilando apenas um pouco nos cantos da boca.

– Consegue dizer meu nome? – perguntou ela.

O sorriso de Roger refletia o dela. Eu podia ouvir o ar passando por sua garganta quando ele respirou fundo.

Dessa vez, ele falou baixinho; muito baixinho, mas todos ficaram em silêncio, inclinando-se para a frente para ouvir. Foi um sussurro irregular, rouco e doloroso, a primeira sílaba empurrada com força para fazê-la passar pelas cordas vocais avariadas, e o fim foi quase inaudível. Mas:

– BREEEEEa... ana – disse ele, e ela começou a chorar.

76

DINHEIRO SANGRENTO

Cordilheira dos Frasers
Junho de 1771

Eu estava sentada na cadeira de visitante no escritório de Jamie, ralando raízes de sanguinária e fazendo companhia enquanto ele lidava com as contas do trimestre. Ambas as tarefas eram lentas e tediosas, mas podíamos dividir a luz de uma única vela e aproveitar a companhia um do outro – e eu gostava muito de me distrair ouvindo os comentários criativos que ele dirigia ao papel sob sua pena.

– Filho de um porco-espinho chupador de ovos! – murmurou ele. – Veja isso, Sassenach, o homem não passa de um ladrão comum! Tem 2 xelins, 3 centavos por duas barras de açúcar e uma pedra de índigo!

Estalei a língua indicando que me solidarizava com ele, contendo-me para não comentar que 2 xelins pareciam um preço bem modesto para substâncias produzidas nas Índias Ocidentais, transportadas por navio até Charleston, e então levadas de carroça, piroga, cavalo e a pé por mais centenas de quilômetros terra adentro, até serem finalmente entregues em nossa porta por um mascate itinerante que só recolhia o pagamento três ou quatro meses depois, em sua visita seguinte – e que, de qualquer modo, provavelmente não receberia dinheiro em espécie, mas sim seis jarros de geleia de groselha ou um pedaço de carne de veado defumada.

– Olha isso! – disse Jamie retoricamente, acompanhando uma coluna de números e chegando ao fim com um golpe. – Um barril de vinho por 12 xelins, dois rolos de musselina por 3 e 10 cada, ferragens... Que diabo o pequeno Roger quer com ferragens, será que encontrou uma maneira de fazer música com elas? Dez e seis!

– Acho que era um arado – falei pacificamente. – Não é nosso. Roger o comprou para Geordie Chisholm.

Arados eram, na verdade, bem caros. Como tinham que ser importados da Inglaterra, eram raros entre os pequenos agricultores da Colônia, muitos dos quais não tinham nada além de semeadores de madeira e pás, com um machado e talvez uma enxada de ferro para limpar o terreno.

Jamie estreitou os olhos sinistramente para os números, passando a mão pelos cabelos.

– Sim – disse ele. – Mas Geordie não tem um tostão sobrando, pelo menos não até o ano que vem, quando a produção for vendida. Então, sou eu quem vai pagar os 10 e 6 agora, certo? – Sem esperar resposta, ele voltou aos cálculos, resmungando. – Filho de um cágado voador comedor de fezes – praguejou baixinho, sem indicar se isso se aplicava a Roger, a Geordie ou ao arado.

Terminei de ralar uma raiz e coloquei o caule dentro de um jarro sobre a mesa. A sanguinária tem um nome adequado. Seu sumo é vermelho, ácido e viscoso. A tigela em meu colo estava cheia de fragmentos úmidos e gosmentos, e minhas mãos estavam vermelhas como se eu estivesse estripando pequenos animais.

– Tenho seis dúzias de garrafas de cordial prontas – falei, pegando outra raiz. Como se ele não soubesse disso; a casa toda estava cheirando a xarope para tosse havia uma semana. – Fergus pode levá-las a Salem para vender.

Jamie assentiu, distraído.

– Sim, estou contando com isso para comprar semente de milho. Temos mais alguma coisa que possamos mandar para Salem? Velas? Mel?

Lancei a ele um olhar irado, mas encontrei apenas os redemoinhos encaracolados no topo de sua cabeça, debruçada diligentemente sobre os números. As velas e o mel eram um assunto delicado.

– Acho que posso dispor de 50 litros de mel – falei com cautela. – Talvez dez... tudo bem, doze dúzias de velas.

Ele coçou a ponta do nariz com a ponta da pena, deixando uma mancha de tinta.

– Pensei que você tivesse tido um bom ano com as colmeias – disse ele.

Tive; minha única colmeia original havia se expandido, e agora eu tinha nove colmeias em torno do meu jardim. Já tinha retirado quase 200 litros de mel delas, e cera suficiente para fazer cerca de trinta dúzias de velas. Por outro lado, eu já havia planejado como ia usar aquelas coisas.

– Preciso de parte do mel para o consultório – expliquei. – É um bom curativo antibacteriano para feridas.

Jamie ergueu a sobrancelha, apesar de estar de olho nas contas que fazia.

– Eu achava que atrairia moscas – retrucou – ou, quem sabe, ursos. – Ele mexeu a pena, afastando a ideia. – De quanto você precisa, então? Não acho que vá receber tantos feridos em seu consultório para precisar de 150 litros, a menos que esteja banhando todos eles com mel, da cabeça aos pés.

Eu ri, apesar da ponderação.

– Não, algo entre 8 e 12 litros devem bastar para os curativos... ou talvez 20, para deixar um pouco a mais para os fluidos eletrolíticos.

Ele olhou para mim, com as sobrancelhas erguidas.

– Elétricos? – Ele olhou para a vela, com a chama tremeluzindo por causa da brisa que entrava pela janela, e em seguida para mim. – Brianna não disse que isso tinha alguma coisa a ver com as luzes? Ou com os raios, pelo menos?

– Não, eletrólitos – expliquei. – Açúcar-água. Você sabe, quando uma pessoa está em choque, ou doente demais para comer, ou com disenteria... o fluido eletrolítico ajuda o corpo devolvendo a ele os íons essenciais que foram perdidos com o sangramento ou com a diarreia... o sal, o açúcar e outras coisas... o que, por sua vez, devolve água ao sangue e restaura a pressão sanguínea. Você já me viu usando esses fluidos.

– Ah, é assim que funciona?

O rosto dele se iluminou com interesse, e ele parecia prestes a pedir uma explicação. Então viu uma pilha de recibos e correspondência ainda esperando sobre a mesa, suspirou e pegou a pena de novo.

– Muito bem, então – concordou ele. – Fique com o mel. Posso vender o sabão?

Assenti, satisfeita. Eu havia, com muita experimentação cuidadosa, conseguido, finalmente, produzir um sabão que não tinha cheiro de porco morto mergulhado em soda cáustica e que não removia a camada externa da epiderme. Mas era preciso usar óleo de girassol ou azeite de oliva no lugar do sebo, e ambos eram muito caros.

Eu pretendia trocar com as mulheres cherokees o mel que tinha sobrando pelo óleo de girassol, com o qual produziria mais sabão e xampu. Estes, por sua vez, poderiam ser vendidos a preços excelentes em quase qualquer lugar – Cross Creek, Wilmington, New Bern, até mesmo em Charleston, se um dia nos aventurássemos a ir tão longe. Ou assim eu achava. No entanto, eu não sabia muito bem se Jamie concordaria em apostar nessa empreitada; demoraria meses para dar frutos, enquanto ele poderia vender o mel e obter lucro imediato. Mas, se ele tivesse certeza de que o sabão renderia muito mais do que o mel cru, eu não teria dificuldades em conseguir o que queria.

Antes que eu pudesse falar sobre essa possibilidade, ouvimos o som de passos leves no corredor e uma batidinha na porta.

– Entre – disse Jamie, endireitando-se.

O sr. Wemyss espiou dentro do escritório, mas hesitou, parecendo um tanto assustado ao ver as manchas vermelhas em minhas mãos. Jamie o convidou a entrar com um movimento de sua pena.

– Sim, Joseph?

– Posso ter uma palavrinha com o senhor?

O sr. Wemyss estava vestido de modo casual, de camisa e calça, mas tinha penteado os cabelos finos e claros, que estavam molhados, indicando certa formalidade em relação à situação.

Afastei a cadeira, pegando minhas coisas para sair, mas o sr. Wemyss me impediu com um gesto breve.

– Ah, não, senhora. Se não se importa, gostaria que ficasse. É sobre Lizzie, e gostaria da opinião de uma mulher nessa questão.

– Claro. – Eu voltei a me sentar, erguendo as sobrancelhas com curiosidade.

– Lizzie? Então encontrou um marido para nossa moça, Joseph? – Jamie colocou a pena dentro do jarro sobre a mesa e se inclinou para a frente, interessado, fazendo um gesto para que ele se sentasse em um banco vazio.

O sr. Wemyss assentiu, a luz da vela destacando os ossos de seu rosto magro. Ele se sentou no banco com certo ar de dignidade, que não combinava muito com sua atitude comum de leve desconcerto.

– Acredito que sim, sr. Fraser. Robin McGillivray me fez uma rápida visita esta manhã, para pedir a mão de minha Elizabeth, para que ela se case com seu filho, Manfred.

Ergui as sobrancelhas um pouco mais. Até onde eu sabia, Manfred McGillivray tinha visto Lizzie menos de uma dúzia de vezes, e não dissera a ela mais do que algumas breves gentilezas. Não era impossível que ele tivesse se sentido atraído; Lizzie havia se tornado uma garota bonita e delicada, e apesar de ainda ser muito tímida, tinha bons modos. Mas isso não parecia o suficiente para um pedido de casamento.

Conforme o sr. Wemyss ia expondo a questão, as coisas ficavam um pouco mais claras. Jamie prometera a Lizzie um dote, consistindo em um trecho de terras de boa qualidade, e o sr. Wemyss, livre dessa obrigação, tinha direito a 20 hectares como homem livre – dos quais Lizzie era herdeira. A terra dos Wemyss ficava junto à propriedade dos McGillivrays, e as duas juntas formariam uma propriedade respeitável. Evidentemente, com suas três filhas já casadas ou adequadamente comprometidas, o casamento de Manfred era o passo seguinte no grande plano de Ute McGillivray. Ao considerar todas as garotas disponíveis em um raio de 30 quilômetros da Cordilheira dos Frasers, ela havia decidido que Lizzie era a melhor candidata, e mandara Robin para dar início às negociações.

– Bem, os McGillivrays são uma família decente – disse Jamie.

Enfiou um dedo na tigela de raspas de raízes e pressionou-o com cuidado em seu mata-borrão, deixando uma série de impressões digitais vermelhas.

– Eles não têm muitas terras, mas Robin tem uma boa situação, e o jovem Manfred é trabalhador, até onde sei.

Robin era armeiro e tinha uma pequena oficina em Cross Creek. Manfred tinha sido aprendiz de outro armeiro em Hillsborough, mas agora era oficial.

– Ele a levaria para morar em Hillsborough? – perguntei.

Aquilo poderia pesar para Joseph Wemyss. Apesar de estar disposto a fazer qualquer coisa para garantir o futuro da filha, ele amava muito Lizzie, e eu sabia que perdê-la seria difícil para ele.

Ele balançou a cabeça. Seus cabelos tinham secado e estavam começando a ficar arrepiados como sempre.

– Robin diz que não. Segundo ele, o rapaz planeja montar seu negócio em Woolam's Creek, desde que consiga uma pequena oficina. Eles morariam na fazenda.

Ele lançou um olhar de soslaio para Jamie, em seguida desviou o olhar, corando.

Jamie inclinou a cabeça, e vi o canto de sua boca se encolher. Então era aí que ele entrava na negociação. Woolam's Creek era um povoado pequeno mas em expansão na base da Cordilheira dos Frasers. Apesar de os Woolams, uma família quacre da região, serem proprietários do moinho e da terra do lado mais distante do rio, Jamie era dono de toda a terra em torno da Cordilheira dos Frasers.

Até então, ele havia cedido terras, ferramentas e suprimentos para Ronnie Sinclair, Theo Frye e Bob O'Neill, para a construção de uma oficina de tanoeiro, uma forja – ainda em construção – e uma pequena loja de artigos diversos, tudo em termos que nos garantiam uma parte dos lucros, mas não uma renda imediata.

Se Jamie e eu tínhamos planos para o futuro, Ute McGillivray também tinha. Ela sabia, é claro, que Lizzie e seu pai eram muito estimados por Jamie, e que ele provavelmente se comprometeria a fazer o que pudesse por ela. E isso – claro – era o que Joseph Wemyss estava pedindo com bastante tato agora; será que Jamie poderia oferecer as instalações para Manfred em Woolam's Creek como parte do acordo?

Jamie olhou para mim de canto de olho. Ergui um dos ombros de modo muito discreto, me perguntando se a fragilidade física de Lizzie entrara nos cálculos de Ute McGillivray. Havia muitas garotas mais fortes do que ela, e com mais potencial para a maternidade. Mas se Lizzie morresse durante o parto, os McGillivrays ficariam mais ricos tanto por causa de seu dote quanto pela propriedade em Woolam's Creek – e não seria tão difícil encontrar novas esposas.

– Acho que podemos chegar a um acordo – disse Jamie com cautela.

Vi quando ele olhou para o livro-razão aberto, com suas colunas de números deprimentes, e em seguida olhou para mim com um ar especulativo. A terra não era problema; sem dinheiro e pouco e precioso crédito, ferramentas e materiais seriam. Contraí os lábios e olhei de volta para ele. Não, ele não poria as mãos no meu mel!

Ele suspirou e se recostou, batendo os dedos manchados de vermelho no mata-borrão.

– Vou dar um jeito – disse ele. – O que a moça diz, então? Vai aceitar Manfred?

O sr. Wemyss pareceu levemente em dúvida.

– Ela diz que sim. Ele é um rapaz decente, apesar de a mãe... uma boa mulher – ele acrescentou depressa –, muito boa. Só um pouco... hum. Mas... – Ele se virou para mim, franzindo o cenho estreito. – Não sei bem se Elizabeth está certa de sua decisão, senhora, para ser sincero. Sabe que seria um bom casamento, e que assim ela ficaria perto de mim... – Sua expressão se suavizou ao dizer isso, mas logo voltou a ficar firme. – Mas não quero que ela se case apenas porque acha que eu aprovo.

Ele olhou para Jamie com timidez, e em seguida para mim.

– Eu amei muito a mãe dela – disse ele, e as palavras saíram depressa, como se confessasse um segredo vergonhoso.

Ele ficou muito corado e olhou para as mãos magras unidas em seu colo.

– Compreendo – falei, desviando o olhar com tato, afastando restos de raízes de minha mesa. – Gostaria que eu conversasse com ela?

– Ah, eu ficaria muito grato, senhora!

Tomado de alívio, ele se levantou praticamente de um pulo. Apertou a mão de Jamie com fervor, fez repetidas reverências a mim e finalmente saiu, com acenos e murmúrios de agradecimento.

A porta se fechou atrás dele, e Jamie suspirou, balançando a cabeça.

– Só Deus sabe como é difícil casar filhas quando elas *estão* certas da decisão – disse ele com seriedade, obviamente pensando em Brianna e Marsali. – Talvez seja mais fácil quando elas não estão.

A única vela derretia rapidamente, lançando sombras bruxuleantes pelo cômodo. Eu me levantei e fui até a estante onde havia algumas velas novas. Para minha surpresa, Jamie se levantou e se juntou a mim. Ele esticou o braço além dos acendedores e das velas novas, pegando o relógio de vela achatado que estava atrás delas, escondido nas sombras.

Ele o colocou em cima da mesa e usou um dos acendedores para acendê-lo. O pavio já estava escurecido; a vela já tinha sido usada, apesar de ainda não ter queimado muito. Ele olhou para mim, e eu fui em silêncio fechar a porta.

– Você acha que está na hora? – perguntei baixinho, voltando para ficar ao lado dele.

Ele balançou a cabeça, mas não respondeu. Recostou-se um pouco na cadeira, as mãos cruzadas sobre o colo, observando a chama se firmar e aumentar, emitindo uma luz inconstante.

Jamie suspirou e estendeu a mão para virar o livro-razão na minha direção. Eu podia ver a situação de nossos negócios claramente – péssima, financeiramente falando.

Poucas transações na Colônia eram feitas com base em dinheiro – quase nenhuma a oeste de Asheville. Os colonos das montanhas negociavam todos na base da permuta, e nesse sentido conseguíamos nos manter muito bem. Tínhamos leite, manteiga e queijo para trocar; batatas e grãos, carne de porco e de veado, legumes e hortaliças frescos e frutas secas, um pouco de vinho feito de uvas scuppernong do outono anterior. Tínhamos feno e lenha – apesar de todos também terem –, meu mel e minha cera de abelha. E, acima de tudo, tínhamos o uísque de Jamie.

Era um recurso limitado, no entanto. Tínhamos seis hectares de cevada nova, que – salvo chuvas de granizo, incêndios florestais e outros atos divinos – seriam transformados em quase cem barricas de uísque, que poderiam ser vendidas ou trocadas de maneira vantajosa, ainda que totalmente cruas ou não envelhecidas. Mas a cevada ainda estava verde nos campos, e o uísque ainda era uma perspectiva distante de lucro.

Enquanto isso, tínhamos usado ou vendido todas as bebidas que possuíamos. Na verdade, ainda restavam catorze barris pequenos de bebida – enterradas em uma pequena gruta acima da fonte de uísque –, mas não podiam ser usadas. A cada destilação, Jamie reservava dois barris, que eram religiosamente mantidos para envelhecer. O barril mais velho no depósito tinha apenas dois anos; permaneceria ali por mais dez, com a graça de Deus, para emergir como ouro líquido – e quase tão valioso quanto ouro sólido.

Mas as demandas financeiras imediatas não esperariam dez anos. Além da possibilidade de uma oficina de armeiro para Manfred McGillivray e de um dote modesto para Lizzie, havia as despesas normais com as plantações e o cuidado dos animais, e o plano ambicioso de dar um arado a cada arrendatário – muitos dos quais ainda lavravam a terra com as mãos.

E além de nossas despesas, havia uma obrigação bastante onerosa. A maldita Laoghaire MacKenzie infernal Fraser.

Ela não era exatamente uma ex-esposa – mas também não deixava de ser exatamente uma ex-esposa. Pensando que eu havia partido para sempre, se é que não tinha de fato morrido, Jamie se casara com ela, sob a insistência de sua irmã Jenny. O casamento logo se mostrou um erro, e quando reapareci, eles buscaram uma anulação, para o alívio – até certo ponto – de todos os envolvidos.

Mas, por ser muito generoso, Jamie havia concordado em pagar uma grande quantia a ela como pensão anual, além de um dote para cada uma de suas filhas. O dote de Marsali estava sendo pago aos poucos, em terras e em uísque, e não havia notícias a respeito do casamento de Joan. Mas o prazo para enviar a pensão para manter Laoghaire, qualquer que fosse o estilo de vida que ela mantinha na Escócia, estava vencendo – e não tínhamos o dinheiro.

Olhei para Jamie, que estava pensando, olhos semicerrados sobre o nariz comprido e afilado. Não me dei ao trabalho de sugerir que deixássemos que Laoghaire pendurasse uma placa de vadia no pescoço e saísse mendigando pela paróquia. Independentemente do que ele pensasse sobre a personalidade da mulher, ele a considerava sua responsabilidade, e isso encerrava o assunto.

Eu acreditava que pagar a dívida em barris de peixe seco ou sabão de lixívia também não era uma opção adequada. Assim, restavam três opções: poderíamos vender o uísque do estoque, ainda que isso fosse significar uma grande perda a longo prazo. Poderíamos pegar dinheiro emprestado com Jocasta; possível, mas muito desagradável. Ou poderíamos vender alguma outra coisa. Vários cavalos, por exemplo. Um grande número de porcos. Ou uma joia.

A vela ardia forte e a cera ao redor do pavio havia derretido. Ao olhar para baixo, para a poça de cera derretida, eu as vi: três pedras preciosas, escuras contra a pálida luz dourado-acinzentada da vela, os tons vívidos suavizados, mas ainda visíveis na cera. Uma esmeralda, um topázio e um diamante negro.

Jamie não as tocou, ficou apenas olhando, as sobrancelhas ruivas e espessas franzidas em concentração.

Vender uma pedra preciosa na Carolina do Norte colonial não seria fácil; provavelmente exigiria uma viagem a Charleston ou Richmond. Era possível, entretanto, e resultaria em dinheiro suficiente para pagar a maldita pensão de Laoghaire, além de cobrir as outras despesas. Contudo, as pedras preciosas tinham um valor que ia além do dinheiro – eram a moeda de viagem pelas pedras; proteção para a vida de um viajante.

As poucas coisas que sabíamos a respeito daquela perigosa viagem se baseavam principalmente nas coisas que Geillis Duncan tinha escrito ou contado a mim; ela acreditava que as pedras preciosas não apenas davam proteção a um viajante contra o caos naquele espaço indescritível entre as camadas do tempo, mas também ofereciam a habilidade de navegar, por assim dizer – escolher a época para a qual se desejava ir.

Movida pelo impulso, voltei para a estante e, ficando na ponta dos pés, peguei o embrulho envolto em um pedaço de couro que estava escondido nas sombras ali. Senti o peso e o abri com cuidado, colocando a pedra oval sobre a mesa ao lado da vela. Era uma opala grande, seu centro brilhoso revelado dentro de uma matriz de pedra pelo entalhe que cobria a superfície – uma espiral; um desenho primitivo da serpente que come a própria cauda.

A opala era propriedade de outro viajante – o misterioso índio chamado Dente de Lontra. Um índio cujo crânio revelava obturações prateadas nos dentes; um índio que parecia já ter falado inglês. Ele chamava aquela pedra de sua "passagem de volta"– então aparentemente Geilie Duncan não era a única a acreditar que as pedras preciosas tinham algum poder naquele terrível lugar... entre.

– Cinco, segundo a bruxa – disse Jamie pensativo. – Ela disse que você precisaria de cinco pedras?

– Ela acreditava que sim.

A noite estava quente, mas os pelos de minha nuca se eriçaram ao pensar em Geilie

Duncan, nas pedras – e no índio que eu havia encontrado em uma encosta escura, com o rosto pintado de preto para a morte, pouco antes de eu encontrar a opala e o crânio enterrado com ela. Seria o crânio dele que tínhamos enterrado, com as obturações de prata e tudo?

– As pedras precisavam ser polidas ou lapidadas?

– Não sei. Acho que ela disse que as lapidadas eram melhores, mas não sei por que ela achava isso, nem se estava certa.

Esse era sempre o problema; nós sabíamos muito pouco.

Ele resmungou e esfregou lentamente o nariz com o nó de um dos dedos.

– Bem, temos essas três, e o rubi de meu pai. São pedras lapidadas e polidas, e totalizam quatro. E também temos esta – ele olhou para a opala – e a pedra em seu amuleto.

A questão era que as pedras lapidadas ou polidas renderiam muito mais dinheiro do que a opala sem polimento ou a safira bruta no meu saco de remédios. Ainda assim, deveríamos arriscar perder uma pedra da qual podíamos precisar, que um dia poderia significar a diferença entre a vida e a morte para Bree ou para Roger?

– Não é provável – falei, respondendo aos pensamentos dele, mas não às suas palavras. – Bree vai ficar, certamente até Jemmy crescer; talvez para sempre.

Afinal, como alguém poderia abandonar um filho, a possibilidade de ter netos? E no entanto eu tinha feito isso. Passei um dedo distraidamente pelo metal liso de minha aliança de ouro.

– Sim. Mas e o rapaz?

Ele olhou para mim, a sobrancelha erguida, a luz da vela brilhando em seus olhos, azuis como safiras lapidadas e polidas.

– Ele não faria isso – respondi. – Ele não deixaria Bree e Jemmy.

Falei com firmeza, mas havia um fio de dúvida em meu coração, que se refletiu em minha voz.

– Não ainda – disse Jamie, baixinho.

Respirei fundo, mas não respondi. Eu sabia muito bem o que ele queria dizer. Envolto em silêncio, Roger parecia se afastar cada dia mais.

Seus dedos estavam curados; eu havia sugerido a Brianna que talvez ele encontrasse consolo em seu *bodhrán*. Ela assentira, em dúvida. Eu não sabia se ela tinha falado com ele ou não, mas o *bodhrán* continuava pendurado na parede do chalé deles, silencioso como seu dono.

Ele ainda sorria e brincava com Jemmy, e era sempre atencioso com Brianna –, mas a sombra em seus olhos nunca diminuía, e quando não era requisitado em uma tarefa, ele desaparecia por horas, às vezes o dia todo, em caminhadas pelas montanhas, e voltava quando já estava escuro, exausto, sujo de terra... e calado.

– Ele não tem dormido com ela, tem? Desde que aconteceu?

Suspirei, afastando uma mecha de cabelos da testa.

– Algumas vezes. Eu perguntei. Mas eu diria que não tem acontecido ultimamente.

Bree estava fazendo o melhor que podia para mantê-lo por perto, para tirá-lo das profundezas de sua depressão, mas estava ficando claro para mim, e também para Jamie, que ela estava perdendo a batalha, e sabia disso. Ela também estava cada vez mais calada, com sombras nos olhos.

– Se ele voltasse... existiria cura para sua voz? Na sua época?

Jamie passou um dedo sobre a opala enquanto falava, os olhos seguindo a espiral conforme seu dedo a tocava.

Suspirei de novo e me sentei.

– Não sei. Haveria recursos... talvez cirurgia, com certeza terapia para a fala. Não sei *quanto* ajudaria; ninguém saberia dizer. A questão é... pode ser que ele recupere grande parte de sua voz naturalmente, se fizer um esforço. Mas ele não vai fazer isso. E, claro – precisei acrescentar com sinceridade –, pode ser que ele *não* recupere, por mais que se esforce.

Jamie assentiu, em silêncio. Independentemente das possibilidades de ajuda médica, a verdade era que, se o casamento de Roger e Brianna fracassasse, não havia nada que o prendesse ali. Se ele escolhesse voltar...

Jamie se endireitou na cadeira e apagou a vela.

– Ainda não – disse ele na escuridão, com a voz firme. – Ainda temos algumas semanas até eu mandar o dinheiro para a Escócia; verei o que mais podemos arranjar. Por enquanto, guardaremos as pedras.

Ontem à noite, sonhei que estava fazendo pão. Ou, pelo menos, tentava fazer pão. Eu estava misturando a massa e, de repente, percebia que não tinha farinha. Então, colocava o pão em formas e levava ao forno, e então percebia que ele não tinha crescido, e o tirava. Eu sovava a massa sem parar e a levava dentro de uma tigela coberta com um pano, procurando um lugar aquecido onde colocá-lo, porque é preciso manter a massa aquecida, ou o fermento morre, e eu estava ficando nervosa porque não conseguia encontrar um lugar quente. Um vento frio soprava e a tigela estava pesada e escorregadia, e pensei que ia deixá-la cair; minhas mãos e meus pés estavam congelando e ficando dormentes.

Então, acordei e realmente estava com frio. Roger havia puxado todos os cobertores e se enrolado neles, e uma corrente de vento terrível soprava por baixo da porta. Eu o cutuquei e puxei os cobertores, mas não consegui soltá-los e não queria fazer muito barulho para não acordar Jemmy. Por fim, eu me levantei, tirei a capa do cabide e voltei a dormir me cobrindo com ela.

Roger se levantou antes de mim hoje cedo e saiu; acho que ele não percebeu que tinha me deixado passando frio.

77

UM PACOTE DE LONDRES

O pacote chegou em agosto, por intermédio dos bons serviços de Jethro Wainwright, um dos poucos mascates itinerantes arrojado o suficiente para subir os caminhos íngremes e tortuosos que levavam à Cordilheira dos Frasers. Com o rosto vermelho e ofegante por causa da subida e do trabalho de descarregar o burro, o sr. Wainwright me entregou o pacote com um meneio de cabeça e saiu em direção à cozinha quando o convidei, deixando o burro pastar lá fora.

Era um pacote pequeno, uma espécie de caixa, envolta cuidadosamente em oleado e amarrada com barbante para garantir. Era pesada. Eu a chacoalhei, mas ouvi apenas um leve ruído surdo, como se o conteúdo estivesse envolto em um pano. Na etiqueta estava escrito simplesmente: "Para o sr. James Fraser, Cordilheira dos Frasers, Carolinas".

– Bem, o que acha que é? – perguntei ao burro.

Era uma pergunta retórica, mas o burro, uma criatura amável, desviou os olhos da refeição e zurrou em resposta, pedaços de feno caindo pelos cantos da boca.

O barulho provocou berros de curiosidade de Clarence e dos cavalos, e em poucos segundos, Jamie e Roger apareceram, vindos do celeiro, Brianna saiu da casa da fonte, e o sr. Bug surgiu atrás do monte de esterco, em mangas de camisa, como um abutre que se ergue de uma carniça, todos atraídos pelo barulho.

– Obrigada – falei para o burro, que sacudiu a orelha para mim e voltou a pastar.

– O que é isso? – Brianna estava na ponta dos pés espiando por cima do ombro de Jamie, que tirou o pacote de minhas mãos. – Não é de Lallybroch, é?

– Não, não é a letra de Ian... nem da minha irmã – respondeu Jamie com não mais que uma breve hesitação, apesar de eu tê-lo visto olhar duas vezes para ter certeza. – Mas veio de longe... de navio?

Ele segurou o pacote perto de meu nariz, interrogativamente. Eu cheirei e assenti.

– Sim, tem cheiro de alcatrão. Não tem nenhum documento?

Ele virou o pacote, negando com a cabeça.

– Tinha um selo, mas saiu.

Havia fragmentos acinzentados de cera no barbante, mas o selo que poderia dar uma pista a respeito do remetente tinha sucumbido às vicissitudes da viagem e da bolsa do sr. Wainwright.

– Humpf. – O sr. Bug balançou a cabeça, contrariado, estreitando os olhos. – Não é uma picareta.

– Não, não é uma picareta – concordou Jamie, observando o pacote. – Nem um livro, muito menos um maço de papéis. Não encomendei mais nada de que consiga me lembrar. Acha que podem ser sementes, Sassenach? O sr. Stanhope prometeu que enviaria sementes do jardim do amigo dele, não?

– Ah, pode ser!

Era uma possibilidade interessante. O amigo do sr. Stanhope, o sr. Crossley, tinha um enorme jardim ornamental, com um grande número de espécies exóticas e importadas, e Stanhope tinha se oferecido para verificar se Crossley estaria disposto a fazer uma troca; sementes e mudas de algumas das ervas mais raras da Europa e da Ásia de sua coleção, por bulbos e sementes do que Stanhope descrevia como meu "baluarte da montanha".

Roger e Brianna se entreolharam. Sementes eram bem menos interessantes para eles do que papel ou livros. Ainda assim, a novidade de receber qualquer carta ou pacote bastava para que ninguém sugerisse abri-lo antes que se esgotasse toda a diversão relacionada à especulação sobre o conteúdo.

No caso, o pacote só foi aberto depois da ceia, quando todos já tinham tido a oportunidade de segurá-lo, tocá-lo e cheirá-lo, e dar uma opinião a respeito do conteúdo. Afastando o prato vazio, Jamie finalmente pegou o pacote com a devida cerimônia, voltou a chacoalhá-lo e o entregou a mim.

– Esse nó é uma tarefa para mãos de cirurgiã, Sassenach – disse ele com um sorriso.

Era mesmo. Quem quer que o houvesse feito não era marinheiro, mas havia substituído a meticulosidade por conhecimento. Levei vários minutos tentando, mas finalmente desfiz o nó, e enrolei o barbante para ser usado no futuro.

Jamie, então, cortou a costura cuidadosamente com a ponta do punhal e tirou uma pequena caixa de madeira, sob arfadas de surpresa. Era simples, mas elegante, feita de madeira escura polida, com dobradiças e fecho de latão, e uma pequena placa de latão na tampa.

– Da oficina dos srs. Halliburton e Halliburton, Portman Square, nº 14, Londres – leu Brianna, inclinando-se sobre a mesa. – Quem diabos são Norman e Greene?

– Não faço a menor ideia – respondeu Jamie.

Ele abriu o fecho com um dedo e levantou delicadamente a tampa. Dentro havia um saco pequeno de veludo vermelho-escuro. Ele o pegou, abriu o cordão e lentamente tirou uma... coisa.

Era um disco chato e dourado, com cerca de 10 centímetros de diâmetro. Olhando admirada, vi que a borda era levemente elevada, como a de um prato, e havia pequenos símbolos de algum tipo entalhados. Na parte central do disco, havia um estranho arranjo entalhado, feito de metal prateado. Consistia de um pequeno mostrador aberto, muito parecido com a face de um relógio, mas com três braços ligando sua borda ao centro do disco maior e dourado.

O pequeno círculo prateado também era adornado com o desenho de arcanos, quase delicados demais para se ver, e preso a uma peça com a forma de uma lira, que descansava em cima da barriga de uma enguia prateada comprida e chata, cujas costas se curvavam acompanhando a borda interna do disco dourado. Por cima de tudo, havia uma barra dourada, afunilada nas extremidades como uma agulha de bússola muito grossa e afixada com um alfinete que atravessava o centro do disco e permitia que a barra girasse. Impresso com letras floreadas no centro da barra estava o nome "James Fraser".

– Mas o que, em nome de Deus, é isso? – perguntou a sra. Bug, naturalmente depois de se recuperar da surpresa.

– É um astrolábio planisférico – respondeu Jamie, recuperado da sua surpresa e soando agora quase prático.

– Ah, *claro* – murmurei. – Naturalmente!

Ele virou o objeto na mão, mostrando uma superfície chata com entalhes de vários círculos concêntricos, por sua vez, subdivididos por centenas de pequenas marcas e símbolos. Daquele lado havia uma parte que virava como a haste parecida com a agulha de uma bússola do outro lado, mas em formato retangular, e com as pontas viradas para cima, achatadas e interligadas de modo que as ligações formavam um par de miras.

Bree esticou um dedo e tocou a superfície brilhante com reverência.

– Meu Deus – disse ela. – Isso é *ouro* mesmo?

– É. – Jamie colocou o objeto com cuidado na palma da mão dela. – E o que gostaria de saber é: por quê?

– Por que ouro ou por que um astrolábio? – perguntei.

– Por que ouro – respondeu ele, franzindo o cenho para o objeto. – Queria um instrumento assim há algum tempo, e não conseguia encontrar em lugar nenhum entre Albany e Charleston. Lorde John Grey prometeu que me enviaria um de Londres, e acho que é este. Mas por que, em nome de Deus...

A atenção de todos ainda estava voltada para o astrolábio em si, mas Jamie desviou o olhar, pegando a caixa dentro da qual ele tinha vindo. E, como era de esperar, no fundo da caixa havia um bilhete, dobrado de qualquer modo e selado com cera azul. A insígnia, no entanto, não era a costumeira meia-lua sorridente com estrelas de lorde John, mas um brasão desconhecido, mostrando um peixe com um anel na boca.

Jamie olhou para o brasão, franzindo o cenho, e então rompeu o selo e abriu o bilhete.

Sr. James Fraser,
da Cordilheira dos Frasers
Colônia Real da Carolina do Norte

Meu caro senhor,

Tenho a honra de lhe enviar este objeto, com os cumprimentos de meu pai, lorde John Grey. Quando parti para Londres, ele me deu instruções para obter o melhor instrumento que conseguisse, e sabendo da alta estima que ele dedica a sua amizade, me esforcei para fazê-lo. Espero que aprove.

A seu dispor,
William Ransome, lorde Ellesmere,
Capitão, 9º Regimento

– William Ransome? – Brianna havia se levantado para poder ler por cima do ombro de Jamie. Ela olhou para mim, franzindo o cenho. – Ele diz que lorde John é pai dele, mas o filho de lorde John não é um menino ainda?

– Ele tem 15 anos.

Havia uma nota estranha na voz de Jamie, e vi Roger erguer o olhar abruptamente do astrolábio em suas mãos, com os olhos verdes subitamente atentos. Ele olhou para mim, com aquele olhar estranho que tinha desenvolvido ultimamente, como se ouvisse algo que ninguém conseguia ouvir. Desviei o olhar.

–... não é Grey – dizia Brianna.

– Não.

Jamie ainda estava olhando para o bilhete em suas mãos e parecia meio distante. Balançou a cabeça brevemente, como se afastasse um pensamento, e voltou a se concentrar no assunto em questão.

– Não – repetiu ele com mais firmeza, deixando o bilhete de lado. – O rapaz é enteado de John. O pai dele era o conde de Ellesmere; o garoto é o nono a deter o título. Ransome é o sobrenome da família de Ellesmere.

Mantive o olhar fixo diligentemente na mesa e na caixa vazia, com medo de erguer o rosto e minha expressão transparente acabar revelando alguma coisa – mesmo que fosse apenas o fato de que havia algo a ser revelado.

O pai de William Ransome não era, na verdade, o oitavo conde de Ellesmere. Seu pai era James Fraser, e eu podia sentir a tensão na perna de Jamie tocando a minha por baixo da mesa, apesar de seu rosto agora demonstrar apenas uma leve irritação.

– O rapaz por certo comprou uma patente – disse ele, dobrando a carta com cuidado e enfiando-a dentro da caixa de novo. – Então, partiu para Londres e comprou o objeto lá seguindo as instruções de John. Mas imagino que para um rapaz como ele, "melhor" deve necessariamente significar "de ouro"!

Ele estendeu a mão e o sr. Wainwright, que estava admirando seu reflexo na superfície dourada polida, entregou o astrolábio com relutância.

Jamie o analisou de modo crítico, girando a enguia prateada com o dedo indicador.

– Ah, bem – disse ele, quase a contragosto. – É muito bonito, no que diz respeito ao acabamento.

– Bonito. – O sr. Bug assentiu, aprovando, e pegou um dos bolinhos que sua esposa estava oferecendo. – Medição?

– Sim, isso mesmo.

– Medição? – Brianna pegou dois bolinhos de batata e se sentou ao lado de Roger, passando um para ele automaticamente. – É para fazer um levantamento topográfico?

– Entre outras coisas. – Jamie virou o astrolábio nas mãos e empurrou a barra achatada com delicadeza, fazendo com que as miras girassem. – Esta parte... é usada como trânsito. Sabe o que é?

Brianna assentiu, parecendo interessada.

– Claro. Sei fazer diferentes tipos de agrimensura, mas geralmente usávamos...

Vi Roger fazer uma careta ao engolir, a massa do bolinho presa em sua garganta. Ergui a mão em direção à jarra de água, mas ele olhou para mim e balançou a cabeça quase imperceptivelmente. Engoliu de novo, com mais facilidade dessa vez, e tossiu.

– Eu me lembro de você ter dito que sabia fazer agrimensura. – Jamie olhou para a filha com aprovação. – Por isso eu queria isto – ele indicou o objeto que estava segurando –, apesar de ter algo menos espalhafatoso em mente. Estanho teria sido mais funcional. Ainda assim, contanto que eu não tenha que pagar por isso...

– Deixe-me ver.

Brianna estendeu a mão e pegou o objeto, franzindo o cenho ao mover a barra interna.

– Você sabe usar um astrolábio? – perguntei a ela, em dúvida.

– Eu sei – disse Jamie, com certo grau de ostentação. – Aprendi na França.

Ele se levantou e fez um movimento com o queixo indicando a porta.

– Vamos lá para fora, moça. Vou mostrar como ver as horas.

–... sim, isso mesmo. – Jamie inclinou-se sobre o ombro de Bree, apontando para um ponto na barra externa. Ela moveu a barra interna com cuidado para emparelhá-las, olhou para o sol e moveu o ponteiro menos de 1 centímetro.

– Cinco e meia! – exclamou ela, corando de alegria.

– Cinco e trinta e cinco – corrigiu Jamie, com um sorriso amplo. – Está vendo aqui?

Ele apontou para um dos minúsculos símbolos na borda, que, àquela distância, não parecia ser nada além de um borrão para mim.

– Cinco e trinta e cinco – disse a sra. Bug, admirada. – Veja só, Arch! Não sei que horas são ao certo desde... desde...

– Edimburgo – disse o marido, assentindo.

– Sim, isso mesmo! Minha prima Jane tinha um relógio, uma coisa linda, que ressoava como o sino de uma igreja, com números de latão e um par de pequenos querubins voando, então...

– É a primeira vez que sei que horas são desde que deixamos a casa dos Sherstons.

Bree estava ignorando tanto o êxtase da sra. Bug quanto o instrumento que tinha nas mãos. Vi quando ela olhou nos olhos de Roger e sorriu – e, depois de um momento, ele sorriu também. Há quanto tempo ele não sabia que horas eram?

Todos olhavam com os olhos estreitados para o sol que se punha, afastando nuvens de mosquitos dos olhos e discutindo sobre a última vez que tinham sabido as horas. Que curioso, pensei, me divertindo. Por que essa preocupação com medir o tempo? E, no entanto, eu tinha a mesma preocupação.

Tentei pensar quando tinha sido a última vez para mim. No casamento de Jocasta? Não, no campo perto de Alamance Creek, um pouco antes da batalha. O coronel Ashe tinha um relógio de bolso e – eu parei, lembrando. Não, foi depois da batalha. E provavelmente tinha sido a última vez que Roger soubera que horas eram – se é que ele estava suficientemente consciente para ouvir um dos cirurgiões do Exército anunciar que eram quatro da tarde – em seguida dando sua opinião ponderada de que Roger não sobreviveria até as cinco.

– O que mais podemos fazer com ele, pai?

Bree devolveu o astrolábio com cuidado para Jamie, que o pegou e começou imediatamente a tirar as marcas de dedo dele com a barra da camisa.

– Ah, muitas coisas. Você pode determinar sua posição, na terra ou no mar, saber que horas são, encontrar uma determinada estrela no céu...

– Muito útil – observei. – Mas talvez não tão conveniente quanto um relógio. Mas imagino que saber as horas não era seu principal objetivo.

– Não. – Ele negou, balançando a cabeça, enquanto guardava o astrolábio em seu saco de veludo. – Preciso fazer um levantamento correto das terras das duas concessões, e logo.

– Por que logo?

Bree estava se virando para partir, mas se virou de volta ao ouvir isso, levantando a sobrancelha.

– Porque estamos ficando sem tempo.

Jamie olhou para ela, o prazer de sua aquisição dando lugar à seriedade. Olhou por cima do ombro, mas não havia ninguém mais na varanda além de nós dois, Brianna e Roger.

O sr. Wainwright, que não tinha interesse em questões científicas, tinha ido até o quintal e estava transportando seus pacotes para dentro de casa, ajudado pelo sr. Bug e estorvado pelos comentários incessantes da sra. Bug. Todos na Cordilheira dos Frasers sabiam que ele ficaria ali até o dia seguinte, e iriam à casa para comprar, vender e ouvir as notícias mais recentes.

– Vocês dois sabem o que virá. – Jamie olhou para Bree e para Roger. – O rei pode cair, mas a terra permanecerá. E se quisermos manter estas terras, precisamos medi-las e registrá-las corretamente. Quando há conflitos, quando as pessoas precisam deixar suas terras ou as veem confiscadas, é difícil tê-las de volta, mas talvez seja possível, se você tiver um documento que diga que elas já foram suas.

O sol brilhou como ouro e fogo atrás da curva da cabeça dele quando ele olhou para a frente. Ele meneou a cabeça em direção à linha escura das montanhas, delineadas por um borrifo glorioso de nuvens rosa e douradas, mas eu podia ver, pelo olhar distante dele, que ele estava vendo algo muito além.

– Lallybroch... nós a mantivemos por meio de um documento de *sasine*. E o jovem Simon, filho de Lovat, ele lutou por suas terras, depois de Culloden, e por fim conseguiu reaver a maior parte delas. Mas só porque tinha os papéis que provavam que já tinham sido dele. Então.

Ele recolocou a tampa da caixa que tinha levado consigo e pôs a bolsa de veludo dentro dela.

– Terei os documentos. E, se for um George ou outro que governar na época, esta terra será nossa. E de vocês – acrescentou ele delicadamente, olhando nos olhos de Brianna. – E de seus filhos, depois de vocês.

Coloquei minha mão sobre a dele, onde estava, pousada em cima da caixa. A pele dele estava quente por causa do trabalho e do calor do dia, e ele cheirava a suor. Os pelos de seu braço brilhavam ruivos e dourados ao sol, e eu entendi muito bem naquele momento por que os homens mediam o tempo. Eles desejam fixar um momento, na esperança vã de que, ao fazer isso, o tempo não passe.

78

NÃO É POUCO

Brianna tinha ido à casa-grande para pegar um livro emprestado. Deixou Jemmy na cozinha com a sra. Bug e atravessou o corredor até o escritório do pai. Ele não estava, o cômodo estava vazio, apesar de seu cheiro permanecer ali – um cheiro masculino indefinível, composto de couro, serragem, suor, uísque, esterco... e tinta.

Ela passou um dedo embaixo do nariz, as narinas contraídas, e sorriu ao pensar que Roger também recendia às mesmas coisas, mas ao mesmo tempo tinha um cheiro próprio, no fundo. O que era?, ela se perguntou. As mãos dele costumavam ter um cheiro suave de verniz e metal quando ele tinha um violão. Mas isso tinha sido muito atrás, muito longe dali.

Afastando o pensamento, ela olhou para os livros na estante. Fergus havia trazido de volta três livros novos de sua última viagem a Wilmington: uma coletânea de ensaios de Michael de Montaigne – em francês, então nada feito –, uma cópia surrada de *Moll Flanders*, de Daniel Defoe, e um livro muito fino, com capa de papel, de B. Franklin, *Os meios e as maneiras de obter virtudes.*

Não tem nem comparação, ela pensou, pegando *Moll Flanders*. O livro tinha sido muito usado; a lombada estava rasgada e as páginas, soltas. Esperava que todas estivessem ali. Nada pior do que chegar a uma boa parte da história e descobrir que as vinte páginas seguintes estavam faltando. Ela folheou o livro com cuidado, conferindo, mas as páginas pareciam estar completas, ainda que algumas estivessem enrugadas ou manchadas de comida. O livro tinha um cheiro bem peculiar, como se tivesse sido mergulhado em sebo.

Um barulho vindo do consultório de Claire a tirou de sua distração com os livros. Ela procurou por Jem instintivamente, mas é claro que ele não estava ali. Colocando o livro de volta no lugar, ela foi depressa até o consultório e viu a mãe correndo pelo corredor, vinda da cozinha.

Ela chegou à porta do consultório um segundo antes de Claire.

– Jem!

A porta do armário grande estava aberta, e havia um forte cheiro de mel no ar. Havia um jarro de barro quebrado no chão em uma poça dourada e grudenta, e Jemmy estava sentado bem no meio dela, completamente besuntado, com os olhos azuis muito redondos, a boca aberta devido à culpa e ao choque.

Ela sentiu o sangue subir. Ignorando o fato de que ele estava todo melado, ela o segurou pelo braço e o colocou de pé.

– Jeremiah Alexander MacKenzie – disse Brianna, em um tom severo –, você é um menino malcriado!

Ela o examinou depressa à procura de sangue ou ferimentos, não encontrou nada e deu uma palmada no traseiro dele, forte o bastante para fazer sua mão arder.

O grito subsequente fez com que ela fosse invadida por uma onda de culpa instantânea. Então, viu o restante da destruição no consultório e conteve o impulso de bater nele de novo.

– Jeremiah!

Ramos secos de alecrim, erva-dos-carpinteiros e tomilho tinham sido arrancados da estante de secagem e estavam espalhados no chão em pedaços. Uma das prateleiras de gaze da estante tinha sido puxada e o tecido estava rasgado e pendurado. Garrafas e jarras dos armários estavam viradas e espalhadas; algumas das rolhas tinham saído, espalhando pós e líquidos de várias cores pelo chão. Um saco grande de linho cheio de sal grosso fora esvaziado, e punhados dos cristais de sal tinham sido atirados por toda parte.

Pior de tudo, o amuleto de sua mãe estava no chão, o saco pequeno de couro aberto, vazio. Havia pedaços de plantas secas, alguns ossinhos e outros destroços espalhados ao redor.

– Mãe, sinto muito. Eu não estava olhando, deveria ter cuidado melhor...

Ela quase teve que gritar o pedido de desculpas para ser ouvida acima dos berros de Jemmy.

Claire, retraindo-se levemente diante do barulho, olhou ao redor, fazendo um rápido inventário de tudo que havia sido estragado. Então, abaixou-se e pegou Jemmy no colo, sem se importar com o mel.

– Shhhh – fez ela, colocando a mão sobre os lábios dele de leve.

Como não obteve êxito, passou a dar tapinhas sobre a boca aberta, produzindo um "ua-ua-ua" que fez Jemmy parar de berrar na mesma hora. Ele enfiou um polegar na boca, chupando o dedo e fazendo barulho, e encostou o rosto sujo no ombro de Claire.

– Bem, eles realmente mexem nas coisas – disse ela a Bree, parecendo se divertir mais do que demonstrar irritação. – Não se preocupe, querida, foi só um pouco de bagunça. Graças a Deus, ele não alcançou as facas, e eu mantenho os venenos no alto, também.

Brianna sentiu o coração começar a se acalmar. Sua mão estava quente, pulsando com sangue.

– Mas seu amuleto... – disse ela, e viu uma sombra passar pelo rosto da mãe quando ela percebeu o estrago.

– Ah.

Claire respirou fundo, deu um tapinha nas costas de Jemmy e o colocou no chão. Mordeu o lábio inferior, abaixou-se e pegou o saco vazio com as penas desgrenhadas.

– Sinto muito – repetiu Brianna, sem saber o que fazer.

Ela viu quanto custou, mas a mãe fez um gesto para indicar que não importava antes de se agachar para recolher os pedaços e fragmentos do chão. Seus cabelos encaracolados estavam soltos e escorregaram para a frente, escondendo seu rosto.

– Sempre quis saber o que tinha dentro dessa coisa – disse Claire.

Começou a recolher os ossinhos, reunindo-os com cuidado na palma da mão.

– Você acha que são ossos de quê? Musaranho?

– Não sei. – De olho em Jemmy, Brianna se abaixou e começou a catar as coisas. – Pensei que pudessem ser de um rato ou de um morcego.

A mãe olhou para ela, surpresa.

– Você é esperta... Veja.

Ela pegou um objeto marrom, parecido com papel, do chão e o ergueu. Inclinando-se para olhar mais de perto, Brianna viu que o que parecia uma folha seca amassada era na verdade o pedaço de uma asa de morcego, o frágil couro translúcido, um osso fino como uma agulha curvado ao longo dele como a nervura central de uma folha.

– Olho de salamandra, e dedo de sapo. Asa de morcego e língua de cachorro – disse Claire. Ela espalhou os ossos sobre o balcão, olhando para eles com fascinação. – O que será que ela quis dizer com isso?

– Ela?

– Nayawenne... a mulher que me deu o amuleto.

Abaixando-se, Claire recolheu os pedaços de folhas na mão – pelo menos Brianna esperava que fossem folhas de verdade – e os cheirou. Havia tantos odores no ar do consultório que ela mesma não conseguia distinguir nada além da doçura forte do mel, mas obviamente o nariz sensível da mãe não teve dificuldade em identificar os aromas individuais.

– Faia-da-terra, bálsamo, gengibre selvagem e erva-de-bicho – disse ela, farejando como um cão de caça. – Um pouco de sálvia, também, acho.

– Salva? Foi o que ela achou que você estava?

Apesar da irritação, Brianna riu.

– Haha, engraçadinha – respondeu a mãe, colocando algumas folhas secas na mesa com os ossos. – Conhecida também como pimenta-d'água. É uma coisinha irritante que cresce perto de riachos. Provoca bolhas e irrita os olhos, ou outras coisas, imagino, se você for descuidado o bastante para se sentar nela sem querer.

Jemmy, reprimendas esquecidas, havia pegado uma pinça cirúrgica e a virava de um lado a outro, obviamente tentando decidir se era comestível. Brianna pensou em tirá-la da mão dele, mas como sua mãe sempre esterilizava os equipamentos de metal com água fervente, decidiu que a deixaria com ele por enquanto, já que não tinha pontas afiadas.

Deixando-o com Claire, ela foi até a cozinha para pegar água quente e alguns panos para limpar o mel. A sra. Bug estava lá, mas dormia profundamente, roncando baixinho, com as mãos dobradas sobre a barriga redonda e o lenço sobre uma das orelhas.

Ao voltar na ponta dos pés com um balde de água e um monte de panos, ela viu que a maior parte da sujeira já tinha sido varrida e que a mãe estava agachada, olhando embaixo dos móveis.

– Perdeu alguma coisa?

Ela olhou para a prateleira inferior do armário, mas viu que nada faltava, exceto a jarra de mel. Os outros frascos tinham sido colocados de volta no lugar, fechados com rolhas, e tudo parecia como sempre.

– Sim. – Claire abaixou-se ainda mais, franzindo o cenho ao olhar embaixo do armário. – Uma pedra. Mais ou menos deste tamanho... – Ela estendeu a mão, formando um círculo com o indicador e o polegar, descrevendo uma esfera aproximadamente do diâmetro de uma moeda pequena –... e meio azul-acinzentada. Translúcida em alguns pontos. É uma safira bruta.

– Estava no armário? Pode ser que a sra. Bug tenha mudado de lugar.

Claire se sentou sobre os calcanhares, balançando a cabeça.

– Não, ela não toca nada aqui. Além disso, não estava no armário... estava ali dentro.

Ela meneou a cabeça indicando a mesa, onde o saco vazio do amuleto estava ao lado dos ossos e dos restos de plantas.

Uma busca rápida – seguida de uma mais minuciosa – no consultório não revelou nem sinal da pedra.

– Sabe – disse Claire, passando a mão pelos cabelos enquanto olhava para Jemmy, pensativa. – Detesto sugerir isso, mas você acha...?

– Mer... Ou melhor, meu Deus – disse Brianna, a preocupação se tornando um leve desespero.

Ela se abaixou para olhar para Jemmy, que a ignorou, concentrado na tarefa de enfiar a pinça na narina esquerda.

– *Havia* fragmentos de plantas secas no mel ao redor da boca de Jemmy, mas certamente era só alecrim ou tomilho...

Incomodado por ser examinado tão de perto, ele tentou acertá-la com a pinça, mas ela segurou seu braço com força, tirando a pinça dele com a outra mão.

– Não bata na mamãe – disse ela automaticamente. – Não é legal. Jem... Você engoliu a pedra da vovó?

– Não – respondeu ele, de modo igualmente automático, pegando a pinça. – Minha!

Ela cheirou o rosto dele, fazendo-o se afastar assustado, mas não teve certeza. No entanto, não acreditava se tratar de alecrim.

– Venha cheirá-lo – disse ela à mãe, levantando-se. – Não consigo identificar.

Claire se abaixou para cheirá-lo e Jemmy se contorceu e começou a rir, preparando-se para uma divertida brincadeira de "venha me comer". Mas ficou decepcionado: a avó apenas respirou fundo e disse com determinação "gengibre selvagem", em seguida se aproximou para ver melhor, pegando um pano úmido para limpar o mel, apesar dos gritos de protesto cada vez mais fortes.

– Olhe.

Claire apontou a pele macia ao redor da boca de Jemmy.

Limpa, Brianna conseguiu ver com clareza – duas ou três bolhinhas, como pequenas pérolas.

– Jeremiah – disse ela com firmeza, tentando olhar nos olhos dele. – Diga à mamãe. Você comeu a pedra da vovó?

Jeremiah evitou o olhar dela e recuou, escondendo as duas mãos atrás do corpo.

– Não bate – disse ele. – Não bom!

– Não vou bater em você – garantiu ela, segurando um de seus pés. – Só quero saber. Você engoliu uma pedra deste tamanho?

Ela mostrou o polegar e o indicador. Jemmy riu.

– Quente – disse ele.

Aquela era sua nova palavra preferida, aplicada sem distinção a qualquer objeto do qual ele gostasse.

Brianna fechou os olhos, suspirando irritada, em seguida os abriu para olhar para a mãe.

– Acho que sim. Vai machucá-lo?

– Acho que não.

Claire olhou para o neto pensativa, dando batidinhas nos lábios com o dedo. Então, atravessou a sala, abrindo um dos armários altos e tirando de lá uma garrafa de vidro marrom.

– Óleo de rícino – explicou ela, procurando uma colher na gaveta. – Não é *tão* gostoso quanto mel – acrescentou, olhando para Jemmy –, mas *muito* eficiente.

Óleo de rícino podia ser eficiente, mas demorava um pouco a fazer efeito. De olho em Jemmy, que foi colocado para brincar com seu cesto de blocos de madeira depois de tomar o óleo, Brianna e Claire usaram o tempo de espera para arrumar o consultório e em seguida se voltaram para a tarefa tranquila, mas demorada, de fazer remédios. Fazia muito tempo que Claire não tinha tempo para isso, e havia uma quantidade enorme de folhas, sementes e raízes para serem rasgadas, raladas, trituradas e fervidas em água, colocadas em infusão em óleo, extraídas com álcool, coadas com gaze, misturadas a cera de abelha ou banha de urso derretidas, misturadas a talco ou transformadas em pílulas, e por fim colocadas em frascos e jarros ou em sacos para serem preservadas.

O dia estava agradavelmente quente, e elas deixaram as janelas abertas para que o vento entrasse, ainda que isso significasse ter que ficar espantando moscas e outros insetos e recolhendo abelhas que caíam em alguma solução fervente.

– Cuidado, querido! – Brianna se abaixou depressa para afastar uma abelha que havia pousado em um dos blocos de Jemmy pouco antes de Jem pegá-lo. – Inseto malvado. Ai!

– Elas sentem o cheiro do mel nele – disse Claire, afastando outra. – É melhor eu devolver um pouco para elas.

Ela colocou uma tigela de água com mel na janela, e em poucos minutos as abelhas estavam aglomeradas na borda, bebendo sem parar.

– Decididas, não? – Brianna observou, secando uma gota de suor que descia entre seus seios.

– Bem, a determinação leva longe – murmurou Claire distraída, franzindo levemente o cenho ao misturar uma solução que esquentava sobre uma chama a álcool. – Isso parece pronto para você?

– Você sabe muito mais do que eu. – Ainda assim, ela se inclinou para a frente e cheirou. – Acho que sim; o cheiro é bem forte.

Claire enfiou o dedo na tigela e o levou à boca.

– Hum, sim, acho que sim.

Tirando a tigela da chama, ela despejou o líquido verde-escuro cuidadosamente por uma peneira de gaze dentro de uma garrafa. Havia várias outras garrafas de vidro altas enfileiradas sobre o balcão, a luz do sol fazendo seu conteúdo brilhar como pedras preciosas vermelhas, verdes e amarelas.

– Você sempre soube que nasceu para ser médica? – perguntou Brianna, com curiosidade.

A mãe balançou a cabeça, cortando com cuidado um punhado de casca de corniso com uma faca afiada.

– Nunca pensei nisso quando era jovem. A maioria das mulheres não pensava nisso naquela época, claro. Quando era novinha, sempre pensei que ia me casar, ter filhos, constituir família... Você acha que Lizzie está bem? Achei que ela estava um pouco amarelada ontem à noite, mas talvez fosse apenas a luz da vela.

– Acho que ela está bem. Será que ela realmente está apaixonada por Manfred?

Eles tinham comemorado o noivado de Lizzie e Manfred McGillivray na noite anterior, com a família McGillivray inteira vindo de sua casa para um jantar farto. A sra. Bug, que gostava muito de Lizzie, tinha feito o melhor que podia; não era à toa que estava sonolenta agora.

– Não – disse Claire com franqueza. – Mas desde que ela não esteja apaixonada por mais ninguém, provavelmente vai ficar tudo bem. Ele é um bom rapaz e bem bonito. E Lizzie gosta da mãe dele, o que também é bom, dadas as circunstâncias.

Ela sorriu ao pensar em Ute McGillivray, que passara a tratar Lizzie como uma filha, pegando os petiscos mais deliciosos e servindo-os a Lizzie, como um pássaro alimentando seus filhotes no ninho.

– Acho que ela gosta mais da sra. McGillivray do que de Manfred. Ela era muito jovem quando a mãe morreu e, de certo modo, vai ser bom para ela ter alguém que cumpra esse papel.

Brianna olhou para a mãe pelo canto do olho. Ela se lembrava muito bem da sensação de não ter mãe – e da pura alegria de voltar a ter. Por reflexo, olhou para Jemmy, que estava mantendo uma conversa animada, ainda que ininteligível, com o gato Adso.

Claire assentiu, colocando a casca picada em suas mãos dentro de um jarro pequeno e redondo cheio de álcool.

– Sim. Ainda assim, acho que é bom que eles esperem um pouco, Lizzie e Manfred, quero dizer... para se acostumarem um com o outro.

Ficou decidido que o casamento aconteceria no verão seguinte, depois que Manfred tivesse terminado de montar sua loja em Woolam's Creek.

– Espero que isso funcione.

– O quê?

– A casca de corniso. – Claire tampou a garrafa com uma rolha e a colocou no armário. – No livro do dr. Rawlings está escrito que pode ser usado como substituto da casca de quinquina, para o quinino, você sabe. Certamente é mais fácil de conseguir, sem falar que é menos caro.

– Ótimo... Espero que funcione.

A malária de Lizzie estava controlada havia vários meses, mas sempre havia a ameaça de recorrência, e a casca de quinquina *era* terrivelmente cara.

O assunto da conversa que tiveram antes permaneceu na mente dela, e ela o retomou ao pegar um punhado de folhas frescas de sálvia para colocar no almofariz, amassando-as cuidadosamente antes de colocá-las em infusão.

– Você disse que não pretendia ser médica quando era jovem. Mas pareceu bastante determinada a isso depois.

Brianna tinha lembranças esparsas mas muito claras do tempo de formação médica de Claire; ainda podia sentir o cheiro de hospital nas roupas e nos cabelos da mãe, e sentir o toque suave e frio das roupas verdes de cirurgia que a mãe usava às vezes quando ia beijá-la à noite, ao chegar tarde do trabalho.

Claire não respondeu de imediato, concentrando-se nos cabelos de milho secos que estava limpando, tirando as partes apodrecidas e jogando-as pela janela aberta.

– Bem – disse ela, finalmente, sem desviar os olhos do trabalho. – As pessoas, e não só as mulheres, claro... as pessoas que sabem quem são, e o que devem se tornar... elas encontram um jeito. Seu pai... e me refiro a Frank... – Ela pegou os cabelos de milho limpos e os colocou em um cesto pequeno, espalhando pedacinhos sobre o balcão. – Ele era um ótimo historiador. Gostava do assunto, e tinha o dom da disciplina e da concentração que o tornaram um sucesso, mas não era, de fato, uma... *uma vocação*.

Ele mesmo me disse que poderia ter feito outras coisas igualmente bem, e não teria importado muito. Para algumas pessoas, uma determinada coisa importa *muito*, no entanto. E quando importa... bem, a medicina era muito importante para mim. Eu não sabia, no começo, mas depois percebi que era o que eu estava destinada a fazer. E quando eu soube disso...

Ela deu de ombros, limpando as mãos, e cobriu o cesto com um pedaço de linho, amarrando-o com barbante.

– Sim, mas... nem sempre podemos fazer o que nascemos para fazer, certo? – perguntou ela, pensando na cicatriz do pescoço de Roger.

– Bem, a vida realmente nos força a fazer algumas coisas – murmurou a mãe. Ela ergueu o olhar, encontrando os olhos de Brianna, e seus lábios se abriram em um sorriso tímido. – E para o homem comum, ou para a mulher comum, a vida que eles encontram costuma ser a vida que levam. Marsali, por exemplo. Acho que nunca passou pela cabeça dela que poderia fazer outra coisa. A mãe dela cuidava da casa e dos filhos, e ela não vê motivos para fazer diferente. E ainda assim... – Claire deu de ombros e estendeu o braço sobre a mesa para pegar o outro almofariz. – Marsali tinha uma grande paixão... por Fergus. E isso bastou para tirá-la do rumo que sua vida estava tomando...

– Rumo a outra igual à anterior?

Claire abaixou a cabeça assentindo, sem olhar para a frente.

– Sim... exceto pelo fato de que ela está na América, e não na Escócia. E ela tem Fergus.

– Como você tem Jamie?

Ela raramente se referia a ele pelo nome, e Claire olhou para ela, surpresa.

– Sim – disse ela. – Jamie faz parte de mim. Assim como você. – Ela tocou o rosto de Bree, depressa e com leveza, e então se virou, esticando-se para pegar um punhado de ramos de manjerona da fileira de ervas penduradas na viga sobre a lareira. – Mas nenhum de vocês dois é toda a minha pessoa – disse ela, de costas. – Eu sou... o que sou. Médica, enfermeira, curandeira, bruxa... como as pessoas quiserem chamar, o nome não importa. Eu nasci para ser isso, e serei isso até morrer. Se eu perdesse você, ou Jamie, não seria mais uma pessoa completa, mas ainda teria isto. Por um tempo – continuou ela, tão baixo, que Brianna teve que se esforçar para ouvi-la –, depois que voltei... antes de você... isso era tudo o que eu tinha. Só o conhecimento.

Claire amassou a manjerona seca no almofariz e pegou o pilão para triturá-la. O som de botas veio do lado de fora, e em seguida a voz de Jamie, um comentário simpático para uma galinha que atravessou seu caminho.

E amar Roger, amar Jemmy, não bastava para ela? Certamente deveria bastar. Ela teve uma sensação assustadora, de vazio, de que talvez não fosse o bastante, e falou depressa, antes que o pensamento encontrasse palavras:

– E o papai?

– O que tem ele?

– Ele... você acha que ele sabe o que é?

As mãos de Claire pararam e o pilão deixou de fazer barulho.

– Ah, sim – respondeu ela. – Ele sabe.

– Um proprietário de terras? É assim que você chamaria?

A mãe hesitou, pensando.

– Não – disse ela por fim. Pegou o pilão e começou a triturar de novo. O cheiro da manjerona seca tomou conta do consultório como incenso. – Ele é um homem – disse ela –, e isso não é pouco.

79

SOZINHA

Brianna fechou o livro com uma mistura de alívio e agouro. Ela não se opusera à ideia de Jamie para que ensinasse as meninas da Cordilheira dos Frasers a ler. Isso enchia a casa de movimento por algumas horas, e Jemmy adorava ser mimado por meia dúzia de mães em miniatura.

Ela, entretanto, não tinha o dom de lecionar, e sempre se sentia aliviada ao fim de cada aula. A sensação de agouro sempre vinha em seguida. A maioria das meninas ia até lá sozinha, ou sob os cuidados de uma irmã mais velha. Anne e Kate Henderson, que viviam a 3 quilômetros, eram acompanhadas pelo irmão mais velho, Obadiah.

Ela não sabia bem como ou quando tinha começado. Talvez desde o primeiro dia, quando ele a olhara nos olhos, sorrindo brevemente, e mantivera o olhar fixo por um momento um pouco longo demais antes de dar um tapinha na cabeça das irmãs e deixá-las a seus cuidados. Mas não houvera nada a que ela pudesse se opor razoavelmente. Nem agora, nem no início. Mas ainda assim...

Para ser sincera, Obadiah Henderson a assustava. Era um rapaz alto de cerca de 20 anos, musculoso e de aparência agradável, cabelos castanhos e olhos azuis. Mas havia alguma coisa nele que não estava certa; uma sensação de algo brutal em relação a sua boca, algo feroz nos olhos fundos. E algo muito perturbador no modo com que olhava para ela.

Detestava ir até a porta no fim da aula. As menininhas saíam correndo em uma confusão de vestidos e risos – e Obadiah estava sempre esperando, recostado em uma árvore, sentado na amurada do poço, certa vez inclusive recostado preguiçosamente no banco do lado da porta.

A incerteza constante por nunca saber onde ele estaria, mas sabendo que ele estava ali, em algum lugar, a irritava quase tanto quanto aquele meio sorriso dele, e a risadinha silenciosa ao se afastar, quase piscando, como se ele soubesse algum segredo obscuro sobre ela, mas tivesse decidido guardá-lo para si... por enquanto.

Ela pensou, com certa ironia, que seu desconforto perto de Obadiah se devia, pelo menos em parte, a Roger. Ela havia se acostumado a ouvir coisas que não eram ditas em voz alta.

E Obadiah não falava em voz alta. Ele não dizia nada a ela, não tinha atitudes inadequadas em relação a ela. Podia pedir que não olhasse para ela? Seria ridículo. Era ridículo, também, que algo tão simples fizesse seu coração se acelerar quando abria a porta, e o suor se acumular em suas axilas quando o via.

Preparando-se, ela abriu a porta para as meninas e disse adeus quando elas se dispersaram, e então ficou parada na porta e olhou ao redor. Ele não estava ali. Não estava perto do poço, embaixo da árvore, no banco... em lugar nenhum.

Anne e Kate não estavam olhando; já estavam no meio da clareira com Janie Cameron, as três de mãos dadas.

– Annie! – chamou ela. – Onde está seu irmão?

Annie se virou, com as marias-chiquinhas balançando.

– Ele foi para Salem, senhora – respondeu ela. – Vamos jantar na casa de Jane hoje!

Sem esperar resposta, as meninas saíram saltitantes, como três bolinhas quicando.

A tensão desapareceu lentamente de seu pescoço e de seus ombros quando ela respirou fundo. Sentiu-se vazia por um momento, como se não soubesse exatamente o que fazer. Então, endireitou-se e alisou o avental amassado. Jemmy estava dormindo, ninado pela cantoria anasalada das meninas cantarolando a música do alfabeto. Ela podia aproveitar o cochilo dele para buscar um pouco de nata na casa da fonte. Roger gostava de biscoitos de nata; ela os prepararia para a ceia, com um pouco de presunto.

A casa da fonte estava fria e escura, e repousante com o som da água correndo por um canal feito de pedras no chão. Ela adorava entrar ali e esperar os olhos se ajustarem à escuridão, para que pudesse admirar as algas verde-escuras grudadas na pedra, sendo levadas pela corrente. Jamie tinha mencionado que uma família de morcegos havia fixado residência na despensa também – sim, lá estavam eles, quatro pacotinhos dependurados no canto mais escuro, cada um deles com pouco mais de 5 centímetros, como rolinhos gregos envoltos em folhas de uva. Ela sorriu ao pensar nisso, mas em seguida sentiu uma súbita angústia.

Ela comera os rolinhos gregos com Roger, em um restaurante em Boston. Não gostava muito de comida grega, mas seria uma lembrança de sua época para dividir com ele, quando contasse sobre os morcegos. Se ela contasse a ele agora, pensou, ele sorriria em resposta – mas o sorriso não estaria em seus olhos, e ela se lembraria sozinha.

Saiu da casa da fonte, caminhando lentamente, com o pote de nata em uma das mãos e um pedaço de queijo na outra. Um omelete de queijo seria uma boa opção para o almoço: fácil de fazer e Jemmy adorava. Ele preferia usar a colher para matar sua presa, e em seguida a devorava desajeitadamente com as duas mãos, mas se alimentava sozinho, e isso era um progresso.

Ela ainda estava sorrindo quando olhou para a varanda e viu Obadiah Henderson sentado em seu banco.

– O que você está fazendo aqui? – Sua voz saiu cortante, porém mais alta do que pretendera. – As meninas disseram que você tinha ido a Salem.

– Eu fui. – Ele se levantou e deu um passo à frente, com aquele sorrisinho. – E voltei.

Ela se controlou para não dar um passo para trás. Aquela era a casa dela e ele não ia fazer com que ela recuasse diante da própria porta.

– Bem, as meninas já foram – disse ela, da maneira mais calma que conseguiu. – Estão na casa dos Camerons.

Seu coração estava acelerado, mas ela passou por ele, a fim de colocar o balde na varanda.

Ela se abaixou e ele apoiou a mão na parte baixa de suas costas. Ela ficou momentaneamente paralisada. Ele não tirou a mão, não tentou acariciar nem apertar, mas ela pesava sobre sua coluna como uma cobra morta. Ela se levantou subitamente e se virou, dando um passo para trás, sem se importar se ele ia perceber que a havia intimidado. Já tinha feito isso.

– Trouxe uma coisa para você – disse ele. – De Salem.

Ele ainda sorria, mas o sorriso agora parecia totalmente desconectado do olhar.

– Não quero – disse ela. – Ou melhor... obrigada. Mas não. Não está certo você... Meu marido não ia gostar de saber disso.

– Ele não precisa saber.

Ele deu um passo na direção dela; ela deu um passo para trás, e o sorriso dele se abriu mais.

– Soube que seu marido não tem ficado muito em casa, ultimamente – disse ele. – Você deve se sentir sozinha.

Ele estendeu uma mão grande em direção ao rosto dela. Então ouviu-se um som estranho e baixo, uma espécie de *tst!*, e o rosto dele ficou inexpressivo, os olhos arregalados, em choque.

Ela olhou para ele por um momento, sem conseguir entender o que havia acontecido. Então, ele virou os olhos arregalados para a mão estendida, e ela viu a pequena faca enfiada na carne de seu braço, e a mancha vermelha que crescia na camisa ao redor da lâmina.

– Saia daqui.

A voz de Jamie estava baixa, mas clara. Ele saiu de trás das árvores, os olhos fixos em Henderson de um modo nada amigável. Ele chegou até eles em três passadas, estendeu a mão e arrancou a faca do braço de Henderson. Obadiah emitiu um som baixo, no fundo da garganta, como um animal ferido, assustado e miserável.

– Vá – disse Jamie. – E não volte mais aqui.

O sangue escorria pelo braço de Obadiah, pingando de seus dedos. Algumas gotas caíram na nata, flutuando vermelhas na superfície amarela. Ainda aturdida, ela reconheceu a beleza atroz daquilo – pareciam rubis engastados em ouro.

E então o rapaz se foi, a mão livre segurando o braço ferido, andando trôpego e em seguida correndo em direção à trilha. Ele desapareceu em meio às árvores e o jardim na frente da casa ficou muito silencioso.

– Você tinha que fazer isso?

Foi a primeira coisa que ela conseguiu dizer. Estava atordoada, como se ela mesma tivesse sido atingida por algo. As gotas de sangue começavam a se espalhar, as bordas se dissolvendo na nata, e ela achou que ia vomitar.

– Eu deveria ter esperado?

O pai a pegou pelo braço e a puxou para que se sentasse na varanda.

– Não. Mas você... não podia simplesmente... ter *dito* alguma coisa a ele?

Seus lábios estavam dormentes e havia pequenos pontos brilhantes na periferia de seu campo visual. Vagamente, ela percebeu que ia desmaiar e se inclinou para a frente, com a cabeça entre os joelhos, o rosto enterrado na proteção do avental.

– Eu fiz isso. Eu disse para ele ir embora.

A varanda rangeu quando Jamie se sentou ao lado dela.

– Você entendeu o que eu quis dizer.

Sua voz soava estranha para ela mesma, abafada nas dobras do tecido. Ela se endireitou lentamente; o espruce vermelho perto da casa-grande tremeu levemente diante de seus olhos, mas em seguida se estabilizou.

– O que estava *fazendo*? Se exibindo? Como pôde ter certeza de que acertaria alguém com a faca àquela distância? E o que era aquilo, afinal? Um canivete?

– Sim. Era o que eu tinha no bolso. E, na verdade, eu não pretendia acertá-lo – admitiu Jamie. – Eu pretendia cravá-lo na parede do chalé, e quando ele olhasse para ver a origem do barulho, eu o acertaria por trás. Mas ele se mexeu.

Ela fechou os olhos e respirou fundo pelo nariz, tentando se acalmar.

– Você está bem, *a muirninn*? – perguntou ele baixinho.

Pousou a mão com gentileza em suas costas – em um ponto acima de onde Obadiah a tocara. A sensação foi boa; a mão era grande, quente e reconfortante.

– Estou bem – respondeu ela, abrindo os olhos. Ele parecia preocupado, e ela fez um esforço, sorrindo. – Bem.

Ele relaxou um pouco, e seus olhos pareceram menos aflitos, apesar de continuarem olhando nos olhos dela.

– Bem – disse ele. – Não é a primeira vez, certo? Há quanto tempo aquele idiota está perturbando você?

Ela respirou fundo de novo e forçou os punhos a se abrirem. Queria minimizar a situação, movida por uma sensação de culpa – deveria ter encontrado uma maneira de pôr fim àquilo. Diante daqueles olhos azuis, no entanto, não podia mentir.

– Desde a primeira semana – respondeu ela.

Ele arregalou os olhos.

– Tanto tempo? E por que não disse nada a seu marido? – perguntou ele, incrédulo.

Ela foi pega de surpresa e procurou uma resposta.

– Eu... bem... não pensei... Quero dizer, não era problema dele.

Ela o ouviu inspirar subitamente, sem dúvida antecedendo algum comentário mordaz a respeito de Roger, e se apressou a defendê-lo.

– Ele... na verdade não *fez* nada. Só olhares. E... sorrisos. Como eu podia dizer a Roger que ele estava *olhando* para mim? Não queria parecer fraca nem indefesa.

Apesar de ter sido ambas as coisas, sabia disso. Essa consciência queimava sob sua pele como mordidas de formiga.

– Eu não queria... ter que pedir a ele que me defendesse.

Ele olhou para ela, com o rosto tomado pela incompreensão. Balançou a cabeça lentamente, sem tirar os olhos dela.

– Para que, em nome de Deus, você acha que um homem *serve*? – perguntou ele, por fim. Ele falava baixo, mas com um tom da mais completa perplexidade. – Quer que ele seja um animal de estimação, é isso? Um cachorrinho? Ou um passarinho engaiolado?

– Você não entende!

– Ah! Não? – Ele soltou o ar, no que poderia ser entendido como um riso sarcástico. – Estou casado há quase trinta anos, e você, há menos de dois. O que acha que não entendo, moça?

– Não é a mesma coisa entre você e a mamãe e entre mim e Roger! – protestou ela.

– Não, não é – concordou ele, com a voz tranquila. – Sua mãe tem respeito pelo meu orgulho, e eu pelo dela. Ou você acha que ela é uma covarde, que não sabe travar as próprias batalhas?

– Eu... Não. – Ela engoliu em seco, sentindo que estava prestes a chorar, mas determinada a não deixar as lágrimas escaparem. – Mas, pai... é diferente. Somos de outro lugar, de outra época.

– Sei muito bem disso – retrucou ele, e ela viu o canto de sua boca se curvar em um meio sorriso. A voz dele se suavizou: – Mas não acho que homens e mulheres fossem tão diferentes na sua época.

– Talvez não. – Ela engoliu em seco, forçando sua voz a não se alterar. – Mas talvez Roger esteja diferente. Desde Alamance.

Ele inspirou como se fosse falar, mas soltou o ar de novo lentamente, sem dizer nada. Ele havia afastado a mão, e ela sentia falta do toque. Ele se recostou um pouco, olhando para a frente, e seus dedos tamborilaram as tábuas da varanda entre eles.

– Sim – disse ele, por fim. – Talvez sim.

Ela ouviu uma pancada abafada na casa atrás deles, então mais uma. Jem estava acordado, jogando os brinquedos para fora do berço. Logo ele ia começar a chamá-la para pegá-lo. Ela se levantou de repente, ajeitando o vestido.

– Jem acordou. Preciso entrar.

Jamie se levantou, pegou o balde e jogou a nata na grama.

– Vou buscar mais – falou, e se foi antes que ela pudesse dizer a ele que não se preocupasse.

Jem estava de pé, segurando-se na lateral do berço, pronto para fugir, e se lançou nos braços dela quando ela se abaixou para pegá-lo. Ele estava ficando pesado, mas ela o apertou contra o peito, pressionando o rosto em sua cabeça de cabelos úmidos por causa do suor. Seu coração batia com força, dolorido dentro do peito.

"Você deve se sentir sozinha", dissera Obadiah Henderson. E ele tinha razão.

80

CREME DE COALHADA

Jamie se inclinou para trás, suspirando satisfeito. Quando começou a se levantar, no entanto, a sra. Bug saiu de onde estava e balançou um dedo para ele, em advertência.

– Pare, senhor, pare. Não vai a lugar nenhum, pois preparei bolo de gengibre e coalhada fresca e não pretendo jogá-los no lixo!

Brianna cobriu a boca, com o som abafado característico de quem espirra leite pelo nariz. Jamie e o sr. Bug olharam para ela com curiosidade, mas não fizeram comentários.

– Bem, certamente vou explodir, sra. Bug, mas espero morrer feliz – disse Jamie. – Pode trazer, então... No entanto, vou pegar uma coisinha enquanto a senhora serve.

Com agilidade impressionante para um homem que havia acabado de consumir quase 1 quilo de salsicha apimentada com maçãs fritas e batatas, ele saiu da cadeira e desapareceu pelo corredor em direção a seu escritório.

Respirei fundo, feliz por ter sentido o cheiro dos bolinhos de gengibre sendo preparados naquela tarde e por ter tomado a precaução de tirar meu corpete antes de me sentar para jantar.

– Qué culhada! – gritou Jemmy, acentuando a palavra de forma infalivelmente calculada para causar consternação maternal. Ele batia com as mãos na mesa em êxtase, cantarolando a plenos pulmões. – CU-lhada! CU-lhada!

Roger olhou para Bree sorrindo timidamente, e eu fiquei feliz em ver que ela percebeu o sorriso e retribuiu enquanto segurava as mãos de Jemmy e dava início à tarefa de limpar os restos do jantar do rosto dele.

Jamie voltou quando os bolinhos e a coalhada – adoçada e batida até virar um creme – foram servidos. Ele passou o braço por cima do ombro de Roger e colocou a saco de tecido sobre a mesa diante dele, e em cima a pequena caixa de madeira contendo o astrolábio.

– O clima vai ficar bom por mais dois meses, talvez – disse ele casualmente, sentando-se e enfiando o dedo na grande colherada de creme de coalhada em seu prato. Levou o dedo à boca, fechando os olhos com prazer.

– É mesmo? – A palavra saiu engasgada e quase inaudível, mas foi o suficiente para fazer Jemmy parar de balbuciar e olhar para o pai boquiaberto. Eu me perguntei se era a primeira vez que Roger tinha falado naquele dia.

Jamie tinha aberto os olhos e pegado a colher, olhando para a sobremesa com a determinação de um homem que pretende morrer lutando.

– Sim, bem, Fergus vai para o litoral pouco antes de a neve começar a cair, e se ele puder levar os relatórios do levantamento topográfico para serem registrados em New Bern, será ótimo, não acha?

Ele comia os bolinhos de forma metódica, sem olhar para a frente.

Todos ficaram em silêncio, ouviam-se apenas as respirações pesadas e o bater das colheres nos pratos de madeira. E então Roger, que não tinha pegado a colher, falou:

– Eu posso... fazer isso.

Poderia ter sido apenas o esforço necessário para forçar o ar a passar por sua garganta, mas ele deu ênfase à última palavra, e Brianna se retraiu. Só um pouco, mas eu percebi... e Roger também. Ele olhou para ela, e então para o próprio prato, com os cílios compridos sobre a pele escura. Contraiu a mandíbula e pegou a colher.

– Ótimo, então – disse Jamie, de modo ainda mais casual. – Vou mostrar-lhe como fazer. Você pode ir em uma semana.

Ontem à noite, sonhei que Roger estava partindo. Tenho sonhado com a partida dele há uma semana, desde que papai sugeriu que ele fosse. Sugeriu. Rá-rá. Assim como Moisés trouxe os Dez Mandamentos do monte Sinai.

No sonho, Roger estava guardando as coisas em um grande saco, e eu estava ocupada limpando o chão. Ele não parava de me atrapalhar, e eu empurrava o saco para o lado para poder limpar outra parte do chão. Estava imundo, com todo tipo de manchas e coisas grudentas. Havia ossinhos espalhados por toda parte, como se Adso tivesse comido um pequeno animal ali, e os ossos se enroscavam em meu esfregão.

Não quero que ele vá, mas ao mesmo tempo também quero. Ouço todas as coisas que ele não está dizendo; elas ecoam em minha cabeça. Fico pensando que, quando ele se for, vai haver silêncio.

Ela passou abruptamente do sono para um estado de completa vigília. Acabara de amanhecer, e ela estava sozinha. Havia pássaros cantando na mata. Um deles chilreava perto do chalé, notas agudas e musicais. Seria um tordo?, ela se perguntou.

Sabia que ele havia partido, mas levantou a cabeça para checar. O saco não estava mais ao lado da porta, assim como a trouxa de comida e a garrafa de sidra que ela havia preparado para ele na noite anterior. O *bodhrán* ainda estava pendurado na parede, parecendo flutuar suspenso na luz etérea.

Ela havia tentado fazer com que ele o tocasse de novo, depois do enforcamento, acreditando que ele pelo menos ainda pudesse ter a música, se não a voz. Mas ele resistira, e por fim ela percebeu que o irritava com sua insistência, e parou. Ele faria as coisas à sua maneira... ou não faria nada.

Brianna olhou na direção do berço, mas tudo estava em silêncio, Jemmy ainda dormia. Ela se recostou no travesseiro, levando as mãos aos seios. Estava nua, e os seios estavam macios, arredondados e cheios. Apertou um mamilo delicadamente, e gotinhas peroladas de leite saíram. Uma delas se avolumou, transbordou e escorreu pela lateral de seu seio.

Eles tinham feito amor antes de dormir, na noite anterior. A princípio, ela achou que ele não ia querer, mas quando se aproximou e o abraçou, ele a puxou com força contra si, beijou-a lentamente por muito, muito tempo, e finalmente a levou para a cama.

Ela estava tão angustiada por ele, querendo mostrar seu amor com a boca, as mãos e o corpo, dar a ele algo de si para que levasse, que se esquecera totalmente de si mesma, e se surpreendeu quando o clímax tomou seu corpo. Ela deslizou uma das mãos entre as pernas, lembrando-se da sensação de ser invadida de repente por uma grande onda, ser arrastada por ela sem nada poder fazer. Ela esperava que Roger tivesse notado; ele não tinha dito nada, nem aberto os olhos.

Ele lhe dera um beijo de despedida no escuro antes do amanhecer, ainda em silêncio. Ou não? Ela levou uma mão à boca, subitamente em dúvida, mas não havia vestígios na pele lisa e fria de seus lábios.

Será que ele a beijara antes de partir? Ou ela havia sonhado?

81

MATADOR DE URSOS

Agosto de 1771

Os cavalos que relinchavam no cercado anunciaram companhia. Curiosa, abandonei meu último experimento e fui espiar pela janela. Não havia cavalo nem homem à vista no jardim da frente, mas os cavalos continuavam resfolegando e se comportando como sempre faziam quando viam alguém novo. A visita deveria estar vindo a pé, então, e devia ter dado a volta até a porta da cozinha – o que a maioria das pessoas faziam, pois eram corteses.

Essa suposição logo foi descartada por um grito estridente vindo da parte dos fundos da casa. Eu espiei no corredor a tempo de ver a sra. Bug sair correndo da cozinha como se fosse uma bola disparada de um canhão, gritando em pânico.

Sem me notar, ela passou em disparada por mim em direção à porta de entrada, que deixou aberta, permitindo que a visse atravessar o jardim da frente e desaparecer na mata, ainda aos berros. Foi uma espécie de anticlímax quando olhei para o outro lado e vi um índio de pé na porta da cozinha, parecendo surpreso.

Nós nos entreolhamos com cautela, mas como eu não parecia inclinada a gritar e sair correndo, ele relaxou um pouco. Como ele parecia estar desarmado, e não tinha o corpo pintado nem outra evidência de que pretendesse fazer algo ruim, relaxei um pouco.

– *Osiyo* – falei com cuidado, tendo observado que ele era um cherokee e estava vestido para uma visita.

Usava três camisas de calicô, uma por cima da outra, calças simples e um chapéu largo e esquisito, bem parecido com um turbante mal enrolado, que os homens escolhiam para ocasiões formais, além de brincos de prata compridos e um broche bonito em formato de sol nascente.

Ele sorriu abertamente em resposta ao meu cumprimento e disse algo que eu não entendi. Dei de ombros, impotente, mas sorri em resposta, e permanecemos ali, assentindo um para o outro e sorrindo sem parar por muitos momentos, até que o cavalheiro, tomado por uma súbita inspiração, enfiou a mão na gola da camisa – uma peça bonita, com pequenos losangos amarelos sobre um fundo azul – e exibiu uma tira de couro na qual estavam presas as garras curvas de um ou mais ursos.

Ele as ergueu, chacoalhou-as com cuidado, e ergueu as sobrancelhas, olhando de um lado para outro como se procurasse alguém embaixo da mesa ou do armário.

– Ah – falei, compreendendo imediatamente. – Quer falar com meu marido. – Imitei alguém empunhando um rifle. – O Matador de Ursos?

Um vislumbre de belos dentes em um sorriso reluzente recompensou minha inteligência.

– Ele deve chegar a qualquer momento – falei.

Acenei primeiro para a janela, indicando o caminho tomado pela sra. Bug – que, sem dúvida, fora informar a ele que havia selvagens peles-vermelhas na casa, dispostos a matar, mutilar e profanar seu chão limpo –, e em seguida na direção da cozinha.

– Venha comigo, por favor, e aceite alguma coisa para beber.

Ele me seguiu, e estávamos à mesa, bebericando chá e trocando mais meneios de cabeça e sorrisos, quando Jamie entrou, acompanhado não só pela sra. Bug, que vinha grudada nas barras de seu casaco, lançando olhares desconfiados para nosso visitante, mas também por Peter Bewlie.

Nosso convidado foi prontamente apresentado como Tsatsa'wi, irmão da esposa indígena de Peter. Ele vivia em uma cidadezinha a cerca de 45 quilômetros da Linha do Tratado, mas tinha ido visitar a irmã e ia ficar com os Bewlies por um tempo.

– Estávamos fumando um pouco depois da ceia ontem à noite – explicou Peter – e Tsatsa'wi contou à minha esposa a respeito de um problema na aldeia deles... E ela contava a mim, sabem, já que ele não fala inglês e eu não falo muito da língua deles, nada além dos nomes das coisas e de algumas formalidades... Mas, como eu dizia, ele estava contando sobre um urso terrível, que os tem perturbado nos últimos meses.

– Imaginei que Tsatsa'wi estivesse bem preparado para lidar com uma criatura assim, pelo que parece – disse Jamie, indicando o colar de garras do índio com um meneio de cabeça e tocando o próprio peito para indicar.

Ele sorriu para Tsatsa'wi, que evidentemente entendeu o sentido do elogio e abriu um largo sorriso em resposta. Os dois homens se cumprimentaram com um discreto meneio de cabeça enquanto bebiam o chá, em sinal de respeito mútuo.

– Sim – concordou Peter, lambendo as gotas de líquido dos cantos da boca e estalando os lábios em sinal de aprovação. – Ele é um ótimo caçador, Tsatsa'wi, e no curso normal das coisas acho que ele e seus primos cuidariam de tudo sem problema. Mas parece que esse urso em particular é um pouco diferente dos demais. Então eu disse a ele que poderíamos vir aqui e contar a *Mac Dubh* sobre o urso, e talvez ele dispusesse de um pouco de tempo para ir dar um jeito na criatura para eles.

Peter ergueu o queixo para o cunhado e indicou Jamie, com um ar de orgulho. *Está vendo?*, dizia o gesto. *Eu disse a você. Ele consegue.*

Eu me controlei para não sorrir nesse momento. Jamie olhou para mim, pigarreou com modéstia e pousou a xícara.

– Sim, bem, não posso ir de imediato, mas talvez quando tivermos recolhido o feno. Sabe qual é a natureza desse urso problemático, Peter?

– Ah, sim – respondeu Peter animadamente. – É um fantasma.

Engasguei por um momento com o chá. Jamie não pareceu muito chocado, mas esfregou o queixo, em dúvida.

– Hum... Bem, e o que ele fez, afinal?

O urso havia aparecido pela primeira vez quase um ano antes, apesar de ninguém tê-lo visto por um tempo. Houve alguns incidentes comuns de depredação – desaparecimento de peixes dos varais de secagem ou cordões de milho pendurados do lado de fora das casas, roubo de carne –, mas, a princípio, as pessoas da cidade tinham visto isso apenas como a ação de um urso ligeiramente mais esperto do que o normal, pois o animal comum não se preocupava com o fato de estar sendo observado enquanto agia.

– Ele só vinha à noite, sabe – explicou Peter. – E não fazia muito barulho. As pessoas acordavam e viam seus depósitos arrombados, sendo que não acordaram com nenhum barulho.

Brianna, que vira a saída nada cerimoniosa da sra. Bug e viera investigar a causa, começou a murmurar baixinho – uma canção à qual a memória logo devolveu as palavras. *Ah, ele dormirá até meio-dia, mas antes de escurecer... vai pegar todos os cestos de piquenique do Jellystone Park...* Pressionei um guardanapo nos lábios, secando ostensivamente os restos de chá.

– Eles sabiam que era um urso desde o começo, entende? – explicou Peter. – Pegadas.

Tsatsa'wi conhecia aquela palavra: apoiou as mãos abertas na mesa, polegar com polegar, demonstrando o tamanho da pegada, em seguida tocou a garra mais comprida em seu pescoço, assentindo de modo significativo.

As pessoas da aldeia, totalmente acostumadas com os ursos, tinham tomado as devidas precauções, levando os suprimentos para áreas mais protegidas e deixando os cães fora de casa à noite. O resultado disso foi que vários cães desapareceram – novamente sem um ruído.

Evidentemente, os cães tinham ficado mais cautelosos, e o urso, mais faminto. A primeira vítima foi um homem, morto na floresta. E então, seis meses antes, uma criança tinha sido levada. Brianna parou de murmurar abruptamente.

A vítima era um bebê, levado da margem do rio, onde sua mãe estava lavando roupas ao pôr do sol. Não se ouviu nenhum som, e não foi deixado nenhum vestígio além de uma pegada grande, com marcas de unhas, na lama.

Mais quatro moradores da aldeia tinham sido mortos nos meses que se seguiram. Duas crianças, que colhiam morangos sozinhas no fim da tarde. Um corpo fora encontrado, com o pescoço quebrado, mas nenhum outro ferimento. O outro havia sumido; marcas indicavam que ele fora arrastado para dentro da floresta. Uma mulher morrera em sua plantação de milho, também pouco antes do pôr do sol, e foi parcialmente comida onde caiu. A última vítima, um homem, estava na verdade caçando o urso.

– Não encontraram nada dele além do arco e de alguns pedaços ensanguentados da roupa – disse Peter.

Ouvi um baque atrás de mim quando a sra. Bug se sentou abruptamente no banco.

– Então eles mesmos o caçaram? – perguntei. – Ou melhor, tentaram?

Peter desviou o olhar de Jamie e me encarou, assentindo com seriedade.

– Ah, sim, sra. Claire. Foi assim que souberam o que era, finalmente.

Um pequeno grupo de caçadores tinha saído à caça do urso, armados com arcos, flechas e dois mosquetes da aldeia. Tinham dado a volta na aldeia perfazendo voltas crescentes, convencidos de que, como o urso se interessava pela aldeia, ele não se afastaria demais. Procuraram por quatro dias, vez ou outra encontrando rastros antigos, mas nenhum sinal do animal.

– Tsatsa'wi estava com eles – disse Peter, apontando o cunhado. – Ele e um de seus amigos ficavam de guarda à noite, vigiando enquanto os outros dormiam. A lua tinha acabado de nascer quando ele se levantou para urinar. Virou-se de volta para a fogueira bem a tempo de ver seu amigo sendo arrastado, morto, com o pescoço esmagado nas garras do animal!

Tsatsa'wi acompanhava o relato com atenção. Nesse momento, ele assentiu, e fez um gesto que parecia ser o equivalente cherokee para o sinal da cruz, um gesto formal e rápido para afugentar o mal. Começou a falar, então, agitando as mãos enquanto explicava os acontecimentos subsequentes.

Claro que ele havia gritado, acordando os outros companheiros, e correra em direção ao urso, esperando assustá-lo para que largasse seu amigo – apesar de ver que o homem já estava morto. Inclinou a cabeça para indicar o pescoço quebrado, deixando a língua de fora em uma expressão que teria sido muito engraçada em circunstâncias diferentes.

Os caçadores estavam acompanhados por dois cães, que também tinham atacado o urso, latindo. A fera derrubou sua presa, mas, em vez de fugir, foi na direção de Tsatsa'wi, que se jogou para o lado. O urso parou por tempo suficiente para jogar um dos cães longe, e em seguida desapareceu na escuridão da mata, seguido pelo outro cachorro, uma saraivada de flechas e alguns tiros de mosquete – mas não foi atingido por nada.

Eles perseguiram o urso mata adentro com tochas, mas não conseguiram encontrá-lo. O segundo cachorro tinha voltado, um tanto cabisbaixo – Brianna emitiu um leve som sibilante diante da imitação de Tsatsa'wi –, e os caçadores, desalentados, voltaram para sua fogueira e passaram o resto da noite acordados, retornando à aldeia pela manhã. Por isso, Tsatsa'wi indicou com um gesto gracioso, ele estava ali para solicitar a ajuda do Matador de Ursos.

– Mas por que eles acham que é um fantasma?

Brianna se inclinou para a frente, o interesse substituindo o horror inicial ao ouvir a história.

Peter olhou para ela com a sobrancelha erguida.

– Ah, sim, ele não disse... ou melhor, suponho que tenha dito, mas não de um jeito que você entenderia. O animal era muito maior do que um urso normal, segundo ele, e totalmente branco. Ele falou que quando se virou para olhá-lo; os olhos do urso brilhavam como chamas vermelhas. Eles souberam na hora que era um fantasma, por isso não ficaram surpresos quando as flechas não o acertaram.

Tsatsa'wi interveio de novo, apontando primeiro para Jamie, em seguida tocando seu colar de garras, e então – para minha surpresa – apontou para mim.

– Eu? – exclamei. – O que eu tenho a ver com isso?

O cherokee percebeu meu tom de surpresa, pois se inclinou sobre a mesa, pegou minha mão e a acariciou – não de modo carinhoso, mas apenas para indicar minha pele. Jamie riu baixinho.

– Você é muito branca, Sassenach. Talvez o urso pense que você também é um espírito.

Ele fez uma careta para mim, mas Tsatsa'wi claramente entendeu, pois assentiu com seriedade. Ele soltou minha mão e emitiu um som parecido com o grasnado de um corvo.

– Ah – falei, claramente inquieta.

Não sabia as palavras em cherokee, mas evidentemente as pessoas da aldeia de Tsatsa'wi já tinham ouvido falar do Corvo Branco, assim como do Matador de Ursos. Qualquer animal branco era considerado importante, e muitas vezes sinistro. Eu não sabia se eles queriam dizer que eu poderia exercer algum poder sobre o urso-fantasma – ou simplesmente servir de isca –, mas evidentemente eu estava incluída em seu convite.

E assim, uma semana depois, com o feno armazenado em segurança e quatro peças de carne de veado penduradas no defumador, partimos em direção à Linha do Tratado, determinados a fazer um exorcismo.

Além de Jamie e eu, o grupo era formado por Brianna e Jemmy, os gêmeos Beardsleys e Peter Bewlie, que nos guiaria até a aldeia, já que sua esposa havia seguido na frente com Tsatsa'wi. Brianna não queria nos acompanhar, mais por medo de levar Jemmy mata adentro do que por não querer se unir a nós na caçada, eu supunha. Mas Jamie havia insistido para que ela fosse, alegando que sua boa pontaria seria valiosa. Como ainda não queria desmamar Jemmy, ela foi obrigada a levá-lo – apesar de ele parecer adorar a viagem, os olhos brilhando na frente de sua mãe na sela, tagarelando sozinho sobre tudo o que via ou chupando o dedo, sonolento.

Quanto aos Beardsleys, era em Josiah que Jamie estava interessado.

– O rapaz já matou dois ursos, pelo menos – disse ele a mim. – Vi as peles na Reunião. E se o irmão dele quer nos acompanhar, não vejo mal nisso.

– Nem eu – concordei. – Mas por que está fazendo Bree vir conosco? Você e Josiah não conseguem cuidar do urso sozinhos?

– Talvez – respondeu ele, passando um trapo com óleo no cano de sua arma. – Mas se dois são melhores do que um, então três é melhor ainda, não? Principalmente se atirar como ela atira.

– É mesmo? – perguntei, desconfiada. – E o que mais?

Ele olhou para mim e sorriu.

– Você não acha que tenho segundas intenções, não é, Sassenach?

– Não, eu não acho... Tenho certeza.

Ele riu e abaixou a cabeça em direção à arma. Porém, depois de alguns momentos limpando e lustrando, ele disse, sem olhar para mim:

– Tudo bem. Pensei que não seria má ideia ela fazer amizade com os cherokees. Se por acaso precisar de um lugar para onde ir, em algum momento.

O tom casual não me enganou.

– Em algum momento. Você se refere a quando a Revolução acontecer?

– Sim. Ou... quando morrermos. Independentemente de quando seja – acrescentou ele, pegando a arma e estreitando os olhos para checar a mira.

Ainda estava muito quente, mas senti um arrepio na espinha. Na maior parte dos dias, eu conseguia me esquecer do recorte de jornal – aquele que informava o falecimento de um tal James Fraser e sua esposa, que morreram queimados na Cordilheira dos Frasers. Em outros dias, eu me lembrava dele, mas afastava a possibilidade, recusando-me a pensar nela. Mas, de tempos em tempos, eu acordava à noite com labaredas em minha mente, tremendo, aterrorizada.

– No recorte estava escrito que não havia filhos sobreviventes – disse, determinada a dominar o medo. – Você acha que isso quer dizer que Bree e Roger terão partido... para algum lugar... antes disso?

Para viver com os cherokees, talvez. Ou para passar pelas pedras.

– Pode ser que sim.

O rosto dele estava sério, ele estava concentrado no trabalho. Nenhum de nós dois queria admitir a outra possibilidade – não era preciso, de qualquer maneira.

Apesar de ter relutado em nos acompanhar, Brianna parecia estar aproveitando a viagem. Sem Roger, e livre das tarefas domésticas, ela parecia muito mais relaxada, rindo e brincando com os gêmeos Beardsleys, provocando Jamie e amamentando Jemmy diante da fogueira à noite, antes de se aconchegar com ele e dormir tranquila.

Os Beardsleys também estavam se divertindo. A remoção dos adenoides e das amígdalas inflamadas de Keziah não havia curado sua surdez, mas melhorara sua audição consideravelmente. Agora, ele conseguia ouvir quando as pessoas falavam alto, principalmente quando a pessoa estava de frente para ele, falando com clareza, apesar de ele parecer entender tudo o que seu irmão gêmeo dizia com facilidade, independentemente do volume da voz. Ao vê-lo de olhos arregalados enquanto cavalgávamos pela mata densa e cheia de insetos, atravessando riachos e seguindo por caminhos abertos por cervos em meio à vegetação, percebi que ele nunca tinha estado em lugar nenhum na vida que não fosse o entorno da fazenda dos Beardsleys e a Cordilheira dos Frasers.

Fiquei tentando imaginar o que ele acharia dos cherokees – e os cherokees dele e de seu irmão. Peter dissera a Jamie que os cherokees consideravam gêmeos particularmente abençoados e providos de sorte; a notícia de que os Beardsleys iam participar da caçada deixara Tsatsa'wi animado.

Josiah também parecia estar se divertindo – até onde eu podia dizer, já que ele era muito contido. Conforme nos aproximamos da aldeia, no entanto, achei que ele estava ficando ligeiramente nervoso.

Percebi que Jamie também estava um pouco inquieto, apesar de, no caso dele, eu suspeitar do motivo. Ele não se importava nem um pouco de ajudar em uma caçada, e estava satisfeito por ter a oportunidade de visitar os cherokees. Mas eu acreditava que ter a fama de Matador de Ursos anunciada antes dele o deixava desconfortável.

Essa suposição foi reforçada quando acampamos na terceira noite de nossa jornada. Estávamos a menos de 16 quilômetros da aldeia e chegaríamos com facilidade até meio-dia do dia seguinte.

Percebi que ele se decidia sobre algo enquanto seguíamos, e quando nos sentamos para jantar ao redor da fogueira, eu o vi endireitar os ombros de repente e se levantar. Aproximou-se de Peter Bewlie, que estava sentado, olhando sonhadoramente para o fogo, e o encarou com decisão.

– Tem uma coisa que preciso dizer, Peter. Sobre esse urso-fantasma que estamos indo encontrar.

Peter olhou para cima, retirado do transe. Sorriu, no entanto, e se afastou a fim de dar espaço para Jamie se sentar.

– Ah, sim, *Mac Dubh*?

Jamie se sentou e pigarreou.

– Bem, veja... a verdade é que não sei muita coisa sobre ursos, já que há muitos anos não se vê nenhum na Escócia.

Peter ergueu as sobrancelhas.

– Mas dizem que você matou um urso enorme com nada além de um punhal!

Jamie esfregou o nariz de um jeito que beirava a irritação.

– Ah, bem... sim, é verdade. Mas não cacei a criatura. Ele veio atrás de mim, então não tive escolha, no fim das contas. Não tenho tanta certeza de que vou ajudar muito na descoberta desse urso-fantasma. Deve ser um urso bem esperto, não? Para ter entrado e saído da aldeia deles por meses sem que ninguém o visse.

– É mais esperto que os ursos comuns – concordou Brianna, contraindo a boca de leve.

Jamie olhou para ela com os olhos semicerrados, que voltou para mim quando me engasguei com um gole de cerveja.

– O que foi? – perguntou ele, irritado.

– Nada – respondi. – Nada mesmo.

Virando as costas para nós com profundo desgosto, Jamie deu de cara com Josiah Beardsley, que, embora não estivesse rindo, tentava conter os lábios.

– O que foi? – rugiu Jamie. – Elas não são muito normais – disse ele, indicando Brianna e eu com o dedo –, mas o que deu em você?

Josiah escondeu imediatamente o sorrisinho do rosto e tentou parecer sério, mas o canto de sua boca continuava contraído, e a vermelhidão que se espalhava por suas bochechas era visível mesmo à luz da fogueira. Jamie estreitou o olhar e um som abafado que podia ser uma risada escapou de Josiah. Ele cobriu a boca com a mão, olhando para Jamie.

– O que foi, então? – perguntou Jamie com educação.

Keziah, obviamente percebendo que algo acontecia, se aproximou do irmão gêmeo, abaixando-se ao lado dele para apoiá-lo. Josiah fez um movimento discreto e inconsciente na direção de Kezzie, mas não desviou o olhar de Jamie. Seu rosto ainda estava vermelho, mas ele parecia ter se controlado.

– Bem, acho melhor dizer, senhor.

– Eu também acho.

Jamie lançou a ele um olhar confuso.

Josiah respirou fundo, resignado.

– Não era sempre um urso. Às vezes, era eu.

Jamie olhou para ele por um momento. E então os cantos de sua boca começaram a se contrair.

– É mesmo?

– Não o tempo todo – explicou Josiah.

Mas quando suas caminhadas pela mata o levavam para perto de uma das aldeias indígenas – "Mas só quando estava com muita fome, senhor"–, ele se apressou em acrescentar –, ele ficava à espreita na floresta próxima, entrando sorrateiramente na aldeia quando escurecia e surrupiando qualquer coisa comestível que estivesse à mão. Permanecia na área por alguns dias, comendo das provisões da aldeia até sua força e sua bolsa estarem reabastecidas, e então voltava a caçar, retornando, por fim, com suas peles para a caverna onde havia feito um depósito.

A expressão de Kezzie ao longo da explicação não tinha se alterado; eu não sabia ao certo quanto ele tinha ouvido, mas ele não pareceu surpreso. Apoiou a mão no braço do irmão gêmeo por um momento, e então a tirou, pegando um pedaço de carne.

Brianna tinha parado de rir, e ela ouviu a confissão de Josiah franzindo o cenho.

– Mas você não... quero dizer, tenho *certeza* de que você não levou o bebê. E não matou a mulher que foi parcialmente comida... certo?

Josiah hesitou, apesar de parecer mais desconcertado do que chocado com a pergunta.

– Ah, não. Por que eu faria isso? Você não acha que eu os comi, acha? – Ele sorriu ao dizer isso, uma covinha aparecendo em uma das bochechas. – Olha, já passei tanta fome algumas vezes, que cheguei a pensar nisso se encontrasse alguém morto, desde que fosse algo bem recente – disse ele. – Mas nunca fiquei faminto o bastante para matar alguém de propósito.

Brianna pigarreou de modo assustadoramente parecido com os ruídos escoceses de Jamie.

– Não, não achei que você os tivesse comido – disse ela, séria. – Só pensei que, se *alguém* os tivesse matado, por algum outro motivo, o urso poderia ter aparecido e comido os corpos.

Peter assentiu pensativo, parecendo interessado, mas alheio às confissões.

– Sim, um urso pode fazer isso – disse ele. – Eles não são muito seletivos em relação à comida. Comem carniça sem grandes problemas.

Jamie assentiu em resposta, mas sua atenção ainda estava fixa em Josiah.

– Sim, já ouvi isso. Mas Tsatsa'wi disse que viu o urso levar seu amigo, então ele realmente *mata* pessoas, não?

– Bem, ele matou aquele – concordou Josiah.

Mas havia um tom estranho em sua voz, e Jamie pareceu mais atento. Ele ergueu uma das sobrancelhas para Josiah, que mexia os lábios lentamente, decidindo algo. Ele olhou para Kezzie, que sorriu para ele. Kezzie, eu reparei, tinha uma covinha na bochecha esquerda, enquanto a de Josiah era na direita.

Josiah suspirou e virou-se para encarar Jamie.

– Eu não ia dizer nada sobre essa parte – disse ele francamente. – Mas o senhor tem sido sincero conosco, e eu não acho certo deixar que o senhor vá caçar aquele urso sem saber o que mais pode estar por lá.

Senti os pelos da nuca se arrepiarem e resisti ao impulso repentino de me virar e olhar para as sombras atrás de mim. A vontade de rir havia desaparecido.

– O que mais? – Jamie baixou lentamente o pedaço de pão que estava prestes a morder. – E... o que mais *pode* haver lá, então?

– Bem, só vi uma vez com certeza, entende? – alertou Josiah. – E era uma noite sem lua, também. Mas eu havia passado a noite toda fora, e meus olhos estavam bem acostumados com a luz das estrelas... O senhor sabe como é.

Jamie assentiu, parecendo confuso.

– Sim, sei bem o suficiente. E onde você estava nesse momento?

Perto da aldeia para a qual estávamos indo. Josiah já tinha estado lá antes e estava familiarizado com a disposição do lugar. Uma casa no fim da aldeia era sua meta. Havia cordões de milho pendurados para secar embaixo da calha, e ele achava que poderia pegar um deles com facilidade, desde que não despertasse os cães.

– Se um deles desperta, todos saem latindo atrás de você – disse ele, balançando a cabeça. – E ainda faltavam algumas horas para o amanhecer. Então fui me aproximando devagar, procurando para ver se um dos animais estava dormindo encolhido perto da casa na qual eu estava de olho.

Escondido na mata, ele tinha visto uma figura sair da casa. Como nenhum dos cachorros se manifestou, era razoável concluir que a pessoa morava lá. O homem fizera uma pausa para urinar e então, para temor de Josiah, pegou flechas e arco e marchou diretamente para a mata onde ele estava escondido.

– Não pensei que ele pudesse estar atrás de mim, mas subi em uma árvore rápido e silencioso como um felino – disse ele, sem se gabar.

O homem provavelmente era um caçador, partindo em direção a um rio distante onde guaxinins e cervos bebericam água ao amanhecer. Sem ver necessidade de se precaver tão perto de sua aldeia, o homem não tivera cuidado algum, caminhando pela floresta em silêncio, mas sem tentar passar despercebido.

Josiah ficou agachado em sua árvore, poucos metros acima da cabeça do homem, prendendo a respiração. O homem continuou em frente, desaparecendo de vez na mata densa. Josiah estava prestes a descer do galho quando ouviu uma exclamação repentina de surpresa, seguida pelos sons de uma breve luta que terminou com um baque esquisito.

– Igual a uma abóbora madura quando batemos uma pedra nela para abri-la – disse ele a Jamie. – Eu quase me borrei todo ao ouvir aquele barulho, ali no escuro.

Mas o medo não foi páreo para a curiosidade, e ele se esgueirou pela mata na direção do som. Ouviu um farfalhar e, ao espiar com cuidado por entre os galhos de um cedro, viu uma figura humana caída no chão e outra debruçada sobre ela, evidentemente se esforçando para tirar uma peça de roupa do corpo do homem.

– Ele estava morto – explicou Josiah, sério. – Senti o cheiro do sangue, e um cheiro de merda também. Acho que o rapazinho acertou a cabeça dele com uma pedra ou talvez um porrete.

– Rapazinho? – Peter vinha acompanhando a história com muita atenção. – Quão pequeno ele era? Viu o rosto dele?

Josiah balançou a cabeça.

– Não, não vi nada além da sombra dele, movimentando-se por ali. Estava muito escuro; o céu ainda não tinha começado a clarear. – Ele estreitou os olhos, fazendo uma estimativa mental. – Acho que ele era mais baixo do que eu, talvez da mesma altura.

Ele estendeu a mão para ilustrar, medindo uma distância de cerca de 1,40 metro do chão.

O assassino, entretanto, fora interrompido durante seu trabalho de pilhagem do corpo. Josiah, concentrado em observar a cena, não percebeu nada até ouvir o som repentino de um galho se partindo e o *uff* perscrutador de um urso se aproximando.

– Pode acreditar que o rapazinho saiu correndo quando ouviu isso – disse ele a Jamie. – Passou por mim em disparada, à mesma distância que o senhor está de mim agora. Foi a única oportunidade que tive de dar uma boa olhada nele.

– Bem, não nos deixe nesse suspense – falei quando ele parou para beber um gole de cerveja. – *Como* ele era?

Ele limpou a espuma do bigode ralo, parecendo pensativo.

– Bem, senhora, eu tive quase certeza de que ele era o demônio. Só achava que o demônio fosse maior – disse ele, tomando mais um gole.

Essa frase naturalmente causou certa confusão. Depois de mais elucidações, concluímos que Josiah queria dizer que o "rapazinho" misterioso era negro.

– Só quando fui àquela Reunião de vocês é que percebi que algumas pessoas simplesmente *são* negras – explicou ele. – Eu nunca tinha visto nenhum negro, nem ouvido falar a respeito.

Kezzie assentiu com seriedade ao ouvir isso.

– Demônio no Livro – disse ele, com sua voz estranha e rouca.

"O Livro", aparentemente, era uma antiga Bíblia que Aaron Beardsley havia pegado em algum lugar para vender e para a qual nunca encontrou um comprador. Nenhum dos dois garotos tinha aprendido a ler, mas gostavam muito de ver as figuras do Livro, entre as quais havia vários desenhos do demônio, ilustrado como uma criatura preta agachada, realizando seu trabalho escuso de tentar seduzir.

– Não vi cauda bipartida – disse Josiah, balançando a cabeça –, mas ele passou tão depressa que eu achei que simplesmente não tinha enxergado no escuro.

Sem querer chamar a atenção de uma pessoa assim para si, Josiah permanecera imóvel e, portanto, em uma posição que lhe permitira ouvir o urso devotando sua atenção ao infeliz morador da aldeia.

– É como o sr. Peter diz – observou ele, assentindo para Peter Bewlie, em reconhecimento. – Os ursos não são cuidadosos. Não cheguei a ver esse, então não sei dizer se era branco ou não, mas ele com certeza comeu aquele índio. Eu o ouvi, mastigando e babando sem parar.

Ele não parecia se incomodar com a lembrança, mas vi Brianna ficar tensa ao pensar na cena.

Jamie e Peter se entreolharam, em seguida voltaram a olhar para Josiah. Jamie passou um dedo lentamente pela ponte do nariz, pensando.

– Bem – disse ele, por fim –, parece que nem todas as coisas ruins que aconteceram na aldeia de seu cunhado podem ser jogadas nas costas do urso, certo? Afinal, Josiah roubou comida e os demônios negros mataram pessoas. O que acha, Peter? Um urso pode tomar gosto pela carne humana depois de experimentá-la e sair caçando seres humanos sozinho?

Peter assentiu lentamente, com o rosto franzido em concentração.

– Pode ser que sim, *Mac Dubh* – respondeu ele. – E se tem um negro maldito na floresta, como saber quantos o urso matou e de quantos o demônio negro deu cabo, com a culpa sendo atribuída ao urso?

– Mas quem *é* esse demônio negro? – perguntou Bree.

Os homens se entreolharam e deram de ombros ao mesmo tempo.

– Deve ser um escravo fugido, certamente – falei, erguendo as sobrancelhas para Jamie. – Não vejo por que um negro livre, em sã consciência, partiria mata adentro sozinho dessa forma.

– Talvez ele não esteja em sã consciência – sugeriu Bree. – Escravo *ou* livre. Se ele está por aí matando pessoas...

Ela lançou um olhar inquieto para a mata ao nosso redor e pousou a mão em Jemmy, que estava aconchegado em um cobertor no chão ao lado dela, adormecido.

Os homens olharam automaticamente para suas armas, e até mesmo eu enfiei a mão por baixo do avental para tocar a faca que levava no cinto para cortar e picar.

A floresta pareceu de repente sinistra e claustrofóbica. Era fácil demais imaginar olhos à espreita nas sombras, atribuir o farfalhar suave e constante das folhas a passos furtivos ou ao roçar de uma pelagem.

Jamie pigarreou.

– Sua esposa não mencionou demônios negros, Peter?

Bewlie balançou a cabeça. A preocupação com que ele havia acompanhado a história de Josiah ainda estava estampada em seu rosto, mas um pequeno toque de diversão brilhava em seus olhos.

– Não, não posso dizer que tenha, *Mac Dubh*. A única coisa de que me lembro nesse sentido é do Homem Negro do Oeste.

– E quem é esse? – perguntou Josiah, interessado.

Peter deu de ombros e coçou a barba.

– Sim, bem, eu não diria que é alguém, por assim dizer. Só que os xamãs dizem que existe um espírito que vive em cada uma das quatro direções, e cada espírito tem uma cor. Então, quando eles vão fazer suas orações e coisas assim, podem chamar o Homem Vermelho do Leste para ajudar a pessoa por quem estão cantando, porque vermelho é a cor do triunfo e do sucesso. Norte é azul, o Homem Azul, para dar ao espírito do Norte o nome certo; significa fracasso e problema. Então, você o invocaria para levar a seu inimigo um pouco de sofrimento, entende? No Sul, é o Homem Branco, e ele significa paz e felicidade; eles cantam para ele para as mulheres grávidas e coisas assim.

Jamie parecia ao mesmo tempo surpreso e interessado ao ouvir aquilo.

– É bem parecido com os nossos quatro *airts*, não acha, Peter?

– Sim – concordou Peter, assentindo. – Estranho, não? Que os cherokees tenham crenças tão parecidas com as nossas, das Terras Altas.

– Bem, não tanto. – Jamie fez um gesto indicando a floresta escura, além do pequeno círculo de nossa fogueira. – Eles vivem como nós, certo? Caçadores e moradores das montanhas. Por que não veriam o que vimos?

Peter assentiu lentamente, mas Josiah estava impaciente com todo esse filosofar.

– Bem, o que é o Homem Negro do Oeste então? – perguntou ele.

Jamie e Peter viraram a cabeça para olhar para ele como se fossem um só. Os dois homens não se pareciam nem um pouco – Peter era baixo, atarracado, barbudo, e Jamie era alto e elegante, mesmo com as roupas de caça –, mas ainda assim havia algo idêntico nos olhos deles que me causava arrepios, como patinhas de ratos percorrendo minha espinha. "O que vimos", realmente! Eu pensei.

– O Oeste é o lar dos mortos – disse Jamie baixinho, e Peter assentiu, sério.

– E o Homem Negro do Oeste é a própria morte – acrescentou ele. – Ou pelo menos é o que dizem os cherokees.

Josiah murmurou que não gostava muito *daquela* ideia, mas Brianna gostava menos ainda.

– Eu *não* acredito que o espírito do Oeste estivesse na mata golpeando a cabeça das pessoas – declarou ela, com firmeza. – Josiah viu uma pessoa. E foi uma pessoa negra. Portanto, ou era um negro livre ou era um escravo fugido. E dadas as circunstâncias, imagino que fosse um escravo fugido.

Eu não tinha certeza de que se tratasse de uma questão para um processo democrático, mas estava inclinada a concordar com ela.

– E tem mais uma coisa – disse ela, olhando ao redor. – E se esse negrinho for o responsável por algumas das pessoas meio comidas? Alguns dos escravos africanos não são canibais?

Os olhos de Peter Bewlie se arregalaram ao ouvir aquilo; os dos Beardsleys também. Kezzie lançou um olhar desconfiado por cima do ombro e se aproximou de Josiah.

No entanto, Jamie pareceu animado com a sugestão.

– Bem, acho que é possível encontrar canibais em alguns lugares na África – concordou ele. – Mas não posso dizer que já tenha ouvido falar sobre um deles entre os escravos. Acho que eles não seriam empregados domésticos muito bons, certo? A pessoa teria medo de virar de costas e levar uma mordida no traseiro.

Esse comentário fez todos rirem e aliviou um pouco a tensão. As pessoas começaram a se movimentar e a se preparar para dormir.

Tivemos o cuidado de colocar a comida em dois dos alforjes, que Jamie pendurou em uma árvore, a uma boa distância do acampamento. Mesmo que o urso-fantasma tivesse se revelado menos poderoso do que se supunha, todos concordaram sem precisar dizer nada que não havia motivos para arriscar.

Na maior parte do tempo, eu conseguia deixar de lado o fato de vivermos no meio do mato. De vez em quando, alguma evidência clara esfregava esse fato no meu nariz: visitas noturnas de raposas, gambás e guaxinins, ou os ocasionais urros irritantes de panteras, com sua sinistra semelhança com os gritos de mulheres ou crianças pequenas. Estava silencioso agora, onde estávamos. Mas não havia como ficar no meio daquelas montanhas à noite, submersos no completo breu, ouvindo os murmúrios secretos das grandes árvores acima e fingindo que estávamos em qualquer outro lugar que não nas garras da floresta virgem – ou de duvidar de que a mata pudesse nos engolir de uma só vez, se quisesse, sem deixar nenhum vestígio de nossa existência.

Apesar de toda a lógica, Brianna não estava de modo algum imune aos sussurros da floresta – não com uma criança pequena para cuidar. Ela não ajudou com os preparativos do acampamento para dormirmos; em vez disso, ficou sentada ao lado de Jemmy, carregando seu rifle.

Jamie, depois de olhar para Brianna rapidamente, anunciou que ele e ela ficariam de guarda na primeira parte da noite; Josiah e eu seríamos os próximos, e Peter e Kezzie seriam os últimos. Até aquele momento, não tínhamos montado guarda, mas ninguém reclamou da sugestão dele.

Um longo dia em cima de uma sela é um dos melhores soníferos, e me deitei ao lado de Jamie com aquela gratidão profunda por estar deitada que compensa até mesmo a cama mais dura de todas. A mão de Jamie permaneceu delicadamente pousada em minha cabeça; virei meu rosto e beijei a palma de sua mão, sentindo-me segura e protegida.

Os gêmeos Beardsleys e Peter adormeceram em segundos; eu os ouvia roncando do outro lado da fogueira. Eu mesma estava quase dormindo, ninada pela conversa tranquila e sussurrada de Jamie e Bree, quando me dei conta de que o tom da conversa havia mudado.

– Está preocupada com seu homem, *a nighean*? – perguntou ele baixinho.

Ela emitiu uma risada baixa, triste.

– Ando preocupada com ele desde que o enforcaram – disse ela. – Agora, estou aterrorizada também... ou devo dizer temerosa? – perguntou ela, tentando fazer graça com o sotaque dele.

Jamie emitiu um som gutural baixo, que eu acredito que tinha a intenção de tranquilizá-la.

– Ele não está correndo mais perigo hoje do que estava correndo ontem, querida... ou em qualquer outra noite desde que partiu.

– É verdade – respondeu ela, de modo seco. – Mas o fato de eu não saber a respeito dos ursos-fantasmas e dos assassinos negros na semana passada não significa que eles não existam.

– Foi exatamente o que eu quis dizer – retrucou ele. – Roger não vai ficar mais protegido por causa do seu medo, certo?

– Não. Você acha que isso vai fazer com que eu pare de me preocupar?

Ele riu baixinho em resposta.

– Acho que não, não mesmo.

Fez-se um breve silêncio antes de Brianna falar de novo.

– Eu só... fico pensando. O que vou fazer se alguma coisa realmente acontecer... se ele... não voltar? Fico bem durante o dia, mas à noite não consigo parar de pensar...

– Bem... – disse ele, lentamente. Eu o vi erguer a cabeça para as estrelas brilhando acima de nós. – Quantas noites há em vinte anos, *a nighean*? Quantas horas? Porque eu passei todo esse tempo me perguntando se minha esposa ainda estava viva, e como ela estava. Ela e minha filha.

Ele passou a mão delicadamente pela minha cabeça, acariciando meus cabelos. Brianna não disse nada em resposta, mas emitiu um pequeno som gutural.

– É para isso que serve Deus. A preocupação não ajuda... mas a oração, sim. Às vezes – acrescentou ele com sinceridade.

– Sim – disse ela, parecendo em dúvida. – Mas e se...

– Se ela não tivesse voltado para mim – ele a interrompeu com firmeza –, se você não tivesse vindo, se eu nunca tivesse sabido, ou se eu tivesse certeza de que vocês duas estavam mortas... – Ele virou a cabeça para olhar para ela, e eu senti seu corpo se mover quando ele ergueu a mão de meus cabelos e estendeu a outra para tocá-la. – Então, eu ainda teria vivido, *a nighean*, e feito o que tivesse que ser feito. E você também vai fazer.

82

UM CÉU ESCURO

Roger abriu caminho por uma mata densa de liquidâmbar e carvalho rosado, suando. Estava perto da água; ainda não conseguia ouvir, mas sentia o cheiro doce e resinoso de uma planta que crescia nas margens. Não sabia o nome, nem qual planta era ao certo, mas reconhecia o cheiro.

A alça de sua mochila se prendeu em um galho, e ele a puxou para soltá-la, espalhando folhas amarelas pelo ar como um bando de borboletas. Ficaria feliz ao chegar ao rio, e não apenas por causa da água, apesar de precisar dela. As noites estavam ficando frias, mas os dias ainda eram quentes, e ele havia esvaziado seu cantil antes do meio-dia.

Mais urgentemente do que precisava de água, no entanto, ele precisava de ar livre. Ali nas terras baixas ao longo do rio, a mata de cornisos e loureiros era tão espessa que ele mal conseguia ver o céu, e onde o sol conseguia atravessar as folhas, a grama espessa chegava aos joelhos, e as folhas pontiagudas o espetavam quando ele passava.

Ele havia levado o burro Clarence, por ser mais adequado que os cavalos para o trabalho de atravessar a mata espessa, mas alguns pontos eram difíceis demais até mesmo para o animal. Ele havia deixado Clarence amarrado em um ponto mais alto, com seu colchonete e seus alforjes, enquanto abria caminho pela mata até o ponto seguinte de levantamento topográfico.

Um pato-carolino surgiu do arbusto aos pés dele, quase fazendo com que seu coração parasse ao bater suas asas. Ele ficou imóvel, o coração martelando nos ouvidos, e um bando de pequenos periquitos veio chilreando pelas árvores, voando mais baixo para olhar para ele, simpáticos e curiosos. Então, algo que ele não conseguiu ver os assustou e eles voaram aos grasnados, disparando por entre as árvores.

Estava quente. Ele tirou o casaco e amarrou as mangas ao redor da cintura, em seguida secou o rosto com a manga da camisa e voltou a caminhar, o astrolábio pendurado em um cordão ao redor do pescoço. Do topo de uma montanha, ele podia olhar para baixo, para os vales tomados pela névoa e para os penhascos cobertos pela mata, e sentir certa reverência ao pensar que era dono de um lugar como aquele. Ali embaixo, lutando com vinhas selvagens, rabos-de-raposa e matagais de juncos mais altos do que ele, a ideia de posse era absurda – como algo daquele tipo, aquele maldito pântano primitivo, podia ser *propriedade* de alguém?

Deixando a questão da propriedade de lado, ele queria terminar logo o que tinha de fazer naquela selva e voltar para terreno mais elevado. Mesmo que as árvores gigantescas da mata virgem se elevassem muito acima dele, um homem podia respirar no espaço logo abaixo. Os galhos das árvores gigantes de liriodendro e das castanheiras se estendiam em um dossel que deitava sombras no chão, de modo que só coisas pequenas cresciam embaixo – tapetes de delicadas flores selvagens, sapatinhos-de-vênus e lírios-do-bosque –, e as folhas mortas das árvores desciam em tamanha profusão que os pés afundavam vários centímetros na superfície macia.

Era incompreensível que um lugar como aquele um dia se alterasse – e, no entanto, se alterou, ia se alterar. Ele sabia muito bem disso; *sabia* – mais do que saber, tinha *visto*! Tinha dirigido um carro por uma estrada pavimentada bem no meio de um lugar que já fora exatamente como aquele. Ele sabia que era possível mudá-lo. E enquanto avançava com dificuldade pela mata de sumagre e gualtéria, sabia melhor ainda que aquele lugar poderia engoli-lo sem um segundo de hesitação.

Ao mesmo tempo, havia algo a respeito da escala absolutamente enorme da floresta que o acalmava. Entre as árvores gigantescas e a abundante vida selvagem, ele encontrava um pouco de paz; paz das palavras represadas em sua mente, da preocupação silenciosa nos olhos de Brianna, do julgamento nos olhos de Jamie – julgamento que ele não expressava, mas que permanecia lá como uma espada sobre sua cabeça. Paz dos olhares de pena ou curiosidade, do esforço constante, lento e doloroso para falar – paz da lembrança de quando cantava.

Ele sentia saudade de todos, principalmente de Bree e Jem. Raramente sonhava com coerência; não era como Bree – o que ela estaria escrevendo agora em seu caderno? –, mas ele havia despertado naquela manhã com uma impressão vívida de Jem, engatinhando por cima dele como gostava de fazer, tocando e enfiando o dedinho com curiosidade, em seguida dando tapinhas suaves no rosto de Roger, explorando olhos e orelhas, nariz e boca, como se procurasse as palavras perdidas.

Nos primeiros dias de agrimensura, ele não dissera nada, extremamente aliviado por não ter que falar. Mas agora estava começando a falar de novo – detestando o som rouco e deturpado das palavras, mas não tão perturbado, já que não havia ninguém mais para ouvir.

Ele escutou o gorgolejar da água passando por cima de pedras, atravessou uma barreira de árvores jovens de salgueiro e encontrou o riacho bem a seus pés, o sol brilhando na água. Ajoelhou-se e bebeu, lavou o rosto e escolheu os pontos ao longo da margem de onde faria medições. Tirou o caderno, a tinta e a pena da bolsa de couro que levava pendurada no ombro e pegou o astrolábio de dentro da camisa.

Tinha uma canção na cabeça – de novo. Elas surgiam furtivamente quando ele estava distraído, melodias se insinuando em seus ouvidos como sereias nas pedras, prontas para fazê-lo em pedaços.

Mas não aquela. Ele sorriu ao tocar a barra do astrolábio e mirar em uma árvore na margem oposta. Era uma canção infantil, uma das canções de números que Bree cantarolava para Jemmy. Uma daquelas músicas horrorosas que entravam na mente de uma pessoa e não saíam mais. Enquanto fazia as medições e as registrava em seu caderno, ele cantava baixinho, ignorando a distorção dos sons.

– As... formigas... marcham... uma a uma.

Dois mil hectares. Que diabo ele ia fazer com aquilo? Que diabo ia fazer, ponto?

– No... ch-chão... para s-sair... na CHUVA... bum, bum, bum...

Logo descobri por que meu nome parecera ter um significado a Tsatsa'wi; o nome da aldeia era Kalanun'yi-Raventown, Cidade dos Corvos. Não vi nenhum corvo quando chegamos, mas ouvi um deles, grasnando roucamente das árvores.

A aldeia ficava em um local encantador: o vale estreito de um rio aos pés de uma pequena montanha. A aldeia em si era cercada por uma pequena extensão de campos e pomares. Um riacho não muito fundo a cortava, descendo em uma pequena catarata e correndo vale abaixo, para dentro do que parecia, a distância, um grande bosque de bambus – bambuzal, era como se chamava, os bambus gigantes e folhosos brilhando com um dourado pálido ao sol do início da tarde.

Fomos recebidos com entusiasmo cordial pelos moradores da vila, alimentados com fartura e entretidos durante um dia e uma noite. Na tarde do segundo dia, fomos convidados a participar do que entendi ser uma festa em homenagem a qualquer que fosse a divindade cherokee responsável pela caça, para pedir boa vontade e proteção para a expedição contra o urso-fantasma, que aconteceria no dia seguinte.

Não havia me ocorrido, antes de conhecer Jackson Jolly, que poderia haver uma variação de talento tão grande entre os xamãs indígenas como havia entre os clérigos cristãos. Eu já tinha, àquela altura, conhecido muitos exemplares de ambas as espécies, mas, limitada pelos mistérios do idioma, não havia percebido que a vocação para xamã não necessariamente garantia a uma pessoa a posse de magnetismo pessoal e força espiritual ou o dom da pregação.

Ao ver os traços das pessoas dentro da casa do pai da esposa de Peter Bewlie ficarem aos poucos impassíveis, percebi que, independentemente de seu charme pessoal e de suas conexões com o mundo espiritual, Jackson Jolly infelizmente não possuía o último desses talentos.

Eu havia notado certo olhar de resignação no rosto de alguns membros da congregação quando o xamã se sentou diante da fogueira, vestindo um tipo de xale parecido com um cobertor de flanela vermelha e usando uma máscara entalhada na forma do rosto de um pássaro. Quando ele começou a falar, com uma voz alta e arrastada, a mulher ao meu lado transferiu o peso do corpo de uma perna para a outra e suspirou.

O suspiro era contagioso, mas não tão ruim quanto os bocejos. Em poucos minutos, metade das pessoas ao meu redor estava abrindo a boca, com os olhos marejados como fontes. Os músculos de minha mandíbula doíam por causa da força que eu mesma fazia para não bocejar, e vi que Jamie piscava como uma coruja.

Jolly era, sem dúvida, um xamã sincero; mas também parecia ser um xamã entediante. A única pessoa que parecia concentrada em suas palavras era Jemmy, que estava nos braços de Brianna, boquiaberto.

O canto para a caça ao urso era bem monótono, com repetições intermináveis de "*He! Hayuya'haniwa, hayuya'haniwa, hayuya'haniwa...*" Em seguida, ligeiras variações sobre o tema, cada verso terminando com um "*Yoho!*" alto – e meio assustador –, como se todos estivéssemos prestes a navegar para os mares da Espanha com uma garrafa de rum.

A congregação, no entanto, demonstrou mais entusiasmo durante essa canção e finalmente me dei conta de que o problema talvez não fosse o xamã em si. O urso-fantasma vinha atormentando a aldeia havia meses; eles deviam ter realizado aquela mesma cerimônia diversas vezes, sem sucesso. Não, a questão não era que Jackson Jolly fosse um mau orador, e sim que sua congregação estava sofrendo de falta de fé.

Depois que a canção terminou, Jolly bateu os pés com firmeza na terra para enfatizar algo que estava dizendo, em seguida pegou um maço de sálvia de dentro do saco, colocou no fogo e começou a marchar pela sala, espargindo a fumaça sobre a congregação. As pessoas abriram caminho educadamente quando ele foi até Jamie e deu a volta ao redor dele e dos gêmeos Beardsleys várias vezes, cantando e perfumando-os com baforadas de fumaça fragrante.

Jemmy achou aquilo muito engraçado. Assim como sua mãe, que estava de pé ao meu lado, tremendo enquanto tentava segurar o riso. Jamie permaneceu de pé com as costas eretas, parecendo extremamente honrado, enquanto Jolly – que era bem baixo – pulava ao redor dele como um sapo, erguendo a parte de trás do casaco para defumar seu traseiro. Não ousei olhar nos olhos de Brianna.

Depois dessa parte da cerimônia, Jolly retomou sua posição perto do fogo e começou a cantar de novo. A mulher ao meu lado fechou os olhos e fez uma leve careta.

Minhas costas começavam a doer. Por fim, o xamã concluiu a cerimônia com um grito. Então, retirou-se do círculo e tirou a máscara, secando do rosto o suor do trabalho digno, satisfeito consigo mesmo. O líder da aldeia, então, deu um passo à frente para falar, e as pessoas começaram a se mover e se agitar.

Eu me espreguicei, da maneira mais discreta que pude, tentando imaginar o que seria servido no jantar. Distraída com esses pensamentos, não notei de imediato que a movimentação e a agitação se intensificaram. Então, a mulher ao meu lado se endireitou abruptamente e disse alguma coisa alto, em um tom de comando. Ela inclinou a cabeça para um lado, ouvindo.

O líder parou de falar e, ao meu redor, as pessoas começaram a olhar para cima. Corpos se enrijeceram e olhos se arregalaram. Eu também ouvi, e um tremor repentino fez meus braços se arrepiarem. O ar foi tomado por um farfalhar de asas.

– Que diabo está acontecendo? – sussurrou Brianna para mim, olhando para cima como todo mundo. – A vinda do Espírito Santo?

Eu não fazia ideia, mas o ruído estava ficando mais alto – muito mais alto. O ar começava a vibrar, e o som era como um trovão longo e contínuo.

– *Tsiskwa!* – gritou um homem na multidão, e de repente houve uma debandada em direção à porta.

Ao correr para fora da casa, de início pensei que uma tempestade tinha começado repentinamente. O céu estava escuro, o ar tomado por trovões, e uma luz estranha e fraca tremeluziu sobre tudo. Mas não havia umidade no ar, e um cheiro peculiar tomou meu nariz. Definitivamente, não era chuva.

– Pássaros, meu Deus, são pássaros!

Mal ouvi Brianna atrás de mim, em meio às reações de surpresa de todos. Todo mundo estava na rua, olhando para cima. Várias crianças, assustadas com o barulho e com a escuridão, começaram a chorar.

Era assustador. Eu nunca tinha visto nada igual – nem a maioria dos cherokees, a julgar pela reação deles. O chão parecia tremer e o ar vibrava ao bater de asas como um tambor sendo tocado por mãos frenéticas. Eu sentia a pulsação em minha pele, e o tecido de meu lenço se esticou, querendo levantar ao vento.

A paralisia da multidão não durou muito. Ouvi gritos por toda parte, e de repente as pessoas estavam correndo de um lado para outro pela rua, entrando apressadas em casa e saindo de novo, com arcos. Em poucos segundos, uma saraivada perfeita de flechas atingiu a nuvem de pássaros e corpos penados caíram do céu em borrões flácidos e ensanguentados, atingidos por elas.

Corpos não eram a única coisa que caía do céu. Algo molhado caiu em meu ombro, e eu vi uma chuva de partículas, uma precipitação repugnante vinda do bando de aves acima, levantando pequenas nuvens de poeira da rua ao atingirem o chão. Plumas dos pássaros que passavam sobre nós flutuavam no ar como sementes de dente-de-leão e, aqui e ali, penas maiores caídas de caudas e asas se precipitavam em espiral como lanças em miniatura sendo levadas pelo vento. Eu me afastei depressa, procurando abrigo embaixo dos beirais de uma casa com Brianna e Jemmy.

Observamos temerosos de nosso abrigo enquanto os moradores se acotovelavam na rua, arqueiros atirando o mais depressa que podiam, uma flecha atrás da outra. Jamie, Peter Bewlie e Josiah correram para pegar suas armas, e estavam entre as pessoas, atirando, sem nem ao menos se dar ao trabalho de mirar. Não era necessário, ninguém erraria. Crianças, sujas de cocô de passarinho, ziguezagueavam pela multidão, pegando as aves caídas e empilhando-as perto da entrada das casas.

Deve ter durado mais ou menos meia hora. Ficamos abaixados sob os beirais, meio ensurdecidos por causa do barulho, hipnotizados pelo fluxo incessante acima. Depois do susto inicial, Jemmy parou de chorar, mas se aconchegou nos braços da mãe, escondendo o rosto nas dobras do lenço dela.

Era impossível identificar um único pássaro naquela precipitação violenta; um rio de penas tomava o céu de um lado a outro. Acima do trovejar de asas, eu podia ouvir as aves chamando umas às outras, um rumorejar constante, como uma tempestade de vento atravessando a floresta.

Por fim – depois de um bom tempo – o grande bando passou, com pássaros errantes em seu rastro enquanto cruzava a montanha e desaparecia.

A aldeia suspirou em uníssono. Vi pessoas esfregando as orelhas, tentando se livrar dos sons e do eco do voo. No meio da multidão, Jackson Jolly estava parado, sorrindo, coberto de penas e fezes de pássaros, os olhos brilhando. Ele abriu os braços e disse alguma coisa, e as pessoas ao redor murmuraram em resposta.

– Fomos abençoados – traduziu a irmã de Tsatsa'wi para mim, parecendo muito impressionada. Ela assentiu para Jamie e para os gêmeos. – O Velho Branco nos mandou um grande sinal. Eles vão encontrar o urso maligno, com certeza.

Eu assenti, ainda meio chocada. A meu lado, Brianna se inclinou e pegou um pássaro morto, segurando-o pela flecha fina que o atravessava. Era um pássaro roliço e muito bonito, com uma cabeça azul-clara delicada, penas bege no peito e asas marrom-avermelhadas. A cabeça pendia inerte, os olhos cobertos por pálpebras frágeis, enrugadas e azuladas.

– É, não é? – perguntou ela, baixinho.

– Acho que deve ser – respondi, também baixinho.

Cautelosamente, estiquei um dedo e toquei a plumagem macia. No que dizia respeito a sinais e agouros, eu não sabia bem se aquilo era um bom ou mau presságio. Nunca tinha visto um antes, mas tinha quase certeza de que o pássaro que tocava era um pombo-passageiro.

Os caçadores partiram antes do amanhecer no dia seguinte. Brianna se separou relutantemente de Jemmy, mas montou na sela com uma leveza que me fez pensar que ela não se lamentaria por ele enquanto estivesse caçando. Quanto a Jemmy, estava muito ocupado em esvaziar os cestos sob a cama para notar que a mãe estava partindo.

As mulheres passaram o dia arrancando penas, assando, defumando e preservando os pombos com cinzas de madeira. O ar foi tomado por plumas e ficou carregado com o cheiro de fígado de pombo grelhado enquanto toda a aldeia devorava essa iguaria. De minha parte, ajudei com os pombos, intercalando esse trabalho com conversas divertidas e permutas rentáveis, parando de vez em quando para olhar em direção à montanha para onde os caçadores tinham ido e fazer uma oração breve e silenciosa pelo bem-estar deles – e de Roger.

Eu havia levado comigo 100 litros de mel, além de algumas das ervas e sementes importadas da Europa que conseguira por intercâmbio em Wilmington. A troca foi rápida e, à tarde, eu já tinha trocado minhas ervas por quantidades de ginseng selvagem, erva-de-são-cristóvão e – uma verdadeira raridade – cogumelo chaga. Este item, um fungo enorme e verrugoso que cresce no tronco de bétulas velhas, tinha a reputação – ou assim diziam – de curar câncer, tuberculose e úlceras. Um item útil para qualquer médico ter à mão, pensei.

Quanto ao mel, eu o havia trocado logo por 100 litros de óleo de girassol. O óleo vinha em grandes sacos de couro, que estavam empilhados sob os beirais da casa na qual estávamos hospedados, como uma pequena montanha de balas de canhão. Eu parava para observá-los com satisfação sempre que saía da casa, imaginando o sabão macio e perfumado que seria feito com o óleo – nada de mãos fedendo a gordura de porco morto! Se tivesse sorte, eu poderia vender a maior parte por um preço alto o bastante para completar a parcela seguinte do maldito dinheiro de Laoghaire, aquela desgraçada.

Passei o dia seguinte nos pomares com minha anfitriã, outra irmã de Tsatsa'wi, chamada Sungi. Uma mulher alta, de rosto meigo, de 30 e poucos anos, não falava muitas palavras em inglês, mas algumas de suas amigas falavam um pouco mais do que ela – o que era bom, já que meus conhecimentos da língua cherokee se restringiam a "olá", "bom" e "mais".

Apesar de as índias se tornarem cada vez mais fluentes, eu tinha certa dificuldade para entender exatamente o que "Sungi" queria dizer – dependendo da pessoa com quem eu falasse, parecia significar "cebola", "hortelã" ou "vison", o que me confundia. Depois de alguns desentendimentos e esclarecimentos, cheguei à conclusão de que a palavra não significava nada disso exatamente, mas parecia indicar algum tipo de cheiro forte.

As macieiras no pomar eram novas, ainda tinham caules finos, mas estavam bastante carregadas, produzindo uma pequena fruta verde-amarelada que tinha uma textura crocante e um sabor ácido – excelente antídoto para o gosto de gordura dos fígados de pombo. O ano tinha sido seco, dissera Sungi, franzindo o cenho para as árvores, de modo crítico; não houvera tantas frutas como no ano anterior, e o milho também não estava muito bom.

Sungi pôs as duas filhas para cuidar de Jemmy, obviamente alertando-as para que tomassem cuidado, apontando a floresta com insistência.

– É bom Matador de Ursos aqui – disse ela, virando-se de novo para mim, com o cesto de maçãs apoiado no quadril. – Esse urso não urso; não fala nós.

– Ah, sim – falei, assentindo para mostrar que entendia.

Uma das outras mulheres se apressou em desenvolver essa ideia, explicando que um urso razoável prestaria atenção ao chamado do xamã, que invocava o espírito do urso, para que os caçadores e os ursos pudessem se encontrar de maneira adequada. Considerando a cor daquele urso, assim como seu comportamento insistente e malicioso, estava claro que não se tratava de um urso de verdade, mas de algum espírito maligno que havia resolvido se manifestar como um urso.

– Ah – falei, compreendendo melhor. – Jackson mencionou o "Velho Branco". Era do urso que ele estava falando?

Peter, entretanto, dissera que o branco era uma cor favorável.

Outra índia – que me dissera seu nome em inglês, Anna, em vez de tentar explicar o que seu nome cherokee significava – riu, chocada com o que eu disse.

– Não, não! Velho Branco, ele o fogo.

Depois que algumas outras mulheres deram sua contribuição, finalmente consegui entender que o fogo, embora claramente poderoso, devendo ser tratado com profundo respeito, era uma entidade do bem. Daí a atrocidade do comportamento do urso; animais brancos normalmente eram respeitados e considerados portadores de mensagens do outro mundo – nesse momento, uma ou duas das mulheres olharam para mim de soslaio –, mas aquele urso não estava se comportando de nenhuma maneira que elas compreendessem.

Sabendo o que eu sabia sobre a ajuda que o urso recebera de Josiah Beardsley e do "pequeno demônio negro", eu conseguia entender perfeitamente. Eu não queria comprometer Josiah, mas comentei ter ouvido histórias, tomando o cuidado de não dizer onde, sobre um homem negro na floresta, que fazia coisas ruins. Elas tinham ouvido falar?

Ah, sim, elas me garantiram, mas eu não devia me preocupar. Havia um pequeno grupo de homens negros que viviam "lá" – elas menearam a cabeça na direção do outro lado da aldeia, do bambuzal e das terras baixas invisíveis depois do rio. Era possível que aquelas pessoas fossem demônios, especialmente porque vinham do oeste.

Era possível que não fossem. Alguns dos caçadores da aldeia os haviam encontrado e os seguiram com cautela por vários dias, observando para averiguar o que eles faziam. Os caçadores contaram que os negros viviam na miséria, vestiam trapos e não tinham casas decentes. Demônios que se prezassem não viveriam assim.

No entanto, eram poucos e pobres demais para serem atacados – e os caçadores disseram que havia apenas três mulheres, todas muito feias – e podiam ser demônios, no fim das contas. Assim, os moradores da aldeia acharam melhor deixá-los sossegados por ora. Os negros nunca se aproximavam da aldeia, acrescentou uma das índias, torcendo o nariz; os cachorros sentiriam o cheiro deles. A conversa morreu, então, quando nos espalhamos pelo pomar, colhendo frutas maduras dos pés, enquanto as meninas recolhiam do chão aquelas que tinham sido derrubadas pelo vento.

Voltamos para casa no meio da tarde, cansadas, queimadas de sol e cheirando a maçã, e descobrimos que os caçadores tinham voltado.

– Quatro gambás, dezoito coelhos e nove esquilos – disse Jamie, limpando o rosto e as mãos com um pano úmido. – Encontramos muitos pássaros também, mas, como já havia os pombos, não nos demos ao trabalho de pegá-los, a não ser um belo falcão que George Gist quis trazer por causa das penas. – Seus cabelos estavam despenteados por causa do vento, o nariz vermelho por causa do sol, mas ele parecia muito animado. – E Brianna, abençoada seja, abateu um belo alce do outro lado do rio. Um tiro no peito, mas ela o derrubou e cortou a garganta dele, embora isso seja arriscado com o animal ainda se debatendo.

– Ah, que ótimo – falei, um pouco desanimada, imaginando cascos afiados e chifres letais próximos de minha filha.

– Não se preocupe, Sassenach – disse ele, ao ver minha expressão. – Eu ensinei a ela como fazer do jeito certo. Ela se aproximou por trás.

– Ah, ótimo – falei, com um pouco mais de sarcasmo. – Imagino que tenha impressionado os caçadores.

– Muito – disse ele, animado. – Você sabia, Sassenach, que os cherokees deixam suas mulheres irem à guerra, além de sair para caçar? Não é sempre, mas de vez em quando, uma delas cisma e parte para o combate como uma Mulher da Guerra, como eles dizem. Os homens são comandados por ela, na verdade.

– Muito interessante – falei, tentando não imaginar Brianna sendo convidada a liderar um grupo de guerreiros cherokees. – Está no sangue, suponho.

– O quê?

– Nada. Por acaso viram algum urso, ou estavam ocupados demais trocando informações antropológicas?

Ele estreitou um olho para mim por cima da toalha com a qual limpava o rosto, mas respondeu sem se abalar:

– Encontramos alguns vestígios de urso. Josiah tem um olho afiado para isso. Não apenas as fezes; ele identificou uma árvore na qual o urso deve ter se coçado, pois havia pelos presos na casca. Segundo ele, um urso tem uma ou duas árvores favoritas e sempre volta para a mesma, por isso, quando uma pessoa quer matar um determinado urso, deve acampar perto dela e esperar.

– Imagino que essa estratégia não tenha funcionado dessa vez.

– Acredito que teria funcionado – respondeu ele, rindo –, mas era o urso errado. Os pelos na árvore eram marrom-escuros, não brancos.

A expedição, no entanto, não tinha sido um fracasso. Os caçadores tinham percorrido um semicírculo em torno da aldeia, adentrando bastante a floresta e em seguida descendo até o rio. E, no solo macio das terras baixas perto do bambuzal, encontraram pegadas.

– Josiah disse que eram diferentes das pegadas do urso cujos pelos localizamos, e Tsatsa'wi achou que eram as mesmas pegadas que ele viu quando o urso branco matou seu amigo.

Todos os especialistas em urso presentes chegaram à conclusão lógica de que o urso-fantasma provavelmente havia feito seu abrigo no bambuzal. Esses lugares eram densos, escuros e frescos no auge do verão, cheios de pássaros e pequenas presas. Até cervos se escondiam lá nas épocas muito quentes.

– Não dá para entrar em um lugar desses a cavalo, dá? – perguntei.

Ele balançou a cabeça, passando os dedos pelos cabelos para retirar as folhas.

– Não, nem é possível avançar muito depressa a pé, pois a mata é muito densa. Mas não tínhamos a intenção de entrar atrás do urso.

O plano era atear fogo ao bambuzal, obrigando o urso – e qualquer outro animal presente – a sair para as terras baixas do outro lado, onde poderiam matá-lo com facilidade. Era uma prática comum em caçadas, principalmente no outono, quando os bambuzais ficavam secos e inflamáveis. No entanto, a queimada provavelmente afugentaria muitos outros animais além do urso. Assim, enviaram um convite a outra aldeia, a cerca de 40 quilômetros, para que os caçadores de lá se unissem aos de Raventown na empreitada. Com sorte, caçariam presas suficientes para sustentar ambas as aldeias durante o inverno e, com mais caçadores, o urso-fantasma não escaparia.

– Muito eficiente – falei, rindo. – Espero que eles não afugentem os escravos com a fumaça.

– O quê?

Ele parou o que estava fazendo.

– Demônios negros ou algo assim.

Contei a eles o que sabia sobre o assentamento, se é que era um assentamento, de escravos fugidos, se é que eram escravos fugidos.

– Bem, não acredito que sejam demônios – disse ele secamente, sentando-se à minha frente para que eu prendesse seus cabelos. – Mas não acho que estejam correndo perigo. Devem viver longe do bambuzal, na outra margem do rio. Mas vou perguntar. Temos tempo; os caçadores de Kanu'gala'yi só devem chegar daqui a três ou quatro dias.

– Ah, ótimo – falei, fazendo um laço com a tira de couro. – Assim você terá tempo de comer todos os fígados de pombo que sobraram.

Os dias seguintes foram agradáveis, mas permeados por uma expectativa crescente que culminou com a chegada dos caçadores de Kanu'gala'yi – Briertown, a Vila da Roseira-Brava, como me disseram. Eu me perguntei se eles tinham sido convidados devido a um conhecimento especial em lidar com territórios espinhosos, mas não perguntei. Jamie, com sua facilidade para aprender idiomas, já entendia diversas palavras da língua cherokee, mas eu não quis abusar de sua habilidade pedindo que traduzisse trocadilhos.

Jemmy parecia ter herdado a facilidade do avô para aprender idiomas, e na semana seguinte à nossa chegada, seu vocabulário já havia quase duplicado, e agora metade de suas palavras era em inglês e a outra metade, em cherokee, o que fazia com que ninguém além de sua mãe conseguisse entender o que ele dizia. Meu próprio vocabulário havia aumentado com o acréscimo das palavras para "água", "fogo", "comida" e "socorro!" – para o resto, eu contava com a bondade dos cherokees que falavam inglês.

Depois das cerimônias costumeiras e de um enorme banquete de boas-vindas, no qual foram servidos fígado de pombo defumado e maçãs fritas, o grande grupo de caçadores partiu ao amanhecer, equipado com tochas de pinho e fogareiros, além de arcos, mosquetes e rifles. Depois de nos despedirmos deles com um café da manhã reforçado – mingau de milho misturado com fígado de pombo e maçãs frescas –, aqueles de nós que não faziam parte do grupo de caça retornaram às casas, para passar o tempo fazendo cestaria, costurando e conversando.

O dia estava quente, úmido e parado. Nem uma brisa soprava nos campos, onde os talos secos do milho e dos girassóis colhidos se espalhavam uns por cima dos outros. Nem um sopro de ar levantava poeira na rua de terra da aldeia. Se alguém pretendia atear fogo a alguma coisa, era um bom dia para fazê-lo. Eu preferi me abrigar à sombra, no interior fresco da tenda de Sungi.

Durante as conversas daquele dia, pensei em perguntar sobre os componentes do amuleto que Nayawenne fizera para mim. Está certo que ela era uma curandeira tuscarora, e por isso as crenças podiam não ser as mesmas, mas eu estava muito curiosa em relação ao morcego.

– Há uma história sobre morcegos – começou Sungi, e eu contive um sorriso.

Os cherokees eram, de fato, muito parecidos com os escoceses das Terras Altas, principalmente no gosto por histórias. Eu já tinha ouvido diversas delas nos poucos dias passados na aldeia.

– Os animais e os pássaros resolveram jogar bola – disse Anna, traduzindo devagar conforme Sungi falava. – Na época, os morcegos caminhavam sobre quatro patas, como os outros animais. Mas, quando quiseram jogar bola, os outros animais não permitiram; os morcegos eram pequenos demais e certamente seriam esmagados. Os morcegos não gostaram.

Sungi franziu a testa, fazendo uma carranca para indicar um morcego zangado.

– Então, os morcegos procuraram os pássaros e se ofereceram para jogar do lado deles. Os pássaros aceitaram a oferta e, assim, pegaram gravetos e folhas e fizeram asas para os morcegos. Os pássaros ganharam o jogo e os morcegos gostaram tanto das asas que...

Sungi parou de falar abruptamente. Ergueu a cabeça e farejou o ar. Todas as mulheres à nossa volta se calaram. Sungi levantou-se depressa e foi até a porta, apoiando-se no batente enquanto olhava para fora.

Eu estava sentindo o cheiro de fumaça – já vinha sentindo havia uma hora, a fumaça sendo trazida pelo vento –, mas percebi que o cheiro de queimado estava muito mais forte agora. Sungi saiu; eu me levantei e fui atrás dela com as outras mulheres, um formigamento de inquietação começando a pinicar atrás de meus joelhos.

O céu começava a escurecer com nuvens de chuva, mas a nuvem de fumaça era ainda mais escura, uma mancha negra nebulosa que se erguia acima das árvores distantes. Um vento havia começado a soprar, vindo à frente da tempestade que se aproximava, e folhas secas passavam girando por nós com um som parecido com o de passos de pés pequenos e apressados.

A maioria dos idiomas tem alguns monossílabos para serem usados em situações de súbito temor, e esse é o caso da língua cherokee. Sungi disse alguma coisa que eu não entendi, mas o significado era claro. Uma das mulheres mais jovens lambeu um dedo e o ergueu, mas o gesto era desnecessário – eu sentia o vento em meu rosto, forte o suficiente para levantar os cabelos de meus ombros, soprando frio em minha nuca. Soprava diretamente na direção da aldeia.

Anna inspirou longa e profundamente. Vi quando inflou o peito, endireitou os ombros e se preparou para enfrentar a situação. Então, ao mesmo tempo, todas as mulheres começaram a se movimentar, correndo pela rua na direção de suas casas, chamando as crianças, parando para guardar apressadamente nas dobras da saia a carne que estava secando ou para arrancar cebolas e abóboras dos beirais ao passar.

Eu não sabia ao certo onde Jemmy estava; uma das meninas mais velhas o levara para brincar, mas, em meio ao alvoroço, eu não me lembrava qual delas tinha sido. Ergui as saias e corri pela rua, abaixando-me e entrando em todas as casas sem permissão, à procura dele. Havia uma forte sensação de urgência no ar, mas não de pânico. O som de folhas secas parecia constante, um farfalhar fraco que me seguia por onde eu fosse.

Encontrei Jemmy na quinta casa, dormindo profundamente com várias outras crianças de idades variadas, todas aconchegadas como cachorrinhos nas dobras de um cobertor de pele de búfalo. Eu nunca o encontraria, não fossem os cabelos claros, brilhando como um farol na penumbra. Acordei as crianças com a maior delicadeza que consegui e peguei Jemmy. Ele acordou na hora e ficou olhando ao redor, piscando, atordoado.

– Venha com a vovó, querido – falei. – Temos que ir agora.

– Cavalinho? – perguntou ele, animando-se logo.

– Que ótima ideia! – respondi, e o acomodei em meu colo. – Vamos procurar o cavalinho?

O cheiro de fumaça estava muito mais forte quando saímos na rua. Jemmy tossiu e eu senti um gosto acre e amargo no fundo da garganta ao respirar. A evacuação estava a pleno vapor; as pessoas – a maioria mulheres – entravam e saíam correndo das casas, empurrando crianças à sua frente, carregando trouxas improvisadas com seus pertences. Ainda assim, não havia a sensação de pânico ou alarme na fuga; todos pareciam preocupados, mas bastante pragmáticos a respeito da coisa toda. Ocorreu-me, naquele momento, que uma aldeia de madeira localizada no meio da floresta devia ficar exposta ao risco de incêndio de tempos em tempos. Sem dúvida, os moradores já haviam enfrentado ao menos a possibilidade de um incêndio na floresta, e estavam preparados para lidar com a situação.

Essa constatação me acalmou um pouco – apesar de a constatação seguinte, de que o constante rumor de folhas secas que eu estava ouvindo era na verdade o crepitar do fogo que se aproximava, não ser nada tranquilizadora.

A maioria dos cavalos havia sido levada pelos caçadores. Quando cheguei ao cercado de sebe, restavam apenas três. Um dos homens mais velhos da aldeia estava montado em um deles e pronto para ir embora, com Judas e o outro cavalo já no cabresto. Judas estava selado, com os alforjes e um cabresto de corda. Quando o velho me viu, sorriu e gritou alguma coisa, indicando Judas.

– Obrigada! – respondi.

O homem inclinou-se, pegou Jemmy dos meus braços com destreza, esperando que eu montasse Judas e segurasse as rédeas adequadamente antes de me devolver Jemmy com muito cuidado.

Os cavalos estavam inquietos, batendo as patas e se remexendo. Eles sabiam o que era um incêndio tão bem quanto nós – e gostavam menos ainda. Segurei o cabresto firmemente com uma das mãos e, com a outra, segurei Jemmy com mais força ainda.

– Certo, fera – falei para o cavalo, tentando demonstrar autoridade. – Podemos ir agora.

Judas foi totalmente a favor dessa sugestão; seguiu para a abertura que havia na sebe como se fosse a linha de chegada de uma corrida, raspando minhas saias nos espinhos da cerca viva quando passamos. Consegui contê-lo um pouco, tempo suficiente para o velho índio e seus dois cavalos saírem do curral e nos alcançarem.

O homem gritou alguma coisa para mim e apontou na direção da montanha, longe do incêndio. O vento estava mais forte; fazia os cabelos longos e grisalhos dele esvoaçarem sobre seu rosto, abafando suas palavras. Ele balançou a cabeça para afastá-los, mas não se deu ao trabalho de repetir o que dissera e se limitou a fazer os cavalos seguirem na direção indicada.

Cutuquei Judas com as pernas, fazendo-o virar para seguir o velho, mas mantive a rédea curta, hesitando. Olhei para trás, na direção da aldeia, e vi grupos de pessoas andando em meio às casas, todas seguindo na direção indicada pelo índio. Ninguém corria, mas todos caminhavam decididos.

Bree viria atrás de Jemmy assim que se desse conta de que a aldeia estava em perigo. Sabia que ela confiava em mim para zelar pelo bem-estar dele, mas nenhuma mãe em circunstância parecida descansaria enquanto não estivesse perto do filho. Não corríamos nenhum perigo imediato, por isso segui mais atrás, esperando, apesar de Judas se mostrar cada vez mais inquieto.

O vento açoitava as árvores agora, derrubando folhas verdes, amarelas e vermelhas que caíam sobre nós, prendendo-se às minhas saias e aos pelos de Judas como retalhos outonais. Todo o céu estava preto-arroxeado, e eu ouvi os primeiros sons de trovão sob o assovio do vento e o crepitar do fogo. Sentia o cheiro forte da chuva que se aproximava, mesmo em meio à fumaça, e senti uma pontada de esperança. Um bom aguaceiro parecia ser exatamente o que a situação exigia, e quanto antes viesse, melhor.

Jemmy estava extremamente agitado com os ruídos e batia as mãozinhas gordinhas na ponta da sela, entoando um hino de guerra próprio em direção aos céus, algo muito parecido com "Uugui-uugui-uugui!".

Judas não gostava nem um pouco desse tipo de comportamento. Eu estava tendo cada vez mais dificuldade para mantê-lo minimamente sob controle; ele fazia movimentos abruptos para puxar o cabresto enquanto executava uma espécie de manobra em espiral que fazia com que ficássemos rodando em círculos erráticos. A corda enrolada começava a cortar minha mão e os calcanhares descalços de Jemmy golpeavam minhas coxas.

Eu havia acabado de desistir e deixar que o cavalo seguisse sua vontade quando ele se virou de repente e levantou à cabeça, à espreita, relinchando alto na direção da aldeia.

De fato, havia cavaleiros chegando; vi vários cavalos saindo da floresta do outro lado da aldeia, trotando. Judas, feliz em ver outros cavalos, parecia bem disposto a voltar para a aldeia, apesar de ela estar na direção do fogo.

Encontrei Jamie e Brianna no meio da aldeia, ambos olhando angustiados ao redor enquanto percorriam a rua. Jemmy deu gritinhos de alegria ao ver a mãe, lançou-se em seus braços, de um cavalo para o outro, e por pouco não caiu em meio à confusão de cascos.

– Pegaram o urso? – perguntei a Jamie.

– Não! – respondeu ele, também gritando acima do vento cada vez mais forte. – Vamos embora, Sassenach!

Bree já havia partido, seguindo em direção à floresta, onde os últimos habitantes da aldeia desapareciam em meio às árvores. Agora que não tinha mais que me preocupar com Jemmy, no entanto, eu havia pensado em outra coisa.

– Só um minuto! – gritei.

Freei e apeei, jogando as rédeas de Judas na direção de Jamie. Ele se inclinou para pegá-las e gritou alguma coisa atrás de mim, mas eu não entendi.

Estávamos na frente da casa de Sungi e eu vira os sacos de couro com óleo de girassol empilhados sob o beiral do telhado. Lancei um olhar rápido na direção do bambuzal. O fogo realmente estava se aproximando; havia filetes visíveis de fumaça rodopiando ao meu redor e eu pensei ter visto o brilho de chamas distantes entre as árvores. Ainda assim, eu tinha quase certeza de que, a cavalo, poderíamos ser mais rápidos que o fogo – e ali no chão havia o equivalente ao lucro de um ano com a venda de mel; eu não ia deixá-lo ali para que o fogo o consumisse.

Corri para dentro da casa, ignorando os berros furiosos de Jamie, e fucei sem pensar muito entre os cestos espalhados, na esperança de que Sungi não tivesse levado... não havia levado. Agarrei um punhado de tiras de couro e corri novamente para fora.

Ajoelhada em meio à fumaça e à poeira que giravam em redemoinho, passei tiras de couro ao redor da abertura de dois dos sacos de couro e amarrei as pontas compridas das duas tiras, puxando o couro com o máximo de força que consegui. Segurando os dois sacos no colo, andei com dificuldade até os cavalos.

Jamie, ao ver o que eu estava fazendo, pegou as duas rédeas com uma das mãos, inclinou-se e segurou os dois sacos pela alça improvisada, passando-a pelo pescoço de Gideon, de forma que cada bolsa ficasse pendurada de um lado.

– Vamos! – gritou ele.

– Mais uma! – respondi, já correndo de volta para a casa.

Pelo canto do olho, eu podia vê-lo se esforçando para conter os cavalos, que relinchavam e se contorciam, ansiosos para ir embora. Ele berrava impropérios para mim em gaélico, mas percebi certa resignação em sua voz e não consegui conter um sorriso, apesar da aflição que comprimia meu peito e fazia com que eu me atrapalhasse com as tiras de couro escorregadias.

Judas relinchava e revirava os olhos, arreganhando os dentes intermitentemente, com medo; mas Jamie o puxou para si e segurou sua cabeça com firmeza enquanto eu lançava os outros dois sacos de óleo por cima da sela e montava o cavalo.

Assim que Jamie soltou um pouco as rédeas, Judas disparou. O cabresto estava em minhas mãos, mas, ao perceber sua inutilidade, me agarrei à sela com todas as forças, sentindo os sacos de óleo baterem freneticamente contra minhas pernas enquanto seguíamos em busca do terreno mais seguro.

A tempestade estava bem mais próxima agora; o vento tinha diminuído, mas o estrondo de um trovão fez Judas sair em disparada e cavalgar pelo terreno aberto como um louco. Judas detestava trovões. Quando me lembrei do que tinha acontecido da última vez que o montara durante uma tempestade, deitei sobre o cavalo e me agarrei a ele como um carrapato, firmemente decidida a não ser atirada longe nem escorregar durante sua carreira alucinada.

Logo estávamos na floresta, e galhos sem folhas me açoitavam como chicotes. Eu me agarrei ainda mais ao cavalo, fechando os olhos para que não fossem arrancados. Judas avançava mais devagar agora, por necessidade, mas claramente ainda estava em pânico; eu podia sentir o movimento de suas ancas, levando-nos para cima, e ouvir sua respiração ruidosa.

Outro trovão retumbou e ele perdeu o equilíbrio nas folhas escorregadias, derrapando de lado e chocando-se contra um monte de árvores jovens. A vegetação flexível nos protegeu de maiores ferimentos e, com dificuldade, conseguimos nos reequilibrar para continuar subindo. Abri um dos olhos com cuidado e vi que o cavalo havia conseguido encontrar uma trilha – pude ver a linha tênue, ziguezagueando pela vegetação à nossa frente.

Em seguida, a mata ficou cerrada de novo, e eu não conseguia ver nada além de uma rede claustrofóbica de galhos e troncos entremeados com restos amarelados de madressilvas silvestres e um vislumbre de trepadeiras rubras. A vegetação densa fez o cavalo diminuir ainda mais a velocidade, e eu finalmente pude respirar fundo e tentar descobrir onde Jamie estava.

O trovão ressoou de novo e logo depois dele, ouvi um relincho agudo atrás de mim. Claro, Judas odiava trovões, mas Gideon detestava seguir outro cavalo. Ele devia estar logo atrás, tentando nos alcançar.

Uma gota pesada de chuva caiu em minhas costas, e eu ouvi o som da chuva que começava, pingando gota a gota nas folhas, nos troncos e no chão ao meu redor. O cheiro de ozônio penetrou forte em minhas narinas, e toda a mata parecia suspirar, abrindo-se para a chuva.

Respirei fundo também, aliviada.

Judas deu alguns passos adiante e parou, ofegando. Antes que outro trovão o fizesse sair em disparada de novo, deslizei para o chão e, agarrando as rédeas, amarrei-o em uma árvore pequena, o que não foi fácil, já que minhas mãos estavam rígidas e trêmulas.

Bem na hora. Um novo estrondo retumbou, um som tão alto que pude senti-lo na pele. Judas zurrou e recuou, puxando as rédeas, mas elas já estavam amarradas no tronco da árvore. Recuei para me afastar do cavalo em pânico e Jamie me segurou por trás. Ele começou a dizer alguma coisa, mas o trovão ressoou novamente, abafando sua voz.

Eu me virei e me segurei a ele, tremendo com a adrenalina do choque tardio. A chuva começou a cair com força, gotas frias batendo em meu rosto. Ele beijou minha testa e me levou para baixo da copa de uma grande cicuta, cujos leques de agulhas continham a chuva, proporcionando um abrigo fragrante, quase seco.

Conforme a adrenalina que corria pelo meu corpo começou a diminuir, parei um momento para olhar ao redor e percebi que não éramos os primeiros habitantes daquele refúgio.

– Veja – falei, apontando as sombras.

Os vestígios eram poucos, mas óbvios; alguém comera ali, deixando um montinho de pequenos ossos. Animais não eram tão cuidadosos. Tampouco juntavam agulhas secas para formar um confortável travesseiro.

Jamie se retraiu ao ouvir um novo estrondo de trovão, mas assentiu.

– Sim, é um posto de matador, apesar de eu achar que não foi usado recentemente.

– Um *o quê*?

– Matador – repetiu Jamie, e o clarão de um relâmpago surgiu atrás dele, uma lâmina brilhante que imprimiu sua silhueta em minha retina. – É como chamam as sentinelas, os guerreiros que ficam fora da aldeia, para montar guarda e parar qualquer um que chegue desavisado. Está vendo?

– Não consigo ver nada no momento.

Estendi a mão, tateando, e toquei a manga de seu casaco, enfiando-me no abrigo de seus braços. Fechei os olhos, na esperança de restaurar minha visão, porém, mesmo com as pálpebras cerradas, eu via a luz e o clarão do raio.

Os trovões pareciam estar se afastando um pouco, ou pelo menos ficando menos frequentes. Pisquei e descobri que conseguia enxergar de novo. Jamie se afastou, fazendo um gesto, e eu vi que estávamos em uma espécie de rebordo, com a face da montanha se erguendo íngreme atrás de nós. Escondida de quem olhasse de baixo por uma fileira de coníferas, havia uma clareira estreita – obviamente feita pelo homem, já que esse era o único tipo de clareira que havia naquelas montanhas. Ao olhar através dos ramos das coníferas, no entanto, tive uma vista deslumbrante do pequeno vale onde ficava Raventown.

A chuva havia diminuído. Mas, ao observar daquele ponto de vista privilegiado, pude ver que as nuvens não eram de uma única tempestade, mas de várias. Retalhos de chuva escura caíam de modo aleatório das nuvens, como véus de veludo cinza, e o zigue-zague silencioso de raios surgia de repente no céu escuro acima dos picos distantes, o trovão ressoando logo em seguida.

Ainda havia fumaça saindo do bambuzal, uma coroa baixa e chata de cinza-claro, quase branca em contraste com o céu escuro. Mesmo ali no alto onde estávamos, o cheiro de queimado ardia em nossas narinas, misturando-se estranhamente ao cheiro de chuva. Em alguns pontos, eu ainda via labaredas ardendo no bambuzal, mas estava claro que a maior parte do incêndio havia sido apagada; o aguaceiro seguinte se encarregaria de apagar o que restava. Eu via, também, as pessoas retornando à aldeia, pequenos grupos saídos da floresta, levando crianças e trouxas de pertences.

Procurei pessoas a cavalo, mas não vi nenhuma, muito menos uma ruiva. Mas certamente Brianna e Jemmy estavam em segurança, não? Estremeci de repente; com a instabilidade do clima nas montanhas, o ar passara de sufocante a frio em menos de uma hora.

– Tudo bem, Sassenach?

Jamie pousou a mão quente em minha nuca, os dedos massageando delicadamente os músculos tensos dos meus ombros. Respirei fundo e relaxei o máximo que consegui.

– Sim. Acha seguro descer agora?

A única coisa de que eu me lembrava sobre a trilha era que se tratava de um caminho estreito e íngreme; que agora estaria lamacento e escorregadio por causa das folhas mortas molhadas.

– Não – disse Jamie –, mas não acho...

Ele parou repentinamente, franzindo a testa, concentrado, enquanto observava o céu. Olhou para trás; eu mal conseguia ver a silhueta dos cavalos, parados juntos embaixo da árvore onde eu havia amarrado Judas.

– Eu ia dizer que não acho muito seguro permanecer aqui – disse ele, por fim.

Tamborilava gentilmente em meu ombro enquanto pensava, como pingos de chuva.

– Mas a tempestade está se movendo rápido. Dá para ver os raios acima da montanha, e os trovões...

Em um momento melodramático, um estrondo ribombante de um trovão ressoou pelo vale. Ouvi o relincho agudo de um dos cavalos e o farfalhar da folhagem quando ele tentou puxar as rédeas. Jamie olhou para trás, com uma expressão desanimada.

– Seu cavalo detesta trovões, Sassenach.

– Sim, eu notei – falei, aproximando-me mais dele para me aquecer.

O vento estava ficando mais forte de novo com a aproximação da tempestade.

– Sim, ele provavelmente vai quebrar o próprio pescoço, e o seu também, se tiver o azar de estar naquela trilha quando...

Outro trovão abafou suas palavras, mas eu entendi o que ele quis dizer.

– Vamos esperar – disse ele, decidido.

Jamie me puxou para a frente dele e passou os braços ao redor de meu corpo, suspirando quando apoiou o queixo no topo da minha cabeça. Ficamos juntos sob a cicuta, esperando a tempestade vir.

Lá embaixo, o bambuzal fervia e chiava, a fumaça da queimada começando a subir e ser levada pelo vento. Para longe da aldeia, desta vez, em direção ao rio. Eu me perguntei de repente onde Roger estaria – em algum lugar sob aquele céu obscuro. Teria encontrado um refúgio seguro durante a tempestade?

– Eu também me pergunto onde estará o urso – falei, expressando parte de meus pensamentos.

O peito de Jamie se moveu com uma risada pesarosa, mas o trovão abafou sua voz.

83

FOGARÉU

Roger começou a despertar ao sentir o cheiro de fumaça ardendo em sua garganta. Tossiu e adormeceu outra vez, sonhando com imagens fragmentadas de uma lareira cheia de fuligem e linguiças queimadas desaparecendo na névoa. Cansado depois de uma manhã abrindo caminho por um matagal impenetrável de arbustos e bambus, havia feito uma refeição rápida e deitara-se para descansar por uma hora à sombra de um salgueiro-preto na margem do rio.

Embalado pelo murmúrio da água correndo, teria voltado a dormir profundamente, mas um grito agudo e distante fez com que ele acordasse de um sobressalto, alerta. O grito se repetiu, distante, mas alto. O burro!

Já estava de pé, tropeçando na direção do som, quando se lembrou do saco de couro com penas e tinta, além dos preciosos registros de medição. Voltou para pegá-lo e correu pelos baixios na direção dos zurros histéricos de Clarence, o astrolábio pendurado na tira ao redor de seu pescoço, batendo no peito. Enfiou-o na camisa para que não se enroscasse nos galhos, procurando desesperadamente o caminho por onde viera.

Fumaça – ele *realmente* sentia cheiro de fumaça. Tossiu, quase sufocando ao tentar reprimir a tosse. Tossir fazia sua garganta doer, uma dor dilacerante, que dava a impressão de que a pele das cicatrizes internas estava se rasgando.

– Estou indo – murmurou ele, na direção de Clarence.

Não teria feito diferença se ele pudesse gritar; mesmo quando tinha voz, ela não tinha o alcance dos zurros de Clarence. Havia deixado o burro amarrado em um capinzal à beira do bambuzal, mas não muito para dentro.

– Outra vez – murmurou, jogando o próprio peso contra uma touceira de bambus novos para conseguir passar. – Grite... outra vez... Inferno!

O céu estava escuro. Depois de despertar subitamente e partir como fizera, ele não fazia ideia de onde estava, a não ser por Clarence.

Merda, o que estava acontecendo? O cheiro de fumaça estava claramente mais forte; quando conseguiu afastar de vez o sono e o pânico, percebeu que havia algo muito errado. Os pássaros, em geral sonolentos no meio do dia, estavam inquietos, voando acima dele com grasnados dissonantes. O ar soprava agitado por entre os bambus, balançando as folhas irregulares, e ele sentiu uma baforada quente no rosto – não o calor úmido, pegajoso e abrangente do bambuzal abafado, mas um toque quente, seco, que roçou seu rosto e fez com que ele sentisse um arrepio paradoxal na espinha. Santo Deus, o lugar estava pegando fogo.

Respirou fundo, em uma tentativa consciente de se acalmar. O bambuzal parecia ter ganhado vida ao seu redor; um vento quente soprava, sacudindo os bambus secos, empurrando à sua frente bandos de periquitos e pássaros canoros, lançados como punhados de confetes coloridos em meio às folhas. A fumaça penetrou seu peito e chegou aos seus pulmões, ardendo, impedindo-o de respirar fundo.

– Clarence – disse ele, com a voz rouca, o mais alto que conseguiu.

Sem sucesso; mal conseguia ouvir a si mesmo em meio à crescente agitação no bambuzal. Não ouvia nenhum sinal do burro. Será que o maldito animal já tinha sido engolido pelo incêndio? Não, era mais provável que tivesse arrebentado a corda e galopado para longe, a fim de se proteger.

Algo roçou em sua perna e ele olhou para baixo a tempo de ver a cauda escamosa e sem pelos de um gambá correndo para dentro do mato. Era uma direção tão boa quanto qualquer outra, ele pensou, e correu mata fechada adentro atrás do animal.

Ouviu um grunhido ali perto; um pequeno porco surgiu de uma moita de chá-dos-apalaches e cruzou seu caminho, dobrando à esquerda. Porco, gambá – qual deles tinha melhor senso de direção? Hesitou por um instante e então foi atrás do porco; por ser grande, poderia ajudar a abrir caminho.

E parecia haver um caminho. Pequenos pontos de terra sem vegetação apareciam de tempos em tempos entre os tufos de capim. Orquídeas selvagens destacavam-se entre eles, brilhantes como pequenas joias, e ele se admirou com a delicadeza delas – como podia notar uma coisa dessas em um momento como aquele?

A fumaça estava ficando cada vez mais espessa. Ele teve que parar e tossir, se dobrando para a frente e levando as mãos ao pescoço, como se pudesse manter o tecido intacto, como se pudesse impedir, com as mãos, que ele se rasgasse. Com os olhos lacrimejando, endireitou-se e viu que o caminho havia desaparecido. O pânico pareceu torcer suas entranhas quando ele viu um filete de fumaça flutuando, avançando lentamente através da vegetação rasteira, explorando delicadamente.

Cerrou os punhos com tanta força que sentiu as unhas curtas cortando a pele das palmas e usou a dor para colocar sua mente em foco. Virou-se devagar, com os olhos fechados para se concentrar, ouvindo, virando a cabeça de um lado para o outro, buscando uma corrente de ar fresco, uma sensação de calor – qualquer coisa que indicasse a direção a tomar, para longe do fogo.

Nada. Ou melhor, tudo. A fumaça tomava tudo naquele momento, em nuvens cada vez mais espessas que se insinuavam, quase rente ao chão, ou saíam do meio das moitas em tufos negros e sufocantes. Ele podia *ouvir* o fogo agora, um ruído semelhante ao de um riso abafado, a alguém rindo com a garganta tomada por cicatrizes.

Salgueiros. Sua mente se agarrou à ideia dos salgueiros; conseguia ver alguns deles a distância, quase invisíveis acima dos bambus. Salgueiros crescem perto da água; era lá que o rio estava.

Uma pequena cobra vermelha e preta passou por cima de seu pé quando ele chegou à água, mas ele mal percebeu. Não havia tempo para sentir nenhum medo que não fosse o medo do fogo. Correu para dentro do rio e caiu de joelhos, abaixando-se para aproximar o rosto da água o máximo que conseguisse.

Havia ar em movimento ali, fresco por causa da água, e ele a bebeu em goles tão grandes que acabou tossindo de novo, seu corpo se sacudindo em espasmos intensos, dolorosos. Para qual lado, para qual lado? O rio ziguezagueava através de acres de bambuzal e mata ciliar. Se o seguisse para um dos lados, chegaria às terras baixas – talvez longe do fogo, ou ao menos campo aberto –, um lugar onde ele pudesse enxergar de novo e correr. Se fosse para o outro lado, poderia acabar diretamente no foco do incêndio. Mas não havia nada acima dele além da escuridão nebulosa, e não havia como saber.

Pressionou os braços contra o corpo com força, tentando conter a tosse, e sentiu o volume do saco de couro. Os registros. Inferno, ele era capaz de admitir a possibilidade da própria morte, mas não a perda daqueles registros, obtidos depois de tantos dias de trabalho intenso. Tropeçando e avançando com dificuldade, ele chegou à margem do rio. Cavou freneticamente com as mãos, raspando a lama mole, desprendendo punhados do capim comprido e resistente, arrancando cavalinha pela raiz. As ervas se desfaziam em suas mãos e ele atirava os restos desesperadamente para trás, ofegando enquanto cavava.

O ar estava quente ao seu redor, fazendo seus pulmões arderem. Enfiou o saco de couro dentro do buraco úmido que cavara, estendeu os braços e começou a arrastar a terra, puxando-a para si, a lama confortante em sua pele conforme cobria o buraco.

Parou, arfando. Devia estar suando, mas o suor secava antes de chegar à superfície da pele. O fogo estava próximo. Pedras, precisava de pedras para marcar o lugar – elas não queimariam. Jogou-se de novo dentro do rio, buscando sob a superfície, minha nossa, estava gelado, estava molhado, graças a Deus, agarrou uma pedra redonda e escorregadia por causa do lodo e jogou-a na margem. Mais uma, um punhado de pedras menores, agarradas no desespero, mais uma grande, uma pedra chata, outra – era o suficiente, tinha que ser suficiente, o fogo estava chegando.

Empilhou as pedras às pressas e, entregando a alma a Deus, mergulhou no rio e partiu, tropeçando e engasgando, com as pedras rolando, escorregadias, sob seus pés. Correu enquanto suas pernas trêmulas aguentaram, antes de a fumaça tomar sua garganta, preencher a cabeça, o nariz e o peito e sufocá-lo, a marca da cicatriz na garganta uma garra que apertava e estrangulava o ar e a vida, deixando apenas escuridão dentro de seus olhos, iluminada pelo vermelho bruxuleante do fogo.

Ele estava lutando. Lutando contra a corda em seu pescoço, contra as cordas amarrando seus pulsos, lutando, mais do que tudo, contra o buraco negro que oprimia seu peito e apertava sua garganta, lutando por um último sorvo do ar valioso. Ele se curvou, buscando todas as forças de seu ser, e então rolou pelo chão com os braços livres.

Bateu em alguma coisa com uma das mãos flácidas. Era macio e emitiu um grito de surpresa.

Então sentiu mãos em seus ombros e pernas, e estava sentado, com a visão embaçada e o peito arfando em um esforço para respirar. Alguma coisa o atingiu com força bem no meio das costas. Ele engasgou, tossiu, puxou ar suficiente para que a tosse viesse bem do fundo do centro chamuscado de seu ser, e expeliu uma grande massa de catarro escuro de dentro do peito, quente e viscoso como uma ostra podre em sua língua.

Ele cuspiu, engasgou-se e sentiu ânsia de vômito quando a bílis subiu ardendo pelo canal estreito e em carne viva de sua garganta. Então cuspiu outra vez, controlou a respiração, e se sentou, arfando.

Não conseguia prestar atenção a nada, ocupado com o milagre do ar e da respiração. Ouvia vozes à sua volta e via rostos vagos na escuridão; tudo cheirava a queimado. Nada importava além do oxigênio enchendo seu peito, inflando suas células murchas como uvas-passas mergulhadas em água.

A água tocou seus lábios, e ele olhou para cima, piscando os olhos e lacrimejando enquanto tentava enxergar. Seus globos oculares pareciam queimados; luz e sombra se fundiam, e ele piscou com força, as lágrimas quentes como um bálsamo para os olhos ardidos, refrescando sua pele conforme rolavam por seu rosto. Alguém segurou uma xícara junto a seus lábios; uma mulher, o rosto enegrecido de fuligem. Não, não era fuligem. Ele piscou, estreitou os olhos, piscou de novo. Ela era negra. Escrava?

Tomou um pequeno gole da água, sem querer interromper a respiração nem mesmo para sentir o frescor em sua garganta ferida. Mas era bom... muito bom. Suas mãos se ergueram e seguraram a xícara, surpreendendo-o. Esperava a dor dos dedos quebrados, a carne dormente... mas suas mãos estavam curadas e funcionais. Levou a mão automaticamente à base do pescoço, esperando dor e o sibilar do tubo cor de âmbar – e tateou, incrédulo, a carne firme. Respirou e o ar sibilou por seu nariz e desceu pelo fundo da garganta. O mundo se movimentou ao seu redor e se realinhou.

Ele estava sentado em uma espécie de cabana precária. Havia várias pessoas ali dentro e outras espreitando da porta. A maioria era negra, todas vestindo trapos, e nenhum dos rostos parecia minimamente amigável.

A mulher que lhe oferecera água parecia amedrontada. Ele tentou sorrir para ela e tossiu outra vez. Ela olhou para ele por baixo do trapo amarrado na cabeça, e ele viu que suas escleras estavam escarlates, as bordas das pálpebras vermelhas e inchadas. Pela sensação, seus olhos deveriam estar da mesma maneira. O ar ainda estava carregado de fumaça, e ele ouvia os estalidos distantes dos bambus que rachavam com o calor, o ruído do fogo diminuindo. Em algum lugar próximo, um pássaro grasnou assustado, e então silenciou abruptamente.

Havia uma conversa em curso perto da porta, em sussurros sibilantes. Os homens que conversavam – ou melhor, discutiam – olhavam para ele de tempos em tempos, com expressões de medo e desconfiança. Tinha começado a chover; ele não conseguia sentir o cheiro da chuva, mas o ar fresco soprou em seu rosto e ele ouviu o tamborilar dos pingos de chuva no telhado e nas árvores lá fora.

Tomou o restante da água e estendeu a xícara de volta à mulher. Ela se retraiu, como se o objeto pudesse estar contaminado. Ele colocou a xícara no chão, assentindo para ela, e secou os olhos com as costas da mão. Os pelos de seu braço estavam chamuscados e se esfarelaram ao toque.

Ele se esforçou para discernir as palavras, mas ouviu apenas uma linguagem incompreensível. Os homens não falavam inglês, francês ou gaélico. Ele ouvira alguns dos novos escravos africanos trazidos de Charleston para serem vendidos no mercado de Wilmington conversando entre si exatamente naquele murmúrio rouco, sigiloso. Alguma língua africana – ou mais de uma.

Sua pele estava coberta de bolhas, quente e sensível em muitos pontos, e o ar na cabana estava tão quente e sufocante que o suor escorria por seu rosto juntamente com as lágrimas, mas ele sentiu um arrepio na base da espinha quando caiu em si. Não estava em uma fazenda – não havia nenhuma plantação tão longe nas montanhas. As pequenas propriedades isoladas como as que existiam ali eram muito pobres para ter escravos, muito menos tantos assim. Alguns índios tinham escravos – mas não negros.

Só havia uma resposta possível, confirmada pelo comportamento deles. Seus captores – ou seriam salvadores? – eram escravos fugidos, e estavam vivendo ali em sigilo.

Sua liberdade – e talvez sua vida – dependia desse sigilo. E ali estava ele, uma ameaça viva a tudo aquilo. Sentiu um frio na barriga ao perceber a fragilidade de sua situação. *Eles* o haviam salvado do fogo? Em caso afirmativo, agora deviam estar arrependidos, a julgar pela expressão dos homens à porta.

Um deles se afastou do grupo, se aproximou e se agachou diante dele, empurrando a mulher para o lado. Olhos negros e estreitos o observaram, do rosto ao peito e de volta ao rosto.

– Quem você?

Ele não acreditava que o interrogador belicoso quisesse saber seu nome. Na verdade, ele queria saber o objetivo de Roger. Possibilidades se alternaram em sua mente – qual delas teria a maior chance de mantê-lo vivo?

Não "caçador" – se achassem que era inglês e estava sozinho, com certeza o matariam. Poderia fingir ser francês? Um francês não lhes pareceria tão perigoso. Talvez.

Piscou com força para clarear a visão e estava abrindo a boca para dizer "*Je suis français - un voyageur*", quando sentiu uma dor aguda no meio do peito que o fez engolir ar com força.

O metal do astrolábio o queimara no incêndio, e pequenas bolhas tinham surgido e estourado embaixo dele, grudando o objeto nele com seu fluido pegajoso. Quando se moveu, o peso do astrolábio o soltou, arrancando tiras de pele com ele e deixando uma área latejante e em carne viva no centro de seu peito.

Ele enfiou dois dedos pela gola da camisa e cuidadosamente puxou a tira de couro.

– Me... di... dor – esforçou-se para dizer, forçando as sílabas com dificuldade através do nó de fuligem e cicatrizes em sua garganta.

– *Hau!*

O interlocutor olhou espantado para o disco de ouro, com os olhos arregalados. Os homens junto à porta se empurraram e se acotovelaram, tentando chegar perto para ver.

Um deles estendeu a mão e agarrou o astrolábio, puxando-o por cima de sua cabeça. Ele não tentou segurar o objeto, mas se recostou, aproveitando que a atenção deles estava concentrada no objeto para firmar os pés lentamente. Esforçava-se para manter os olhos abertos, lutando contra a vontade quase irresistível de fechá-los; até mesmo a suave luz do dia que entrava pela porta causava dor.

Um dos homens olhou para ele e disse algo de modo ríspido. Dois deles se postaram de imediato entre ele e a porta, com os olhos vermelhos fixos nele como basiliscos. O homem que segurava o astrolábio gritou alguma coisa, um nome, ele acreditava, e houve um movimento à porta, alguém abrindo caminho entre os espectadores amontoados ali.

A mulher que entrou era muito parecida com as outras; vestia farrapos, molhados pela chuva, e um pano amarrado na cabeça, escondendo seus cabelos. Havia uma grande diferença, no entanto; os braços e pernas magros que saíam do vestido eram membros queimados de sol e cobertos de sardas de uma pessoa branca. Ela olhou para Roger, mantendo os olhos fixos nele enquanto andava até o centro da cabana. Somente o peso do astrolábio em sua mão fez com que ela desviasse o olhar.

Um homem alto e esquelético, com um único olho se aproximou. Chegou perto da mulher, tocou o astrolábio com um dedo e disse algo parecido com uma pergunta. Ela balançou a cabeça lentamente, discordando, passando o dedo sobre as marcações na borda do disco fascinada e confusa. Em seguida virou o objeto.

Roger notou seus ombros ficarem tensos quando ela viu as letras impressas no disco e um fio de esperança surgiu em seu peito; ela o conhecia. Reconhecera o nome.

Ele havia apostado na possibilidade de que eles soubessem o que era um agrimensor, de que pudessem concluir que a palavra indicava que havia pessoas esperando pelos resultados, pessoas que iriam à procura dele, se ele não voltasse. Do ponto de vista deles, não haveria nenhuma vantagem em matá-lo se outros fossem procurá-lo. Mas se a mulher conhecia o nome "James Fraser"...

A mulher lançou a Roger um olhar brusco, firme, totalmente incongruente com sua hesitação anterior. Aproximou-se dele devagar, mas sem aparentar medo.

– Você não é Jamef Fraser – disse ela, e ele se surpreendeu com o som de sua voz, clara mas ceceada.

Piscou e estreitou os olhos, então levantou-se devagar, protegendo os olhos com as mãos para conseguir vê-la contra a claridade que entrava pela porta.

Ela podia ter qualquer idade entre 20 e 60 anos, embora não houvesse fios grisalhos nos cabelos castanho-claros que apareciam em suas têmporas. O rosto dela era marcado por rugas, mas de dificuldades e fome, não de velhice, ele pensou. Ele sorriu para ela, deliberadamente, e ela abriu os lábios em reflexo, um sorriso hesitante, mas mesmo assim foi o suficiente para que ele conseguisse ver de relance seus dentes da frente, quebrados. Estreitando os olhos, ele notou a marca clara de uma cicatriz atravessando uma das sobrancelhas. Ela era muito mais magra do que Claire descrevera, mas isso não surpreendia.

– Eu não sou... James Fraser – concordou ele com a voz rouca, parando para tossir.

Pigarreou, expelindo mais fuligem e catarro. Cuspiu, virando-se educadamente de lado, e voltou a se dirigir a ela.

– Mas você é... Fanny Beardsley... não é?

Ele não tinha certeza, apesar dos dentes, mas a expressão de assombro dela diante daquelas palavras foi uma confirmação incontestável. Os homens também conheciam esse nome. O homem de um olho só deu um passo à frente e segurou a mulher pelo ombro; os outros se aproximaram de modo ameaçador.

– James Fraser é... o pai de minha esposa – disse ele, o mais depressa que pôde, antes que o pegassem. – Quer saber... sobre a criança?

O olhar de desconfiança desapareceu do rosto dela. Ela não se moveu, mas um olhar tão intenso surgiu em seus olhos que ele teve que se controlar para não dar um passo para trás.

– Fani?

O homem alto ainda mantinha a mão no ombro dela. Ele se aproximou ainda mais, seu único olho olhando de um lado para o outro, desconfiado, da mulher para Roger.

Ela disse alguma coisa, quase um sussurro, e estendeu a mão, cobrindo a mão do homem em seu ombro. O rosto dele se tornou repentinamente inexpressivo, como se a expressão tivesse sido apagada com uma borracha. Ela se voltou para ele, olhando em seu rosto, falando em um tom de voz baixo, rápido e urgente.

A atmosfera na cabana mudara. Ainda estava carregada, mas um ar de confusão agora se misturava ao clima de ameaça. Trovões ribombavam do lado de fora, muito mais alto do que o som da chuva, mas ninguém prestava atenção. Os homens perto da porta se entreolharam, franzindo o cenho para o casal discutindo aos sussurros. O clarão silencioso de um raio emoldurou as pessoas à porta contra a escuridão. Ouviu-se um murmúrio do lado de fora, expressões confusas. Outro estrondo de trovão.

Roger permaneceu imóvel, reunindo forças. Suas pernas pareciam de borracha e, apesar de respirar ainda ser uma alegria, cada respiração ardia e irritava seus pulmões. Ele não iria depressa nem longe, se tivesse que correr.

A discussão cessou abruptamente. O homem alto se virou e fez um gesto firme em direção à porta, dizendo algo que fez os outros homens resmungarem, surpresos e contrariados. Ainda assim, eles se foram, devagar. Um sujeito baixo, com os cabelos embaraçados, olhou com fúria para Roger, mostrou os dentes e passou a lateral da mão pela garganta sibilando. Com um pequeno choque, Roger viu que os dentes do homem eram irregulares, pontiagudos.

A porta da cabana mal havia se fechado quando a mulher puxou a manga de sua blusa.

– Conte-me – disse ela.

– Calma.

Ele tossiu outra vez, limpando o cuspe dos lábios com as costas da mão. Sua garganta ardia; as palavras pareciam brasas, queimando seu peito ao sair.

– Você... me tira... daqui. Depois... eu conto. Tudo o que sei.

– Conte-me!

Ela afundou os dedos no braço dele. Seus olhos estavam avermelhados por causa da fumaça, e as íris castanhas pareciam carvão em brasa. Ele balançou a cabeça, tossindo.

O homem alto empurrou a mulher para o lado, puxando Roger pela camisa. Alguma coisa reluziu sombriamente, perto demais do olho de Roger para que ele visse com clareza, e em meio ao cheiro de queimado, ele sentiu o fedor de dentes podres.

– Conte a ela, homem, ou eu arranco suas tripas!

Roger estendeu o braço entre eles e, com esforço, empurrou o homem para trás, cambaleando.

– Não – disse ele, decidido. – Você... me tira daqui. Depois, eu conto.

O homem hesitou, agachou-se, a lâmina da faca criando um pequeno arco de incerteza. Seu olho se voltou para a mulher.

– Tem certeza de que ele sabe?

A mulher não havia tirado os olhos do rosto de Roger. Ela assentiu, sem desviar o olhar.

– Ele sabe.

– Era... uma menina. – Roger olhou para ela fixamente, controlando a vontade de piscar. – Isso... você já... sabe.

– Ela está viva?

– Tire-me... daqui.

Ela não era uma mulher alta, nem de corpo avantajado, mas seu desespero parecia preencher a cabana. Ela tremia, os punhos cerrados ao lado do corpo. Ela olhou para Roger por mais um minuto e em seguida se virou, dizendo algo violento para o homem na estranha língua africana.

Ele tentou argumentar, mas foi em vão. A enxurrada de palavras da mulher atingiu-o como a água de uma mangueira de incêndio. Ele levantou as mãos, rendendo-se, frustrado, depois estendeu os braços e arrancou o trapo da cabeça da mulher. Desfez os nós com dedos rápidos e compridos, e o torceu no formato de uma venda, murmurando baixinho.

A última coisa que Roger viu antes de o homem vendar seus olhos foi Fanny Beardsley, com os cabelos presos em pequenas tranças sebosas caídas sobre os ombros, os olhos ainda fixos nele, queimando como brasas. Seus dentes quebrados estavam à mostra, e ele achou que ela o morderia, se pudesse.

. . .

Eles não partiram sem discutir. Um coro de vozes enfurecidas os cercou por algum tempo e mãos puxaram suas roupas e braços. Mas o homem de um olho só ainda segurava a faca. Roger ouviu um berro, um tumulto de pés e corpos próximos dele, e um grito agudo. As vozes se calaram e as mãos não o prendiam mais.

Continuaram a caminhar, sua mão no ombro de Fanny Beardsley para se guiar. Acreditava ser um pequeno povoado; pelo menos, não demorou muito para que começasse a sentir as árvores em volta dele. Folhas roçavam seu rosto, e o cheiro resinoso de seiva era intensificado pelo ar quente, tomado por fumaça. Ainda chovia forte, mas o cheiro de fumaça estava em toda parte. O terreno era irregular, camadas de folhas mofadas pontuadas por pedras protuberantes, tocos de árvores e galhos caídos.

O homem e a mulher trocavam comentários ocasionais, mas logo ficaram em silêncio. Suas roupas ficaram encharcadas e se grudaram ao corpo, as costuras da calça esfolando sua pele enquanto ele caminhava. A venda estava apertada demais para que ele visse alguma coisa, mas a luz penetrava pela borda e, por meio dela, ele podia perceber as mudanças do dia. Acreditava ter saído da cabana no meio da tarde; quando finalmente pararam, a luz já havia se extinguido quase totalmente.

Ele piscou quando a venda foi retirada, a repentina entrada de luz compensando a falta de claridade. Era fim do crepúsculo. Estavam em um pequeno vale, já parcialmente imerso na penumbra do anoitecer. Ao olhar para o alto, ele viu o céu acima das montanhas brilhando vermelho e laranja, a névoa esfumaçada iluminada como se o mundo ainda estivesse em chamas. Acima dele, as nuvens haviam se dissipado; uma nesga de céu azul se revelava, iluminada pelas estrelas do início da noite.

Fanny Beardsley olhou para ele, parecendo menor sob a copa de uma enorme castanheira, mas tão determinada quanto se mostrara na cabana.

Ele tivera tempo de sobra para pensar na questão. Deveria contar a ela onde a criança estava ou deveria dizer que não sabia? Se ela soubesse, tentaria reaver a criança? E, se fizesse isso, quais seriam as consequências – para a criança, para os escravos fugidos ou até mesmo para Jamie e Claire Fraser?

Nenhum dos dois dissera nada sobre os acontecimentos na fazenda dos Beardsleys além do simples fato de que Beardsley morrera de um ataque de apoplexia. Mas Roger já conhecia ambos o suficiente para tirar conclusões silenciosas do rosto transtornado de Claire e da expressão impassível de Jamie. Ele não sabia o que havia acontecido, mas Fanny Beardsley sabia – e provavelmente era alguma coisa que os Frasers preferiam que continuasse em segredo. Se a sra. Beardsley reaparecesse em Brownsville, querendo a filha de volta, perguntas certamente seriam feitas – e talvez não fosse bom para ninguém que elas fossem respondidas.

O céu em chamas cobriu o rosto da mulher de fogo, no entanto, e diante da urgência naqueles olhos ardentes, ele não conseguiu dizer nada além da verdade.

– Sua filha... está bem – começou ele com firmeza, e ela emitiu um resmungo gutural.

Quando ele terminou de contar o que sabia, as lágrimas rolavam pelo rosto dela, deixando marcas na fuligem e na poeira que a cobriam, mas seus olhos permaneceram muito abertos, fixos nele, como se o simples ato de piscar pudesse fazer com que ela perdesse alguma palavra essencial.

O homem se manteve um pouco afastado, desconfiado, observando. Sua atenção se concentrava principalmente na mulher, mas ele lançava um olhar ocasional para Roger enquanto ele falava e, no fim, ficou ao lado da mulher, seu olho brilhando como os dela.

– Ela tem o dinheiro? – perguntou ele.

Em seu sotaque, percebia-se a cadência das Antilhas, e sua pele era morena como mel escuro. Ele seria um homem bonito, não fosse o acidente que o privara de um dos olhos, deixando um buraco de carne murcha por baixo de uma pálpebra enrugada e flácida.

– Sim, ela... herdou... tudo... de Aaron... Beardsley – garantiu Roger, a respiração arranhando sua garganta pelo esforço depois de falar tanto. – O sr. Fraser... cuidou disso.

Ele e Jamie tinham participado da audiência no Tribunal dos Órfãos, para que Jamie testemunhasse sobre a identidade da menina. Richard Brown e sua esposa ficaram com a guarda da criança... e de seus bens. Deram à menina – ele não sabia se por afeto ou por afronta – o nome de "Alicia".

– Não importa ela ser negra?

Ele viu o olho do escravo piscar na direção de Fanny Beardsley, em seguida se desviar. A sra. Beardsley percebeu o tom de incerteza na voz do homem e se virou para ele como uma víbora prestes a dar o bote.

– Ela é *fua*! – disse ela. – Ela não poderia *fer* dele, não poderia!

– Sim, você disse – respondeu ele, com o rosto carrancudo. – Eles dar dinheiro para menina negra?

Ela bateu o pé no chão sem fazer ruído e deu um tapa nele. Ele se endireitou e virou o rosto, mas não fez outra tentativa de escapar de sua fúria.

– *Vofê* acha que eu a teria deixado, *fequer penfado nifo*, *fe* ela *fofe* branca, *fe houvefe* alguma *pofibilidade* de ela *fer* branca? – gritou ela, socando-o, golpeando nos braços e no peito. – Foi culpa *fua* eu ter que deixá-la, *fua*! *Fua* e daquele maldito *efconderijo* de *negrof*, *desgrafadof*!

Foi Roger quem segurou os braços dela, que desferiam golpes sem controle, e segurou-os enquanto ela se debatia, deixando-a gritar histericamente até ficar rouca e finalmente cair aos prantos.

O escravo, que observara tudo isso com uma expressão que era um misto de vergonha e raiva, ergueu um pouco as mãos na direção dela. Foi um movimento muito discreto, mas suficiente; ela se virou na mesma hora e se jogou nos braços do amante, soluçando contra seu peito. Ele a envolveu com os braços meio sem jeito e apertou-a contra si, balançando-se para a frente e para trás. Parecia acanhado, porém não mais irado.

Roger pigarreou, fazendo uma careta de dor. O escravo olhou para ele e assentiu.

– Vá embora, homem – disse ele baixinho. Então, antes que Roger se virasse para ir, ele disse: – Espere... verdade, homem, a criança está bem cuidada?

Roger assentiu, sentindo-se extremamente cansado. A adrenalina e o instinto de sobrevivência que o mantiveram até ali já tinham se esgotado. O céu iluminado tornara-se cinza e tudo no vale estava perdendo a cor, apagando-se na escuridão.

– Ela está... bem. Vão... cuidar bem... dela. – Buscou palavras, querendo dizer mais alguma coisa. – Ela é... bonita – disse por fim. Sua voz já quase desaparecera, não mais do que um sussurro. – Uma menina... linda.

O rosto do homem mudou, dividido entre vergonha, surpresa e prazer.

– Ah! – disse ele. – Isso vem da mãe, com certeza.

Ele deu um tapinha nas costas de Fanny Beardsley, muito delicadamente. Ela havia parado de soluçar, mas permanecia com o rosto enterrado no peito dele, imóvel e muda. Já era quase noite; na penumbra, todas as cores tinham desbotado; sua pele parecia da mesma cor da dele.

O homem não usava nada além de uma camisa em farrapos, encharcada, e sua pele escura aparecia por algumas aberturas. Ele usava um cinto de corda, no entanto, com um saco de pano preso a ele. Enfiou uma das mãos no saco e pegou o astrolábio, que estendeu para Roger.

– Não pretende... ficar com isso? – perguntou Roger.

Tinha a sensação de estar dentro de uma nuvem; tudo estava começando a parecer distante e indistinto, e as palavras chegavam até ele como se estivessem abafadas por um pedaço de algodão.

O ex-escravo balançou a cabeça.

– Não, homem, o que eu ia fazer com isso? E também – acrescentou, franzindo o canto da boca ironicamente –, talvez ninguém procure você, homem, mas o dono desse negócio pode vir procurar.

Roger pegou o disco pesado e pendurou a tira de couro no pescoço. Tentou duas vezes até conseguir; seus braços pesavam como chumbo.

– Ninguém... virá procurar – disse ele.

Virou-se e partiu, sem saber onde estava ou para onde deveria ir. Depois de alguns passos, virou-se e olhou para trás, mas a noite já os havia engolido.

84

QUEIMADOS ATÉ OS OSSOS

Os cavalos estavam um pouco mais calmos, mas ainda estavam inquietos, batendo as patas e puxando as cordas que os amarravam quando os trovões ressoavam ao longe. Jamie suspirou, deu um beijo no topo de minha cabeça e abriu caminho de volta pelas coníferas até a minuscula clareira onde eles estavam.

– Bem, se vocês não gostam daqui de cima – ouvi Jamie dizer –, por que vieram para cá?

Ele disse isso com tolerância, no entanto, e eu ouvi Gideon relinchar satisfeito ao vê-lo. Eu estava prestes a ir ajudá-lo, quando vi pelo canto do olho um movimento lá embaixo.

Eu me inclinei para olhar, segurando com força um dos galhos da cicuta para me apoiar, mas o que quer que estivesse ali, tinha se movido. Um cavalo, pensei, mas vindo de uma direção daquela pela qual os refugiados tinham vindo. Fui descendo em zigue-zague pela fileira de coníferas, espiando em meio aos galhos, e cheguei a um ponto bem próximo da beira do rebordo estreito de onde eu podia ver claramente o vale do rio lá embaixo.

Não exatamente um cavalo... era...

– É Clarence! – gritei.

– Quem?

Ouvi a voz de Jamie na outra extremidade do rebordo, um pouco abafada pelo farfalhar dos galhos. O vento ainda soprava com força, úmido por causa da chuva que voltava a cair.

– Clarence! O burro de Roger!

Sem esperar uma resposta, passei por baixo de um galho à minha frente e me equilibrei com dificuldade na beirada do rebordo, segurando-me a uma rocha que se projetava do penhasco no ponto onde ele encontrava o rebordo. Havia fileiras compactas de árvores embaixo, estendendo-se pela encosta, o topo das copas poucos centímetros abaixo de onde estavam meus pés, mas eu não quis correr o risco de cair sobre elas.

Era Clarence, eu tinha certeza. Eu não era nenhuma especialista em quadrúpedes a ponto de distingui-los por seu modo de andar, mas Clarence havia sofrido com uma espécie de sarna ou outra doença de pele quando era novo e os pelos cresceram brancos nos pontos onde havia feridas cicatrizadas, deixando o animal estranhamente malhado na região das ancas.

Ele trotava lentamente pelas plantações de milho, as orelhas apontadas para a frente e obviamente feliz por estar voltando à sociedade. Também estava selado e sem cavaleiro, e eu soltei um palavrão baixinho quando o vi.

– Ele arrebentou as amarras e fugiu. – Jamie aparecera ao meu lado, espreitando o burro lá embaixo. Ele apontou. – Está vendo?

Eu não havia percebido, a princípio, mas havia um pequeno trapo amarrado ao redor de uma das patas dianteiras, balançando enquanto ele trotava.

– Acho que é melhor assim – falei. Minhas mãos tinham ficado suadas, e eu enxuguei as palmas nos cotovelos das minhas mangas, sem conseguir desviar o olhar. – Quero dizer, se ele estava amarrado, então Roger não estava montado nele. Roger não foi atirado longe, derrubado nem ferido.

– Ah, não. – Jamie pareceu preocupado, mas não alarmado. – Ele vai ter que andar muito para voltar, só isso.

Ainda assim, vi seu olhar se desviar para o estreito vale do rio, agora quase tomado pela fumaça. Ele balançou a cabeça levemente e disse alguma coisa baixinho, sem dúvida algo bem parecido com o meu palavrão.

– Fico tentando imaginar se é assim que Deus se sente – disse ele em voz alta, lançando um olhar irônico para mim. – Vendo as bobagens de que os seres humanos são capazes, mas sem poder fazer nada a respeito.

Antes que eu pudesse responder, vimos o clarão de um raio e, logo depois, o estrondo do trovão, um barulho tão forte e repentino que eu me sobressaltei, quase me desequilibrando. Jamie segurou meu braço para que eu não caísse e me puxou para trás, afastando-me da borda. Os cavalos estavam inquietos de novo na outra extremidade do rebordo, e ele se virou para os animais, mas parou de repente, a mão ainda segurando meu braço.

– O que foi?

– Olhei para onde ele estava olhando, mas não vi nada além da face do penhasco, a uns 3 metros, ornamentada com pequenas plantas.

Ele soltou meu braço e, sem responder, caminhou na direção do penhasco. E, eu vi, em direção a um antigo tronco destruído pelo fogo perto da rocha. Muito delicadamente, ele puxou alguma coisa da casca da árvore seca. Aproximei-me dele e olhei na palma de sua mão, onde ele segurava vários pelos longos e grossos. Pelos brancos.

A chuva recomeçou, determinada a encharcar tudo que pudesse. Ouvi dois relinchos estridentes dos cavalos, que não gostavam nem um pouco de ser abandonados.

Olhei para o tronco da árvore; havia pelos brancos por toda parte, presos nas fendas da casca rachada. *Um urso costuma ter uma ou duas árvores favoritas para se coçar*, eu podia ouvir Josiah dizendo. *E sempre volta para a mesma*. Engoli em seco.

– Talvez – disse Jamie, pensativo – não sejam apenas os trovões que estão perturbando os cavalos.

Talvez não, mas não estavam ajudando. Um raio brilhou no meio das árvores na base da encosta e o trovão ressoou em seguida. Mais uma vez, outro raio, depois outro, como se uma artilharia antiaérea estivesse disparando sob nossos pés. Os cavalos estavam histéricos e eu tive vontade de me juntar a eles.

Eu havia vestido minha capa com capuz ao deixar a aldeia, mas tanto o capuz quanto os cabelos estavam grudados em minha cabeça, que era açoitada pela chuva como uma saraivada de pregos. Os cabelos de Jamie também estavam grudados em sua cabeça e ele franziu o cenho em uma careta.

Fez um gesto de "fique aqui", mas balancei a cabeça, negando, e o segui. Os cavalos estavam em um estado de desespero, com as crinas encharcadas caindo na frente dos olhos. Judas conseguira arrancar parte da pequena árvore à qual eu o amarrara, e Gideon abaixara completamente as orelhas, mexendo o lábio sem parar sobre os grandes dentes amarelos, procurando alguém ou alguma coisa para morder.

Ao ver aquilo, Jamie contraiu os lábios. Olhou para trás, em direção ao ponto onde havíamos encontrado a árvore de coçar, impossível de ver de onde estávamos agora. Vimos o clarão de um relâmpago, o trovão fez a rocha tremer e os dois cavalos guincharam e avançaram. Jamie balançou a cabeça, decidido, e agarrou as rédeas de Judas, mantendo-o no lugar. Evidentemente, íamos sair da montanha, com ou sem caminho escorregadio.

Montei na sela com as saias molhadas e me segurei às rédeas com firmeza, tentando gritar palavras tranquilizadoras no ouvido de Judas enquanto ele pulava e se contorcia, ansioso para partir. Estávamos perigosamente perto das coníferas na borda, e eu me inclinei com força para dentro, tentando conduzi-lo na direção da parede de rocha do penhasco.

Senti uma forte onda de formigamento percorrer meu corpo, como se milhares de formiguinhas estivessem me mordendo da cabeça aos pés. Olhei para minhas mãos e as vi brilhando, contornadas por uma luz azul. Os pelos dos meus antebraços estavam arrepiados, todos com um brilho azul. Meu capuz havia caído para trás e senti todos os cabelos da minha cabeça se levantarem ao mesmo tempo, como se uma mão gigante e invisível os puxasse para cima.

O ar começou de repente a cheirar a enxofre, e eu olhei ao redor, assustada. As árvores, as pedras e o chão estavam banhados por uma luz azul. Minúsculas serpentes de eletricidade branca e brilhante sibilavam na superfície rochosa do penhasco, a poucos metros.

Eu me virei para chamar Jamie e o vi montado em Gideon, virando-se na minha direção, com a boca aberta enquanto gritava e todas as palavras se perdiam na reverberação do ar ao nosso redor.

A crina de Gideon começou a se erguer, como em um passe de mágica. Os cabelos de Jamie se ergueram de seus ombros e flutuaram para cima, entremeados por trêmulos fios azuis. Cavalo e cavaleiro cintilavam com uma luz infernal, todos os músculos do rosto e dos membros delineados. Senti um sopro de ar sobre minha pele e em seguida Jamie se jogou de sua sela em cima de mim, e nós dois mergulhamos no vazio.

O raio caiu antes de atingirmos o chão.

Voltei a mim, sentindo cheiro de carne queimada e uma pontada dolorosa na garganta. Parecia que eu tinha sido virada do avesso; todos os meus órgãos pareciam estar expostos.

Ainda chovia. Fiquei parada por um tempo, deixando a chuva escorrer por meu rosto e encharcar meus cabelos, enquanto meus neurônios lentamente voltavam a funcionar. Meu dedo se contraiu de modo involuntário. Tentei fazê-lo de propósito e consegui. Flexionei os dedos – não tive muito sucesso. Mais alguns minutos, porém, e circuitos suficientes já funcionavam e eu consegui me sentar.

Jamie estava caído perto de mim, jogado de barriga para cima como um boneco de pano, no meio de uma moita de sumagre. Rastejei até ele e vi que seus olhos estavam abertos. Ele piscou para mim e um músculo contraiu-se no canto de sua boca na tentativa de esboçar um sorriso.

Eu não vi sangue, e apesar de seus membros estarem um pouco tortos, todos estavam inteiros. A chuva se empoçava em suas órbitas, escorrendo para dentro dos olhos. Ele piscou com força e virou a cabeça para que a água escorresse por seu rosto. Coloquei a mão em sua barriga e senti a pulsação abdominal forte sob meus dedos, um tanto lenta, mas constante.

Não sei quanto tempo permanecemos inconscientes, mas a tempestade também tinha passado. Uma série de relâmpagos cortava o céu além das montanhas, destacando os cumes.

– "O trovão é bom" – citei, observando-o em meio a um estupor nebuloso. – "O trovão é impressionante, mas é o raio que faz o trabalho."

– Fez um belo trabalho em mim. Você está bem, Sassenach?

– Excelente – falei, ainda me sentindo agradavelmente distante. – E você?

Ele olhou para mim curioso, mas pareceu concluir que eu estava bem. Segurou-se em um galho de sumagre e ficou de pé com dificuldade.

– Ainda não consigo sentir os dedos dos pés – disse ele –, mas o resto está bem. Já os cavalos...

Olhou para cima e vi quando ele engoliu em seco.

Os cavalos estavam em silêncio.

Estávamos uns 6 metros abaixo do rebordo de pedra, em meio aos abetos e bálsamos. Eu *conseguia* me mover, mas não tinha forças para tanto. Permaneci sentada, me recuperando, enquanto Jamie se sacudia e começava a escalar a ribanceira de volta ao rebordo do matador.

Tudo estava muito quieto. Eu me perguntei se poderia ter ficado surda com o estrondo. Meu pé estava frio. Olhei para baixo e descobri que meu sapato esquerdo havia desaparecido – arrancado pelo raio ou perdido na queda, eu não tinha como saber, mas não o encontrei perto dali. A meia também havia sumido; uma pequena concentração escura de veias transparecia logo abaixo do meu tornozelo – um legado de minha segunda gravidez. Fiquei olhando para ela fixamente como se fosse a chave para desvendar os segredos do Universo.

Os cavalos deviam estar mortos; eu sabia. Por que nós não estávamos? Senti o cheiro forte de carne queimada e fui tomada por um leve tremor bem no fundo de mim. Estaríamos vivos agora só porque estávamos fadados a morrer em quatro anos? Quando chegasse a nossa vez, ficaríamos estendidos em meio às ruínas incendiadas de nossa casa, montes de carne queimada e fedorenta?

Queimados até os ossos, sussurrou a voz da minha memória. Lágrimas desceram pelo meu rosto, misturadas à chuva, mas eram lágrimas distantes – pelos cavalos, por minha mãe – não por mim mesma. Ainda não.

Havia veias azuis sob a superfície da minha pele, mais proeminentes do que antes. No dorso das minhas mãos, elas formavam um mapa... na carne macia atrás do meu joelho, pareciam teias e arabescos; ao longo da minha canela, uma veia grossa serpeava, distendida. Apertei-a com o dedo; era macia e desapareceu, mas voltou no instante em que tirei o dedo.

O funcionamento interno do meu corpo tornava-se aos poucos mais visível, a pele esticada cada vez mais fina, deixando-me vulnerável, com tudo à mostra, exposto ao tempo, tudo o que antes se abrigava protegido dentro do invólucro do meu corpo. Ossos e sangue querendo sair... havia um ferimento no peito do meu pé.

Jamie estava de volta, encharcado e ofegante devido à subida. Reparei que seus dois sapatos tinham sumido.

– Judas está morto – disse ele, sentando-se ao meu lado.

Segurou minha mão fria com sua mão fria, apertando-a.

– Coitadinho – lamentei, e as lágrimas escorreram mais intensas, fios quentes misturados à chuva fria. – Ele sabia, não é? Sempre detestou raios e trovões, sempre.

Jamie passou o braço por meus ombros e pressionou minha cabeça contra seu peito, emitindo suaves ruídos para me consolar.

– E Gideon? – perguntei por fim, erguendo a cabeça e me esforçando para assoar o nariz em uma dobra da capa molhada.

Jamie negou com a cabeça, com um leve sorriso.

– Ele está vivo – respondeu Jamie. – Está com uma queimadura na lateral do ombro direito e da pata da frente, e sua crina queimou e caiu inteira. – Ele pegou uma dobra de sua própria capa rasgada e tentou limpar meu rosto, mas os resultados não foram melhores. – Acho que vai melhorar muito o temperamento dele – acrescentou, tentando fazer graça.

– Acho que sim. – Eu estava exausta e abalada demais para rir, mas consegui esboçar um sorriso, e foi bom. – Acha que consegue fazê-lo descer? Eu... eu tenho um pouco de unguento. É bom para queimaduras.

– Sim, acho que sim.

Ele me ofereceu a mão e me ajudou a levantar. Eu me virei para alisar minhas saias emboladas e, ao fazer isso, vi algo.

– Veja – falei, a voz quase um sussurro. – Jamie, veja.

A cerca de 3 metros, na ribanceira acima de nós, havia um grande abeto, com a parte de cima totalmente arrancada e metade dos galhos restantes queimados, fumegando. Presa entre um dos galhos e o toco, havia uma massa enorme e arredondada. Estava meio enegrecida, os tecidos queimados – mas os pelos na outra metade, espigados e encharcados, eram brancos, o branco creme dos lírios-do-bosque.

Jamie ficou parado, olhando para o cadáver do urso, boquiaberto. Lentamente, ele fechou a boca e balançou a cabeça. Virou-se para mim, então, e olhou além de onde eu estava, na direção das montanhas distantes, onde os raios ainda brilhavam em silêncio.

– Dizem que uma grande tempestade anuncia a morte de um rei – falou ele, baixinho.

Tocou meu rosto com delicadeza.

– Espere aqui, Sassenach, enquanto busco o cavalo. Vamos para casa.

85

LAREIRA

Cordilheira dos Frasers
Outubro de 1771

A estação mudou, de uma hora para outra. Ela fora dormir com a brisa morna de uma noite de verão e acordara de madrugada sob o forte frio do outono, os pés gelados embaixo da única coberta. Ainda sonolenta, não conseguia adormecer de novo, não sem mais cobertores.

Saiu da cama com os olhos semicerrados, caminhou sobre o piso gelado para ver como Jemmy estava. Ele estava bem aquecido, aconchegado no minúsculo colchão de penas, o cobertor puxado até as orelhas pequenas e rosadas. Ela pousou a mão delicadamente nas costas dele, aguardando a tranquilidade do subir e descer de sua respiração. Uma, duas, mais uma vez.

Tateou em busca de outro cobertor e o estendeu sobre a cama, pegou uma caneca de água para aliviar a garganta seca e percebeu, com um resmungo de irritação, que ela estava vazia. Teve vontade de voltar para a cama e sucumbir ao sono profundo e aquecido... mas não morrendo de sede.

Havia um balde de água da fonte perto da porta. Bocejando e fazendo uma careta, ela deslizou o ferrolho e o abriu com cuidado – apesar de Jem dormir tão profundamente à noite que não havia muito perigo de acordá-lo.

Mesmo assim, abriu a porta com cuidado e saiu, sentindo um leve arrepio quando o ar gelado fez a barra de sua camisola esvoaçar. Abaixou-se e tateou na escuridão. Nenhum balde. Onde...

Viu um movimento pelo canto do olho e se virou. Por um instante, pensou que pudesse ser Obadiah Henderson, sentado no banco ao lado da porta, e sentiu o coração apertar quando ele se levantou. Então, ela percebeu e se lançou nos braços de Roger antes que sua mente conseguisse enxergá-lo em detalhes.

Pressionada contra ele, sem dizer nada, teve tempo de notar algumas coisas: o arco de sua clavícula contra seu rosto, o cheiro de roupas usadas por muito tempo, havia tanto tempo sem lavar que nem cheiravam mais a suor, mas sim à mata que ele atravessara e à terra sobre a qual dormira, e principalmente à fumaça amarga que inalara. A força de seus braços ao redor de seu corpo e o roçar de sua barba contra a pele dela. O couro frio e rachado de seus sapatos sob os pés descalços dela e a forma dos ossos dos pés dentro dos calçados.

– É você – disse Brianna chorando. – Voltou para casa!

– Sim, voltei para casa – sussurrou ele em seu ouvido. – Você está bem? Jem está bem?

Ela relaxou a pressão dos braços que envolviam as costelas de Roger e ele sorriu para ela – era tão estranho ver seu sorriso em meio à espessa barba negra, a curva de seus lábios familiar ao luar.

– Estamos bem. Você está bem? – Ela fungou, os olhos marejados ao fitar o marido. – O que está fazendo aqui fora, pelo amor de Deus? Por que não bateu?

– Calma. Estou bem. Não queria assustá-la. Pensei em dormir aqui fora e chamar quando amanhecesse. Por que está chorando?

Ela percebeu, então, que ele não estava sussurrando para não despertar Jem. O pouco de voz que lhe restava era um som rouco, deformado e ofegante. Mesmo assim, ele falava com clareza, sem esforço, sem a terrível hesitação de antes.

– Você está conseguindo falar – disse ela, passando as costas da mão nos olhos, depressa. – Quero dizer, está falando melhor.

Antes, ela teria hesitado em tocar sua garganta, com receio de ferir os sentimentos dele, mas por instinto soube que não deveria desperdiçar aquele momento de repentina intimidade provocada pelo choque. A tensão poderia voltar e eles se tornariam estranhos, mas, por um momento, *aquele* momento na escuridão, ela podia dizer qualquer coisa, fazer qualquer coisa, e encostou os dedos na cicatriz irregular e quente, tocou a incisão que havia salvado a vida dele, uma linha fina e clara em meio à barba.

– Ainda dói para falar?

– Dói – respondeu ele, em um sussurro fraco e rouco, e seus olhos encontraram os dela, escuros e suaves ao luar. – Mas eu consigo falar. E vou falar... Brianna.

Ela deu um passo para trás, uma das mãos no braço dele, sem querer soltá-lo.

– Entre – disse ela. – Está frio aqui fora.

Eu tinha uma série de objeções a lareiras, que iam desde farpas sob as unhas e resina de madeira nas mãos até bolhas, queimaduras e o espírito indomável do fogo. No entanto, diria duas coisas a seu favor: era aconchegante, não dava para negar, e envolvia o ato de amor em uma luz tão tênue e bonita, que todas as hesitações acerca da nudez podiam ser seguramente deixadas de lado.

Nossas sombras mescladas flutuavam juntas na parede, um braço, a curva das costas ou do quadril, partes de uma fera ondulante. Jamie levantou a cabeça, uma enorme criatura de vasta cabeleira surgindo acima de mim, com as costas arqueadas.

Estiquei os braços em direção à pele brilhante e aos músculos trêmulos, toquei os pelos claros dos braços e do peito e enterrei as mãos no calor de seus cabelos, puxando-o para baixo, ofegante, para o espaço escuro entre meus seios.

Eu mantinha os olhos entreabertos, as pernas da mesma forma, sem querer largar seu corpo, sem querer abrir mão da ilusão de que éramos um só – se é que de fato era ilusão. Quantas vezes mais eu o teria assim, sob o encantamento da luz do fogo?

Agarrei-me com todas as forças a ele e ao pulsar agonizante de minha própria carne. Mas alegria retida é alegria perdida, e logo voltei a ser apenas eu mesma. A mancha escura no meu tornozelo era perfeitamente visível, mesmo à luz da lareira.

Relaxei as mãos em seus ombros e toquei com ternura as mechas rebeldes de seu cabelo. Ele virou a cabeça e beijou meu seio, em seguida estremeceu, suspirou e deslizou para o lado.

– E dizem que galinha não tem dentes – gracejou ele, tocando com cuidado a marca de uma mordida em seu ombro.

Eu não consegui me conter e ri.

– Devem ser tão raros como o pênis de um galo.

Apoiei-me em um cotovelo e olhei na direção da lareira.

– O que foi, mulher?

– Só estou me certificando de que minhas roupas não peguem fogo.

No calor do momento, eu não havia notado onde ele tinha jogado minhas roupas, mas pareciam estar a uma distância segura das chamas. A saia estava amontoada ao lado da cama, o corpete e a combinação tinham, de algum modo, ido parar em cantos diferentes do quarto. Não vi a faixa para os seios em lugar nenhum.

A luz bruxuleava nas paredes brancas e a cama estava envolta em sombras.

– Você é linda – sussurrou Jamie para mim.

– Se está dizendo...

– Não acredita? Por acaso eu já menti para você?

– Não é isso. Quero dizer que se você está dizendo, então é verdade. Você faz com que seja verdade.

Ele suspirou e mudou de posição para nos acomodarmos confortavelmente. Um pedaço de lenha estalou de repente na lareira, jogando para cima uma chuva de faíscas douradas, em seguida cedeu, sibilando quando o calor envolveu um veio úmido escondido. Observei a madeira nova escurecer, depois se avermelhar, ardendo em uma luz incandescente.

– Pode dizer a mesma coisa sobre mim, Sassenach? – perguntou ele de repente.

Parecia tímido, e eu virei a cabeça para olhar para ele, surpresa.

– Se posso dizer o quê? Que você é lindo?

Meus lábios se curvaram involuntariamente e ele sorriu em resposta.

– Bem... não isso. Mas que ao menos tolera minha cara.

Passei o dedo pela tênue linha branca da cicatriz sobre suas costelas, feita por uma espada muitos anos antes. A cicatriz mais longa, mais grossa, da baioneta que abrira sua coxa de ponta a ponta. O braço que me envolvia, bronzeado e áspero, os pelos descoloridos até ficarem dourados por causa dos muitos dias de sol e trabalho. Perto da minha mão, seu pênis estava aconchegado entre a pernas, agora pequeno, macio e delicado, em seu ninho de pelos castanho-avermelhados.

– Você é lindo para mim, Jamie – falei suavemente, por fim. – Tão lindo que parte meu coração.

Ele tocou os nós da minha coluna, um de cada vez.

– Mas eu sou um velho – disse ele, sorrindo. – Ou deveria ser. Tenho fios brancos na cabeça; a barba está grisalha.

– Prateada – corrigi, tocando os pelos curtos em seu queixo, de cores diferentes, como uma colcha de retalhos. – Em algumas partes.

– Grisalha – disse ele com firmeza. – E, ainda por cima, tem falhas. Mas mesmo assim... – Seus olhos se suavizaram ao olhar para mim. – Mesmo assim, eu queimo por dentro quando me uno a você, Sassenach... e vai ser sempre assim, acredito, até nós dois virarmos cinzas.

– Isso é poesia? – perguntei com cautela. – Ou está falando literalmente?

– Ah. Não. Eu não quis dizer... Não.

Ele me apertou mais em seus braços e inclinou a cabeça na minha direção.

– Isso eu não sei. Se tiver que ser...

– Não será.

O sopro de sua risada esvoaçou meus cabelos.

– Você parece muito certa disso, Sassenach.

– O futuro pode ser modificado; faço isso o tempo todo.

– Ah, é?

Virei-me um pouco, para olhar para ele.

– É. Veja Mairi MacNeill. Se eu não estivesse lá semana passada, ela teria morrido, assim como os gêmeos. Mas eu *estava*, e eles não morreram.

Coloquei a mão atrás da cabeça, observando o reflexo das chamas ondular como água pelas vigas do teto.

– Eu fico pensando... Há muitos que não consigo salvar, mas alguns, eu salvo. Se alguém vive por minha causa e mais tarde tem filhos, que por sua vez também têm filhos, e assim por diante... Bem, quando chegar minha época, digamos, vai haver cerca de trinta ou quarenta pessoas no mundo que, de outra forma, não existiriam, não é? E, enquanto isso, todos andaram fazendo coisas, vivendo a vida... Não acha que isso seja mudar o futuro?

Pela primeira vez, pensei em como eu estava, sozinha, contribuindo para a explosão populacional do século XX.

– Sim – disse ele devagar. Ele pegou minha mão e traçou as linhas da minha palma com seu dedo longo. – Sim, mas é o futuro *delas* que você muda, Sassenach, e talvez esteja destinada a isso. – Ele envolveu minha mão com a sua e puxou os dedos com delicadeza. Uma articulação estalou, com um breve ruído parecido com o da madeira crepitando na lareira. – Os médicos certamente salvaram muitas pessoas ao longo dos anos.

– Claro que sim. E não só médicos. – Sentei-me na cama, impelida pela força de meu argumento. – Mas não importa, não percebe? Você... – apontei o dedo para ele –, você já salvou uma ou outra vida. Fergus? Ian? E aqui estão eles, percorrendo o mundo, fazendo coisas, procriando e por aí vai. Você mudou o futuro para eles, não mudou?

– Sim, bem... talvez. Mas eu não poderia ter feito de outra forma, poderia?

Essa simples declaração me fez emudecer, e ficamos deitados em silêncio por algum tempo, observando a luz bruxuleante na parede branca. Por fim, ele se moveu ao meu lado e falou novamente.

– Não digo isso para que sinta pena de mim – disse ele. – Mas, sabe... às vezes meus ossos doem um pouco.

Ele não olhou para mim, mas espalmou a mão lesionada, virando-a à luz, de modo que a sombra dos dedos tortos formasse uma aranha na parede.

Às vezes. Eu sabia bem. Conhecia os limites do corpo – e seus milagres. Eu já o vira se sentar ao final de um dia de trabalho, a exaustão explícita em cada linha do seu corpo. Já o vira se mover devagar, teimando contra os protestos da carne e dos ossos ao se levantar em manhãs frias. Poderia apostar que ele não vivera um só dia sem sentir dor depois de Culloden, os danos físicos da guerra agravados pela umidade e pela vida dura. E também poderia apostar que ele nunca tinha comentado sobre isso com ninguém. Até aquele momento.

– Eu sei disso – falei com carinho, e toquei sua mão.

A cicatriz irregular que atravessava sua coxa. A pequena depressão na carne do braço, deixada por uma bala.

– Mas não com você – disse ele, e cobriu minha mão pousada em seu braço com a dele. – Sabia que o único momento em que não sinto dor é na cama com você, Sassenach? Quando eu a possuo, quando me aconchego em seus braços... minhas feridas são curadas nesse momento; minhas cicatrizes, esquecidas.

Suspirei e deitei a cabeça na curva de seu ombro. Minha coxa pressionava a dele, a maciez da minha carne um molde para suas formas mais rígidas.

– Comigo também é assim.

Ele ficou em silêncio por algum tempo, acariciando meus cabelos com a mão incólume. Estavam eriçados e emaranhados, libertados da fita que os prendia durante nossas trocas, e ele alisava uma mecha encaracolada de cada vez, penteando cada cacho com os dedos.

– Seus cabelos são como uma grande nuvem de tempestade, Sassenach – murmurou ele, parecendo ensonado. – Escuros e brilhantes ao mesmo tempo. Cada fio é de uma cor.

Ele tinha razão. No cacho entre seus dedos havia fios absolutamente brancos, prateados e loiros, fios escuros, quase negros, e vários ainda exibindo o castanho-claro da juventude.

Seus dedos afundaram-se na massa de cabelos e eu senti sua mão envolver a base de meu crânio, segurando minha cabeça como uma taça.

– Eu vi minha mãe no caixão – disse ele, por fim.

Seu polegar tocou minha orelha, desceu pela curva da borda e do lóbulo, e eu estremeci ao sentir seu toque.

– As mulheres haviam trançado seus cabelos, para que ficassem arrumados, mas meu pai não aceitou. Eu o ouvi. Ele não gritou, foi muito discreto. A última imagem que teria dela tinha que ser como ele a via, ele explicou. Ele estava enlouquecendo de dor, disseram, devia deixar os cabelos como estavam, ficar quieto. Ele não se deu ao trabalho de dizer mais nada, apenas foi até o caixão, desfez as tranças e espalhou os cabelos dela com as duas mãos pelo travesseiro. Ficaram com medo de impedi-lo.

Ele parou, o polegar imóvel.

– Eu estava lá, quieto em um canto. Quando todos foram falar com o padre, eu me aproximei. Nunca tinha visto um morto antes.

Deixei que meus dedos se curvassem sobre o braço dele, silenciosamente. Minha mãe me deixara certa manhã, me dera um beijo na testa e recolocara a presilha que havia caído dos meus cabelos cacheados. Eu nunca mais a vi. Seu caixão foi lacrado.

– Era... ela?

– Não – disse ele baixinho. Seus olhos estavam semicerrados enquanto ele olhava para o fogo. – Não exatamente. O rosto lembrava o dela, mas não era mais seu rosto. Como se alguém a tivesse esculpido em madeira. Mas os cabelos... ainda estavam vivos. Ainda eram... ela.

Eu o ouvi engolir em seco e pigarrear.

– Os cabelos caíam sobre o peito, encobrindo a criança que estava com ela. Pensei que talvez a criança não gostasse daquilo, de ficar abafada. Então ergui as mechas ruivas, para libertá-la. Pude vê-lo, meu irmãozinho, aninhado nos braços dela, com a cabeça em seu peito, todo encoberto e aconchegado sob a cortina de seus cabelos. Então pensei: não, ele parecia mais feliz como estava antes. E ajeitei os cabelos dela para baixo de novo, a fim de cobrir a cabeça dele. – Ele respirou fundo, e senti seu peito inflar contra meu rosto. Seus dedos desciam devagar pelos meus cabelos. – Ela não tinha nem um fio branco, Sassenach. Nem um fio.

Ellen Fraser morrera no parto, aos 38 anos. Minha mãe morrera aos 32. E eu... eu tive a sorte de viver todos os longos anos que elas viveram. E mais.

– Ver os anos tocarem você me deixa feliz, Sassenach – sussurrou ele –, pois significa que você está viva.

Ele ergueu a mão e deixou que meus cabelos deslizassem de seus dedos devagar, acariciando meu rosto, tocando de leve meus lábios, flutuando macios e pesados em meu pescoço e ombros, pousando como penas em cima de meus seios.

– *Mo nighean donn* – sussurrou ele –, *mo chridhe*. Minha morena, meu coração.

– Venha aqui, me envolva, me proteja, *a bhean*, me cure. Arda por mim, como eu ardo por você.

Eu me deitei sobre ele e o cobri, minha pele, seus ossos, e ainda – ainda! – aquela parte do corpo para nos unir. Deixei meus cabelos caírem ao redor de nós dois e, na caverna iluminada pelo fogo de sua escuridão, sussurrei:

– Até nós dois nos transformarmos em cinzas.

86

HÁ UM BURACO NO FUNDO DO MAR

Cordilheira dos Frasers
Outubro de 1771

Roger acordou subitamente, daquele modo que não permitia nenhuma transição pela sonolência; o corpo inerte, mas a mente alerta, os ouvidos sintonizados no eco do que o havia despertado. Não se lembrava do choro de Jemmy, mas ele ecoava em seu ouvido, com aquela mistura de esperança e resignação que é o destino do pai que desperta com mais facilidade.

O sono o arrastava, puxando-o de volta para dentro das ondas de sonolência como um peso de 10 toneladas amarrado a seu pé. Um pequeno ruído farfalhante mantinha sua cabeça momentaneamente fora d'água.

Volte a dormir, ele pensou com todas as forças, na direção do berço. *Shhhh. Silêncio. Quietinho. Volte... a... dormiiir.* Essa hipnose telepática raramente funcionava, mas adiava por alguns segundos preciosos a necessidade de se mover. E, de vez em quando, o milagre acontecia, e seu filho *realmente* voltava a dormir, relaxando na umidade quente da fralda cheia e dos sonhos povoados de bolinhos.

Roger prendeu a respiração, agarrando-se às bordas do sono que se desvanecia, guardando os preciosos segundos de imobilidade. Então, ouviu outro barulho e imediatamente se pôs de pé

– Bree? Bree, o que foi?

O "r" do nome dela tremeu em sua garganta, quase inaudível, mas ele não perdeu tempo se preocupando com isso. Toda a sua atenção era para ela.

Ela estava em pé, junto ao berço, uma forma fantasmagórica na escuridão. Ele a tocou, segurou-a pelos ombros. Ela abraçava o menino com força e tremia de frio e medo.

Ele a puxou para si por instinto, e o frio dela o contagiou na hora. Ele sentiu o coração gelar e forçou-se a segurá-la com mais força ainda, e a não olhar para o berço vazio.

– O que foi? – sussurrou. – Jemmy? O que... aconteceu?

Um tremor percorreu o corpo dela, e ele sentiu sua pele se arrepiar por baixo do tecido fino da camisola Apesar do calor no quarto, ele sentiu os pelos de seus braços se arrepiarem também.

– Nada – respondeu ela. – Ele está bem.

Sua voz estava rouca, mas ela estava certa. Ao se ver apertado de modo desconfortável entre os pais, Jem despertou, soltou um gritinho surpreso e indignado e começou a agitar as pernas e os braços sem parar.

Aquela agitação inundou Roger com uma sensação morna de alívio, desfazendo as imagens frias que haviam se apoderado de sua mente ao vê-la. Com um pouco de dificuldade, ele tirou Jemmy dos braços da mãe e o acomodou sobre o próprio ombro.

Deu tapinhas nas costas pequeninas e sólidas para tranquilizá-lo – tranquilizar a si próprio, tanto quanto a Jemmy –, emitindo ruídos suaves e sibilantes por entre os dentes. Jemmy, considerando esse costumeiro procedimento calmante, bocejou, abrindo muito a boca, relaxou e começou a murmurar sonolento no ouvido de Roger, com o tom crescente e decrescente de uma sirene distante.

– Papa, papa, papa...

Brianna ainda estava parada perto do berço, os braços vazios agora em torno do próprio corpo. Roger estendeu a mão livre e acariciou seus cabelos, os ombros largos, e puxou-a contra seu corpo.

– Shhh – disse para os dois. – Shhh, shhh. Agora está tudo bem, shhh.

Ela o abraçou e ele pôde sentir as lágrimas em seu rosto através do tecido de sua blusa. Seu outro ombro já estava úmido por causa da cabecinha quente e suada de Jemmy.

– Venha para a cama – disse ele suavemente. – Venha para debaixo do cobertor, está frio aqui fora.

Não estava, o ar no chalé estava quente. Mas ela foi mesmo assim.

Brianna estendeu os braços para a criança, levando-a ao seio antes mesmo de se deitar. Como não costumava negar alimento em momento algum, Jemmy aceitou a oferta com entusiasmo, moldando o corpo ao da mãe quando ela se acomodou de lado.

Roger deitou-se na cama ao lado dela e imitou a postura do filho, erguendo os joelhos e encaixando-os atrás dos de Brianna, curvando o corpo de forma protetora sobre o dela. Protegida dessa maneira, Brianna começou aos poucos a relaxar, mas Roger ainda sentia a tensão em seu corpo.

– Tudo bem agora? – perguntou ele com delicadeza.

A pele dela ainda estava pegajosa ao toque, mas aquecida.

– Sim. – Ela respirou fundo e soltou o ar, estremecendo. – Tive um pesadelo. Me desculpe se o acordei.

– Tudo bem. – Ele acariciou a curva do quadril dela, várias vezes, como alguém acariciando um cavalo. – Quer me contar?

Esperava que sim, embora o som de Jemmy mamando fosse rítmico e relaxante, e ele sentisse o sono tomar conta dele conforme os três se aqueciam, fundindo-se como a cera derretida de uma vela.

– Eu estava com frio – disse ela em um sussurro. – Acho que o cobertor deve ter caído. Mas, no sonho, eu sentia frio porque a janela estava aberta.

– Aqui? Uma dessas janelas?

Roger ergueu a mão, indicando a sombra da janela na parede mais distante. Mesmo em meio à escuridão da noite, o couro oleado que cobria a janela ficava ligeiramente mais claro do que a escuridão ao redor dele.

– Não. – Ela respirou fundo. – Era na casa de Boston, onde eu cresci. Eu estava na cama, mas sentia frio, e o frio acabou me acordando, no sonho. Eu me levantei para ver de onde vinha a corrente de vento.

Havia janelas amplas no escritório do pai dela. O vento frio vinha de lá, esvoaçando as longas cortinas brancas dentro do cômodo. O berço ficava junto à antiga escrivaninha, a ponta de um cobertor branco e fino se balançando com a corrente de vento.

– Ele havia desaparecido. – Sua voz estava firme de novo, mas fraquejou por um momento diante da lembrança de terror. – Jemmy havia desaparecido. O berço estava vazio, e eu sabia que alguma coisa tinha entrado pela janela para pegá-lo.

Ela pressionou o corpo contra o dele, inconscientemente buscando segurança.

– Eu estava com medo dessa coisa, o que quer que fosse, mas não importava, eu tinha que encontrar Jemmy.

Ela mantinha uma das mãos cerradas embaixo do queixo. Ele a envolveu na sua e apertou de leve, abraçando-a.

– Eu abri as cortinas e saí correndo... e não havia nada lá. Só água.

Ela tremia ao se lembrar.

– Água?

Ele acariciou seu punho cerrado com o polegar, tentando acalmá-la.

– Oceano. O mar. Apenas... água, batendo na borda do terraço. Estava escuro e eu sabia que a água se estendia infinitamente, e que Jemmy estava lá no fundo, tinha se afogado, e eu chegara tarde demais... – Ela hesitou, mas dominou a voz e continuou, mais controlada. – Mas eu mergulhei assim mesmo, tinha que fazer isso. Estava escuro e havia coisas na água comigo. Eu não conseguia vê-las, mas elas passavam, roçando em mim; coisas grandes. Eu não parava de procurar, procurar, mas não conseguia enxergar nada, e então, de repente, a água ficou mais límpida e eu... eu o vi.

– Jemmy?

– Não. Bonnet... Stephen Bonnet.

Roger forçou-se a não se mover, a não ficar tenso. Ela sonhava com frequência; ele sempre imaginava que os sonhos que ela não lhe contava eram com Bonnet.

– Ele estava segurando Jemmy, e ria. Fui pegá-lo, e ele levantou Jem, deixando-o fora do meu alcance. Ele ficava fazendo isso, e eu tentei agredi-lo, mas ele simplesmente agarrou minha mão e riu. Então olhou para cima e seu rosto mudou.

Ela respirou fundo e segurou os dedos de Roger, à procura de conforto.

– Eu nunca vi um olhar como aquele, Roger, nunca. Havia alguma coisa atrás de mim que ele conseguia ver, algo vindo... e isso o apavorou como nunca vi ninguém se apavorar. Ele estava me segurando, eu não podia me virar para olhar e não podia fugir... não podia deixar Jemmy. A coisa estava vindo... e... então eu acordei.

Ela deu uma risadinha hesitante.

– A avó da minha amiga Gayle sempre dizia que, quando caímos de um penhasco em um sonho, se batemos no fundo, é porque vamos morrer. Estou falando de morrer de verdade. Acha que o mesmo vale em sonhos nos quais somos engolidos por um monstro marinho?

– Não. Além do mais, você sempre acorda a tempo em sonhos assim.

– Até agora, sim.

Ela pareceu em dúvida. Mas, depois de contar o sonho, sentia-se menos aterrorizada; seu corpo se libertou de sua última resistência e ela respirou fundo e tranquilamente contra ele. Roger pôde sentir o peito se inflar sob seu braço.

– Vai acordar sempre. Não se preocupe mais; Jemmy está a salvo. Eu estou aqui, vou proteger vocês dois.

Passou o braço com cuidado em torno dela, abraçando-a, e colocou-a sobre o traseiro gorducho de Jemmy, quente dentro da fralda de pano. Jemmy, depois de ter todas as suas necessidades satisfeitas, entregara-se a um torpor pacífico, em uma rendição completa. Brianna suspirou e pousou a mão sobre a de Roger, apertando-a de leve.

– Havia livros sobre a mesa – disse ela, a sonolência começando a transparecer em sua voz. – Na escrivaninha do meu pai. Ele estivera trabalhando, eu sabia; havia livros abertos e papéis espalhados por todos os lados. Havia um papel no meio da mesa, com alguma coisa escrita; eu queria ler, para ver o que ele andava fazendo, mas não consegui parar.

– Hum-hum.

Brianna estremeceu ligeiramente, e o movimento fez a palha de milho do colchão farfalhar, uma leve perturbação sísmica em seu pequeno universo aconchegante. Ela ficou tensa, lutando contra o sono, mas em seguida relaxou quando a mão de Roger envolveu seu seio.

Roger permaneceu acordado, observando o retângulo da janela aos poucos clarear, segurando a família protegida em seus braços.

O tempo estava nublado e fresco naquela manhã, mas muito úmido. Roger sentia uma capa de suor cobrir seu corpo, como a película que se forma sobre o leite fervido. Fazia menos de uma hora que havia amanhecido, ainda avistavam a casa, mas seu couro cabeludo já pinicava, gotículas de suor se acumulando sob a trança na base de seu crânio.

Flexionou os ombros com resignação e o primeiro filete de suor desceu por sua coluna, fazendo cócegas. Pelo menos o suor ajudava a diminuir a dor; seus braços e ombros estavam tão rígidos e doloridos naquela manhã que Brianna teve que ajudá-lo a se vestir, passando a camisa pela cabeça dele e abotoando a braguilha com dedos habilidosos.

Sorriu por dentro, lembrando-se do que mais aqueles dedos longos tinham feito. Aquele momento desviara seus pensamentos temporariamente da rigidez de seu corpo, por um tempo, afastando a perturbadora memória dos sonhos. Ele se alongou, gemendo, sentindo o repuxar dos músculos sobre as articulações doloridas. O tecido limpo já estava grudando no peito e nas costas.

Jamie estava à sua frente na trilha, com uma mancha molhada crescendo visivelmente entre suas escápulas no ponto onde a tira do cantil cruzava suas costas. Roger consolou-se um pouco ao ver que naquela manhã o sogro avançava com muito menos da sua elegância felina de sempre. Ele sabia que o Grande Escocês era apenas humano, mas era bom ter essa confirmação de vez em quando.

– Acha que o tempo vai continuar firme? – perguntou Roger, apenas para dizer alguma coisa.

Jamie estava longe de ser falante, mas parecia anormalmente quieto naquela manhã, tendo falado pouco além do "bom dia" em resposta ao cumprimento de Roger. Talvez fosse o dia cinzento, com sua ameaça, ou promessa, de chuva.

O céu acima deles curvava-se turvo como o interior de uma tigela de estanho. Uma tarde dentro de casa, com a chuva batendo no couro oleado das janelas e Jemmy aconchegado, tranquilo, cochilando, enquanto sua mãe tirava a combinação e ia para a cama à tênue luz cinzenta... sim, bem, algumas maneiras de suar eram melhores do que outras.

Jamie parou e olhou para o céu cada vez mais carregado. Flexionou a mão direita, fechando-a em um punho desajeitado e abrindo-a em seguida, devagar. O quarto dedo rígido dificultava algumas tarefas delicadas, como escrever, mas oferecia um duvidoso benefício em troca; as juntas inchadas prenunciavam a chuva com a confiabilidade de um barômetro.

Jamie flexionou os dedos e abriu um discreto sorriso a Roger.

– Nada além de uma garoa – disse ele. – Não vai chover antes do anoitecer. – Ele se alongou, relaxando as costas antes de começar, e suspirou. – Vamos lá então?

Roger olhou para trás; a casa e o chalé haviam desaparecido. Franziu o cenho ao olhar para as costas de Jamie, ponderando. Estavam a quase 1 quilômetro do novo campo; tempo de sobra para uma conversa. Mas não era o momento certo, ainda não. Era um assunto a ser tratado cara a cara, e durante o tempo livre – mais tarde, portanto, quando parassem para comer.

A floresta estava silenciosa, o ar parado e pesado. Até os pássaros estavam calados, apenas as bicadas de um pica-pau quebravam ocasionalmente o silêncio. Abriram caminho pela floresta, silenciosos como índios sobre a camada de folhas apodrecidas, e emergiram de um bosque cerrado de pequenos e frondosos carvalhos tão repentinamente que um bando de corvos alçou voo com seus grasnidos estridentes, abandonando o campo recém-limpo como demônios fugindo do inferno.

– Santo Deus! – murmurou Jamie, benzendo-se sem perceber.

A garganta de Roger se fechou e seu estômago revirou. Os corvos estavam se alimentando de alguma coisa no buraco deixado por uma árvore arrancada pela raiz; só conseguia ver, acima dos montes de terra, uma curva branca que lembrava de maneira perturbadora o contorno de um ombro nu.

Era, de fato, um ombro nu – de um porco. Jamie se agachou ao lado da carcaça, franzindo o cenho ao ver as marcas que se destacavam na pele clara e grossa. Tocou os sulcos profundos no flanco do animal com nojo. Roger podia ver a movimentação agitada de moscas dentro das cavidades vermelho-escuras, quase negras.

– Urso? – perguntou ele, agachando-se ao lado de Jamie.

O sogro negou com a cabeça.

– Felino. – Ele afastou os pelos ralos e ásperos atrás da orelha e apontou as perfurações azuladas nas dobras de gordura. – Quebrou o pescoço com uma única mordida. Está vendo as marcas das garras?

Roger vira, mas não tinha o conhecimento necessário para diferenciar as marcas das garras de um urso das de uma pantera. Olhou mais de perto, memorizando o contorno.

Jamie se levantou e limpou o rosto na manga da camisa.

– Um urso teria comido uma parte maior do corpo. Este mal foi tocado. Mas os felinos fazem isso, matam a presa e a abandonam, depois voltam, por vários dias, para comer pequenas porções.

Apesar de estarem pegajosos, os pelos na nuca de Roger se eriçaram com um calafrio. Era fácil demais imaginar olhos amarelos nas sombras do bosque atrás dele, fitando com uma fria apreciação o ponto onde o crânio se encontrava com a frágil espinha dorsal.

– Acha que ele ainda está por perto?

Ele olhou em volta, tentando parecer tranquilo. A floresta estava como sempre tinha sido, mas agora o silêncio parecia antinatural e sinistro.

Jamie afastou algumas moscas curiosas, franzindo a testa.

– Sim, talvez. Esse porco foi morto há pouco tempo. Ainda não há vermes. – Meneou a cabeça indicando o ferimento aberto no flanco do animal, depois se abaixou para segurar as pernas rígidas. – Ajude-me a pendurá-lo. É muita carne para ser desperdiçada.

Arrastaram o corpo até uma árvore com um galho forte e baixo. Jamie enfiou a mão dentro da manga e tirou um lenço encardido, que amarrou ao redor da cabeça para evitar que o suor escorresse para dentro dos olhos. Roger também pegou seu lenço – cuidadosamente lavado e passado – e fez a mesma coisa. Sabendo que lavar roupas era difícil, tiraram as camisas limpas e as penduraram em um amieiro.

Havia cordas no campo, deixadas ali quando os troncos das árvores derrubadas foram arrancados para fazer a limpeza do terreno. Jamie passou a corda várias vezes ao redor das patas dianteiras do animal e atirou a ponta livre por cima do galho. Era uma porca adulta, com cerca de 90 quilos de carne firme. Jamie firmou os pés no chão e puxou a corda, grunhindo devido ao esforço.

Roger prendeu a respiração ao se abaixar para ajudar a içar o corpo rígido, mas Jamie estava certo; o porco tinha sido morto recentemente. Sentia o cheiro natural do porco, atenuado por causa da morte, e o cheiro ácido e forte de sangue, nada mais.

Pelos ásperos rasparam a pele de sua barriga quando ele abraçou o corpo para erguê-lo, e ele trincou os dentes com uma careta de nojo. Há poucas coisas mais inertes do que um grande porco morto. Quando Jamie deu o comando, o corpo foi amarrado. Ele o soltou, e o porco balançou devagar de lá para cá, um pêndulo de carne.

Roger estava banhado em suor, mais do que apenas pelo esforço de erguer o animal. Havia uma grande mancha marrom de sangue no peito e na barriga. Ele esfregou a mão sobre o nó em seu estômago, misturando o sangue ao suor. Olhou ao redor outra vez. Nada se movia entre as árvores.

– As mulheres vão gostar – disse ele.

Jamie riu, tirando a adaga do cinto.

– Acho que não. Passarão metade da noite cortando, limpando e salgando a carne. – Ele assentiu na direção do olhar de Roger. – Mesmo que esteja perto, não virá nos perturbar. Felinos não caçam presas grandes, a menos que estejam famintos. – Olhou com ironia para o flanco dilacerado do porco dependurado. – Três quilos de bacon de primeira devem bastar por enquanto, acho. Caso contrário...

Olhou para o longo rifle apoiado, carregado, no tronco de uma nogueira próxima.

Roger segurou o porco enquanto Jamie o estripava, depois enrolou a fétida massa de intestinos no pano que embrulhara o almoço, enquanto o sogro tentava pacientemente acender uma fogueira com gravetos verdes para manter as moscas longe do corpo dependurado. Sujo e fedendo a sangue, fezes e suor, Roger atravessou o campo e foi até o riacho que cortava o bosque.

Ajoelhou-se e lavou os braços, o rosto e o torso, tentando se livrar da sensação de estar sendo observado. Mais de uma vez, havia atravessado uma charneca deserta na Escócia e, de repente, se via diante de um veado, surgido como em um passe de mágica das urzes a seus pés. Apesar das palavras de Jamie, tinha plena consciência de que uma parte da paisagem tranquila podia abruptamente se destacar e ganhar vida em um estrondo de cascos ou em um rosnado repentino e cheio de dentes.

Enxaguou a boca, cuspiu e sorveu um grande gole, forçando a água a passar pela garganta que continuava apertada. Ainda podia sentir a rigidez fria do cadáver do porco, ver a terra endurecida nas narinas, as órbitas em carne viva de onde os corvos tinham arrancado os olhos. A pele de seus ombros se arrepiou, gelada tanto por causa de seus pensamentos quanto da água fria do córrego.

Não havia muita diferença entre um porco e um homem. Da carne à carne, do pó ao pó. Um golpe, era o que bastava. Devagar, espreguiçou-se, o que restava da dor em seus músculos.

Grasnados roucos soaram do alto da castanheira. Os corvos, manchas negras nas folhas amarelas, expressavam seu descontentamento com o roubo de seu banquete.

– Onde... vamos... jantar esta noite? – cantarolou baixinho, olhando para os corvos. – Aqui não... seus desgraçados. Deem o fora!

Tomado de repulsa, pegou uma pedra da margem do córrego e a atirou na árvore com toda a força. Os corvos debandaram em uma revoada estridente e ele voltou para o campo, sombriamente satisfeito.

Mas ainda sentia um nó no estômago, e a letra da canção dos corvos ecoou em seus ouvidos: "Você se sentará em sua alva clavícula/ e eu arrancarei seus lindos olhos azuis. Com um cacho de seus cabelos dourados/ forraremos nosso ninho quando ele ficar vazio."

Jamie olhou para o rosto dele quando ele voltou, mas não disse nada. Mais à frente, o corpo do porco estava pendurado acima do fogo, seus contornos escondidos pelas espirais de fumaça.

Eles já haviam cortado as hastes da cerca, feitas de pinheiros jovens que haviam arrancado. As toras de casca áspera jaziam, prontas, à beira da floresta. A cerca teria paredes de pedra unindo as hastes de madeira. Não seria uma das cercas simples feitas apenas para demarcar o terreno ou manter os veados afastados, mas uma cerca sólida o suficiente para aguentar o impacto de porcos selvagens de 150, 200 quilos.

Dentro de um mês, seria hora de levar para dentro do cercado os porcos que tinham sido soltos na floresta, engordando com os frutos das castanheiras que cobriam o chão. Alguns teriam sido mortos por animais selvagens ou por acidente, mas era provável que restassem uns cinquenta ou sessenta para abater ou vender.

Eles trabalhavam bem juntos, ele e Jamie. Na maior parte das vezes, intuíam os movimentos um do outro. Quando um precisava de ajuda, a ajuda estava lá. Mas não havia necessidade de ajuda naquele momento – aquela parte do trabalho era a pior, pois não existia nada de interessante para diminuir o tédio, nenhuma habilidade para facilitar o trabalho. Apenas pedras, centenas de pedras, a serem erguidas do solo argiloso e carregadas, arrastadas, empurradas para o campo, onde seriam empilhadas e encaixadas no lugar.

Normalmente, conversavam enquanto trabalhavam, mas não naquela manhã. Cada um fazia a sua parte sozinho com seus pensamentos, caminhando com passos pesados de um lado para o outro levando a carga que não acabava. A manhã transcorreu em silêncio, quebrado apenas pelos grasnados distantes dos corvos contrariados e pelos sons e baques surdos das pedras que iam sendo empilhadas.

Tinha que ser feito. Não havia escolha. Roger já sabia disso havia muito tempo, mas agora que a vaga possibilidade tinha se tornado realidade concreta... Roger observou o sogro disfarçadamente. Será que Jamie concordaria?

De longe, quase não dava para ver as cicatrizes em suas costas, disfarçadas pelo brilho do suor. O trabalho árduo e constante mantinha um homem vigoroso e esbelto, e ninguém que visse os contornos do corpo de Fraser – ou o visse de perto o suficiente para notar o sulco fundo de sua coluna, a barriga reta e os músculos rígidos, firmes e bem delineados dos braços e das coxas – diria que ele era um homem de meia-idade.

Jamie mostrara a ele as cicatrizes no primeiro dia em que saíram para trabalhar juntos, depois que ele voltou da medição do terreno. Parado ao lado da leiteria em construção, Jamie tirou a camisa e se virou de costas, dizendo de modo casual:

– Dê uma olhada.

De perto, as cicatrizes eram antigas, formadas, na maior parte, por linhas finas e brancas, com uma trama prateada ou uma protuberância brilhosa aqui e ali, onde uma chicotada esfolara uma área da pele grande demais para que as bordas do ferimento se unissem de novo de modo harmonioso. Havia um pouco de pele não afetada, lisa e imaculada entre os vergões, mas não muita.

E o que deveria dizer?, Roger se perguntara. Sinto muito? Obrigado por me dar o privilégio de ver?

Na ocasião, ele não disse nada. Jamie simplesmente se virou, entregou um machado a Roger de modo totalmente casual e eles deram início ao trabalho, com os torsos nus. Mas ele notou que Jamie nunca tirava a camisa para trabalhar se os outros homens estivessem com eles.

Tudo bem. Mais do que qualquer homem, Jamie entenderia o motivo, a necessidade – o peso dos sonhos de Brianna, que oprimiam o peito de Roger como rochas. Certamente, ele ajudaria. Mas permitiria que Roger terminasse tudo sozinho? Afinal, a questão também era de interesse de Jamie.

Os corvos ainda grasnavam, mas a distância, seus gritos agudos e desesperados como de almas penadas. Talvez ele fosse tolo até mesmo por pensar em agir sozinho. Despejou um monte de pedras na pilha; pedrinhas rolaram para longe com um estalido seco.

"Filho do pastor." Era assim que os outros garotos na escola o chamavam, e era isso que ele era, com toda a ambiguidade subentendida na expressão. A ânsia inicial de provar sua masculinidade por meio da força, o posterior reconhecimento da fraqueza moral da violência. Mas isso tinha sido em outro país...

Reprimiu o restante da citação, inclinando-se com o cenho franzido para tirar o musgo e a terra de uma pedra. Órfão de guerra, criado por um homem da paz, como podia pensar em matar? Rolou a pedra em direção ao campo, virando-a devagar.

– Você nunca matou nada além de peixes – murmurou para si mesmo. – O que o faz pensar...

Mas ele sabia muito bem por que estava pensando naquilo.

...

No meio da manhã, já tinham recolhido um número suficiente de pedras para que dessem início à primeira parede. Com um meneio de cabeça e um murmúrio, começaram a trabalhar, arrastando e erguendo, empilhando e encaixando, com exclamações abafadas de tempos em tempos, quando um dos dedos da mão era atingido ou um dos dedos do pé era ferido.

Jamie ergueu uma pedra grande e colocou-a no lugar, em seguida se endireitou, ofegante.

Roger também respirou fundo. Tinha que ser naquele momento, provavelmente não haveria oportunidade melhor.

– Preciso pedir um favor – disse ele, abruptamente.

Jamie olhou para cima, ofegante, uma das sobrancelhas erguida. Fez um meneio de cabeça, esperando o pedido.

– Ensine-me a lutar com uma espada.

Jamie passou a manga da camisa pelo rosto suado e expirou profundamente.

– Você sabe lutar muito bem com uma espada – disse ele, esboçando um meio sorriso. – Quer saber se eu o ensinaria a usar uma espada sem cortar fora o próprio pé?

Roger chutou uma pedra de volta para a pilha.

– Serve, para começar.

Jamie ficou parado por um momento, observando-o. Era uma análise totalmente fria, como observaria um boi que quisesse comprar. Roger ficou imóvel, sentindo o suor escorrer pela depressão no meio de suas costas, e pensou que, mais uma vez, estava sendo comparado – para sua desvantagem – com o ausente Ian Murray.

– Veja bem, você está velho para isso – disse Jamie por fim. – A maioria dos espadachins começa ainda garoto. – Fez uma pausa. – Eu ganhei minha primeira espada aos 5 anos.

Quanto tinha 5 anos, Roger ganhou um trem. Com uma locomotiva vermelha que apitava quando uma cordinha era puxada. Olhou Jamie nos olhos e sorriu de forma amistosa.

– Velho, talvez – disse ele. – Mas não morto.

– Pode ser – respondeu Jamie. – O pouco saber é coisa perigosa. Um idiota com uma espada embainhada está mais seguro do que um idiota que acha que sabe o que fazer com ela.

– *O pouco saber é coisa perigosa* – repetiu Roger. – *Bebei muito ou não proveis da fonte de Pieria*. Você me considera um idiota, então?

Jamie riu, surpreendido de modo positivo.

– *Tragos pequenos embriagam o cérebro* – respondeu ele, completando o verso –, *e o beber copiosamente faz-nos outra vez sóbrios*. Quanto à idiotice, você não vai apenas se embriagar com essa ideia, vai?

Roger sorriu de leve em resposta. Não se surpreendia mais com a cultura literária do sogro.

– Vou beber o bastante para me manter sóbrio – disse ele. – Vai me ensinar?

Jamie estreitou os olhos e ergueu um dos ombros discretamente.

– Você tem a altura a seu favor, além de um bom alcance. – Olhou Roger de cima a baixo outra vez e assentiu. – Sim, talvez você consiga.

Virou-se e caminhou na direção do monte de pedras seguinte. Roger o seguiu, sentindo-se satisfeito, como se tivesse passado em um teste importante.

Mas o teste ainda não havia começado. Somente quando já estavam na metade da construção da nova parede de pedra é que Jamie falou outra vez.

– Por quê? – perguntou ele, olhando para a enorme pedra que empurrava lentamente para o lugar.

Era pesada demais para ser erguida, do tamanho de um barril pequeno de uísque. Tufos de raízes de capim surgiam debaixo dela, arrancados com a passagem lenta e esmagadora da pedra.

Roger se abaixou para ajudar na tarefa. Sentia os liquens na superfície da pedra, ásperos sob suas palmas, verdes e rugosos por causa do tempo.

– Tenho uma família para proteger – disse ele.

A pedra se moveu com relutância, deslocando-se alguns centímetros pelo terreno irregular. Jamie balançou a cabeça, uma, duas vezes; na terceira, empurraram juntos, com um grunhido conjunto de esforço. O monstro ergueu-se parcialmente, parou, ergueu-se por completo e tombou, encaixando-se no lugar com um baque que fez o chão tremer.

– Proteger de quê? – Jamie se ergueu e passou o pulso pelo queixo. Olhou para a frente, indicando com o rosto o porco pendurado. – Eu mesmo não enfrentaria uma pantera com uma espada.

– Ah, é? – Roger flexionou os joelhos e pegou outra pedra grande nos braços. – Soube que você matou dois ursos, um deles com uma adaga.

– Sim, bem – disse Jamie de modo seco. – Uma adaga era o que eu tinha. Quanto ao outro... se foi uma espada, foi a espada de São Miguel, não a minha.

– Sim, mas e se você soubesse com antecedência que poderia... hum... dar de cara com ele... não teria se armado... melhor?

Roger flexionou os joelhos, colocando a pedra no lugar com cuidado. Soltou-a quando faltavam poucos centímetros e limpou as mãos ardidas nas calças.

– Se eu *soubesse* que ia dar de cara com um maldito urso – disse Jamie, grunhindo enquanto erguia outra pedra para colocá-la no lugar –, teria tomado outro caminho.

Roger resmungou e levantou mais uma pedra, encaixando-a nas outras. Havia um pequeno espaço de um dos lados que a deixava solta. Jamie viu, caminhou até a pilha de pedras e escolheu um pedaço pequeno de granito que se encaixou perfeitamente na brecha, e os dois homens sorriram um para o outro sem perceber.

– Então você acha que há outro caminho? – perguntou Roger.

Jamie passou a mão pela boca, refletindo.

– Se está falando da guerra... então sim, eu acho. – Olhou fixamente para Roger. – Talvez eu o encontre, talvez não... mas sim, há outro caminho.

– Pode ser.

Ele não se referia à guerra iminente, e achava que o sogro também não.

– Quanto aos ursos, porém... – Jamie ficou imóvel, os olhos fixos. – Há uma grande diferença entre encontrar um urso inesperadamente... e caçar um.

O sol ainda não estava visível, mas não era necessário. A metade do dia chegou com o ronco do estômago, a ardência nas mãos. Uma percepção repentina do desgaste das costas e das pernas tão a tempo quanto o soar de um relógio de pêndulo. A última pedra grande se encaixou no lugar, e Jamie se endireitou, ofegante.

Com um consentimento mútuo não expressado, eles se sentaram com o farnel, as camisas limpas amarradas sobre os ombros nus para combater o frio do suor secando.

Jamie mastigou diligentemente, tomando um gole de cerveja para ajudar a engolir. Fez uma careta involuntária, contraiu os lábios para cuspir, mas mudou de ideia e engoliu.

– Argh! A srta. Lizzie andou mexendo na mistura do malte outra vez.

Ele fez uma careta e deu uma mordida em um biscoito para atenuar o gosto.

Roger riu da cara do sogro.

– O que ela colocou na cerveja desta vez?

Lizzie andava experimentando fazer cerveja com sabores diferentes, sem sucesso.

Jamie cheirou com desconfiança o gargalo da garrafa.

– Anis? – perguntou, passando a garrafa a Roger.

Roger cheirou, torcendo o nariz involuntariamente ao sentir o odor alcoólico.

– Anis *e* gengibre – disse ele.

Ainda assim, tomou um gole cauteloso. Fez a mesma careta que Jamie fizera e despejou o conteúdo da garrafa sobre uma complacente amoreira silvestre.

– Não se deve desperdiçar, mas...

– Não é desperdício evitarmos ser envenenados.

Jamie se levantou, pegou a garrafa vazia e partiu na direção do córrego do outro lado do campo.

Ele voltou, sentou-se e entregou a garrafa de água a Roger.

– Eu tive notícias de Stephen Bonnet.

Ele disse aquilo de modo tão casual que Roger não assimilou o sentido das palavras logo de cara.

– Teve? – disse, finalmente.

Molho condimentado de picles escorria pela sua mão. Roger limpou o pulso com um dedo e o levou à boca, mas não deu outra mordida no sanduíche; tinha perdido o apetite.

– Sim. Não sei onde ele está agora, mas sei onde estará em abril... ou melhor, onde eu posso fazer com que ele esteja. Seis meses e então o matamos. Acha que é tempo suficiente?

Ele estava olhando para Roger, calmo como se tivesse sugerido uma reunião com um banqueiro, em vez de um compromisso com a morte.

Roger acreditava no inferno – e em demônios, também. Não sonhara na noite anterior, mas a face do demônio sempre flutuava nas bordas de sua mente, fora de vista. Era hora de invocá-lo, talvez, para que ele se mostrasse. Era preciso evocar um demônio antes de exorcizá-lo, certo?

Havia preparativos a fazer, no entanto, antes que isso pudesse acontecer. Ele flexionou os ombros e os braços outra vez, agora com expectativa. A dor já havia desaparecido quase por completo.

Muitos chorarão por ele
Mas ninguém saberá para onde ele foi.
Sobre seus ossos brancos, quando expostos,
O vento soprará para sempre, ó...
O vento soprará para sempre.

– Sim – disse ele. – É tempo suficiente.

87

EN GARDE

Por um momento, ele achou que não conseguiria erguer a mão para pegar o fio que abria a trava da porta pelo lado de fora. Os dois braços pesavam como chumbo, e os pequenos músculos do antebraço saltavam e tremiam de esgotamento. Precisou de duas tentativas e, mesmo assim, só conseguiu segurar o fio entre dois dedos do meio; o polegar não respondia.

Brianna o ouviu mexendo na tranca. A porta se abriu de repente e sua mão caiu, inerte. Ele teve apenas um vislumbre de cabelos soltos e um rosto radiante com uma mancha de fuligem em uma das bochechas, e então ela o abraçou e o beijou nos lábios, e ele estava em casa.

– Você chegou! – disse ela quando o soltou.

– Cheguei.

E estava contente por isso. A casa cheirava a comida quente e sabão de lixívia, com um toque leve e refrescante de zimbro se sobrepondo à fumaça de velas de junco e os aromas mais almiscarados da presença humana. Sorriu para ela, sentindo-se subitamente menos cansado.

– Papa, papa! – Jemmy dava pulinhos de animação, agarrando-se a um banquinho para manter o equilíbrio. – Pa-paaaa!

– Olá, olá – disse Roger, estendendo o braço para alisar a cabeça de fios macios. – Quem é um bom menino?

Errou a mira e tocou o rosto de pele macia, mas Jemmy não se importou.

– Eu! Eu! – gritou ele, e riu, mostrando a gengiva rosada e exibindo todos os dentinhos brancos.

Brianna acompanhou o sorriso do filho, com muito mais esmalte branco, mas não menos empolgação.

– Temos uma surpresa para você. Veja isto! – Ela correu até a mesa e se apoiou em um dos joelhos, a um passo de Jemmy. Estendeu os braços, as mãos a apenas alguns centímetros das dele. – Venha até a mamãe, meu amor. Venha, filho, venha até a mamãe.

Jemmy cambaleou com dificuldade, soltou uma das mãos, estendeu-a para a mãe, depois soltou a outra, deu um passo trôpego, mais um e caiu nos braços dela dando um gritinho de alegria. Brianna o pegou, rindo de prazer, e o virou para Roger.

– Vá até o papai – incentivou ela. – Ande, vá até o papai.

Jemmy contraiu o rosto, em dúvida, concentrando-se, parecendo um paraquedista estreante à porta aberta de um avião em pleno voo. Oscilou vacilante para a frente e para trás.

Roger se agachou e estendeu as mãos, esquecendo o cansaço por um instante.

– Venha, camarada, venha, você consegue!

Jemmy se segurou por um instante, inclinando-se, mais para a frente, e em seguida soltou a mão da mãe e andou cambaleando na direção de Roger, cada vez mais rápido nos três passos que deu até parar nas mãos protetoras do pai.

Ele abraçou Jemmy com força, apertando-o contra si, enquanto ele se contorcia e dava gritinhos vitoriosos.

– Muito bem! Agora, você vai se meter em todo canto, não é?

– Como se ele já não fizesse isso! – exclamou Brianna, revirando os olhos, resignada.

Como se quisesse demonstrar, Jemmy desvencilhou-se das mãos de Roger e partiu, engatinhando depressa na direção de seu cesto de brinquedos.

– E o que mais vocês fizeram hoje? – perguntou Roger, sentando-se à mesa.

– O que *mais*? – Ela arregalou os olhos e os estreitou em seguida. – Não acha que aprender a andar é o bastante para um dia?

– Claro que é. É maravilhoso, incrível! – garantiu ele apressadamente. – Eu só estava puxando assunto.

Ela relaxou, satisfeita.

– Bem, então. Esfregamos o chão, não que alguém perceba a diferença... – Olhou com certa insatisfação para as tábuas rústicas e desbotadas do assoalho. – Fizemos pão e o deixamos crescer, mas ele não cresceu, e é por isso que você vai comer pão solado no jantar.

– Adoro pão solado – disse ele rapidamente, vendo o brilho penetrante dos olhos dela.

– Claro que sim – disse ela, erguendo uma das grossas sobrancelhas ruivas. – Ou pelo menos não morde a mão que o alimenta.

Ele riu. Ali, no calor da casa, o frio estava passando, e suas mãos começavam a latejar, mas ele se sentia bem mesmo assim. Cansado o bastante para cair da cadeira, mas bem. Bem e faminto. O estômago roncou de fome.

– Pão solado com manteiga já é um começo. O que mais? Estou sentindo o cheiro de alguma coisa saborosa. – Olhou para a panela borbulhante e farejou o ar, esperançoso. – Ensopado?

– Não, roupa lavada. – Bree olhou para a panela. – A terceira maldita leva de hoje. Não consigo enfiar muita coisa nessa panela minúscula, mas não pude levar a roupa para a panela grande na casa porque estava limpando o chão e tecendo. E quando você lava roupa lá fora, é preciso ficar lá, para tomar conta do fogo e mexer as peças na panela, então não dá para fazer muita coisa além disso ao mesmo tempo. – Ela contraiu os lábios. – Nada prático.

– Que droga! – Roger deixou de lado o assunto das roupas para tratar de questões mais urgentes. Inclinou o queixo na direção do fogo. – Mas sinto cheiro de carne. Será que um rato não caiu dentro da panela?

Ao ouvir isso, Jemmy largou uma bola de trapos e engatinhou ansioso na direção do fogo.

– Rato? Ratinho?

Brianna agarrou Jemmy pela gola da blusa e olhou de cara feia para Roger.

– Claro que não. Não, filho, nenhum ratinho. O papai está falando bobagem. Vamos, Jemmy, venha papar. – Soltando a gola, ela agarrou o menininho pela cintura e o levantou, chutando e se debatendo, e o colocou no cadeirão. – Papar, foi o que eu disse! Fique quietinho.

Jemmy arqueou as costas, resmungando e dando gritinhos em protesto, então subitamente relaxou, escorregando para fora da cadeira e se escondendo nas dobras da saia da mãe.

Brianna tentou pegá-lo, o rosto ficando vermelho por causa do riso e da exasperação.

– Então *está bem*! – disse ela, colocando Jemmy de pé. – Não coma. Não ligo. – Procurou entre os brinquedos espalhados fora do cesto e pegou um velho boneco de palha de milho. – Olha, está vendo o boneco? Que boneco bonzinho.

Jemmy apertou o boneco contra o peito, sentou-se no chão e começou a falar com o brinquedo em tom ríspido, sacudindo-o de tempos em tempos para enfatizar.

– Papá! – disse ele, bravo, cutucando a barriga do boneco. Colocou o brinquedo no chão, pegou o cesto e o virou sobre ele. – Quetínio!

Brianna passou a mão no rosto e suspirou. Olhou para Roger.

– E você quer saber o que eu faço o dia inteiro.

Estreitou os olhos e realmente olhou para ele pela primeira vez.

– E o que o senhor andou fazendo, sr. MacKenzie? Parece que veio da guerra.

Tocou o rosto dele delicadamente. Um galo se formava em sua testa – ele podia sentir a pele esticada no local e a pontada de dor quando ela a tocou.

– Algo do tipo. Jamie andou me ensinando a usar a espada.

Brianna ergueu as sobrancelhas e ele riu, envergonhado, mantendo as mãos no colo.

– Espadas de madeira, está bem?

Várias espadas de madeira. Haviam quebrado três até aquele momento, apesar de as armas improvisadas serem resistentes pedaços de madeira, e não galhos fracos.

– Ele acertou sua *cabeça*?

Havia um tom de irritação na voz de Brianna, mas Roger não sabia identificar se era por causa dele ou do pai dela.

– Ah... não. Não exatamente.

Lembrando-se vagamente dos filmes de capa e espada e das partidas de esgrima da faculdade, ele não estava preparado para a força brutal envolvida em um combate real com espadas. O primeiro golpe de Jamie havia derrubado a espada de Roger, jogando-a longe; outro golpe rachou a madeira e lançou um bom pedaço da arma bem à frente, passando de raspão pela orelha dele.

– Como assim "não exatamente"?

– Bem, ele estava me mostrando uma coisa chamada *corps a corps*. É francês e significa algo como "prenda a arma do adversário com a sua, dê uma joelhada no saco dele e em seguida um soco em sua cabeça enquanto ele tenta se soltar".

Brianna deu uma risada curta, chocada.

– Você quer dizer que ele...

– Não, mas foi por pouco – disse ele, retraindo-se ao lembrar. – Estou com um hematoma na coxa do tamanho da minha mão.

– Está ferido em algum outro lugar?

Brianna olhou para ele franzindo o cenho, preocupada.

– Não. – Sorriu para ela, mantendo as mãos sobre o colo. – Cansado. Dolorido. Faminto.

Ela relaxou o rosto e voltou a abrir um sorriso, mas uma ruguinha permaneceu entre as sobrancelhas. Pegou o prato de madeira no armário, virou-se e abaixou-se perto do fogo.

– Codornas – disse com satisfação, pegando várias trouxinhas escuras das brasas com o atiçador da lareira. – Papai as trouxe hoje de manhã. Disse para não as depenar; apenas envolvê-las em barro e assá-las. Espero que ele saiba o que diz. – Ela meneou a cabeça na direção da panela fervente. – Jemmy me ajudou com o barro; foi por isso que tivemos que lavar mais roupas. Ai! – Ela retraiu a mão de repente, levando um dedo queimado aos lábios, pegou o prato e levou-o para a mesa. – Deixe esfriar um pouco. Vou pegar aqueles legumes em conserva de que você gosta.

As codornas pareciam pedras queimadas. Ainda assim, um aroma delicioso emanava das rachaduras em alguns dos torrões pretos. Roger teve vontade de pegar uma das codornas e comê-la inteira de uma vez, com barro queimado e tudo. Em vez disso, levou a mão ao prato coberto com um guardanapo em cima da mesa e descobriu ali o famigerado pão solado. Com os dedos rígidos, conseguiu arrancar um bom pedaço e o enfiou silenciosamente na boca.

Jemmy havia deixado a bola de trapos embaixo da cama e fora ver o que o pai estava fazendo. De pé, apoiado na perna da mesa, ele viu o pão e estendeu a mão, emitindo ruídos urgentes de exigência. Com cuidado, Roger pegou mais um pedaço de pão e o entregou ao filho, quase deixando-o cair no processo. Suas mãos estavam cortadas e feridas; os nós dos dedos da mão direita estavam esfolados, inchados e escuros, com machucados recentes. Metade da unha do polegar direito havia sido arrancada, e o pedaço de carne exposta estava vermelho e sangrava.

– Do-dói. – Segurando o pedaço de pão, Jemmy olhou para as mãos do pai e em seguida para seu rosto. – Papá do-dói?

– Papai está bem – disse Roger para tranquilizá-lo. – Só cansado.

Jemmy ficou olhando para o dedo machucado, e então levou a mão lentamente à boca e enfiou nela o próprio polegar, sugando ruidosamente.

Parecia mesmo uma boa ideia. O polegar ardia e doía no ponto de onde a unha fora arrancada, e todos os seus dedos estavam frios e rígidos. Lançando um rápido olhar para Brianna, que estava de costas, ele levantou a mão e enfiou o polegar na boca.

Foi estranho, o dedo era grosso e rígido e ele sentiu o gosto metálico e frio de sangue e sujeira. Então, repentinamente, o dedo se acomodou, a língua e o palato o envolveram, exercendo uma pressão quente e reconfortante.

Jemmy deu uma cabeçada na coxa do pai, o que costumava fazer para indicar que queria colo, e Roger agarrou a parte de trás da fralda com a mão livre, içando-o até seu joelho. Jemmy se acomodou, remexendo-se e contorcendo-se, em seguida relaxou com o pão espremido na mão, chupando o dedo tranquilamente.

Roger foi se deixando relaxar, um dos cotovelos apoiado na mesa, o outro braço envolvendo o filho. O calor e a respiração pesada de Jemmy contra suas costelas combinavam perfeitamente com os ruídos familiares que Brianna fazia enquanto servia o jantar. Para sua surpresa, o polegar parou de doer, mas ele o deixou dentro da boca, cansado demais para questionar a estranha sensação de conforto.

Seus músculos também foram relaxando aos poucos, deixando o estado de tensão e alerta em que os mantivera por horas.

As ásperas instruções ainda ressoavam em seus ouvidos: *Use o antebraço, homem – o pulso, o pulso! Não vire a mão para fora assim, mantenha-a junto ao corpo. É uma espada, não um porrete, inferno. Use a ponta!*

Ele jogara Jamie com força contra uma árvore, em dado momento. E o sogro havia tropeçado em uma pedra e caído, com Roger por cima. Quanto a qualquer dano causado usando de fato a espada, era como se tivesse lutado contra uma nuvem.

A luta suja é o único tipo de luta que existe, dissera-lhe Jamie, ofegante, quando eles se ajoelharam à beira do córrego para jogar água fria no rosto suado. *O resto não passa de exibição.*

Ele mexeu a cabeça e piscou, voltando abruptamente dos golpes de espada para a atmosfera quente dentro do chalé. O prato não estava mais lá; Brianna praguejava baixinho perto do armário, batendo o cabo de seu punhal contra os montinhos escurecidos de codorna envoltos no barro, tentando abri-los.

Atenção aos pés. Para trás, para trás – sim, agora, volte para me atacar! Não, não tão longe... não baixe a guarda!

Os dolorosos golpes da "lâmina" flexível nas coxas, nos braços e ombros, o baque seco e surdo da pancada entre as costelas, afundando em sua barriga e deixando-o sem ar. Se fosse de aço frio, ele teria morrido em minutos, com as costelas ensanguentadas.

Não pare a minha lâmina com a sua, livre-se dela. Golpeie, golpeie para repelir o ataque! Venha, dê uma estocada! Perto, perto... sim, bom... há!

Seu cotovelo escorregou e a mão despencou. Ele se endireitou, quase deixando cair a criança adormecida, e piscou, a visão borrada à luz do fogo.

Brianna sobressaltou-se com uma expressão de culpa e fechou o caderno de desenho. Levantou-se e colocou-o atrás de uma travessa de estanho, em pé no fundo do aparador.

– Está pronto – apressou-se em dizer. – Eu só... vou pegar o leite.

E desapareceu despensa adentro em um farfalhar de saias.

Roger mudou Jemmy de posição, segurou-o e levantou o sólido corpinho, colocando-o sobre o ombro, embora seus braços parecessem macarrão cozido. O menininho estava em um sono profundo, mas continuava com o polegar firmemente enfiado na boca.

O polegar de Roger estava molhado de saliva, e ele sentiu uma onda de embaraço. Meu Deus, ela o estava desenhando daquele jeito? Sem dúvida; deve tê-lo visto chupando o dedo e achou "bonitinho". Não seria a primeira vez que ela o desenharia em posições que ele julgava comprometedoras. Ou será que estava registrando seus sonhos de novo?

Colocou Jemmy cuidadosamente no berço, afastou farelos de pão úmidos de sua coberta e ficou esfregando os nós dos dedos feridos de uma das mãos com os dedos da outra. Ruídos de líquidos vieram da despensa. Movendo-se sem fazer barulho, ele se aproximou do armário e tirou o caderno de seu esconderijo. Esboços, não sonhos.

Não mais do que alguns traços rápidos, a essência de um esboço. Um homem morto de cansado, mas ainda alerta; a cabeça em uma das mãos, o pescoço curvado de exaustão – o braço livre segurando, de modo protetor, algo precioso e indefeso.

Ela o intitulara. *En garde*, dizia, em sua letra inclinada e pontuda.

Ele fechou o caderno e voltou a colocá-lo atrás da travessa. Ela estava parada à porta da despensa, com a jarra de leite na mão.

– Venha comer – disse delicadamente, olhando-o nos olhos. – Precisa recuperar suas forças.

88

ROGER COMPRA UMA ESPADA

Cross Creek
Novembro de 1771

Ele já havia manuseado espadas de lâmina grossa do século XVIII; o peso e o comprimento não eram novidade. O copo ao redor do punho era ligeiramente curvo, mas não o suficiente para atrapalhar o encaixe da mão. Também já tinha feito aquilo antes. Mas havia uma diferença considerável entre colocar reverentemente um artefato antigo na vitrine de um museu e pegar um pedaço de metal afiado com a intenção consciente de enfiá-lo no corpo de uma pessoa.

– Está um pouco surrada – dissera Fraser, analisando a espada com atenção antes de entregá-la a ele –, mas a lâmina está bem equilibrada. Experimente-a, veja se lhe agrada.

Sentindo-se um perfeito idiota, ele enfiou a mão no copo e posicionou-se como um espadachim, recorrendo a suas lembranças dos filmes de Errol Flynn. Eles estavam na movimentada rua da loja de armas em Cross Creek, e alguns transeuntes paravam para observar e tecer comentários úteis.

– Quanto Moore está pedindo por esse pedaço de lata? – alguém perguntou de modo depreciativo. – Qualquer coisa além de 2 xelins seria um assalto.

– É uma boa espada – retrucou Moore, inclinando-se sobre a porta de sua forja, irritado. – Eu a herdei de meu tio, que serviu no Forte Stanwyck. Ora, essa lâmina matou muitos franceses e não sofreu nada além de uma pequena ranhura.

– Uma ranhura! – gritou o depreciador. – Ora, o negócio está tão torto que se você der uma estocada em alguém, vai acabar cortando a orelha da pessoa!

Todos ao redor começaram a rir, abafando a resposta do ferreiro. Roger abaixou a ponta da espada e levantou-a devagar. Como alguém podia testar uma espada? Deveria brandi-la de um lado para o outro? Cravá-la em algum objeto? Havia uma carroça mais à frente, na mesma rua, cheia de sacos de aniagem – lã crua, pelo cheiro.

Ele procurou o dono das sacas, mas não conseguiu identificá-lo no grupo cada vez maior de observadores. Não havia ninguém cuidando do enorme cavalo preso à carroça, e ele torcia as orelhas, sonolento, sobre as rédeas soltas.

– Ah, se o jovem quer uma espada, Malachy McCabe tem uma melhor, de seu tempo de serviço. Imagino que ele a venderia por não mais que 3 xelins.

O sapateiro do outro lado da rua contraiu os lábios, meneando a cabeça para a espada com pose de autoridade.

– Não é uma peça elegante – concordou um ex-soldado de meia-idade, inclinando a cabeça. – Mas é eficaz, isso posso garantir.

Roger esticou o braço, avançou na direção da porta do ferreiro e por pouco não atingiu Moore, que saía para defender a qualidade de seu produto. O ferreiro deu um salto para o lado com um grito assustado e a multidão caiu na gargalhada.

O pedido de desculpas de Roger foi interrompido por uma voz alta e anasalada atrás dele.

– Vamos, senhor! Deixe-me oferecer um inimigo mais digno do aço de sua lâmina do que um ferreiro desarmado!

Ao se virar, Roger viu-se diante do dr. Fentiman, que empunhava uma lâmina longa e fina saída do cabo de sua bengala ornamental. O médico, que devia ter a metade do tamanho de Roger, brandiu o florete com uma ferocidade cordial. Depois de obviamente ter se deleitado com um almoço generoso, a ponta de seu nariz brilhava como uma lâmpada de árvore de Natal.

– Um teste de habilidade, senhor? – O médico brandia a espada para a frente e para trás, de modo que a lâmina estreita zumbia ao cortar o ar. – O primeiro a furar o adversário, o primeiro a tirar sangue é o vitorioso. O que me diz?

– Ah, uma vantagem injusta para o doutor! Afinal, tirar sangue não é seu trabalho?

– Ha, ha! E se você atravessá-lo com sua espada em vez de furá-lo, vai fechar o buraco sem custos? – gritou outro espectador. – Ou está tentando arranjar serviço, sanguessuga?

– Tome cuidado, rapaz! Se fizer besteira, pode ser que ele lhe administre um enema!

– Melhor um enema do que uma espada no traseiro!

O médico ignorou essas e outras observações igualmente vulgares, empunhando a espada, pronto para entrar em ação. Roger olhou rapidamente para Jamie, que estava encostado na parede, parecendo se divertir. Jamie ergueu a sobrancelha e deu de ombros.

– Experimente, veja se ela lhe agrada – disse ele.

Bem, e ele achava que um duelo com um anão bêbado era um bom teste.

Roger ergueu a espada e encarou o médico com um olhar ameaçador.

– *En garde!* – exclamou, e a plateia rugiu em aprovação.

– *Gardez-vous* – retrucou o médico prontamente, avançando.

Roger girou em um dos calcanhares e o médico passou por ele, empunhando a espada como se fosse uma lança. Moore, o ferreiro, saltou para o lado bem a tempo de evitar ser espetado pela segunda vez, soltando impropérios.

– Por acaso eu sou um maldito alvo? – gritou ele, com o punho cerrado em riste.

Ignorando o fato, o médico recuperou o equilíbrio e partiu mais uma vez para cima de Roger, soltando gritos estridentes para incentivar a si mesmo.

Era mais ou menos como ser atacado por uma vespa, Roger pensou. Se não entrasse em pânico, era possível seguir o inseto e afastá-lo. Talvez o médico fosse um bom espadachim quando sóbrio; no estado em que se encontrava, suas investidas frenéticas e floreios malucos eram facilmente combatidos – contanto que Roger prestasse atenção.

Logo de início, deu-se conta de que poderia terminar a competição a qualquer momento, apenas acertando a espada fina e estreita do médico direto no gume com sua própria arma, muito mais pesada. Mas estava começando a se divertir e tomava o cuidado de se defender dos golpes com a parte chata da lâmina.

Aos poucos, tudo, menos a ponta do florete, desapareceu da frente de Roger. Os gritos da multidão se tornaram um zumbido, a lama da rua e a parede da ferraria mal podiam ser vistas. Ele raspou o cotovelo na parede, afastou-se, movimentou-se em círculo para ganhar mais espaço, tudo sem pensar conscientemente.

O florete bateu em sua lâmina mais larga, investiu e soltou-se com um ruído agudo de metal. Baques, estalidos, o sibilo do ar vazio e a batida que reverberava nos ossos de seus braços a cada contato da espada do médico.

Observar a estocada, acompanhar, combater. Ele não tinha a menor ideia do que estava fazendo, mas fazia mesmo assim. O suor escorria para dentro de seus olhos; ele balançou a cabeça para afastá-lo, escapando por pouco de uma espetada na coxa, mas a repeliu a tempo e lançou o florete para trás.

O médico cambaleou, perdeu o equilíbrio e gritos ferozes de "*Agora! Ataque! Fure-o agora!*" ressoaram no ar empoeirado. Ele viu o colete bordado do médico, vulnerável, desprotegido, repleto de borboletas de seda, e conteve o ímpeto visceral de cravar ali a ponta da espada.

Abalado pela intensidade da ânsia de atacar, deu um passo para trás. O médico, percebendo sua fraqueza, avançou, urrando, com a ponta do florete em riste. Roger deu um meio passo para o lado e o médico passou por ele como um dardo, raspando o jarrete do cavalo no caminho.

O cavalo relinchou indignado e prontamente mandou o espadachim e a espada voando pelos ares. Eles se chocaram com a fachada da oficina do sapateiro, e o médico caiu no chão como uma mosca esmagada, cercado por formas de madeira e sapatos espalhados.

Roger ficou imóvel, ofegante. Todo o seu corpo pulsava a cada batida do coração, quente por causa da luta. Ele queria continuar, queria rir, queria bater em alguma coisa. Queria encostar Brianna contra a parede mais próxima, e *naquele instante*.

Jamie ergueu delicadamente a mão dele e abriu seus dedos, soltando-os do punho da espada. Roger não se lembrava de estar segurando-a. Sentiu o braço muito leve sem a espada, como se ele pudesse sair flutuando na direção do céu por conta própria. Seus dedos estavam rígidos por terem exercido tanta pressão, e ele os flexionou automaticamente, sentindo o formigamento conforme o sangue voltava a circular.

O sangue latejava por todo o seu corpo. Quase não ouvia as risadas e as ofertas de bebida, e quase não sentia os tapinhas de cumprimentos que recebia nas costas.

– Um enema, um enema, dê-lhe um enema! – cantava um grupo de aprendizes enquanto acompanhava o médico, que era levado para receber os primeiros socorros em um estabelecimento próximo.

O dono do cavalo, nervoso, dava voltas cuidadosamente em torno do grande baio, que parecia mais confuso do que ferido.

– Acho que ele venceu. Afinal, foi o primeiro a tirar sangue.

Roger só percebeu que havia falado quando ouviu a própria voz, estranhamente calma, em seus ouvidos.

– Esta vai servir?

Jamie olhava para ele em dúvida, com a espada equilibrada nas palmas das mãos.

Roger assentiu. A rua estava iluminada e tomada por uma poeira branca que se insinuava por baixo das pálpebras e entre os dentes quando ele fechava a boca.

– Sim – respondeu ele. – Vai servir.

– Ótimo. Você também vai – disse Jamie de modo casual quando se virou para pagar o ferreiro.

PARTE VIII

À caça

89

AS LUAS DE JÚPITER

Fim de novembro de 1771

Pela quarta vez em poucos minutos, Roger reafirmou a si mesmo que não era possível, do ponto de vista médico, morrer de frustração sexual. Duvidava até mesmo de que pudesse causar danos permanentes. Por outro lado, a situação tampouco lhe fazia bem, apesar de seus esforços para considerá-la um exercício de construção de caráter.

Deitou-se de costas, com cuidado para evitar que o colchão fizesse barulho, e olhou para o teto. Não ajudou: por uma fresta no canto do couro oleado que cobria a janela, uma nesga de luz da manhã iluminava a cama e, pelo canto do olho, ele ainda podia ver as ancas douradas da esposa, em destaque como se estivessem sob holofotes.

Ela estava deitada de barriga para baixo, com o rosto afundado no travesseiro, e o lençol de linho havia escorregado para baixo da curva de seu traseiro, deixando-a nua da nuca às nádegas. Ela estava tão perto dele na cama estreita, que sua perna tocava a dela, e o calor de sua respiração roçava seu ombro nu. Sua boca estava seca.

Ele fechou os olhos. Não ajudou; logo começou a relembrar cenas da noite anterior: Brianna à meia-luz do fogo que se apagava, as chamas de seus cabelos cintilando nas sombras, a luz brilhando repentinamente na curva de um seio nu quando ela deixou que o tecido macio deslizasse de seus ombros.

Apesar de ser tarde, e de estar muito cansado, ele a desejava com ardor. Mas outra pessoa a desejara mais. Entreabriu os olhos e ergueu-se um pouco, apenas o suficiente para olhar além das mechas ruivas e desgrenhadas de Brianna, para onde o berço estava encostado na parede, ainda à penumbra. Nenhum sinal de movimento.

Eles tinham um acordo havia muito estabelecido. Ele acordava de imediato quando ouvia um barulho, ela despertava sonolenta e confusa. Então quando um grito vindo do berço o fazia acordar assustado, com o coração aos pulos e em alerta, era Roger quem se levantava, pegava a criança com a fralda molhada e cuidava das necessidades imediatas de higiene. Quando finalmente entregava Jemmy à mãe, esperneando e chorando à procura de leite, ela já havia despertado o suficiente para tirar a camisola e estender os braços para o filho, aconchegando-o em meio à escuridão acolhedora no refúgio murmurante e cheio de leite de seu corpo.

Agora que Jem não era mais tão pequeno, ele raramente acordava à noite, mas quando o fazia, com dor de barriga ou depois de um pesadelo, era preciso muito mais tempo para fazê-lo voltar a dormir do que quando ele era bebê. Roger pegou no sono de novo enquanto Bree ainda consolava Jem, mas acordou quando ela se virou na cama estreita, as nádegas resvalando em sua coxa. A palha de milho embaixo deles crepitou com um ruído como o barulho de mil fogos de artifício distantes, todos explodindo ao longo de sua coluna, acordando-o completamente com uma dolorosa ereção.

Sentira a pressão do traseiro dela contra seu corpo e quase não conseguiu conter a vontade de rolar sobre ela e tomá-la por trás. Suaves ruídos de sucção do outro lado de seu corpo o detiveram. Jem ainda estava na cama com eles.

Ele permaneceu deitado, prestando atenção, torcendo para que ela ficasse acordada tempo suficiente para levar o pestinha de volta para o berço. Às vezes, eles adormeciam juntos, mãe e filho, e Roger acordava pela manhã sentindo a mistura confusa dos cheiros de uma mulher desejável e xixi de bebê. Por fim, ele próprio adormeceu, apesar do desconforto, exausto depois de um dia derrubando árvores na encosta da montanha.

Inspirou suavemente. Não, ela o havia levado de volta para o berço. A cama não tinha cheiro algum, exceto o de Brianna, o cheiro terroso do corpo de mulher, com um leve toque de suor e lubrificação.

Ela suspirou enquanto dormia, murmurando algo incompreensível, e virou a cabeça no travesseiro. Tinha olheiras azuladas; ficara acordada até tarde fazendo geleia e acordara mais duas vezes por causa do pequeno... do bebê. Como poderia acordá-la apenas para satisfazer seus desejos?

Como *não* acordá-la?

Trincou os dentes, dividido entre tentação, compaixão e a absoluta certeza de que, se cedesse aos próprios desejos, estaria chegando na melhor parte quando uma interrupção vinda dos arredores do berço o forçaria a parar.

A experiência tinha sido uma professora severa, mas os desejos da carne falaram mais alto do que a razão. Estendeu a mão furtivamente e com cuidado, segurou a nádega mais próxima. Era firme e macia, arredondada como uma cabaça.

Ela emitiu um pequeno ruído no fundo da garganta e espreguiçou-se com volúpia. Arqueou as costas, erguendo o traseiro de uma forma que convenceu Roger que o mais inteligente a fazer era afastar os lençóis, rolar para cima dela e atingir seu objetivo nos dez segundos que provavelmente ia levar para fazê-lo.

O máximo que conseguiu foi afastar os lençóis. Quando ergueu a cabeça do travesseiro, viu algo claro e arredondado levantar-se devagar, surgindo em seu campo de visão acima da borda do berço, como uma das luas de Júpiter. Dois olhos azuis o observaram com um desprendimento clínico.

– Ah, *merda*! – exclamou ele.

– Ah, *méda*! – disse Jemmy, imitando-o alegremente.

Agarrou-se ao berço até ficar de pé, saltitando agarrado à borda do berço que estava rapidamente ultrapassando, entoando "*Méda-méda-méda-méda*!", no que ele sem dúvida pensava se tratar de uma canção.

Brianna despertou de súbito, piscando por trás das madeixas despenteadas.

– O que foi? O que houve?

– Ah... algum inseto me picou. – Roger colocou o lençol discretamente de volta no lugar. – Deve ter uma vespa aqui dentro.

Ela se espreguiçou no travesseiro, gemendo e afastando os cabelos do rosto com uma das mãos, em seguida pegou a caneca da mesinha e tomou um gole de água; sempre acordava com sede.

Seus olhos percorreram Roger e um lento sorriso tomou sua boca ampla e macia.

– É mesmo? Levou uma bela picada aí! Quer que eu massageie?

Ela voltou a pousar a caneca na mesinha, apoiou-se graciosamente em um dos cotovelos e estendeu a mão.

– Você é sádica – disse Roger, trincando os dentes. – Não resta a menor dúvida. Deve ter puxado ao pai.

Ela riu, tirou a mão de sob os lençóis e levantou-se, vestindo a camisola.

– MAMÃE! Méda, mamãe! – gritou Jemmy, radiante, quando ela o tirou do berço, gemendo pelo esforço.

– Pestinha – disse ela, afetuosamente. – Você não está muito popular com o papai esta manhã. Sempre escolhe os piores momentos. – Ela torceu o nariz. – E não só os piores momentos.

– Acho que isso depende do ponto de vista. – Roger rolou de lado, observando. – Imagino que, do ponto de vista *dele*, o momento não poderia ser melhor.

– É. – Brianna olhou para ele com a sobrancelha erguida. – Foi assim que ele aprendeu uma palavra nova, não foi?

– Ele já a ouviu antes – disse Roger de modo seco. – Muitas vezes.

Sentou-se, colocando as pernas para fora da cama, e passou a mão pelos cabelos e pelo rosto.

– Bem, tudo o que temos que fazer agora é descobrir como passar do abstrato para o concreto, não é? – Ela colocou Jemmy de pé e ajoelhou-se diante dele, beijando-o no nariz, e em seguida abriu o prendedor da fralda. – Minha nossa! Será que um ano e meio é cedo demais para começar a desfraldar?

– Está perguntando a mim ou a ele?

– Bem, não importa, qualquer um dos dois que tiver uma opinião a respeito do assunto.

Jemmy com certeza não tinha. Animadamente estoico, ele ignorava o ataque da mãe às suas partes íntimas com um pano úmido e gelado, distraído com uma nova canção de sua própria autoria, mais ou menos assim: "Bem, bem, méda, méda, BEM, BEM..."

Brianna pôs um ponto final à cantoria levantando-o nos braços e sentando-se com ele na cadeira de amamentar junto à lareira.

– Quer fazer um lanchinho? – perguntou ela, baixando o decote da camisola de modo convidativo.

– Ah, por favor – disse Roger, entusiasmado.

Bree riu, não sem compaixão, e ajeitou Jemmy no colo, onde ele logo se acomodou para mamar.

– Você é o próximo – garantiu ela a Roger. – Quer mingau de aveia ou polenta frita no café da manhã?

– Mais alguma coisa no cardápio?

Droga, ele já estava quase pronto para se levantar, mas voltou à estaca zero.

– Ah, claro. Torrada com geleia de morango. Queijo. Ovos, mas vai ter que buscá-los no galinheiro; não tem nenhum na despensa.

Roger tinha dificuldade de se concentrar na conversa diante da visão de Brianna na penumbra do chalé, as longas coxas separadas por baixo da camisola, os calcanhares enfiados sob a cadeira. Ela pareceu notar a falta de interesse dele nas questões alimentícias, pois olhou para a frente e sorriu para ele, observando sua nudez.

– Você está ótimo, Roger – disse ela baixinho.

Abaixou a mão livre, pousando-a de leve na curva interna de uma das coxas. Os dedos longos, de unhas curtas, traçavam círculos lentamente, em um movimento quase imperceptível.

– Você também. – A voz dele estava rouca. – Mais do que ótima.

Ela ergueu a mão e deu tapinhas delicados nas costas de Jemmy.

– Quer ver a tia Lizzie depois do café da manhã, meu amor? – perguntou ela, sem olhar para o filho.

Seus olhos estavam fixos nos de Roger, e sua boca larga se curvou lentamente em um sorriso.

Ele achava que não conseguiria esperar até depois do café da manhã para, pelo menos, tocá-la. O xale dela estava caído ao pé da cama; ele o pegou e o enrolou ao redor dos quadris para cobrir sua intimidade ao sair da cama e atravessar o aposento para se ajoelhar ao lado da cadeira onde ela estava.

Seus cabelos se esvoaçaram com uma corrente de ar que entrou pela janela, e ele viu os pelos de seus braços se arrepiarem de repente. Envolveu-os com seus braços. A corrente de ar soprava fria em suas costas nuas, mas ele não se importava.

– Amo você – sussurrou no ouvido dela.

Pousou a mão sobre a dela, em sua coxa. Ela virou a cabeça e o beijou, um rápido contato de lábios macios.

– Também amo você.

Ela enxaguara a boca com água e vinho, e tinha o gosto de uvas outonais e córregos frios. Ele começava a dar atenção a questões mais sérias quando uma batida forte, acompanhada da voz de seu sogro, fez as dobradiças da porta estremecerem.

– Roger! Está aí, homem? Levante-se agora mesmo!

– Por que ele está perguntando se eu estou aqui? – sussurrou Roger. – Onde mais eu estaria?

– Shhh. – Ela mordiscou o pescoço dele e o soltou com relutância, percorrendo seu corpo com os olhos com clara admiração. – Ele já se levantou, pai! – gritou ela.

– Sim, e pelo jeito vai ser uma condição permanente – murmurou Roger. – Já estou indo! – berrou. – Onde diabos estão minhas roupas?

– Embaixo da cama, onde você as deixou ontem à noite.

Brianna colocou Jemmy no chão, e ele correu para bater na porta trancada, eufórico por ouvir a voz do avô. Quando finalmente se aventurou a andar, não perdeu tempo com o estágio seguinte, e em poucos dias estava correndo.

– Depressa!

O sol inundou o chalé quando o couro que cobria a janela foi afastado, revelando o rosto de ossos largos e fortes de Jamie Fraser, corado de animação e pelo sol da manhã. Ele ergueu a sobrancelha assim que viu Roger, agachado no chão, cobrindo as partes íntimas com uma camisa.

– Ande depressa, rapaz – disse ele, mais amigável. – Não é hora de ficar andando por aí com o traseiro de fora. MacLeod disse que há animais grandes do outro lado do morro. – Soprou um beijo para Jemmy. – *A ghille ruaidh, a charaid! Ciamar a tha thu*?

Roger se esqueceu do sexo e do constrangimento. Vestiu a camisa e se levantou.

– De que tipo? Veados, alces?

– Não sei, só sei que é carne!

Ele soltou subitamente o couro da janela e o quarto voltou a ficar na penumbra.

A intrusão deixara entrar uma rajada de ar frio, que invadiu a atmosfera quente, enevoada, levando consigo os cheiros da estação de caça, do vento cortante e das folhas avermelhadas, de lama e estrume, de lã molhada e couro liso, tudo pontuado pelo odor imaginário de pólvora.

Olhando com desejo para o corpo de sua mulher uma última vez, Roger pegou a calça.

90

PERIGO NA MATA

Grunhindo e bufando, os homens conseguiram acessar a zona verde-escura das coníferas ao meio-dia. No topo dos picos mais altos, aglomerações de abeto-balsâmico e cicuta se misturavam a espruces e pinheiros sobre o terreno rochoso. Ali, eles permaneciam seguros em sua imortalidade sazonal, as agulhas murmurando um lamento pela fragilidade das folhas mortas lá embaixo.

Roger estremeceu à sombra fria das coníferas e ficou grato por estar usando sua blusa de caçar de lã grossa por cima da camisa de linho. Não conversavam; mesmo quando paravam por algum tempo para recuperar o fôlego, o silêncio na floresta inibia conversas desnecessárias.

A mata selvagem ao redor deles parecia calma – e erma. Talvez fosse tarde demais e a caça já tivesse seguido para outro lugar; talvez MacLeod tivesse se enganado. Roger ainda não sabia caçar muito bem, mas havia passado muito tempo sozinho sob o sol e o vento, em silêncio. Desenvolvera alguns instintos de caçador.

Os homens saíram à plena luz do sol quando emergiram no outro lado do cume. O ar estava leve e frio, mas Roger sentiu o calor percorrer seu corpo gelado e fechou os olhos, sentindo o prazer momentâneo. Os homens ficaram parados por algum tempo, em uma apreciação silenciosa, aquecendo-se ao sol em um local abrigado, protegidos do vento por um momento.

Jamie aproximou-se da beirada de um rochedo, o sol iluminando seus cabelos cor de cobre presos em um rabo de cavalo. Virou-se de um lado para o outro, estreitando os olhos para olhar para baixo, procurando algo em meio às árvores. Roger viu suas narinas se abrirem e sorriu. Bem, então, talvez ele realmente farejasse a caça. Roger não ficaria surpreso. Tentou farejar o ar, mas não sentiu nada além da fermentação das folhas apodrecidas e um forte odor de suor acumulado vindo do corpo de Kenny Lindsay.

Fraser balançou a cabeça, virou-se para Fergus e, dizendo algo bem baixo, subiu no rochedo e desapareceu.

– Esperamos aqui – disse Fergus laconicamente para os outros, sentando-se em seguida.

Pegou duas pedras redondas da bolsa e ficou girando-as de um lado para o outro na palma da mão, profundamente concentrado em deslizar uma das esferas entre os dedos ágeis.

Os dedos longos do sol brilhante de outono penetraram por entre os galhos desfolhados, administrando os últimos sacramentos de consolo sazonal, abençoando a terra moribunda com um toque de calor. Os homens conversavam tranquilamente, sentados ao sol. Ele não o havia notado na mata mais fria, mas ao sol, o cheiro forte de suor ficava evidente, sobrepondo-se às camadas mais profundas de sujeira e odores corporais.

Roger pensou que a dificuldade de se aproximar da caça a pé talvez não se devesse à incrível acuidade olfativa dos animais, mas sim aos odores fortes dos seres humanos. Já vira os moicanos se esfregarem com ervas para disfarçar o cheiro natural do corpo quando saíam para caçar, mas nem mesmo óleo de menta conseguiria aplacar o fedor de Kenny Lindsay.

Ele não fedia tanto quanto Kenny, fedia? Curioso, inclinou a cabeça para dentro da gola aberta da camisa e inspirou. Sentiu um filete de suor escorrer pela nuca, por baixo do cabelo. Enxugou-o com a gola e decidiu se lavar antes de voltar ao chalé, mesmo que o riacho estivesse coberto por uma fina camada de gelo.

Banhos e desodorantes tinham mais do que apenas uma importância estética, ele refletiu. Afinal, as pessoas se acostumavam depressa com quase todo tipo de mau cheiro. O que ele não havia percebido, seguro em seu ambiente moderno relativamente inodoro, eram as consequências mais íntimas dos cheiros. Às vezes, ele se sentia como um maldito babuíno, suas reações mais primitivas extravasadas sem aviso pelo assalto repentino de um odor.

Lembrou-se do que havia acontecido na semana anterior e sentiu um forte rubor subir por sua face.

Ele havia entrado na leiteria, procurando Claire. Conseguira encontrá-la... e Jamie também. Ambos estavam completamente vestidos, longe um do outro, mas a atmosfera estava tão tomada pelo odor almiscarado de desejo e pelo cheiro forte de sêmen, que Roger sentiu o rosto queimar e os pelos do corpo se arrepiarem.

Seu primeiro impulso tinha sido se virar e ir embora, mas não haveria explicação para isso. Dera o recado a Claire, percebendo que Jamie o observava, com olhos tranquilos e confusos. Também notou a comunicação silenciosa entre os dois, uma vibração invisível no ar, como se eles fossem duas contas em um mesmo fio tensionado.

Jamie esperara Roger sair para deixar a leiteria. De soslaio, Roger percebera um ligeiro movimento, vira o breve toque da mão com o qual ele se despedira dela, e mesmo naquele momento, sentia um estranho aperto nas entranhas quando se lembrava.

Expirou para aliviar a tensão em seu peito, depois se deitou sobre as folhas, deixando o sol incidir sobre as pálpebras cerradas. Ouviu um gemido abafado de Fergus, em seguida o barulho de passos quando o francês partiu apressado outra vez. Fergus comera chucrute meio curado na noite anterior – fato que ficava evidente para quem se sentasse ao lado dele por muito tempo.

Seus pensamentos voltaram para o momento constrangedor na leiteria.

Não era lascívia nem mesmo simples curiosidade, mas ainda assim ele se flagrava com frequência observando os dois. Via-os da janela do chalé, caminhando juntos à noite, a cabeça de Jamie inclinada na direção dela, as mãos entrelaçadas nas costas. Claire mexia as mãos enquanto falava, erguendo-as longas e brancas no ar, como se ela fosse pegar o futuro e moldá-lo, como se entregasse seus pensamentos a Jamie enquanto falava, objetos lisos e lustrosos, pedaços de ar esculpido.

Quando percebia o que estava fazendo, passava a observá-los de propósito e afastava qualquer sentimento de vergonha pela intrusão, por menor que fosse. Sua curiosidade tinha motivo; havia algo que ele precisava saber, uma necessidade tão forte que desculpava qualquer falta de modos.

Como se fazia aquela coisa do casamento?

Ele fora criado na casa de um homem solteiro. Mesmo tendo recebido na infância tudo de que precisava em termos de afeto por parte do tio-avô e da velha governanta do reverendo, percebeu que algo lhe faltava na fase adulta, que não conhecia os toques e as palavras que uniam um casal em matrimônio. Por ora, a intuição bastava.

Mas se um amor como aquele pudesse ser aprendido...

Um toque em seu cotovelo o assustou e ele se virou, dando um golpe rápido com o braço para se defender. Jamie se abaixou com habilidade, evitando o soco, e sorriu para ele.

Fraser meneou a cabeça em direção ao rochedo.

– Eu os encontrei – disse ele.

Jamie ergueu uma das mãos e Fergus se postou imediatamente ao seu lado. O francês mal chegava ao ombro do grande escocês, mas não parecia ridículo. Cobriu os olhos com a única mão, espreitando na direção para a qual Fraser apontara.

Roger se aproximou por trás deles, olhando encosta abaixo. Viu um movimento fugaz na clareira lá embaixo, reforçado pelo descer e subir do voo. O parceiro piou de dentro da mata, um som parecido com uma risada estridente. Ele não via mais nada de excepcional lá embaixo; era o mesmo emaranhado denso de loureiros, nogueiras e carvalhos que havia na encosta da montanha de onde tinham vindo; bem mais abaixo, uma linha densa de árvores altas e desfolhadas delimitava o curso de um rio.

Fraser o viu e gesticulou para baixo meneando a cabeça, apontando com o queixo.

– Perto do rio. Está vendo? – perguntou ele.

No começo, Roger não viu nada. O rio em si não era visível, mas ele conseguia acompanhar seu curso por causa dos salgueiros e plátanos desfolhados. Então ele viu; um arbusto quase no pé da encosta se moveu, de uma forma diferente dos galhos próximos, sacudidos pelo vento. Uma guinada brusca que chacoalhou o arbusto como se algo o puxasse para se alimentar.

– Minha nossa, o que é aquilo?

O corpanzil escuro que viu de relance bastou para perceber que o animal era grande – muito grande.

– Não sei. É maior do que um veado. Um uapiti, talvez.

Fraser olhava atentamente, os olhos estreitados contra o vento. Ele parecia tranquilo, com o mosquete na mão, mas Roger podia perceber sua empolgação.

– Ou talvez um alce? – Fergus franziu as sobrancelhas sob a mão com a qual protegia os olhos. – Nunca vi um, mas são bem grandes, não são?

– Não. – Roger negou com a cabeça. – Quero dizer, sim, mas aquilo não é um alce. Já cacei alce com os moicanos. Eles não se movimentam daquela maneira.

Ele viu Fraser contrair os lábios e em seguida relaxar; por um acordo não expressado, eles evitavam falar de quando Roger fora mantido prisioneiro pelos moicanos. Mas Jamie não disse nada, apenas indicou com a cabeça a mata lá embaixo.

– Não é veado, nem alce, mas há mais de um. Estão vendo?

Roger estreitou ainda mais os olhos, então viu o que Fraser estava fazendo e o imitou – alternando o pé de apoio, deixou deliberadamente os olhos vagarem pela paisagem.

Sem tentar focalizar um único ponto no cenário lá embaixo, ele conseguia ver a encosta inteira como uma mistura borrada de cor e movimento – *como um quadro de*

Van Gogh, pensou, e sorriu. Então, viu o que Jamie vira e ficou tenso, esquecendo-se totalmente da arte moderna.

Em alguns pontos, entre o cinza e o marrom desbotado e as áreas de vegetação perene, havia uma disjunção, um nó no padrão da trama da natureza – movimentos estranhos, não provocados pelo soprar do vento. Os animais em si estavam invisíveis, mas tornavam sua presença evidente pelo balançar dos arbustos próximos. Santo Deus, qual seria o tamanho deles? Lá... e lá... ele deixou que os olhos vagassem de um lado ao outro e sentiu um aperto de empolgação no peito e no estômago. Havia meia dúzia, pelo menos!

– Eu tinha razão! Eu tinha razão, não tinha, *Mac Dubh*? – disse MacLeod, exultante. Abriu um sorriso de orelha a orelha, triunfante. – Eu disse que tinha visto animais, não disse?

– Meu Deus, há um rebanho inteiro deles – disse Evan Lindsay, ofegante, ecoando o pensamento de Roger.

O rosto do escocês estava alegre, tomado pela ansiedade. Ele olhou para Jamie.

– Como vai ser, *Mac Dubh*?

Jamie ergueu ligeiramente um dos ombros, ainda espreitando o vale.

– É difícil dizer. Eles estão em terreno aberto. Não podemos encurralá-los em lugar nenhum.

Ele lambeu um dedo e levantou-o ao vento, depois apontou.

– O vento está soprando do oeste. Vamos descer aquele arroio até o pé da encosta. Então Roger e eu passaremos para o lado, perto daquele grande afloramento de rocha, está vendo?

Lindsay assentiu devagar, um dente torto da frente pressionando a carne macia de seu lábio.

– Eles estão perto do rio. Podem dar a volta, mantendo boa distância até chegarem àquele grande cedro, estão vendo? Sim, então se separem, dois em cada margem do rio. Evan é o melhor atirador; deve ficar preparado. Roger Mac e eu chegaremos por trás do bando, para fazer com que eles sigam na direção de vocês.

Fergus assentiu, observando o terreno lá embaixo.

– Entendi. E se eles nos virem, vão se virar na direção daquele pequeno desfiladeiro e ficar encurralados. Ótimo. *Allonsy*! Vamos!

Gesticulou determinado para os outros, o gancho brilhando ao sol. Depois, fez uma careta, levando a mão à barriga quando um longo e retumbante peido interrompeu o silêncio da mata. Jamie olhou para ele, sério.

– Fique a favor do vento, está bem? – disse ele.

Era impossível andar em silêncio pelas camadas de folhas secas, mas Roger pisava com o máximo de delicadeza possível. Ao ver Jamie carregar e preparar a própria arma, Roger fez o mesmo, sentindo uma mistura de empolgação e temor com o cheiro pungente de pólvora. Pelo que percebera do tamanho dos animais que estavam seguindo, era possível que até mesmo ele tivesse a chance de acertar um.

Deixando as dúvidas de lado, ele parou por um momento, virando a cabeça para os dois lados a fim de ouvir. Nada além do leve sopro do vento nos galhos desfolhados acima e o murmúrio distante da água. Ouviu um leve estalar no arbusto à sua frente e, de relance, viu uma cabeleira ruiva. Segurou a coronha, a madeira quente e sólida na palma, o cano voltado para cima sobre o ombro, e prosseguiu.

Escondendo-se atrás de uma moita de sumagre, Roger sentiu algo ceder repentinamente sob seu pé e deu um passo para trás a fim de manter o equilíbrio. Olhou para ver no que pisara e, apesar da decepção imediata, teve muita vontade de rir.

– Jamie! – chamou ele, sem se importar em manter o silêncio ou a discrição.

Os cabelos flamejantes de Jamie despontaram em meio a uma cortina de loureiros. Ele não disse nada, mas ergueu uma das sobrancelhas grossas, curioso.

– Não sou um grande rastreador – disse Roger, apontando para baixo –, mas sei exatamente no que acabei de pisar. – Raspou a lateral do sapato em um tronco caído e indicou com o pé. – O que acha que andamos perseguindo todo esse tempo?

Jamie parou de repente, estreitando os olhos, então deu um passo à frente e agachou-se ao lado do borrão marrom. Cutucou-o com o indicador e em seguida olhou para Roger com uma expressão de irreverência e desânimo.

– Não acredito! – exclamou ele. Ainda agachado, virou a cabeça, franzindo o cenho enquanto inspecionava a mata selvagem ao redor. – Mas o que eles estão fazendo aqui?

Ficou de pé, protegendo os olhos enquanto olhava em direção ao riacho, onde o sol que se punha brilhava entre os galhos.

– Não faz o menor sentido – disse ele, estreitando os olhos para observar as sombras. – Existem apenas três vacas na Cordilheira dos Frasers, e eu vi duas delas sendo ordenhadas hoje cedo. A terceira pertence a Bobby MacLeod, e imagino que ele saberia se tivesse avistado a própria vaca. Além disso...

Virou-se lentamente, olhando para a íngreme encosta que haviam acabado de descer.

Não precisou dizer nada. Só uma vaca de paraquedas teria conseguido descer até ali.

– Há mais de uma... bem mais – disse Roger. – Você viu.

– Sim, é verdade. Mas de onde vieram? – Jamie olhou para ele, franzindo o cenho, confuso. – Os índios não criam gado, muito menos nesta estação do ano; já teriam abatido qualquer animal que tivessem para defumar a carne. E não há nenhuma fazenda a menos de 50 quilômetros.

– Talvez um rebanho selvagem? – sugeriu Roger. – Um rebanho que tenha escapado há tempos e esteja vagando por aí?

Jamie parecia especular, e seu estômago roncou esperançoso como o de Roger.

– Se for esse o caso, serão presa fácil – disse Jamie.

Havia uma ponta de ceticismo em sua voz, mesmo quando ele sorriu. Inclinou-se e pegou uma pequena amostra do monte de excremento, esfregou-a com o polegar e a jogou longe.

– Muito fresco. Estão próximos. Vamos.

Depois de meia hora caminhando, chegaram à margem do rio que tinham avistado do alto. Era amplo e raso naquele ponto e salgueiros arrastavam galhos pendentes e sem folhas na água. Nada se movia, exceto o reflexo do sol nos rifles, mas estava claro que as vacas tinham passado por ali: a lama na margem do rio estava revirada, com marcas de cascos começando a secar, e em um ponto as plantas murchas tinham sido pisoteadas, formando uma depressão comprida onde algo grande havia chafurdado.

– Por que não me lembrei de trazer corda? – murmurou Jamie, abrindo caminho em meio aos salgueiros da margem enquanto contornavam a depressão. – Carne é bom, mas leite e queijo seriam...

Os resmungos cessaram quando ele começou a se afastar do rio, seguindo uma trilha de folhagem pisoteada que levava mata adentro.

Em silêncio, os dois homens se espalharam, caminhando com cuidado. Roger ouvia o silêncio da floresta com toda a atenção. Tinham que estar por perto; até mesmo um olho destreinado como o de Roger percebera os sinais recentes. E, no entanto, na floresta reinava a quietude do outono, o silêncio interrompido apenas por um corvo grasnando ao longe. O sol estava baixo no horizonte, envolvendo o ar da floresta em uma névoa dourada, e esfriava rapidamente. Roger atravessou uma área sombreada e estremeceu, apesar de estar usando um casaco. Logo teriam que achar os outros e montar acampamento; em breve anoiteceria. Uma fogueira seria bom, especialmente se tivessem algo para assar nela.

Estavam descendo agora, na direção de um pequeno vale onde a neblina de outono erguia-se da terra fria. Jamie se encontrava um pouco mais à frente, caminhando com a determinação que o terreno irregular permitia; evidentemente, a trilha ainda era visível para ele, apesar da vegetação densa.

Um bando de vacas não podia simplesmente desaparecer, pensou, mesmo em uma neblina densa como aquela. A não ser que fossem vacas fadas. E ele não estava muito preparado para acreditar nisso, apesar do silêncio sobrenatural da mata naquele ponto.

– Roger – chamou Jamie baixinho, mas Roger ouvia com tanta atenção que localizou o sogro na mesma hora, a certa distância à sua direita. Jamie meneou a cabeça indicando algo próximo. – Veja.

Afastou um arbusto grande e cheio de espinhos, expondo o tronco de um grande plátano. Parte da casca havia sido raspada, deixando um ponto esbranquiçado na casca cinzenta, do qual escorria seiva.

– As vacas se esfregam desse jeito?

Roger olhou em dúvida para o ponto raspado, em seguida pegou um tufo de pelos escuros e lanosos, arrancados pela casca áspera.

– Sim, às vezes – respondeu Jamie. Ele se aproximou, balançando a cabeça enquanto examinava os pelos marrons na mão de Roger. – Mas nunca vi uma vaca com pelos assim. Mais parece...

Algo se moveu ao lado de Roger. Ele se virou e viu uma enorme cabeça escura espiando por cima de seu ombro. Um olho minúsculo e avermelhado fitou os seus e ele deu um grito, jogando-se para trás. Ouviu-se um estrondo quando sua arma disparou, seguido de uma arremetida e de um baque surdo, e ele se viu caído sobre o tronco de uma árvore, completamente sem ar e lembrando-se vagamente de um vulto escuro e peludo e de uma força que o fizera voar longe como uma folha ao vento.

Sentou-se, arfando, e viu Jamie de joelhos nas folhas, procurando desesperadamente a arma de Roger.

– Levante-se! – gritou ele. – Levante-se, Roger! Meu Deus, é um búfalo!

Ele se levantou, seguindo Jamie. Ainda sem ar, mas correndo, com a arma na mão, sem se lembrar exatamente de como ela fora parar ali, o estojo de pólvora chocando-se contra seu quadril.

Jamie saltava como um cervo em meio aos arbustos, a capa enrolada batendo em suas costas. A floresta não estava mais silenciosa; à frente, ouviam-se estalidos e pancadas, e bramidos baixos.

Ele alcançou Jamie no início da encosta. Subiram com dificuldade, os pés escorregando nas folhas úmidas, os pulmões ardendo por causa do esforço. Então chegaram ao topo e se viram diante de um longo declive, pontuado por mudas de pinheiros e nogueiras, compridas e finas.

Lá estavam eles: oito ou nove daquelas feras enormes e peludas, reunidas enquanto desciam a colina, separando-se para dar a volta em moitas e árvores. Jamie se apoiou em um dos joelhos, mirou e atirou, sem nenhum efeito visível.

Não havia tempo para parar e recarregar; não podiam perder o bando de vista. Uma curva do rio brilhou entre as árvores, abaixo e à direita. Roger desceu a encosta correndo, tomado pela ansiedade, o cantil e a caixa de balas balançando, o coração batendo como os cascos da manada de búfalos no chão. Ouviu Jamie berrando atrás dele, gritando palavrões em gaélico.

Uma exclamação em um tom diferente fez Roger olhar para trás. Jamie estava parado, o rosto paralisado pelo choque. Antes que Roger pudesse gritar para ele, a expressão de choque se transformou em fúria. Arreganhando os dentes, ele agarrou a arma pelo cano e deu um golpe com a coronha, uma pancada abafada, *tum*. Praticamente sem parar, ergueu a arma e desferiu mais um golpe, e de novo, os ombros se contraindo com o esforço.

Abandonando a caça com relutância, Roger se virou e começou a subir a encosta até Jamie.

– Que diabo...?

Então, ele viu o que era e sentiu os pelos do corpo se arrepiarem em uma onda de repulsa. Um corpo marrom e cilíndrico se contorcia em meio ao capim, grosso e coberto de escamas. Uma das pontas da cobra fora golpeada até se transformar em uma massa disforme, e o sangue manchava o cabo do mosquete de Jamie, mas o corpo continuava a se contorcer, como uma minhoca sem cabeça.

– Pare! Ela está morta. Entendeu? Pare, eu disse para parar!

Ele segurou o braço de Fraser, mas o sogro se desvencilhou, puxando o braço e aplicando mais um golpe na cobra. Então ele parou e ficou de pé, o corpo todo tremendo violentamente, meio apoiado na arma.

– Meu Deus! O que aconteceu? Ela mordeu você?

– Mordeu, na perna. Eu pisei nela.

O rosto de Jamie estava pálido até os lábios. Ele olhou para o corpo que ainda se contorcia e foi tomado de novo por um forte tremor.

Roger conteve o próprio tremor e segurou o braço de Jamie.

– Venha. Sente-se, vamos dar uma olhada.

Trôpego, Jamie o seguiu e desabou sobre um tronco caído. Tateou, procurando a barra da meia, os dedos trêmulos. Roger afastou a mão de Jamie e tirou a bota e a meia de seu pé direito. As marcas das presas da cobra eram claras, duas perfurações vermelho-escuras na panturrilha. A carne ao redor dos furos tinha um tom azulado, visível mesmo à luz dourada do sol do fim de tarde.

– É venenosa. Tenho que cortar.

Roger sentiu a boca seca, mas estava estranhamente calmo, sem qualquer sinal de pânico. Tirou a faca da cintura, pensou logo em esterilização, porém deixou a ideia de lado. Levaria minutos preciosos para acender o fogo e não tinha tempo a perder.

– Espere.

Fraser ainda estava pálido, mas tinha parado de tremer. Pegou o pequeno cantil de uísque da cintura e despejou um pouco do líquido sobre a lâmina da faca, em seguida derramou algumas gotas nos dedos e esfregou a bebida sobre o ferimento. Contraiu o canto da boca para Roger, com a intenção de sorrir.

– Claire sempre faz isso quando vai cortar alguém. – Inclinou-se para trás, apoiando as mãos no tronco coberto de musgo, e meneou a cabeça. – Vá em frente.

Mordendo o lábio, concentrado, Roger pressionou a ponta da faca na pele logo acima de uma das marcas. A pele era surpreendentemente firme e esponjosa; a faca fez uma pequena incisão, mas não penetrou. Fraser inclinou-se para a frente e segurou a mão de Roger. Com um gemido profundo e feroz, empurrou, e a faca afundou de repente, mais de 2 centímetros. Sangue brotou ao redor da lâmina e a mão que envolvia a de Roger deixou-se cair.

– De novo. Com força e rápido, homem, pelo amor de Deus.

A voz de Jamie estava firme, mas Roger sentiu gotas de suor caírem do rosto de Fraser em sua mão, quentes e depois frias em contato com a pele.

Preparou-se para a força que precisaria exercer, enfiou a ponta da faca com firmeza e cortou com rapidez – duas marcas em X sobre as picadas, exatamente como ensinavam os guias de primeiros socorros. Os cortes sangravam profusamente, o sangue escorrendo em filetes grossos. Mas isso era bom, ele pensou. Era preciso cortar fundo, fundo o suficiente para ir além do veneno. Largou a faca e abaixou-se, levando a boca aos ferimentos.

Não havia pânico, mas uma sensação crescente de urgência. Com que rapidez o veneno se espalhava? Tinha não mais que alguns minutos, talvez menos. Roger sugou com toda a força, o sangue enchendo sua boca de um gosto metálico. Sugava e cuspia, em um frenesi silencioso, salpicando as folhas amarelas com sangue, os pelos da perna de Fraser ásperos contra seus lábios. Com a peculiar difusão da mente que acompanha uma emergência, uma dúzia de pensamentos breves lhe ocorreram, apesar de ele estar totalmente concentrado na tarefa que executava.

Será que a maldita cobra estava mesmo morta?

Seria muito venenosa?

O búfalo tinha escapado?

Meus Deus, será que estava fazendo a coisa do jeito certo?

Brianna o mataria se ele deixasse seu pai morrer. Claire também.

Sentia uma terrível cãibra na coxa direita.

Onde diabos estavam os outros? Fraser deveria chamá-los – não, ele os *estava* chamando, berrava além do que Roger conseguia alcançar. A carne da perna que ele segurava tinha ficado dura como uma rocha, os músculos rígidos sob seus dedos.

Alguém agarrou seus cabelos e torceu, forçando-o a parar. Ele olhou para cima, ofegante.

– É o suficiente, não acha? – disse Jamie sem se alterar. – Vai acabar drenando todo o meu sangue.

Ele mexeu o pé descalço com cuidado, olhando para a perna com uma careta. Os cortes eram vívidos e ainda sangravam, e a carne ao redor estava inchada por causa da sucção, manchada e ferida.

Roger sentou-se sobre os calcanhares, sugando o ar.

– Fiz... um estrago maior... do que a cobra.

Sua boca se encheu de saliva; ele tossiu e cuspiu. Fraser ofereceu a ele o cantil de uísque. Roger fez bochecho com um gole e cuspiu de novo, em seguida bebeu com vontade.

– Tudo bem?

Roger enxugou o queixo com as costas da mão, ainda sentindo o gosto metálico, e meneou a cabeça para indicar a perna ferida.

– Estou bem. – Jamie ainda estava pálido, mas contraiu o canto da boca. – Vá ver se os outros estão por perto.

Não estavam; do alto do afloramento rochoso, viu apenas um mar de galhos desfolhados, balançando-se de um lado para outro. O vento tinha ficado mais forte. Se os búfalos ainda se movimentavam ao longo do rio, não havia vestígio claro, nem deles nem dos caçadores.

Rouco de tanto gritar ao vento, Roger desceu novamente a encosta. Jamie havia se movido um pouco, encontrando um lugar protegido entre as rochas ao pé de um grande abeto-balsâmico. Ele estava sentado, com as costas apoiadas em uma rocha e as pernas esticadas para a frente, um lenço amarrado ao redor da ferida.

– Nem sinal dos outros. Consegue andar?

Roger inclinou-se sobre o sogro e ficou alarmado ao ver que ele estava corado e suava profusamente, apesar de o ar estar cada vez mais frio.

Jamie balançou a cabeça e indicou a perna com um meneio.

– Posso, mas não por muito tempo.

A perna estava visivelmente inchada perto da mordida e a mancha azulada se espalhara; era possível vê-la, como um suave hematoma, dos dois lados do lenço amarrado.

Roger sentiu a primeira pontada de angústia. Fizera tudo o que sabia, naquele caso. Nos guias de primeiros socorros, o passo seguinte era sempre: "Imobilize o membro e leve o paciente para o hospital o mais rápido possível." O corte e a sucção serviam para retirar o veneno da ferida, mas era óbvio que o muito que ainda restava se espalhava lentamente pelo corpo do sogro. Ele não tinha sido rápido o bastante para tirar tudo – se é que tirara um pouco que fosse. E o mais próximo de um hospital – Claire e suas ervas – estava a um dia de caminhada dali.

Roger agachou-se lentamente, pensando no que fazer em seguida. Imobilizar o membro – bem, isso tinha sido feito, se é que ia adiantar de alguma coisa.

– Dói muito? – perguntou ele, sem jeito.

– Dói.

Com essa resposta nada animadora, Jamie se recostou na pedra e fechou os olhos. Roger se sentou sobre um monte de agulhas secas, tentando pensar.

Estava escurecendo rapidamente; o breve calor daquele dia havia desaparecido, e as sombras sob as árvores tinham sido tomadas pelo tom azul-escuro da noite, embora não pudesse ser muito mais de quatro da tarde. Sem dúvida, eles não iriam a lugar algum naquela noite; localizar-se nas montanhas era quase impossível no escuro, mesmo que Fraser pudesse andar. Se os outros estivessem por perto, poderiam improvisar uma maca para carregá-lo – mas isso seria melhor do que deixá-lo onde estava? Embora desejasse muito que Claire estivesse ali, o bom senso lhe dizia que nem mesmo ela poderia fazer muita coisa – exceto, quem sabe, confortar Jamie se ele estivesse prestes a morrer...

Sentiu um nó na garganta ao pensar nisso. Afastando esse pensamento, enfiou a mão na bolsa, checando os suprimentos. Ainda tinha algumas panquecas; água nunca era uma dificuldade naquelas montanhas – pelo barulho das árvores, ouvia o gorgolejar de um córrego logo abaixo. Era melhor que ele começasse a juntar lenha enquanto ainda estava claro.

– É melhor fazermos uma fogueira – disse Jamie de repente, assustando Roger, que estava pensando a mesma coisa.

Jamie abriu os olhos e observou uma das mãos, virando-a para cima e para baixo, como se nunca a tivesse visto antes.

– Sinto pontadas nos dedos – observou ele com interesse. Tocou o rosto com uma das mãos. – Aqui também. Meus lábios ficaram dormentes. Sabe se isso é comum?

– Não sei. Creio que sim, se você tiver bebido uísque.

Foi uma péssima tentativa de fazer piada, mas ele ficou aliviado ao ver que o esforço foi recebido com uma breve risada.

– Não. – Jamie tocou o cantil a seu lado. – Achei que poderia precisar dele mais tarde.

Roger respirou fundo e se levantou.

– Certo. Fique aqui, não se mexa. Vou buscar lenha. Os outros provavelmente verão a luz do fogo.

Os outros homens não ajudariam muito, pelo menos não antes do amanhecer – mas seria um conforto não ficar sozinho.

– Traga a cobra também! – gritou Jamie. – Olho por olho, dente por dente; vamos comer um pedaço *dela* no jantar!

Abrindo um sorriso apesar da preocupação, Roger assentiu e virou-se para descer a encosta.

Quais seriam as chances?, ele se perguntou, abaixando-se para tirar um nó grosso de pinho da madeira macia de uma tora apodrecida. Fraser era um homem robusto e saudável. Certamente, sobreviveria.

No entanto, as pessoas de fato morriam em decorrência de mordidas de cobra, e não era algo raro. Na semana anterior, ficara sabendo que uma mulher alemã fora picada perto de High Point; quando se abaixou para pegar uma tora de uma pilha de lenha, foi mordida na garganta por uma cobra que estava escondida ali e morreu em poucos minutos. Ao enfiar a mão embaixo de um arbusto para pegar um galho seco, pensou nisso e recolheu rapidamente a mão desprotegida, o braço todo arrepiado. Censurando-se por sua estupidez, pegou uma vara e remexeu o monte de folhas secas, e só então enfiou a mão ali de novo.

Não parava de olhar encosta acima de tempos em tempos, sobressaltando-se sempre que o sogro desaparecia de vista. E se Fraser perdesse os sentidos antes de ele voltar?

Então, relaxou um pouco quando se lembrou. Não, estava tudo bem. Jamie não morreria naquela noite, nem de mordida de cobra, nem de frio. Não era possível; estava destinado a morrer dali a alguns anos, em um incêndio. Pela primeira vez, o destino agourento lhe trouxe tranquilidade no presente. Respirou fundo e soltou o ar aliviado, então se preparou para pegar a cobra.

Ela estava imóvel, obviamente morta. Ainda assim, precisou se esforçar para recolhê-la. Tinha a mesma largura de seu pulso e cerca de 1,20 metro comprimento. Ela havia começado a enrijecer. No fim, foi obrigado a estendê-la sobre a lenha, como um galho escamoso. Ao vê-la, não foi difícil imaginar como a serpente que mordera a alemã passara despercebida; os tons sutis de marrom e cinza de sua pele a tornavam quase invisível contra o fundo.

Jamie removeu a pele do animal enquanto Roger acendia a fogueira. Observando pelo canto do olho, pôde ver que o sogro realizava um trabalho excepcionalmente malfeito; a dormência em suas mãos devia estar piorando. Ainda assim, ele continuou, determinado, cortando o corpo da cobra, enfiando pedaços da carne branca e crua em um galho parcialmente descascado, com dedos trêmulos.

Quando terminou, Jamie estendeu o espeto na direção do fogo e quase o deixou cair. Roger o segurou e sentiu, pela vara, o tremor que tomava a mão e o braço do sogro.

– Você está bem? – perguntou, e estendeu a mão automaticamente para tocar a testa de Jamie.

Fraser se retraiu, surpreso e um tanto melindrado.

– Sim – disse ele, mas em seguida fez uma pausa. – Sim, bem... eu me sinto um pouco esquisito – admitiu.

Era difícil dizer à luz fraca, mas Roger achou que ele parecia bem mais do que apenas um pouco esquisito.

– Por que não se deita um pouco? – sugeriu, tentando parecer tranquilo. – Durma, se conseguir; eu o acordarei quando a refeição estiver pronta.

Jamie não argumentou, o que assustou Roger mais do que qualquer outra coisa até então. Encolheu-se em um monte de folhas, movendo a perna ferida com tanto cuidado que Roger teve uma noção exata de quanto deveria estar doendo.

A carne de cobra gotejava e chiava, e apesar de sentir certa repugnância diante da ideia de comê-la, Roger sentiu o estômago roncar de fome; o cheiro era o mesmo de galinha assada! Como já tinha feito antes, ele refletiu sobre o tênue limiar entre o apetite e a fome intensa. Se o mais refinado comensal passasse um ou dois dias sem comida, devoraria lesmas e lagartos sem a menor hesitação. Roger já tinha passado por isso, no caminho de volta de sua viagem para fazer a medição das terras.

Ficou de olho em Jamie. Ele não se movia, mas Roger viu que o sogro estremecia de vez em quando, apesar das chamas fortes da fogueira. Seus olhos estavam cerrados, o rosto parecia vermelho, mas isso podia ser apenas efeito da luz do fogo – não dava para saber qual era sua cor de fato.

Quando a carne finalmente cozinhou, já havia anoitecido. Roger buscou água, depois jogou montes de capim seco e lenha na fogueira, fazendo as chamas saltarem e tremularem acima de sua cabeça. Se estivessem em algum ponto a menos de 2 quilômetros, os outros homens as veriam.

Fraser se levantou com dificuldade para comer. Era evidente que estava sem fome, mas forçava-se a mastigar e engolir, cada mordida um doloroso esforço. O que seria?, Roger se perguntou. Simples teimosia? Uma vingança contra a cobra? Ou quem sabe alguma superstição escocesa, a ideia de que consumir a carne do réptil pudesse ser uma cura para sua mordida?

– Os índios sabiam o que fazer em caso de mordida de cobra? – perguntou Jamie, indicando que estava disposto a dar crédito à resposta.

– Sim – respondeu Roger com cautela. – Tinham raízes e ervas que misturavam com excremento ou fubá quente, para fazer um emplastro.

– Dava certo?

Fraser segurava um pedaço de carne, o pulso pendendo como se ele estivesse cansado demais para leva-la à boca.

– Eu só vi isso ser feito duas vezes. Uma vez, pareceu funcionar perfeitamente, não houve inchaço nem dor. A menininha já parecia bem ao anoitecer. Da outra vez... não funcionou.

Ele só vira o corpo enrolado em uma pele de animal sendo levado da casa principal, mas não testemunhara os detalhes tenebrosos da morte. Porém, estava claro que teria outra chance de ver de perto os efeitos de uma mordida de cobra.

Fraser resmungou.

– E o que faziam na sua época?

– Aplicavam uma injeção de algo chamado soro antiofídico.

– Uma injeção? – Jamie não pareceu entusiasmado. – Claire fez isso comigo, uma vez. Não gostei nada.

– E deu certo?

Jamie respondeu grunhindo e arrancou mais um pequeno pedaço de carne com os dentes.

Apesar da preocupação, Roger comeu com vontade sua porção de carne, e também o que Jamie não comeu. O céu se estendia escuro e estrelado acima deles, e um vento frio soprava entre as árvores, deixando as mãos e o rosto gelados.

Ele enterrou os restos da cobra – o que menos precisavam naquele momento era que um animal carnívoro aparecesse, atraído pelo cheiro de sangue – e atiçou o fogo, o tempo inteiro prestando atenção a algum grito que viesse do escuro. Não ouviu nenhum som além do gemido do vento e dos estalidos dos galhos; estavam sozinhos.

Fraser tirara sua camisa de caça, apesar do frio, e estava sentado com os olhos fechados, oscilando ligeiramente. Roger se agachou ao lado dele e tocou seu braço. Santo Deus! Ele estava ardendo em febre.

Mas Jamie abriu os olhos e sorriu, sem forças. Roger ofereceu-lhe uma caneca de água; ele assentiu e a pegou, desajeitado. A perna estava assustadoramente inchada abaixo do joelho, quase o dobro do tamanho normal. Havia manchas vermelho-escuras irregulares na pele, como se um súcubo tivesse sugado a carne com sua boca voraz e partido insatisfeito.

Roger pensou, inquieto, se poderia estar enganado. Até então, estivera certo de que o passado não podia ser mudado; logo, a hora e as circunstâncias da morte de Fraser estavam determinadas – dali a cerca de quatro anos. Não fosse essa certeza, entretanto, ele estaria muito preocupado com o aspecto de Jamie. Até que ponto *tinha* certeza, afinal?

– Você pode estar enganado.

Jamie baixara a caneca e o fitava com os olhos azuis e firmes.

– A respeito do quê? – perguntou ele, alarmado ao ouvir seu pensamento ser expressado em voz alta. Será que havia resmungado sem perceber?

– A respeito da mudança. Você disse que achava impossível mudar a história. Mas e se você estiver enganado?

Roger se inclinou para atiçar o fogo.

– Não estou enganado – disse ele com firmeza, tanto para si mesmo quanto para Fraser. – Pense, homem. Você e Claire tentaram impedir Carlos Stuart de fazer o que ele fez, e não conseguiram. Não é possível.

– Não é bem assim – contestou Fraser.

Recostou-se, com os olhos semicerrados diante da claridade do fogo.

– O que não é bem assim?

– É verdade que não conseguimos impedi-lo no que diz respeito à Revolta, mas isso não dependia apenas de nós e dele, havia muitas outras pessoas envolvidas. Os líderes que o seguiam, os malditos irlandeses que o bajulavam... até mesmo Luís; ele e seu ouro.

Ele fez um movimento com a mão descartando o argumento.

– Mas isso não importa. Você disse que Claire e eu não conseguimos impedi-lo... e é verdade, não conseguimos impedir o começo. Mas talvez pudéssemos ter impedido o fim.

– Está se referindo a Culloden?

Roger ficou olhando para o fogo, lembrando-se vagamente do dia, em um passado distante, em que Claire contou a ele e a Brianna a história das pedras e de Jamie Fraser. Sim, ela havia citado uma última oportunidade, a chance de evitar o massacre final dos clãs...

Ele olhou para Fraser.

– Matando Carlos Stuart?

– Sim. Se tivéssemos feito isso... mas nem ela nem eu conseguimos. – Seus olhos estavam quase fechados, mas ele balançava a cabeça sem parar, claramente desconfortável. – Tenho pensado muito nisso, se foi por decência... ou covardia.

– Ou talvez por outro motivo – disse Roger abruptamente. – Você não sabe. Se Claire tivesse tentado envenená-lo, aposto que alguma coisa teria acontecido: o prato teria virado, um cachorro o teria comido, outra pessoa teria morrido... não teria feito nenhuma diferença!

Os olhos de Fraser se abriram devagar.

– Então você acha que já está tudo determinado, não é? Um homem não pode escolher? – Esfregou a boca com as costas da mão. – E quando você resolveu voltar, por Brianna, e depois de novo, por ela e pelo menino... não foi totalmente escolha sua, então? Você estava destinado a fazer isso?

– Eu... – Roger se interrompeu, as mãos apertando as coxas. O fedor dos porões do *Gloriana* pareceu se sobrepor de repente ao cheiro de madeira queimada. Então ele relaxou e deu uma risada curta. – Que momento para filosofar, hein?

– Sim, bem – disse Fraser, muito baixo. – É que talvez eu não tenha outra oportunidade. – Antes que Roger pudesse protestar, ele continuou: – Se não há escolha... então não há pecado nem redenção, certo?

– Meu Deus – murmurou Roger, afastando os cabelos da testa. – Saí com Olho de Águia e fui parar embaixo de uma árvore com o maldito Agostinho de Hipona!

Jamie o ignorou, concentrado em seu argumento.

– Nós escolhemos... Claire e eu. Não cometeríamos assassinato. Não derramaríamos o sangue de um homem, mas então o sangue de Culloden está em nossas mãos? Nós nos recusamos a cometer o pecado... mas ele recaiu sobre nós mesmo assim?

– Claro que não. – Roger se levantou, inquieto, e ficou atiçando o fogo. – O que aconteceu em Culloden... não foi culpa sua, como poderia ser? Todos os homens que participaram daquilo... Murray, Cumberland, todos os líderes de clãs... não foi o feito de um homem só!

– Então, você acha que tudo está determinado? Nascemos condenados ou salvos, e nada pode mudar isso? E você é filho de um reverendo!

Fraser deu uma risadinha irônica.

– Sim – disse Roger, sentindo-se ao mesmo tempo desconcertado e furioso. – Quer dizer, não. Eu não acho isso. É só que... bem, se alguma coisa já aconteceu de um jeito, como pode acontecer de outro?

– É só você que acha que aconteceu – ressaltou Fraser.

– Eu não acho, eu sei!

– Humm... Sim, porque você veio do outro lado; tudo isso para você é passado. Então, talvez, *você* não possa mudar as coisas... mas eu posso, porque elas ainda estão no meu futuro?

Roger passou a mão no rosto com força.

– Isso não... – começou, mas parou.

Como poderia dizer que aquilo não fazia sentido? Às vezes, ele achava que nada mais no mundo fazia sentido.

– Talvez – disse, irritado. – Só Deus sabe; eu, não.

– Sim. Bem, acho que vamos descobrir em breve.

Roger olhou fixamente para ele, percebendo uma nota estranha em sua voz.

– O que quer dizer com isso?

– Você acha que sabe que eu vou morrer daqui a três anos – disse Fraser calmamente. – Se eu morrer hoje, você estará enganado, não é? O que acha que aconteceu não terá acontecido... e então o passado *pode* ser mudado, certo?

– Você não vai morrer! – rebateu Roger, e olhou furioso para o sogro, desafiando-o a contradizê-lo.

– Fico feliz em ouvir isso – disse Fraser. – Mas acho que vou tomar um pouco daquele uísque agora. Pode tirar a rolha para mim? Meus dedos não me obedecem.

As mãos de Roger também pareciam longe de estar firmes. Talvez fosse apenas o calor da febre de Fraser que fizesse sua própria pele parecer fria quando ele segurou o cantil para que o sogro bebesse. Era improvável que uísque fosse recomendável em caso de mordida de cobra, mas provavelmente não fazia muita diferença àquela altura.

– Deite-se – disse ele, irritado, quando Jamie terminou. – Vou buscar mais um pouco de lenha.

Roger não conseguia ficar parado. Havia bastante lenha à mão, mas mesmo assim ele andou pela escuridão, sem perder a fogueira de vista.

Já tivera muitas noites como aquela; sozinho sob um céu tão vasto que ficava tonto só de olhar para cima, congelado até os ossos, movendo-se para se manter aquecido. As noites em que ele relutou em se decidir, agitado demais para se deitar em um monte aconchegante de folhas, perturbado demais para dormir.

A escolha tinha sido clara na ocasião, mas difícil de fazer: de um lado Brianna e tudo o que vinha com ela – amor e perigo, dúvida e medo. E, do outro, a certeza. A certeza de quem e do que era, uma certeza que ele havia renegado em nome da mulher que era dele... e do filho que talvez fosse.

Ele tinha feito uma escolha. Droga, ele *tinha* escolhido! Nada o obrigara, ele fizera a escolha sozinho. E se isso significasse reconstruir a si mesmo do zero, então isso também tinha sido sua escolha! E ele também tinha escolhido beijar Morag. Seus lábios se contorceram quando pensou nisso. Ainda não tinha parado para pensar nas consequências *daquele* pequeno ato isolado.

Um leve eco ressoou em sua mente, uma voz suave, distante, nas sombras de sua memória.

"*... aquilo que era ao nascer não importa, só o que eu farei de mim mesma, só no que me transformarei.*"

Quem escrevera aquilo?, ele se perguntou. Montaigne? Locke? Um dos malditos iluministas, eles e suas ideias a respeito do destino e do indivíduo? Ele gostaria de saber o que eles teriam a dizer sobre viagens no tempo! Então se lembrou de onde havia lido aquilo, e um calafrio percorreu sua espinha.

"*Este é o grimório da bruxa Geillis. É um nome de bruxa, e eu o assumo; aquilo que era ao nascer não importa, só o que eu farei de mim mesma, só no que me transformarei.*"

– Certo! – disse ele em voz alta, em tom desafiador. – Certo, e você também não conseguiu mudar nada, não é, vovó?

Ouviu um ruído na floresta atrás dele e os cabelos de sua nuca se eriçaram antes mesmo de reconhecer o som. Não era uma risada, como ele pensou a princípio – apenas o rugido distante de uma pantera.

Ela mudara, no entanto, ele pensou de repente. É verdade que não tinha conseguido fazer de Carlos Stuart um rei, mas fizera muitas outras coisas. E agora que pensava no assunto... Ela e Claire tinham feito uma coisa que definitivamente provocara mudanças: tiveram filhos, de homens de outra época. Brianna... William Buccleigh – e quando ele pensou no efeito que esses dois nascimentos tiveram em sua vida, sem falar de todo o resto...

Isso *tinha* mudado as coisas, não tinha? Ele se sentou devagar em um tronco caído, sentindo a casca fria e úmida sob ele. Sim, tinha. Para citar uma pequena consequência, sua própria existência era o resultado do fato de Geilie Duncan ter tomado as rédeas de seu próprio destino. Se Geilie não tivesse dado à luz um filho de Dougal MacKenzie... claro, ela não tinha *escolhido* fazer isso.

Mas será que a intenção fazia alguma diferença? Ou seria exatamente a questão que ele estivera discutindo com Jamie Fraser?

Levantou-se e deu a volta na fogueira, silenciosamente, espreitando as sombras. Fraser estava deitado, uma forma curvada no escuro, absolutamente imóvel.

Caminhava devagar, mas seus pés amassavam as agulhas dos pinheiros. Fraser não se moveu. Seus olhos estavam cerrados. As manchas haviam se espalhado por seu rosto. Roger achou que suas feições pareciam pesadas, congestionadas, os lábios e as pálpebras estavam ligeiramente inchados. À luz bruxuleante do fogo, era impossível saber se ele ainda respirava.

Roger ajoelhou-se e o chacoalhou com força.

– Ei! Ainda está vivo?

Pretendera dizer isso em tom de brincadeira, mas o medo em sua voz era evidente.

Fraser não se mexeu. Entreabriu um olho apenas.

– Sim – murmurou ele. – Mas não estou gostando nada.

Roger não saiu mais de perto. Limpou o rosto de Jamie com um pano úmido, ofereceu-lhe mais uísque – que ele recusou – e sentou-se ao lado dele, atento a cada respiração ruidosa e difícil.

Contra sua vontade, viu-se fazendo planos, passando de uma suposição indesejável a outra. E se o pior acontecesse? Por mais que não quisesse, achava possível. Já tinha visto várias pessoas em condições muito melhores que as de Jamie morrerem mesmo assim.

Se o pior de fato *acontecesse*, e os outros não tivessem retornado, ele teria que enterrar Jamie. Não podia carregar o corpo nem deixá-lo exposto; não com panteras e outros animais por perto.

Olhou intranquilo ao redor. Pedras, árvores, moitas – tudo parecia estranho, as formas parcialmente camufladas pela escuridão, os contornos parecendo ondular e mudar à luz inconstante, o vento uivando como uma fera à espreita.

Lá, talvez; a extremidade de uma árvore meio caída aparecia, pontiaguda, na escuridão, tombada em um ângulo. Ele poderia abrir uma cova rasa, talvez, depois alavancaria a árvore e a derrubaria sobre a cova, cobrindo a sepultura provisória...

Pressionou a cabeça com força contra os joelhos.

– Não! – sussurrou. – Por favor, não!

A ideia de contar a Bree, de contar a Claire, causava-lhe uma dor física, era como uma punhalada no peito e na garganta. E não seriam só elas – e Jem? E Fergus e Marsali, Lizzie e seu pai, os Bugs, os Lindsays, as outras famílias da Cordilheira dos Frasers? Todos recorriam a Fraser em busca de confiança e orientação; o que fariam sem ele?

Fraser se remexeu e gemeu com o movimento. Roger pousou a mão em seu ombro e ele se aquietou.

Não se vá, pensou ele, as palavras não ditas formando um nó em sua garganta. *Fique conosco. Fique comigo.*

Ficou ali sentado por um longo tempo, a mão pousada no ombro de Fraser. Teve o pensamento absurdo de que estava, de alguma forma, segurando o sogro, mantendo-o ancorado à terra. Se continuasse a segurá-lo até o amanhecer, tudo ficaria bem. Se ele tirasse a mão, seria o fim.

A fogueira queimava bem fraca àquela altura, mas ele adiava a todo momento a necessidade de atiçar o fogo, recusando-se a soltar Jamie.

– MacKenzie?

Não passava de um murmúrio, mas ele se aproximou na hora.

– Sim, estou aqui. Quer água? Um gole de uísque?

Fez um movimento para pegar a caneca enquanto falava, derramando água, ansioso. Fraser tomou dois goles, depois balançou a mão, afastando a caneca.

– Ainda não sei se você está certo ou errado – disse ele. Sua voz era suave e rouca, mas clara. – Mas, se estiver enganado, pequeno Roger, e eu estiver morrendo, há algumas coisas que preciso lhe contar. Não quero esperar até ser tarde demais.

– Estou aqui – repetiu Roger, sem saber o que dizer além disso.

Fraser fechou os olhos, reunindo forças, em seguida apoiou as mãos embaixo do corpo e rolou de lado com dificuldade. Fez uma careta de dor e parou um instante para recuperar o fôlego.

– Bonnet. Preciso contar a você o que já coloquei em andamento.

– Sim?

Pela primeira vez, Roger sentiu algo além de simples preocupação pelo bem-estar de Fraser.

– Há um homem chamado Lyon. Duncan Innes saberá onde encontrá-lo. Ele trabalha na costa, comprando dos contrabandistas que percorrem o litoral. Ele me procurou no casamento para perguntar se eu estava interessado em fazer negócios com ele, negócios relacionados com a produção de uísque.

O plano, em linhas gerais, era bastante simples: Jamie queria mandar avisar ao tal de Lyon – por quais meios Roger não fazia a menor ideia – que estava disposto a fazer negócio, contanto que Lyon levasse Stephen Bonnet a uma reunião, para provar que tinha um homem com a reputação e a habilidade necessárias para cuidar do transporte ao longo da costa.

– A reputação necessária – repetiu Roger, sussurrando. – Sim, isso ele tem.

Jamie emitiu um som que poderia ser uma risada.

– Ele não vai concordar logo de início... vai querer barganhar e impor condições, mas no fim vai aceitar. Diga a ele que tem uísque suficiente para fazer valer a pena. Dê-lhe um barril do uísque de dois anos para ele provar, se for preciso. Quando ele vir quanto as pessoas pagarão pela mercadoria, vai ficar ansioso para fechar negócio. O lugar...

Ele parou, franzindo a testa, e respirou por um momento antes de continuar.

– Pensei em fazer isso em Wylie's Landing, mas, se for você, escolha um local de sua preferência. Leve os Lindsays com você para lhe darem cobertura, se eles concordarem em ir. Se não, encontre outra pessoa, mas não vá sozinho. E vá preparado para matá-lo com o primeiro tiro.

Roger assentiu, engolindo em seco. As pálpebras de Jamie estavam inchadas, mas ele olhou para a frente mesmo assim, com os olhos brilhando, penetrantes, à luz da fogueira.

– Não deixe que ele se aproxime o bastante para golpeá-lo com a espada – disse ele. – Você se preparou bem, mas ainda não é bom o suficiente para enfrentar um homem como Bonnet.

– E você é?

Roger não se conteve e perguntou. Achou que o sogro sorria, mas não dava para ter certeza.

– Ah, sim – respondeu ele, baixinho. – Se eu viver.

Ele tossiu e ergueu a mão, deixando Bonnet de lado por um momento.

– Quanto ao resto, fique de olho em Sinclair. Ele é um homem que pode ser usado, sabe de tudo o que se passa no distrito, mas não confie nele, nunca.

Parou, a testa enrugada, pensativo.

– Pode confiar em Duncan Innes e em Farquard Campbell – acrescentou. – E em Fergus... Fergus vai ajudar, se puder. Quanto ao resto... – Remexeu-se outra vez e se retraiu com a dor. – Tome cuidado com Obadiah Henderson, ele vai atormentá-lo. Muitos farão isso, e você não deve se preocupar, mas não dê abertura para Henderson. Pegue-o na primeira chance que tiver, não haverá outra.

Devagar, com pausas frequentes para descansar, ele percorreu uma lista dos nomes dos homens da Cordilheira dos Frasers, dos moradores de Cross Creek, dos homens influentes do vale de Cape Fear. Caráter, tendências, segredos, obrigações.

Roger lutava contra o pânico, esforçando-se para ouvir atentamente, gravar tudo na memória, querendo tranquilizar Fraser, dizer-lhe para parar, descansar, que nada daquilo era necessário – ao mesmo tempo que sabia que era mais do que necessário. A guerra se aproximava; não era preciso ser um viajante do tempo para saber disso. Se a segurança da Cordilheira dos Frasers – de Brianna e Jemmy, de Claire – ia ser deixada nas mãos inexperientes de Roger, ele tinha que prestar atenção a toda informação que o sogro pudesse lhe dar.

A voz de Jamie se perdeu na rouquidão. Será que ele tinha perdido a consciência? O ombro sob a mão de Roger estava mole, inerte. Roger permaneceu sentado em silêncio, sem ousar se mover.

Não seria suficiente, ele pensou, e um medo intenso se instalou na boca de seu estômago, um temor doloroso que subjazia à dor mais aguda do pesar. Ele não ia conseguir. Santo Deus, não conseguia sequer acertar um tiro em algo grande como uma casa! E agora tinha que assumir o lugar de Jamie Fraser? Manter a ordem com punhos e cérebro, alimentar uma família com arma de fogo e faca, andar na corda bamba da política sobre um barril de pólvora aceso, arrendatários e família, todos equilibrados em seus ombros? Substituir o homem que todos veneravam? Nem em um milhão de anos, ele pensou, desanimado.

A mão de Fraser contraiu-se de repente. Os dedos estavam inchados como linguiças, a pele esticada, vermelha e brilhante. Roger apoiou a mão livre sobre ela e sentiu os dedos se moverem, tentando pegar a dele.

– Diga a Brianna que sinto orgulho dela – sussurrou. – Dê minha espada ao menino.

Roger assentiu, sem conseguir falar. E então, ao perceber que o sogro não conseguia vê-lo, pigarreou.

– Sim – disse, bruscamente. – Direi a ela.

Esperou, mas Fraser não disse mais nada. O fogo já estava bem baixo, mas a mão que ele segurava queimava como brasa. Uma rajada fria de vento soprou por eles, jogando mechas de seus cabelos contra o rosto, espalhando uma nuvem de faíscas da fogueira.

Esperou até onde pensou aguentar, a noite fria arrastando-se em minutos solitários. Então se inclinou mais para perto, para que o sogro pudesse ouvi-lo.

– Claire? – perguntou baixinho. – Quer que eu diga alguma coisa a ela?

Achou que havia esperado demais. Fraser ficou imóvel por vários minutos. Então, a mão enorme se moveu, tentando fechar os dedos inchados; o espectro de um movimento, procurando agarrar o tempo que lhe escapava.

– Diga a ela... que fui sincero.

91

ADMINISTRAÇÃO DOMÉSTICA

– Nunca vi nada parecido na vida. – Eu me inclinei para a frente para observar. – É absolutamente *bizarro*.

– E passou metade da vida como curandeira – murmurou Jamie, mal-humorado. – Não me diga que não existiam cobras na sua época.

– Não muitas no centro de Boston. Além do mais, não chamariam um cirurgião para cuidar de um caso de mordida de cobra. O mais perto que cheguei disso foi quando o zelador de um zoológico foi picado por uma cobra-real. Um amigo meu fez a autópsia e me convidou para acompanhar.

Preferi não dizer a Jamie que ele parecia bem pior no momento do que o cadáver da autópsia.

Pousei a mão com cuidado em seu tornozelo. A pele estava inchada, quente e seca ao toque. Também estava vermelha. Um vermelho vivo. A cor vibrante se estendia dos pés até quase as costelas. Ele parecia ter sido mergulhado em água fervente.

O rosto, as orelhas e o pescoço também estavam da cor de um tomate maduro; apenas a pele clara de seu peito havia escapado, e mesmo assim estava coberta de pontinhos vermelhos. Além da cor de lagosta, a pele dos pés e das mãos descamava, deixando fiapos pendurados como barba-de-velho.

Examinei atentamente seu quadril. Ali, eu podia ver que a vermelhidão era causada por uma versão mais intensa das erupções em seu peito: o pontilhado rubro ficava claramente visível na pele que cobria o ilíaco.

– Você parece ter sido assado em fogo brando – comentei, passando o dedo sobre a erupção, fascinada. – Nunca vi nada tão vermelho em toda a minha vida.

Não eram salientes. Embora não pudesse sentir cada ponto, eu conseguia vê-los de perto. Não era uma erupção propriamente dita. Achei que poderia ser petéquia, lesões pontilhadas sob a pele. Mas eram tantos pontinhos...

– Acho que você não pode criticar muito, Sassenach – disse ele.

Fraco demais para mover a cabeça, concentrou o olhar em meus dois dedos – tingidos com grandes manchas amarelas e azuis.

– Ah, *droga*!

Fiquei de pé em um salto, estendi as cobertas depressa sobre ele e corri para a porta. Distraída pela chegada dramática de Jamie, eu deixara um tonel de tingimento abandonado no quintal ao lado da casa – e a água já estava baixa. Santo Deus, se a água secasse completamente e as roupas queimassem...

O odor quente de urina e índigo me atingiu em cheio quando saí porta afora. Apesar disso, respirei fundo, aliviada, ao ver Marsali, o rosto vermelho com o esforço de erguer uma massa de dentro do caldeirão com o enorme garfo de madeira. Corri para ajudá-la, pegando as roupas fumegantes uma a uma da pilha e atirando-as sobre os arbustos de amora silvestre para secar.

– Graças a Deus – falei, balançando os dedos escaldados no ar para esfriá-los. – Tive medo de ter arruinado tudo.

– Bem, talvez elas fiquem um pouco escuras. – Marsali passou a mão no rosto, afastando as mechas de fios louros que escapavam do lenço na cabeça. – Mas, se o tempo continuar bom, pode deixá-las ao sol para desbotarem um pouco. Venha, vamos tirar o caldeirão do fogo antes que queime!

Crostas de índigo já tinham começado a rachar e escurecer no fundo do caldeirão quando o tiramos do fogo, e nuvens de fumaça cáustica se ergueram ao nosso redor.

– Não tem problema – disse Marsali, tossindo e afastando a fumaça da frente do rosto. – Pode deixar, mãe Claire. Vou pegar água para colocar o caldeirão de molho. Você precisa cuidar do pai, não é? Vim assim que soube. Ele está muito mal?

– Ah, muito obrigada, querida.

Fiquei profundamente grata. A última coisa de que precisava naquele momento era carregar vários baldes de água da fonte para encher o caldeirão. Soprei meus dedos escaldados para esfriá-los, a pele sob as manchas de tintura quase tão vermelha quanto a de Jamie.

– Acho que ele vai ficar bem – falei para tranquilizá-la, reprimindo meus próprios temores. – Ele se sente muito mal e está com uma aparência ainda pior, nunca vi ninguém assim em toda a minha vida, mas se o ferimento não infeccionar...

Cruzei os dedos doloridos em uma profilaxia supersticiosa.

– Ah, ele vai se recuperar – afirmou Marsali, confiante. – Fergus disse que acharam que ele estava morto quando o encontraram junto com Roger Mac, mas depois de atravessarem o segundo pico, ele já fazia piadas horríveis sobre a cobra, então pararam de se preocupar.

Eu mesma não estava tão otimista depois de ver o ferimento na perna, mas sorri para tranquilizá-la.

– Sim, acho que ele vai ficar bem. Vou fazer um emplastro de cebola e limpar um pouco o ferimento. Por que não vai vê-lo enquanto eu pego as cebolas?

Felizmente, havia muita cebola; eu as havia colhido duas semanas antes, depois da primeira geada, e havia dúzias de réstias penduradas na despensa, fragrantes e crepitando quando eu esbarrava nelas. Arranquei seis cebolas grandes e levei-as para a cozinha para fatiar. Meus dedos formigavam, meio queimados e rígidos por ter manipulado as roupas quentes, e eu trabalhei devagar, tomando cuidado para não cortar um dedo por acidente.

– Pode deixar, eu faço isso, *a leannan*. – A sra. Bug pegou a faca da minha mão e cortou rapidamente as cebolas. – É um emplastro? Sim, é o melhor a fazer. Um bom emplastro de cebola cura qualquer coisa.

Ainda assim, ela franziu a testa, preocupada, quando olhou na direção do consultório.

– Posso ajudar, mãe? – Bree veio do corredor, também parecendo preocupada. – Papai está com uma cara horrível. Ele está bem?

– Bobô cheio?

Jemmy surgiu na cozinha logo atrás da mãe, menos preocupado com o avô e mais interessado na faca que a sra. Bug estava usando. Arrastou seu banquinho para perto dela, o rosto determinado sob a franja acobreada.

– Eu faz!

Afastei os cabelos do rosto com as costas da mão, os olhos lacrimejando sem parar por causa das cebolas.

– Acho que sim. – Funguei e enxuguei os olhos. – Como Roger está?

– Roger está bem.

Percebi uma leve nota de orgulho em sua voz. Jamie dissera a ela que Roger salvara sua vida. Provavelmente o salvara de fato. Eu só esperava que a vida dele *continuasse* salva.

– Ele está dormindo – acrescentou ela.

Os lábios se curvaram ligeiramente quando nos entreolhamos, com total compreensão. Se um homem estava na cama, pelo menos era possível saber onde ele estava. E que estava a salvo, por hora.

– Jem! Deixe a sra. Bug em paz! – Ela o tirou do banquinho e o afastou da tábua de cortar, e ele chutou o ar, protestando. – Precisa de alguma coisa, mãe?

Esfreguei um dedo entre as sobrancelhas, pensativa.

– Sim, pode procurar umas larvas para mim? Vou precisar delas para a perna de Jamie. – Franzi a testa, olhando pela janela para o claro dia de outono. – Acho que a geada matou todas as moscas; há dias que não vejo nenhuma. Mas tente no curral, elas põem ovos no excremento morno.

Ela fez uma careta rápida de nojo, mas assentiu, colocando Jemmy no chão.

– Vamos, rapazinho, vamos procurar bichinhos nojentos para a vovó.

– Eca-eca-eca-eca!

Jemmy saiu correndo atrás dela, ansioso.

Despejei as cebolas fatiadas em uma tigela feita de cabaça e acrescentei um pouco de água fervente. Depois, deixei as cebolas cozinhando no calor e voltei ao consultório. No meio da sala, havia uma grande mesa de pinho que era usada como mesa de exames, cadeira de dentista, mesa de preparação de remédios ou de jantar auxiliar, dependendo das necessidades médicas e do número de convidados para o jantar. Naquele momento, sustentava o corpo de Jamie, deitado de barriga para cima, quase invisível embaixo do monte de colchas e cobertores. Marsali estava perto da mesa, com a cabeça inclinada na direção dele enquanto segurava uma caneca de água para ele beber.

– Tem certeza de que está bem, pai? – perguntou ela.

Levou uma das mãos na direção dele, mas parou, obviamente com receio de tocá-lo em sua condição atual.

– Ah, sim, vou ficar bem.

Eu podia notar o profundo cansaço em sua voz, mas ele tirou a mão de baixo das cobertas para tocar o rosto dela.

– Fergus fez um belo trabalho – disse ele. – Manteve os homens juntos durante a noite, nos encontrou, Roger e eu, pela manhã, trouxe todos de volta para casa em segurança pela montanha. Tem um excelente senso de direção.

Marsali ainda mantinha a cabeça abaixada, mas vi seu rosto se iluminar com um sorriso.

– Eu disse isso a ele. Mas ele não se perdoa por ter deixado os animais escaparem. Contou que apenas um deles daria para alimentar todos na Cordilheira dos Frasers durante o inverno

Jamie grunhiu, contrariado.

– Ah, nós daremos um jeito.

Estava claro que ele fazia um grande esforço para falar, mas não mandei Marsali sair. Roger dissera que Jamie havia vomitado sangue no caminho de volta; eu não podia dar conhaque nem uísque a ele para aliviar a dor e estava sem láudano. A presença de Marsali podia ajudá-lo a esquecer a dor.

Abri o armário em silêncio e retirei a grande tigela com tampa onde eu guardava as sanguessugas. A tigela de cerâmica estava fria, uma sensação agradável para as minhas mãos escaldadas. Eu tinha cerca de uma dúzia das grandes; borrões negros e indolentes flutuando na turva mistura de água e raízes de taboa. Retirei três e passei para uma tigela menor, cheia de água limpa, que coloquei perto do braseiro para aquecer.

– Acordem, meninas – falei. – Está na hora de trabalhar.

Arrumei tudo de que ia precisar, ouvindo a conversa murmurada atrás de mim – Germain, a pequena Joan, um porco-espinho nas árvores perto do chalé de Marsali e Fergus.

Gaze grossa para o emplastro de cebolas, a garrafa com tampa onde armazenava uma mistura de álcool e água esterilizada, os potes de confrei, margarida-amarela e acariçoba secos. E o frasco de extrato de penicilina. Xinguei baixinho ao ler o rótulo. O prazo de validade estava vencido havia quase um mês. Ocupada com a caça ao urso e com as tarefas do outono depois de nossa volta, havia semanas que eu não preparava uma nova leva.

Teria que usar aquele mesmo. Contraindo os lábios, esfreguei as ervas entre as mãos, despejando-as na caneca de infusão de madeira de faia e com não mais do que um vago constrangimento, rezei em silêncio a prece de Santa Brígida para abençoar o remédio. Estava aceitando toda e qualquer ajuda.

– Os raminhos de pinheiro cortados que você achou no chão estavam muito frescos? – perguntou Jamie, parecendo um tanto mais interessado no porco-espinho do que no novo dente de Joan.

– Sim, verdes e frescos. Sei muito bem que ele está lá em cima, o maldito, mas é uma árvore enorme e não consigo vê-lo de baixo, muito menos atirar nele.

Marsali tinha uma pontaria sofrível, mas como Fergus não conseguia disparar um mosquete com sua única mão, ela ficava encarregada de caçar para a família.

– Humm. – Jamie pigarreou com dificuldade e ela se apressou em oferecer mais água a ele. – Pegue um pedaço de carne de porco salgada da despensa e esfregue-a em um pedaço de madeira. Deixe-o no chão, não muito longe do tronco da árvore, e mande Fergus montar guarda. O porco-espinho gosta muito de sal e de gordura; ele vai sentir o cheiro e se aventurar depois que escurecer. Quando estiver no chão, não é preciso desperdiçar bala. Basta dar uma paulada em sua cabeça. Fergus pode fazer isso com facilidade.

Abri a caixa de remédios e franzi o cenho ao olhar para a bandeja onde ficavam as serras e os bisturis. Peguei o bisturi pequeno, de lâmina curva, sentindo o cabo gelado em meus dedos. Eu teria que limpar o ferimento – remover o tecido morto, os restos de pele, pedacinhos de folhas, tecido e terra; os homens haviam envolvido a perna dele em lama e em seguida a enrolaram com um lenço imundo. Depois, podia pingar a solução de penicilina sobre as superfícies expostas, torcendo para dar certo.

– Isso seria ótimo – disse Marsali, esperançosa. – Nunca comi esse animal, mas Ian disse que é gostoso; muito gorduroso, e os espinhos são bons para costurar e para várias outras coisas.

Mordi o lábio, olhando para as outras lâminas. A maior era uma serra dobrável, destinada à amputação em campo, com uma lâmina de quase 20 centímetros de comprimento; eu não a usava desde Alamance. Pensar em usá-la naquele momento fez o suor brotar em minhas axilas e escorrer pelas laterais do corpo – mas eu tinha visto a perna dele.

– A carne é gordurosa – disse Jamie –, mas isso é bom...

Ele parou bruscamente quando mudou de posição, emitindo um gemido abafado quando mexeu a perna.

Eu podia sentir os passos do processo de amputação ecoando nos músculos de minhas mãos e de meus braços: o esforço para cortar pele e músculo, o raspar do osso, a ruptura do tendão, e os vasos escorregadios como borracha, jorrando sangue, escorregando para dentro da carne cortada como... cobras.

Hesitei. Não. Não chegaríamos a isso. Com certeza não.

– Você precisa de carne gordurosa. Está muito magra, *a muirninn* – disse Jamie baixinho atrás de mim. – Magra demais para uma mulher grávida.

Eu me virei, dizendo outro palavrão baixinho. Eu tinha pensado na possibilidade, mas tinha esperanças de estar enganada. Três filhos em quatro anos! E um marido com uma só mão, que não conseguia fazer o trabalho "de homem" da casa e não faria o "trabalho de mulher" – cuidar das crianças e cozinhar – que conseguia realizar.

Marsali emitiu um ruído baixinho, meio risada, meio soluço.

– Como soube? Eu ainda nem contei a Fergus.

– Devia contar... embora ele já saiba.

– Ele disse isso?

– Não... mas não achei que o problema dele fosse apenas indigestão quando fomos caçar. Agora que estou vendo você, entendo por que ele estava preocupado.

Eu mordia a língua com tanta força que senti o gosto de sangue. Será que o óleo de tanásia e a mistura de vinagre que eu dera a ela não tinham funcionado? Nem as sementes de cenoura-selvagem? Ou será que, como eu desconfiava, ela não havia se dado ao trabalho de usar nenhum dos dois regularmente? Bem, era tarde demais para perguntas ou repreensões. Olhei nos olhos dela quando ela ergueu o rosto e tentei – esperando ter conseguido – parecer animada.

– Ah – disse ela, com um sorriso débil. – Vamos dar um jeito.

As sanguessugas se contorciam, os corpos se esticando devagar como elásticos vivos. Afastei o cobertor da perna de Jamie e pressionei as sanguessugas com delicadeza na carne inchada ao redor do ferimento.

– Parece pior do que está de fato – falei, calmamente, ao ouvir a exclamação de espanto de Marsali, que fora pega desprevenida.

Era verdade, mas a situação real era muito ruim. Havia uma crosta preta nas bordas dos cortes, mas as incisões ainda estavam abertas. Em vez de se fecharem e cicatrizarem normalmente, começavam a se desfazer, e os tecidos expostos exsudavam pus. A carne ao redor dos ferimentos estava assustadoramente inchada, escurecida e tomada por sinistros veios vermelhos.

Mordi o lábio, franzindo a testa enquanto analisava a situação. Eu não sabia que tipo de cobra o havia mordido – não que saber fosse fazer grande diferença, já que não havia soro antiofídico para o tratamento –, mas estava claro que o animal tinha uma poderosa toxina hemolítica. Minúsculos vasos sanguíneos haviam se rompido por todo o seu corpo – tanto interna quanto externamente –, assim como outros maiores, próximos ao local do ferimento.

O pé e o tornozelo do lado ferido ainda estavam quentes e rosados – ou melhor, vermelhos. Isso era um bom sinal, até aquele momento, já que significava que a circulação mais profunda estava intacta. O desafio era melhorar a circulação perto do ferimento para evitar uma necrose extensa e perda de tecido. Os veios vermelhos, porém, me incomodavam muito; *podiam* ser apenas parte do processo hemorrágico, mas era mais provável que fossem os primeiros sinais de septicemia – envenenamento do sangue.

Roger não havia me contado muito sobre a noite que passaram na montanha, mas não foi preciso; eu já tinha visto outros homens que enfrentaram a escuridão tendo a morte como companhia. Se Jamie sobrevivera a uma noite e a um dia desde então, era provável que continuasse sobrevivendo – se eu conseguisse conter a infecção. Mas em que condições?

Eu nunca havia tratado mordidas de cobra, mas já tinha visto muitas ilustrações nos livros. O tecido envenenado morria e apodrecia; Jamie corria grande risco de perder a maior parte do músculo da panturrilha, o que o deixaria permanentemente aleijado – ou, pior, o ferimento poderia gangrenar.

Olhei para ele furtivamente. Estava envolto em cobertores e tão abatido que quase não conseguia se mover – e mesmo assim os contornos de seu corpo mantinham um desenho gracioso e a promessa de força. Eu não suportava a ideia de mutilá-lo – mas faria isso, se fosse preciso. Aleijar Jamie, deixá-lo manco, sem metade do membro... Senti um nó no estômago, e o suor brotou nas palmas de minhas mãos manchadas de azul.

Será que ele desejaria o mesmo?

Peguei a caneca de água que estava na cabeceira de Jamie e tomei todo o líquido. Não perguntaria a ele. Jamie tinha o direito de escolher – mas ele era meu, e eu havia feito minha escolha. Não pretendia abrir mão dele, não importava o que tivesse que fazer para mantê-lo vivo.

– Tem certeza de que está bem, pai?

Marsali estava observando meu rosto. Olhava para mim, para ele e para mim de novo, parecendo assustada. Tentei me recompor para passar uma impressão de competência e concentração.

Jamie também me observava. Contraiu um dos cantos da boca.

– Sim, bem, eu achava que sim. Mas agora não tenho mais tanta certeza.

– O que aconteceu? Está se sentindo pior? – perguntei, ansiosa.

– Não, eu me sinto bem – respondeu ele, mentindo. – É só que, todas as vezes que me machuco mas vai ficar tudo bem, você pega no meu pé como uma megera, mas, quando estou muito mal, você é doce como o mel. Bem, não me xingou nem me censurou uma vez sequer desde que cheguei em casa, Sassenach. Isso quer dizer que você acha que estou morrendo?

Ele ergueu a sobrancelha com ironia, mas pude ver um traço genuíno de medo em seu olhar. Não havia víboras na Escócia; ele não sabia o que estava acontecendo com sua perna.

Respirei fundo e apoiei as mãos de leve em seus ombros.

– Homem infernal! Pisar em uma cobra! Não podia olhar por onde pisa?

– Não enquanto estava perseguindo uma tonelada de carne encosta abaixo – respondeu ele, sorrindo.

Senti minhas mãos relaxarem levemente e controlei o ímpeto de retribuir o sorriso. Em vez disso, olhei para ele de cara feia.

– Você quase me matou de susto!

Isso, ao menos, era sincero.

A sobrancelha se ergueu outra vez.

– Acha que eu também não tive medo?

– Você não tem autorização para ter medo – falei com firmeza. – Só um de nós dois pode sentir medo por vez, e agora é a minha vez.

Jamie riu, apesar de ter começado a tossir e a tremer de frio logo em seguida.

– Pegue uma pedra quente para colocarmos nos pés dele – pedi a Marsali, ajeitando rapidamente os cobertores sobre o corpo dele. – Encha o bule de chá com água quente e traga para mim também.

Ela saiu apressada em direção à cozinha. Olhei para a janela, tentando imaginar se Brianna estava conseguindo encontrar larvas. Para limpar ferimentos purulentos sem prejudicar o tecido ao redor, elas eram imbatíveis. Se quisesse salvar a perna dele, além de sua vida, eu ia precisar de mais ajuda do que apenas a de Santa Brígida.

Perguntando-me vagamente se haveria um santo padroeiro das larvas, ergui a ponta do cobertor e dei uma olhada rápida em meus outros assistentes invertebrados. Ótimo; deixei escapar um pequeno suspiro de alívio. As sanguessugas agiam depressa; já estavam se estufando, sugando o sangue que vazara dos capilares rompidos e inundava os tecidos da perna dele. Sem aquela pressão, a circulação saudável *talvez pudesse* ser restaurada a tempo de manter a pele e o músculo vivos.

Pude ver a mão dele agarrada à borda da mesa e senti os tremores de frio em minhas coxas, pressionadas contra a madeira. Segurei a cabeça dele; a pele de seu rosto ardia por causa da febre.

– Você *não* vai morrer! – sibilei. – Não vai! Não vou deixar!

– As pessoas não param de me dizer isso – murmurou ele, com os olhos fechados e fundos de exaustão. – Não tenho direito a minha própria opinião?

– Não – retruquei. – Não tem. Tome, beba isto.

Levei o extrato de penicilina aos lábios dele, segurando-o enquanto ele bebia. Jamie fez uma careta, fechando os olhos com força, mas engoliu sem protestar.

Marsali chegara com o bule de chá cheio de água quente. Despejei a maior parte sobre as folhas e deixei-as em infusão enquanto dava a ele uma xícara de água fria para tirar o gosto de penicilina da boca.

Ele engoliu a água, com os olhos ainda fechados, e em seguida deitou-se novamente no travesseiro.

– O que é isso? – perguntou ele. – Tem gosto de ferro.

– Água – respondi. – Tudo tem gosto de ferro porque suas gengivas estão sangrando. – Entreguei a jarra de água vazia a Marsali e pedi a ela que trouxesse mais. – Coloque um pouco de mel – falei. – Uma medida de mel para quatro medidas de água.

– Ele precisa de caldo de carne – disse ela, parando para olhar para ele, a testa franzida de preocupação. – Era o que minha mãe dizia, e a mãe dela antes dela. Quando um corpo perde muito sangue, não há nada melhor do que caldo de carne.

Pensei que Marsali devia estar mesmo muito preocupada. Ela raramente falava da mãe na minha frente, por consideração. Mas dessa vez a maldita Laoghaire estava certa; caldo de carne seria excelente – se tivéssemos carne fresca, mas não tínhamos.

– Água com mel – falei depressa, mandando-a para fora da sala.

Fui buscar reforços no departamento de sanguessugas, parando à janela da frente para ver como Brianna estava se saindo.

Ela estava no curral, descalça, as saias amarradas como um kilt acima do joelho, tirando restos de esterco de cavalo de um dos pés. Nada de larvas até o momento, então. Ela me viu à janela e acenou, apontando para o machado que estava perto dela e em seguida para a mata. Eu assenti com a cabeça e acenei também; um tronco apodrecido poderia ser uma possibilidade.

Jemmy estava no chão, perto de Brianna, as fitas em volta de seu corpo que usávamos para sustentá-lo enquanto ele aprendia a andar bem amarradas à cerca do curral. Ele certamente não precisava mais delas para ficar de pé, mas elas o impediam de escapar enquanto a mãe estava ocupada. Ele estava concentrado na tarefa de arrancar o que restava de uma trepadeira de cabaça seca que havia crescido sobre a cerca e gritava animado enquanto pedacinhos de folhas esmigalhadas e restos secos de cabaça caíam sobre seus cabelos claros. O rostinho redondo tinha uma expressão determinada enquanto ele tentava enfiar na boca uma cabaça maior do que sua cabeça.

Vi algo pelo canto do olho que me chamou a atenção: Marsali, trazendo água da fonte para encher o caldeirão de tintura. Não, ainda não dava para perceber, porque Jamie tinha razão, ela estava muito magra, mas agora que eu sabia, percebi a palidez do rosto e as olheiras profundas.

Droga. Outro movimento; as pernas longas e claras de Bree surgindo sob as saias presas acima dos joelhos à sombra de um grande abeto-azul. Será que ela estaria usando o óleo de tanásia? Ainda amamentava Jemmy, mas isso não era nenhuma garantia, não na idade dele...

Eu me virei ao ouvir um som atrás de mim, e vi Jamie voltando devagar para o ninho de cobertores, parecendo um enorme bicho-preguiça ruivo, segurando minha serra de amputação.

– Que diabo você está fazendo?

Ele se deitou com dificuldade, fazendo uma careta, e apoiou a cabeça no travesseiro, arfando longa e profundamente. A serra dobrada estava agarrada junto ao peito.

– Vou repetir – respondi, parando diante dele de forma ameaçadora, com as mãos nos quadris –, que diabo...

Ele abriu os olhos e levantou a serra alguns centímetros.

– Não – falou com convicção. – Sei o que está pensando, Sassenach, e não vou permitir.

Respirei fundo, para que minha voz não falhasse.

– Sabe que eu não faria isso, a não ser que não tivesse escolha.

– Não – repetiu ele, olhando para mim com determinação, um olhar conhecido.

Não era à toa que *ele* nunca se perguntava com quem Jemmy se parecia, pensei com ironia.

– Você não sabe o que pode acontecer...

– Sei o que está acontecendo com minha perna mais do que você, Sassenach – interrompeu-me ele, parando outra vez para respirar. – E não me importo.

– Talvez você não se importe, mas *eu* me importo!

– Eu não vou morrer – disse ele com firmeza –, e não quero viver com metade da perna. Essa ideia me causa horror.

– Bem, a mim também, sabia? Mas e se eu tiver que escolher entre sua perna e sua vida?

– Não terá.

– Pode ser que eu tenha!

– Não terá.

A idade não fazia a menor diferença, pensei. Dois anos ou cinquenta anos, um Fraser era um Fraser, mais teimoso do que uma mula. Passei a mão pelos cabelos.

– Está bem! – exclamei, entre os dentes. – Me dê essa maldita coisa para eu guardá-la.

– Sua palavra.

– Minha o quê?

Eu o encarei.

– Sua palavra – repetiu ele, me encarando de volta com interesse. – A febre pode aumentar e eu posso perder a consciência. Não quero que você corte a minha perna fora se eu não estiver em condições de dizer não.

– Se você estiver nesse estado, eu não terei escolha!

– Talvez você não – disse ele, sem se alterar –, mas eu, sim. Já tomei minha decisão. Sua palavra, Sassenach.

– Seu maldito, desgraçado, *irritante*...

O sorriso dele me surpreendeu, largo e alvo no rosto avermelhado.

– Se você me chamar de escocês, Sassenach, então terei *certeza* de que vou sobreviver.

Um grito agudo do lado de fora me impediu de responder. Eu me virei na direção da janela a tempo de ver Marsali largar dois baldes de água no chão. A água espirrou, ensopando sua saia e seus sapatos, mas ela não deu atenção. Olhei depressa na direção em que ela estava olhando e contive um grito.

Ele atravessara calmamente a cerca do curral, quebrando as ripas de madeira como se fossem palitos de fósforo, e estava parado no meio da plantação de abóboras, perto da casa, as vinhas pendendo da boca enquanto ele mastigava. Estava parado, enorme, escuro e peludo, a 3 metros de Jemmy, que olhava fixamente para ele com os olhos arregalados e a boca aberta, esquecendo-se da cabaça que tinha nas mãos.

Marsali deu outro grito agudo, e Jemmy, percebendo seu terror, começou a gritar pela mãe. Eu me virei e – com a sensação de que estava me movendo em câmera lenta, embora definitivamente não estivesse – arranquei a serra da mão de Jamie, saí pela porta e parti para o quintal, pensando, enquanto corria, que os búfalos pareciam muito menores no zoológico.

Quando atravessei a porta – devo ter saltado; não me lembrava dos degraus –, Brianna estava saindo da floresta. Ela corria sem emitir ruído, segurando o machado, e sua expressão era firme e determinada. Não tive tempo de gritar antes que ela o alcançasse.

Ela ergueu o machado, ainda correndo, girou-o em um arco ao dar o último passo e desferiu o golpe com toda a força bem atrás das orelhas do enorme animal. Um fino esguicho de sangue atingiu as abóboras. O animal urrou e abaixou a cabeça, como se fosse atacar.

Bree desviou para o lado, lançou-se sobre Jemmy e se pôs de joelhos, tentando desatar os panos que o prendiam à cerca. De soslaio, vi Marsali, gritando preces e impropérios em gaélico enquanto pegava uma anágua recém-tingida dos arbustos de amoras-pretas.

Não sei como, mas eu havia desdobrado a serra enquanto corria; cortei as tiras de Jemmy com dois movimentos, levantei-me e corri de volta para a varanda. Marsali jogara a anágua sobre a cabeça do búfalo; ele ficou parado, confuso, sacudindo a cabeça e oscilando de um lado para o outro, o sangue surgindo escuro no verde-amarelado da tintura recente.

Ele chegava à altura dos meus ombros e tinha um cheiro estranho; empoeirado e quente, selvagem mas estranhamente familiar, com um odor de celeiro, como uma vaca. Ele deu um passo, depois outro, e eu enfiei os dedos em seu pelo, agarrando com força. Senti os tremores percorrendo o corpo do animal; eles me sacudiam como se estivesse havendo um terremoto.

Nunca tinha feito aquilo, mas a sensação era de que já o fizera milhares de vezes. Como se estivesse em um sonho, mas com firmeza, passei a mão sob os lábios babados e senti o bafo quente soprar pela manga do meu vestido. A pulsação forte latejava no ângulo da mandíbula; eu podia vê-lo mentalmente, o enorme coração e o sangue sendo bombeado, quente em minha mão, frio contra meu rosto onde ele estava pressionado contra a anágua encharcada.

Passei a serra pela garganta, cortei com força e senti nas mãos e nos braços o esforço para cortar pele e músculo, o raspar do osso, a ruptura do tendão e os vasos escorregadios como borracha, jorrando sangue, escorregando para dentro da carne cortada.

O mundo estremeceu. Ele vacilou, escorregou e caiu com um baque surdo. Quando voltei a mim, estava sentada no meio do pátio, uma das mãos ainda agarrada aos pelos, uma das pernas dormente sob o peso da cabeça do búfalo, as saias grudadas nas coxas, quentes e fedorentas, encharcadas de sangue.

Alguém disse alguma coisa, e eu levantei a cabeça. Jamie estava de quatro à porta – a boca aberta, completamente nu. Marsali desabara no chão, as pernas esparramadas à sua frente, abrindo e fechando a boca sem emitir ruído.

Brianna estava na minha frente, com Jemmy no colo. Esquecendo o terror, ele se inclinou sobre o ombro dela, olhando com curiosidade para o búfalo no chão.

– Uuuuh! – exclamou.

– Sim – eu disse. – Muito bem observado.

– Você está bem, mãe? – perguntou Bree, e eu me dei conta de que ela já tinha feito a pergunta várias vezes.

Estendeu a mão e a apoiou delicadamente em minha cabeça.

– Não sei – respondi. – Acho que sim.

Segurei sua mão e libertei com esforço minha perna, me apoiando nela para me levantar. Os mesmos tremores que haviam percorrido o búfalo agora percorriam o corpo dela – e o meu –, mas desapareciam aos poucos. Ela respirou fundo, olhando para o enorme corpo. Deitado de lado, ele quase chegava a sua cintura. Marsali estava ao nosso lado, balançando a cabeça, admirada com o tamanho do animal.

– Santa Mãe de Deus, como é que nós vamos limpar *isso*? – perguntou ela.

– Ah – respondi, passando as mãos trêmulas pelos cabelos. – Acho que vamos encontrar um jeito.

92
EU CONSIGO, COM A AJUDA DOS MEUS AMIGOS

Encostei a testa contra o vidro frio da janela do consultório, piscando enquanto observava a cena do lado de fora. A exaustão dava ao cenário no jardim uma dose extra de surrealismo – não que precisasse de muito mais.

O sol já havia quase se posto, flamejando, dourado, nas últimas folhas ressecadas das castanheiras. Os abetos erguiam-se, escuros, contra o clarão que perdia intensidade, assim como a forca no centro do pátio e os restos mortais assustadores que pendiam dela. Uma fogueira fora acesa perto dos arbustos de amoras-pretas e silhuetas se moviam por toda parte, entrando e saindo das chamas e das sombras. Alguns atacavam a carcaça dependurada, armados com facas e machadinhas; outros andavam com dificuldade, carregando pedaços de carne e baldes com gordura. Perto do fogo, era possível ver as figuras das mulheres, com suas saias em forma de sino, abaixando-se e esticando-se em um silencioso balé.

Apesar de estar escuro, eu conseguia distinguir a figura de Brianna, alta e pálida em meio à horda de demônios que atacava o búfalo – mantendo a ordem, pensei. Antes de ser mandado de volta para o consultório à força, Jamie estimou que o búfalo devia pesar entre 800 quilos e 1 tonelada. Brianna assentiu, concordando, e deixou Jemmy com Lizzie. Em seguida caminhou devagar ao redor da carcaça, concentrada, estreitando os olhos.

– Certo – disse ela, e assim que os homens começaram a chegar, vindos de suas propriedades, semivestidos, sem se barbear, com olhos arregalados de entusiasmo, deu instruções objetivas a respeito do corte de troncos de árvores e da construção de uma estrutura com roldanas que içasse e aguentasse 1 tonelada de carne.

Os homens, incomodados por não terem feito o abate, não estavam muito dispostos a lhe dar atenção, a princípio. Mas Brianna era corpulenta, enérgica e sabia dar ordens – além de ser teimosa.

– Quem foi que desferiu o primeiro golpe? – perguntou ela, lançando um olhar para Geordie Chisholm e seus filhos enquanto eles iam na direção da carcaça, já com as facas em punho.

Ela apontou para o talho profundo no pescoço, depois passou a mão na manga do vestido, chamando atenção para o sangue que espirrara ali.

– E quem fez isto?

Com o pé comprido e descalço, ela apontou a garganta cortada e a poça de sangue no chão. Minhas meias estavam jogadas à beira da poça de sangue coagulado, onde eu as tirara, trapos vermelhos, mas ainda assim femininos.

Observando da janela, eu tinha visto mais de uma pessoa olhar em direção à casa, franzindo o cenho ao recordar que Brianna era filha do Homem – um fato que os mais sensatos sempre levavam em consideração.

Mas foi Roger quem mudou a situação a favor dela com um olhar frio que fez os irmãos Lindsays se posicionarem atrás dele, empunhando os machados.

– Foi ela quem matou – disse ele, com a voz rouca. – Façam o que ela mandar.

Ele endireitou os ombros e lançou aos outros homens um olhar que sugeria com veemência que não deveria haver mais discussão.

Ao ver aquilo, Fergus deu de ombros e se inclinou para segurar o animal – com a única mão – pela cauda longa e fina.

– Onde quer que o penduremos, senhora? – perguntou ele com educação.

Todos os homens riram e, em seguida, com olhares acanhados e gestos de resignação, começaram relutantemente a trabalhar seguindo as instruções de Brianna.

Brianna olhara para Roger com surpresa, em seguida com gratidão e, por fim, com autoridade e firmeza, assumiu o comando da operação, com resultados notáveis. Ao cair da noite o animal já tinha sido quase todo cortado, a carne distribuída entre todas as casas da Cordilheira dos Frasers. Ela conhecia todos os colonos, sabia quantas bocas havia em cada domicílio, e repartiu a carne e os órgãos à medida que foram sendo retirados. *Nem mesmo Jamie teria feito melhor*, pensei, sentindo um imenso orgulho dela.

Olhei para a mesa, onde Jamie permanecia enrolado nos cobertores. Quis levá-lo para cima, para sua cama, mas ele insistiu em permanecer no andar de baixo, de onde podia ouvir – mesmo que não visse – o que estava acontecendo.

– Estão quase terminando de repartir a carne – falei, aproximando-me e pousando a mão na cabeça dele. Ainda estava vermelho e ardendo em febre. – Brianna fez um trabalho incrível – acrescentei, para nos distrair.

– É mesmo?

Seus olhos estavam entreabertos, mas com o olhar fixo de alguém tomado pela febre; aquele atordoamento no qual as sombras serpenteiam no ar quente e trêmulo acima do fogo. Enquanto eu falava, porém, ele voltou lentamente de onde quer que estivesse, olhou nos meus olhos, com as pálpebras pesadas mas os olhos claros, e sorriu sem forças.

– Que bom.

O couro estava estendido para secar, o enorme fígado fora fatiado para secar mais depressa, os intestinos foram deixados de molho para serem limpos, os quartos foram levados para o barracão para serem defumados, tiras de carne foram cortadas para secar ao sol e serem transformadas em charque, a gordura fora reservada para produzir sebo e sabão. Uma vez completamente descarnados, os ossos seriam fervidos para fazer sopa e depois serem transformados em botões.

Os cascos e chifres, muito valorizados, estavam em minha bancada, ensanguentados, levados até lá por Murdo Lindsay. Troféus discretos, imaginei; o equivalente do século XVIII a duas orelhas e um rabo. Eu também ficara com a vesícula biliar, embora tenha sido algo automático; ninguém a quisera, mas todos acreditavam que eu devia ter alguma utilidade medicinal para praticamente qualquer coisa. A bolsa esverdeada, do tamanho do meu punho, estava em um pires, exsudando líquido, com um aspecto um tanto sinistro ao lado do conjunto de cascos enlameados.

Todos na Cordilheira dos Frasers apareceram ao saber da notícia – até Ronnie Sinclair, da tanoaria ao pé da encosta –, e pouco restava do búfalo agora, exceto um monte de ossos descarnados. Senti o leve cheiro de carne assando, de nogueira queimando e de café, e abri as janelas para que os apetitosos aromas entrassem.

Risadas e estalidos do fogo entraram com uma rajada de vento frio. Estava quente no consultório naquele momento e foi bom sentir em meu rosto o ar frio vindo de fora.

– Está com fome, Jamie? – perguntei.

Eu estava faminta, mas só me dei conta disso quando senti o cheiro de comida. Fechei os olhos e respirei fundo, revigorada pelo aroma de fígado e cebolas.

– Não – respondeu ele, sonolento. – Não quero comer nada.

– Devia tomar um pouco de sopa, se puder, antes de dormir.

Virei-me e afastei os cabelos de seu rosto, franzindo a testa ao olhar para ele. O rubor havia diminuído um pouco, pensei – era difícil ter certeza à luz fraca do fogo e das velas. Tínhamos conseguido fazê-lo beber bastante chá e água com mel, de modo que seus olhos não estavam mais fundos por causa da desidratação, mas os ossos da face e do maxilar ainda estavam proeminentes; ele não comia havia mais de 48 horas e a febre estava consumindo uma imensa quantidade de energia, devorando seus tecidos.

– A senhora precisa de mais água quente?

Lizzie apareceu na porta, mais desgrenhada que de costume, com Jemmy nos braços. Estava sem o lenço da cabeça e os cabelos finos e louros haviam se soltado do coque; Jemmy segurava um punhado deles na mão gorducha e puxava-os, impaciente e irritado, fazendo-a fechar os olhos com força a cada puxão.

– Mamã... Mamã... Mamã... – choramingava ele, em um tom estridente e cada vez mais alto que deixava óbvio que ele vinha repetindo aquele lamento havia algum tempo. – Mamã... Mamã... MAMÃ!

– Não, já tenho água quente suficiente. Obrigada, Lizzie. Pare com isso, mocinho – falei, segurando a mão de Jemmy e abrindo seus dedinhos gorduchos à força. – Não pode puxar os cabelos.

Ouvi uma risadinha vinda da pilha de cobertores na mesa atrás de mim.

– Olhando para você, ninguém acreditaria, Sassenach.

– O que foi?

Virei a cabeça e olhei para ele, por um instante, perplexa, então segui a direção de seu olhar com a mão. De fato, minha touca havia desaparecido e meus cabelos pareciam uma juba de leão. Atraído pela palavra "cabelo", Jemmy soltou as delicadas madeixas de Lizzie, inclinou-se para a frente e agarrou meus cachos.

– Mamã-mamã-mamã-mamã...

– Solte – falei, irritada, tentando abrir sua mão. – Solte, diabinho. E, aliás, por que ainda não está dormindo?

– MAMÃ-MAMÃ-MAMÃ...

– Ele quer a mãe dele – explicou Lizzie, com certa redundância. – Eu o coloquei na cama umas dez vezes, mas ele se levanta assim que dou as costas. Não consegui fazer com que ele...

A porta da frente se abriu, deixando entrar uma forte corrente de ar que fez o carvão no braseiro brilhar e soltar fumaça, e eu ouvi o ruído de pés descalços nas tábuas de carvalho no corredor.

Eu já ouvira antes a expressão "coberta de sangue", mas não vira a cena com muita frequência, pelo menos não longe de um campo de batalha. As sobrancelhas de Brianna estavam invisíveis, vermelhas o bastante para se misturarem à máscara de sangue que cobria seu rosto. Jemmy olhou para ela atentamente e fez um beicinho, irritado e em dúvida, prestes a começar a chorar.

– Sou eu, filho – tranquilizou-o.

Estendeu a mão para ele, mas parou pouco antes de tocá-lo. Ele não chorou, mas enterrou o rosto no ombro de Lizzie, recusando-se a aceitar que aquela visão apocalíptica tivesse alguma coisa a ver com a mãe que ele chamava poucos minutos antes.

Brianna ignorou tanto a rejeição do filho quanto o fato de estar deixando pegadas de lama e sangue por todo o chão.

– Olhe – disse ela, erguendo um punho cerrado em minha direção.

Suas mãos estavam cobertas de sangue seco; as unhas, negras. Abriu os dedos com reverência para me mostrar seu tesouro: um punhado de minúsculos vermes brancos que fizeram meu coração bater animado.

– Estes servem? – perguntou ela, ansiosa.

– Acho que sim, deixe-me ver.

Coloquei apressadamente as folhas molhadas do chá em um prato pequeno, para dar às larvas um refúgio temporário. Brianna colocou-as com cuidado sobre as folhas laceradas e levou o prato para o balcão onde ficava meu microscópio, como se ali houvesse ouro em pó, e não vermes.

Peguei um deles com a ponta da unha e o coloquei em uma lâmina de vidro, onde ele se contorceu, contrariado, buscando alimento, sem sucesso. Fiz sinal para que Bree trouxesse outra vela.

– Nada além de uma boca e uma tripa – murmurei, inclinando o espelho para captar a luz. Estava escuro demais para usar o microscópio, mas talvez houvesse luz suficiente para aquilo. – Bichinhos vorazes.

Prendi a respiração, observando pela lente delicada, esforçando-me para enxergar. As larvas das moscas-varejeiras e das moscas da carne têm uma única linha visível no corpo; as das moscas de bicheira têm duas. As linhas são tênues, invisíveis a olho nu, mas muito importantes. As larvas das moscas-varejeiras comem carniça, e apenas carniça – carne morta, em decomposição. As das moscas de bicheira penetram na carne viva e consomem o músculo vivo e o sangue de seu hospedeiro. Não podia inseri-las em um ferimento!

Fechei um dos olhos, para deixar que o outro se adaptasse às sombras na lente. O corpo escuro em forma cilíndrica do verme se contorcia, retorcendo-se em todas as direções ao mesmo tempo. Uma linha era claramente visível. Havia outra? Estreitei o olho até começar a lacrimejar, mas não vi mais nada. Soltei a respiração que estava prendendo e relaxei.

– Parabéns, pai – disse Brianna, aproximando-se de Jamie.

Ele abriu um olho, que percorreu a figura de Brianna sem muito entusiasmo. Vestindo apenas uma combinação que ia até o joelho para cortar a carne, estava banhada de sangue escuro da cabeça aos pés, e a musselina havia grudado em seu corpo em alguns pontos.

– Ah, é? – disse ele. – Por quê?

– Pelas larvas. Você conseguiu – explicou ela. Abriu a outra mão, revelando uma bola de metal deformada, uma bala de rifle esmagada. – As larvas estavam em um ferimento na anca do animal. Eu as tirei do buraco feito pela bala.

Eu ri, por achar graça e por estar aliviada.

– Jamie! Você o acertou no traseiro?

Jamie entortou um pouco a boca.

– Achei que não o tivesse acertado em lugar nenhum – disse ele. – Eu só estava tentando fazer a manada virar na direção de Fergus.

Ergueu uma das mãos lentamente e pegou a bala, rolando-a com delicadeza entre os dedos.

– Talvez devesse guardá-la, para dar sorte – sugeriu Brianna. Ela falava de modo descontraído, mas eu podia ver a ruga entre suas sobrancelhas invisíveis. – Ou para morder enquanto a mamãe estiver cuidando da sua perna.

– Tarde demais – disse ele, esboçando um sorriso.

Foi então que ela viu a pequena tira de couro que estava sobre a mesa perto dele, coberta de meias-luas sobrepostas – as marcas profundas dos dentes de Jamie. Ela olhou para mim, abismada. Ergui um dos ombros de leve. Eu havia passado mais de uma hora limpando a ferida na perna dele, e não tinha sido fácil para nenhum de nós.

Pigarreei e me virei de novo para as larvas. Pelo canto do olho, vi Bree encostar as costas da mão delicadamente no rosto de Jamie. Ele virou a cabeça e beijou os nós de seus dedos, sem se importar por estarem sujos de sangue.

– Não se preocupe, querida – disse ele. Sua voz era fraca, mas firme. – Estou bem.

Abri a boca para dizer alguma coisa, mas vi o rosto de Bree e mordi a língua. Ela andara trabalhando duro e ainda tinha que cuidar de Jemmy e Roger; não precisava se preocupar com Jamie também... ainda não.

Coloquei as larvas em uma pequena tigela de água esterilizada e lavei-as rapidamente, em seguida as despejei de volta no leito de folhas úmidas.

– Não vai doer – garanti a Jamie, tentando tranquilizar a mim tanto quanto a ele.

– Ah, sim – disse ele, com um cinismo indecoroso. – Já ouvi *isso* antes.

– Na verdade, ela tem razão – disse uma voz suave e rouca atrás de mim.

Roger já tinha se lavado; seus cabelos escuros caíam úmidos sobre a gola da camisa e suas roupas estavam limpas. Jemmy, sonolento, estava deitado no ombro do pai, chupando o dedo. Roger aproximou-se da mesa para olhar para Jamie.

– Como está, homem? – perguntou baixinho.

Jamie mexeu a cabeça no travesseiro, ignorando o desconforto.

– Vou ficar bem.

– Ótimo.

Para minha surpresa, Roger tocou o ombro de Jamie em um pequeno gesto de consolo. Eu nunca o vira fazer isso antes e mais uma vez me perguntei o que teria acontecido entre eles na montanha.

– Marsali está trazendo um caldo de carne para ele, carne de búfalo! – disse Roger, franzindo ligeiramente a testa ao olhar para mim. – Talvez seja melhor você tomar um pouco também.

– Boa ideia – falei.

Fechei os olhos por um instante e respirei fundo.

Somente quando me sentei é que percebi que estava de pé desde bem cedo. A dor tomava todos os ossos de meus pés e de minhas pernas, e eu a sentia mais forte no ponto em que quebrara a tíbia esquerda, alguns anos antes. O dever me chamava, no entanto.

– Bem, o tempo e a maré não esperam por larva nenhuma – falei, ficando em pé de novo. – É melhor andarmos logo com isso.

Jamie resmungou e se espreguiçou, relaxando, e seu corpo se preparou com relutância. Observou resignado enquanto eu buscava o prato de larvas e o fórceps, em seguida pegou a tira de couro à sua cabeceira.

– Não vai precisar disso – falou Roger. Ele pegou outro banquinho e se sentou. – É verdade o que ela disse, essas malditas não causam dor.

Jamie bufou outra vez, e Roger sorriu para ele.

– Veja bem – argumentou –, elas pinicam forte. Mas só se você ficar pensando nelas. Se conseguir se distrair, não vai ser nada de mais.

Jamie olhou para ele.

– Você é um grande consolo, MacKenzie.

– Obrigado – disse Roger, com uma risada rouca. – Tome, eu trouxe uma coisa para você.

Ele se inclinou para a frente e colocou Jemmy, sonolento, nos braços de Jamie. O menino emitiu um gritinho de surpresa, depois relaxou quando os braços do avô o envolveram em um reflexo. Uma mãozinha gorducha se balançou, procurando apoio, e o encontrou.

– Quente – balbuciou ele, sorrindo como um anjo.

Com a mãozinha agarrando os cabelos ruivos de Jamie, ele suspirou profundamente e mergulhou em um sono profundo sobre o peito febril do avô.

Jamie estreitou os olhos para mim quando peguei o fórceps. Em seguida, ergueu os ombros de leve, encostou o rosto áspero, barba por fazer, nos cabelos sedosos e brilhantes de Jemmy, e fechou os olhos, embora a tensão em seus traços contrastasse com o rostinho redondo e tranquilo do neto.

Não poderia ter sido mais fácil; simplesmente levantei o novo emplastro de cebolas e enfiei as larvas, uma por vez, nos cortes ulcerados na panturrilha de Jamie. Roger deu a volta por mim para observar.

– Já está quase parecendo uma perna outra vez – disse ele, com ar de surpresa. – Achei que nunca mais voltaria ao normal.

Sorri, mas não me virei para olhar, atenta à delicada tarefa.

– As sanguessugas são muito eficientes – expliquei. – Apesar de seu trabalho tosco com a faca também ter ajudado. Você fez buracos grandes o bastante para drenar o pus e o fluido; isso ajudou.

Era verdade; embora a perna ainda estivesse quente e horrivelmente descolorida, o inchaço havia diminuído consideravelmente. O longo osso da canela e os arcos delicados do pé e do tornozelo já podiam ser vistos outra vez. Eu tinha consciência dos perigos ainda existentes – infecção, gangrena, escaras –, mas mesmo assim meu coração ficou mais leve. Já dava para perceber os contornos da perna de Jamie.

Pincei outra larva pela cabeça com meu fórceps, com cuidado para não a esmagar. Levantei a beirada da pele com a pinça que segurava na outra mão e inseri depressa o minúsculo verme no espaço que surgiu, tentando ignorar a terrível sensação esponjosa da pele sob meus dedos e a lembrança do pé de Aaron Beardsley.

– Pronto – falei, momentos depois, recolocando delicadamente o emplastro.

Cebola e alho cozidos, envoltos em musselina com extrato de penicilina, manteriam os ferimentos úmidos e drenados. Trocados de hora em hora, eu esperava que o calor também estimulasse a circulação na perna. Depois, um curativo de mel, para evitar outras invasões bacterianas.

A concentração mantivera minhas mãos firmes. Agora que já estava terminado, não havia mais nada a fazer, a não ser esperar. O prato de folhas úmidas tamborilou quando o pousei na bancada.

Eu achava que nunca tinha ficado tão cansada.

93

ESCOLHAS

Roger e o sr. Bug carregaram Jamie para nosso quarto, no andar de cima. Eu não queria tirá-lo do consultório para que não mexesse a perna, mas ele insistiu.

– Não quero que você fique dormindo aqui no chão, Sassenach – disse ele, quando protestei. Ele sorriu para mim. – Você deveria estar na cama, mas sei que não vai me deixar sozinho, então isso quer dizer que eu também tenho que ir para lá, certo?

Eu teria continuado a argumentar, mas, para ser sincera, estava tão cansada que não me queixaria muito se ele insistisse para nós dois dormirmos no celeiro.

Quando ele já estava acomodado, entretanto, as dúvidas me exaltaram de novo.

– Vou esbarrar na sua perna – falei, pendurando meu vestido em um dos ganchos. – Vou fazer uma cama aqui perto da lareira e...

– Não vai, não – disse ele, decidido. – Vai dormir comigo.

Recostou-se nos travesseiros, com os olhos fechados, os cabelos ruivos espalhados sobre o linho. A vermelhidão em sua pele começara a se suavizar; já não estava tão intensa. Por outro lado, estava assustadoramente pálida nas partes não atingidas pelas pequenas hemorragias.

– Você seria capaz de discutir até no seu leito de morte – falei, irritada. – Você *não* precisa estar sempre no controle, sabia? Deveria ficar quieto e deixar que as outras pessoas cuidem das coisas, pelo menos uma vez. O que acha que aconteceria se...

Ele abriu os olhos e me lançou um olhar intenso.

– Sassenach – disse ele baixinho.

– O que foi?

– Eu queria que você tocasse em mim... sem me machucar. Só um pouco, antes de eu dormir. Você se importa?

Parei e respirei fundo, totalmente desconcertada ao me dar conta de que ele estava certo. Por ter sido atropelada pela emergência e por ter ficado preocupada com seu estado, tudo o que tinha feito nele durante o dia tinha causado dor, tinha sido invasivo, ou ambas as coisas. Marsali, Brianna, Roger, Jemmy – todos o tinham tocado com afeto, oferecendo compaixão e conforto.

E eu... estava tão aterrorizada pelo que poderia acontecer, pelo que eu poderia ser forçada a fazer, que não havia deixado tempo nem espaço para a ternura. Desviei o olhar por um instante, piscando para as lágrimas recuarem. Em seguida me levantei e me aproximei da cama, inclinei o corpo e o beijei com delicadeza.

Passei as mãos em seus cabelos para colocá-los para trás, afastando-os da testa, alisei as sobrancelhas com o polegar. Arch Bug fizera a barba dele; a pele do rosto estava lisa e quente sob a minha mão. Seus ossos estavam firmes sob a pele, emoldurando sua força – mas ao mesmo tempo ele parecia subitamente frágil. Eu também me sentia frágil.

– Quero que você durma ao meu lado, Sassenach – sussurrou ele.

– Está bem. – Sorri para ele, meus lábios um pouco trêmulos. – Vou escovar os cabelos.

Sentei-me com minha combinação, soltei os cabelos e peguei a escova. Ele me observou em silêncio, mas com um leve sorriso nos lábios, enquanto eu me dedicava à tarefa. Ele gostava de me ver escovar os cabelos; esperava que fosse tão calmante para ele quanto era para mim.

Ouvi ruídos no andar de baixo, sons abafados, distantes. As persianas estavam abertas; a luz da fogueira que se apagava lá fora bruxuleava contra os vidros da janela. Olhei para fora, me perguntando se deveria fechar as persianas.

– Deixe-as abertas, Sassenach – murmurou ele. – Gosto de ouvir as conversas.

O som de vozes do lado de fora era muito reconfortante, aumentando e diminuindo, com pequenas explosões de risos.

O ruído da escova era suave e constante, como as ondas na areia, e eu senti o estresse do dia ir diminuindo devagar, como se pudesse desembaraçar todas as ansiedades e todos os temores dos meus cabelos com a mesma facilidade com que os livrava dos pedaços da trepadeira de abóbora. Quando finalmente larguei a escova e me levantei, os olhos de Jamie estavam fechados.

Ajoelhei-me para apagar o fogo, levantei-me para soprar a vela e finalmente fui para a cama.

Deitei com cuidado a seu lado, para não incomodá-lo. Ele estava virado de lado, de costas para mim, e eu me virei para ele, moldando meu corpo à curva do corpo dele, com cuidado para não tocá-lo.

Fiquei muito quieta, ouvindo. Todos os sons da casa haviam entrado em seu ritmo noturno; o sibilar do fogo e o sopro do vento na chaminé, o estalido repentino da escada, como se alguém, por descuido, tivesse pisado na beirada do degrau. Ouvi o ronco anasalado do sr. Wemyss, reduzido a um zumbido relaxante graças às portas pesadas entre nós.

Ainda havia vozes lá fora, abafadas pela distância, meio arrastadas por causa da bebida e do avanço da hora. Todas alegres, no entanto; nenhum sinal de hostilidade ou violência incipiente. Mas eu não me importava. Por mim, os moradores da Cordilheira dos Frasers podiam se engalfinhar até a morte e dançar sobre os restos mortais. Toda a minha atenção estava concentrada em Jamie.

Sua respiração era superficial, mas regular, os ombros estavam relaxados. Eu não queria perturbá-lo; ele precisava descansar, antes de mais nada. Ao mesmo tempo, queria muito tocá-lo. Queria ter certeza de que ele estava ali, vivo, ao meu lado – mas também precisava muito saber como ele estava.

Estaria febril? A infecção na perna teria se espalhado apesar da penicilina, envenenando seu sangue?

Movi a cabeça devagar, posicionando o rosto a 1 centímetro de suas costas cobertas pela camisa, e inspirei, lenta e profundamente. Senti seu calor em meu rosto, mas não consegui saber quão quente ele de fato estava por baixo do tecido da camisa.

Ele cheirava levemente a mato, mas o cheiro de sangue estava mais forte. As cebolas do emplastro exalavam um odor ácido, assim como seu suor.

Inspirei mais uma vez, prestando atenção. Nenhum cheiro de pus. Era cedo demais para sentir o odor de gangrena, mesmo que a decomposição estivesse começando, invisível sob os curativos. Eu achei que sua pele exalava um cheiro estranho, no entanto; algo que eu nunca sentira antes. Necrose do tecido? Algum produto da decomposição do veneno da cobra? Expirei pelo nariz e inspirei novamente, dessa vez de forma mais profunda.

– Estou fedendo muito? – perguntou ele.

– O quê? – exclamei, mordendo a língua com o susto.

Ele tremeu levemente, no que imaginei que fosse uma tentativa de segurar o riso.

– Você parece um pequeno porco farejador de trufas, Sassenach, me cheirando desse jeito aí atrás.

– Ah, é mesmo? – falei, um pouco irritada. Toquei o ponto dolorido em minha língua. – Bem, pelo menos você está acordado. Como está se sentindo?

– Como um monte de tripas podres.

– Que pitoresco! – exclamei. – Poderia ser um pouco mais específico?

Apoiei a mão de leve em seu quadril, e ele soltou a respiração com um som semelhante a um gemido.

– Como um monte de tripas podres... – disse ele, e, parando para respirar fundo, acrescentou: –... coberto de *larvas*.

– Você seria capaz de fazer piada em seu leito de morte, não é?

Assim que disse isso, senti um tremor de inquietação. Ele *seria*, e eu esperava que não fosse esse o caso agora.

– Bem, vou tentar, Sassenach – murmurou ele, meio sonolento. – Mas realmente não estou na melhor forma no momento.

– Está doendo muito?

– Não. Só estou... cansado.

Ele parecia exausto demais para procurar a palavra certa, e se conformara com aquela na falta de outra melhor.

– Não surpreende que esteja. Vou dormir em outro lugar, para você poder descansar.

Fiz um movimento para afastar as cobertas e me levantar, mas ele me impediu, erguendo um pouco uma das mãos.

– Não. Não, não me deixe.

Ele se recostou e tentou levantar a cabeça do travesseiro. Fiquei ainda mais inquieta quando percebi que ele estava fraco demais para se virar sozinho.

– Não vou deixá-lo. Talvez seja melhor eu dormir na cadeira. Não quero...

– Estou com frio – disse ele, baixinho. – Estou com muito frio.

Pressionei os dedos de leve logo abaixo de seu esterno, procurando o forte pulso abdominal. Seu coração batia depressa, mais superficial do que deveria. Ele não estava febril. Não estava apenas sentindo frio, *estava* frio ao toque, a pele e os dedos gelados. Achei isso alarmante.

Já sem timidez, aconcheguei o corpo bem junto ao dele, meus seios amassados contra suas costas, o rosto pousado em sua escápula. Concentrei-me o máximo que pude em gerar calor corporal, tentando irradiar calor da minha pele para a pele dele.

Tantas vezes ele havia me envolvido na curva de seu corpo, protegendo-me, dando-me calor. Desejei ardentemente ser maior para poder fazer a mesma coisa por ele agora; na verdade, eu não podia fazer mais do que me agarrar a ele como um emplastro de mostarda, pequeno e forte, torcendo para que o efeito fosse o mesmo.

Com cuidado, encontrei a barra de sua camisa e a puxei para cima, pousando minhas mãos nas curvas de suas nádegas. Elas se enrijeceram ligeiramente com a surpresa, depois relaxaram.

Fiquei me perguntando por que eu achava que devia tocá-lo, mas não ocupei minha mente com isso; já tivera essa sensação muitas vezes antes e havia muito deixara de me preocupar com o fato de não ser algo científico.

Senti a textura ligeiramente áspera da erupção cutânea e pensei inadvertidamente na lâmia. Uma criatura escorregadia e fria ao toque, que mudava de forma, era peçonhenta e infecciosa por natureza. Uma rápida mordida e o veneno da serpente se espalhava, fazendo o coração bater mais lento, fazendo o sangue quente gelar. Eu podia imaginar pequenas escamas surgindo sob sua pele no escuro.

Afastei o pensamento à força, mas não o tremor que veio com ele.

– Claire – disse ele baixinho. – Toque-me.

Eu não conseguia ouvir seus batimentos cardíacos. Ouvia os meus; um som forte, abafado, no ouvido pressionado contra o travesseiro.

Deslizei a mão pela curva de sua barriga e a desci lentamente; os dedos foram afastando os pelos grossos e emaranhados, mergulhando mais fundo para tocar suas formas arredondadas. O pouco calor que ele tinha estava ali.

Acariciei-o com o polegar e o senti estremecer. Ele suspirou longamente, e seu corpo pareceu ficar mais pesado, afundando no colchão conforme ele relaxava. Sua carne era como cera de vela em minha mão, lisa e macia conforme se aquecia.

Eu me sentia estranha; não mais assustada, mas com todos os sentidos aguçados ao mesmo tempo de modo sobrenatural e, no entanto... em paz. Não ouvia mais nenhum som, a não ser a respiração de Jamie e as batidas de seu coração; a escuridão estava tomada por eles. Eu pensava, parecia agir puramente por instinto, acariciando-o mais fundo e mais para baixo, procurando o centro do calor no âmago de seu ser.

Logo eu estava me movendo – ou estávamos nos movendo juntos. Minha mão deslizou entre nós, entre as pernas dele, as pontas dos meus dedos tocando o ponto bem atrás de seus testículos. Minha outra mão estendeu-se por cima, ao redor, movendo-se no mesmo ritmo em que flexionava minhas coxas e erguia meus quadris, empurrando-me contra ele por trás.

Eu poderia continuar fazendo aquele movimento para sempre, e foi como se tivesse feito isso. Não percebi o tempo passar, sentia apenas uma paz sonolenta e o ritmo lento e constante conforme nos movíamos juntos no escuro. Em algum lugar, em algum momento, senti uma pulsação constante, primeiro em uma das mãos, em seguida, nas duas, fundindo-se às batidas do seu coração.

Ele suspirou, longa e profundamente, e eu senti o ar sair de meus pulmões. Ficamos deitados em silêncio e nos rendemos à inconsciência, juntos.

Acordei sentindo-me absolutamente tranquila. Fiquei deitada sem me mover, sem pensar, ouvindo o sangue correr por minhas veias, observando as partículas de poeira iluminadas pelo sol flutuarem na luz que entrava pelas persianas semiabertas. Então me lembrei e me virei abruptamente na cama, olhando para ele.

Seus olhos estavam fechados e sua pele tinha a cor de marfim antigo. Ele estava com a cabeça ligeiramente virada para o outro lado, de modo que os tendões de seu pescoço estavam visíveis, mas eu não percebi nenhuma pulsação nele. Ainda estava quente, ou pelo menos as roupas de cama ainda estavam. Farejei o ar, ansiosa. O quarto fedia a cebolas, mel e suor causado pela febre, mas não senti o cheiro de morte iminente.

Pousei a mão aberta no centro de seu peito, e ele se sobressaltou, assustado, e abriu os olhos.

– Seu *cretino* – falei, tão aliviada ao sentir seu peito se erguer quando ele respirou que minha voz chegou a vacilar. – Tentou morrer, não foi?

Seu peito subia e descia, subia e descia sob minha mão, e meu coração estremeceu, como se eu tivesse sido puxada de volta de um precipício no momento em que estava prestes a cair.

Ele piscou para mim com os olhos pesados, ainda embaçados pela febre.

– Não foi preciso muito esforço, Sassenach – disse ele, a voz suave e rouca de sono. – Não morrer foi bem mais difícil.

Ele não se fez de desentendido. À luz do dia, eu vi claramente o que a exaustão e os efeitos do choque haviam me impedido de ver na noite anterior. Sua insistência em dormir na própria cama. As persianas abertas, para que ele pudesse ouvir as vozes de sua família lá embaixo e de seus arrendatários lá fora. E eu a seu lado. Ele decidira, com muito tato e sem me dizer nada, como e onde queria morrer.

– Você pensou que estava morrendo quando o trouxemos aqui para cima, não foi? – perguntei.

Minha voz parecia mais aturdida do que acusatória.

Ele levou algum tempo para responder, embora não parecesse hesitante. Parecia estar procurando as palavras certas.

– Bem, eu não sabia ao certo – disse ele, devagar. – Embora estivesse me sentindo muito mal. – Seus olhos se fecharam devagar, como se ele estivesse cansado demais para mantê-los abertos. – Ainda estou me sentindo mal – acrescentou, com a voz meio distante. – Mas não precisa se preocupar. Já fiz minha escolha.

– Que diabo quer dizer com isso?

Enfiei a mão embaixo dos cobertores e senti seu pulso. Ele *estava* quente; estava febril outra vez, na verdade, e com um pulso acelerado demais, superficial demais.

Ainda assim, era muito diferente do frio mortal que eu sentira em seu corpo na noite anterior, e minha primeira reação foi de alívio.

Ele respirou fundo duas vezes, então virou a cabeça e abriu os olhos para me ver.

– Quero dizer que eu poderia ter morrido essa noite.

Poderia, sem dúvida – e no entanto não era disso que ele estava falando. Ele fazia parecer algo consciente...

– Como assim, fez sua escolha? Você escolheu não morrer, afinal?

Eu tentava soar tranquila, mas não estava dando muito certo. Eu me lembrava muito bem daquela estranha sensação de quietude atemporal que nos cercara.

– Foi muito estranho – disse ele. – E ao mesmo tempo, não tinha nada de estranho.

Ele parecia ligeiramente surpreso.

– Eu acho melhor – falei com cuidado, mantendo o polegar em seu pulso – você me contar exatamente o que aconteceu.

Ele sorriu ao ouvir isso, apesar de o sorriso ter aparecido mais em seus olhos do que em seus lábios, que estavam secos e dolorosamente rachados nos cantos. Toquei seus lábios com um dedo e tive vontade de buscar uma pomada calmante para ele, água, chá – mas deixei o impulso de lado e me forcei a ficar onde estava e ouvir.

– Não sei ao certo, Sassenach... ou melhor, eu sei, mas não sei explicar.

Ele ainda parecia muito cansado, mas seus olhos permaneceram abertos. Demoraram-se em meu rosto, um azul vívido à luz da manhã, com uma expressão quase de curiosidade, como se fosse a primeira vez que ele me via.

– Você é tão linda – disse ele, com suavidade. – Tão, tão linda, *mo chridhe*.

Minhas mãos estavam cobertas de manchas azuis desbotadas e manchas de sangue de búfalo esquecidas. Eu sentia meus cabelos emaranhados grudados no pescoço, precisando ser lavados, e o cheiro de tudo, do odor de urina rançosa do tingimento até o fedor do suor que o medo fizera brotar em meu corpo. No entanto, o que ele via iluminava seu rosto como se estivesse olhando para a lua cheia em uma noite de verão, pura e encantadora.

Seus olhos permaneceram fixos em meu rosto enquanto ele falava, absorto, movendo-se ligeiramente enquanto percorriam meus traços.

– Eu estava me sentindo muito mal quando Arch e Roger Mac me trouxeram para cá – disse ele. – Terrivelmente mal, e minha perna e minha cabeça latejavam a cada batida do coração, tanto que comecei a temer a batida seguinte. Então, comecei a prestar atenção aos espaços entre as batidas. Ninguém pensa nisso – continuou ele, parecendo um tanto surpreso –, mas um bom tempo se passa entre as batidas do coração.

Começou a desejar, disse ele, naqueles intervalos, que a batida seguinte não viesse. E aos poucos percebeu que seu coração estava mesmo desacelerando – e que a dor ficava distante, separada dele.

Sua pele ficou fria, a febre cedendo tanto no corpo quanto na mente, deixando-a estranhamente lúcida.

– E é esse ponto que eu realmente não sei explicar, Sassenach. – Afastou o pulso da minha mão diante da intensidade do relato e curvou os dedos sobre os meus. – Mas eu... vi.

– Viu o quê?

E, no entanto, eu já sabia que ele não poderia me dizer. Como qualquer médico, eu já tinha visto pessoas doentes decididas a morrer – e conhecia aquela expressão: olhos arregalados, fixos em *alguma coisa* ao longe.

Ele hesitou, esforçando-se para encontrar as palavras. Pensei em algo e me apressei em tentar ajudar.

– Conheci uma senhora idosa – falei. – Ela morreu no hospital onde eu trabalhava. Todos os filhos adultos estavam com ela, foi uma morte muito serena.

Olhei para baixo, meus olhos fixos em seus dedos, ainda vermelhos e ligeiramente inchados, entrelaçados aos meus dedos manchados de tinta e sangue.

– Ela morreu, ela estava *morta*, vi que ela não tinha pulso e não respirava mais. Todos os filhos estavam à beira da cama, chorando. E então, de repente, seus olhos se abriram. Ela não olhava para nenhum deles, mas estava vendo *alguma coisa*. E disse, com toda a clareza: "Oooh!" Bem assim, radiante, como uma menina que acaba de ver algo maravilhoso. Em seguida fechou os olhos de novo. – Olhei para ele, piscando para conter as lágrimas. – Foi... assim?

Ele assentiu, sem dizer nada, e apertou minha mão.

– Algo assim – disse, delicadamente.

Ele se sentira estranhamente suspenso, em um lugar que não conseguia descrever de modo algum, sentindo-se em paz – e vendo com muita clareza.

– Era como se houvesse... não era exatamente uma porta, mas um tipo de passagem... à minha frente. E eu podia atravessá-la, se quisesse. E eu de fato queria – disse ele, olhando para mim de soslaio, com um sorriso tímido.

Ele também sabia o que estava deixando para trás e compreendeu que, naquele momento, poderia escolher. Ir em frente – ou voltar.

– Foi quando você me pediu para tocá-lo?

– Eu sabia que você era a única coisa capaz de me trazer de volta – disse ele, simplesmente. – Sozinho, eu não tinha forças.

Senti um bolo na garganta. Não conseguia falar, mas apertei sua mão com força.

– Por quê? – perguntei por fim. – Por que você... escolheu ficar?

Minha garganta ainda estava apertada, e minha voz soava rouca. Ele ouviu e apertou minha mão. Não chegava perto da força que sua mão tinha normalmente, mas a memória dessa força estava ali.

– Porque você precisa de mim – disse ele baixinho.

– Não porque você me ama?

Ele olhou para mim, esboçando um sorriso.

– Sassenach... eu a amo agora e sempre vou amá-la. Se eu estiver morto, se você estiver morta, se estivermos juntos ou separados. Você sabe que é verdade – disse ele baixinho e tocou meu rosto. – Eu sei disso a seu respeito, e você sabe disso a meu respeito.

Ele inclinou a cabeça, os cabelos brilhantes deslizando por seu rosto.

– Não me refiro só a você, Sassenach. Ainda tenho trabalho a fazer. Pensei, por um instante, que talvez não fosse o caso; que vocês todos dariam um jeito, com Roger Mac e o velho Arch, Joseph e os Beardsleys. Mas a guerra se aproxima e, pelos meus pecados... – fez uma careta discreta –, eu sou um comandante.

Balançou a cabeça de leve, resignado.

– Deus me fez quem eu sou. Ele me deu o dever... e eu tenho que cumpri-lo, a qualquer custo.

– O custo – repeti, inquieta, ao perceber algo mais duro do que resignação em sua voz. Ele olhou para mim, depois olhou de modo quase descontraído, na direção do pé da cama.

– Minha perna não está pior – disse ele, casualmente –, mas não está melhorando. Acho que você vai ter que amputá-la.

Fiquei sentada em meu consultório, olhando pela janela, tentando pensar em uma saída. Tinha que haver alguma coisa que eu pudesse fazer. Tinha que haver.

Ele tinha razão; os veios vermelhos continuavam lá. Não haviam piorado, mas continuavam lá, feios e ameaçadores. A penicilina oral e tópica claramente tivera algum efeito sobre a infecção, mas não o bastante. As larvas estavam lidando muito bem com os pequenos abscessos, mas não podiam fazer nada a respeito da bacteriemia que envenenava o sangue dele.

Olhei para a garrafa de vidro marrom; apenas um terço cheia. Isso podia ajudá-lo a controlar a infecção por mais algum tempo, mas não havia o suficiente – e era improvável que tivesse o efeito necessário quando administrado via oral – para erradicar a bactéria mortal que se multiplicava em seu sangue.

– Dez mil para dez milhões de miligramas – murmurei.

A dosagem de penicilina recomendada para bacteriemia ou sepse, segundo o *Manual Merck*, a referência básica do médico. Olhei para o caderno de anotações de Daniel Rawlings, em seguida para a garrafa. Sem saber qual era a concentração de penicilina que eu tinha, a administração provavelmente ainda era mais eficaz do que a combinação de serpentária e alho recomendada por Rawlings – mas eu temia que não fosse o suficiente para resolver o problema.

A serra de amputação ainda estava sobre a bancada onde ele a deixara na noite anterior. Eu lhe dera a minha palavra – e ele a devolvera.

Cerrei os punhos, tomada por uma gigantesca sensação de frustração, quase tão forte quanto o desespero que tomava conta de mim. Por que, por que, *por que* eu não tinha começado a preparar mais penicilina imediatamente? Como pude ser tão descuidada, relaxada... tão *imbecil*?

Por que eu não havia insistido em ir a Charleston, ou a Wilmington, pelo menos, na esperança de encontrar um vidraceiro que pudesse fazer um tubo e o êmbolo para uma seringa hipodérmica? Certamente eu poderia ter improvisado *alguma coisa* para usar como agulha. Toda aquela dificuldade, todas as tentativas de obter a substância preciosa... e naquele momento, quando eu precisava dela desesperadamente...

Um movimento perto da porta aberta me fez virar, e tentei manter minha expressão sob controle. Eu teria que dizer a todos da casa o que estava acontecendo, e logo. Mas deveria escolher o melhor momento e contar a todos de uma só vez.

Era um dos Beardsleys. Com os cabelos mais compridos e cuidadosamente aparados no mesmo comprimento por Lizzie, era cada vez mais difícil distinguir um do outro – a menos que estivessem perto o bastante para que eu pudesse ver seus polegares. Quando começavam a falar, no entanto, era fácil identificá-los.

– Senhora?

Era Kezzie.

– Sim?

Sem dúvida, minha resposta foi seca, mas não importava. Kezzie não conseguia distinguir nuances da fala

Trazia uma sacola de pano. Quando entrou na sala, vi a sacola se mexer e mudar de forma, e um arrepio de nojo percorreu meu corpo. Ele percebeu e esboçou um sorriso.

– É para o senhor – disse ele, com a voz alta, ligeiramente calma, erguendo a sacola. – Ele, o velho Aaron, disse que isso funciona muito bem. Quando for picado por uma cobra, pegue uma faca, corte sua cabeça e beba seu sangue.

Ele estendeu a sacola para mim e eu a peguei com cautela, mantendo-a o mais longe possível de meu corpo. O conteúdo da sacola se mexeu outra vez, fazendo minha pele se arrepiar. Então ouvi um leve sibilo através do tecido.

– Obrigada – eu disse, com a voz fraca. – Eu... hum... vou fazer alguma coisa com isso. Obrigada.

Keziah abriu um sorriso radiante e, fazendo uma reverência, saiu e deixou sob meus cuidados a sacola dentro da qual parecia haver uma cascavel pequena, mas muito irritada. Procurei um lugar onde pudesse colocá-la. Não ousava atirá-la pela janela; Jemmy costumava brincar no quintal perto da casa.

Por fim, arrastei o jarro grande de vidro incolor cheio de sal até a borda da bancada e, segurando a sacola com o braço esticado, usei a outra mão para virar o sal sobre a bancada. Enfiei a sacola dentro do vidro e fechei a tampa. Depois disso, corri para o outro lado do cômodo e me sentei em um banco, com a parte de trás dos joelhos molhada de suor.

Em tese, eu não me incomodava muito com cobras, mas na prática...

Brianna espiou dentro do consultório.

– Mamãe? Como está o papai esta manhã?

– Não muito bem.

Meu rosto evidentemente demonstrou a gravidade da situação, porque ela entrou e ficou parada ao meu lado, franzindo o cenho.

– É muito grave? – perguntou, baixinho, e eu balancei a cabeça assentindo, incapaz de falar. Ela expirou em um suspiro profundo. – Posso ajudar?

Soltei um suspiro idêntico e fiz um gesto de impotência. Eu tinha uma vaga ideia – ou melhor, o retorno de uma ideia que estava no fundo de minha mente havia algum tempo.

– A única coisa que consigo pensar em fazer é abrir a perna, cortar bem fundo no músculo, e despejar o resto da penicilina que ainda tenho diretamente nas feridas. É muito mais eficaz contra infecções bacterianas injetar a penicilina, em vez de administrá-la por via oral. A penicilina bruta, como essa, é altamente instável na presença de ácido. É improvável que fizesse efeito depois de passar pelo estômago.

– Foi mais ou menos o que a tia Jenny fez, não foi? O que deixou aquela cicatriz enorme na coxa dele.

Assenti, enxugando as palmas das mãos nos joelhos discretamente. Minhas mãos não costumavam suar em profusão, mas a sensação da serra de amputação estava muito clara em minha lembrança.

– Eu teria que fazer dois ou três cortes profundos. Provavelmente, ele ficará aleijado para sempre... mas pode funcionar. – Tentei abrir um sorriso. – Você por acaso não aprendeu a fabricar uma seringa hipodérmica no MIT, aprendeu?

– Por que não perguntou isso antes? – disse ela calmamente. – Não sei se consigo fazer uma seringa, mas duvido que não consiga improvisar alguma coisa parecida. Quanto tempo temos?

Olhei para ela, boquiaberta, e fechei a boca com um estalo.

– Algumas horas, pelo menos. Pensei que se os emplastros quentes não fizessem efeito, eu teria que cortar ou amputar até a noite.

– Amputar! – Ela empalideceu na hora. – Não pode fazer isso!

– Posso... mas, por Deus, não quero fazer!

Minhas mãos se fecharam com força, negando sua habilidade.

– Deixe-me pensar, então. – Seu rosto ainda estava pálido, mas o choque estava passando conforme sua mente começava a se concentrar. – Ah... Cadê a sra. Bug? Eu ia deixar Jemmy com ela, mas...

– Ela desapareceu? Tem certeza de que não está no galinheiro?

– Não, passei por lá enquanto vinha para cá. Não a vi em lugar nenhum, e o fogo da cozinha está apagado.

Isso era muito estranho; a sra. Bug tinha vindo até nossa casa, como fazia todos os dias, para fazer o café da manhã. O que poderia ter feito com que ela saísse de novo? Torci para que Arch não tivesse adoecido de repente; seria o cúmulo do azar.

– Então, cadê o Jemmy? – perguntei, procurando por ele ao redor.

Ele não costumava se afastar muito da mãe, embora estivesse começando a se aventurar um pouco, como é comum que as crianças façam.

– Lizzie o levou para cima, para ver o papai. Vou pedir para ela tomar conta dele por um tempo.

– Está bem. Ah!

Minha exclamação fez com que ela desse as costas para a porta, confusa, erguendo as sobrancelhas.

– Acha que pode levar isso – apontei o grande jarro de vidro com nojo – lá para fora, querida? Pode livrar-se disso em algum lugar?

– Claro. O que é?

Curiosa, ela foi até o jarro. A pequena cascavel havia saído da sacola e estava enrolada em um nó escuro; quando Brianna estendeu a mão na direção do jarro, a cobra deu um bote, batendo no vidro, e Brianna deu um salto para trás com um grito.

– *Jesus!* – exclamou, e eu ri, apesar do estresse e da tensão geral.

– Onde arrumou isso, e para quê? – perguntou ela.

Recuperando-se do choque inicial, inclinou-se para a frente com cuidado e bateu de leve no vidro. A cobra, totalmente irritada, bateu na lateral do jarro com um baque surdo, e Brianna afastou a mão outra vez.

– Foi Kezzie quem a trouxe. Segundo ele, Jamie deveria beber o sangue da cobra para se curar – expliquei.

Ela estendeu o dedo indicador e acompanhou o caminho de uma pequena gota de líquido amarelo que escorria pelo vidro. Duas gotas, na realidade.

– Veja só! Ela tentou me morder através do vidro! É uma cobra muito raivosa! Acho que não gostou muito da ideia.

Era verdade. A cobra se enrolou de novo, o pequeno chocalho vibrando, em uma demonstração de completa animosidade.

– Tudo bem – falei, parando ao lado dela. – Tenho certeza de que Jamie também não ia gostar muito da ideia. No momento, ele está com total aversão a cobras.

– Humm. – Ela ainda estava olhando para a pequena cobra, franzindo as grossas sobrancelhas ruivas. – Kezzie disse onde a pegou?

– Não perguntei. Por quê?

– Está esfriando... as cobras hibernam, não hibernam? Em cavernas?

– Bem, o dr. Brickell diz que sim – respondi, sem ter muita certeza.

A História Natural da Carolina do Norte, escrita pelo bom médico, era uma leitura interessante, mas eu duvidava de algumas de suas observações, particularmente as que diziam respeito a cobras e crocodilos, pois ele parecia ter uma opinião meio exagerada acerca das proezas desses animais.

Ela assentiu, sem desviar os olhos da cobra.

– Veja bem, a questão é – disse ela, parecendo meio sonhadora –, as cobras venenosas têm uma bela engenharia. As mandíbulas são desarticuladas, para poderem engolir animais maiores do que elas, e as presas se retraem em direção ao céu da boca, quando não as estão usando.

– É mesmo? – perguntei, com um olhar ligeiramente desconfiado, que ela ignorou.

– As presas são ocas – explicou ela, tocando o vidro com a ponta de um dedo, marcando o ponto onde o veneno havia ensopado o pano de linho, deixando uma pequena mancha amarelada. – Estão ligadas a uma bolsa de veneno na bochecha da cobra, de forma que, quando ela morde, os músculos da bochecha espremem o veneno para fora do saco... e ele sai pela presa, adentrando o corpo da presa. Como uma...

– Deus do Céu! – exclamei.

Ela assentiu, desviando os olhos da cobra e olhando para mim.

– Eu estava pensando em tentar fazer alguma coisa com uma pena de escrever afiada, mas isso funcionaria muito melhor; foi feita para essa função.

– Compreendo – eu disse, sentindo uma pequena onda de esperança. – Mas você vai precisar de um tipo de reservatório...

– Primeiro, preciso de uma cobra maior – disse ela com praticidade, virando-se para a porta. – Vou procurar Jo ou Kezzie para saber se essa veio *mesmo* de uma caverna. E, se veio, quero saber se há mais delas lá.

Ela partiu no mesmo instante para cumprir a missão, levando o jarro de vidro consigo, e eu voltei a pensar na questão do antibiótico com esperança renovada. Para que eu pudesse injetar a solução, ela teria que ser filtrada e purificada ao máximo.

Eu gostaria de poder fervê-la, mas não ousava fazer isso; não sabia se altas temperaturas poderiam destruir ou inutilizar a penicilina bruta – se é que ainda havia penicilina ali. A onda de esperança que eu havia sentido ao ouvir a ideia de Brianna perdeu a força. Ter um aparato hipodérmico não ajudaria se eu não tivesse nada útil para injetar.

Agitada, eu andava pelo consultório, pegando objetos e colocando-os de volta no lugar.

Tomando coragem, coloquei a mão na serra outra vez e fechei os olhos, forçando-me a relembrar os movimentos e as sensações, tentando captar novamente a sensação de distanciamento sobrenatural com que havia matado o búfalo.

É claro que era Jamie quem andara se comunicando com o sobrenatural dessa vez. *Foi bondade sua ter dado escolha a ele*, pensei com sarcasmo. *Mas estou vendo que você não vai facilitar as coisas para ele, no entanto.*

Mas ele não pediria isso. Abri os olhos, sobressaltada. Eu não sabia se a resposta tinha vindo do meu subconsciente ou de algum outro lugar – mas lá estava ela em minha mente, e eu reconheci sua verdade.

Jamie estava acostumado a fazer suas escolhas e ater-se a elas, custasse o que custasse. Ele viu que viver provavelmente significaria a perda da perna e tudo o mais que isso implicava – e aceitara isso como o preço natural de sua decisão.

– Bem, pois eu não aceito! – falei em voz alta, com o queixo erguido na direção da janela.

Um pássaro pousado na ponta do galho de uma árvore me lançou um olhar penetrante através da máscara preta em volta de seus olhos, concluiu que eu era louca, mas inofensiva, e voltou a cuidar de seus afazeres.

Abri a porta do armário, ergui a tampa da caixa de remédios depressa e peguei uma folha de papel, pena de escrever e tinta do escritório de Jamie.

Um recipiente cheio de frutinhas vermelhas de gualtéria secas. Extrato de pírola. Casca de olmeiro liso. Casca de salgueiro, casca de cerejeira, aquileia, poejo. A penicilina era o mais eficaz dos antibióticos disponíveis, mas não era o único. As pessoas vinham travando uma guerra contra os germes havia milhares de anos, sem nenhuma noção do que estavam combatendo. Eu sabia, o que já era uma pequena vantagem.

Comecei a fazer uma lista das ervas que tinha à mão e, embaixo de cada nome, escrevi todos os usos que conhecia para a erva – quer já tivesse feito uso dela, quer não. Qualquer erva usada para tratar um problema séptico era uma possibilidade – limpar lacerações, tratar problemas bucais, diarreia, disenteria... Ouvi passos na cozinha e chamei a sra. Bug, a fim de pedir que ela me trouxesse uma chaleira com água fervente para que eu pudesse começar as infusões naquele mesmo instante.

Ela apareceu à porta, o rosto corado por causa do frio e os cabelos escapando do lenço em mechas despenteadas, um cesto grande nos braços. Antes que eu pudesse dizer qualquer coisa, ela se aproximou e colocou o cesto na bancada à minha frente. Logo atrás, veio o marido, com outro cesto e um pequeno barril aberto de onde saía um forte cheiro de álcool. O ar ao redor deles tinha um leve cheiro adocicado, como o odor distante de um depósito de lixo.

– Eu ouvi a senhora dizer que não tinha mofo suficiente à mão – começou ela, ansiosa e com os olhos brilhando –, então disse para o Arch que tínhamos que dar uma passada pelas casas vizinhas e ver o que poderíamos conseguir para a sra. Fraser, afinal de contas, o pão realmente estraga muito rápido quando está úmido, e só Deus sabe como a sra. Chisholm é relaxada, apesar de eu ter certeza de que ela tem um bom coração, e não importa o que aconteça em sua casa, tenho certeza de que não gostaria nem de *pensar*, mas nós...

Eu não estava prestando atenção, porque olhava fixamente para o resultado da incursão dos Bugs nas despensas e nos restos de comida da Cordilheira dos Frasers. Crostas de pão, biscoito estragado, abóbora meio apodrecida, pedaços de torta com as marcas de dentes ainda visíveis na massa... uma mistura de restos pegajosos e em decomposição – tudo exibindo manchas de mofo aveludadas, azuis e verde-musgo, entremeadas com manchas parecidas com verrugas, rosadas e amarelas, e uma fina camada branca e poeirenta. O barril estava até a metade com milho em decomposição, o líquido turvo resultante coberto de ilhas flutuantes de mofo azul.

– Os porcos de Evan Lindsay – explicou o sr. Bug, em um raro acesso de loquacidade.

Os dois Bugs sorriram para mim, imundos depois de cumprir sua missão.

– Obrigada – falei, sentindo-me sufocar, e não só por causa do cheiro. Pisquei, os olhos lacrimejando ligeiramente por causa das emanações do álcool de milho. – Ah, muito obrigada.

...

Tinha acabado de escurecer quando subi, carregando minha bandeja de poções e implementos, sentindo um misto de ansiedade e temor.

Jamie estava recostado nos travesseiros, cercado de visitas. As pessoas tinham chegado para vê-lo durante todo o dia e desejar melhoras. Muitos simplesmente ficaram, e uma multidão de rostos ansiosos se virou para mim quando entrei, iluminados pela luz das velas.

Ele parecia muito doente, corado e abatido, e me perguntei se deveria ter mandado as visitas embora. Mas vi Murdo Lindsay pegar sua mão e apertá-la com força, e compreendi que a distração e o apoio de seus homens ao longo do dia provavelmente foram muito mais benéficos para ele do que todo o resto, que ele não teria aceitado de qualquer maneira.

– Bem, então – disse Jamie, fingindo descontração –, acho que estamos prontos.

Ele esticou as pernas, flexionando os dedos dos pés com força embaixo do cobertor. Levando em conta o estado de sua perna, devia estar doendo terrivelmente, mas compreendi que ele estava aproveitando o que achava que seria a última oportunidade de mover aquela perna, e mordi o lábio.

– Bem, estamos prontos para tentar – falei, sorrindo para ele, tentando transmitir confiança e calma. – E quem quiser rezar para que dê certo, pode começar.

Um rumor de surpresa substituiu o ar de temor que surgira com a minha chegada, e eu vi Marsali, que segurava Joan, adormecida, com uma das mãos, procurar o rosário dentro do bolso com a outra.

Apressaram-se em desocupar a mesinha de cabeceira, que estava cheia de livros, papéis, tocos de velas, várias guloseimas trazidas para abrir o apetite de Jamie – todas intocadas – e, por alguma razão inimaginável, a escala de um dulcimer e a pele parcialmente curtida de uma marmota. Pousei a bandeja na mesinha e Brianna, que subira comigo, deu um passo à frente, segurando sua invenção cuidadosamente com ambas as mãos, como um coroinha oferecendo a hóstia ao padre.

– O que é isso, em nome de Deus?

Jamie franziu o cenho para o objeto, depois para mim.

– É uma espécie de cobra cascavel caseira – explicou Brianna.

Todos murmuraram com interesse, esticando o pescoço para ver melhor – embora o interesse tenha sido imediatamente desviado quando afastei o cobertor e comecei a desenfaixar a perna de Jamie, provocando um coro de sussurros chocados e exclamações de compaixão diante da visão do ferimento.

Lizzie e Marsali tinham passado o dia todo aplicando emplastros de cebolas e de sementes de linho frescos e quentes, e o vapor subiu das ataduras quando eu as afastei. A perna dele estava bem vermelha até o joelho, pelo menos nas partes que não estavam escuras nem exsudando pus. Nós havíamos removido as larvas temporariamente, com medo de que o calor as matasse. Naquele momento, elas estavam no andar de baixo, em um prato no meu consultório, ocupando-se dos restos mais repugnantes oferecidos pelos Bugs. Se eu conseguisse salvar a perna, elas poderiam ajudar com a limpeza depois.

Eu havia vasculhado os detritos cuidadosamente, examinando o mofo azul com meu microscópio e separando tudo o que pudesse ter *Penicillium* em uma tigela grande. Sobre essa mistura, despejei o líquido fermentado de milho, deixando que tudo ficasse em infusão durante o dia – e, com sorte, dissolvesse qualquer penicilina bruta do lixo no líquido alcoólico.

Enquanto isso, fizera uma seleção das ervas conhecidas para o tratamento interno de estados supurativos e fiz uma mistura forte com elas, que ficaram em infusão em água fervente por várias horas. Despejei a solução aromática em uma xícara e a entreguei a Roger, afastando o nariz.

– Faça com que ele beba isso – falei. – Tudo – acrescentei de modo incisivo, fixando um olhar feroz em Jamie.

Jamie cheirou a xícara e me devolveu o olhar feroz – mas bebericou com obediência, fazendo caretas exageradas, com as quais a plateia se divertiu, sem conter as risadinhas. Com o ambiente mais leve, concentrei minha atenção no passo mais importante e me virei para pegar a seringa improvisada das mãos de Bree.

Os gêmeos Beardsleys, lado a lado no canto do quarto, se aproximaram para ver, inflados de orgulho. Eles saíram de imediato ao ouvir o pedido de Bree e voltaram no meio da tarde com uma grande cascavel, de quase 1 metro de comprimento – e felizmente morta, praticamente cortada ao meio com um machado para que sua preciosa cabeça fosse preservada.

Dissequei as bolsas de veneno com muito cuidado, separei as presas e coloquei a sra. Bug para lavá-las com álcool diversas vezes, a fim de remover quaisquer vestígios de veneno. Bree pegou a seda oleada que tinha sido usada para embrulhar o astrolábio e costurou uma parte dela, formando um pequeno tubo, selando uma das extremidades com um ponto de puxar, como uma bolsa fechada com um cordão. Cortara um grosso pedaço de uma pena de asa de peru, amolecida com água quente, e o usou para ligar a ponta fechada do tubo de seda à presa. Cera de abelha derretida selara os encaixes do tubo, da pena e da presa, e fora espalhada com cuidado, ao longo da costura, para evitar vazamentos. Era um belo trabalho, meticulosamente executado, mas *de fato* parecia uma cobra gorda e pequena, com uma enorme presa curva, que produziu diversos comentários entre os espectadores.

Murdo Lindsay ainda segurava uma das mãos de Jamie. Quando fiz um gesto para que Fergus segurasse a vela para mim, vi Jamie estender a outra mão para Roger, que por um momento pareceu surpreso, mas segurou-a e ajoelhou-se junto à cama, apertando-a com força.

Passei os dedos de leve pela perna, escolhi um bom lugar sem veias importantes, limpei-o com álcool puro e inseri a presa o mais fundo que consegui. A plateia arquejou e Jamie puxou o ar com força, mas não se mexeu.

– Certo.

Assenti para Brianna, que estava ao lado, com a garrafa de álcool de milho coado. Com os dentes mordendo o lábio inferior, ela despejou o líquido cuidadosamente, enchendo o tubo de seda enquanto eu o segurava. Fechei a extremidade do tubo com uma dobra e, com o polegar e o indicador, pressionei com firmeza para baixo, forçando o líquido a sair pela presa e penetrar nos tecidos da perna.

Jamie emitiu um ruído baixo, sem fôlego, e tanto Murdo quanto Roger se inclinaram para a frente instintivamente, pressionando os ombros contra os de Jamie, segurando firme.

Eu não me atrevia a trabalhar depressa, por medo de romper a cera que selava as aberturas ao exercer demasiada pressão, apesar de termos uma segunda seringa, feita com a outra presa, por garantia. Subi e desci pela perna, com Bree enchendo novamente a seringa a cada injeção, o sangue brotando, brilhante, dos orifícios quando eu retirava a presa, escorrendo em filetes pelas laterais da perna. Sem que lhe pedissem, Lizzie pegou um pano e os enxugou, concentrada no trabalho.

O quarto ficou em silêncio, mas percebi que todos prendiam a respiração quando eu escolhia um novo ponto, soltavam um suspiro durante a aplicação... e se inclinavam, sem perceber, em direção à cama quando eu injetava o líquido nos tecidos infectados. Os músculos nos braços de Jamie se contraíam, e o suor escorria por seu rosto como chuva, mas nem ele, nem Murdo nem Roger emitiram qualquer som nem se mexeram.

Pelo canto do olho, vi Joseph Wemyss afastar os cabelos da testa de Jamie e secar o suor de seu rosto e de seu pescoço com uma toalha.

"Porque você precisa de mim", dissera ele. E percebi que não era apenas a mim que se referia.

Não demorou muito. Quando terminei, espalhei mel sobre todos os ferimentos abertos e esfreguei óleo de gualtéria na pele do pé e da perna.

– Que belo trabalho de temperar carne, Sassenach. Acha que já está pronta para ir ao forno? – perguntou Jamie, mexendo os dedos dos pés e fazendo a tensão diminuir com as risadas.

Todos foram embora, dando tapinhas no ombro de Jamie ou beijando seu rosto para se despedir, desejando boa sorte. Ele sorria e assentia, acenando em despedida e fazendo piadinhas.

Quando o último deles saiu e fechou a porta, ele se recostou no travesseiro e fechou os olhos, soltando o ar em um longo e profundo suspiro. Comecei a arrumar minha bandeja, colocando a seringa de molho no álcool, fechando frascos, dobrando ataduras. Depois, sentei-me ao seu lado e ele estendeu a mão para mim, sem abrir os olhos.

Sua pele estava quente e seca, a mão vermelha por causa do forte aperto de Murdo. Passei o polegar de leve pelos nós de seus dedos, ouvindo os ruídos e a agitação da casa no andar de baixo, abafados mas cheios de vida.

– Vai funcionar – falei baixinho, após um minuto. – Sei que vai.

– Eu sei – disse ele.

Ele respirou fundo e, finalmente, começou a chorar.

94

SANGUE NOVO

Roger acordou repentinamente de um sono profundo e sem sonhos. Sentiu-se como um peixe fora d'água, ofegante, em um ambiente estranho e desconhecido. Enxergava, mas não entendia o que se passava ao redor; luz estranha e rostos achatados. Então sua mente reconheceu o toque de Brianna em seu braço, e ele voltou a seu corpo, a sua cama.

– Hã?

Sentou-se depressa, rouco e confuso.

– Acordei você, me desculpe.

Brianna sorriu, mas franziu as sobrancelhas enquanto observava o rosto dele. Afastou os cabelos desgrenhados de sua testa, e ele estendeu os braços para ela em reflexo, deitando-se no travesseiro com a mulher em seus braços.

– Hum...

Abraçá-la era como uma âncora que o prendia à realidade – corpo firme e pele quente, os cabelos deliciosamente macios em seu rosto.

– Tudo bem? – perguntou ela, com delicadeza.

Dedos longos tocaram o peito dele, fazendo o mamilo se enrugar e os cabelos encaracolados ao redor se eriçarem.

– Tudo bem – disse ele, e soltou um suspiro profundo.

Beijou a testa dela suavemente e relaxou, piscando os olhos. Sua garganta estava seca e ele sentia a boca pegajosa, mas voltava a pensar com coerência.

– Que horas são?

Ele estava na cama e estava escuro o suficiente dentro do chalé para ser noite, mas isso era porque a porta estava fechada e as janelas, cerradas. Havia algo estranho na luz e no ar.

Ela saiu de cima dele, jogando para trás a cabeleira ruiva com uma das mãos.

– Já passa um pouco do meio-dia. Não queria acordá-lo, mas há um homem lá fora e eu não sei o que fazer.

Ela olhou na direção da casa-grande e baixou a voz, ainda que não houvesse ninguém perto o bastante para ouvi-la.

– Meu pai está dormindo profundamente, minha mãe também – disse ela, confirmando a impressão. – Não quero acordá-los... mesmo se conseguisse. – Esboçou um sorriso, erguendo um dos cantos da boca larga ao pensar na ironia da situação do pai. – Acho que precisaria de pólvora. Eles estão completamente alheios ao mundo.

Ela se virou e pegou a jarra que estava sobre a mesa. O barulho da água caiu nos ouvidos de Roger como chuva em terra árida; ele bebeu o líquido oferecido na caneca em três goles e a devolveu a ela em seguida.

– Mais. Por favor. Homem?

Era um bom sinal. Já estava articulando palavras inteiras outra vez e sua capacidade de pensar com coerência voltava.

– Ele diz que se chama Thomas Christie. Veio ver meu pai; diz que esteve em Ardsmuir.

– É mesmo?

Roger tomou a segunda caneca mais devagar, organizando os pensamentos. Em seguida, colocou a caneca na mesa e virou-se para encostar os pés no chão, pegando a camisa que estava pendurada no gancho.

– Certo. Diga a ele que o receberei em um minuto.

Ela o beijou rapidamente e saiu, parando apenas para desamarrar o couro da janela, deixando entrar um brilhante feixe de luz e ar frio.

Roger vestiu-se devagar, ainda tomado por um agradável torpor. Ao inclinar-se para pegar as meias que estavam debaixo da cama, porém, notou algo nos lençóis embolados, bem embaixo do travesseiro. Estendeu a mão devagar e o pegou. O minúsculo amuleto da fertilidade, a antiga pedra cor-de-rosa reluzindo ao sol, surpreendentemente pesada em sua mão.

– Não acredito! – disse ele, em voz alta.

Ficou parado, olhando para o amuleto por algum tempo, então se inclinou e o colocou de volta embaixo do travesseiro com cuidado.

Brianna havia levado o visitante para o escritório de Jamie – que a maioria dos arrendatários ainda chamava de "sala de ter uma palavrinha". Roger parou por um instante no corredor para verificar se todas as partes de seu corpo estavam presentes e no lugar. Não teve tempo de se barbear, mas penteara os cabelos; o tal de Christie não poderia esperar muito, nas atuais circunstâncias.

Três pessoas se viraram para a porta quando ele entrou, surpreendendo-o. Bree não se lembrara de avisá-lo que Christie tinha companhia. Mas o homem mais velho, um senhor de ombros retos e largos, com cabelos muito bem aparados, negros com fios grisalhos, só podia ser Thomas Christie; o mais jovem, de cabelos escuros, não tinha mais de 20 anos, e obviamente era o filho dele.

– Sr. Christie? – Ele estendeu a mão para o homem mais velho. – Sou Roger MacKenzie; sou casado com a filha de James Fraser. Acredito que o senhor tenha conhecido minha mulher.

Christie mostrou-se levemente surpreso e olhou além de Roger, como se esperasse que Jamie aparecesse atrás dele. Roger pigarreou; a voz ainda estava pastosa por causa do sono e, portanto, ainda mais rouca do que o usual.

– Receio que meu sogro não esteja... disponível no momento. Posso ajudá-lo?

Christie franziu o cenho para ele, avaliando seu potencial, então assentiu devagar. Apertou a mão de Roger e a sacudiu com firmeza. Para seu espanto, Roger sentiu algo ao mesmo tempo familiar e muito desconhecido – a pressão inconfundível contra o nó do seu dedo de um cumprimento maçônico. Há anos não experimentava isso, e foi mais motivado pelo reflexo do que pela razão que respondeu de um modo que esperava que fosse a contrassenha. Evidentemente, foi satisfatório; a expressão severa de Christie relaxou um pouco e ele soltou sua mão.

– Talvez possa, sr. MacKenzie, talvez possa – disse Christie. Fixou o olhar penetrante em Roger. – Quero encontrar um local onde me instalar com minha família, e me disseram que o sr. Fraser talvez pudesse conseguir algo adequado para mim.

– Talvez sim – respondeu Roger com cautela.

Mas que diabo?, pensou. Será que Christie estava apenas experimentando ao acaso ou tinha razões para esperar que aquele sinal fosse reconhecido? Nesse caso, isso presumivelmente significava que ele sabia que James Fraser o reconheceria e achava que seu genro também o reconheceria. O sogro era um maçom? Essa ideia nunca havia sequer passado pela mente de Roger, e o próprio Jamie sem dúvida jamais tocara no assunto.

– Por favor, sentem-se – disse ele abruptamente, gesticulando para as visitas.

Os acompanhantes de Christie – o filho e uma moça que podia tanto ser filha de Christie quanto a mulher do filho – também haviam se levantado quando Roger entrou, permanecendo atrás do chefe da família como se fossem assessores na retaguarda de algum potentado visitante.

Um tanto embaraçado, Roger gesticulou para que eles voltassem a se sentar, e ele próprio se acomodou à escrivaninha de Jamie. Puxou uma pena da jarra azul de vidro, na esperança de parecer mais sério. Deus do céu, que perguntas deveria fazer a um candidato a arrendatário?

– Bem, sr. Christie. – Sorriu para eles, pensando no rosto não barbeado. – Minha mulher disse que o senhor conheceu meu sogro na Escócia?

– Na prisão de Ardsmuir – respondeu Christie, lançando um olhar firme a Roger, como se o desafiasse a tirar conclusões.

Roger pigarreou de novo. Apesar de curada, a garganta ainda ficava meio seca e áspera por um tempo depois de acordar. Christie, no entanto, pareceu ter entendido o ruído como um comentário desfavorável e ficou levemente indignado. Ele tinha sobrancelhas grossas e olhos proeminentes de um marrom cor de mel, e isso, somado aos cabelos escuros cortados bem curtos e a um pescoço praticamente inexistente, davam a ele a aparência de uma grande e irascível coruja.

– Jamie Fraser também foi prisioneiro lá – disse ele. – O senhor certamente sabe disso.

– Ah, sim – disse Roger com delicadeza. – Sei que vários dos arrendatários assentados na Cordilheira dos Frasers estiveram em Ardsmuir.

– Quem? – perguntou Christie, ainda mais parecido com uma coruja.

– Ah... os Lindsays, Kenny, Murdo e Evan – disse Roger, esfregando a mão na testa para se lembrar. – Geordie Chisholm e Robert MacLeod. E acho que... sim, tenho quase certeza de que Alex MacNeill também esteve em Ardsmuir.

Christie acompanhou a relação com muita atenção, como uma coruja-de-celeiro atenta a algo se mexendo no feno. Por fim relaxou, abaixando as penas, como pensou Roger.

– Eu os conheço – disse ele, com ar de satisfação. – MacNeill pode atestar quanto a meu caráter, se for preciso.

Seu tom sugeria fortemente que não deveria ser.

Roger nunca vira Jamie entrevistar um candidato a arrendatário, mas o ouvira conversar com Claire a respeito dos que tinha escolhido. Com base nisso, fez algumas perguntas sobre o passado recente de Christie, tentando demonstrar ao mesmo tempo cortesia e uma atitude de autoridade, e acreditava que não estava se saindo muito mal.

Christie fora transportado com os outros prisioneiros, segundo ele, mas tivera a sorte de ter seu contrato de trabalho nas colônias comprado por um proprietário de terras na Carolina do Sul que, ao descobrir que Christie tinha alguma educação, o tomou como professor de seus seis filhos, cobrando uma taxa das famílias próximas pelo privilégio de enviarem os filhos para que também tivessem aulas com Christie. Quando o contrato de trabalho de Christie terminou, ele concordou em permanecer, recebendo um salário.

– É mesmo? – perguntou Roger, seu interesse em Christie cada vez mais nítido.

Um professor. Isso agradaria muito a Bree, que poderia ceder seu cargo involuntário como o que ela chamava de forma desdenhosa de Pastorinha. E Christie parecia mais do que capaz de lidar com alunos intransigentes. – E o que o traz aqui, então, sr. Christie? Estamos um pouco longe da Carolina do Sul.

O sujeito encolheu os ombros largos. Estava desgrenhado por causa da viagem e bastante empoeirado, mas seu casaco era de um tecido de qualidade e ele tinha bons sapatos.

– Minha mulher faleceu – disse ele, com a voz rouca. – De gripe. Assim como o sr. Everett, o proprietário da fazenda. O herdeiro dele não apreciava meus serviços e eu não quis continuar lá sem trabalhar. – Lançou um olhar penetrante a Roger por baixo das sobrancelhas desgrenhadas. – O senhor disse que o sr. Fraser não está disponível. Quanto tempo ele vai demorar para retornar?

– Não sei dizer.

Roger bateu a ponta da pena nos dentes de leve, hesitante. Na verdade, não sabia até quando Jamie ficaria incapacitado; na noite anterior, ele nem parecia estar vivo. Ainda que se recuperasse por completo, poderia continuar mal por mais algum tempo. E ele não queria mandar Christie embora, nem fazer com que esperasse. Estavam quase no fim do ano e não havia muito tempo a perder se ele e sua família fossem se estabelecer ali para passar o inverno.

Ele olhou para Christie e para o filho. Ambos eram homens grandes e fortes, ao que parecia. Nenhum dos dois aparentava ser um bêbado ou um idiota, e ambos tinham calos nas palmas das mãos, o que revelava ao menos familiaridade com o trabalho braçal. Tinham uma mulher para cuidar de suas necessidades domésticas. E, no fim das contas, camaradagem maçônica à parte, Christie tinha sido um dos homens de Jamie em Ardsmuir. Ele sabia que o sogro sempre fazia um esforço especial para ajudá-los.

Decidindo-se, pegou uma folha de papel em branco e destampou o tinteiro. Pigarreou mais uma vez.

– Muito bem, sr. Christie. Creio que poderemos chegar a um... acordo.

Para sua agradável surpresa, a porta do escritório se abriu e Brianna entrou com uma bandeja de biscoitos e cerveja. Ela abaixou os olhos com timidez ao pousá-la na escrivaninha, mas ele percebeu o olhar bem-humorado dela mesmo assim. Ele inclinou a cabeça, sorrindo, e tocou seu pulso de leve, como forma de agradecer, quando ela colocou as canecas à sua frente. O gesto fez com que ele se lembrasse do aperto de mão de Christie, e ele tentou imaginar se Brianna sabia algo a respeito da história de Jamie nesse sentido. Acreditava que não; ela certamente teria mencionado alguma coisa.

– Brianna, cumprimente nossos novos arrendatários – disse ele, com um meneio de cabeça para os Christies. – O sr. Thomas Christie e...

– Meu filho, Allan – disse Christie, inclinando a cabeça de modo brusco –, e minha filha, Malva.

O filho não tinha o aspecto de coruja do pai; sua pele era muito mais clara e o rosto era largo, quadrado, bem barbeado, embora tivesse os mesmos cabelos escuros e grossos. Ele acenou com a cabeça em um cumprimento silencioso, os olhos fixos no lanche que Brianna havia trazido.

A moça – Malva? – mal ergueu o olhar, mantendo os braços cruzados no colo. Roger tinha a vaga impressão de que ela era alta, talvez tivesse 17 ou 18 anos, bem asseada em um vestido azul-escuro e lenço branco nos cabelos, com uma franja macia de cachos escuros visível em torno do rosto ovalado e pálido. Outro ponto a favor de Christie, Roger pensou com distração; jovens em idade de casar eram raras, e as bonitas, mais raras ainda. Malva Christie provavelmente receberia várias propostas antes do plantio da primavera.

Bree assentiu para cada um deles, olhando para a jovem com particular interesse. Então, um grito estridente veio da cozinha e ela saiu apressada, pedindo licença em um murmúrio.

– Meu filho – disse Roger, desculpando-se. Ergueu uma caneca de cerveja, oferecendo-a. – Aceita um pequeno lanche, sr. Christie?

Todos os contratos de arrendamento eram mantidos na gaveta do lado esquerdo da escrivaninha. Ele já os vira e sabia quais eram as linhas gerais. Vinte hectares seriam concedidos de imediato e mais terra poderia ser alugada conforme a necessidade, as condições de pagamento acertadas de acordo com cada situação. Uma breve conversa enquanto tomavam cerveja e comiam biscoitos, e chegaram ao que parecia ser um acordo adequado.

Completando o contrato com um floreio, Roger assinou seu nome, como representante de James Fraser, e deslizou o papel sobre a mesa para Christie assinar. Foi tomado por uma agradável e profunda sensação de dever cumprido. Um bom arrendatário, disposto a pagar metade da taxa pelo uso das terras atuando como professor durante cinco meses do ano. Nem mesmo Jamie teria feito melhor, pensou.

Então parou. Não, Jamie teria dado mais um passo e oferecido aos Christies não só hospitalidade, mas casa, um lugar para ficarem até que tivessem sua própria moradia. Mas não ali, não com Jamie doente e Claire cuidando dele. Pensou por um instante, então foi até a porta e chamou Lizzie.

– Temos um novo arrendatário e sua família, *a muirninn* – disse ele, sorrindo para o rosto pequeno de Lizzie, ansiosa e prestativa. – Estes são o sr. Thomas Christie, seu filho e sua filha. Pode pedir a seu pai que os leve até o chalé de Evan Lindsay? Fica perto de onde eles terão suas terras, e acho que talvez Evan e sua mulher tenham espaço para hospedá-los por um tempo, até construírem sua própria casa.

– Ah, sim, sr. Roger. – Lizzie meneou a cabeça de modo breve na direção de Christie, que respondeu com uma pequena reverência. Em seguida, ela olhou para Roger, as sobrancelhas finas erguidas. – O Senhor sabe disso, então?

Roger sentiu o rosto corar de leve, mas não demonstrou estar constrangido.

– Está tudo bem. Eu direi a ele, assim que ele estiver melhor.

– O sr. Fraser está doente? Sinto muito.

A voz suave e desconhecida veio de trás dele, surpreendendo-o. Ele se virou e viu Malva Christie com os olhos erguidos para ele. Não a havia observado com atenção, mas ficou impressionado com a beleza dos olhos dela – de um cinza-claro diferente, amendoados e luminosos, emoldurados por longos cílios escuros. Talvez antes mesmo do plantio da primavera, ele pensou, e tossiu.

– Foi mordido por uma cobra – disse ele abruptamente. – Mas não se preocupem, ele está se recuperando.

Estendeu a mão para Christie, desta vez pronto para o aperto de mão secreto.

– Bem-vindo à Cordilheira dos Frasers – disse. – Espero que o senhor e sua família sejam felizes aqui.

Jamie estava sentado na cama, sendo cuidado por mulheres dedicadas, o que parecia deixá-lo desesperado. Seu rosto relaxou um pouco ao ver outro homem, e despachou as criadas. Lizzie, Marsali e a sra. Bug saíram com relutância, mas Claire permaneceu, ocupada com seus frascos e lâminas.

Roger caminhou até o pé da cama e se sentou, mas foi enxotado por Claire, que o direcionou com firmeza para um banco antes de erguer o lençol para ter certeza de que o gesto descuidado dele não havia causado nenhum dano.

– Tudo bem – disse ela, por fim, apalpando o curativo com ar de satisfação.

As larvas estavam de volta, trabalhando, claro. Ela se endireitou e assentiu para Roger – como o grão-vizir concedendo uma audiência com o califa de Bagdá, pensou Roger, divertindo-se. Olhou para Jamie, que revirou os olhos e lançou a Roger um sorrisinho irônico em cumprimento.

– Como estão as coisas? – ambos disseram ao mesmo tempo.

Roger sorriu e Jamie esboçou um sorriso, dando de ombros.

– Estou vivo – disse ele. – Mas isso não prova que você estava certo. Não está.

– Certo em relação a quê? – perguntou Claire, erguendo o olhar da tigela em suas mãos com curiosidade.

– Ah, uma breve discussão filosófica – disse Jamie. – Sobre escolha e destino.

Ela bufou.

– Não quero ouvir nem uma palavra sobre esse assunto.

– Nem eu. Não estou disposto a discutir esses assuntos enquanto estiver passando a pão e leite. – Jamie olhou com certo desagrado para uma tigela da substância pastosa, mas nutritiva, que estava pela metade à mesinha a seu lado. – Deu uma olhada na ferida na perna do burro, Roger Mac?

– Eu a examinei – disse Claire. – Está cicatrizando bem. Roger estava ocupado, entrevistando novos arrendatários.

– Ah, é?

Fraser ergueu as sobrancelhas, interessado.

– Sim, um homem chamado Tom Christie e sua família. Ele disse que esteve em Ardsmuir com você.

Por uma fração de segundo, Roger teve a sensação de que o ar do quarto havia sido removido a vácuo, congelando tudo. Fraser olhou para ele, inexpressivo. Então assentiu, a expressão de agradável interesse restaurada como por mágica, e o tempo voltou ao normal.

– Sim, eu me lembro bem de Tom Christie. Onde ele esteve nos últimos vinte anos?

Roger explicou tanto o que Tom Christie havia contado a respeito de suas andanças como o acordo a que tinham chegado para o arrendamento.

– Isso é ótimo – disse Jamie com aprovação, ao ouvir sobre a disposição de Christie de ser professor. – Diga a ele que pode usar qualquer livro daqui e que faça uma lista com outros títulos de que possa precisar. Pedirei a Fergus que os procure da próxima vez que for a Cross Creek ou Wilmington.

A conversa passou a assuntos mais corriqueiros e, após alguns minutos, Roger se levantou para sair.

Tudo parecia perfeitamente bem, e, no entanto, ele se sentia estranhamente inquieto. Será que havia imaginado aquele instante? Virando-se para fechar a porta, ele viu que Jamie tinha cruzado as mãos sobre o peito e fechado os olhos; se não dormindo, impedindo qualquer conversa. Claire fitava o marido, com os olhos de águia semicerrados, especulando. Não, ela também havia percebido.

Então, não tinha sido sua imaginação. Qual seria o problema com Tom Christie?

95

A NOITE DE VERÃO

No dia seguinte, Roger fechou a porta ao sair e ficou parado na varanda por um momento, respirando o ar limpo e fresco da manhã – não devia ser mais do que sete e meia, mas era bem mais tarde do que ele estava acostumado a dar início a seu dia. O sol já se espalhava por entre as castanheiras nos cumes mais altos, a curva de seu disco brilhante visível em meio às últimas folhas amarelas.

O ar ainda tinha um cheiro penetrante de sangue, mas não restavam mais vestígios do búfalo além de uma mancha escura nas trepadeiras de abóbora. Ele olhou ao redor, observando tudo enquanto pensava nas tarefas do dia. As galinhas ciscavam no chão de terra, sem folhagem devido ao outono, e ele podia ouvir um pequeno grupo de porcos fuçando à procura de comida no bosque de castanheiras.

Ele tinha a estranha sensação de ter deixado seu trabalho meses, até mesmo anos antes, não dias. A sensação de deslocamento – tão forte, a princípio – já o deixara havia muito, mas agora estava de volta, mais forte do que antes. Se fechasse os olhos por um momento e em seguida os abrisse outra vez, certamente se veria na Broad Street em Oxford, sentindo o cheiro de fumaça de automóveis em suas narinas e a perspectiva de uma manhã de trabalho tranquila entre os livros empoeirados da Biblioteca Bodleiana.

Bateu a mão na coxa, para afastar a sensação. Não naquele dia. Ele estava na Cordilheira dos Frasers, não em Oxford, e o trabalho podia ser tranquilo, mas seria realizado com as mãos, não com a cabeça. Precisava anelar árvores e recolher feno; não o capim plantado, mas os tufos selvagens espalhados pelas montanhas que forneciam uma braçada aqui, outra ali – o suficiente para manter mais uma vaca durante o inverno.

Um buraco no telhado do barracão de defumação, aberto por um galho caído de uma árvore. O telhado tinha que ser consertado e recoberto, e o galho, cortado para ser usado como lenha. Uma nova latrina precisava ser cavada antes que o solo congelasse ou virasse lama. Havia linho a ser ceifado. E mourões a serem cortados. A roda de fiar de Lizzie a ser consertada...

Ele se sentia zonzo e tolo, incapaz de fazer uma escolha simples, muito menos de formular um pensamento complexo. Dormira o bastante – mais do que o bastante – para estar fisicamente recuperado da exaustão dos últimos dias, mas a chegada de Thomas Christie e de sua família, logo após o esforço desesperado de levar Jamie para casa com vida, tinha acabado com toda a sua energia mental.

Olhou para o céu; longos filetes de nuvens se desenhavam no firmamento. Não choveria por enquanto, o telhado podia esperar. Deu de ombros e coçou o couro cabeludo. Feno, então, e o anelamento das árvores. Enfiou uma garrafa de cerveja e os sanduíches que Bree fizera para ele dentro da mochila e foi pegar a foice e a machadinha.

A caminhada começou a despertá-lo. Fazia frio nas sombras sob os pinheiros, mas o sol já estava alto o bastante para que ele o sentisse toda vez que atravessava uma área aberta. Seus músculos se aqueceram e relaxaram com o exercício, e quando chegou ao topo do primeiro dos prados altos, já tinha começado a se sentir ele mesmo outra vez, solidamente integrado ao mundo físico da montanha e da floresta. O futuro havia voltado para o mundo dos sonhos e das lembranças, e ele mais uma vez estava ancorado na realidade e senhor de seus atos.

– Que bom – murmurou para si. – Não vai querer decepar o pé.

Largou a machadinha embaixo de uma árvore e se inclinou para cortar o feno.

Não era o trabalho monótono e calmante de ceifar feno plantado, a foice grande ceifando o capim seco e farto em golpes fáceis pelo campo. Era um trabalho mais duro e ao mesmo tempo mais fácil, que envolvia pegar uma touceira de capim alto com uma das mãos, ceifar os talos rentes à raiz e enfiar o punhado de feno selvagem no saco de pano que havia levado consigo.

Não exigia muita força, mas requeria atenção, em vez do esforço muscular automático de colher o feno plantado. As moitas de capim se espalhavam densas por toda aquela pequena clareira, mas eram entremeadas por aflorações de granito, pequenos arbustos, tocos de árvores mortas e espinheiros.

Era um trabalho relaxante e, embora exigisse um pouco de cautela, logo sua mente começou a se concentrar em outras coisas. As coisas que Jamie dissera a ele na encosta escura da montanha, sob as estrelas.

Algumas ele já sabia: que havia animosidade entre Alex MacNeill e Nelson McIver, e o motivo; que um dos filhos de Patrick Neary provavelmente era um ladrão, e o que ele deveria fazer a respeito. Que terras vender, quando e para quem. Sobre outras, ele não tinha o menor conhecimento. Contraiu os lábios com força, pensando em Stephen Bonnet.

E no que deveria ser feito a respeito de Claire.

– Se eu morrer, ela deve partir – disse Jamie, acordando de repente de um estupor febril. Ele havia agarrado o braço de Roger com uma força surpreendente, os olhos escuros ardentes. – Mande-a de volta. Faça-a ir. Vocês todos devem voltar, se a criança puder passar. Mas ela precisa partir. Faça-a ir até as pedras.

– Por quê? – perguntara Roger baixinho. – Por que ela deve ir? – Era possível que Jamie estivesse delirando de febre, que não estivesse pensando direito. – É perigoso atravessar as pedras.

– É perigoso para ela aqui, sem mim.

Os olhos de Fraser tinham perdido momentaneamente o foco; as rugas em seu rosto relaxaram de exaustão. Seus olhos se semicerraram e ele voltou a se recostar. Então, de repente, se abriram de novo.

– Ela é uma das Antigas – disse ele. – Eles a matarão, se souberem.

Então seus olhos se fecharam outra vez, e ele só falou de novo quando os outros os encontraram na manhã seguinte.

Visto agora, à luz clara de uma manhã de outono, a salvo e distante do vento uivante e das chamas oscilantes daquela noite perdida na montanha, Roger tinha quase certeza de que Fraser estivera apenas tendo alucinações por causa da febre, a preocupação com sua mulher perturbada pelos fantasmas que brotavam do veneno em seu sangue. Ainda assim, Roger não pôde deixar de notar.

"Ela é uma das Antigas." Fraser estava falando em inglês, o que era uma pena. Se tivesse sido em gaélico, o sentido teria ficado mais claro. Se ele tivesse dito "Ela é uma *ban-sidhe*", Roger saberia se Jamie realmente achava que sua mulher era um ser com poderes mágicos ou se era apenas uma humana sábia.

Por certo ele não poderia... mas talvez pudesse. Mesmo na época de Roger, a crença "nos Outros" corria forte, ainda que menos amplamente admitida, no sangue dos escoceses das Terras Altas. Naquele tempo? Fraser acreditava abertamente em fantasmas – sem falar em santos e anjos. Para a mente cética e presbiteriana de Roger, não havia muita diferença entre acender velas para Santa Genoveva e oferecer uma tigela de leite para as fadas.

Por outro lado, ele reconhecia com inquietação que nunca mexeria no leite destinado aos Outros, nem tocaria em um amuleto pendurado na entrada de um curral ou no lintel de uma porta – e não apenas por respeito à pessoa que o colocara lá.

O trabalho o aquecera; a camisa começava a grudar nos ombros e o suor escorria pelo pescoço. Ele fez uma pausa para beber água do cantil e amarrar uma tira de pano ao redor da cabeça para conter o suor.

Talvez Fraser tivesse razão, pensou. Ainda que a ideia de Brianna ou ele mesmo – até mesmo de Claire – serem *sìdheanach* parecesse ridícula... havia mais do que apenas essa aparência, não havia? Eles *eram* diferentes; nem todo mundo era capaz de viajar pelas pedras, muito menos o fazia de fato.

E havia outros. Geillis Duncan. O viajante desconhecido que ela mencionara a Claire. O homem cuja cabeça decepada Claire encontrara na floresta, com as obturações de platina intactas. Pensar naquele homem fez os pelos de seus braços se arrepiarem, suados ou não.

Jamie havia enterrado a cabeça, com o devido respeito e uma breve prece, em uma colina perto da casa – o primeiro habitante da pequena clareira ensolarada destinada a ser o cemitério da Cordilheira dos Frasers. Por insistência de Claire, ele assinalara o local da pequena sepultura com um bloco bruto de granito, sem inscrição – afinal, o que haveria a dizer? –, mas marmoreado com veios verdes serpeantes.

Será que Fraser estava certo? *Vocês todos devem voltar, se a criança puder passar.*

E se eles não voltassem... então um dia todos seriam enterrados na clareira ensolarada juntos: ele, Brianna, Jemmy, cada qual sob um bloco de granito. A única diferença era que em cada bloco haveria um nome. E as datas? Que diabo colocariam no lugar das datas de nascimento e morte?, pensou de repente, limpando o suor do rosto. As de Jemmy não seriam problema, mas quanto aos outros...

Havia o obstáculo, é claro – ou um deles. *Se a criança puder passar.* Se a teoria de Claire estivesse correta e a capacidade de atravessar as pedras fosse um traço genético, como a cor dos olhos ou o tipo sanguíneo – então, as chances eram de cinquenta por cento, se Jemmy fosse filho de Bonnet; de 75 por cento, ou talvez cem por cento, se ele fosse filho de Roger.

Cortou uma touceira de capim com violência, sem se dar ao trabalho de agarrá-la, e brotos voaram como estilhaços. Então se lembrou da pequena figura cor-de-rosa embaixo do travesseiro e respirou fundo. E se desse certo, se tivessem outro filho, um que fosse dele com certeza absoluta? As chances seriam de 75 por cento – ou talvez outra lápide, um dia, no cemitério da família.

O saco estava quase cheio e não havia mais feno ali que valesse a pena cortar. Pegando a machadinha, jogou o saco sobre o ombro e começou a descer a encosta, até a borda do campo de milho mais alto.

Não era mais parecido com os milharais ingleses com os quais estava acostumado do que os prados altos com um campo de feno. Antes uma área de mata virgem, as árvores ainda estavam de pé, enegrecidas e mortas em contraste com o pálido céu azul. Elas haviam sido aneladas e deixadas para morrer, e o milho fora plantado nos espaços entre elas.

Era o método mais rápido de limpar terreno para plantações. Com as árvores mortas, mais sol passava pelos galhos sem folhas até o milho embaixo. Um, dois ou três anos mais tarde, as raízes mortas das árvores teriam apodrecido o suficiente para que pudessem derrubar os troncos, que seriam gradualmente cortados para lenha e transportados dali. Mas por enquanto elas ainda estavam de pé, um sinistro bando de espantalhos negros, abrindo os braços vazios pelo milharal.

O milho já havia sido colhido; bandos de pombos selvagens ciscavam à cata de insetos em meio aos talos secos e um grupo de codornizes voou assustado quando Roger se aproximou, espalhando-se como bolas de gude lançadas pelo chão. Um pica-pau, em segurança acima de Roger, deu um breve pio agudo de surpresa e parou de martelar para observá-lo antes de voltar para suas barulhentas escavações.

– Você devia estar satisfeito – disse ele à ave, colocando o saco no chão e tirando a machadinha da cintura. – Mais insetos para você, não é?

As árvores mortas estavam infestadas de uma miríade de insetos; vários pica-paus podiam ser encontrados em qualquer campo de árvores aneladas, com a cabeça inclinada para ouvir os ruídos subterrâneos de sua presa entocada.

– Desculpe-me – murmurou ele para a árvore que havia escolhido.

Era ridículo sentir pena de uma árvore; ainda mais naquela vastidão selvagem, onde mudas brotavam da terra descongelada com uma força primaveril capaz de rachar pedras, e as montanhas eram cobertas por uma camada tão espessa de árvores que o próprio ar tinha um tom azul esfumaçado por causa de suas exalações. Por isso, a emoção não duraria mais do que o tempo necessário para iniciar o trabalho. Quando chegasse à terceira árvore, já estaria suando em bicas e praguejando contra o maldito esforço.

Ainda assim, sempre encarava o trabalho com certa relutância, detestando mais o modo como era feito do que o resultado. Cortar uma árvore para obter madeira era simples; escavar uma cinta em sua casca parecia, de certo modo, um trabalho malévolo, apesar de prático, deixar que a árvore morresse lentamente, sem conseguir levar água das raízes acima do anel de madeira exposta. Não era tão desagradável no outono, pelo menos, quando as árvores já estavam dormentes e sem folhas; devia ser como morrer durante o sono, pensou. Ou assim esperava.

Lascas de madeira fragrante passavam voando por sua cabeça conforme ele abria um sulco ao redor do enorme tronco e seguia, sem descansar, para a vítima seguinte.

Desnecessário dizer que ele tomava cuidado para que nunca ninguém o ouvisse se desculpando com uma árvore. Jamie sempre fazia uma oração para os animais que matava, mas Roger duvidava de que ele visse uma árvore como algo além de combustível, material de construção ou simplesmente uma obstrução inconveniente. O pica-pau emitiu um pio estridente no alto. Roger se virou para ver o motivo do alarme, mas relaxou ao ver a figura baixa e seca de Kenny Lindsay vindo por entre as árvores. Parecia que Lindsay estava ali com o mesmo propósito; ergueu seu facão em uma saudação cordial.

– *Madain mhath, a Smeòraich!* – gritou ele. – É verdade o que ouvi a respeito de um recém-chegado?

Sem se surpreender mais com a velocidade com que as notícias percorriam a montanha, Roger ofereceu a garrafa de cerveja a Lindsay e deu a ele os detalhes da nova família.

– O sobrenome deles é Christie, não é? – perguntou Kenny.

– Sim. Thomas Christie, o filho e a filha. Você o conhece, ele esteve em Ardsmuir.

– É mesmo? Ah.

Lá estava de novo, o leve tremor de reação diante do sobrenome Christie.

– Christie – repetiu Kenny Lindsay. A ponta de sua língua apareceu por um breve instante quando ele disse o nome. – Hum. Sim, sei.

– Qual é o problema com Christie? – perguntou Roger, sentindo-se cada vez mais inquieto.

– Problema? – Kenny pareceu surpreso. – Não tem problema nenhum. Ou tem?

– Não. Pergunto porque você pareceu um tanto surpreso ao ouvir o nome dele. Fiquei imaginando se ele seria um ladrão, um bêbado, ou coisa do tipo.

A compreensão se espalhou pelo rosto barbado de Kenny como o sol em um prado pela manhã.

– Ah, sim, agora entendo o que quer dizer. Não, não, Christie é um homem muito decente, até onde sei.

– Até onde sabe? Então vocês não estiveram juntos em Ardsmuir? Ele disse que sim.

– Ah, sim, ele estava lá sim – concordou Kenny, ainda parecendo um pouco hesitante.

A insistência por parte de Roger, porém, não produziu nenhum efeito, a não ser um leve erguer de ombros, e depois de alguns momentos, eles retomaram o corte das árvores, parando apenas para um ou outro gole de água ou cerveja. O tempo estava frio, graças a Deus, mas trabalhar daquele modo fazia o suor escorrer livremente e, quando terminaram, Roger tomou um último gole e despejou o restante da água sobre a cabeça, arfando com o agradável frescor em sua pele quente.

– Vamos entrar um pouco, *a Smeòraich*? – Kenny largou o machado e alongou as costas com um gemido. Meneou a cabeça na direção dos pinheiros do outro lado da campina. – Minha humilde casa fica bem ali. Minha mulher saiu para vender carne de porco, mas temos leite coalhado na fonte.

Roger assentiu, sorrindo.

– Vamos, Kenny, obrigado.

Ele acompanhou Kenny nos cuidados com os animais. Lindsay tinha duas cabras leiteiras e uma porca no chiqueiro. Kenny buscou água para elas em um pequeno córrego próximo, e Roger empilhou o feno e jogou um rastelo cheio no cercado das cabras.

– Bela porca – disse educadamente, esperando enquanto Kenny despejava milho triturado no cocho para o animal, uma enorme criatura malhada com uma orelha rasgada e olhar desagradável.

– Má como uma víbora e quase tão rápida quanto – disse Kenny, olhando para a porca com os olhos estreitados. – Quase arrancou minha mão ontem. Eu ia levá-la até o porco de *Mac Dubh* para procriar, mas ela não quis ir.

– Não há muito que fazer com uma fêmea indisposta – concordou Roger.

Kenny balançou a cabeça de um lado para o outro, pensando.

– Bem, pode ser. Mas há maneiras de amansá-las, não? Foi um truque que meu irmão Evan me ensinou.

Abriu um sorriso banguela para Roger e meneou a cabeça, indicando um barril no canto do barracão que exalava um cheiro doce e forte de milho fermentado.

– É mesmo? – disse Roger, rindo. – Bem, espero que funcione.

Teve uma visão involuntária de Kenny e sua imponente mulher, Rosamund, juntos na cama, e se perguntou por um momento sobre o papel que o álcool desempenhava naquele casamento improvável.

– Ah, vai funcionar – disse Kenny com confiança. – Ela é louca pela mistura azeda, aquela lá. O problema é que, se lhe damos o suficiente para melhorar sua disposição, ela não consegue andar muito bem. Teremos que trazer o porco aqui quando *Mac Dubh* estiver recuperado.

– Ela está no cio? Posso trazer o porco amanhã – disse Roger, sentindo-se ousado.

Kenny pareceu surpreso, mas em seguida assentiu, satisfeito.

– Sim, muito obrigado, *a Smeòraich*. – Depois de uma breve pausa, disse casualmente: – Espero que *Mac Dubh* se recupere logo. Ele está bem o bastante para ter se encontrado com Tom Christie?

– Ele não o encontrou, não... mas eu lhe contei.

– É mesmo? Ah. Bem, então está tudo bem, certo?

Roger estreitou os olhos, mas Kenny desviou o olhar.

A sensação de intranquilidade em relação a Christie continuava e, tomado por um impulso repentino, Roger se inclinou por cima do feno e agarrou Kenny pela mão, assustando o homem consideravelmente. Ele apertou, deu uma batidinha no nó do dedo e soltou a mão dele.

Kenny olhou para ele, boquiaberto, piscando contra o feixe de luz que entrava pela porta. Por fim, largou o balde vazio, limpou as mãos com cuidado em seu kilt esfarrapado e a estendeu formalmente a Roger.

Quando a soltou, o clima entre eles ainda era amistoso, mas a situação havia se alterado, muito sutilmente.

– Christie também – observou Roger, e Kenny assentiu.

– Ah, sim. Todos nós.

– Todos vocês em Ardsmuir? E... Jamie?

Ficou espantado com a ideia.

Kenny assentiu outra vez, abaixando-se para pegar o balde.

– Ah, sim, foi *Mac Dubh* quem começou. Não sabia?

Não adiantava fingir. Ele balançou a cabeça, deixando o assunto de lado. Falaria sobre isso com Jamie quando estivesse com ele – isso se Jamie estivesse em condições de responder à pergunta. Olhou com franqueza para Kenny.

– E então. Sobre Christie. Algo de errado com o homem?

A reserva anterior de Kenny havia desaparecido, agora que não se tratava mais de falar sobre um irmão da maçonaria com um não irmão. Negou balançando a cabeça.

– Ah, não. É que fiquei um pouco surpreso de vê-lo aqui. Ele não se dava muito bem com *Mac Dubh*, só isso. Se ele tivesse outro lugar para onde ir, não acho que viria para a Cordilheira dos Frasers.

Roger ficou momentaneamente surpreso por saber que havia alguém de Ardsmuir que não idolatrava Jamie Fraser, mas, pensando bem, não havia motivos para que as coisas não fossem assim. Deus sabia que o homem era tão bom em cultivar amigos quanto em fazer inimigos.

– Por quê?

O que ele estava perguntando era claro. Kenny olhou ao redor do barracão das cabras, como se procurasse uma forma de escapar, mas Roger estava entre ele e a porta.

– Nada importante – disse ele, por fim, encolhendo os ombros em capitulação. – É que Christie é protestante.

– Sim, eu sei – disse Roger de modo seco. – Mas ele ficou com os prisioneiros jacobitas. Então, houve problemas em Ardsmuir em relação a isso, é o que está me dizendo?

Bastante provável, pensou. Em sua época, os católicos e os rígidos escoceses filhos de John Knox não morriam de amores uns pelos outros. Os escoceses adoravam uma pequena disputa religiosa – e, no fundo, a causa jacobita não passava disso.

Pegue alguns calvinistas ferrenhos, convencidos de que, se não andassem na linha, o papa entraria pela chaminé para puxar o pé deles, e jogue-os em uma prisão com homens que rezavam em voz alta para a Virgem Maria... sim, ele conseguia imaginar. As brigas de torcidas de futebol não seriam nada perto disso, se os números fossem iguais.

– Então, como ele foi parar em Ardsmuir... quero dizer, Christie?

Kenny pareceu surpreso.

– Bem, ele era um jacobita, foi capturado com os demais depois de Culloden, julgado e mandado para a prisão.

– Um jacobita protestante?

Não era impossível, nem mesmo inverossímil... a política formava alianças mais estranhas do que essa, sempre tinha sido assim. Mas era incomum.

Kenny deu um suspiro, olhando para o horizonte, onde o sol descia lentamente por trás dos pinheiros.

– Vamos entrar, então, MacKenzie. Se Tom Christie veio para a Cordilheira dos Frasers, acho melhor alguém lhe contar tudo a respeito. Se eu me apressar, você estará em casa a tempo do jantar.

Rosamund não estava em casa, mas o leite coalhado estava frio na fonte, como o marido dissera. Depois de pegar os bancos e o leite coalhado, Kenny Lindsay manteve a promessa e começou seu relato de maneira objetiva. Christie era das Terras Baixas, segundo Kenny; MacKenzie já devia imaginar. De Edimburgo. Na época da Revolta, Christie era um comerciante na cidade, com um negócio próspero, recém-herdado de um pai trabalhador. O próprio Tom Christie estava longe de ser preguiçoso e estava determinado a se tornar um homem de posses.

Com isso em mente, e o exército do príncipe *Tearlach* ocupando a cidade, Christie vestiu suas melhores roupas e foi ter com O'Sullivan, o irlandês encarregado do abastecimento do exército.

– Ninguém sabe o que se passou entre eles, além de boatos, mas, ao fim da conversa, Christie saiu com um contrato para abastecer de provisões o exército das Terras Altas e com um convite para dançar em Holyrood naquela noite.

Kenny tomou um grande gole do leite coalhado e pousou a caneca, o bigode coberto por uma faixa branca. Assentiu de modo significativo para Roger.

– Ouvimos falar de como eram os bailes no palácio. *Mac Dubh* nos contou sobre eles diversas vezes. A Grande Galeria, com retratos de todos os reis da Escócia, e as lareiras de azulejos azuis holandeses, grandes o bastante para assar um boi. O príncipe e todas as pessoas importantes que tinham ido vê-lo vestidos de sedas e rendas. E a comida! Minha nossa, as coisas que ele nos contou!

Os olhos de Kenny ficaram arregalados e sonhadores enquanto ele se lembrava das descrições ouvidas quando estava de estômago vazio. Colocou a língua para fora e lambeu distraidamente o leite coalhado do lábio superior.

Em seguida, balançou a cabeça e voltou ao presente.

– Bem, então – disse, de modo casual. – Quando o exército deixou Edimburgo, Christie foi junto. Se foi para cuidar de seu investimento ou se pretendia continuar próximo do príncipe, não sei dizer.

Roger notou que a possibilidade de Christie ter agido por razões patrióticas não fazia parte da lista de possibilidades de Kenny Lindsay. Por prudência ou ambição, quaisquer que fossem suas motivações, Christie permanecera – e permanecera por tempo demais. Ele deixara o exército em Nairn, na véspera de Culloden, e iniciara o caminho de volta para Edimburgo, guiando uma das carroças de abastecimento do exército.

– Se ele tivesse deixado a carroça e montado um dos cavalos, talvez tivesse conseguido escapar – disse Kenny com sarcasmo. – Mas não; ele deu de cara com um monte de Campbells. Tropas do governo, sabe?

Roger assentiu.

– Ouvi dizer que ele tentou se passar por um vendedor ambulante, mas pegara uma carga de milho de uma fazenda naquela mesma estrada e o fazendeiro jurou de pés juntos que Christie fora a sua propriedade não mais do que três dias antes com o emblema da roseta branca na lapela. Então eles o levaram, e foi isso.

Christie fora levado primeiro para a prisão de Berwick e depois – por razões que só a Coroa sabia – para Ardsmuir, onde havia chegado um ano antes de Jamie Fraser.

– Eu cheguei na mesma época. – Kenny olhou dentro da caneca vazia, depois estendeu a mão para pegar o jarro. – Era uma prisão antiga, praticamente em ruínas, mas não era usada havia muitos anos. Quando a Coroa resolveu reabri-la, levaram para lá homens de vários lugares; talvez uns 150 homens, no total. A maioria jacobitas condenados, uns poucos ladrões e um ou dois assassinos.

Kenny sorriu de repente e Roger não conseguiu conter o sorriso em resposta.

Kenny não era um grande contador de histórias, mas falava com uma simplicidade tão vívida que Roger não teve dificuldade em imaginar a cena que ele descrevia: as pedras escuras de fuligem e os homens esfarrapados. Homens de toda a Escócia, arrancados de suas casas, privados de seus parentes e amigos e atirados como lixo em um monte de compostagem onde a sujeira, a fome e os ambientes claustrofóbicos geravam um calor fétido capaz de destruir tanto a sensibilidade quanto a civilidade.

Pequenos grupos tinham se formado, tanto para se protegerem quanto para desfrutarem do conforto de estarem juntos, e havia conflitos constantes entre eles. Eles se batiam uns contra os outros, como seixos atingidos pelas ondas na praia, machucando-se e, por vezes, chegando a ferir algum azarado que se metesse no meio.

– Só a comida e o calor importam, sabe? – disse Kenny, tranquilamente. – Não há nada mais com que se preocupar em um lugar assim.

Entre os grupos, havia um pequeno formado de calvinistas renitentes, comandados por Thomas Christie. Cuidando dos seus, eles compartilhavam alimentos e cobertores, defendiam uns aos outros – e se comportavam com um senso de superioridade moral tão severo que enfurecia os católicos.

– Se um de nós pegasse fogo, e de vez em quando isso acontecia, quando alguém era empurrado para dentro da lareira enquanto dormia, eles não urinavam sobre a pessoa para apagar o fogo – disse Kenny, balançando a cabeça. – Eles não roubavam comida, é verdade, mas ficavam em um canto, orando alto, com aquele discurso sobre prostitutas, usurpadores, idólatras e afins, e fazendo questão de que soubéssemos a quem estavam se referindo!

– E então, veio *Mac Dubh*.

O sol da tarde de outono estava se pondo; o rosto barbado de Kenny estava borrado pelas sombras, mas Roger podia ver o leve enternecimento que assomou, afastando a expressão severa que acompanhava as lembranças de Lindsay.

– Algo como o Segundo Advento, certo? – perguntou Roger.

Falou baixinho e ficou surpreso quando Kenny riu.

– Só se estiver querendo dizer que alguns de nós já conheciam *Sheumais ruaidh*. Não, homem, eles o trouxeram de barco. Você sabe que Jamie Roy não gosta de barcos, certo?

– Eu já tinha ouvido algo assim – respondeu Roger de modo seco.

– O que quer que tenha ouvido, é verdade – garantiu Kenny, rindo. – Ele cambaleou para dentro da cela verde como uma moça, vomitou no canto, depois se arrastou para baixo de um banco e ficou lá um ou dois dias.

Depois de sua chegada, Fraser ficou em silêncio por algum tempo, observando para ver quem era quem e o que era o quê. Mas ele era um cavalheiro de nascença e tinha sido tanto um senhor de terras quanto um guerreiro destemido; um homem muito respeitado entre os escoceses das Terras Altas. Os homens se voltavam para ele naturalmente, querendo sua opinião, pedindo conselhos, e os mais fracos, buscando sua proteção.

– E isso deixava Tom Christie muito incomodado – disse Kenny, assentindo sabiamente. – Sabe, ele se considerava o sapo mais importante do lago.

Kenny abaixou o queixo e inflou as bochechas, esbugalhando os olhos para ilustrar, e Roger começou a rir.

– Sim, entendi. E ele não gostou da concorrência, não é?

Kenny balançou a cabeça, sem pestanejar.

– Talvez não tivesse sido tão ruim se metade de seu grupo de salvadores não tivesse começado a fugir sorrateiramente de suas preces para ouvir *Mac Dubh* contar suas histórias. Mas o principal foi o novo diretor.

Bogle, o primeiro diretor do presídio, saíra, tendo sido substituído pelo coronel Harry Quarry, que era relativamente jovem, mas um soldado experiente, que havia lutado em Falkirk e em Culloden. Ao contrário de seu antecessor, tratava os prisioneiros sob seu comando com certo respeito – e conhecia a reputação de Jamie Fraser, considerando-o um inimigo respeitável, ainda que derrotado.

– Quarry mandou que *Mac Dubh* fosse levado até ele logo depois de assumir o comando em Ardsmuir. Não sei dizer o que aconteceu entre eles, mas logo isso se tornou comum; uma vez por semana, os guardas iam até a cela e levavam *Mac Dubh* para se barbear e tomar banho, e em seguida ele ia jantar com Quarry e conversar com ele sobre o que fosse necessário.

– E Tom Christie também não gostou disso – imaginou Roger.

Ele estava formando uma imagem abrangente de Christie; ambicioso, inteligente – e invejoso. Era competente, mas não tivera a sorte de ser bem-nascido como Fraser nem possuía sua habilidade na guerra – características das quais um comerciante, bem-sucedido por méritos próprios e com aspirações sociais, devia se ressentir, mesmo antes da catástrofe de Culloden. Roger sentia-se de certa forma secretamente solidário com Christie. Competir com Jamie Fraser não era tarefa fácil para um reles mortal.

Kenny balançou a cabeça, depois a inclinou para trás a fim de esvaziar a caneca. Colocou-a sobre a mesa com um ar satisfeito, erguendo as sobrancelhas com um gesto em direção à jarra. Roger abanou a mão, recusando.

– Não, não quero mais, obrigado. Mas os maçons... como aconteceu? Você disse que tinha a ver com Christie?

A luz quase havia desaparecido. Ele teria que voltar para casa andando no escuro, mas tudo bem; sua curiosidade não o deixaria partir sem saber o que tinha acontecido.

Kenny resmungou, rearrumando o kilt sobre as pernas. Tudo bem ser hospitaleiro, mas ele também ainda tinha tarefas a cumprir. No entanto, cortesia era cortesia, e ele gostava do Tordo, não só por ser genro de *Mac Dubh*.

– Sim, bem. – Deu de ombros, resignado. – Não, Christie não gostou nem um pouco de *Mac Dubh* ter se tornado o mandachuva, pois achava que esse lugar era dele por direito. – Lançou um olhar cortante para Roger, avaliando. – Acho que ele não sabia qual seria o ônus de ser líder em um lugar como aquele, só soube depois. Mas isso não tem relação com a história.

Abanou a mão, indicando a irrelevância.

– A questão era que Christie *era* um líder, mas não tão bom como *Mac Dubh*. E havia homens que o escutavam, e não eram apenas os carolas.

Se Roger ficara desconcertado ao ouvir essa caracterização de seus correligionários, não deixou transparecer, pois queria ouvir mais.

– É mesmo?

– Houve problemas outra vez. – Kenny deu de ombros novamente. – Pequenas coisas, mas dava para ver o que estava acontecendo.

Deslocamentos e fissuras, as pequenas falhas e os abalos que ocorrem quando duas massas de terra se encontram, pressionando e empurrando até que montanhas se ergam entre elas ou até uma ser engolida pela outra, em uma ruptura de terra e uma fragmentação de rochas.

– Nós podíamos ver *Mac Dubh* pensando – disse Kenny. – Mas ele não é homem de dizer a ninguém o que está pensando, não é?

Quase ninguém, Roger pensou de repente, lembrando-se da voz de Fraser, tão baixa que mal podia ser ouvida sob o vento ruidoso de outono. *Ele me disse*. Esse pensamento irradiou um súbito calor em seu peito, mas ele procurou não se distrair.

– Assim, uma noite, *Mac Dubh* voltou para nós, bem tarde – disse Kenny. – Mas em vez de se deitar para descansar, ele nos chamou; eu e meus irmãos, Gavin Hayes, Ronnie Sinclair... e Tom Christie.

Fraser acordara silenciosamente os seis homens e os levara para perto de uma das poucas janelas da cela, onde a luz do céu noturno pudesse iluminar seu rosto. Os homens se reuniram ao redor dele, com os olhos pesados e o corpo dolorido depois do dia de trabalho pesado, perguntando-se o que aquilo poderia significar. Desde o último pequeno confronto – uma briga entre dois homens por causa de um insulto sem importância –, Christie e Fraser não haviam trocado uma palavra, cada um em seu canto.

Era uma amena noite de primavera, o ar ainda estava fresco, mas cheirava a plantas novas que brotavam na charneca e ao sal do mar distante; uma noite para fazer um homem querer correr livre pela terra e sentir o sangue circulando em suas veias. Cansados ou não, os homens despertaram, atentos e alertas.

Christie estava alerta; olhos arregalados e vigilantes. Lá estava ele, cara a cara com Fraser e cinco dos seus maiores aliados – o que eles queriam? Era verdade que estavam em uma cela com cinquenta outros homens adormecidos, e alguns deles iriam em socorro de Christie se ele chamasse; mas um homem poderia ser espancado ou morto antes que alguém sequer se desse conta da ameaça.

De início, Fraser não disse nada, mas sorriu e estendeu a mão para Tom Christie. O outro hesitou por um momento, desconfiado, mas não havia escolha, no fim das contas.

– Era de se pensar que *Mac Dubh* tinha um raio na mão, pela maneira com que o choque percorreu o corpo de Christie.

A mão de Kenny abriu-se sobre a mesa entre eles, a palma calejada e áspera. Os dedos curtos e grossos se curvaram, fechando-se devagar, e Kenny balançou a cabeça, abrindo um sorriso amplo que enrugou seu rosto.

– Não sei como *Mac Dubh* descobriu que Christie era maçom, mas ele sabia. Você precisava ver a cara de Tom quando percebeu que Jamie Roy era um deles! Foi Quarry quem contou – explicou Kenny, vendo a dúvida ainda no rosto de Roger. – Ele também era um mestre.

Um mestre maçom e chefe de uma pequena loja militar, composta pelos oficiais da guarnição. Um de seus membros havia morrido recentemente, no entanto, e eles ficaram sem um dos sete homens exigidos. Quarry havia refletido sobre a situação e, depois de uma cautelosa conversa sobre a questão, convidou Fraser para se juntar a eles. Um cavalheiro era um cavalheiro, afinal, jacobita ou não.

Não era exatamente uma situação ortodoxa, Roger pensou, mas o tal Quarry parecia o tipo que ajusta as normas à sua conveniência. Nesse aspecto, Fraser era igual.

– Assim Quarry o introduziu e fez com que ele passasse de aprendiz a companheiro no período de um mês, tornando-se mestre um mês depois, e foi então que ele resolveu nos contar a respeito. Dessa forma, fundamos uma nova loja naquela noite, os sete: a Loja de Ardsmuir Número Dois.

Roger riu com ironia ao imaginar a cena.

– Sim. Vocês seis... e Christie.

Tom Christie, o protestante. E Christie, arrogante mas respeitável, já tendo prestado os juramentos do maçom, não teve escolha a não ser aceitar Fraser e seus católicos como irmãos.

– Para começar. Dentro de três meses, entretanto, todos os homens na cela se tornaram aprendizes. E não houve mais problemas depois disso.

Era de esperar que não houvesse. Os maçons tinham como princípios básicos as noções de igualdade – cavalheiro, arrendatário, pescador, senhor de terras... essas distinções não eram levadas em consideração em uma loja – e tolerância. Nenhuma discussão política ou religiosa entre irmãos, essa era a regra.

– Imagino que também não tenha feito mal a Jamie fazer parte da loja dos oficiais – ponderou Roger.

– Ah – disse Kenny, de maneira vaga. – Não, creio que não.

Empurrou seu banquinho para trás e fez menção de se levantar. A história havia terminado; a noite caíra e era hora de acender uma vela. Ele não fez nenhum movimento na direção do castiçal de barro que estava sobre a lareira, mas Roger olhou na direção do fogo e notou pela primeira vez que não havia cheiro de comida cozinhando.

– Preciso ir andando se quiser chegar em casa para o jantar – disse ele, levantando-se. – Venha comigo.

Kenny se animou visivelmente.

– Eu vou, sim, *a Smeòraich*, e obrigado. Preciso apenas ordenhar as cabras e irei.

Quando voltei ao andar de cima na manhã seguinte, depois de um saboroso café da manhã com omeletes com carne de búfalo desfiada, cebolas doces e cogumelos, encontrei Jamie acordado, embora não exatamente desperto.

– Como está se sentindo hoje? – perguntei, colocando a bandeja que eu havia trazido em cima da mesinha e levando a mão à testa dele.

Ainda febril, porém não mais ardendo em febre; a temperatura já estava quase normal.

– Gostaria de estar morto, nem que fosse apenas para as pessoas pararem de perguntar como estou – respondeu ele, irritado.

Considerei o mau humor um sinal de que ele estava recuperando a saúde e tirei a mão.

– Já usou o urinol hoje?

Ele ergueu a sobrancelha, furioso.

– Você já?

– Você fica insuportável quando não está bem de saúde – observei, e me levantei para espiar dentro da vasilha esmaltada.

Nada.

– Já parou para pensar, Sassenach, que talvez você fique insuportável quando não estou bem de saúde? Quando não está me dando remédios nojentos feitos de insetos esmagados e raspas de cascos, está cutucando minha barriga e fazendo perguntas íntimas sobre o funcionamento do meu intestino. Ahh!

Eu havia de fato abaixado o lençol e examinado a parte baixa de seu abdômen. Nenhuma distensão causada pela bexiga inchada; sua exclamação pareceu dever-se apenas às cócegas. Apalpei rapidamente o fígado, mas não encontrei intumescimento, o que era um alívio.

– Sente dor nas costas?

– Sinto uma dor insistente no traseiro – respondeu ele, estreitando um dos olhos para mim e dobrando os braços de forma protetora na altura da cintura. – E está piorando a cada minuto.

– Estou tentando ver se o veneno da cobra afetou seus rins – expliquei com paciência, resolvendo ignorar sua última observação. – Se não consegue urinar...

– Consigo urinar muito bem – garantiu ele, puxando o lençol até o peito, caso eu pedisse prova. – Agora deixe-me tomar meu café da manhã e eu...

– Como você sabe? Você não...

– Já, sim.

Ao ver que olhei com desconfiança para o urinol, ele me lançou um olhar furioso e murmurou alguma coisa terminando em "janela". Eu me virei para a janela aberta, com as persianas abertas e a vidraça levantada apesar do vento frio da manhã.

– Você fez o quê?

– Bem – defendeu-se ele –, eu estava de pé e achei melhor assim, só isso.

– Por que estava de pé?

– Ah, achei que devia.

Piscou para mim, inocente como um bebê recém-nascido. Deixei de lado a pergunta para me concentrar em questões mais importantes.

– Havia sangue na...

– O que você trouxe de café da manhã?

Ignorando minhas indagações clínicas, ele se virou para o lado e levantou o guardanapo estendido sobre a bandeja. Olhou para a tigela de pão e leite e virou a cabeça, lançando-me um olhar extremamente traído.

Antes que ele pudesse começar com outras reclamações, eu me antecipei, me sentei em um banquinho a seu lado e perguntei sem rodeios:

– Qual é o problema de Tom Christie?

Ele piscou, pego de surpresa.

– Tem alguma coisa errada com o sujeito?

– Não sei, não o vi.

– Bem, eu não o vejo há mais de vinte anos – disse ele, pegando a colher e cutucando o pão com leite com ar de desconfiança. – Se cresceu mais uma cabeça nesse meio-tempo, é novidade para mim.

– Rá-rá – falei, com tolerância. – Você pode, e eu estou dizendo *pode*, ter enganado Roger, mas eu conheço você.

Ele olhou para mim e sorriu meio de lado.

– Ah, é? E sabe que eu não gosto de pão com leite?

Meu coração palpitou ao ver aquele sorriso, mas mantive o controle.

– Se está pensando em me chantagear para que eu lhe traga um bife, pode esquecer – avisei. – Posso esperar para descobrir a respeito de Tom Christie, se for preciso.

Levantei-me, alisando minhas saias como se fosse sair, e me virei para a porta.

– Se fizer mingau com mel, eu conto.

Eu me virei e o vi rindo abertamente para mim.

– Combinado – falei, e voltei para o banco.

Ele pensou por um instante, mas pude ver que ele só estava tentando decidir como e por onde começar.

– Roger me contou sobre a loja maçônica em Ardsmuir – falei, para ajudá-lo. – Ontem à noite.

Jamie olhou para mim com surpresa.

– E como Roger Mac descobriu isso? Christie contou a ele?

– Não, foi Kenny Lindsay. Mas evidentemente Christie fez uma espécie de sinal maçônico para Roger quando chegou. Pensei que católicos não pudessem ser maçons.

Ele ergueu a sobrancelha.

– Bem, o papa não estava na prisão de Ardsmuir, e eu estava. Além disso, eu não sabia que era proibido. Então, Roger também é maçom?

– Parece que sim. E talvez não seja proibido agora. Mas será, depois. – Abanei a mão, descartando essa questão. – Mas tem mais alguma coisa a respeito de Christie, não tem?

Ele assentiu e desviou o olhar.

– Sim, tem – disse baixinho. – Você se lembra de um sargento Murchison, Sassenach?

– Perfeitamente.

Eu tinha me encontrado com o sargento apenas uma vez, mais de dois anos antes, em Cross Creek. O nome me pareceu familiar em algum outro contexto mais recente. Então me lembrei de onde eu o tinha ouvido.

– Archie Hayes falou sobre ele, ou melhor, sobre eles. É isso: havia dois deles, gêmeos. Um deles foi o homem que atirou em Archie em Culloden, não foi?

Jamie assentiu. Seus olhos estavam velados, e eu pude ver que ele pensava no passado, na época que passou em Ardsmuir.

– Sim. E atirar em uma pessoa a sangue-frio era algo que se poderia esperar de qualquer um dos dois. Espero nunca encontrar outra dupla cruel como eles. – Ele esboçou um sorriso, mas sem humor. – A única coisa que Stephen Bonnet fez de bom foi ter matado um dos malditos.

– E o outro? – perguntei.

– Eu matei o outro.

O quarto pareceu repentinamente muito quieto, como se nós dois estivéssemos muito longe da Cordilheira dos Frasers, só nós dois, aquela declaração direta flutuando no ar entre nós. Ele olhava diretamente para mim, os olhos azuis reservados, esperando para ver o que eu ia dizer. Engoli em seco.

– Por quê? – perguntei, vagamente surpresa com a calma em minha própria voz.

Nesse momento, ele desviou o olhar, sacudindo a cabeça.

– Por uma centena de razões – respondeu ele baixinho – e nenhuma razão.

Esfregou distraidamente o pulso, como se sentisse o peso de correntes de ferro.

– Eu poderia lhe contar histórias da crueldade deles, Sassenach, e seriam verdadeiras. Atacavam os fracos, roubavam e agrediam, eram do tipo que se satisfazia com a crueldade. Não há como se defender desse tipo de homem, não na prisão. Mas não digo isso como justificativa, pois não há justificativa.

Os prisioneiros de Ardsmuir eram usados para trabalhos forçados, cortar mato, quebrar e carregar pedras. Trabalhavam em pequenos grupos, cada grupo vigiado por um soldado inglês, armado com mosquete e porrete. O mosquete para impedir a fuga, o porrete para reforçar ordens e garantir a submissão.

– Era verão. Você conhece o verão nas Terras Altas, Sassenach, a luz das noites de verão?

Assenti. A luz a que ele se referia era a luz da noite nas Terras Altas em pleno verão. Ao norte, o sol mal se punha na véspera do Solstício de Verão; ele desaparecia além da linha do horizonte, mas, mesmo à meia-noite, o céu ficava pálido, de um branco-leitoso, e o ar não ficava escuro, mas parecia tomado por uma névoa sobrenatural.

O diretor da prisão aproveitava a luz, vez ou outra, para fazer os prisioneiros trabalharem até tarde da noite.

– Nós não nos incomodávamos muito – disse Jamie. Seus olhos estavam abertos, mas fixos no que quer que visse na memória. – Era melhor ficar ao ar livre do que dentro da cela. Mas à noite ficávamos tão exaustos que mal conseguíamos colocar um pé na frente do outro. Era como andar em um sonho.

Tanto os guardas quanto os prisioneiros ficavam exaustos no fim da jornada de trabalho. Os grupos de prisioneiros eram reunidos, formavam uma fila e marchavam de volta para as celas, arrastando os pés pela charneca, tropeçando e cabeceando de sono, tomados pela necessidade de se deitar e dormir.

– Ainda estávamos junto à pedreira quando eles partiram; tínhamos que carregar a carroça com as ferramentas e com os últimos blocos de pedra e segui-los. Eu lembro que coloquei um grande bloco dentro da carroça e me afastei, arfando por causa do esforço. Ouvi um barulho atrás de mim e, quando me virei, vi o sargento Murchison; era Billy, embora eu só tenha descoberto isso depois.

O sargento não passava de uma figura escura e atarracada à luz fraca, o rosto invisível contra o céu da cor da concha de uma ostra.

– Eu às vezes me pergunto se não o teria feito se tivesse visto seu rosto.

Os dedos da mão esquerda de Jamie acariciavam seu pulso de modo distraído, e eu compreendi que ele ainda sentia o peso das algemas que usara.

O sargento erguera o porrete, cutucara Jamie com força nas costelas, depois o usou para apontar uma marreta deixada no chão. Em seguida, o sargento se virou.

– Eu não pensei duas vezes – disse Jamie baixinho. – Eu o alcancei com dois passos e pressionei sua garganta com a corrente dos meus grilhões. Ele não teve tempo de emitir nenhum som.

A carroça estava a menos de 10 metros da beira do lago da pedreira; havia uma queda íngreme de uns 12 metros direto para baixo, e a água, com 30 metros de profundidade, parecia escura e serena sob aquele céu esbranquiçado.

– Eu o amarrei a um dos blocos de pedra e o atirei lá de cima, depois voltei para a carroça. Os dois homens de meu grupo estavam lá, parados como estátuas à luz fraca, observando. Não disseram nada, nem eu. Subi na carroça e peguei as rédeas, eles subiram na parte de trás e segui em direção à prisão. Não demorou muito para alcançarmos a fila e todos voltamos juntos, sem dizer uma palavra. Ninguém deu pela falta do sargento Murchison até a noite seguinte, pois achavam que ele estava na cidade, de folga. Creio que nunca o encontraram.

Ele pareceu notar o que estava fazendo e afastou a mão do pulso.

– E os dois homens? – perguntei baixinho.

Ele assentiu.

– Tom Christie e Duncan Innes.

Suspirou profundamente e alongou os braços, remexendo os ombros como se ajeitasse o caimento da camisa, apesar de estar usando uma camisa folgada. Então ele ergueu uma das mãos e virou-a de um lado para o outro, franzindo para seu pulso à luz.

– Que estranho – disse, parecendo ligeiramente surpreso.

– O que é?

– As marcas... sumiram.

– Marcas... dos ferros?

Ele assentiu, examinando os pulsos, perplexo. A pele estava lisa e clara, levemente bronzeada, mas sem nenhuma marca.

– Elas ficaram aqui durante anos... causadas pelo atrito, sabe? Não tinha notado que não estavam mais.

Pousei a mão em seu pulso, esfregando o polegar delicadamente sobre o ponto onde a artéria radial atravessava o osso.

– Você não as tinha mais quando o encontrei em Edimburgo, Jamie. Elas desapareceram há muito tempo.

Ele olhou para os braços e balançou a cabeça, como se não conseguisse acreditar.

– Sim – disse baixinho. – Bem, assim como Tom Christie.

PARTE IX

Um negócio perigoso

96

AURUM

A casa estava em silêncio. O sr. Wemyss tinha ido ao moinho, levando Lizzie e a sra. Bug com ele, e já estava tarde demais para que algum visitante chegasse – todos estariam ocupados com suas tarefas, cuidando para que os animais fossem alimentados e recolhidos para a noite, água e lenha reservados e o fogo na cozinha preparado para o jantar.

Meu animal já estava alimentado e recolhido para dormir; Adso estava enrolado em uma bola sonolenta no peitoril da janela, iluminado pelo sol do fim da tarde, as patas recolhidas sob o corpo e os olhos fechados, extasiados de saciedade. Minha contribuição para o jantar – um prato a que Fergus se referia de modo elegante como *lapin aux chanterelles* (também conhecido como ensopado de coelho para os meros mortais como nós) – borbulhava no caldeirão desde o começo da manhã e não requeria nenhuma atenção de minha parte. Quanto a varrer o chão, limpar as janelas, espanar e outras tarefas desse tipo... bem, se o trabalho das mulheres nunca terminava, por que se preocupar com quanto dele não estava sendo realizado em um dado momento?

Peguei pena e tinta do armário e o caderno de anotações médicas e me sentei ao sol ao lado de Adso. Fiz uma descrição detalhada a respeito da protuberância na orelha do pequeno Geordie Chisholm, que teria de ser acompanhada, e acrescentei as medidas mais recentes que havia tirado da mão esquerda de Tom Christie.

Christie de fato sofria de artrite em ambas as mãos e tinha um leve grau de deformidade nos dedos. Depois de observar suas mãos com atenção durante o jantar, no entanto, tive quase certeza de que o que eu estava vendo na mão esquerda não era artrite, mas contratura de Dupuytren – um estranho encurvamento do dedo anelar e do dedo mínimo na direção da palma da mão, como um gancho, em decorrência do encurtamento da aponeurose palmar.

Normalmente, eu não teria dúvida, mas as mãos de Christie tinham tantos calos devido aos anos de trabalho pesado que eu não conseguia sentir o nódulo característico na base do dedo anelar. O dedo me pareceu "estranho", entretanto, quando examinei sua mão pela primeira vez, ao dar pontos para fechar um corte na base da palma. E eu continuava de olho sempre que via Tom Christie e conseguia convencê-lo a me deixar dar uma olhada – o que não acontecia com frequência.

Apesar das apreensões de Jamie, os Christies estavam sendo excelentes arrendatários até aquele momento, vivendo na maior parte do tempo discretos e isolados, exceto durante as aulas de Thomas Christie, área em que ele parecia ser exigente, mas eficaz.

Percebi uma presença logo atrás de mim. O raio de sol havia mudado de lugar e Adso se deslocara junto com ele.

– Nem pense nisso, gato – falei.

Ouvi um ronronado ansioso perto de minha orelha esquerda e uma pata larga esticou-se e bateu no topo de minha cabeça, com cuidado.

– Ah, tudo bem – permiti, conformada. Na verdade, eu não tinha escolha, a menos que quisesse me levantar e ir escrever em outro lugar. – Como quiser.

Adso não resistia a cabelos. Cabelos de qualquer pessoa, grudados à cabeça ou não. Felizmente, o major MacDonald tinha sido a única pessoa descuidada o bastante para sentar-se ao alcance de Adso usando uma peruca e, no fim das contas, *eu* a peguei de volta, embora para isso tivesse sido necessário me arrastar por baixo da casa até onde Adso se enfiara com sua presa; ninguém mais ousou tirá-la de suas garras. O major ficou um tanto aborrecido com o incidente e, ainda que não tivesse deixado de visitar Jamie de vez em quando, não tirava mais o chapéu durante as visitas; sentava-se à mesa da cozinha, bebendo café de chicória, com o chapéu de três pontas bem preso à cabeça e os olhos fixos em Adso, monitorando seus movimentos.

Relaxei um pouco; não cheguei a ronronar, mas me sentia um tanto tranquila. Era extremamente relaxante ter o gato amassando e penteando meus cabelos com as garras curtas, parando de tempos em tempos para esfregar a cara de modo carinhoso na minha cabeça. Ele só era perigoso quando tinha acesso à erva-dos-gatos, que estava guardada em segurança no armário. Com os olhos semicerrados, pensei na pequena complicação de descrever a contratura de Dupuytren dessa forma, já que o barão Dupuytren ainda não havia nascido.

Bem, uma imagem valia por mil palavras, e eu achava que poderia pelo menos fazer um esboço razoável. Fiz o melhor que consegui, enquanto pensava em como convencer Thomas Christie a permitir que eu operasse sua mão.

Era um procedimento bastante rápido e simples, mas considerando a falta de anestesia e o fato de Christie ser um presbiteriano fervoroso e totalmente abstêmio... talvez Jamie pudesse sentar-se em seu peito e Roger em suas pernas. Se Brianna segurasse seu pulso com força...

Desisti do problema por um momento, bocejando. A sonolência desapareceu abruptamente quando uma libélula amarela de 10 centímetros entrou zumbindo pela janela aberta, emitindo um som parecido com o de um pequeno helicóptero. Adso saltou no ar atrás dela, deixando meus cabelos desgrenhados e minha fita – que ele parecia estar mastigando silenciosamente – pendurada, molhada e esfarrapada, atrás de minha orelha esquerda. Eu a removi com certo nojo, deixei-a sobre o peitoril da janela para secar e voltei algumas páginas do livro de anotações, admirando o desenho perfeito que eu fizera da mordida de cobra de Jamie e da seringa hipodérmica que Brianna havia improvisado com a presa da cascavel.

Para minha surpresa, a perna havia cicatrizado rapidamente, e embora bastante tecido tivesse sido perdido, as larvas haviam lidado com essa questão com tanta eficácia que os únicos vestígios permanentes eram duas pequenas depressões na pele, no local das marcas originais das presas, e uma cicatriz reta e estreita de um lado a outro da panturrilha onde eu havia feito uma incisão para colocar as larvas. Jamie ainda mancava um pouco, mas eu acreditava que isso passaria com o tempo.

Cantarolando animada, folheei lentamente as últimas páginas de anotações de Daniel Rawlings:

> *Josephus Howard... principal queixa: uma fístula no reto, tão antiga a ponto de ter formado um abscesso, além de um caso avançado de hemorroidas. Tratada com uma decocção de hera, misturada a alúmen queimado e um pouco de mel, tudo fervido com sumo de calêndula.*

Uma observação feita posteriormente na mesma página, com data de um mês depois, fazia referência à eficácia desse composto, com ilustrações do estado do paciente antes e depois da administração. Ergui uma das sobrancelhas ao olhar para os desenhos; Rawlings não desenhava muito melhor do que eu, mas havia conseguido captar, com admirável precisão, o desconforto intrínseco do problema.

Bati a pena nos lábios, pensando, em seguida acrescentei uma anotação cuidadosa à margem, explicando que uma dieta rica em fibras deveria ser seguida para ajudar no tratamento, sendo útil para evitar prisão de ventre e as complicações mais sérias dela – nada como uma aula prática!

Limpei a pena, coloquei-a na mesa e virei a página, imaginando que planta podia ser a tal hera. Eu podia ouvir Jamie se movimentando em seu escritório; pretendia ir até lá perguntar a ele em seguida.

Quase não vi. Tinha sido escrito no verso da página com o desenho da fístula do sr. Howard, evidentemente acrescentado como um pensamento sobre as atividades do dia ocorrido posteriormente:

> *Falei com o sr. Hector Cameron de River Run, que me pediu que fosse examinar os olhos de sua mulher, cuja visão está muito alterada. A distância até a fazenda dele é grande, mas ele enviará um cavalo.*

Essa anotação desfez por completo a atmosfera soporífera da tarde. Interessada, eu me sentei, endireitando as costas, e virei a página para ver se o médico de fato examinara Jocasta. Uma vez, consegui – com certa dificuldade – convencê-la a me deixar examinar seus olhos e estava curiosa quanto às conclusões de Rawlings. Sem um oftalmoscópio, não havia como saber ao certo a causa de sua cegueira, mas eu tinha fortes suspeitas – e podia pelo menos descartar problemas como cataratas e diabetes com bastante tranquilidade. Eu me perguntei se Rawlings teria visto alguma coisa que eu deixara passar ou se o problema dela havia se agravado muito desde que ele a examinara.

Sangrei o ferreiro em meio litro, administrei um purgante a sua mulher, 10 gotas de óleo de sene, e administrei 3 gotas do purgante ao gato (grátis), pois observei uma infestação de vermes nas fezes do animal.

Sorri ao ler aquela anotação; apesar de seus métodos arcaicos, Daniel Rawlings era um bom médico. Tentei imaginar mais uma vez o que poderia ter acontecido a ele e se algum dia eu teria a chance de conhecê-lo. Eu tinha a triste sensação de que isso não ia acontecer; não conseguia conceber que um médico não encontrasse um modo de reaver instrumentos tão lindos como os dele, se tivesse condições de fazê-lo.

Pressionado por minha curiosidade, Jamie havia questionado algumas pessoas, mas não obtivera resultado. Daniel Rawlings partira para a Virgínia – deixando sua caixa de instrumentos – e desaparecera.

Outra página, outro paciente; sangria, purgação, abscessos, remoção de uma unha inflamada, extração de dente com abscesso, cauterização de ferida persistente na perna de uma mulher... Rawlings tivera muito trabalho em Cross Creek. Mas será que teria ido a River Run?

Sim, ali estava, uma semana mais tarde e várias páginas depois:

Cheguei a River Run após uma viagem tenebrosa, vento e chuva suficientes para afundar um navio, com a estrada completamente inundada em alguns trechos, de modo que fui obrigado a cavalgar pelo campo, açoitado pela chuva de granizo, com lama até as sobrancelhas. Parti ao amanhecer com o criado negro do sr. Cameron, que levou um cavalo para mim – só chegamos ao nosso destino muito depois do anoitecer, exaustos e famintos. Fui recebido pelo sr. Cameron, que me ofereceu conhaque.

Tendo se dado ao trabalho de chamar um médico, Hector Cameron claramente decidira tirar o máximo proveito da oportunidade e fizera Rawlings examinar todos os escravos e criados, assim como o próprio dono da casa, a respeito do qual ele escrevera:

Setenta e três anos, de altura mediana, ombros largos, mas um pouco corcunda, com as mãos tão deformadas pelo reumatismo que o manuseio de qualquer instrumento mais delicado do que uma colher é impossível. Com exceção disso, está bem conservado, muito vigoroso para a idade. Queixa-se de levantar durante a noite, micção dolorosa. Suspeito de problema lúbrico da bexiga, e não de pedra ou de doença crônica das partes masculinas internas, uma vez que a queixa é recorrente, mas não de longa duração em nenhuma ocasião de sua ocorrência – cada crise dura duas semanas, em média, e é acompanhada de queimação no órgão masculino. Febre baixa, sensibilidade na parte baixa do abdômen e urina escura, com forte odor, reforçam ainda mais minha crença nesse sentido.

Como há na casa uma grande quantidade de frutas secas, prescrevi uma decocção, o suco espessado a ser ingerido três vezes ao dia, uma xícara por vez. Também recomendei infusão de amor-de-hortelão, tomada pela manhã e à noite, devido a seu efeito calmante e para o caso de haver pequenas pedras na bexiga, o que pode agravar seu problema.

Eu me vi assentindo em concordância. Nem sempre concordava com Rawlings, tanto em termos de diagnóstico quanto em termos de tratamento, mas achei que provavelmente havia sido certeiro naquele caso. Mas e Jocasta?

Lá estava ela, na página seguinte:

Jocasta Cameron, 64 anos, três gestações, bem-nutrida e de boa saúde geral, muito jovem na aparência.

Três gestações? Parei por um instante diante da anotação trivial. Um termo tão simples e tão duro para designar a gravidez – sem falar da perda – de três filhos. Criar três filhos vencendo os perigos da infância, apenas para perdê-los todos de uma vez, e de modo tão cruel. O sol estava quente, mas senti meu coração gelar ao pensar naquilo.

E se fosse Brianna? Ou o pequeno Jemmy? Como uma mulher conseguia suportar tamanha perda? Eu mesma havia passado por isso e ainda não sabia como. Fazia muito tempo, mas, ainda assim, de tempos em tempos, eu acordava à noite, sentindo o peso quente de uma criança adormecida em meu peito, sua respiração quente em meu pescoço. Levei a mão ao ombro, curvado como se a cabeça da criança estivesse ali.

Eu supunha que devia ser mais fácil perder um filho no nascimento, sem os anos de convivência que deixavam buracos no tecido da vida diária. Ainda assim, eu conhecia Faith até o último átomo de seu ser; havia um buraco no meu coração no formato exato dela. Talvez fosse o fato de ter sido uma morte natural, pelo menos, que me dava a sensação de que ela ainda estava comigo de alguma forma, bem-cuidada, e não sozinha. Mas ter filhos assassinados, sacrificados na guerra?

Tantas coisas podiam acontecer a crianças naquela época. Voltei a ler seu histórico médico, um tanto atordoada:

Nenhum sinal de doença orgânica, nem danos externos aos olhos. O branco do olho está claro, as pestanas livres de qualquer prurido, nenhum tumor visível. As pupilas respondem normalmente à luz passada diante delas e à diminuição da luz. Uma vela em um dos lados ilumina o humor vítreo do olho, mas não mostra nenhum defeito. Noto uma leve nebulosidade, indicando catarata incipiente na lente do olho direito, mas isso é insuficiente para explicar a perda gradual da visão.

– Hum – falei em voz alta.

As observações de Rawlings e suas conclusões combinavam com as minhas. Ele havia feito uma breve anotação sobre o período durante o qual a visão se perdera – aproximadamente dois anos – e sobre o processo da perda – nada brusco, mas uma diminuição gradual do campo de visão.

Eu achava provável que tivesse levado mais tempo; às vezes, a perda era tão gradual que as pessoas não notavam as minúsculas reduções até a visão estar seriamente ameaçada.

... partes da visão foram diminuindo gradualmente como lascas aparadas de um queijo. Mesmo o pouco que resta da visão só se mostra útil à meia-luz, já que a paciente demonstra grande irritação e dor quando o olho é exposto à luz do sol forte.

Já vi essa condição duas vezes antes, sempre em pessoas de certa idade, embora não muito avançada. Dei minha opinião de que a visão logo seria completamente perdida, sem nenhuma melhoria possível. Felizmente, o sr. Cameron possui um criado negro que sabe ler, que deu a sua esposa para acompanhá-la e avisá-la sobre obstáculos, bem como para ler e descrever o ambiente para ela.

A condição dela já havia avançado além disso desde então; a luz desaparecera e Jocasta estava totalmente cega. Portanto, uma condição progressiva – o que não dizia muito, já que a maioria era. Quando Rawlings a examinara?

Poderia ser uma série de males – degeneração macular, tumor do nervo óptico, parasitismo, retinose pigmentar, arterite temporal, provavelmente não descolamento da retina, que teria acontecido de forma abrupta –, mas inicialmente, eu suspeitava de glaucoma. Eu me lembrei de Phaedre, a criada pessoal de Jocasta, torcendo panos em chá frio, comentando que sua patroa estava sofrendo de dor de cabeça "*de novo*", com um tom de voz que sugeria que essa era uma ocorrência frequente – e Duncan me pedindo para fazer um travesseiro de lavanda, para aliviar as "enxaquecas" de sua esposa.

As dores de cabeça, porém, podiam não ter nada a ver com a visão de Jocasta – e, na ocasião, não fiz perguntas acerca da natureza dessas dores; podiam ser simples dores de cabeça por causa da tensão ou enxaquecas, em vez da pressão na cabeça que pode acompanhar – ou não – o glaucoma. Afinal, a arterite também causava dores de cabeça frequentes. O mais frustrante no caso era que o glaucoma sozinho não tinha nenhum sintoma previsível – exceto a cegueira. Era causado pela drenagem insuficiente do fluido dentro do globo ocular, de modo que a pressão dentro do olho aumentava a ponto de causar danos, sem nenhum aviso prévio ao paciente ou a seu médico. Mas outros tipos de cegueira em grande parte também não apresentavam sintomas...

Eu ainda considerava as possibilidades quando percebi que Rawlings continuara suas anotações no verso da folha – em latim.

Hesitei, um pouco surpresa. Eu sabia que ele havia escrito aquela parte como continuação do trecho anterior; a escrita com pena mostra um escurecimento e um clareamento das palavras bastante característico, conforme a tinta é renovada a cada mergulho da pena, e as nuances de cada trecho tendiam a ser diferentes, já que diferentes tintas eram usadas. Não, aquilo tinha sido escrito na mesma ocasião do trecho na página anterior.

Mas por que passar subitamente para o latim? Rawlings sabia um pouco de latim, estava claro – o que evidenciava certo grau de educação formal, ainda que não de formação médica formal –, mas ele não costumava usá-lo em suas anotações clínicas, exceto por uma ou outra expressão necessária à descrição formal de alguma doença. Mas ali estavam uma página e meia em latim, escritas com caligrafia meticulosa, em letras menores do que a de sua caligrafia normal, como se tivesse planejado com cuidado o conteúdo daquele trecho – ou talvez acreditasse que ele exigia sigilo, como o próprio uso do latim parecia mostrar.

Folheei de novo o livro de anotações para confirmar minha impressão. Não, ele havia escrito em latim em alguns pontos – mas não com frequência, e sempre como fizera ali: como continuação de um registro iniciado em inglês. Que estranho. Voltei ao trecho referente a River Run e comecei a tentar descobrir o que estava escrito.

Depois de uma ou duas frases, desisti e fui procurar Jamie. Ele estava em seu escritório, do outro lado do corredor, escrevendo cartas. Ou não.

O tinteiro – feito de uma pequena cabaça com uma rolha de cortiça para que a tinta não secasse – estava à mão, completamente cheio; eu podia sentir o cheiro de raspas de carvalho fervidas com limalha de ferro. Sobre a mesa, uma pena de peru nova, com a ponta tão afiada que parecia mais apropriada para furar do que para escrever, e uma folha em branco sobre o mata-borrão, com três palavras solitárias e escuras no topo. Só precisei olhar de relance para o rosto dele para saber quais eram.

Minha querida irmã.

Ele olhou para mim, sorriu ironicamente e deu de ombros.

– O que devo dizer?

– Não sei.

Ao vê-lo, eu fechara o livro de anotações médicas e o colocara embaixo do braço. Entrei, caminhei até ele e pousei a mão em seu ombro. Apertei delicadamente e ele pousou a mão sobre a minha por um momento, depois pegou a pena.

– Não posso continuar pedindo perdão. – Girou a pena de um lado para o outro entre o polegar e o dedo médio. – Digo isso em todas as cartas. Se ela estivesse disposta a me perdoar...

Se estivesse, Jenny já teria respondido ao menos a uma das cartas que ele enviava religiosamente a Lallybroch todo mês.

– Ian o perdoou. E as crianças também.

Missivas do cunhado de Jamie chegavam de tempos em tempos, juntamente com algumas mensagens de seu xará, o jovem Jamie, e de vez em quando uma ou outra linha escrita por Maggie, Kitty, Michael ou Janet. Mas o silêncio de Jenny era tão ensurdecedor que abafava todas as outras comunicações.

– Sim, seria pior se...

Ele não terminou a frase, olhando fixamente para o papel em branco. Na verdade, nada podia ser pior do que essa distância. Jenny era mais próxima dele, era mais importante para ele do que qualquer pessoa no mundo – talvez viesse apenas depois de mim. Eu compartilhava sua cama, sua vida, seu amor, seus pensamentos. Ela compartilhara seu coração e sua alma desde o dia em que ele nasceu – até o dia em que ele perdeu o filho caçula dela. Ou pelo menos era assim que ela via as coisas.

Eu me ressentia ao vê-lo continuar se culpando pelo desaparecimento de Ian – e também sentia certo ressentimento em relação a Jenny. Eu compreendia o tamanho de sua perda e me compadecia de sua dor, mas, ainda assim, Ian não estava morto – até onde sabíamos. Somente ela poderia absolver Jamie, e certamente devia saber disso.

Puxei um banco e me sentei ao lado dele, deixando o livro de lado. Havia uma pequena pilha de papéis de um lado, cobertos por sua caligrafia tortuosa. Era difícil para ele escrever com a mão errada, e ainda por cima prejudicada – no entanto, continuava a escrever obstinadamente, quase todas as noites, registrando os acontecimentos do dia. Visitas à Cordilheira dos Frasers, a saúde dos animais, o andamento das obras, os novos arrendatários, notícias dos condados a leste... Ele registrava tudo, uma palavra de cada vez, e as cartas eram enviadas quando chegava algum visitante que pudesse levar as páginas acumuladas na primeira etapa da complexa viagem até a Escócia. Nem todas as cartas chegavam ao destino, mas algumas chegavam. Da mesma forma, a maioria das cartas da Escócia também chegava a nós – quando eram enviadas.

Durante algum tempo, tive esperanças de que as cartas de Jenny tivessem simplesmente se extraviado, perdidas em algum lugar no caminho. Mas já fazia muito tempo, e eu tinha deixado de ter esperanças. Jamie, não.

– Achei que talvez devesse enviar isto a ela.

Remexeu na pilha de papéis ao lado na escrivaninha e retirou uma pequena folha, manchada e suja, rasgada em uma das bordas, onde tinha sido arrancada de um livro.

Era um bilhete de Ian; a única evidência concreta que tínhamos de que ele ainda estava vivo e bem. Nós o havíamos recebido na Reunião, em novembro, por intermédio do grupo de John Quincy Myers, um montanhês que vagava pelas matas, tão à vontade entre os índios quanto entre os colonos, e mais à vontade ainda entre cervos e gambás do que entre pessoas que moravam em casas.

Escrito de modo brincalhão em um latim tosco, o bilhete afirmava que Ian estava bem e feliz. Casado com uma jovem "à maneira dos moicanos" (o que queria dizer, na minha interpretação, que ele havia decidido compartilhar sua casa, sua cama e sua fogueira, e que ela permitira), ia se tornar pai "na primavera". E era só. A primavera viera e se fora, sem nenhuma outra notícia. Ian não estava morto, mas era como se estivesse. As chances de o vermos outra vez eram remotas, e Jamie sabia disso; a natureza o havia tragado.

Jamie tocou o papel amassado delicadamente, traçando as letras arredondadas, ainda infantis. Ele contara a Jenny o que o bilhete dizia, eu sabia, mas também sabia por que ele não havia enviado o original antes. Era seu único elo físico com Ian; abrir mão dele era entregá-lo definitivamente aos moicanos.

"Ave!", dizia o bilhete, na caligrafia pouco definida de Ian. "*Ian salutat avunculus Jacobus.*" Ian saúda seu tio James.

Ian era para Jamie mais do que apenas um sobrinho. Por mais que adorasse todos os filhos de Jenny, Ian era especial – um filho adotivo, como Fergus; mas, diferente de Fergus, era um filho do sangue de Jamie, um substituto, de certa forma, do filho que ele havia perdido. Filho esse que também não estava morto, mas que jamais poderia ser reclamado. O mundo pareceu de repente tomado por filhos perdidos.

– Sim – falei, com um nó na garganta. – Acho que deveria enviá-la. Jenny deve recebê-la, mesmo que...

Tossi ao me lembrar subitamente da anotação no livro de registros médicos. Estendi a mão para pegá-lo, esperando distrair Jamie.

– Hum. Por falar em latim... tem uma coisa estranha aqui. Será que pode dar uma olhada?

– Sim, claro.

Ele deixou de lado o bilhete de Ian e pegou o livro, movendo-o de modo que a luz do sol do fim de tarde iluminasse a página. Ele franziu ligeiramente o cenho, o dedo percorrendo as linhas escritas.

– Santo Deus, o sujeito sabe tanto de gramática do latim quanto você, Sassenach.

– Ah, muito obrigada. Nem todo mundo pode ser culto, não é mesmo?

Eu me aproximei, espreitando por cima de seu ombro enquanto ele lia. Então eu estava certa; Rawlings não passara a escrever em latim por diversão, nem mesmo para exibir sua erudição.

– Que estranho... – disse Jamie, traduzindo devagar enquanto seu dedo se movia pela página. – "Estou acordado", não, ele quis dizer "Fui despertado", acredito, "por barulhos no quarto ao lado do meu. Estou achando... achei... que meu paciente tinha ido urinar e levantei para segui-lo..." Por que ele faria isso?

– O paciente, que a propósito era Hector Cameron, tinha um problema na bexiga. Rawlings certamente gostaria de vê-lo urinar, para avaliar que tipo de dificuldade ele tinha, se sentia dor, se havia sangue na urina, esse tipo de coisa.

Jamie me olhou de soslaio, a sobrancelha erguida, depois balançou a cabeça e retornou ao livro, murmurando algo sobre os gostos peculiares dos médicos.

– "*Homo procediente*... o homem continua..." Por que ele o chama de "o homem", em vez de chamá-lo pelo nome?

– Ele estava escrevendo em latim para manter segredo – expliquei, impaciente para ouvir o que vinha em seguida. – Se Cameron visse seu nome no livro, ficaria curioso, acho. O que aconteceu?

– "O homem sai..." Ele quis dizer de casa ou apenas do quarto? Deve ser de casa... "Ele sai e eu o sigo. Caminha a passos firmes e rápidos..." E por que não o faria? Ah, aqui... "Estou confuso. Eu dou... dei... ao homem doze gotas de láudano..."

– Doze *gotas*? Tem certeza de que é isso que ele diz? – Eu me inclinei sobre o braço de Jamie, espiando, mas era verdade; ele apontava a anotação em preto e branco, nítida. – Mas isso é láudano suficiente para derrubar um cavalo!

– Sim, "doze gotas de láudano para ajudar a dormir", ele diz. Não foi à toa, então, que o médico ficou perplexo ao ver Cameron saltitando pelo gramado no meio da noite.

Eu o cutuquei com o cotovelo.

– Continue!

– Humm. Bem, ele diz que foi à latrina, certamente pensando em encontrar Cameron, mas não havia ninguém lá e não havia nenhum cheiro de... hã... Ele achava que ninguém estivera lá recentemente.

– Não precisa ficar constrangido por minha causa – falei.

– Eu sei – respondeu ele, rindo. – Mas os meus próprios pudores ainda não estão totalmente endurecidos, apesar de minha longa convivência com você, Sassenach. Ai!

Ele se afastou de repente, esfregando o braço onde eu o havia beliscado. Fechei a cara, apesar de, por dentro, estar satisfeita por ter melhorado o clima para nós dois.

– Vamos deixar de lado os pudores, por favor – falei, batendo o pé. – Além do mais, você não tem pudor nenhum, para começo de conversa, ou não teria se casado comigo. E onde estava Cameron, afinal?

Ele continuou a leitura, os lábios formando as palavras em silêncio.

– Ele não sabe. Ele ficou perambulando pela propriedade até que o mordomo apareceu do nada, achando que ele era um saqueador ou algo assim, e o ameaçou com uma garrafa de uísque.

– Uma arma formidável – observei, sorrindo ao imaginar Ulysses, de touca de dormir, brandindo sua arma de destruição. – Como se diz "garrafa de uísque" em latim?

Jamie deu uma olhada na página.

– Ele diz "*aqua vitae*", que sem dúvida foi o mais próximo que conseguiu chegar. Mas devia ser uísque; ele diz que o mordomo lhe deu um gole para curar o choque.

– Então ele acabou não encontrando Cameron?

– Sim, encontrou, depois de deixar Ulysses. Ele estava tranquilo em sua cama, roncando. Na manhã seguinte, o médico perguntou, mas Cameron não se recordava de ter se levantado à noite. – Jamie virou a página com um dedo e olhou para mim. – O láudano poderia impedi-lo de se lembrar?

– Poderia – respondi, franzindo a testa. – Com facilidade. Mas é simplesmente inacreditável que uma pessoa com tanto láudano no organismo pudesse estar de pé andando por aí... a menos que... – Ergui uma das sobrancelhas para ele, pensando nas observações de Jocasta durante nossa conversa em River Run. – Seu tio Hector por acaso era viciado em ópio ou algo assim? Alguém que usasse muito láudano regularmente desenvolveria uma tolerância e poderia de fato não ser afetado pela dose de Rawlings.

Jamie, que não era de se chocar com nenhuma referência a depravação entre seus parentes, considerou a sugestão, mas por fim negou com a cabeça.

– Se era, nunca ouvi nada a respeito. Mas, por outro lado, não há nenhuma razão para que me contassem isso.

Ele estava certo. Se Hector Cameron tinha meios de obter narcóticos importados – e ele sem dúvida tinha, já que River Run era uma das propriedades mais prósperas da região –, isso não era da conta de mais ninguém além dele mesmo. Ainda assim, eu imaginava que alguém teria mencionado o fato.

O raciocínio de Jamie ia em outra direção.

– Por que um homem sairia de casa no meio da noite para urinar, Sassenach? – perguntou ele. – *Sei* que Hector Cameron tinha um urinol no quarto, eu mesmo o usei. Tinha o nome dele e o brasão dos Camerons pintados no fundo.

– Ótima pergunta. – Olhei fixamente para a folha de rabiscos enigmáticos. – Se Hector Cameron estivesse sentindo muita dor ou tendo dificuldade para urinar, expelindo uma pedra do rim, por exemplo, imagino que possa ter saído de casa para não acordar todo mundo.

– Nunca ouvi dizer que meu tio fosse viciado em ópio, mas também nunca ouvi dizer que fosse muito atencioso com a mulher ou com os criados – observou Jamie, com certo cinismo. – Pelo que dizem, Hector Cameron era meio canalha.

Eu ri.

– Sem dúvida é por isso que sua tia acha Duncan tão agradável.

Adso entrou como quem não quer nada, com os restos da libélula na boca, e se sentou aos meus pés para que eu pudesse admirar sua presa.

– Muito bem – falei, afagando-o brevemente. – Não acabe com seu apetite; há muitas baratas na despensa que quero que você extermine.

– *Ecce homo* – murmurou Jamie, pensativo, tamborilando no livro de registros. – Um homem francês, talvez?

– Um o quê?

Olhei para ele sem entender.

– Não lhe ocorre, Sassenach, que talvez não tenha sido Cameron que o médico seguiu até lá fora?

– Não, não até agora. – Eu me inclinei para a frente e olhei para a página. – Mas por que seria outra pessoa, e ainda por cima um francês?

Jamie apontou a margem da folha, onde havia alguns desenhos pequenos; rabiscos, pensei. O que estava embaixo de seu dedo era uma flor de lis.

– *Ecce homo* – repetiu ele, batendo o dedo sobre a página outra vez. – O médico não estava seguro em relação ao homem que seguiu, e foi por isso que não o chamou pelo nome. Se Cameron estava drogado, então foi outra pessoa que saiu de casa naquela noite. No entanto, ele não menciona nenhuma outra pessoa que estivesse presente.

– Mas ele poderia não ter mencionado, a não ser que tivesse examinado essa pessoa, quem quer que fosse – argumentei. – Ele de fato registra observações pessoais, porém a maior parte dos relatos se restringe ao histórico de seus casos médicos: observações sobre pacientes e sobre os tratamentos que estava administrando. Ainda assim... – Franzi o cenho. – Uma flor de lis desenhada na margem não necessariamente significa alguma coisa, muito menos que havia um francês lá.

Com exceção de Fergus, não era comum a presença de franceses na Carolina do Norte. Havia alguns povoados franceses ao sul de Savannah, eu sabia, mas ficavam a centenas de quilômetros de distância.

A flor de lis *podia* não passar de um rabisco aleatório, mas Rawlings não havia feito rabiscos semelhantes em nenhuma outra parte do livro, até onde eu me lembrava. Quando acrescentava desenhos, eram cuidadosos e objetivos, para servir de lembrete a si mesmo ou de guia para qualquer médico que viesse depois dele.

Acima da flor de lis havia uma figura que se parecia com um triângulo com um pequeno círculo no topo e uma base curva; abaixo, uma sequência de letras: *Au et Aq*.

– A... u – eu disse devagar, olhando para as letras. – Aurum.

– Ouro?

Jamie olhou para mim, surpreso. Eu assenti.

– É a abreviatura científica para ouro, sim. "*Aurum et aqua*." Ouro e água. Imagino que ele esteja se referindo a *goldwasser*, partículas de ouro suspensas em solução aquosa. É usado como remédio para artrite. Por mais estranho que pareça, costuma funcionar, embora ninguém saiba por quê.

– Caro – observou Jamie. – Mas acredito que Cameron pudesse se dar ao luxo. Talvez ele tivesse guardado um pouco de suas barras de ouro, não?

– Ele de fato diz que Cameron sofria de artrite. – Franzi o cenho, olhando para a folha e para suas anotações secretas à margem. – Talvez ele pretendesse recomendar o uso desse remédio para tratar o problema. Mas não sei nada sobre a flor de lis nem sobre esse outro desenho. – Apontei para ele. – Não é o símbolo de nenhum tratamento médico que *eu* conheça.

Para minha surpresa, Jamie riu.

– Imagino que não, Sassenach. É um compasso maçom.

– É? – Olhei para o desenho, depois para Jamie. – Cameron era maçom?

Ele deu de ombros, passando a mão pelos cabelos. Jamie nunca falava de sua associação com os maçons. Fora "iniciado", como se costumava dizer, em Ardsmuir e, independentemente de qualquer sigilo imposto pela sociedade, raramente falava de qualquer coisa ocorrida entre aquelas paredes de pedra úmidas.

– Rawlings também devia ser – disse ele, claramente relutante em falar sobre maçonaria, mas sem conseguir deixar de fazer associações lógicas. – Caso contrário, não saberia o que isso significa.

Com um dedo comprido, tocou o compasso.

Eu não sabia bem o que dizer em seguida, mas fui salva da indecisão por Adso, que cuspiu um par de asas amarelas e subiu na escrivaninha à procura de mais aperitivos. Jamie agarrou o tinteiro com uma das mãos e a pena nova com a outra. Sem presa, Adso andou até a beirada da escrivaninha e sentou-se na pilha de cartas de Jamie, balançando o rabo enquanto fingia apreciar a paisagem.

Jamie estreitou os olhos diante de tamanha insolência.

– Tire seu traseirinho peludo da minha correspondência – disse ele, cutucando Adso com a parte pontiaguda da pena de escrever.

Os grandes olhos verdes de Adso se arregalaram quando viram a ponta da pena que se movia e ele se arqueou. Jamie girou a pena de modo tentador e Adso deu uma patada para pegá-la, sem sucesso.

Peguei o gato rapidamente antes que o caos se instalasse e o tirei de cima dos papéis com um protesto indignado e surpreso.

– Não, este é o brinquedo *dele* – avisei ao gato, lançando para Jamie um olhar de reprovação. – Venha comigo. Tem baratas para você caçar.

Estendi a mão para pegar o livro de anotações, mas, para minha surpresa, Jamie me impediu.

– Deixe-me ficar com ele mais um pouco, Sassenach – pediu-me. – Tem algo de muito estranho na ideia de um francês maçom vagando por River Run à noite. Eu gostaria de ler o que mais o dr. Rawlings tem a dizer quando escreve em latim.

– Tudo bem.

Ergui Adso, que agora ronronava alto diante da perspectiva de pegar baratas, acomodei-o junto ao ombro e olhei pela janela. O sol havia se tornado um clarão flamejante atrás das castanheiras e eu podia ouvir o barulho das mulheres e das crianças na cozinha; a sra. Bug estava começando a servir o jantar, ajudada por Brianna e Marsali.

– Jantar daqui a pouco – falei, e me abaixei para beijar a cabeça de Jamie, no ponto onde a luz do fim de tarde iluminava seus cabelos de fogo.

Ele sorriu e me soprou um beijo, mas já havia mergulhado na leitura das palavras que tomavam as páginas quando cheguei à porta. A folha em branco, com apenas três palavras escritas no alto, estava na beira da escrivaninha, esquecida – por enquanto.

97

DOENÇAS DO SANGUE

Vi um lampejo marrom do lado de fora e Adso pulou da bancada como se alguém tivesse gritado "Peixe!". Era o que vinha logo depois na escala de preferências dele, evidentemente: Lizzie voltava da leiteria trazendo uma tigela de creme de leite em uma das mãos, uma vasilha de manteiga na outra, além de uma grande jarra de leite pressionada contra o peito, que mantinha ali a duras penas com os braços cruzados. Adso se enroscava ao redor de seus tornozelos como uma corda peluda, obviamente esperando fazer com que ela tropeçasse e derrubasse tudo.

– Nem pensar, gato – alertei, estendendo o braço para pegar a jarra de leite.

– Ah, obrigada, senhora. – Lizzie relaxou, soltando os ombros com um leve suspiro. – É que eu não queria fazer duas viagens.

Ela fungou e tentou limpar o nariz com o antebraço, quase derrubando a manteiga.

Tirei um lenço do bolso e o encostei no nariz dela, controlando o impulso maternal de pedir a ela que assoasse.

– Obrigada, senhora – repetiu ela, balançando a cabeça.

– Você está bem, Lizzie?

Sem esperar pela resposta, eu a peguei pelo braço e a levei para o consultório, onde as amplas janelas deixavam que luz suficiente entrasse para que eu pudesse vê-la melhor.

– Estou bem, senhora. Verdade, estou ótima! – protestou ela, agarrando o creme de leite e a manteiga como se quisesse usá-los para se proteger.

Lizzie estava pálida, mas isso era normal, como se ela não tivesse um glóbulo vermelho sequer de reserva. Mas sua pele exibia uma palidez estranha, que me provocava uma sensação inquietante. Fazia quase um ano desde sua última crise de malária e, de modo geral, ela parecia bem, mas...

– Venha cá – chamei, levando-a na direção de dois bancos altos. – Sente-se, só por um momento.

Visivelmente contrariada, mas sem ousar protestar, ela se sentou, equilibrando as vasilhas sobre os joelhos. Eu as tirei de suas mãos e, depois de reparar no olhar fixo e predatório de Adso, resolvi colocá-las dentro do armário.

Pulso normal – normal para Lizzie, quer dizer; sempre um pouco mais acelerado e superficial. Respiração... tudo bem, nenhuma alteração ou sibilo. As glândulas linfáticas embaixo do maxilar estavam palpáveis, mas isso não era incomum; a malária as deixara permanentemente aumentadas, como a curva de um ovo de codorna sob a pele. Mas as do pescoço também estavam aumentadas e essas em geral eu *não* conseguia apalpar.

Levantei sua pálpebra, observando com atenção o globo ocular pálido que também me observava, ansioso. Superficialmente, tudo bem, embora um pouco injetado. Mais uma vez, no entanto... havia algo que não estava muito... certo... em relação aos olhos dela, embora eu não conseguisse determinar o que poderia ser. Seria possível que a esclera estivesse ligeiramente amarelada? Franzi o cenho, virando a cabeça dela de um lado para o outro com a mão sob seu queixo, que não resistia aos movimentos.

– Olá! Está tudo bem?

Roger parou à porta, carregando uma enorme ave morta em uma das mãos.

– Um peru! – exclamei, tentando demonstrar admiração.

Eu gostava de perus, claro, mas Jamie e Bree haviam matado cinco deles na semana anterior, o que conferira certa monotonia aos jantares dos últimos dias. Três deles estavam pendurados no barracão de defumação naquele momento. Por outro lado, perus selvagens eram ágeis e difíceis de matar, e até onde eu sabia, Roger nunca tinha matado um.

– Você atirou nele? – perguntei, e me aproximei para admirar a ave.

Ele a segurava pelos pés e as enormes asas pendiam semiabertas, as penas do peito refletindo o sol em tons iridescentes de verde-escuro.

– Não. – O rosto de Roger estava corado por causa do sol, da empolgação, ou de ambos, um tom cálido se espalhando sob a pele bronzeada. – Eu o peguei com as mãos – disse ele com orgulho. – Acertei a asa com uma pedra, então corri atrás dele e quebrei seu pescoço.

– Incrível – falei, com um entusiasmo mais verdadeiro.

Não teríamos que tirar chumbo da carne ao limpá-lo nem correríamos o risco de quebrar um dente ao comê-lo.

– É uma bela ave, sr. Mac. – Lizzie havia descido do banco e também se aproximara para admirar a ave. – Como é gorda! Quer que eu a limpe para o senhor?

– O quê? Ah, obrigado, Lizzie, mas não. Eu mesmo vou cuidar disso.

Ele corou ainda mais, e eu reprimi um sorriso. Ele pretendia exibir a ave a Brianna em toda a sua glória. Passou o peru para a mão esquerda e me estendeu a direita, enrolada em um pano manchado de sangue.

– Sofri um pequeno acidente enquanto lutava com a ave. Acha que pode...?

Desenrolei o pano, contraindo os lábios diante do que vi. O peru, lutando pela própria vida, havia feito três rasgos nas costas da mão de Roger com as garras. O sangue já havia coagulado quase por completo, mas gotas ainda escorriam do furo mais profundo, rolando pelo dedo dele e pingando no chão.

– Ah, espere um pouco – falei, olhando para ele com as sobrancelhas erguidas. – Sim, acho que sim. Venha até aqui e se sente. Vou limpar e... Lizzie! Espere aí!

Aproveitando a distração como uma oportunidade para escapar, Lizzie movia-se furtivamente em direção à porta. Ela parou como se tivesse levado um tiro nas costas.

– É sério, senhora, estou muito bem – suplicou ela. – Não há nada de errado comigo, nada mesmo.

Na verdade, eu a havia chamado apenas para lembrá-la de pegar a manteiga e o creme de leite da prateleira. Tarde demais para o leite; Adso estava apoiado nas patas traseiras, com a cabeça e os ombros dentro do jarro, de onde vinha o som de pequenas lambidas. O som ecoou as gotas do sangue de Roger pingando no chão e eu tive uma ideia repentina.

– Tive uma ideia – falei. – Sente-se outra vez, Lizzie. Quero apenas um pouco de seu sangue.

Lizzie parecia um ratinho flagrado comendo migalhas de pão no meio de um bando de corujas, mas ela não era o tipo de pessoa que desobedecia a uma ordem. Com relutância, sentou-se de novo no banco ao lado de Roger, que havia deixado o peru no chão a seu lado.

– Para que você quer mais sangue? – perguntou ele, interessado. – Pode pegar quanto quiser do meu, de graça.

Sorrindo, ele ergueu a mão ferida.

– É uma oferta generosa – falei, estendendo uma toalha de linho, sobre a qual coloquei algumas lâminas de vidro limpas. – Mas você não contraiu malária, certo?

Tirei Adso de dentro da jarra de leite, puxando-o pela nuca, coloquei-o no chão e abri o armário.

– Não que eu saiba.

Roger observava meus preparativos, profundamente interessado.

Lizzie deu uma risadinha desolada.

– Saberia muito bem se já tivesse contraído, senhor.

– Imagino que sim. – Ele olhou para ela com compaixão. – É terrível, pelo que ouvi dizer.

– É, sim. Os ossos doem tanto que a gente pensa que estão todos quebrados, e os olhos queimam como fogo. Depois, o suor escorre da pele como um rio e vêm os calafrios, e os dentes parecem que vão quebrar de tanto baterem... – Ela se encolheu, estremecendo ao se lembrar. – Mas eu pensei que já tivesse passado – disse ela, olhando inquieta para o bisturi que eu esterilizava na chama de minha lamparina a álcool.

– Espero que tenha – falei, franzindo a testa para a minúscula lâmina. Peguei um pequeno pano e a garrafa de vidro azul na qual guardava o álcool destilado e limpei bem a ponta de seu dedo médio. – Algumas pessoas nunca mais têm outra crise depois da primeira, e eu realmente espero que você seja uma delas, Lizzie. Mas, para quase todo mundo, os acessos voltam de tempos em tempos. Estou tentando descobrir se a sua pode estar voltando. Pronta?

Sem esperar confirmação, perfurei a pele com a lanceta, pousando-a em seguida sobre a bancada, e peguei uma lâmina de vidro. Apertei a ponta do dedo, pingando generosas gotas de sangue em cada uma das três lâminas, enrolei o pano ao redor de seu dedo e o soltei.

Agindo depressa, peguei uma lâmina limpa e coloquei-a sobre a gota de sangue, em seguida deslizei-a rapidamente, espalhando o sangue em uma fina camada sobre a lâmina original. Mais uma vez, outra, e dispus todas na bancada, deixando-as secarem.

– É só isso, então, Lizzie – disse a ela com um sorriso. – Vai ser preciso um pouco de preparação até que estejam prontas para serem examinadas. Quando estiverem, chamo você, está bem?

– Ah... não, está tudo bem, senhora – murmurou ela, descendo do banco com um olhar temeroso para as lâminas sujas de sangue. – Não preciso ver.

Tirou o pano do dedo, alisou o avental e saiu depressa do consultório, esquecendo-se da manteiga e do creme.

– Desculpe por tê-lo deixado esperando – falei para Roger. – Eu só pensei...

Abri o armário, peguei três frascos pequenos de cerâmica e tirei as tampas.

– Sem problema – garantiu-me ele.

Roger observou fascinado enquanto eu checava cada lâmina para ver se estava seca, enfiando-as cada uma em um dos frascos.

– Certo – falei.

Agora eu podia me dedicar à limpeza e ao curativo do ferimento em sua mão, um processo bastante simples.

– Não é tão grave quanto pensei – murmurei, limpando o sangue seco dos dedos. – Sangrou bastante, o que é bom.

– Sim, já que você está dizendo.

Ele não se contraiu, mas manteve o rosto virado para o outro lado, olhando fixamente pela janela.

– O sangramento lava os ferimentos – expliquei, limpando a ferida delicadamente com álcool. – Não vou precisar esfregar fundo para limpá-los.

Ele inspirou com um sibilo, depois, para se distrair, meneou a cabeça na direção dos frascos onde as lâminas estavam de molho.

– Por falar em sangue, o que vai fazer com o sangue da srta. Ratinha?

– Um teste. Não sei se vai funcionar, mas fiz algumas tinturas experimentais, usando extratos de plantas para tingir. Se alguma delas reagir com o sangue, poderei ver os glóbulos vermelhos com clareza com a ajuda do microscópio... e o que há neles – falei, com uma mistura de esperança e animação.

Tentar duplicar manchas celulares com os materiais que eu tinha à mão era difícil, mas não impossível. Eu tinha os solventes comuns – álcool, água, terebintina e seus destilados – e uma grande gama de pigmentos vegetais para testar, de índigo a rosa-mosqueta, além de um bom conhecimento acerca de suas propriedades corantes.

Eu não tinha violeta de genciana nem carbol-fucsina, mas conseguira produzir uma tintura avermelhada que deixava as células epiteliais bastante visíveis, ainda que fosse um efeito temporário. Restava saber se o mesmo corante funcionaria em glóbulos vermelhos e suas inclusões, ou se eu teria que tentar outra tintura.

– O que há dentro delas? – perguntou Roger, interessado.

– *Plasmodium vivax* – respondi. – O protozoário causador da malária.

– Consegue *vê-lo*? Pensei que germes fossem pequenos demais para serem vistos a olho nu, ou mesmo em um microscópio!

– Você é tão leigo quanto Jamie – falei com tolerância. – Apesar de eu adorar ouvir um escocês dizer "gerrrmes". Uma palavra tão sinistra, dita com uma voz grave com esse "r" pronunciado.

Roger riu. O enforcamento havia destruído grande parte da potência de sua voz, mas os registros mais graves, mais ásperos, continuavam intactos.

– Quase tão bom quanto "matarrr" – disse ele, forçando ainda mais o "r".

– Ah, nada é tão bom quanto "matarrr" para um escocês. Vocês são todos sedentos por sangue.

– *Todos?*

Ele riu, obviamente não se importando nem um pouco com a generalização grosseira.

– Os homens são – afirmei. – À primeira vista parecem tranquilos, mas insulte um escocês ou mexa com sua família e estará botando a mão em um vespeiro. Todos os boinas azuis atravessam a fronteira e, quando menos se espera, há lanças e espadas por toda a parte em Cromdale.

– Incrível – murmurou ele, olhando para mim. – E você está casada com um há...

– Bastante tempo. – Terminei a limpeza e sequei as costas da mão dele, fazendo pequenas manchas vermelhas surgirem na gaze limpa. – Por falar em homens sedentos por sangue – acrescentei de modo casual –, você por acaso sabe seu tipo sanguíneo?

Ele ergueu a sobrancelha diante da pergunta. Bem, eu não pretendia enganá-lo, afinal; só procurei um jeito de abordar a questão.

– Sim – respondeu ele devagar –, sei. É O positivo.

Os olhos verde-escuros estavam fixos nos meus, inquisitivos.

– Muito interessante – falei.

Substituí a gaze por outra limpa e comecei a enrolar uma atadura em volta da mão.

– *Quão* interessante exatamente?

Olhei para ele e nossos olhos se encontraram.

– Moderadamente.

Peguei as lâminas, pingando corantes rosa e azul. Apoiei uma delas na jarra de leite para secar, as outras duas eu troquei, colocando a lâmina cor-de-rosa no corante azul, e vice-versa.

– Existem três grupos sanguíneos principais – expliquei, soprando levemente a lâmina apoiada na jarra. – Na verdade, existem mais, mas esses três são os que todos conhecem. É o chamado grupo ABO, o que significa que quase todo mundo tem sangue do tipo A, do tipo B ou do O. A questão é que, como todos os outros traços, isso é determinado geneticamente e, como os seres humanos são, de modo geral, heterossexuais, você recebe metade de seus genes para qualquer traço de um dos pais e a outra metade, do outro.

– Eu me lembro vagamente de ter aprendido algo assim na escola – disse Roger de modo sério. – Todas aquelas malditas tabelas, desculpe, sobre hemofilia na família real e coisas assim. Mas presumo que agora essa questão tenha certo significado pessoal.

– Não sei – falei. – Pode ter.

A lâmina cor-de-rosa parecia seca. Eu a pousei delicadamente sob a lente do microscópio e me inclinei para ajustar o espelho.

– A questão é – continuei, estreitando os olhos para olhar pela ocular enquanto ajustava o foco – que esses grupos sanguíneos têm a ver com anticorpos, pequenas coisas de formato estranho na superfície das células sanguíneas. Ou seja, as pessoas que são do tipo A têm um tipo de anticorpo nas células, pessoas com tipo B têm outro, e pessoas com tipo O não têm nenhum.

Os glóbulos vermelhos apareceram de repente, levemente coloridos, como sombras redondas e rosadas. Em alguns pontos, uma mancha rosa mais forte indicava o que poderiam ser resíduos celulares, ou talvez um dos glóbulos brancos maiores. Não vi praticamente mais nada, no entanto.

– Assim – continuei, retirando as outras duas lâminas dos frascos –, se um dos pais deu ao filho o gene para o tipo O e o outro deu um para o tipo A, o sangue da criança vai se mostrar como tipo A, porque são os anticorpos que são testados. Mas a criança ainda tem o gene para o tipo O.

Abanei uma das lâminas para que secasse.

– Meu tipo sanguíneo é A. Bem, por acaso eu sei que o tipo sanguíneo do meu pai era O. Para que o sangue dele se mostrasse como tipo O, isso significa que seus dois genes tinham que ser do tipo O. Portanto, qualquer dos dois genes que ele tenha passado para mim vai ser necessariamente do tipo O. O gene do tipo A, portanto, veio da minha mãe.

Ao ver que ele parecia confuso, suspirei e pousei a lâmina. Bree andara desenhando figuras de esporos de penicilina para mim e havia deixado seu bloco e seu lápis de grafite ao lado do microscópio. Eu os peguei e procurei uma página em branco.

– Veja – eu disse, fazendo um desenho rápido.

HENRY ——————————— JULIA

OO = Tipo O | A? = A ou AB

CLAIRE

OA = Tipo A

– Está vendo? – apontei com a ponta do grafite. – Eu não sei ao certo o tipo sanguíneo de minha mãe, mas não importa; para que eu tenha sangue do tipo A, ela tem que ter me dado esse gene, porque meu pai não o tinha.

A outra lâmina estava quase seca; pousei o grafite sobre a bancada, coloquei a lâmina no lugar e me inclinei para olhar pelo microscópio.

– Você consegue ver os tipos sanguíneos, esses anticorpos, através de um microscópio?

Roger estava bem atrás de mim.

– Não – respondi, sem levantar a cabeça. – A resolução está longe de ser suficiente. Mas posso ver outras coisas... ou assim espero.

Ajustei o foco uma fração de centímetro e as células ficaram nítidas. Soltei a respiração que estava prendendo e senti uma leve excitação percorrer meu corpo. Lá estavam elas; as manchas rosadas em formato de discos dos glóbulos vermelhos – e aqui e ali, dentro de alguns dos glóbulos, uma mancha mais escura, algumas arredondadas, algumas parecendo pinos de boliche em miniatura. Meu coração bateu forte, e eu emiti uma pequena exclamação de alegria.

– Venha ver – falei, dando um passo para o lado.

Roger se inclinou, parecendo confuso.

– Para o que estou olhando? – perguntou ele, estreitando os olhos.

– *Plasmodium vivax* – respondi, orgulhosa. – Malária. As pequenas manchas escuras dentro das células.

As manchas arredondadas eram os protozoários, as criaturas unicelulares transferidas para o sangue por meio da picada de um mosquito. As poucas que pareciam pinos de boliche eram protozoários prestes a germinar, preparando-se para se reproduzir.

– Quando brotam – expliquei, voltando a olhar pelo microscópio –, eles se multiplicam até explodirem o glóbulo vermelho, então se instalam em novos glóbulos vermelhos, multiplicam-se e o fazem explodir. É quando o paciente sofre uma crise de malária, com a febre e os calafrios. Quando o *Plasmodium* está inativo, quando não está se multiplicando, o paciente fica bem.

– E o que faz com que se multipliquem?

Roger estava fascinado.

– Ninguém sabe ao certo. – Respirei fundo e tampei meus frascos de corantes de novo. – Mas você pode verificar, ver o que está acontecendo, se eles *estão* se multiplicando. Ninguém pode viver à base de quinino, nem tomá-lo por muito tempo. A casca da árvore da quina é muito cara, e eu não sei quais podem ser os efeitos no corpo a longo prazo. E, infelizmente, a penicilina não tem efeito sobre a maior parte dos protozoários. Mas vou examinar o sangue de Lizzie periodicamente. Se eu vir o *Plasmodium* aumentando depressa, começarei a administrar quinino de imediato. Se tivermos sorte, isso poderá evitar uma crise. Vale a pena tentar, sem dúvida.

Ele concordou, olhando para o microscópio e para a lâmina colorida de rosa e azul.

– Vale muito a pena – disse baixinho.

Ele ficou me observando andar de um lado para outro enquanto limpava os vestígios de minha experiência. Quando me abaixei para pegar o pano em que ele havia enrolado a mão, Roger perguntou:

– E certamente você sabe o tipo sanguíneo de Bree.

– Tipo B – respondi, olhando para a caixa de ataduras. – Muito raro, especialmente para uma pessoa caucasiana. É mais encontrado em populações pequenas, mais isoladas, como algumas tribos indígenas no sudoeste americano, algumas populações negras; provavelmente vieram de uma região específica da África, mas é claro que quando os grupos sanguíneos foram descobertos, essa conexão já havia se perdido.

– Populações pequenas, isoladas. Os escoceses das Terras Altas, talvez?

Olhei para ele.

– Talvez.

Ele assentiu em silêncio, obviamente pensando. Então, pegou o lápis e desenhou um pequeno diagrama no bloco.

CLAIRE ———————— JAMIE

AO = Tipo O B? = B ou AB

BRIANNA

OB = Tipo B

– Isso mesmo – falei, assentindo quando ele olhou para mim em dúvida. – Exatamente.

Ele esboçou um sorriso em resposta, então olhou para baixo, examinando os diagramas.

– Você pode saber, então? – perguntou ele finalmente, sem olhar para mim. – Com certeza?

– Não – respondi, jogando o pano no cesto de panos para lavar com um pequeno suspiro. – Ou melhor, não posso dizer ao certo se Jemmy é seu filho. *Talvez* eu pudesse saber com certeza se ele não é.

Ele empalideceu.

– Como assim?

– Bree é tipo B, mas eu sou tipo A. Isso significa que ela tem um gene para o tipo B e meu gene para o tipo O; qualquer dos dois pode ter sido passado para Jemmy. Você só poderia ter transmitido a ele um gene para o tipo O, porque é o único que você tem.

Indiquei com a cabeça uma pequena fileira de tubos perto da janela, o soro contido neles brilhando em tons dourados e marrons à luz do fim de tarde.

– Desse modo, se Bree deu a ele o gene do tipo O e você, o pai, deu a ele um gene do tipo O, ele teria o tipo O, ou seja, o sangue dele não terá anticorpos e não reagirá ao soro do meu sangue, nem ao de Jamie, nem ao de Bree. Se Bree deu a ele seu gene para o tipo B, e você deu o gene para o tipo O, ele seria tipo B, ou seja, seu sangue reagiria com o meu soro, mas não com o de Bree. Em ambos os casos, você poderia ser o pai, assim como qualquer pessoa com sangue tipo O. No entanto, se...

Respirei fundo e peguei o lápis de onde Roger o deixara. Desenhei devagar enquanto falava, ilustrando as possibilidades.

BRIANNA — ROGER

OB = Tipo B — OO = Tipo O

JEMMY

OB ou OO = Tipo B ou Tipo O

– *Mas* – bati o lápis no papel –, se Jemmy apresentasse tipo A ou tipo AB, então seu pai não poderia ser homozigoto para tipo O. Homozigoto quer dizer que os dois genes são iguais, que é o seu caso.

Escrevi as alternativas à esquerda da minha anotação anterior.

X — BRIANNA — ROGER

AO/AA/AB/BB/BO/OO — BO = Tipo B — OO = Tipo O

JEMMY

AB = Tipo AB

AO = Tipo A

JEMMY

BO = Tipo B

OO = Tipo O

OB/BO = Tipo B

BB = Tipo B

OO = Tipo O

Vi os olhos de Roger moverem-se rapidamente para o "X" e me perguntei por que havia escrito daquela forma. Afinal, o outro candidato a pai de Jemmy não poderia ser qualquer um. Ainda assim, não consegui escrever "Bonnet". Talvez fosse apenas superstição; talvez um desejo de manter a lembrança daquele homem a distância.

– Mas saiba – falei, quase como se me desculpasse – que o tipo O é muito comum na população como um todo.

Roger soltou um grunhido e ficou sentado observando o diagrama, os olhos velados em concentração.

– Bem – disse ele por fim. – Se ele for tipo O ou tipo B, ele pode ser meu, mas não com certeza. Se for tipo A ou tipo AB, não é meu... com certeza.

Ele passou o dedo devagar sobre a atadura em sua mão.

– É um teste muito grosseiro – falei, engolindo em seco. – Não posso... quero dizer, sempre há a possibilidade de haver um erro no próprio teste.

Ele assentiu, sem levantar a cabeça.

– Você disse isso a Bree? – perguntou ele baixinho.

– Claro. Ela disse que não quer saber, mas que, se você quisesse, eu deveria fazer o exame.

Eu o vi engolir em seco e levar a mão por um momento à cicatriz em sua garganta. Seus olhos estavam fixos no assoalho limpo, quase sem piscar.

Eu me virei para dar a ele um pouco de privacidade e me inclinei sobre o microscópio. Eu teria que fazer uma grade, pensei, uma grade de medição para colocar sobre a lâmina de forma a calcular a densidade relativa das células infectadas com o *Plasmodium*. Por enquanto, porém, uma contagem grosseira bastaria.

Ocorreu-me que, agora que tinha um corante que funcionava, eu poderia examinar o sangue de outras pessoas na Cordilheira dos Frasers – as de casa, para começar. Mosquitos eram muito mais raros nas montanhas do que no litoral, mas ainda assim havia muitos, e ainda que Lizzie estivesse bem, continuava sendo uma fonte de infecção em potencial.

–... quatro, cinco, seis...

Eu contava as células infectadas baixinho, tentando ignorar tanto Roger no banco atrás de mim quanto a súbita lembrança que me ocorrera quando eu disse a ele o tipo sanguíneo de Brianna.

As amígdalas dela foram removidas aos 7 anos. Eu ainda me lembrava do médico franzindo o cenho para o prontuário que tinha em mãos – o prontuário que relacionava o tipo sanguíneo dela e de seus pais. Frank era tipo A, como eu. E dois pais tipo A não poderiam, em nenhuma circunstância, gerar uma criança tipo B.

O médico olhara para Frank e para mim, para mim e para Frank, o rosto contraído em constrangimento – e os olhos tomados por uma fria especulação enquanto olhava para mim. Era como se eu tivesse uma letra "A" escarlate bordada no peito, pensei – ou, naquele caso, um "B" escarlate.

Frank, coitado, viu o olhar e disse: "Minha mulher era viúva. Adotei Bree ainda bebê." O rosto do médico relaxou no mesmo instante, com um ar de desculpas, e Frank segurou minha mão com força por trás das pregas da minha saia. Minha mão se retesou quando me lembrei de como apertei a mão dele de volta, em agradecimento, e a lâmina deslizou de repente, deixando-me diante de um vidro vazio e embaçado.

Ouvi um ruído atrás de mim quando Roger se levantou. Eu me virei, e ele sorriu para mim, os olhos escuros como musgo.

– O sangue não importa – disse ele baixinho. – Ele é meu filho.

– Sim – falei, sentindo um nó na garganta. – Eu sei.

Um estalo alto rompeu o silêncio momentâneo e eu olhei para baixo, surpresa. Um tufo de penas de peru passou pelo meu pé e Adso, pego no flagra, saiu correndo do consultório, com o enorme leque de uma asa arrancada na boca.

– Gato *maldito*! – gritei.

98

GAROTO ESPERTO

Um vento frio soprava do leste naquela noite; Roger ouvia o lamento constante atravessando a parede de taipa perto de sua cabeça e os estalos e o bater dos galhos das árvores além da casa. Uma súbita rajada atingiu o couro oleado preso sobre a abertura da janela. O couro se inflou para dentro com um estalido, soltou-se de um lado, e a corrente de ar fez os papéis voarem da mesa e inclinou a chama da vela em um ângulo alarmante.

Roger afastou a vela rapidamente e pressionou o couro da janela para baixo com a palma da mão, olhando para trás para ver se a mulher e o filho haviam despertado com o barulho. Um pano de prato se balançou no prego ao lado da lareira e a pele do seu *bodhran* ressoou baixo quando a corrente passou. Uma labareda repentina se ergueu da lareira, e ele viu Brianna estremecer quando o ar frio soprou sobre seu rosto.

Ela se aconchegou melhor embaixo das cobertas, alguns fios de cabelos ruivos brilhando ao serem erguidos pelo vento. A caminha onde Jemmy agora dormia estava protegida pela cama maior; não se ouvia nenhum som vindo daquele canto do quarto.

Roger soltou a respiração que estava prendendo, procurou na vasilha de chifre onde guardavam objetos úteis e encontrou uma tachinha sobressalente. Ele a prendeu no lugar com a base da mão, reduzindo a corrente de ar a uma pequena e fria infiltração, e se abaixou para recolher as folhas de papel espalhadas.

Oh, vais deixar os animais de Telfer voltarem?
Ou farás tudo que puder por consideração a mim?

Ele repetiu as palavras mentalmente enquanto limpava a tinta da pena, seca em parte, ouvindo as palavras na velha e dissonante voz de Kimmie Clellan.

Era uma canção chamada "*Jamie Telfer of the Fair Dodhead*" – uma das antigas baladas sobre roubos e saques que se estendiam por dezenas de versos e tinham dezenas de variações regionais, todas envolvendo as tentativas de Telfer, um fronteiriço, de vingar um ataque a sua casa com a ajuda de amigos e parentes. Roger conhecia três das variações, mas Clellan cantou outra – com um subenredo totalmente novo envolvendo o primo de Telfer, Willie.

Ou pela minha fé, disse Willie Scott.
Usarei o açoite de minha senhora em ti!

Kimmie cantava para passar o tempo em uma noite solitária, contara a Roger, ou para entreter os anfitriões cujo fogo ele compartilhava. Ele se lembrava de todas as canções de sua juventude na Escócia e tinha prazer em cantá-las quantas vezes quisessem ouvi-lo, desde que mantivessem sua garganta molhada o suficiente para entoar uma melodia.

As outras pessoas da casa-grande haviam apreciado duas ou três apresentações do repertório de Clellan, começaram a bocejar e piscar durante a quarta e finalmente murmuraram desculpas e partiram, cambaleando, os olhos vidrados, direto para a cama – em massa –, deixando Roger com a tarefa de servir-lhe uísque e convencê-lo a cantar novamente a canção, até as palavras se fixarem em sua memória.

A memória era algo incerto, sujeita a perdas aleatórias e a conjecturas inconscientes que tomavam o lugar dos fatos. Era muito mais seguro registrar coisas importantes no papel.

> *Não vou deixar os animais voltarem,*
> *Nem por teu amor, nem mesmo por teu medo...*

A pena arranhava o papel delicadamente, capturando as palavras uma a uma, pregadas à folha como vaga-lumes. Já era tarde, e Roger sentia cãibras nos músculos por causa do frio e do longo tempo que permanecera sentado, mas estava decidido a registrar todos os versos novos enquanto ainda estavam frescos em sua mente. Clellan poderia partir pela manhã e ser devorado por um urso ou soterrado por pedras em um deslizamento, mas Willie, primo de Telfer, continuaria vivo.

> *Mas levarei os animais de Jamie Telfer,*
> *Apesar de cada escocês que há...*

A vela fez um pequeno ruído quando a chama atingiu uma falha no pavio. A luz sobre o papel oscilou e bruxuleou, e as palavras desapareceram abruptamente nas sombras quando a chama da vela passou de um dedo de luz a um fiapo de brilho azulado, como a morte repentina de um sol em miniatura.

Roger largou a pena e pegou o castiçal de cerâmica xingando baixinho. Soprou o pavio com cuidado, na esperança de reavivar a chama.

– "Mas Willie foi atingido na cabeça" – murmurou consigo mesmo, repetindo as palavras entre um sopro e outro, para mantê-las vivas. – "Mas Willie foi atingido na cabeça/ E pelo elmo a espada passou/ E Harden urrou de fúria/ Ao ver Willie morto no chão... Ao ver Willie morto no chão..."

Um halo laranja se ergueu por um instante, alimentando-se de seu sopro, mas diminuiu lentamente, apesar dos sopros contínuos, reduzindo-se a um ponto vermelho incandescente que pareceu zombar dele por um ou dois segundos até desaparecer por completo, deixando não mais do que um filete de fumaça branca no quarto quase escuro e o cheiro de cera de abelha quente em seu nariz.

Ele xingou de novo, um pouco mais alto. Brianna mudou de posição na cama e ele ouviu a palha de milho farfalhar quando ela ergueu a cabeça com um resmungo confuso.

– Está tudo bem – disse ele com um sussurro rouco, olhando para a caminha no canto. – A vela apagou. Volte a dormir.

Mas Willie foi atingido na cabeça...

– Hum.

Ele ouviu o barulho da cabeça ao recostar sobre o travesseiro de penas de ganso de novo e em seguida um suspiro.

Naquele exato momento, a cabeça de Jemmy surgiu do ninho de cobertores, os cabelos ruivos e finos recortados contra a claridade suave que vinha da lareira. Ele emitiu um ruído de urgência confusa, não exatamente um grito, e antes que Roger pudesse se mover, Brianna já havia saído da cama como um míssil teleguiado, tirando o menino dos cobertores e tateando suas roupas com uma das mãos.

– Penico! – gritou ela para Roger, apontando para atrás com o pé descalço enquanto tirava as roupas de Jemmy. – Pegue o penico! Só um minuto, querido – disse com carinho a Jemmy, mudando bruscamente o tom. – Espere sóóóó um minutinho...

Impelido à obediência instantânea por seu tom de urgência, Roger caiu de joelhos, passando o braço pelo buraco negro embaixo da cama.

Mas Willie foi atingido na cabeça... E pelo... capacete? Atordoado com a situação, um remoto bastião de memória agarrava-se com teimosia à canção, que soava dentro de seu ouvido. Só a melodia, porém... a letra estava desaparecendo rapidamente.

– Aqui!

Ele encontrou o penico de cerâmica, bateu com ele no pé da cama sem querer, graças a Deus, não quebrou!, e o empurrou pelo assoalho para Bree.

Ela colocou Jemmy, agora nu, sentado no penico com uma exclamação de satisfação, e Roger ficou tateando no escuro, à procura da vela que caíra, enquanto ela murmurava palavras de incentivo.

– Certo, querido, sim, isso mesmo...

Willie foi golpeado... não, atingido...

Encontrou a vela, felizmente intacta, e aos poucos se afastou do drama em curso para se ajoelhar e reacender o pavio nas brasas da lareira. Enquanto fazia isso, ele atiçou as brasas e acrescentou mais lenha. O fogo se reanimou, iluminando Jemmy, que parecia estar fazendo um esforço bem-sucedido para voltar a dormir, apesar da posição e dos incentivos da mãe.

– Você não está precisando se aliviar? – perguntou ela, sacudindo o ombro dele com delicadeza.

– Se aliviar? – perguntou Roger, a curiosa expressão afastando o resto da música de sua mente. – O que quer dizer com se aliviar?

Ele acreditava, com base na atual experiência como pai, que as crianças pequenas já nasciam se aliviando quando bem entendiam, e iam melhorando aos poucos. Ele disse isso, fazendo com que Brianna lhe lançasse um olhar contrariado.

– *O quê?* – disse ela, irritada. – O que quer dizer com isso?

Ela mantinha uma das mãos no ombro de Jemmy, equilibrando-o, enquanto a outra envolvia sua barriguinha redonda, o dedo indicador desaparecendo nas sombras logo abaixo para direcionar a mira dele.

– Se aliviar – explicou Roger, com um gesto vago. – Você sabe, eles fazem quando e onde têm vontade.

Ela abriu a boca para responder, mas Jemmy se desequilibrou, a cabeça pendendo para a frente.

– Não, não! – disse ela, sacudindo-o de novo. – Acorde, querido! Acorde para se aliviar!

O insidioso termo se fixou, de algum modo, na mente de Roger e acabou por substituir metade das palavras do verso que ele tentava recuperar.

Willie se sentou em seu penico/ E usando o elmo se aliviou...

Balançou a cabeça, como se quisesse se livrar dos versos, mas era tarde demais – a letra real havia desaparecido. Resignado, desistiu e agachou-se ao lado de Brianna para ajudá-la.

– Acorde, amigão. Há trabalho a fazer.

Passou o dedo com cuidado embaixo do queixo de Jemmy, depois soprou em seu ouvido, agitando os sedosos fios ruivos grudados nas têmporas, ainda úmidas de suor.

As pálpebras de Jemmy se abriram em fendas estreitas. Ele parecia uma pequena toupeira rosada, cruelmente arrancada de seu buraco aconchegante, espiando com medo o mundo inóspito lá fora.

Brianna bocejou e balançou a cabeça, piscando e franzindo a testa à luz da vela.

– Bem, se não gosta de "se aliviar", o que dizem para uma criança na Escócia, então? – perguntou ela, mal-humorada.

Roger moveu o dedo até o umbigo de Jemmy, fazendo cócegas.

– Ah... Eu me lembro de um amigo perguntando ao filho pequeno se ele queria fazer xixi – sugeriu.

Brianna emitiu um ruído grosseiro, mas Jemmy pestanejou.

– Xixi – disse ele ensonado, gostando do som da palavra.

– Isso, essa é a ideia – disse Roger, encorajando-o.

Passou o dedo de leve em torno da depressão do umbigo, e Jemmy esboçou um risinho, começando a despertar.

– Xixiiiii – disse ele. – Pipiiiii.

– Se der certo, que seja – disse Brianna, ainda irritada, mas conformada. – Xixi, pipi... apenas acabe logo com isso, está bem? A mamãe quer dormir.

– Talvez você deva tirar seu dedo do... dele – Roger maneou a cabeça, indicando a que se referia. – Desse jeito, vai acabar deixando o menino complexado ou algo assim.

– Está bem.

Bree tirou a mão, e o pequeno objeto se ergueu de imediato, apontando diretamente para Roger por cima da borda do penico.

– Ei! Calma, espere um... – começou a dizer, erguendo a mão para se proteger bem a tempo.

– Xixiiii – disse Jemmy, com um sorriso sonolento de prazer.

– Merda!

– Méda! – repetiu Jemmy em seguida.

– Bem, não é bem isso... Quer parar de rir? – disse ele irritado, limpando a mão cuidadosamente em um trapo da cozinha.

Brianna resfolegava e ria, balançando tanto a cabeça que mechas de cabelo soltas de sua trança caíram ao redor de seu rosto.

– *Bom garoto*, Jemmy!

Com o elogio, Jemmy assumiu um ar de concentração, comprimiu o queixo contra o peito e, sem mais delongas, passou ao Segundo Ato do drama da noite.

– Garoto esperto! – disse Roger, com sinceridade.

Brianna olhou para ele, a surpresa momentânea interrompendo seus aplausos.

Ele também ficou surpreso. Falara por reflexo e, ao ouvir as palavras, apenas por um instante, a voz não pareceu ser sua. Muito familiar – mas não a sua. Era como escrever a letra da canção do velho Clellan, ouvindo a estranha voz dele, apesar de seus próprios lábios pronunciarem as palavras.

– Sim, muito esperto – disse ele, mais suavemente, dando tapinhas carinhosos na cabeça do menino.

Ele levou o penico para ser esvaziado do lado de fora, enquanto Brianna colocava Jemmy para dormir com beijos e murmúrios de admiração. Depois de uma limpeza básica, foi até o poço lavar as mãos antes de voltar para dentro de casa para dormir.

– Terminou de trabalhar? – perguntou Brianna sonolenta quando ele se deitou na cama ao seu lado.

Ela se virou e empurrou o traseiro sem cerimônia contra a barriga dele, o que ele considerou um gesto de afeto, já que seu corpo estava bem mais quente do que o dele depois de ter saído de casa.

– Sim, por hoje.

Ele a abraçou e beijou a parte de trás de sua orelha, o calor de seu corpo um conforto e um prazer. Ela tomou a mão fria dele entre as suas sem dizer nada, fechou-a e a acomodou sob seu queixo, depois de beijá-la. Ele se alongou um pouco, depois relaxou, deixando os músculos se soltarem e sentindo os pequenos movimentos dos dois corpos se encaixando um no outro. Um ronco baixinho, como um zumbido, veio da caminha onde Jemmy dormia o sono dos justos e secos.

Brianna acabara de abafar o fogo; ele ardia com um calor suave e constante, espalhando o cheiro adocicado de nogueira e dando pequenos estalos de vez em quando, conforme a chama abafada atingia um ponto úmido ou coberto de resina.

Aos poucos, o calor o envolveu e o sono veio em seguida, cobrindo seu corpo com um manto de estupor, abrindo as organizadas gavetas de sua mente e deixando que todos os pensamentos e impressões do dia se misturassem em amontoados luminosos e coloridos.

Resistindo à inconsciência por mais alguns instantes, ele vasculhou aleatoriamente as riquezas reveladas e espalhadas na vã esperança de encontrar um vestígio da música de Telfer; uma palavra ou parte da melodia que lhe permitisse recuperar os versos desaparecidos e arrastá-los de volta para a luz da consciência. Mas não foi a história do desafortunado Willie que emergiu do entulho, mas uma voz. Não a dele, nem a do velho Kimmie Clellan.

Garoto esperto!, dizia a voz, em um contralto nítido e vigoroso, pontuado pelo riso. Roger fez um movimento brusco.

– O que você disse? – murmurou Brianna, perturbada pelo movimento.

– Vá em frente... seja esperto – disse ele devagar, repetindo as palavras conforme elas se formavam em sua memória. – Foi o que ela disse.

– Ela quem?

Brianna virou a cabeça, com um farfalhar de cabelos sobre o travesseiro.

– Minha mãe. – Ele colocou a mão livre em volta da cintura dela, reajustando a posição de ambos. – Você perguntou o que se dizia na Escócia. Eu tinha me esquecido, mas era isso que ela costumava me dizer: "Vá em frente, seja esperto!" ou "Você precisa ser esperto".

Bree soltou um resmungo ensonado de divertimento.

– Bem, é melhor do que fazer xixi – disse ela.

Ficaram em silêncio por um instante. Então ela disse, ainda baixinho, mas sem sinais de sono na voz:

– Você fala sobre seu pai às vezes, mas nunca mencionou sua mãe.

Ele encolheu um dos ombros, erguendo os joelhos para encostá-los atrás das coxas dela.

– Não me lembro de muita coisa sobre ela.

– Quantos anos você tinha quando ela morreu?

Brianna ergueu a mão e a pousou sobre a dele.

– Ah, quatro, acho, quase cinco.

– Hum.

Ela emitiu um gemido solidário e apertou a mão dele. Ficou em silêncio por alguns instantes, sozinha com seus pensamentos, mas ele a ouviu engolir em seco e sentiu uma ligeira tensão em seus ombros.

– O que foi?

– Ah... nada.

– Nada mesmo?

Ele soltou sua mão e usou-a para afastar a trança e massagear delicadamente sua nuca. Ela virou a cabeça para o outro lado para facilitar, enterrando o rosto no travesseiro.

– É só que... eu estava pensando... se eu morresse agora, Jemmy é tão pequeno... ele não ia se lembrar de mim – sussurrou ela, com a voz meio abafada.

– Sim, ele se lembraria.

Ele a contradisse automaticamente, querendo tranquilizá-la, mesmo sabendo que ela provavelmente tinha razão.

– Você não se lembra e era bem mais velho quando perdeu sua mãe.

– Ah... eu me lembro dela, sim – retrucou ele devagar, pressionando a ponta do polegar no ponto de junção entre pescoço e ombro. – Só que são fragmentos de lembranças. Às vezes, quando estou sonhando, ou pensando em outra coisa, tenho um vislumbre dela ou ouço um eco de sua voz. De algumas coisas eu me lembro com clareza, como o medalhão que ela usava no pescoço, com suas iniciais escritas com pedrinhas. Eram granadas.

Aquele medalhão provavelmente salvara a vida dele durante sua primeira tentativa frustrada de atravessar as pedras. Ele sentia a perda daquele objeto de tempos em tempos, como um espinho enterrado sob a superfície da pele, mas afastava o sentimento, dizendo a si mesmo que, no fim das contas, não passava de um pedaço de metal.

Mas ao mesmo tempo, sentia sua falta.

– É um *objeto*, Roger. – Sua voz tinha um tom incisivo. – Você se lembra *dela*? Quero dizer... o que Jemmy saberia sobre mim... sobre você, se tudo que ele tivesse de nós fossem... – ela procurou algum objeto adequado – seu *bodhran* e meu canivete?

– Ele ia saber que o pai gostava de música e que a mãe tinha sede de sangue – disse Roger secamente. – Ai! – exclamou, contraindo-se ligeiramente quando o punho de Brianna golpeou sua coxa, em seguida apoiou as mãos conciliadoramente nos ombros dela. – Não, é sério. Ele saberia muito sobre nós, e não só por causa das miudezas que tivéssemos deixado, ainda que ajudassem.

– Como?

– Bem... – Ela havia relaxado os ombros de novo; ele podia sentir a borda delgada de sua escápula, dura contra sua pele. Estava magra demais, pensou. – Você estudou história durante algum tempo, não foi? Sabe o quanto as pessoas descobrem por meio de objetos comuns, como travessas e brinquedos.

– Hum.

Bree parecia duvidar, mas ele achou que ela queria apenas ser convencida.

– E Jem saberia muito mais do que isso a seu respeito, através de seus desenhos – observou ele.

E muito mais do que um filho deveria saber, se um dia lesse seu livro dos sonhos, pensou. O súbito impulso de dizer isso, de confessar que ele próprio o lera, fez sua língua tremer, mas ele se conteve. Além do receio de como ela poderia reagir se descobrisse a intrusão, havia o medo maior de que ela parasse de registrar seus sonhos e de que aqueles breves vislumbres secretos de sua mente se perdessem para sempre.

– Acho que tem razão – disse ela, devagar. – Fico me perguntando se Jemmy vai desenhar ou se vai gostar de música.

Se Stephen Bonnet tocar flauta, Roger pensou com cinismo, mas reprimiu o pensamento subversivo, recusando-se a aceitá-lo.

– É assim que ele vai saber mais sobre nós – disse ele, continuando a delicada massagem. – Olhando para ele mesmo, não é?

– Hum?

– Bem, olhe só para você – disse ele. – Quem vê você pensa na mesma hora: "Só pode ser filha de Jamie Fraser!" E não estou me referindo apenas aos cabelos ruivos. E quanto à habilidade no tiro? E como você e sua mãe se comportam em relação aos tomates...

Ela estalou os lábios em reflexo e abriu um sorriso quando ele riu.

– Sim, está bem, estou entendendo – disse ela. – Hum. Por que falou em tomates? Usei os últimos tomates secos na semana passada e ainda faltam seis meses para a época propícia.

– Desculpe – disse ele, beijando sua nuca para se redimir. Instantes depois, acrescentou: – Tem uma coisa que sempre me perguntei. Quando você descobriu sobre Jamie, quando começamos a procurá-lo, você deve ter tentado imaginar como ele era. – Ele sabia que ela havia feito isso; *ele* certamente havia feito. – Ele era como você imaginava que ele seria, com base no que já sabia sobre ele? Ou... no que você sabia a respeito de si mesma?

Aquilo fez com que ela risse novamente, com certa ironia.

– Não sei – respondeu ela. – Eu não sabia na ocasião, e ainda não sei.

– O que quer dizer com isso?

– Bem, quando você ouve falar de alguém antes de conhecer essa pessoa, é natural que a pessoa real não corresponda exatamente ao que você ouviu falar ou como você a imaginou. Mas você também não esquece o que imaginou. Isso fica em sua mente e de certa forma se funde com o que você descobre quando conhece a pessoa. E depois... – Ela inclinou a cabeça para a frente, pensando. – Mesmo que você conheça uma pessoa *primeiro*, e tenha informações sobre ela depois... isso de certa forma afeta a maneira como você a vê, não?

– Hum, imagino que sim. Está se referindo a... seu outro pai? Frank?

– Acho que sim. – Ela se ajeitou, afastando a ideia. Não queria falar sobre Frank Randall, não naquele momento. – E quanto a seus pais, Roger? Acha que foi por isso que o reverendo guardou todas aquelas coisas velhas nas caixas? Para que mais tarde você pudesse examiná-las, saber mais sobre eles e de certa forma acrescentar isso a suas lembranças deles?

– Eu... sim, imagino que sim – respondeu ele, pouco convicto. – Não que eu tenha alguma lembrança real de meu verdadeiro pai, de qualquer modo; ele só me viu uma vez e eu tinha menos de um ano na época.

– Mas você se lembra de sua mãe, não é? Pelo menos um pouco?

Ela pareceu um pouco ansiosa; queria que ele se lembrasse. Ele hesitou, e um pensamento o assaltou com um leve choque. Ele percebeu que, na verdade, nunca tentava se lembrar da mãe conscientemente. Ao se dar conta disso, teve uma repentina e pouco usual sensação de vergonha.

– Ela morreu na guerra, não foi?

A mão de Bree tinha retomado a massagem que Roger interrompera, estendendo-se para massagear o músculo contraído de sua coxa.

– Sim. Ela... durante o bombardeio aéreo. Uma bomba.

– Na Escócia? Mas eu pensei...

– Não. Em Londres.

Ele não queria falar sobre o assunto. *Nunca* falara sobre aquilo. Nas raras ocasiões em que a memória o conduzia naquela direção, ele desviava. Aquele território ficava guardado a portas fechadas, com um grande aviso de "Proibida a entrada" que ele nunca pensou em desobedecer. E, no entanto, naquela noite... ele sentia o eco da angústia de Bree ao imaginar que seu filho pudesse um dia não se lembrar dela. E sentiu o mesmo eco, como uma voz fraca chamando-o, a voz da mulher trancada atrás daquela porta em sua mente. Mas estaria de fato trancada, afinal?

Com uma sensação de vazio no peito, que poderia ser temor, estendeu a mão e segurou a maçaneta da porta fechada. De quanto realmente se lembrava?

– Minha avó, mãe de minha mãe, era inglesa – disse ele devagar. – Viúva. Nós fomos viver com ela em Londres depois que meu pai morreu.

Ele não pensava na avó, assim como não pensava na mãe, havia anos. Mas, ao falar, podia sentir o cheiro de loção de glicerina e água de rosas que a avó usava nas mãos, o cheiro levemente mofado de seu apartamento na Tottenham Court Road, entulhado com móveis estofados com tecido de crina de cavalo grandes demais para o ambiente, resquícios de uma vida anterior, quando tinha uma casa, marido e filhos.

Ele respirou fundo. Bree percebeu e pressionou as costas largas e firmes contra seu peito, encorajando-o. Ele beijou sua nuca. Então a porta *de fato* se abriu – apenas uma fresta, talvez, mas a luz de uma tarde de inverno londrino brilhou através dela, iluminando uma pilha de blocos de madeira gastos sobre um tapete puído. A mão de uma mulher construía uma torre com eles, o sol fraco espalhando em todas as direções arco-íris refletido de um diamante em sua mão. Ele fechou os próprios dedos em reflexo diante da imagem daquela mão estreita.

– Mamãe... minha mãe... era pequena, como minha avó. Quer dizer, para mim, ambas pareciam grandes, mas eu me lembro... eu me lembro de vê-la na ponta dos pés, tentando alcançar as coisas na prateleira.

Coisas. A lata de chá, com seu açucareiro de vidro lapidado. A chaleira velha, três canecas que não combinavam entre si. A dele tinha o desenho de um panda. Um pacote de biscoitos, vermelho-vivo, com o desenho de um papagaio... Meu Deus, ele nunca mais vira um daqueles desde então... será que ainda eram fabricados? Não, claro que não, não agora...

Afastou a mente dessas divagações para voltar ao presente.

– Eu sei como ela era, mas mais pelas fotografias, não exatamente pelas minhas lembranças.

No entanto, ele *tinha* lembranças, percebeu, com uma perturbadora sensação na boca do estômago. Ele pensou em "mãe" e de repente não viu mais as fotos; viu a corrente de seus óculos, um cordão de minúsculas bolinhas de metal sobre a curva suave de um seio e uma maciez cálida e agradável, cheirando a sabonete contra sua bochecha; o tecido de algodão de um vestido florido. Flores azuis. Na forma de trombetas, com vinhas enroscadas; conseguia vê-las claramente.

– Como ela era? Você se parece pelo menos um pouco com ela?

Ele deu de ombros e Bree mudou de posição, virando-se para olhar para ele, a cabeça apoiada no braço esticado. Seus olhos brilhavam na semiescuridão, o sono sobrepujado pelo interesse.

– Um pouco – disse ele lentamente. – Os cabelos dela eram escuros, como os meus.

Brilhantes, ondulados. Esvoaçados pelo vento, salpicados de grãos de areia branca. Ele havia jogado areia em sua cabeça, e ela sacudia os cabelos para tirá-la, rindo. Uma praia em algum lugar?

– O reverendo guardava algumas fotos dela em seu escritório. Em uma das fotos, ela me segurava no colo. Não sei para o que estávamos olhando, mas parecia que ambos nos esforçávamos para não rir. Estamos muito parecidos na foto. Minha boca é parecida com a dela, acho... e... talvez... a forma das sobrancelhas.

Durante muito tempo, ele sentira um aperto no coração toda vez que via as fotos da mãe. Mas então essa sensação passou, as fotos perderam o significado e se tornaram apenas objetos no amontoado de coisas da casa do reverendo. Agora ele as via com clareza outra vez, e o nó no peito voltou. Pigarreou com força, esperando diminuir aquela sensação.

– Quer água?

Ela fez menção de se levantar, estendendo a mão para a jarra e a caneca que ficavam sobre o banco ao lado da cabeceira da cama, mas ele negou com a cabeça e pôs a mão no ombro dela para impedi-la.

– Não, não precisa – disse, meio ríspido, e pigarreou de novo.

Sentia a garganta apertada e dolorida como nas semanas seguintes ao enforcamento, e sua mão procurou involuntariamente a cicatriz, alisando a linha irregular sob seu maxilar com a ponta do dedo.

– Sabe – falou, procurando uma distração momentânea –, você deveria fazer um autorretrato da próxima vez que for visitar sua tia em River Run.

– O quê, eu?

Ela pareceu espantada, ele pensou, e talvez um pouco contente com a ideia.

– Claro. Você é capaz, eu sei. E então haveria... bem, um registro permanente.

Para Jem se lembrar, caso alguma coisa aconteça com você. As palavras pairaram acima deles na escuridão, silenciando-os por um momento. Droga, e ele queria tranquilizá-la.

– Eu gostaria de ter um retrato seu – disse ele com delicadeza, esticando um dedo para traçar o contorno do rosto dela. – Para podermos olhar para ele quando formos bem velhos, e eu poder dizer que você não mudou nada.

Ela resmungou baixinho, mas virou a cabeça e beijou os dedos dele com cuidado antes de se virar e se deitar de costas. Ela se espreguiçou, esticando os dedos dos pés até suas articulações estalarem, depois relaxou com um suspiro.

– Vou pensar.

O quarto estava em silêncio, exceto pelo murmúrio do fogo e o estalido suave da madeira. A noite estava fria, mas tranquila; a manhã seria enevoada – ele sentira a umidade se condensando no chão quando saíra, sendo soprada pelas árvores. Mas ali dentro estava quente e seco. Brianna suspirou de novo; ele podia senti-la adormecendo outra vez a seu lado, e podia sentir o sono envolvê-lo também.

A tentação de se render e deixar que o sono o carregasse para longe de forma indolor era grande. Mas, apesar de os temores de Brianna estarem apaziguados por enquanto, ele ainda ouvia aquele murmúrio: "Ele não se lembraria de mim." Mas agora o murmúrio vinha do outro lado da porta em sua mente.

Sim, eu me lembro, mãe, ele pensou, abrindo-a totalmente.

– Eu estava com ela – disse ele baixinho.

Ele estava deitado de costas, fitando o teto de vigas de pinho, as juntas dos caibros quase invisíveis mesmo aos seus olhos adaptados ao escuro.

– O quê? Com quem?

Ele percebia o embalo do sono em sua voz, mas a curiosidade a despertou momentaneamente.

– Com minha mãe. E minha avó. Quando... a bomba.

Ele ouviu o movimento da cabeça dela no travesseiro ao se virar, ao ouvir a tensão em sua voz, mas continuou olhando para as vigas do teto, sem piscar.

– Quer me contar?

A mão de Brianna encontrou a dele, envolvendo-a, apertando-a. Ele não sabia se queria, mas assentiu, apertando a mão dela de volta.

– Sim. Acho que devo – disse baixinho.

Suspirou profundamente, sentindo o cheiro persistente de polenta frita e cebolas que permanecia nos cantos da casa. Em algum lugar no fundo de seu nariz, a reminiscência do cheiro de dutos de aquecimento e mingau no café da manhã, roupas de lã úmidas e fumaça de caminhões despertou guias silenciosos no labirinto da memória.

– Foi à noite. As sirenes de bombardeio aéreo soaram. Eu sabia o que eram, mas elas me deixavam aterrorizado todas as vezes. Não tivemos tempo de nos vestir; minha mãe me tirou da cama e vestiu o casaco em mim por cima do pijama. Então saímos correndo escada abaixo... Eram 36 degraus; eu os havia contado naquele dia, ao voltar para casa vindo das compras... Corremos para o abrigo mais próximo.

O abrigo mais próximo para eles era a estação de metrô do outro lado da rua; ladrilhos brancos imundos e luzes fluorescentes inconstantes, a forte corrente de ar em algum lugar bem abaixo deles, como a respiração de dragões em cavernas próximas.

– Foi emocionante. – Ele conseguia ver o amontoado de pessoas, ouvir os gritos dos guardas em meio ao barulho da multidão. – Tudo vibrava; o chão, as paredes, o próprio ar.

Pés pisavam com força nas tábuas de madeira conforme montes de refugiados afluíam para as entranhas da terra, um nível abaixo até uma plataforma, mais um, outro, penetrando cada vez mais fundo em busca de segurança. Era o pânico – mas um pânico ordenado.

– As bombas conseguiam descer a 15 metros de profundidade, mas os níveis mais profundos eram seguros.

Eles tinham chegado à base do primeiro lance de escadas, correram com uma multidão, todos se acotovelando, através de um túnel curto, de ladrilhos brancos, até outra escadaria. Havia um espaço amplo no topo da escada seguinte e todos se aglomeraram tentando descer; a multidão foi aumentando com a pressão dos refugiados que chegavam sem parar do túnel atrás, sendo drenados aos poucos como uma estreita corrente que descia para o patamar inferior.

– Havia um muro no topo da escada; eu podia ouvir minha avó preocupada, dizendo que eu ia ser esmagado contra ele... As pessoas chegavam aos montes da rua, pressionando por trás.

Ele conseguia enxergar por cima do muro, se ficasse na ponta dos pés, com o peito pressionado contra o concreto. Lá embaixo, luzes de emergência brilhavam em linhas interrompidas ao longo das paredes, projetando listras na multidão aglomerada. Era tarde da noite; a maioria das pessoas estava vestindo o que tinha conseguido pegar quando a sirene tocou, e a luz brilhava em lampejos inesperados de pele nua e vestimentas extraordinárias. Uma mulher vestia um chapéu extravagante, decorado com penas e frutas, e um sobretudo antigo.

Ele estava observando a multidão abaixo, fascinado, tentando ver se era realmente um faisão inteiro que ela levava no chapéu. Houve uma gritaria; um guarda de capacete branco agitava os braços loucamente, tentando acelerar a multidão já apressada para o fim da plataforma, abrindo espaço para aqueles que vinham da escada.

– Crianças choravam, mas não eu. Eu realmente não sentia medo nenhum.

Ele não sentia medo porque a mãe segurava sua mão. *Se ela estava lá, nada de ruim poderia acontecer.*

– Ouvimos um estrondo perto. Pude ver as luzes estremecerem. Então ouvimos um barulho, como se algo se rasgasse acima de nossas cabeças. Todos olharam para cima e começaram a gritar.

A rachadura no teto inclinado não parecera muito assustadora; apenas uma linha fina e escura que ziguezagueava como um enorme raio, seguindo as linhas dos ladrilhos. Mas de repente ela se ampliou, uma goela aberta como a boca de um dragão, e terra e ladrilhos começaram a desmoronar.

Ele já havia se aquecido havia bastante tempo, mas todos os pelos em seu corpo se arrepiaram naquele momento. Seu coração bateu com força dentro do peito, e ele teve a sensação de que a forca apertava seu pescoço outra vez.

– Ela soltou – disse ele em um sussurro estrangulado. – Ela soltou minha mão.

Brianna segurou a mão dele entre as suas, com força, tentando salvar o menino que ele tinha sido.

– Ela teve que fazer isso – disse ela, em um sussurro ansioso. – Roger, ela não teria soltado se não tivesse sido forçada a isso.

– Não. – Ele balançou a cabeça com violência. – Não foi isso... Quer dizer... Espere. Espere um minuto, está bem?

Piscou com força, tentando desacelerar a respiração, lutando contra os estilhaços daquela noite. Confusão, pânico, dor... mas o que havia realmente *acontecido*? Ele não guardara nada, a não ser a lembrança do caos. Mas ele sobrevivera; devia saber o que tinha acontecido – se conseguisse se forçar a reviver tudo aquilo.

A mão de Brianna apertava a dele, os dedos ainda pressionando o suficiente para interromper o fluxo de sangue. Ele deu tapinhas suaves na mão dela, e ela relaxou um pouco.

Ele fechou os olhos e deixou acontecer.

– No começo, eu não conseguia me lembrar – disse, por fim, baixinho. – Ou melhor, eu me lembrava, mas me lembrava do que as pessoas me disseram que havia acontecido.

Ele não se lembrava de ter sido carregado, inconsciente, pelo túnel. Depois de resgatado, passara várias semanas sendo transferido entre abrigos de assistência e lares temporários com outros órfãos, mudo por causa do choque.

– Eu sabia meu nome, é claro, e meu endereço, mas isso não ajudava muito naquelas circunstâncias. Meu pai estava morto... Enfim, quando as equipes de assistência localizaram o irmão de minha avó, o reverendo, e ele foi me buscar, eles já tinham juntado as peças da história do que acontecera no abrigo. Foi um milagre eu não ter morrido com todos que estavam na escada, segundo me disseram. Disseram que minha mãe devia ter soltado minha mão durante o pânico... Eu provavelmente tinha sido separado dela e levado escada abaixo pela multidão; foi assim que acabei no andar de baixo, onde o teto não cedeu.

A mão de Brianna ainda estava curvada sobre a dele de modo protetor, mas não a apertava mais.

– E agora você se lembra do que aconteceu? – perguntou ela baixinho.

– Eu me lembrava de ela ter soltado minha mão – respondeu ele. – Então pensei que o resto da história também estava certo. Mas não estava. Ela soltou minha mão. – As palavras agora vinham com mais facilidade; o aperto na garganta e no peito haviam desaparecido. – Ela soltou minha mão... e me pegou no colo. Aquela mulher pequena... ela me pegou no colo e me atirou por cima do muro, bem no meio das pessoas na plataforma abaixo. Acho que desmaiei com a queda, mas me lembro do estrondo quando o teto desmoronou. Ninguém na escada sobreviveu.

Ela pressionou o rosto contra o peito dele, e ele sentiu quando ela respirou fundo, estremecendo. Acariciou seus cabelos, e seu coração começou finalmente a bater mais devagar.

– Está tudo bem – sussurrou ele, embora sua voz estivesse rouca e grave, e a luz do fogo explodisse em manchas estreladas através das lágrimas em seus olhos. – Nós não vamos esquecer. Nem Jem, nem eu. Não importa o que aconteça. Nós não vamos esquecer.

Ele conseguia ver o rosto da mãe, brilhando, nítido, entre as estrelas.

Garoto esperto, disse ela, e sorriu.

99

IRMÃO

A neve começou a derreter. Eu estava dividida entre o prazer com o descongelamento do mundo e o latejar da primavera no chão e a inquietação com a perda da barreira congelada que nos protegia, mesmo que temporariamente, do mundo lá fora.

Jamie não mudara de ideia. Passou a noite escrevendo uma carta de palavras cuidadosamente escolhidas para Milford Lyon. Ele agora estava pronto, conforme escreveu, para considerar a venda de sua mercadoria – leia-se uísque ilegal –, como o sr. Lyon havia sugerido, e tinha o prazer de informar que uma quantidade considerável estava disponível. Entretanto, estava preocupado com a possibilidade de algum contratempo na entrega – isto é, interceptação por autoridades alfandegárias ou roubo no trajeto – e queria alguma garantia de que sua mercadoria seria transportada por um cavalheiro de reconhecida habilidade em tais assuntos – em outras palavras, um contrabandista que tivesse bom trânsito por toda a costa.

Recebera garantias de seu bom amigo, o sr. Priestly de Edenton (que ele, claro, nunca tinha visto), Jamie escreveu, e do sr. Samuel Cornell, com quem tivera a honra de servir no Conselho de Guerra do governador, de que um certo Stephen Bonnet era de longe o mais adequado para transações desse tipo, com a reputação de ter uma habilidade sem igual. Se o sr. Lyon marcasse uma reunião com o sr. Bonnet, para que Jamie pudesse ter sua própria impressão e se certificar da segurança do arranjo planejado...

– Acha que ele fará isso? – perguntei.

– Se ele conhece Stephen Bonnet ou sabe como encontrá-lo, sim. – Jamie pressionou o anel de cabochão do pai no selo de cera. – Priestly e Cornell são sobrenomes muito influentes, pode ter certeza.

– E se ele de fato encontrar Bonnet...

– Então irei ao encontro dele.

Arrancou o anel da cera endurecida, deixando uma marca lisa, cercada pelas minúsculas folhas de morango da insígnia dos Frasers. Constância, era o que significavam. Em determinados estados de espírito, eu tinha certeza de que era apenas outra palavra para teimosia.

A carta para Lyon partiu com Fergus, e eu tentei esquecê-la. Ainda era inverno; com um pouco de sorte, o navio de Bonnet enfrentaria uma tempestade e afundaria, poupando muito trabalho a todos nós.

Ainda assim, a questão espreitava no fundo da minha mente, e quando voltei para casa depois de realizar um parto e encontrei uma pilha de cartas sobre a escrivaninha no escritório de Jamie, senti o coração na boca.

Não havia – graças a Deus! – nenhuma resposta de Milford Lyon entre as cartas. Ainda que tal resposta tivesse chegado, no entanto, teria sido prontamente eclipsada e esquecida, pois no meio das correspondências, havia uma carta endereçada a Jamie, escrita com a caligrafia forte da irmã dele.

Quase não consegui conter o impulso de abri-la – e se nela houvesse alguma censura virulenta, lançá-la diretamente no fogo antes que Jamie pudesse vê-la. Mas o respeito falou mais alto e eu consegui me conter até Jamie chegar de Salem, coberto de lama das trilhas intransitáveis. Ao ser informado da carta que o aguardava, ele lavou o rosto e as mãos rapidamente e dirigiu-se ao escritório, tendo o cuidado de fechar a porta antes de romper o selo.

Seu rosto não demonstrava nada, mas eu o vi respirar fundo antes de abri-la, como se estivesse se preparando para o pior. Dei a volta calmamente para ficar atrás dele e coloquei a mão em seu ombro para encorajá-lo.

Jenny Fraser Murray escrevera em uma caligrafia elegante, as letras redondas e graciosas, as linhas retas e perfeitamente legíveis na página.

16 de setembro de 1771

Irmão,

Bem. Depois de pegar a pena e escrever a única palavra acima, fiquei sentada diante dela, fitando-a, até a vela ter queimado quase por completo, e ainda não tenho ideia do que dizer. Seria um lamentável desperdício de boa cera de abelha continuar assim e, no entanto, se eu apagasse a vela e voltasse para a cama, teria desperdiçado uma folha de papel sem nenhum propósito – assim sendo, acho que devo continuar, em nome da economia.

Eu poderia repreendê-lo. Isso ocuparia bastante espaço na folha de papel e perpetuaria o que meu marido gosta de chamar de os mais imundos e hediondos palavrões que já teve o privilégio de ouvir em sua longa vida. Isso parece econômico, já que tive um grande trabalho para formulá-los à época e não gostaria de ver o esforço desperdiçado. Ainda assim, acho que não tenho papel suficiente para escrever todos eles.

Acho também que talvez, no fim das contas, eu não queria censurá-lo nem condená-lo, pois você poderia considerar isso uma punição merecida e assim aliviaria sua consciência no que encararia como uma expiação, deixando de punir a si mesmo. É uma penitência simples demais; o meu desejo é que, se por acaso sente culpa, ela esfole sua alma como a perda de meu filho esfola a minha.

Apesar disso, creio que estou escrevendo para perdoá-lo – era a minha intenção ao pegar a pena, eu sei, e embora o perdão pareça uma iniciativa duvidosa para mim no momento, espero que a ideia se torne mais palatável com a prática.

As sobrancelhas de Jamie ergueram-se quase até a raiz dos cabelos, mas ele continuou a ler em voz alta, fascinado.

Imagino que deva estar curioso a respeito do que me levou a agir desse modo, então vou lhe contar.

Fui visitar Maggie na manhã da última segunda-feira. Ela teve outro bebê, de modo que você é tio outra vez; uma linda garotinha chamada Angelica, que é um nome bobo, na minha opinião, mas ela é muito loira e nasceu com a marca de um morango no peito, o que é um talismã para toda a vida. Saí da casa deles à noite e já estava no meio do caminho para casa quando minha mula pisou em um buraco e caiu. Tanto a mula quanto eu ficamos um pouco estropiadas com o acidente, e ficou claro que eu não poderia montar a criatura, nem viajar grande distância a pé.

Eu me vi na estrada Auldearn, logo acima da colina vindo de Balriggan. Normalmente, eu não procuraria a companhia de Laoghaire MacKenzie – pois ela retomou esse nome depois que deixei claro no distrito meu desagrado diante da ideia de que ela usasse "Fraser", já que não tinha direito a ele –, mas era o único lugar onde eu poderia obter abrigo e comida, pois a noite já chegava, com ameaça de chuva.

Assim, apeei e deixei a mula junto à estrada para encontrar seu próprio alimento, enquanto eu saía mancando à procura do meu.

Aproximei-me pelos fundos da casa, passando pela horta, e fui dar no pequeno caramanchão que você construiu. As videiras estão bem crescidas agora, por isso não consegui ver nada, mas percebi que havia gente em casa, pois ouvi vozes.

A essa altura, a chuva já começara a cair. Não era nenhum temporal, mas o barulho dos pingos nas folhas deve ter abafado minha voz, pois ninguém atendeu quando chamei. Eu me aproximei como uma lesma manca, sem dúvida, pois estava machucada por causa da queda e meu tornozelo direito doía intensamente, e estava prestes a chamar outra vez, quando ouvi sons de uma inesperada hochmagandy vindo de dentro do caramanchão.

– *Hochmagandy?*

Olhei para Jamie, erguendo as sobrancelhas, sem entender.

– Fornicação – respondeu ele.
– Ah – falei, voltando a olhar para a carta por cima de seu ombro.

Fiquei imóvel, é claro, pensando no que seria o melhor a fazer. Percebi que se tratava de Laoghaire gemendo, mas não fazia a menor ideia de quem seria seu parceiro. Meu tornozelo estava inchado como uma bexiga, por isso não conseguiria ir muito mais longe, então me vi obrigada a ficar ali na chuva, ouvindo toda aquela safadeza.

Eu saberia se ela estivesse sendo cortejada por um homem do distrito, mas não ouvira falar que ela tivesse dado atenção a nenhum, apesar de vários terem tentado; ela tem Balriggan, afinal de contas, e vive como uma rica proprietária de terras com o dinheiro que você lhe dá.

Fiquei indignada com o que ouvi, porém de alguma forma mais surpresa ao descobrir a causa. E era um sentimento de fúria em seu nome – por mais irracional que essa fúria possa parecer, nas circunstâncias. Ainda assim, ao sentir tal emoção brotando com toda a força em meu peito, fui obrigada, relutantemente, a admitir que meus sentimentos por você provavelmente não tinham morrido de todo.

Nesse ponto, o texto foi interrompido, como se Jenny tivesse sido chamada para resolver alguma questão doméstica. Foi retomado, com outra data, na página seguinte.

18 de setembro de 1771

Sonho com Ian de tempos em tempos...

– O quê?! – exclamei. – Dane-se o Jovem Ian. Quem estava com Laoghaire?
– Eu também gostaria de saber – murmurou Jamie.
As pontas de suas orelhas estavam muito vermelhas, mas ele não ergueu os olhos da carta.

Sonho com Ian de tempos em tempos. Esses sonhos com frequência tomam a forma de cenas cotidianas, e eu o vejo aqui em Lallybroch, mas vez por outra sonho com ele em sua vida entre os selvagens – se é que ele de fato ainda está vivo (e eu me convenço de que meu coração saberia, de alguma forma, se ele não estivesse).

Assim, vejo que, no final das contas, tudo se resume à mesma palavra com que comecei – aquela única palavra, "Irmão". Você é meu irmão, assim como Ian é meu filho, ambos minha carne e meu espírito, e sempre serão. Se a perda de Ian assombra meus sonhos, a sua perda assombra meus dias, Jamie.

Ele parou por um instante, engoliu em seco e continuou com a voz firme:

Escrevi cartas a manhã inteira, discutindo comigo mesma se devia terminar esta ou atirá-la ao fogo. Mas agora os relatos foram feitos, já escrevi a todos em quem consegui pensar, e as nuvens se dissiparam, de modo que o sol brilha através da janela perto da minha escrivaninha, e as sombras da roseira de nossa mãe incidem sobre mim.

Pensei ouvir minha mãe falar comigo diversas vezes durante todos esses anos. Mas não preciso ouvi-la agora para saber muito bem o que ela diria. Portanto não vou atirar esta carta ao fogo.

Você se lembra do dia em que eu quebrei a jarra de creme de leite boa, atirando-a na sua cabeça porque você me atormentou? Sei que se lembra da ocasião, pois certa vez mencionou o caso a Claire. Eu hesitei em admitir o crime, e você assumiu a culpa, mas nosso pai sabia a verdade e nos castigou a ambos.

Agora sou avó de uma dezena de netos, meus cabelos estão grisalhos e ainda sinto o rosto queimar de vergonha e minha barriga se contrair como um punho cerrado ao me lembrar de nosso pai nos fazendo ajoelhar lado a lado e nos inclinar sobre o banco para sermos açoitados.

Você gritou e grunhiu como um cachorrinho quando ele o golpeou com a correia, e eu mal conseguia respirar e não ousava olhar para você. Depois foi a minha vez, mas eu estava tão arrasada pelas emoções que mal senti os golpes. Sem dúvida você está lendo essas linhas e dizendo, indignado, que nosso pai era muito menos duro comigo porque eu era menina. Bem, talvez sim, e talvez não; mas devo dizer que Ian é gentil com as filhas.

Jamie resmungou.

– É, pode apostar – murmurou.

Esfregou o nariz com um dedo e continuou a ler, tamborilando na mesa enquanto lia.

Mas então nosso pai disse que você receberia outro açoite, por mentir – pois a verdade era a verdade, afinal. Eu teria me levantado e saído correndo naquele momento, mas ele me obrigou a ficar onde eu estava e me disse, calmamente, que embora você fosse pagar o preço da minha covardia, ele não achava correto que eu escapasse de todo.

Você sabe que não emitiu nenhum som da segunda vez? Espero que não tenha sentido os açoites em suas costas, porque eu senti cada um deles.

Jurei naquele dia que jamais seria covarde outra vez.

E vejo que, na verdade, é covardia continuar a culpá-lo pelo que aconteceu com Ian. Eu sempre soube o que é amar um homem – seja ele marido ou irmão, amante ou filho. É algo perigoso.

Os homens vão aonde querem, fazem o que querem; não cabe à mulher pedir que fiquem, nem repreendê-los por serem quem são – ou por não voltarem.

Eu sabia disso quando mandei Ian para a França com uma cruz de madeira e uma mecha de meus cabelos transformados em amuleto de amor, rezando para que ele voltasse para mim, de corpo e alma. Eu sabia disso quando entreguei a você um rosário em sua partida para Leoch, esperando que não se esquecesse de Lallybroch nem de mim. Eu sabia disso quando o jovem Jamie nadou para a ilha da foca, quando Michael pegou o navio para Paris, e também devia saber disso quando Ian partiu com você.

Mas fui abençoada na vida; meus homens sempre voltaram para mim. Mutilados, talvez; um tanto afetados, por vezes; gravemente feridos, desalinhados, esfarrapados e dilacerados – mas eu sempre os tive de volta. Passei a acreditar que isso era direito meu, mas estava enganada.

Vi muitas viúvas desde a Revolta. Não sei dizer por que achei que devia ser poupada do sofrimento delas, por que somente eu não deveria perder nenhum dos meus homens, e apenas um dos meus bebês, minha filhinha. E como eu havia perdido Caitlin, passei a valorizar Ian ainda mais, já que sabia que ele seria o último bebê que eu ia gerar.

Eu ainda o via como meu bebê; deveria tê-lo visto como o homem que era. E, portanto, sei bem que se você pudesse tê-lo impedido, não o teria feito – porque você também é um maldito homem.

Agora eu já cheguei quase ao fim desta folha e acho exagerado começar outra.

Nossa mãe sempre o amou, Jamie, e quando soube que estava morrendo, ela me chamou e me pediu para cuidar de você. Como se algum dia eu pudesse deixar de fazê-lo.

Sua afetuosa e amorosa irmã
Janet Flora Arabella Fraser Murray

Jamie ficou segurando o papel por um momento, depois o colocou sobre a escrivaninha com muito cuidado. Permaneceu quieto, com a cabeça abaixada, apoiada na mão, de forma que eu não pudesse ver seu rosto. Seus dedos estavam abertos entre os cabelos e não paravam de se mover, massageando sua testa enquanto ele sacudia a cabeça lentamente, para a frente e para trás. Eu podia ouvi-lo respirar com uma leve suspensão de tempos em tempos.

Por fim, abaixou a mão e olhou para mim, piscando. Seu rosto estava muito corado, havia lágrimas em seus olhos e sua expressão era intensa, uma mistura de perplexidade, raiva e humor, o humor apenas um pouco mais forte do que o restante.

– Ah, Deus! – disse ele. Fungou e enxugou os olhos com as costas da mão. – Ah, como *diabos* ela consegue fazer isso?

– Fazer o quê?

Tirei um lenço limpo do meu corpete e o entreguei a ele.

– Fazer com que eu me sinta como se tivesse 8 anos – disse ele melancolicamente. – E um idiota, ainda por cima.

Assoou o nariz e em seguida estendeu a mão para tocar as rosas achatadas com cuidado.

Fiquei exultante com a carta de Jenny e sabia que o coração de Jamie também estava muito mais leve depois de recebê-la. Ao mesmo tempo, continuava extremamente curiosa em relação ao incidente que ela começara a descrever – e sabia que Jamie estava ainda mais interessado, embora ele se abstivesse de dizer.

Uma carta chegou mais ou menos uma semana depois, enviada por seu cunhado Ian, mas embora contivesse as notícias usuais de Lallybroch e Broch Mordha, não fazia nenhuma menção à aventura de Jenny perto de Balriggan, nem ao flagrante no caramanchão de videiras.

– Acha que poderia perguntar a um deles? – sugeri delicadamente, sentada na cerca enquanto o observava fazer os preparativos para castrar uma ninhada de porquinhos. – Ian ou Jenny?

– Não – respondeu ele com firmeza. – E, afinal, não é da minha conta, certo? Se aquela mulher um dia já foi minha esposa, certamente não é mais agora. Se ela decidiu arranjar um amante, o problema é dela. Claro.

Ele pisou com força no fole, aumentando o fogo no qual o ferro de cauterização esquentava, e tirou a tesoura de castrar da cintura.

– Qual parte você prefere, Sassenach?

Era a escolha entre a grande possibilidade de ser mordida enquanto prendia os dentes de um lado e a certeza de ser atingida pelas fezes do outro. A desafortunada verdade era que Jamie era muito mais forte do que eu e, embora pudesse castrar um animal sem dificuldade, eu de fato tinha algum conhecimento profissional. Portanto, foi a praticidade e não o heroísmo que ditou minha escolha, e eu já tinha me preparado para a atividade protegendo-me com meu grosso avental de lona, tamancos de madeira e uma camisa velha e esfarrapada que já tinha sido de Fergus e que sairia do chiqueiro diretamente para a fogueira.

– Você segura, eu corto.

Desci da cerca e peguei a tesoura.

Seguiu-se um breve, mas ruidoso interlúdio, depois do qual os cinco porquinhos foram liberados para uma refeição de consolação composta de sobras da cozinha, com os traseiros bem cobertos por uma mistura de alcatrão e terebintina para evitar infecções.

– O que acha? – perguntei, observando-os comer em aparente estado de contentamento. – Se você fosse um porco, quero dizer. Preferiria cavar por aí em busca de alimento, mas manter suas bolas, ou abriria mão delas para chafurdar na lavagem?

Aqueles seriam mantidos no chiqueiro, alimentados cuidadosamente com restos de carne macia, enquanto a maioria dos porcos costumava ser solta na floresta para se virar sozinha.

Jamie balançou a cabeça.

– Imagino que não possam sentir falta de algo que nunca tiveram – disse ele. – E, afinal, eles têm comida.

Ele se inclinou sobre a cerca por alguns instantes, observando os rabinhos enrolados começarem a se abanar e se contorcer de prazer, os pequenos ferimentos abaixo aparentemente esquecidos.

– Além do mais – acrescentou com cinismo –, um par de bolas pode trazer mais tristezas do que alegrias a um homem, embora eu não tenha conhecido muitos que preferissem viver sem elas, apesar dos pesares.

– Bem, os padres devem considerá-las um fardo, imagino. – Afastei a camisa suja do meu corpo cuidadosamente antes de tirá-la. – Ufa. Nada fede mais do que fezes de porco, nada.

– O quê? Nem o porão de um navio negreiro nem um corpo em decomposição? – perguntou ele, rindo. – Feridas purulentas? Um bode?

– Merda de porco – reafirmei com firmeza. – Não tem comparação.

Jamie pegou a camisa embolada da minha mão e rasgou-a em tiras, guardando as partes mais limpas para serviços como limpar ferramentas e tapar frestas. O restante ele atirou no fogo, dando um passo para trás quando uma brisa inesperada soprou uma fumaça fedorenta em nossa direção.

– Sim, bem, houve Narses. Foi um grande general, ou assim dizem, apesar de ser um eunuco.

– Talvez a mente de um homem funcione melhor sem essa distração – sugeri, rindo.

Ele apenas resmungou em resposta, mas foi um resmungo bem-humorado. Jogou terra nas cinzas da fogueira, enquanto eu recolhia meu ferro de cauterização e o pote de alcatrão, e voltamos para casa, conversando sobre outras coisas.

Minha mente, no entanto, demorou-se naquela observação: "Um par de bolas pode trazer mais tristezas do que alegrias a um homem." Estaria falando apenas de modo geral?, eu me perguntei. Ou haveria alguma alusão pessoal por trás dessa declaração?

Em tudo que ele já me dissera a respeito de seu breve casamento com Laoghaire MacKenzie – por menos que fosse, por consentimento mútuo –, não houvera nenhuma sugestão de que ele tivesse se sentido atraído fisicamente por ela. Casara-se com ela impelido pela solidão e por uma sensação de dever, desejando uma pequena âncora no vazio em que sua vida se transformara depois de seu retorno da Inglaterra. Ou pelo menos foi o que ele disse.

E eu acreditei em suas palavras. Ele era um homem de honra e comprometimento, e eu sabia como tinha sido sua solidão – pois eu também a sentira. Por outro lado, eu conhecia seu corpo, quase tão bem quanto conhecia o meu. Tinha uma grande capacidade de suportar dificuldades, mas igual capacidade de sentir grandes prazeres. Jamie podia ser ascético por necessidade – nunca por natureza.

Durante a maior parte do tempo, eu conseguia esquecer que ele havia dividido a cama com Laoghaire, mesmo que apenas por um curto e – segundo ele – insatisfatório período. Eu não me esquecia de que ela fora, e ainda era, uma mulher muito atraente.

O que fazia com que eu desejasse muito que Jenny Murray tivesse encontrado alguma outra inspiração para a conversão de seus sentimentos em relação ao irmão.

Jamie ficou calado e distraído o resto do dia, embora tivesse se esforçado para ser sociável quando Fergus e Marsali chegaram com os filhos para uma visita depois do jantar. Ele ensinou Germain a jogar damas, enquanto Fergus recordava para Roger a letra de uma balada que ele aprendera nas vielas de Paris na época em que era batedor de carteiras. As mulheres se acomodaram perto da lareira, para bordar roupas de bebê, tricotar sapatinhos e – em homenagem à gravidez de Marsali e ao noivado de Lizzie – se divertir com histórias apavorantes de trabalho de parto e nascimento.

– O bebê estava de lado e era do tamanho de um porquinho de seis meses...

– Ah, Germain tinha uma cabeça que parecia uma bala de canhão, de acordo com a parteira, e estava virado *para trás*, o danadinho...

– Jemmy tinha uma cabeça enorme, mas o problema foram os ombros...

–... *le bourse*... a "bolsa" da mulher, é claro, é sua...

– Seu modo de ganhar a vida, sim, sei. Depois, a parte seguinte, na qual o cliente enfia os dedos dentro da bolsa *dela*...

– Não, você não pode jogar ainda, ainda é a minha vez, porque eu pulei sua peça *ali*, então posso vir para *cá*...

– *Merde!*

– Germain! – gritou Marsali.

Ela olhou furiosa para o filho, que encolheu os ombros, olhando para o tabuleiro de cara feia e fazendo bico.

– Não fique chateado, rapaz. Está vendo? Agora é sua vez, você pode ir para *lá*, e para *lá* e para *lá*..."

–... *Avez-vous ête a la selle aujourd'hui?*... E o que ele está perguntando à prostituta, é claro...

– "Você... esteve na sela hoje?" Ou seria: "Você cavalgou hoje?"

Fergus riu, a ponta de seu nariz aristocrático enrubescendo de divertimento.

– Bem, essa é uma tradução, sem dúvida.

Roger ergueu a sobrancelha para ele, esboçando um sorriso.

– É mesmo?

– Essa expressão em particular é também algo que um médico francês diz – acrescentei ao ver sua incompreensão. – Coloquialmente falando, significa: "Já esvaziou o intestino hoje?"

– A senhora em questão talvez seja *une specialiste* – explicou Fergus alegremente. – Eu conhecia uma que...

– *Fergus!*

O rosto inteiro de Marsali estava corado, embora ela parecesse mais entretida do que indignada.

– Compreendo – murmurou Roger, com a sobrancelha ainda levantada enquanto lutava com as nuances daquela sofisticada tradução.

Eu me perguntei como alguém ia musicar aquilo.

– *Comment sont vos selles, grand-père?* – perguntou Germain, evidentemente acostumado com esse tipo de questionamento social. E como vão suas fezes, vovô?

– Sem problemas – assegurou-lhe Jamie. – Coma seu mingau de aveia todas as manhãs e nunca terá hemorroidas.

– Pai!

– Ora, é verdade – protestou Jamie.

Brianna estava vermelha como um pimentão e emitindo leves sons sibilantes. Jemmy remexeu-se em seu colo.

– *Le petit rouge* come mingau – observou Germain, franzindo a testa para Jemmy, que mamava com satisfação no seio de sua mãe, os olhos fechados. – Ele caga pedras.

– *Germain!* – gritaram todas as mulheres em uníssono.

– Ora, é verdade – disse ele, em uma perfeita imitação do avô.

Com ar de importância, deu as costas para as mulheres e começou a construir torres com as peças do jogo de damas.

– Parece que ele não quer largar o peito – observou Marsali, meneando a cabeça na direção de Jemmy. – Germain também não queria, mas ele não teve escolha... nem a pobre Joanie.

Olhou melancolicamente para a barriga, que começava a se avolumar com o Número Três.

Percebi um rápido olhar entre Roger e Bree, seguido de um sorriso enigmático no rosto de Brianna. Ela se ajeitou para ficar mais confortável e acariciou a cabecinha de Jemmy. *Aproveite enquanto pode, querido*, seus atos diziam, mais vividamente do que palavras.

Senti minhas sobrancelhas se arquearem e olhei para Jamie. Ele também percebera aquela breve interação e lançou-me o equivalente masculino do sorriso de Brianna antes de se voltar novamente para o tabuleiro de damas.

– Eu gosto de mingau – disse Lizzie timidamente, em uma tentativa de mudar de assunto. – De preferência com leite e mel.

– Ah – exclamou Fergus, lembrando-se de sua tarefa original. Voltou-se para Roger, erguendo um dedo. – Potes de mel. O refrão, sabe, onde *les abeilles* vêm zumbindo...

– Sim, sim, isso mesmo – a sra. Bug retomou habilmente a conversa quando ele parou para respirar –, mingau com mel é a melhor coisa para os intestinos, embora às vezes nem isso resolva. Conheci um homem que não conseguia aliviar seus intestinos havia mais de um mês!

– É mesmo? Ele tentou usar uma bolinha de cera mergulhada em banha de ganso? Ou um chá de folhas de uva?

Fergus se deixou distrair instantaneamente. Francês até a alma, ele era um grande conhecedor de laxantes, purgantes e supositórios.

– Tudo – assegurou a sra. Bug. – Mingau, maçãs secas, vinho misturado com bílis de boi, água bebida à meia-noite sob o luar... nada resolvia. Foi o assunto do vilarejo. As pessoas fazendo apostas e o pobre homem cada vez mais pálido. Espasmos nervosos, era isso, e seus intestinos firmemente amarrados, de modo que...

– Ele explodiu? – perguntou Germain, interessado.

A sra. Bug sacudiu-se de leve com uma risadinha.

– Não, nada disso, rapaz. Embora eu tenha ouvido dizer que foi por pouco.

– O que foi, afinal, que sanou o problema? – perguntou Jamie.

– Ela finalmente disse que se casaria comigo e não com o outro sujeito.

O sr. Bug, que estivera cochilando no canto da sala durante todo o tempo, levantou-se e se espreguiçou, pousando em seguida a mão no ombro da mulher e sorrindo ternamente para ela, cujo rosto estava voltado para ele.

– Foi um grande alívio, com certeza.

Já estava tarde quando fomos para a cama, após uma noite agradável que terminou com Fergus cantando a balada da prostituta inteira e todos nós aplaudindo, Jamie e Germain marcando o ritmo na mesa com as mãos.

Jamie recostou-se no travesseiro, as mãos cruzadas atrás da cabeça, rindo sozinho de tempos em tempos conforme fragmentos da canção voltavam a sua mente. Fazia frio suficiente para as vidraças estarem embaçadas com nossa respiração, mas ele não usava camisa de dormir, e eu o admirei enquanto escovava os cabelos.

Ele se recuperara bem da picada de cobra, mas ainda estava mais magro do que o normal, de modo que o arco de sua clavícula estava visível e os longos músculos de seus braços se estendiam de um osso a outro, bem definidos sob a pele. O peito estava bronzeado onde a camisa ficava aberta, mas a pele macia embaixo dos braços era branca como leite, com traços de veias azuis à mostra. A luz projetava as sombras dos ossos proeminentes de seu rosto e se refletia nos cabelos, cor de canela e âmbar onde caíam sobre os ombros, ruivo e vermelho-dourado onde recobriam seu corpo nu.

– A luz de vela lhe cai bem, Sassenach – disse ele, sorrindo, e eu vi que me observava, os olhos azuis da cor do oceano sem fim.

– Eu estava pensando o mesmo de você – falei, levantando-me e largando a escova.

Meus cabelos flutuavam como uma nuvem ao redor de meus ombros, limpos, macios e brilhantes. Cheiravam a calêndula e girassol, assim como minha pele. Tomar banho e lavar os cabelos no inverno eram tarefas difíceis, mas eu estava decidida a não ir para a cama cheirando a cocô de porco.

– Deixe-a queimar, então – disse ele, erguendo a mão para me impedir quando me inclinei para apagar a vela.

Segurou meu pulso, puxando-me para ele.

– Venha para a cama e deixe-me observá-la. Gosto de ver como a luz se movimenta em seus olhos, qual uísque quando derramado sobre uma travessa e em seguida incendiado.

– Que poético – murmurei, e não fiz objeções quando ele abriu espaço para mim, soltou os cordões da minha combinação e me despiu.

O ar no quarto estava frio o bastante para que meus mamilos se enrijecessem de imediato, mas a pele de seu peito estava deliciosamente quente contra meus seios quando ele me abraçou, suspirando de prazer.

– Acho que a canção de Fergus me inspirou – disse ele, envolvendo um de meus seios, avaliando-o com admiração e aprovação. – Meu Deus, você tem seios lindos. Lembra-se daquele verso, em que diz que os seios da mulher eram tão grandes que ela podia envolver a cabeça dele com eles? Os seus não são tão grandes assim, é claro, mas você acha que talvez pudesse envolver...

– Não acho que precisem ser enormes para fazerem isso – assegurei. – Venha mais para cima. Além do mais, não creio que eles a tenham envolvido de fato, mas, sim, que a espremeram, e os meus certamente são grandes o suficiente para... Viu?

– Ah – disse ele, parecendo profundamente satisfeito e um pouco ofegante. – Sim, tem razão. Isso... ah, isso parece ótimo, Sassenach... ao menos daqui.

– Parece bem interessante daqui também – falei, tentando não rir nem ficar vesga. – Qual de nós dois deve se movimentar, na sua opinião?

– Eu, por enquanto. Não vou esfolá-la, Sassenach? – perguntou.

– Bem, um pouco. Mas, espere...

Estendi a mão, tateando às cegas sobre a mesinha junto à cama. Peguei o pequeno pote da pomada de amêndoas que eu usava como creme para as mãos, destampei-o e enfiei um dedo no creme.

– Sim, assim é bem melhor – falei. – Não é?

– Ah. Ah. Sim.

– E depois tem aquele outro verso, não? – continuei com cuidado, soltando-o por um instante e passando o dedo untado devagar pela curva de suas nádegas. – Sobre o que a prostituta fez com o garoto do coral?

– Ah, Deus!

– Sim, foi o que ele disse. De acordo com a música.

• • •

Bem mais tarde, no escuro, acordei sentindo as mãos dele em meu corpo outra vez. Ainda flutuando agradavelmente no sonho, eu não me mexi, mas fiquei parada, deixando-o fazer o que quisesse.

Minha mente estava atada frouxamente à realidade e levei algum tempo para perceber que alguma coisa não estava bem. Levei ainda mais tempo focando minha mente e lutando para chegar à superfície da consciência, mas finalmente consegui abrir os olhos, piscando para afastar o sono.

Ele estava agachado sobre metade de mim, o rosto parcialmente iluminado pela fraca claridade do fogo que se apagava na lareira. Seus olhos estavam fechados e ele franzia o cenho de leve, respirando com os lábios entreabertos. Movia-se quase mecanicamente, e eu me perguntei, um pouco surpresa, se ele podia estar fazendo aquilo enquanto dormia.

Uma fina película de suor brilhava nas maçãs do rosto altas, na longa e afilada ponte do nariz, nas curvas e nos contornos de seu corpo nu.

Ele me acariciava de uma maneira estranha, monótona, como um homem executando uma tarefa repetitiva. O toque era mais do que íntimo, mas estranhamente impessoal; era como se eu pudesse ser qualquer pessoa – ou qualquer coisa – pensei.

Então ele se moveu e, com os olhos ainda fechados, afastou a colcha que me cobria e se posicionou entre as minhas pernas, afastando-as de uma maneira brusca que em nada lembrava seu jeito habitual. Seu cenho estava franzido, em uma expressão concentrada. Eu me movimentei instintivamente para fechar as pernas, contorcendo-me para me desvencilhar dele. Então suas mãos seguraram meus ombros, seu joelho separou minhas pernas e ele me penetrou com força.

Emiti um som agudo de protesto assustado e seus olhos se arregalaram. Ele me encarou, os olhos quase colados aos meus, desfocados, em seguida repentinamente conscientes. Ele ficou paralisado.

– Quem diabos você pensa que eu sou? – perguntei, com a voz baixa e furiosa.

Ele se retraiu bruscamente e saiu de imediato da cama, deixando as cobertas emboladas no chão. Pegou suas roupas do gancho, chegou à porta com dois passos, abriu-a e desapareceu, batendo-a para que se fechasse.

Eu me sentei na cama, completamente perturbada. Puxei os cobertores em torno do corpo, sentindo-me zonza, com raiva – e, de certo modo, incrédula. Passei as mãos pelo rosto, tentando acordar totalmente. Será que eu estava sonhando?

Não. *Ele* estava. Estava semiadormecido – ou completamente adormecido – e pensou que eu fosse a maldita da Laoghaire! Nada mais poderia explicar a maneira como ele havia me tocado, com uma sensação de dolorosa impaciência e um quê de raiva; ele nunca havia me tocado daquele modo na vida.

Deitei-me novamente, mas era evidente que seria impossível voltar a dormir. Fiquei olhando para as vigas sombreadas por alguns instantes, então me levantei decidida e me vesti.

O pátio estava vazio e frio sob a luz da lua alta e brilhante. Saí, fechando a porta da cozinha com cuidado, e envolvi o corpo com a capa, prestando atenção. Nada se movia no frio, e o vento não passava de um sussurro entre os pinheiros. A certa distância, no entanto, ouvi um ruído fraco, regular, e me voltei para ele, andando com cuidado na escuridão.

A porta do celeiro estava aberta.

Recostei-me no umbral e cruzei os braços, observando enquanto ele andava de um lado para outro, empilhando feno ao luar, extravasando seus sentimentos. Os meus ainda pulsavam em minhas têmporas, mas começaram a se acalmar enquanto eu o observava.

O problema era que eu realmente compreendia, bem demais. Eu não conhecera muitas das mulheres de Frank – ele era discreto. Mas de vez em quando eu percebia uma troca de olhares em uma festa da faculdade ou no supermercado do bairro, e uma sensação de absoluta fúria se avolumava em mim, seguida de perplexidade por não saber o que fazer a respeito.

Ciúme nada tinha a ver com lógica.

Laoghaire MacKenzie estava a milhares de quilômetros; provavelmente nenhum de nós dois a veria de novo. Frank estava mais longe ainda, e era certo que nenhum de nós o veria de novo daquele lado da sepultura.

Não, ciúme não tinha absolutamente nada a ver com lógica.

Comecei a sentir frio, mas continuei ali, de pé. Ele sabia que eu estava ali; eu percebia no modo como ele mantinha a cabeça voltada para o trabalho. Ele suava, apesar do frio; o tecido fino da camisa grudava-se à sua pele, formando uma mancha escura em suas costas. Por fim, ele fincou o forcado no monte de feno, deixou-o e sentou-se em um banco feito com a metade de um tronco. Levou as mãos à cabeça, passando os dedos pelos cabelos com violência.

Finalmente, ele olhou para mim, com uma expressão a meio caminho entre consternação e um divertimento relutante.

– Eu não entendo.

– O quê?

Eu me aproximei dele e me sentei a seu lado, encolhendo as pernas embaixo do corpo. Senti o cheiro do suor em sua pele, misturado ao unguento de amêndoas e resquícios de sua ânsia anterior.

Ele olhou para mim de soslaio e respondeu secamente:

– Nada, Sassenach.

– Não pode ser tão ruim assim, não é?

Estendi o braço e corri a mão de leve pela curva de suas costas.

Ele suspirou profundamente, soprando o ar pelos lábios contraídos.

– Quando eu tinha 23 anos, não sabia como olhar para uma mulher podia fazer meus ossos se derreterem, ao mesmo tempo que me sentia capaz de entortar aço com as mãos. Aos 25, eu não sabia como podia querer ao mesmo tempo apreciar uma mulher e tomá-la com violência.

– Uma mulher? – perguntei, e recebi o que queria: seus lábios curvados e um olhar que atravessou meu coração.

– Uma única mulher – disse ele. Tomou a mão que eu pousara em seu joelho e a apertou com força, como se temesse que eu fosse tentar recolhê-la. – Apenas uma – repetiu com a voz rouca.

O celeiro estava em silêncio, mas as tábuas estalavam e se assentavam no frio. Eu me movi um pouco no banco, aproximando-me mais dele. Só um pouco. O luar entrava pela porta aberta, brilhando fraco sobre o monte de feno.

– E isso – disse ele, apertando meus dedos com mais força ainda– é o que não sei agora. Eu amo você, *a nighean donn*. Eu a amo desde o primeiro instante em que a vi e vou amá-la até o final dos tempos, e enquanto você estiver ao meu lado, estarei satisfeito com o mundo.

Uma onda de calor percorreu meu corpo, mas antes que eu pudesse fazer algo além de apertar sua mão em resposta, ele continuou, virando-se para olhar para mim com uma expressão de desnorteamento tão desesperada que parecia quase cômica.

– E sendo assim, Claire... por que, por Deus e todos os santos, *por que* eu quero pegar um navio para a Escócia, caçar um homem cujo nome e cujo rosto eu não conheço, e matá-lo por manter relações com uma mulher sobre a qual não tenho nenhum direito e com quem eu não suportaria ficar no mesmo cômodo por mais de três minutos?

Cerrou o punho e o bateu no tronco com tanta força que fez a madeira vibrar sob minhas nádegas.

– Eu não entendo!

Contive a vontade de dizer: "E você acha que *eu* entendo?" Em vez disso, permaneci sentada em silêncio e, após um momento, acariciei os nós de seus dedos levemente com o polegar. Não era exatamente um carinho, mas um gesto de consolo, que ele entendeu.

Ele suspirou profundamente, apertou minha mão e se levantou.

– Sou um idiota.

Continuei imóvel por um instante, mas ele parecia esperar algum tipo de confirmação, então assenti obedientemente.

– Bem, talvez – falei. – Mas você não vai para a Escócia, vai?

Em vez de responder, ele se levantou e começou a andar de um lado para outro, chutando pedaços de lama seca que explodiam como pequenas bombas. Com certeza ele não estava pensando... não podia estar. Com alguma dificuldade, mantive a boca fechada e esperei pacientemente até que ele voltasse a ficar diante de mim.

– Está bem – disse ele, no tom de alguém que faz uma declaração solene. – Eu não sei por que me incomoda o fato de Laoghaire buscar a companhia de outro homem.

Não, isso não é verdade, é? Eu sei muito bem. E não é ciúme. Ou... bem, é, sim, mas isso não é o mais importante.

Ele me lançou um olhar penetrante, como se me desafiasse a contradizer o que ele estava dizendo, mas fiquei calada. Ele expirou com força pelo nariz e respirou fundo, olhando para baixo.

– Bem... Preciso ser sincero. – Contraiu os lábios com força por um instante. – Por quê? – perguntou com intensidade, olhando para mim. – O que ele tem?

– Quem? O homem com quem ela...

– Ela detestava ir para a cama comigo! – interrompeu-me ele, desfazendo um pedaço de lama seca com o pé. – Talvez eu seja presunçoso, ou você faça eu me sentir assim... – Lançou-me um olhar que deveria ser de fúria, mas que parecia de desorientação. – Eu sou... Eu sou...?

Eu não sabia ao certo se ele queria que eu dissesse "Sim, você é!" ou "Não, você não é!", então me contentei com um sorriso que dizia as duas coisas.

– Sim. Bem – continuou ele com relutância –, eu não *achava* que o problema fosse eu. E antes de nos casarmos, Laoghaire gostava bastante de mim.

Devo ter bufado ao ouvir isso, porque ele olhou para mim, mas balancei a cabeça, ignorando.

– Achei que fosse uma aversão a homens de modo geral, ou apenas ao ato em si. E se fosse assim... bem, não era tão ruim, se não era minha culpa, embora eu de certo modo sentisse que precisava consertar isso... – Ele parou de falar e voltou a seus pensamentos, franzindo a testa, depois retomou o discurso com um suspiro. – Mas talvez eu estivesse errado a respeito disso. Talvez o problema *fosse* eu. E essa é uma ideia que me deixa ressentido.

Eu realmente não fazia a menor ideia do que dizer a ele, mas estava claro que eu tinha que dizer alguma coisa.

– Acho que o problema era ela – falei com firmeza. – Não você. Embora, é claro, eu possa estar sendo parcial. Afinal, ela tentou me matar.

– Ela o quê?

Ele se virou, perplexo.

– Não sabia disso? Ah.

Tentei pensar; eu não contara a ele? Não, imaginava que não. Entre uma coisa e outra, não me pareceu importante na época; eu esperava nunca mais voltar a vê-la. E depois... bem, de fato *não era* importante. Expliquei resumidamente que Laoghaire me mandara para junto de Geillie Duncan naquele dia em Cranesmuir, sabendo perfeitamente que Geillie estava prestes a ser presa por bruxaria e esperando que eu seria presa com ela – o que de fato aconteceu.

– Aquela desgraçada! – exclamou ele, parecendo mais perplexo do que qualquer outra coisa. – Não, eu não sabia disso. Por Deus, Sassenach, você acha que eu teria me casado com aquela mulher se soubesse que ela fez isso com você?

– Bem, ela tinha apenas 16 anos na época – falei, conseguindo, diante das circunstâncias, ser razoavelmente complacente. – E talvez ela não soubesse que seríamos levadas a julgamento ou que o tribunal da bruxaria tentaria nos matar queimadas. Talvez ela quisesse apenas fazer uma maldade, achando que se eu fosse acusada de bruxaria, você perderia o interesse por mim.

A revelação do plano sujo pareceu finalmente ter distraído Jamie, o que foi bom.

Sua única reação a isso foi um resmungo. Caminhou de um lado para o outro por algum tempo, seus pés revolvendo a palha espalhada no chão. Ele não havia calçado sapatos nem meias, mas o frio não parecia incomodá-lo.

Por fim ele parou, suspirou profundamente e se inclinou para a frente, apoiando a mão no banco e a cabeça no meu ombro.

– Sinto muito – sussurrou.

Eu o abracei e o puxei para mais perto, envolvendo-o com força, até que ele suspirou outra vez e relaxou os ombros tensos. Eu o soltei e ele se endireitou, oferecendo a mão para que eu me levantasse.

Fechamos a porta do celeiro e caminhamos de volta para casa em silêncio, de mãos dadas.

– Claire – disse ele repentinamente, soando um pouco tímido.

– Sim?

– Eu não estou querendo me justificar, de jeito nenhum, é só que eu estava me perguntando... você às vezes... pensa em Frank? Quando nós... – Ele parou e pigarreou. – A sombra do inglês porventura cobre meu rosto, vez ou outra?

E o que diabos eu poderia dizer naquele caso? Não podia mentir, claro, mas como poderia dizer a verdade de uma maneira que ele compreendesse, de uma maneira que não o magoasse?

Respirei fundo e soltei o ar, observando a névoa da respiração se desfazer lentamente.

– Eu não quero fazer amor com um fantasma – falei, por fim, com firmeza. – E também não acho que você queira. Mas imagino que de vez em quando um fantasma possa ter outras ideias.

Ele emitiu um pequeno ruído muito parecido com uma risada.

– É. Imagino que sim. Eu me pergunto se Laoghaire ia gostar mais da cama do inglês do que da minha.

– Que fizesse bom proveito, se gostasse – falei. – Mas se você gosta da minha, sugiro que voltemos para ela. Está *muito* frio aqui fora.

100

BALEIA MORTA

No fim de março, as trilhas que desciam a montanha já estavam transitáveis. Ainda não tínhamos recebido notícia de Milford Lyon e, após algum debate sobre a questão, ficou decidido que Jamie e eu, acompanhados de Brianna, Roger e Marsali, viajaríamos para Wilmington, enquanto Fergus levaria os relatórios da agrimensura para New Bern, para serem arquivados e registrados.

As meninas e eu compraríamos suprimentos que tinham acabado durante o inverno, como sal, açúcar, café, chá e ópio, enquanto Roger e Jamie fariam investigações discretas a respeito de Milford Lyon – e Stephen Bonnet. Fergus iria ao nosso encontro assim que terminasse de cuidar do registro das terras, fazendo suas próprias investigações ao longo da costa conforme as oportunidades surgissem.

Depois disso, presumivelmente, Jamie e Roger, após localizarem o sr. Bonnet, iriam até o local onde ele realizava seus negócios e se revezariam na tentativa de matá-lo com um tiro ou com uma espada, então voltariam para as montanhas, felizes com o trabalho bem-feito. Ou foi o que entendi que era o plano.

– Os melhores planos de ratos e homens com frequência dão errado – falei, citando Robert Burns para Jamie no meio de uma conversa sobre o assunto.

Ele ergueu a sobrancelha com um olhar penetrante.

– Que tipo de planos os ratos têm?

– Bem, agora você me pegou – admiti. – Mas o princípio vale. Você não tem a menor ideia do que pode acontecer.

– Isso é verdade – concordou ele. – Mas independentemente do que acontecer, estarei preparado.

Deu uns tapinhas na adaga que estava no canto de sua escrivaninha e voltou às listas de suprimentos agrícolas.

O tempo esquentava perceptivelmente conforme descíamos as montanhas e, quando nos aproximamos do litoral, legiões de gaivotas e corvos começaram a sobrevoar e se aglomerar nos campos recém-arados, grasnando animados sob o brilhante sol de primavera.

As folhas mal começavam a despontar nas árvores das montanhas, mas em Wilmington, os jardins já estavam floridos e galhos compridos de aquilégias amarelas e delfínios azuis se debruçavam por cima das cercas da Beaufort Street. Encontramos acomodação em uma estalagem pequena e limpa perto do cais. Era relativamente barata e confortável, ainda que um pouco apertada e escura.

– Por que não têm mais janelas? – resmungou Brianna, massageando o dedo do pé dolorido depois de tropeçar em Germain no escuro. – Alguém vai acabar incendiando este lugar, acendendo velas para ver onde pisa. Vidro não deve ser *tão* caro assim.

– Imposto sobre janelas – disse Roger, pegando Germain no colo e pendurando-o de cabeça para baixo por cima do parapeito, para deleite do menino.

– O quê? A Coroa cobra imposto sobre *janelas*?

– Cobra. Seria de imaginar que as pessoas se importassem mais com isso do que com selos ou chá, mas parece que já estão acostumadas com o imposto sobre janelas.

– Não é de admirar que estejam prestes a fazer uma revolu... Ah, bom dia, sra. Burns! O café da manhã está cheirando muito bem.

As meninas, as crianças e eu passamos vários dias fazendo compras, enquanto Roger e Jamie uniam negócios a prazer em diversas tavernas e estalagens. A maior parte de suas tarefas estava cumprida, e Jamie conseguiu um dinheiro extra, pouco, mas bastante útil, jogando cartas e apostando em cavalos, mas tudo que conseguiu descobrir sobre Stephen Bonnet foi que ele não era visto em Wilmington havia alguns meses. Fiquei secretamente aliviada ao saber disso.

Choveu mais para o fim da semana, o suficiente para que todos ficássemos abrigados na hospedaria por dois dias. Foi mais do que uma simples chuva; foi uma tempestade considerável, com ventos fortes o suficiente para envergar pequenas palmeiras e cobrir as ruas enlameadas de galhos caídos e folhas arrancadas. Marsali ficou acordada até tarde da noite, ouvindo o vento e alternando entre rezar o terço e jogar cartas com Jamie para se distrair.

– Fergus disse que viria de New Bern em um navio grande? O *Octopus*? Parece grande, não parece, pai?

– Ah, sim. Embora eu ache que os paquetes também sejam muito seguros. Não, não descarte essa, querida, descarte o três de espadas.

– Como sabe que eu tenho o três de espadas? – perguntou ela, franzindo a testa para ele, desconfiada. – Quanto aos paquetes, não é verdade. Sabe disso tão bem quanto eu; vimos os destroços do naufrágio de um deles no final da Elm Street anteontem.

– Sei que você está com o três de espadas porque eu não estou com ele – disse Jamie, encostando a mão cheia de cartas no peito. – E todas as outras cartas de espadas já apareceram na mesa. Além disso, pode ser que Fergus venha por terra de New Bern; talvez ele não esteja em nenhum barco.

Uma rajada de vento atingiu a casa, fazendo as persianas tremerem.

– Outra razão para não ter janelas – observou Roger, olhando por cima do ombro de Marsali para sua mão de cartas. – Não, ele está certo, descarte o três de espadas.

– Tome, você faz isso. Tenho que dar uma olhada em Joanie.

Ela se levantou abruptamente e, entregando as cartas a Roger, saiu com um farfalhar de saias em direção ao pequeno quarto ao lado, que ela dividia com os filhos. Eu não escutara Joanie chorar.

Ouviu-se uma batida surda e um ruído arrastado acima de nós quando um galho de árvore arrancado escorregou pelo telhado. Todos olharam para cima. Por trás do uivo do vento, podíamos escutar o barulho das ondas, agitando-se pelos baixios submersos, quebrando na praia.

– Fizeram-se ao mar em navios – citou Roger baixinho –, para negócios na imensidão das águas, e viram as obras do Senhor, as suas maravilhas nas profundezas. Deus falou e provocou um vendaval que levantava as ondas.

– Ah, você está ajudando muito – disse Brianna, mal-humorada.

Já irritada, seu humor não havia melhorado com o isolamento forçado. Jemmy, aterrorizado com todo aquele barulho, ficara agarrado a ela durante a maior parte dos dois dias; ambos estavam com calor, suados e extremamente irritadiços.

Roger não pareceu se deixar intimidar por seu humor. Sorriu e, inclinando-se, pegou Jemmy do colo dela, com alguma dificuldade. Colocou o menino no chão, segurando-o pelas mãos.

– Subiam aos céus e desciam aos abismos – disse ele de modo teatral, puxando Jemmy pelas mãos de modo que ele vacilou, desequilibrado –, diante de tal perigo, perderam a coragem. Cambaleavam, tontos como bêbados, e toda a sua habilidade foi inútil.

Jemmy dava risadinhas e até Brianna estava começando a sorrir com relutância.

– Na sua aflição, clamaram ao Senhor, e Ele os *tirou* da tribulação em que se encontravam.

Ao dizer *tirou*, ele levantou Jemmy de repente, segurando o menino por baixo dos braços e girando-o no ar, fezendo-o soltar gritinhos de prazer.

– Reduziu a tempestade a uma brisa e serenou as ondas. As ondas sossegaram, eles se alegraram... – Ele puxou Jemmy para perto e beijou sua cabeça. – E Deus os guiou ao porto almejado.

Bree aplaudiu a performance com sarcasmo, mas sorriu mesmo assim. Jamie recolhera as cartas, embaralhando-as agilmente e juntando-as em um monte organizado. Parou, olhando para a frente. Ao perceber sua imobilidade repentina, virei a cabeça para olhar para ele. Ele olhou para mim e sorriu.

– O vento diminuiu – disse ele. – Está ouvindo? Amanhã, poderemos sair.

O tempo já havia se aberto de manhã, e uma brisa fresca soprava do mar, trazendo com ela o cheiro forte da praia, uma mistura de lavanda-do-mar, pinheiros e algo marítimo apodrecendo ao sol. O cais ainda exibia uma deprimente ausência de mastros; não havia nenhum navio de grande porte ancorado, nem mesmo um paquete, apesar de a água no porto de Wilmington estar tomada por pequenos barcos a vela, balsas, canoas e piretas, os pequenos botes de quatro remos que atravessavam a água como libélulas, gotas d'água brilhando em seus remos em movimento.

Um desses avistou nosso pequeno grupo desconsolado no cais e partiu veloz em nossa direção, os remadores gritando para saber se precisávamos de transporte.

Quando Roger se inclinou para gritar uma educada recusa, a brisa que vinha do porto arrancou seu chapéu, que girou sem parar até as águas marrons e pousou sobre a espuma, rodopiando como uma folha.

A embarcação remou imediatamente na direção do chapéu flutuante, e um dos remadores o pegou com habilidade, erguendo-o de modo triunfante na ponta de seu remo. Quando a pireta aproximou-se do cais, no entanto, o ar de júbilo do barqueiro transformou-se em espanto.

– MacKenzie! – gritou ele. – Quero ser atingido por um raio se não for ele!

– Duff! Duff, velho camarada!

Roger abaixou-se e pegou o chapéu, depois estendeu a mão para ajudar seu velho conhecido a subir no cais. Duff, um escocês pequeno, grisalho, com um nariz comprido, uma barbicha rala no queixo e um bigode ralo que fazia com que parecesse coberto por uma camada de açúcar, saltou com agilidade para o cais e envolveu Roger em um forte abraço, com tapas nas costas e exclamações de surpresa, tudo retribuído animadamente por Roger. O resto de nós permaneceu observando educadamente esse reencontro, enquanto Marsali impedia Germain de pular do cais para dentro da água.

– Você o conhece? – perguntei a Brianna, que examinava o velho amigo de seu marido com ar de dúvida.

– Eu *acho* que ele pode ter viajado em um navio com Roger – respondeu ela, segurando Jemmy, que estava animadíssimo com as gaivotas, achando-as muito mais interessantes do que o sr. Duff.

– Ora, olhem só para ele! – exclamou Duff, dando um passo para trás e passando a manga da camisa alegremente embaixo do nariz. – Um casaco de senhor de terras com botões combinando. E o chapéu! Minha nossa, rapaz, que elegância!

Roger riu e abaixou-se para pegar o chapéu encharcado. Bateu-o na coxa para tirar uma alga e entregou-o distraidamente a Bree, que ainda olhava para o sr. Duff com desconfiança.

– Minha esposa. – Roger a apresentou e fez um gesto com a mão indicando o restante de nós. – E a família dela. O sr. James Fraser, a sra. Fraser... e a cunhada de minha mulher, também sra. MacKenzie.

– A seu dispor, senhor, senhoras.

Duff fez uma reverência para Jamie e levou um dedo ao infame objeto em sua cabeça em um breve sinal de respeito. Olhou para Brianna e abriu um amplo sorriso.

– Ah, então você se casou com ela. Estou vendo que a tirou daquelas calças. – Cutucou Roger nas costelas com intimidade e passou a sussurrar. – Você pagou ao pai dela ou ele pagou a você para ficar com ela?

Emitiu um grunhido que acreditei ser sua risada.

Jamie e Bree lançaram olhares frios idênticos para o sr. Duff, mas antes que Roger pudesse responder, o outro remador gritou algo incompreensível do barco.

– Ah, sim, sim, não se afogue, homem. – O sr. Duff balançou a mão para que seu parceiro aguardasse. – É brincadeira – explicou em confidência. – Como somos marinheiros, sabe... "Não se afogue", não se afobe. Entendeu?

Ele se sacudiu, emitindo sua risada rouca de novo.

– Muito engraçado – falei para ele. – Ele disse algo sobre uma baleia?

– Ah, certamente! Não foi por isso que vieram para a praia hoje de manhã?

Todos olharam para ele sem entender.

– Não – respondeu Marsali, muito ocupada com sua tarefa para prestar atenção a qualquer outra coisa, mesmo que fossem baleias. – Germain, volte aqui! Não, senhor, viemos saber se chegou alguma notícia do *Octopus*. O senhor sabe de alguma coisa a respeito?

Duff balançou a cabeça.

– Não, senhora. Mas o tempo esteve traiçoeiro assim durante todo o mês... – Ele viu o rosto de Marsali empalidecer e acrescentou: – Muitos navios mudaram de rota. Foram para outro porto, talvez, ou quem sabe estejam na costa, esperando o tempo melhorar para aportar. Lembra-se, MacKenzie? Nós fizemos isso quando viemos no *Gloriana*.

– Sim, é verdade – assentiu Roger, embora seus olhos tenham ficado cautelosos diante da menção ao *Gloriana*. Ele olhou rapidamente para Brianna, em seguida novamente para Duff, e passou a falar um pouco mais baixo. – Então deixou a tripulação do capitão Bonnet.

Senti uma corrente elétrica passar pela sola dos meus pés, como se o cais estivesse eletrificado. Jamie e Bree também reagiram, mas de modos diferentes. Ele deu um passo na direção de Duff, ela deu um passo para trás.

– Stephen Bonnet? – perguntou Jamie, examinando Duff com interesse. – Conhece esse cavalheiro, então?

– Sim, eu o conheci, senhor – respondeu Duff, e se benzeu.

Jamie assentiu lentamente.

– Sim, compreendo. E por acaso sabe por onde o sr. Bonnet anda?

– Ah, bem, quanto a isso...

Duff olhou para ele com um ar especulativo, examinando os detalhes de suas roupas e de sua aparência, obviamente calculando quanto valeria a resposta para aquela pergunta. Seu companheiro lá embaixo estava ficando cada vez mais inquieto, no entanto, e gritou com impaciência.

Marsali também estava inquieta.

– Para onde eles podem ter ido, então? Se foram para outro porto... Germain, pare! Você vai cair desse jeito!

Ela se inclinou para pegar o filho, que se pendurava na borda do cais, explorando tranquilamente a parte de baixo, e o encaixou no quadril.

– Bonnet?

Jamie ergueu as sobrancelhas, conseguindo parecer ao mesmo tempo encorajador e ameaçador.

– Eles vão ver a baleia ou não? – gritou o homem no barco, impaciente para partir para tarefas mais lucrativas.

Duff pareceu confuso em relação a quem responder primeiro. Seus olhos pequeninos piscaram, alternando-se entre Jamie, Marsali e seu parceiro cada vez mais vociferante lá embaixo. Dei um passo à frente para desfazer o impasse.

– Que história é essa de baleia?

Obrigado a se concentrar na pergunta direta, Duff pareceu aliviado.

– Ora, a baleia morta, senhora. Uma grande, que encalhou na ilha. Pensei que vocês todos estivessem indo até lá para vê-la.

Olhei para a água e pela primeira vez percebi que o tráfego de barcos não era totalmente aleatório. Enquanto algumas balsas e canoas grandes dirigiam-se para a boca do cabo Fear, a maioria das embarcações menores trilhava o mesmo percurso de ida e volta, desaparecendo na névoa distante ou voltando dela, com pequenos grupos de passageiros. Guarda-sóis de linho floresciam como cogumelos nos barcos e havia pequenos agrupamentos de pessoas da cidade por todo o cais, paradas como nós, olhando com ansiedade para a entrada do porto.

– Dois xelins por barco – sugeriu Duff. – Ida e volta.

Roger, Brianna e Marsali se mostraram interessados. Jamie pareceu inquieto.

– *Nisso* aí? – perguntou ele, lançando um olhar cético para a pireta, que oscilava suavemente lá embaixo.

O parceiro de Duff – um sujeito de raça e língua indeterminadas – pareceu inclinado a se ofender com aquela crítica implícita a sua embarcação, mas Duff procurou nos tranquilizar.

– Ah, está muito calmo hoje, senhor, muito calmo. Vai ser como estar sentado no banco de uma taverna. Agradável, não? Muito adequado para a conversa.

Ele piscou, inocentemente afável.

Jamie respirou fundo e eu o vi olhar novamente para a embarcação. Jamie detestava barcos. Por outro lado, em sua busca por Stephen Bonnet, estava disposto a fazer coisas muito mais perigosas do que navegar. A única dúvida era se o sr. Duff tinha mesmo alguma informação sobre seu paradeiro ou se estava apenas querendo persuadir passageiros em potencial. Jamie engoliu em seco e endireitou os ombros, preparando-se para a travessia.

Sem esperar mais, Duff reforçou sua posição virando-se astuciosamente para Marsali.

– Há um farol na ilha, senhora. Pode-se enxergar bem longe mar adentro lá de cima. Dá para ver se há algum navio se aproximando.

Marsali enfiou a mão no bolso de imediato, procurando o cordão. Observei Germain tentando enfiar um marisco morto, por cima do ombro dela, dentro da boca avidamente aberta de Jemmy, como uma mãe pássaro alimentando os filhotes com uma suculenta minhoca, e rapidamente o impedi, pegando Jemmy no colo.

– Não, querido – falei, jogando o marisco na água. – Você não vai querer essa coisa nojenta. Em vez disso, não quer ver uma enorme baleia morta?

Jamie suspirou, conformado, e enfiou a mão na bolsa.

– É melhor você chamar outro barco, então, para não naufragarmos todos juntos.

Estava extremamente agradável na água, com o sol coberto por uma nevoenta camada de nuvens e uma brisa fresca que me fez tirar o chapéu apenas pelo prazer de sentir o vento nos cabelos. Embora a água não estivesse totalmente parada, o leve subir e descer das ondas era relaxante e agradável – para aqueles que não sofriam de enjoos.

Olhei para as costas de Jamie, mas sua cabeça estava abaixada, os ombros movendo-se em um ritmo tranquilo e vigoroso enquanto ele remava.

Conformado com o inevitável, ele havia tomado as rédeas da situação, chamando outro barco e colocando Bree, Marsali e os meninos a bordo. Em seguida, desprendeu o broche do kilt e anunciou que ele e Roger remariam na outra pireta, de modo que Duff pudesse ficar à vontade, aumentando suas chances de conseguir informações interessantes sobre Stephen Bonnet.

– Corro menos risco de vomitar se estiver ocupado fazendo alguma coisa – disse ele para mim, despindo o casaco e a faixa xadrez que usava sobre o ombro.

Roger deu uma risadinha, mas assentiu, concordando, e tirou o casaco e a camisa. Com Duff e Peter sentados em uma das extremidades do barco, rindo por receberem para serem transportados em seu próprio barco, fui mandada para a outra ponta da embarcação, de frente para eles.

– Só para ficar de olho nas coisas, Sassenach.

Por baixo das roupas emboladas, Jamie colocou minha mão sobre a coronha de sua pistola e apertou-a de leve. Ele me ajudou a entrar no barco, em seguida desceu com cuidado, empalidecendo ligeiramente quando a embarcação oscilou com seu peso.

Era *mesmo* um dia calmo, felizmente. Uma tênue névoa pairava acima da água, obscurecendo a forma indistinta da ilha de Smith ao longe. Pequenas gaivotas e andorinhas voavam em círculo no alto, e uma gaivota grande e pesada parecia flutuar, imóvel, no ar perto dali, deixando-se levar pelo vento conforme nós remávamos devagar na direção da entrada do porto.

Sentado bem à minha frente, Roger remava com facilidade, os ombros largos e nus flexionando-se de modo ritmado, claramente acostumado ao exercício. Jamie, no banco à frente de Roger, manejava os remos com bastante elegância, porém com um pouco menos de segurança. Ele não era marinheiro, e nunca seria. Ainda assim, remar de fato parecia distrair seu estômago. Por ora.

– Ah, eu poderia me acostumar com isso. O que acha, Peter?

Duff ergueu o nariz, semicerrando os olhos e desfrutando a novidade de ser levado enquanto outros remavam.

Peter, que parecia ser uma exótica mistura de índio e africano, resmungou em resposta, mas se reclinou no banco ao lado de Duff, igualmente satisfeito. Ele usava apenas calças de tecido rústico manchadas, amarradas na cintura com um pedaço de corda, e estava tão bronzeado que parecia um negro, não fossem os longos cabelos pretos que caíam sobre um dos ombros, decorados com pedacinhos de conchas e minúsculas estrelas-do-mar secas.

– Stephen Bonnet? – perguntou Jamie de modo simpático, puxando os remos com força.

– Ah, ele.

Duff parecia mais inclinado a ignorar o assunto indefinidamente, mas ao olhar para Jamie, rendeu-se ao inevitável.

– O que deseja saber, então?

O homenzinho arqueou os ombros, cauteloso.

– Para começar, onde ele está – disse Jamie, resmungando por causa da força que fazia nos remos.

– Não faço a menor ideia – respondeu Duff de imediato, parecendo mais satisfeito.

– Bem, onde viu o homem pela última vez? – perguntou Jamie, paciente.

Duff e Peter trocaram um olhar.

– Bem... – começou Duff com cautela – o que quer dizer com "ver"? Quando foi a última vez que pus os olhos no capitão?

– O que mais ele estaria dizendo, idiota? – perguntou Roger, grunhindo com uma remada para trás.

Peter balançou a cabeça, pensativo, obviamente em nosso favor, e cutucou Duff nas costelas.

– Ele estava em uma taverna em Roanoke, comendo torta de peixe – disse Duff, rendendo-se. – Assada com ostras e farinha de rosca em cima, acompanhada de uma grande caneca de cerveja preta. Pudim de melado também.

– É muito observador, sr. Duff – disse Jamie. – Como anda o seu senso de tempo?

– Hã? Ah, sim, entendo, senhor. Quando foi... dois meses atrás, aproximadamente.

– E se estava perto o bastante para ver o que o homem estava comendo – observou Jamie com a voz mansa –, então imagino que estivesse na mesma mesa que ele, certo? Sobre o que ele falou?

Duff pareceu ligeiramente constrangido. Olhou para mim, depois para uma das gaivotas voando em círculo.

– Sim, bem. Sobre o traseiro da garçonete, na maior parte do tempo.

– Não creio que esse seja um assunto capaz de ocupar todo o tempo de uma refeição, mesmo que a moça fosse muito bonita – disse Roger.

– Ah, você ficaria surpreso com quanto há para se falar no que diz respeito ao traseiro de uma mulher, rapaz – respondeu Duff. – Aquele era redondo como uma maçã e tenro e morno como um pudim. Estava muito frio, e a ideia de ter aquele pedaço farto e suculento de carne nas mãos... sem querer ofendê-la, senhora – apressou-se em acrescentar, tocando a ponta do chapéu na minha direção.

– Não me ofendi – tranquilizei-o cordialmente.

– Sabe nadar, sr. Duff? – perguntou Jamie, o tom de voz ainda exibindo uma discreta curiosidade.

– O quê? – hesitou Duff, surpreso. – Eu... ah... é...

– Não, ele não sabe – disse Roger, animado. – Ele me contou.

Duff lançou a Roger um olhar traído e indignado por cima da cabeça de Jamie.

– Bem, isso é que é lealdade! – disse ele, escandalizado. – Grande companheiro de navio *você é*, me entregando dessa maneira... devia se envergonhar!

Jamie levantou os remos, que pingavam, para fora da água, e Roger fez o mesmo. Devíamos estar a cerca de 400 metros da praia e a água sob nosso casco era de um verde suave e profundo, indicando que o fundo estava a muitos metros de profundidade. O barco oscilou suavemente, erguendo-se depois de uma onda longa e lenta.

– Bonnet – disse Jamie, ainda com educação, mas com um tom incisivo inconfundível.

Peter cruzou os braços e fechou os olhos, deixando claro que o assunto não lhe dizia respeito. Duff suspirou e olhou para Jamie com os olhos estreitados.

– Sim, bem. É verdade, não faço a menor ideia de onde o sujeito esteja. Quando o vi em Roanoke, ele estava tomando providências para o transporte de... determinados produtos. Se essa informação lhe for útil – acrescentou, de forma pouco gentil.

– Que produtos? Transportados para onde? E ele ia para onde?

Jamie estava apoiado em seus remos parados, aparentemente tranquilo. Eu podia ver certa tensão nas linhas de seu corpo, no entanto, e me ocorreu que, embora sua atenção pudesse estar fixa no rosto de Duff, ele também estava, por necessidade, observando o horizonte atrás do homem – que subia e descia hipnoticamente conforme as ondas erguiam a pireta e em seguida a faziam deslizar para baixo, repetidamente...

– Caixas de chá foi o que eu trouxe para ele – respondeu Duff com cautela. – O resto, eu não sei.

– O resto?

– Por Deus, homem, todo barco nestas águas traz para a costa algum contrabando! Certamente vocês sabem disso.

Os olhos de Peter se abriram em duas fendas; eu os vi pousarem no rosto de Jamie com certa expressão de interesse. O vento mudara um pouco de direção e o cheiro de baleia morta estava definitivamente mais forte. Jamie inspirou fundo, devagar, e soltou o ar outra vez, um pouco mais rápido.

– Então você trouxe chá. De onde? De um navio?

– Sim.

Duff também observava Jamie, cada vez mais fascinado. Eu me ajeitei nervosamente no banco estreito. Não dava para saber olhando para sua nuca, mas achei bem provável que ele estivesse começando a ficar esverdeado.

– Do *Sparrow* – continuou Duff, os olhos fixos em Jamie. – Ancorou depois dos recifes e os barcos iam até lá. Carregávamos os barcos e voltávamos para a costa pela enseada de Joad. Atracávamos em Wylie's Landing e passávamos a mercadoria para um sujeito de lá.

– Que... sujeito?

O vento estava frio, mas eu podia ver o suor escorrendo pela nuca de Jamie, molhando o colarinho de sua camisa e fazendo o linho se colar à pele entre seus ombros.

Duff não respondeu de imediato. Um olhar especulativo tomou seus olhos miúdos e fundos.

– Nem pense nisso, Duff – disse Roger, com serenidade, mas ao mesmo tempo com grande firmeza. – Posso atingi-lo de onde estou com o remo.

– É mesmo? – Duff olhou para Jamie e para Roger, em seguida para mim. – Sim, acho que pode. Mas mesmo que você saiba nadar, MacKenzie, e mesmo que o sr. Fraser consiga se manter à tona... não creio que o mesmo valha para a senhora, não é? Saias e anáguas... – Ele balançou a cabeça, contraindo os lábios, pensativo, enquanto olhava para mim. – Ela afundaria como uma pedra.

Peter se moveu quase imperceptivelmente, escolhendo os pés para baixo do corpo.

– Claire? – disse Jamie.

Vi seus dedos se fecharem com força ao redor dos remos e ouvi a tensão em sua voz. Suspirei e tirei a pistola de baixo do casaco no meu colo.

– Tudo bem – falei. – Em qual deles devo atirar?

Os olhos de Peter se arregalaram tanto que eu vi o branco das escleras aparecer em todo o entorno das pupilas escuras. Ele olhou para a pistola, depois para Duff, e então diretamente para Jamie.

– Demos o chá para um homem chamado Butlah – disse ele. – Ele trabalha para o sr. Lyon. – Apontou para mim, e em seguida para Duff. – Atire nele – sugeriu.

Daí em diante, não demorou muito para que nossos dois passageiros nos contassem todo o restante do que sabiam, fazendo apenas algumas pausas para que Jamie vomitasse entre uma pergunta e outra.

Era contrabando, como Duff havia sugerido, tão comum na região a ponto de se tornar uma prática de negócios usual; a maioria dos comerciantes – e todos os pequenos barqueiros – em Wilmington estavam envolvidos, assim como muitos outros na costa das Carolinas, a fim de evitar os pesados impostos sobre mercadorias importadas pelas vias oficiais. Stephen Bonnet, entretanto, não era apenas um dos contrabandistas mais bem-sucedidos, mas também uma espécie de especialista.

– Acho que traz mercadorias sob encomenda – disse Duff, entortando o pescoço para conseguir coçar melhor entre as escápulas. – E no que se pode chamar de grandes quantidades.

– Que quantidade?

Os cotovelos de Jamie estavam apoiados sobre os joelhos, a cabeça afundada nas mãos. Parecia estar ajudando; sua voz era firme.

Duff franziu os lábios e estreitou os olhos, calculando.

– Éramos seis na taverna em Roanoke. Seis com barcos pequenos, quero dizer, que podiam trafegar pelas enseadas. Se cada um de nós fosse buscar o máximo que conseguisse transportar... digamos, cinquenta caixas de chá no total, então...

– E ele traz uma carga dessa com que frequência, a cada dois meses?

Roger havia relaxado um pouco, apoiando-se nos remos. Eu não, e lancei um olhar firme para Duff por cima da pistola, para deixar bem claro.

– Ah, com mais frequência do que isso – respondeu Duff, observando-me com cautela. – Não sei dizer exatamente, mas ouvimos coisas por aí, não é? Pelo que os outros barqueiros disseram, acho que ele tem uma carga chegando a cada duas semanas na estação, em algum lugar da costa entre Virgínia e Charleston.

Roger emitiu um breve resmungo de surpresa e Jamie olhou para a frente.

– E quanto à Marinha? – perguntou ele. – A quem ele está pagando?

E era uma boa pergunta. Por mais que barcos pequenos pudessem escapar à fiscalização da Marinha, a operação de Bonnet envolvia grandes quantidades de contrabando, chegando em grandes navios. Seria difícil esconder algo dessa magnitude – e a resposta óbvia era que ele não estava se importando em esconder.

Duff balançou a cabeça e deu de ombros.

– Não sei dizer, homem.

– Mas não trabalha para Bonnet desde fevereiro? – perguntei. – Por que não?

Duff e Peter se entreolharam.

– Uma pessoa só come escorpião-d'água se estiver faminta – disse Peter. – Você não vai querer comer se tiver coisa melhor.

– O quê?

– O homem é perigoso, Sassenach – traduziu Jamie de modo seco. – Eles não gostam de lidar com ele, a não ser que não haja outro jeito.

– Veja bem, Bonnet... – disse Duff, animando-se com o assunto. – Ele não é ruim para fazer negócios, desde que seus interesses sejam os mesmos. Mas se de repente os interesses deixarem de convergir...

Peter passou o dedo pelo pescoço musculoso, assentindo em confirmação.

– E ele nem sequer avisa – acrescentou Duff, balançando a cabeça também. – Em um minuto, são charutos e uísque, no minuto seguinte, você está caído sobre a serragem, com o rosto cheio de sangue e feliz por ainda estar vivo.

– Pavio curto, não é?

Jamie passou a mão pelo rosto, depois limpou a palma da mão suada na camisa. O linho úmido grudava-se em seus ombros, mas eu sabia que ele não ia tirá-la.

Duff, Peter e Roger balançaram a cabeça ao mesmo tempo ao ouvirem a pergunta.

– Frio como gelo – disse Roger, e eu percebi uma leve tensão em sua voz.

– Mata qualquer um sem pestanejar – assegurou Duff.

– E o retalha como uma maldita baleia – acrescentou Peter para ajudar, fazendo um gesto com a mão na direção da ilha.

A corrente nos carregara para perto da terra e eu podia ver a baleia, além de sentir o seu cheiro. Aves marinhas voavam em círculo e grasnavam em uma grande nuvem sobre a carcaça, dando voos rasantes para arrancar bocados da carne, e uma pequena multidão de pessoas aglomerava-se ali perto, todos com a mão no nariz, obviamente segurando lenços e sachês.

Naquele exato momento, o vento mudou de direção e uma rajada fétida de decomposição nos atingiu como uma onda. Tapei o nariz com a camisa de Roger e até Peter pareceu empalidecer.

– Santa Mãe de Deus, tenha piedade de nós – disse Jamie, com um sussurro. – Eu... Ah, meu Deus!

Inclinou-se sobre a borda do barco e vomitou várias vezes.

Cutuquei Roger no traseiro com a ponta do sapato.

– Reme – sugeri.

Roger obedeceu com celeridade, e em poucos minutos a quilha da pireta tocou a areia. Duff e Peter saltaram para puxar a embarcação até a praia, e em seguida me ajudaram gentilmente a sair do barco, claro, sem ter a arma apontada para eles.

Jamie lhes pagou, depois cambaleou por uma pequena distância pela praia e sentou-se na areia sob um pinheiro selvagem. Tinha quase o mesmo tom da baleia morta, um cinza pálido com manchas brancas.

– Devemos esperar pelo senhor para levá-los de volta?

Duff, a bolsa agora cheia, pairava prestativamente acima de Jamie.

– Não – respondeu Jamie. – Pode levá-los. – Ele acenou para mim e para Roger sem forças, em seguida fechou os olhos e engoliu com esforço. – Quanto a mim, acho... acho que vou... voltar nadando.

101

MONSTROS E HERÓIS

Os meninos estavam loucos para ver a baleia e arrastavam suas relutantes mães atrás de si como pipas. Eu os acompanhei, mantendo uma distância um pouco mais discreta da grande carcaça e deixando que Jamie se recuperasse na praia. Roger se afastou com Duff para conversar com ele por um instante, enquanto Peter se entregou à sonolência no fundo do barco.

A carcaça tinha ido dar à praia havia pouco, embora o animal já devesse estar morto havia algum tempo antes de encalhar ali; um estado tão avançado de decomposição devia ter levado dias para se instalar. Apesar do fedor, vários visitantes mais corajosos estavam de pé em cima da carcaça, acenando animadamente para seus companheiros na praia, e um cavalheiro armado com uma machadinha ocupava-se de arrancar pedaços de carne da lateral do corpo do animal, jogando-os em seguida dentro de dois grandes baldes. Eu o reconheci como o proprietário de uma taverna em Hawthorn Street e no mesmo instante registrei em minha mente que deveria riscar aquele estabelecimento de nossa lista de possíveis lugares onde comer.

Diversos pequenos crustáceos, de hábitos muito menos exigentes, pululavam alegremente sobre a carcaça, e eu vi várias pessoas, também munidas de baldes, pegando lagostins e caranguejos maiores como se fossem frutas maduras. Milhões de pulgas-do-mar haviam se juntado ao circo também e eu me afastei, mantendo uma distância segura e esfregando os tornozelos.

Olhei de novo para a praia e vi que Jamie já havia se levantado e se juntara à conversa – Duff parecia cada vez mais inquieto, olhando de um lado para o outro, da baleia para seu barco. Claramente, estava ansioso para voltar aos negócios antes que a atração desaparecesse por completo.

Por fim, ele conseguiu escapar e se apressou em direção à pireta, parecendo perturbado. Jamie e Roger vieram na minha direção, mas os meninos claramente ainda não estavam prontos para deixar a baleia. Brianna se ofereceu para tomar conta dos dois, para que Marsali pudesse subir até o farol próximo a fim de ver se havia algum sinal do *Octopus*.

– O que andaram dizendo ao coitado do sr. Duff? – perguntei a Jamie. – Ele me pareceu bastante preocupado.

– É mesmo? Ele não tem com que se preocupar – disse ele, olhando para a água, onde a pireta de Duff se afastava rapidamente na direção do cais. – Só dei a ele uma pequena incumbência.

– Ele sabe onde Lyon está – disse Roger.

Ele parecia incomodado, mas animado.

– E o sr. Lyon deve saber onde Bonnet está. Caso contrário, pelo menos sabe como mandar um recado para ele. Vamos subir um pouco?

Jamie ainda estava pálido; meneou a cabeça em direção à escada da torre, limpando o suor do pescoço.

O ar estava realmente mais fresco no alto da torre, mas eu não estava muito interessada na vista do mar.

– E então...? – perguntei, sem saber bem se queria ouvir a resposta.

– Então, pedi a Duff que levasse um recado ao sr. Lyon. Se tudo der certo, vamos nos encontrar com o sr. Bonnet em Wylie's Landing daqui a uma semana.

Engoli em seco, sentindo uma tontura que nada tinha a ver com a altura em que estávamos. Fechei os olhos, agarrando o corrimão de madeira que cercava a minúscula plataforma onde nos encontrávamos. O vento soprava forte, e as tábuas da torre rangiam e gemiam, parecendo assustadoramente frágeis.

Ouvi Jamie movimentar-se na direção de Roger.

– Ele é só um homem, sabe? – disse ele com calma. – Não um monstro.

Será? Era um monstro, eu acreditava, que assombrava Brianna – e talvez o pai dela. Matá-lo o reduziria, faria dele não mais do que um homem de novo?

– Eu sei.

A voz de Roger estava firme, mas sem convicção.

Abri os olhos e vi o mar estendendo-se à minha frente em um banco de neblina flutuante. Vasto e lindo – e vazio. Uma pessoa podia muito bem despencar da borda do fim do mundo, pensei.

– Você navegou com nosso Stephen, não foi? Por quanto tempo? Dois, três meses?

– Quase três – respondeu Roger.

Nosso Stephen? E o que Jamie pretendia com esse jeito familiar de se referir a ele?

Jamie assentiu, sem virar a cabeça. Olhou para longe, para as ondas do mar, a brisa agitando os fios soltos de seus cabelos e fazendo-os dançar como labaredas à luz do dia.

– Então, conhece bem o sujeito.

Roger apoiou todo o peso sobre o corrimão. Era sólido, mas estava molhado e pegajoso por causa dos respingos de espuma das ondas que quebravam nas pedras abaixo.

– Bem o suficiente – respondeu. – Sim. Bem o suficiente para quê?

Jamie virou-se para ele e o encarou. Seus olhos estavam estreitados contra o vento, mas firmes e brilhantes como lâminas.

– Bem o suficiente para saber que ele é um homem... nada além disso.

– O que mais ele seria?

Roger sentiu a intensidade na própria voz. Jamie virou-se novamente para o mar, cobrindo os olhos com a mão ao olhar para o sol que se punha.

– Um monstro – disse ele baixinho. – Algo menos do que um homem... ou mais.

Roger abriu a boca para responder, mas descobriu que era incapaz. Afinal, era um monstro que encobria seu coração de medo.

– Como os marinheiros o viam?

A voz de Claire veio do outro lado de Jamie; ela se inclinou sobre o corrimão para olhar para ele, e o vento agitou seus cabelos em uma nuvem esvoaçante, tempestuosa como o céu distante.

– No *Gloriana*?

Roger respirou fundo, um pouco do fedor da baleia morta misturando-se ao forte cheiro do pântano salgado atrás deles.

– Eles... o respeitavam. Alguns o temiam.

Como eu, pensou ele, então acrescentou:

– Ele tinha fama de ser severo, mas competente. Os homens gostavam de trabalhar a bordo com ele, porque ele sempre chegava em segurança e suas viagens eram sempre lucrativas.

– Ele era cruel? – perguntou Claire.

Uma linha tênue se formou entre suas sobrancelhas.

– Todos os capitães são cruéis às vezes, Sassenach – disse Jamie com um leve tom de impaciência. – Têm que ser.

Ela olhou para ele, e Roger viu a expressão dela mudar, a lembrança enternecendo seus olhos, um pensamento melancólico fazendo com que ela esboçasse um sorriso. Ela apoiou a mão no braço de Jamie, e ele viu os nós de seus dedos embranquecerem pela pressão exercida.

– Você nunca fez nada além do que tinha que fazer – disse ela, tão baixinho que Roger mal pôde ouvi-la. Não importava; as palavras obviamente não se destinavam a ele. Em seguida ela falou um pouco mais alto. – Existe uma diferença entre crueldade e necessidade.

– Sim – concordou Jamie, quase em um sussurro. – E uma linha tênue, talvez, entre um monstro e um herói.

102

A BATALHA EM WYLIE'S LANDING

O som era calmo e monótono, a superfície levemente agitada por pequenas marolas provocadas pelo vento. Que ótimo, Roger pensou, olhando para o sogro. Jamie estava de olhos abertos, pelo menos, e os mantinha fixos na praia com uma espécie de intensidade desesperada, como se a visão de terra firme, ainda que fora de alcance, pudesse lhe oferecer algum conforto. Gotículas de suor brilhavam acima de seu lábio superior e seu rosto tinha a mesma cor nacarada do céu ao amanhecer, mas ele ainda não havia vomitado.

Roger não estava mareado, mas se sentia quase tão enjoado quanto Jamie. Nenhum dos dois comera nada no café da manhã, mas ele tinha a sensação de ter engolido uma grande quantidade de mingau acompanhado de pregos.

– Chegamos. – Duff se recostou nos remos, meneando a cabeça para o ancoradouro à frente.

Estava fresco na água – quase frio àquela hora –, mas o ar estava carregado de umidade e o suor escorria de seu rosto por causa do esforço. Peter permanecia sentado e calado entre seus próprios remos, o rosto escuro tomado por uma expressão que deixava claro que ele preferia não ter nenhuma ligação com aquela transação e quanto antes a carga fosse descarregada, melhor.

Wylie's Landing parecia uma miragem, flutuando em uma camada de névoa acima da água, entre montes de juncos e espartinas. Terrenos pantanosos, matas de vegetação costeira mirrada e amplas extensões de água cercavam o lugar, sob um arco avassalador de céu cinza-claro. Em comparação com as áreas fechadas e verdes das montanhas, parecia exposto de um modo desconfortável. Ao mesmo tempo, era completamente isolado, evidentemente a quilômetros de qualquer outro indício de habitações humanas.

Isso era, em parte, uma ilusão. Roger sabia que a casa da fazenda estava a pouco mais de 1 quilômetro do ancoradouro, mas ficava escondida por uma mata de aparência desgrenhada que brotava do terreno pantanoso como uma floresta de Sherwood disforme e reduzida, tomada por trepadeiras e mato.

O ancoradouro em si consistia em um pequeno cais sobre estacas de madeira e alguns barracões em ruínas, desbotados até adquirirem um tom cinza-prateado que parecia prestes a se fundir com o céu carregado. Havia um pequeno barco na areia, emborcado. Uma cerca de madeira em zigue-zague cercava um pequeno curral atrás dos barracões. Wylie devia transportar gado por barco de tempos em tempos.

Jamie tocou a caixa de cartuchos pendurada em seu cinto, para se acalmar ou talvez apenas para ter certeza de que ainda estava seca. Olhou para o céu, avaliando, e Roger entendeu, tomado por uma repentina apreensão, que se chovesse, não poderiam contar com as armas. A pólvora empedrava quando úmida; com um pouco mais de umidade, as armas não disparariam. E a última coisa que ele desejava era ficar cara a cara com Stephen Bonnet munido de uma arma inútil.

Ele é só um homem, nada mais, repetiu baixinho para si mesmo. Se deixasse Bonnet ganhar proporções sobrenaturais em sua mente, estaria arruinado. Procurou uma imagem que renovasse sua confiança e agarrou-se a uma lembrança de Stephen Bonnet, sentado na proa do *Gloriana*, com as calças ao redor dos pés descalços, o rosto coberto pela barba loura por fazer, descontraído à luz da manhã, os olhos semicerrados pelo prazer de cagar em paz.

Merda, pensou. Pensar em Bonnet como um monstro tornava aquilo impossível; pensar nele como um homem era ainda pior. Mas tinha que ir até o fim.

Suas palmas suavam; esfregou-as nas calças, sem nem ao menos tentar disfarçar. Levava uma adaga no cinto, além de duas pistolas; a espada estava no fundo do barco, embainhada. Pensou na carta de John Grey e nos olhos do capitão Marsden, e sentiu um gosto amargo e metálico no fundo da garganta.

Sob ordens de Jamie, a pireta aproximou-se lentamente do ancoradouro, todos a bordo alertas a qualquer sinal de vida.

– Ninguém mora aqui? – perguntou Jamie em voz baixa, inclinando-se por cima do ombro de Duff para observar as construções. – Nenhum escravo?

– Não – respondeu Duff, grunhindo com o esforço de remar. – Wylie quase não tem usado o ancoradouro nos últimos tempos, porque construiu uma nova estrada que sai de sua casa para o interior e se junta à estrada principal em direção a Edenton.

Jamie lançou a Duff um olhar cínico.

– E se Wylie não o usa, outras pessoas o fazem, não é?

Roger observou que o ancoradouro ficava bem situado para um contrabando ocasional; fora da vista de quem estivesse em terra, mas facilmente acessível para quem chegasse pelo canal. O que de início ele acreditara ser uma ilha à direita deles era, na verdade, um labirinto de bancos de areia separando o canal que levava a Wylie's Landing do estreito principal. Ele podia ver pelo menos quatro canais menores que levavam aos bancos de areia, dois deles largos o suficiente para acomodar um brigue de bom tamanho.

Duff deu uma risadinha baixa.

– Há uma pequena estrada de conchas que leva até a casa, homem – explicou ele. – Se alguém vier por ali, você vai saber com antecedência.

Peter se remexeu, inquieto, meneando a cabeça em direção aos bancos de areia.

– Maré – murmurou.

– Ah, sim. Não terá que esperar muito, ou talvez tenha, depende.

Duff riu, obviamente achando aquilo engraçado.

– Por quê? – perguntou Jamie de modo ríspido, sem achar graça nenhuma.

Estava com uma aparência melhor, agora que se aproximavam da terra firme, mas claramente ainda não estava com disposição para piadas.

– A maré está subindo.

Duff parou de remar e apoiou-se nos remos por tempo suficiente para tirar seu gorro surrado e enxugar a frente da cabeça calva. Balançou o gorro na direção dos bancos de areia, onde um bando de pequenas aves marinhas andava erraticamente em todas as direções.

– Quando a maré está baixa, o canal fica raso demais para entrar nele com um brigue. Daqui a duas horas – estreitou os olhos para o clarão a leste que indicava o nascer do sol e balançou a cabeça para si mesmo – ou um pouco mais, eles já poderão entrar. Se estiverem à espera, lá fora, entrarão de imediato para terminar logo o trabalho e ir embora antes que a maré mude outra vez. Contudo, se ainda não tiverem chegado, talvez tenham que esperar a maré da tarde. É perigoso arriscar-se pelos canais à noite, mas Bonnet não é homem de se deixar intimidar pela escuridão. Porém, se não estiver com pressa, pode muito bem esperar até a manhã seguinte. Sim, talvez vocês tenham que esperar um pouco.

Roger percebeu que estava prendendo a respiração. Soltou o ar e inspirou lenta e profundamente, sentindo o cheiro do sal e dos pinheiros, com um leve odor de mariscos mortos. Então seria logo – ou talvez não antes do anoitecer, ou do amanhecer do dia seguinte. Esperava que fosse logo – e ao mesmo tempo esperava que não fosse.

A pireta deslizou ao longo do ancoradouro e Duff forçou um dos remos contra uma das estacas de madeira cobertas de craca, fazendo o pequeno barco deslizar com agilidade. Jamie pulou rapidamente para o cais, ansioso para pisar em terra firme. Roger entregou-lhe as espadas e a pequena trouxa que continha os cantis e a pólvora sobressalente, e subiu em seguida. Ajoelhou-se na doca, todos os sentidos alertas ao menor sinal de movimento humano, mas ouviu apenas o cantarolar fluido de melros no pântano e o grasnado das gaivotas no estreito.

Jamie procurou na bolsa e tirou um pequeno saco de dentro dela, que jogou para Duff, meneando a cabeça. Não havia mais nada a dizer; era uma parte do pagamento. O restante seria pago quando Duff voltasse para buscá-los, em dois dias.

Jamie havia esperado até o último momento possível para fazer os preparativos, a fim de se certificar de que Bonnet pelo menos ficaria inalcançável até o fim do encontro – da emboscada. Se tudo desse certo, Jamie pagaria o resto do dinheiro combinado entre eles. Caso contrário... Claire pagaria.

Pensou no rosto de Claire, pálido e abatido, assentindo em concordância com os lábios contraídos, enquanto Jamie explicava os planos a Duff. Ela olhara para Duff então, com a feroz falta de compaixão de um falcão prestes a eviscerar um rato, e ele viu Duff se encolher diante da ameaça implícita. Disfarçou um sorriso ao se lembrar. Se a amizade e o dinheiro não fossem suficientes para manter a boca de Duff fechada, talvez o medo da Dama Branca bastasse.

Eles ficaram em silêncio no cais, observando a pireta se afastar aos poucos. Roger sentiu o nó no estômago se apertar. Ele teria rezado, mas não conseguiu. Não podia pedir ajuda para o que pretendia fazer – nem a Deus, nem ao arcanjo Miguel; nem ao reverendo, nem a seus pais. Somente a Jamie Fraser.

Às vezes ele se perguntava quantos homens Fraser havia matado – se é que ele contava. Se é que ele sabia. Claro que matar um homem em uma batalha ou em legítima defesa era diferente de armar uma emboscada, arquitetando o assassinato a sangue-frio. Ainda assim, com certeza o que pretendiam fazer era mais fácil para Fraser.

Encarou o sogro e viu que ele observava o barco se afastar. Ele estava imóvel como uma rocha, e Roger viu que seus olhos se fixavam em algum lugar muito além do barco, além do céu e da água – mirando algo perverso, sem piscar. Fraser respirou fundo e engoliu em seco. Não, não seria mais fácil para ele.

De algum modo, isso pareceu um consolo.

Examinaram todos os barracões rapidamente, e só encontraram lixo espalhado: engradados destruídos, montes de palha com mofo, alguns ossos roídos abandonados por cachorros ou escravos. Dava para ver que um ou dois dos barracões tinham sido usados como moradia em algum momento, mas não recentemente. Algum animal havia feito um ninho grande e desmazelado junto à parede de um dos barracões. Quando Jamie o cutucou com uma vara, um tipo de roedor, gordo e cinzento, deu um salto, passou correndo por entre os pés de Roger, atravessou o cais e se atirou na água com um baque perturbador.

Resolveram montar guarda no maior dos barracões, construído sobre o próprio ancoradouro, e se acomodaram para esperar. Mais ou menos.

O plano era bastante simples: atirar em Bonnet assim que ele aparecesse. A menos que chovesse, pois, nesse caso, seria necessário usar espadas e facas. Explicado desse modo, o procedimento parecia bastante elementar. A imaginação de Roger, no entanto, não conseguia se contentar com isso.

– Vá dar uma volta, se quiser – disse Jamie, depois de passar quinze minutos observando o nervosismo de Roger. – Nós ouviremos quando ele chegar.

Ele estava sentado calmamente, como um sapo em uma ninfeia, verificando cada detalhe das armas dispostas à sua frente.

– Humm. E se ele não vier sozinho?

Jamie deu de ombros, os olhos fixos na pederneira da pistola em sua mão. Ele a sacudiu para ver se estava firme no lugar, depois pousou a arma no chão.

– Se não vier, paciência. Se houver homens com ele, teremos que separá-lo deles. Eu o levarei para um dos barracões menores, sob o pretexto de ter uma conversa em particular, e darei cabo dele lá mesmo. Você impede que alguém vá atrás de nós. Não vou precisar de mais do que um minuto.

– Ah, é? E então você vai sair andando calmamente, vai dizer aos homens que acabou de matar o capitão deles e depois? – perguntou Roger.

Jamie passou a mão na ponte do nariz e deu de ombros outra vez.

– Ele estará morto. Acha que ele é um homem capaz de inspirar tanta lealdade a ponto de seus homens tentarem vingá-lo?

– Bem... não – disse Roger lentamente. – Talvez não.

Bonnet era o tipo de homem que inspirava seus subordinados a trabalhar duro, mas era um trabalho baseado no medo e na esperança de lucro, não na lealdade.

– Descobri muita coisa a respeito do sr. Bonnet – disse Jamie, colocando a pistola no chão. – Ele tem parceiros regulares, sim, mas não tem amigos. Não navega sempre com o mesmo parceiro, nem com a mesma tripulação, o que os capitães costumam fazer quando encontram homens que lhes servem bem. Bonnet escolhe suas tripulações conforme a ocasião, e os escolhe pela habilidade e pela força, não por gostar deles. Assim, não acho que vamos encontrar, entre seus homens, ninguém que goste muito dele.

Roger assentiu, reconhecendo a verdade da observação. Bonnet comandara o *Gloriana* com mão de ferro, mas sem nenhum senso de camaradagem, nem mesmo com seu imediato e seu contramestre. E também era verdade o que Jamie dissera; até onde sabiam, Bonnet escolhia seus assistentes de acordo com a necessidade. Ainda que levasse homens para aquele encontro, era pouco provável que fossem um tenente e uma tripulação devotados. Provavelmente seriam marujos escolhidos nas docas de modo aleatório.

– Tudo bem. Mas se... quando nós o matarmos, qualquer homem que esteja com ele...

– Vai precisar de um novo emprego – interrompeu Jamie. – Não, desde que tomemos o cuidado de não atirar contra eles ou de lhes dar motivo para pensar que somos uma ameaça, acredito que não vão se preocupar muito com o destino de Bonnet. Ainda assim...

Pegou a espada, franzindo ligeiramente a testa, e deslizou-a para fora e para dentro da bainha, para conferir se estava se movendo com facilidade.

– Acho que, se for o caso, eu levarei Bonnet para algum lugar reservado, como já disse. Espere um minuto enquanto dou cabo dele, depois dê alguma desculpa e saia como se fosse me buscar. Mas não pare. Passe direto pelos barracões e vá para o meio das árvores. Eu me encontrarei com você lá.

Roger olhou para Jamie em dúvida. Minha nossa, ele parecia estar falando de um passeio de domingo – uma volta pelo rio e nos encontramos no parque, levarei sanduíches de presunto e você leva o chá.

Ele pigarreou duas vezes e pegou uma de suas pistolas. Sentiu-a fria e sólida em sua mão, um peso reconfortante.

– Tudo bem, mas só uma coisa: eu dou cabo de Bonnet.

Fraser olhou para ele com severidade. Roger manteve o olhar firme, ouvindo a pulsação que começara a martelar forte em seus ouvidos.

Viu Fraser começar a falar, depois parar. O sogro olhou para ele pensativo, e ele conseguiu ouvir seus argumentos, batendo dentro de seu ouvido no ritmo da pulsação, claros como se tivessem sido ditos em voz alta.

Você nunca matou um homem, nem lutou em uma batalha. Não é um bom atirador e faz apenas o básico com uma espada. Pior, você tem medo do homem. E se tentar e falhar...

– Eu sei – disse ele em voz alta, para os olhos azuis profundos de Fraser. – Ele é meu. Eu vou matá-lo. Brianna é sua filha, eu sei... mas é minha mulher.

Fraser piscou e desviou o olhar. Tamborilou os dedos no joelho por um instante e em seguida parou, suspirando profundamente. Endireitou-se devagar e virou-se de novo para Roger, olhando-o nos olhos.

– É um direito seu – disse ele, formalmente. – Pois bem. Não hesite, não o desafie. Mate-o assim que tiver oportunidade. – Fez uma pausa, depois voltou a falar, os olhos fixos nos de Roger. – Mas se você for morto... saiba que eu o vingarei.

O mingau cheio de pregos em seu estômago pareceu subir, obstruindo sua garganta. Tossiu, para afastar a sensação, e engoliu em seco.

– Ótimo – disse ele. – E se você for morto, eu o vingarei. Negócio fechado?

Fraser não riu e, naquele momento, Roger compreendeu por que os homens o seguiriam aonde quer que ele fosse, para fazer qualquer coisa. Ele apenas olhou para Roger por um momento e então assentiu.

– Um belo negócio – disse ele baixinho. – Obrigado.

Tirando a adaga do cinto, começou a polir a lâmina.

...

Eles não tinham ideia de que horas eram, mas não precisavam saber. Mesmo com o céu tomado por nuvens baixas e o sol invisível, era possível sentir o passar dos minutos, a mudança lenta da terra conforme os ritmos do dia mudavam. Pássaros que gorjeavam ao amanhecer pararam a cantoria, e os que caçavam pela manhã começaram seu ritual. O som da água batendo nas estacas do cais mudou de tom conforme a maré alta começou a ecoar no espaço sob o ancoradouro.

A maré alta veio e se foi; o eco embaixo do ancoradouro passou a soar oco quando a água começou a descer. A pulsação nos ouvidos de Roger começou a se atenuar, assim como o aperto que sentia no peito.

Então algo bateu no ancoradouro e a vibração repercutiu no chão do barracão.

Jamie se levantou na hora, duas pistolas no cinto, outra na mão. Meneou a cabeça para Roger e em seguida desapareceu pela porta.

Roger enfiou suas pistolas no cinto, tocou o cabo da adaga por segurança e foi atrás dele. Viu um vislumbre do barco, a madeira escura da proa surgindo logo acima da linha do ancoradouro, e entrou no barracão menor à direita. Jamie não estava em nenhum lugar à vista; devia estar em seu próprio posto, à esquerda.

Encostou-se na parede, espreitando através da fresta entre a dobradiça e a porta. O barco deslizava devagar ao longo da borda do cais, ainda não amarrado. Ele conseguia ver uma pequena parte da popa; o resto estava fora de seu campo visual. Não importava; ele não poderia atirar enquanto Bonnet não aparecesse no cais.

Secou a palma da mão nas calças e escolheu a melhor de suas duas pistolas, verificando pela milésima vez se a carga de pólvora e a pederneira estavam prontas. O metal da pistola exalava um cheiro forte de óleo em sua mão.

O ar estava úmido; suas roupas se grudavam ao corpo. Será que a pólvora ia disparar? Levou a mão à adaga, pela milionésima vez, relembrando as instruções de Fraser sobre matar com uma faca. *Com a mão apoiada no ombro dele, enfie-a abaixo do esterno, com força. Por trás, o rim, de baixo para cima.* Santo Deus, poderia fazer isso cara a cara? Sim. Esperava que fosse cara a cara. Queria ver...

Um rolo de corda foi jogado no cais; ele ouviu o baque surdo e em seguida o som de alguém saltando por cima da amurada para amarrar o barco. Um farfalhar e um gemido de esforço, uma pausa... Ele fechou os olhos, tentando ouvir acima das batidas fortes de seu coração. Passos. Lentos, mas não hesitantes. Vindo em sua direção.

A porta estava entreaberta. Ele deu um passo silencioso na direção dela, prestando atenção. Esperando. Uma sombra, indistinta na luz embaçada, atravessou a porta. O homem entrou.

Ele saiu de trás da porta, lançou todo o peso do corpo sobre o homem e o jogou contra a parede com um baque surdo. O homem gritou de surpresa com o impacto, e o som do grito o fez parar justamente quando agarrou um pescoço nada masculino.

– Merda! – disse ele. – Ou melhor, eu... eu... eu sinto muito, senhora.

Ela estava imprensada contra a parede, todo o peso dele em cima dela, e ele podia perceber muito bem que o resto de seu corpo também não era nada masculino. Com o rosto corado e quente, ele a soltou e deu um passo para trás, ofegante.

Ela se sacudiu como um cachorro, ajeitando as roupas e apalpando com cuidado a parte de trás da cabeça onde havia batido contra a parede.

– Sinto muito – disse ele, sentindo-se ao mesmo tempo chocado e um completo idiota. – Não tive a intenção... A senhora se machucou?

A jovem era tão alta quanto Brianna, porém mais forte, com cabelos castanho-escuros e um rosto bonito, de ossos largos e olhos fundos. Ela sorriu para Roger e disse algo incompreensível, exalando o forte cheiro de cebola. Ela o examinou de cima a baixo sem pudor e, evidentemente aprovando o que via, levou as mãos aos seios em um inconfundível gesto convidativo, meneando a cabeça em direção a um canto do barracão, onde montes de feno úmido exalavam um cheiro fecundo de decomposição não de todo desagradável.

– Ahhh... – disse Roger. – Não. Receio que esteja enganada. Não, não toque aí. Não. *Non! Nein*!

Ele tentou segurar as mãos dela, que pareciam determinadas a abrir seu cinto. Ela disse algo mais em sua língua desconhecida. Ele não entendeu uma palavra, mas compreendeu perfeitamente o sentido.

– Não, sou casado. Pare, por favor!

Ela riu, lançou-lhe um olhar malicioso por baixo dos longos cílios negros e voltou ao ataque.

Ele acharia que estava alucinando, não fosse pelo cheiro. Presos em um lugar fechado, ele concluiu que o odor de cebolas era o menor dos males. Ela não tinha a aparência de uma pessoa suja, mas exalava o fedor penetrante de alguém que acabara de fazer uma longa viagem de navio; ele reconheceu o cheiro imediatamente. Além disso, um inconfundível cheiro de porcos emanava das saias dela.

– *Excusez-moi, mademoiselle.*

A voz de Jamie surgiu de algum lugar atrás dele, parecendo bastante alarmada. A jovem se assustou, embora não parecesse estar com medo. Ela soltou seus testículos, no entanto, permitindo que ele recuasse um passo.

Jamie estava com a pistola na mão, embora a segurasse ao lado do corpo. Ergueu uma das sobrancelhas para Roger.

– Quem é essa?

– Como diabos eu vou saber? – Fazendo um esforço para se recompor, Roger se sacudiu em uma tentativa de se endireitar. – Achei que ela fosse Bonnet ou um de seus homens, mas evidentemente não é.

– Evidentemente. – Fraser parecia inclinado a achar graça na situação; um músculo perto de sua boca se contraía furiosamente. – *Qui êtes-vous, mademoiselle?* – perguntou à mulher.

Ela franziu a testa para ele, claramente sem compreender, e disse alguma coisa em sua estranha língua de novo. Jamie ergueu as sobrancelhas ao ouvi-la.

– Que língua ela está falando? – perguntou Roger.

– Não faço a menor ideia. – Com a expressão de divertimento agora tomada pela cautela, Jamie se virou para a porta, erguendo a pistola. – Vigie-a, está bem? Ela não deve estar sozinha.

Isso era óbvio; ouviam-se vozes no cais. As vozes de um homem e de outra mulher. Roger trocou olhares desorientados com Jamie. Não, a voz masculina não era de Bonnet nem de Lyon – e o que, em nome de Deus, todas aquelas mulheres estavam fazendo ali?

As vozes se aproximavam, no entanto, e a jovem de repente gritou alguma coisa em sua própria língua. Não pareceu um aviso, mas Jamie se encostou rapidamente na parede junto à porta, com a pistola engatilhada e a outra mão na adaga.

O vão estreito da porta se escureceu quase por completo quando uma cabeça escura e descabelada apareceu no barracão. Jamie deu um passo à frente e enfiou a pistola sob o queixo de um homem enorme e muito surpreso. Segurando o sujeito pela gola, Jamie recuou, puxando-o para dentro do barracão.

O homem foi seguido quase imediatamente por uma mulher forte e alta, com um rosto bonito que deixava claro que se tratava da mãe da jovem. A mulher, entretanto, era loura, enquanto o homem – seria o pai? – era tão escuro quanto um urso, com o qual se parecia. Ele era quase tão alto quanto Jamie, mas tinha quase o dobro da largura, de peito e ombros fortes e barba espessa.

Nenhum deles parecia alarmado. O homem parecia surpreso; a mulher, afrontada. A jovem ria com vontade, apontando para Jamie, depois para Roger.

– Estou começando a me sentir um idiota – disse Jamie para Roger. Recolhendo a pistola, ele deu um passo para trás com cautela. – *Wer seid Ihr?* Quem são vocês? – perguntou.

– Não creio que sejam alemães – disse Roger. – Ela – ele apontou com o polegar, indicando a jovem, que agora examinava Jamie com atenção, como se medisse seu potencial para se divertir no feno – não pareceu entender francês nem alemão, embora pudesse estar fingindo.

O homem franzia a testa, olhando de Jamie para Roger em uma tentativa de entender o que diziam. Ao ouvir a palavra *francês*, no entanto, pareceu se animar.

– *Comment ça va?* Como vai? – perguntou ele, com o sotaque mais execrável que Roger já ouvira.

– *Parlez-vous Français?* Fala francês? – replicou Jamie, ainda olhando para o sujeito com cautela.

O homenzarrão sorriu e mostrou o dedo indicador e o polegar calejados a 2 centímetros um do outro.

– *Un peu.*

Um pouco bem pequeno mesmo, como logo descobriram. O sujeito não dominava mais do que dez palavras em francês, o suficiente apenas para se apresentar como Mikhail Chemodurow; sua mulher, Iva; e sua filha, Karina.

– Rooshki – disse Chemodurow, batendo a mão no peito grande.

– Russos?

Roger olhou para eles, estupefato, embora Jamie parecesse fascinado.

– Nunca conheci um russo – falou. – Mas o que, em nome de Cristo, eles estão fazendo aqui?

Com alguma dificuldade, essa pergunta foi transmitida ao sr. Chemodurow, que abriu um sorriso e ergueu o enorme braço, indicando o cais.

– *Les cochons* – disse ele. – *Pour le monsieur Wylie.* – Olhou ansioso para Jamie. – *Monsieur Wylie?*

Considerando o fedor que exalava dos três russos, a menção a porcos não foi uma grande surpresa. A conexão entre criadores de porcos russos e Phillip Wylie era um pouco menos óbvia. Antes que a questão pudesse ser aprofundada, no entanto, ouviu-se uma forte batida do lado de fora e o ruído de algo sendo raspado, como se um grande objeto de madeira tivesse atingido o ancoradouro. Em seguida, ouviu-se um coro agudo de gritos e berros, a maioria suínos, mas alguns humanos – e femininos.

Chemodurow moveu-se com incrível rapidez para seu tamanho, embora Jamie e Roger tenham partido atrás dele assim que disparou porta afora.

Roger mal teve tempo de ver que agora havia dois barcos ancorados no cais; o pequeno barco dos russos e uma embarcação menor, aberta. Vários homens, armados com facas e pistolas, pulavam do barco menor no ancoradouro.

Ao ver aquilo, Jamie desviou para o lado, desaparecendo de vista pela lateral de um dos barracões menores. Roger pegou a pistola, mas hesitou, sem saber ao certo se seria melhor atirar ou correr. Hesitou por tempo demais. Um mosquete o golpeou por baixo das costelas, deixando-o sem ar, e mãos agarraram seu cinto, arrancando a adaga e as pistolas.

– Não se mexa, camarada – disse o homem que segurava o mosquete. – Ao menor movimento, faço seu fígado sair pelas costas.

O homem falou sem muito ânimo, mas com sinceridade suficiente para que Roger não se sentisse inclinado a desafiá-lo. Ficou imóvel, as mãos parcialmente erguidas, observando.

Chemodurow havia se lançado sobre os invasores sem hesitar, desferindo golpes desajeitados para todo lado. Um homem já estava na água, depois de ter sido atirado para fora do ancoradouro, e o russo já segurava outro, enforcando-o com uma eficiência brutal. Ele ignorava os gritos, ameaças e socos, concentrado no homem que estava matando.

Gritos cortaram o ar; Iva e Karina haviam corrido em direção a seu barco, onde dois dos invasores estavam no convés, cada um segurando uma versão um pouco menor de Karina. Um dos homens apontou uma arma para as mulheres russas. Pareceu puxar o gatilho; Roger viu uma faísca e uma pequena nuvem de fumaça, mas a arma falhou. As mulheres não hesitaram e partiram para cima dele, aos gritos. Em pânico, ele largou a arma e a garota que segurava e pulou na água.

Um baque surdo e nauseante desviou a atenção de Roger de seu enredo paralelo. Um dos homens, uma figura baixa e atarracada, dera um golpe na cabeça de Chemodurow com a coronha de uma arma. O russo piscou, balançou a cabeça e relaxou as mãos no pescoço da vítima. Seu agressor fez uma careta e segurou a arma com mais força, aplicando mais um golpe. Os olhos do russo se reviraram, e ele caiu no ancoradouro, fazendo as tábuas tremerem com o impacto.

Roger olhava de um homem para outro, à procura de Stephen Bonnet no meio da confusão. Por mais que procurasse, entretanto, não havia sinal do antigo capitão do *Gloriana*.

O que estava acontecendo? Bonnet não era covarde, era um combatente por natureza. Era impensável que enviasse homens em seu lugar. Roger olhou outra vez, contando as cabeças, na tentativa de identificar os homens, mas a conclusão foi ficando mais evidente à medida que o caos aos poucos se desfez. Stephen Bonnet não estava ali.

Roger não teve tempo de decidir se estava decepcionado ou aliviado com essa descoberta. O homem que golpeara Chemodurow virou-se para ele nesse momento, e ele reconheceu David Anstruther, o xerife do condado de Orange. Anstruther também o reconheceu – ele viu os olhos do sujeito se estreitarem –, mas não pareceu surpreso em vê-lo.

A luta estava sendo rapidamente contida. As quatro mulheres russas tinham sido reunidas e empurradas para dentro do barracão maior, entre muitos berros e impropérios, e Chemodurow, desmaiado, também foi arrastado para dentro, deixando um inquietante rastro de sangue pelas tábuas atrás de si.

Nesse momento, um par de mãos bem-cuidadas apareceu na borda do cais e um homem alto, esbelto e elegante surgiu de dentro do barco. Roger não teve dificuldade em reconhecer o sr. Lillywhite, um dos magistrados do condado de Orange, apesar de ele estar sem a peruca e sem o casaco verde-garrafa.

Lillywhite havia se vestido para a ocasião com uma roupa simples, de tecido fino e preto, embora sua camisa de linho fosse como sempre de muito boa qualidade e ele levasse uma espada de cavalheiro presa na cintura. Ele atravessou o cais, sem muita pressa, observando a situação enquanto avançava. Roger viu sua boca se contrair de nojo diante do rastro de sangue.

Lillywhite fez um gesto para o homem que segurava Roger e, por fim, a dolorosa pressão do cano da arma diminuiu, e ele pôde respirar fundo.

– Sr. MacKenzie, não é? – perguntou Lillywhite amavelmente. – E onde está o sr. Fraser?

Ele já esperava por essa pergunta e tivera tempo de pensar na resposta.

– Em Wilmington – respondeu, no mesmo tom amistoso de Lillywhite. – O senhor também está um pouco longe de casa, não é?

As narinas de Lillywhite se abriram por um momento, como se tivessem detectado um cheiro ruim, o que certamente acontecera, embora Roger duvidasse de que o fedor dos porcos fosse o motivo de seu desagrado.

– Não brinque comigo, senhor – disse o magistrado de modo direto.

– Nem sonharia com isso – disse Roger, atento ao homem com o mosquete, que parecia disposto a voltar a golpeá-lo. – Mas já que estamos fazendo esse tipo de pergunta, onde está Stephen Bonnet?

Lillywhite deu uma risada curta, uma espécie de humor glacial surgindo em seus olhos cinza-pálidos.

– Em Wilmington.

Anstruther apareceu ao lado do magistrado, atarracado e suado. Meneou a cabeça para Roger e abriu um sorriso desagradável.

– MacKenzie. Prazer em revê-lo. Onde está seu sogro e, mais importante, onde está o uísque?

Lillywhite franziu a testa para o xerife.

– Não o encontrou? Procurou nos barracões?

– Sim, já olhamos nos barracões. Não há nada lá além de destroços. – Ficou na ponta dos pés, de modo ameaçador. – Então, MacKenzie, onde o escondeu?

– Não escondi nada – respondeu Roger sem se alterar. – Não há uísque nenhum.

Ele estava começando a relaxar um pouco. Onde quer que Stephen Bonnet estivesse, não estava ali. Não achava que ficariam contentes ao descobrir que o uísque era um ardil, mas...

O xerife deu-lhe um soco na boca do estômago. Roger se dobrou para a frente, sua vista escureceu e ele respirou com esforço, lutando contra um lampejo de pânico ao se lembrar do enforcamento, da escuridão, da falta de ar...

Pontos luminosos apareceram nas extremidades de seu campo de visão, e ele respirou fundo, arfando. Estava sentado no cais, com as pernas estendidas, o xerife agarrando um punhado de seus cabelos.

– Tente outra vez – aconselhou Anstruther, sacudindo-o com força pelos cabelos.

A dor era irritante, mais do que desconfortável, e ele deu um soco no xerife, acertando-o com força na coxa. O homem deu um grito e o soltou, dando um salto para trás.

– Olhou no outro barco? – perguntou Lillywhite, ignorando o desconforto do xerife.

Anstruther olhou com ódio para Roger, massageando a coxa, mas balançou a cabeça em resposta.

– Não há nada lá além de porcos e garotas. E de onde diabos *eles* vieram? – perguntou ele.

– Da Rússia.

Roger tossiu, travando os dentes diante da onda de dor que o tomou, e se levantou lentamente, mantendo o braço sobre a barriga para impedir que suas entranhas saíssem pela boca. O xerife preparou o punho com antecedência, mas Lillywhite fez um gesto para que ele se contivesse. Olhou, incrédulo, para Roger.

– Rússia? E o que eles têm a ver com este negócio?

– Nada, até onde eu sei. Chegaram logo depois de mim.

O magistrado resmungou, parecendo contrariado. Franziu a testa por um momento, pensativo, e decidiu tentar outra tática.

– Fraser tinha um acordo com Milford Lyon. Eu assumi a parte do sr. Lyon no acordo, portanto deve entregar o uísque a mim – disse ele, tentando imprimir um tom de educada formalidade a sua voz.

– O sr. Fraser mudou de planos – comentou Roger, com a mesma cortesia. – Ele me enviou para dizer isso ao sr. Lyon.

Aquilo pareceu deixar Lillywhite desconcertado. Ele contraiu os lábios, movendo-os para dentro e para fora enquanto fitava Roger implacavelmente, como se quisesse avaliar a veracidade do que ele dizia. Roger o encarou de volta com serenidade, esperando que Jamie não aparecesse de repente e estragasse sua história.

– Como chegou aqui? – perguntou Lillywhite de forma abrupta. – Se não veio naquele barco?

– Vim por terra, partindo de Edenton. – Agradecendo a Duff pela informação, acenou descontraidamente por cima do ombro. – Há um caminho de conchas lá atrás.

Os dois homens o observavam. Ele os encarou de volta, sem se deixar intimidar.

– Alguma coisa não está cheirando nada bem e não é o pântano. – Anstruther farejou o ar ruidosamente para enfatizar, em seguida tossiu e desdenhou. – Minha nossa! Que fedor!

Lillywhite o ignorou e continuou a encarar Roger com os olhos semicerrados.

– Creio que talvez tenha que importuná-lo um pouco mais, sr. MacKenzie – disse ele, virando-se para o xerife. – Prenda-o com os russos, se é que eles são russos de fato.

Anstruther aceitou a incumbência com entusiasmo, cutucando Roger nas nádegas com a ponta do mosquete enquanto o obrigava a andar na direção do barracão onde os russos estavam presos. Roger travou os dentes e o ignorou, tentando imaginar a que altura o xerife ricochetearia se fosse erguido e jogado com força contra as tábuas do cais.

Os russos estavam todos amontoados em um canto do barracão, as mulheres cuidando do marido e pai ferido, mas todos se voltaram para olhar quando Roger entrou, balbuciando saudações e perguntas incompreensíveis. Roger sorriu para eles da melhor maneira que pôde e fez um gesto para que recuassem, pressionando a orelha contra a parede do barracão a fim de ouvir o que Lillywhite e seu grupo estavam planejando.

Tinha esperanças de que simplesmente aceitassem sua história e fossem embora – e talvez ainda fizessem isso quando se convencessem de que não havia mesmo uísque escondido em lugar nenhum perto do ancoradouro. Outra possibilidade lhe ocorrera, no entanto; uma possibilidade que o estava deixando cada vez mais inquieto.

Estava bastante claro, pelo comportamento dos homens, que eles pretendiam levar o uísque à força – se houvesse algum uísque. E a forma como Lillywhite havia demorado a se mostrar, escondendo-se... não ficaria bem, obviamente, para um magistrado do condado, se soubessem que ele tinha ligações com contrabandistas e piratas.

Naquelas circunstâncias, já que não havia uísque, Roger não podia denunciar nenhum crime da parte de Lillywhite – era ilegal fazer contrabando, é claro, mas esse tipo de acordo era tão comum na costa que um simples rumor a respeito provavelmente não causaria danos à reputação de Lillywhite em seu próprio condado. Por outro lado, Roger estava sozinho – ou pelo menos Lillywhite achava que ele estava.

Estava claro que havia alguma ligação entre Lillywhite e Stephen Bonnet – e se Roger e Jamie Fraser começassem a fazer perguntas, havia grandes chances de isso ser revelado. Será que o suposto negócio no qual Lillywhite estava envolvido era perigoso o bastante para que ele achasse que valia a pena matar Roger para impedir que ele falasse? Ele tinha a incômoda sensação de que Lillywhite e Anstruther poderiam muito bem chegar a essa conclusão.

Poderiam simplesmente levá-lo para o pântano, matá-lo, enterrar seu corpo e em seguida voltar para junto de seus companheiros, anunciando que ele voltara para Edenton. Mesmo que alguém acabasse seguindo as pistas até os membros da quadrilha de Lillywhite e eles fossem persuadidos a falar – ambas as possibilidades remotas –, nada poderia ser provado.

Ouviu batidas e pancadas do lado de fora, aos poucos sucedidas por chamados mais distantes, conforme os barracões eram vasculhados mais uma vez e a busca se estendia ao pântano próximo dali.

Ocorreu a Roger que Lillywhite e Anstruther podiam muito bem ter planejado matar Jamie e ele depois de pegarem o uísque. Nesse caso, havia ainda menos motivo para que mudassem de ideia agora; já estariam preparados para isso. Quanto aos russos – poderiam lhes fazer algum mal? Esperava que não, mas não havia como saber.

Ouviu um leve tamborilar no teto de zinco do casebre; começava a chover. Ótimo, se a pólvora ficasse úmida, não atirariam nele; teriam que cortar sua garganta. Ele alternava entre o receio de que Jamie não aparecesse cedo demais e a esperança fervorosa de que não aparecesse tarde demais. Quanto ao que ele faria se *de fato* aparecesse...

As espadas. Ainda estariam onde as haviam deixado, no canto do barracão? A chuva estava barulhenta demais para que ele ouvisse alguma coisa lá fora, de qualquer maneira. Então, abandonou seu posto de escuta e foi olhar.

Os russos olhavam para ele com expressões que eram um misto de cautela e preocupação. Ele sorriu e assentiu, fazendo gestos discretos para que saíssem do caminho. Sim, as espadas ainda estavam lá – já era alguma coisa, e ele sentiu uma leve pontada de esperança.

Chemodurow estava consciente; disse alguma coisa com a voz arrastada, e Karina levantou-se imediatamente e foi até Roger. Deu um tapinha no braço dele e em seguida pegou uma das espadas. Tirou-a da bainha com um som sibilante que fez com que todos se assustassem, depois rissem de nervosismo. Segurou o cabo com ambas as mãos e ergueu a espada acima do ombro, como um taco de beisebol. Marchou para a porta e assumiu seu posto ao lado da entrada, fazendo uma cara feia.

– Ótimo – disse Roger, abrindo um largo sorriso de aprovação. – Se alguém enfiar a cabeça por ali, arranque-a fora, certo?

Fez uma mímica indicando o movimento de corte com a lateral da mão, e todos os russos grunhiram, demonstrando seu apoio entusiástico. Uma das jovens estendeu a mão para pegar a outra espada, mas ele sorriu e mostrou que ficaria com aquela, muito obrigado.

Para sua surpresa, ela balançou a cabeça, dizendo alguma coisa em russo. Ele ergueu as sobrancelhas e balançou a cabeça, sem saber o que fazer. Ela o puxou pelo braço e fez com que ele a acompanhasse de volta até o canto do barracão.

Eles tinham estado ocupados durante o breve período de seu cativeiro. Haviam afastado o entulho para improvisar uma cama confortável para o homem ferido – e descobriram um grande alçapão no chão, feito para ser usado pelos barcos que entravam por baixo do ancoradouro na maré baixa a fim de que o carregamento fosse descarregado diretamente no barracão, e não no cais.

A maré estava baixando naquele momento; era uma queda de quase 2 metros até a superfície escura da água. Ele tirou a camisa e se pendurou na beirada do alçapão antes de se soltar e cair de pé, sem querer se arriscar a mergulhar no que poderiam ser baixios perigosos lá embaixo.

No entanto, a água encobriu sua cabeça e ele afundou em uma torrente de bolhas prateadas. Então seus pés tocaram a areia do fundo e ele se impulsionou para cima, indo à tona para respirar. Acenou para tranquilizar os russos que o observavam da beirada do alçapão, depois seguiu para a outra extremidade do ancoradouro.

De onde estava, empoleirado no telhado do barracão, Jamie observou os movimentos do magistrado, e o modo como ele acariciava a arma. Lillywhite se virou, levando a mão com nervosismo ao cabo de sua espada. Um longo alcance e uma boa postura; rápido também, embora um tanto brusco. Usar uma espada naquelas circunstâncias sugeria tanto familiaridade com a arma quanto uma predileção por ela.

Não conseguia ver Anstruther, que estava colado na parede do barracão, sob a borda do telhado, mas não estava muito preocupado com o xerife. Era um valentão, e de braço curto.

– Acho que devemos matar todos eles. Só por garantia.

Lillywhite resmungou, demonstrando dúvidas a respeito dessa solução.

– Pode ser... mas e os homens? Não vamos querer colocar nossa sorte nas mãos de testemunhas que podem acabar dando com a língua nos dentes. Poderíamos ter cuidado de Fraser e MacKenzie longe da vista deles... mas todas essas pessoas... Talvez seja melhor deixarmos os russos partirem; são estrangeiros e não parecem falar nada de inglês...

– Sim, mas como chegaram aqui? Eu gostaria de saber. Garanto que não foram pegos por uma correnteza e vieram parar aqui por acaso. Alguém sabe deles, alguém virá procurá-los... E quem quer que seja tem como se comunicar com eles, eu garanto. Eles já viram coisas demais... e se pretende continuar a usar este lugar...

A chuva ainda estava fraca, mas constante. Jamie virou a cabeça para secar as gotas em seus olhos no ombro. Ele estava deitado, braços e pernas abertos, como um sapo, para não escorregar pelo telhado de zinco inclinado. Não ousava se mexer, não ainda. A chuva rumorejava sobre o estreito, enrugando a superfície da água e estalando no metal a sua volta. Se chovesse um pouco mais forte, qualquer ruído que ele fizesse seria encoberto.

Mudou um pouco a distribuição do peso do corpo, sentindo a pressão da adaga contra o osso do quadril. As pistolas estavam ao seu lado no telhado, provavelmente inutilizadas pela chuva. A adaga era sua única arma de verdade naquele momento, muito melhor para um ataque surpresa do que para um ataque frontal.

–... mande os homens de volta com o barco. Podemos ir por terra, depois...

Os dois homens ainda conversavam, em voz baixa, mas ele percebeu que a decisão já tinha sido tomada. Lillywhite só precisava se convencer que era uma questão de necessidade, o que não demoraria muito. Mandariam os homens embora antes, no entanto; o magistrado estava certo em temer testemunhas.

Ele piscou para tirar a água dos olhos e olhou na direção do barracão maior, onde Roger Mac e os russos estavam. Os barracões ficavam próximos uns dos outros, e os espaços entre os telhados de zinco não eram maiores do que 1 metro ou 1,20 metro. Havia um único barracão entre ele e o barracão maior. Ótimo.

Aproveitaria a partida dos homens para passar pelos telhados e contaria com a sorte e com a chuva para impedir que Lillywhite ou Anstruther olhassem para cima. Ficaria agachado acima da porta do barracão e, quando eles chegassem para matar os prisioneiros, esperaria abrirem a porta e então se atiraria sobre o magistrado, esperando quebrar seu pescoço ou ao menos imobilizá-lo. Depois contaria com Roger Mac para sair e ajudá-lo a lidar com o xerife.

Foi o melhor plano que conseguiu traçar naquelas circunstâncias, e não o considerava ruim. Se não escorregasse e quebrasse o pescoço, é claro. Ou uma perna. Flexionou a perna esquerda, sentindo a leve rigidez dos músculos da panturrilha. Estava curada, mas não havia como negar que ficara ligeiramente mais fraca. Conseguia andar normalmente, mas pular por telhados...

– Bem, no inferno, abrace o capeta – murmurou.

Se ele caísse e machucasse a perna outra vez, seria melhor torcer para que o xerife o matasse, caso contrário Claire certamente o faria.

Esse pensamento fez com que ele sorrisse, mas não podia pensar nela naquele momento. Mais tarde, quando tudo estivesse terminado. Sua camisa estava ensopada, grudada nos ombros, e a chuva tilintava nos tetos de zinco como um coral de pequenos sinos. Virando-se com cuidado, conseguiu encolher as pernas sob o corpo e ergueu-se, ficando agachado, pronto para se deitar de novo se alguém olhasse para cima.

Não havia ninguém no cais. Havia quatro homens além de Lillywhite e o xerife; todos estavam no terreno ao sul do ancoradouro, vasculhando o capim que chegava à cintura sem muita motivação. Ele respirou fundo e ficou lentamente de pé. Quando deu meia-volta, porém, percebeu um leve movimento pelo canto do olho e ficou paralisado.

Santo Deus, havia homens saindo da mata. Por um segundo, pensou que fosse mais gente de Lillywhite, mas logo percebeu que os homens eram negros. Todos, exceto um.

Les cochons, os russos tinham dito. *Pour le monsieur Wylie*. E lá estava monsieur Wylie, vindo com seus escravos para pegar os porcos!

Deitou-se de bruços de novo e esgueirou-se pelo zinco molhado, rastejando até a parte de trás do telhado do barracão. Restava saber, ele pensou, se Wylie estaria mais disposto a ajudá-lo ou a matá-lo com as próprias mãos – mas acreditava que o sujeito tinha interesse em preservar os russos.

A água estava fria, mas não chegava a entorpecer os músculos, e a corrente da maré vazante ainda não era muito forte. Ainda assim, a lesão em seu pescoço e a fumaça do incêndio do bambuzal o haviam deixado com muito menos fôlego do que antes, e Roger via-se obrigado a subir à superfície para respirar a cada três ou quatro braçadas.

Lábios de rubi, fora da água, cantarolou ironicamente para si mesmo, *soprando lindas bolhinhas*... Inspirou fundo e ficou parado com a cabeça fora d'água, atento. Tinha ido para o lado sul do ancoradouro primeiro, mas ouvira vozes acima e por isso mudara de direção. Estava bem embaixo da extremidade norte agora, escondido à sombra do barco dos russos.

O cheiro de porcos era pungente, e ele ouvia batidas e grunhidos abafados vindos do porão através da madeira ao seu lado. Santo Deus, tinham vindo naquela minúscula embarcação desde a Rússia? Aparentemente, sim; a madeira do casco estava coberta de marcas e endentações.

Nenhum som de vozes nas proximidades. A chuva forte abafava os sons no estreito; isso ajudaria a encobrir qualquer ruído que ele fizesse. Preparar, firmar e ir. Encheu os pulmões de ar e lançou-se na luz chuvosa além do ancoradouro.

Nadou desesperadamente, tentando não espirrar água, esperando um tiro de mosquete entre as escápulas a qualquer momento. Embrenhou-se em meio às plantas aquáticas, sentiu o capim-navalha açoitando seus braços e pernas, rolou meio de lado, ofegante, o sal fazendo os ferimentos arderem, e logo estava de quatro, rastejando pelo emaranhado de plantas do brejo, as extremidades dos juncos ondulando acima de sua cabeça, sentindo a chuva bater em suas costas, a água logo abaixo do queixo.

Finalmente parou, o peito arfando pela falta de ar, e se perguntou que diabo fazer em seguida. Era bom estar longe do barracão, mas ele não tinha um plano para o que fazer naquele momento. Encontrar Jamie, supunha – se pudesse, sem ser capturado outra vez.

Como se o pensamento tivesse chamado a atenção para ele, ouviu os ruídos de alguém andando devagar pelo pântano próximo. Procurando. Ficou paralisado, esperando que a chuva encobrisse o ruído de sua respiração, alta e ruidosa em seus ouvidos.

Mais perto. Droga, estavam se aproximando. Procurou em seu cinto, mas havia perdido a adaga enquanto nadava. Ergueu um dos joelhos, aproximando-o do queixo, e se preparou para saltar e correr.

O junco acima dele abriu-se repentinamente e ele ficou de pé em um salto, bem a tempo de desviar da lança que cortou a água onde ele estava segundos antes.

A lança vacilou à sua frente, a 15 centímetros de seu rosto. Do outro lado, um homem negro fitava-o com os olhos arregalados, boquiaberto. O negro fechou a boca, piscou e falou em um tom de profunda acusação:

– Você não é um gambá!

– Não – disse Roger com tranquilidade. – Não sou. – Passou a mão trêmula pelo peito para conferir se o coração ainda estava lá dentro. – Desculpe.

Phillip Wylie parecia bem diferente em casa, pensou Roger, do que aparentava ser na sociedade. Vestido para caçar porcos selvagens com calças largas e uma camisa de camponês molhada pela chuva, sem vestígio de peruca, maquiagem, talco ou adereços, ele ainda era esbelto e elegante, mas parecia muito normal e razoavelmente competente. Também parecia um pouco mais inteligente, embora sua boca continuasse se abrindo de tempos em tempos e ele insistisse em interromper os relatos de Jamie com perguntas e comentários.

– Lillywhite? Randall Lillywhite? Mas o que ele...

– Preste atenção, homem – disse Jamie com impaciência. – Estou lhe dizendo agora e vou lhe contar mais depois, mas ele e o xerife vão retalhar seus amigos russos como presunto de Natal se não cuidarmos desse assunto imediatamente.

Wylie olhou com raiva para Jamie, em seguida olhou com desconfiança para Roger, que estava parado sob as árvores da floresta, seminu, encharcado e coberto de lama e sangue.

– Ele tem razão – disse Roger, a voz rouca e entrecortada; então pigarreou e repetiu com mais firmeza: – Ele tem razão, não há tempo a perder.

Os lábios de Wylie comprimiram-se em uma linha fina e ele expirou com força pelo nariz, fazendo barulho. Olhou para seus escravos, como se os contasse; meia dúzia de homens, todos carregando varas grossas. Um ou dois tinham um facão de cortar cana preso ao cinto. Wylie assentiu, tomando uma decisão.

– Então, vamos.

Evitando o ruidoso caminho de conchas, avançaram devagar mas a uma velocidade constante através do pântano.

– Por que porcos? – Roger ouviu Jamie perguntar com curiosidade, enquanto ele e Wylie abriam caminho na frente do grupo.

– Porcos, não – retrucou Wylie. – Javalis russos. Por esporte. – Falou com certo orgulho, zunindo sua própria vara pelo capim denso. – Todos dizem que, dentre todos os animais de caça, o javali russo é o adversário mais feroz e mais astuto. Pretendo soltá-los na mata de minha propriedade e deixar que procriem.

– Pretende caçá-los, então? – Jamie pareceu um tanto incrédulo. – Já caçou um javali?

Roger viu os ombros de Wylie se enrijecerem sob a camisa molhada ao ouvir a pergunta. A chuva estava mais fraca, porém persistente.

– Não – disse ele. – Ainda não. Você já?

– Sim – respondeu Jamie, mas sabiamente não estendeu a resposta.

Quando se aproximaram do ancoradouro, Roger vislumbrou um movimento mais além. O barco menor estava se afastando.

– Eles desistiram de procurar por mim ou pelo uísque e mandaram os homens embora. – Jamie passou a mão pelo rosto, afastando a água da chuva. – O que acha disso, Wylie? Não há tempo a perder. Os russos estão no barracão principal, no cais.

Uma vez decidido, Wylie não pensava duas vezes.

– Vamos invadir o lugar – disse de modo sucinto.

Ergueu a mão, fazendo um gesto para que os escravos o seguissem, e se dirigiu a passos largos para o ancoradouro. O grupo inteiro entrou na trilha de conchas, retumbando na direção do cais como uma avalanche. Isso deveria fazer Lillywhite e Anstruther interromperem seus planos assassinos, pensou Roger. Eles soavam como um exército se aproximando.

Descalço, Roger mantinha-se no terreno pantanoso e, assim, avançava mais devagar do que os outros. Viu um rosto assustado espreitar por entre os barracões e rapidamente recuar.

Jamie também viu e deu um de seus gritos ferozes das Terras Altas. Wylie se assustou, surpreso, mas logo se juntou a ele, gritando.

– Saiam daí, seus desgraçados!

Encorajados, os negros começaram a gritar e vociferar, brandindo as varas com entusiasmo enquanto invadiam o ancoradouro.

Foi uma espécie de anticlímax chegar ao cais e não encontrar ninguém lá a não ser os prisioneiros russos, que por pouco não decapitaram Phillip Wylie quando ele abriu imprudentemente a porta de seu cativeiro sem se anunciar.

Uma rápida busca no barco russo e no pântano ao redor não revelou nenhum vestígio de Lillywhite ou de Anstruther.

– O mais provável é que tenham fugido a nado – disse um dos negros, voltando da busca. Apontou para o outro lado do canal, na direção do labirinto de bancos de areia, e tocou em sua lança. – Vamos caçá-los?

Era o homem que encontrara Roger, evidentemente ainda ávido por tentar sua sorte.

– Eles não fugiram a nado – disse Wylie de modo sucinto. Gesticulou, indicando a minúscula praia perto do ancoradouro, um trecho de conchas de marisco vazio. – Levaram meu barco, os filhos da mãe.

Virou-se, frustrado, e começou a dar ordens para que os javalis fossem descarregados e colocados no cercado. Chemodurow e sua família já tinham sido levados para a casa da fazenda, com as jovens alternando surpresa diante dos escravos negros e olhares dissimulados para Roger, que recuperara a camisa e os sapatos, mas permanecia com as calças coladas ao corpo.

Um dos escravos saiu do barracão com os braços cheios de armas descartadas, fazendo Wylie se lembrar temporariamente de suas obrigações como anfitrião.

– Agradeço sua ajuda em preservar minha propriedade, senhor – disse ele a Jamie. Fez uma reverência um pouco rígida. – Permita que eu ofereça minha hospitalidade ao senhor e ao sr. MacKenzie.

Ele não parecia muito satisfeito com isso, Roger notou, mas ainda assim a ofereceu.

– Eu é que agradeço por sua ajuda em preservar nossa vida, senhor – disse Jamie com igual rigidez, retribuindo a reverência. – E agradeço, mas...

– Seria um prazer – interrompeu Roger. – Obrigado.

Deu um forte aperto de mão em Wylie, surpreendendo-o bastante, e agarrou o braço de Jamie, levando-o na direção do caminho de conchas antes que ele pudesse protestar. Havia hora e lugar para ser orgulhoso, ele imaginava, mas aquela ocasião não era um deles.

– Veja bem, você não precisa bajular o homem – disse ele em resposta aos resmungos de Jamie, conforme vadeavam pela água em direção à floresta. – Vamos deixar que o mordomo dele nos dê uma toalha seca e um pouco de comida e partiremos enquanto ele ainda estiver ocupado com seus javalis. Não tomei café da manhã, você também não. E se vamos ser obrigados a andar até Edenton, não vou fazer isso de barriga vazia.

A menção a comida pareceu acalmar os ânimos de Jamie, e quando chegaram ao abrigo da mata, um estado de espírito de alegria quase eufórica havia surgido entre eles. Roger se perguntou se aquele era o tipo de sentimento que se experimentava depois de uma batalha; o puro alívio de estar vivo e ileso que dava vontade de rir e dançar só para provar que ainda era possível fazer isso.

Por um consentimento tácito, deixaram as discussões sobre os acontecimentos recentes – e as especulações a respeito do paradeiro de Stephen Bonnet – para depois.

– Javalis russos, pelo amor de Deus – disse Jamie, sacudindo-se como um cachorro quando pararam sob o abrigo da floresta. – E eu duvido que o homem já tenha visto um javali na vida! Ele poderia muito bem se matar sem se dar a tanto trabalho e tanta despesa!

– Sim, quanto acha que deve ter custado? Mais dinheiro do que veremos em dez anos, provavelmente, só para transportar um monte de javalis por... o quê, quase 10 mil quilômetros?

Ele balançou a cabeça, assombrado com a ideia.

– Bem, para ser justo, são mais do que simples javalis – disse Jamie com tolerância. – Você não os viu?

Roger os vira, mas muito rápido. Os escravos levavam um dos animais pelo cais quando ele saiu do barracão com suas roupas. Era grande e peludo, com enormes presas amarelas que pareciam bastante perigosas.

Estava abatido pela longa viagem marítima, entretanto, as costelas aparentes e metade da pelagem eriçada arrancada pelo atrito. Obviamente, ainda estava zonzo por causa do balanço do mar, cambaleando e andando meio de lado, trôpego, com seus cascos ridiculamente pequenos, revirando os olhos e grunhindo de pânico conforme os escravos gritavam e cutucavam-no com suas varas. Roger sentiu pena do animal.

– Ah, sim, são bem grandes – disse ele. – E imagino que, quando se recuperarem, serão extraordinários. Mas me pergunto se vão se adaptar aqui, depois da Rússia.

Fez um gesto com a mão, indicando a floresta úmida ao redor. O ar estava carregado pela umidade da chuva, mas as árvores bloqueavam a maior parte da água que caía, deixando a floresta escura e com cheiro de resina sob as copas baixas de carvalhos-anões e pequenos pinheiros. Galhos menores e cascas de bolotas eram triturados sob suas botas na terra arenosa.

– Bem, há bolotas e raízes de sobra – observou Jamie – e um ou outro negro de vez em quando, como petisco. Acho que vão se adaptar muito bem.

Roger riu, e Jamie grunhiu, divertindo-se.

– Acha que estou de brincadeira? Imagino que você também nunca tenha caçado javali.

– Humm. Bem, talvez o sr. Wylie nos convide para vir e...

Sua nuca explodiu e tudo desapareceu.

Em algum momento, ele recobrou os sentidos. Sentia, acima de tudo, uma dor tão forte a ponto de tornar preferível o desfalecimento. Mas estava consciente também de seixos e folhas pressionados contra seu rosto e de ruídos próximos. Os baques, golpes e gemidos de homens lutando.

Forçou-se a recobrar a consciência e levantou a cabeça, mas o esforço fez com que luzes coloridas explodissem em seu cérebro, resultando em uma intensa vontade de vomitar. Procurou reprimir a náusea cruzando os braços em torno do corpo com força, os dentes cerrados, e depois de alguns instantes, sua visão clareou, embora tudo ainda parecesse borrado.

Demorou um pouco para se dar conta do que estava acontecendo: os homens estavam a cerca de 3 metros do local onde ele estava caído, algumas árvores e arbustos obscurecendo a visão. Ouviu um *A Dhia!* murmurado entre grunhidos e arfadas, entretanto, e sentiu uma forte onda de alívio. Jamie estava vivo, então.

Apoiou-se nos joelhos, cambaleante, e ficou parado nessa posição por um instante, sua visão entrando e saindo de foco. Quando se estabilizou, sua cabeça havia pendido para a frente e ele olhava para o chão. Sua espada estava alguns metros adiante, meio encoberta por folhas e areia remexida. Uma de suas pistolas estava ao lado dela, mas ele não se preocupou com isso; não conseguiria segurá-la com firmeza, mesmo que a pólvora estivesse suficientemente seca para disparar.

Procurou às apalpadelas e tateou pelo chão, mas quando encaixou a mão na guarda do cabo da espada, sentiu-se um pouco melhor; não a deixaria cair agora. Algo úmido escorria por sua nuca – sangue, chuva? Não importava. Cambaleou, agarrou-se a uma árvore com a mão livre, piscou para clarear a visão turva, deu mais um passo.

Sentia-se como um javali, o terreno desconhecido instável e traiçoeiro sob seus pés. Pisou em algo que rolou e cedeu, e caiu, tombando com tudo sobre o cotovelo.

Virou-se meio desajeitado, os movimentos dificultados pela espada, e descobriu que havia pisado na perna de Anstruther. O xerife estava caído de costas, a boca aberta, parecendo surpreso. Na garganta havia um grande corte, e uma boa quantidade de sangue havia encharcado a areia ao seu redor, exalando um forte cheiro ferroso.

Recuou, e o choque fez com que ficasse de pé, embora ele não se lembrasse de ter se levantado. Lillywhite estava de costas para ele, o linho de sua camisa molhado e grudado à pele. Ele se lançou para a frente, grunhindo, em seguida saltou para trás, golpeou, contra-atacou...

Roger balançou a cabeça, tentando afastar os termos idiotas da luta de espadas, depois parou, arfando de dor. Jamie abria um meio sorriso feroz, os dentes à mostra enquanto ele seguia a arma do adversário. Mas tinha visto Roger.

– Roger! – gritou ele, ofegante por causa da luta. – Roger, *a charaid*!

Lillywhite não se virou, mas se lançou para a frente, simulando um ataque, golpeando, recuando para a terceira posição.

– Não... idiota... – disse, arfando.

Roger notou vagamente que Lillywhite achava que Jamie estava blefando, tentando fazer com que ele se virasse. Sua visão vacilava de novo nas extremidades e ele se agarrou a uma árvore, lutando para se manter em pé. A folhagem estava molhada; sua mão escorregava.

– Ei... – disse ele com a voz rouca, incapaz de pensar em palavras. Ergueu a espada, cuja ponta tremia. – Ei!

Lillywhite deu um passo para trás e girou nos calcanhares, os olhos arregalados de susto. Roger lançou-se sobre ele às cegas, sem um alvo, mas com todas as forças que ainda lhe restavam.

A espada penetrou no olho de Lillywhite e um tremor subiu pelo braço de Roger quando o metal resvalou no osso e atravessou algo mais macio, onde se alojou. Ele tentou soltar a espada, mas sua mão estava presa na guarda. Lillywhite se enrijeceu, e Roger sentiu a vida do homem esvair-se pela espada, por sua mão, subindo por seu braço, rápida e atordoante como uma corrente elétrica.

Em pânico, ele se contorceu e se sacudiu, tentando soltar a espada. O corpo de Lillywhite foi tomado por espasmos, ficou flácido e caiu na direção dele, como um enorme peixe morto, enquanto Roger puxava com toda a força, tentando em vão se desvencilhar da espada.

Então, Jamie segurou-o pelo pulso e o soltou, passou o braço ao redor dele e o afastou, tropeçando e cego por causa do pânico e da dor. Segurou sua cabeça e esfregou suas costas, murmurando palavras sem sentido em gaélico enquanto ele vomitava e respirava com dificuldade. Limpou seu rosto e seu pescoço com um punhado de folhas molhadas, tirou o muco do nariz com a manga molhada da camisa.

– Você está bem? – balbuciou Roger, em algum momento no meio de tudo isso.

– Sim, estou – respondeu Jamie, dando tapinhas em suas costas. – Você também está, certo?

Por fim, conseguiu ficar em pé de novo. Sua cabeça já estava além da dor; ainda doía, mas a dor parecia algo separado dele, pairando em algum lugar por perto, mas sem afetá-lo de fato.

Lillywhite jazia de rosto para cima, no meio das folhas. Roger fechou os olhos e engoliu em seco. Ouviu Jamie dizer alguma coisa baixinho e, em seguida, um grunhido, um farfalhar de folhas e um pequeno baque surdo. Quando abriu os olhos, Lillywhite estava com o rosto virado para baixo, as costas da camisa sujas de areia e cascas de bolotas.

– Vamos.

Jamie segurou-o pela cintura, passando o braço dele por cima de seu ombro.

Roger ergueu a mão livre e fez um gesto vago na direção dos corpos.

– Eles... O que vamos fazer com... eles?

– Vamos deixá-los para os javalis.

Roger já conseguia caminhar sem ajuda quando saíram da floresta, embora pendesse mais para um lado, incapaz de andar em linha reta. A casa de Wylie estava à frente deles, uma bonita construção de tijolos aparentes. Atravessaram o gramado, ignorando os olhares de vários criados, reunidos nas janelas do andar superior, apontando para eles e cochichando entre si.

– Por quê? – perguntou Roger, parando por um instante para tirar algumas folhas da camisa. – Eles disseram?

– Não.

Jamie puxou da manga um pedaço de pano encharcado que um dia tinha sido um lenço e o lavou na fonte ornamental. Com ele, limpou o rosto, olhou de modo crítico para a sujeira no lenço e o lavou na fonte outra vez.

– A primeira coisa que ouvi foi o barulho do golpe que Anstruther deu em você com um porrete... Tome, sua cabeça ainda está sangrando. Eu me virei e vi você estendido no chão e, no instante seguinte, uma espada surgiu do nada e me golpeou bem no meio das costelas. Veja só isso aqui. – Enfiou os dedos por um grande talho em sua camisa. – Eu me agachei atrás de uma árvore e mal consegui pegar minha espada a tempo. Mas nenhum dos dois disse uma palavra sequer.

Roger pressionou o lenço que lhe fora oferecido com cuidado na nuca. Inspirou por entre os dentes cerrados com um sibilo quando a água fria entrou em contato com o ferimento.

– Merda. Minha cabeça está avariada ou isso realmente não faz nenhum sentido? Por que, em nome de Cristo, se empenhar tanto em nos matar?

– Porque nos queriam mortos – disse Jamie de modo pragmático, enrolando as mangas da camisa para lavar as mãos na água da fonte. – Ou outra pessoa queria.

A dor havia resolvido se instalar na cabeça de Roger outra vez. Estava começando a se sentir enjoado de novo.

– Stephen Bonnet?

– Se eu fosse de apostar, apostaria nisso.

Roger fechou um dos olhos para ver se parava de ver dois Jamies à sua frente.

– Você é de apostar. Já o vi jogando.

– Bem, então é isso.

Jamie passou a mão distraidamente pelos cabelos desgrenhados e se voltou para a casa. Karina e suas irmãs haviam aparecido à janela e acenavam extasiadas.

– O que eu gostaria muito de saber agora é onde Stephen Bonnet está.

– Em Wilmington.

Jamie se virou, franzindo a testa.

– O quê?

– Wilmington – repetiu Roger. Cautelosamente, abriu o outro olho, mas tudo parecia bem. Via apenas um Jamie. – Foi o que Lillywhite disse... mas pensei que ele estivesse brincando.

Jamie o encarou por um momento.

– Gostaria muito que estivesse – disse ele.

103

NO MEIO DAS MURTAS

Wilmington

Em comparação com a Cordilheira dos Frasers, Wilmington era uma metrópole agitada e, em circunstâncias normais, as meninas e eu teríamos aproveitado seus encantos. Mas, levando em conta a ausência de Roger e Jamie e a natureza da missão em que estavam envolvidos, quase não conseguíamos nos distrair.

Não por falta de tentativa. Sobrevivemos aos minutos arrastados de noites interrompidas por choro de criança e assombradas por imaginações piores do que pesadelos. Eu lamentava que Brianna tivesse visto o que vira depois da batalha de Alamance, ideias vagas baseadas no medo já eram ruins o bastante, as baseadas no contato direto com carne mutilada, ossos esmagados e olhos inertes e sem vida eram muito piores.

Levantando-nos com os olhos pesados em meio a um amontoado de roupas espalhadas e roupas de cama velhas, alimentamos e vestimos as crianças e saímos à procura de qualquer coisa que distraísse nossa mente durante o dia, como corridas de cavalos, compras ou saraus realizados toda semana – em noites consecutivas – pela sra. Crawford e pela sra. Dunning, as duas anfitriãs mais importantes da cidade.

A noite musical da sra. Dunning havia acontecido um dia após a partida de Roger e Jamie. Apresentações de harpa, violino, cravo e flauta foram intercaladas com recitais de poesia – ou pelo menos algo que se considerava poesia – e canções cômicas e trágicas, interpretadas pelo sr. Angus McCaskill, o popular e cortês proprietário do maior restaurante de Wilmington.

As canções trágicas foram, na realidade, muito mais engraçadas do que as cômicas, graças ao hábito que o sr. McCaskill tinha de revirar os olhos durante os trechos mais lúgubres, como se as letras das músicas estivessem escritas dentro de seu crânio. Eu mantive uma expressão adequadamente séria de apreciação, entretanto, mordendo a parte interna da bochecha o tempo inteiro.

Brianna não precisou de nenhum artifício para demonstrar cortesia. Ela permaneceu sentada durante as apresentações com uma expressão tão intensa e séria que pareceu desconcertar alguns dos músicos, que olhavam para ela com nervosismo e se esgueiravam para o outro lado do salão, colocando o cravo entre eles e Brianna, por segurança. Sua atitude nada tinha a ver com o espetáculo, eu sabia, mas com o fato de ela insistir em repassar as discussões que haviam precedido a partida dos homens.

Foram discussões prolongadas, acaloradas e levadas a cabo em voz baixa, enquanto nós quatro andávamos de um lado para outro nas docas ao pôr do sol. Brianna mantivera-se eloquente, exaltada e feroz. Jamie fora paciente, frio e inabalável. Eu permaneci de boca fechada, ao menos dessa vez, mais teimosa do que qualquer um dos dois. Não podia, em sã consciência, ficar ao lado de Bree; eu sabia quem Stephen Bonnet era. Não queria ficar ao lado de Jamie; eu sabia quem Stephen Bonnet era.

Mas também sabia quem Jamie era, e apesar de a ideia de vê-lo partir para acabar com seu desafeto fosse suficiente para me dar a sensação de estar pendurada pelo pescoço por uma corda puída acima de um poço sem fundo, eu sabia que havia poucos homens mais bem preparados para a tarefa. Pois além da questão de extrema habilidade, que ele certamente tinha, havia a questão da consciência.

Jamie era um escocês das Terras Altas. Embora Deus insista que a vingança cabe a Ele, nunca conheci nenhum homem das Terras Altas que achasse certo deixar que Deus lidasse com essas questões sem ajuda. Deus fizera o homem por uma razão, e no topo da lista dessas razões estavam a proteção da família e a defesa da honra – a qualquer preço.

O que Bonnet fizera a Brianna não era um crime que Jamie pudesse um dia perdoar, menos ainda esquecer. E além da mera vingança e da ameaça constante que Bonnet poderia representar para Brianna e Jemmy, havia o fato de Jamie se sentir responsável, ao menos em parte, pelos males que Bonnet pudesse causar no mundo – à nossa família ou a outras. Ele já havia ajudado Bonnet a escapar da forca uma vez; não ficaria em paz enquanto não reparasse esse erro... e disse isso.

– Ótimo! – Brianna dissera entre os dentes, cerrando os punhos ao lado do corpo. – Então você ficará em paz. Muito bem! E que paz acha que mamãe e eu encontraremos se você ou Roger morrerem?

– Preferia que eu fosse um covarde? Ou que seu marido fosse um covarde?

– Sim!

– Não, não é verdade – disse ele com firmeza. – Você só diz isso agora porque está com medo.

– Claro que estou com medo! Mamãe também está, só que ela não diz, porque acha que você vai de qualquer modo!

– Se ela acha isso, está certa – disse Jamie, lançando-me um olhar de soslaio e esboçando um sorriso. – Ela me conhece há muito tempo.

Olhei para ele, mas balancei a cabeça e desviei o olhar, contraindo os lábios e fitando os mastros dos navios ancorados no porto enquanto a discussão continuava.

Roger finalmente pôs fim à discussão.

– Brianna – disse ele com delicadeza, quando ela parou para respirar.

Ela se virou para ele, o rosto angustiado, e ele tocou seu ombro.

– Não vou deixar esse homem viver no mesmo mundo que os meus filhos – disse ele, ainda calmo – ou a minha mulher. Assim sendo, iremos com sua bênção... ou sem ela?

Ela prendeu a respiração, mordeu o lábio e se virou de costas. Vi as lágrimas marejarem seus olhos e o movimento de sua garganta enquanto as engolia. Ela não disse mais nada.

Qualquer bênção que ela pudesse ter dado a ele fora dada durante a noite, no silêncio da cama deles. Eu dei minha bênção e me despedi de Jamie na mesma escuridão – ainda sem dizer uma palavra. Eu não podia. Ele *iria* de qualquer modo, não importava o que eu dissesse.

Nenhum de nós dois dormiu aquela noite; permanecemos deitados, abraçados, percebendo em silêncio cada respiração e cada movimento do corpo, e quando feixes de luz cinzenta começaram a entrar pelas cortinas, nós nos levantamos – ele para cuidar dos preparativos, eu porque não conseguia ficar deitada e vê-lo partir.

No momento da partida, fiquei na ponta dos pés para beijá-lo e sussurrei a única coisa que realmente importava.

– Volte – falei.

Ele sorriu para mim, ajeitando uma mecha de cabelo atrás da minha orelha.

– Lembra-se do que eu disse em Alamance? Bem, também não vai ser desta vez, Sassenach. Nós dois vamos voltar.

A reunião da sra. Crawford, realizada na noite seguinte, contou com os mesmos músicos, em sua maioria, do sarau da sra. Dunning, mas teve uma novidade; foi lá que pela primeira vez senti o cheiro de velas de murta.

– Que cheiro delicioso é este? – perguntei à sra. Crawford durante o intervalo, cheirando os candelabros que decoravam seu cravo.

As velas eram de cera de abelha, mas o perfume era ao mesmo tempo delicado e picante – um pouco como pimenta-da-jamaica, porém mais suave.

– Murta – respondeu ela, satisfeita. – Eu não a uso para as velas em si, embora possa ser usada... mas seria necessária uma quantidade imensa de bagas, quase 4 quilos para se obter apenas meio quilo de cera, veja você! Minha criada passou uma semana colhendo-as e mal conseguiu o bastante para produzir doze velas. Por isso, fiz a cera, mas a misturei com cera de abelha comum na hora de fazer as velas, e devo dizer que fiquei satisfeita. O cheiro é realmente muito bom, não acha?

Ela se aproximou de mim, baixando a voz para um sussurro confidencial.

– *Alguém* me contou que a casa da sra. Dunning ontem à noite estava com um cheiro horrível, como se a cozinheira tivesse queimado as batatas do jantar!

E assim, no terceiro dia, tendo que escolher entre ficarmos confinadas com três crianças pequenas em nossos cômodos apertados ou revisitarmos os restos já bem reduzidos da baleia morta, pedi vários baldes emprestados à nossa senhoria, a sra. Burns, encomendei uma cesta de piquenique e levei minha tropa para uma expedição.

Brianna e Marsali concordaram prontamente com a ideia, apesar de não estarem muito entusiasmadas.

– Qualquer coisa é melhor do que ficar parada, tomada por preocupações – disse Brianna. – Qualquer coisa!

– Sim, e qualquer coisa é melhor do que o cheiro de fralda suja e de leite azedo – acrescentou Marsali. Abanou-se com um livro, meio pálida. – Estou precisando de um pouco de ar fresco.

Eu me preocupava um pouco com a capacidade de Marsali de caminhar tanto, levando em consideração seu estado – ela estava no sétimo mês de gravidez –, mas ela insistiu que o exercício faria bem, e Brianna e eu poderíamos ajudar a carregar Joanie.

Como costuma acontecer em passeios com crianças pequenas, demoramos um pouco para sair. Joanie cuspiu purê de batata-doce na roupa, Jemmy cometeu uma gafe sanitária de grandes proporções e Germain desapareceu durante a confusão gerada por esses contratempos. Foi encontrado, ao fim de meia hora de buscas envolvendo todos na rua, atrás do estábulo público, ocupado em atirar bosta de cavalo nas carroças e carruagens que passavam.

Todos limpos, de roupas trocadas e, no caso de Germain, ameaçado de morte e esquartejamento, descemos as escadas outra vez e descobrimos que a senhoria, a sra. Burns, muito prestativa, havia desencavado uma velha carrocinha puxada por um bode, que teve a bondade de nos oferecer. O bode, entretanto, estava empenhado em comer agulhas de pinheiros no quintal do vizinho e se recusava a ser apanhado. Depois de quinze minutos de ferrenha perseguição, Brianna declarou que preferia puxar ela mesma a carrocinha em vez de gastar mais um minuto que fosse brincando de pega-pega com um bode.

– Sra. Fraser, sra. Fraser!

Estávamos descendo a rua com as crianças, os baldes e a cesta de piquenique no carrinho de bode, quando a sra. Burns saiu correndo da estalagem atrás de nós, com uma pequena jarra de cerveja em uma das mãos e uma pistola velha de pederneira na outra.

– Cobras – explicou ela, entregando-me a última. – Minha Annie disse que viu pelo menos dez víboras da última vez que andou para aqueles lados.

– Cobras – repeti, aceitando com relutância o objeto e a parafernália que o acompanhava. – Que ótimo.

Uma vez que "víbora" podia significar qualquer coisa desde cobras grandes até cobrinhas inofensivas, e também tendo em vista o grande talento de Annie Burns para fazer drama, não fiquei preocupada sem necessidade. Pensei em deixar a arma dentro da cesta de piquenique, mas ao olhar para Germain e Jemmy, dois anjinhos inocentes, me convenci do disparate que seria deixar até mesmo uma arma descarregada perto deles. Então, coloquei a pistola dentro do meu balde de colher bagas e o envolvi com o braço.

O dia estava nublado e frio, com uma leve brisa soprando do oceano. O ar estava úmido e, na minha opinião, era grande a chance de chover em pouco tempo, mas por enquanto estava muito agradável ao ar livre, com a terra arenosa bem assentada devido às chuvas anteriores, o que facilitava a caminhada.

Seguindo as indicações da sra. Crawford, descemos cerca de 1,5 quilômetro pela praia e nos vimos à margem de uma densa vegetação costeira, alguns pinheiros esparsos se misturando às plantas do mangue e a pequenas palmeiras, formando um emaranhado entrecortado pelo sol e coberto por trepadeiras. Fechei os olhos e respirei fundo, as narinas alargando-se com a mistura inebriante de odores: pântano e areia molhada, resina de pinheiros e maresia, os resquícios do cheiro de baleia morta e o que eu estava procurando – o aroma fresco e pungente de murta.

– Por ali – falei, apontando a vegetação cerrada.

Naquele terreno, o carrinho não conseguia passar, por isso o abandonamos, deixando que os meninos corressem livremente, perseguindo minúsculos caranguejos e pássaros coloridos enquanto avançávamos com dificuldade para dentro da floresta. Marsali carregava Joan, que se enroscou como um ratinho nos braços da mãe e pegou no sono, embalada pelo som do mar e do vento.

Apesar da vegetação cerrada, a caminhada era mais agradável ali do que na praia aberta; as árvores atrofiadas pelo vento eram altas o suficiente para oferecer uma agradável sensação de refúgio, e o terreno era melhor, com uma fina camada de agulhas e folhas em decomposição sob nossos pés.

Jemmy se cansou de andar e puxou minha saia, erguendo os dois braços para que eu o pegasse no colo.

– Está bem.

Pendurei o balde de bagas em um dos braços e o ergui, minhas vértebras estalando; ele era um garotinho bem robusto. Enroscou os pés cheios de areia confortavelmente ao redor de minha cintura e apoiou o rosto em meu ombro com um suspiro de alívio.

– Está muito bom para você, não é? – falei, dando tapinhas em suas costas. – Quem vai carregar a vovó no colo, hein?

– Vovô – disse ele, com uma risadinha. Ergueu a cabeça, olhando ao redor. – Cadê o vovô?

– O vovô está ocupado – respondi, tomando o cuidado de manter a voz descontraída e animada. – Logo vamos ver o vovô e o papai.

– Quero papai!

– Sim, a mamãe também quer – murmurei. – Veja, querido. Está vendo? Está vendo as frutinhas? Nós vamos colher algumas, não vai ser divertido? Não, não pode comê-las! Jemmy, eu disse *não, não* as coloque na boca, elas fazem mal!

Havíamos encontrado um exuberante aglomerado de murtas e logo nos dispersamos, perdendo-nos de vista entre os arbustos conforme colhíamos as bagas, mas chamando de vez em quando, para não nos perdermos por completo.

Eu havia colocado Jemmy no chão outra vez e me perguntava, distraída, se a polpa das bagas serviria para alguma coisa depois que fossem fervidas para a retirada da cera, quando ouvi um ruído suave de folhas trituradas pelos passos de alguém do outro lado do arbusto de onde eu colhia as bagas.

– É você, querida? – chamei, pensando que fosse Brianna. – Talvez fosse melhor almoçarmos logo. Acho que vem chuva por aí.

– Bem, é um convite gentil, certamente – disse uma voz masculina, parecendo achar graça. – Agradeço, senhora, mas tomei um belo café da manhã não faz muito tempo.

O homem saiu de trás do arbusto e eu fiquei paralisada, totalmente incapaz de falar. Minha mente, no entanto, não estava nem um pouco paralisada; meus pensamentos voavam à velocidade da luz.

Se Stephen Bonnet está aqui, Jamie e Roger estão em segurança, graças a Deus.

Onde estão as crianças?

Onde está Bree?

Onde está a maldita arma?

– Quem é esse, *grand-mère*?

Surgindo de trás de um arbusto com o que parecia ser um rato morto em uma das mãos, Germain aproximou-se de mim com cautela, os olhos azuis semicerrados analisando o homem.

– Germain – falei com a voz rouca, sem tirar os olhos de Bonnet. – Encontre sua mãe e fique com ela.

– *Grand-mère*, não é? E quem será a mãe dele, então?

Bonnet olhou para mim e para Germain e novamente para mim, curioso. Inclinou para trás o chapéu que usava e coçou a lateral do maxilar.

– Não interessa – falei, com toda a firmeza que consegui. – Germain, vá!

Olhei disfarçadamente para baixo, mas a pistola não estava em meu balde. Havia seis baldes, e havíamos deixado três no carrinho; sem dúvida a arma estava em um deles, para o meu azar.

– Ah, não vá ainda, rapazinho.

Bonnet fez um movimento na direção de Germain, que se assustou com o gesto e recuou depressa, jogando o rato no homem. O animal atingiu-o no joelho, e ele se assustou e hesitou pela fração de segundo necessária para que Germain desaparecesse no meio do mato. Eu podia ouvir seus pés pisando na areia conforme ele corria e torci para que soubesse onde Marsali estava. A última coisa de que precisávamos era que se perdesse.

Bem, talvez não a última coisa, me corrigi. A última coisa de que precisávamos era que Stephen Bonnet pusesse os olhos em Jemmy, o que aconteceu assim que ele saiu dos arbustos um instante depois, com a roupa curta enlameada e mais lama saindo por entre os dedos de seus punhos fechados.

Não fazia sol, mas os cabelos de Jemmy pareciam brilhar como labaredas. A paralisia desapareceu em um segundo, eu o peguei no colo e recuei vários passos, virando o balde parcialmente cheio de bagas de murta.

Os olhos de Bonnet eram verde-claros como os de um gato e brilharam naquele momento com a intensidade de um felino que localiza um rato.

– E quem é esse lindo rapazinho? – perguntou ele, dando um passo na minha direção.

– Meu filho – falei na mesma hora, pressionando Jemmy com força contra meu ombro, ignorando seus protestos.

Com a obstinação natural das crianças pequenas, ele parecia fascinado pela cadência irlandesa de Bonnet e não parava de virar a cabeça para observar o desconhecido.

– É parecido com o pai, dá para ver.

Gotas de suor brilhavam nas densas sobrancelhas louras. Com a ponta do dedo, alisou primeiro uma, depois a outra, e o suor escorreu pela lateral de seu rosto, mas os olhos verde-claros não vacilaram.

– Assim como a... irmã. E sua linda filha está aqui por perto, minha cara? Gostaria de renovar meus votos de amizade. Uma jovem encantadora, Brianna.

Ele sorriu.

– Sem dúvida você gostaria – falei, sem fazer esforço para disfarçar a raiva em minha voz. – Não, ela não está aqui. Está em casa... com o marido.

Enfatizei a palavra *marido*, na esperança de que Brianna estivesse perto o suficiente para me ouvir e entender o aviso, mas ele não deu a menor atenção a isso.

– Em casa, então. E onde fica sua casa, senhora?

Ele tirou o chapéu e enxugou o rosto com a manga da camisa.

– Ah... no interior. No campo.

Acenei vagamente na direção que eu acreditava ser o oeste. O que era aquilo, um bate-papo? Ainda assim as possibilidades pareciam bem limitadas. Eu poderia me virar e sair correndo – e, se fizesse isso, ele me pegaria com facilidade, pois eu carregava Jemmy. Ou podia ficar ali parada até que ele revelasse o que queria. Eu não achava que ele estivesse ali para um piquenique no meio das murtas.

– No campo – repetiu ele, e um músculo se contraiu em seu rosto. – O que faz tão longe de casa, posso saber?

– Não, não pode – respondi. – Ou melhor, pode perguntar ao meu marido. Logo ele estará aqui.

Dei mais um passo para trás ao dizer isso e, ao mesmo tempo, ele avançou, mantendo a distância de antes. Um lampejo de pânico deve ter passado pelo meu rosto, porque ele pareceu achar graça e deu mais um passo à frente.

– Ah, duvido muito, minha cara sra. Fraser. Pois fique sabendo que o homem já deve estar morto a esta altura.

Apertei Jemmy com tanta força que ele soltou um gritinho estrangulado.

– O que quer dizer? – perguntei com a voz rouca.

O sangue fugia da minha cabeça, coagulando em uma bola de gelo ao redor do meu coração.

– Foi um acordo, sabe? – disse ele, com a expressão de quem estava se divertindo cada vez mais. – Uma divisão de obrigações, poderíamos dizer. Meu amigo Lillywhite e o bom xerife foram ao encontro do sr. Fraser e do sr. MacKenzie, e o tenente Wolff ficou encarregado de cuidar da sra. Cameron. Dessa forma, fiquei com a agradável incumbência de me reencontrar com meu filho e sua mãe.

Seus olhos se estreitaram, olhando para Jemmy.

– Não sei do que está falando – retruquei, com os lábios tensos, segurando Jemmy com mais força enquanto ele observava Bonnet com os olhos arregalados.

Ele deu uma risadinha.

– Claro, e a senhora não sabe mentir, perdoe-me a observação. Jamais poderia jogar cartas. Sabe muito bem do que estou falando. A senhora me viu em River Run. Confesso que gostaria de saber exatamente o que a senhora e o sr. Fraser estavam fazendo, retalhando aquela negra que Wolff matou. Já ouvi dizer que a imagem de um assassino fica gravada nos olhos da vítima, mas a senhora não parecia examinar os olhos dela, pelo que pude ver. Era alguma espécie de magia o que estava fazendo?

– Wolff, então foi ele?

Naquele exato momento, eu não me importava se o tenente Wolff havia assassinado dezenas de mulheres, mas estava disposta a manter qualquer conversa que oferecesse a possibilidade de distraí-lo.

– Sim. Ele é um incompetente – disse ele, sem se abalar. – Mas foi ele quem descobriu sobre o ouro, antes de mais nada, então exigiu uma parte nos lucros.

A que distância estariam Marsali e Brianna? Será que Germain as havia encontrado? Eu não conseguia ouvir nada em meio ao zumbido dos insetos e ao barulho distante das ondas quebrando na praia. Mas certamente elas conseguiam nos ouvir.

– Ouro – falei, elevando um pouco a voz. – Como assim, ouro? Não há ouro em River Run. Jocasta Cameron nos disse isso.

Ele bufou, demonstrando não acreditar.

– Eu diria que a sra. Cameron sabe mentir melhor do que você, minha cara, mas na verdade eu também não acreditei nela. O médico viu o ouro.

– Que médico?

Ouvi um gritinho de criança vindo dos arbustos. Joan. Tossi, esperando encobri-lo, e repeti, mais alto:

– De que médico está falando?

– Rawls era o nome dele, acho, ou Rawlings. – Bonnet franzia ligeiramente a testa, a cabeça voltada na direção do som. – Não tive o prazer de conhecê-lo, no entanto, então posso estar enganado.

– Sinto muito, ainda não faço a menor ideia do que você está falando.

Eu tentava ao mesmo tempo prender seu olhar e examinar a área próxima à procura de alguma coisa que pudesse servir de arma. Bonnet tinha uma pistola na cintura e uma faca, mas não demonstrava intenção de sacar nem uma nem outra. E por que o faria? Uma mulher carregando uma criança de 2 anos não era nenhuma ameaça.

Ele arqueou uma grossa sobrancelha loura, mas não parecia ter muita pressa em fazer o que pretendia.

– Não? Bem, foi Wolff, como eu estava dizendo. Ele precisou arrancar um dente ou algo assim, então conheceu esse médico em Cross Creek. Pagou um drinque para o sujeito como recompensa e acabou passando o resto da noite bebendo com ele. Deve saber que o tenente é fraco para a bebida. O médico também bebia muito, pelo que ouvi dizer, e os dois estavam unidos como parceiros de crime quando amanheceu. Rawlings deixou escapar que vira uma grande quantidade de ouro em River Run, pois tinha acabado de vir de lá, entendeu?

Rawlings havia perdido a consciência ou ficara sóbrio de repente, o suficiente para que não dissesse mais nada, mas a revelação tinha bastado para renovar a determinação do tenente em conseguir a mão – e a propriedade – de Jocasta Cameron.

– Mas a sra. Cameron não queria saber dele e declarou que ia se casar com o sujeito de um braço só. Foi um duro golpe no orgulho do tenente.

Ele riu ao dizer isso, expondo a falta de um molar de um dos lados.

O tenente Wolff, furioso e perplexo, recorreu ao amigo Randall Lillywhite em busca de conselhos.

– Ora, então foi por isso que ele prendeu o padre na Reunião? Para impedir que ele casasse a sra. Cameron e Duncan Innes?

Bonnet assentiu.

– Foi para isso. Uma maneira de adiar o casamento, pode-se dizer, para ter a oportunidade de examinar melhor a questão.

A tal oportunidade se apresentou no casamento. Como havíamos suposto, alguém – o tenente Wolff – de fato havia tentado drogar Duncan Innes com uma xícara de ponche com láudano. O plano era deixá-lo inconsciente e jogá-lo no rio. Durante o tumulto causado pelo desaparecimento e pela morte supostamente acidental de Duncan, Wolff teria a chance de vasculhar a propriedade em busca do ouro – e por fim renovar sua proposta de casamento a Jocasta.

– Mas a negra desgraçada tomou a bebida – disse ele sem se alterar. – E o pior é que não morreu. Mas poderia revelar quem lhe deu a bebida, obviamente, de forma que Wolff deu um jeito de misturar vidro moído ao mingau que resolveram lhe dar.

– O que eu quero saber é exatamente como *você* se envolveu nisso. Por que estava em River Run?

– E o tenente não tem sido um ótimo amigo todos esses anos, minha cara? Ele veio me pedir ajuda para dar cabo do sujeito maneta, de modo que ele pudesse se certificar de ser visto no meio da festa, divertindo-se com toda a inocência, enquanto um acidente se abatia sobre seu rival.

Franziu um pouco a testa, dando batidinhas com um dedo no cabo da pistola.

– Eu devia ter acertado na cabeça do tal Innes com um porrete e atirado o sujeito no rio quando vi que o láudano tinha sido consumido por outra pessoa. Mas não consegui pegá-lo, ele passou metade do dia na latrina e sempre tinha alguém lá com ele, para azar deles.

Não havia nada no chão ao meu redor que pudesse ser usado como arma. Pequenos galhos, folhas, pedaços de conchas espalhados, um rato morto – bem, havia funcionado para Germain, mas eu não acreditava que pudesse surpreender Bonnet com isso duas vezes. Jemmy estava perdendo o medo do estranho conforme conversávamos e começava a se remexer para descer do colo.

Eu me afastei mais um pouco. Bonnet notou e sorriu; não se importou. Obviamente achava que eu não poderia escapar e estava esperando alguma coisa. Claro, ele mesmo me dissera isso. Estava à espera de Brianna. Percebi tardiamente que ele havia nos seguido até ali desde a cidade. Sabia que Marsali e Brianna estavam por perto e que seria muito mais fácil simplesmente esperar que elas se revelassem.

Minha esperança era que alguma outra pessoa aparecesse. O tempo estava úmido e pegajoso, mas ainda não chovia, e ali era um lugar procurado para piqueniques, segundo a sra. Burns. Se alguém de fato aparecesse, como eu poderia tirar proveito disso? Eu sabia que Bonnet não teria o menor remorso em atirar em quem cruzasse seu caminho – ele se gabava do restante de seus planos sanguinários.

– A sra. Cameron, ou a sra. Innes agora, pareceu disposta a falar depois que sugeri que seu marido poderia acabar perdendo algumas de suas partes mais preciosas, mas, no fim das contas, ela também estava mentindo, a velha trapaceira. Ocorreu-me, pensando na questão mais tarde, que talvez ela se mostrasse mais disposta a colaborar se seu herdeiro estivesse em risco. – Meneou a cabeça na direção de Jemmy e estalou a língua para o menino. – Então, rapaz, vamos ver sua tia-avó?

Jemmy olhou para Bonnet com desconfiança, aconchegando-se em mim.

– Quê? – perguntou ele.

– Ah, uma criança esperta conhece o pai, não é? Sou seu pai, garoto, sua mãe não lhe contou?

– Papai? – Jemmy olhou para Bonnet, depois para mim. – Não é papai!

– Não, ele não é seu pai – tranquilizei Jemmy, mudando-o de posição em meu colo. Meus braços começavam a doer por causa do peso. – Ele é um homem mau, nós não gostamos dele.

Bonnet riu.

– Não tem vergonha, minha cara? Claro que ele é meu, foi sua própria filha quem disse, na minha cara.

– Bobagem – retruquei.

Eu havia conseguido me posicionar em uma brecha estreita entre duas moitas de murta. Tentaria distraí-lo de novo com a conversa, esperaria pelo momento em que pudesse me virar, colocar Jemmy no chão e mandar que saísse correndo. Se tivesse sorte, eu poderia bloquear a passagem por tempo suficiente para impedir que Bonnet o agarrasse antes que ele conseguisse escapar – se é que ele ia correr.

– Lillywhite – falei, retomando a conversa. – O que quis dizer quando falou que Lillywhite e o xerife iam... cuidar do meu marido e do sr. MacKenzie?

O simples fato de mencionar a possibilidade me deixou nauseada; o suor escorria pelas laterais de meu corpo, mas meu rosto parecia gelado e suado.

– Ah, isso? Foi o que eu disse, sra. Fraser. Seu marido está morto.

Ele havia começado a olhar para além de mim, os olhos verde-claros percorrendo a vegetação na expectativa de que Brianna aparecesse a qualquer momento.

– O que aconteceu no casamento deixou claro que não poderíamos deixar a sra. Cameron com tanta proteção. Não, se quiséssemos tentar outra vez, precisávamos nos certificar de que ela não tivesse nenhum homem a quem recorrer, nem para pedir ajuda nem para pedir que a vingasse. Assim, quando seu marido sugeriu ao sr. Lyon que me levasse a uma reunião particular, achei que seria uma boa oportunidade de acabar com ele e com o sr. MacKenzie: dois coelhos com uma cajadada só, como dizem. Mas então pensei que talvez fosse melhor que Lillywhite cuidasse dessa parte, ele e seu obediente xerife. – Sorriu. – Achei melhor vir buscar meu filho e a mãe dele para não correr o risco de algo dar errado, entende? Nós...

Eu me movi, girei nos calcanhares e coloquei Jemmy no chão, do outro lado dos arbustos.

– Corra! – disse com urgência para ele. – Corra, Jem! Vá!

Vi algo vermelho de relance quando ele saiu correndo, choramingando de medo, e em seguida Bonnet me derrubou.

Ele tentou me empurrar para o lado, mas eu estava preparada para isso e agarrei a pistola em seu cinto. Ele sentiu quando a puxei e tentou recuar, mas minha mão já estava firme na coronha. Soltei-a e joguei-a para trás, caindo no chão com ele por cima de mim.

Ele saiu de cima de mim e ficou de joelhos, mas parou de imediato.

– Fique onde está, ou juro pela Virgem Maria que vou explodir seus miolos!

Arfando por causa da queda, eu me sentei devagar e vi Marsali, pálida como uma folha de papel, mirando a antiga arma na direção dele por cima do volume de sua barriga.

– Atire nele, *maman*! – Germain estava atrás dela, o rosto tomado de ansiedade. – Atire nele como em um porco-espinho!

Joan estava um pouco para trás, no meio dos arbustos; ela começou a chorar ao ouvir a voz da mãe, mas Marsali não desviou os olhos de Bonnet. Santo Deus, será que ela tinha tomado o cuidado de carregar e engatilhar a arma? Eu achava que sim; era possível sentir um leve cheiro de pólvora.

– Tudo bem, então – disse Bonnet devagar.

Pude ver que ele calculava a distância até Marsali – uns 5 metros, longe demais para alcançá-la com um movimento súbito. Ele apoiou um pé no chão, começando a se levantar. Poderia alcançá-la com três passadas grandes.

– Não deixe que ele se levante!

Eu me levantei com dificuldade, empurrando-o pelo ombro. Ele caiu de lado, apoiando-se em uma das mãos, em seguida se ergueu, mais rápido do que eu poderia imaginar, me agarrou pela cintura e me puxou de novo para baixo, desta vez por cima dele.

Ouvi gritos atrás de mim, mas não tive tempo de prestar atenção. Enfiei os dedos em seu olho e só não acertei porque ele me puxou para o lado; minhas unhas deslizaram por seu rosto, deixando arranhões profundos em sua pele. Rolamos em uma confusão de anáguas e palavrões em irlandês, eu tentando agarrar suas partes íntimas enquanto ele tentava ao mesmo tempo me esganar e se proteger.

Então ele se contorceu e virou-se como um peixe se debatendo, passando o braço ao redor de meu pescoço e segurando-me contra o peito. Ouvi o som de algo metálico passando pelo couro e senti um objeto frio pressionando minha garganta. Parei de resistir e respirei fundo.

Os olhos de Marsali estavam arregalados, a boca fechada e contraída. Seu olhar, graças a Deus, ainda estava fixo em Bonnet, assim como a arma.

– Marsali – falei, com muita calma –, atire nele. Agora mesmo.

– Abaixe a arma, mocinha – disse Bonnet, com a mesma calma –, ou corto a garganta dela no três. Um...

– Atire nele! – gritei com todas as minhas forças, puxando o ar pela última vez.

– Dois.

– Espere!

A pressão da lâmina em minha garganta diminuiu e eu senti o corte quando respirei, o que eu não esperava fazer de novo. Não tive tempo de aproveitar a sensação, no entanto; Brianna surgiu em meio às murtas, com Jemmy agarrado às suas saias.

– Largue ela!

Marsali estava prendendo a respiração; soltou o ar com uma arfada e inspirou com força.

– Ele não vai me soltar, e isso não importa – falei com firmeza para as duas. – Marsali, atire nele. *Agora*!

Ela segurou a arma com mais força, mas não conseguia dispará-la. Olhou para Brianna, pálida, e então para Bonnet de novo, com a mão trêmula.

– Atire nele, *maman*! – sussurrou Germain, mas a ansiedade havia desaparecido de seu rosto. Ele também estava pálido e agarrado à mãe.

– Você vem comigo, querida, você e o menino. – Eu sentia a vibração no peito de Bonnet enquanto ele falava e o sorriso em seu rosto, mesmo sem vê-lo. – Os outros podem ir.

– Não faça isso – falei, tentando fazer Bree olhar para mim. – Ele não vai nos deixar ir, você sabe que não. Ele vai me matar e matar Marsali, não importa o que diga. A única coisa a fazer é atirar nele. Se Marsali não consegue, Bree, você vai ter que atirar.

Isso chamou a atenção dela. Seus olhos se arregalaram para mim, chocados, e Bonnet grunhiu, meio contrariado, meio rindo.

– Condenar a própria mãe? Ela não é o tipo de garota que faria isso, sra. Fraser.

– Marsali, ele vai matar você e o bebê – falei, forçando cada músculo para fazê-la entender, para fazer com que atirasse. – Germain e Joan vão morrer aqui sozinhos. O que acontecer a mim não importa, pode acreditar. Pelo amor de Deus, *atire nele agora*!

Ela atirou.

Uma faísca surgiu, junto com uma pequena nuvem de fumaça branca, e Bonnet fez um movimento brusco. Então Marsali relaxou a mão, o cano da arma voltado para baixo e a bucha e a bala caíram na areia com um som baixo. Tiro falhado.

Marsali gemeu, horrorizada, e Brianna se moveu como um relâmpago, pegando o balde caído e atirando-o na cabeça de Bonnet. Ele gritou e se atirou para o lado, soltando-me. O balde me atingiu no peito e eu o peguei, olhando para dentro dele como uma tola. Estava molhado, com várias bagas de cera azul-esbranquiçadas grudadas à madeira.

Então Germain e Jemmy começaram a chorar, Joan berrando a plenos pulmões no meio da mata, e eu larguei o balde e rastejei desesperadamente para me abrigar atrás de um arbusto de chá-dos-apalaches.

Bonnet estava de pé outra vez, o rosto vermelho, a faca na mão. Era claro que estava furioso, mas ele se esforçou para sorrir para Brianna.

– Ah, agora, querida – disse ele, tendo que elevar a voz para ser ouvido em meio à algazarra. – Quero apenas você e meu filho. Não vou fazer mal a nenhum de vocês dois.

– Ele não é seu filho – disse Brianna, a voz baixa e feroz. – Ele jamais será seu.

Ele riu, desdenhando.

– Ah, é? Não foi o que ouvi naquele porão em Cross Creek, querida. E olhando para ele agora... – Ele olhou para Jemmy outra vez, assentindo devagar. – Ele é meu, querida. É a minha cara, não é, garoto?

Jemmy escondeu o rosto nas saias de Brianna, berrando a plenos pulmões.

Bonnet suspirou, deu de ombros e desistiu de qualquer tentativa de conquistá-lo.

– Vamos logo – disse ele, dando um passo à frente, obviamente com a intenção de pegar Jemmy.

A mão de Brianna ergueu-se do meio das saias, mirando a pistola que eu havia arrancado do cinto dele bem no lugar de onde ela viera. Bonnet parou, boquiaberto.

– E então? – sibilou ela, os olhos fixos nele, sem piscar. – Você mantém a sua pólvora seca, Stephen?

Ela segurou a pistola com ambas as mãos, mirou no meio das pernas dele e atirou.

Ele foi rápido, devo admitir. Não teria tempo de se virar e correr, mas conseguiu cobrir suas bolas com as mãos no mesmo instante em que ela puxou o gatilho. O sangue explodiu em um jorro espesso através de seus dedos, mas eu não sabia dizer o que o tiro havia atingido.

Ele cambaleou para trás, as mãos unidas ao corpo. Olhou desesperado ao redor, como se não conseguisse acreditar no que estava acontecendo, e então caiu apoiado em um dos joelhos. Ouvi sua respiração rápida e difícil.

Nós todos ficamos paralisados, observando. Uma de suas mãos resvalou a areia, deixando sulcos ensanguentados. Então ele se levantou, devagar, dobrou-se sobre si mesmo, a outra mão pressionada entre as pernas. Seu rosto estava mortalmente pálido, os olhos verdes como água suja.

Cambaleou, arfando, e fugiu como um inseto que acaba de ser pisoteado, gotejando e se deslocando com dificuldade. Ouvimos estalidos conforme ele se embrenhava no meio dos arbustos, e então ele desapareceu. Além de uma pequena palmeira, pude ver uma linha de pelicanos voando, desajeitados mas inacreditavelmente graciosos contra o céu carregado.

Eu ainda estava agachada no chão, paralisada pelo choque. Senti algo morno escorrer pelo meu rosto e vi que era uma gota de chuva.

– Ele está certo? – Brianna estava agachada ao meu lado, ajudando-me a me sentar. – Acha que ele está certo? Eles estão mortos?

Seus lábios estavam pálidos, mas ela não estava histérica. Com um dos braços, segurava Jemmy, que se agarrava ao seu pescoço.

– Não – falei.

Tudo parecia remoto, como se estivesse acontecendo em câmera lenta. Eu me levantei devagar, equilibrando-me com dificuldade, como se não soubesse exatamente como fazê-lo.

– Não – repeti, e não senti medo nem pânico ao me lembrar do que Bonnet dissera; nada além de uma certeza em meu peito, como um peso leve e reconfortante. – Não, não estão.

Jamie me dissera que aquele não era o dia em que ele e eu íamos nos separar.

Marsali desaparecera na mata para pegar Joanie. Germain estava inclinado sobre as manchas de sangue na areia, examinando-as, fascinado. Pensei vagamente em me perguntar de que tipo podiam ser, mas afastei o pensamento.

Ele nunca será seu, ela dissera.

– Vamos – falei, dando tapinhas nas costas de Jemmy. – Acho que podemos ficar sem velas perfumadas, por enquanto.

Roger e Jamie apareceram ao amanhecer, dois dias mais tarde, acordando todos na estalagem ao baterem forte na porta, fazendo os vizinhos afastarem as cortinas e espreitarem a rua ainda com toucas de dormir, assustados com os gritos. Eu tinha quase certeza de que Roger sofrera uma pequena concussão, mas ele se recusou a ir para a cama – apesar de ter deixado Bree segurar sua cabeça em seu colo, dizendo palavras de solidariedade devido ao enorme galo que se formara, enquanto Jamie nos relatava brevemente a batalha em Wylie's Landing e nós explicávamos, de um jeito confuso, nossas aventuras no bosque de murta.

– Então, Bonnet não está morto? – perguntou Roger, abrindo um dos olhos.

– Bem, não sabemos – expliquei. – Ele conseguiu fugir, mas não sei se o ferimento foi grave. Não havia uma quantidade muito grande de sangue, mas se foi atingido na parte inferior do abdômen, foi um ferimento muito grave, e quase certamente fatal. Peritonite é uma maneira muito lenta e sofrida de morrer.

– Ótimo – disse Marsali, de modo vingativo.

– Ótimo! – repetiu Germain, olhando para ela com orgulho. – *Maman* atirou no bandido, *grand-père* – disse ele a Jamie. – E a titia também. Ele ficou *cheio* de buracos, havia sangue por todo lado!

– Buracos – disse Jemmy alegremente. – Buracos, buracos, muitos buracos!

– Bem, talvez um furo – murmurou Brianna.

Ela não desviou os olhos do pano molhado com o qual limpava delicadamente o sangue seco do couro cabeludo e dos cabelos de Roger.

– Ah, é? Bem, se você só arrancou um de seus dedos ou uma de suas bolas, ele pode sobreviver – observou Jamie, sorrindo para ela. – Mas creio que isso não melhoraria em nada o temperamento dele.

Fergus chegou no paquete do meio-dia, trazendo com orgulho os documentos registrados, assinados e oficialmente selados para as duas concessões de terras, encerrando assim o dia de alegrias. As comemorações foram limitadas, no entanto, já que ainda havia a preocupação com uma grande ponta solta da história.

Depois de uma intensa discussão, ficou decidido – ou seja, Jamie tomou sua decisão e se recusou a considerar qualquer opinião diferente – que ele e eu seguiríamos imediatamente para oeste, para River Run. As jovens famílias continuariam em Wilmington por alguns dias, para finalizar os negócios e ficar atentos a qualquer notícia sobre um homem à beira da morte ou ferido. Depois voltariam para a Cordilheira dos Frasers, mantendo distância de Cross Creek e River Run.

– O tenente Wolff não poderá ameaçar você nem o menino para influenciar minha tia, se vocês não estiverem por perto – disse Jamie a Brianna. – E quanto a vocês, *mo charadean* – falou a Roger e Fergus –, não podem deixar as mulheres e crianças sozinhas. Só Deus sabe em quem elas podem atirar da próxima vez!

Foi apenas depois de fechar a porta, abafando os risos resultantes, que ele se virou para mim, passou a ponta do dedo no arranhão em minha garganta e em seguida me puxou com tanta força contra si que eu pensei que minhas costelas iam se partir. Agarrei-me a ele com força no patamar da escada, sem dar importância ao fato de não conseguir respirar ou ao fato de que alguém pudesse nos ver; estava feliz apenas em tocá-lo e em tê-lo ao meu lado.

– Você agiu muito bem, Claire – murmurou ele por fim, com a boca em meus cabelos. – Mas, pelo amor de Deus, nunca mais faça isso!

E foi assim que ele e eu partimos na manhã do dia seguinte, sozinhos.

104

ESPERTOS COMO RAPOSAS

Chegamos a River Run quase ao pôr do sol três dias mais tarde, com os cavalos exaustos e imundos, e nós mesmos em condições não muito melhores. O lugar parecia bastante tranquilo, a fraca luz da primavera brilhando nos gramados verdes e cintilando nas estátuas de mármore branco e na lápide do mausoléu de Hector entre os teixos escuros.

– O que você acha? – perguntei a Jamie.

Havíamos parado ao pé do gramado, estudando a situação com cautela antes de nos aproximarmos da casa.

– Bem, ninguém incendiou a casa – retrucou ele, ficando de pé nos estribos para avaliar o cenário. – E não vejo rios de sangue descendo em cascata pelas escadas da frente. Ainda assim...

Ele voltou a se sentar, enfiou a mão no alforje e retirou uma pistola, que carregou e preparou por precaução. Com a arma enfiada no cós da calça e escondida pelas abas do casaco, percorremos lentamente o caminho até a porta de entrada.

Quando chegamos à porta, eu já sabia que havia alguma coisa errada. A casa estava tomada por um silêncio sinistro. Nenhum ruído de criados andando de um lado para outro, nenhuma música sendo tocada na sala de estar, nem o cheiro do jantar sendo trazido da cozinha externa. E o mais peculiar de tudo: Ulysses não estava lá para nos receber. Vários minutos se passaram até que alguém viesse responder às nossas batidas à porta, e quando ela finalmente se abriu, foi Phaedre, a aia particular de Jocasta, quem apareceu.

Sua aparência estava péssima da última vez que eu a vira, quase um ano antes, após a morte da mãe. Agora, não estava muito melhor. Havia manchas escuras sob seus olhos e sua pele parecia ferida e sem viço, como uma fruta que começa a apodrecer.

Ao nos ver, entretanto, seus olhos brilharam e sua boca relaxou, com um alívio visível.

– Ah, sr. Jamie! – exclamou ela. – Tenho rezado para alguém vir nos ajudar, desde ontem, mas tinha quase certeza de que seria o sr. Farquard, e então talvez tivéssemos mais problemas ainda, por ele ser um homem da lei, mesmo que seja amigo de sua tia.

Jamie ergueu a sobrancelha diante dessa declaração um tanto confusa, mas balançou a cabeça para tranquilizá-la e apertou sua mão.

– Sim, menina. Acho que nunca fui resposta a uma prece antes, mas não me oponho. Minha tia está... bem?

– Ah, sim, senhor. *Ela* está muito bem.

Recuando antes que pudéssemos fazer mais perguntas, ela fez sinal para que subíssemos a escada.

Jocasta estava em seus aposentos, tricotando. Ergueu a cabeça ao ouvir o som de passos, atenta, e antes que alguém pudesse dizer alguma coisa, perguntou com a voz trêmula, ficando de pé:

– Jamie?

Mesmo longe, pude ver que havia falhas na peça que ela estava tricotando, carreiras abertas e pontos faltando; muito diferente de seus meticulosos trabalhos manuais.

– Sim, sou eu, tia. E Claire. O que aconteceu?

Atravessando o cômodo com duas passadas largas, ele a alcançou e segurou seu braço, dando um tapinha carinhoso em sua mão para tranquilizá-la.

Seu rosto foi tomado pelo mesmo alívio que tínhamos visto em Phaedre, e eu achei que seus joelhos fossem fraquejar. Mas ela endireitou a coluna e se virou para mim.

– Claire? Graças à abençoada Santa Brígida você veio, embora como... bem, isso não importa agora. Podem me acompanhar? Duncan está ferido.

Duncan estava deitado no quarto ao lado, inerte sob um monte de cobertas. A princípio, temi que estivesse morto, mas ele se moveu imediatamente ao ouvir o som da voz de Jocasta.

– *Mac Dubh?* – perguntou ele, intrigado. Ergueu a cabeça dos cobertores, estreitando os olhos para ver na penumbra do quarto. – Pelo amor de Deus, o que os trouxe aqui?

– Tenente Wolff – disse Jamie, com certa seriedade. – O nome é familiar?

– Sim, pode-se dizer que sim.

Havia um tom ligeiramente estranho na voz de Duncan, mas eu não dei atenção, ocupada em acender velas e em tirá-lo o suficiente de debaixo das cobertas para entender qual era o problema.

Eu esperava encontrar um ferimento de faca ou arma de fogo. Em um primeiro exame, não havia nada semelhante à vista, e foram necessários alguns momentos de concentração para descobrir que ele estava com uma perna quebrada. Era uma fratura simples na parte inferior da tíbia, felizmente, e por mais dolorosa que fosse, não parecia representar grande risco a sua saúde.

Mandei Phaedre procurar algumas talas, enquanto Jamie, informado de que Duncan não corria grandes riscos, se sentou para esclarecer os fatos.

– Ele esteve aqui? O tenente Wolff? – perguntou ele.

– Sim, esteve.

Novamente a leve hesitação.

– Já se foi, então?

– Ah, sim.

Duncan estremeceu um pouco, involuntariamente.

– Dói onde estou mexendo? – perguntei.

– Ah, não, sra. Claire – assegurou-me ele. – Eu estava apenas... bem...

– É melhor você me contar logo a verdade, Duncan – disse Jamie, com um tom de leve exasperação. – Imagino que não seja uma história que melhore com o tempo, não é? E se for o tipo de história que imagino, então também tenho uma historinha para lhe contar.

Duncan estreitou os olhos, mas em seguida suspirou, capitulando, e se recostou no travesseiro.

O tenente havia chegado a River Run dois dias antes, mas, ao contrário do que costumava fazer, não foi até a porta da frente para ser anunciado. Em vez disso, deixara o cavalo amarrado em um campo a pouco mais de 1 quilômetro da casa e se aproximara furtivamente a pé.

– Só nos demos conta disso porque encontramos o cavalo mais tarde, sabe? – explicou Duncan enquanto eu colocava uma tala em sua perna. – Eu não fazia ideia de que ele estava aqui até que saí para ir à latrina depois do jantar, e ele saltou em cima de mim, surgido da escuridão. Quase morri de susto, depois quase morri com um tiro, pois ele atirou em mim, e se eu tivesse um braço deste lado, creio que teria sido baleado. Mas já que não tenho, ele não me acertou.

Apesar de sua deficiência, Duncan lutara contra ele com unhas e dentes, golpeando o tenente no rosto, lançando-se para cima dele e jogando-o para trás.

– Ele cambaleou, tropeçou no caminho de tijolos e caiu para trás, batendo a cabeça de uma forma terrível. – Voltou a estremecer ao se lembrar do som. – Como um melão golpeado com um machado.

– Ah, sim. Então ele morreu na hora? – perguntou Jamie, interessado.

– Bem, não. – Duncan estava mais à vontade, contando a história, mas nesse momento começou a ficar inquieto outra vez. – Pois bem, *Mac Dubh*, aí é que está o problema. Eu também saí cambaleando depois que o derrubei, pisei no canal de pedra que sai da latrina, quebrei a perna e lá fiquei, gemendo, ao lado do caminho. Ulysses finalmente ouviu meus gritos e foi até mim, com Jo atrás dele.

Duncan tinha contado a Jocasta o que acontecera enquanto Ulysses foi buscar dois cavalariços para ajudar a carregar Duncan para dentro de casa. E então, com a dor da perna quebrada e o hábito de deixar as dificuldades para o mordomo resolver, ele também deixou de lado o tenente.

– Foi minha culpa, *Mac Dubh*, e eu sei disso muito bem – disse ele, o rosto abatido e pálido. – Eu devia ter dado algum tipo de ordem; embora na verdade eu não consiga pensar nem mesmo agora no que deveria ter dito, e tive tempo de sobra para pensar.

O resto da história, arrancada dele com alguma relutância, foi que Jocasta e Ulysses evidentemente debateram sobre o assunto e concluíram que o tenente tinha deixado de ser apenas inconveniente e se tornara uma completa ameaça. E sendo assim...

– Ulysses o matou – disse Duncan sem rodeios, depois se deteve, como se estivesse horrorizado de novo. Engoliu em seco, parecendo profundamente infeliz. – Jo diz que deu ordens para que ele fizesse isso, e Deus sabe, *Mac Dubh*, que ela pode de fato ter feito isso. Ela não é mulher de se deixar desafiar, muito menos permitir que matem seus criados, que a ameacem ou ataquem seu marido.

Percebi pela sua hesitação, no entanto, que uma pequena dúvida sobre o papel de Jocasta na história ainda persistia em sua mente.

Jamie, porém, tinha compreendido o que mais afligia Duncan.

– Santo Deus! – exclamou ele. – Ulysses vai ser enforcado na hora, ou coisa pior, se alguém ficar sabendo disso. Quer minha tia tenha ordenado, quer não.

Duncan parecia um pouco mais calmo agora que a verdade tinha sido revelada. Ele assentiu.

– Sim, é isso – concordou. – Não posso deixá-lo ir para a forca, mas o que vou fazer a respeito do tenente? É preciso levar a Marinha em consideração, sem falar nos xerifes e magistrados.

Esse era o principal problema. Grande parte da prosperidade de River Run dependia dos contratos com a Marinha para o fornecimento de madeira e alcatrão; o tenente Wolff era o responsável por esses contratos. Era bem possível que a Marinha de Sua Majestade não visse com bons olhos um proprietário que havia matado seu representante local, não importava qual fosse o motivo. Eu supunha que a lei, na pessoa do xerife e dos magistrados, pudesse até ter uma visão mais leniente da situação, mas não do perpetrador.

Um escravo que derramava o sangue de um branco era condenado no mesmo momento, independentemente da provocação que tivesse sofrido. O que tinha acontecido não faria qualquer diferença – ainda que houvesse uma dúzia de testemunhas afirmando que Wolff atacara Duncan, Ulysses estava condenado. Se alguém descobrisse o que acontecera. Comecei a compreender o ar de desespero que pairava sobre River Run; os demais escravos sabiam muito bem o que poderia acontecer.

Jamie esfregou o nó do dedo sob o queixo.

– Ah... exatamente como... quero dizer, não seria possível alegar que você fez isso, Duncan? Foi legítima defesa, afinal de contas, e tenho provas de que o sujeito realmente veio até aqui com o intuito de matá-lo para se casar com minha tia à força ou ao menos fazê-la sua refém para que ela se visse obrigada a contar sobre o ouro.

– Ouro? – Duncan pareceu não compreender. – Mas não há ouro nenhum aqui. Achei que isso tivesse ficado bem claro no ano passado.

– O tenente e seus comparsas acreditavam que havia – falei. – Mas Jamie poderá lhe explicar melhor tudo isso daqui a pouco. O que de fato aconteceu com o tenente?

– Ulysses cortou sua garganta – disse Duncan, engolindo em seco, o pomo de adão subindo e descendo em seu pescoço. – Eu adoraria dizer que fiz isso, é só que...

Além da dificuldade de cortar a garganta de alguém usando apenas uma das mãos, era evidente que o corte tinha sido feito por uma pessoa canhota – e Duncan, é claro, não tinha a mão esquerda.

Por acaso, eu sabia que Jocasta Cameron – assim como seu sobrinho – era canhota, mas pareceu melhor não dizer isso naquele momento. Olhei para Jamie, que ergueu as sobrancelhas para mim.

Ela faria uma coisa dessas?, perguntei a mim mesma.

Uma MacKenzie de Leoch?, o olhar cínico dele disse em resposta.

– E onde está Ulysses? – perguntei.

– No estábulo, provavelmente, se já não partiu para o oeste.

Sabendo que se alguém descobrisse a verdade a respeito da morte do tenente, Ulysses seria condenado imediatamente, Jocasta mandara seu mordomo preparar um cavalo, com instruções de fugir para as montanhas se alguém aparecesse.

Jamie respirou fundo e passou a mão no rosto, pensando.

– Muito bem, então. Eu diria que o melhor, talvez, seja o tenente desaparecer. Onde vocês o deixaram por enquanto, Duncan?

Um músculo perto da boca de Duncan se contraiu, em uma tentativa nervosa de sorrir.

– Acho que ele está no fosso de churrasco, *Mac Dubh*. Coberto com aniagem e uma pilha de lenha de nogueira, disfarçado de carcaça de porco.

Jamie ergueu as sobrancelhas de novo, mas apenas assentiu.

– Sim, bem, deixe isso comigo, Duncan.

Deixei instruções para que oferecessem água com mel e um chá de casca de cerejeira e eupatório a Duncan, e saí com Jamie para discutir os métodos de desaparecimento.

– Acho que o mais simples seria simplesmente enterrá-lo em algum lugar – sugeri.

– Humm – murmurou Jamie.

Ele ergueu a tocha de pinho que carregava, franzindo a testa, pensativo, enquanto olhava para o volume enrolado em aniagem dentro do buraco. Eu não gostava nem um pouco do tenente, mas aquilo me pareceu lastimável.

– Talvez. Mas eu estava pensando... todos os escravos sabem o que aconteceu. Se o enterrarmos aqui, eles vão saber disso também. Não contariam a ninguém, é claro, mas ele vai assombrar o lugar, não acha?

Um calafrio percorreu minha espinha, motivado não apenas por seu tom pragmático, mas também por suas palavras, e eu apertei o xale com mais força ao redor do corpo.

– Assombrar o lugar?

– Sim, é claro. Uma vítima de assassinato, morto e escondido aqui, sem ser vingado?

– Você quer dizer... de fato assombrar o lugar? – perguntei com cautela –, ou quer dizer apenas que os escravos pensariam assim?

Ele deu de ombros, contraindo-os com desconforto.

– Acho que não importa tanto, não é? Eles evitarão o local onde ele for enterrado, uma das mulheres verá o fantasma à noite, boatos começarão a circular, como sempre acontece, e logo um escravo em Greenoaks vai dizer alguma coisa, alguém da família de Farquard ficará sabendo e, quando menos esperarmos, alguém aparecerá aqui fazendo perguntas. Considerando que a Marinha provavelmente não vai levar muito tempo para procurar pelo tenente, de qualquer modo... O que acha de colocar pesos no corpo e jogá-lo no rio? Afinal, é o que ele tinha planejado fazer com Duncan.

– Não é má ideia – falei, considerando a possibilidade. – Mas ele queria que Duncan fosse encontrado. Há muito tráfego de barcos no rio e até aqui ele não é muito profundo. Ainda que amarrássemos um grande peso, seria possível que viesse à tona ou que algum barqueiro espetasse o corpo com sua vara. Acha que faria alguma diferença se alguém o encontrasse, no entanto? O corpo não estaria ligado a River Run.

Ele balançou a cabeça devagar, afastando a tocha para impedir que as fagulhas caíssem sobre sua manga. Soprava um vento suave, e os olmos próximos ao fosso de churrasco sibilavam acima de nós.

– Sim, é verdade. Mas, se alguém o encontrar, haverá um inquérito. A Marinha enviará alguém para tentar descobrir o que aconteceu, e eles virão até aqui para fazer perguntas. O que acha que acontecerá se pressionarem os escravos, perguntando se viram o tenente e coisas assim?

– Humm, entendi.

Considerando o atual estado de nervos dos escravos, eu imaginava que uma investigação os deixaria em pânico, fazendo com que qualquer coisa pudesse vir à tona.

Jamie estava imóvel, com o olhar fixo na figura enrolada em aniagem, totalmente absorto. Respirei fundo, senti um leve cheiro de sangue em decomposição e soltei o ar depressa.

– Imagino... que possamos queimá-lo – falei, sentindo um repentino gosto de bile na boca. – Afinal de contas, ele já está no fosso.

– É uma ideia – disse Jamie, esboçando um sorriso. – Mas acho que tenho outra melhor, Sassenach.

Ele se virou, olhando na direção da casa, pensativo. Algumas janelas estavam fracamente iluminadas, mas todos estavam dentro de casa, encolhidos de medo.

– Vamos – disse ele, decidido. – Deve haver uma marreta no estábulo, acredito.

A frente do mausoléu era coberta por uma grade ornamental de ferro fundido preto, complexo, com uma enorme fechadura, o metal decorado com rosas jacobitas de dezesseis pétalas. Sempre considerei aquilo mais um dos caprichos de Jocasta Cameron, já que duvidava que ladrões de sepulturas fossem uma grande ameaça em um cenário tão rural. As dobradiças emitiram um tênue rangido quando Jamie destrancou a porta de grade e a abriu; como todas as coisas em River Run, eram mantidas em condições impecáveis.

– Você realmente acha que isso é melhor do que enterrá-lo ou queimá-lo? – perguntei.

Não havia ninguém por perto, mas falei quase em um sussurro.

– Ah, sim. O velho Hector tomará conta dele e não deixará que faça nenhum mal – respondeu Jamie de forma pragmática. – E é solo sagrado, de certa forma. Assim, a alma dele não vai ficar vagando por aí, criando caso, entende?

Assenti, um pouco em dúvida. Era provável que ele tivesse razão. No que dizia respeito a crenças, Jamie entendia os escravos bem melhor do que eu. Por exemplo, eu não sabia ao certo se ele estava falando apenas sobre qual seria o efeito psicológico sobre eles ou se ele próprio estava convencido de que Hector Cameron seria capaz de lidar com essa ameaça *ex post facto* a sua mulher e a sua propriedade.

Ergui a tocha para que Jamie pudesse ver o que estava fazendo e mordi o lábio inferior.

Ele havia enrolado a marreta em trapos, para não lascar os blocos de mármore. Os pequenos blocos da parede da frente, dentro da grade, tinham sido cortados com precisão para se encaixar e foram apenas levemente cimentados no lugar. O primeiro golpe deslocou dois dos blocos alguns centímetros. Mais alguns golpes e abriu-se um vão escuro o suficiente para mostrar a escuridão dentro do mausoléu.

Jamie parou para secar o suor da testa e murmurou algo baixinho.

– O que você disse?

– Eu disse que fede – respondeu ele, parecendo intrigado.

– É surpreendente, não? – perguntei, um pouco inquieta. – Há quanto tempo Hector Cameron morreu? Quatro anos?

– Bem, sim, mas não...

– *O que estão fazendo*?

Ouvi a voz de Jocasta Cameron atrás de mim, estridente e nervosa, e me sobressaltei, deixando cair a tocha.

A chama bruxuleou, mas não se apagou, e eu a peguei outra vez, balançando-a para avivar a chama, que cresceu e se estabilizou, lançando uma luz avermelhada sobre Jocasta, que estava atrás de nós, parecendo um fantasma com sua camisola branca. Phaedre estava encolhida atrás da patroa, e de seu rosto só se via o tênue brilho dos olhos na escuridão. Os olhos pareciam amedrontados, indo de Jamie e de mim para o buraco escuro na fachada do mausoléu.

– O que estou fazendo? Enterrando o tenente Wolff, o que mais? – Jamie, que ficara tão surpreso quanto eu com o repentino aparecimento da tia, pareceu um pouco irritado. – Deixe isso comigo, tia. Não precisa se preocupar.

– Você não... não, não abra o túmulo de Hector!

O nariz comprido de Jocasta se franziu, obviamente sentindo o cheiro de decomposição – leve, mas inconfundível.

– Não se preocupe, tia – disse Jamie. – Volte para casa. Eu cuido disso. Vai ficar tudo bem.

Ela ignorou as palavras tranquilizadoras e avançou pelo caminho, as mãos tateando o ar.

– Não, Jamie! Não faça isso! Feche-o de novo. Feche-o, pelo amor de Deus!

O pânico na voz dela era claro, e eu vi Jamie franzir a testa, confuso. Ele olhou desconfiado para a tia e para a abertura no mausoléu. O vento havia diminuído, mas agora aumentara e soprava em pequenas rajadas, espalhando um cheiro de morte bem mais forte à nossa volta. A expressão de Jamie mudou e, ignorando os gritos de protesto da tia, derrubou mais alguns blocos com várias marretadas em sequência.

– Traga a tocha, Sassenach – pediu ele, largando a marreta.

Tomada por uma sensação arrepiante de horror, fiz o que ele pediu.

Ficamos ombro a ombro, espiando pela abertura estreita nos blocos. Havia dois caixões de madeira polida lá dentro, ambos sobre pedestais de mármore. E no chão entre eles...

– Quem é ele, tia? – perguntou Jamie, com a voz serena ao se virar para ela.

Ela parecia paralisada, a musselina da camisola esvoaçando ao redor de suas pernas com o vento e fios de cabelo brancos se soltando da touca. Seu rosto estava congelado, os olhos cegos se moviam de um lado para o outro, buscando uma fuga impossível.

Jamie deu um passo à frente e a segurou com firmeza pelo braço, fazendo-a sair do transe.

– *Co a th'ann?* – vociferou ele. – Quem é ele? Quem?

Sua boca se moveu, tentando formar as palavras. Ela parou, engoliu em seco, tentou de novo, os olhos ainda se movendo arregalados de um lado para o outro acima do ombro de Jamie, olhando só Deus sabia para o quê. Ela ainda enxergava quando o colocaram lá?, eu me perguntei. Estaria se lembrando disso agora?

– Ele se chamava... Ele se chamava Rawlings – disse ela baixinho, e algo dentro do meu peito despencou como um peso de ferro.

Eu devo ter me movido ou feito algum ruído, porque Jamie olhou para mim. Estendeu a mão para segurar a minha e a apertou com força, embora continuasse a olhar para Jocasta.

– Como? – perguntou ele, calmo, mas com um tom de voz que deixava claro que não aceitaria nenhuma evasiva.

Ela fechou os olhos e suspirou, os ombros largos se encolhendo de repente.

– Hector o matou – respondeu ela.

– É mesmo? – Jamie lançou um olhar cínico para os caixões dentro do mausoléu e para a massa encolhida que jazia no chão entre os dois. – Um belo truque deve ter sido esse. Eu não sabia que meu tio era tão forte.

– Antes. – Seus olhos se abriram de novo, mas ela falou em um tom monótono, como se nada mais importasse. – Rawlings era médico. Já tinha vindo examinar meus olhos uma vez. Quando Hector ficou doente, mandou chamar o homem de novo. Não sei exatamente o que aconteceu, mas Hector o pegou bisbilhotando onde não devia e esmagou sua cabeça. Hector era um homem temperamental.

– Imagino que sim – disse Jamie, olhando de novo para o corpo do dr. Rawlings. – Como ele veio parar aqui?

– Nós... ele... escondeu o corpo, pretendendo mais tarde levá-lo e deixá-lo na mata. Mas então... Hector piorou e não conseguiu mais sair da cama. Um dia depois ele também morreu. E então...

Ela ergueu a mão comprida e pálida, gesticulando na direção da corrente de ar frio e úmido que saía da tumba aberta.

– Grandes mentes pensam de forma similar – murmurei, e Jamie me lançou um olhar duro, soltando minha mão.

Ele ficou contemplando a quietude dentro do mausoléu profanado, as sobrancelhas grossas franzidas em concentração.

– É mesmo? – disse ele outra vez. – De quem é o outro caixão?

– Meu.

Jocasta estava recobrando a frieza; endireitou os ombros e ergueu o queixo.

Jamie fez um pequeno muxoxo e olhou para mim. Eu conseguia acreditar que Jocasta fosse insensível o bastante para deixar um morto exposto no chão em vez de colocá-lo dentro de seu imaculado caixão... mas fazer isso aumentaria drasticamente as chances de ser descoberta, por mais tênues que fossem.

Ninguém abriria o caixão de Jocasta antes da hora de receber seu corpo; o cadáver do dr. Rawlings poderia ter ficado ali na mais completa segurança, ainda que o mausoléu fosse aberto por algum outro motivo. Jocasta Cameron era egoísta, mas não era burra.

– Coloque Wolff aí dentro, se achar melhor – disse ela. – Pode ficar no chão junto com o outro.

– Por que não o colocamos em seu caixão, tia? – perguntou Jamie, e eu vi que ele olhava para ela intensamente.

– Não! – Ela havia começado a se virar para ir embora, mas diante disso voltou-se de novo para nós, o rosto cego feroz à luz da tocha. – Ele é um verme. Deixe-o aí para que apodreça!

Jamie estreitou os olhos ao ouvir a reação dela, mas não respondeu. Em vez disso, virou-se para o túmulo e começou a afastar os blocos soltos.

– O que está fazendo?

Jocasta podia ouvir o som do mármore sendo arrastado e ficou nervosa outra vez. Deu meia-volta, mas ficou desorientada, olhando na direção do rio. Percebi que ela agora devia estar totalmente cega, incapaz até mesmo de discernir a luz da tocha.

Mas não podia dar atenção a ela naquele momento. Jamie se esgueirou pela abertura entre os blocos e entrou.

– Ilumine aqui, Sassenach – disse ele baixinho, e sua voz ecoou levemente na pequena câmara de pedra.

Respirando muito superficialmente, eu o segui. Phaedre havia começado a gemer na escuridão lá fora, parecia uma *ban-sidhe* que uiva quando a morte se aproxima – mas aquela morte acontecera muito tempo antes.

Os caixões tinham placas de bronze, ligeiramente esverdeadas por causa da umidade, mas ainda assim facilmente legíveis. "Hector Alexander Robert Cameron", estava escrito em uma delas, e "Jocasta Isobeail MacKenzie Cameron", na outra. Sem hesitar, Jamie segurou as bordas da tampa do caixão de Jocasta e a levantou.

Não estava pregada; a tampa era pesada, mas cedeu imediatamente.

– Ah – disse Jamie baixinho ao olhar para baixo.

Ouro nunca se altera, por mais umidade e mofo que haja no ambiente. Pode ficar no fundo do mar por séculos, até um dia emergir na rede de um pescador qualquer, brilhante como no dia em que foi fundido. Ele reluz da matriz rochosa, um canto de sereia que seduz os homens há milhares de anos.

Os lingotes estavam em uma camada rasa no fundo do caixão. O suficiente para encher duas pequenas arcas, cada qual tão pesada que seriam necessários dois homens para carregá-la – ou um homem e uma mulher forte. Em cada lingote estava gravada uma flor de lis. Um terço do ouro do francês.

Pestanejei diante do brilho e olhei para o lado, meus olhos desfocados pela luz fraturada. Estava escuro no chão, mas eu ainda conseguia ver a figura encolhida contra o mármore claro. "Bisbilhotando onde não devia." O que Daniel Rawlings tinha visto que o fizera desenhar a flor de lis na margem de seu livro de anotações médicas, com aquela discreta inscrição "Aurum"?

Hector Cameron ainda estava vivo na época. O mausoléu ainda não tinha sido selado. Seria possível que quando o dr. Rawlings se levantou para seguir seu paciente em suas perambulações, Hector o tivesse levado sem querer até ali, ao descer durante a noite para apreciar seu tesouro? Talvez. Nem Hector Cameron nem Daniel Rawlings poderiam dizer agora como as coisas tinham se desenrolado ou o que havia acontecido.

Senti um aperto na garganta pelo homem cujos ossos agora estavam aos meus pés, o amigo e colega de profissão cujos instrumentos eu herdara, cuja sombra permanecia ao meu lado, me imbuindo de coragem e me oferecendo consolo quando eu colocava as mãos nos doentes e procurava curá-los.

– Que lástima – falei baixinho, olhando para baixo.

Jamie abaixou a tampa do caixão com cuidado, como se o caixão acomodasse um ocupante cujo repouso havia sido perturbado.

Lá fora, Jocasta permanecia imóvel. Passara o braço em volta de Phaedre, que parara de choramingar, mas não estava claro qual delas amparava a outra. Jocasta devia saber, pelo barulho, onde nós estávamos agora, mas continuou a fitar o rio, os olhos fixos, sem piscar à luz da tocha.

Pigarreei, apertando mais o xale junto ao corpo com a mão livre.

– O que devemos fazer, então? – perguntei a Jamie.

Ele se virou e olhou para o túmulo por um momento, depois deu de ombros.

– Deixaremos o tenente aos cuidados de Hector, como tínhamos planejado. Quanto ao médico...

Inspirou lentamente, o olhar perturbado fixo nos ossos finos que jaziam em um gracioso leque, pálidos e imóveis à luz da tocha. A mão de um cirurgião... um dia.

– Vamos levá-lo conosco para a Cordilheira dos Frasers. Para que ele descanse entre amigos.

Passou pelas duas mulheres sem olhar para elas nem pedir licença e foi buscar o tenente Wolff.

105

O SONHO DE UM TORDO

Cordilheira dos Frasers
Maio de 1772

O ar da noite estava frio e puro. Àquela altura do ano, as moscas e os pernilongos sedentos ainda não tinham aparecido; apenas uma mariposa ou outra entrava pela janela aberta de vez em quando, para rodopiar sobre as brasas da lareira como pedacinhos de papel em chamas, passando pelas pernas esticadas com uma leve carícia.

Ela continuava onde tinha caído, metade por cima dele, o coração batendo alto e devagar nos ouvidos. Dali, podia ver pela janela a sombra negra e recortada das árvores no outro lado do pátio, e mais além delas um pedaço de céu, repleto de estrelas, tão próximas e tão brilhantes que devia ser possível sair e andar entre elas, de uma para a outra, cada vez mais alto, até a lua crescente.

– Não está com raiva de mim? – sussurrou ele.

Falava com mais facilidade agora, mas deitada com o ouvido em seu peito, ela podia sentir a leve hesitação em sua voz, o ponto em que ele forçava o ar pela garganta cicatrizada para formar as palavras.

– Não. – A mão dele acariciava os cabelos dela. – Eu nunca disse que você não podia lê-lo.

Seus dedos tocaram o ombro dela de leve, e os dedos dos pés de Brianna se contraíram de prazer. Ela se importava? Não. Achava que devia se sentir exposta de alguma forma, a privacidade de seus pensamentos e sonhos escancarada para ele – mas confiava nele. Ele jamais usaria aquelas coisas contra ela.

Além disso, uma vez colocados no papel, os sonhos se tornavam algo separado dela. Como os desenhos que fazia; reflexo de uma faceta de sua mente, um breve lampejo de algo já visto, já pensado, já sentido – mas não a mesma coisa que a mente ou o coração que os criara. Não exatamente.

– Mas o que é justo é justo. – Seu queixo descansava no côncavo do ombro dele. O cheiro era bom, forte e almiscarado, com um toque de desejo satisfeito. – Conte-me um dos seus sonhos, então.

Uma risada reverberou em seu peito, quase sem som, mas ela a sentiu.

– Só um?

– Sim, mas tem que ser um sonho importante. Não aqueles nos quais você voa ou está sendo perseguido por um monstro, ou aqueles nos quais você vai para a escola sem roupa. Não os que todo mundo sonha, mas um que só você tenha sonhado.

Uma de suas mãos acariciava delicadamente o peito dele, fazendo os pelos encaracolados e escuros se torcerem e se eriçarem. A outra estava embaixo do travesseiro; se movesse os dedos ligeiramente, poderia sentir a pequena forma lisa da mulherzinha, como ela a chamava. Conseguia imaginar seu próprio útero inchando, redondo e rígido. Conseguia sentir o aperto e o suave espasmo na parte inferior de sua barriga; efeitos do ato de fazer amor. Teria sido dessa vez?

Ele virou a cabeça no travesseiro, pensando. Os longos cílios descansavam sobre seu rosto, negros como as linhas das árvores lá fora. Ele virou novamente a cabeça, erguendo-os, e seus olhos eram da cor de musgo, ternos e vívidos na penumbra.

– Eu poderia ser romântico – sussurrou ele, descendo os dedos suavemente pelas costas dela e deixando um rastro de pelos arrepiados. – Eu poderia dizer que este é o meu sonho; você e eu, aqui sozinhos... nós e nossos filhos.

Ele virou um pouco a cabeça, olhando para a caminha no canto, mas Jemmy dormia um sono profundo, invisível.

– Poderia – repetiu ela, abaixando a cabeça de modo que sua testa ficasse pressionada contra o ombro dele. – Mas isso é sonhar acordado, não sonhar de verdade. Sabe o que quero dizer.

– Sim, sei.

Ele ficou em silêncio por um instante, a mão imóvel, grande e quente na base da coluna dela.

– Às vezes – sussurrou ele por fim –, às vezes eu sonho que estou cantando e acordo com a garganta doendo.

Ele não conseguia ver o rosto dela, nem as lágrimas que brotaram no canto de seus olhos.

– O que você canta? – perguntou ela, sussurrando.

Ela ouviu o som do travesseiro de linho quando ele balançou a cabeça.

– Nenhuma canção que eu já tenha ouvido ou que eu conheça – respondeu ele. – Mas sei que estou cantando para você.

106

O LIVRO DO CIRURGIÃO II

27 de julho de 1772

Fui chamada para atender Rosamund Lindsay, que apareceu no fim da tarde com uma grave lesão na mão esquerda, causada por um machado enquanto cortava árvores. O ferimento era grande, o polegar esquerdo fora quase decepado; a laceração ia da base do indicador até 5 centímetros acima do processo estiloide do rádio, lesionado superficialmente. Ela se ferira cerca de três dias antes, e a ferida fora tratada com gordura de porco e uma bandagem improvisada. Grave sepse aparente, com supuração, grande inchaço da mão e do antebraço. Polegar escurecido; gangrena aparente; odor pungente característico. Manchas subcutâneas vermelhas, indicativas de infecção no sangue, estendendo-se do local do ferimento até quase a fossa antecubital.

Paciente apresentava febre alta (aprox. 40°C, ao toque), sintomas de desidratação, leve desorientação. Taquicardia evidente.

Diante da gravidade da condição da paciente, foi recomendada a amputação imediata do membro na altura do cotovelo. A paciente não aceitou a orientação, insistindo, em vez disso, na aplicação de emplastro de pombo, que consiste no corpo aberto de um pombo recém-abatido, aplicado sobre o ferimento (o marido da paciente havia levado o pombo, com o pescoço recém-torcido). Retirei o polegar na base do metacarpo, liguei o restante da artéria radial (esmagada na lesão original) e da superficialis volae. *Desbridei e drenei o ferimento, apliquei aproximadamente 15 gramas de pó de penicilina bruta (fonte: casca apodrecida de melão casaba, lote 23, prep. 15/4/72), tópico, seguido de aplicação de alho cru amassado (três dentes), unguento de bérberis – e emplastro de pombo, por insistência do marido, aplicado sobre o curativo. Administrei fluidos via oral; mistura febrífuga de centáurea vermelha, erva-de-impigem e lúpulo; água ad lib. Injetei preparado de penicilina líquida (lote 23), IV, dosagem de 7 gramas em suspensão em água esterilizada.*

O estado da paciente se deteriorou rapidamente, com sintomas crescentes de desorientação e delírio, além de febre alta. Extensa urticária surgiu no braço e na parte superior do torso. Tentei aliviar a febre com aplicações repetidas de água fria, sem resultado. A paciente tornou-se incoerente, pediu-se ao marido permissão para amputar; a permissão foi negada com o argumento de que a morte parecia iminente e a paciente "não desejaria ser enterrada em pedaços".

Repetida a aplicação de penicilina. Paciente entrou em coma logo depois e faleceu pouco antes do amanhecer.

Mergulhei a pena de novo na tinta, mas em seguida hesitei, deixando as gotas de tinta pingarem da ponta afiada. O que mais eu deveria dizer?

A disposição enraizada para a precisão científica entrava em conflito com a cautela. Era importante descrever o ocorrido da maneira mais completa possível. Ao mesmo tempo, eu hesitava em colocar por escrito o que poderia vir a ser uma admissão de homicídio culposo – não fora assassinato, reforcei para mim mesma, embora meu sentimento de culpa não fizesse tais distinções.

– Os sentimentos não correspondem à verdade – murmurei.

Do outro lado da sala, Brianna ergueu o olhar do pão que estava fatiando, mas eu abaixei a cabeça sobre o papel, e ela retornou à conversa sussurrada com Marsali junto ao fogo. Ainda estávamos no meio da tarde, mas chovia e já estava escuro do lado de fora. Eu havia acendido uma vela para conseguir escrever, mas as mãos das meninas passavam por cima da mesa penumbrosa como mariposas, iluminando aqui e ali entre pratos e travessas.

A verdade era que eu não achava que Rosamund Lindsay morrera de septicemia. Tinha quase certeza de que ela morrera devido a uma reação aguda a uma mistura impura de penicilina – em consequência do remédio que eu lhe dera, em suma. É claro que também era verdade que a infecção certamente a teria matado, se não fosse tratada.

Na realidade, eu também não tinha como saber quais seriam os efeitos da penicilina – mas era esse o objetivo, não era? Certificar-me de que outra pessoa *pudesse* saber?

Fiquei brincando com a pena, passando-a entre o polegar e o indicador. Eu mantinha um registro preciso de minhas experiências com penicilina – as culturas em meios que iam de pão a mamão mastigado e casca de melão podre, minuciosas descrições da apresentação microscópica e a olho nu dos mofos de *Penicillium*, os efeitos – até então – de aplicações muito limitadas.

Sim, certamente devia incluir uma descrição dos efeitos. A verdadeira questão, entretanto, era: para quem eu estava fazendo aquele minucioso registro?

Mordi o lábio, pensativa. Se fosse apenas para minha própria referência, seria mais fácil; eu poderia simplesmente registrar os sintomas, a evolução e os efeitos, sem explicitar a causa da morte; afinal, era improvável que eu me esquecesse das circunstâncias. Mas se a ideia era que aquele registro um dia fosse útil para alguém... alguém que não tivesse nenhuma noção dos benefícios e riscos de um antibiótico...

A tinta estava secando na pena. Apoiei a ponta sobre o papel.

Idade – 44, escrevi devagar. Naquela época, os livros de registros médicos como aquele em geral terminavam com uma piedosa descrição dos últimos momentos do falecido, marcados – presumivelmente – pela resignação cristã por parte do santo e arrependimento por parte do pecador. Nenhuma das duas atitudes tinha marcado o falecimento de Rosamund Lindsay.

Olhei para o caixão, apoiado nos cavaletes sob a janela molhada pela chuva. O chalé dos Lindsays era muito pequeno, nada adequado para um funeral sob uma chuva torrencial, para o qual se esperava um grande número de presentes. O caixão estava aberto, esperando o velório à noite, mas a mortalha de musselina tinha sido colocada sobre o rosto.

Rosamund tinha sido prostituta em Boston. Depois de engordar e ficar velha demais para seguir no ramo com sucesso, começou a viajar para o sul, à procura de um marido. "Eu não suportaria mais um daqueles velhos", ela me confidenciara, pouco depois de chegar à Cordilheira dos Frasers. "Nem aqueles pescadores fedidos."

Encontrou o refúgio necessário em Kenneth Lindsay, que procurava uma mulher para compartilhar o trabalho na terra. Não foi uma união originada da atração física – os dois Lindsays juntos somavam apenas seis dentes bons – nem da compatibilidade de gênios, mas ainda assim parecia um relacionamento afável.

Mais em choque do que pesaroso, Kenny fora levado por Jamie para tomar uísque – um tratamento um pouco mais eficaz do que o meu. Pelo menos eu achava que não seria letal.

Causa imediata da morte – escrevi e parei de novo. Eu duvidava que a reação de Rosamund à morte iminente teria encontrado vazão na prece ou na filosofia, mas ela não tivera a oportunidade de recorrer a nenhuma das duas. Morrera com o rosto cianótico, congestionado, os olhos arregalados, incapaz de falar ou respirar por causa dos tecidos inchados em sua garganta.

Senti um nó na garganta ao me lembrar disso, como se eu estivesse sendo estrangulada. Peguei a xícara de chá de erva-de-gato que esfriava e tomei um gole, sentindo o líquido pungente descer com uma agradável sensação pela garganta. Não era consolo saber que a septicemia a teria matado mais lentamente. O sufocamento foi mais rápido, porém não muito mais agradável.

Bati a ponta da pena delicadamente no mata-borrão, deixando pontinhos de tinta que se espalharam pelas fibras ásperas do papel, formando uma galáxia de minúsculas estrelas. Quanto a isso, havia outra possibilidade. Era possível que a morte tivesse sido causada por embolia pulmonar – um coágulo no pulmão. Seria uma complicação possível da septicemia e poderia explicar os sintomas.

Era um pensamento otimista, mas no qual eu não depositava muita fé. Foi a voz da experiência, tanto quanto a voz da consciência, que me fez mergulhar a pena e escrever "choque anafilático", sem pensar duas vezes.

Será que "choque anafilático" já era um termo médico conhecido? Eu não o tinha visto em nenhuma das anotações de Rawlings – mas não tinha lido todas elas. Ainda assim, mesmo que a morte por reação alérgica não fosse desconhecida na época, não era comum, e podia não ser conhecida pelo nome. Era melhor descrevê-la com detalhes, para quem fosse ler aquelas anotações depois.

E essa era a dificuldade, obviamente. *Quem* leria? Eu achava improvável, mas e se um estranho lesse minhas anotações e considerasse meu relato uma admissão de assassinato? Era uma possibilidade remota – mas podia acontecer. Eu havia escapado por pouco de ser executada como bruxa, em parte devido às minhas atividades de cura. Quem brinca com fogo acaba se queimando, pensei ironicamente.

Grande inchaço no membro afetado, escrevi e levantei a pena, a última palavra desbotando enquanto a pena secava. Mergulhei-a de novo na tinta e continuei escrevendo. *Inchaço estendido à parte superior do torso, rosto e pescoço. Pele pálida, pontuada por manchas vermelhas. Respiração cada vez mais acelerada e superficial, batimentos cardíacos rápidos e fracos, com ausculta dificultada. Palpitações evidentes. Lábios e orelhas cianóticos. Forte exoftalmia.*

Engoli em seco de novo ao me lembrar dos olhos de Rosamund, esbugalhados sob as pálpebras, revirando-se de um lado para o outro, aterrorizados. Nós tentamos fechá-los quando lavamos o corpo e o preparamos para o enterro. Era costumeiro descobrir o rosto do morto para o velório; mas achei que não seria adequado, no caso.

Eu não queria olhar para o caixão outra vez, mas o fiz, meneando a cabeça discretamente em sinal de reconhecimento e como se pedisse um pedido de desculpas. Brianna olhou para mim e desviou o olhar abruptamente. O aroma da comida disposta na mesa para o velório tomava o cômodo, misturando-se aos cheiros da lenha de carvalho queimando na lareira e da tinta de noz-de-galha – e ao cheiro das tábuas de carvalho recém-cortadas para o caixão. Tomei depressa mais um gole de chá para evitar a náusea.

Eu sabia muito bem por que a primeira frase do juramento de Hipócrates era: "Primeiro, não causarás mal." Era fácil demais causar mal a alguém. Era necessário muito atrevimento para colocar as mãos em alguém, intervir. Os corpos eram delicados e complexos, e as intrusões de um médico, grosseiras.

Eu poderia ter me refugiado no consultório ou no escritório para escrever essas anotações. Sabia por que não tinha feito isso. A mortalha rústica de musselina brilhava suavemente à luz opaca que adentrava a janela. Apertei forte a pena entre o polegar e o indicador, tentando esquecer o estalo da cartilagem cricoide quando perfurei com um canivete a garganta de Rosamund em uma derradeira e vã tentativa de fazer o ar penetrar em seus pulmões fatigados.

Ainda assim... não havia um único médico no exercício de sua profissão, pensei, que nunca tivesse se deparado com uma situação como aquela. Aquilo já acontecera comigo algumas vezes antes - mesmo em um hospital moderno, equipado com todos os aparelhos para salvar vidas conhecidos pelo homem - naquela época.

Algum médico do futuro enfrentaria o mesmo dilema; tentar um tratamento potencialmente perigoso ou deixar um paciente que *poderia* ter sido salvo morrer. E esse tinha sido meu dilema - pesar a possibilidade remota de ser processada por homicídio culposo contra o provável valor de meus registros para alguém que pudesse buscar conhecimento neles.

Quem poderia ser essa pessoa? Limpei a pena, pensando. Naquela época ainda havia pouquíssimas escolas de medicina, e a maioria delas ficava na Europa. A maior parte dos médicos obtinha seu conhecimento como aprendiz e por meio da experiência. Passei o dedo pelo livro, folheando, distraída, as páginas iniciais, mantidas pelo primeiro dono do livro.

Rawlings não frequentara uma escola de medicina. E ainda que o tivesse feito, muitas de suas técnicas ainda seriam chocantes para os meus padrões. Franzi os lábios ao pensar em alguns dos tratamentos que eu vira descritos naquelas páginas repletas de texto - infusões de mercúrio líquido para curar sífilis; escaldamentos e ventosas contra ataques epiléticos; lancetadas e sangrias para tratar toda espécie de distúrbio, da indigestão à impotência.

E, mesmo assim, Daniel Rawlings era médico. Lendo seus registros de casos, eu podia perceber seu cuidado com os pacientes, a curiosidade com relação aos mistérios do corpo.

Em um ímpeto, voltei às páginas com as anotações de Rawlings. Talvez eu estivesse apenas adiando o momento de meu subconsciente chegar a uma decisão - ou talvez eu sentisse a necessidade, por mais remota que fosse, de me comunicar com outro médico, alguém como eu.

Alguém como eu. Olhei fixamente para a página com sua caligrafia cuidadosa e pequena, as ilustrações bem-feitas, sem me ater a nenhum dos detalhes. Haveria alguém como eu?

Ninguém. Eu já tinha pensado nisso, mas apenas vagamente, como um problema do qual me dava conta mas que era tão distante que não exigia nenhuma urgência. Na colônia da Carolina do Norte, até onde eu sabia, havia apenas um "médico" formalmente considerado como tal - Fentiman. Fiz um muxoxo e tomei outro gole de chá. Era preferível Murray MacLeod com sua panaceia, a maioria inofensiva, pelo menos.

Bebi meu chá, olhando para Rosamund. A verdade era que eu também não duraria para sempre. Com sorte, ainda teria um bom tempo, mas mesmo assim, não a eternidade. Eu precisava encontrar alguém a quem pudesse transmitir ao menos os rudimentos de meus conhecimentos.

Ouvi uma risadinha contida vinda da mesa, onde as meninas sussurravam por sobre as travessas de linguiça, as tigelas de *sauerkraut* e batatas cozidas. Não, pensei, com certo pesar. Brianna, não.

Ela seria a escolha lógica; ao menos conhecia a medicina moderna. Não seria necessário vencer a ignorância e a superstição, não haveria necessidade de convencê-la sobre os benefícios da assepsia, sobre os perigos dos germes. Mas ela não tinha nenhuma inclinação natural, nenhum instinto para a cura. Não ficava nauseada com facilidade, nem tinha medo de sangue – já havia me ajudado em diversos partos e procedimentos cirúrgicos simples –, mas faltava-lhe a peculiar combinação de empatia e impiedade que um médico precisa ter.

Talvez ela fosse mais parecida com Jamie do que comigo, pensei, observando a luz do fogo ondular em seus cabelos quando ela se movia. Bree tinha a coragem dele, sua imensa ternura, mas era a coragem de um guerreiro, a ternura de uma força capaz de esmagar, se quisesse. Eu não havia conseguido transmitir a ela meu dom; o conhecimento do sangue e dos ossos, dos funcionamentos secretos das câmaras do coração.

Brianna ergueu a cabeça de repente, virando-se para a porta. Marsali, mais devagar, também se virou, atenta.

Quase não dava para ouvir através do tamborilar da chuva, mas sabendo que estava lá, eu consegui distingui-la – uma voz masculina, alta, em cantoria. Uma pausa e em seguida um leve murmúrio em resposta que poderia ser uma trovoada distante, mas não era. Os homens estavam descendo do refúgio na montanha.

Kenny Lindsay pedira a Roger que cantasse o *caithris* por Rosamund; o lamento gaélico formal para os mortos.

– Ela não era escocesa – dissera Kenny, limpando os olhos embaçados pelas lágrimas e pela longa vigília da noite. – Nem mesmo temente a Deus. Mas gostava de música e admirava muito sua maneira de cantar, MacKenzie.

Roger nunca havia entoado um *caithris*; eu tinha certeza de que jamais tinha ouvido um.

– Não se preocupe – murmurou Jamie para ele, pousando a mão em seu braço –, precisa apenas cantar alto.

Roger balançara a cabeça de maneira grave, assentindo, e seguira Jamie e Kenneth para beber uísque perto da área de maltagem e saber tudo o que pudesse sobre a vida de Rosamund, a fim de poder lamentar sua morte.

A cantoria rouca desapareceu; o vento havia mudado de direção. Tinha sido um capricho da tempestade que os tivéssemos ouvido tão cedo. Eles deviam estar descendo na direção da Cordilheira dos Frasers agora, a fim de chamar os moradores das cabanas mais distantes para velar a morta e, em seguida, levá-los em procissão de volta para a casa principal, para o banquete, os cânticos e as histórias que se prolongariam noite adentro.

Bocejei sem querer, meu maxilar estalando diante do pensamento. Eu não aguentaria até o fim, concluí, consternada. Dormira apenas algumas horas pela manhã, mas não o suficiente para me manter acordada durante um velório e um funeral gaélicos completos. Os assoalhos estariam tomados de gente pela manhã, todos cheirando a uísque e roupas molhadas.

Bocejei outra vez e pisquei, meus olhos lacrimejando quando balancei a cabeça para afastar os pensamentos. Cada osso do meu corpo doía de fadiga e eu só queria ficar na cama durante vários dias.

Distraída em meus pensamentos, não notei que Brianna se aproximara de mim por trás. Ela apoiou as mãos em meus ombros e se aproximou mais, de modo que senti o calor de seu corpo. Marsali havia saído; estávamos sozinhas. Ela começou a massagear meus ombros, os polegares longos subindo devagar pelos tendões do meu pescoço.

– Cansada? – perguntou ela.

– Humm. Vou sobreviver – respondi.

Fechei o livro e me inclinei para trás, relaxando momentaneamente com o alívio do toque de suas mãos. Eu não havia percebido que estava tão tensa.

A enorme sala estava silenciosa e arrumada, pronta para o velório. A sra. Bug cuidava do churrasco. As meninas tinham acendido um par de velas, uma em cada extremidade da mesa, e sombras tremeluziram nas paredes brancas e no caixão quando as chamas bruxulearam com uma repentina corrente de ar.

– Acho que a matei – falei de repente, sem a menor intenção de dizer isso. – Foi a penicilina que a matou.

Os dedos longos não interromperam os movimentos relaxantes.

– É sério? – murmurou ela. – Mas você não poderia ter feito nada diferente, não é?

– Não.

Um leve tremor de alívio percorreu meu corpo, tanto pela confissão repentina quanto por sentir que a tensão se esvaía gradualmente de meus ombros e de meu pescoço.

– Está tudo bem – disse ela baixinho, sem parar de massagear. – Ela morreria de qualquer forma, não é? É triste, mas você não fez nada de errado. Sabe disso.

– Sei.

Para minha surpresa, uma única lágrima escorreu por meu rosto e caiu sobre a página, enrugando o papel. Pisquei com força, em um esforço para conter as lágrimas. Não queria preocupar Brianna.

Ela não estava preocupada. Tirou as mãos de meus ombros e eu ouvi o arrastar das pernas de um banquinho. Então, senti seus braços me envolverem e deixei que ela me puxasse para trás, minha cabeça pousada logo abaixo de seu queixo. Ela ficou me segurando ali, deixando que o ritmo de sua respiração me acalmasse.

– Fui jantar na casa de tio Joe uma vez, logo depois de ele perder um paciente – disse ela. – Ele me contou como é.

– É mesmo?

Fiquei um pouco surpresa; não imaginei que Joe conversasse sobre coisas assim com ela.

– Não era a intenção dele, mas vi que alguma coisa o estava perturbando, então perguntei. Ele precisava falar, e eu estava lá. Mais tarde, ele disse que foi como se você estivesse lá. Eu não sabia que ele a chamava de lady Jane.

– Sim – falei. – Por causa da minha maneira de falar, ele dizia.

Senti o sopro de uma risada em minha orelha e sorri em resposta. Fechei os olhos e vi meu amigo, gesticulando em uma conversa animada, o rosto iluminado pelo desejo de provocar.

– Ele disse que quando uma coisa desse tipo acontecia, às vezes havia uma espécie de inquérito no hospital. Não como um julgamento, nada disso, mas uma reunião com os outros médicos para se apurar o que havia acontecido, o que dera errado. Segundo ele, era uma espécie de confissão, contar aos outros médicos, que podiam compreender... e que isso ajudava.

– Ahã.

Ela se balançava ligeiramente, me embalando enquanto se movia, como embalava Jemmy, me acalmando.

– É isso que a está incomodando? – perguntou com delicadeza. – Não apenas Rosamund, mas o fato de você estar sozinha? De não ter ninguém que entenda a situação de fato?

Ela passou os braços ao redor dos meus ombros, as mãos cruzadas pousadas em meu peito. Mãos jovens, grandes, capazes, a pele lisa e clara, cheirando a pão quente e geleia de morango. Ergui uma delas e apoiei a palma quente contra meu rosto.

– Pelo visto, eu tenho – respondi.

A mão se curvou, acariciou meu rosto e se afastou. A mão jovem e grande moveu-se devagar, ajeitando os cabelos atrás da minha orelha com terna afeição.

– Vai ficar tudo bem – disse ela. – Tudo vai ficar bem.

– Sim – falei, e sorri, apesar das lágrimas que enchiam meus olhos.

Eu não podia ensinar Brianna a ser médica. Mas evidentemente, sem perceber, de alguma forma eu a havia ensinado a ser mãe.

– Você devia ir se deitar – disse ela, afastando as mãos com relutância. – Eles ainda vão levar pelo menos uma hora para chegar aqui.

Soltei a respiração em um suspiro, sentindo a paz da casa ao meu redor. Ainda que a Cordilheira dos Frasers tivesse sido um paraíso de curta duração para Rosamund Lindsay, tinha sido um lar de verdade. Nós a sepultaríamos de maneira adequada e a honraríamos em sua morte.

– Já vou – respondi, assoando o nariz. – Preciso terminar uma coisa antes.

Eu me endireitei e abri meu livro. Molhei a pena e comecei a escrever as linhas que deveriam ficar ali, para o médico desconhecido que viria depois de mim.

107

ZUGUNRUHE

Setembro de 1772

Acordei ensopada de suor. A camisola fina que eu vestia estava colada em meu corpo, molhada e transparente; a cor de minha pele se revelava em manchas através do tecido, mesmo à luz fraca que entrava pela janela com a persiana aberta. Eu havia afastado o lençol e a colcha em meu sono agitado e estava esparramada com a camisola de linho embolada acima das coxas – mas ainda assim meu corpo pulsava de calor, em ondas quentes que me cobriam como cera de vela derretida.

Coloquei as pernas para fora da cama e me levantei, sentindo-me zonza e incorpórea. Meus cabelos estavam úmidos e meu pescoço molhado por causa da transpiração. Um fio de suor escorreu por entre meus seios e sumiu.

Jamie ainda dormia; eu podia ver a forma curvada de seus ombros e os cabelos espalhados e escuros pelo travesseiro. Ele se mexeu de leve e murmurou alguma coisa, mas em seguida retomou a respiração profunda e regular. Eu precisava de ar, mas não queria acordá-lo. Afastei o mosquiteiro de gaze, caminhei cuidadosamente até a porta e entrei no quartinho do outro lado do corredor.

Era um cômodo pequeno, mas havia uma janela grande para compensar a do nosso quarto. Essa janela ainda não tinha vidro; estava fechada apenas com persianas de madeira, e eu podia sentir as correntes do ar da noite atravessando as frestas, soprando pelo chão e acariciando minhas pernas nuas. Ansiosa pelo frescor da noite, tirei a camisola molhada e suspirei de alívio quando a corrente de ar subiu por meus quadris, seios e braços.

O calor persistia, no entanto, ondas quentes pulsando por minha pele a cada batida do coração. Tateando no escuro, destravei as persianas e abri a janela por completo, absorvendo em grandes lufadas o ar frio da noite que me envolvia.

Dali, eu enxergava acima das árvores que encobriam a casa, a descida da montanha, quase até a fraca linha preta do rio ao longe. O vento balançava a copa das árvores, murmurando, e soprava sobre mim com o abençoado frescor e o cheiro forte de folhas e seiva de verão. Fechei os olhos e fiquei parada; em um ou dois minutos, o calor desapareceu, como um carvão em brasa apagado, deixando-me úmida mas tranquila.

Eu ainda não queria voltar para a cama; meus cabelos estavam úmidos e os lençóis ainda estariam pegajosos. Apoiei-me nua no parapeito, a penugem do meu corpo formigando de modo agradável conforme minha pele esfriava. O farfalhar calmo das árvores foi interrompido pelo som estridente do choro de uma criança, e eu olhei na direção do chalé.

O chalé ficava a cerca de 100 metros da casa; o vento devia estar soprando na minha direção, para ter trazido o som até mim. De fato, o vento mudou quando me debrucei na janela, e o choro se perdeu no ruído do movimento das folhas. A brisa continuou, no entanto, e eu pude ouvir os guinchos altos, mais fortes agora, no silêncio.

O choro se tornava mais forte à medida que se aproximava. Ouvi um estalido e o gemido da madeira quando a porta do chalé se abriu e alguém saiu. Não havia lampião nem vela acesos dentro da cabana e o ligeiro vislumbre que tive do vulto que saía mostrou apenas uma figura alta contra a luz fraca da lareira do lado de dentro. A pessoa parecia ter cabelos longos, mas tanto Roger quanto Brianna dormiam com os cabelos soltos e sem touca. Era bom imaginar as mechas pretas de Roger misturadas às madeixas cor de fogo de Brianna sobre o travesseiro. Será que eles dividiam um travesseiro?, pensei de repente.

O choro não tinha cessado. Nervoso e irritado, mas não desesperado. Não era dor de barriga. Um pesadelo, talvez? Esperei um instante, observando para ver se alguém ia levar a criança até a casa, à minha procura, e peguei a camisola amarrotada, só por precaução. Não. A pessoa desapareceu no bosque de abetos; eu ouvia o choro cada vez mais distante. Não era febre, então.

Percebi que meus seios haviam começado a pinicar e a se enrijecer em reação ao choro, e sorri meio melancólica. Era estranho que o instinto fosse tão forte e durasse tanto tempo. Será que um dia eu deixaria de reagir ao choro de uma criança, ao cheiro de um homem excitado, ao roçar dos meus cabelos compridos em minhas costas nuas? E se realmente chegasse esse dia, sofreria pela perda ou me sentiria em paz, livre para contemplar a vida sem ser invadida por essas sensações animais?

As glórias do corpo não eram as únicas dádivas do mundo, afinal de contas; um médico também vê a amplidão de sofrimentos aos quais o corpo está sujeito, mas... parada sob o ar fresco do fim do verão que soprava pela janela, as tábuas lisas sob meus pés descalços e o toque do vento em minha pele nua... eu não podia desejar ser um espírito puro – ainda não.

O choro ficou mais forte e eu ouvi o murmúrio baixo da voz de um adulto em meio aos gritos, tentando acalmá-lo, sem sucesso. Roger.

Segurei meus seios delicadamente, sentindo seu peso e seu volume. Lembrei-me de como eram na minha juventude; pequenos e túrgidos, tão sensíveis ao toque da mão de um rapaz que meus joelhos fraquejavam. Ao toque da minha própria mão, para falar a verdade. Eram diferentes agora – mas ao mesmo tempo iguais de um modo peculiar.

Não era a descoberta de algo novo e não imaginado, mas apenas uma nova sensação, a descoberta de algo surgido enquanto eu estava de costas, como uma sombra projetada na parede, sua presença insuspeitada, vista somente quando me virasse para olhar para ela, porém sempre presente.

Ah, tenho uma pequena sombra que segue a me acompanhar
E aquilo que ela pode fazer vai além do que posso imaginar.

E se eu me virasse de costas outra vez, a sombra não me deixaria. Estava ligada a mim de modo definitivo, quer eu notasse sua presença, quer não, contida, sempre etérea, intangível, mas *presente*, pequena o suficiente para desaparecer sob meus pés quando a luz de outras preocupações se acendia, alçada a proporções gigantescas ao clarão de algum desejo repentino.

Demônio ou anjo da guarda? Ou apenas a sombra da fera, uma lembrança constante da natureza inescapável do corpo e de seus apetites?

Outro barulho se misturou aos lamentos lá embaixo; tosse, pensei, mas não parou, e o ritmo parecia dissonante. Coloquei a cabeça para fora, cautelosa como um caracol após uma tempestade, e decifrei algumas palavras no cantarolar desafinado.

–*... escavando uma mina... mineiro... filha-a, Clementine.*

Roger estava cantando.

Senti as lágrimas arderem em meus olhos e coloquei a cabeça para dentro apressada, para não ser vista. Não havia afinação – o tom não variava mais do que o assobio do vento pela boca de uma garrafa vazia – mas ainda assim era música. Era uma canção obstinada, áspera, mas o choro de Jemmy se acalmou até se tornar um soluçar abafado, como se ele tentasse entender a letra da canção cantada com tanta dificuldade pela garganta dilacerada de seu pai.

– *Alimentava os pati-nhos... à beira d'á-gua...*

Ele precisava fazer uma pausa para recuperar o fôlego a cada frase sussurrada, o som parecido com o de linho sendo rasgado. Cerrei os punhos, como se apenas com a força do meu desejo eu pudesse ajudá-lo a pronunciar as palavras da canção.

– *Caixas de aren-que... sem tam-pa... sandá-lias para.. Clementine.*

A brisa soprava forte outra vez, agitando as copas das árvores. O verso seguinte se perdeu em meio ao ruído das folhas e não ouvi mais nada por um ou dois minutos, por mais que tentasse.

Então vi Jamie, parado.

Ele não fez nenhum ruído, mas eu senti sua presença no mesmo instante; o ar fresco do quarto mais denso, mais cálido.

– Você está bem, Sassenach? – perguntou ele baixinho.

– Sim, estou – respondi em um sussurro, para não acordar Lizzie e seu pai, que dormiam no quarto dos fundos. – Só precisava de um pouco de ar; não queria acordá-lo.

Ele se aproximou, um fantasma alto e despido, cheirando a sono.

– Sempre acordo quando você acorda, Sassenach, não durmo bem sem você ao meu lado. – Ele tocou minha testa rapidamente. – Achei que talvez você estivesse com febre; a cama estava úmida onde você estava deitada. Tem certeza de que está tudo bem?

– Eu estava com calor, não conseguia dormir. Mas, sim, estou bem. E você?

Toquei seu rosto; a pele estava quente de sono.

Ele parou ao meu lado na janela, olhando para fora, para a noite do fim de verão. Era lua cheia, e os pássaros estavam inquietos; bem perto, ouvi o canto suave de um rouxinol de ninhada tardia, e mais ao longe, o pio de uma coruja caçando.

– Você se lembra de Laurence Sterne? – perguntou Jamie, certamente recordando-se do naturalista por causa dos sons.

– Duvido que quem o conheceu consiga esquecê-lo – respondi com seriedade. – A sacola de aranhas secas deixa uma impressão duradoura. Sem falar do cheiro.

Stern tinha um aroma característico, uma mistura em partes iguais de odores naturais do corpo, uma colônia cara da qual ele gostava – suficientemente forte para competir com os odores de vários conservantes, como cânfora e álcool, mas não para se sobrepor a eles – e um leve fedor de decomposição dos espécimes que colecionava.

Ele riu baixinho.

– É verdade. Ele fede mais do que você.

– Eu não sou fedida! – respondi, indignada.

– Humm. – Ele pegou minha mão e a levou ao nariz, cheirando-a delicadamente. – Cebolas... e alho. Algo apimentado... Grãos de pimenta. Sim, e cravo. Sangue de esquilo e caldo de carne. – Colocou a língua para fora, como uma cobra, tocando rapidamente as articulações dos meus dedos. – Amido, batatas... Algo amadeirado. Cogumelos chapéu-de-sapo.

– Isso não é justo – protestei, tentando afastar a mão. – Sabe perfeitamente o que comemos no jantar. E não eram chapéus-de-sapo, eram orelhas-de-judeu.

– Hum? – Ele virou minha mão e cheirou a palma, em seguida meu pulso e meu antebraço. – Vinagre e endro. Andou preparando picles de pepino, não é? Ótimo, eu adoro. Hum, ah, e leite azedo aqui nos pelinhos do seu braço. Andou batendo manteiga ou fazendo creme?

– Adivinhe, já que é tão bom nisso.

– Manteiga.

– Droga.

Eu ainda tentava me desvencilhar, mas só porque os pelos ralos de sua barba faziam cócegas na minha pele sensível. Ele foi cheirando meu braço, até a clavícula, fazendo-me gemer conforme os fios soltos de seus cabelos roçavam-me a pele.

Levantou meu braço, tocou os pelos sedosos e úmidos e levou o dedo ao nariz.

– *Eau de femme* – murmurou, e percebi sua voz bem-humorada. – *Ma petite fleur.*

– E eu também *tomei banho* – falei em tom melancólico.

– Sim, com sabonete de girassol – disse ele, um leve tom de surpresa depois de cheirar a base de meu pescoço.

Eu dei um gritinho agudo e ele ergueu a mão grande e quente para cobrir minha boca. *Ele* cheirava a pólvora, feno e esterco, mas eu não podia dizer isso com a boca coberta.

Ele se endireitou levemente e se inclinou mais para perto, de forma que sua barba áspera roçou meu rosto. Ele abaixou a mão, e eu senti a maciez de seus lábios em minha têmpora, o toque de borboleta de sua língua em minha pele.

– E sal – disse ele, baixinho, e senti seu hálito quente em minha face. – Há sal no seu rosto e seus cílios estão úmidos. Você chorou, Sassenach?

– Não – respondi, embora sentisse uma ânsia repentina e irracional de fazer exatamente isso. – Não, eu suei. Eu estava... com calor.

Não mais. Minha pele estava refrescada, fria onde a corrente de ar da noite que entrava pela janela esfriava minhas nádegas.

– Ah, mas aqui... hum. – Ele estava de joelhos agora, um braço ao redor de minha cintura para me segurar, o nariz enterrado entre meus seios. – Ah – exclamou, e sua voz mudou outra vez.

Normalmente eu não usava perfume, mas tinha um óleo especial, enviado das Índias, feito de flores de laranjeira, jasmim, baunilha e canela. Era um frasco minúsculo e eu só usava uma gotinha de tempos em tempos – em ocasiões que achava que talvez fossem especiais.

– Você me queria – disse ele, desolado. – E eu adormeci sem sequer tocar em você; me desculpe, Sassenach. Você deveria ter dito.

– Você estava cansado.

Sua mão deixara minha boca. Acariciei seus cabelos, ajeitando os longos fios atrás da orelha. Ele riu, e eu senti o calor de seu hálito em minha barriga nua.

– Para isso, você podia me ressuscitar dos mortos, Sassenach, e eu não me importaria.

Ele se levantou, de frente para mim, e mesmo à luz fraca, vi que não seria necessária nenhuma medida tão desesperada de minha parte.

– Está calor – eu disse. – Estou suando.

– Acha que não estou?

Suas mãos seguraram minha cintura e ele me ergueu de repente, sentando-me no largo parapeito da janela. Arfei ao contato com a madeira fria, agarrando os batentes de ambos os lados em um reflexo.

– O que está fazendo?

Ele não se deu ao trabalho de responder. Não passava de uma pergunta puramente retórica, de qualquer modo.

– *Eau de femme* – murmurou, seus cabelos macios roçando minhas coxas quando se ajoelhou. As tábuas do assoalho estalaram sob seu peso. – *Parfum d'amour*, hum?

A brisa fresca soprou em meus cabelos, agitou-os em minhas costas como o mais leve dos toques de um amante. As mãos de Jamie continuavam firmes na curva de meu quadril. Não havia risco de eu cair e, no entanto, sentia o vazio vertiginoso atrás de mim, a noite límpida e infinita, com o céu vazio cravejado de estrelas no qual eu poderia cair e cair, uma minúscula partícula, queimando mais e mais com o atrito de minha passagem e por fim explodindo na incandescência de uma... estrela cadente.

– Sssh – murmurou Jamie, ao longe.

Ele estava de pé agora, as mãos na minha cintura, e o som de um gemido podia ter sido o vento, ou eu mesma. Seus dedos roçaram meus lábios. Podiam ser fósforos, riscando chamas na minha pele. O calor percorria meu corpo, barriga e seios, pescoço e rosto, queimando na frente, frio atrás, como são Lourenço ardendo em sua grelha de ferro.

Eu o envolvi com minhas pernas, um dos calcanhares entre suas nádegas, seus quadris fortes entre minhas pernas minha única âncora.

– Solte-se – disse ele em meu ouvido. – Eu seguro você.

Soltei as mãos e inclinei-me para trás, no ar, segura em suas mãos.

– Você ia começar a me dizer alguma coisa sobre Lawrence Stern – murmurei mais tarde, sonolenta.

– É verdade.

Jamie se espreguiçou e se acomodou, uma das mãos curvada possessivamente sobre minha nádega. As juntas de meus dedos roçavam os pelos de sua coxa. Estava quente demais para ficarmos abraçados, mas não queríamos nos desligar inteiramente.

– Estávamos falando sobre pássaros; ele gostava muito deles. Eu perguntei por que, no fim do verão, os pássaros cantam à noite. As noites são mais curtas nesse período, era de imaginar que desejassem descansar, mas não. Há murmúrios e gorjeios e toda a sorte de ruídos a noite toda nas cercas vivas e nas árvores.

– É mesmo? Eu não havia notado.

– Você não tem o hábito de dormir na floresta, Sassenach – disse ele, tolerante. – Eu, sim, e Stern também. Ele havia notado a mesma coisa, conforme me disse, e também se perguntara por quê.

– E tinha uma resposta?

– Não uma resposta... mas uma teoria, pelo menos.

– Ah, melhor ainda – falei, sonolenta.

Ele deu um leve grunhido concordando e virou-se ligeiramente de lado, permitindo que um pouco de ar bem-vindo soprasse entre nossas peles suadas. Eu via o brilho do suor na curva de seu ombro e as gotículas entre os cabelos escuros e encaracolados de seu peito. Ele passou as unhas pelo peito, com um som áspero, suave e agradável.

– O que ele fez foi pegar vários pássaros e trancá-los em gaiolas forradas com papel.

– O quê? – Isso me despertou um pouco, mesmo que fosse apenas para rir. – Para quê?

– Bem, não completamente forradas, somente o chão – explicou Jamie. – Ele pousou no chão um pratinho cheio de tinta e uma vasilha com sementes no meio, de modo que os pássaros não conseguiriam comer sem molhar as patas na tinta. Então, quando saltassem de um lado para outro, suas patas deixariam marcas no papel.

– Humm. E o que, precisamente, isso mostrou, além de pegadas pretas?

Os insetos estavam começando a nos perturbar, atraídos pelo almíscar de nossos corpos quentes. Um minúsculo zumbido junto ao meu ouvido me fez dar um tapa no mosquito invisível e puxar a gaze do mosquiteiro que Jamie havia afastado quando se levantou para me procurar. O mosquiteiro ficava preso por um mecanismo complexo – invenção de Brianna –, fixo na viga acima da cama, de forma que, quando desenrolado, o tecido caía por todos os lados, protegendo-nos das hordas sanguinárias nas noites de verão.

Coloquei-o de volta no lugar com certa lástima, pois embora afastasse os mosquitos, as muriçocas e as enervantes mariposas, também bloqueava inevitavelmente um pouco do ar e toda a vista do luminoso céu noturno além da janela. Voltei a me deitar na cama, meio afastada; embora a fornalha natural do corpo de Jamie fosse um grande conforto nas noites de inverno, tinha suas desvantagens no verão. Eu não me importava de derreter em um inferno de desejo incandescente, se fosse preciso, mas não tinha mais camisolas limpas.

– Havia muitas pegadas, Sassenach, mas a maioria ficava de um lado só da gaiola. Em todas as gaiolas.

– Ah, é mesmo? E o que Stern achava que isso queria dizer?

– Bem, ele teve a grande ideia de colocar uma bússola nas gaiolas. E parece que, durante toda a noite, os pássaros saltavam e avançavam para sudeste, que é a direção na qual migram no outono.

– Isso é muito interessante. – Puxei meus cabelos para trás em um rabo de cavalo, tirando-os do pescoço para refrescá-lo. – Mas ainda não é hora de migrar, no fim do verão, certo? E eles não voam à noite, mesmo quando migram, ou voam?

– Não. É como se percebessem a iminência do voo e sua atração, e isso perturbasse o sono deles. O mais estranho é que a maioria de seus pássaros era jovem, aves que ainda não tinham feito a viagem; nunca tinham visto o lugar para onde estavam destinados a ir e, no entanto, o sentiam... chamando-os, talvez, despertando-os de seu sono.

Eu me remexi um pouco e Jamie tirou a mão de minha perna.

– Zugunruhe – disse ele baixinho, percorrendo com a ponta do dedo a marca úmida que deixara em minha pele.

– O que é isso?

– Foi como Stern chamou a vigília dos pequenos pássaros, preparando-se para partir em seu longo voo.

– Essa palavra tem algum significado em particular?

– Sim. "Ruhe" é quietude, descanso. E "zug" é uma espécie de jornada. Então "zugunruhe" é uma inquietude, um desassossego antes de uma longa jornada.

Virei-me para ele, pousando a cabeça carinhosamente em seu ombro. Inspirei, como alguém apreciando o aroma delicado de um bom charuto.

– *Eau de homme?*

Ele ergueu a cabeça e farejou o ar em dúvida, enrugando o nariz.

– *Eau de chevre*, acho – disse ele. – Embora possa ser algo pior. Acha que existe uma palavra em francês para gambá?

– *Le Pew* – sugeri, com uma risadinha.

Os pássaros cantaram a noite toda.

108

TULACH ARD

Outubro de 1772

Jamie meneou a cabeça para algo atrás dele e sorriu.

– Vejo que temos ajuda hoje.

Roger olhou para trás e viu Jemmy andando com passos pesados atrás deles, a pequena testa franzida em concentração, carregando com ambas as mãozinhas uma pedra do tamanho de um punho cerrado junto ao peito. Roger sentiu vontade de rir diante da cena, mas se virou e agachou, esperando o menino alcançá-los.

– Isso é para o novo chiqueiro, *a ghille ruaidh*, meu menininho ruivo? – perguntou ele.

Jemmy assentiu com seriedade. A manhã ainda estava fria, mas suas faces estavam vermelhas por causa do esforço.

– Obrigado – disse Roger, sério. Estendeu a mão. – Posso levá-la, então?

Jemmy negou, a franja pesada balançando.

– Eu levo!

– É uma longa caminhada, *a ghille ruaidh* – disse Jamie. – E sua mãe vai sentir sua falta, não acha?

– Não!

– O vovô está certo, *a bhalaich*, a mamãe precisa de você – disse Roger, estendendo a mão para pegar a pedra. – Vamos, deixe o papai...

– Não!

Jemmy agarrou a rocha e a protegeu contra o peito, os lábios contraídos com determinação.

– Mas você não pode... – começou Jamie.

– Vamos!

– Não, eu disse que você precisa... – começou Roger.

– VAMOS!

– Olhe aqui, rapaz... – os dois homens começaram a dizer, depois pararam, olharam um para o outro e riram.

– Onde está a mamãe, então? – perguntou Roger, tentando outra tática. – A mamãe vai ficar preocupada com você, viu?

A cabecinha ruiva sacudiu-se, negando veementemente.

– Claire comentou que as mulheres iam fazer colchas de retalhos hoje – disse Jamie. – Marsali trouxe um molde. Devem ter começado a costurar.

Ele se agachou ao lado de Roger, olhando bem dentro dos olhos do neto.

– Você fugiu da mamãe, é isso?

A boquinha rosada, até aquele momento firmemente cerrada, se entortou, deixando escapar uma risadinha.

– Foi o que pensei – disse Roger, resignado. – Vamos, então. Para casa.

Ele se levantou e pegou Jemmy nos braços, com pedra e tudo.

– Não, não! NÃO! – Jemmy enrijeceu o corpo, resistindo, os pés chutando a barriga de Roger enquanto arqueava o corpo para trás. – Eu ajuda! Eu AJUDA!

Tentando expor seus argumentos acima dos berros de Jemmy sem gritar, ao mesmo tempo que o segurava para que não tombasse para trás, Roger não ouviu os primeiros gritos vindos da direção da casa. Quando finalmente teve a ideia de tampar a boca do filho com a mão, gritos femininos de "Jeeeeemmmyyyyy!" puderam ser ouvidos claramente em meio às árvores.

– Está vendo, a srta. Lizzie está procurando você – disse Jamie ao neto, balançando o polegar na direção do som.

– E não é só Lizzie – disse Roger. Mais vozes femininas ecoavam em coro, cada vez mais irritadas. – A mamãe, a vovó Claire e a vovó Bug e a tia Marsali, também, pelo que estou ouvindo. Não parecem muito felizes com você, rapaz.

– É melhor nós o levarmos de volta – disse Jamie. Olhou para o neto com compaixão. – Prepare-se, é bem capaz de você levar uma palmada, rapazinho. As mulheres não ficam felizes quando fugimos delas.

Essa ameaça fez Jemmy largar a pedra e enrolar as pernas e os braços ao redor do corpo de Roger, com força.

– Com VOCÊ, papai – disse ele, em um tom persuasivo.

– Mas a mamãe...

– MAMÃE, NÃO! Quero papai!

Roger deu um tapinha nas costas pequenas de Jemmy, robustas e sólidas sob a blusa suja. Estava dividido. Era a primeira vez que Jem preferira ele a Bree de forma tão determinada, e tinha que admitir que sentia certo prazer nisso. Por mais que a escolha do filho fosse motivada tanto pelo medo da bronca quanto por querer sua companhia, Jem quisera ir com ele.

– Acho que ele pode ficar conosco – disse ele a Jamie, por cima da cabeça de Jem, agora aninhada contra seu ombro. – Só durante a manhã; posso trazê-lo de volta ao meio-dia.

– Ah, sim – concordou Jamie. Sorriu para o neto, pegou a pedra caída e a devolveu a ele. – Construir chiqueiros é trabalho de homem, não? Nada dessas frescuras de que as mulheres tanto gostam.

– Por falar nisso... – Roger ergueu o queixo na direção da casa, de onde os gritos de "JEEMMYYY!" agora ganhavam um tom claramente enfurecido, com um toque de pânico. – É melhor avisarmos que estamos com ele.

– Eu vou. – Jamie largou a mochila com um suspiro e ergueu uma das sobrancelhas para o neto. – Está me devendo uma, ouviu, rapaz? Quando as mulheres ficam irritadas, descontam no primeiro homem que aparece, quer ele tenha culpa, quer não. É bem provável que *eu* leve uma palmada.

Revirou os olhos, mas riu para Jemmy, depois se virou e caminhou depressa na direção da casa.

Jemmy deu uma risadinha.

– Palmada, vovô! – exclamou ele.

– Quieto, seu danadinho.

Roger deu-lhe um tapinha no traseiro e percebeu que Jem estava vestindo calças curtas por baixo da blusa, mas não usava fralda. Colocou o menino no chão.

– Precisa se aliviar? – perguntou automaticamente, usando o vocabulário peculiar de Brianna.

– Não – respondeu Jem, da mesma forma automática, mas levando a mão entre as pernas em um reflexo, o que fez o pai pegá-lo pelo braço, puxando-o com firmeza para trás de um arbusto.

– Venha. Vamos tentar enquanto esperamos o vovô.

Muito tempo pareceu passar até Jamie reaparecer, embora os gritos indignados das mulheres tivessem cessado rapidamente. Se Jamie havia levado uma palmada, Roger pensou com cinismo, parecia ter gostado. Seu rosto estava um tanto corado, mas ele tinha um inequívoco ar de satisfação.

Isso foi logo explicado quando Jamie tirou um pequeno embrulho de dentro da camisa e desenrolou uma toalha de linho, revelando meia dúzia de biscoitos frescos, ainda mornos, dos quais pingavam manteiga derretida e mel.

– Acho que a sra. Bug pretendia servi-los ao grupo de costura – disse ele, distribuindo o produto da pilhagem. – Mas ainda havia muita massa na tigela; acho que não vão dar falta.

– Se perceberem, vou botar a culpa em você – disse Roger, pegando uma gota de mel morno que escorrera por seu pulso. Limpou-o e lambeu o dedo, fechando os olhos por um momento, em êxtase.

– Vai me dedurar para a Inquisição? – Os olhos azuis de Jamie irradiavam bom humor enquanto ele limpava os farelos da boca. – E mesmo depois de eu ter compartilhado com você o produto do meu roubo! Quanta gratidão!

– Sua reputação vai resistir – disse Roger com ironia. – Jem e eu somos *persona non grata* depois do que aconteceu com o bolo de especiarias na semana passada, mas o Senhor está sempre certo no que diz respeito à vovó Bug. Ela não se importaria se você comesse sozinho a despensa inteira.

Jamie lambeu um pouco de mel do canto da boca, com a complacência presunçosa de quem sabia que era o queridinho da sra. Bug.

– Bem, pode ser – admitiu. – Mas, se espera colocar a culpa em mim, é melhor limpar um pouco das evidências no pequeno antes de voltarmos.

Jemmy dava cabo de seus biscoitos muito concentrado, e o resultado era um rosto completamente lambuzado de manteiga, gotas de mel escorrendo em filetes amarelos pela blusa e o que pareciam ser vários pedacinhos de massa mastigada presos nos cabelos.

– Como diabos você fez isso tão depressa? – perguntou Roger, espantado. – Veja o que fez com a sua blusa! Sua mãe vai nos matar.

Pegou uma toalha e tentou, em vão, limpar um pouco da sujeira, mas só conseguiu espalhá-la ainda mais.

– Não se preocupe – disse Jamie, com tolerância. – Ele vai estar tão imundo ao fim do dia que a mãe mal vai notar uns farelos a mais. Cuidado, rapaz!

Um gesto rápido salvou metade do biscoito, que se quebrou quando o menino tentou enfiar o último deles inteiro na boca de uma vez.

– Ainda assim – disse Jamie, mordendo a metade de biscoito resgatada enquanto olhava para o neto, pensativo –, acho melhor limpá-lo um pouco no riacho. Não queremos que os porcos sintam o cheiro de mel nele.

Roger foi tomado por uma onda de intranquilidade ao perceber que Jamie não estava brincando a respeito dos porcos. Era comum ver ou ouvir porcos na mata ao redor, fuçando nas folhas mortas sob os carvalhos e álamos, ou grunhindo diante de um tesouro de bolotas de castanheiro. Havia alimento de sobra naquela época do ano, e os porcos não eram ameaça para um homem adulto. Mas um menininho cheirando a mel... achava-se que porcos comiam apenas raízes e castanhas, mas Roger se lembrava muito bem da enorme porca branca, vista alguns dias antes, com o rabo pelado e sujo de sangue de um gambá pendendo do canto da boca enquanto ela o mastigava tranquilamente.

Um pedaço do biscoito parecia estar preso em sua garganta. Pegou Jemmy no colo, apesar de o menino estar lambuzado, e o segurou embaixo do braço, com pernas e os braços balançando no ar.

– Vamos, então – disse Roger, resignado. – A mamãe não vai gostar nem um pouco se você for comido por um porco.

• • •

As hastes para a cerca estavam empilhadas perto do pilar de pedra. Roger vasculhou até encontrar uma peça lascada, curta o bastante para usar como alavanca e levantar uma grande pedra de granito, apenas o suficiente para enfiar as duas mãos por baixo dela. Agachando-se, ele a pousou sobre as coxas e, devagar, começou a se levantar, endireitando as costas uma vértebra por vez, os dedos cravando-se na superfície coberta de musgo com o esforço. O pano amarrado ao redor de sua cabeça estava encharcado e o suor escorria por seu rosto. Balançou a cabeça para afastar o suor incômodo dos olhos.

– Papai, papai!

Roger sentiu um puxão repentino em sua calça, piscou para afastar o suor dos olhos e firmou os pés bem separados para manter o equilíbrio e não deixar que a pedra pesada caísse.

– O que foi, rapaz?

Jemmy agarrava-se ao tecido com ambas as mãos. E olhava para a mata.

– Porco, papai – sussurrou. – Porco *grande*.

Roger olhou na direção em que o menino fitava e ficou paralisado.

Era um enorme javali preto, a menos de 3 metros. O animal tinha mais de 1,5 metro de altura e devia pesar 100 quilos ou mais, com presas curvas e amarelas do tamanho do antebraço de Jemmy. Estava parado com a cabeça erguida, o focinho úmido movimentando-se conforme farejava o ar à procura de alimento ou como forma de ameaça.

– Merda – disse Roger sem querer.

Jemmy, que normalmente imitava qualquer palavrão inadvertido e o alardeava alegremente, apenas agarrou-se com mais força à perna do pai.

Os pensamentos percorriam a mente de Roger velozes como vagões de trem em rota de colisão. O animal atacaria se ele se movesse? Precisava se mover; os músculos de seus braços tremiam devido ao esforço. Ele havia lavado as mãos e o rosto de Jem, mas será que o menino ainda teria cheiro ou aparência de algo que atraísse porcos?

Extraiu um pensamento coerente dos destroços.

– Jem – disse, a voz muito calma –, fique atrás de mim. Faça isso *agora* – acrescentou com ênfase quando o javali virou a cabeça na direção deles.

O animal os viu; Roger pôde ver os pequenos olhos escuros mudarem de foco. Deu alguns passos à frente, os cascos pequenos e delicados sob o corpo grande e ameaçador.

– Está vendo o vovô, Jem? – perguntou ele, mantendo a voz calma.

Línguas de fogo queimavam por seus braços e seus cotovelos pareciam ter sido esmagados em um torno.

– Não – sussurrou Jemmy.

Roger podia sentir o menino encolher-se atrás dele, pressionado contra suas pernas.

– Bem, olhe ao redor. Ele foi até o rio; vai voltar daquela direção. Vire-se e olhe.

O javali parecia cauteloso, mas não amedrontado. Era isso que dava não caçar o suficiente daqueles animais, ele pensou. Deviam estripar alguns na mata uma vez por semana, como uma lição prática para os demais.

– Vovô!

Roger ouviu a voz de Jemmy atrás dele, tomada pelo medo.

Com o grito, os pelos no pescoço do javali se eriçaram de repente, formando uma barreira de pelos ásperos ao longo de sua espinha, e ele abaixou a cabeça, os músculos contraídos.

– Corra, Jem! – gritou Roger. – Corra para o vovô!

Uma descarga de adrenalina o tomou e de repente a pedra não pesava nada. Ele a atirou sobre o porco que vinha correndo na direção deles, atingindo-o no ombro. O javali resfolegou de surpresa, vacilou, depois abriu a boca com um rugido e se lançou na direção de Roger, as presas cortando o ar conforme ele sacudia a cabeça.

Ele não podia desviar para o lado e deixá-lo passar; Jem ainda estava logo atrás dele. Chutou sua mandíbula com toda a força e se lançou sobre ele, tentando agarrar-se ao seu pescoço.

Seus dedos escorregavam, sem conseguir se agarrar com firmeza aos pelos duros, apertando e deixando escapar as dobras firmes de carne sólida. Santo Deus, era como lutar com um saco de concreto animado! Ele sentiu algo quente e úmido na mão e a afastou com um puxão; teria se cortado? Não sentia dor. Talvez fosse apenas saliva das mandíbulas que se contraíam, talvez sangue de algum ferimento muito profundo para sentir. Não havia tempo para procurar. Abaixou a mão de novo, tateando às cegas, agarrou uma perna peluda e a puxou com toda a força que conseguiu.

O javali caiu de lado guinchando, atirando-o para longe de suas costas. Ele caiu no chão apoiado nas mãos e em um dos joelhos, o outro atingindo em cheio uma pedra. Uma dor lancinante o atravessou do tornozelo à virilha, e ele se curvou sem querer, momentaneamente paralisado com o choque.

O javali tinha se levantado, grunhido e se chacoalhado, os pelos tremendo, mas olhou para o outro lado. A poeira se levantou e ele pôde ver o rabo enroscado, uma espiral colada ao traseiro. Mais um segundo e o porco se viraria, o rasgaria da barriga à garganta e pisotearia os pedaços. Agarrou uma pedra, mas ela se desfez em sua mão, nada além de um torrão de terra.

A respiração ofegante e o barulho das passadas de um homem correndo surgiram à sua esquerda, e ele ouviu um grito ofegante.

– *Tulach Ard! Tulach Ard!*

O javali ouviu o grito de Jamie e virou-se para encarar seu novo inimigo, com a boca aberta e os olhos vermelhos de fúria.

Jamie segurava a adaga, Roger viu o brilho do metal quando o sogro se abaixou e girou-a em um movimento amplo, cortando o javali, depois se lançou para o lado quando ele atacou. Uma faca. Usar uma *faca* para enfrentar uma fera como aquela?

Você é totalmente maluco, Roger pensou com clareza.

– Não, não sou – disse Jamie, arfando, e Roger percebeu que provavelmente havia pensado alto.

Jamie se agachou, se equilibrou nos calcanhares e estendeu a mão livre para Roger, ainda olhando para o animal, que fizera uma pausa, amassando o chão com os cascos e cerrando os dentes, girando a cabeça de um lado para o outro entre os dois homens, analisando suas possibilidades.

– *Bioran!* – disse Jamie, acenando com urgência. – Pau, lança, me dê uma lança!

Lança... A haste de madeira lascada. Sua perna dormente ainda se recusava a funcionar, mas ele podia se mover. Atirou-se para o lado, pegou o pedaço de madeira lascada e voltou a se abaixar, segurando-o à sua frente como uma lança de caça, voltando a ponta aguda para o inimigo.

– *Tulach Ard!* – vociferou. – Venha aqui, seu gordo desgraçado!

Distraído por um instante, o porco se voltou para ele. Jamie partiu para cima do animal, esfaqueando-o, mirando entre as omoplatas. Ouviu-se um guincho estridente e o javali se virou, o sangue jorrando de um profundo corte no ombro. Jamie se jogou para o lado, tropeçou em algo, caiu e deslizou com tudo pela lama e pelo capim, a faca voando em espirais de sua mão aberta.

Jogando-se para a frente, Roger enfiou a lança improvisada com toda a força logo abaixo do rabo do javali. O animal emitiu um berro estridente e pareceu se erguer no ar. A lança escorregou por suas mãos, a madeira áspera esfolando suas palmas. Ele a segurou com força e conseguiu continuar agarrado a ela quando o javali caiu de lado com um estrondo furioso, rangendo os dentes, guinchando e espirrando sangue e lama preta em todas as direções.

Jamie já estava de pé, sujo de lama e aos berros. Ele havia pegado outra haste de madeira, com a qual desferiu um golpe contundente no animal que se levantava, a madeira chocando-se contra sua cabeça com um estalo como uma tacada certeira de beisebol no momento exato em que o animal se erguia. O javali, um pouco zonzo, deu um grunhido e se sentou.

Um grito estridente vindo de trás fez Roger se virar. Jemmy, erguendo a adaga do avô acima da cabeça com ambas as mãos e vacilando, corria em zigue-zague na direção do javali, o rosto de um vermelho intenso em sua feroz intenção.

– Jem! – gritou ele. – Para trás!

O javali resfolegou alto atrás dele e Jamie gritou alguma coisa. Roger não conseguiu prestar atenção; correu na direção do filho, mas percebeu um movimento na mata atrás de Jemmy que o fez erguer o olhar. Um vislumbre cinzento, rente ao chão e em um movimento tão rápido que ele conseguiu ter apenas uma vaga ideia do que era.

Foi o suficiente.

– Lobos! – gritou para Jamie e, sentindo que ser atacado por lobos, além de javalis, era definitivamente injusto, alcançou Jemmy, agarrou a faca e atirou-se por cima do menino.

Pressionou-se contra o chão, sentindo Jemmy debater-se sem parar sob ele, e esperou, estranhamente calmo. Presas ou dentes?, ele se perguntou.

– Está tudo bem, Jem. Fique quietinho. Está tudo bem, o papai está com você.

Sua testa estava apoiada na terra, a cabeça de Jem acomodada na cavidade de seu ombro. Ele protegia o menino com um dos braços, segurando a faca na outra mão. Encolheu os ombros, sentindo a nuca exposta e vulnerável, mas não era capaz de se mover para protegê-la.

Podia ouvir o lobo uivando para seus companheiros. O javali fazia um ruído infernal, como um grito prolongado, e Jamie, sem fôlego para continuar gritando, parecia estar praguejando com breves e incoerentes palavrões em gaélico.

Ouviu um zumbido estranho acima de sua cabeça e um baque peculiar e surdo, sucedido por um completo e repentino silêncio.

Espantado, Roger levantou a cabeça alguns centímetros e viu o javali de pé alguns metros à sua frente, com a boca pendendo aberta em absoluta perplexidade. Jamie estava de pé atrás dele, sujo de lama e sangue da cabeça aos pés, igualmente perplexo.

Em seguida, as patas dianteiras do javali cederam e ele caiu de joelhos. Cambaleou, os olhos turvos, e desmoronou de lado, uma flecha projetando-se do lombo, parecendo frágil e sem importância comparada ao volume do animal.

Jemmy se contorcia e chorava embaixo de Roger, que se sentou devagar e segurou o filho nos braços. Notou, vagamente, que suas mãos tremiam, mas ele se sentia curiosamente vazio. Por causa da pele esfolada, as palmas de sua mão ardiam, e o joelho latejava. Dando tapinhas nas costas de Jemmy para confortá-lo, virou a cabeça na direção da floresta e viu o índio parado diante das árvores, arco na mão.

Pensou debilmente em procurar pelo lobo. Estava farejando a carcaça do javali, a poucos passos de Jamie, mas o sogro não prestava atenção nisso. Ele também olhava fixamente para o índio.

– Ian – disse ele baixinho, e seu rosto se iluminou de alegria em meio às manchas de lama, capim e sangue. – Ah, meu Deus. É você, Ian.

109

A VOZ DO TEMPO

Como Lizzie não tinha mãe para "prepará-la" para o casamento, as mulheres da Cordilheira dos Frasers se uniram para providenciar itens como anáguas, camisolas e meias tricotadas, algumas das mais habilidosas costurando uma colcha. Quando a parte de cima da colcha ficasse pronta, todas iriam à "Casa Grande" para finalizá-la – o laborioso trabalho de costurar a parte de cima e o forro, com o que houvesse à mão para ser usado como enchimento – cobertores velhos, panos remendados ou fios de lã –, tudo colocado entre a parte de cima e o forro para que a colcha pudesse aquecer.

Eu não tinha tempo nem paciência para a costura de modo geral, mas tinha a destreza manual para pontos pequenos e bem-feitos. Mais importante ainda, eu tinha uma cozinha grande, bem iluminada e com espaço suficiente para costurar uma colcha, além dos préstimos da sra. Bug, que mantinha as costureiras bem servidas de canecas de chá e infindáveis pratos de pãezinhos de maçã.

Estávamos costurando uma parte da colcha que a sra. Evan Lindsay havia montado com retalhos cor de creme e azuis quando Jamie apareceu de repente na porta do corredor. Entretidas em uma envolvente conversa sobre o ronco dos maridos de modo geral, e dos delas em particular, a maioria das mulheres não notou a presença dele, mas eu estava de frente para a porta. Ele parecia não querer interromper nem atrair atenção, pois não entrou no aposento – mas quando nossos olhares se cruzaram, ele fez um sinal urgente com a cabeça e caminhou em direção ao escritório.

Olhei para Bree, que estava sentada ao meu lado. Ela também o vira; ergueu a sobrancelha e deu de ombros. Dei um nó – enfiando a ponta da linha com o nó entre as camadas de tecido, para que ficasse escondido –, prendi a agulha na parte de cima da colcha e me levantei, murmurando uma desculpa.

– Sirva cerveja para ele no jantar – dizia a sra. Chisholm para a sra. Aberfeldy. – Muita cerveja, bem aguada. Assim, ele vai precisar se levantar para urinar a cada meia hora e não vai começar aquela barulheira que faz tremer até o telhado.

– Ah, sim – comentou a sra. Aberfeldy. – Já tentei isso. Mas depois, quando volta para a cama, ele quer... hum. – Ela corou quando as mulheres caíram na risada. – Durmo menos do que quando ele está roncando!

Jamie esperava por mim no corredor. Assim que apareci, ele me segurou pelo braço e me levou depressa para a porta da frente.

– O que... – comecei a dizer, confusa. Então, vi o índio alto, sentado na beirada do alpendre. – O que... – repeti, e então ele se levantou, se virou e abriu um sorriso para mim.

– Ian! – gritei, correndo para seus braços.

Ele estava magro e rígido como uma peça de couro cru seca ao sol, e suas roupas cheiravam a terra e madeira úmida, com um eco de fumaça e dos odores corporais de uma casa indígena comunitária. Dei um passo para trás, enxugando os olhos para olhar para ele, e senti um focinho frio cutucando minha mão, o que me fez dar outro gritinho.

– Você! – exclamei ao ver Rollo. – Achei que nunca mais o veria!

Tomada pela emoção, eu acariciava suas orelhas sem parar. Ele deu um latido breve e apoiou-se nas patas da frente, balançando o rabo também sem parar.

– Au-au! Au-au! Aqui, au-au!

Jemmy disparou pela porta de sua própria casa, correndo o mais rápido que suas perninhas curtas permitiam, com os cabelos molhados arrepiados e o rosto radiante. Rollo partiu em sua direção, pulou em cima dele e o derrubou em meio a gritinhos de alegria.

A princípio, temi que Rollo – que, afinal, era meio lobo – visse Jemmy como uma presa, mas logo ficou claro que os dois estavam envolvidos em uma alegre brincadeira. O radar materno de Brianna, no entanto, detectara os gritos, e ela veio correndo pela porta.

– O que... – começou a dizer, olhando para a confusão no gramado.

Então Ian deu um passo à frente, abraçou-a e beijou-a. Seu grito, por sua vez, fez o grupo de costura surgir de repente no alpendre, em um alvoroço de perguntas, exclamações e novos gritinhos de empolgação geral.

No meio do pandemônio que se seguiu, notei de repente que Roger, que surgira de algum lugar, tinha um novo arranhão na testa e um olho roxo e vestia uma camisa limpa. Olhei para Jamie, em pé ao meu lado observando os acontecimentos, o rosto iluminado por um riso permanente. Sua camisa, ao contrário, não apenas estava imunda, mas também rasgada na frente e com um rasgo enorme em uma das mangas. Havia grandes manchas de lama e sangue seco no tecido, embora eu não visse sangue fresco. Considerando os cabelos molhados e a roupa limpa de Jemmy – não que ainda estivesse limpa, não mais –, tudo aquilo era muito suspeito.

– Que diabo vocês andaram fazendo? – perguntei.

Ele balançou a cabeça, ainda sorrindo.

– Nada importante, Sassenach, embora eu tenha um javali fresco para você limpar... quando der.

Afastei uma mecha de cabelos, exasperada.

– Isso é o equivalente local a sacrificar um bezerro em homenagem ao retorno do filho pródigo? – perguntei, meneando a cabeça para Ian, que a essa altura estava completamente submerso em um mar de mulheres. Lizzie, eu vi, estava agarrada a um de seus braços, o rosto pálido corado de emoção. Senti uma leve inquietação ao ver a cena, mas afastei o pensamento por ora.

– Ian trouxe amigos? Ou quem sabe a família?

Ele dissera que sua mulher estava grávida, e isso tinha sido dois anos antes. A criança – se tudo tivesse corrido bem – já deveria ter quase idade para estar andando.

O sorriso de Jamie diminuiu um pouco.

– Não – respondeu ele. – Ele está sozinho. A não ser pelo cachorro, é claro – acrescentou, indicando Rollo com um movimento da cabeça.

Rollo estava deitado de costas, com as patas para cima, contorcendo-se feliz diante das investidas de Jemmy.

– Ah. Bem.

Ajeitei os cabelos e amarrei a fita novamente, começando a pensar nas providências a tomar no que dizia respeito às costureiras, ao javali abatido e a uma espécie de jantar de boas-vindas – embora eu imaginasse que a sra. Bug cuidaria disso.

– Ele disse quanto tempo vai ficar?

Jamie respirou fundo, apoiando a mão em minhas costas.

– Para sempre – respondeu ele, e sua voz estava plena de felicidade, mas uma leve tristeza nela fez com que eu olhasse para ele, confusa. – Ele voltou para casa.

Já era muito tarde quando o corte do javali, a costura e o jantar terminaram, e as visitas foram embora, cheias de coisas para contar. Embora não fossem tantas coisas assim; Ian tinha sido simpático com todos, porém reticente, contando muito pouco sobre sua viagem para o sul – e absolutamente nada sobre os motivos por trás dela.

– Ian lhe contou alguma coisa? – perguntei a Jamie, ao encontrá-lo sozinho por um momento em seu escritório antes do jantar.

Ele negou, balançando a cabeça.

– Muito pouco. Apenas que voltou para ficar.

– Acha que algo ruim aconteceu à mulher dele? E ao bebê?

Senti uma pontada forte de inquietação, tanto por Ian, quanto pela bela jovem moicana chamada Wakyo'teyehsnonhsa, Trabalha com as Mãos. Ian a chamava de Emily. A morte no parto não era incomum, mesmo entre os indígenas.

Jamie balançou a cabeça outra vez, parecendo sério.

– Não sei, mas acho que deve ser algo assim. Ele não disse nada a respeito deles, seus olhos parecem muito mais velhos do que ele é.

Lizzie apareceu à porta nesse momento, com uma mensagem urgente da sra. Bug sobre as providências para o jantar, e eu tive que ir. Ao seguir Lizzie em direção à cozinha, no entanto, tentei imaginar o que o retorno de Ian poderia significar para ela – em especial se estivéssemos certos em nossas suposições acerca da esposa moicana dele.

Lizzie tinha se apaixonado por Ian antes de ele partir, e sofrera por meses depois de sua decisão de permanecer com os Kahnyen'kehaka. Mas isso tinha sido mais de dois anos antes, e dois anos era muito tempo, principalmente na vida de uma pessoa jovem.

Eu sabia o que Jamie queria dizer a respeito dos olhos de Ian e tinha certeza de que ele não era mais o mesmo rapaz alegre e impulsivo que havíamos deixado com os moicanos. Lizzie tampouco era a menininha tímida e apaixonada que fora um dia.

Ela *era*, no entanto, a noiva de Manfred McGillivray. Fiquei aliviada por nem Ute McGillivray nem qualquer de suas filhas estarem presentes no grupo de costura naquela tarde. Com sorte, a comoção com a volta de Ian duraria pouco.

– Você vai ficar bem aqui embaixo? – perguntei a Ian, em dúvida.

Eu havia colocado várias colchas e um travesseiro de penas na mesa do consultório para ele, já que ele havia rejeitado educadamente a oferta do sr. Wemyss de usar sua cama e o desejo da sra. Bug de improvisar para ele uma confortável cama em frente à lareira da cozinha.

– Ah, sim, tia – respondeu ele, e sorriu para mim. – Não acreditaria nos lugares em que Rollo e eu temos dormido. – Espreguiçou-se, bocejou e piscou. – Deus, há um mês ou mais não fico acordado depois do pôr do sol.

– E acorda assim que o sol se levanta, imagino. Por isso achei que você ficaria mais bem instalado aqui; ninguém vai perturbá-lo se quiser dormir até tarde.

Ele riu.

– Só se eu deixar a janela aberta para que Rollo possa ir e vir à vontade. Embora ele pareça achar a caçada aqui dentro boa o bastante.

Rollo estava sentado no meio do caminho, com o focinho erguido e atento, os olhos amarelos de lobo fixos na porta de cima do armário. Um ronco baixo, como água fervendo em uma chaleira, veio de trás da porta.

– Eu aposto no gato, Ian – disse Jamie, entrando no consultório. – Ele tem muita autoconfiança, o pequeno Adso. Eu o vi perseguir uma raposa na semana passada.

– O fato de você tê-lo perseguido com uma arma nada teve a ver com a fuga da raposa, é claro – falei.

– Bem, não no que diz respeito ao *cheetie* – concordou Jamie rindo.

– *Cheetie* – repetiu Ian, baixinho. – É... muito bom falar escocês outra vez, tio Jamie.

Jamie tocou o braço de Ian.

– Imagino que seja, *a mhic a pheathar*, meu sobrinho – disse ele, também baixinho. – Já esqueceu o gaélico?

– *'S beag 'tha fhios aig fear a bhaile mar 'tha fear na mara bèo* – respondeu Ian, sem hesitação.

Era um ditado conhecido: "Pouco sabe o homem que vive na terra sobre a vida do homem do mar."

Jamie riu, agradavelmente surpreso, e Ian abriu um largo sorriso. A pele de seu rosto estava curtida pelo sol, bem morena, e as linhas pontilhadas de suas tatuagens moicanas estendiam-se em meias-luas do nariz às maçãs do rosto – mas, por um instante, vi seus olhos cor de avelã ganharem um brilho travesso e voltei a ver o rapaz que tínhamos conhecido.

– Eu costumava repetir as coisas mentalmente – disse ele, o sorriso se suavizando um pouco. – Eu olhava para as coisas e dizia as palavras em minha mente... "*Avbhar*", "*Coire*", "*Skirlie*"... para não esquecer. – Olhou com timidez para Jamie. – Você me disse para não esquecer, tio.

Jamie piscou e pigarreou.

– É verdade, Ian – murmurou ele. – Fico feliz.

Ele apertou o ombro de Ian com força e, em seguida, os dois deram um forte abraço, batendo nas costas um do outro com uma emoção sem palavras.

Quando enxuguei meus olhos e limpei o nariz, eles já tinham se separado e retomado a atmosfera de elaborada descontração, fingindo ignorar meu deslize de sentimentalismo feminino.

– Eu mantive o escocês e o gaélico, tio – disse Ian, pigarreando. – Mas o latim estava um pouco além de minha capacidade.

– Imagino que não tenha tido muitas oportunidades de praticar seu latim – redarguiu Jamie. Passou a manga da camisa embaixo do nariz, sorrindo. – A não ser que algum jesuíta errante aparecesse por lá.

Ian pareceu um pouco estranho ao ouvir aquilo. Olhou para Jamie e para mim, depois para a porta do consultório, para ter certeza de que ninguém estava vindo.

– Bem, não foi exatamente isso, tio – disse ele.

Caminhou em silêncio até a porta, espiou no corredor, depois fechou-a devagar, voltando para a mesa. Ele levava consigo uma pequena bolsa de couro amarrada à cintura, que – além da faca, do arco e das flechas – parecia conter todos os seus bens materiais. Guardara-a mais cedo, mas voltou a pegá-la e procurou depressa dentro dela, retirando um pequeno livro, encadernado em couro preto. Entregou-o a Jamie, que o pegou, parecendo confuso.

– Quando eu... quer dizer, pouco antes de eu partir de Snaketown, a velha índia, Tewaktenyonh, me deu esse livrinho. Eu já o tinha visto antes. Emily... – Ele parou, pigarreando com força, e prosseguiu com firmeza. – Emily suplicou por uma página dele para mim, para que eu mandasse um bilhete a vocês dizendo que tudo estava bem. Vocês o receberam?

– Sim, recebemos – assegurei-lhe. – Jamie o enviou para sua mãe depois.

– É mesmo? – O rosto de Ian se iluminou ao pensar na mãe. – Que bom. Espero que ela fique contente em saber que eu voltei.

– Aposto o que você quiser que ela vai ficar – garantiu Jamie. – Mas o que é isto? – Ele levantou o livro, erguendo a sobrancelha, curioso. – Parece o breviário de um padre.

– Parece mesmo. – Ian assentiu, coçando uma mordida de mosquito no pescoço. – Mas não é. Dê uma olhada.

Eu me aproximei de Jamie, olhando por cima de seu cotovelo enquanto ele abria o livro. Havia uma borda irregular de papel onde a folha de rosto tinha sido arrancada. Mas não havia título, nem nada impresso. Parecia ser uma espécie de diário; as páginas estavam repletas de palavras manuscritas em tinta preta.

Duas palavras se destacavam no alto da primeira página, rabiscadas em letras grandes e trêmulas.

Ego sum, diziam. Eu sou.

– Você é, então? – perguntou Jamie, em um meio sussurro. – Sim, e quem é você?

Mais abaixo na página, o texto continuava. Ali, a caligrafia era menor, mais controlada, apesar de haver algo de estranho a respeito dela.

– *Prima cogitatio est...*

– Esta é a primeira coisa que me vem à mente – leu Jamie em voz baixa, traduzindo.

"Eu sou. Eu ainda existo. Eu existia, naquele lugar no meio? Creio que sim, pois me lembro. Mais tarde tentarei descrevê-lo. Agora não tenho palavras. Estou me sentindo muito mal."

As letras eram pequenas e redondas, cada qual escrita separadamente. O trabalho de alguém cuidadoso e preciso, mas hesitante, as palavras subindo trôpegas pela página. Ele realmente se sentia mal, pelo que indicava a caligrafia.

Quando a minuciosa redação foi retomada na página seguinte, a caligrafia miúda estava mais firme, assim como o ânimo de quem escrevera.

"Ibi denum locus...

É o lugar. É claro que seria. Mas também é a época certa, eu sei. As árvores, os arbustos são diferentes. Havia uma clareira para oeste que agora está totalmente tomada por loureiros. Eu estava olhando para uma grande magnólia quando entrei no círculo e agora ela desapareceu; há um jovem carvalho no lugar. O som é diferente. Não se ouve o ruído de estrada e veículos ao longe. Apenas pássaros, cantando muito alto. Vento.

Ainda estou tonto. Minhas pernas estão fracas. Ainda não consigo ficar em pé. Acordei sob o muro onde a cobra engole a própria cauda, mas a alguma distância da cavidade onde deixamos o círculo. Devo ter rastejado, minhas mãos estão sujas e arranhadas, e minhas roupas, cobertas de terra. Permaneci deitado por algum tempo depois de acordar, sem forças para me levantar. Estou melhor agora. Ainda fraco e nauseado, mas mesmo assim exultante. Deu certo. Nós conseguimos."

– Nós? – falei, olhando para Jamie com as sobrancelhas erguidas.

Ele deu de ombros e virou a página.

"A pedra desapareceu. Há apenas um pouco de fuligem em meu bolso. Raymond estava certo, então. Era uma pequena safira bruta. Devo me lembrar de anotar tudo, para os outros que possam vir depois de mim."

Senti um leve tremor de premonição subir pelas minhas costas, fazendo meu couro cabeludo formigar e meus cabelos se arrepiarem. "Outros que possam vir depois de mim." Sem pensar, estendi a mão e toquei o livro, em um ímpeto irresistível. Eu tinha que tocá-lo de alguma forma, fazer contato com o autor desaparecido daquelas palavras de alguma forma.

Jamie olhou para mim com curiosidade. Com algum esforço, afastei a mão, cerrando o punho. Ele hesitou por um momento, mas depois fitou de novo o livro, como se a escrita preta e cuidadosa atraísse seu olhar como atraía o meu.

Agora eu sabia o que havia chamado minha atenção naquelas palavras. Não tinham sido escritas com uma pena. A escrita à pena, mesmo a mais habilidosa, tinha uma cor irregular, escura logo que a pena era mergulhada na tinta e desbotando devagar até o fim de uma frase. Todas as palavras ali eram iguais – escritas em linhas finas, firmes, de tinta preta, que marcavam de leve as fibras do papel. As penas nunca faziam isso.

– Caneta esferográfica – falei. – Ele escreveu isso com uma caneta esferográfica. Meu Deus!

Jamie olhou de novo para mim. Eu devia estar pálida, pois ele fez menção de fechar o livro, mas eu balancei a cabeça, fazendo sinal para que ele continuasse lendo. Ele franziu a testa, em dúvida, porém, ainda me observando, retomou a leitura. Então sua atenção se voltou completamente para o livro, e ele ergueu as sobrancelhas ao ler as palavras na página seguinte.

– Veja – disse ele baixinho, virando o livro para mim e apontando para uma frase.

Estava escrita em latim como as outras, mas havia palavras desconhecidas misturadas no texto – palavras compridas e estranhas.

– Moicano? – perguntou Jamie, olhando para Ian. – Esta é uma palavra de uma língua indígena, sem dúvida. Uma das línguas algonquinas, não?

– Chove Forte – disse Ian, baixinho. – É a língua Kahnyen'kehaka, a língua moicana, tio. Chove Forte é o nome de alguém. E as outras palavras escritas aí também... Caminhante Forte, Seis Tartarugas e Fala com Espíritos.

– Pensei que os moicanos não tivessem língua escrita – comentou Jamie, erguendo uma sobrancelha ruiva.

Ian balançou a cabeça.

– E não têm mesmo, tio Jamie. Mas alguém escreveu isso. – Ele indicou a página. – E se reproduzir o som das palavras.... – Deu de ombros. – São nomes moicanos. Tenho certeza.

Jamie olhou para ele por um bom tempo e então, sem dizer nada, abaixou a cabeça e retomou a tradução:

> *"Eu estava com uma das safiras. Chove Forte, com a outra. Fala com Espíritos tinha um rubi, Caminhante Forte ficou com o diamante e Seis Tartarugas, com a esmeralda. Não tínhamos certeza sobre o diagrama – se deveria ter quatro pontas, correspondendo aos pontos cardeais, ou cinco, como um pentagrama. Mas éramos cinco, tínhamos feito um pacto de sangue para realizar o feito, então formamos um círculo, ficando em pontos equidistantes."*

Havia uma pequena lacuna entre a última frase e a seguinte, e a caligrafia mudou, tornando-se firme e regular, como se o autor tivesse feito uma pausa, retomando a história um pouco depois.

"Voltei para olhar. Não há sinal do círculo, mas não vejo por que deveria haver, afinal. Devo ter ficado inconsciente por algum tempo; formamos o círculo logo na entrada da fenda, mas não há marcas na terra ali que mostrem como eu me arrastei ou rolei para o lugar onde acordei. Só há marcas no solo feitas pela chuva. Minhas roupas estão úmidas, mas não sei se estão assim por causa da chuva, do sereno da manhã ou do suor por eu ter ficado deitado ao sol. Era quase meio-dia quando acordei, o sol já estava bem alto e fazia calor. Estou com sede. Será que me arrastei para longe da fenda e depois perdi os sentidos? Ou fui jogado longe pela força da transição?"

Tive uma sensação curiosa ao ouvir aquilo, como se as palavras ecoassem em algum lugar dentro da minha mente. Não que eu as tivesse ouvido antes, mas, ainda assim, as palavras eram assustadoramente familiares. Balancei a cabeça para afastar os pensamentos e me deparei com os olhos de Ian fixos em mim, castanho-claros e perscrutadores.

– Sim – falei sem rodeios, em resposta ao seu olhar. – Eu sou. Brianna e Roger também.

Jamie, que havia parado para decifrar uma frase, ergueu o olhar. Viu o rosto de Ian e o meu, e estendeu a mão, colocando-a sobre a minha.

– Quanto você conseguiu decifrar, rapaz? – perguntou ele com serenidade.

– Bastante, tio – respondeu Ian, sem desviar os olhos dos meus. – Não tudo – esboçou um breve sorriso –, e tenho certeza de que não entendi a gramática muito bem, mas acho que compreendi o sentido. E você?

Não ficou claro se ele dirigia a pergunta a mim ou a Jamie. Nós hesitamos, trocamos um olhar... então eu me virei para Ian e assenti, e Jamie fez o mesmo, apertando minha mão.

– Humm – disse Ian, e seu rosto se iluminou com uma expressão de profunda satisfação. – Eu *sabia* que você não era uma bruxa, tia Claire!

Sem conseguir se manter acordado por muito mais tempo, Ian finalmente se recolheu, bocejando, mas parou a caminho da cama para puxar Rollo pelo pescoço e segurá-lo enquanto eu tirava Adso do armário. Com os pelos eriçados, ele tinha o dobro do tamanho normal e sibilava como uma cobra. Segurei o gato para que ele não fosse estripado, tirei-o do caminho e o levei para o nosso quarto, colocando-o sem a menor cerimônia em cima da cama e virando-me imediatamente para Jamie.

– O que aconteceu depois? – perguntei.

Ele já estava acendendo uma vela nova. Desamarrando a camisa com uma das mãos e folheando o livro com a outra, sentou-se na cama, ainda concentrado na leitura.

– Ele não conseguiu encontrar nenhum de seus amigos. Vasculhou a região por dois dias, chamando, mas não havia sinal deles. Ficou transtornado, mas acabou concluindo que devia ir em frente; precisava de comida e não tinha nada além de uma faca e um pouco de sal. Tinha que caçar ou encontrar pessoas.

Ian dissera que Tewaktenyonh lhe dera o livro, insistindo com ele para que o levasse até mim. Pertencera a um homem chamado Dente de Lontra, segundo ela - um membro da minha família.

Senti um arrepio na espinha que não se dissipou. Ondas de ansiedade faziam cócegas em minha pele como o toque de dedos fantasmagóricos. Minha família, de fato.

Eu tinha dito a ela que Dente de Lontra talvez fosse alguém da "minha família", incapaz de explicar a afinidade entre viajantes do tempo de outra maneira. Eu nunca conhecera Dente de Lontra - pelo menos não ao vivo e em cores -, mas se ele fosse o homem que eu pensava ser, então era a cabeça dele, com as obturações de platina, que estava enterrada em nosso pequeno cemitério.

Talvez eu fosse finalmente saber quem ele de fato tinha sido - e como tivera aquele surpreendente fim.

- Ele não era um grande caçador - disse Jamie de modo crítico, franzindo a testa enquanto olhava para a página. - Não conseguia pegar nem um esquilo com uma armadilha, e em pleno verão, ainda por cima!

Felizmente Dente de Lontra - se é que era ele, de fato - estava familiarizado com diversas plantas comestíveis e pareceu bastante satisfeito consigo mesmo por reconhecer papaia e caqui.

- Reconhecer um caqui não é nada de mais, pelo amor de Deus - falei. - Parecem bolas de beisebol cor de laranja!

- E têm gosto de fundo de urinol - acrescentou Jamie, que não gostava nem um pouco de caqui. - Mas ele devia estar faminto àquela altura, e quando uma pessoa está com muita fome...

Parou de falar, os lábios movendo-se silenciosamente enquanto prosseguia com sua tradução.

O sujeito tinha perambulado pelo mato por algum tempo - ainda que "perambular" não parecesse a palavra correta. Ele havia escolhido uma direção específica, orientado pelo sol e pelas estrelas. O que estaria procurando?

O que quer que fosse, ele acabou encontrando uma aldeia. Não falava a língua dos habitantes - "por que ele acreditava que falaria?", questionou Jamie em voz alta -, mas ficou extremamente perturbado, de acordo com seu relato, ao descobrir que as mulheres usavam panelas de ferro para cozinhar.

- Tewaktenyonh disse isso! - interrompi. - Quando estava me falando dele... se é que se trata do mesmo homem - acrescentei, *pro forma*. - Ela contou que ele ficava falando o tempo todo sobre as panelas, as facas e as armas. Ele afimava que os índios eram... como foi mesmo que ela disse?... que eles precisavam "retomar os hábitos de seus ancestrais, ou o homem branco os comeria vivos".

– Um sujeito muito temperamental – murmurou Jamie, ainda grudado ao livro. – Afeito à retórica, também.

Uma ou duas páginas depois, a razão das estranhas preocupações de Dente de Lontra em relação às panelas ficou mais clara.

– "Eu falhei" – disse Jamie. – "Cheguei tarde demais."

Endireitou as costas e olhou para mim, então continuou:

> *"Não sei exatamente em que época estou, nem tenho como descobrir... Essas pessoas não registram os anos de nenhuma maneira que eu conheça, mesmo que eu soubesse a língua delas o suficiente para perguntar. Mas sei que cheguei tarde demais.*
>
> *Se eu tivesse chegado quando pretendia, antes de 1650, não haveria ferro em uma aldeia tão no interior. Encontrá-lo sendo usado de forma tão casual significa que cheguei pelo menos cinquenta anos depois... ou mais!"*

Dente de Lontra ficou muito consternado diante dessa constatação e passou vários dias no mais completo desespero. Depois, no entanto, se recompôs, concluindo que não havia nada a fazer além de seguir em frente. E assim partiu sozinho, levando algum alimento ofertado pelos habitantes da aldeia, rumo ao norte.

– Não faço a menor ideia do que o sujeito achava que estava fazendo – disse Jamie. – Mas eu diria que ele demonstrou coragem. Seus amigos estavam mortos ou desaparecidos e ele não tinha nada consigo, não fazia ideia de onde estava... e mesmo assim continuou.

– Sim... mas, para ser sincera, não acredito que ele pudesse fazer nada diferente, sabe?

Toquei o livro outra vez, delicadamente, lembrando-me dos primeiros dias depois de minha passagem pelas pedras.

A diferença, é claro, era que aquele homem havia escolhido atravessar as pedras por vontade própria. O motivo e o modo exatos ainda não tinham sido revelados.

Viajando sozinho pela região selvagem, com apenas um livrinho como companhia, Dente de Lontra havia – como ele dissera – decidido ocupar a mente fazendo um relato de sua jornada, com seus motivos e suas intenções.

> *"Talvez eu não seja bem-sucedido em minhas intenções – nossas intenções. Na verdade, parece provável, no momento, que eu simplesmente morra aqui, na natureza selvagem. Mas, se isso acontecer, pensar que algum registro do nosso nobre feito permanecerá será um consolo e é o legado que posso deixar em nome daqueles que foram meus irmãos, meus companheiros nesta aventura."*

Jamie parou e esfregou os olhos. A vela havia queimado quase até o fim; meus olhos estavam lacrimejando tanto devido aos bocejos que eu mal conseguia ver a página à luz inconstante e estava zonza de fadiga.

– Vamos parar – falei, encostando a cabeça no ombro de Jamie, aconchegando-me em seu corpo quente e firme. – Não consigo mais ficar acordada, realmente não consigo. E não parece certo ler a história dele com tanta pressa. Além do mais – parei, interrompida por um bocejo de estalar os maxilares que me deixou piscando –, talvez Bree e Roger também devam ouvi-la.

Jamie me viu bocejar e também abriu a boca, depois balançou a cabeça com força, piscando como se fosse uma grande coruja-vermelha bruscamente espantada de sua árvore.

– Sim, tem razão, Sassenach.

Fechou o livro e o pousou delicadamente na mesa ao lado da cama.

Não me preocupei em fazer nenhum tipo de toalete antes de dormir, apenas tirei as roupas de cima, escovei os dentes e me deitei na cama vestindo minha combinação. Adso, que estivera cochilando no travesseiro, satisfeito, ficou desapontado quando tomamos seu lugar, mas moveu-se por insistência de Jamie, indo para o pé da cama, onde se deixou cair aos meus pés como um tapete grande e felpudo.

Após alguns instantes, no entanto, esqueceu a raiva, afofou as roupas de cama – e meus pés – levemente com as patas e começou a ronronar de um jeito preguiçoso.

Achei sua presença quase tão relaxante quanto o ronco baixo e regular de Jamie. De modo geral, eu me sentia em casa, segura no lugar que encontrara para mim no mundo, feliz por estar com Jamie, quaisquer que fossem as circunstâncias. Mas de tempos em tempos eu pensava, subitamente e com clareza, no tamanho do abismo que tinha atravessado – na grande perda do mundo no qual eu havia nascido –, e me sentia muito sozinha. E com medo.

Ouvir as palavras daquele homem, constatar seu pânico, seu desespero, fez com que eu me lembrasse de todo o terror e de todas as dúvidas de minhas viagens através das pedras.

Aconcheguei-me junto ao meu marido adormecido, aquecida e segura, e ouvi as palavras de Dente de Lontra, como se tivessem sido ditas em meu ouvido – um grito de desolação que ecoava através das barreiras do tempo e do idioma.

Mais para o pé daquela página em particular, a minúscula caligrafia em latim tornava-se cada vez mais apressada, algumas letras não passando de borrões de tinta, o final das palavras engolido em uma dança aracnídea frenética. E então, as últimas frases, escritas em inglês, o latim do autor dissolvido em desespero.

"Ah, Deus, meu Deus...
Onde eles estarão?"

Somente na tarde do dia seguinte conseguimos reunir Brianna, Roger e Ian e fomos para o escritório de Jamie sem atrair atenção indesejada. Na noite anterior, a sensação de fadiga depois da chegada repentina de Ian fizera quase tudo parecer razoável. Mas enquanto executava as tarefas diárias à luz clara da manhã, achava cada vez mais difícil acreditar que o diário realmente existisse e não fosse apenas algo com que eu tivesse sonhado.

Ali estava ele, no entanto, pequeno, negro e sólido sobre a escrivaninha de Jamie. Ele e Ian haviam passado a manhã no escritório, imersos na tradução. Quando me juntei a Jamie, pude ver por seus cabelos desgrenhados que ele considerara o relato do diário profundamente fascinante ou terrivelmente perturbador... ou talvez as duas coisas.

– Contei a eles o que é – disse Jamie sem rodeios, meneando a cabeça na direção de Bree e Roger.

Os dois estavam sentados um ao lado do outro em bancos, com ar sério. Jemmy, recusando-se a se separar da mãe, estava embaixo da mesa, brincando com um cordão de contas de madeira entalhadas.

– Você leu o diário todo? – perguntei, acomodando-me na cadeira extra.

Jamie assentiu, olhando para o Jovem Ian, que estava parado junto à janela, agitado demais para ficar sentado. Seus cabelos tinham sido cortados curtos, mas estavam quase tão desgrenhados quanto os de Jamie.

– Sim, li. Não vou ler o texto todo em voz alta, mas acho melhor começar pela parte em que ele decide contar tudo desde o princípio.

Ele havia marcado a página com o pedaço de couro curtido que costumava usar como marcador de livro. Abrindo o diário, encontrou o ponto marcado e iniciou a leitura:

> *"Meu nome de batismo é Robert Springer. Rejeito esse nome e tudo relacionado a ele, pois é o fruto amargo de séculos de assassinatos e injustiças, um símbolo de roubo, escravidão e opressão..."*

Jamie olhou por cima da borda do livro e disse:

– É por isso que eu não quero ler cada palavra. O sujeito começa a ficar entediante.

Correndo o dedo pela página, ele retomou a leitura:

– *No ano de Nosso Senhor, do senhor deles, aquele Cristo em nome do qual estupram e saqueiam e...* Bem, o texto segue assim, mas, quando ele aborda o assunto de maneira direta, ficamos sabendo que o ano era 1968. Então imagino que estejam familiarizados com essa história de assassinos e roubos, certo?

Ele ergueu as sobrancelhas para Bree e Roger.

Ela endireitou-se de repente, agarrando o braço do marido.

– Eu conheço esse nome – disse ela, parecendo ofegante. – Robert Springer. Eu o conheço!

– Você *o conheceu*? – perguntei, sentindo a ansiedade, o medo ou simplesmente a curiosidade tomar conta de mim.

– Não, eu *não o conheci* pessoalmente, mas conheço o nome. Eu o vi nos jornais. Você viu...?

Ela se virou para Roger, mas ele balançou a cabeça, franzindo o cenho.

– Bem, talvez não tenha visto, não no Reino Unido, mas ele era famoso em Boston. *Acho* que Robert Springer fazia parte do Projeto Montauk.

Jamie levou a mão à ponte do nariz.

– Projeto o quê?

– Foi só uma... uma coisa que as pessoas fizeram para chamar atenção. – Brianna balançou a mão, sem se dar o trabalho de explicar. – Não importa agora. Eram ativistas do Movimento Indígena Americano, ou ao menos começaram assim, só que eram meio esquisitos até mesmo para o movimento, então...

– Esquisitos?

– Ouvindo uma palavra que lhe chamou a atenção, Jemmy saiu de baixo da mesa.

– Não se preocupe, querido. Não é nada.

Olhando à volta em busca de algum objeto de interesse para distraí-lo, Bree tirou a pulseira de prata do braço e a entregou a ele. Ao ver os olhares perplexos do pai e do primo, ela respirou fundo e recomeçou, tentando – com um ou outro esclarecimento meu ou de Roger – definir os acontecimentos da época e fazer um relato breve, ainda que confuso, das tristes condições dos índios americanos no século XX.

– Então esse Robert Springer é, ou era, um tipo de índio, na sua época? – Jamie tamborilou na mesa, franzindo o cenho, concentrado. – Bem, isso combina com o relato: ele e os amigos aparentemente não aprovavam o comportamento daqueles a quem chamavam de "brancos". Imagino que estivessem se referindo aos ingleses? Ou europeus, pelo menos?

– Bem, sim... Em 1968, eles não eram mais europeus, eram americanos, só que os índios já existiam antes deles, e foi por isso que começaram a se intitular americanos nativos e...

Roger deu tapinhas no joelho de Bree, fazendo-a parar no meio da explicação.

– Talvez possamos nos concentrar na parte histórica mais tarde – sugeriu. – O que você leu sobre Robert Springer nos jornais?

– Ah. – Desconcertada, ela franziu a testa para se concentrar. – Ele desapareceu. Eles desapareceram, os cinco homens do Projeto Montauk, quero dizer. Eram todos procurados pelo governo, por explodirem coisas ou, pelo menos, ameaçarem; algo assim, eu me esqueci. E foram presos, mas saíram mediante pagamento de fiança e, em seguida, desapareceram.

– Evidentemente – murmurou Ian, olhando para o diário.

– Foi assunto dos jornais por mais ou menos uma semana – continuou Brianna. – Os outros ativistas acusaram o governo de ter dado sumiço neles, temendo que, durante o julgamento, viessem à tona informações que o deixariam em maus lençóis. Claro que o governo negou. Então houve uma grande busca, e acho que me lembro de ter lido que encontraram o corpo de um dos desaparecidos em uma mata em New Hampshire ou Vermont, algo assim... Mas não souberam dizer como ele tinha morrido... e ninguém conseguiu achar sinal dos outros.

– *Onde eles estarão?* – perguntei baixinho, sentindo os pelos do pescoço se arrepiarem. – *Ah, Deus, meu Deus, onde eles estarão?*

Jamie assentiu com seriedade.

– Sim. Bem, acho que esse Springer pode muito bem ser o sujeito de quem você está falando.

Tocou a página diante de si, com algo similar a respeito.

– Ele e seus quatro companheiros renunciaram a toda e qualquer relação com o mundo dos brancos, adotando novos nomes de seus verdadeiros ancestrais, ou assim diziam.

– Seria o certo a fazer – disse Ian, baixinho.

Ele agia com uma estranha calma, e eu me lembrei de que nos últimos dois anos ele tinha sido moicano, livre de seu sangue branco, adotando o novo nome de Irmão do Lobo – um dos Kahnyen'kehaka, os Guardiões do Portão Ocidental.

Achei que Jamie também havia percebido essa calma, mas ele mantinha os olhos no diário, folheando as páginas devagar conforme resumia o conteúdo.

Robert Springer, ou Ta'wineonawira, Dente de Lontra, como ele escolheu se chamar dali em diante, tinha muitas ligações com o mundo sombrio das políticas extremistas e com as sombras ainda mais profundas do que ele chamava de xamanismo nativo americano. Eu não tinha ideia da semelhança existente entre o que ele fazia e as crenças originais dos iroqueses, mas Dente de Lontra acreditava ser descendente dos moicanos e abraçou os resquícios daquela tradição conforme conseguiu encontrá-los ou inventá-los.

Foi em uma cerimônia de batismo que eu conheci Raymond. Eu me empertiguei de repente ao ouvir isso. Ele havia mencionado Raymond no começo, mas eu não tinha prestado atenção ao nome na ocasião.

– Ele descreve esse Raymond? – perguntei, ansiosa.

Jamie balançou a cabeça.

– Não a aparência. Ele diz apenas que Raymond era um grande xamã, capaz de se transformar em pássaros ou animais e de viajar no tempo – acrescentou baixinho.

Olhou para mim, erguendo a sobrancelha.

– Não sei – falei. – Eu até pensei nisso, certa vez... mas agora não sei.

– O que foi?

Brianna olhava para nós dois, confusa. Balancei a cabeça, ajeitando meus cabelos para trás.

– Nada importante. Eu conheci um homem em Paris chamado Raymond e pensei que... Mas o que, em nome de Deus, ele estaria fazendo nos Estados Unidos em 1968? – perguntei, espantada.

– Bem, você estava lá, não estava? – disse Jamie. – Mas deixando isso de lado por ora...

Ele voltou ao texto, enunciando tudo no inglês estranhamente pomposo da tradução: intrigado com Raymond, Dente de Lontra encontrou-se diversas vezes com o sujeito e também levou vários amigos seus até ele. Aos poucos, o projeto, *um plano espetacular e audacioso, surpreendente em sua concepção, foi arquitetado.*

– Modesto, não? – murmurou Roger.

> *"Houve um teste. Muitos fracassaram, mas eu não. Cinco de nós passaram no teste, ouvimos a voz do tempo, juramos com nosso sangue e pelo nosso sangue que íamos empreender essa grande aventura, resgatar nosso povo da catástrofe. Reescreveríamos sua história e repararíamos as injustiças cometidas contra eles..."*

Roger soltou um gemido baixo.

– Ah, Deus – murmurou. – O que pretendiam fazer? Matar Cristóvão Colombo?

– Não exatamente – ponderei. – Ele disse que pretendia chegar antes de 1600. O que aconteceu nessa época, você sabe?

– Eu não sei o que aconteceu nessa época – respondeu Jamie, passando a mão pelos cabelos –, mas sei muito bem o que ele achava que estava fazendo. Seu plano era ir à Liga Iroquesa para incitá-los contra os colonizadores brancos. Ele acreditava que havia poucos colonos na época e que os índios poderiam acabar facilmente com eles se os iroqueses os liderassem.

– Talvez ele tivesse razão – disse Ian baixinho. – Ouvi os anciãos contarem histórias. Sobre como os primeiros O'seronni vieram, como foram recebidos, como trouxeram mercadorias para permutar. Há cem anos, os O'seronni eram poucos... e os Kahnyen'kehaka eram os chefes, os líderes das nações indígenas. Sim, podiam ter feito isso, se quisessem.

– Sim, mas ele não teria como deter os europeus – replicou Brianna. – Eles eram muitos. Ele não queria que os moicanos invadissem a Europa, queria?

Jamie abriu um largo sorriso diante da ideia.

– Eu gostaria de ter visto isso – disse ele. – Os moicanos teriam dado aos Sassenachs algo com que se preocupar. Mas não – olhou para mim com sarcasmo –, nosso amigo Robert Springer não era *tão* ambicioso.

O que Dente de Lontra e seus companheiros tinham em mente era bastante ambicioso e talvez... quem sabe?... possível. Eles não tinham a intenção de impedir totalmente o assentamento de brancos. Eram lúcidos o suficiente para compreender a impossibilidade disso. O que pretendiam era alertar os índios a respeito dos brancos, para estabelecerem o comércio *nos seus termos*, negociando de uma posição de poder.

– Em vez de permitir que se estabelecessem em grupos numerosos, poderiam manter os brancos restritos a pequenas cidades. Em vez de permitir que construíssem fortificações, podiam exigir armas desde o começo. Estabelecer o comércio em seus termos. Mantê-los sempre em menor número e com menos armas, forçando os europeus a ensiná-los a manipular o metal.

– *Prometheus redux* – falei, e Jamie riu.

Roger balançou a cabeça, admirado.

– É um plano maluco, mas temos que reconhecer a audácia do grupo. Poderia ter funcionado... *se* ele conseguisse convencer os iroqueses e *se* eles agissem na hora certa, antes que a balança de poder pendesse para o lado dos europeus. Mas tudo deu errado, não foi? Primeiro, ele foi parar na época errada, tarde demais, depois percebeu que nenhum de seus amigos completou a jornada com ele.

Eu vi os braços de Brianna se arrepiarem e percebi como ela olhou para mim – um olhar de súbita compreensão. Ela havia imaginado como seria chegar de repente a outra época... sozinha.

Abri um sorriso para ela e toquei o braço de Jamie. Distraído, ele pousou a mão sobre a minha e apertou-a de leve.

– Sim. Ele quase se desesperou quando viu que tudo tinha dado errado. Pensou em voltar, mas não tinha mais uma pedra preciosa, e Raymond dissera que era preciso ter uma para se proteger.

– Ele acabou encontrando uma, no entanto – falei.

Ficando de pé, estendi a mão para a prateleira de cima e peguei a grande opala bruta, o fogo interior tremeluzindo através da espiral esculpida na superfície.

– Isto é, supondo que não possa haver vários índios chamados Dente de Lontra relacionados a Snaketown.

Tewaktenyonh, uma velha índia moicana e líder do Conselho de Mães, me dera a pedra quando fomos à aldeia de Snaketown salvar Roger do cativeiro. Ela também havia me contado a história de Dente de Lontra e de como ele morrera – e eu estremeci, embora estivesse quente na sala.

A grande pedra lisa esquentava em minha mão; esfreguei o polegar cuidadosamente sobre a espiral. *A cobra que engole a própria cauda*, dissera ele.

– Sim. Ele não menciona isso, no entanto. – Jamie se recostou, passando as mãos pelos cabelos soltos e, em seguida, esfregando a mão no rosto. – A história termina quando ele decide que não há alternativa. Qualquer que fosse o ano, e ele não fazia a menor ideia de qual era, e quer estivesse sozinho, quer não, ele levaria o plano adiante.

Todos fizeram silêncio por um instante, pensando na grandeza – e na inutilidade – daquele plano.

– Não é possível que ele tenha imaginado que podia dar certo – disse Roger, a voz grave e rouca encerrando a questão.

Jamie balançou a cabeça, fitando o livro, embora seus olhos obviamente estivessem vendo através dele, azuis e distantes.

– E de fato não imaginou – murmurou. – O que ele falou, no fim – Jamie tocou a página com delicadeza –, foi que milhares de seu povo morreram lutando por sua liberdade, e outros milhares morreriam nos anos seguintes. Ele percorreria o caminho que eles percorreram, pois honrar seu sangue e morrer lutando era tudo o que um guerreiro moicano podia querer.

Ouvi Ian inspirar ofegante atrás de mim e Brianna abaixar a cabeça, os cabelos brilhosos escondendo seu rosto. Roger se virou para ela, com o semblante sério – mas eu não via nenhum deles. Eu via um homem com o rosto pintado de preto para enfrentar a morte caminhando por uma floresta úmida à noite, segurando uma tocha que ardia com uma chama fria.

Um puxão em minha saia desfez essa visão, eu olhei para baixo e vi Jemmy de pé ao meu lado, segurando minha mão.

– Que isso?

– O que... Ah! É uma pedra, querido. Uma pedra linda, está vendo?

Estendi a opala para ele, que a segurou com as duas mãos e se sentou para examiná-la. Brianna limpou o nariz, emocionada, e Roger pigarreou forte.

– O que quero saber – disse ele com a voz áspera, gesticulando na direção do diário – é por que diabos ele escreveu isso em latim?

– Ah. Ele explica por quê. Ele aprendeu latim na escola, e talvez tenha sido isso o que o fez se voltar contra os europeus. – Jamie riu para o Jovem Ian, que fez uma careta. – E achou que, se escrevesse em latim, quem o lesse pensaria se tratar apenas do breviário de algum padre e não daria atenção.

– Eles realmente acharam que era, os Kahnyen'kehaka – observou Ian. – Mas a velha Tewaktenyonh guardou o livro. E quando eu... parti, ela o entregou a mim e disse que eu deveria trazê-lo comigo e entregá-lo a você, tia Claire.

– A mim?

Senti certa hesitação em encostar no livro, mas ainda assim estendi a mão e toquei as páginas abertas. A tinta, pelo que percebi, havia começado a secar mais para o fim, as letras sumiam ou falhavam, e algumas palavras eram apenas marcas no papel. Será que ele tinha jogado fora a caneta vazia ou a guardara como uma lembrança inútil de seu futuro desaparecido?

– Acha que ela sabia o que estava escrito no livro? – perguntei.

O rosto de Ian manteve-se impassível, mas seus meigos olhos castanhos pareciam um pouco confusos. Quando era escocês, não costumava esconder seus sentimentos.

– Não sei – respondeu ele. – Ela sabia *alguma coisa*, mas não sei dizer o quê. Ela não me contou, falou apenas que eu devia trazer o livro para você. – Hesitou, olhando de mim para Brianna e Roger, depois para mim de novo. – É verdade? – perguntou ele. – O que você contou, prima, sobre... o que vai acontecer aos índios?

Ela ergueu o olhar, encarando-o, e assentiu.

– Receio que sim – disse baixinho. – Sinto muito, Ian.

Ele apenas assentiu, esfregando o nó do dedo na ponte do nariz, mas eu fiquei pensando.

Eu sabia que ele não havia renegado o próprio povo, mas os Kahnyen'kehaka também eram seu povo. Não importava o que o fizera partir.

Eu estava abrindo a boca para perguntar a Ian sobre sua mulher quando ouvi Jemmy. Ele havia voltado para debaixo da mesa com seu prêmio e mantinha com ele uma conversa amigável, ainda que ininteligível, havia vários minutos. Mas sua voz mudou repentinamente, ganhando um tom assustado.

– Quente – disse ele –, mamãe, QUENTE!

Brianna já se levantava do banco, com um olhar de preocupação, quando ouvi o barulho. Era um zumbido estridente, como o estranho assovio de um copo de cristal quando se corre um dedo molhado por sua borda várias e várias vezes. Roger endireitou-se, assustado.

Brianna se abaixou, tirou Jemmy de baixo da mesa e, ao se levantar com ele, ouviu-se um estouro repentino, como o estampido de um tiro, e o zumbido parou de repente.

– Santo Deus – disse Jamie, um pouco calmo demais diante das circunstâncias.

Faíscas apareceram na prateleira, nos livros, nas paredes e nas grossas pregas das saias de Brianna. Uma delas zuniu bem próximo à cabeça de Roger, passando de raspão por sua orelha; um fio fino de sangue escorria por seu pescoço, embora ele não parecesse ter notado ainda.

Vários pontos brilhantes cintilavam sobre a mesa, uma chuva dos estilhaços afiados que haviam sido lançados para cima através da madeira de mais de 2 centímetros de espessura. Ouvi Ian emitir uma exclamação aguda e o vi abaixar-se para retirar um fragmento de sua panturrilha. Jemmy começou a chorar. Do lado de fora, Rollo latia furiosamente.

A opala havia explodido.

Ainda estava claro; a chama da vela era quase invisível, não mais do que uma ondulação de calor na luz do fim de tarde que entrava pela janela. Jamie apagou a vareta que havia utilizado para acendê-la e sentou-se a sua escrivaninha.

– Você não sentiu nada estranho na pedra quando a entregou ao menino, Sassenach?

– Não. – Eu ainda estava atordoada com a explosão, os ecos do estampido misterioso em meu ouvido. – Senti algo quente, mas tudo no cômodo estava meio quente, e certamente não estava fazendo aquele barulho.

– Barulho? – Ele olhou para mim sem entender. – Quando explodiu, você quer dizer?

Foi a minha vez de olhar para ele, desconfiada.

– Não, antes disso. Você não ouviu?

Ele balançou a cabeça, uma pequena ruga surgindo entre seus olhos, e eu olhei para os outros presentes. Bree e Roger assentiram – ambos pareciam pálidos e nauseados –, mas Ian negou, parecendo ao mesmo tempo interessado e confuso.

– Eu não ouvi nada – disse ele. – Como era o barulho?

Brianna abriu a boca para responder, mas Jamie ergueu a mão para interrompê-la.

– Um momento, *a nighean*. Jem, *a ruradh*, você ouviu um barulho antes da explosão?

Jemmy parecia ter se acalmado, mas ainda estava aninhado no colo da mãe, com o polegar na boca. Encarou o avô, arregalando os olhos azuis, que já começavam a ficar amendoados, e assentiu devagar, sem tirar o dedo da boca.

– E a pedra que a vovó deu a você... estava quente?

Jemmy lançou um olhar acusatório em minha direção e aquiesceu outra vez. Senti uma leve onda de culpa, seguida de outra bem maior quando pensei no que poderia ter acontecido se Bree não o tivesse pegado imediatamente.

Nós havíamos retirado a maior parte dos estilhaços da madeira; estavam sobre a mesa em um montinho. Um deles havia cortado um pedacinho da pele do nó de meu dedo. Eu o levei à boca, sentindo o gosto metálico do sangue.

– Santo Deus, esses pedaços são afiados como estilhaços de vidro.

– *São* estilhaços de vidro.

Brianna apertou Jem ainda mais contra si.

– Vidro? Você quer dizer que não era uma opala de verdade?

Roger ergueu as sobrancelhas, inclinando-se para a frente a fim de pegar um dos pedaços, afiado como uma agulha.

– Claro que era, mas opalas são vidro. Na realidade, vidro vulcânico. Pedras preciosas têm uma estrutura cristalina que as torna bonitas; a das opalas é quebradiça se comparada à maioria das outras.

O rosto de Brianna começava a ganhar cor de novo, embora ela continuasse abraçando o filho.

– Eu sabia que era possível quebrar uma opala com uma martelada ou algo assim, mas nunca ouvi falar em uma que fizesse *isso*.

Ela meneou a cabeça, indicando a pilha de fragmentos brilhantes perto do filho.

Jamie pegou um grande com o indicador e o polegar e o estendeu para mim.

– Coloque-o na mão, Sassenach. Está quente?

Peguei o pedaço irregular da pedra com cautela. Era fino, não pesava quase nada, e era translúcido, lançando vívidas faíscas azuis e cor de laranja.

– Sim – falei, movimentando-o na palma da mão com cuidado. – Não muito quente, mas na temperatura da pele.

– Para mim ela está fria – disse Jamie. – Dê o pedaço a Ian.

Entreguei-o ao jovem, que o colocou na palma da mão e passou a ponta de um dos dedos sobre ele, como se fosse um pequeno animal que poderia mordê-lo se incomodado.

– Para mim está frio – revelou ele. – Como um pedaço de vidro, como a prima Brianna disse.

Depois de experimentarmos um pouco mais, concluímos que a pedra parecia quente – mas não muito – para Brianna, para Roger e para mim, mas não para Jamie e Ian. A essa altura, a cera no topo da grande vela-relógio havia derretido, permitindo que Jamie retirasse as pedras preciosas que estavam ali. Ele pegou todas elas, limpou o que restava da cera quente com o lenço e colocou-as em fila na beirada da escrivaninha para que esfriassem.

Jemmy olhou para elas com grande interesse, aparentemente esquecendo-se da aventura malsucedida.

– Gosta destas, *a ghille ruaidh*? – perguntou Jamie, e ele assentiu na mesma hora, inclinando-se para fora do colo da mãe para tentar pegar as pedras.

– Quente – disse ao se lembrar, e retraiu-se, indeciso. – Quente?

– Bem, espero que não – respondeu o avô. Ele respirou fundo e pegou a esmeralda, uma pedra grosseiramente lapidada do tamanho da unha de seu polegar. – Estenda a mão, *a bhalaich*.

Brianna parecia querer protestar, mas mordeu o lábio inferior e incentivou Jemmy a fazer o que o avô pedira. Ele pegou a pedra, ainda desconfiado, mas o ar de cautela logo se desfez em um sorriso quando ele olhou para a pedra.

– Pedra bonita!

– Está quente? – perguntou Brianna, preparada para arrancá-la de sua mão.

– Sim, quente – disse ele, satisfeito, segurando-a contra a barriga.

– Deixe a mamãe ver. – Com um pouco de dificuldade, Brianna conseguiu encostar os dedos na pedra, embora Jemmy não quisesse soltá-la. – Está morna – disse ela, levantando a cabeça. – Como o pedaço de opala, mas não muito quente. Se ficar muito quente, você deve soltar a pedra *depressa*, está bem? – ordenou ela a Jemmy.

Roger observava a cena, fascinado.

– Ele tem, não tem? – perguntou ele. – Cinquenta por cento de chance, você disse, ou três chances em quatro, dependendo...

– O quê?

Jamie olhou para Roger, depois para mim, erguendo a sobrancelha, confuso.

– Acho que ele pode... viajar – falei, sentindo um aperto no peito diante da ideia. – Você sabe o que Dente de Lontra disse... – Meneei a cabeça, indicando o diário, que estava esquecido sobre a mesa. – Ele disse que precisaram fazer um teste... para ver se podiam ouvir "a voz do tempo". Sabemos que nem todo mundo pode... fazer isso. – Eu me senti um tanto constrangida falando do assunto na presença de Ian. – Mas algumas pessoas podem. Pelo que Dente de Lontra disse, havia uma maneira de descobrir quem podia e quem não podia, com antecedência, sem ter que experimentar de verdade.

Jemmy não estava nem um pouco interessado na conversa dos adultos, apenas se balançava para a frente e para trás, balbuciando para a pedra presa na mão gorducha.

– Você acha que a "voz do tempo" é... Jem, você consegue ouvir a pedra? – Roger se inclinou para a frente, segurando o braço de Jemmy para desviar sua atenção da esmeralda. – Jem, a pedra está cantando para você?

Jemmy olhou para cima, surpreso.

– Não – disse ele, em dúvida, mas em seguida acrescentou: – Sim. – Levou a pedra ao ouvido, franzindo a testa, e a jogou para Roger. – Você canta, papai!

Roger pegou a esmeralda com cuidado, sorrindo para Jemmy.

– Não sei nenhuma canção de pedras – falou ele com a voz grave e rouca. – A menos que seja uma dos Rolling Stones.

Levou a pedra ao ouvido, envergonhado. Prestou atenção, franzindo a testa, depois abaixou a mão, balançando a cabeça.

– Não... não consigo, eu não poderia afirmar que *ouço* alguma coisa. No entanto... veja, tente você.

Entregou a pedra a Brianna, que em seguida a passou para mim. Nenhum de nós ouviu nada em especial, mas achei que podia discernir algo se ouvisse com muito cuidado. Não exatamente um som, era mais a sensação de uma vibração muito, muito fraca.

– O que foi? – perguntou Ian. Ele estava acompanhando nossos experimentos com grande interesse. – Vocês não são *sìdheanach*, vocês três... mas por que conseguem fazer... o que fazem, e tio Jamie e eu não conseguimos? Você não consegue, não é, tio? – perguntou ele, em dúvida.

– Não, graças a Deus – respondeu o tio.

– É genético, não é? – perguntou Brianna, erguendo o olhar. – Só pode ser.

Jamie e Ian pareceram desconfiados ao ouvir o termo desconhecido.

– Genético? – indagou Ian.

Suas sobrancelhas arrepiadas uniram-se em uma expressão de perplexidade.

– Por que não seria? – falei. – Todo o resto é... tipo de sangue, cor dos olhos.

– Mas todos têm olhos e sangue, Sassenach – objetou Jamie. – Qualquer que seja a cor dos olhos de uma pessoa, todo mundo pode ver. Isto...

Com a mão, indicou a pequena coleção de pedras.

Suspirei com impaciência.

– Sim, mas há outras coisas que são genéticas. Tudo, se pensarmos bem! Veja...

Eu me virei para ele e coloquei a língua para fora. Jamie piscou, e Brianna deu uma risadinha diante da expressão dele.

Sem dar atenção, coloquei a língua para dentro e então para fora de novo, desta vez com a ponta virada para cima, formando um cilindro.

– E agora? – perguntei, fechando a boca outra vez. – Consegue fazer isso?

Jamie pareceu achar graça.

– Claro que consigo. – Botou para fora a língua enrolada e a contorceu, demonstrando, em seguida a recolheu de novo. – Todo mundo consegue fazer isso, não? Ian?

– Ah, sim, claro – afirmou Ian, fazendo o mesmo. – Qualquer um.

– Eu não consigo – disse Brianna.

Jamie olhou para ela, desconcertado.

– Como assim não consegue?

– Blah. – Ela esticou a língua plana e a mexeu de um lado para o outro. – Não consigo.

– Claro que consegue. – Jamie franziu a testa. – Veja, é simples. Qualquer um consegue fazer isso!

Ele colocou a língua para fora outra vez, enrolando-a e desenrolando-a como um tamanduá incentivando ansiosamente o filhote na direção de um apetitoso aglomerado de insetos. Olhou para Roger com as sobrancelhas erguidas.

– Era de esperar que sim, não é? – disse Roger melancolicamente.

Ele esticou a própria língua, sem conseguir enrolá-la.

– Viu? – falei de modo triunfante. – Algumas pessoas conseguem enrolar a língua e outras simplesmente não conseguem. Não é algo que se possa aprender: ou a pessoa nasce com isso ou não nasce.

Jamie olhou de Bree para Roger e novamente para a filha, franzindo o cenho, depois se virou para mim.

– Supondo que você tenha razão, por que ela não consegue fazer isso, se você e eu conseguimos? Você garantiu que ela é minha filha, certo?

– Ela é sua filha, pode ter certeza – falei. – Como todo mundo que tem olhos pode ver.

Ele olhou para Brianna, observando como ela era alta e esbelta, admirando sua cabeleira ruiva. Ela sorriu, semicerrando os olhos azuis. Ele sorriu de volta e virou-se para mim, dando de ombros com bom humor.

– Bem, vou aceitar sua palavra, Sassenach, porque é uma mulher honrada. Mas e a língua?

Ele enrolou a própria língua outra vez, com ar de dúvida, ainda sem conseguir acreditar que alguém não pudesse fazer isso se realmente tentasse.

– Bem, você sabe de onde vêm os bebês – comecei. – O óvulo e o...

– Eu sei – disse ele, com a voz um pouco vacilante.

As pontas de suas orelhas ficaram ligeiramente rosadas.

– Quer dizer, é preciso algo da mãe e algo do pai. – Eu senti meu rosto ligeiramente corado, mas continuei heroicamente: – Às vezes a influência do pai é mais visível que a da mãe. Às vezes é o contrário. Mas... hum.... as duas influências estão presentes.

Nós as chamamos de genes: aquilo que os bebês recebem dos pais que determina a aparência e as habilidades do filho.

Jamie olhou para Jemmy, que cantarolava outra vez, concentrado em tentar equilibrar uma pedra preciosa em cima da outra, a luz do sol se refletindo em seus cabelos ruivos. Os olhos de Jamie encontraram os de Roger e ele rapidamente olhou de novo para mim.

– Sim, e daí?

– Bem, os genes afetam mais do que simplesmente a cor dos cabelos ou dos olhos. Mas – falei, animada com a aula – cada pessoa tem dois genes para cada característica, um do pai, outro da mãe. E quando os... hum... gametas são formados nos ovários e testículos...

– Talvez seja melhor me contar sobre isso mais tarde, Sassenach – interrompeu Jamie, olhando para Brianna de soslaio.

Estava claro que ele não considerava adequado que sua filha ouvisse a palavra "testículos"; suas orelhas estavam ardendo.

– Tudo bem, pai. Eu sei de onde vêm os bebês – garantiu Bree, rindo.

– Muito bem – falei, retomando o controle da conversa. – Temos um par de genes para cada traço, um gene da mãe e outro do pai, mas na hora de passá-los aos filhos, só podemos passar um do par. Porque a criança vai obter outro gene do outro membro do casal, entendem?

Ergui a sobrancelha para Jamie e Roger, que assentiram ao mesmo tempo, como se estivessem hipnotizados.

– Certo. Bem, então, alguns genes são dominantes e outros, recessivos. Se uma pessoa tem um gene dominante, então é esse que vai se expressar, que vai ser visível. Ela pode ter outro gene recessivo, que não pode ser visto, mas ainda assim pode ser passado para o filho.

Minha plateia parecia atenta.

– Você com certeza aprendeu isso na escola, Roger, certo? – perguntou Bree, rindo.

– Bem, sim – murmurou ele –, mas acho que não estava prestando muita atenção na época. Afinal, eu não achava que isso pudesse ser de fato importante.

– Certo – falei com seriedade. – Muito bem, então. Você e eu, Jamie, evidentemente temos um dos genes dominantes que nos possibilita enrolar a língua, mas – continuei, erguendo um dedo – devemos ter também um gene recessivo, que não permite essa habilidade. E, logicamente, cada um de nós transmitiu o gene recessivo a Bree. Portanto, ela não consegue enrolar a língua. Da mesma maneira, Roger deve ter duas cópias de genes recessivos que não permitem que ele enrole a língua. Já que, se ele tivesse ao menos um dos genes dominantes, poderia fazê-lo, mas não consegue.

Fiz uma reverência.

– O que é "testico"? – perguntou uma vozinha baixa.

Jemmy havia deixado as pedras de lado e olhava para mim com muito interesse.

– Ahn... – balbuciei.

Olhei ao redor da sala, em busca de ajuda.

– É a palavra em latim para as suas bolas, rapaz – disse Roger com a expressão séria, contendo um sorriso.

Jemmy pareceu muito interessado.

– Bolas? Onde tenho bolas?

– Hã... – disse Roger, olhando para Jamie.

– Hum – fez Jamie, fitando o teto.

– Bem, você está vestindo um kilt, tio Jamie – comentou Ian, rindo.

Jamie olhou para o sobrinho como quem se sentia muito traído, mas antes que pudesse se mover, Roger já havia se inclinado para a frente e colocado a mão delicadamente entre as pernas de Jemmy.

– Bem aqui, *a bhalaich* – disse ele.

Jemmy levou a mão aos testículos depressa, em seguida olhou para Roger com as pequenas sobrancelhas ruivas franzidas, sem entender.

– Não é bola. É pintinho!

Jamie suspirou fundo e ficou de pé. Fez sinal com a cabeça para Roger, depois se abaixou e pegou Jemmy pela mão.

– Tudo bem. Vamos lá fora comigo e com seu pai e nós vamos lhe mostrar.

O rosto de Bree estava vermelho como seus cabelos, e seus ombros estremeceram levemente. Roger, também corado, abriu a porta e deu um passo para o lado para Jamie e Jem passarem.

Não acho que Jamie tenha parado para pensar; em um ímpeto, virou-se para Jemmy, formando um rolo com a língua, colocando-a para fora.

– Consegue fazer isso, *a ruaidh*? – perguntou ele, colocando a língua para dentro outra vez.

Brianna inspirou com força, com um som como o de um pato assustado, e ficou paralisada. Roger também, os olhos fixos em Jemmy, como se o menino fosse um aparato explosivo engatilhado para explodir como a opala.

Tarde demais, Jamie percebeu o que fizera e empalideceu.

– Merda – disse ele, devagar, quase em um sussurro.

Os olhos de Jemmy se arregalaram.

– Feio, vovô! Palavra feia. Não é, mamãe?

– Sim – respondeu Brianna com os olhos semicerrados, voltados para Jamie. – Vamos ter que lavar a boca do vovô com sabão, não é?

A cara dele era de quem já tinha comido um bocado de sabão, e sabão de lixívia, para piorar.

– Sim – disse ele e pigarreou. O rubor havia desaparecido de seu rosto. – Sim, foi muito feio o que eu disse, Jeremiah. Peço desculpas às senhoras. – Fez uma reverência muito formal para mim e para Brianna. – *Je suis navré, mesdames. Et monsieur* – acrescentou baixinho para Roger, que assentiu com um movimento quase imperceptível.

Ainda olhava para Jemmy, mas suas pestanas estavam baixas e o rosto cuidadosamente impassível.

Jemmy fez a carinha de encantado que fazia sempre que alguém falava francês perto dele e – como Jamie queria, claramente – e contribuiu de imediato com o que sabia daquele idioma de arte e cavalheirismo.

– *Frère Jacques, Frère Jacques...*

Roger olhou para Bree, e algo pareceu se passar entre eles. Ele se abaixou e pegou a outra mão de Jem, interrompendo a música temporariamente.

– Então, *a bhalaich*, consegue fazer isso ou não?

– *FRÈRE*... Fazer o quê?

– Olhe para o vovô.

Roger inclinou a cabeça indicando Jamie, que respirou fundo e colocou a língua para fora, enrolada.

– Consegue fazer isso? – perguntou Roger.

– *Caro*. – Jemmy sorriu e colocou a língua para fora. Reta. – Blé.

Todos suspiraram ao mesmo tempo. Jemmy, sem perceber, impulsionou as pernas para cima, suspenso pelas mãos de Jamie e Roger, em seguida pousou os pés no chão outra vez, lembrando-se de sua pergunta.

– O vovô tem bolas? – perguntou ele, puxando as mãos dos homens e inclinando a cabeça bem para trás a fim de olhar para Jamie.

– Sim, rapaz, tenho – disse Jamie com seriedade. – Mas as do seu pai são maiores. Vamos, então.

Ao som do cantarolar desafinado de Jemmy, os homens o levaram para fora, pendurado como um gibão entre eles, os joelhos erguidos até o queixo.

110

HOMEM DE GUERRA

Esfarelei folhas secas de sálvia nas mãos, deixando os pedacinhos verde-acinzentados caírem sobre as brasas. O sol já estava baixo no céu, acima das castanheiras, mas o pequeno cemitério estava tomado pelas sombras e o fogo ardia, intenso.

Nós cinco formamos um círculo ao redor do pedaço de granito com o qual Jamie havia marcado a sepultura do desconhecido. *Éramos cinco, então formamos um círculo, ficando em pontos equidistantes.* Por consenso geral, não foi apenas pelo homem com as obturações de platina, mas por seus quatro companheiros desconhecidos – e por Daniel Rawlings, cuja sepultura definitiva ficava sob um freixo da montanha ali perto.

A fumaça subia da pequena panela de ferro, clara e aromática. Eu também havia levado outras ervas, mas sabia que, para os tuscaroras, os cherokees e os moicanos, a sálvia era sagrada, sua fumaça representava purificação.

Esfreguei agulhas de zimbro entre as mãos dentro do fogo, seguidas de arruda e alecrim.

As folhas das árvores próximas farfalhavam lentamente à brisa da tarde e o crepúsculo iluminava a fumaça que se desprendia das brasas, transformando-a de cinzenta em dourada, conforme se erguia para a abóbada do céu, onde as estrelas mais fracas aguardavam.

Jamie levantou a cabeça, incendiada por um fogo quase tão brilhante quanto as brasas aos seus pés, e olhou para o oeste, para onde voam as almas dos mortos. Falou baixinho, em gaélico, mas todos já sabíamos o suficiente para entender.

"Tu vais para casa esta noite, para tua casa de inverno,
Para tua casa de outono, de primavera e de verão;
Tu vais para casa esta noite, para tua casa eterna,
Para tua cama eterna, para teu descanso eterno.

Que o sono das sete luzes seja teu, ó irmão,
Que o sono das sete alegrias seja teu, ó irmão,
Que o sono dos sete descansos seja teu, ó irmão,
Nos braços de Jesus das bênçãos, do Cristo de Graças.
A sombra da morte toma teu rosto, amado,
Mas o Jesus das Graças tem Sua mão ao teu redor;
Junto à Trindade não há mais sofrimento,
Cristo está diante de ti e a paz está em Sua mente."

Ian permaneceu ao lado dele, sem tocá-lo. A luz pálida iluminava seu rosto, destacando suas cicatrizes. Primeiro fez a prece na língua moicana, depois em inglês, para nós.

"Que a caça seja bem-sucedida,
Que seus inimigos sejam destruídos diante de seus olhos,
Que seu coração seja eternamente alegre no abrigo de seus irmãos."

– Deve-se repetir essa prece inúmeras vezes – acrescentou ele, abaixando a cabeça, como se pedisse desculpas. – Com os tambores, entendem? Mas acho que uma vez é suficiente agora.

– Está bem assim, Ian – assegurou-lhe Jamie, e em seguida olhou na direção do genro.

Roger tossiu e pigarreou, depois falou, com a voz rouca tão clara e tão penetrante quanto a fumaça:

"Senhor, faz-me saber meu fim,
E a medida de meus dias, qual seja;
Para que eu saiba quão frágil sou.
O Senhor fez meus dias como palmos;
E minha idade não é nada diante de Ti.
Ouve minha súplica, ó Senhor, e ouve meu grito;
Não te cales à vista de minhas lágrimas,
Pois para Ti sou como um forasteiro.
E um peregrino, como todos os meus pais."

Permanecemos quietos enquanto a escuridão nos envolvia silenciosamente. Quando a luz desapareceu e as folhas acima de nós perderam seu brilho, Brianna pegou a jarra de água e a virou sobre a panela de brasas. Fumaça e vapor elevaram-se em uma nuvem fantasmagórica, e o cheiro da lembrança embrenhou-se entre as árvores.

Já estava quase escuro quando descemos a estreita trilha de volta para casa. Eu via Brianna à minha frente, liderando o grupo; os homens vinham um pouco atrás de nós. Os vaga-lumes revoavam em bandos, espalhando-se entre as árvores e iluminando o capim junto aos meus pés. Um deles faiscou nos cabelos de Brianna e ficou agarrado ali por um momento, piscando.

Um bosque ao entardecer é dominado por um profundo silêncio, que induz o coração a ficar calmo e os pés a pisarem a terra de leve.

– Você já pensou, então, *a cliamhuinn*? – perguntou Jamie, atrás de mim.

Sua voz era baixa, o tom bastante amistoso, mas a maneira formal de falar deixava claro que a pergunta era séria.

– Em quê?

A voz de Roger estava calma, mais baixa devido à cerimônia, e quase não dava para perceber a rouquidão.

– No que pretendem fazer, você e sua família. Agora que sabem que o menino pode atravessar, e o que isso pode significar, se ficarem.

O que poderia significar para todos eles. Respirei fundo, inquieta. Guerra. Batalha. Incerteza, o perigo a única certeza. Perigo de doença ou acidente, para Brianna e Jem. Perigo de morte no trabalho de parto, se ela engravidasse outra vez. E quanto a Roger, perigo tanto de corpo quanto de alma. Sua mente estava curada, mas eu via a imobilidade no fundo de seus olhos quando ele pensava em Randall Lillywhite.

– Ah, sim – respondeu Roger, baixinho, sem que eu o visse, atrás de mim. – Já pensei... e ainda estou pensando... *m'athair-cèile*.

Esbocei um sorriso ao ouvi-lo chamar Jamie de "sogro", mas o tom de sua voz era totalmente sério.

– Devo contar o que penso? E você conta a mim?

– Sim, faça isso. Ainda há tempo para pensar.

– Tenho pensado, ultimamente, em Hermon Husband.

– O quacre?

Jamie pareceu surpreso. Husband deixara a colônia com a família depois da batalha de Alamance. Acreditava ter ouvido alguém dizer que ele foi para Maryland.

– Sim, ele mesmo. O que acha que poderia ter acontecido se ele não fosse um quacre? Se tivesse seguido em frente e deixado os reguladores travarem sua guerra?

Jamie resmungou um pouco, pensando.

– Não sei – respondeu, embora parecesse interessado. – Está dizendo que eles poderiam ter sido bem-sucedidos se tivessem um líder adequado?

– Sim. Ou talvez não... Eles não tinham armas, afinal, mas teriam se saído melhor se tivessem. E se tivesse sido assim...

Já estávamos avistando a casa. Víamos as janelas de trás iluminadas conforme a lareira e as velas eram acesas para a noite e o jantar.

– Estou pensando no que vai acontecer aqui... No que aconteceria se os reguladores tivessem sido bem liderados... Talvez tivesse começado aqui mesmo, não daqui a três anos, em Massachusetts.

– É? E se fosse assim, o que aconteceria?

Roger emitiu um ruído, o equivalente verbal a um dar de ombros.

– Quem sabe? Eu sei o que está acontecendo na Inglaterra agora. Eles não estão prontos, não fazem a menor ideia do que estão arriscando aqui. Se a guerra acontecesse de repente, sem aviso prévio, se tivesse acontecido em Alamance, poderia se espalhar rapidamente e terminar antes que os ingleses tivessem sequer ideia do que estava acontecendo. Anos de guerra poderiam ter sido poupados, milhares de vidas poderiam ter sido salvas.

– Ou não – disse Jamie, sério, e Roger riu.

– Ou não – concordou ele. – Mas o problema é o seguinte: acho que há momentos para homens de paz e momentos para homens de guerra também.

Brianna havia chegado à casa, mas se virou e esperou pelo resto de nós. Ela também estava ouvindo a conversa.

Roger parou ao seu lado, olhando para cima. Faíscas voavam da chaminé em uma chuva de fogos de artifício, iluminando seu rosto com a claridade.

– Você me chamou – disse ele finalmente, ainda olhando para cima, para a escuridão sendo iluminada. – Na Reunião, junto à fogueira.

– *Seas vi mo lâmh, Roger an t'oranaiche, mac Jeremiah mac Choinneich* – falou Jamie com calma. – Sim, é verdade. Fique ao meu lado, Roger, o cantor, filho de Jeremiah.

– *Seas vi mo lâmh, a mhic mo thaighe* – disse Roger. – Fique ao meu lado, filho da minha casa. Estava falando sério?

– Você sabe que sim.

– Então eu também falo.

Ele estendeu o braço e apoiou a mão no ombro de Jamie, e eu vi os nós dos seus dedos embranquecerem quando ele o apertou.

– Eu ficarei ao seu lado. Nós ficaremos.

Ao meu lado, Brianna suspirou aliviada, como a brisa do anoitecer.

111

AINDA ASSIM SAEM A SEU ENCONTRO

A grande vela-relógio havia queimado um pouco, mas ainda restavam muitos dos aros pretos que marcavam as horas. Jamie recolocou as pedras na poça de cera derretida ao redor da chama: uma, duas, três – e a apagou. A quarta pedra, o grande topázio, estava guardada em uma pequena caixa de madeira que eu havia embrulhado e costurado em tecido oleado. Seria enviada a Edimburgo, aos cuidados do marido da prima da sra. Bug, que, por meio de suas conexões com bancos, negociaria a venda da pedra e – mediante a dedução de uma comissão adequada por sua ajuda – transferiria o dinheiro para Ned Gowan.

A carta que a acompanharia, selada dentro da caixa com a pedra, dava a Ned a missão de determinar se Laoghaire MacKenzie estava vivendo com um homem em estado equivalente ao casamento. Caso estivesse, o incumbia ainda de declarar que o contrato entre Laoghaire MacKenzie e James Fraser fora cumprido, após o que os lucros da venda da pedra seriam depositados em um banco, para serem usados como dote para Joan MacKenzie Fraser, filha da citada Laoghaire, quando ela se casasse.

– Tem certeza de que não quer pedir a Ned para dizer quem é o sujeito? – perguntei.

Ele balançou a cabeça com firmeza.

– Se ele quiser me dizer, tudo bem. Se não, tudo bem também.

Ele olhou para mim com um ar irônico. A curiosidade não satisfeita seria sua penitência, evidentemente.

No fim do corredor, eu podia ouvir Brianna ao mesmo tempo conversando com a sra. Bug e repreendendo Jemmy, depois a voz de Roger, interrompendo, e o grito entusiasmado de Jemmy quando o pai o jogou para cima.

– Acha que Roger fez uma boa escolha? – perguntei baixinho.

Eu ficara muito feliz com a decisão do meu genro e sabia que Jamie também ficara. Mas, apesar da perspectiva peculiar que Brianna, Roger e eu tínhamos sobre os acontecimentos futuros, eu sabia que Jamie tinha uma ideia muito melhor do que de fato estava por vir. E se a passagem pelas pedras representava perigos, a guerra também.

Ele parou, pensando, depois se inclinou por cima de mim, pegando um pequeno volume no fim da estante de livros. Tinha uma capa simples, de pano, e estava bastante surrado; uma edição de Tucídides que ele havia adquirido na esperança incrivelmente otimista de que Germain e Jemmy pudessem um dia aprender o suficiente de grego para lê-lo.

Abriu o livro devagar para que as folhas não caíssem. As letras gregas me pareciam os rastros deixados por uma minhoca banhada em tinta, mas ele encontrou o trecho que procurava sem dificuldade.

> *"Os mais corajosos com certeza são aqueles que têm a visão mais clara do que está diante deles, tanto glória quanto perigo, e ainda assim saem ao seu encontro."*

As palavras estavam à sua frente, e no entanto, parecia que ele não as lia do papel, mas das páginas de sua memória, do livro aberto de seu coração.

A porta bateu com força e eu ouvi Roger gritando lá fora, a voz rouca mas alta, chamando Jemmy, e depois sua risada, grave e meio engasgada, quando Bree disse algo a ele, um som mais baixo, distante demais para que eu compreendesse as palavras.

Então, eles se afastaram e fez-se silêncio, exceto pelo sopro do vento nas árvores.

– "Os mais corajosos são aqueles que têm a visão mais clara." Bem, você sabe disso melhor do que ninguém, não é? – falei com delicadeza.

Apoiei a mão em seu ombro, na junção com o pescoço. Percorri os tendões fortes de seu pescoço com o polegar, olhando as letras retorcidas na página. Ele sabia, e eu também, pois a visão que ele tinha era a que eu havia lhe mostrado.

Jamie continuou segurando o livro, mas inclinou a cabeça para que sua face roçasse minha mão, e seus cabelos espessos tocaram meu pulso, macios e quentes.

– Ah, não – disse ele. – Eu, não. Só se é corajoso quando se tem escolha, certo?

Eu ri, funguei e passei o pulso de minha mão livre sobre os olhos.

– E você acha que não tem escolha?

Ele parou por um instante, depois fechou o livro, embora continuasse a segurá-lo.

– Não – respondeu, por fim, com um tom estranho. – Agora não.

Jamie se virou em sua cadeira, olhando pela janela. Tudo que se via era o grande abeto-vermelho ao lado da clareira e a sombra escura dos carvalhos mais atrás, misturada aos arbustos de amoras silvestres que se alastravam pelo pátio. A mancha escura onde estivera a cruz de fogo estava agora coberta de mato, tomada pela cevada silvestre.

O vento soprou e eu percebi que não fazia um silêncio absoluto, afinal. Os sons da montanha nos cercavam, pássaros cantando, água correndo ao longe – e vozes também, no tráfego murmurado das rotinas diárias, uma palavra junto ao chiqueiro, um chamado da latrina. E, acima de tudo, o som de crianças, gritinhos e risadinhas carregados pelo ar.

– Acho que você tem razão – falei, depois de um instante.

Ele tinha razão; não havia escolha agora, e essa constatação me deu um pouco de paz. O que estivesse por vir, viria. Nós o enfrentaríamos da melhor maneira que pudéssemos e esperaríamos sobreviver. E só. Se não sobrevivêssemos, talvez eles sobrevivessem. Segurei o rabo de cavalo dele e o enrolei nos dedos, segurando com força, como a corda de uma âncora.

– Mas e quanto às outras escolhas? – perguntei, olhando pela janela com ele, para o pátio vazio e as sombras da floresta mais além. – Todas as escolhas que você fez e que nos trouxeram até aqui? Elas foram reais, e muito corajosas, se quer saber.

Sob a ponta do meu dedo indicador, eu podia sentir a linha da espessura de um fio de cabelo de sua antiga cicatriz, enterrada no fundo de suas madeixas ruivas. Ele se inclinou para trás e se virou para me olhar, de modo que minha mão agora segurava seu maxilar.

– Ah. Bem... – disse ele, sorrindo levemente. Sua mão tocou a minha e ele entrelaçou os dedos nos meus. – Você sabe muito bem, não é, Sassenach?

Sentei-me ao seu lado, bem junto a ele, apoiando a mão em sua perna, a mão dele sobre a minha. Ficamos assim por algum tempo, lado a lado, observando as nuvens de chuva se aproximarem, vindas do rio, como uma ameaça de guerra distante. E eu pensei que, se era ou não uma questão de escolha, provavelmente, no fim das contas, dava na mesma.

A mão de Jamie permanecia sobre a minha. Fez um pouco de pressão e eu o encarei, mas seus olhos ainda estavam fixos em algum lugar além das montanhas e das nuvens distantes. Sua mão pressionou um pouco mais e senti as bordas de minha aliança pressionando minha carne.

– Quando chegar o dia em que tivermos que nos separar – disse ele baixinho, e virou-se para me olhar –, se minhas últimas palavras não forem "eu amo você", saiba que isso não aconteceu porque não tive tempo.

AGRADECIMENTOS

Os mais sinceros agradecimentos da autora...

... à minha editora, Jackie Cantor, sempre a melhor de todas no que diz respeito a livros.

... a meu agente, Russ Galen, que sempre esteve a meu lado, com lança e escudo.

... a Stacey Sakal, Tom Leddy e todas as outras pessoas incríveis da produção que abriram mão de seu tempo, talento e saúde mental para produzir este livro.

... a Kathy Lord, a mais rara e incrível das criaturas, uma excelente revisora.

... a Virginia Norey, designer do livro (*também conhecida como Deusa do Livro*), que conseguiu enfiar a coisa toda entre duas capas e deixar tudo incrível.

... a Irwyn Applebaum e Nita Taublib, editor executivo e editora executiva assistente, que se juntaram ao grupo e trouxeram suas armas.

... a Rob Hunter e Rosemary Tolman, pelas informações não publicadas sobre a Guerra da Regulação e seus pitorescos e interessantes antepassados, James Hunter e Hermon Husband. (*Não, eu não invento todas essas pessoas; só algumas delas.*)

... a Beth e Matthew Shope, e Liz Gaspar, pela informação a respeito da história dos quacres da Carolina do Norte e de suas crenças. (*E precisamos assinalar, por questão de pura exatidão, que Hermon Husband não era exatamente um quacre na época dessa história, tendo sido deixado de fora da reunião local por ser muito intenso.*)

... a Bev LaFlamme, Carol Krenz e seus (respectivos) maridos francês e franco-canadense (*que sem dúvida devem se perguntar que tipo de amigas suas esposas têm*), pelas opiniões de especialistas acerca dos termos em francês relacionados ao funcionamento dos intestinos e pela ajuda com expressões idiomáticas francesas muito pitorescas.

... a Julie Giroux, pela música de Roger, e pela incrível "Sinfonia de Culloden". Roy Williamson por "The Flowers of Scotland" (letra e música) © The Corries (music) Ltd.

... a Roger H. P. Coleman, R. W. Odlin, Ron Parker, Ann Chapman, Dick Lodge, Olan Watkins e muitos membros do Compuserve Masonic Forum pelas informações sobre a maçonaria e as lojas irregulares em *c.* 1755 (*o que foi um bom tempo antes do estabelecimento do Rito Escocês, por isso não se deem ao trabalho de me escrever sobre isso, certo?*)

... a Karen Watson e Ron Parker, por me darem conselhos a respeito das estações de metrô de Londres durante a Segunda Guerra Mundial – cujos detalhes técnicos eu tomei a liberdade de mudar um pouco.

... a Steven Lopata, Hall Elliott, Arnold Wagner, R.G. Schmidt e Mike Jones, guerreiros respeitáveis, por discussões úteis a respeito de como os homens pensam e se comportam antes, durante e depois da batalha.

... a R. G. Schmidt e várias outras pessoas cujos nomes eu infelizmente me esqueci de anotar, que contribuíram com informações úteis a respeito das crenças, da língua e dos costumes cherokees. (*O cântico de caça ao urso que termina com "Yoho!" é objeto de registro histórico. Há muitas coisas que eu não poderia inventar nem mesmo se tentasse.*)

... à família Chemodurow, por terem permitido que eu tomasse liberdade em relação a seus membros, retratando-os como criadores de suínos russos. (*Porcos selvagens russos realmente eram importados para a Carolina do Norte para caça no século XVIII. Isso pode ter algo a ver com a popularidade do churrasco no Sul.*)

... a Laura Bailey, pelos conselhos e comentários valiosos a respeito dos costumes e das roupas no século XVIII – prestei atenção à maioria deles.

... a Susan Martin, Beth Shope e Margaret Campbell, pelas opiniões de especialista sobre a flora, a fauna, a geografia, o clima e a situação mental na Carolina do Norte (*e todas gostariam de deixar registrado que só um bárbaro colocaria tomates no molho de churrasco*). As aberrações nesses aspectos da história são resultado de inadvertência, licença literária e/ou invencionice por parte da autora.

... a Janet McConnaughey, Varda Amir-Orrel, Kim Laird, Elise Skidmore, Bill Williams, Arlene McCrea, Lynne Sears Williams, Babs Whelton, Joyce McGowan e dezenas de outras pessoas gentis e solícitas do Compuserve Writers Forum, que respondem a qualquer pergunta tola em um piscar de olhos, principalmente se tiver algo a ver com mutilação, assassinato, doença, costura ou sexo.

... à dra. Ellen Mandell, pelos conselhos técnicos a respeito de como enforcar alguém e, em seguida, cortar sua garganta sem matá-lo no processo. Quaisquer erros na aplicação desses conselhos são meus.

... a Piper Fahrney, por suas excelentes descrições sobre como é aprender a lutar com uma espada.

... a David Cheifetz, por matar dragões.

... a Iain MacKinnon Taylor, por sua inestimável ajuda com as traduções do gaélico e suas adoráveis sugestões para o discurso de Jamie.

... a Karl Hagen, pelos conselhos acerca da gramática do latim, e Barbara Schnell, pelas partes em latim e em alemão, sem falar de suas incríveis traduções dos romances para o alemão.

... a Julie Weathers, meu falecido sogro, Max Watkins e Lucas, pela ajuda com os cavalos.

... às Senhoras de Lallybroch, pelo contínuo e entusiasmado apoio moral, incluindo a atenciosa seleção internacional de papel higiênico.

... às centenas de pessoas que, de maneira gentil e voluntária, me enviaram informação interessante a respeito de tudo, desde o desenvolvimento e os usos da penicilina até como tocar *bodhrans*, a distribuição do espruce vermelho e o gosto da carne de gambá (*dizem que é gordurosa, se querem saber*).

... e a meu marido, Doug Watkins, pela última frase do livro.

CONHEÇA OS LIVROS DA SÉRIE OUTLANDER

A viajante do tempo
LIVRO UM

A libélula no âmbar
LIVRO DOIS

O resgate no mar
LIVRO TRÊS

Os tambores do outono
LIVRO QUATRO

A cruz de fogo
LIVRO CINCO

Um sopro de neve e cinzas
LIVRO SEIS

Ecos do futuro
LIVRO SETE

Escrito com o sangue do meu coração
LIVRO OITO

O círculo das sete pedras (coletânea)